Heinrich Beitzke

Geschichte des Jahres 1815

Erster Band

SALZWASSER
VERLAG

Heinrich Beitzke

Geschichte des Jahres 1815

Erster Band

Unveränderter Nachdruck der Originalausgabe von 1865.

1. Auflage 2022 | ISBN: 978-3-37501-005-8

Verlag: Salzwasser Verlag GmbH, Zeilweg 44, 60439 Frankfurt, Deutschland
Vertretungsberechtigt: E. Roepke, Zeilweg 44, 60439 Frankfurt, Deutschland
Druck: Books on Demand GmbH, In de Tarpen 42, 22848 Norderstedt, Deutschland

Geschichte

des Jahres 1815.

Berlin.

1865.

Geschichte

des Jahres 1815.

Erster Band.

Vorwort.

Als ich vor nun bald 10 Jahren die Geschichte der deutschen Freiheitskriege 1813/14 herausgegeben, hielt ich mit dem dritten Bande, welcher die Darstellung des Feldzuges von 1814 enthielt, meine Aufgabe für beendet. Der Kampf von 1815 war mehr ein Kampf der alten Dynastieen gegen den Eindringling. Es handelte sich von Seiten Napoleons nicht mehr um eine Wiedereroberung von Deutschland oder gar um Wiederaufrichtung einer Weltherrschaft, sondern nur darum, ob es ihm unter ganz neuen Verhältnissen möglich sein würde, sich auf dem Throne von Frankreich zu erhalten. Da dieser Kampf also eigentlich keiner um die Freiheit Deutschlands mehr war, so hielt ich nicht für nöthig, ihn hinzuzufügen.*) Ich kannte die schwierigen Vorstudien zu einer historischen Darstellung, war überdies durch jahrelange

*) Vorwort zum dritten Bande der ersten Auflage.

Arbeit ermüdet und bedurfte vor Allem einer längeren geistigen Ruhe. —

Die vielfachen Aufforderungen in Recensionen, auch von Verlegern und Freunden, haben mich, nach längerer Erholung, dann doch bewogen, noch an 1815 heranzugehen.

Wenn ich bloß den Feldzug in Belgien beschreiben wollte, so würde eine solche Arbeit nicht sehr umfangreich geworden; es würde aber dann die ganze Aktion historisch nicht verständlich gewesen sein. Es wurde darum erforderlich, das große Drama von 1815 in seiner Totalität aufzufassen.

Wenn dies geschehen sollte, — und dazu war ich gleich anfangs entschlossen — so mußte ich mir, außer den deutschen Quellen, die französischen Geschichtswerke zu verschaffen suchen, welche über 1815 handeln. Mit großem Danke erkenne ich, daß mir diese von der Königlichen Bibliothek zu Berlin auf meine Bitte zur Benutzung anvertraut worden sind.

Es waren:

1. Memoires pour servir à l'histoire de la vie privée, du retour et du règne de Napoleon en 1815 par M. Fleury de Chaboulon. Ex-secretaire de l'Empereur Napoleon et de son Cabinet etc. London, John Murray 1819. 2 Vols.

2. Les cent jours par M. Capefigue. Paris, Langlois & Leclercq 1841. 2 Vols.

3. 1814 — cent-jours — 1815.
histoire des deux restaurations jusqu'à la chute de

Charles X. en 1830 par Achille de Vaulabelle. Paris, Perrotin, éditeur-Libraire 1844.

für meinen Zweck der zweite und dritte Band.

Ich verschaffte mir noch

4. histoire du Consulat est de l'Empire par A. Thiers. Tome XIX. und XX. Leipzig, Alphonse Dürr, commissionnaire de Meline, Cans & Comp. de Bruxelles 1861 und 1862.

Diese vier französischen Geschichtswerke hielt ich für meinen Zweck für ausreichend, um mich mit dem politischen Stoff zu durchdringen.

Von deutscher Seite ist zwar das Militairische hinlänglich aufgeklärt, aber es ist mir keine politische Geschichte von 1815 bekannt; es liegt da Alles sehr zerstreut und das Material ist nur sehr mühsam herbeizuschaffen.

Indem ich tiefer in meinen Gegenstand eindrang, fand ich die Geschichte von 1815 überaus interessant und lehrreich. So schwach ich mich nun auch, als nicht Historiker vom Fach, fühlte, so schien mir selbst auch nur ein Versuch höchst lohnenswerth, dies große Drama, wie ich schon sagte, in seiner Totalität vorzuführen; wodurch meine Geschichte aber viel umfangreicher geworden ist, als ich anfangs dachte und beabsichtigte, indem sie zwei mäßige Bände ausmachen wird.

Es scheint mir nach 50 Jahren wohl an der Zeit, daß auch von deutscher Seite eine Geschichte dieses hochmerkwürdigen Jahres 1815 erscheint. Ich lege hier beim Herannahen des Jubiläums gleichsam nur die Akten zur Erinnerung und Prüfung vor.

Oftmals war ich durch meine Eigenschaft als Abgeordneter genöthigt, die Arbeit auf längere Zeit zu unterbrechen, welches ihr nicht förderlich gewesen, was ihr aber bei ihren sonstigen Mängeln in der Beurtheilung nachsichtig zu Gute kommen möge.

Cöslin, im September 1864.

Der Verfasser.

Inhalt.

Erstes Buch.

Die allgemeinen Verhältnisse nach dem ersten Frieden von Paris 1814, bis zum Ausbruch der Feindseligkeiten zwischen Napoleon und den Verbündeten im Juni 1815.

Erster Abschnitt.

Seite

Zweiter Abschnitt.

Dritter Abschnitt.

Vierter Abschnitt.

Fünfter Abschnitt.

Sechster Abschnitt.

Siebenter Abschnitt.

Erstes Buch.

Die allgemeinen Verhältnisse nach dem ersten Frieden von Paris 1814, bis zum Ausbruch der Feindseligkeiten zwischen Napoleon und den Verbündeten im Juni 1815.

1. Der Krieg 1814 in Frankreich und das deutsche Publikum. — Der Sieg. — Der Sturz Napoleons und die öffentliche Meinung. Die Monarchen. Rückmarsch der Heere und deren Empfang in der Heimath. Wiener Congreß.

Als nach den grausen Kämpfen des Jahres 1813 die verbündeten Heere an den Rhein gerückt waren und von Holland bis Basel sich an diesem Strom massenhaft versammelt hatten, war es, wie bekannt, eine Zeit lang zweifelhaft, ob ein Einbruch in Frankreich versucht werden würde. Nach so großen Erfolgen dachte die sehr gehobene öffentliche Meinung in Deutschland nicht anders, als daß ein solcher durchaus erfolgen müsse. Aber man mußte sich noch eine ganze Zeit gedulden. Den 30. und 31. October war die Schlacht bei Hanau geschlagen worden und am Ende des Jahres war für das große Publikum ein Einbruch in Frankreich noch immer zweifelhaft.

Inzwischen weidete man sich an den erfochtenen Siegen, die groß genug waren, um sich auf lange Zeit darin zu vertiefen. Man feierte Feste und das Herz schwoll auf in Hoffnung für ein großes mächtiges Vaterland. „Nicht frei muß Deutschland nur, groß muß es werden," hieß es in dem Neujahrsliede der Berliner Vossischen Zeitung. Indem man diese Feste feierte, vergaß man auch der Russen nicht, die so mächtige Helfer gewesen waren. Aber man ging dabei zu weit, übertrieb ihre Leistungen und pries sie mehr als das Nationalgefühl verstattet. Besonders feierlich wurde der 24. December, der Geburtstag des Kaisers Alexander begangen. Da hieß es denn z. B. bei einem großen Feste in Leipzig in Bezug auf die Russen: „Die Mitbegründer der deutschen

Freiheit, die mit unvergänglichem Lorbeer gekrönten braven Russen, unsere Freunde und Brüder, hoch! Ewig sei unser Bündniß! Nie verlösche unser Dankgefühl!" Diesen glühenden Erguß überbot sogar noch die sächsische Artillerie zu Mücheln, welche auf dem Markt einen Ehrenbogen errichtet hatte, bei welchem das Bildniß des russischen Selbstherrschers die Umschrift trug: Recreatori Germaniae (dem Wiederhersteller Deutschlands)*), als wenn das deutsche Volk nicht selbst blutig genug gerungen hätte, sich seine Freiheit zu erkämpfen. — Gleichwohl war doch Viel erreicht und wenn auch die vielen Wahlstätten noch so traurige Verödungen zeigten, wenn Tausende und Tausende verwundeter Krieger in den Lazarethen lagen, der Krieg um die uneroberten Festungen mitten im Vaterlande noch forttobte; so war doch noch viel mehr zu erreichen, wenn die unzählbaren Schaaren der Verbündeten ungesäumt in Frankreich einbrachen und den sehr geschwächten Imperator in seinem eigenen Lande angriffen.

Man mochte noch an vielen Orten und in manchen Theilen der Gesellschaft zweifelhaft sein über Fortsetzung des Krieges, als die Zeitungen in der ersten Dekade des Januars, die Berliner Zeitungen vom 6. Januar die Entscheidung brachten. Sie enthielten die Proklamation des Oberfeldherrn aller verbündeten Heere, des Feldmarschalls Fürsten Schwarzenberg an die Franzosen aus dem Hauptquartier Lörrach den 21. December 1813, sowie eine Erklärung an die Schweizer, daß man durch ihr Land ziehen müsse. Den Franzosen sagte der Fürst, daß von den Verbündeten der Einfall in Frankreich geschehe, daß dieselben aber nicht gegen Frankreich, sondern gegen die französische Regierung, d. h. gegen Napoleon Krieg führten. Den Schweizern wurde gesagt, daß man ihre Unabhängigkeit achten und nach dem Frieden reichlich für sie sorgen wolle. In den Berliner Zeitungen vom 8. Januar**) erschien dann auch die Proklamation Blüchers vom 1. Januar an sein Heer und an die Bewohner des linken Rheinufers, die bis dahin noch Franzosen waren. Diese war in viel

*) Vossische Zeitung vom 6. Januar 1814.

**) Die Berliner Zeitungen erschienen damals nur dreimal in der Woche, Dienstag, Donnerstag und Sonnabend.

härterem Tone abgefaßt, als die des Generalissimus und zeigte ein entschiedenes Mißtrauen gegen die Gesinnung der überrheinischen Deutschen. Blücher bietet ihnen die Befreiung an; untersagt dabei jede Verbindung mit den Franzosen und mit dem französischen Reich. Wer sich dieser Anordnung nicht füge, begehe Verrath an den verbündeten Mächten, werde vor ein Militairgericht gestellt und erleide die Todesstrafe.

Man war nun sicher, daß eine allgemeine ungeheure Invasion in Frankreich von Holland, welches der General Bülow im Fluge schon fast erobert hatte, bis an die Alpen mit vereinten Kräften unternommen werde, und konnte sich Großes versprechen. Indessen dauerte es lange, ehe dem mit gespannter Erwartung harrenden Publikum ein nennenswerther kriegerischer Vorfall berichtet wurde. Der Januar verging ohne Meldung eines solchen, die Zeitungen berichteten mehr von Vorfällen vor den belagerten Festungen im Innern, von den Fortschritten des Kronprinzen von Schweden in Schleswig. Von dem großen verbündeten Heere erfuhr man nur Märsche: daß Graf Bubna in Genf, Schwarzenberg bei Langres, Blücher in Nancy angekommen, Bülow in Holland weitere Fortschritte gemacht. Von Frankreich nur vague Gerüchte. Nachdem dann in der Zeitung vom 1. Februar von einer großen Schlacht bei Langres die Rede gewesen, in welcher Napoleon 14,000 Mann verloren haben sollte und die Verbündeten nicht mehr weit von Paris ständen, wurden zunächst die Zeitungen an Nachrichten vom Kriegsschauplatz in Frankreich 14 Tage hindurch außerordentlich mager, gerade von wo man außerordentliche Ereignisse erwartete. Bemerkenswerth war nur, daß die Monarchen überall von den Franzosen mit offenen Armen aufgenommen sein sollten.*) Endlich — in der Berliner Zeitung vom 15. Februar — wurde dann die Hoffnung außerordentlich erhöht. Sie enthielt die Nachricht von den siegreichen Schlachten von Brienne und La Rothiere, datirt Langres vom 3. Februar, von siegreichen Gefechten des österreichischen Generals Bubna bei Genf, daß König Murat von Neapel zu den Verbündeten übergetreten, daß der Kronprinz von Schweden im Marsch gegen den Rhein begriffen sei, endlich

*) Vossische Zeitung vom 8. Februar.

wurde angezeigt, daß König Ludwig XVIII. und der Graf von Artois in Holland gelandet wären.

Nach solchen Erfolgen, da auch General Bülow in Holland immer siegreich gewesen und der Zustand des Feindes sehr nachtheilig dargestellt wurde, konnte man sich den allergrößten Hoffnungen hingeben. Hiernach mußten die Verbündeten bald unter den Mauern von Paris anlangen. Es war auch bezeichnend, daß in den folgenden Zeitungen öfter von König Ludwig XVIII. die Rede war, so als wenn dieser in der Ferne bereit gehalten würde, Napoleon auf dem Throne von Frankreich zu ersetzen. Anderntheils war gemeldet, daß Napoleon an der Spitze des Heeres sei, und daß er seinen Minister des Auswärtigen, Caulincourt Herzog von Vicenza, mit Friedensvorschlägen in das verbündete Hauptquartier gesandt habe.

Wenn das deutsche Publikum hiernach mit jedem Zeitungstage entscheidende Nachrichten mit großer Spannung erwartete, so sah es sich noch Wochen lang darin getäuscht. Die Nachrichten in den Zeitungen lauteten sehr widersprechend. Wenn man die angegebenen Bewegungen der Heere mit der Karte in der Hand verfolgte, so konnte Niemand, auch ein kundiger Militair nicht, sich davon ein anschauliches Bild entwerfen. Einmal sollten die Verbündeten in vollem Marsch auf Paris sein, dann schien es wieder, als wenn ihre Heere wenig oder gar nicht vorrückten. Trostreich war der immerwährende Zuzug: das Corps von Winzingerode, zum Nordheer gehörig, war in die strategische Linie eingerückt und der Kronprinz von Schweden war bereits in Köln angekommen. Befremdend war in der Zeitung vom 24. Februar in dem Artikel „vermischte Nachrichten" dann die Anzeige, „daß die zu Chatillon sur Seine versammelten Minister schon 6 Conferenzen gehabt und daß der französische Minister Großstallmeister Caulincourt Herzog von Vicenza ein diplomatisches Diner gegeben habe." Es war also eingestanden, daß ein Friedenscongreß zu Chatillon überhaupt bestand und über einen Frieden verhandelt wurde. Wenn dies stattfand, ohne daß man nach Paris gekommen, so schien es, daß es mit den kriegerischen Verhältnissen doch nicht so vortheilhaft stand, als man gegründete Ursache zu glauben gehabt hatte.

Da wurde dann der Muth durch die Zeitung vom 26. Februar auf den höchsten Gipfel erhoben. An der Spitze desselben machte das Gouvernement von Berlin ein eigenhändiges, amtliches Schreiben Blüchers bekannt, welches an eben dieses Gouvernement gerichtet war, datirt, Hauptquartier Etoges, den 10. Febr., des Inhalts: „Einem hochlöblichen Gouvernement zeige ich ergebenst an, daß ich mit der kombinirten schlesischen Armee bis nahe an La Ferté (sous Jouarre) auf der großen Straße von Chalons nach Paris vorgedrungen bin, und es muß sich nun sehr bald entscheiden, ob der französische Kaiser durch eine abermalige Schlacht, von welcher mit der größten Wahrscheinlichkeit das Resultat für die Waffen der Alliirten günstig ausfallen wird, uns den Besitz von Paris streitig machen, oder uns Paris ohne Schlacht überlassen wird .....

Mein nächster Brief wird hoffentlich von Paris datirt sein.

Blücher."

Natürlich ging dies Schreiben in alle damaligen Zeitungen Deutschlands über, die Katastrophe lag nach Aller Meinung ganz nahe und die höchsten Erwartungen wurden rege. In Wien wurde, da der Krieg bald aus sei, die Hofburg eingerichtet, um die vielen siegreichen Monarchen aufzunehmen. In Frankfurt a. M. wurden schon zur Feier des nahen Einzugs der Verbündeten in Paris von mehreren Gesellschaften Beiträge eingesammelt.*) Aehnlich noch an mehreren Orten.

Aber es verging wieder eine Woche und die Zeitungen meldeten nichts, was auf eine so nahe Lösung der großen Aufgabe deutete. Vielmehr wurde die so sehr erhobene Stimmung durch die Zeitung vom 5. März merklich abgekühlt. Das Gouvernement von Berlin zeigte an nach dem Heerbericht Troyes vom 17. Februar: Seit dem 12. d. Mts. ist nichts Entscheidendes bei der Armee vorgefallen. Es wird amtlich eingestanden, daß Blücher durch eine ihm sehr überlegene Macht genöthigt gewesen, sich „etwas" zurückzuziehen; daß die Hauptarmee unter Schwarzenberg dann vorgerückt, — und Napoleon genöthig worden, von Blücher abzulassen. Es wird großgedruckt angeführt, daß die Friedensunterhandlungen zu Chatillon fortdauerten, was in derselben Zeitung auch aus französischen Berichten vom 10. Februar erhellte,

*) Vossische Zeitung vom 1. März.

wo sich die Unterhändler gegenseitig Diners gegeben hätten. Eine Nachricht aus Basel gab an, daß der Krieg in Frankreich sehr hartnäckig geführt werde. Zum Trost war angeführt: daß Murat in Italien mit 30,000 Mann gegen den gemeinschaftlichen Feind zöge, daß Feldmarschall Bellegarde gegen den Vicekönig vorrückte; daß 12,000 Engländer in Genua gelandet; daß Wellington im Marsche gegen Bordeaux sein soll, und daß Napoleon an Ferdinand VII. durch Traktat Spanien abgetreten habe.

Die Zeitungen vom 8. März*) drückten dann die Stimmung noch tiefer herab. Es wurde eingestanden, die beiden Heere von Schwarzenberg und Blücher wären auf verschiedenen Seiten gegen Paris und einzelne Corps des letzteren über Chateau-Thierry hinaus, einzelne Abtheilungen des ersteren aber bis Nogent vorgedrungen gewesen. Jene Corps wären indessen zu weit von einander entfernt gewesen, und der Feind, welcher ganz concentrirt war, hätte ihnen einzelne Gefechte geliefert, welche größtentheils zu ihrem Nachtheil ausgefallen, wodurch zuerst der Feldmarschall Blücher nach einem sehr schönen Rückzug nach Châlons, die avancirten Corps der Hauptarmee aber bis in die Gegend von Troyes zurückgedrängt wurden. Es hätten sich darauf Schwarzenberg und Blücher bei Méry vereinigt. — Hier hätte man sich überzeugt von der Nothwendigkeit eines Manövers, welches dahin zwecken sollte, die Kräfte des Feindes zu theilen und uns die Mittel zu erleichtern, wieder die Offensive zu ergreifen. Aus diesem Grunde wären die Reserven bis Chaumont zurückgegangen, die Armee selbst sei zwischen Bar sur Aube und Chaumont stehen geblieben. Das diplomatische Hauptquartier sei wegen Mangel an Raum (?) in Chaumont nach Vesoul verlegt worden. Die Monarchen wären in Chaumont. Blücher aber sei auf Arcis marschirt, von da wolle er über Sezanne nach Paris vorgehen. Das große Hauptquartier werde auch wieder nach vorwärts aufbrechen.

Es war viel Unklares in allen diesen Vorgängen, sowohl für das große Publikum als auch für den Kriegskundigen. Warum

*) Es sind hierbei immer die Berliner Zeitungen, die Vossische und die Spenersche verstanden, wonach man je nach der Lage anderer Orte das frühere oder spätere Eintreffen der Nachrichten beurtheilen kann.

ging man nach einer siegreichen Schlacht getrennt vor gegen einen so höchst unternehmenden schnellen Gegner, ohne genaue Verbindung zu halten, und wenn man sich später wieder vereinigte, warum trennte man sich von neuem? Aber was späterhin vom großen Kriegsschauplatze durch die Zeitungen gemeldet wurde, war noch räthselhafter und mit einem bestimmten Plane nicht in Uebereinstimmung zu bringen. Einestheils mußte man annehmen, daß es mit den Verbündeten gar nicht vortheilhaft stehe, da fortwährend um den Frieden unterhandelt wurde und auch aus englischen Blättern mehrmals gemeldet wurde, daß Friedensvorschläge mit „Bonaparte" im Kabinet verhandelt wären. Man mußte sich auch denken, daß der Krieg äußerst mörderisch geführt würde, da ein Moniteur-Artikel vom 10. Februar mitgetheilt wurde, welcher das weibliche Geschlecht auffordert in den Kampf zu eilen und „einen Feind" zu tödten und worin das Beispiel der gallischen Weiber als Muster aufgestellt wird. Es war auch in einigen späteren Zeitungsartikeln etwas Näheres von den Unfällen Blüchers und Schwarzenbergs gesagt worden. Anderntheils mußte man schließen, daß die Verbündeten gleich wieder vorgegangen und überall siegreich wären. Nach der Zeitung vom 15. März sollte Blücher eine große Schlacht bei Sezanne gewonnen haben, wo er 10,000 Gefangene gemacht, 64 Kanonen genommen. In der darauf folgenden Zeitung, vom 17. März, wurde diese große gewonnene Schlacht Blüchers sogar nach Meaux (5 Meilen von Paris) verlegt oder er hatte am letzteren Orte von Neuem eine Schlacht geschlagen. Dazwischen wurde von einer gewonnenen Schlacht bei Bar sur Aube berichtet, die sich dann allein als richtig bestätigte. Aber sonderbar war es und kaum zu begreifen, wo und wie Blücher sich herumtummelte, denn er war zufolge der Zeitungen unbezweifelt in Sezanne gewesen, dann war er bei Meaux, und nach der Zeitung vom 19. März ist er dann mit einem Male bei Soissons und gar bei Laon. Dabei ist das große Hauptquartier am 10. März noch in Chaumont, das von Schwarzenberg in Troyes und es sind Waffenstillstandsverhandlungen in Lusigny gepflogen, die abgebrochen worden.*) Nach-

*) Vossische Zeitung vom 19. März. Das Abbrechen der Waffenstillstandsverhandlungen zu Lusigny aus einem Artikel der Frankfurter Zeitung.

richten aus London ließen dabei fortwährend schließen, daß ein Friede mit „Bonaparte“ angebahnt werde.

Es war zufolge der Zeitungsnachrichten unmöglich, sich in kriegerischer und politischer Hinsicht auch nur annähernd aufzuklären. Niemand konnte einen zweckmäßigen Operationsplan der Verbündeten herauserkennen, noch in politischer Hinsicht sich klar machen, was die Verbündeten eigentlich wollten. Denn eines Theils unterhandelte man mit Napoleon und andern Theils schien es doch ziemlich klar, daß man ihn entthronen wollte. Dies ging deutlich daraus hervor, daß man die Bourbonen bereit hielt Napoleons Stelle einzunehmen. Nachdem nämlich schon mehrmals von den Bourbonen in den Zeitungen die Rede gewesen, wird in der Zeitung vom 8. März gemeldet, daß der Graf von Artois, der Bruder Ludwigs XVIII., im großen Hauptquartier der verbündeten Monarchen angekommen sei. Es wird in späteren Nachrichten verkündet, daß Graf Artois überall „mit Enthusiasmus“ empfangen werde, daß er in Vesoul „mit hohen Freudenbezeugungen des Volkes“ angekommen sei, daß er in Vesoul „alle Herzen gewonnen habe,“ weiter noch immer steigernd, daß seine Reise durch die Franche-Comté einem Triumphzuge geglichen, daß in mehreren Orten die Einwohner die Pferde von seinem Wagen gespannt und ihn gezogen hätten; daß bei seinem Einzuge in Nancy von allen Seiten gerufen sei: es lebe der König! es lebe der Graf Artois! Der Graf habe in herablassender Güte geantwortet. Dies alles noch überbietend wird angeführt, wie in Burgund alles entzückt sei, den „theuren Prinzen Artois“ zu sehen; unaufhörlich erhalte er begeisterten Zuruf, den er mit herablassender Güte beantworte. Das Volk vergösse Freudenthränen, es sei ein Freudentaumel, ein Freudenrausch. Mehrere Städte erböten sich zu Ludwig XVIII. überzugehen. Ganz Frankreich sei bereit sich zu erheben und trotze jedem Zwangsmittel es zu verhindern. Alle Gewalt, alle Drohungen seien dagegen ohnmächtig. Frankreich wolle sich frei machen.*) Es erschien dann auch in den Zeitungen die Proklamation des Königs Ludwig XVIII. an die Franzosen aus dem Haag vom 21. März und General Bülow hatte von Laôn aus am 24. Februar die

*) Vossische Zeitung vom 15., 19., 22., 26. März und 2. April.

Franzosen in einer feurigen Proklamation aufgefordert, ihre Ketten zu zerbrechen d. h. Napoleon zu vertreiben. Die Verbündeten betrachteten die Franzosen nicht als Feinde, sie kämen nur um die Franzosen glücklich zu machen. — Alles dies würde nicht gestattet worden sein in die Zeitungen aufzunehmen, wenn die Entthronung Napoleons nicht in der eigentlichen Absicht gelegen hätte.

Die kriegerischen Vorfälle betreffend, so schienen sich diese im Laufe der Zeit wieder günstiger zu gestalten. In den Zeitungen vom 22. und 24. März vernahm man von Blüchers großem Siege bei Laôn, daß das große Hauptquartier wieder in Troyes und daß Schwarzenberg von hier gegen die Seine vorrücke, ja daß sein Hauptquartier nach Fontainebleau kommen solle. Man las auch, daß der Friedenscongreß von Chatillon auseinandergegangen. Auch falsche Nachrichten, wie es oft geschieht, mischten sich ein. So sollte der Marschall Soult mit seinem ganzen Heere sich für die Bourbons erklärt, in Bordeaux die weiße Fahne aufgesteckt haben und nach Paris marschiren.

Die Hoffnungen steigerten sich, denn man erfuhr in den Zeitungen von Ende März, daß der österreichische General Bubna wirklich in Lyon eingerückt sei, daß Wellington, ganz auf französischem Boden, gegen den Marschall Soult anrücke, der sich zurückziehe, wenn auch nicht bestätigt wurde, daß er sich für die Bourbons erklärt hätte. Daß der Kronprinz von Schweden mit dem noch übrigen Nordheere in Lüttich angekommen, war schon früher gemeldet worden.

Wenn hiernach, so wenig man auch nach den öffentlichen Nachrichten die kriegerischen Verhältnisse beurtheilen konnte, doch alle Aussicht war, daß Napoleon endlich unterliegen werde, so war doch ersichtlich, daß der Kampf hart geführt wurde, indem ein Theil des französischen Volkes in Masse aufgeboten sein mußte. Man las in dieser Hinsicht einen Aufruf des Fürsten Schwarzenberg an die Franzosen vom 10. März*) und Blüchers vom 13. März**), welche gegen die Verordnungen Napoleons wirken sollten. Am meisten aber war die Härte des Krieges ausgedrückt

*) Vossische Zeitung vom 26. März.

**) Vossische Zeitung vom 5. April.

in einer Proklamation des Fürsten Schwarzenberg, d. d. Chaumont, vom 13. März. Jedes Individuum, heißt es in derselben, das mit den Waffen in der Hand gefangen wird, soll Kriegsgefangener sein und in die entlegensten Provinzen der den verbündeten Mächten gehörigen Staaten geführt werden. Jeder Stadt- und Landbewohner, der einen Soldaten von dem verbündeten Heer getödtet hat, soll einer Militair-Commission übergeben und in 24 Stunden erschossen werden. Jede Gemeinde, wo die Sturmglocke geläutet wird, um das Volk aufzuwiegeln, solle in Brand gesteckt werden. Jede Gemeinde, in der ein Mord begangen worden, soll nach Verhältniß ihrer Größe mit 500,000 Franken, 300,000 und 100,000 Franken Contribution belegt werden und außerdem Geißeln stellen. Jeder Zuträger von Befehlen, die darauf abzielen, Volksaufstände in Ausführung zu bringen, soll als Spion angesehen und auf der Stelle erschossen werden. Alle französische Gefangene sollen für die Thätlichkeit verantwortlich sein, die man sich etwa gegen gefangene verbündete Militairs erlauben möchte ꝛc.*) Die Leiden, sagte Blücher in einer Proklamation nach der Schlacht von Laôn den Franzosen, unter welchen Frankreich seit einigen Monaten seufze, seien dieselben, womit Napoleon seit 12 Jahren ganz Europa belegt habe.**)

Wenn es nun, wie man sah, auf dem Kriegsschauplatze hart herging und man von Napoleon die äußerste Anstrengung voraussetzen mußte, so schien sich der große Kampf doch mehr und mehr seinem Ende zu nähern. In der Zeitung vom 2. April erhielt man die Nachricht von einem großen Siege Wellingtons über den Marschall Soult, in Folge dessen Bordeaux von den Engländern besetzt war, was sich in der folgenden Zeitung bestätigte. Der Friedenscongreß von Chatillon war endgültig aufgelöst. Napoleon hatte Schwarzenberg bei Arcis sur Aube eine Schlacht liefern wollen, hatte es aber nicht gewagt und war eiligst auf und davon gezogen. Die Eroberung von Lyon durch Bubna war gesichert. Von allen Seiten war der Imperator auf das Aeußerste bedrängt.

Noch glänzender wurden die Aussichten durch die Zeitungen

*) Vossische Zeitung vom 31. März.

**) Vossische Zeitung vom 2. April.

der folgenden Tage: 7. und 9. April. Napoleon hatte sich zwar in den Rücken von Schwarzenberg geworfen, aber es wurde nun klar gemacht, daß dies sein Untergang sein werde. Man ließ ihn im Rücken, stellte ihm eine verhältnißmäßig geringe Macht zur Täuschung entgegen und beide großen Heere von Blücher und Schwarzenberg rückten vereinigt auf Paris. Schon wurde Nachricht gegeben von dem glänzenden Gefecht von Fère Champenoise, wo man fälschlich vier französische Marschälle und 50,000 Mann (es waren nur die Marschälle Marmont und Mortier mit etwa der Hälfte von Truppen) auf dem Wege nach Paris aufgerieben hatte. Man las eine Proklamation des Fürsten Schwarzenberg an sein Heer aus Pougy vom 23. März: „daß es nur noch einer letzten Anstrengung bedürfe," und Blücher hatte verkündet, daß er in Kurzem in Paris zu sein gedenke. So waren denn die Erwartungen auf das Höchste gespannt.

Da langte dann Dienstag den 12. April früh, so daß es die Zeitungen von diesem Tage noch mittheilen konnten, der Flügel-Adjutant des Königs Oberstlieutenant Graf Schwerin von Paris her in Berlin mit der gewaltigen Nachricht an: daß der König und der Kaiser von Rußland am 31. März feierlich an der Spitze ihrer Truppen in Paris eingezogen wären. Die nächsten Tage und Zeitungen brachten dann das Uebrige: den Abfall der Marschälle, die Absetzung Napoleons durch den Senat, seine Abdankung und die Abtretung der Insel Elba zu seinem künftigen Besitzthum und Aufenthalt, die Einsetzung und Restauration der Bourbons auf dem französischen Thron u. s. w. u. s. w. Die Schlacht- und Gefechtsberichte der Heere, der Corps, der Festungskapitulationen, die amtlichen Aktenstücke reichten in den Zeitungen bis weit in den Mai hinein.

Wir haben hier die Nachrichten gegeben, wie sie in Berlin eintrafen. Wir sahen, daß eine Nachricht von Paris bis Berlin durch einen Courier überbracht, 12 Tage bedurfte. Bis Wien wird ein Courier wenigstens 14 Tage bedurft haben, bis Königsberg in Preußen 18 Tage; wohingegen am Rhein die Nachricht von Paris wohl in 6 Tagen angelangt sein konnte. Man kann hiernach rechnen, daß noch wohl der ganze Monat April verging, bevor alle Zeitungen Deutschlands die inhaltschweren Ereignisse mittheilten und die ungeheuren Nachrichten in jeder Hütte bekannt waren. — Wir können den Fortschritt unserer Erfindungen daran ermessen, daß jetzt vermittelst der elektrischen Telegraphen eine Nachricht von Paris bis Petersburg nur 3 Stunden Zeit zum Anlangen braucht und daß in Deutschland alle Hauptstädte, welche durch diese Zauberdrähte verbunden sind, möglicherweise in einer Stunde ein weltgeschichtliches großes Ereigniß erfahren können.

So lange Deutschland besteht, war ein so großer Sieg über Frankreich nie gesehen worden. Seit den Tagen Chlodowigs schon hatten die Franken ein Uebergewicht gegen die Deutschen behauptet und die Carolinger hatten dies Uebergewicht bis zur völligen Unterwerfung vermehrt. Die deutschen Cäsaren hatten darnach zwar Unabhängigkeit und blendenden Glanz über das Vaterland gebracht und das eigentliche Frankenreich war tief dagegen in Schatten getreten, aber leider nur auf kurze Zeit. Deutschland zerfiel, durch den Bannstrahl des römischen Priesters zerschmettert, und Frankreich stieg empor. 'Seit Jahrhunderten hatte Frankreich unserm Vaterlande Schmach auf Schmach zugefügt. Zuletzt war es von demselben ganz erobert uud zertreten worden. — Und nun dieser glorreiche Sieg bis in die feindliche Hauptstadt hinein! Und gegen welchen Mann hatte man gesiegt! Gegen den Mann von 70 Schlachten, der seit 18 Jahren feuerflammend über alle Länder daher brauste, der unwiderstehlich schien, von dem man so Schreckliches in einer langen Reihe von Jahren erduldet hatte! „So ist das Reich der Tyrannei zusammengestürzt und wir haben das Werk der Weltbefreiung glorreich beendigt!" hatte der König durch seinen Flügel-Adjutanten*) aus Paris den 4. April schreiben lassen.

Es war ein Sieg, der, das ganze Leben nachwirkend, mit überwältigender Kraft sich in jedes Menschenherz senkte und feurige Dankgebete zu Gott aufsteigen ließ. Die Ehre war dem deutschen

*) Durch den Flügel-Adjutanten Major v. Thiele an den Gouverneur von Berlin Gen. der Kavallerie v. L'Estocq. Vossische Zeitung v. 16. April. Zugleich unter Mittheilung der allgemeinen Begebenheiten und vieler Aktenstücke.

Volke wiedergegeben, es konnte wieder mit Stolz und Vertrauen sein Haupt erheben. Das Vaterland von einem Ende bis zum andern war frei und wenn es auch zum Theil in Ruinen lag, man konnte wieder aufbauen, pflanzen, säen und Gott der Herr würde seinen Segen dazu geben. Ueberall im weiten deutschen Vaterlande, wo nur die gewaltigen Nachrichten allmählig hindrangen, wurden feurige Dankgebete in den Kirchen dargebracht, daß Gott durch die Kraft unserer heiligen Schaaren den übermüthigen Feind zu Schanden gemacht und es donnerten die Kanonen wo es geschehen konnte. In der kleinsten Hütte leuchtete ein Fest.

In edleren und begabteren Naturen vertiefte sich die Freude über den Sieg und die Herrlichkeit, die nun für das Vaterland kommen mußte. Es sang Max v. Schenkendorf als Frühlingsgruß an das Vaterland 1814:

Wie mir Deine Freuden winken
Nach der Knechtschaft, nach dem Streit,
Vaterland, ich muß versinken
Hier in Deiner Herrlichkeit,
Wo die hohen Eichen sausen,
Himmelan das Haupt gewandt,
Wo die starken Ströme brausen,
Alles das ist deutsches Land!

Und:

Vaterland, in tausend Jahren
Kam Dir solch' ein Frühling kaum,
Was die hohen Väter waren,
Heißet nimmermehr ein Traum.

Er hofft die Errichtung eines großen einigen Reichs und singt:

Jeder ist dann reich an Ehren,
Reich an Demuth und an Macht;
So nur kann sich recht verklären
Unsres Kaisers heil'ge Pracht.
Alle Sünden müssen sterben
In des Gottgesandten Flut,
Und an einen sel'gen Erben
Fallen das entsühnte Gut.

Er widmet auch dem befreiten Rhein ein schönes Lied:

Wir huld'gen unserm Herrn,
Wir trinken seinen Wein,

Die Freiheit sei der Stern,
Die Losung sei der Rhein.
Wir wollen ihm auf's Neue schwören:
Wir müssen ihm, er uns gehören.
Vom Felsen kommt er, frei und hehr,
Er fließe frei in Gottes Meer.

Es war zunächst Freude und gerechter Stolz, was die Massen erfüllte über den Sieg. Freilich war dies Gefühl nicht in allen Theilen Deutschlands gleich stark. Am stärksten war es ohne Zweifel in Preußen, so wie in den Landestheilen, die vordem lange zu Preußen gehört hatten, sodann in den Hansestädten und in Norddeutschland. Weniger stark mochte es sein in den deutschen Gebieten, die zum Rheinbunde gehört hatten. Sie hatten viel weniger gelitten als Preußen und hatten das ganze Jahr 1813 noch auf Seiten des Feindes gegen das deutsche Interesse gekämpft. In den süddeutschen Staaten Baiern, Würtemberg, Baden, Hessen-Darmstadt wurde von den Regierungen das deutsche Nationalgefühl durchaus nicht gepflegt, sondern nur etwa geduldet. Oesterreich hatte überhaupt nur einen Kabinetskrieg geführt. Indessen war es doch immer ein großer Sieg und man konnte sich desselben freuen.

Das nächste, worauf dann ganz natürlich oder fast gleichzeitig alle Gedanken geleitet wurden, war das Schicksal des großen Feindes: Napoleon. Man sah im Allgemeinen seinen Sturz nur als eine gerechte Strafe des Himmels für seine Frevelthaten, für seine Ueberhebung und seinen Hochmuth an, und glaubte in der großen Mehrzahl und im grimmigen Hasse, daß die verbündeten Fürsten noch viel zu glimpflich verfahren wären, indem sie ihm den Kaisertitel mit dem unabhängigen Fürstenthum Elba und bedeutende von Frankreich zu zahlende Dotationen gelassen hätten. Ueber den Charakter des bisher so gewaltigen Imperators wurde man vollends irre. Wenn man ihm auch so zu sagen gar nichts Gutes zutraute, so hatte man doch eine ungeheure Vorstellung von seiner Thatkraft und Wildheit und man begriff nicht, wie der Mann, noch an der Spitze von 40—50,000 Mann und im Besitz von mehr als halb Frankreich, selbst von halb Italien, ohne weiteren Widerstand seinen Kronen von Frankreich und Italien entsagte und mit der kleinen Insel Elba vorlieb nahm. Er war so oft mit einem Tiger verglichen worden und man hatte nicht anders erwartet, als daß er sich wie ein Raubthier bis zum letzten Athemzuge wehren würde. Sein leichtes Abtreten vom Schauplatz war daher der großen Mehrzahl unerwartet. Man las in seiner Abdankung, „daß es kein persönliches Opfer, selbst nicht das seines Lebens, gäbe, welches er nicht dem Wohle Frankreichs darzubringen bereit sei.“ Er hatte abgedankt, um Frankreich weitere Leiden zu ersparen, da die verbündeten Fürsten erklärt hatten, daß er das einzige Hinderniß des Friedens sei. Das klang vollends ganz unbegreiflich. Einen edlen patriotischen Beweggrund konnte der Wütherich nicht gehabt haben. Es war Mangel an Muth, und im Uebermaaß seiner Verbrechen war er betäubt und befangen worden. Alle Tyrannen sind feige; er war ein Tyrann, folglich war er feige, und man hatte ihn bisher weit überschätzt. So glaubte die urtheilslose Menge mit ihm fertig zu werden. Eine gefallene Größe hat niemals dafür zu sorgen, daß Spott, Hohn, Schimpf und Verleumdung über sie hingehen und welchen Stoff hatte Napoleon bei seinen Gegnern in so langen Jahren aufgehäuft! Die geschwellte Flut ging nun unaufhaltsam über ihn hin. Die Zeitungen sorgten dafür, das Gehässige zu vermehren. Man hatte ihm schon früher seine corsicanische Abkunft, seinen Namen (er sollte nicht Napoleon, sondern „Nicolas“ heißen) und selbst den Tag seiner Geburt (15. August) bestritten. In der Vossischen Zeitung vom 5. Mai heißt es in dem Artikel „Vermischte Nachrichten“: „Nach öffentlichen Nachrichten soll es zuverlässig sein, daß Napoleon von einer Familie im Kanton Appenzell, die den Namen Guttheil führt, abstammt. Sein Großvater, als er sich in Corsica niederließ, übersetzte diesen Namen ins Italienische, indeß verheiratheten sich seine Abkömmlinge immer noch mit Landsmänninnen. Napoleons Mutter war aus Basel; der Cardinal Faesch (schrieb sich Fesch) war in dieser Stadt Commis bei einem Kaufmanne; die Familie Faesch ist in Basel sehr zahlreich und geachtet.“ Früher schon hatte Kotzebue in seinen Schmähschriften herausgebracht, er hieße nicht Napoleon, sondern Nicolas, und nicht Bonaparte, sondern Guttheil, sein eigentlicher Name sei daher Nicolas Guttheil. Daß er Nicolas heiße, war auch nach Frankreich übergegangen, wie wir später sehen werden. Besonders trug dazu bei, ihn in Beziehung seines persönlichen Muthes anzufechten, die in den Zeitungen*) erschienenen Berichte über seine Reise nach der Insel Elba, wo er sich in der Provence gegen eine aufrührerische Menge kläglich und überaus feige benommen haben sollte. Wir kommen auf diese Reise später ausführlicher zurück und bemerken hier nur, daß die Darstellung derselben in den Zeitungen ihm so nachtheilig wie möglich gehalten war.

Die Bewegung war natürlich in den niederen Kreisen lebhafter und unfeiner und man hörte auf den Straßen singen:

Bonapart' ist nicht mehr stolz
Er handelt jetzt mit Schwefelholz 2c.

Unsere Soldaten sangen damals in unverstandenem, barbarischem Patriotismus:

Bonapart', Du Schinderknecht,
Hast uns geraubet das deutsche Recht 2c.

Und:

Bonaparte, Du Coujon! 2c.

Es war ein allgemeiner Chorus in ganz Europa gegen den Gefallenen, so daß ein geistreicher Mann behauptet hat: es hätte vor dem Gebell der niederen Leidenschaften die gesunde Vernunft ihr eigenes Wort nicht hören können.

Was eigentlich mit Napoleon in Europa gestürzt worden, vorläufig der letzte Rest der Revolution und wahrscheinlich auch die guten Früchte derselben auf längere Zeit; daran dachte in der Freude, des großen Drängers ledig zu sein, kaum Jemand. Nur die Dynastieen und der Adel haben davon ohne Zweifel ein besseres Verständniß gehabt. Das deutsche Volk hat in den letzten Jahrzehenden und besonders im letzten einigen praktischen Unterricht in der Politik erhalten, damals aber hatte es darin so gut wie gar keine Kenntniß und sein Verständniß reichte nicht weit. So war ihm denn durchaus nicht klar, warum die französische Revolution gegen das alte feudale Frankreich mit Nothwendigkeit hatte entstehen müssen; wie die Durchführung derselben im Kampfe mit den widerstrebenden Elementen im Innern und die Abwehr des mit Macht eindringenden Europa nicht mit sanften Mitteln zu

*) In der Vossischen Zeitung vom 21. Mai in einem besonderen Artikel hinter den vermischten Nachrichten.

veranstalten gewesen, sondern nur durch Gewalt und deshalb mit vielen Gräueln möglich gewesen. Es bedachte nicht, daß der aus der Revolution hervorgegangene bürgerliche Herrscher sich gegen das feudale Europa nur durch fortwährende Gewalt halten konnte, daß dieser, so weit er sich von den Grundsätzen der Revolution auch entfernt haben mochte, doch immer nur kraft derselben regierte, seinen Ursprung darauf zurückführte und ein Kind derselben war; daß mit seinem Sturz und der Wiederherstellung der alten feudalen Bourbons in Frankreich auch eine Restauration von Europa mit Nothwendigkeit bevorstand. Man bedachte dies und vieles Andere nicht und überließ sich nur den Erwartungen und Hoffnungen, die der große Sieg erschlossen hatte.

Zufolge des Manifestes von Kalisch war der erste Gedanke die Wiedererrichtung eines großen deutschen Reiches, wie ein solches in dem genannten Manifeste verheißen war. Der große Kampf war auf diese Verheißungen hin so zu sagen unternommen und durchgeführt worden. Daher lag „ein deutsches Kaiserthum" nicht allein in dem Traum eines Dichters wie Max von Schenkendorf, es war der Wunsch und das Verlangen aller Patrioten in allen Schichten der Gesellschaft, er hatte selbst die deutschen Staatsmänner ergriffen und reichte auch bis in die fürstlichen Kreise hinein. Bei der großen Mehrzahl aber war das Verlangen und die Phantasie viel mächtiger, als die Kenntniß und Einsicht in die Lage der Dinge. Einmal bedachte man nicht, daß Deutschland den großen Kampf nicht allein ausgekämpft, daß ein Theil der Deutschen sogar ein ganzes Jahr hindurch auf Seiten des Feindes gewesen; daß vielmehr die umliegenden großen Reiche: Rußland, das meist slavische Oesterreich, das Subsidien zahlende England, Spanien und selbst Schweden dabei zum Theil sehr wesentlich mitgewirkt hatten, die gar kein Interesse haben konnten, ein mächtiges deutsches Reich in der Mitte Europas entstehen zu lassen, und die eine viel gewichtigere Stimme in Europa haben mußten, als das zerrissene, vielfach getheilte und durch viele unglückliche Kriege geschwächte Deutschland. Wenn aber auch die großen europäischen Reiche günstiger gegen Deutschland gestimmt gewesen wären, welcher deutsche Fürst sollte Oberherr, Kaiser werden? Preußen hatte im Kampfe bei Weitem das Meiste geleistet, es hatte Anstrengungen gemacht, die im Verhältniß zu seinen Kräften unübertrefflich waren; aber es war ein junger Staat, eigentlich nur das Werk eines großen Mannes, es war vor 7—8 Jahren vernichtet worden und sollte nun erst wieder so groß werden, als es gewesen war. Ein König von Preußen, so hoch er auch durch den Heldenmuth seines Volks wieder emporgehoben war, fand als Kaiser schwerlich den nöthigen Gehorsam. Wenn die deutsche Kaiserkrone an Oesterreich kam, so war zu fürchten, daß, da dieses Reich größtentheils slavisch ist und den Schwerpunkt in Ungarn hat, jetzt aber noch im Begriff war, mehrere Millionen Italiener zu seinen Angehörigen zu zählen, Deutschland an dieses Völkerconglomerat gebunden und vielfach gehemmt werden würde. Es war zu besorgen, daß das träge, unerfreuliche Regiment Habsburgs über Deutschland in den letzten Jahrhunderten sich erneuerte. So groß wie Oesterreich auch war, so war doch nicht zu verlangen, daß das jugendliche, jetzt so ruhmreiche Preußen sich ihm unterordne. Von einem minder mächtigen Fürsten als Kaiser konnte vollends nicht die Rede sein. Ueberhaupt aber bestand immer die große Scheidewand der Religion. Einem protestantischen Kaiser gehorchten schwer die südlichen, einem katholischen schwer die nördlichen Stämme. Wenn aber vom Wunsche des Volkes die Rede sein soll, so konnte ein solcher nicht in Betracht kommen, wenngleich das Volk seine Habe, sein Blut und sein Leben hingegeben hatte, den Sieg zu erkämpfen. In keinem Lande des Continents bestand eine Staatsform, welche verstattete, den Willen des Volks zum Gesetz zu erheben; die Presse aber, ohnehin unter Censur, war damals noch keine Macht. Unter den Bannern der Fürsten hatten die Völker die Freiheitskriege durchgekämpft. Ihre Fürsten und deren Diener hatten also auch den Zustand allein zu ordnen, der auf den Krieg folgen sollte, und Fürsten konnten Fürsten nicht beseitigen, nicht die Rechte verkennen, kraft welcher sie selbst regierten. Wenn eine Einschmelzung geschah, konnte sie nur in sehr untergeordnetem Maße vorkommen. Ueberhaupt konnte nur das Land zur Vertheilung kommen, was vakant geworden oder was erobert war, und das war nicht so umfangreich.

Wir lassen diese Klippen und Sandbänke, die einer Vereinigung Deutschlands noch heute im Wege stehen, und überlassen uns noch eine Zeit lang der Freude und der Hoffnung. Diese waren so groß, daß sie über alle Schwierigkeiten hinweghalfen. Wenn man auch einen Theil derselben einsah, so konnte man sich doch von Errichtung einer Art „von deutschem Reich“ nicht lossagen. Wenn denn die Unterordnung von Preußen unter Oesterreich oder umgekehrt nicht sein könnte und die Religion eine so große Scheidewand bilde, so sei Deutschland groß genug, zwei Kaiserreiche zu bilden, ein protestantisches im Norden unter Preußen und ein katholisches im Süden unter Oesterreich. Es hatte ja selbst der Minister Stein eine solche Theilung nicht allein für möglich gehalten, sondern sie geradezu vorgeschlagen. Eine Zeit lang wurde dieser und jener Traum gehegt, bis sie nach und nach an der rauhen Wirklichkeit zerrannen.

In die Gemüthlichkeit der deutschen Erwartungen kam dann der erste rauhe Wind durch den Pariser Frieden mit Frankreich vom 30. Mai 1814.*) Man hatte geglaubt, daß da die Bourbonen nicht das mindeste für die große Sache gethan hatten, da sie gleichsam nur aus Gnaden der Verbündeten wieder eingesetzt wurden, es sehr gut angehe, Frankreich nun die deutschen Länder Elsaß und Lothringen wieder abzunehmen. Statt dessen war Frankreich nun sogar um mehrere Ländertheile gegen 1792 vergrößert worden. Die Franzosen hatten Europa unendliche Kriegssteuern abgenommen und so viele Kunstschätze geraubt, sie aber zahlten nichts und behielten, was sie geraubt hatten. Die verbündeten Heere erhielten gleich nach Abschluß des Friedens Befehl Frankreich zu verlassen. Das schien denn doch Jedermann zu wenig für so viel erlittene Drangsal und für die unsäglichen Anstrengungen, die der Sieg gekostet. Auch wagten die Diplomaten der Verbündeten selbst nicht, diesen Frieden für vortheilhaft auszugeben und die Feldherren zürnten, daß ihre Siege eine so geringe Frucht gebracht. —

Daß das alte Königsgeschlecht wieder eingesetzt worden, kam dem Publikum im Gegensatz von Napoleon allerdings etwas fremdartig vor. Man hatte es im Laufe eines Vierteljahrhunderts fast vergessen. Man meinte wohl auch, es müßte den Franzosen doch sonderbar vorkommen, anstatt des gewaltigen nie rastenden Imperators den alten, schwerfälligen Ludwig XVIII. zu bekommen. Welches Princip

*) In Berlin amtlich bekannt gemacht den 9. Juni.

mit Ludwig XVIII. auf den Thron gekommen, darüber dachte man nicht ernstlich nach, die verbündeten Fürsten und Minister mußten das am besten wissen; auch gönnte man den Franzosen von Herzen diese Züchtigung und Demüthigung.

Wenn nun auch der Friede mit Frankreich nicht so ausgefallen war als man gehofft hatte, so blieb doch noch immer die Errichtung eines nationalen Gesammt-Deutschland in Aussicht. Man brauchte die Hoffnung noch nicht sinken zu lassen und man hoffte noch immer. Auf einem großen Congresse zu Wien, mit Ausschluß Frankreichs, sollten alle europäischen und deutschen Verhältnisse entschieden werden.

So wie der Friede mit Frankreich abgeschlossen war, war der Zweck des Krieges erreicht und die Heere der Verbündeten erhielten Befehl, Frankreich zu verlassen und in ihre heimathlichen Länder zurückzumarschiren. Viel, unendlich viel hatten die Länder, Großes hatten die Heere geleistet, und die Fürsten hatten wohl Ursache ihnen dankbar zu sein und ihre Dankbarkeit vor aller Welt zu bethätigen. Aber nur der König von Preußen sprach Dankbarkeit öffentlich aus. Keiner der Monarchen war mit seinem Volke so innig verbunden, keines der Völker und Heere hatte so Glänzendes und Außerordentliches geleistet. So erließ denn der König von Paris den 3. Juni an sein Volk eine Ansprache, die frisch aus dem Herzen kam. Sie lautet: „Beendigt ist der Kampf, zu dem Mein Volk mit Mir zu den Waffen griff! Glücklich beendigt durch die Hülfe Gottes ...... Durch die Kraft, den Muth, die Ausdauer, die Entbehrung, die jeder Preuße in diesem schweren Kampfe bewiesen hat. Nehmt meinen Dank dafür! Groß sind Eure Anstrengungen, Eure Opfer gewesen! Ich kenne und erkenne sie; und auch Gott, der über Uns waltet, hat sie erkannt. Errungen haben wir, was wir erringen wollten. Mit Ruhm gekrönt steht Preußen vor Mit- und Nachwelt da ..... Eine bessere Zeit wird wiederkehren ... und die Wunden heilen, die langes Leid Euch schlug."

Eine ähnliche Ansprache richtete der König an sein Heer. Er sagt darin: 15 Hauptschlachten*), beinah tägliche Gefechte, viele mit

*) Diese Schlachten, welche der König rechnet, insofern preußische Truppen dabei fochten oder mitfochten, werden gewesen sein: Lützen, Bautzen, Groß-

Sturm genommene Städte, viele eroberte feste Plätze in Deutschland, Holland, Frankreich bezeichnete Euren Weg von der Oder bis zur Seine und keine Gräuelthat hat ihn befleckt.

Von demselben Tage, Paris den 3. Juni, sind auch die Kabinetsschreiben, welche die Belohnung des leitenden preußischen Staatskanzlers und die der preußischen Feldherren enthielten. Der Freiherr von Hardenberg wurde in den Fürstenstand erhoben und ihm Güter verheißen, die diesem Range angemessen wären. Der ruhmgekrönte Marschall Vorwärts wurde unter dem Namen Blücher von Wahlstatt unter denselben Verheißungen in den Fürstenstand erhoben, wobei seine Nachkommen aber nur die gräfliche Würde besitzen sollten. General Yorck*) mit dem Ehren-Namen von Wartenburg, Kleist mit dem von Nollendorf, Bülow mit dem von Dennewitz, wurden in den Grafenstand erhoben. Tauentzien besaß schon die gräfliche Würde und erhielt den Ehrenbeinamen von Wittenberg. Auch Gneisenau empfing die gräfliche Würde. Allen wurden Dotationen verheißen.

Von österreichischer Seite wurde es dem Generalissimus Fürsten Schwarzenberg überlassen, dem Heere zu danken. Es geschah dies in seinem Abschiede vom Heere, da dasselbe nun „seinen Rückmarsch antrete." Er war datirt St. Cloud vom 5. Mai. Es ist bemerkenswerth darin, daß er nur „die Tage von Culm, Leipzig, Hanau, Brienne, Fère Champenoise und Paris" anführt, welche die Freiheit von Europa, die Unabhängigkeit der Völker gerettet haben sollen.**) Von Ertheilung von Ehrentiteln, auf dem Schlachtfelde erworben, verlautete nichts, es war dazu auch keine eigentliche Veranlassung.

Beeren, Katzbach, Dresden, Dennewitz, Wartenburg, Möckern, Leipzig, Montmirail, Chateau-Thierry, Vauchamps-Etoges, Laôn, Fère-Champenoise, Paris. — Bei Brienne, La Rothière, Bar sur Aube, Montereau, Craonne, Arcis sur Aube fochten nur russische, österreichische und andere deutsche Truppen.

*) Die Ansprachen des Königs und die Kabinetsschreiben an die Bezeichneten finden sich in der Vossischen Zeitung vom 18. Juni. Hier lösen sich auch die Zweifel Droysens über die Schreibart des Namens Yorck, wo er zum Grafen Yorck (mit einem ck) von Wartenburg erhoben wird. Auch früher war seine dienstliche Unterschrift immer Yorck.

**) Der Abschied Vossische Zeitung vom 4. Juni.

Der König von Baiern erhob Wrede, dem er ohne besondere Veranlassung bereits Anfangs 1814 die in Deutschland seltene Würde eines General-Feldmarschalls ertheilt, welche in der Regel nur an diejenigen Heerführer verliehen wird, welche als Oberbefehlshaber eine Schlacht gewonnen haben (er hatte die einzige Schlacht, wo er selbstständig befehligt, bei Hanau, verloren) jetzt, da eigentlich noch weniger Veranlassung war, durch Patent vom 9. Juni in den Fürstenstand und gab ihm eine überaus reiche Dotation, welche gegen die, welche der König von Preußen seinen glänzenden Heerführern bestimmte, ganz unverhältnißmäßig beträchtlich war. Es scheint, der wenig mächtige König von Baiern wollte etwas zu belohnen haben.

Von den ersten Tagen des Mai an setzten sich die in Frankreich vom Canal bis zur Provence vertheilten zahlreichen Heere der Verbündeten in Marsch, um in ihre Heimath zurückzukehren. Die Russen hatten bis dahin über 300 deutsche Meilen und konnten kaum vor Eintritt des Winters dort anlangen, auch die Preußen und Oesterreicher hatten einen weiten Weg. Der Marsch eilte nicht und wurde mit Bequemlichkeit zurückgelegt. Die österreichischen Truppen und die der süddeutschen Staaten zogen nach und über den Oberrhein, wo die ersteren vom Bodensee an über Stuttgart bis gegen Frankfurt hin mit dem Hauptquartier zu Freyburg im Breisgau noch eine Zeit lang stehen blieben, dann aber auch den weiteren Rückmarsch antraten. Die Preußen und Russen, so wie die Truppen der norddeutschen kleinen Fürsten passirten den Rhein von Mainz bis Wesel in vielen Colonnen, nach und nach aufeinanderfolgend. Die Russen rückten theilweise durch Preußen über Berlin 2c., theilweise durch Sachsen und Schlesien über Dresden und Breslau, auch durch Böhmen über Oberschlesien nach Krakau. Die letzten russischen Truppen, die Garden, waren in Berlin erst Mitte August, während andere Ende Juli die polnische Grenze, das Corps von Langeron durch Böhmen um diese Zeit Krakau, erreichten.

Während die siegreichen Verbündeten gegen Osten zogen, marschirten die französischen Besatzungen der noch in ihrem Besitz gebliebenen Festungen, die nun sämmtlich übergeben und von ihnen verlassen wurden, gegen Westen, nach Frankreich. Auch die französischen Gefangenen, die in Preußen und Oesterreich festgehalten und die noch nicht zu weit in Rußland hineingekommen waren, zogen unter Bedeckung wieder in ihre Heimath. Es war eine immerwährende Bewegung, eine wahre Völkerwanderung.

Wir lassen die Truppen in ihre Heimath ziehen und werden bei den Preußen noch einmal auf sie zurückkommen; es gilt, die nächsten Handlungen der siegreichen Fürsten im Allgemeinen zu bezeichnen. Hier erfolgten vorläufige Besitzergreifungen, die durch den abzuhaltenden Wiener Congreß in endgültige verwandelt werden sollten. Verschiedene dieser Besitzergreifungen konnten gleich anfangs als solche betrachtet werden. König Ferdinand VII. war schon durch Vertrag mit Napoleon nach Spanien wieder zurückgeführt worden. Holland war durch das Haus Oranien wieder in Besitz genommen und sollte, durch Belgien vergrößert, in ein Königreich verwandelt werden. Schweden hatte Norwegen völlig in seiner Gewalt und der Besitz sollte in Wien Gesetzeskraft erhalten; für Dänemark stand dafür eine kleine Entschädigung in Deutschschland zu hoffen. Das Herzogthum Warschau hatten die Russen im Besitz und dachten es nicht fahren zu lassen. In Italien hatte sich Murat durch empörende Untreue gegen Napoleon im Besitz von Neapel noch erhalten und er war berechtigt, Gesandte auf den Wiener Congreß zu senden. Der Papst hatte den Kirchenstaat wieder erhalten und war am 10. Mai in Rom eingezogen; der Großherzog von Toskana hatte wieder Besitz von seinem Lande genommen. Der Vice-König von Italien hatte schon in einer Kundgebung vom 26. April aus Mantua feierlichen und rührenden Abschied von den Italienern genommen*) und war zu seinem Schwager, dem Könige von Baiern, abgereist. Was bei seinem Heere an französischen Truppen sich befand, marschirte nach Frankreich. Der König von Sardinien, bisher auf seine Insel beschränkt, nahm wieder Besitz von Piemont und da sein Stammland Savoyen noch bei Frankreich gelassen, so wußte er schon, daß ihm zur Entschädigung die ehemalige Republik Genua bestimmt war. Das Herzogthum Parma sollte zufolge Vertrages von Fontainebleau, die Gemahlin Napoleons erhalten und ihr Sohn, der junge Napoleon,

*) Vossische Zeitung vom 19. Mai.

früher König von Rom, darin nachfolgen. Was in Italien noch übrig war, war im vorläufigen Besitz von Oesterreich, welcher auf dem abzuhaltenden Wiener Congresse endgültig geregelt werden sollte. — Im Innern von Deutschland waren vorläufige Besitznahmen geschehen; was übrig war, wurde von der Central-Commission unter Stein verwaltet, um späterhin eingetheilt zu werden.

Von den kriegführenden Monarchen war nur der Kaiser von Oesterreich in seine Staaten zurückgekehrt und den 16. Juni siegprangend in Wien eingezogen. Der König von Preußen und der Kaiser von Rußland mit ihren Feldherren und Diplomaten waren von dem Prinz-Regenten als Gäste nach England eingeladen und reisten gleich nach Unterzeichnung des Friedens mit Frankreich in den ersten Tagen des Juni dahin ab. Es waren mit dem König von Preußen Blücher, Gneisenau, York, Bülow, Kleist, der Staats-Kanzler Fürst Hardenberg und verschiedene andere Diplomaten und Adjutanten ꝛc.; mit dem Kaiser von Rußland Barclay, der Hetmann Platof, Graf Nesselrode und ebenfalls viele Diplomaten und Adjutanten. Eine große Zahl preußischer und russicher Generale und Offiziere benutzte die Gelegenheit, wenn auch nur auf kurze Zeit, dies merkwürdige Inselland zu besuchen. Die Monarchen sowie ihre Minister und Generale sahen hier aus eigener Anschauung die Segnungen der bürgerlichen Freiheit, sie sahen, was nur die Großartigkeit eines öffentlichen Lebens zu bieten vermag, denn sie bemerkten mit Erstaunen, daß sie nicht Gäste des Prinz-Regenten allein, sondern des ganzen englischen Volkes wären; freilich hatten ihre Soldaten dem englischen Volke große ungeheure Vortheile erkämpft, wofür dieses dankbar sein wollte. Die Monarchen gefielen sich so sehr in England, daß sie ihren Aufenthalt bis auf drei Wochen verlängerten, während welcher Zeit die Zeitungen voll waren von dem, was sie und ihr Gefolge erlebt, gesehen, was ihnen von ihren Wirthen dargeboten worden. Vor allen, selbst vor den gekrönten Häuptern, war es nun Blücher, der heroisch-joviale „Marschall Vorwärts“, dem die allgemeine Theilnahme und die stürmischsten Ehrenbezeugungen galten, so daß der alte Held darunter fast erlag.*) So etwas ist nur in einem Lande der Oeffentlichkeit und

*) Blücher von Varnhagen v. Ense.

bürgerlichen Freiheit möglich. Blücher, Barclay, Platof erhielten von der Nation kostbare Ehrengeschenke. Blücher wurde zum Doctor von Oxford creirt und bemerkte dabei, wenn er Doctor wäre, so müßte Gneisenau wenigstens Apotheker sein.*)

Nachdem die beiden Monarchen und ihr Gefolge England den 26. und 27. Juni verlassen, machten sie noch verschiedene Besuche, weil ihre Heere noch immer einen großen Theil des Rückmarsches zurückzulegen hatten und sie diese doch erst in ihren Staaten anlangen lassen wollten. Der König von Preußen besuchte sein ihm wieder zugefallenes Fürstenthum Neuenburg in der Schweiz, der Kaiser von Rußland seine ihm verwandten Fürstenhöfe in Deutschland, wie in Stuttgart, in Weimar ꝛc., dann reiste letzterer, mit Vermeidung von Berlin, in seine Staaten zurück; der erstere langte erst in seiner Hauptstadt an, als seine letzten Truppen, die Garden, in Berlin eintrafen.

Ueber den Empfang der rückkehrenden sieggekrönten Krieger im Vaterlande darf unsere Geschichte nicht mit Stillschweigen hinweggehen. Zu jeder Zeit werden aus einem siegreichen Feldzuge heimkehrende Söhne des Vaterlandes der Gegenstand großer Theilnahme ihrer Mitbürger sein. Hier aber war es eine Rückkehr, die Deutschland noch nicht erlebt hatte. Nach vielfachem Schlachtgetümmel und beispiellosem zweijährigem blutigem Ringen hatte man obgesiegt und den gewaltigen Imperator vom Thron gestoßen. Es war ein Ergebniß, welches, die kommenden Jahrhunderte durchdringend, bis ans Ende der Geschichte reichen mußte. Es war also eine ganz außerordentliche Veranlassung zur Theilnahme. Ohne Zweifel werden die Truppen von Oesterreich, Baiern, Würtemberg, Baden ꝛc. festlich empfangen worden sein, aber ganz etwas anderes war es mit den Kriegern von Preußen. Hier war das ganze waffenfähige Volk aufgestanden, hier war das letzte, was man geben konnte, zum Opfer dargebracht worden, hier waren König und Volk auf das Innigste verbunden, Jedermann konnte sich ohne Rückhalt zeigen, die Sache war allen Ständen gemein und alle hatten mit einander gewetteifert. Alle Verhältnisse mußten hier frischer, freier, inniger sein. Und mit

*) Anspielung auf das beliebte Lustspiel der Apotheker und der Doctor.

gerechtem Stolz konnte das Land auf seine tapferen Söhne blicken, denn sie hatten den Hauptreigen in dem großen Kampfe geführt! Hiernach mußte auch die Theilnahme eine unendlich größere und tiefere sein, wie in allen anderen deutschen Ländern.

Vorauf bei dem Rückmarsch zogen die freiwilligen Jäger. Schon einen Monat vor dem Pariser Friedensschluß in einer Kabinetsordre, Paris vom 30. April, aber in den Berliner Zeitungen erst bekannt gemacht den 24. Mai, hatte der König befohlen, alle freiwilligen Jäger-Detachements aufzulösen und die Jäger in ihre Heimath zu entlassen. „Ich kann nicht umhin," hatte der König ausgesprochen, „ihnen (den freiwilligen Jägern) in Meinem und des Vaterlandes Namen den Dank zu bezeigen, der ihrem rühmlichen Eifer, ihrer Tapferkeit und ihrer Ausdauer, womit sie in den Reihen der übrigen Krieger gefochten haben, gebührt, indem ich es nicht verkenne, daß sie dadurch zu dem glücklichen Erfolge wesentlich mit beigetragen haben."

Die freiwilligen Jäger waren ohne Zweifel die Blüthe der preußischen Jugend, in ihnen lebte, unbeschadet der Tapferkeit und Kriegskenntniß der eigentlichen Truppen, die Glut des Freiheitskampfes am innigsten, weil diese mit viel größerem Verständniß gepaart war. Als Pflanzschule für Offiziere war ein großer Theil in das stehende Heer übergegangen, welcher in demselben dienen blieb und später zum Theil den höchsten Rang erstiegen hat. Aber der größere Theil blieb doch beisammen und machte den weiten Marsch zur Heimath. Verschiedene Detachements (Jägerabtheilungen zu Fuß und zu Pferd) wurden dann unter die Führung eines Stabsoffiziers oder Hauptmanns (Rittmeisters) der Linie gegeben, um die Ordnung zu erhalten. Der Marsch war, militairisch genommen, ziemlich zwanglos. Man konnte mit Urlaub leicht seitwärts gelegene merkwürdige Orte besuchen. Nicht gar wenige benutzten die Gelegenheit, einige Theile Süd-Deutschlands, selbst der Schweiz, kennen zu lernen, und schlossen sich später wieder an. Ueberall auf dem Marsch die dankbarste herzlichste Aufnahme. Diese steigerte sich jedoch, als die Rückkehrenden den Thüringer Wald und die Weser überschritten und sich der Elbe näherten. Von nun an bei jedem Durchmarsch durch Städte und Dörfer gesteigerter Jubel, bei jedem Nachtquartier feierlicher Empfang durch die Behörden und eine wimmelnde fröhliche Menge. Festlich geschmückte Jungfrauen brachten den tapferen Söhnen des Vaterlandes Kränze dar, indem sie sich, für diesen Fall, ihre Scheu verleugnend, in die Züge mischten und einem Krieger selbst den Kranz aufsetzten. Selbst eine patriotische Umarmung war in der allgemeinen Begeistrung als Belohnung gewährt. Ehrenpforten mit Inschriften*) waren dann am Thor errichtet, unter welchem der fröhliche Zug unter Zuruf in die Stadt einrückte. Man gab zur Bewirthung, was man vermochte. Häufig war an den Ruhetagen und zuweilen auch selbst an Marschtagen Ball, wo das junge Geschlecht dann nähere Bekanntschaft machte, und mitunter einen Bund auf das Leben schloß. Manche Städte feierten die Rückkehr der Tapferen durch Illumination.

Bis Berlin waren die freiwilligen Jäger bereits von den Abtheilungen geschieden, deren Heimath auf dem Zuge dahin lag, aber bei weitem der größte Theil war doch zusammen geblieben. Von da an wurden die Reihen immer schwächer und lösten sich auf, wenn die Heimath des betreffenden Regiments nahe lag.

Am 5. Juli erreichten von allen Rückkehrenden die freiwilligen Jäger der Garde, 3 Escadrons und 4 Abtheilungen zu Fuß (Detachements) zuerst die Hauptstadt, und von nun bis zum 14. August kamen in kurzen Zwischenräumen weitere freiwillige Schaaren zu Fuß und zu Pferd, Landwehren, Linie und Artillerie an, bis die preußischen und russischen Garden nebst dem König den Beschluß machten. Gegen das Ende dieser Märsche hatten sich auch alle Generale wieder eingefunden, so wie eine Flut von Offizieren auf Urlaub nach so schweren Kriegszeiten mit Sehnsucht in die Heimath eilte.

Wir erwähnen des Einzuges der freiwilligen Jäger der Garde mit einigen Worten, da diese gleichsam den Schaum der Begeisterung von Berlin vorwegnahmen. Ein großer Theil derselben war aus der Hauptstadt oder aus der Umgebung oder doch wenigstens

*) Gewiß waren diese alle vortrefflich gemeint, indessen lief auch zuweilen etwas Komisches mit unter. Eine kleine Stadt hatte bei der Ehrenpforte die Inschrift: Willkommen, ihr tapfern Krieger! Es war aber in letzterem Wort ein orthographischer Fehler, es stand „Krüger“, was natürlich große Ergötzlichkeit hervorbrachte.

aus der Mark, es fanden daher die nächsten und wärmsten Beziehungen statt und die entfernteren Angehörigen hatten sich eingefunden, um diesen Ehrentag hier mit zu erleben. Die Detachements wurden schon in dem Dorfe Schöneberg (welches damals entfernter von Berlin lag, als jetzt) von einem Bürgerbataillon und von dem städtischen Schützencorps, sowie von dem Gouverneur General der Kavallerie v. L'Estocq und dem Commandanten Generalmajor v. Brauchitsch, mit einem zahlreichen Gefolge, empfangen. Zugleich hatte sich eine große Menschenmenge eingefunden, darunter Eltern, Brüder, Schwestern, Bräute, Verwandte, Freunde. Ein großer Kreis Berliner Töchter in weißem Gewande mit Rosen in den fliegenden Haaren, brachte den jungen Kriegern Blumenkränze und Gedichte dar, so daß auch nicht einer übrig blieb, der nicht damit geschmückt war. Gegen 12 Uhr war der Zug am Potsdamer Thore angekommen. Hier empfing ihn eine Deputation des Magistrats und der Stadtverordneten. In feierlicher Rede wurden die Krieger begrüßt und ihnen der Dank des Vaterlandes dargebracht. Unaufhörliche Hochs erschollen und Musik stimmte ein. Darauf setzten sich der Prinz Carl und der Herzog von Cumberland an die Spitze des Zuges und führten ihn in die Stadt ein. Es ging die Leipziger Straße hinab, durch die Wilhelmsstraße und die Linden bis zum Lustgarten. Die Straßen, alle Fenster waren dicht mit Menschen besetzt. So wie der Zug ankam, immer erneuter Zuruf, Wehen mit weißen Tüchern, Bewerfen mit Blumen und Kränzen. Zu einem frohen freundschaftlichen Abend- und Friedensmahle im ehemaligen v. Reck'schen Garten in der Leipziger Straße waren von Magistrat und Stadtverordneten die Commandeurs, sämmtliche Offiziere und Oberjäger, sowie von jeder Compagnie und Escadron je 10 Mann (also 70; warum nicht alle?) eingeladen. Dazu der Gouverneur, Kommandant, Polizei-Präsident, mehrere Behörden und „mehrere Honoratioren". Im Theater wurde „Das Dorf im Gebirge" mit besonderer Einrichtung zu dieser Feier gegeben, welches auch bei den folgenden feierlichen Einzügen wiederholt wurde.*)

In kurzen Zwischenräumen kamen in den nächsten Tagen die

*) Vossische Zeitung vom 5. Juli.

Jäger-Detachements der Linie, auch schon ein Theil der Landwehr an. So am 8. Juli 4 Detachements zu Pferd, 6 zu Fuß und Freiwillige der Artillerie von brandenburgischen, west- und ostpreußischen Regimentern: 1300 Mann zu Fuß und 750 zu Pferd, ingleichen zwei westpreußische Landwehr-Cavallerie-Regimenter. Am 12., 14., 19. Juli geschah der Durchmarsch eines Theils der märkischen, pommerschen, west- und ostpreußischen Landwehr und zugleich noch immer Jäger-Detachements zu Fuß und zu Pferde, am letztgenannten Tage vorzugsweise die des pommerschen Corps. Alle diese Truppen wurden festlich eingeholt und mit Freuden begrüßt, doch konnte es nicht fehlen, daß die zuerst angekommenen die größere Theilnahme vorweggenommen hatten. Den später kommenden wurde jedoch wieder reichlicher Ersatz an andern Orten, besonders so wie sie ihre heimathliche Provinz erreichten. Die Nachrichten hierüber sind sehr dürftig. Es gab damals nur in den größten Städten Druckereien, und Zeitungen nur höchstens in den Hauptstädten der Provinzen. Die Theilnehmer sind, nach mehr als anderthalb Menschenaltern, zum größten Theile todt und das Andenken an so erhebende Tage ist bei dem gegenwärtigen Geschlecht erloschen. Um so mehr ist es Pflicht, was uns erhalten ist, wieder mitzutheilen. So lesen wir denn in der Beilage der Vossischen Zeitung vom 30. Juli ein Inserat, wie zwei Detachements pommerscher freiwilliger Jäger zu Fuß und zu Pferd unter Führung eines Rittmeisters Thielmann, zusammen 300 Mann, am 15. Juli zu Prenzlau aufgenommen worden sind. Prenzlau hatte vor 8 Jahren die Schmach erlebt, daß sich der Ueberrest des preußischen Heeres unter dem Fürsten Hohenlohe nur an französische Reiterei ergeben hatte und das Andenken daran war bei der gesammten Einwohnerschaft ohne Zweifel noch frisch genug. Nun hatte der Sieg alles umgewandelt und die Stadt wollte daher an den heimkehrenden Kriegern ganz besonders das Andenken an jene Schmach zu verwischen suchen. So betheiligte sich denn jeder Einwohner an der patriotischen Feier. Zweihundert Schritte vor der Stadt war eine gewaltige Ehrenpforte errichtet und ein langer Laubgang führte fast bis an die Stadt, reich mit Gehängen von Laub und Blumen verziert. Nicht weniger als 300 Töchter der Stadt, in Weiß und Grün gekleidet, mit Rosenkränzen im Haar und Laub und Kränze tragend, empfingen bei der Ehrenpforte die ankommenden Söhne des Vaterlandes. Eine auserwählte Jungfrau hielt eine feierliche Anrede und überreichte Gedichte. Darauf wurde jeder Krieger von ihnen mit Eichenlaub und Blumenkränzen geschmückt. Es erfolgte dann in amtlicher Weise ein Willkommen und Bezeigung des Danks des Vaterlandes in einer Anrede einer Deputation des Magistrats und der Stadtverordneten. Auch von diesen wurde ein Festgedicht überreicht. Endlich ging es auf blumenbestreutem Wege in die festlich geschmückte Stadt hinein unter Zujauchzen einer unzähligen Volksmenge. Am Abend war allgemeiner Ball auf Kosten der Commune und festliche Illumination der Stadt.

Am 30. Juli gab die Stadt Berlin ihren 3 rückkehrenden Bataillonen Landwehr (nämlich dem 4. kurmärkischen Landwehr-Regiment) ein großes Fest im v. Reck'schen Garten. Beim festlichen Empfange und bei diesem Fest war bereits schon Blücher wieder zugegen. — Auch die ankommenden russischen Truppen erfreuten sich immer eines festlichen Empfanges.

Alles, was bisher in Berlin bei der Rückkehr der siegreichen vaterländischen Krieger geschehen war, wobei wir nur das Wichtigste bemerkt haben, konnte nur als Vorspiel gelten zu dem, was sich nun vorbereitete. Die letzten preußischen Truppen, die Garden, damals bestehend aus dem 1. und 2. Garde-Regiment und dem Garde-Jäger-Bataillon, zusammen 7 Bataillone Infanterie, und dem Regiment Garde du Corps und dem leichten Garde-Cavallerie-Regiment, zusammen 8 Escadrons Reiterei, so wie der Garde-Artillerie, näherten sich der Hauptstadt und sollten Sonntag den 7. August ihren feierlichen Einzug halten. Zugleich schien es keinem Zweifel zu unterliegen, daß an diesem Tage der allverehrte König, der das große Werk so glorreich hinausgeführt, eintreffen und dem Einzug die rechte Weihe geben werde. So wollte denn die Stadt Berlin den Tag der Rückkehr des Königs auf das Festlichste begehen und man hielt sich verpflichtet, überhaupt etwas Eigenthümliches und Außerordentliches zu leisten. Seit mehreren Tagen waren Magistrat und Stadtverordnete auf das Eifrigste beschäftigt, die Art der Feier anzuordnen und alles zu dem Empfange vorzubereiten.

Wiewohl es allgemein als feststehend angenommen wurde, daß

der König am 7ten eintreffen werde, so war derselbe doch unvermuthet und unerkannt schon den 5ten angekommen und befand sich in seinem Palais, dem Zeughause gegenüber, ohne daß die Einwohnerschaft davon eine Ahnung hatte. Er ließ sogleich die Minister und die obersten Militair- und städtischen Behörden zu sich rufen und sagte ihnen: „er wäre absichtlich früher gekommen, um einen festlichen Empfang für seine Person zu vermeiden. Er wäre von der Anhänglichkeit und Liebe seines Volkes, wovon es ihm in den letzten Jahren durch große Anstrengungen und Opfer, durch Ausdauer und Entbehrung Beweise gegeben, überzeugt. Dies Gefühl sei seinem Herzen viel wohlthuender als jedes andere Zeichen. Mit Rührung danke er in diesem Augenblicke seinem guten Volke. — Alle Feierlichkeiten, welche mit Glanz und Siegesgepränge verbunden wären, müßte er von sich ablehnen, weil die Annahme von Huldigungen dieser Art von je her gegen seinen Charakter und seine Grundsätze gewesen. Wenn dagegen das dankbare Vaterland dem Heere und seinen ruhmvollen Führern durch die vorbereitete Feier einen Beweis der Anerkennung dessen, was sie geleistet, geben wolle, so würde er (der König) der Erste sein, der sich an dies gerechte und die Nation ehrende Gefühl anschließe; und in dieser Voraussetzung wolle er nicht allein die getroffenen Einleitungen, mit einigen Abänderungen, genehmigen, sondern er beabsichtige selbst, diejenigen commandirenden Generale der Armeecorps, welche sich eben in Berlin befänden, vor allen den würdigen Feldmarschall Fürsten Blücher, an seiner Seite zu versammeln und mit ihnen die Königlichen Garden, welche in diesem Augenblick als würdige Repräsentanten aller ihrer Waffenbrüder, gleichsam als eine Deputation der gesammten Armee angesehen werden möchten*), in die Hauptstadt einzuführen."

Was nun die vom Könige genehmigten Anordnungen zu dem Siegeszuge betrifft, so sollte dieser nicht, wie die Richtung von

*) Ohne den damaligen Garden zu nahe zu treten, muß doch bemerkt werden, daß sie in dem ganzen Kriege nur zwei Mal ins Feuer gekommen waren und zwar am Anfange und Ende des Krieges, bei Lützen und bei Paris, wo sie sich allerdings auf das Tapferste geschlagen hatten. Sonst aber standen sie in Betreff von mitgemachten Schlachten und Gefechten gegen das übrige Heer sehr zurück.

Potsdam her angegeben hätte, durch das Potsdamer Thor, sondern auf der Charlottenburger Chaussee durch das Brandenburger Thor geschehen, weshalb die einziehenden Garden auf diese Chaussee gerichtet wurden. Der König hatte zu dem Ende Berlin wieder verlassen und sich nach Charlottenburg begeben. Von hier aus wollte er bei den Truppen erscheinen, um sie in die Stadt einzuführen.

Die Königlichen Prinzen und die gesammte in Berlin anwesende Generalität erwarteten die Ankunft des Königs auf der Charlottenburger Chaussee in dem festlich geschmückten, mit Statuen gezierten Rundtheile bei Bellevue, von wo aus sich der Zug nach der Stadt in Bewegung setzen sollte.

Es ziemte sich, daß alle Truppentheile, welche zur Zeit die Garnison von Berlin ausmachten, die Ankommenden in festlicher Aufstellung empfingen. Unter den Befehlen des an die Stelle von L'Estocq ernannten neuen Gouverneurs, Feldmarschalls Grafen Kalkreuth, formirten sich diese schon vom Morgen an zu beiden Seiten der Linden vom Brandenburger Thor bis zum Schlosse.*) Am Lustgarten und im innern Schloßhofe stand die Bürgergarde aufmarschirt und hatte daselbst die Wache.

Das Brandenburger Thor, nach Art der Propiläen von Athen, das schönste Thor des damaligen Europa, war zu einem natürlichen Triumphbogen umgeschaffen. Was aber die Feier symbolisch unendlich erhöhte und werth machte: die Victoria, welche die Franzosen 1806 als Siegesbeute vom Brandenburger Thor geraubt und nach Paris geschleppt hatten, war wieder nach Berlin zurückgebracht und des Nachts heimlich auf das Thor hinaufgeschafft worden. Das Siegesdenkmal war aber noch von einer zeltähnlichen Bedachung umhüllt, um bedeutungsvoll erst im Moment des Einzuges plötzlich sichtbar zu werden. Statt des antiken Palladiums (Helm, Panzer und zwei Schildern an einer Stange) welches die Victoria sonst führte, trug sie jetzt bloß die Panierstange, aber mit darauf angeheftetem eisernen Kreuz mit darum hergehenden Eichenkranze, über welchem sich der preußische Adler mit ausgebreiteten Flügeln emporschwingt. Der Triumphwagen der Siegesgöttin war auf der

*) Es wird nicht gesagt was für Truppentheile dies gewesen sind.

Plattform des Thors mit 12 großen, durch Laubgewinde verbundenen Dreifüßen umstellt, um am Abend durch Feuerbecken die Erleuchtung hervorzubringen. Das Thor selbst war ebenfalls durch Laubgehänge reich verziert.

Vor dem Thor (d. h. nach dem Thiergarten zu), unmittelbar an dasselbe sich anschließend, waren in einem großen Halbkreise 10 gereifte Säulen von dorischer Ordnung auf einem hohen Fußgestell errichtet. Auf den Ecken dieses Fußgestells waren bronzirte Adler angebracht, die auf der Mitte jeder Seite mit den Flügeln zusammenstießen. Ueber dem Kapital jeder Säule erhob sich ein kleines Fußgestell, auf welchem eine bronzefarbig nachgebildete Siegesgöttin stand, in jeder ihrer beiden vorgestreckten Hände einen Lorbeerkranz auf die einziehenden Sieger hinüberhaltend. — Diese Figuren waren 7½ Fuß, die Säulen bis zur Spitze der Figur 42 Fuß hoch. In der Mitte jeder Säule war ein römischer runder Schild aufgehängt, der auf einem hellblauen Grunde mit goldenen Sternen umgeben mit goldener Schrift den Namen einer merkwürdigen Schlacht aus dem vergangenen Kriege zeigte und solchergestalt das wohlerworbene und theuer errungene Anrecht zum Triumph beurkundete. Hinter diesen Schilden ragten zwei Fahnen, auf der Spitze des Fahnenstocks mit dem preußischen schwarzen Adler, in dem weißen Fahnentuche mit einem grünen Lorbeerkranze geziert, hervor. Zwischen jedem Säulenpaar waren zwei antike Candelaber, welche große Feuerbecken trugen, aufgestellt, und hiernächst die Siegessäulen unter sich und mit dem Thore durch doppelt übereinanderhängende Laubgewinde verbunden.

Vom Thore an öffnete sich mit einem Halbzirkel, der an die von ihren Eingangs- und Ausgangsschranken heut ganz freie Lindenpromenade angelehnt war, für die einziehenden Krieger eine 2500 Schritt lange bis zum königlichen Schlosse hinreichende, 34 Fuß breite, festlich geschmückte Siegesstraße. Zu beiden Seiten nämlich war diese Bahn von 15 zu 15 Fuß abwechselnd mit Candelabern und mit Festfahnen eingefaßt, und diese mit Festons von Tannenzweigen und Moos unter sich verbunden. Die gleich einem Schiffswimpel geschlitzten weißen Fahnen, an ihrem gespaltenen Theil mit rothem Bande eingefaßt, waren an der 16 Fuß hohen Fahnenstange, mittelst einer beweglich aufgehängten

Querstange befestigt und führten das Bild eines mit einem Lorbeerkranze umgebenen Adlers. Die 7½ Fuß hohen Candelaber trugen, zum Behuf der Beleuchtung am Abend, ein 18 Zoll weites Feuerbecken.

Bei der damaligen Brücke am Opernhause waren zu beiden Seiten dieser Siegesstraße zwei große 75 Fuß hohe, auf einem bronzefarbenen Grunde mit Waffen behangene Trophäensäulen errichtet.

Jenseit der Opernbrücke ging die Siegesstraße, in gleicher Art als zuvor bis dahin fort, wo der Weg sich nach der Domkirche umwendet. An dieser Stelle war, als Ziel und als Gesichtspunkt ein Siegesaltar errichtet. Auf einem großen, 50 Fuß breiten Unterbaue ruhte, über einer Reihe von 16 in Regenbogenfarben gehaltenen Stufen ein runder Altar, der vom Boden an gerechnet 75 Fuß hoch emporragte.

Der Himmel war den ganzen Vormittag umzogen, es drohte mit Regen, wodurch die schöne Feier gestört werden konnte, doch hielt sich das Wetter, wiewohl es dicht bewölkt blieb, und die Sonne nicht sichtbar war. Gegen Mittag waren alle Vorbereitungen beendet, die Truppen waren mit der Spitze an dem Rundtheil von Bellevue angelangt und man wartete nur der Ankunft des Königs von Charlottenburg her.

In dieser Zwischenzeit geschah eine rührende Scene, welche ein erhebendes Zeugniß ablegt, wie tief das vaterländische Gefühl alle Klassen durchdrungen hatte und welches der Geschichtschreiber nicht übergehen darf: eine Deputation der Mädchen der dienenden Klasse der Residenz überreichte dem Obersten der Garde v. Alvensleben vier silberne Trompeten, welche sie auf ihre Kosten hatten anfertigen lassen, zum Geschenk.

Als der König von Charlottenburg an dem Rundtheil bei Bellevue angekommen, mit einem allgemeinen rauschenden Hurrah empfangen worden und sich an die Spitze der Truppen setzte, um sie unter dem Geläute der Glocken und dem jauchzenden Zuruf des Volkes, welches die Fenster und selbst die Dächer der breiten Linden bedeckte, in die Stadt einzuführen, fiel die zeltähnliche Bedachung, durch welche bis dahin der Siegeswagen der Victoria auf dem Brandenburger Thor verschleiert geblieben war, wie durch einen Zauberschlag, vermittelst einer nach Art der Theaterversenkung angebrachten Vorrichtung, herab. Sie stand nun, im Angesicht des Heeres und des Volkes in ihrer neu errungenen Glorie da! —

Am Thore in dem Halbzirkel harrten Namens der Bürgerschaft der versammelte Magistrat und die Stadtverordneten Berlins.

Unter stets fortgesetztem donnerndem Zuruf, Schwenken der Hüte, Wehen von weißen Tüchern aus den Fenstern, ging der Zug die Siegesstraße hinauf; vorauf alle in Berlin anwesende Stabs- und Subaltern-Offiziere (d. h. diejenigen, die ihre Regimenter nicht in Berlin hatten, weil sie sonst bei den paradirenden Truppen eingetreten waren), dann die gesammte Generalität, dann die Generaladjutanten des Königs, hierauf der König selbst, mit den Prinzen des Königlichen Hauses, dem Feldmarschall Fürsten Blücher von Wahlstatt und den Generalen der Infanterie Grafen Bülow von Dennewitz und Grafen Tauentzien von Wittenberg. Von den nun folgenden Truppen hatte das leichte Garde-Cavallerie-Regiment die Spitze, dann kamen das 1. und 2. Garde-Regiment zu Fuß und das Garde-Jäger-Bataillon, hierauf das Regiment Garde du Corps und zuletzt die Garde-Artillerie.

Als in dieser Ordnung der Zug bis zu dem Siegesaltar, dem Zielpunkte der Siegesstraße, angelangt war, schwenkte von dieser Seite des Domes her die Infanterie in den Lustgarten ein, wo im Freien ein feierlicher Dankgottesdienst gehalten werden sollte. Zu diesem Zweck war auf der Seite, wo jetzt das Museum steht, in der Mitte dieser Seite des Lustgartens, eine Estrade errichtet, die sich terrassenförmig in zwei Absätzen über ihrem Boden erhob. Auf der Mitte des obersten Absatzes stand ein einfacher mit Kreuz und Kerzen geschmückter Altar. Auf den obersten Stufen war die Geistlichkeit aller Confessionen versammelt. Hinter dem Altar befanden sich, zu beiden Seiten desselben, zwei Tribünen, deren eine von den Prinzessinnen des Königlichen Hauses, die andere von den höchsten Civilbehörden des Staats angefüllt waren. Den erhöhten Platz vor dem Altar nahm der König und sein glänzendes Gefolge von Prinzen und Heerführern ein. — In weiten Kreisen umher standen die eingezogenen Truppen (nach den 7 Bataillonen) in 7 Colonnen geordnet; die Reiterei hielt außerhalb der eisernen Schranken, auf den beiden nach dem Schlosse und nach dem Dom hin gerichteten Seiten des Lustgartens.

Sobald der König seine Stelle gewählt hatte, und alles um ihn gesammelt war, schwieg das Geläut, und Heer und Volk*) begann, unterstützt von einem großen Sänger-Chor und hebender Instrumental-Musik das alte herrliche Lied: Sei Lob und Ehr' dem höchsten Gut 2c. Nach zwei Versen desselben begrüßte der ehrwürdige Feldprobst, Consistorialrath Offelsmeyer, der schon vor 2 Jahren die Truppen in Breslau zum Ausmarsch eingesegnet und den Feldzügen beigewohnt hatte, im Namen der heimgekehrten Armee die Stadt, das Schloß, die Kirchen, das Volk Berlins mit treffenden Rückblicken auf die große Vergangenheit mit gebührendem Ruhm des Heeres und des Volkes der Preußen und der Verbündeten, und unter kräftigen Anmahnungen zur Festhaltung des hohen Sinnes, den die große, ernste Zeit entwickelt und geoffenbaret hat, und schloß mit Gebet und Segenswunsch für den König und sein hohes Haus. Während des Gesanges und der Rede war jegliches Haupt entblößt und während des Schlußgebets sank, der König der Erste, alles Volk jeglichen Alters und Standes auf die Knie nieder. In demselben Augenblick brach, nach einigen Regentropfen, die gleichsam den Segen des Himmels andeuteten, aus dem bis dahin trüben Himmel plötzlich die Sonne hervor, und leuchtete, etwa anderthalb Minuten lang, auf die erhabene Scene herab. Die Versammlung erhob sich nun wieder, um in das festliche: Herr Gott, Dich loben wir 2c. einzustimmen, in dessen Melodie der Kanonendonner und das Domgeläute ernst und feierlich darein tönten. Den Schluß machte der priesterliche Segen.

Wie sich von selbst versteht, erfolgte dann Cour auf dem Schlosse. Das Volk hatte sich in übergroßer Menge um dasselbe versammelt und verlangte den König zu sehen, was den meisten noch nicht vergönnt gewesen. Er trat dann hinaus auf den Balkon und der Jubel wollte nicht enden. Am Abend schwamm Berlin in einem Lichtmeer. Die Freude war groß und allgemein; es war ein Tag, von dem Kind und Kindeskind zu reden hatten.

---

*) Es ist im Bericht der Vossischen Zeitung vom 9. August, woraus diese Darstellung genommen ist, nicht gesagt, wo das Volk nun Platz genommen.

Neben diesen rein preußischen Festen müssen wir hier gleich noch eines nun folgenden preußisch-russischen gedenken. Schon seit dem 14. Juli waren mit den preußischen Truppen russische durch Berlin gekommen. Am 28. Juli langte der General der Infanterie Graf Miloradowitsch mit vier russischen Garde-Kürassier-Regimentern und zwei Batterien an. Die russischen Truppen marschirten weiter, aber der General blieb noch, um die zweite Division der Garde-Infanterie abzuwarten. Diese, bestehend aus vier Regimentern Infanterie*) und einer Pontonier-Compagnie, rückte Sonntag, den 14. August Vormittags 10 Uhr in Berlin ein. Die Einholung und der Empfang geschah ähnlich wie bei den eigenen Truppen. Das preußische Gardecorps war zu beiden Seiten der Linden aufgestellt. Der König, sämmtliche einheimische und fremde Prinzen ritten den fremden Gästen außerhalb des Brandenburger Thors entgegen. Dann ein Festzug in ähnlicher Ordnung, wie eine Woche zuvor. Im Lustgarten dann Vorbeimarsch erst der russischen, dann der preußischer Garden vor dem König. Denselben Tag gab die Stadt Berlin im Concertsaal des Schauspielhauses den Offizieren der russischen und preußischen Garden ein großes festliches Mittagsmahl. Zu diesem waren eingeladen: der Kronprinz, sämmtliche Prinzen des königlichen Hauses und verschiedene fremde Prinzen, der Feldmarschall Fürst Blücher, der Gouverneur Feldmarschall Graf Kalkreuth, der Staatskanzler Fürst Hardenberg, sämmtliche Minister, sämmtliche fremde Gesandte, zusammen 500 Personen. Der König kam freiwillig und nahm an dem Feste Theil. Den Vorsitz führte, da die Stadt das Fest gab, der Ober-Bürgermeister Geheimer-Rath Büsching, der dem Könige gegenüber saß. Die Logen schmückte ein ausgezeichneter Kranz von Damen. Wie sich von selbst versteht, eine vortreffliche Musik, viel Toaste, viel Festreden, wie die damalige Zeit die Veranlassung gab. — Am Abend freies Schauspiel für die fremden Gäste.

Montag, den 15. August, war auf Befehl und auf Kosten des **Königs** große Speisung der russischen Garden und der

---

*) Dem finnländischen Garde-Jäger-Regiment, dem Pawlowschen Leib- und Litowkischen Garde-Grenadier-Regiment.

anwesenden preußischen Truppen unter freiem Himmel im Lustgarten und unter den Linden. Es waren zusammen 10,000 Mann, wovon 4000 im Lustgarten und 6000 unter den Linden speisten. So viel Compagnien und Eskadrons, so viel Tische. An jedem Tisch führten zwei Offiziere und ein städtischer Deputirter die Aufsicht. Ueberall prangten Festfahnen, Gehänge, Gewinde. Während des Mahls nahmen der König, die königlichen Prinzen und Prinzessinnen Antheil an der Freude des Festes und wurden überall mit lauten Hurrahs begrüßt. Es herrschte eben so viel Ueberfluß als Ordnung. Nach dem Essen belustigte sich die Mannschaft mit Musik, Tanz, Spiel, Schaukeln ꝛc. Der Anfangs mit Regenwolken bezogene Himmel klärte sich Nachmittags auf und es war schöner Sonnenschein.

„Die brüderliche Eintracht und Freundschaft unter den gemischten Truppen,“ heißt es in dem Referat, „und die theilnehmende Freude des Publikums machte dieses Fest zu einem militairischen Volksfeste.“

Abends war im Opernhause großer Ball, zu welchem über 4000 Einlaßkarten ausgegeben wurden.*)

Dienstag, den 16. August, gab der König den russischen und preußischen Offizieren ein großes Mittagsmahl von 500 Gedecken im königlichen Schlosse. Alle Prinzen und Prinzessinnen des königlichen Hauses waren dabei zugegen, aber nur ein einziger Civilist, der Staatskanzler Fürst Hardenberg. Der König trank hiebei auf das Wohl des Kaisers Alexander, General Miloradowitsch auf das des Königs; der König auf das Wohl des russischen Heeres, Miloradowitsch auf das des preußischen.

Darauf ergriff Blücher, sich dem Könige nähernd, das Wort. Er rühmte „die mächtige Beihülfe,“ welche die tapferen russischen Heere in dem harten Kampfe geleistet, und daß er der Kriegserfahrenheit und dem Muth der russischen Heerführer und sämmtlicher Offiziere hier ein öffentliches dankbares Anerkenntniß schuldig zu sein glaube. Er fühle sich gedrungen, den Wunsch für deren stetes Wohlsein auszubringen. Namens des preußischen Heeres füge er die Versicherung hinzu, daß, wenn die Ruhe des Va-

*) Vossische Zeitung vom 16. August.

terlandes je von Neuem bedroht sein sollte, die Armee mit gleicher Hingebung als jetzt bereit sei, für König und Vaterland auch den letzten Blutstropfen zu verspritzen. — Es wurde dann auf das Wohl der russischen Generalität und sämmtlicher Offiziere getrunken.

Hierauf bat der alte Marschall Vorwärts, noch das Wohl des Staatskanzlers Hardenberg auszubringen, eine Bitte, die von militairisch-preußischer Seite große Verwunderung erregte, da man glaubte, daß er mit ihm durchaus nicht sonderlich stehe und mit seinen Leistungen nichts weniger als zufrieden sei. Die Rede des alten Blücher legt aber ein schönes Zeugniß von dem Verständniß ab, wie ihm die neue Zeit aufgegangen, und sie bildet ein neues Denkmal seines Ruhmes. Er sagte: „Hardenberg habe jene innige Verbindung der Nation zu einem Ganzen bewirkt, durch welche allein es möglich gewesen sei, in der Lage, in welcher sich das Vaterland befunden, das zu leisten, was wirklich geleistet worden sei. Dem von Sr. Durchlaucht hervorgebrachten Geiste sei es beizumessen, daß man im preußischen Staate jetzt nicht wisse, wo das Militair aufhöre und der Bürgerstand anfange. Diese glückliche Verschmelzung sei ein charakteristisches Denkmal der gegenwärtigen Epoche. Er wünsche, daß sie unauflöslich bleibe, und versichere Sr. Durchlaucht die Anerkennung davon und die achtungsvolle Ergebenheit der gesammten Armee.“

Der Staatskanzler dankte dann, indem er alles Verdienst dem Könige zuwandte.

Abends war für sämmtliche russische und preußische Offiziere, so wie für eine Anzahl ausgewählter Unteroffiziere und Gemeine von beiden Völkern freies Theater im Opernhause, wo „die Vestalin“ von Spontini gegeben wurde.*)

Hiemit endeten dann die rein preußischen und preußisch-russischen Feste in Berlin; die fremden kriegerischen Gäste marschirten am folgenden Tage, den 17. August, ab, um in ihr Land zurück zu kehren, und daheim gewöhnte man sich nach und nach an die Formen des Friedens.

*) Vossische Zeitung vom 18. August.

Wir sind in der Darstellung der Wiederkehr der siegreichen vaterländischen Krieger umständlicher gewesen, als es bisher geschehen ist, um das in die Geschichte einzutragen, was uns in Zeitungen erhalten worden ist. Wir bleiben hier bei den preußischen Vorgängen stehen, weil in Preußen allein die Wiederkehr so würdig begangen ist, als sie verdient. Nirgends in anderen Staaten Deutschlands hat auch nur entfernt Aehnliches stattgefunden, weil so innige Beziehungen und so große Leistungen mangelten. Seit Jahrhunderten, ja seit dem fernen Mittelalter, war es nicht vorgekommen, daß deutsche Heere gegen einen auswärtigen Feind siegprangend zurückgekehrt waren! Und gegen welchen gewaltigen Feind war der Sieg erkämpft worden!

Es war dies thatsächlich die größte Freude und Belohnung für so viel überstandene Leiden, für so große Anstrengungen; und patriotischer Trost für so viele Tausende, die der grause Kampf gekostet hatte. In der That blieb die Stimmung noch längere Zeit eine sehr gehobene, denn noch hatte der Wiener Congreß die schönen Träume nicht verweht, noch konnte man für das Vaterland große Hoffnungen hegen.

Wir vermögen auch hier unsere rückkehrenden Krieger noch nicht ganz zu verlassen, wir müssen sie noch kurze Zeit in die Heimath begleiten. Hierbei muß das Sonst und das Jetzt, als außerordentlich verschieden, näher ins Auge gefaßt werden. Bis zum Jahre 1806 hatten Bürgerliche, so sehr auch der Bürgerstand an Bildung, Sitte und Wohlstand vorgeschritten war, nur die Aussicht, in der Artillerie und im Ingenieur-Corps zum Range von Offizieren aufzusteigen und auch da war eine weitere Beförderung beschränkt. Den Rang als Stabsoffizier zu erlangen, war schon schwierig, oder wenn es geschah, so blieb der Fall doch nur vereinzelt. Gelang es nun gar, bis zum Obersten aufzusteigen, so war damit die Adelserhebung gewöhnlich verbunden. Bei der Reiterei war es allein bei einem Theil der Husaren-Regimenter verstattet, daß bis zu einem Drittheil die Offiziere Bürgerliche sein durften. Alle übrigen Offizierstellen des ganzen Heeres besetzte der Adel ganz allein als Prärogativ. Der Offizierstand aber hatte im Staate ganz außerordentliche Geltung und ganz besondere Vorzüge. „Wenn ein Fähnrich (der damals der jüngste Offizier einer Compagnie war) eine „Campagne“ mitgemacht hat,“ hatte Friedrich der Große bestimmt, „so rangirt er über einem Königlichen Rath.“ Aus übergroßer Gnade hatte der König einst den bürgerlichen Präsidenten der Oberrechenkammer, Manger, zum „Sekond-Lieutenant“ ernannt, um nicht unter einem Fähnrich zu rangiren, der eine „Campagne“ mitgemacht hatte. Auf dem Offizierstande ruh'te daher ein ganz besonderer Glanz. Fast das ganze lebende Geschlecht war Zeuge desselben gewesen, hatte auch den Stolz desselben zuweilen selbst sehr bitter empfunden. — Seit der Neubildung des Heeres im Jahre 1808, nach sehr veränderten Umständen und nach ganz neuen Grundsätzen hatte der Offizierstand sehr beträchtlich von den früheren Privilegien verloren, aber ein so großer Glanz verblaßt nicht so schnell, es blieb noch immer ein großer Theil übrig, und der Offizierstand blieb nach wie vor der erste des Staates. Es waren nun auch alle Vorzüge der Geburt aufgehoben und es hätten Bürgerliche in allen Truppentheilen und Gattungen Offizier werden können, allein es waren von dem 1806/7 zertrümmerten Heere noch so sehr viele brauchbare Offiziere vorhanden, daß der sehr verringerte Etat von 42,000 Mann reichlich damit besetzt werden konnte. Das Heer hatte daher beim Ausbruch des Krieges 1813 fast nur adlige Offiziere.

Nun war die ungeheure Rüstung von 1813 gekommen, wo sich das Heer von 42,000 Mann versechsfachte und eine große Zahl von Offizieren erforderlich wurde. Die Anstellung früher entlassener Offiziere und das Cadettencorps konnten hier nur sehr unvollkommen aushelfen. Tausende von freiwilligen Jägern zu Fuß und zu Pferde wurden daher zu Offizieren im stehenden Heere befördert und, je nachdem der Krieg Lücken riß, noch immer mehr nachgefordert. Da die freiwilligen Jäger zum bei weitem größten Theil Bürgerliche waren, so war es geschehen, daß am Ende des Krieges 1814 die Offiziere der Linie wenigstens zur Hälfte, zu Ende 1815 weit über die Hälfte aus Bürgerlichen bestanden, selbst die Garde reichlich ein Drittheil zählte. Sehr viel eigenthümlicher hatte sich dies Verhältniß bei der Landwehr gestellt. Die Landwehr wurde damals nicht vornehm genug geachtet und ein freiwilliger Jäger, der durch frühere Lebensstellung und durch Charakter sich fühlte, hatte sich wenig geschmeichelt gefunden, bei derselben als Offizier einzutreten, es waren darum verhältnißmäßig wenige zu derselben gekommen. Da die Landwehr-Offizierstellen aber einmal hatten besetzt werden müssen, so waren Individuen dazu gelangt, welche früher nicht die entfernteste Aussicht zu dieser verhältnißmäßig hohen Charge gehabt hatten. Manche frühere Feldwebel, Wachtmeister, Unteroffiziere waren wegen ihrer Dienstkenntuiß gleich zu Premier-Lieutenants und Compagnie- oder Escadronführern ernannt worden.*) Gleichwohl hatte die Landwehr überall mit der Linie an Tapferkeit und Geschick gewetteifert. Bei der Landwehr war nun weitaus der größte Theil der Offiziere bürgerlich.

Als der Friede mit Frankreich nun geschlossen war, kehrten zuerst die freiwilligen Jäger zurück, dann die Landwehr und auch ein großer Theil der Linie, wenn auch letztere nicht gerade in die heimischen Garnisonen. Auch von der Linie empfand nach einem so schweren blutigen Kriege Jedermann das sehnsüchtige Verlangen nach den Seinigen und man nahm von Seiten der Offiziere Urlaub in Masse. Abgesehen von der innigen Freude des Vaters, der Mutter, der Geschwister, der Bräute und Freunde, den Sohn, den Bruder, den Bräutigam 2c. gesund und wohl wieder zu umarmen; war doch auch im Großen und Ganzen eine bedeutende Veränderung eingetreten. Die jungen Männer waren als ganz Andere zurückgekehrt als sie ausgezogen waren. Es giebt keine größere Schule, den Charakter, die Mannheit ,und Selbstständigkeit, selbst den Körper zu entwickeln, als den Krieg und hier den glücklichen Krieg. Jene jungen Männer hatten dem Feinde in vielen

---

*) Da die Landwehr-Offiziere, die fortdienen wollten, später den Linien-Regimentern aggregirt wurden und ein großer Theil in dieselben einrangirt wurde, so sind dabei zuweilen die seltsamsten Anomalien vorgekommen. Es ist geschehen, daß ein Premier-Lieutenant des Linien-Regiments die Compagnie an seinen früheren Burschen, den nunmehrigen Compagnie-Chef, hat dienstlich übergeben müssen. In dem Regiment, in welchem der Verf. diente, kam es vor, daß ein Landwehr-Offizier, der früher Unteroffizier und Bataillons-Schneidermeister gewesen, ins Regiment einrangirt und als Premier-Lieutenant der directe Vordermann eines Offiziers wurde, dem er früher oftmals seine Kleider ausgebessert hatte.

Schlachten gegenüber gestanden und große Kriegsmühen überwunden; viele trugen ehrenvolle Narben, das alles war in ihrem Aeußern, ihrer ganzen Haltung ausgeprägt. Mit Verwunderung blickte man auf ihre Erscheinung. „Ich hätte es dem Fritz kaum zugetraut," sagte der Vater, die Mutter; „er ist kaum wieder zu erkennen," bemerkte der Nachbar; „wie hübsch er geworden ist!" dachte manches Mädchen; „was aus dem Menschen nicht alles werden kann!" bemerkte der verwunderte Aristokrat, der den bürgerlichen Offizier so stolz einherschreiten sah. Zum ersten Mal auch gab es äußerliche Zeichen, die ohne Unterschied des Ranges jedem Krieger gemein waren. Die Kriegsdenkmünze trug der Feldmarschall und der Tambour; das eiserne Kreuz hatte der hohe Offizier und der Gemeine erwerben können. Viele freiwillige Jäger brachten das eiserne Kreuz als ehrenvolles Zeichen ihrer Tapferkeit heim. Alle sollten im Staate dereinst vorzugsweise anstellungsberechtigt sein. Von den Offizieren der Landwehr hatte es ein beträchtlicher, von denen der Linie der größte Theil. Mancher hatte auch einen russischen Orden, nicht wenige das eiserne Kreuz I. Klasse erworben. Selbst einige Unteroffiziere, Feldwebel und Wachtmeister der Linie, auch der Landwehr, erfreuten sich des höchsten Zeichens der Tapferkeit, des eisernen Kreuzes I. Klasse, welches selbst manchen Generalen zu erhalten nicht gelungen war.

Jedermann fühlte sich gehoben. Der Bürgerstand aber hatte durch den Kampf sich nicht allein ebenbürtig dem Adel an die Seite gestellt und die Gleichberechtigung mit ihm thatsächlich erworben, sondern, indem er in Masse aufgestanden war, hatte er das glänzend wieder hergestellt, was durch die Alleinhandlung des Adels vor 8 Jahren schimpflich verloren worden. Denn nur durch die Glut und Hingebung des ganzen Volks, der Massen, ist erkämpft worden, was erkämpft worden ist; es bedurfte der Kunst, der Ausspornung nicht.

Es ist im Lauf der Zeit, im ruhigen Hingang der Jahre anders geworden. Es ist nach und nach versucht worden, dem Bürgerstand sein auf dem Schlachtfelde wohl erworbenes Recht zu Gunsten des Adels zu schmälern; er hat aber seine Kraft kennen gelernt, es wird und kann auf die Dauer nicht gelingen.

Wir müssen zum Schluß dieses Abschnitts hier noch folgende Bemerkung hinzufügen.

Der wahre Sieg in einem großen nationalen Kampfe zeigt sich darin, daß bei einem gebildeten Volke die Kunst sich des Gegenstandes bemächtigt und in Dichtung und Bild die Triumphe dem nachfolgenden Geschlecht überliefert, um denselben Heldengeist zu erzeugen und stolz in dem Gefühle der Großthaten der Väter zu ähnlichen Thaten zu begeistern. Diese Nachwirkung des Sieges ist durch eine eigenthümliche Ungunst der politischen Verhältnisse, die unserem vielgetheilten Gesammtvaterlande anklebt, so gut wie völlig ausgeblieben. Man hat von verschiedenen Seiten sogar alles Mögliche gethan, das Andenken an diese Siege, an die Erhebung des Volkes, zu verwischen. Die Dichtkunst, welche im Anfange des Kampfes Unsterbliches hervorgebracht, hat nichts Bleibendes und Großes über den endlichen Sieg geleistet; es hat sich kein Pindar gefunden, viel weniger noch ein Homer, ihn zu besingen. Die Unerquicklichkeit der folgenden Zeiten hat auch den Pinsel und den Grabstichel verhindert, aus der großen Zeit Bilder zu schaffen, an welchen unser Herz sich erfreuen und erheben konnte. Es erschienen bald nach dem Kriege nur zwei Bilder, wie die Söhne einer Predigerfamilie als freiwillige Jäger von Eltern und Geschwistern Abschied nehmen, um in den Krieg zu ziehen, und in dem anderen Bilde „der Fritz bekränzt als Offizier, mit dem eisernen Kreuz geschmückt, wieder heimkehrt"; beide dürftig gedacht, ohne Kunstwerth. Sonst nur Illustrationen. Selbst unsere großen Feldherren scheinen vergessen und kaum noch irgendwo findet man das Bild vom alten Marschall Vorwärts, von Gneisenau, York, Scharnhorst, Bülow 2c. In dieser Hinsicht war der siebenjährige Krieg unendlich fruchtreicher und man bewahrt noch jetzt die Kupferstiche davon mit großer Pietät. Ja, unser großer Feind „Napoleon" ist darin unverhältnißmäßig besser weggekommen, da die Dichtkunst und der Pinsel ihn so verherrlicht haben, daß wir Deutsche uns nicht selten diese Bilder angeschafft und unsere Zimmer damit verziert haben. — So haben wir denn von unseren Siegen den möglichst kleinsten Nutzen gezogen. — Erst in ganz neuester Zeit hat der Maler Bleibtreu mehrere Gemälde der Schlachten, ein Anderer den Rheinübergang Blüchers bei Caub, noch ein

Anderer (A. Menzel) das Zusammentreffen Blüchers und Wellingtons bei Belle-Alliance, der Maler Graef mehrere Scenen aus dieser Zeit geliefert und es steht dahin, ob wirklich noch ein Spätsommer von dieser großen Zeit in der Kunst nachträglich zu erwarten ist.

Wir verlassen hier diesen Gegenstand und wenden uns zu den großen politischen Verhältnissen zurück.

Man hatte den Franzosen den alten Königstamm der Bourbonen wieder zurückgegeben, Ludwig XVIII. als König wieder eingesetzt und mit diesem dann den Frieden von Paris vom 30. Mai 1814 abgeschlossen. Frankreich erhielt etwas mehr als der Besitzstand von 1792 betragen hatte, wie wir das im dritten Theile der Freiheitskriege angegeben, nur sollte es bei der Vertheilung der von den Verbündeten zurückeroberten Ländermassen keine Stimme haben. Die Vertheilung und die ganze Neugestaltung von Europa sollte auf einem großen allgemeinen Congresse in Wien geordnet werden, und es war bestimmt, daß dieser zwei Monate nach dem Pariser Abkommen mit Frankreich, also am 1. August, eröffnet werden sollte.

Es fand sich bald, daß diese Zeit viel zu kurz bemessen war. Zuerst hatten die Monarchen von Preußen und Rußland den schon erwähnten Besuch in England zu machen. Dann wollte jeder dieser Monarchen den Siegeseinzug an der Spitze der Truppen im eigenen Lande feiern. Die Truppen aber bedurften viele Wochen, um den Marsch zurückzulegen. Die Zwischenzeit benutzten die Monarchen von Preußen und Rußland, noch verschiedene Besuche abzustatten. Der Siegeseinzug des Königs von Preußen konnte, wie wir gesehen haben, erst den 7. August und der Durchzug der Russen Mitte August stattfinden, und viel später erst konnte Kaiser Alexander seine Garden im eigenen Lande haben. Ueberhaupt aber wollten die hohen Herren nach einer fortwährenden Aufregung in Kampf, Streit und sehr wechselnden Schicksalen in den letzten beiden Decennien und nach der gewaltigen Kriegsarbeit der letzten Jahre, sich einigermaßen der Ruhe überlassen. Endlich mußten die Monarchen mit ihren Getreuen sich doch auch überlegen und vorbereiten, was sie auf dem Congresse fordern und wieviel sie etwa nachlassen sollten; jeder wollte sich da so lange als möglich besinnen. — So verzögerte sich dann die Eröffnung bis Anfangs November.

Es ist nicht die Absicht, hier in dieser Darstellung eine Geschichte dieses Congresses irgend nur zu versuchen. Es wäre die Aufgabe eines Geschichtschreibers von Rang, eine solche zu schreiben, sie wäre wichtig genug, wenn sie auch für einen Deutschen nicht erfreulich ist. Da diese Aufgabe bisher von keinem europäischen Historiker gelöst ist, so verweisen wir einstweilen auf die lichtvolle treffliche Uebersicht in „Ludwig Häusser's deutscher Geschichte vom Tode Friedrichs des Großen bis zur Gründung des deutschen Bundes, vierter Theil", und begnügen uns hier nur mit allgemeinen Anführungen, wie sie zum Verständniß des folgenden ausreichen werden.

Was seit 1792 in Europa durch Frankreich umgestaltet worden, sollte, so viel es anging, restaurirt, verlorne Ländertheile den betreffenden Staaten wieder einverleibt, vertriebene Fürsten wieder endgültig eingesetzt werden; wo eine Wiedergewinnung des früher Verlorenen nicht möglich, sollte Entschädigung durch andere Ländertheile aus dem herrenlosen Gut erfolgen; einige größere Reiche, die sich im Kampfe ausgezeichnet und durch den Feind viel Beschädigung erlitten, sollten Vergrößerung erfahren, wenigstens beanspruchten sie dieselbe; wogegen dann einige andere Schwächere oder Kleinere verlieren mußten. Unzählige Ansprüche waren zu befriedigen oder nieder zu halten. Ein neuer Rechtszustand war endgültig zu ordnen. Alle Mächte Europas, die größten und die kleinsten, waren in Wien durch die Monarchen in Person oder durch Abgeordnete vertreten.

Einige größere Verhältnisse in Europa ergaben sich von selbst und konnten keinen Anlaß zu Streitigkeiten geben. In Portugal, in Spanien wurden einfach die früheren legitimen Herrscher wieder hergestellt und sie waren es bereits. Mit Frankreich waren die Sachen geordnet durch den Friedensschluß in Paris. Es erlitt ebenso keinen Zweifel, daß Schweden Norwegen erhielt und Dänemark in Deutschland, diesem zerklüfteten und zersplitterten Lande, entschädigt wurde. Ferner war es allseitig schon beschlossen, Holland durch Belgien, die früheren spanischen oder österreichischen Niederlande, zu vergrößern, ein vereinigtes Königreich der Niederlande unter dem Hause Oranien daraus zu bilden, um zwischen Frankreich und Deutschland am Meere eine bedeutende Macht zu errichten, die eine Vormauer gegen Frankreich sein könnte. — In Italien war die Lage der Dinge so gut wie gegeben und konnte keine Streitigkeit erregen. Da Murat auf die Seite der Verbündeten übergetreten war, so sollte er Neapel behalten und die Insel Sicilien blieb den italienischen Bourbons; der Papst nahm wieder vom Kirchenstaat, der Großherzog von Toskana von seinem früheren Lande Besitz. — So wie man Frankreich im Nordosten durch das vergrößerte Holland einen Damm entgegensetzen wollte, so wollte man es im Südosten durch ein vergrößertes Sardinien. Es erhielt die ehemalige Republik Genua in ein Herzogthum verwandelt und durfte dagegen bloß das kleine Herzogthum Savoyen und die Grafschaft Nizza an Frankreich abtreten. Die Herzogthümer Parma und Modena in der Lombardei wurden wieder hergestellt. Ersteres erhielt als Entschädigung die Kaiserin Marie Louise, Napoleons Gemahlin, zufolge des Vertrags von Fontainebleau, mit dem Recht der Nachfolge ihres Sohnes, des früheren Königs von Rom; später hielt man auch diese kleine Souverainität für den Sohn des gewaltigen Mannes zu gefährlich und gegen den ausdrücklichen Vertrag von Fontainebleau nahm man ihm die Nachfolge in Parma und er erhielt nur den Titel eines standesherrlichen Herzogs von Reichstadt. — Was von Italien nun noch übrig war, machte Niemand Oesterreich streitig, um so mehr, da es auf früher besessene Enklaven in Schwaben und Baiern Verzicht leisten wollte. Es wurde auch nur natürlich gefunden, daß Oesterreich von Baiern Tyrol nebst Voralberg, Salzburg und den Inn- und Hausruckkreis, der von Ober-Oesterreich abgerissen war, zurücknahm, wogegen Baiern im Innern von Deutschland zu entschädigen wäre.

Wenn so die Monarchen und Diplomaten Europas über den Zuschnitt der genannten Verhältnisse ziemlich einverstanden waren, so daß keine ernstlichen Schwierigkeiten entstanden, so war die Aufgabe viel schwerer, wie Rußland und Preußen entschädigt oder beziehungsweise wieder hergestellt werden sollten.

Rußland hatte die größte Invasion aller Zeiten allein siegreich abgewehrt und nur dadurch erst war die Befreiung Deutschlands und Europas möglich geworden. Seine Hauptstadt Moskau und nicht wenige andere Städte waren in Flammen aufgegangen. Es hatte darauf kräftig bis zum letzten Augenblick mit drittehalbhunderttausend Mann zu dem erkämpften Ergebniß mitgewirkt; ja es hatte diplomatisch und in der Heerleitung im Großen die Hauptrolle gespielt. Hiernach konnte es wohl auf einen bedeutenden Antheil an der Beute Anspruch machen und da es das von Preußen früher besessene, von Napoleon abgenommene Herzogthum Warschau erobert hatte, so forderte es dieses ganze Land als Siegespreis. Nach den Leistungen Rußlands in drei gewaltigen Feldzügen war die Forderung nicht gerade unbillig. Allein es zeigte und rächte sich nun schwer, daß man Polen hatte untergehen lassen. Rußland war schon so kolossal groß und wurde durch die Gewinnung vom Herzogthum Warschau noch größer und gefährlicher für Europa, am meisten für Deutschland. Die Ostgrenze des letztern blieb dann ganz unvertheidigt und Rußland erhielt einen gefährlichen Keil zwischen der Provinz Preußen und Schlesien vorgeschoben. Die anderen Mächte Europas bangten darum, das Weltreich noch mehr zu vergrößern und ihm gegen Deutschland eine so gefahrvolle Grenze einzuräumen.

Preußen hatte in dem großen Kampfe selbst bei weitem das Meiste geleistet und hatte darum den gerechtesten Anspruch auf Vergrößerung; allein es lagen Bezüge, Ursachen und Stimmungen vor, die diesen Anspruch sehr schmälerten. Wenn sich Preußen auch auf eine so glorreiche Art wieder erhoben hatte, wie es in der Geschichte nur wenig Beispiele giebt — und in der deutschen Geschichte kein Beispiel — so wirkte doch ohne Zweifel die Schmach von 1806 noch nach, um in die volle Geltung wieder einzutreten. Es kam auch in Betracht, daß Preußen der jüngste, erst aus den Trümmern des deutschen Reiches hervorgegangene Staat war, der auf gleiche Gunst nicht rechnen konnte, als die alten Staaten — dessen Emporkommen vielmehr von Oesterreich befürchtet, von den kleineren deutschen Staaten beneidet war. Selbst das kräftige Vortreten des Volkselements in Preußen mochte Gegenstand der Besorgniß geworden sein. Alle auswärtige Mächte aber hatten auch ein Interesse, Preußen nicht zu groß werden zu lassen, weil durch diesen Staat, als aus rein deutschen Elementen bestehend, einst die Vereinigung von ganz Deutschland herbeigeführt werden könnte. — Endlich hatten sich beim Beginn des Krieges die Staatsmänner Preußens zu wenig vorgesehen, um auf diesen oder jenen Ländertheil bestimmten Anspruch machen zu können. Preußen hatte einfach sich nur mit dem Versprechen begnügt, daß es an Einwohnerzahl und Einkünften wieder so groß werden sollte, wie es vor dem unglücklichen Kriege gewesen, und es mußte nun darauf ankommen, wo seine Landentschädigung angewiesen wurde, da ein großer Theil von seinen früheren Besitzungen, z. B. das Herzogthum Warschau, von Rußland in Anspruch genommen wurde. Noch immer wäre, gestützt auf die großen Thaten in diesem Kriege, durch die Staatsmänner Preußens Besseres zu erlangen gewesen, als nachher erlangt wurde, wenn die Abgeordneten auf dem Wiener Congresse, der Staatskanzler Hardenberg und der Geheime Rath Wilhelm von Humboldt, der erstere mehr Charakter und Zähigkeit, der letztere bei seinen herrlichen Eigenschaften mehr praktische Thätigkeit und diplomatische Verschlagenheit gehabt hätten, und wenn endlich der König selbst, nach so manchen bitteren Erfahrungen zu sehr zur Versöhnung geneigt, entschiedenen Maßregeln nicht durchaus abgeneigt gewesen wäre. Preußen nun glaubte, da so viel früher besessenes Land von Rußland in Anspruch genommen wurde, als willkommene Entschädigung in erster Reihe das ganze Königreich Sachsen erhalten zu müssen. Der König dieses Landes, dem so glänzende Anerbietungen gemacht worden waren, hatte das Bündniß mit Preußen und Rußland verschmäht, hatte bis zum letzten Augenblick zu Napoleon gehalten, dadurch den blutigen Kampf in Deutschland herbeigeführt. Ihm zumeist zur Last fielen die unendlichen Opfer, die das Vaterland für die Entfernung des Feindes vom deutschen Boden hatte bringen müssen. Auch wurde das Königreich Sachsen, welches erst sieben Jahre diesen Titel führte, von einem russischen Gouverneur so verwaltet, daß es in die Hände Preußens übergehen sollte.

Es waren 736 Quadratmeilen mit 2,276,000 Einwohnern und 8 Millionen Thaler Einkünften*), die dadurch an Preußen

*) Steins Geographie vom Jahre 1812.

gekommen wären. Dieser Staat würde dadurch nicht wenig gekräftigt und abgerundet worden sein. Er würde dadurch eine natürliche Grenze gegen Süden durch das Lausitzer und Erzgebirge und eine Machtvollkommenheit bis über den Thüringer Wald erhalten haben, indem theils seine Besitzungen bis dahin gereicht, theils die kleinen sächsischen Herzoge und Fürsten sich genöthigt gesehen hätten, sich an ihn anzuschließen.

Mit Ausnahme von Rußland aber gönnte keiner der großen europäischen Staaten Preußen diese Machtvergrößerung, und auch Rußland nur unter der Voraussetzung, daß dieses das ganze Herzogthum Warschau erhielt. Oesterreich wollte seinen Nebenbuhler in Deutschland nicht als unmittelbaren Grenznachbar längs des Lausitzer und Erzgebirges haben. Frankreich, selbst das neue Frankreich unter den Bourbonen, wollte einen Fürsten nicht verschwinden lassen, der sich ja eben für Frankreich, wenn auch unter Napoleon, aufgeopfert hatte, und fühlte zugleich kein Interesse, in Preußen Deutschland die Möglichkeit zur dereinstigen Einheit zu verschaffen. Den kleineren und Mittelmächten in Deutschland fehlte es nicht an starker Eifersucht gegen Preußen. England besorgte ebenfalls in der Verstärkung von Preußen eine Kräftigung von Deutschland, und da es Hannover zurückbekam und dieses zum Königreich erhoben zu sehen wünschte, so lag ihm daran, dieses so groß als möglich zu machen. Ueberhaupt hatten die außerdeutschen Mächte keinen Grund, Deutschland stärker werden zu lassen, vielmehr sahen sie ganz gern, daß Deutschland zertheilt und darum ohnmächtig bliebe; aber wiederum wollten sie auch nicht, daß Rußland, indem es das ganze Herzogthum Warschau erhielt, durch den Keil, den es dann in die Ostgrenze Deutschlands schob, diesem Lande so sehr gefährlich wurde. Sie wollten nicht, daß Deutschland gegen Osten eine gegen Rußland gar nicht zu vertheidigende Grenze haben sollte. Rußland sollte vielmehr vom Herzogthum Warschau so viel abtreten, daß Preußen seine Ostgrenze abrundete. Damit glaubte man die Abtretung von Sachsen an Preußen vermeiden zu können. In Etwas trug auch dazu bei, daß der König von Sachsen, wenn er sein schönes Land verlieren sollte, jede Entschädigung (unter andern das Bisthum Münster) hartnäckig zurückwies.

Vielleicht wären die Ansprüche Preußens, da sie wegen der

großen Leistungen allerdings sehr begründet waren, von den versammelten Mächten zu Wien mehr gewürdigt worden, wenn sich der Monarch Preußens nicht unglücklicherweise ganz an den Kaiser Alexander von Rußland angeschlossen hätte, vermuthlich weil er im Verein mit diesem mächtigen Monarchen am ersten die Gewährung seiner Forderung hoffte. Die Macht Rußlands war aber mit Recht so sehr gefürchtet und dessen Begehrung vom ganzen Herzogthum Warschau so wenig beliebt, daß man nun um so weniger darauf eingehen wollte, Sachsen an Preußen zu überlassen.

Es kam zu völligen Zerwürfnissen. Preußen nahm das Königreich Sachsen in eigene Verwaltung und drohte sein Recht nöthigenfalls mit den Waffen vertheidigen zu wollen, wobei dann Rußland sein Verbündeter sein mußte. Wiederum rüsteten die Gegner, Oestreich, England und — das besiegte bourbonische Frankreich. In Böhmen versammelten sich österreichische Heeresmassen, England verstärkte die Truppen, die es in den Niederlanden stehen hatte, Frankreich machte kriegerische Aufstellungen von Truppen an seiner Ostgrenze und rüstete. Es sollte, wie wir wissen, Frankreich keine Stimme bei Vertheilung der eroberten Länder zustehen und die Abgesandten Frankreichs in Wien waren eigentlich nur da, um von der Vertheilung Akt zu nehmen; aber diese Umstände veränderten die Sache. Der schlaue in politischen Ränken so vielgeübte Fürst Talleyrand hatte schon längst gestrebt die lästige Zuschauerrolle Frankreichs abzuwerfen. Jetzt bot sich die erwünschte Gelegenheit, da Oesterreich und England seine Zulassung geradezu forderten. Sie wurde auch gewährt, da Rußland und Preußen nach einigem Sträuben darin nachgaben. Jetzt bewährte Talleyrand seine so oft bewiesene Geschicklichkeit. Er war in den Rath der Mächte eingedrungen, jetzt kam es ihm darauf an, die furchtbare Koalition derselben gegen Frankreich gänzlich zu sprengen. Es kam, wesentlich durch seine Bemühungen, am 3. Januar 1815, nur 2 Monate nach Eröffnung des Wiener Congresses, zwischen Oesterreich, England und Frankreich „aus Anlaß neuerlich kundgegebener Prätensionen“ (Preußens und Rußlands) ein Bündniß zu gegenseitiger Vertheidigung zu Stande. Jede Macht versprach die andere mit 150,000 Mann zu unterstützen, falls sie wegen Durchführung der gemeinsamen Vorschläge angegriffen werden sollte. Zugleich trat eine Militair-

4*

commission zusammen, um einen Kriegsplan auszuarbeiten. Zur Unterstützung desselben war es sehr wesentlich, sich der auf Preußens Emporkommen eifersüchtigen deutschen Mittelmächte zu versichern. Baiern, das die größte derselben geworden, besorgt, einen Theil der durch Frankreichs Hülfe erworbenen, auch zum Theil preußischen Länder herausgeben zu müssen und nach vielen andern Ländertheilen verlangend, kam höchst bereitwillig entgegen und wurde sogleich als mithandelnd aufgenommen. Der Beitritt von Hannover verstand sich von selbst, da es der Krone England angehörte. Man verschmähte auch Kleinere nicht, wie Hessen-Darmstadt ꝛc. Der Prinz von Oranien, als König des neu geschaffenen Königreichs der Niederlande, sollte zum Beitritt eingeladen werden. Wiewohl der Bund geheim war und Preußen und Rußland keine Ahnung davon hatten, so war der Bruch der Coalition gegen Frankreich doch thatsächlich geschehen. Ein Theil der Sieger über Frankreich war mit eben diesem Feinde Frankreich verbunden, um den Forderungen des andern Theils, nöthigenfalls mit Waffengewalt, entgegenzutreten; gewiß das ärgerlichste Schauspiel, welches es nach solcher Vergangenheit geben konnte!

Es lag indeß in den Umständen, daß ein solches Bündniß schwerlich zu einem wirklichen Kampf führen konnte. Nachdem von 1792 an Europa durch 22 Jahre fast unaufhörlich durch Krieg geängstigt worden und man in den drei letzten Jahren nur durch ganz ungeheure Anstrengungen unter Strömen von Blut das neueste Ergebniß erlangt hatte, scheute sich jede Macht, aufs Neue die Furie des Krieges zu wecken und, bei der Erschöpfung, in welcher man sich befand, den Völkern neue Opfer zuzumuthen, bloß weil man sich um das Erbe des Löwen stritt, den man erlegt hatte. Es schien durchaus nicht gerathen, den Völkern solchen Anstoß zu geben. Zudem kamen aus Frankreich Nachrichten, die es fast bereuen ließen, die Bourbons eingesetzt zu haben. Diese hatten in kurzer Zeit in seltener Unfähigkeit und grenzenloser Verblendung ganz Frankreich gegen sich aufgebracht, ihre Autorität war zur Ohnmacht herabgesunken und die Stimmung des Heeres insbesondere ließ neue Ausbrüche befürchten. Bei diesen Verhältnissen war Talleyrands Prahlerei, daß Frankreich 300,000 Mann zur Ausführung des Bündnisses stellen könnte, lächerlich, das Werk in Frankreich schien vielmehr nicht beendet und die Verbündeten konnten bald selbst genöthigt sein, dahin ernstlich ihr Augenmerk zu richten.

Darum entschloß man sich zum Nachgeben. Zuerst übernahm es England, sich mit Preußen und Rußland zu verständigen, nach längerem Zögern bewogen dann die beunruhigenden Nachrichten aus Frankreich auch Oesterreich in Verhandlungen einzutreten. Die Mittelmächte Deutschlands, die, wie Baiern insbesondere, die Zwietracht eifrig geschürt hatten, wurden zur Ruhe verwiesen. Es kam ein Compromiß zu Stande. Man gewährte Rußland den größten Theil des Herzogthums Warschau unter dem Titel eines Königreichs Polen mit getrennter Verwaltung und mit einer freisinnigen Verfassung. Rußland trat ein viel größeres Stück als es anfangs gewollt, vom Herzogthum Warschau zur Ausfüllung zwischen Preußen und Schlesien und zur einigermaßen leidlichen Abrundung seiner Ostgrenze — das jetzige Großherzogthum Posen — an Preußen ab. Preußen dagegen verzichtete auf ganz Sachsen und begnügte sich mit dem größeren Theil von 466 Quadratmeilen; 270 Quadratmeilen blieben für ein verkleinertes Königreich Sachsen noch übrig. Da nun Preußen früher besessene Länder, wie die fränkischen Fürstenthümer Anspach und Bayreuth, Ostfriesland, Hildesheim 2c. nicht wieder erhielt, so mußte es als Entschädigung nehmen, was in der eroberten Masse übrig blieb und was gerade herrenlos war. Das meiste vakante Land lag auf dem linken Rheinufer zu den ehemaligen Erzstiften Cöln, Trier und Mainz gehörig. Dort wurde also auch eine Hauptentschädigung Preußens angewiesen, doch wurde Preußen noch insofern benachtheiligt, daß seine Westgrenze nicht einmal die Maas erreichte, um den Handel dieses wichtigen Stromes zu gewinnen, sondern auf eine lange Parallelstrecke davon abbleiben mußte. Nicht allein, daß seine rheinisch-westphälischen Besitzungen vom Hauptkörper getrennt wurden, waren seine Grenzen, selbst in dem Hauptkörper in Sachsen und Thüringen vielfach unterbrochen und nirgends abgerundet. War ein Vortheil dabei, so war es, daß Preußen mehr deutsches Land empfing, als es vorher besessen und darum mehr in Deutschland einwuchs, als es vorher möglich gewesen.

Die größten Schwierigkeiten der Ländervertheilung waren Ende Januar oder anfangs Februar 1815 auf dem Congresse überwunden. Man unterhandelte und feilschte nur um das Mehr oder Weniger, doch blieb alles im Provisorium und es war noch nichts endgültig abgeschlossen, als die Wiederkehr Napoleons nach Frankreich zwang rasch abzuschließen, die zugetheilten Länder in Besitz zu nehmen und, da man um keinen Preis Napoleon auf dem Throne dulden wollte, den Angriff gegen ihn zu bereiten.

Wenn schon die Vertheilung der Länder in Deutschland die Hauptschwierigkeit des Congresses von Wien bildete, welche beinahe zum Bruch geführt hätte, so ergaben sich noch Verhältnisse und Bedenken anderer Art, welche nicht minder die Aufmerksamkeit erforderten.

Die Verbündeten hatten zwar in Frankreich den aus der Revolution hervorgegangenen, ihnen so gefährlichen Herrscher entthront, die uralte Dynastie der Bourbonen wieder eingesetzt, das „Legitimitätsprinzip“ als das in Europa allein geltende verkündigt und mit Verbürgung einer Verfassung für Frankreich die Revolution zu schließen gehofft; dennoch machte ihnen diese Einsetzung in mehrfacher Hinsicht viele Sorgen. Zunächst war es der Ehrgeiz des eben erst wiederhergestellten Königs Ludwigs XVIII. Die Bourbonen regierten nun wieder in Frankreich und in Spanien; es war der Lieblingsgedanke und der Ehrgeiz Ludwigs XVIII. und seines Hauses, daß sie auch wieder wie früher in Neapel regieren sollten, damit die alte Dynastie in Europa wieder so mächtig würde, wie sie vor der Revolution gewesen war. Indessen hatten die Verbündeten Murat wegen seiner Untreue an Napoleon dadurch belohnt, daß sie ihm den Besitz von Neapel verbürgt hatten; der Bourbon König Ferdinand war auf den Besitz der Insel Sicilien beschränkt. Da Murat nun traktatenmäßig von allen nichtbourbonischen Fürsten Europas als König von Neapel anerkannt war, so ging es doch nicht an, ihn ohne Ursache zu entfernen. Es ist vorauszusetzen, daß die alten Dynastieen Europas den „Gastwirthssohn“ auf dem Throne von Neapel, also als einen der ihrigen, nicht gern sahen, allein es mochte doch auch das Bedenken sein, ob es gerathen wäre, das Haus Bourbon, kaum aus dem Nichts wieder hervorgezogen, gleich so mächtig in Europa werden zu lassen. Darum ist es bis zu Murats offenbar feindseligen Schritten hierin zu keiner Entscheidung gekommen.

König Murat seinerseits sah nach dem Sturze Napoleons,

wozu er so viel beigetragen, bald ein, welch' einen großen politischen Fehler er neben seiner Treulosigkeit begangen hatte. Es wurde ihm klar, daß alle Versprechungen von ungeheuren Vergrößerungen in Italien ihm von den Verbündeten nur gemacht waren, um ihn zum Abfall zu verleiten. Nachdem dieser geschehen, hatte er nur eben kaum Neapel verbürgt erhalten. Er fühlte nun doch, daß der Grund und die Bedingung seines Bestehens die Herrschaft Napaleons in Frankreich wäre und daß er ganz vereinsamt unter den alten Dynastieen dastände, die ihn nur duldeten und wahrscheinlich die nächste Gelegenheit ergreifen würden, sich seiner zu entledigen.*) Als europäischer Fürst hatte er gleichwohl seine Gesandten bei dem Congresse zu Wien und so erfuhr er früh genug, was Ludwig XVIII. und die Bourbonen gegen ihn beabsichtigten. Er traf dann seine Gegenmaßregeln. Wohl eingedenk, wie nützlich ihm Talleyrand den Bourbonen und den Verbündeten gegenüber sein konnte und wie geldbedürftig und bestechlich der Mann war, sandte er ihm ein Geschenk von 300,000 Dukati (1,200,000 Franken). Er wußte aber nicht, daß ihn König Ferdinand bereits überboten hatte. Dieser hatte ihm ebenfalls 300,000 Dukati übersandt und außerdem noch respektable Anerbietungen gemacht: die Zusicherung des Fürstenthums Benevent für ihn und des Herzogthums Dino für Talleyrands Neffen. Der geldgierige Mann nahm von beiden an, indessen mochte er wohl urtheilen, daß in gegenwärtiger Periode das Prinzip der Legitimität das stärkere wäre und es noch in der nächsten Zeit sein würde.**) Er entschied sich für König Ferdinand, und auf das Drängen Ludwigs XVIII. legte er unterm 15. und 19. December 1814 völlige Anträge zur Restitution der Bourbons in Neapel dem versammelten Congresse vor. Murat sollte durch eine Entschädigung abgefunden werden.***) Als Murat Kenntniß von diesen offiziellen Schritten Frankreichs erhalten hatte, war er

*) Die englischen Minister verweigerten ihm das Prädikat „Majestät" (Vaulabelle II. 200.)

**) Memoiren des Herzogs von Rovigo VIII. Bd.

***) 1814 — cent-jours — 1815 histoire des deux restaurations jusqu'à la chute de Charles X. par Achille de Vaulabelle. Paris. Perrotin 1844. Tom II. S. 175. — Les cent jours par M. Capefigue. Paris. Langlois & Leclercq 1841. Tom I. Cap. IV. 80.

sehr erbittert. Er rüstete eifrig und suchte später die Erlaubniß beim Congresse nach, mit 80,000 Mann durch die Lombardei zu marschiren, um in Frankreich einfallend, sich an den Bourbonen zu rächen. In Italien war große Bewegung und man besorgte, daß Murat diese benutzen könnte.

Gaben diese Verhältnisse Stoff zu vielen Erwägungen, so erregten die Nachrichten, die aus Frankreich kamen, Befürchtungen aller Art. Man sah, die neue Schöpfung wollte nicht gedeihen, das Frankreich der Revolution wollte sich mit dem alten neu eingesetzten nicht verbinden. Es gährte allenthalben in Frankreich. Die verbündeten Dynastieen hätten sehr gewünscht, daß die Royalisten Herren des revolutionären Frankreichs würden und die Restauration sich so weit als möglich erstrecken möchte. Da sie selbst auf dem ganzen Continent absolut regierten, so wünschten sie gewiß nicht, daß ein wirklich konstitutionelles Regiment in Frankreich Raum gewinnen sollte, was eine große Rückwirkung auf ihre eigenen Staaten haben mußte, und insofern waren sie mit Ludwig XVIII. wohl einverstanden, daß er die Volksstimme möglichst niederhielte. Allein man hielt die Bourbonen nicht für fähig genug, dies mit Klugheit auszuführen. Man war unzufrieden, daß sie zu rasch und zu ungeschickt verführen und die Royalisten keine Mäßigung kannten. Doch hat wohl keiner der Fürsten und Diplomaten den ganzen Umfang der Gefahr nur geahnt. Man erfuhr zwar, daß noch viel Franzosen und Italiener ihre Hoffnung auf die Wiederkehr von „Napoleon" setzten, allein man glaubte ein Mittel gefunden zu haben, dieser Gefahr zu begegnen, wenn man die Hoffnung der Wiederkehr dieses gefährlichen Mannes für die Völker abschnitte und ihn ganz von Europa entfernte.

Die erste Idee, Napoleon, gegen den Traktat von Fontainebleau, seines Fürstenthums Elba zu berauben und ihm einen gezwungenen und überwachten Aufenthalt außerhalb Europa anzuweisen, war von dem ehemaligen berüchtigten Polizeiminister Napoleons Fouché ausgegangen, der wegen seiner großen Polizeidienste von Napoleon zum Herzog von Otranto erhoben worden war. Verdrießlich, aus den Regierungskreisen verdrängt zu sein, begierig, sich einzudrängen, eitel, ehrgeizig und überhaupt voll angeborner Lust zu Intriguen, wollte er sich der herrschenden Dynastie gefällig erweisen, um zu irgend einer Rolle berufen zu werden. Als er nun die ungeheuren Mißgriffe und die steigende Unzufriedenheit der Bourbonen sah, und erkannte, daß die nationale Partei in Frankreich, die weitaus die Mehrheit bildete, immer mehr ihre Hoffnungen auf eine Wiederkehr Napoleons gründete — denn er hatte, obgleich ohne Amt, überall noch die Hand im Spiele — reichte er eine geheime Denkschrift an Ludwig XVIII. ein, in welcher er die große Gefahr für Frankreich und Italien auseinandersetzte, wenn Napoleon einen so nahen Aufenthalt bei Europa behielte und daß es nöthig wäre, ihn nach Amerika oder Indien zu entfernen.*) Ludwig XVIII. machte die Meinung Fouchés zu der seinigen und Talleyrand erhielt demnach in Wien seine Instruktionen. Der französische Abgesandte entwickelte hiernach dieselben Ideen in einer Note an den Congreß: es gäbe keine Stabilität, so lange Napoleon 20 Meilen von Italien und in der Nähe von Frankreich sei, überhaupt sei so lange keine Ruhe für Europa und für irgend Jemanden. Der Antrag Talleyrands, verbunden mit der Nachricht von den Gährungen in Frankreich, noch mehr aber von den übeln Stimmungen in Italien, wo überdies Murat daran dachte, große Erwerbungen zu machen und sogar in Frankreich einzufallen, machte großen Eindruck auf den Fürsten Metternich und Lord Castlereagh, um so mehr, da man Nachricht erhalten hatte, daß Murat mit Napoleon auf Elba in Verbindung getreten sei. Beide Vertreter ihrer Staaten waren darüber einig, daß Napoleon auf Elba nicht bleiben könnte; es kam nur darauf an, daß der Kaiser Alexander, der vorzugsweise den Traktat von Fontainebleau geschlossen hatte, in die Entfernung Napoleons willigte. Nachdem die Diplomatie zu Wien sich der Zustimmung der Interessenten versichert, unternahm es der erste Minister Englands Lord Castlereagh, dem Kaiser Alexander die Nothwendigkeit der Entfernung des gefährlichen Mannes von Elba darzulegen und als seinen künftigen Aufenthalts-

*) Capefigue 1. Cap. 4. S. 84 u. flg. Diese Eingabe Fouchés an Ludwig XVIII. hinderte übrigens nicht, daß er zugleich an Napoleon auf Elba schrieb und ihm meldete, womit man umginge. Er möchte der Sache zuvorkommen und freiwillig nach Amerika gehen; sein Aufenthalt auf Elba sei gefährlich und lächerlich. — So trieb er doppeltes Spiel.

und hoffte doch wenigstens Etwas zu gewinnen, denn jetzt oder nie war es Zeit; alle Fürsten und ihre Diplomaten des Welttheils waren in Wien entweder persönlich versammelt oder durch Abgeordnete vertreten, und was jetzt festgesetzt wurde, mußte auf viele Decennien, vielleicht auf Jahrhunderte gelten.

Es lag in den Umständen, daß nur der kleinste Theil dieser Forderungen und Wünsche erfüllt werden konnte. Das Einzelne kam auch zunächst gar nicht zum Abschluß, denn plötzlich erschien Napoleon wieder auf dem Boden Frankreichs, es wurde alles angewandt, ihn abermals zu stürzen und die genauere Regelung der kleinen Verhältnisse mußte bis nach der Besiegung des Mannes verschoben werden. Auch die künftige Verfassung Deutschlands konnte nur gleichsam in allgemeinen Umrissen festgesetzt werden und man eilte nur mit den Territorialverhältnissen im Allgemeinen fertig zu werden, wobei man dann übereilt abschloß.

So unendliche Geschäfte in Wien auch zu verhandeln waren, so sehr ernst sie sein mochten, da sie die Gesammtgestaltuug von Deutschland und Europa auf lange Zeit hinaus betrafen, so viel Ansprüche, Zurückweisungen, Zwiespalt und Zerwürfniß, zum Theil bis zum Ausbruch blutiger Kriege sich im Schoße der Gesellschaft dort befinden mochten, so war von diesem äußerlich an den geltenden Personen keine Spur zu finden. Man hatte 22 Jahre hindurch, und in den 3 letzten Jahren ganz besonders thätig sein müssen, man hatte zu viel ausgestanden, zu viel entbehrt, jetzt war das mächtige französische Volk niedergeworfen, der sonst so fürchterliche Mann lebte machtlos und bewacht auf einer kleinen Insel, man wollte sich nun schadlos halten. In der That spielte bei der hohen Aristokratie von Europa, zu Wien versammelt, der Lebensgenuß die Hauptrolle. Man berauschte sich in fortwährenden Festen, die sich drängten, eins noch glänzender als das andere: unaufhörlich Bälle, Concerte, Schauspiele, Ballets, Soireen, Jagd, Schlittenfahrten, Paraden. Einzelne dieser Festlichkeiten ließen durch unübertroffenen Glanz wochenlang von sich reden, und doch suchte noch immer Einer den Andern in Glanz zu überbieten. Niemals wurde das Schicksal der Nationen freudiger diskutirt, denn die Geschäfte schienen nur die zweite Stelle einzunehmen. So kam man auch nur langsam vorwärts und bekannt ist das Witzwort des geistreichen Fürsten von Ligne: le congrès danse et ne marche pas. Die Völker erhielten lange Zeit keine Nachricht von den sehnlich erwarteten Handlungen und den Entscheidungen des Congresses, nur von diesen Festen berichtete der österreichische Beobachter mit großer Umständlichkeit, und diese Berichte gingen dann in alle anderen Zeitungen über. Lange Zeit waren diese die einzigen Lebenszeichen des Congresses.

So wenig aber von dem künftigen Schicksal des deutschen Volkes von Wien her verlautete, so war es dennoch genug, den schönen Traum eines mächtigen Deutschlands gänzlich zu verwehen, genug, die Hoffnungen auf das Tiefste herabzustimmen. Daß man nahe daran gewesen, wegen Vertheilung der Beute unter einander in wüthenden Kampf zu gerathen, konnte nach so viel gebrachten Opfern von Seiten der Völker unter diesen nur den widerwärtigsten Eindruck hervorbringen. Noch aber war das, was die Fürsten und Diplomaten aus Deutschland gemacht, nicht bekannt und wurde es noch längere Zeit nicht: das Werk der Bundesverfassung vom 8. Juni 1815, in welcher die Täuschung über so viel gehegte Hoffnungen vollkommen wurde. Und auch dieses Werk hatte nur die Noth abgepreßt, indem plötzlich eine Gefahr hereinbrach, welche das ganze Werk der Diplomaten von Europa in die Luft zu sprengen drohte: die Wiederkehr Napoleons in Frankreich.

Man hatte die Bourbons in ihrer reaktionairen Wuth und traurigen Verblendung in Frankreich rücksichtslos schalten lassen, ohne ihnen Einhalt zu thun, man hatte die dadurch hervorgebrachte Gährung in Frankreich nicht oder nur gering geachtet und schlimmsten Falls sie durch die weitere Entfernung Napoleons zu beschwichtigen geglaubt; jetzt war nun der Mann ihnen zuvorgekommen, war in Frankreich gelandet, und wenn auch Niemand glaubte, daß die Franzosen ihn wieder als ihren Beherrscher aufnehmen würden, — ein großer Irrthum der Legitimen — so mußte man doch befürchten, daß er einen großen innern Kampf im Lande erregen würde.

Wie es dem Verbannten von Elba nun möglich wurde, Frankreich durch sein bloßes Erscheinen wieder zu erobern, dazu ist es nöthig, die Regierung der Bourbonen und die französischen Zustände etwas näher ins Auge zu fassen, was wir im nächsten Abschnitt versuchen wollen.

---

2. Die Miß-Regierung der Bourbonen in Frankreich. — Französische Zustände.

Die Verbündeten hatten, froh der Entfernung des aus der Revolution hervorgegangenen Herrschers, das uralte Königsgeschlecht der Bourbonen wieder eingesetzt, welches das französische Volk vor bald einem Vierteljahrhundert mit grausem Unwillen von sich gestoßen, mit welchem es auf immer gebrochen zu haben glaubte. Unter der Bedingung der Wiederannahme dieses tief aus der Feudalzeit des Mittelalters stammenden Königsgeschlechts wollten die Kaiser und Könige Europas dem französischen Volke die Demüthigungen und Leiden verzeihen, die ihnen von demselben bereitet worden, unter dieser Bedingung wollten sie sich mit ihm versöhnen. Sie hatten die ungeheuren Ausschreitungen der Franzosen endlich siegreich zurückgeschlagen, Frankreich auf den Stand vor denselben zurückgebracht; sie hatten Rache und Genugthuung erlangt und meinten nun die ungeheure Bewegung damit zu schließen, daß sie dahin zurückkehrte, wo die alte Feudalmonarchie geendet. Da diese nach allem Vorhergegangenen nicht völlig zu restauriren war, so gewährten sie dem französischen Volke eine konstitutionelle Verfassung, in welcher Neues und Altes eine Stelle finden und die Gegensätze sich ausgleichen konnten. Hierin hoffte man ohne Zweifel, daß die Ueberreste der Revolution in ein regelmäßiges Bett geleitet werden würden. Vielleicht verhehlte man sich nicht, daß dadurch in Frankreich noch viel innere Kämpfe entstehen könnten; man hielt sie jedoch nicht von großer Bedeutung, und gönnte Frankreich noch längere Zeit eine Schwächung, um vor ihm sicher zu sein und sich von den gehabten großen Anstrengungen erholen zu können. Ob man sich das klar gemacht hat, welche Wirkungen es auf Europa haben mußte, wenn auf dem Festlande des Welttheils (wie bisher nur im Inselreich England) ein großes Volk, die Franzosen, in diesen Kämpfen zu einer wahrhaft konstitutionellen Regierung durchdringen würden, muß dahingestellt bleiben. Im Ganzen glaubte man, durch die Einsetzung der alten Dynastie doch viel gewonnen zu haben, denn das gefährliche Beispiel eines Privatmannes auf dem Throne war entfernt.

Aber die Verbündeten irrten in der Bedeutung der französischen Revolution, die sie weitaus zu gering schätzten, sie irrten sehr in dem, was das französische Volk durch die Revolution geworden, sie schätzten in den Bourbons nur das Prinzip und sahen nicht oder wollten nicht sehen, wie sie zu dem neuen Frankreich nicht mehr paßten, wie sie, unfähig und werthlos, auch nicht von fern ihrer Aufgabe gewachsen sein konnten; endlich irrten sie schwer in der großen Bedeutung des Mannes, den sie auf Elba unschädlich gemacht zu haben glaubten. Wegen dieser verschiedenen Irrthümer konnte ihr Werk nicht von Dauer sein, und es ist, auch nach abermaliger gewaltsamer Wiederherstellung im Jahre 1815, nach kurzer Zeit wieder zusammengebrochen.

Seit dem Beginn der französischen Revolution im Jahre 1789 hatte Frankreich in einem Vierteljahrhundert fast mehr Thaten verrichtet, als in den acht Jahrhunderten seines ganzen Bestehens zusammengenommen. Es hatte Spanien, Deutschland und Italien unterworfen und es war nahe daran gewesen, tief in den slavischen Ländern von Ost-Europa nach Polen und Rußland seine Herrschaft auszubreiten. Auf vielen Schlachtfeldern hatte es seine große Ueberlegenheit bewährt. Aber nicht allein durch seine Waffen gegen das Ausland, auch durch die im siegreichen Ausbreiten der Revolution herrschend gewordenen Ideen war in Frankreich eine große Veränderung hervorgebracht. Das alte feudale Frankreich mit dem gottbegnadeten Königthum, der Adels- und Priesterherrschaft, war gründlich ausgetilgt. Die große Verschiedenheit der Provinzen, die Ungleichheit der Steuern und der Rechte, alle Privilegien und Ausnahmen waren seit eben so langer Zeit beseitigt. Ein Gefühl der Gleichheit, der Gleichberechtigung hatte alle Franzosen durchdrungen. Niemand fühlte sich wenigstens durch seine Geburt und im Privatleben abhängig und es kam nur auf seine Fähigkeit und Thatkraft an, emporzukommen. Die Priesterherrschaft mußte sich dem Staat unterordnen und war Keinem drückend mehr. Obgleich nun die Franzosen wegen der Reaktion im Innern und wegen des gewaltigen Andrangs des Auslands nicht im Stande gewesen waren, die Republik aufrecht zu erhalten, sondern sich der Herrschaft eines einzigen, aber großen Genies überließen, obgleich dieser auch alle Macht an sich riß und es mit der Selbstregierung oder nur Einwirkung auf die Verwaltung ganz vorbei war, so blieben doch immer die Fundamente der Revolution bestehen: die Aufhebung der Ständeunterschiede, die Gleichberechtigung, das gleiche Gesetzbuch, die Nichtbelästigung durch den Priesterstand, weil Gleichheit aller Culten. Es blieb auch noch eine, wenn auch beschränkte Vertretung des Volks im Senat und im gesetzgebenden Körper. Und als Ersatz für die mangelnde Selbstregierung oder nur Einwirkung auf die Regierung blieb die Herrschaft über Europa und der kolossale Ruhm.

Es war der Sturz des Kaiserthums erfolgt, weil Napoleon maaßlos seine Vortheile übertrieb und ein ungeheurer Rückschlag eintrat, dem er nicht mehr gewachsen war; die Franzosen waren auch längst der Anstrengungen überdrüssig, die er ihnen zumuthete. Aber sie hatten nicht vergessen, daß sie auf hundert Schlachtfeldern gesiegt hatten, sie waren sich bewußt, daß sie bis zum letzten Augenblick muthig und ehrenvoll gekämpft hatten und nur der Ueberzahl und dem Verhängniß erlegen waren. Sie waren davon überzeugt, daß sie doch die „große Nation Europas" wären, ein Ehrentitel, welchen ihnen ihr großer Heerführer beigelegt hatte. Die Franzosen haben von je her große Liebe für kriegerischen Ruhm gehabt, dieser war durch ihren Kaiser auf das Aeußerste genährt worden, und wenn man ihnen auch vorgeworfen hat, daß kriegerischer Ruhm das „goldene Kalb" wäre, welches sie anbeteten, so stände es anderntheils sehr übel mit einem Volke, dem dieser jemals gleichgültig werden könnte.

War nun in den Franzosen, trotz der Niederlage, das Gefühl von ihren großen Thaten lebendig, und daß sie nur der entschiedenen Uebermacht erlegen wären, so war in dem Vierteljahrhundert seit der Revolution eine große Veränderung an staatlichen Einrichtungen, im Verhältniß zum Priesterthum und zur Religion, in dem Verhältniß der Gesellschaft zu einander, in Sitten, Gewohnheiten und Anschauungen vor sich gegangen, welche große Veränderung die Verbündeten, als sie die Bourbons wieder einsetzten, bei weitem nicht gehörig würdigten. Von ihrem dynastischen und aristokratischen Standpunkt hatten sie die Zustände Frankreichs nicht richtig beurtheilen gelernt und nahmen sie nur nach Analogie ihrer eigenen Länder. Es hatten aber die Franzosen in den 25 Jahren gleichsam mehrere Jahrhunderte durchlebt und eine unausfüllbare Kluft trennte das neue von dem alten Frankreich.

Endlich täuschten sich die Verbündeten darin, daß sie glaubten, Napoleon sei in Frankreich eben so verhaßt, als bei den Bewohnern ihrer Länder. Es hatte den Franzosen gar nicht so übel gefallen, in fremden Ländern den Herrn zu spielen, auf deren Kosten zu leben und sich auch wohl noch zu bereichern. Frankreich war trotz der vielen Kriege und trotz der Continentalsperre im Innern blühend. Der Kaiser nahm vom eigenen Lande keine erhöhten Steuern und führte seine Kriege zum großen Theil auf Kosten der fremden Länder. Dabei war er, obgleich er viel brauchte, äußerst sparsam und ein sorgfältiger Finanzverwalter. Nur der große Menschenverbrauch wurde nach und nach immer empfindlicher und unerträglicher, so sehr er auch den Rheinbund und seine übrigen Verbündeten heranzog, ihm Mannschaften zu stellen. Erst das Jahr 1814 brachte erhöhte Steuern, erhöhte Leistungen, verpflanzte nun den Krieg auf französischen Boden und ließ die Franzosen zum ersten Mal empfinden, was es heißt, den Feind im eigenen Lande zu haben, welches schreckliche Geschick sie den Ländern der Verbündeten so oft bereitet hatten. Nun traf das Ungewohnte mit doppelter Schwere und in der Noth verwünschten sie die Kriegslust ihres Kaisers und fürchteten sogar seine Energie. Wenn man sie aber gefragt hätte und sie unbeirrt hätten antworten können, so ist es zweifelhaft, ob sie in der Mehrheit selbst in diesem Drange Napoleons Entfernung vom Throne gewünscht, des Mannes, der den Gipfelpunkt ihres Ruhmes bildete, der selbst die Bedeutung des Cäsar, des ersten Helden der Römer erreichte, gewiß nicht die seiner Dynastie; am allerwenigsten hätten sie ein Verlangen nach den Bourbons gehabt. Man muß den Mangel einer eigentlichen Volksvertretung in Frankreich, eines Parlamentarismus, der sonst gewiß von vielen einsichtsvollen und patriotischen Männern auf das Lebhafteste gewünscht wurde, um die Willkür des Kaisers zu mäßigen, dennoch im Hinblick auf die Masse der Franzosen nicht zu hoch anschlagen. Sie hatten seit Beginn der Revolution 1789 zehn Jahre hindurch parlamentarische Versammlungen genug gehabt, doch waren diese wegen ihrer blutigen Regierung und der immerwährenden Aufregung des Landes nicht im besten Andenken und man war eigentlich froh gewesen, als Einer, sogar mit Entfernung des Parlamentarismus, sich der Herrschaft bemächtigt. Man war nur des Krieges, der nun auf französischem Boden und zur Eroberung der Hauptstadt geführt, gründlich überdrüssig und wollte leidlich aus dieser gefährlichen Krise herauskommen. Diese Abmattung und Verwirrung benutzten die Verbündeten im Verein mit einer kleinen royalistischen Partei im Innern, die Bourbons wieder einzusetzen, die sonst der lebenden Generation von Frankreich und beinahe von Europa unbekannt und fast vergessen waren.

Es ist nothwendig, die Personen dieser Familie näher ins Auge zu fassen. Nach dem Tode des Sohnes des hingerichteten Ludwigs XVI., der, obgleich er als Kind gestorben, Ludwig XVII. genannt worden ist, war der älteste der Familie der Graf von Provence, der sich in der Verbannung Graf von Lille nannte, der älteste Bruder Ludwigs XVI., der nunmehrige König Ludwig XVIII. Da dieser nicht verheirathet war und also keine Kinder hatte, so war der nächste am Throne sein Bruder der Graf von Artois, der als muthmaßlicher Erbe desselben den alten Titel „Monsieur" annahm, wie ihn die Thronerben von Frankreich ehedem führten, die nicht Söhne des Königs waren, in welchem anderen Fall sie sonst „Dauphin" hießen. Der Graf von Artois (Monsieur) hatte aus der Ehe mit einer Prinzessin von Savoyen zwei Söhne, den Herzog von Angoulême, verheirathet mit seiner Cousine, Tochter Ludwigs XVI. und Marie Antoinette's, Enkelin der Maria Theresia, welche Ehe kinderlos und ohne Hoffnung zur Nachkommenschaft war, und den Herzog von Berry. Letzterer war morganatisch mit einer Engländerin, darum nicht standesgemäß und successionsfähig verheirathet. Es geschah dies erst 1816 mit einer neapolitanischen Prinzessin, von welcher ihm erst 1819 eine

Tochter und darauf erst nach seiner Ermordung durch Louvel am 29. September 1820 ein Sohn geboren wurde, der Herzog von Bordeaux, der sich in der Verbannung Graf von Chambord nennt, der einzige noch lebende Sprößling der französischen Bourbons, dessen Ehe abermals ohne Hoffnung von Nachkommenschaft ist. — Außer dieser regierenden Linie waren von der Nebenlinie Bourbon-Condé nur noch zwei Prinzen, Vater und Sohn, (der letztere der Vater des auf Napoleons Befehl hingerichteten Herzogs von Enghien) ohne Nachkommenschaft übrig geblieben.

Man sieht: die Familie der Bourbons war sehr wenig zahlreich und dem Erlöschen nahe. Sie trug aber auch bereits die Last der Jahre und die lange Verbannung hatte tiefe Spuren zurückgelassen. Ludwig XVIII. war, als er im Jahre 1814 den Thron bestieg, 59 Jahre alt, von Gicht und Podagra krank und hinfällig; eben so war der ältere Prinz von Condé 78 Jahre, der jüngere 58 Jahre alt, beide körperlich und geistig sehr gebeugt. Rüstiger war bei einem Alter von 57 Jahren der Graf von Artois. Von seinen Söhnen war der Herzog von Angoulême 39, der Herzog von Berry 36 Jahre alt. Der jugendlichste und körperlich kräftigste war der letztere, doch war er im Jahre 1814, wie angeführt, noch nicht standesgemäß verheirathet und darum die ganze Familie ohne Nachkommenschaft. — Von dem weiteren Nebenzweig **Orleans** war noch ein Sohn des Philipp Egalité, **Ludwig Philipp** Herzog von Orleans übrig, 41 Jahre alt und mit einer sicilianischen Prinzessin 1809 verheirathet, mit welcher er bereits einen Sohn hatte, aber die Familie war verdächtig und unliebsam, weil der Vater Egalité und der Sohn mit der Revolution sympathatisirt hatten.

Wenn es mit einem alten Geschlecht zu Ende geht, kann man bei ihm keine besondern Gaben der Natur mehr erwarten. In der That waren diese bei den Bourbons nicht vorhanden. Aber es hatte bei ihnen die Erziehung auch das nicht geleistet, was möglicherweise noch geschehen konnte, im Gegentheil konnte diese den Erfordernissen kaum weniger gemäß sein. Sie fiel in die Periode der unbeschreiblichen Sittenlosigkeit unter König Ludwig XV. und dessen Maitressenwirthschaft. Da ein König von Frankreich damals nur **Rechte**, die ihm **Alles** erlaubten, aber keine **Pflichten** kannte, und das Land wie ein ihm von Gott geschenktes Eigenthum ansah, so konnten diese Grundsätze auch nur auf seine Söhne übergehen. In der Erziehung hatte jeder Ernst gemangelt. Keine Einsicht in Staatskunst, Politik, Geschichte, Verwaltung ꝛc. bei dem großen Ernst der herannahenden Zeit war ihnen zu eigen gemacht worden, auch nicht einmal militairisch, wie es doch damals bei Prinzen erforderlich, waren die bourbonischen Prinzen einigermaßen gründlich ausgebildet. Die Kunst sich zu vergnügen und der Anspruch, was ein gottbegnadeter französischer Prinz aus der nobeln Race der Bourbons bedeute, war bei ihnen am meisten zur Vollkommenheit gediehen. Ludwig XVI. besaß trotzdem Rechtlichkeitssinn, Milde des Herzens und guten Willen, doch konnte er bei seiner Schwäche und bei dem hohen Grad des Uebels das Verderben nicht abwehren, in welchem er unterging. Der nachherige Ludwig XVIII. zeigte einigen Verstand und Sinn für die klassische Literatur der Alten, wie er denn, nicht ohne Ostentation, den Horaz las, er stieg auch nicht so tief in Immoralität herab, wie die noch übrigen andern; sein Charakter und seine Seeleneigenschaften zeigten jedoch in ihrer Flachheit nur die Art eines degenerirten Geschlechts. Der Graf von Artois, leichtsinnig und lustig, in jeder Beziehung unbedeutend und sehr sittenlos, affektirte im Aeußern den vollkommenen Ritter, den Henryquatre der Familie, um sich bei jeder ernsten Gelegenheit als Poltron zu beweisen. Die Prinzen von Condé, nicht ganz unähnlich ihrer heldenmüthigen Ahnen, waren in der Frivolität der Zeit untergegangen: in den Feldzügen, in welchen sie das Corps der Emigranten gegen Frankreich anführten, sind von ihnen und ihrem Corps, welches bald in englischem, bald in russischem Solde stand, zwar einige Erfolge, aber noch viel mehr Zuchtlosigkeiten anzuführen, mit welchen die Länder des Kriegsschauplatzes heimgesucht wurden.

Die Bourbonen waren seit 1792, die Condés schon seit 1789 in der Fremde, wo sie von den Unterstützungen der legitimen Fürsten lebten. Sie, nebst den einflußreichsten der Emigranten, suchten bei den fremden Höfen eifrig den Krieg gegen Frankreich zu schüren und, als dieser entbrannt war, führten die Condés das Heer der zahlreichen Emigranten gegen ihr Vaterland. Diese, fast der ganze französische Adel, entrüstet über die Forderungen der

Revolution, die nicht ihr Besitzthum antasten, sondern nur ihre Privilegien aufheben wollte, waren seit dem Sturm auf die Bastille in ganzen Schaaren nach dem Rhein ausgewandert (emigrirt) und seit 1792 waren ihnen die königlichen Prinzen dahin gefolgt. Coblenz war der große Sammelplatz. Zum ersten Mal sah Deutschland die hohen Herren von Frankreich, diese Prinzen, Herzoge, Marquis, Grafen, Vicomte's, Barone und gentilhommes in der Nähe und in großen Massen vereint. Jedermann sah sie mit Staunen und Entrüstung. So etwas von allgemeiner Zucht- und Sittenlosigkeit war Niemand bisher vorgekommen und so etwas von Hochmuth bei so trauriger Lage war ganz unerhört. Die Herren, die größtentheils aus Besorgniß für ihr Leben ihrem Vaterlande den Rücken wandten und ihren König im Stiche ließen, thaten, als wenn sie sich zu ihren Standesgenossen in Deutschland nur allergnädigst herabließen. In Coblenz und am Rhein hat ihre Zucht- und Sittenlosigkeit die traurigsten Spuren hinterlassen. Selbst die europäischen Höfe schämten sich dieser Emigranten und sie kamen moralisch in Verachtung. Dabei herrschte unter den verschiedenen Gruppen derselben noch Rangstreit, Eifersucht und jedes mögliche Zerwürfniß. Frankreich mit Hülfe der deutschen Fürsten wieder zu nehmen, die aufrührerischen Bürger und Bauern zu züchtigen, schien ihnen jedoch eine Kleinigkeit.

Es kam alles gar sehr anders als die hohen Herren gedacht: die Bürger und Bauern von Frankreich konnten nicht gezüchtigt werden, vielmehr mußten sich die Heere der deutschen Fürsten und das Corps der Emigranten vor ihnen zurückziehen. Bald darauf geschah aber das Unbegreiflichste und Unerhörteste: die bürgerlichen Franzosen wagten es, ihren König aus achthundertjähriger Dynastie und die Königin, eine österreichische Kaisertochter, öffentlich hinzurichten und die Republik zu proklamiren. Noch mehr aber: ihre Heere erreichten in demselben Jahr 1792 den Rhein und hatten die Dreistigkeit, die Herren von ihrem Aufenthalt Coblenz zu verscheuchen. Was von den Emigranten nun noch waffenfähig war oder geblieben war, kämpfte in dem Corps der Condés gegen Frankreich, wogegen die Republik ihre Güter einzog und sie für Nationalgut erklärte, auch sie nach und nach zum Verkauf stellte. Was von den Emigranten nicht kämpfen konnte oder mochte, floh tiefer nach Deutschland hinein, oder ging auch in andere Länder. Der Mangel stellte sich auf das bitterste ein und man mußte von Unterstützung fremder Standesgenossen leben oder mußte sich wohl oder übel auf bürgerlichen Erwerb legen, oder auch in fremde Dienste gehen. Die königlichen Prinzen fanden zuerst eine Zuflucht in Westphalen, und Ludwig XVIII. lebte längere Zeit in sehr bescheidenen Verhältnissen in Hamm. Nachdem sie sich darauf nach Verona begeben, wurden sie dort im Jahre 1796 durch die Waffen Bonapartes vertrieben. Sie flohen noch einmal nach Deutschland und lebten eine Zeit lang im Harz zu Blankenburg. Vor den französischen Waffen auch hier nicht mehr sicher, war nur Rußland allein für sie noch ein sicherer Zufluchtsort und sie lebten hoch im Norden zu Mitau in Kurland. Doch auch hier sollten sie keine bleibende Stätte finden, da die Republik und das Kaiserreich sich immer riesenmäßiger entfalteten; nach dem Tilsiter Frieden 1807 blieb ihnen in Europa nur noch England zum Aufenthalte übrig.

Man hätte glauben sollen, daß der ungeheure Fortgang der Revolution, die von ihr proklamirten Grundsätze, die Errichtung der Republik, die kolossalen Erfolge derselben und die noch größeren des Kaiserthums, die zusammen alles weit überstrahlten, was in den 8 Jahrhunderten der Capetinger geschehen war, die Thatsachen, daß sie selbst wie ein Ball in Europa herumgeschleudert wurden und kaum irgendwo noch Sicherheit fanden, die Bourbonen und Emigranten zum Nachdenken gebracht haben müßte. Man hätte glauben sollen, daß sie über die Ursachen aller dieser Erscheinungen und Thatsachen scharf hätten nachdenken müssen, daß die Erwägung nahe gelegen, daß das ancien regime sehr viel verfehlt und daß die neue Zeit und Lage, die ganz veränderte Stellung der Gesellschaft bei dem mächtigen Emporkommen des dritten Standes, bei der Verallgemeinerung der Cultur ꝛc. dringend Modifikationen des alten Zustandes erheische. Es scheint aber, daß ein altes privilegirtes Geschlecht nicht einsehen kann, daß es auch selber im Unrecht gewesen und das eigene Unglück mitverschuldet habe. Die Bourbonen und die große Mehrzahl der Emigranten sind nie darüber hinausgekommen, daß die Franzosen schändliche Rebellen wären, die gezüchtigt werden müßten, daß ihnen, den Bourbonen, der Thron von Frankreich gebühre und daß das ancien regime, die „gute alte

Zeit," dort wieder eingeführt werden müsse. Die unsäglich bittern Erfahrungen eines so langen Exils haben ihnen keine Belehrung gebracht.

Weit entfernt also, ihrerseits irgend Fehler der Vergangenheit zuzugestehen und Frankreich, falls sie es wiedergewönnen, irgend Zugeständnisse machen zu wollen, dachten die Bourbonen nur unaufhörlich daran, sich durch irgend welche Mittel wieder auf den Thron von Frankreich zu schwingen. Im Anfange glaubten sie fest, daß die Waffen der verbündeten Fürsten Europas dies bewirken würden. Als dies nicht geschah, sondern die Republik überall triumphirte, endlich gar in der Person eines glücklichen Generals eine oberste Magistratsperson geschaffen war, hofften sie von diesem, daß er sich bewegen lassen werde, die Rolle eines Monk (wie einst in England) zu übernehmen. Da der erste Consul Bonaparte dazu nicht die geringste Neigung zeigte und ihnen erklärte, der Weg nach Frankreich für die Bourbonen gehe nur über 100,000 Leichen; da sie ferner sahen, der Mann sei so thatkräftig und mächtig, daß während seines Leben nicht daran zu denken sei nach Frankreich zu kommen, verschmähten sie es nicht, neben rastloser Erregung von royalistischen Verschwörungen und Aufständen in Frankreich zu mehrmaligen Versuchen gegen das Leben des ersten Consuls herabzusteigen, bis ihnen dieser den Schreck in ihre eigene Familie durch die Hinrichtung des Herzogs von Enghien zurückgab. Bei diesen Versuchen zum Morde „Bonapartes" war nur der Graf von Lille Ludwig XVIII. unbetheiligt. Dieser als der älteste der Familie und wenn diese wieder auf den Thron gelangte, König, wandte sich rastlos und unverdrossen bei jedem Schimmer von Möglichkeit an die alten Dynastieen, seine Gesandten bereisten fortwährend die fremden Höfe, um Anerbietungen zu machen, die immer abgewiesen werden mußten. Es konnte kein europäisches Bündniß geschlossen werden, wo er sich nicht herzudrängte. Er wollte allergnädigst von den Eroberungen der Republik keinen Vortheil ziehen, dagegen von dem Gebiete des alten Frankreich keine Hütte opfern 2c. Lange waren alle seine Bestrebungen vergebens, bis dann ein seltener ungeheurer Umschwung der Dinge ihn und seine Dynastie auf den Thron von Frankreich auf einige Zeit zurückführte.

Napoleon hat immer und selbst auf der Höhe seiner Gewalt

die historische Macht der Bourbons gefürchtet, wiewohl damals Niemand mehr an sie dachte*) und er hat wiederholt Schritte gethan, sie zum Entsagen ihrer Ansprüche zu bewegen. Als dies völlig fruchtlos war, suchte er so viel wie möglich eine Versöhnung des alten und des neuen Frankreichs im Innern zu Stande zu bringen und es gelang ihm ziemlich weit. Er schloß die Emigrantenliste, nahm den Adel in Dienst und beförderte ihn, wo es möglich war. Die edelsten alten Geschlechter waren an seinem Hofe, in seinen Gesandtschaften, traten in Civil- und Militairdienste. Der größte Theil der Priester, welcher dem Papste und der alten Dynastie mehr ergeben, der Republik und dem Kaiserthume den Eid verweigert hatte, war ebenso wie der Adel ausgewandert (emigrirt). Napoleon, um die Geistlichkeit zu gewinnen, schloß ein Concordat mit dem Papste und auch die Priester kehrten wieder zurück. Aber der Priesterstand hatte zu sehr seine Rechnung bei dem alten Regime der Bourbons gefunden, als daß er sich mit dem neuen recht befreunden konnte, und der neue Militair-Adel Napoleons vertrug sich zu wenig mit dem Feudal-Adel der Bourbons. Napoleon dagegen regierte zu kurze Zeit, es war eine Verschmelzung sobald nicht möglich; der grelle Gegensatz war geblieben.

Das französische Volk hatte die Bourbonen nicht zurückgerufen, sie waren allein durch die fremden Bajonette zurückgeführt. Nach fast einem Vierteljahrhundert hatten nun doch die Könige Europas über das revolutionäre, über das demokratisch-nationale Frankreich gesiegt und brachten die legitime Monarchie, die Emigranten und alte Ansprüche und Zustände zurück, die in den vergangenen Stürmen in Frankreich völlig hinweggefegt worden. Republik und Kaiserthum hatten dem alten feudalen Europa Gesetze vorgeschrieben und das revolutionäre Frankreich war nahe daran gewesen, in Europa eine Universal-Monarchie einzuführen. Vor zwei Jahren waren die Franzosen noch die Herren des Welttheils, die „große Nation"; jetzt war all' dieser Glanz verblichen, eine gewaltige, siegreich durchgeführte Revolution war umsonst da-

*) Ein Witzling hatte die Bemerkung gemacht: in jener Zeit sei Napoleon der einzige Royalist und der Papst der einzige Protestant gewesen (weil er gegen Alles protestirt hätte).

gewesen, all' der glänzende Ruhm unnütz. Der Träger dieses Ruhmes, der große Kaiser war entsetzt und lebte bewacht auf einer kleinen Insel; mit ihm war doch der eigentliche Glanz des Ruhmes Frankreichs dahin, da der größte französische Held aller Zeiten abgeworfen, verbannt, aufgegeben war. War es möglich, daß sich mit diesem ganz neuen Frankreich das alte, von Fremden zurückgeführte Königthum mit seinem alten Adel, seiner alten Priesterschaft, mit vielen alten Einrichtungen zu einem harmonischen Ganzen verband?

Dennoch wurden die Bourbons in einem Moment wieder nach Frankreich zurückgeführt, der ihnen überaus günstig war. Das Kaiserreich hatte Frankreich zwar den höchsten Ruhm, aber jetzt auch die größte Noth gebracht. Die ewigen Kriege hatten eine blühende Jugend hinweg gemäht, das männliche Geschlecht bedenklich verringert, die unaufhörlichen Leistungen hatten das Land erschöpft. Dazu stand der Feind gebietend im Lande. Heer und Volk war übermüdet und die Mehrzahl sehnte sich darnach, der unerträglichen Anspannung und der Noth unter irgend einer möglichen Bedingung ledig zu werden. Man war des Krieges gründlich überdrüssig und wünschte Frieden, fast um jeden Preis. Mit dem Kaiser, den die Verbündeten durchaus nicht wollten, wäre der Krieg noch ohne Ende fortgegangen, der vielleicht bis zur Verwüstung von ganz Frankreich geführt hätte: mit den Bourbonen war das Frankreich von 1792 und eine nicht unbeträchtliche Zugabe an Land gerettet, viele andere Vortheile noch erlangt, die furchtbare Krisis überwunden. Mit Napoleon war zunächst an eine freie Verfassung nicht zu denken; bei Annahme der Bourbons hatten die Verbündeten den Franzosen eine solche zugesagt, welche sie verbürgen wollten.

Die Zeit und der Feind drängten, man hatte keine Wahl, wenn man nicht auf das Aeußerste kämpfen wollte, die leitenden und maßgebenden Personen in der Hauptstadt entschlossen sich, die Bourbons auf den Thron zu berufen. Man setzte voraus, daß diese, geprüft und geläutert durch die langen Jahre ihres Exils, ihre Zeit begreifen und Verwilligungen machen würden, die die Verhältnisse in Frankreich gebieterisch erheischten. Wenn eine Verfassung aufgerichtet würde, welche die Gegensätze versöhnte, Jedem zu seinem Recht verhülfe, vom Alten und vom Neuen das Nützliche beibehielte, so vermeinte man, ein Gebäude zu schaffen, in welchem sich nach einigen Gährungen und Abklärungen am Ende wohl werde wohnen lassen. Es war dies eine Täuschung, welche schon in wenig Monaten als solche stark genug empfunden wurde.

Daß der französische Senat Napoleon des Thrones entsetzt und die Bourbons berufen, hatte neben dem Druck, welchen die fremden Souveraine und deren Kriegsmacht ausübten, hauptsächlich darin seinen Grund, daß die große Mehrzahl der Senatoren der festen Meinung war, die Bourbonen würden mit dem französischen Volke einen völlig neuen Vertrag eingehen, so: daß der Thron von Frankreich als erledigt angesehen, die Bourbons dazu berufen, aber gehalten wären, eine Verfassung anzunehmen, die man ihnen vorlegte. Talleyrand, entweder selbst im Irrthum oder nur zur Beschwichtigung, hatte als Vorsitzer des Senats diesem die feste Meinung beigebracht, daß Ludwig XVIII. unter diesen Bedingungen gern den Thron von Frankreich annehmen würde und annehmen müßte. Man dachte sich also ein Compromiß, wie einst im Jahre 1688 Wilhelm v. Oranien den Thron von England bestiegen, nachdem er feierlich „die Forderung der Rechte des Volks" (petition of rights) angenommen und deren Ausübung gelobt hatte. In dieser Meinung war vom Senat eine Verfassung entworfen, in welcher allerdings von dem alten Recht der Bourbons auf den Thron von Frankreich keine Rede war, sondern daß das französische Volk den Xaver Ludwig von Bourbon auf denselben berufe. Es war also die Volks-Souverainität gewahrt. Hiernach verstand es sich von selbst, daß die Nationalfarben blau-roth-weiß beibehalten werden mußten. In der Verfassung war das Wesentliche der Errungenschaften der Republik und des Kaiserreichs mit den nothwendigen Forderungen, die die Restitution des Königthums erforderte, verschmolzen und die Bürgschaften und Grundrechte niedergelegt, die für ein freies Volk passend und der neuen Zeit angemessen waren. Innerhalb derselben blieb dem Könige immer noch ein sehr einflußreicher Wirkungskreis. Der französische Senat legte zu mehrerer Sicherheit seine fertige Verfassung dem Kaiser Alexander von Rußland vor und sie wurde von ihm in allen Punkten gebilligt. Nahmen sie die Bourbons ebenfalls an und schloß Ludwig XVIII. einen Vertrag, wie Wilhelm von Oranien, in der Absicht, ihn zu halten, so war die Aussicht zu einer friedlichen Entwickelung gegeben. Die Franzosen mußten aber bald erfahren, daß sich mit den Bourbons, Emigranten und Royalisten kein Vertrag schließen lasse.

Dem Einzuge des Königs am 3. Mai ging die Regentschaft seines Bruders, des Grafen Artois, unter dem Titel eines General-Lieutenants (Ober-Statthalters) des Königreichs voran, welcher sich schon längere Zeit im Hauptquartier der Verbündeten aufgehalten, während der König in England blieb. Auf die Regentschaft desselben haben wir zunächst unser Augenmerk zu richten. Es wird sich gleich bei ihm ergeben, wie wenig die Bourbonen zu dem jetzigen Frankreich paßten.

Den 31. März waren die Verbündeten in Paris eingezogen, es war dann der Abfall der Marschälle von Napoleon erfolgt und der Senat war im Stande gewesen, den Kaiser des Thrones für verlustig zu erklären. Noch aber hatte dieser nicht völlig abgedankt, man mußte mit ihm erst unterhandeln und es erfolgte der Traktat von Fontainebleau vom 11. und von Napoleon ratifizirt den 12. April. Erst als man der Abdankung Napoleons gewiß war, konnte die Einsetzung der neuen Dynastie erfolgen. Graf Artois befand sich zu Nancy, als Paris erobert wurde. Von hier zog er langsam gegen die Hauptstadt, den Franzosen goldene Berge versprechend. Von nun an Friede! sagte er beständig, keine Conscription mehr, keine vereinigten Auflagen! (droits réunis) wobei er verschwenderisch weiße Kokarden und Bänder austheilte, um die Farbe der Bourbonen wieder zur herrschenden zu erheben. In Vitry an der Marne wurde ihm dann eine Abschrift der Verfassung des Senats überreicht. Sie war ihm höchst widerwärtig, denn nach seiner Meinung sollte der König ohne alle Bedingung den Thron von Frankreich besteigen; doch verbarg er für jetzt noch seine wahren Absichten. — Der Senat, des Kaisers Alexander gewiß, verweigerte dem Grafen Artois den Titel „Monsieur“, als zu sehr an das feudale Frankreich erinnernd, ja, da die absolute Gesinnung des Prinzen und seine Schwärmerei für das alte regime kein Geheimniß war, so sträubte er sich, ihn als vorläufigen Regenten anzunehmen. Noch war ja Napoleon in Fontainebleau und noch nicht so verächtlich, daß man ihn nicht fürchten mußte. Die Absetzung aber war erfolgt, ein Anderer mußte doch an die Spitze von Frankreich treten. Talleyrand, Präsident der provisorischen Regierung, suchte nun nach Kräften zu vermitteln. Er stellte es als gewiß dar, daß die Verfassung des Senats vom Prinzen angenommen worden, daß sie auch unfehlbar vom Könige angenommen werden würde, und daß nichts zu befürchten wäre. Es gelang ihm, alle Skrupel zu beschwichtigen, und der Titel „Monsieur" und „General-Lieutenant des Königreichs" wurde anerkannt.

Am 12. April hielt dann der Graf Artois seinen feierlichen Einzug in Paris mit einem Gefolge von Marschällen, Generalen, mit einer improvisirten reitenden Nationalgarde, mit vielen angeschlossenen emigrirten und einheimischen Royalisten, auch mit einem Trupp Kosacken, umgeben von einer zahlreichen neugierigen Menge. Um 3 Uhr war der Zug in Notre-Dame angelangt, um 6 Uhr in den Tuilerien, wo Graf Artois die Glückwünsche seines kleinen Hofes empfing. Am Abend waren mehrere Häuser der Royalisten erleuchtet.

Der neue Regent war bei seinem Einzuge feierlich von dem Präsidenten des Senats und der provisorischen Regierung (Talleyrand) angeredet worden und obgleich er darauf so viel wie nichts erwidert hatte, so mußte die Nation doch wissen, wie die neue Regierung in Frankreich eintrete, was von ihr zu hoffen sei; es mußte darüber ein Bericht im Moniteur erscheinen und es mußte darin irgend etwas enthalten sein, was einen günstigen Eindruck machte. Da der Prinz nichts gesagt hatte und kein Stoff vorlag, so mußte man zu einer Erdichtung greifen. Talleyrand hatte die Abfassung dieses Berichts dem Staatsrath Beugnot übertragen und dieser hatte in demselben das nachher so berühmt gewordene Schlagwort angebracht: „nichts hat sich geändert, es ist nur ein Franzose mehr!" welches dem Prinz-Regenten in den Mund gelegt war, um anzudeuten, daß die Bourbons, weit entfernt, den Franzosen etwas ihnen nicht Zusagendes zuzumuthen, mit den allerwohlwollendsten Gesinnungen kämen. Der praktische Talleyrand sah gleich, welche große Wirkung durch diese Phrase hervorzubringen sei, er kürzte den Aufsatz ab, änderte Einiges, stellte die Phrase an den rechten Ort und der Bericht erschien im Moniteur.

Der Erfolg im Publikum war ein ungeheurer und bereitete dem Regenten viel leichter den Weg, denn Keinem kam es in den Sinn, daß jener Ausspruch die Erfindung eines Bureauchefs sei. Graf Artois war auch damit nichts weniger als zufrieden. Seine ganze Umgebung aber erhob ein großes Geschrei: wie, nichts hat sich geändert? und man glaubte doch, daß durch den Antritt des bourbonischen Regimes sich Ungeheures geändert habe, und man beabsichtigte überhaupt radikale Veränderungen.

Eine höchst peinliche Angelegenheit für den Prinz-Regenten war die geforderte Annahme der vom Senat entworfenen Verfassung, welche Forderung nun immer dringender an ihn herantrat. Er sträubte sich und murrte; aber eine deutliche Erklärung des Kaisers Alexander, er sei mit der Verfassung ganz einverstanden und werde sie schützen, zwang ihn, sich gleichsam Gewalt anzuthun. Er sollte dann im Namen des Königs die Grundlagen der Verfassung beschwören, aber er konnte nur veranlaßt werden, in einer Rede an den Senat die wichtigsten Grundbedingungen einer Verfassung zu „versprechen." In seiner Rede, die dann im Moniteur erschien, war ausgedrückt, daß er die Verfassung „vorläufig" annehme. Aber auch schon dies war ganz gegen seine Natur, er war davon auf das Aeußerste betroffen und durchaus nicht gesonnen, sein Versprechen zu halten.

Eine eben so große Schwierigkeit bot die Einführung der weißen Fahne. Die Art eines Reichspaniers ist nicht gleichgültig, weil dadurch ein bestimmtes Prinzip ausgedrückt wird. Wurde die dreifarbige Fahne, die Fahne der Nation, unter welcher die gewaltige Revolution ins Leben getreten und unter welcher auf hundert Schlachtfeldern meist siegreich gekämpft worden, durch die weiße der Bourbonen verdrängt, so galt die alte Legitimität derselben mehr, als das Recht der Nation, und die erstere war dann stets ungesetzlich gewesen. Graf Artois erklärte fest, er könne die Farben nicht annehmen, unter welchen sein Bruder Ludwig XVI. zum Tode geführt worden; lieber wolle er über den Rhein zurückgehen. Es wurde versucht, der Nationalgarde zu befehlen, die weiße Kokarde anzulegen; das Heer scheute man sich dazu zu verpflichten. Von den Marschällen machte Marmont den Anfang, dann folgte Jourdan und allmählig folgten mehrere, aber bis über den Einzug des Königs hinaus blieb die Sache doch noch zweifelhaft.

Beide Angelegenheiten: die liberale Senats-Verfassung zu beseitigen und die weiße Fahne zum Reichspanier von Frankreich zu erheben, beschäftigten den Grafen Artois und die Royalisten auf das Allerlebhafteste, sie betrachteten diese Dinge als eine Frage über Sein und Nichtsein. Die Senats-Verfassung sollte um jeden Preis beseitigt und die weiße Fahne erhoben werden. Royalistische Emissaire wurden in alle Provinzen gesandt, um in diesem Sinne zu wirken. Der Süden von Frankreich, wo stets geringere Aufklärung geherrscht hat, als im Norden, und der Einfluß der Geistlichkeit immer und jetzt besonders groß war, war ein sehr fruchtbarer Boden für solche Zwecke. Die royalistischen Emissaire fanden großen Anklang; an vielen Orten wurde die weiße Fahne der Bourbonen aufgepflanzt, die Verfassung des Senats verspottet und verhöhnt, an einigen Orten vom Henker verbrannt. Jetzt glaubte Graf Artois gewonnen zu haben, er jubelte, sprach nur von weißen Farben, vom weißen Federbusch Heinrichs IV., er errichtete den Orden der Lilie und theilte ihn verschwenderisch aus.

Je mehr sich Graf Artois einbildete, auf französischem Boden festzustehen — wobei er ganz vergaß, daß er sich darauf nur kraft der fremden Heere befand — je mehr geberdete er sich als unbeschränkter Gebieter. Es fehlte in der Staatskasse an Mitteln, zum Theil auch weil gleich anfangs zu verschwenderisch damit gewaltet wurde: er befahl die Ausgabe von 10 Millionen Franks Schatzscheinen, um dem Bedürfniß des Augenblicks abzuhelfen. Er hatte bei seinem Eintritt in Frankreich beständig die Aufhebung der drückenden droits réunis (indirekte Steuern und Accise) versprochen, was ihm und dem Herzog von Angoulême die ersten Willkommrufe eingebracht hatte: er befahl sie fortzuerheben. Napoleon hatte zur Führung des Krieges außerordentliche Auflagen verordnet, wegen welcher der Senat einen der Gründe hergenommen ihn abzusetzen: der Regent forderte auch die Forterhebung dieser Steuern. England zu gefallen verordnete er (23. April) eine bedeutende Herabsetzung der Eingangszölle auf alle Colonialwaaren, besonders auf Baumwolle und Zucker, aber auch auf englische Manufakturwaaren. Es wurde dies allerdings für die Folge wohlthätig, aber da nun der Preis aller dieser Waaren plötzlich sank, weil von England her alle französischen Häfen und Flüsse von englischen Waaren und Fabrikaten überschwemmt wurden, so wurden viele französische Kaufleute ruinirt. Der schmerzlichste Akt für die Franzosen aber war der folgende (ebenfalls vom 23. April): ohne die Ankunft des Königs abzuwarten, schloß Graf Artois die Uebereinkunft mit den Verbündeten über die Räumung aller der festen Land- und Seeplätze, 53 an der Zahl, die Frankreich noch in Europa, besonders in Deutschland und Italien, besetzt hielt. Die Besatzung aller dieser Plätze zog mit Wehr und Waffen ab, aber die ganze Ausstattung der Plätze, die Rüstung der abziehenden Mannschaft, ein ungeheures Material, die Arbeit von 20 Jahren, im Werth von 1500 Millionen Franken (428⁴/₇ Millionen Thaler), blieb in den Händen der Verbündeten. Darunter waren nicht weniger als 12,600 Kanonen, 43 Linienschiffe und Fregatten.*) Talleyrand schloß diese Uebereinkunft. Die Franzosen, und nicht bloß Liberale und Imperialisten, sind nicht müde geworden diesen Staatsmann, bei dem freilich Niemand Gewissensscrupel voraussetzte, anzuklagen, und fast alle Schriften der Franzosen beschuldigen ihn, daß er als Belohnung für diese Preisgebung mehrere Millionen Franken von den Verbündeten empfangen habe. Sie geben ihm allein die Schuld, denn Graf Artois habe nicht gewußt, was er unterschrieben habe. Nun ist die grobe Bestechlichkeit Talleyrands, der ein schlechter Wirth, immer geldbedürftig und dessen künftige Stellung nichts weniger als gesichert war, allseitig bekannt,**) und es ist wahrscheinlich, daß er Geld genommen hat, um keine Schwierigkeiten zu erheben, da er recht wohl noch Einiges retten konnte. Aber es muß doch auch scharf erinnert werden, daß jenes Kriegsmaterial zum bei weitem geringsten Theil von französischem Gelde angeschafft,

*) Zum Ueberfluß mußte in diesem Vertrage Frankreich in einem geheimen Artikel auf die von Preußen noch rückständige Zahlung von 140 Millionen Franks rückständiger Kriegssteuer aus dem unglücklichen Jahre 1806—1807 verzichten, eine Schuld, die durch die abnormen Leistungen Preußens an Frankreich mehr als doppelt getilgt war.

**) Napoleon kannte die Feilheit seines Ministers genugsam und erkundigte sich zuweilen bei den fremden Ministern, Abgesandten ꝛc.: „wie viel haben Sie Talleyrand geben müssen?“

daß es aus den Mitteln der eroberten und besiegten Länder hergestellt war; daß es doch gar zu viel verlangt gewesen wäre, den Franzosen auch noch dieses Material in Plätzen der Verbündeten, weit entfernt von Frankreich, auszuliefern; daß die Verbündeten Frankreich sonst nicht einen Franken Kriegskosten abforderten und dieses Material also dafür dienen mußte.*)

Wir haben bisher nur von den großen Akten gehandelt, welche die Restauration einleiteten. Es kamen aber nicht die Bourbons allein zurück, es kam mit ihnen auch die ganze Masse des emigrirten Adels, zu welchem sich die Royalisten im Innern schlugen, welche sich unter der kaiserlichen Regierung verborgen gehalten hatten. Der alte Adel von Frankreich hatte einst mit dem Auslande verbunden gegen das Vaterland gekämpft und dem Königthum dadurch den Todesstoß gegeben. Er war es, der jetzt die Bourbonen wieder zu den äußersten Maßregeln trieb und hauptsächlich schuld war, daß ihre Regierung von so kurzer Dauer war.

Schon als die verbündeten Heere in Frankreich eindrangen, hatten sich mit dem Grafen Artois viele Häupter des emigrirten Adels in den Hauptquartieren eingefunden. Je mehr die fremden Heere vorrückten und die Wahrscheinlichkeit größer wurde, daß eine Dynastieveränderung in Frankreich geschehen würde, desto mehr Emigranten fanden sich auf französischem Boden ein und als dann erst Paris erobert war, kamen sie aus Deutschland, England, selbst aus den nordischen Reichen in ganzen Schaaren. Was vor mehr als zwei Decennien nicht hatte gelingen wollen, nämlich mit den Fremden in Frankreich einzudringen und das alte Frankreich und ihre Privilegien herzustellen, schien sich nun verwirklichen zu wollen. Sie hatten fast ein Vierteljahrhundert im Auslande in Noth und Entbehrungen, zum Theil in sehr demüthigenden Verhältnissen gelebt; jetzt war aber die Emigration zu Ehren gekommen, denn ihr König und ihre Prinzen waren ja, wie sie selbst, Emigranten gewesen. Sie legten sich ihre Emigration nun als rührende Treue aus, die sie gegen ihr wahres Staatsoberhaupt immer gehegt und hofften demgemäß reich belohnt zu werden. Sie fanden ihr früheres Eigenthum, was sie fliehend im Stich gelassen, bis auf Weniges

*) Die Angaben aus Vaulabelle II. Cap. 1.

in andern Händen. Mußte dies natürlich schmerzlich für sie sein, so fiel es ihnen doch nicht ein darüber nachzudenken, durch welche Ursachen dies gekommen. Vielmehr versetzte sie alles was sie sahen und empfanden in Wuth und Entrüstung. Alles was geschehen war, war nach ihrer Meinung Usurpation. Sie mußten ihre Güter wieder erhalten, wo möglich noch mit besonderer Entschädigung. Das alte Frankreich mußte um jeden Preis hergestellt werden. Die „gute alte Zeit" vor der Revolution mußte wiederkehren. Alle alten Ansprüche kamen wieder, sie waren nun wieder Fürsten, Herzoge, Marquis, Grafen, Vicomtes, Barone, Chevaliers, das Uebrige, glaubten sie, müsse sich finden, denn was waren diese Feudaltitel werth, wenn sie nicht durch Güter und Privilegien unterstützt würden? Sollten ihre Ansprüche befriedigt werden, so waren Garantieen, die der König dem Volke gab, überhaupt jede Verfassung, ihnen hinderlich, es war ihre Meinung, daß derselbe keine Verpflichtung irgend einer Art eingehen sollte.

Waren dies die Legitimisten, welche als Emigranten im Auslande zugebracht hatten, so gab es noch viel alten Adel im Innern von Frankreich, der durch die Wiederkehr der Bourbonen eine sehr veränderte Stellung erhielt. Ein Theil von diesem hatte sich dem Dienst der Republik und des Kaiserreichs gewidmet, hatte in Rang, Vermögen und Würden das wieder erlangt, was durch die Revolution verloren worden, oder hatte das Verlorene sogar beträchtlich erhöht. Eine Fraktion desselben war aufrichtig dem Kaiserreiche und seinem Ruhme ergeben gewesen, blieb es noch und war nicht für die Restauration. Die Mehrzahl indessen fand es doch sicherer, die alten Feudaltitel wieder anzunehmen. Mit Begeisterung thaten es die, welche durch die Restauration irgend wie zu gewinnen hofften. Darum erstanden auch aus dem Innern Frankreichs eine Menge Chevaliers, Barone, Vicomtes, Marquis' u. s. w., deren Existenz man nicht geahnt und die man längst vergessen hatte.

Beide Fraktionen werden wir im Fortgange unserer Darstellung zusammen Royalisten nennen, wobei wir von dem Heer der Glücksritter absehen, die sich an jede Regierung drängen, und auch die jetzt noch sehr zahlreichen Mittelstände vorläufig außer Acht lassen, die wirklich von den Bourbonen eine bessere Zukunft erwarteten.

Von der Geistlichkeit war noch immer ein namhafter Theil als emigrirt im Auslande geblieben, der sich mit der neuen Ordnung der Dinge in Frankreich nicht hatte befreunden können. Dieser kehrte mit dem emigrirten Adel jetzt zurück. Wir haben bereits bemerkt, daß die Geistlichkeit ihren Grundsätzen und ihrem Vortheil nach, überhaupt mit ihrer Sympathie auf Seiten der Bourbons stand. Sie hatte durch die Revolution viel an Einkommen und Einfluß verloren und glaubte jetzt beides, wenn auch nicht ganz wiedergewinnen, doch beträchtlich vermehren zu können.

Die Royalisten zeigten gleich anfangs, wessen sich die Nation zu ihnen zu versehen hatte. So wie die verbündeten Heere Paris betraten, kannte ihre wilde Freude keine Grenzen. Schon die Zurufe beim Einzug der Verbündeten, worüber diese sich selbst wunderten, waren größtentheils künstlich von den Royalisten, von den Herren Polignac, Noailles, Montmorency, Fitz-James, Adhemar de Maistre, Bonald 2c., hervorgebracht. Gleich anfangs wurde die äußerste Verachtung gegen alles, was von Napoleon und seiner Regierung kam, zur Schau getragen. Der Graf Maubreuil, früher sogar im Dienste Jeromes von Westphalen, hatte sein Kreuz der Ehrenlegion seinem Pferde an den Schwanz gebunden. Die Gräfin Edme Périgord, die berüchtigte nachherige Herzogin von Dino, erschien am Abend auf der Kruppe des Pferdes hinter einem Kosacken. Jener Graf Maubreuil, im Verein mit mehreren Royalisten, worunter sich ein Vicomte Sosthène von Larochefoucauld durch wüthenden Eifer auszeichnete, versuchte an diesem Abend, zum Staunen der Verbündeten selbst, die einen solchen Wankelmuth der Franzosen nicht zu begreifen vermochten, die Statue Napoleons auf der Vendomesäule mit angespannten Pferden herabzureißen. Es gelang für diesmal nicht; in den folgenden Tagen aber wurde doch die Bildsäule herabgestürzt. Es folgten rasende Kundgebungen in Zeitungen und hunderten von Schmähschriften, während der Kaiser sich noch in Fontainebleau befand. Eine der wüthendsten Schmähschriften kam von dem Vicomte von Chateaubriand, der, ein achtbarer Dichter, aber schwacher Staatsmann und eitler Charakter, den gestürzten Imperator als einen ärgeren Tyrannen schilderte, als alle die Tiberius, Calligula, Nero, Domitian 2c. zusammengenommen gewesen.

Wir haben hier den ersten Eintritt der Bourbons, der Emigranten und Royalisten in Frankreich dargelegt; es wird sich zeigen, daß König Ludwig XVIII. im Allgemeinen mit denselben Gesinnungen den Thron von Frankreich bestieg.

Die Art, wie Ludwig von seinem Königreich Besitz nahm, konnte nicht demüthigender für ihn sein, wiewohl es scheint, daß er kein rechtes Gefühl dafür gehabt hat. Kein französisches Schiff nahm ihn in England in Empfang, kein Gefolge fand sich ein. Er war auf einem englischen Schiff und wurde von andern englischen Schiffen eskortirt. So landete er den 24. April in Calais, wo der Divisions-General Maison und eine Abtheilung französischer Chasseurs zu Pferde ihn empfing, die noch die dreifarbige Kokarde trug. Ein Trupp dieser Chasseurs umgab seinen Reisewagen; aber zur nothwendigen Sicherheit in seinem eigenen Lande mußte eine ganze Escadron preußischer Husaren, zwei Züge vor und zwei Züge hinter dem Wagen, ihm das Geleit geben, bis er in der Nähe von Paris in den Bereich größerer verbündeter Truppenmassen kam.*)

Am 29. April langte er auf dem Schlosse zu Compiègne an. Talleyrand sandte ihm hier die Senatsverfassung unter warnenden Rathschlägen zu; der Kaiser Alexander sandte seinen Vertrauten Pozzo di Borgo, um ihn zur Annahme dieser Verfassung zu bewegen, hinzufügend, daß er und seine Verbündeten in allen Punkten damit einverstanden seien. Es zeigte sich aber hier gleich, daß der König keine Bedingungen anzunehmen gedenke. Die ihn umgebenden Emigranten überboten ihn und trieben ihn an, durchaus keine Verwilligung zu machen und jetzt alles zu wagen. So zeigte er sich denn ganz unzugänglich. Er, für den sich doch kein französisches Gewehr, kein französischer Säbel erhoben hatte, der nur durch zahlreiche fremde Heere dahin gekommen war, daß ihn die Franzosen aus Noth wieder annehmen mußten, war aufs Aeußerste verletzt, daß er den Franzosen das Recht, den Thron zu vergeben, anerkennen sollte. Es erschien ihm dies als ein Angriff auf sein

---

*) Aus dem Leben des K. Pr. Gen.-Lieut. Friedrich von Sohr. Berlin, Mittler 1846. S. 123 u. flg. vom Verfasser.

göttliches Recht, auf die Würde seiner Dynastie.*) Er hatte wegen lauter Präsentationen ohnehin keine Zeit über Verfassungen nachzudenken und entließ Pozzi di Borgo, ohne sich zu irgend einer Verwilligung zu bequemen.

Trotzdem Ludwig XVIII. gesetzlich noch nicht König war, da er dies nur unter Bedingungen werden sollte, die er nicht annehmen wollte, so fanden sich doch, liebedienerisch genug, Corporationen ein, um früh genug ihre Ergebenheit darzubringen.

Den Anfang machten die Marschälle von Frankreich. Es war kein erhebender Anblick, diese ruhmgekrönten Paladine der Republik und des Kaiserreichs von einem Herrn, dem sie ihre Erhebung verdankten, so schnell zu einem andern übergehen zu sehen. Noch weniger waren die Worte passend, unter welchen sie sich diesem vorstellten. Ihr Sprecher war Berthier, Fürst von Neuchatel und Wagram, der langjährige Gefährte Napoleons, der 18 Jahre Chef seines Generalstabes gewesen war. Die Vergangenheit verleugnend, suchte er in einer phrasenreichen Rede darzuthun, daß jetzt erst mit der Wiederkehr der alten Dynastie das Glück Frankreichs gesichert sei und versicherte die ganze und volle Ergebenheit und Unterwürfigkeit.**) Ludwig XVIII. brauchte auf solch unbedingtes Entgegenkommen der vermeintlichen Säulen der Macht Napoleons nicht von Garantien zu sprechen.

Der gesetzgebende Körper, welcher sich demnächst vorstellte, erwartete auf die feierliche Anrede und große Schmeichelei doch die Andeutung von der Annahme der Senatsverfassung oder irgend einer andern Verfassung zu vernehmen; aber der König hütete sich, auch nur im geringsten eine Hoffnung zu erwecken.

Der Senat erschien nicht. Verschiedene Anzeigen und Aeußerungen der Royalisten ließen erwarten, der König werde entweder gar keine Verwilligung machen oder sie doch auf das geringste Maaß beschränken. Dem Senat wurde bange um die Annahme seiner Verfassung und steckte sich aufs Neue hinter den Kaiser Alexander. Dieser, ohnehin den Bourbons nicht geneigt und ent-

---

*) Dieses, Vorhergehendes und Nachfolgendes. Vaulabelle Th. II. Cap. 2 u. flg.

**) Denkwürdigkeiten des Herzogs von Rovigo. Stuttgart, Fr. Brodhagsche Buchhandlung 1830, 22. Bändchen S. 94.

rüstet über eine Verblendung, die sich vermaß, ohne Bürgschaften in dem gährenden Frankreich fertig zu werden, machte sich in Begleitung seines General-Adjutanten Tschernitschef auf den Weg nach Compiègne, um den König zur Annahme der Senatsverfassung zu vermögen. Es fand eine lange Unterredung statt; aber so sehr sich Alexander auch bemühte, dem Könige die dringende Nothwendigkeit darzuthun, durch einen freien Vertrag mit dem französischen Volke dieses Volk zufrieden stellen zu müssen, um feste Anker in der aufgeregten Masse zu haben, so war Ludwig XVIII. doch taub gegen alle Vorstellungen. Alexander konnte ihn nicht bewegen, von dem vermeintlichen göttlichen Recht der Könige abzulassen. Alles, was von der Republik und dem Kaiserreiche geschehen, erkannte er nicht als gesetzlich an; er allein sei der gesetzliche Regent. Er habe, sagte er, allein das göttliche Recht für sich, ohne dieses sei er nur ein gebrechlicher Greis. Er käme auf die Stimme des Volkes, aber er komme als König von Frankreich! Alexander beschwor ihn, die Nothwendigkeit anzuerkennen, den Umständen Rechnung zu tragen, sein Bruder Graf Artois habe die Ernennung zum General-Lieutenant des Königreichs durch den Senat angenommen, derselbe habe bereits die Senatsverfassung anerkannt. Ludwig XVIII. blieb unerschütterlich, alles von der Republik und dem Kaiserreich Geschehene für ungesetzlich zu erklären. Er behauptete, seit dem Tode des Kindes, genannt Ludwig XVII., 19 Jahre regiert zu haben, er sei durch das Recht König von Frankreich und Navarra, mit der weißen Fahne und dem Wappen der Lilien; er werde niemals eine Verfassung annehmen, sondern eine geben, (oktroyiren) wie er es für gut halte. — Alexander mußte von Compiègne unverrichteter Sache abziehen, wie vorher sein Abgesandter Pozzo di Borgo.

Die kurzsichtige Starrheit des alten Königs beunruhigte den Senat nicht wenig, da Frankreich nun völlig dessen Belieben Preis gegeben war. Alles Recht ruhte fortan in ihm allein, das Land hatte keine Stimme und nicht die geringsten Bürgschaften. Wenn der König dann auch eine Verfassung oktroyirte, so war vorherzusehen, daß sie äußerst schmal für das Volk ausfallen würde und dann war obenein zu besorgen, was einseitig gegeben, auch einseitig genommen werden könnte. Die Senatoren sahen ein, daß der König, die Prinzen und die Royalisten nicht zu bewegen sein würden, ihre Verfassung anzunehmen; aber sie konnten Frankreich doch nicht auf Gnade und Ungnade an einen Monarchen überlassen, der die Verhältnisse so sehr verkannte, der ihnen vom Auslande gegeben wurde, sie mußten von ihm Bürgschaften verlangen. Talleyrand übernahm es, indem man von der entworfenen Verfassung absah, Grundlinien zu entwerfen, in welchen die Rechte des Königs und des Volkes genau festgestellt wurden. Er war dabei so weit gegangen als möglich, um dem Könige das Aktenstück annehmbar zu machen, ohne die Rechte des Landes geradezu Preis zu geben. Nachdem das Schriftstück die Genehmigung des Senats erhalten und Kaiser Alexander selbst es für das Minimum der Annahme erklärt, machte sich Talleyrand damit auf den Weg zum Könige. Dieser war den 2. Mai Nachmittags von Compiègne auf dem Schlosse St. Ouën an der Seine, nahe bei St. Denys angelangt. Sobald Talleyrand nun den Inhalt seiner Grundlinien einer Verfassung dem Könige und seiner royalistischen Umgebung, wozu diesmal auch der Graf Artois gehörte, bekannt machte, erhob sich auch über diese, bis zum äußersten Grade ermäßigten, Bürgschaften ein Sturm der Entrüstung und des Unwillens. Man zerrte daran und merzte so viel aus, daß bald nichts mehr davon übrig blieb. Talleyrand bestand wenigstens darauf, daß der König auf den verstümmelten Rest den Eid leisten müsse, um dem französischen Volke doch einige Garantieen zu geben, aber der König zeigte sich empört, daß er dem Volke zu irgend Etwas verpflichtet sein sollte, er verweigerte jeden Eid und keine Vorstellung konnte ihn bewegen.

Diese gänzliche Verkennung seiner Lage, diese vorsündfluthliche Ansicht vom Königthum, war denn doch auch dem geschmeidigen Talleyrand zu viel. Er benachrichtigte den Kaiser Alexander und dieser schrieb ihm zurück: er solle der Umgebung des Königs (Blacas, Montesquieu ꝛc.) nur in seinem (Alexanders) Namen bekannt machen: wenn die Erklärung, so wie sie übereingekommen wären, nicht diesen Abend vom Könige genehmigt und veröffentlicht würde, so würde Ludwig XVIII. morgen **nicht** in Paris einziehen! Erst diese energische Erklärung des Hauptes der

*) Vaulabelle II. Cap. 2. S. 62.

Coalition that in St. Ouën die gewünschte Wirkung und schüchterte so ein, daß man williger wurde. Der Thron von Frankreich war doch die Hauptsache! Talleyrand wurde nun sogleich mit seinem Schriftstück angehört, es wurde noch gefeilscht und endlich kam eine für genügend gehaltene Redaktion zu Stande. Sie wurde von Ludwig XVIII. unterzeichnet und sofort an den Moniteur geschickt, um am Morgen veröffentlicht und überall angeschlagen zu werden.

Merkwürdigerweise mußte es der russische Czar sein, der Beherrscher desjenigen Reiches in Europa, welches als noch in tiefer Barbarei begriffen betrachtet wurde, ein Herrscher, von dem man vorauszusetzen hatte, daß er nur der unbeschränktesten Absolutie ergeben sein könne, welcher dem in den Ideen des alten Regime verrotteten und ganz unberechtigt hochmüthigen Königsgeschlechte mit Gewalt und mit Androhung des Verlustes der Krone diese sehr mäßigen Bürgschaften abzwang. Wenn auch zugegeben werden muß, daß es für den König schwer war, sich des absolutistischen Andrangs seiner Familie und der Royalisten zu erwehren, so ist Ludwig XVIII. doch, in Unkenntniß der näheren Thatsachen, günstiger beurtheilt worden, als er hiernach beurtheilt zu werden verdient.

Die Erklärung von St. Ouën vom 2. Mai 1814 enthält an der Spitze den Ausspruch, daß der König die Senatsverfassung zurückweise, weil sie „den Charakter der Uebereilung" an sich trage, und er sich vorbehielte, in kürzester Zeit Frankreich eine Verfassung zu verleihen (zu oktroyiren). Es wurden dann Grundzüge angegeben, die in der Verfassung enthalten sein würden. Es waren die unentbehrlichsten Bürgschaften, ohne welche eine Verfassung und konstitutionelle Regierung nicht bestehen kann. Diese Darlegung der Grundzüge der zu gebenden Verfassung sollten das Volk beruhigen, obgleich alles nur einfaches Versprechen des Königs war, was er auch wohl wieder zurücknehmen konnte.

Wiewohl die Erklärung von St. Ouën weder auf der royalistischen noch auf der liberalen Seite befriedigte, auf ersterer nicht, weil viel zu viel, auf letzterer, weil viel zu wenig bewilligt war, so schien die Gewalt der Umstände doch keine Weiterungen zu gestatten und man mußte sich fügen. Die Schwierigkeiten waren vorerst gehoben. Die Senatoren fanden sich nun in St. Ouën ein.

Talleyrand hielt eine große Rede, welche von Unwahrheiten strotzte und in welcher er die glorreichen 25 Jahre zum Vortheil der bourbonischen Regierung völlig Preis gab. Der König antwortete ein Paar Worte darauf. Alles war nun geebnet und dem Einzuge des Königs in Paris am folgenden Tage, den 3. Mai, stand nun nichts mehr entgegen.

Der Einzug Ludwigs XVIII. in seine nunmehrige Hauptstadt am 3. Mai konnte für eine Dynastie, welche wieder die Herrschaft gewinnt, nicht beschämender sein und er wurde in Hinsicht der Kläglichkeit allein nur noch durch den Wiedereinzug im folgenden Jahre übertroffen. Paris war von preußischen und russischen Truppen besetzt. Französische Truppen hatten schon seit dem 31. März die Hauptstadt verlassen. Der königliche Zug bestand nur aus Emigranten und Royalisten, so wie aus denen, welche schnell ihre Fahne gewechselt hatten. Wenn auch einzelne Zurufe aus dem Volk gehört wurden, so war doch sichtbar, daß das Erscheinen des Königs nur das Werk des Auslandes war, wobei nicht entschädigen konnte, daß die meisten Marschälle des Kaiserreichs, an deren Spitze Berthier,*) dem königlichen Wagen voranritten. Bei einem so wichtigen Vorgang wird ein König seinen Einzug zu Pferde halten, wie denn nach Napoleons Ausspruch zu einem Regenten „Stiefel und Sporen" gehören; Ludwig XVIII. aber war unbehülflich dick, seine beiden Beine, stark podagristisch, waren mit Polstern umwunden, er konnte nur schwer kurze Strecken zu Fuß zurücklegen, viel weniger ein Pferd besteigen. Der nachfolgende Wagen, der der Herzogin von Angoulême, war mit Pferden aus dem kaiserlichen Marstall bespannt und die Diener waren noch alle in kaiserlicher Livree. Ueberhaupt trug fast noch Jedermann die dreifarbige Kokarde. Ludwig XVIII. begab sich zuerst nach Notre-Dame, um Gott für die Wiedergewinnung seines Thrones zu danken, dann erst nach dem Schloß der Tuilerieen. Es waren 22 Jahre her, daß die königliche Familie dasselbe in höchster Bedrängniß verlassen hatte; es war nur natürlich, daß sie eine tiefe Bewegung empfand. Die

---

*) Daß Berthier sich im Gefolge des Königs befand, war dem Volke besonders anstößig und man hörte den Zuruf: „auf die Insel Elba, Berthier!" — „auf die Insel Elba, Berthier!" (Vaulabelle II. S. 70. Anmerk.)

Herzogin von Angoulême wurde ohnmächtig, als sie die Gemächer wieder betrat, die sie wieder zu bewohnen so eifrig ersehnt und die gleichwohl so schmerzliche Erinnerungen in ihr wach riefen. Innerhalb der Tuilerieen, bemerkt Vaulabelle (II. 71), war jetzt als herrschend eine veraltete, längst überwundene Zeit, außerhalb derselben ein ganz neues Frankreich!

So traten die Bourbons und die Emigranten in Frankreich ein; so wurde die Restauration eingeleitet.

Ludwig XVIII. und die Bourbonen hatten durch die Erklärung von St. Ouën sich zu einer Verfassung mit Noth bequemt, aber als der Thron in ihrem Besitz war, hätten sie sich gern der Verpflichtung entzogen, wenigstens versuchten sie, diese verhaßte Pflicht so lange als irgend möglich hinauszuschieben. Wiederum mußten die verbündeten Souveraine fürchten, daß ohne eine Verfassung ihr Werk von gar keiner Dauer sein würde, daß die Bourbons und die Emigranten sogleich vertrieben werden würden, so wie die fremden Heere nur den Rücken gewandt hätten. Man fand es wohl auch billig, Frankreich nicht so ganz der Willkür eines veralteten Geschlechts und der unverbesserlichen Emigranten zu überliefern. So erklärte denn der Kaiser Alexander: er würde nicht eher den Frieden unterzeichnen und nicht eher Paris verlassen, bevor nicht der König die Verfassung gegeben und die Kammern eingerichtet wären. Auch bei den andern Monarchen und deren Ministern fand Ludwig XVIII. ganz dieselbe Strenge. Alexander drängte und forderte zur größten Eile auf.

So mußte sich denn der König in das Unvermeidliche finden, es wurde aber dafür gesorgt, daß an der Erklärung von St. Ouën noch beträchtlich im royalistischen Sinne abgeknappt wurde. Der König ernannte eine Commission, die »acte constitutionelle« zu entwerfen, die Kammern einzurichten, ein Wahlgesetz für die zweite Kammer zu Stande zu bringen. Die Arbeiten geschahen sehr eilig, es wurde alles überstürzt und schon in 5 Tagen war das Ganze beendigt und völlig fertig. Es sollten 2 Kammern bestehen, eine der Pairs, eine der Deputirten. Nach einer sorgfältigen Auswahl und in vorzugsweise royalistischem Sinne war die Liste der Pairs creirt. Es waren deren 154: 3 der alten geistlichen Pairs, 26 alte Herzoge, 11 alte erbliche Herzoge, 6 ernannte Herzoge, 10 Marschälle, 6 General-Offiziere des alten regime, 6 General-Offiziere des Kaiserreichs; von den Senatoren des Kaiserreichs 84 zc. Alle Pairs waren nur lebenslänglich. Das Wahlgesetz für die zweite Kammer war sehr eingeengt, es gab lebenslängliche bestimmte Wähler für die Abgeordneten.

Die oktroyirte Charte (in 67 Artikeln) war gegen die Senatsverfassung ein Rückschritt um ein Paar Jahrhunderte. Nach der letzteren berief das Volk den König auf den Thron, die Verfassung wurde dem Könige dargeboten und sie mußte von ihm beschworen werden. Die jetzige Charte wurde vom Könige nur aus Gnaden und höchster Machtvollkommenheit „bewilligt“, sie wurde nicht vom Könige beschworen, sondern die Kammern hatten sie zu beschwören. Nach der Erklärung von St. Ouën sollte die Charte ein gegenseitiger Vertrag zwischen Fürst und Volk sein, sie erschien aber jetzt bloß als ein Geschenk, welches auch zurückgenommen werden konnte. Der Kanzler d'Ambray nannte sie in seiner Eröffnungsrede auch nur „eine Reformverordnung zu der alten Verfassung Frankreichs“, sie sollte in der Gesetzgebung nur „die Kette der Zeiten erneuern“. In diesem Geiste bezeichnete er alles was dazwischen lag als eine Zeit des Uebels, der Zerrüttung, der falschen Grundsätze. Nach der Senatsverfassung sollten sich die Kammern von Rechts wegen jedes Jahr am 1. October versammeln; nach der oktroyirten Charte berief sie der König wann und so oft er wollte. Nach jener wählten sie ihre Präsidenten, nach dieser ernannte sie der König. Nach jener hatten beide Kammern das Recht der Gesetzesvorschläge, nach der oktroyirten Charte schlug der König allein alle Gesetze vor, und nur wenn beide Kammern übereinstimmten, konnten sie den König um eine Gesetzvorlage ersuchen. Der König gestand ein jährlich wechselndes Budget in der Finanzverwaltung zu, nannte aber die Budgetvorlage nur „ein Gesetz der Auflagen“, bei welchem also kaum eine Erörterung und Diskussion gestattet war. Die Senatsverfassung behielt die bisherigen Senatoren und ihre Dotationen bei; die oktroyirte Charte strich alle Dotationen und ließ 53 Senatoren in der neuen Pairsliste aus, weil sie für den Tod Ludwigs XVI. gestimmt hatten und nannte sie „Königsmörder“

(regicides). Unter diesen befanden sich aber gerade die ersten Häupter des Kaiserreiches. Die Verantwortlichkeit der Minister für jede Gesetzesvorlage wurde nur in Fällen des Hochverraths und der Erpressung beibehalten, sonst waren sie allein dem Könige verantwortlich. Das Wahlgesetz für die zweite Kammer wurde erheblich beschränkt; überhaupt waren noch viele Bestimmungen der Senatsverfassung bis zum Unkenntlichen verkümmert. Die Erhaltung der Geschwornengerichte war zugesagt, aber Veränderungen in Aussicht gestellt. Gleichheit und Freiheit der Religion und des Cultus war ausgesprochen, aber die katholische Religion war zur Staats-Religion erklärt. Die Preßfreiheit war gewahrt: „nach Maßgabe der Gesetze, die ihrem Mißbrauch vorbeugen und diesen ahnden sollten.“ Im Ganzen war dann noch eine Hinterthür gelassen, wodurch die ganze Charte aufgehoben werden konnte, denn §. 14. verordnete: „Der König erläßt die zur Ausführung der Gesetze und die für die Sicherheit des Staates nöthigen Verordnungen;“ ein Artikel, von dem Carl X. für seine bekannten Ordonnanzen die weiteste Anwendung machte.

So überaus beschränkt diese Charte auch war, so wurde sie doch in der Anwendung noch vielfach verkümmert. Frankreich bezahlte übrigens noch 30 Millionen Franks Schulden, die die königliche Familie im Auslande während ihres Exils gemacht hatte und die jährliche Civilliste hatte die enorme Höhe von 33 Millionen Franken ($9^3/_7$ Millionen Thaler).

So theuer mußte Frankreich die Ehre bezahlen, daß die „noble Race“ der Bourbonen wieder den Thron ihrer Väter bestiegen hatte und eine solche Verfassung hatte ihnen nur durch die Gewalt des Auslandes aufgezwungen werden können!

Erst als die feierliche Annahme der Charte am 30. Mai eingerichtet war, unterzeichneten die fremden Monarchen den Frieden von Paris an eben diesem Tage. Indem sie sich so gesichert glaubten, gaben sie ihren Heeren Befehl, Frankreich zu verlassen und begaben sich in den nächsten Tagen nach England oder zurück nach ihren Staaten.

Wir werden in den nachfolgenden Blättern eine Uebersicht der verderblichen Regierung der Bourbons versuchen, welche schon in 11 Monaten durch die Wiederkehr Napoleons zusammenbrach, aber auch ohne dieselbe sich nur kurze Zeit gehalten hätte. Die Vergegenwärtigung der Grundsätze und Maßregeln dieser Regierung ist trotz ihrer Verkehrtheit in hohem Grade lehrreich. Sie zeigt, daß Privilegien, eine bevorzugte Stellung im Staate, die eine Dynastie oder eine Menschenklasse seit lange besessen, vermöge der Selbstsucht unserer Natur in so hohem Grade verblenden können, daß alle Lehren der Geschichte nutzlos, daß die fürchterlichsten Katastrophen, die bitterste Prüfung und Erfahrung nicht dahin führen können, jene ehemals Privilegirten gegen den übrigen Theil ihrer Mitbürger zur Billigkeit zu stimmen und ihnen Rechte einzuräumen, die deren Einsicht, Bildung, Thatkraft, Vermögen und erworbene Verdienste dringend erheischen. Blind gegen alles Vorhandene und Geschehene um sie her, scheint es ihre Fassungskraft zu überschreiten, daß es nicht mehr so ist, als ehemals; sie erschöpfen sich in Reaktionen und werden dann das Opfer ihrer Thorheit. Bei den Bourbons und Emigranten ist diese Verblendung am stärksten ausgedrückt, aber sie findet sich in unserm alten Europa überall mehr oder weniger und wir haben in jüngster Zeit hinlängliche Erfahrungen darin sammeln können. Die Bourbonen und Emigranten, sahen Frankreich für nicht viel weniger als ein erobertes Land an, welches durch seine Rebellion gegen seinen rechtmäßigen König, gegen Adel und Geistlichkeit, seine natürlichen Herren, eine gerechte Strafe verdient habe und dessen große Vergehungen man höchstens „aus Gnaden" verzeihen könne. Hätte man die Macht gehabt, so würden Züchtigungen der empfindlichsten Art nicht ausgeblieben sein. Die regierende Familie sah alles, was von der Republik und dem Kaiserreich geschehen, als Empörung, als gesetzlich nicht vorhanden an und Ludwig XVIII. bezeichnete seine Verordnungen als „im 19. Jahre seiner Regierung". Er pflanzte seine weiße Fahne mit den drei Lilien wieder als Reichspanier Frankreichs auf und ächtete die dreifarbige. Der emigrirte und nun wiedergekehrte Adel aber sah nun vollends den vom Kaiser errichteten neuen Adel mit äußerster Geringschätzung an. Zwar hatten die Marschälle und Generale des Kaiserreichs, die zu Prinzen, Herzogen, Grafen, Baronen erhoben waren, so viel Thaten bloß in ihrem Leben allein aufzuweisen, als die gepriesensten alten Familien Frankreichs in mehreren Jahrhunderten verrichtet hatten und eben so hatte Republik und Kaiserreich von seinen Ministern, Beamten und Räthen, den äußersten Grad von Anstrengung in Anspruch genommen, sie hatten Frankreich aus der Revolution gleichsam neu errichtet und sich eine Fülle von Verdienst erworben; aber es liegt im Wesen der alten Aristokratie, daß sie das Verdienst Bürgerlicher gering achtet und hier in diesem besonderen Fall sollte überhaupt von keinem Verdienst die Rede sein, da alle Vorgänge seit einem Vierteljahrhundert als Empörung und daher als ungesetzlich bezeichnet wurden. Wenngleich nun alle Titel und Aemter aus dem Kaiserreiche von Ludwig XVIII. verbürgt worden waren, so mußten bei solchen Grundsätzen die Inhaber derselben bald in eine sehr peinliche Stellung gerathen. Wenn nun aber der König das Bestehen der Republik und des Kaiserreichs als ungesetzlich ansah, so war es nur eine natürliche Folge, daß auch der alte Adel eben so dachte. Er sah also die Einziehung seiner Güter zum Eigenthum der Nation, die Aufhebung seiner Vorrechte und Titel für vollständig revolutionair und daher als rechtsungültig an und wollte alles wieder zurück haben, wenn es auch eine Umwälzung aller Verhältnisse mit sich führen müßte. Aehnlich dachte der Priesterstand. Es stand also hiernach ein heftiger Kampf des legitimistischen Frankreichs mit dem nationalen bevor, der auch sogleich entbrannte. Da ersteres nur durch die Fremden zurückgeführt, und die Zahl der Mitglieder desselben verhältnißmäßig wenig zahlreich war, auch die Wiederzurückführung einer längst vergangenen Zeit alle Strömungen gegen sich hatte, so konnte der Ausgang nicht zweifelhaft sein. Der Versuch, ein legitimistisches Frankreich auf das nationale zu pfropfen, mißlang in kürzester Zeit und auch die von den Monarchen Europas zum zweiten Mal geschehene gewaltsame Wiederherstellung der legitimistischen Regierung, welche 3 Jahre lang durch ein Heer der Fremden in Frankreich gestützt wurde, konnte sich mühsam nur noch 15 Jahre hinschleppen, um dann gänzlich überwältigt zu werden.

Wie dem auch sein mag, so ist es eine Thatsache, daß die Rückkehr der Bourbonen von der Mehrzahl der Franzosen im Anfange mit Beruhigung und mit großen Hoffnungen begrüßt wurde. Die Partei des Kaisers war im Anfange sehr gering und mußte sich sehr zurückgezogen halten. Napoleon, so unersättlich in seinem Ehrgeiz, war es ja gewesen, der die Franzosen rastlos in Kriege geführt, die die Rache der Fremden herausgefordert und diese nun nach Frankreich und nach der Hauptstadt geführt hatten. Der Kaiser hatte das Land in schmählichen Fesseln gehalten. Durch die Bourbons war man nun mit dem übrigen Europa versöhnt, das erste Bedürfniß Friede und Ruhe war zurückgekehrt. Frankreich konnte sich friedlichen Beschäftigungen widmen. Handel und Wandel konnte aufblühen, Künste und Wissenschaften gedeihen. Französische Schiffe konnten, ungehindert von den Engländern, den Ocean befahren. Die bürgerliche Freiheit erschien im Wesentlichen durch ein Staatsgrundgesetz gesichert. Wenn man dieses auch freisinniger gewünscht hätte, so war es doch immer viel mehr als der „Kaiser" gewährt hatte. Die Angelegenheiten des Landes konnten doch immer laut und frei vor dem Lande erörtert werden und was noch fehlte, konnte allmählig der Gesetzgebung hinzugefügt werden.

Ein ganzes Vierteljahr seit der Besitznahme der Regierung durch den Grafen Artois (12. April) als General-Lieutenant des Königreichs, war die allgemeine Stimmung den Bourbons noch durchaus günstig, und in der allgemeinen Uebermüdung übersah man völlig die Handlungen, die geschahen, die Verordnungen und Gesetze, die erlassen waren und erlassen wurden. Als man sich aber endlich ausgeschlafen und ausgeruht, stellte man doch Betrachtungen an. Man überlegte, was man gewesen und was man jetzt war, der Stolz auf das große Reich erwachte wieder und die reaktionairen Handlungen der Regierung und der Royalisten zwangen zur Aufmerksamkeit. Alles schien durch den Sturm, mit welchem beide auf alles Bestehende losgingen, in Frage gestellt. Alle Schritte derselben wurden dann im Publikum mit entschiedenem Mißtrauen und großer Empfindlichkeit aufgenommen.

Zunächst mußte man darauf geführt werden, die Personen der königlichen Familie näher zu betrachten. Wir haben oben schon einige Andeutungen über dieselbe gegeben, müssen aber dieselben hier noch in Etwas vervollständigen.

Der König Ludwig XVIII. war noch nicht 60 Jahre alt, aber überaus dick, eine unförmige Masse, sehr unbehülflich und gebrechlich. Schwer an Gicht und Podagra leidend, war er sehr wenig beweglich, auch das Stehen wurde ihm schwer und er saß bei allen öffentlichen Veranlassungen im Lehnstuhl. Er trug einen blauen Civilrock mit goldenen Epaulettes. Seine geschwollenen Beine waren in hochhinaufgehende unendliche rothe Sammetkamaschen gehüllt, die mit einer kleinen goldenen Schnur geändert waren. Er war nach alter Sitte frisirt und gepudert. Zwischen den Knieen trug er gewöhnlich einen spanischen Rohrstock. So stellte er im Ganzen das Abbild einer abgelebten Zeit dar. Wenn er Revüen über Truppen abnahm, so saß er auf einem Lehnstuhl auf einem Balkon des Schlosses, während die Truppen unter ihm vorüber marschirten. — Ein solcher Repräsentant der höchsten Macht war nicht geeignet den Franzosen zu gefallen, die ein Vierteljahrhundert die größte Energie entfaltet und einen Napoleon zum Herrscher gehabt hatten. Er wurde bald ein Gegenstand des Spottes, es wurden viele Anekdoten über ihn erzählt, er sollte im höchsten Grade gefräßig sein u. s. w.

Auch die übrigen Mitglieder der Familie waren nicht geeignet um ihrer selbst willen anzuziehen und besondere Achtung einzuflößen. Der Graf Artois war allerdings im Gegensatz zu seinem Bruder sehr beweglich, er hatte die vornehmen Manieren eines vollkommenen Chevaliers der alten Schule und saß mit sicherem und leichtem Anstand zu Pferde, aber seine Unwissenheit, sein Leichtsinn und die Flachheit seines Charakters traten allzusehr zu Tage, so wie seine Abneigung gegen alles, was nur von fern an die Republik und das Kaiserreich erinnerte. Auch seine öffentlichen Akte während seiner kurzen Regentschaft, besonders in Finanzsachen, waren bald der Gegenstand vielen Tadels. — Von seinen Söhnen war der Herzog von Angoulême rechtlich und geraden Herzens, aber von schwachem Verstande. Dabei hatte er Launen und Manieren, welche eine unerschöpfliche Quelle für sonderbare Erzählungen wurden. Der andere Sohn, der Herzog von Berry war ein junger kräftiger Mann, rasch, lebhaft, jähzornig; aber eben auch nicht von großen Gaben. Wiewohl er noch kaum einen Feind gesehen hatte, wollte er doch durchaus Soldat und Feldherr sein und bemühte sich, die kriegerische Manier des Kaiserreichs nachzuahmen, was ihm wegen seiner Jungfräulichkeit in allen kriegerischen Vorfällen nicht gelingen konnte. Begierig nach Popularität stieg er zu Wachausdrücken und Bivouacsgewohnheiten herab und bediente sich dabei oft so gegemeiner und grober Worte, daß diese zu wahren Insulten ausarteten; auch fiel sein Jähzorn nicht selten lästig und beleidigte ohne Grund. Wenn der Herzog öffentlich den napoleonischen Soldaten affektirte, so bemühte er sich am Abend die leichten Sitten des alten Hofes wieder aufleben zu lassen, doch waren seine Liebschaften lärmend, übel gewählt und gaben selbst in dem leichtfertigen Paris vielen Anstoß. — Die beiden Condé waren körperlich und geistig schon zu matt und figurirten nur bei öffentlichen Erscheinungen.

In sämmtlichen Mitgliedern der Familie fand sich Niemand, der nur annähernd einiges staatsmännische Talent, Kenntniß von Geschäften und Arbeitslust gehabt hätte; man liebte das Angenehme des Königthums, war aber durchaus nicht gewillt dessen Arbeit und Lasten zu tragen. Es war auch Niemand unter ihnen, der durch seine Persönlichkeit sich wahren Anhang zu verschaffen im Stande war. Nur allein der Herzog von Orleans, kräftig, einsichtig, von sehr einschmeichelnden Formen und sich durchaus liberal gebend, fand Gnade in der öffentlichen Meinung. Er mußte sich jedoch viel mehr verbergen, als daß er hervortreten konnte. Er war der regierenden Familie immer verdächtig, sie konnte es ihm nie verzeihen, daß sein Vater (Egalité) für den Tod Ludwigs XVI. gestimmt.

Der weibliche Theil in der Familie war allein von der Herzogin von Angoulême vertreten; aber sie war für die Franzosen keine angenehme Erscheinung. Die Herzogin drückte in ihrer Haltung und in ihren Formen den höchsten Grad alten dynastischen Stolzes aus. Im Grunde wohlwollend und nicht ohne Herzensgüte, eine treue Gattin und Freundin, war in ihrem äußeren Wesen der männliche und muthige Charakter sichtbar, der jede Probe besteht. Ihre Haltung war immer steif, sie hatte eine starke und rauhe Stimme. Ihre Bewegungen und kleinsten Worte, jede ihrer Mienen schien ein Zeichen der Unzufriedenheit, jedem ihrer Worte lieh der Ton ihrer Stimme einen Ausdruck der Strenge, welcher beleidigte. Selbst die beständige Traurigkeit — Folge ihres Schicksals — schien der Menge als der Ausdruck des Stolzes und der Geringschätzung.*)

Bot die königliche Familie keinen Mann von Geist, so war ein solcher eben so wenig unter den Emigranten zu finden. Sie waren 25 Jahre außer Thätigkeit gewesen und hatten in ihrem Exil nicht daran gedacht, sich Kenntnisse zu erwerben; sie waren unerfahren im Kriegsdienst, in Geschäften, in Staatsangelegenheiten. Arbeitsscheu, hatten sie auch nicht den Willen, sich ernstlich zu bemühen, und glaubten, daß ihr Adel Alles ersetze. In allem Diesem waren ihnen die Kaiserlichen unendlich überlegen.

Als Ludwig XVIII. die Regierung einrichtete, hätte er gern sein **Ministerium** aus lauter Emigranten und Royalisten genommen, allein er fand nicht den Stoff dazu vor, anderntheils wollte er gleich anfangs auch nicht gar zu schroff auftreten. Er war Talleyrand zu viel Verbindlichkeiten schuldig, es verstand sich von selbst, daß er Minister des Aeußern wurde und auf den Wiener Congreß ging. Für den Kriegsminister war unter den Royalisten keine geeignete Persönlichkeit, weil keiner einen Krieg mitgemacht oder es darin zu einiger Bekanntheit gebracht hatte, man mußte daher zu einem napoleonischen General greifen; aber man wählte einen, der nur durch eine Niederlage ein europäisches Bekanntwerden erlangt hatte, den Divisions-General Dupont, der sich bei Baylen in Andalusien an Castannos in freiem Felde durch Capitulation ergeben, das erste Beispiel im französischen Heere. Solche Ernennung sahen die ruhmgekrönten Marschälle und Generale, sah das ganze französische Heer als einen Schimpf an. Von den übrigen Ministern hatte der der Justiz, der Kanzler d'Ambray, noch unter dem Kaiser gedient, die andern waren Emigranten oder Royalisten.

Es war kein Ministerrath eingerichtet, es bestand kein Vorsitzender desselben, kein Programm, kein Regierungssystem. Jeder Minister arbeitete für sich in seinem Departement und sollte Vortrag vor dem König haben, der sich aber wenig um Regierungsgeschäfte bekümmerte. Selten versammelten sich die Minister um den König, und wenn es geschah, so war es nur zur Cour, zur Auf-

*) Vaulabelle II. Cap. 4. 150 u. f.

wartung. Obgleich aber kein Ministerpräsident bestand, so war ein solcher doch eigentlich indirekt vorhanden in der Person des Grafen Blacas. Dieser, Ludwigs XVIII. beständiger Gefährte in der Verbannung und ganz besonderer Günstling, war zum Minister ohne Portefeuille ernannt, war aber in Wahrheit der Mittelpunkt der ganzen Verwaltung. Er mußte von Allem wissen, Alles ging durch ihn und was er wollte, war der Gewährung durch den König gewiß. Graf Blacas, vorher arm und bald unermeßlich reich, war ein schwacher Kopf ohne Kenntnisse und Erfahrung, gewissenlos und leichtfertig, aber ein blinder Royalist und Legitimer, anmaßend und eitel, begierig, alles zu entscheiden, sich in alles zu mischen. Die anderen Minister beugten sich vor ihm; sie sahen nichts und wußten nichts, hüteten sich auch, etwas zu wissen, um es nicht bei dem Könige und Blacas zu verderben.*)

Wir wollen in Folgendem das Wesentlichste zusammenstellen, was den Thron der Bourbons in Kurzem untergrub und Napoleon die Möglichkeit bereitete, schon nach 11 Monaten und im Fluge sich der Herrschaft Frankreichs wieder zu bemächtigen.**) Man kann hier kurz sagen: die alte Gesellschaft Frankreichs, jetzt durch die Fremden und durch eigenthümliche Umstände wieder zur Gewalt gelangt, Königthum, alter Adel, Priesterherrschaft erhob sich mit Wuth gegen die neue, um den Zustand vor der Revolution so schnell wie irgend möglich wieder herzustellen. Alles sollte wie im Sturm umgekehrt werden. Wie im Rausch feierten die Royalisten wilde Freudengelage, man sang Triumph- und Spottlieder, mit royalistischen Schmähschriften wurde die Presse überschwemmt. In den Theatern durfte das Vive Henry quatre nicht aufhören. Man kleidete sich weiß in der Farbe der Bourbonen und wüthete gegen die Farben, die an die Republik und das Kaiserthum erinnerten. Laut wurde ausgesprochen, daß der emigrirte Adel, ohne Entschädigung der zeitigen Besitzer, alle Güter wieder erhalten müßte, die er in der Revolution verloren. Es waren die Mitglieder des Senats, welche für den Tod Ludwigs XVI. gestimmt hatten, in die neue

*) Die Beurtheilung von Blacas ist bei Thiers viel milder.

**) Zusammengestellt aus Les cent jours von Capefigue, Vaulabelle, Fleury de Chaboulon, Thiers rc.

Pairskammer nicht aufgenommen worden, obgleich sie gerade zu den fähigsten Mitgliedern gehörten und die höchsten Würden bekleideten. Man schalt sie Königsmörder (regicides) und verfolgte noch die Söhne derselben, indem man sie aus den Aemtern und den Instituten verstieß. Der Haß und der Hochmuth des alten Adels gegen den neuen, von Napoleon geschaffenen, kannte keine Grenzen. Täglich mußte dieser die bittersten Kränkungen und Beleidigungen erdulden. Die napoleonischen Marschälle und Generale so wie die hohen Civilwürdenträger sahen nun zu ihrem großen Leidwesen, aber zu spät ein, welchen großen politischen Fehler sie begangen, als sie den Kaiser verlassen oder lau vertheidigt und zum Theil verrathen hatten. Sie selbst empfanden schon schwer die Nichtachtung des Hofes, die Verspottung von Seiten der Emigranten, aber noch mehr mußten dies ihre Frauen empfinden, die, da sie doch Fürstinnen, Herzoginnen, Gräfinnen, Baronessen waren, derer Männer sich zum Theil unsterblich in der Geschichte gemacht, auf das Bitterste beleidigt und gekränkt wurden, denn freilich hatten sie keine Ahnen aufzuweisen, sondern sie waren diese selbst.

Die Franzosen sind ein kriegerisches Volk und hatten 22 Jahre hindurch Krieg geführt. Die Art, wie die neuen Militairverhältnisse eingerichtet wurden, mußte daher von entscheidender Einwirkung auf die Nation sein. Es lag in den Umständen, da kein Krieg mehr war und den Finanzen aufgeholfen werden mußte, daß das Heer beträchtlich vermindert wurde. So wurde denn der Friedensetat auf 200,716 Mann, Offiziere, Unteroffiziere und Soldaten festgestellt. Es mußten dabei eine Menge Offiziere außer Thätigkeit kommen. Aber wenn man nach Verdienst und Billigkeit verfahren wäre, so hätte man die besten Kräfte immer noch sehr wohl unterbringen können. Statt dessen wurden fast auf einmal gegen 14,000 junge und tapfere Offiziere aus dem Heere entlassen und auf halben Sold gesetzt. Wenn mit den Offizieren des Kaisers so verfahren wurde, so geschahen dagegen massenhafte Einschübe in die Divisionen, Brigaden, Regimenter von Emigranten, die zum Theil nie gedient hatten. Die Höflinge erhielten Grade auf Grade, wie sie es verlangten. Es kam eine große Zahl Generale zum Vorschein mit abenteuerlichen, verschossenen Uniformen, die kein Mensch vorher gekannt hatte. Ihre Großväter waren Generale gewesen, also mußten sie es auch sein. Es wurden mehr Generale ernannt, als ein Heer von einer Million Soldaten bedurft hätte. Noch mehr aber als bei dem Landheer wurde die Marine mit Emigranten versorgt, wo abgestorbene Greise die einflußreichsten Posten erhielten.

Der Orden der Ehrenlegion war das Ziel des Ehrgeizes für jeden tapferen Soldaten gewesen. Es war nicht blos die Auszeichnung, eine Dekoration zu tragen, sondern schon das Ritterkreuz brachte 300, das Offizierkreuz 500 Franken ꝛc. lebenslängliche Pension und war daher für den Besitzer von großem Werthe. Die Bourbonen hoben diese Pension auf und zahlten nichts mehr. In dem Kreuz war das Bildniß Napoleons, des Stifters dieses Ordens. — Das Bildniß wurde durch das von König Heinrich IV. ersetzt. Mit der Legitimität kamen all die alten Orden, der heilige Geist-Orden, der St. Michael-, der Ludwigs-Orden ꝛc. wieder zum Vorschein. Von diesen wurde der Ludwigs-Orden als der einzige für kriegerisches Verdienst verordnet; der Orden der Ehrenlegion war nun der letzte und geringste und sollte nur für bürgerliches Verdienst verliehen werden. Um den früher so hochgeachteten Orden zu erniedrigen, wurde er in ungeheurer Menge ausgegeben, so daß bis zu Ende des Jahres mehr Kreuze verschleudert wurden, als Napoleon in den 12 Jahren seines Bestehens überhaupt verliehen hatte.*)

Der König schien sich nicht sicher zu fühlen, wenn er von den Truppen der Linie bewacht wurde. Es wurde, wie vor der Revolution eine Schweizer-Garde bestanden, eine Truppe des königlichen Hauses, 6000 Mann stark, wieder errichtet: Garde du Corps, Mousquetairs, Cheveauxlegers, Gensd'armes. Der Rang dieser Truppe wurde höher gestellt und die Linie sollte dieser neuerrichteten Truppe die Honneurs machen. Es wurden auch lauter alte Formen wieder hervorgesucht; ein Divisions-General hieß General-Lieutenant, ein Brigade-General Maréchal de Camp ꝛc.

Gegen alle Institutionen, die vom Kaiser herrührten, wurde rücksichtslos eingeschritten. Napoleon forderte viel von seinen Soldaten, aber er sorgte auch dafür, daß sie im Alter oder durch

*) Vaulabelle.

Wunden an Thätigkeit verhindert, keine Noth litten. Die wichtigste Stiftung in dieser Art war das Invalidenhaus zu Paris, wo viele Tausende alter Krieger, vom Marschall abwärts, ein ehrenvolles und sorgenfreies Leben führen konnten. Die Bourbonen hielten mit Recht das Invalidenhaus für eins der Hauptquartiere des Imperialismus und führten einen harten Schlag gegen dasselbe. Unter dem Vorwande, daß ihr Geburtsland Frankreich nicht mehr angehörte (denn es waren Invaliden aus Belgien und vom linken Rheinufer darunter), wurden mehr als 1100 Invaliden aus Frankreich verwiesen, 1500 andere, in Frankreich geboren, wurden mit jämmerlich dürftigen Pensionen in ihre Heimath zurückgesandt. Dabei wurden auch die Zweighäuser der Invaliden in den Provinzen bedroht und man sprach laut von ihrer Aufhebung.

Eine andere Institution des Kaisers waren fünf Erziehungshäuser für Waisen der Ehrenlegionairs, die auf dem Schlachtfelde geblieben. Sie sollten alle aufgehoben werden. Auf das große Geschrei der Betheiligten und des Publikums sah sich der betreffende Minister zwar genöthigt, die Ordonnanz in ihrer ganzen Strenge zurückzunehmen, aber vier Erziehungshäuser wurden doch unterdrückt, es blieb nur das von St. Denys.

Gleiches Schicksal sollte eine Stiftung treffen, welche Napoleon zur Erziehung der Töchter der Marschälle, Generale und der verdienten Militairs errichtet hatte. Auf die dringendsten Vorstellungen und nach der großen Aufregung, die diese Maßregel verursachte, wurde die Aufhebung noch verhindert, aber die Absicht war doch allgemein bekannt geworden.

Jeder Soldat, der sich auf dem Schlachtfelde ausgezeichnet hatte, die nöthige Umsicht und mäßige Bildung besaß, konnte unter dem Kaiser den Grad eines Offiziers erlangen. Viele Generale und hohe Offiziere waren so aufgestiegen. Es ist aber für den Krieg dennoch von hohem Werthe, von Hause aus sich die Kenntnisse zu erwerben, die dazu nöthig sind, und diese werden in den Kriegsschulen gelehrt. Diese waren die einzige Gelegenheit, gleich beim Eintritt ins Heer den Offiziergrad zu erlangen. Wer diese Schulen besuchte, zahlte die Kosten des Unterrichts und der Erziehung, der Kaiser hatte jedoch für die Söhne der unbemittelten Offiziere im aktiven Dienst oder derjenigen, die vor dem Feinde geblieben, Freistellen in beträchtlicher Zahl errichtet und eine Stipendienkasse geschaffen, woraus ansehnliche Gelder als Beihülfe gezahlt wurden. Durch eine königliche Ordonnanz vom 30. Juli wurden diese Freistellen und diese Stipendien allein den Söhnen der Emigranten zugewandt, die im Heere der Condés und in der Vendée gegen das nationale Frankreich gekämpft hatten. Dieselbe Ordonnanz war aber darauf berechnet, den kaiserlichen Adel ganz von dem Besuch der Kriegsschulen auszuschließen, denn sie setzte fest, daß, um zum Besuch der Schulen zugelassen zu werden, ein hundertjähriger Adel erforderlich sei; die napoleonischen Fürsten, Herzoge rc. waren als solche aber noch nicht zehn Jahre alt. Um den kaiserlichen Adel aber tödtlich zu treffen, waren die Häuser desselben im königlichen Almanach streng ausgeschlossen*), hiernach also als adlige nicht anerkannt.

Wir sprachen von den massenhaften Einschüben der Emigranten in die Militairstellen und in die Marine; dasselbe geschah im Civil bei der Justiz und bei der Verwaltung. Zuerst kam der Kassationshof an die Reihe, der von Imperialisten möglichst purifizirt wurde, dann folgten andere Gerichtshöfe. Die Royalisten sandten zahlreiche Emissaire in die Provinzen, um imperalistisch gesinnte Verwaltungsbeamte auszukundschaften, überhaupt für die neue Regierung zu wirken. Die Emissaire erschienen in den Städten, hielten eigenmächtig Versammlungen, sprachen sehr heftig über die Vergangenheit, nahmen Klagen von schlechtem Volk an und erregten vielfache Verwirrung. Folge war die Absetzung von Präfekten, von vielen Verwaltungsbeamten, Maires und ganzen Magistraten und Einsetzung von Emigranten und Royalisten. Es konnte auch nicht fehlen, daß, da in Frankreich fast der fünfte Mann Beamter ist, Ehrgeizige in Masse aufstanden, um Stellen zu erjagen.

Wollten die Bourbonen den Franzosen als Rebellen und zugleich ihre großen Thaten auch verzeihen, wie sie gnädigst vielfach versicherten, so glaubten sie doch Verletzung und Beleidigung auf Alles, was von der Republik und dem Kaiserreich stammte, häufen und Alle die überreich belohnen zu müssen, die gegen die Republik, also gegen Frankreich in Waffen gestanden hatten. Alle Kämpfer des Corps von Condé,

*) Vaulabelle II. Cap. 4. S. 147.

die noch übrig waren und nun nach Frankreich zurückkehrten, erhielten Pensionen, Stellen und Belohnungen. Hiebei hatte der ältere Prinz von Condé alle Hände voll zu thun, die vielen Dienstatteste zu schreiben. Eben so wurden die Kämpfer in der Vendée, die Chouans, auch die im Jahre 1793 Toulon den Engländern ausgeliefert, mit Belohnungen überschüttet. Die Generale Moreau und Pichegru wurden nachträglich zu Marschällen und Grafen erhoben, der General Cadoudal, der den ersten Consul durch die bekannte Höllenmaschine hatte vernichten wollen, und elf andere mit ihm erschossene Chouans wurden mit Adelstiteln geehrt. Eine zahllose Menge von Orden wurden an Emigranten, Condéer, Chouans vertheilt. Als dies Alles vom Hofe ausging, fand der Ehrgeiz ein reiches Feld, noch viel mehr zu erlangen. Graf Blacas führte einen wahren Handel mit Adelstiteln, Orden, Stellen &c. ein und es wurden an die Royalisten in den Monaten August bis Ende December mehr Grafen-, Barons- und Adelsdiplome gegeben, als in den zwei letzten Jahrhunderten der Monarchie. Alles hatte seinen Preis. Der Hof aber duldete alles, um die Seinigen zu erheben und zu bereichern. Eine Verordnung des Ministers der Marine war ganz besonders geeignet, die höchste Erbitterung zu erzeugen. Nach dieser sollten alle französischen Offiziere, welche den Dienst der Republik und des Kaiserreichs verlassen und in fremden Seedienst getreten, daher meist gegen ihr Vaterland gekämpft, wieder in dem Grade in Frankreich angestellt werden, welchen sie im fremden Dienst bekleidet hatten. Die Jahre in fremdem Dienst sollten ihnen angerechnet werden, als wenn sie dieselben in französischem geleistet, und die Kriegsjahre, also der Kampf gegen Frankreich, sollten ihnen doppelt gerechnet werden. Diejenigen, welche aus fremdem Dienst nach Frankreich vor dem 1. April 1814 zurückgekehrt wären, sollten mit einem unmittelbar höheren Grade angestellt werden, als sie im fremden Dienst besessen hätten.*) Diese Verordnung des Marineministers wurde dann auch bei dem Dienst zu Lande maßgebend.

Um die Restauration vollständig zu machen lag dem Hofe vorzüglich daran, das Andenken Ludwigs XVI. und seiner Familie

*) Vaulabelle II. Cap. 2. S. 74.

vollständig und feierlich wieder herzustellen. Die Gebeine Ludwigs XVI., Marie Antoinettes, wurden ausgegraben und mit großem Pomp königlich in St. Denys beigesetzt. Die Gebeine waren nicht mehr erkennbar, weil sie 9 Fuß tief versenkt und von ungelöschtem Kalk verzehrt waren; es wurde ein gerichtlicher Akt veranstaltet, daß sie vollkommen echt wären. Da Ludwig XVI. am 21. Januar 1793 hingerichtet worden, so sollte der 21. Januar für alle Folgezeit als „ein Tag der großen Reue und der großen Buße der Nation“ gefeiert werden. Auf dem Hinrichtungsplatz sollte ein großes „Nationaldenkmal der Reue“ errichtet werden. Man feierte auch die Jahrestage des Todes von Madame Elisabeth und des jungen Ludwig XVII., überhaupt wurden viele Trauer- und Seelmessen gelesen, nicht allein über die Mitglieder der königlichen Familie, sondern über alle, die im Kampfe für das Königthum gefallen waren. Gern hätte man die Vendôme-Säule abgetragen, da die Statue des Kaisers bereits davon entfernt worden, wenn sie nicht so fest gewesen wäre, dagegen sollte allerdings der Triumphbogen, der zum Andenken der französischen Siege errichtet worden, wirklich der Zerstörung preisgegeben werden; wenigstens wurde damit laut von den Royalisten gedroht.*) An der Stelle der republikanischen und kaiserlichen Siegesdenkmale war im Vorschlag, den Vendéern (den Chouans) in Paris ein großes Denkmal zu errichten. Gerüchte liefen um, daß in Paris ein großer Schlag von Seiten der Royalisten und der Chouans gegen die Imperialisten, ähnlich der Bartholomäusnacht, beabsichtigt werde, welche wenigstens Furcht und Verwirrung verbreiteten.

Während der bourbonische Hof aus allen Kräften bemüht war, das Andenken der für den Royalismus Gefallenen mit nachträglicher Glorie zu umkleiden, kehrte er seinen Haß gegen alle, welche nach seiner Meinung ganz besonders zur Revolution beigetrggen hatten. Gegen einige der vorzüglichen intellektuellen Urheber derselben ging der Ingrimm so weit, daß, wie erst neuerlich bekannt geworden, der Hof die Gebeine von Voltaire und Rousseau heimlich aus dem Pantheon entwenden, und an entferntem Ort in eine Grube mit ungelöschtem Kalk werfen ließ, um an diesen Erz-

*) Fleury de Chaboulon I. 26, 27.

empörern die einzig noch mögliche, jedoch ohnmächtige Strafe zu vollziehen.

Einen Beweis, wie die königliche Familie die Siege unter der Republik und unter dem Kaiserreich betrachtete, lieferte der Herzog von Berry. Bei Gelegenheit, wo der Herzog die Truppen des Marschalls Mortier (Herzogs von Treviso) die Musterung passiren ließ, trat ein Offizier aus den Reihen und verlangte das Kreuz des heiligen Ludwig. „Was habt Ihr gethan?“ fragte der Herzog. „Ich habe dreißig Jahre im französischen Heere gedient,“ antwortete der Offizier. „Dreißig Jahre der Räuberei!“ rief der Herzog, indem er ihm verächtlich den Rücken kehrte. Der Offizier erhielt dennoch das Ludwigskreuz und man hätte von Seiten des Hofes die Sache gern ungeschehen gemacht; aber sie war geschehen und die Wirkung blieb.*)

Einen eben so tiefen Eindruck machte folgende Maßregel. Der Divisions-General Graf Milhaud, der in den Feldzügen von 1813 und 1814 ein Reitercorps befehligt hatte, einer der verdienstvollsten Generale, hatte das Großkreuz des Ludwigsordens erhalten. Auf königlichen Befehl mußte er dann den Orden wieder herausgeben, weil er vor mehr als 20 Jahren für den Tod des Königs Ludwigs XVI. gestimmt, was man erst nachträglich ermittelt, er also ein Königsmörder und unfähig sei, einen Orden des Königs zu tragen.**)

Mit den Bourbons war in das neue Frankreich ein Element zurückgekehrt, dessen man sich seit lange entwöhnt hatte: der specifische Katholicismus des alten Feudalstaates. Unter dem Kaiser hatten alle Confessionen gleiche Rechte und „er pflegte nach dem Katechismus und nach dem Stammbaum eben nicht zu fragen.“ Das sollte nun plötzlich anders werden. Der Katholicismus war nun wieder Staatsreligion und der Protestantismus nur geduldet. Der Priesterstand fühlte sich sofort wieder sehr gehoben, sprach laut davon, daß er alle früher besessenen Güter wieder zurückhaben müsse und predigte dies selbst von der Kanzel. Der Hof zeichnete sich aus in strenger Beobachtung religiös-katholischer Gebräuche, die zum

*) Vaulabelle II. Cap. IV. 150.

**) Fleury de Chaboulon I. 33.

Theil seit Jahrhunderten nicht mehr befolgt worden waren. König Ludwig XIII. hatte zur Gedächtnißfeier eines Gelübdes Frankreich unter den speciellen Schutz der Mutter Maria gestellt und einen Tag zur Feier festgesetzt. Ludwig XVIII. nun schrieb der Mutter Christi es zu, daß er wieder auf den Thron Frankreichs gekommen. Er schrieb an alle Bischöfe Frankreichs und forderte sie auf, das Fest zu begehen. An dem bestimmten Tage, den 25. August, folgte die königliche Familie zu Fuß, Wachskerzen in der Hand, der Statue der heiligen Jungfrau, welche die Geistlichkeit in Prozession in den Straßen von Paris umherführte — zum Erstaunen der Einwohner. Man trug Sorge, die äußere Frömmigkeit durch Gesetze zu regeln. Schon Anfangs Juni erschien ein strenges Sonntagsgesetz in 7 Artikeln. Es verletzte und ruinirte eine Menge kleiner Industrieen, verletzte die gegebene Charte und war in jedem Betracht unpraktisch und sogar unvernünftig. Da der Hof das Beispiel gab, so wurde die Geistlichkeit überaus unduldsam. Sie verweigerte einer allgemein geachteten und talentvollen Schauspielerin, Fräulein Raucourt in Paris, ein christliches Begräbniß, welches nur durch einen Aufstand des Volks und dann mit Einwilligung des Königs erzwungen wurde. Sie eiferte in allen Provinzen gegen die Protestanten und diese waren an vielen Orten in großer Bedrängniß, in einigen kaum ihres Lebens sicher.

Es war überschwenglich viel, was in kurzer Zeit, in wenigen Monaten, über das kaiserliche und nationale Frankreich verhängt wurde; dieses wurde von den Bourbonen, Emigranten und Priestern so zu sagen abgesetzt und sollte ganz todt gemacht werden; aber das Schlimmste und Aufregendste haben wir noch nicht näher angeführt.

Als der französische Adel nach dem Sturm auf die Bastille in Masse auswanderte und den König seinem Schicksal überließ, als er darauf mit den Fremden die Waffen gegen sein Vaterland kehrte, erklärte die Republik, daß Adel und Geistlichkeit ihre Güter verwirkt hätten und daß diese Nationaleigenthum sein sollten. Ein großer Theil der Güter wurde sogleich verkauft und mit dem Verkauf nach und nach fortgefahren. Als Napoleon zum Consulat gelangte, eröffnete er dem emigrirten Adel und den emigrirten Geistlichen die Rückkehr nach Frankreich, wenn sie die Republik anerkennen wollten. Eine sehr beträchtliche Zahl kehrte zurück und erhielt ihre Güter wieder, sofern sie noch nicht verkauft waren, oder wenn sie dies waren, so erfolgte anderweit eine Entschädigung. Auch nachdem Napoleon Kaiser geworden, geschahen noch vielfache Restitutionen an dem nach Frankreich zurückkehrenden Adel. Im Jahre 1814, als die Bourbons wieder auf den Thron von Frankreich gelangten, waren von diesen Nationalgütern an Ländereien, Wald, Häusern ꝛc. noch für etwa 200 Millionen Francs übrig geblieben. Die verkauften Güter hatten im Lauf von 25 Jahren vielfach ihre Besitzer gewechselt. Das früher Zusammengehörige war getheilt oder früher Getheiltes war durch neue Besitzer zusammengekommen. Eine Fülle neuer Verhältnisse war entstanden; vieles war verändert. Alter Anbau war weggerissen, neuer an der Stelle oder an anderer Stelle angelegt, neue Straßen, Wege, Brücken ꝛc. waren hinzugekommen. Man rechnete, daß die Nationalgüter jetzt in 2 Millionen Menschen Hände waren; berechnete man aber das Creditsystem, was sich an diese Güter knüpfte, so mochte wohl der dritte Theil der Bevölkerung Frankreichs dabei betheiligt sein.

Die Emigranten und Royalisten verlangten nun ganz einfach alle Güter zurück, wie sie sie vor der Revolution besessen. Sie nahmen keine Rücksicht darauf, daß ihre Güter zum Theil tief verschuldet gewesen, daß nicht wenige von ihnen nur geflohen waren, um bei übermäßiger Verschuldung derselben ihren Gläubigern zu entgehen. Nach den unendlichen Wirren der Revolution und nach Ablauf eines Vierteljahrhunderts konnte es jetzt keine Gläubiger mehr geben und wenn die Güter wirklich wieder erlangt wurden, so konnte dies, wenn keine Entschädigung an die zeitigen Besitzer geschah, die die Emigranten auch weit entfernt waren zu gewähren, nur schuldenfrei geschehen.

Der Fanatismus der Royalisten nun kannte keine Grenzen. „Die Königsmörder," schrien sie aus und ließen sie drucken, „müßten geviertheilt, die andern Schuldigen müßten gehängt, auf die Galeeren geschickt, oder ins Gefängniß gesteckt, ihre Güter confiscirt und nach dem Grade der Theilnahme an den Thatsachen der letzten 25 Jahre, mit enormen Geldstrafen belegt werden." Ein Theil derselben war noch mäßig, wenn er verlangte: jeder, der vor der Revolution arm gewesen und jetzt reich sei, sollte, was er über 10,000 Franks Einkommen besäße, in die Staatskasse zahlen. Freilich hatten viele Personen, durch die Revolution sehr gewonnen und waren reich geworden, was von Seiten der Royalisten als ein großer Vorwurf erschien.

Es mochten nicht alle Emigranten und Royalisten im Fanatismus so weit gehen, aber eine Wiedererstattung ihrer Güter war doch das wenigste, was alle forderten. War ja die königliche Familie eben so gut wie sie emigrirt und hatte alles wieder erhalten, folglich mußte ihnen ein Gleiches geschehen. Nachdem sehr viel mündlich und in der Presse über diesen Gegenstand von den Royalisten geredet und geschrieben worden, gelang es, die Sache vor die Landesvertretung zu bringen und den 26. October wurden darüber die Debatten in der zweiten Kammer eröffnet, welche 9 Tage fortdauerten. Unter den vielfachen Reden erregte die, von dem fanatischen Royalisten Ferrand einen wahren Sturm von Unwillen im Lande. Unter dem früheren Regime Parlementsrath von Paris und als solcher freisinnig, war er später als Graf Ferrand, desto royalistischer und war, wie der alte Adel, emigrirt. Er kämpfte nun auf das heftigste für unbedingte Rückgabe der Nationalgüter an ihre früheren Besitzer. Er behauptete: „nur die wären die guten, treuen und patriotischen Franzosen, die mit den Bourbonen im Auslande gewesen wären; nur diese hätten die rechte Linie verfolgt, ohne jemals davon abzuweichen.“ Es waren hiernach diejenigen, die nicht emigrirt waren, d. h. die große Masse des Volks, keine Patrioten, sie hatten nicht die rechte Linie befolgt. Weiter deutete Graf Ferrand darauf hin, daß noch viel für die Emigranten geschehen würde. Der König, indem er alle Mittel ergriffe und jenachdem die Finanzen sich bessern würden, werde zuletzt ganz Frankreich restauriren. Jedes Wort Ferrands war eine Drohung. Seine Rede erregte im ganzen Lande die äußerste Bestürzung; vom Hofe dagegen wurde sie mit hohem Wohlgefallen aufgenommen und der Redner mit Glückwünschen überhäuft. Es fanden sich freilich auch Redner in der Kammer, die die Unmöglichkeit einer völligen Wiederherstellung des vorrevolutionairen Zustandes nachwiesen, aber am 4. November wurde in der Kammer mit großer Mehrheit entschieden: „daß die Billigkeit einer Entschädigung bestehe." Dasselbe entschied kurz darauf die Pairskammer. Marschall Macdonald, Herzog von Tarent, hielt hier eine Rede, in welcher er eine große nationale Wiederherstellung (reparation) für nöthig hielt. Sie war der Keim, der 10 Jahre später die Entschädigung von 1000 Millionen Franks für die Emigranten hervorbrachte.

Daß der Hof im höchsten Grade mit allem Diesem einverstanden war, bewies, daß er von den übrig gebliebenen Nationalgütern schon im September die Vertheilung an die Emigranten begann. 350,000 Hektaren Waldung kamen zur Vertheilung, wovon die Herzöge von Orleans und von Condé die Hälfte erhielten. Hierbei stellte der betreffende Minister öffentlich eine Entschädigung aller Emigranten in Aussicht. „Der König," hieß es, „bedaure, dieser Handlung der Gerechtigkeit nicht die volle Ausdehnung geben zu können, die er wünsche, die Erschöpfung des Landes halte „„von der äußersten Freigebigkeit"" noch zurück."

Die Bewegung, welche im ganzen Lande wegen dieser Angelegenheit entstand, war unbeschreiblich. Millionen hatten für ihre Existenz zu fürchten. Einige furchtsame Besitzer von Nationalgütern suchten schnell unter großen Verlusten mit den früheren adlichen Besitzern ein Abkommen zu treffen, viele boten freiwillig eine Entschädigung, die zuweilen angenommen, von den meisten Adlichen aber stolz zurückgewiesen wurde. Einen großen Schreck verursachten alle diese Vorgänge auf die Bauern, auf das Landvolk, welche fürchteten, dem Adel und der Priesterschaft wieder dienstbar zu werden, wie vor der Revolution.

Aus dem Angeführten ist ersichtlich, daß die schon so sehr eingeengte Charte, die Ludwig XVIII. gegeben, die schon viel geringer war, als die Erklärung von St. Ouën verheißen, vielfach verletzt wurde. Keine Institution, kein Recht der Privaten war mehr sicher und es stand in Aussicht, daß das ganze neuere Frankreich in das alte vorrevolutionaire mit Gewalt zurückgeschroben wurde. Selbst der Styl der Ordonnanzen des Königs klang drohend gegen alles aus der Revolution Erworbene und lautete ganz wie beim alten Regime des absoluten Königthums. Alle Ordonnanzen des Königs begannen: „Bei diesen Umständen (causes) und aus Unserer vollen Macht und Königlichen Gewalt, haben Wir gesagt und erklärt und durch das Gegenwärtige sagen und erklären Wir &c.", worauf dann ein ähnlicher Schluß folgte. Es war zu erwarten, daß die Nation nicht alles gutwillig hinnehmen würde, was man ihr zumuthete, und daß sie sich zunächst in der Presse Luft machen würde. In der Charte war Preßfreiheit verbürgt, mit noch erst zu gebenden Gesetzen gegen deren Mißbrauch. Dies konnte doch nimmermehr heißen, daß wieder Censur eingeführt würde. Aber Preßfreiheit, auch mit schweren Strafgesetzen gegen den Mißbrauch, vertrug sich nicht mit dem, was gethan wurde und noch gethan werden sollte. Mit Einwilligung der Kammer und mit offenbarer Verletzung der Charte, wurde wieder Censur eingeführt. Alle Zeitungen wurden censirt und nur monatliche Blätter und Schriften über 20 Bogen waren von der Censur befreit. Dabei wurde aber noch eine bedeutende Verschärfung hinzugefügt in der nachfolgenden Verordnung: Niemand kann Buchhändler oder Drucker sein, wenn er nicht dazu vom Könige autorisirt ist und ein königliches Patent darauf erhält; das Patent kann Jedem entzogen werden, der durch gerichtliches Urtheil überführt ist, daß er die Gesetze und Reglements übertreten hat. — Die Buchhändler und Buchdrucker waren daher in steter Gefahr, ihren Erwerb einzubüßen.

Wenn etwas in der langen Reihe dieser Mißstände und Mißverhältnisse Lob verdiente, so war es die Finanzverwaltung; hier hatten die Bourbonen im Baron Louis, als Finanzminister, eine gute Wahl getroffen.

Napoleon war ein vorzüglicher Finanzier, sparsam ohne Knickerei und es herrschte bei ihm die größte Ordnung und Regelmäßigkeit. Bis zum Jahre 1814 hatte Frankreich keine Staatsschulden gehabt, sie entstanden erst durch die großen Anstrengungen des Jahres 1814 und waren vergleichungsweise außerordentlich mäßig. Der Graf Artois, als er als General-Lieutenant des Königreichs Besitz von der Regierung nahm, fand auch noch eine beträchtliche Summe im kaiserlichen Schatz. Aber er theilte gleich mit vollen Händen aus, bedurfte selbst sehr viel und dann fielen auch die so geldarmen Royalisten darüber her und nahmen ungescheut. „Das Geld habe dem verruchten Usurpator gehört," erklärten sie leichtfertig und sei gute Beute. Kaum 5 — 6 Millionen Franks wurden gerettet*) und da dies nicht im Entferntesten ausreichte, so mußte Graf Artois gleich im Anfange zur Ausgabe von Papiergeld schreiten. Die Geldverhältnisse unter dem Kaiser hatten sich so gestellt: durch verschiedene kaiserliche Dekrete vom Januar an, waren die Ausgaben für 1814 festgesetzt auf 1,245,800,000 Franken; wovon der Krieg in den Monaten Januar, Februar und März 331,275,000 Franken verschlungen hatte. Die Einnahmen auf das ganze Jahr wurden berechnet auf 520,000,000 Franken. Rechnete man zu den Ausgaben, wie sie Napoleon festgestellt, noch die 33 Millionen Civilliste für die königliche Familie rc., so blieb für 1815 ein Ausfall von 759 Millionen, was für ein großes Land, wie Frankreich, von keiner Erheblichkeit war. Der Finanzminister half sich durch den Verkauf von 300,000 Hektaren Land und Wald, durch Creirung verzinslicher Staatspapiere. Der Verkauf von übrig gebliebenen Nationalgütern sollte dann einen Fond bilden, um jene verzinslichen Papiere wieder einzulösen u. s. w.**)

Wir haben in dem Obigen eine Uebersicht gegeben, wie die Bourbons, der emigrirte Adel und Priesterstand nach Frankreich zurückkamen, wie sie die Regierung übernahmen und wie sie dieselbe führten. Die Geschichte dieser Restauration ist überaus lehrreich. Sie zeigt, wie Erziehung und die Gewohnheit des Genusses von Jahrhunderte besessenen Privilegien so stark sind, daß sie unfähig machen einen völlig veränderten Zustand zu begreifen; wie die Eingewöhnung in ein Leben, wo man durch Geburt, Besitz, Vorrecht, Befreiung von Leistungen an den Staat, und dagegen im ausschließlichen Genuß alles Einträglichsten und Besten über die Masse der Menschen als besonders vornehm hervorgeragt hat, blind macht gegen alle bittern Erfahrungen; wie die Selbstsucht und die Selbstüberschätzung, weit entfernt von aller Billigkeit, weit entfernt davon, daß sie selbst so Vieles verschuldet, die Macht des veränderten

*) Vaulabelle II. Cap. 1. S. 40 ff.

**) Vaulabelle II. Cap. 3. S. 110 ff. Capefigue Th. 1. S. 65, giebt das Budget auf 1300 Mill. Fr. an.

Zustandes nicht sieht, diesen nicht anerkennen oder mit ihm sich nicht vergleichen will und wähnt in seiner Ohnmacht, alles wieder auf den vorigen Stand bringen zu können.

Die königliche Familie war im Anfange der Revolution aus dem Lande geflüchtet, weil sie sich nicht darin finden konnte, daß die königliche Gewalt nicht mehr absolut sein sollte, daß vielmehr das Land in seinen Vertretern Antheil an der Regierung und Verwaltung verlangte, daß alle Ungleichheit vor dem Gesetz aufhören sollte und weil dies allerdings alles äußerst stürmisch ververlangt wurde.

Der Adel war ausgewandert, weil er den dritten Stand, den er bisher nur »die canaille« genannt hatte, nicht als gleichberechtigt anerkennen, seine Vorrechte bewahren, keine Steuern zahlen wollte und bei der allgemeinen Aufregung im Lande sich persönlich in Gefahr glaubte.

Der Priesterstand war emigrirt, weil auch er von seinen beträchtlichen Besitzungen Steuern zahlen sollte, weil er wohl besorgen mußte, an seinen Einkünften und an seinem übermäßigen Einfluß Einbußen zu erleiden und weil er der neuen Verfassung, später der Republik, mit Aufgabe seines abhängigen Verhältnisses zur römischen Hierarchie, Treue schwören sollte.

Alle drei Stände: die Dynastie, der Adel und die Priesterschaft hatten darauf das Ausland gegen Frankreich aufgeregt, mit Waffengewalt die früheren privilegirten Zustände wieder einzuführen. Ein Theil der Dynastie, die beiden Condé's und der ganze waffenfähige Adel hatte mit den Fremden vereint das Vaterland bekämpft. Geschlagen und abgewiesen, war von der Dynastie und vom Adel versucht worden im Innern Frankreichs, in der patriarchalischen Vendée, mit Hülfe des Auslandes durch wirksame Aufstände den früheren Zustand in Frankreich zurückzuführen; es war der wichtige Kriegshafen Toulon den Engländern überliefert worden. Es war versucht worden, republikanische Generale für die königliche Sache zu gewinnen, und später hatte man versucht den ersten Consul durch Mord aus dem Wege zu räumen. —

Wenn ein Land in einem revolutionairen Zustande begriffen ist, und ein Stand, eine Partei sich beeinträchtigt glaubt, so mag derselbe oder dieselbe innerhalb des Landes alle Mittel versuchen, zu seinem oder ihrem vermeintlichen Rechte zu gelangen. Aber niemals und unter keinem Vorwande kann es einem Stande oder einer Partei erlaubt sein, sich mit einem fremden Volke zu verbinden, um mit diesem vereint die Waffen gegen sein Vaterland zu führen, um seine Ansprüche mit Gewalt durchzusetzen. Hievon kann auch nicht die Dynastie, nicht der regierende König, kein Einzelner ausgenommen sein. Wer mit den Waffen in der Hand mit den Fremden gegen sein Vaterland kämpft, es sei wer es sei, Fürst oder Stand oder Einzelner, begeht Hochverrath gegen sein Land, er mag sich auch noch so sehr zu beklagen haben. Er hat die härteste Strafe verwirkt. Indem die Emigranten und die Fremden in Frankreich eindrangen, um dem Könige Hilfe zu schaffen, kostete dies dem Könige Ludwig XVI., dessen Flucht vereitelt worden und der im Einverständnisse die Fremden sehnsüchtig erwartete, das Leben, und es geschah, was man mit Entsetzen erfahren mußte, die Errichtung der Republik und der völlige Sieg der Revolution. Die Republik that nun, was alle Regierungen von Anbeginn bis auf den heutigen Tag gethan haben: sie erklärte die Emigranten für Verräther am Vaterlande und ihre Güter als Nationaleigenthum und sie verkaufte dieselben. — Durch einen gewaltigen Umschwung der Dinge, durch Anstrengung des gesammten Europa, nicht durch eigenes Zuthun, waren nach 25 Jahren die Emigranten zurückgekehrt, ihre Schuld blieb aber dieselbe und es war an ihnen, die Folgen derselben zu tragen. Ihre Güter waren verwirkt und sie hatten kein Recht, diese zurückzufordern. Dagegen mochte es in der Billigkeit liegen, ihnen eine Entschädigung zukommen zu lassen, die ihnen später auch — nur zu reichlich — zu Theil geworden ist.

Die Bourbonen und Royalisten waren, wie wir schon im Eingange bemerkten, anfangs im Allgemeinen günstig aufgenommen worden, weil man von der neuen Regierung, von der man voraussetzte, daß sie den aus der Revolution hervorgegangenen Zuständen Rechnung tragen würde, Friede und Versöhnung mit Europa, bürgerliche Freiheit, gesetzliche Ordnung und eine ungestörte Entwickelung erwartete. Eine Zeit lang war das Bedürfniß der Ruhe so groß, daß man die vielfachen Willkürlichkeiten und reaktionairen Schritte übersah. Ein Vierteljahr blieb die allgemeine Meinung den Bourbons und den neuen Verhältnissen noch durchaus günstig, wiewohl schon in abnehmender Progression. Als man nun das offenbare Bestreben sah, die Restauration bis auf den vorrevolutionairen Zustand auszudehnen, jeder Tag verletzende Verordnungen, beleidigende Auftritte brachte, als durch die Rückforderung der Nationalgüter ganz Frankreich umgekehrt werden sollte, die gegebene Charte gar keinen Schutz mehr bot und alles was geschah, den Royalisten immer noch nicht genug war, — da begann die öffentliche Meinung zu wanken und binnen sehr kurzer Zeit umzuschlagen. Man kam binnen Kurzem und noch vor dem wirklichen Beginn des Wiener Congresses, zu der Ueberzeugung, daß eine solche Regierung nur von geringer Dauer sein könnte und daß sie ehestens stürzen müsse. Die Emigranten und eigentlichen Royalisten waren im Grunde wenig zahlreich, beschränkten sich nur auf verhältnißmäßig wenige Tausende. Sie hätten bedeutend werden können, wenn sie Mäßigkeit und Klugheit gekannt hätten. Sie hatten so lange Geltung, als die Mehrheit für sie war, so wie aber die öffentliche Meinung sich von ihnen abwandte, verloren sie jeden Boden, schrumpften zu einer Coterie zusammen und waren in Gefahr, mit der Dynastie zusammen vertrieben zu werden.

Die kaiserliche Regierung war gefallen; aber sie war doch gleich im Anfange nicht ohne Anhänger geblieben. Die Bourbonen konnten doch nicht alle Beamte, nicht alle Offiziere absetzen, so viel sie sich auch bemüht hatten, Royalisten anzustellen. Zu den vielen Unzufriedenen, die die Entfernung Napoleons beklagten, gehörten nun zunächst die vielen Beamten, die im Inlande Royalisten hatten weichen müssen; dann aber auch die zahlreichen Beamten, die aus den abgetretenen Ländern, in Polen, Deutschland, Italien, Holland 2c. zurück nach Frankreich strömten und dort ohne Anstellung blieben. Vom Heere waren 14,000 Offiziere auf Halbsold entlassen, die in den Provinzen zerstreut waren, und da das Heer beträchtlich reducirt wurde, so waren auch viele Tausende Unter-Offiziere und Soldaten in die Heimat zurückgekehrt. Alle diese waren, vorzüglich die Militairs, der kaiserlichen Regierung ergeben und ersehnten deren Wiederkehr. Zu diesem kam noch eine beträchtliche Zahl, die sich über den Untergang des großen Kaiserreichs und der großen Nation nicht trösten konnten.

Im Anfange durfte sich diese Sympathie für den gefallenen Herrscher wenig zeigen, aber sie gewann nach und nach immer mehr Stärke, breitete sich in ganz Frankreich aus und schlug dem Royalismus tiefe Wunden. Man weiß, welchen großen Einfluß das gesellschaftliche Leben in den Salons auf die öffentliche Meinung in Frankreich hat. Verschiedene dieser Salons in Paris, wo sich die Unzufriedenen sammelten, unter andern bei Napoleons langjährigem Minister des Auswärtigen Maret, Herzog von Bassano, bei dem Grafen Lavalette, ehemaligem General-Postmeister Napoleons, einem Verwandten der Kaiserin Josephine, bei der Königin Hortense, welche unter dem von den Verbündeten und Ludwig XVIII. bewilligten Titel einer Herzogin von St. Leu in Paris lebte und die Erbin der Kaiserin Josephine geworden war, und noch mehrere andere wurden der Regierung sehr verfänglich. Von ihnen gingen Klagen, Beschwerden, Wortspiele, Epigramme, Bonmots aus, die ihren Weg ins Publikum und in die öffentlichen Blätter fanden. Aus dem Salon der Herzogin von St. Leu ging ein Journal aus, „der gelbe Zwerg", der eine Fülle des Lächerlichen gegen die Emigranten und Priester enthielt, worin den legitimistischen Blättern reichlich vergolten und selbst die königliche Familie, die der Lächerlichkeiten so viele bot, in versteckter Art nicht verschont wurde. Einen großen Eindruck machte ein Sang von dem berühmten Volksdichter Beranger, „der Marquis von Carabas", worin die Restauration mit Hohn gegeißelt wurde. Es wurde darin der Emigrant dargestellt, ärmlich, mit dem Stock in der Hand, ins Vaterland zurückkehrend; der Marquis von Carabas auf magerem Pferde, der nun mit den hungrigen Emigranten alles Beste in Besitz nimmt. Der Schluß jeder beißenden Strophe war dann: »vive le Marquis de Carabas!« Dieser Sang wurde überall angestimmt; zunächst von den alten Offizieren und Soldaten, von allen Imperialisten, selbst von Offizieren im Dienst, in den imperialistischen Salons ꝛc. Als die Absicht der Dynastie und der Royalisten immer mehr hervortrat, Frankreich bis auf den Zustand vor 1789 zu restauriren, erschien ein Memoire von dem berühmten Republikaner Carnot, welches weit verbreitet wurde und einen tiefen Eindruck machte. Es war in einer rauhen, herben Sprache geschrieben. Die Verurtheilung König Ludwigs XVI. wird darin unumwunden vertheidigt. Diejenigen, sagt er, hätten Schuld, die den König verlassen, davon gelaufen und die Waffen gegen ihr Vaterland getragen.... Er fragt, ob die besten Fürsten und Tiberius, Caligula, Nero, Papst Alexander VI. gleich unverletzlich sein sollten? — Auf das gegenwärtige Regime übergehend, bemerkt Carnot mit großer Bitterkeit: „Wenn Ihr am Hofe mit Auszeichnung erscheinen wollt, hütet Euch wohl zu sagen, Ihr wäret einer der 25 Millionen Bürger, welche ihr Vaterland mit einigem Muth gegen den Einfall der Feinde vertheidigt haben, denn man wird Euch antworten, daß diese 25 Millionen vermeintlicher Bürger 25 Millionen Revolutionaire sind; daß diese vermeintlichen Feinde immer Freunde waren. Sagt, daß Ihr das Glück gehabt habt, Chouan oder Vendéer oder Ueberläufer oder Kosack oder Engländer zu sein, oder endlich, daß Ihr in Frankreich geblieben wäret und bei den ephemeren Regierungen, die der jetzigen Restauration vorhergingen, nur Stellen sollicitirt hättet, um sie besser verrathen zu können, um desto eher ihren Fall herbeizuführen. Dann wird Eure Treue bis in die Wolken erhoben werden, Ihr werdet zärtliche Glückwünsche, Dekorationen, herzeinnehmende Antworten der ganzen königlichen Familie empfangen." *) Es folgten in der Presse noch vielfache Beschwerden, trotz der Censur, da monatlich erscheinende Blätter und Schriften über 20 Bogen von der Censur befreit waren.

Die Hoffnungen der Parteien auf einen nahen Umsturz der Dinge würden dennoch wenig Rückhalt gehabt haben, wenn sie nicht die stärkste Stütze in der bewaffneten Macht gehabt hätten. Das ganze französische Heer und alle, die Soldat gewesen, waren entschieden für den Kaiser, für ihren großen Feldherrn. Wie konnte es auch anders sein! Wie war es möglich, daß das Heer Vertrauen zu einer ihm fremden veralteten Dynastie fassen konnte, die es beschimpft hatte und mit beständigem Mißtrauen betrachtete, die seine Großthaten verachtete und den Lohn dafür nicht zahlte! Es waren zwar zum größten Theil die alten Soldaten der Republik und des Kaiserreichs nicht mehr, diese waren auf den Schlachtfeldern von Italien, Aegypten, Deutschland, Rußland, Spanien und Frankreich

*) Capefigue I. Cap. 5. S. 102 ff. Vaulabelle II. Cap. 3. S. 127.

gefallen und in den vielen Kriegen aufgerieben worden, aber es war doch noch immer ein beträchtlicher Theil alter Offiziere und Soldaten übrig, alle die jetzt im stehenden Heere waren, hatten wenigstens noch im Jahre 1814 unter dem Kaiser gefochten. Uebrigens machte alter und junger Soldat kaum einen Unterschied, denn von Kindheit an waren die letzteren von den großen Thaten des Heeres und von der Feldherrngröße des Kaisers genährt worden. Wer nie dem Kriegerstande angehört hat, kann sich schwerlich eine genügende Vorstellung machen, mit welchen Banden ein Heer an einen siegreichen Feldherrn gekettet ist; hier aber war dieser einer der größesten aller Zeiten, wenn nicht der größeste. Die Phantasie des Soldaten war angefüllt von den Bildern der zahlreichen Heereszüge und Kämpfe. Er sah den Kaiser zu Pferd' in seinem grauen Ueberrock und Hut, mitten im Schlachtgetöse, umgeben von Staub und Pulverdampf, unbeirrt durch sausende Kanonenbälle, welche neben ihm und seinem Gefolge das Erdreich aufrissen, mit sicherem Blick den Gang der Schlacht übersehend und lenkend, mit weit überlegener Berechnung den Sieg gewinnen. Er sah das siegreiche Heer in die Hauptstädte Europas einziehen, seine Landsleute „die große Nation“ über alle andern triumphiren. Wenn auch die letzten Jahre viele Unfälle gebracht, so lag dies nur daran, daß das Land den Kaiser nicht genügend unterstützt, daß seine Marschälle ihn verlassen, selbst verrathen hätten. Wenn er noch einmal an die Spitze von Frankreich käme und seine Soldaten alle zusammenhielten, so würden sie einer ganzen Welt Trotz bieten können. Sie würden die unwürdigen Fesseln abwerfen, die das Ausland Frankreich aufgelegt. Der Kaiser kenne ihre Thaten, er allein verstände sie zu belohnen. Unter der aufgedrungenen Regierung wären ihre Großthaten Verbrechen, statt Belohnung geschähe ihnen Verachtung, statt Verdienst gelte wieder Geburt und dem Lande selbst würden wieder alle Ketten des alten Feudalwesens bereitet. — Wenn ein großer Fürst und Heerführer, der die Welt mit seinen Thaten erfüllt hat, stirbt, so kann sich sein Volk noch gar nicht daran gewöhnen, daß er völlig vom Schauplatz abgetreten ist. Er soll dann noch irgendwo leben und wiederkommen. Die Sage mischt sich ein. Bei den Deutschen lebt

Kaiser Carl der Große noch jetzt im Untersberge bei Salzburg, Friedrich der Rothbart im Kyffhäuser Berge; der letztere wird einst wiederkommen, um Deutschland zur Einheit und zu glänzender Macht zu erheben. — Der große Kaiser der Franzosen aber lebte noch, es war keine Sage; er lebte auf einer kleinen Insel des mittelländischen Meeres und konnte in ein Paar Tagen wieder in Frankreich sein. Alle alten Erinnerungen vom Kaiser lebten wieder auf. Die alten Soldaten hatten ihn „Hans vom Degen" (Jean de l'Epée), „den kleinen Corporal" genannt. Sie sagten: der kleine Corporal werde bald wieder an den Ufern der Seine erscheinen, um die Emigranten und Priester fortzujagen. In der That betrachteten sich die Soldaten nicht als die von Ludwig XVIII., sondern als die des Kaisers. Die kaiserlichen Adler wurden sorgfältig bewahrt und jeder Soldat verbarg eine dreifarbige Kokarde im Grunde seines Czakots, um sie bei Gelegenheit gleich bei der Hand zu haben. Die Bourbonen fürchteten die Stimmung des Heeres und hatten es über ganz Frankreich vertheilt, um ihm das Gefühl der Gemeinsamkeit zu nehmen; die kaiserliche Garde, in Paris zu gefährlich, war nach Metz verlegt. Dies hinderte jedoch nicht, daß sich geheime Verbindungen in allen Regimentern bildeten, die so zu sagen zu offenen wurden. Es entstanden überall Gährungen, am entschiedensten in der Garde. Wenn Truppen genöthigt waren, auf Befehl vive le roi zu rufen, so wurde fast allgemein leiser hinzugesetzt de Rome (der Sohn Napoleons). Ein solcher Zustand mußte bald zu einem größeren Ausbruch führen.

Das Heer war hiernach ganz auf Seiten des Kaisers; aber auch Bürger und Landvolk wurde in Kurzem ihm zugewandt, denn von den Emigranten wurde mit großem Geräusch überall verkündet, es müßten die vorrevolutionairen Bevorzugungen wieder eintreten, die Geistlichkeit forderte von den Kanzeln ihre Privilegien und Güter zurück. Das Landvolk insbesondere fürchtete wieder in das alte feudale Abhängigkeitsverhältniß und in die vorherige Erniedrigung herabzukommen und es sah doch ein, was es im Grunde an dem Kaiser verloren habe. Von der Befürchtung der Besitzer der Nationalgüter und aller, die mit Capitalien daran betheiligt waren, ist schon oben hinlänglich die Rede gewesen. — Wer einer Staatsveränderung mit Bangen entgegensah, war vorzüglich der Handelsstand in den großen Seeplätzen Marseille, Cette, Bordeaux ꝛc., der Kaufmannsstand, überhaupt die Gewerbe, die Geldleute; denn natürlich mußte eine solche oder gar ein neuer Krieg einen großen Druck auf alle diese Verhältnisse hervorbringen und große Verluste herbeiführen.

Die immer und Tag auf Tag fortgesetzte, in der Kühnheit, steigende Reaktion der Regierung und der reaktionaire Fanatismus der Royalisten und Priester brachte schon im Juli die öffentliche Meinung zum Schwanken. Man stellte Vergleiche der Regierung der Bourbons mit der Napoleons an, und die Wage neigte sich, entschieden auf die Seite des letzteren. Im August stand schon die Meinung der Mehrheit fest: die Regierung der Bourbons sei unmöglich und es müsse sehr bald eine andere an die Stelle kommen.

Merkwürdig ist die Blindheit, welche den Hof die steigende Gährung im Lande nicht erkennen ließ. Graf Blacas, der allvermögende Günstling des Königs, wurde vielfach gewarnt. Es war alles umsonst, die Warnenden wurden hochmüthig abgewiesen, er nannte die Befürchtungen revolutionaires Vorurtheil. Man wandte sich an den König selbst. Dieser lächelte: „alles ist ja ruhig,“ sagte er, „lassen Sie nur Herrn v. Blacas sorgen.“ Auch der Generaldirektor der Polizei vermochte ihn nicht aufzuklären. Die Minister hüteten sich, etwas zu wissen, um es nicht beim Könige und bei Blacas zu verderben.

Es war indeß im Lauf der nächsten Monate dahin gekommen, daß die große Mehrheit der Franzosen eine Dynastieveränderung für unvermeidlich hielt; daß selbst die Royalisten besorgt wurden. Chateaubriand, der sonst eine felsenfeste Zuversicht in das Bestehen der königlichen Regierung hatte, warnte doch, nicht zu weit zu gehen und selbst in den Kammern erhob sich Opposition; doch der Hof und die Emigration, abgesondert im Leben und Denken, erfuhren nichts von der allgemeinen Umwandlung.

Eine Aenderung der Regierung — das sah Jedermann ein — war unumgänglich nothwendig, die Rasenden, welche sie jetzt inne hatten, durften so nicht fortwirthschaften; nur gab es über das was geschehen sollte, verschiedene Meinungen. Die mildeste Ansicht ging dahin, die Bourbons beizubehalten, aber sie zu zwingen, national zu regieren, die dreifarbige Fahne anzunehmen, das Bestehende unangetastet zu lassen. Eine weitergehende Ansicht war:

die Bourbons wären durchaus untauglich und es gäbe kein Mittel, sie, die Emigranten und Priester je zur Vernunft zu bringen; Frankreich würde bei solchem beabsichtigten Zwang stärker aufgeregt werden und leiden, als wenn eine Dynastieveränderung vorgenommen würde. Die Bourbonen müßten daher entfernt werden. Diese Partei war bei weitem die stärkste. Wen oder was man aber an ihre Stelle setzen wollte, darüber gingen die Meinungen wieder auseinander. Wenn Napoleon durch bittere Erfahrungen und großes Unglück belehrt, dem unnützen Kriege entsagen könnte, wenn er eine liberale Verfassung geben oder sich gefallen lassen und diese halten könnte; so erschien er der großen Mehrzahl dieser Partei allerdings als der bei weitem geeignetste, den Thron von Frankreich wieder einzunehmen, da sein Name und sein Genie allein oder doch vorzüglich geeignet war, die Vertreibung der Bourbons zu vollziehen und er allein einen großen Vereinigungspunkt bilden konnte. Es war bei ihm nur das große Bedenken, daß das ganze Ausland ihm feindlich war, das Ausland seine Besitznahme des Thrones nicht dulden und Europa Frankreich wahrscheinlich aufs Neue mit Krieg überziehen würde. Diese Betrachtung führte auf andere Thronkandidaten, die den alten Dynastieen Europas genehmer wären. Der Herzog von Orleans war der Adjutant Dümouriez's gewesen, er hatte auf der nationalen Seite gefochten, hatte die dreifarbige Kokarde getragen. Nie war er am Hofe eines fremden, Frankreich feindlichen Monarchen sollicitirend erschienen, nie hatte er von irgend einem eine Pension bezogen, sich vielmehr seinen Unterhalt selbst erworben, nie hatte er sich einer Frankreich feindseligen Maßregel zugesellt. In neuester Zeit hatte er sich der Volkssache durchaus freundlich erwiesen. Es war von ihm zu erwarten, daß er sich wohl der nationalen Sache hingeben, auch die Nationalfarben annehmen würde. Der Herzog von Orleans war ein geborner Prinz, hatte eine legitime Prinzessin von Neapel geheirathet, hatte auch bereits einen Sohn. Er gehörte also von Seiten seiner Familie den alten Dynastieen an und es stand zu hoffen, daß diese ihn wohl gelten lassen würden. Diejenigen, welche sich doch mehr zu Napoleon hinneigten, dachten an dessen Stiefsohn, den Prinzen Eugen. Er war ein geborner Vicomte von Beauharnais, seine Familie gehörte zu den ältesten Adelsfamilien Frankreichs, er hatte eine Prinzessin von Baiern geheirathet und konnte für halblegitim gelten. Seine ritterliche, sehr einnehmende Persönlichkeit, sein edler Charakter und seine Thaten waren bei Freund und Feind geachtet. Man wußte, wie ihn Kaiser Alexander auf dem Congresse von Wien jetzt auszeichnete und glaubte ihn auf dem Throne Frankreich's möglich. — Man dachte auch an den Kronprinzen von Schweden Bernadotte. Er war ja in dem Kampfe auf Seiten der Verbündeten gewesen, war bei ihnen, wie man glaubte, hochangesehen; er war von der schwedischen Königsfamilie an Sohnes Statt angenommen, gehörte also durch Adoption den alten Dynastieen an und war doch Franzose. Man wußte, daß Kaiser Alexander ihn vor den Bourbons als Regenten von Frankreich in Vorschlag gebracht und glaubte ihn nicht unmöglich. — Eine gar nicht so geringe Partei wollte gar keine Monarchie, sondern die Errichtung einer Republik.

Es waren dies Erwägungen der Denkenden, die da wußten, daß die alten Dynastieen niemals Napoleon ohne Kampf auf dem Throne Frankreichs dulden würden. Sie wußten aber noch nicht, daß dieselben beschlossen hatten, auch keinen Napoleoniden und überhaupt Keinen in Europa als regierenden Herrn auf einem Thron zu dulden, der nicht als Fürst dazu geboren wäre, daß das Prinzip der starren Legitimität ohne Rücksicht auf die Forderungen der Zeit und der Zustände die einzige Richtschnur sein sollte. Sie wußten nicht, daß alle drei Kandidaten gleich wenig Aussicht hatten, vor den Monarchen Gnade zu finden. Ueberdies befand sich Eugen in Wien, Bernadotte in Stockholm, der Herzog von Orleans war zwar in Paris, aber er war zu lange von Frankreich abwesend gewesen und hatte doch nicht solche Geltung im Lande, um geradezu das Panier einer Vereinigung sein zu können.

Wenn man sich daher von den Bourbons befreien wollte, so blieb als Ausführer dieser Befreiung immer nur Napoleon auf Elba übrig. Kein Anderer, kein Marschall, kein Minister, kein Staatsmann ragte so hervor und hatte so viel Geltung, um ein solches Werk ausführen zu können. Die Parteien einigten sich daher in der Mehrzahl dahin, daß ohne den Mittelpunkt „Napoleon“ praktisch nichts anzufangen sei. Natürlich mußte derselbe dann Herrscher von Frankreich bleiben, und es war seine Kriegslust nach Außen und seine

Willkür im Innern zu fürchten. Indessen nahm man an, daß die bitteren Erfahrungen ihn belehrt und gebessert hätten, daß nur sein enges Anschließen an das französische Volk seiner Regierung Dauer geben könne, es daher sein eigener Vortheil erheische, dem Volke freie Institutionen zu geben oder sich diese gefallen zu lassen, daß man ihn dazu auch nöthigen könne. Frankreich aber im Besitz von freien Institutionen, wobei das Volk eine so bedeutende Stimme habe, werde beides seine Kriegslust nach Außen und seine Willkür im Innern im Zaume halten können. Was die Feindschaft der fremden Dynastieen betrifft, so glaubte man sie, in der Theilung der Beute begriffen, nicht einig, in Ausführung von Unternehmungen langsam und das einige Frankreich stark und groß genug, den Kaiser gewandt und kräftig genug, alles noch zu einem guten Ende zu führen. Ganz Frankreich unter dem großen Kaiser einig und in Waffen, mußte, so glaubte man, hinlänglich in Europa imponiren, um sich zwei Mal zu bedenken, etwas dagegen zu unternehmen.

Wenn die Mehrzahl ohne die Wiederkehr des Kaisers nach Frankreich keine Möglichkeit sah, sich der Bourbons zu entledigen, so war die Partei der hohen und niedern Beamten ohne Anstellung, der Generale und Offiziere auf Halbsold, eines Theils der Beamten und Offiziere im Dienst, der Besitzer von Nationalgütern und vieler andern Anhänger, die die Größe des Kaiserreichs und den erworbenen Ruhm nicht verschmerzen konnten, geradezu für die Rückberufung des Kaisers. Napoleon sollte nach ihrer Meinung nöthigenfalls mit Gewalt durch eine Eskader aus dem Kriegshafen Toulon von Elba abgeholt werden. An der Spitze dieser Partei stand der Marschall Davoust. Er war bei den Bourbonen in Ungnade, weil er in Hamburg seine Geschütze auf die weiße Fahne, welche die Verbündeten aufgepflanzt, hatte richten lassen und weil er die Stadt nicht eher an die Bourbonen übergeben, bis er sich durch von ihm nach Frankreich gesandte Commissaire von der Richtigkeit der neuen Verhältnisse thatsächlich unterrichtet hatte. Der Marschall, Herzog von Auerstädt und Fürst von Eckmühl, war einer der gefeiertsten Heerführer Napoleons und sein Name hatte große Ermuthigung hervorgebracht. Eine Zeit lang wurde er als das Haupt einer Partei betrachtet, welche die Rückführung des Kaisers fest beabsichtige. Er zog sich dann aus Zaghaftigkeit und in näherer

Erwägung der Größe seiner Aufgabe zurück. Sein Rücktritt aber hinderte nicht, daß neue Führer, zum Theil Generale im Dienst, an die Spitze traten. Es schien dieser Partei so ausgemacht, daß Napoleon im Frühling, wenn die Veilchen blühen, im März, wieder in Frankreich sein werde, daß sie ihn père la violet (Vater des Veilchens) nannten, und daß allgemein die Meinung verbreitet war, im März werde die große Katastrophe erfolgen. Es ist auch wahrscheinlich, daß Emissaire verkleidet nach der Insel Elba abgingen, um dem Kaiser von der allgemeinen Stimmung Nachricht zu geben und seine Meinung kennen zu lernen, wiewohl sich darüber später nichts Rechtes ermitteln ließ. Es sollen auch Boten von Napoleon aus Elba geheim in den Kasernen Frankreichs erschienen sein, um die Gesinnung der Soldaten zu erforschen und wenn günstig, sie seiner Wiederkehr zu versichern.

Während die Wogen der großen Bewegung gegen die Bourbons hin- und herfluteten und die Parteien sich mehr und mehr organisirten und befestigten, konnte es nicht fehlen, daß jede derselben sich Diesen oder Jenen zu ihrem Haupte erkor, oder namhafte Männer Parteien sammelten und an ihre Spitze traten. Wir werden in unserer Darstellung Gelegenheit haben, auf Mehrere zurück zu kommen, müssen aber hier vorzugsweise auf einen Mann näher eingehen, der die Hauptrolle in dem inneren Getriebe des großen Dramas, welches sich nun entwickelt, gespielt hat, dessen Name, aber nicht in ehrenwerther Art, eben so mit der merkwürdigen Zeit von 1815, wie der Talleyrands mit der von 1814 verflochten ist.

Joseph Fouché, geboren 1763 bei Nantes, der Sohn eines Schiffskapitains, wurde für den geistlichen Stand bestimmt und hatte bereits die niederen Weihen erhalten, als seine glänzenden Geistesgaben und seine großen Fortschritte in den Wissenschaften ihn dem Lehrfache zuführten, so daß er die höhere Priesterweihe nicht nachsuchte, wie denn sein lebhaftes und unruhiges Naturell zu einem Geistlichen sich nicht eignete. Er war Lehrer der Philosophie zu Nantes, als die Revolution ausbrach, in die er sich mit Leidenschaftlichkeit stürzte. Er wurde Advokat, machte sich bald durch große Heftigkeit gegen den Royalismus bekannt und wurde — erst 29 Jahre alt — in den Convent gewählt. Der äußersten Jakobinerpartei angehörig, zeichnete er sich hier durch Halten zu den grimmen Männern des Schreckens, durch Beredsamkeit, große Thätigkeit und Gewandtheit aus. Er stimmte für den Tod des Königs sans phrase, wüthete, in die Departements geschickt, rücksichtslos gegen Reiche und Priester und zeigte, besonders im November 1793, mit Collot d'Herbois und Couthon vom Convent zur Züchtigung von Lyon abgesandt, den größten Blutdurst, indem er Hinrichtungen in Masse befahl und, da dies zu langsam ging, Niederschießen mit Kartätschen anordnete. — Nach dem Sturz Robespierres entging er, als Schreckensmann, trotz seiner Gewandtheit und Klugheit nur mit Mühe der Hinrichtung, wurde aber 1795 aus dem Convent gestoßen, gefangen gesetzt und mußte sich ins Privatleben verbergen. Sein unruhiger Geist und sein brennender Ehrgeiz ließen ihn jedoch nicht rasten und er drängte sich bald wieder auf den Schauplatz. Er hatte innerhalb weniger Jahre die ungeheuersten Vorfälle als Mithandelnder durchlebt, aber bei den entsetzlichsten Begebenheiten, Wandlungen, Scenen 2c. durch richtige Beobachtung und kluge Gewandtheit sich immer oben erhalten. Eine seltene Spürkraft, eine undurchdringliche Verstellung, eine überaus scharfe Kenntniß der Menschen und Dinge hatte er als Ergebniß für sich aus den blutigen Wirren herausgebracht. Ohne Ueberzeugung, oder Glauben an Moral, war er entschlossen, seine Gaben und Erfahrungen nach Möglichkeit auszubeuten, um eine große Rolle zu spielen unbekümmert um Wahrheit, Recht, Grundsatz, Partei und das Wohl des Landes, wenn die Sache oder die Person, der er diente, nur obenauf schwamm. Ueberall mußte er dabei sein, in alles sich mischen, jeder Partei dienend, um ihre Absicht zu kennen, und um alle zu verrathen, wenn es sein oft nur vermeintlicher persönlicher Vortheil erheischte. Er hatte eine wahre Sucht zu intriguiren, er mußte, wie Napoleon gesagt hat, seine Füße in aller Welt Schuhen haben. Hierin war seine Thätigkeit bewundernswerth. — So wie das Direktorium eingerichtet war, suchte er sich bei diesem durch Dienstleistungen nicht der saubersten Art heranzudrängen, wobei er abwechselnd Kühnheit und die größte Kriecherei anwandte. Er erlangte schon 1798 den Gesandtschaftsposten der cisalpinischen Republik in Mailand, ein Jahr darauf den in Holland und bald darauf das Ziel seiner Wünsche, den Posten eines Polizeiministers von Frankreich. Seine vielfachen Verbindungen sowohl in der Jakobiner-Partei als durch alle Schichten der Gesellschaft, seine erstaunenswerthe Thätigkeit und Leichtigkeit, in Alles einzudringen und Jedermann nach seinen Zwecken zu behandeln, die Rücksichtslosigkeit in Anwendung von Mitteln, wobei Bestechung jeder Art, auch Versprechung und Einschüchterung eine große Rolle spielte, verschaffte ihm eine ungeheure Wirksamkeit.

Als Napoleon in Folge des 18. Brumaire (November 1799) zur höchsten Gewalt gelangt war, glaubte er ihn nicht entbehren zu können und er behielt das Ministerium der Polizei. Fouché setzte, wo möglich noch mit mehr Eifer, da er noch mehr Gewalt erhalten, sein gewohntes Wesen fort. Er hatte aus der Schreckenszeit Vieles gut zu machen und viel in Vergessenheit zu bringen, daher bewies er jetzt in seiner Verwaltung eine ungewöhnliche Milde, besonders gegen Emigranten, so auffallend, daß es zuletzt dem ersten Consul verdächtig wurde. Da er immer dreister wurde und sich wohl erlaubte, auf eigene Hand Politik zu treiben, so wurde er im December 1802 plötzlich seines Amts entlassen. Ein so mächtiger und gefährlicher Mann mußte aber doch beschwichtigt werden und so erhielt er zur Abfindung die einträgliche Senatorie von Aix und über 1 Million Franken baar. Der Mann war aber in der Amtslosigkeit unbequemer als im Amte, und da die Polizeiverwaltung des Generals Savary nicht befriedigte, so übertrug ihm der auf Lebenszeit ernannte erste Consul, welcher Kaiser werden wollte, im Juli 1804 abermals das Ministerium der Polizei und fügte sogar noch das des Innern hinzu. Er war nun in der That nach dem Kaiser der erste Mann im Reiche und besaß eine außerordentliche Macht. Er glaubte nun wirklich an eine vorläufige Fortdauer der Macht Napoleons und seine Thätigkeit war diesem wirklich nützlich. Er bestrebte sich nämlich, die Royalisten glauben zu machen, daß die Sache der Legitimität für immer dahin und der Kaiser der Mann des neuen Jahrhunderts sei, und er brachte es dahin, sehr Viele um seinen Thron zu versammeln und zu fesseln. Zugleich wandte er seine gewohnten Künste an, alles zur Mäßigkeit und Versöhnlichkeit zurückzuführen. Der Kaiser zeigte sich dafür dankbar, er erhob ihn zum Grafen und bald darauf (Ende 1808) zum

Herzog von Otranto und fügte diesen Titeln große Dotationen hinzu. Die häufige Abwesenheit des Kaisers in seinen Kriegen gab Fouché fast die Macht eines Regenten von Frankreich. Sehr dreist und eigenmächtig, erlaubte er sich aufs Neue Politik auf eigene Hand zu treiben, welches sogar so weit ging, daß er hinter dem Rücken des Kaisers Unterhandlungen mit England betrieb und Anträge von den Bourbons empfing. Dies und vieles Andere machte, daß er schon im Jahre 1809 das Ministerium des Innern verlor und das Jahr darauf gänzlich in Ungnade fiel, am 5. Juni 1810 auch das Polizei-Ministerium verlor. Von nun an lebte er in ehrenvoller Verbannung als Gouverneur von Rom auf seinen Gütern, 1813 als Gouverneur der illyrischen Provinzen und noch einmal als Gouverneur von Rom, um die Schritte Murats zu überwachen. Nach dem Sturze Napoleons kehrte er dann nach Frankreich zurück. Gern wäre er bei den Bourbons wieder als Polizei-Minister in Dienst getreten. Von vielen Seiten wurde es denselben gerathen und er hätte ihnen auch sehr nützlich sein können, aber als Königsmörder und ehemaliger Jakobiner war er der Legitimität zu verhaßt, und es war nicht daran zu denken, daß er eine Stellung erhielt.

Der unruhige Mann, noch in voller Geisteskraft, da er kaum erst die Fünfzig überschritten, wollte durchaus eine Rolle spielen. Zunächst war es sein Bestreben, sich, wenngleich Königsmörder, bei den Bourbons möglich zu machen. Es war ein Meisterstreich, mit welchem er sich bei ihnen einführte. Er suchte sich nämlich eine Audienz beim Grafen Artois zu verschaffen und als er sie erhalten, machte er diesem begreiflich, daß so lange Napoleon auf Elba sei, die Bourbonen selbst und Frankreich keine Ruhe genießen würden. Das Heer sei noch ganz für den Kaiser und er habe noch immer eine mächtige Partei in Frankreich. Elba sei sehr nahe, er könne in ein Paar Tagen in Frankreich sein und seine Ankunft würde das Signal zum Bürgerkriege sein. Es sei dringend nothwendig, daß er entweder in Europa gefangen gesetzt oder daß er nach Amerika entfernt würde. Zugleich zeigte er dem Grafen Artois einen Brief vor, den er an den Kaiser nach Elba geschrieben, worin er sagt, sein Aufenthalt auf Elba sei lächerlich und gefährlich und ihm räth, sich bald möglichst nach Amerika zu begeben.

Diese Insinuation Fouché's wurde bei Hofe sehr gut aufgenommen und der Inhalt derselben wurde auch befolgt. Denn Talleyrand nahm den Antrag, Napoleon von Elba zu entfernen, schon zu dem Congresse von Wien mit und es wurde vom Hofe noch der Antrag hinzugefügt, auch Murat aus seinem Königreich Neapel zu entfernen.

Seinerseits gab Fouché die Bourbons schon jetzt so gut wie verloren, er wollte nur bei ihnen eine Stelle haben, um eine Rolle zu spielen. Eine Veränderung mußte bald kommen. Er kombinirte nun alle Möglichkeiten: Kaiserthum, Königthum, Republik, Napoleon, Herzog von Orleans, Eugen, Bernadotte, Präsident einer Republik. Ueberall horchte er hin, forschte aus und machte seine Reflexionen. Am Tage führte er seine Correspondenz, die sich bis an den Wiener Congreß erstreckte, wo auch er Freunde hatte, am Abend war er in den Salons, auch in denen, in welchen sich die Minister des Königs befanden. Er hatte den Fuß in allen Coterieen, er war unendlich thätig. Dabei verstand er meisterlich, sich nicht bloß zu stellen, denn er hielt sich von den niederen Verschwörungen fern und wehrte sie dadurch ab, daß er sagte: „er arbeite nicht in heißen Gewächshäusern.“ Er wollte erst die Dinge kommen lassen, weiter sehen, um sich für die stärkere Sache zu entscheiden. Die große Rolle, welche Talleyrand bei der ersten Restauration gespielt, ließ ihn vor Ehrgeiz nicht rasten, eine neue Katastrophe mußte kommen und er wollte um jeden Preis die erste Rolle dabei spielen. — Es ist ihm auch Alles gelungen, er hat die Katastrophe geleitet, er ist bis ans Ende derselben oben geblieben, aber Niemand wird ihm diesen Ruhm beneiden. Auch hatte er sich dennoch schwer verrechnet, denn kaum hatte er den Bourbons liebedienerisch die Wege geebnet und alle andern Parteien verrathen, so wurde er — ganz entgegengesetzt von Talleyrand, dessen träger, weniger muthiger und vorsichtiger Charakter ihn mit Ehren, Würden und Gold überhäuft im hohen Alter sterben ließ — als Königsmörder und Jakobiner bei Seite gestoßen (Ende 1815), mußte sogar flüchtig werden und endete als österreichischer Unterthan in Triest, wo er schon 1820 starb. Er war verheirathet und hinterließ zwei Söhne. (Wer möchte solchen Mannes Sohn sein!)

Nach der nothwendigen näheren Schilderung dieses Mannes kehren wir zur Geschichte zurück.

Im November hatte die Gährung in Frankreich bereits einen hohen Grad erreicht. Die Regierung achtete nicht sonderlich darauf, doch erwachte schon etwas Mißtrauen, da sich im Heere die unzweideutigsten Zeichen höchsten Mißvergnügens zeigten. Viele Offiziere weigerten, sich den Orden der Ehrenlegion mit dem Bildniß Heinrich IV. zu tragen, es sollte wieder das Bildniß Napoleons, des Stifters, sein. Andere Offiziere hatten den Orden der Lilie sich abgerissen und mit Füßen getreten. Die Regierung schrieb die Unzufriedenheit im Heere der Unpopularität und Unfähigkeit des Kriegs-Ministers General Dupont zu und wollte sich nun wirklich entschließen, an seiner Statt einen berühmten napoleonischen Marschall an die Spitze zu stellen und sie wählte dazu den Marschall Soult, der am 3. December wirklich zum Kriegs-Minister ernannt wurde.

Der Marschall Herzog von Dalmatien gehörte allerdings in die erste Reihe der französischen Heerführer und war auch als Stratege ausgezeichnet, weshalb ihn schon der Kaiser mit dem Oberbefehl in Spanien geehrt hatte. Er war im Anfange beim Heere und Volke sehr populär, weil er in der Schlacht bei Toulouse den letzten Kanonenschuß des nationalen Frankreichs abgefeuert hatte. Sonst war es freilich bekannt, daß er eine große Begierde nach Geld und Schätzen hatte, daß er sehr reich, sich auch in Spanien noch bereichert und Kunstschätze, unter anderen kostbare Gemälde der berühmten spanischen Meister, mit sich führe. Ja, es ist ihm später öffentlich in der Deputirtenkammer von dem Deputirten Oberst Bricqueville vorgeworfen worden, daß er die Schlacht von Toulouse nur geliefert habe, um seinen Raub aus Spanien in Sicherheit zu bringen.

Als der Marschall nach Paris kam, sah er sich vom Hofe mit äußerster Kälte und Geringschätzung aufgenommen. Die Schlacht von Toulouse und seine Proklomationen wurden ihm zum Verbrechen angerechnet; er blieb ohne Anstellung. Ueberhaupt mußten die Herren Marschälle, die Napoleon gleichsam mit dem Degen auf der Brust zur Abdankung genöthigt, zum Theil wie Marmont offenen Verrath begangen, zu ihrer großen Enttäuschung sehen, wie schlecht ihnen das von dem legitimistischen Hofe gelohnt wurde. In den Augen desselben und in denen der Emigranten blieben sie immer die Söhne der Canaille, die sich freventlich gegen ihre Herren erhoben, die einem Usurpator auf seinen Räuberzügen durch Europa gefolgt und ihm mitgeholfen. Deren vermeintliche Großthaten Räuberstreiche waren, die sie nur durch bittere Reue und äußerste Anhänglichkeit an die nunmehrigen rechtmäßigen Herren einigermaßen abbüßen könnten. Selbst Marmont, dem die Bourbons durch seinen Verrath vorzugsweise den Thron verdankten, hat nach seinen eigenen Memoiren, wenn er auch noch Aufträge erhielt, nur Undank und Mißhandlungen erfahren.

Marschall Soult, der in seiner Lage das Würdige einer ehrenvollen Zurückgezogenheit nicht begriff, wollte aus eigennützigen Absichten wieder angestellt sein. Er konnte dies nur durch Verleugnung seiner Vergangenheit und durch tiefste Servilität gegen den Hof und die Emigration erreichen. Fortan trug er eine Hingebung gegen die Bourbons ohne Gleichen zur Schau und that alles Mögliche, seine Schlacht bei Toulouse vergessen zu machen. Fast ein halbes Jahr waren alle seine Bemühungen vergebens, die Thüren der Bourbonen blieben verschlossen, dann endlich in den ersten Tagen des October wurden sie aufgethan. Er erhielt das Commando der 13. Militairdivision in der Bretagne. So weit gekommen, suchte er sich fester in der Gunst der Bourbons zu setzen. Er schlug vor, dem berühmten Connetable König Carls V., Bertrand du Guesclin († 1380), eine Statue zu errichten. Hierauf kam er mit einem andern Vorschlage, der noch geeigneter war sich den allerhöchsten Beifall zu erwerben: er übernahm selbst den Vorsitz in einem von ihm veranstalteten Commitee, die gefallenen Chouans (Vendéer) durch zwei Denkmäler zu ehren, durch eins auf der Halbinsel Quiberon und in La Chartreuse bei Auray.*) So sehr beschimpfte er seine eigenen Thaten, die der Republik und des Kaiserreichs, daß er die royalistischen in die Regimenter eingeschobenen Offiziere seiner Militairdivision versammelte und zu ihnen sagte: „Meine Herren, wir sind es, die sich getäuscht haben, Sie sollen nicht in unsere Reihen treten, wir müssen in Ihre Reihen

*) Vaulabelle II. 134.

übergehen".*) Solche Kundgebungen setzten ihn in Gunst. Blacas wurde für ihn gewonnen, Soult versprach den schlechten Geist im Heere zu bannen und wurde Kriegsminister. So weit gekommen, trieb er die Servilität womöglich noch weiter und war willfährig zu allen despotischen Schritten, die nur irgend verlangt und gewünscht wurden.

Die Regierung gewann aber nichts bei der Ernennung des berühmten Marschalls. Er bannte den Geist im Heere nicht, wie er versprochen, er selbst war vielmehr durch sein empörendes Benehmen verächtlich geworden. Die Gährung nahm zu und es drohten die ärgsten Ausschreitungen. Gleich im Anfange seiner Verwaltung zog er sich durch eine der gehässigsten Maßregeln gegen einen allgemein geschätzten General nicht allein im Heere, sondern auch im Publikum den größten Unwillen zu. Da der Vorfall einen Blick in die damaligen Verhältnisse gewährt, so führen wir das Wesentlichste (nach Vaulabelle) hier an:

Der Divisions-General, jetzt General-Lieutenant Graf Excelmans, einer der ausgezeichnetsten Reiteranführer im Heere, im Feldzuge 1814 Chef der Reiterei der Garde, auch wegen seines offenen ritterlichen Charakters geschätzt, erst 39 Jahre alt, hatte an König Murat geschrieben und ihm Glück gewünscht, daß er unangefochten König von Neapel geblieben. Der Brief an und für sich machte dem General Excelmans nur Ehre, da er Jahre lang Adjutant von Murat, auch sonst in seinen Diensten gewesen und zu ihm in besonderen Beziehungen gestanden. In den Augen der Bourbons war es aber ein großes Vergehen, mit einem Napoleoniden zu correspondiren. Der Brief wurde aufgefangen und an Graf Blacas gebracht, der ihn dem Könige übergab. Ludwig XVIII. war nun gerade nicht erfreut über den Brief, allein er nahm ihn nicht wichtiger als er war. Er ließ den Kriegsminister Dupont rufen und trug ihm auf, dem General Excelmans zu sagen: er möge künftig vorsichtiger sein. Als Marschall Soult Kriegsminister geworden und erfuhr, daß von Seiten des Königs auf Absetzung Murats beim Wiener Congreß angetragen war, wollte er sich gleich anfangs in

*) Letzteres nach den Memoiren Marmonts, die aber mit großer Vorsicht zu benutzen sind.

seiner neuen Stellung besonders beliebt machen. Er erklärte die Lösung, der Angelegenheit von Excelmans für Schwäche; die Nachsicht sei falsch nur durch Strenge sei etwas auszurichten. Sogleich bewirkte er einen andern Ausgang der Sache. Unterm 10. December zeigte er Excelmans an, daß er auf Halbsold gesetzt sei und sich in kürzester Frist nach Bar-le-Duc (dem Geburtsort des Generals) zu begeben habe, wo er auf Befehl des Königs gezwungen wohnen werde. Der General antwortete sogleich: er bäte um Aufschub, da seine Frau jeden Augenblick ihre Entbindung erwarte; es sei sehr drückend für ihn, so aus allen Verhältnissen gerissen zu werden, da er arm sei und nichts besitze; er habe länger als 20 Jahre mühsam und ehrenvoll, aber nie lukrativ (eine Anspielung auf den von Soult im Dienst erworbenen ungeheuren Reichthum) gedient, und glaube überhaupt eine solche Behandlung nicht verdient zu haben. Der Marschall ärgerte sich nicht wenig und da ein zweiter gemessener Befehl abzureisen nicht fruchtete, so befahl er dem Chef der Militair-Division von Paris, General-Lieutenant Graf Maison, ihn zwangsweise dazu anzuhalten. Dieser hatte so viel Achtung vor seinem hochgeschätzten Waffengefährten, daß er ihn mehrmals schriftlich aufforderte, dem Befehl nachzukommen, worauf aber die bestimmte Weigerung erfolgte: Excelmans werde nicht abreisen. Ergrimmt, befahl nun der Kriegsminister ihn festzunehmen und nach Soissons zu transportiren, um dann vor ein Kriegsgericht gestellt zu werden. Am 20. December früh 9 Uhr erschien ein Picket Reiterei vor seiner Wohnung, die Verhaftung auszuführen, aber Excelmans erklärte bei verschlossenen Thüren: er werde Jeden niederschießen, der zu ihm eindringen werde. Das Picket wollte es nicht aufs Aeußerste ankommen lassen und zog sich zurück. Gegen Mittag erschien darauf ein Picket Gensd'armen von den königlichen Haustruppen mit dem General Gründler, die Verhaftung endlich vorzunehmen. Excelmans ließ zwar den General Gründler ein, den er in seinem Kabinet in Uniform, den Säbel an der Seite empfing, aber fest erklärte: er würde den Ersten tödten, der Hand an ihn legen würde und so ging er stolz an den Gensd'armen vorbei, die nicht wagten ihn festzunehmen. Er verbarg sich darauf bei einigen Freunden. Aufs Höchste gereizt, da ihm der Festzunehmende entgangen war, verordnete der Marschall nun eine Beschlagnahme seiner Papiere, zu welchem Ende er den Divisions-General Laborde in seine Wohnung sandte. Da beschwerte sich dann die Gräfin Excelmans bei der Deputirtenkammer über die Unmenschlichkeit, daß ihre Zimmer den ganzen Tag von Soldaten nicht leer geworden, da sie doch in jedem Augenblick ihre Entbindung erwarte. Der General selbst legte eine Protestation auf dem Bureau der Kammer nieder und sagte zugleich: da er nicht wisse, ob er nicht diese Nacht aufgehoben werden würde, so stelle er seine Familie unter den Schutz (sauf-garde) der Kammer. — Die Sache hatte inmittelst ungeheures Aufsehen gemacht, das Publikum nahm leidenschaftlich Parthei für Excelmans. Marschall Soult wagte nicht weiter eine Verhaftung zu befehlen, er verordnete aber ein Kriegsgericht über den General in Lille, wo er sich persönlich stellen sollte. Das Kriegsgericht wurde wirklich abgehalten und es fehlte nicht an den schwersten Anschuldigungen, aber es endete am 23. Januar 1815 mit der völligen Freisprechung des Generals Excelmans. Dieser ging im Triumph davon und der Kriegsminister war auf das Empfindlichste bloßgestellt; die kriegerische Disciplin aufs Tiefste erschüttert.

Die Wirksamkeit Soults als Kriegsminister dauerte auch nur kurze Zeit. Es war sichtbar, daß er sein Versprechen, das Heer zum Gehorsam zurückzuführen, nicht halten konnte. Als eigenmächtige Bewegungen der bewaffneten Macht von Lille aus gegen Paris, wovon gleich die Rede sein wird, kund wurden, als die Nachricht von der Landung Napoleons eintraf, hatten alle seine servilen Hingebungen nichts gefruchtet, die Regierung traute ihm nicht; selbst die Aufstellungen der Truppen, die er ganz natürlich in Folge des geheimen Vertrages, der zwischen Oesterreich, Frankreich, England, Baiern ꝛc. gegen Preußen und Rußland in der sächsischen Frage geschlossen wurde, in den östlichen Provinzen veranstaltet, wurde ihm so ausgelegt, als wenn er Napoleon bei dessen zu erwartender Ankunft hätte Vorschub leisten wollen. Er wurde Anfangs März entlassen und das Kriegsministerium erhielt der Divisions-General, jetzt General-Lieutenant, Clarke Herzog von Feltre, der diese Stelle unter Napoleon im Jahre 1814 bekleidet hatte, aber damals schon als den Bourbonen günstig verdächtig war.

Indessen hatten die Monate December, Januar und Februar die Pläne der Parteien mehr zur Reife gebracht und die Parteien selbst hatten sich in sich mehr befestigt. Die Imperialisten hofften auf die Ankunft Napoleons. Er wurde geheim benachrichtigt, wenn er lange zögerte, so könne die Krone für ihn verloren gehen; die Bourbons sollten durchaus vertrieben werden und seine Partei selbst könnte sich genöthigt sehen, sich an einen andern Souverain, etwa den Herzog von Orleans oder an Eugen anzuschließen (Capefigue). Die Sendung Fleury de Chaboulons nach Elba scheint dann wirklich bei ihm den Ausschlag gegeben zu haben.

Ungefähr gegen Ende Februar glaubte eine andere Partei die Zeit gekommen, wo sie handelnd auftreten müßte. An der Spitze derselben stand Fouché, der von Paris aus sie leitete. Fouché stand bei Napoleon seit Jahren in Ungnade, er glaubte von ihm nicht viel Gunst erwarten zu dürfen, darum war er nicht für ihn, mochte daneben auch den Zorn der europäischen Dynastieen und Aristokratieen für zu groß halten, als daß sich Napoleon auf die Dauer behaupten könnte. Er hatte darum, wie es scheint für jetzt vorzugsweise sein Auge auf den Herzog von Orleans geworfen, der viele Stimmen für sich hatte. Ohne eine Erhebung von Militair ließ sich aber nichts machen, wenn man die Bourbons vertreiben wollte. Fouché stand daher in enger Verbindung mit verschiedenen Häuptern des Heeres. In Lille befehligte die dortige Militair-Division der General-Lieutenant Graf Drouet d'Erlon. Dieser war bereit, sich an die Spitze eines Zuges nach Paris zu stellen. Von gleicher Gesinnung waren der General Lefebvre-Desnouettes, die Generale Gebrüder Lallemand und Andere. Mit Ausnahme der royalistischen Offiziere waren alle übrigen im Einverständniß. Die Verschworenen warteten nur auf das Signal von Fouché. Die Absicht war, mit den Truppen der Militair-Division nach Paris zu marschiren, den König Ludwig XVIII. zu zwingen, die dreifarbige Fahne anzunehmen und national zu regieren, und da dies von ihm wahrscheinlich nicht zu erlangen sein würde, die Bourbons zu vertreiben und den Herzog von Orleans auf den Thron zu setzen. Fänden sich bei diesem Schwierigkeiten, so dachte man auch an den allgemein geliebten Prinzen Eugen, der aber zur Zeit in Wien war und der seinem Stiefvater nimmer die Krone vorweg genommen hätte. Die Bourbons aber zu vertreiben schien bei der allgemeinen Stimmung ein Leichtes zu sein. Es kam auch wirklich zu einem theilweisen Ausmarsch der Truppen von Lille nach Lafère und zur Bemächtigung des dortigen Zeughauses in den letzten Tagen des Februar. Hier endete aber die Unternehmung, weil sie verrathen war und die Führer unsicher wurden. Man hatte sich die Sache doch leichter vorgestellt, als sie war. Der Lärm, den die Unternehmung machte, verhallte dann in der inhaltschweren Nachricht von der Landung Napoleons. Fouché aber hatte die Stirn, Napoleon bei seiner Ankunft in Paris vorzulügen, daß er die Unternehmung rein in seinem (Napoleons) Interesse geleitet habe.

Die Dinge waren zu einer Erhebung reif. Auch ohne die Ankunft Napoleons wären die Bourbons gefallen, wie sie nach abermaliger großer Anstrengung der Dynastieen Europas zu ihrer Einsetzung 15 Jahre später doch gefallen sind; ohne den Mittelpunkt Napoleon im Jahre 1815 wären aber wahrscheinlich mehr Zerwürfnisse und innere Zerrüttungen entstanden, die zu blutigen innern Kämpfen hätten führen können.

Wir gehen im nächsten Abschnitt nun zur Wiederkehr Napoleons von Elba über, diesem hellen Aufleuchten seines Gestirns, bis es in den Fluten des atlantischen Oceans versank.

---

3. Napoleons Reise nach Elba. — Sein Aufenthalt daselbst. — Seine Wiederkehr nach Frankreich und Besitznahme der Regierung.

Es war am 20. April 1814 Mittags, als Napoleon, nachdem er jene rührende und erschütternde Abschiedsrede an seine alte Garde gehalten, unter Anwesenheit eines kleinen Restes seines früheren Gefolges und einer großen Menge Zuschauer der Stadt und Umgegend vom Gasthofe zum weißen Roß von Fontainebleau abreiste, um, Frankreich verlassend, von der kleinen Insel Elba Besitz zu nehmen, die ihm Europa als souveraines Eigenthum von seiner colossalen Herrschaft übrig gelassen hatte. Ihn begleiteten vier Commissaire der Verbündeten, von russischer Seite der General-Major Graf Schuwalof, General-Adjutant des Kaisers, von preußischer der Oberst Graf Truchses von Waldburg, von österreichischer der General-Major Baron von Koller und von englischer der Oberst Neil Campbell, welche dafür zu sorgen hatten, daß er sicher eingeschifft auf Elba ankäme. Sein Reisezug bestand in 6 Wagen, der von 50 Husaren der Garde eskortirt wurde. Diese Bedeckung muß späterhin auf der Reise weggeblieben sein, es wären die folgenden Scenen sonst unerklärbar. Von allen seinen Großwürdenträgern war ihm nur der Divisions-General Graf Bertrand, Groß-Marschall des Pallastes, geblieben, der bei ihm im Wagen saß und der ihm nach Elba folgen wollte. Es waren ihm laut des Traktats von Fontainebleau 400 Mann seiner alten Garde bewilligt, die er aus allen Regimentern derselben aussuchen und, zu einem Bataillon formirt, nach Elba mitnehmen konnte. Dieselben mochten schon auf dem Marsche sein, aber sie konnten auf Elba immer nur später eintreffen, als der Kaiser. Auf Elba theilten sein Exil dann noch sein alter Adjutant Divisions-General Graf Drouot, in der Darstellung der Freiheitskriege oft genannt, der General der alten Garde, Graf Cambronne, und verschiedene Offiziere untergeordneten Ranges.

Die Reise des Kaisers war nicht glücklich, er hat auf derselben die größte Demüthigung und Beschimpfung seines Lebens erfahren, er ist nur mit Mühe der Ermordung entgangen. Als er wiederkehrte, hat er sich laut über diesen Mangel an Schutz beschwert, und allerdings werden die Verbündeten wegen Unterlassung kräftigerer Maßregeln zu seinem Schutze nicht ganz frei zu sprechen sein, da er diesen Schutz von der bourbonischen Regierung nicht zu erwarten hatte und das Land in wilde Parteien aufgelöst war, welche zum Theil seinen Tod beabsichtigten.

Zur Zeit, als Napoleon von Fontainebleau abreiste, hatte die royalistische Reaktion den höchsten Grad erreicht. Es war eine wilde Aufregung gegen den gestürzten Kaiser. Es regnete Pamphlete gegen ihn; die öffentlichen Blätter strotzten von

Schmähungen. In Frankreich giebt es in der öffentlichen Meinung kaum einen Mittelweg, entweder betet man an oder tritt in den Staub. Diese zahllosen Schriften hatten auch in den Departements gezündet und einige waren sehr aufgeregt. Die extreme Partei der Emigranten und Royalisten aber hielt es sogar nicht für unrecht, ja für Frankreich vortheilhaft, Aufstände anzustiften, um sich durch Mord des gefährlichen Mannes, des verabscheuungswürdigen „Usurpators", „des großen Verbrechers" auf immer zu entledigen. In Nord- und Mittel-Frankreich war für diesen Plan kein Boden, hier stand noch viel französisches und verbündetes Militair, hier hatte der „Tyrann" noch zu viele Anhänger; dagegen war Süd-Frankreich, die Provence, unwissend, fanatisch und heißeren Blutes, ganz für den beabsichtigten Zweck geeignet. Es wurden Emissaire in diese Provinzen gesandt, um royalistische Zusammenrottungen zu veranstalten. Der Plan hatte Verzweigungen bis in die höchsten Regionen. Von hochgestellten royalistischen Beamten gingen Weisungen an die Behörden, jenen Emissairen nicht hinderlich zu sein, ihnen selbst Unterstützung angedeihen zu lassen. Gewiß ist, daß die unwürdigen Scenen, die wir zu berichten haben, von den Royalisten durchaus künstlich provozirt waren. Napoleon wurde sogar von den ihm anhänglichen Regierungsgliedern vorher gewarnt, es stand nur nicht mehr in seiner Macht, irgend etwas zu ändern. Waren nun die extremen Royalisten womöglich für seinen Tod, so gab es auch unter den Republikanern eine Partei, jedoch nur in den niedern Kreisen, die nicht abgeneigt war, ihn auf der Reise verschwinden zu lassen, namentlich war nach Capefigue (I. 22 u. ff.) Fouché dafür, daß dies nur heilsam sein könnte und er wirkte in diesem Sinne, ohne daß hier doch thatsächlich etwas zur Ausführung gekommen ist.

Der kaiserliche Reisezug fuhr von Fontainebleau auf Nevers und Moulins. Bis dahin erhielt Napoleon die unzweideutigsten Beweise von Anhänglichkeit der Bewohner und mit dem angetroffenen Militair geschahen zum Theil Scenen, welche an die von Fontainebleau erinnerten, so daß die Commissaire der Verbündeten ihnen nicht ohne große Verlegenheit beiwohnten. In Moulins selbst war schon der öffentliche Geist gegen den Kaiser, noch mehr auf der Durchreise durch das ehemalige Bourbonnais, doch enthielt man sich jeder Thätlichkeit. In Lyon fand er dagegen wieder die größte Theilnahme und Beweise von vieler Anhänglichkeit. Dies änderte sich aber bald, so wie man sich dem Süden näherte. In Valence umringten wilde Volkshaufen den Zug und schrieen wüthend: nieder mit dem Tyrannen! nieder mit dem Corsen! nieder mit Nicolas! und fügten diesem Ausrufe die heftigsten Verwünschungen hinzu. Doch war dies erst der Anfang dessen, was bereitet war, man war noch nicht an den Ort oder an die Orte gekommen, wo der Anschlag ausgeführt werden sollte. Die Stadt Avignon scheint einer der Orte gewesen zu sein. Es war hier, wie es schien, wirklich auf den Mord des Mannes abgesehen. Viel größere Volkshaufen drangen mit dem immer wiederholten wüthenden Geschrei: nieder mit Nicolas! nieder mit dem Tyrannen! nieder mit dem Corsen! (übereinstimmend wie in Valence, als wenn es verabredet worden) auf den Wagenzug ein. Man stürmte auf den Wagen des Kaisers und wollte sich durchaus seiner Person bemächtigen. Die vier Commissaire der Verbündeten stellten sich vor ihn, um das Aeußerste abzuwenden. Sie erklärten den Volkshaufen fest und bestimmt, Napoleon stehe unter dem Schutz der verbündeten Mächte und sie würden nicht zugeben, daß ihm ein Leid geschehe. Man benutzte ein zeitweises Stutzen der Menge, eilte fort und entging für diesmal Schlimmerem. Indem man aber von Avignon südöstlich auf Aix abbog, war noch das Schwerste zu überwinden, und es geschahen hier Scenen, die dem französischen Charakter nicht zur Ehre gereichen. Als man in Orgon ankam, hatten zahlreiche Volkshaufen nur darauf gewartet, das Aeußerste zu begehen. Wieder das stereotype Geschrei: nieder mit Nicolas! &c. und vielfache wüthende Schimpfreden, aber unter Hinzufügung eines Hagels von Steinen. Besonders schien es der Menge darauf anzukommen, den Wagen des Kaisers zu zerstören. Gräßliche Weiber schrieen wüthend: Tyrann, gieb uns unsere Söhne wieder! Man drang in Masse auf ihn ein, um sich seiner Person zu bemächtigen. Man mißhandelte ihn persönlich, riß ihm das Kreuz der Ehrenlegion ab, man spie ihm unter schrecklichen Verwünschungen ins Gesicht. Die Commissaire der Verbündeten thaten was sie konnten, vermochten aber das Erwähnte nicht abzuwenden. Graf Schuwalof war entrüstet über so Unwürdiges und schalt aus allen Kräften auf die

Menge. Den vereinten Anstrengungen der Commissaire und Anderer des Zuges gelang es denn doch endlich, wenigstens die Person Napoleons aus diesem Graus zu retten, und man konnte, wiewohl unter nachgesandten Steinen, die Weiterreise beginnen.

Der Mann der höchsten Energie und eines Muthes, den nichts hatte erschüttern können, „Napoleon“, war auf das Tiefste ergriffen. Die augenscheinliche Gefahr und der Gedanke, so überaus unwürdig zu enden, hatte ihm alle Fassung genommen, er war wie zusammengebrochen und noch war lange nicht alle Gefahr überwünden, sondern es schien gewiß, daß man ihn nicht lebend davon kommen lassen würde. Graf Schuwalof bewog ihn, sich zu verkleiden. Er zog einen langen blauen Reiserock an, der ihm bis auf die Füße reichte, er setzte einen runden Hut auf und stieg von seinem Standpunkt so weit herab, die weiße Kokarde, „die Kokarde der Bourbonen,“ die daran befestigt war, als seinen Schutz anzusehen. Im Wagen nahm der General Bertrand seine Stelle ein, der sich darum in großer Gefahr befand.

Es wiederholten sich noch mehrere Scenen, besonders in St. Canat. Als man in Calade, nahe bei Aix, zu einem nothwendigen Frühstück einkehrte, wählte man eine geringe Herberge, ein Fuhrmannswirthshaus, und Napoleon gab sich für einen Commissionair der Verbündeten aus. Bald war auch hier das Haus von lärmenden Volkshaufen umgeben. War noch ein Rest von Fassung in dem früheren Weltgebieter gewesen, so schien ihn diese, bei der nahen Gefahr, hier an diesem Orte doch noch ein unwürdiges Ende zu finden, ganz zu verlassen. Der Gegensatz seiner früheren Allmacht und der jetzt eingetretenen Lage, die Ohnmacht, hier nichts zu vermögen und der Schimpf, der seinem Namen und seinem Andenken zugefügt worden und noch eben zugefügt werden sollte, ließ seine Kraft zusammenbrechen. Er saß, auf beide Hände gestützt, und weinte wie ein Kind. — Diese Demüthigung fand vielleicht das Schicksal nöthig für einen Mann, der bisher auf den höchsten Höhen der Menschheit gewandelt. — Da die Volkshaufen immer tosender wurden, so dachten die Commissaire an eine neue Verkleidung, die er sich willig gefallen ließ. Er zog eine österreichische Uniform, den grünen Mantel des Grafen Schuwalof an und setzte den runden Reisehut des Grafen Truchses auf. Als man aufbrach, erkannte ihn die Menge nicht. Man beeilte sich möglichst und es blieb nur bei fürchterlichen Verwünschungen. So gelangte man bis Aix, wo plötzlich alle Anfechtungen aufhörten, die ohnehin nur künstlich hervorgerufen waren. Auf einem Schlosse jenseit Aix traf er seine Schwester Pauline, Prinzessin Borghese, welche ihn nach Elba begleitete. Den 28. April erreichte er das Seegestade an der Bai von Frejus. Er wurde hier von den Engländern übernommen, die ihm alle militairischen Ehren erwiesen, die einem gekrönten Haupte zukommen. Es entschlüpften ihm doch bittere Bemerkungen über den französischen Nationalcharakter, den er unter den englischen stellte. Sonst machte er gegen die englischen Seeoffiziere kein Hehl daraus, daß die Wiedereinsetzung der Bourbons in Frankreich ein politischer Fehler sei. Ziemlich richtig prophezeite er, daß sie sich nicht länger als 10 Monate halten würden.*) — Die Eskader fuhr etwas langsam und erst den 4. Mai stieg Napoleon zu Porto-Ferrago auf der Insel Elba ans Land.

Die Insel Elba, im Nordost und Osten noch umgeben von einem Archipel von kleinen Eilanden, zwischen der Insel Corsika und dem Festlande von Toskana, von ersterer 7, von letzterem nur 2 deutsche Meilen entfernt, liegt in dem schönsten Theil des blauen toskanischen Meeres, unter dem milden Klima des 43. Breitengrades, welcher über die Pyrenäen hingeht, aber Südfrankreich nicht mehr berührt. Selbst von Bergen bis zu 3000 Fuß Erhebung angefüllt, erblickt man von ihren felsigen, vielfach zerrissenen Küsten sowohl die hohen zackigen Gipfel der Insel Corsika, als in viel größerer Nähe die Gestade und die Berge von Toskana. Von der Hauptstadt Porto-Ferrago bis zu dem bedeutenden Seehafen Livorno sind nur 10 deutsche Meilen und die Ueberfahrt ist in wenigen Stunden zu bewerkstelligen; bis Civita Vecchia im Kirchenstaat ist etwa die doppelte Entfernung. Die Insel, wegen ihrer gesunden Luft berühmt, und nicht ohne mannigfache Schönheiten, ist ergiebig an Eisen, wovon jährlich eine Million Centner gewon-

*) Die Reise Napoleons nach Capefigue.

nen wird, die Salzsümpfe gewähren einen reichen Ertrag an Salz, der Weinbau ist wichtig und die Fischerei im Meere ist erheblich.

Die Insel streckt mächtige Bergmassen empor, welche lachende, grüne Thallandschaften einfassen und das Meer bildet viele Einschnitte. Von besonderer Schönheit aber ist der Golf von Porto-Ferrago, auf der Nordseite der Insel, ein herrliches Halbrund, amphitheatralisch von hohen Bergen eingefaßt, deren Abhänge bis zum Meere bedeckt sind mit Landgütern, Villen 2c., mit Gartenhainen, in reizender Landschaft unter Orangen, Wein, unter Cypressen, hochaufgeschossenen Aloë und grünen, schattigen Maulbeerbäumen. Die Stadt Porto-Ferrajo mit 3000 Einwohnern und sehr unebenen Straßen, schimmert in einer hellgelben Grundfarbe, welche zu dem frischen Grün der Bäume und zu dem tiefen Blau des Meeres heiter stimmt. Die Gegend hat einen stillen idyllischen Charakter. *)

Für Jemand, der sich wirklich aus einem sehr bewegten Leben zurückziehen will, um einer großartigen Erinnerung zu leben und diese etwa aufzuzeichnen, kann es keinen angenehmern Aufenthalt und zugleich fürstlicheres Asyl geben, als dieses glückliche Eiland. Aber es ist nur 7 Quadratmeilen groß, mit 20,000 Einwohnern, hat nur 4 kleine Städte und war für einen Cäsar, noch im kräftigen Mannesalter, der nur gezwungen vom Schauplatz abgetreten, aber seine Rolle noch nicht ausgespielt hält, allerdings zu klein und nicht geeignet.

In seiner berühmten Abschiedsrede an die alte Garde zu Fontainebleau hatte Napoleon gesagt: „Beklaget nicht mein Loos. Wenn ich eingewilligt habe, mich selbst zu überleben, so ist es nur geschehen, um Eurem Ruhme noch ferner zu dienen. Ich will die großen Dinge beschreiben, die wir mit einander vollführt haben.“ Es ist wohl möglich, daß er eine kurze Zeit ernstlich daran gedacht hat, eine Geschichte seiner Zeit zu schreiben, doch bedurfte er dazu der Sammlung seiner selbst, und sehr bald rissen ihn die Aussichten zu neuem Handeln und Wagen in ihren Kreis. **)

---

*) Ein Besuch auf Elba von Ferd. Gregorovius, aus: „Figuren. Geschichte und Scenerie aus Italien.“ Leipzig, Brockhaus, 1856. S. 5 u. ff.

**) In deutschen Zeitungen, unter andern in der Vossischen Zeitung vom

Zunächst bildete sich zu Porto-Ferrajo ein kleiner Hof. Die Mutter Napoleons, Madame Laetitia, seine Schwester Pauline und noch eine polnische Dame waren dort. Es fanden sich die Generale Drouot und Cambronne, so wie noch mehrere Offiziere untergeordneten Ranges ein. Es langte das Bataillon der alten Garde an. Die Commissaire der fremden Mächte, die ihn begleitet hatten, blieben noch eine Zeit lang; sie hatten einen Charakter, welcher zwischen Aufsehern und Gesandten die Mitte hielt, denn Napoleon hatte doch vertragsmäßig den Titel „Kaiser" behalten und war unabhängiger souverainer Fürst von Elba.

Der sonderbare Monarch dieses Eilandes, an rastlose Beschäftigung gewöhnt, machte sich zuerst an die Verbesserung seines kleinen Staates. Er schmückte seinen Pallast in Porto-Ferrajo aus, welchen er jedoch wenig logabel fand und ihn durch eine neugebaute Villa hoch über der Stadt, mit entzückender Aussicht, vertauschte, nannte die Stadt Cosmopolis, verbesserte die Wege und legte neue an, machte Befestigungen, verbesserte die Einrichtungen zum Erwerb und entwarf Pläne zu noch mehreren andern Verbesserungen. Da er zugleich für eine für seine Verhältnisse unverhältnißmäßige Kriegsmacht und sogar für ein Paar Kriegsschiffe zu sorgen hatte und die Bourbonen, trotz des 6. Artikels des Vertrags von Fontainebleau, keinen Heller zahlten, so gerieth er bald in Schulden und mußte Anleihen bei italienischen Handlungshäusern in Genua machen.

Es war sehr still innerhalb und um sein kleines Gebiet herum. Von allen Reichen Europas stand er nur noch mit dem von Neapel in Verbindung, dessen Beherrscher sein Schwager Murat war. Diesem sagte er sein Schicksal voraus, daß ihn die verbündeten Dynastieen Europas nicht dulden würden, da ihm aller Halt fehle, welchen nur er, Napoleon, ihm habe gewähren können. Von den Commissairen war der preußische, Oberst Graf Truchses, und der russische, General Graf Schuwalof bald wieder abgereist; es blieben nur der österreichische, General Baron Koller und der englische, Oberst Campbell. Von letzteren hielt im December auch der öster-

---

4. Juni aus einer Correspondenz aus Porto-Ferrajo im Mailänder Journal, wurde spöttisch angeführt: Napoleon solle sich auf Elba beständig mit der Lektüre des Robinson Crusoë beschäftigen.

reichische seine Gegenwart nicht mehr erforderlich und reiste ab, von Napoleon höchst verbindlich entlassen und mit zärtlichen Grüßen an Marie Louise und den König von Rom beauftragt. Oberst Campbell fand den Aufenthalt auf Elba auf die Länge doch etwas langweilig, glaubte, daß die französischen und englischen Kriegsschiffe, die von Zeit zu Zeit um die Insel kreuzten, zur Bewachung wohl hinlänglich wären und war oft auf dem Festlande in Livorno, Pisa, selbst in Florenz. Als souverainer Herr der Insel mußten Napoleon Spazierfahrten zur See um die Insel auf seinen Schiffen erlaubt sein, welche er auch von Zeit zu Zeit unternahm.

Zuweilen erhielt Napoleon auch Besuch von Engländern von Rang, die begierig waren, den seltenen Mann kennen zu lernen, die ihm dann vom Obersten Campbell vorgestellt wurden. Er sprach dann wie über den Verhältnissen stehend, ganz objektiv, wie ein abgedankter Mann, den alle Dinge nichts mehr angehen; aber er schonte auch Niemand. Eine solche Unterredung fand am 6. December mit Lord Ebrington statt. Napoleon sprach mit großer Geringschätzung von den Bourbonen, über die er den Beweis führte, daß sie sich nicht würden halten können; mit Achtung von den Engländern. Er wog dann den französischen und englischen Nationalcharakter gegen einander ab, wobei der letztere im Vortheil blieb. Es folgte eine Entwickelung der französischen und englischen Verfassung, welche er in Gegensatz stellte und wobei er in viele Einzelnheiten einging. Man vertiefte sich noch über Vieles, so daß Lord Ebrington es wagte, um des Kaisers Urtheil über die jetzt lebenden Monarchen zu bitten. Napoleon hielt damit nicht zurück. „Der Kaiser Alexander,“ sagte er, „ist von Charakter ein wahrer Grieche aus den letzten Zeiten des byzantinischen Reichs (des bas-empire); indessen ist er unterrichtet und hat einige freie Ideen, aber er ist so leicht, so falsch, daß man nicht wissen kann, ob die Gefühle, die er zeigt, aufrichtig sind oder ob er durch ein Gefühl der Eitelkeit sich in Gegensatz mit seiner Stellung zu bringen sucht.“ — „Der Kaiser von Oesterreich hat weniger Geist,“ bemerkte er weiter, „aber er ist ehrlicher. Er will wenigstens das im Augenblick halten, was er sagt.“ Am wenigsten Geist wollte er dem Könige von Preußen zugestehen, auch schätzte er seine kriegerischen Kenntnisse gering, die ihm beiläufig doch bei Culm, bei Bar-sur-

Aube und überhaupt so großen Schaden zugefügt haben. Auch über den Erzherzog Carl, als Feldherrn, äußerte er sich nicht günstig. (Capefigue I. 124 ff.) — Diese und andere Unterredungen, so wie sein ganzes Benehmen hatten den Anschein, als ob er seine Laufbahn für geschlossen betrachte und nicht daran denke, seine Insel jemals zu verlassen.

Indessen war Napoleon von Allem unterrichtet, was in Frankreich geschah, zunächst war er dies schon durch die Zeitungen und zahlreichen Flugschriften. Er erkannte mit Ingrimm, wie die Bourbonen alles, was er geschaffen, vor seinen Augen niedertraten, wie sie versuchten, 25 Jahre des Ruhmes aus der französischen Geschichte auszulöschen. Er sah aber auch die seltene Verblendung in diesem Bestreben und erwog die Fülle aller der verkehrten Maßregeln, die Zeit vor der Revolution wieder einzuführen. Nicht mit Unrecht hielt er sich doch zu sehr in die Geschichte Frankreichs und in das Andenken der Franzosen eingewachsen, als daß nicht an ihn sehnlichst zurückgedacht werden sollte, als den Mann, der, auch abgesehen davon, daß er der Träger des französischen Ruhmes war, unendlich mehr zu den in Frankreich gewordenen Zuständen paßte, als die Bourbons. Durch die Nachrichten, welche er von Zeit zu Zeit durch seine immerhin zahlreichen Freunde, wie Maret, Savary, Lavalette aus Frankreich erhielt, blieb er in beständiger Verbindung mit diesem. Doch konnten diese Mittheilungen nur unter sorgfältigen Verkleidungen, im tiefsten Geheimniß und nur mündlich geschehen, denn wäre irgend ein Verdächtiger von der französischen Polizei gefaßt worden, oder hätten die Bourbonen etwas Schriftliches in die Hände bekommen, so würden sie nicht verfehlt haben, den möglichsten Lärm bei den versammelten Monarchen in Wien zu machen, um die Entfernung Napoleons von Elba als eine Sache der Nothwendigkeit darzustellen. Schriftlich gab es nur die Briefe, die die Grenadiere der alten Garde von ihren Angehörigen aus Frankreich erhielten. Von den Sendungen an Napoleon nach Elba ist auch keine andere bekannt geworden, als die von Fleury de Chaboulon, von welcher gleich die Rede sein wird. Es bedurfte derselben auch nicht, die Thatsachen redeten zu deutlich.

Es eröffnete sich für den Mann von Elba aber nicht allein die Aussicht, von den Franzosen wieder zurückverlangt zu werden;

auch die Italiener sahen auf ihn als einen Befreier. Die Errichtung eines Königreichs Italien durch ihn, wenngleich es nur 10 Jahre bestanden, hatte doch tiefe nationale Wurzeln getrieben. Die Italiener sahen dasselbe als einen Kern an, um welchen sich dereinst ganz Ober- und Mittel-Italien zu einer großen Herrschaft anreihen könnte. Napoleon wollte nur während seines Lebens König von Italien sein, nach seinem Tode sollten die Kronen Frankreich und Italien getrennt werden. Dann wurde Italien selbstständig und wiewohl ein großer Theil von Italien zum französischen Kaiserreich gehörte, so war dieser Besitzstand für Frankreich geographisch auf die Länge doch zu unnatürlich und es mußte in der Folge ganz oder theilweise dem Königreich Italien zu Gute kommen. Ueberhaupt war die Idee von der Einheit Italiens einmal angeregt und sie ist es, noch verstärkt, geblieben bis auf den heutigen Tag, wo sie zur Ueberraschung Europas der Verwirklichung nahe ist. Die neue Organisation, welche Italien durch die Verbündeten gegeben wurde, war durchaus nicht dem Sinne der Italiener gemäß, weil sie alle nationalen Hoffnungen vernichtete. Der Papst war wieder in den Kirchenstaat eingesetzt, der König von Sardanien hatte wieder von seinem früheren Gebiet auf dem Festlande Besitz genommen, es waren wieder Herzoge von Parma, Modena, Lucca 2c. angekommen und Mailand und Venedig war Oesterreich zugefallen. Seit Jahrhunderten und seit dem frühen Mittelalter sind die Deutschen in Italien verhaßt gewesen; die Oesterreicher haben es von je her nicht verstanden, sich in einem fremden Lande populair zu machen. In kurzer Zeit entstand in Italien allgemeine Unzufriedenheit, besonders gegen Oesterreich. Im Einzelnen waren die Genueser unzufrieden, welche es nicht fassen konnten, daß, da Italien doch einmal zerstückelt werden sollte, sie ihre frühere Selbstständigkeit nicht wieder erhielten, sondern Sardinien einverleibt wurden. Ueberall war Mißvergnügen, Gährung, Sehnsucht nach einem bessern Zustande. In solcher Verfassung warfen die Italiener ihre Blicke auf Napoleon. Er erhielt auf Elba verschiedentlich Aufforderungen, Anträge, Versicherungen, sich an die Spitze von Italien zu stellen, um eine nationale Einigung herbeizuführen. Napoleons ganzer Sinn aber stand allein auf Frankreich und wenn ihm bei seiner großen Vergangenheit noch etwas ziemte, so konnte es nur die Wiedergewinnung der Herrschaft von Frankreich sein, in keinem Fall weniger. Frankreich war das Land seiner Thaten, Italien war nur eine Nebenherrschaft gewesen. Gab er Frankreich Preis, so erschien er in Italien nur als ein Abenteurer, auch war die italienische Aufgabe im jetzigen Augenblick viel schwerer, die Italiener waren dabei schwankend und unzuverlässig. Darum antwortete Napoleon den Abgesandten: er könne für sie nichts thun und müsse den Italienern Geduld anrathen.

Von dem Kaiser abgewiesen, wandten sich die Italiener in ihrer Ungeduld an Murat von Neapel. Sie machten ihm Anträge, ganz Italien unter seiner Herrschaft zu vereinigen, wo dann Rom die Hauptstadt sein sollte. Sie wollten treu zu ihm stehen, die Oesterreicher und die mit ihnen zurückgekehrten kleinen Fürsten zu verjagen. Murat wurde für diesen großen Plan begeistert und um so mehr gewonnen, da er sprechende Beweise erhalten, daß man ihn nur als Werkzeug gegen Napoleon benutzt und nach gemachtem Gebrauch bei Seite werfen würde. Leider hatte er selbst den Arm geschwächt, mit welchem er Alles war. Murat war auf dem Schlachtfelde einer der tapfersten Soldaten, die je gelebt haben, ein sehr ausgezeichneter Reiteranführer, aber es mangelte ihm an höherer Kenntniß der Dinge, an Staatsklugheit, an Charakter. Er war der Rolle, die er übernommen, im Entferntesten nicht gewachsen und hat der Sache Napoleons zum zweiten Mal unberechenbar geschadet. Indem er zu früh losschlug, machte er die auf dem Congresse zu Wien versammelten Monarchen und Diplomaten glauben, er handle so auf Anweisung Napoleons und er verhinderte so jede Ausgleichung, jede Verständigung. Anderntheils würden die Verbündeten, einen neuen europäischen Krieg scheuend, vielleicht Napoleons Anerbietungen Gehör gegeben, wenigstens würden sie sich Napoleon II. mit einer Regentschaft haben gefallen lassen. Murat aber überfiel schon im Januar die römischen Staaten, begehrte dann vom Congreß von Wien den Durchmarsch nach Frankreich, um sich an den Bourbonen zu rächen, die seine Absetzung gefordert hatten. Es war dies nur ein Vorwand, er wollte nicht Frankreich angreifen, sondern sich Ober-Italiens bemächtigen, auch blieb er im Vormarsch gegen den Po. Die Nachricht von seinem Einfall in die Romagna langte in Wien Mitte Februar an und erregte dort nicht geringe Besorgniß.

Hatte Talleyrand schon in Folge des Bündnisses, welches die sächsische Frage veranlaßte, eine Verstärkung der Truppen an der Ostgrenze Frankreichs empfohlen, so drang er nun darauf, 30,000 Mann zwischen Lyon und Chambery aufzustellen, um einem möglichen Einfall Murats zu begegnen. Ludwig XVIII. genehmigte es, die Truppen setzten sich in Marsch und Napoleon fand sie sehr günstig auf seinem Wege nach Paris aufgestellt. — War die Herrschaft Murats bisher nur vorläufig geduldet, so ergriffen die verbündeten Mächte in Wien nun mit Eifer die Gelegenheit, die sich so von selbst bot, sich seiner zu entledigen. Ein Aufstand in der Lombardai gegen die Oesterreicher erfolgte nicht, vielmehr sah sich der verblendete Mann schon Anfangs April von einem starken österreichischen Heere unter Frimont angegriffen, seine Neapolitaner waren keine Franzosen, nach verschiedenen ungünstigen Gefechten tief in Italien zurückgedrängt, verlor er am 2. und 3. Mai die entscheidende Schlacht von Tolentino,*) mußte aus seinem Königreiche flüchtig werden und nun bei seinem Schwager in Frankreich Schutz suchen, wo er denn von allen Mitteln entblößt am 28. Mai in der Provence im Golf von Juan landete. Napoleon selbst war an dieser Handlungsweise Murats ganz unbetheiligt, er hatte im Gegentheil Warnungen vor übereilten Schritten umsonst bei ihm versucht; auf dem Congresse von Wien aber hielt man dafür, daß Murat nur in seinem Auftrage handle, und er so treulos wäre, daß eine Verständigung mit ihm unmöglich sei. So hat denn sein eigener naher Verwandter, sein Schwager, der alles was er war durch ihn besaß, das erste Mal durch völlige Treulosigkeit, das zweite Mal durch kopfloses Handeln und Uebereilung sehr wesentlich zu seinem Sturze mitgewirkt.

Wir kehren zu dem Mann auf Elba zurück, um die staunenswertheste Unternehmung seines Lebens, die Wiedergewinnung des Thrones von Frankreich zu beschreiben.

Napoleon glaubte gleich anfangs, daß die Bourbonen sich nicht halten könnten und daß ihm noch eine große Bestimmung von der Vorsehung vorbehalten sei. Vielleicht war es auch der verfehlte

*) Bei Macerata (südlich von Ancona) im Kirchenstaate.

Vergiftungsversuch in Fontainebleau, der dazu beitrug, ihn in diesem Glauben zu bestärken, da zu viel Beweise vorliegen, daß er an Vorherbestimmung glaubte. Die Regierung der Bourbonen und die gänzliche Verblendung der Emigranten war nun vollends geeignet, es bei ihm zur Gewißheit zu machen, daß ihre Herrschaft kurz sei und daß er in Frankreich nur zu erscheinen brauche, um die Zügel der Herrschaft wieder in die Hände zu bekommen.

Es waren auch sehr nahe liegende Gründe, welche ihm einen langen Aufenthalt auf der Insel, selbst wenn er auch wollte, unmöglich zu machen schienen. Zunächst mochte er sich von den mitgenommenen Soldaten nicht trennen. Diese konnte er aber bald nicht mehr bezahlen. Ein geretteter Schatz von 3,400,000 Francs war bald verausgabt, die Insel brachte nur höchstens 300,000 Francs ein und sein Credit bei den Genueser Kaufleuten mußte bald zu Ende gehen. Seine Soldaten aber fingen bald an, sich auf der kleinen Insel schwer zu langweilen. Diese sagten es ihm und er durfte sich zuletzt nicht blicken lassen, ohne gefragt zu werden: Sire, wann gehen wir nach Frankreich? Einige zwanzig begehrten bereits ihren Abschied. Dabei mußte sich Napoleon selbst sagen, daß die Nähe des unruhigen Italiens, des gährenden Frankreichs ihm einen verlängerten Aufenthalt nicht gestatten würde, und endlich erfuhr er mit Bestimmtheit, daß die verbündeten Mächte in Wien damit umgingen, ihn nach einer Insel des atlantischen Oceans zu deportiren.

Es wird etwa im December des Jahres 1814 gewesen sein, daß er sich auf diese Unternehmung ernstlicher vorbereitete, zu einer Zeit, wo die Bourbons in Frankreich von der großen Mehrheit der Nation aufgegeben waren. Wenn er wieder auf dem französischen Boden erschien, so mußte es immerhin mit einer kleinen Kriegsmacht sein, welche die 3 Waffengattungen Fußvolk, Reiterei und Artillerie enthielt. Es wurden daher in aller Stille Werbungen betrieben, auch Waffen auf dem Festlande von Livorno gekauft, Rüstungen und Exercitien betrieben und es bleibt sehr auffallend, daß der englische Commissair Oberst Campbell nichts davon merkte. So wurde auf Elba selbst rekrutirt, es wurden aus der polnischen Reiterei des französischen Heeres immer mehr Leute in Dienst genommen, auf der Insel Corsica heimlich geworben und die Geworbenen in aller Stille nach Elba gebracht.

Napoleon war entschlossen, im Frühlinge nach Frankreich zu gehen, es handelte sich nur um den Zeitpunkt der Abreise. Dies war sein Geheimniß allein, denn er hütete sich wohl, das geringste davon zu verlautbaren und er hatte auch nach Frankreich hin kein bestimmtes Versprechen gegeben. Den Ausschlag scheint dann das Erscheinen Fleury de Chaboulons, des Abgesandten von Maret, Herzogs von Bassano, herbeigeführt zu haben. Fleury, ein noch junger (35 Jahre alt) begeisterter Imperialist, muthig, thätig, unterrichtet, war unter der kaiserlichen Regierung Auditeur des Staatsraths, Unter-Präfekt, Auditeur im Hauptquartier des Kaisers, zuletzt Präfekt in Rheims gewesen, wo er sich im Feldzuge 1814 durch die kräftigsten Maßnahmen gegen die Verbündeten sehr ausgezeichnet hatte, so daß er die besondere Zufriedenheit des Kaisers sich erworben. Fleury machte von Paris aus die in damaliger Zeit gefahrvolle Reise verkleidet und unter falschem Vorgeben über Mailand, Pontremoli nach Lerici in der Nähe von Spezzia, von wo er sich nach der Insel Elba einschiffte und nicht ohne Gefahr angehalten zu werden im Anfange der dritten Dekade in Porto-Ferrajo anlangte. Er hatte mehrere Unterredungen mit Napoleon. Letzterer gestand, daß er einige Agenten nach Frankreich gesandt habe, um sich zu erkundigen, wie es stehe. Er habe aber keine befriedigenden Nachrichten erhalten, indem man ihm nur die Vorschläge der Canaille zurückgebracht und das Geld sei für ihn unnütz ausgegeben. C........ habe ihn besucht, aber er habe so gut wie gar nichts gewußt. Erst durch ihn, Fleury de Chaboulon, erhalte er eine umfassende Nachricht. Napoleon sagte am Schluß der Unterredung zu, daß er am 1. April nach Frankreich abgehen werde. Bis dahin wollte er noch mehrfach durch Fleury Nachricht haben, besonders über den Stand der Regimenter in der Provence und Dauphinée mit Angabe der Namen der Generale. Es wurde verabredet, daß die Correspondenz in Form von Handelsbriefen zugleich auf dem dreifachen Wege über Genua, Livorno und Civita Vecchia gehen solle und der Kaiser gab dazu die nöthige Chiffre. „Ich habe Frankreich die Bourbonen gegeben," sagte Napoleon, „ich muß Frankreich auch wieder von ihnen befreien ... Ich will durchaus Alles und Allen verzeihen, wir haben Alle Fehler gemacht; nur allein Talleyrand, Marmont und Augereau sollen von der Verzeihung ausgenommen sein." Er verhieß übrigens keine Eroberungen mehr zu machen und Frankreich eine freie Verfassung zu geben. — Fleury reiste auf einer von Napoleon gestellten Feluke nach Neapel, reiste mit einem neapolitanischen Passe nach Rom und über Mailand nach Turin, wo er zu seiner großen Verwunderung hörte, daß der Kaiser bereits in Frankreich gelandet. Es kostete Mühe, nach Frankreich durchzukommen, er ereilte dann den Kaiser noch in Lyon.*)

Die Mittheilungen Fleury's haben dazu beigetragen, Napoleons Unternehmen zu beschleunigen. Ohnehin hatte er zum ersten Mal an diesen ein bestimmtes Versprechen gemacht, er fürchtete ein frühzeitiges Bekanntwerden seines Planes und eilte, den übeln Folgen für ihn zuvorzukommen. Aber es waren noch andere Gründe, die zur Ausführung des Unternehmens drängten. Von Wien erhielt er Nachricht von der großen Uneinigkeit der Mächte wegen Sachsen, aus Frankreich wurde ihm gesagt, wenn er lange zögere, so werde der Aufstand gegen die Bourbonen früher losgehen, als er komme, das Meer würde für ihn verschlossen sein und Frankreich werde einen andern Monarchen wählen. (Capefigue.)

Napoleon erwog alle Umstände für und wider. Er brachte als Hauptfaktor in Anschlag, daß die Monarchen Europas ihm sehr feindlich wären, allein er hoffte, daß sie nicht einig sein würden, da sie sich schon um Sachsen so bitter entzweit hätten. Er wollte den Monarchen anbieten, den Frieden von Paris einfach so anzunehmen, wie sie ihn mit den Bourbons geschlossen hätten und ihnen klar zu machen suchen, daß bei ihm als Regenten von Frankreich viel weniger Gefahr sei als bei den Bourbons, die Frankreich nun einmal nicht wollte und die vollkommen unfähig wären. Er hoffte besonders auf den Kaiser Alexander, dem er Polen überlassen wollte und von dem er voraussetzte, daß er Frankreich stärker wünschen müsse als Gegengewicht gegen England und eine mögliche

---

*) Memoires pour servir à l'histoire de la vie privée, du retour et du règne de Napoleon en 1815 par M. Fleury de Chaboulon. London. John Murray 1819. I. von 77 u. weiter folgend.

künftige Erhebung von Deutschland. Oesterreich hatte ihn im Feldzuge des vorigen Jahres zu sichtbar auf dem Throne von Frankreich zu erhalten gewünscht, er rechnete auch jetzt nicht auf völlige Unversöhnlichkeit; dabei wollte er ihm gern Italien preisgeben. Was die kleinen Mächte von Deutschland betrifft, so glaubte er, daß sie dem Beispiel Rußlands folgen würden. Nur England werde unbedingt feindlich sein; doch war dieses im gegenwärtigen Augenblick auswärts beschäftigt, indem es in Krieg mit den vereinigten Staaten von Nord-Amerika verwickelt war und nach Kanada ein Heer von 30,000 Mann entsandt hatte, wodurch es verhindert wurde, Frankreich auf dem Festlande ernstlich zu bekämpfen; außerdem war England im Innern durch die Agitation gegen die Korngesetze lebhaft in Anspruch genommen. Im Uebrigen rechnete er auf den großen Eindruck, den sein Wiedererscheinen in Frankreich und die Besitzergreifung der Herrschaft in Europa hervorbringen mußte, und hielt Frankreich für stark genug, den fremden Mächten die Spitze zu bieten, wenn es einig bliebe und ihm anhinge.*)

Was den reinen Rechtspunkt betrifft, so glaubte er auch diesen auf seiner Seite zu haben.

Der Traktat von Fontainebleau bildete die Grundlage zwischen ihm und seiner Familie einerseits und den Verbündeten und den Bourbonen andererseits; aber weder die Verbündeten noch die Bourbonen hatten ihren Vertrag erfüllt. Nach §. 6. desselben war Frankreich verpflichtet, Napoleon und seiner Familie jährlich zwei Millionen Franken zu zahlen; die Bourbonen hatten aber keinen Sous gezahlt und wollten auch nichts zahlen. Die Bourbonen hatten sich auch ganz ungescheut der Privatgüter der kaiserlichen Familie in Frankreich bemächtigt und wollten davon nichts herausgeben; sie „hätten dem Usurpator gehört und seien gute Beute“. Auf Anstiften der Royalisten, aber mit Gutheißen oder doch Geschehenlassen der Regierung war ein Mordversuch gegen ihn auf der Reise nach Elba in der Provence geschehen, dem er kaum entronnen war. Fortwährend aber war noch auf Elba versucht worden, ihn durch Mord aus dem Wege zu räumen. Die Bourbonen hatten einen verrufenen Chouan-Chef Bruslart zum General und nicht ohne

*) Nach Fleury de Chaboulon I. 124. 127. 131.

geheime Absicht zum Gouverneur von Corsica erhoben. Dieser Bruslart, einer der fanatischsten Royalisten und überaus heftigen Charakters, hörte nicht auf zu predigen: es wäre für die Bourbons eine Nothwendigkeit, sich Napoleons zu entledigen. So lange er lebte, würden sie auf dem Throne nicht sicher sein. Verdächtige Agenten von ihm wurden in Porto-Ferrago festgenommen, und es schien kaum eine andere Meinung zulässig, als daß es auf das Leben des Kaisers abgesehen sei.*)

Dachten die Bourbonen nicht daran, auch nur den kleinsten Theil des Traktats zu erfüllen, sondern scheuten sie sich nicht, Napoleon in Frankreich seines Privateigenthums zu berauben, ihn mit Mord zu bedrohen und ihn auf alle mögliche Art zu kränken und zu reizen, so wurde der Traktat von den Verbündeten eben so wenig gehalten. In demselben war dem Sohne Napoleons die Nachfolge im Herzogthum Parma zugesichert. Es wurde aber nur „Marie Louise" in das Herzogthum eingesetzt und die Nachfolge wurde dem Sohne entzogen. Der vollständigste Bruch des Vertrages aber stand in Aussicht. Nach allen französischen Geschichtsquellen, denen verbündeterseits niemals amtlich widersprochen worden, wovon die Gerüchte auch in Deutschland umgingen (Venturini XII. 203), lag es in der Absicht der Verbündeten zu Wien: es sollte Napoleon, der zu nahe des entzündlichen Europas sich aufhalte, der Besitzung von Elba beraubt, von dort weggeführt und als europäischer Gefangener auf eine ferne Insel gebracht und dort lebenslänglich bewacht werden, damit er nicht entweichen könnte. Von Frankreich durch Talleyrand am Congresse zuerst in Antrag gebracht, hatte diese Maßregel bei allen Mächten Zustimmung gefunden. Wellington hatte St. Helena oder die ungesunde kleine Antillen-Insel St. Lucia in Vorschlag gebracht, Palmella, Minister von Portugal, eine der Azoren, andere hatten Malta im mittelländischen Meere für hinlänglich erachtet. Es war die Frage verschiedentlich und offen diskutirt worden.**) Man schrieb die Gäh-

*) Vaulabelle II. 108, auch Capefigue. Siehe auch Venturinis Chronik des 19. Jahrhunderts 12. B. S. 202. Bruslart, heißt es hier, mehr Meuchelmörder als Soldat, hatte geschworen, Napoleon auf Elba zu ermorden.

**) Vaulabelle und Capefigue.

rungen in Italien vornämlich der Nähe Napoleons auf Elba zu, glaubte, daß dieser auch Murat beeinflusse, und hielt es für nöthig, ihn weit genug zu entfernen, daß er nicht mehr schaden könne. An die Gefahr für die Bourbonen in Frankreich dachte man weniger. Die Ausführung verzögerte sich nur durch den alleinigen Widerstand des Kaisers Alexander, der sich doch scheute, den hauptsächlich unter seinem Betrieb geschlossenen Traktat von Fontainebleau zu brechen, der auch vielleicht durch die nahe Gefahr Frankreich und Oesterreich im Schach halten wollte. Es stand aber dahin, wie lange Alexander widerstehen werde. — Napoleon erfuhr durch die Gesandten Murats am Congresse, was da vorging, er wurde durch den Vice-König Eugen gewarnt, ein befreundeter Offizier reiste von Wien Tag und Nacht bis Elba, um ihm die inhaltschwere Zeitung seiner bevorstehenden Deportation anzuzeigen.*) Wie weit nun überhaupt diese Angelegenheit gediehen war, ist nicht bekannt geworden und wird vielleicht nie ganz aufgehellt werden; Napoleon mußte aber von seinem Standpunkt annehmen, daß ihm nach allen Kundgebungen von Seiten seiner Feinde die Wegführung von Elba bevorstehe. Er hat in seiner nachherigen Vertheidigung seiner Wiederkehr diese beabsichtigte Wegführung von Elba als einen Hauptgrund angegeben.

Ein zwischen zwei Parteien errichteter Vertrag verpflichtet beide Theile. Von Seiten der Bourbonen und der Verbündeten war der Vertrag von Fontainebleau nicht gehalten worden, Napoleon glaubte sich darum auch nicht mehr an denselben gebunden. Zudem war er auf der einen Seite in Gefahr, ermordet zu werden, auf der andern war die Gefahr der Aufhebung und Gefangensetzung auf einer fernen Insel. Seine Wahl konnte nicht schwanken. Er war jetzt noch souverainer Herr der Insel Elba. Noch konnte er Krieg führen und Frieden schließen. Wenn er mit 800 Mann viel schwerer wog, als die Bourbonen mit ihren acht Jahrhunderten und dem Regiment über Frankreich, desto schlimmer für sie.

Napoleon wollte nicht ermordet, nicht aufgehoben sein und

*) Vaulabelle II. 208.

beschloß darum das große Wagniß einer neuen Besitzergreifung von Frankreich.*)

Am 25. Februar Abends hatte die Prinzessin Pauline ein Fest, wo alles versammelt war, was der kleine Hof von Porto-Ferrajo und die Insel von Auszeichnung darbot. Napoleon erschien auf demselben, war sehr heiter und blieb lange. Zuletzt zog er sich mit den Generalen Bertrand und Drouot zurück und kündigte ihnen an, daß er am andern Tage sich nach Frankreich einschiffen werde. Keiner der Uebrigen war Mitwisser des Geheimnisses. Am andern Tage wurde seine Kriegsmacht so gelenkt, daß sie am Hafen von Porto-Ferrajo zusammentraf, wo er eine Musterung über sie hielt. Sie bestand aus 400 Grenadieren der alten Garde**), die er aus Frankreich mitgenommen, aus 200 Flanqueurs, größtentheils von der Insel Elba, aus 200 korsischen Jägern und aus 100 polnischen Chevauxlegers mit Sattel und Zaumzeug versehen, aber ohne Pferde, die man in Frankreich kaufen oder sonst erwerben wollte. Es waren auch nach einer Angabe 4, nach einer andern 6 kleine Geschütze da, mit voller Ausrüstung, aber gleichfalls ohne Bespannung.***)

Den 26. Februar um 5 Uhr Nachmittags begann die Einschiffung. Im Hafen lag die elbanische Brigg Inconstant von 26 Kanonen und 3 Transportschiffe. (Nach Thiers 7 Fahrzeuge.) Auf die Brigg kam das Bataillon der alten Garde, auf die Transportschiffe die übrige Mannschaft. Napoleon ließ durch einen Grafen Colonna, der sich auf Elba aufhielt, Murat von Neapel seine Abreise melden und wünschte von ihm ein Fahrzeug abgesandt, welches seine Mutter Laetitia und seine Schwester Pauline nach

*) In der legitimistischen Zeitung der Quotidienne vom 8. März wird geradezu Napoleons Landung in der Provence als ein Akt der Verzweiflung angeführt, da es nur zu gewiß auf dem Congresse zu Wien beschlossen sei, ihn zu deportiren.

**) Nach Thiers XIX. hatte er 600 Mann alte Garde. Mit den Seeleuten waren dies 724 und mit 60 Polen und mit den Offizieren 800 Mann. Dazu 300 Corsen, 400 Elbaer.

***) Die kleine Kriegsmacht Napoleons wird von 800 bis 1100 Mann verschieden angegeben; doch kann es darauf nicht ankommen. Der Zug nach Paris, Zusammenstellung aus Capefigue, Vaulabelle, Fleury de Chaboulon, Thiers und andern amtlichen Aktenstücken.

Frankreich brächte. Er soll in Wien anzeigen, daß er (Napoleon) binnen Kurzem in Paris sein werde, daß er aber den Frieden von Paris annehmen und halten werde. Murat soll sein Heer bereit halten, aber nicht vorgehen. — Den Einwohnern von Elba ließ er verkündigen, er mache einen Zug gegen die Seeräuber der Barberei.

Um $7\frac{1}{2}$ Uhr, wo schon völlige Dunkelheit eingetreten war, war die Einschiffung vollendet. Die Flagge der Insel Elba wurde aufgezogen und der Kaiser stieg an Bord der Brigg. Indem er das Fahrzeug mit seinem kleinen Gefolge bestieg, hörte man ihn wie Cäsar, als er über den Rubikon setzte, ausrufen: „der Würfel ist geworfen!" Er scherzte mit den Grenadieren, liebkoste sie auf die ihm eigene Art, zupfte Diesen und Jenen am Ohrläppchen und bemühte sich, ihnen Allen Vertrauen einzuflößen. Außer Bertrand und Drouot wußte noch Niemand, wohin es gehen sollte. Um 8 Uhr gab dann ein Kanonenschuß das Zeichen zur Abfahrt und das kleine Geschwader stach in See. Jetzt erst verkündete Napoleon: „Offiziere und Soldaten meiner Garde, wir gehen nach Frankreich, wir gehen nach Paris!" Ein begeistertes und immer wiederholtes Vive la France! Vive l'Empereur! war die Antwort, welches auch nach dem Bekanntwerden der Nachricht auf den andern Schiffen eben so begeistert laut wurde. Das Unternehmen war offenkundig! Man bemerkte, daß der Kaiser einen Augenblick sehr nachdenklich und ernst wurde — ging er doch einer dunkeln und sehr ungewissen Zukunft entgegen, — er faßte sich jedoch schnell, war wieder ganz heiter und stieg vom Verdeck in sein Kabinet hinab, um die Proklamationen endgültig festzustellen, die er wahrscheinlich schon längst im Kopfe fertig gehabt.

Der Wind kam aus Süden und schien der Fahrt sehr günstig. Man hoffte vor Tagesanbruch die kleine Insel Capraja, welche nördlich zwischen Elba und Corsica liegt, umschifft zu haben, um den beobachtenden englischen und französischen Geschwadern zu entgehen, welche von dieser Seite kreuzten. Namentlich war es eine englische Corvette unter Capitain Campbell, die hier sonst Wache hielt, die aber jetzt sich in der Nähe von Livorno befand. Oberst Campbell, der englische Commissair, befand sich auf dem Festlande. Drei französische Kriegsschiffe, zwei Fregatten und eine Brigg waren ebenfalls zur Bewachung von Elba in diesen Gewässern, und wenn man nicht in der Nacht einen bedeutenden Raum vorwärts zurücklegte, so schien es kaum möglich, diesen beobachtenden Schiffen zu entgehen. Es war aber gegen Morgen eine völlige Windstille eingetreten, das Meer lag ganz ruhig und als der Tag anbrach, hatte man von Porto-Ferrago erst 6 Lieues zurückgelegt und befand sich dem Vorgebirge St. André der Insel Elba gegenüber. Die Gefahr wurde nun sehr groß und man wagte es, dem Kaiser zu rathen, nach Porto-Ferrago zurückzusteuern. Wenn aber seine Einschiffung und Ausfahrt bekannt wurde, — und die Verheimlichung schien unmöglich — so gab er seinen Feinden einen faßbaren Grund zu seiner Aufhebung und Entfernung von Elba. Es mußte gewagt sein, er befahl die Fortsetzung der Reise. „Die Rückkehr ist kleinlich," sagte er, „ist Frankreich nicht dort unten an der Spitze unserer Degen?"

Nachmittags 4 Uhr den 27. Februar befand man sich erst auf der Höhe von Livorno. Es war aber seit Mittag ein frischer günstiger Wind eingetreten und man legte bedeutende Strecken zurück. Inzwischen kam nun die Gefahr, mit feindlichen Schiffen zusammenzutreffen. 5 Meilen unter dem Winde rechts zeigte sich eine Fregatte, eine zweite befand sich an der Küste von Corsica und von weitem kam eine Kriegsbrigg mit vollen Segeln auf das kleine kaiserliche Geschwader zugesteuert. Es war das französische Schiff „der Zephyr", kommandirt vom Capitain Andrieux. Da die französische Flotte eben so widerwillig gegen die Bourbons war, als das Landheer, so war die Meinung, man müsse die Brigg anrufen und ihr den Vorschlag thun, die dreifarbige Flagge aufzustecken. Napoleon wollte dies aber nur im äußersten Nothfalle thun und lieber versuchen, unerkannt vorbeizufahren; er gab daher den Grenadieren Befehl, die Bärenmützen abzunehmen und sich auf dem Verdeck verborgen zu halten. Die beiden Briggs segelten darauf auf Hörweite einander vorüber. Ein Schiffsoffizier des „Inconstant" kannte den Capitain Andrieux persönlich. Es geschahen einige gegenseitige Höflichkeitsbezeigungen, ohne daß der französische Capitain eine Ahnung davon hatte, was die ihm entgegenkommenden Schiffe enthielten. Die Gefahr war vorüber. In der Nacht vom 27. zum 28. Februar wehte ein frischer Wind und das Geschwader kam den Küsten Frankreichs näher. Gegen Anbruch des

Tages bemerkte man noch ein französisches Linienschiff, „den Abukir“, von 74 Kanonen, welches der Insel Corsica zusegelte, sich aber um das kleine kaiserliche Geschwader nicht bekümmerte. Dann war weiterhin das Meer völlig von Schiffen frei.

Der Verbannte von Elba war im Begriff, die gefahrvollste Unternehmung seines Lebens und eine der kühnsten Handlungen aller Zeiten auszuführen. Er wollte mit 8—900 Mann in Frankreich landen, die Bourbonen vom Throne stoßen, sich der Herrschaft über Frankreich wieder bemächtigen und dann sich gegen den glühenden Haß der Fürsten und Völker Europas behaupten. Die kleine Truppenmacht, die er mitbrachte, nicht größer als ein Bataillon, konnte begreiflicherweise nicht feindlich verfahren, keine Eroberungen machen; sie konnte nur gleichsam als Dekoration dienen; doch konnte sie immerhin den Kern bilden, an welchen sich andere zu ihm übergehende Streitkräfte anschlossen. Das war aber immer nichts: er selbst, sein Name war alles; der Sieger in mehr als einem halben Hundert von Schlachten, der Mann des französischen Ruhmes. So gewichtig indeß auch seine bloße Person war, so mußte er den Franzosen doch sagen, in welcher Absicht er komme, und was er ihnen ins Künftige sein wolle. Er mußte öffentliche Bekanntmachungen (Proklamationen) ergehen lassen, die dies enthielten, welche, in die Ferne wirkend, ihm die Stätte bereiten konnten. So hatte er denn zwei öffentliche Ansprachen entworfen, eine an das französische Heer und eine an das französische Volk. Beide Dokumente, welche bald an allen Enden Europas bekannt werden mußten, konnten auch den Fürsten des Welttheils zum Verständniß dienen.

Als Napoleon am 28. Februar Morgens der Gefahr der feindlichen Schiffe entronnen war, gab er die von ihm geschriebenen Proklamationen dem General Bertrand, um möglichst viel Kopieen durch Soldaten davon anfertigen zu lassen. Die Handschrift war aber so über die Maßen unleserlich, daß General Bertrand sich vergebens anstrengte, sie zu enträthseln; auch Niemand anders vermochte dies. Er brachte sie dem Kaiser zurück, dieser konnte sie selbst nicht lesen und warf sie verdrossen ins Meer. Nachdem er sich einige Augenblicke gesammelt, diktirte er dann auf der Stelle die beiden Proklamationen seinem Sekretair. Nachdem dies Geschäft geendigt, trat er auf das Deck, ließ von den Grenadieren einen Kreis schließen und fragte, wer die beste und leserlichste Hand schriebe. Es meldeten sich etwa 100, welche gleichzeitig die Abschrift vornahmen.

Die Proklamation an das Heer, man muß es zugestehen, gehört zu den ersten und großartigsten Aktenstücken dieser Art, die je auf Erden erlassen worden sind. Selbst das Alterthum unter den Griechen und Römern hat nichts Bedeutsameres aufzuweisen. Ein deutscher oder englischer Aufruf würde im gleichen Falle etwas anderes gewesen sein, auf den französischen Nationalcharakter und auf die gegenwärtige Lage war er in vollendetster Art berechnet. Er enthielt auch nichts, was vom Standpunkt Napoleons als falscher Zug, als eine Unwahrheit bezeichnet werden könnte. Jedes Soldatenherz Frankreichs mußte davon bis auf den Grund erschüttert werden, mußte sich ihm zuwenden. In der That gehörte ihm fortan jeder französische Soldat an, an dessen Ohr dieser Flammenaufruf drang. Fast dieser allein hat die Bourbons vom Throne gestürzt.

Der Aufruf war aber auch darauf berechnet, in ganz Europa den tiefsten Eindruck zu machen, Erstaunen und selbst Betäubung hervorzubringen. Der Kaiser that, als wenn er nie abgedankt hätte, er bediente sich aller Titel, die er früher in seinem Glanz geführt hatte. Der Aufruf lautete:

„Napoleon, von Gottes Gnaden und durch die Constitutionen des Reichs Kaiser der Franzosen, König von Italien, Protektor des Rheinbundes, Vermittler der Schweiz.

„Soldaten! Wir waren nicht besiegt; zwei Männer *), die unsere Reihen verließen, haben unsere Lorbeeren, ihr Vaterland, ihren Fürsten, ihren Wohlthäter verlassen.

„Sollten sich wohl diejenigen, die 25 Jahre lang ganz Europa durchstreiften, um Feinde gegen uns aufzuwiegeln, die ihr ganzes Leben lang unserm schönen Frankreich fluchend, in den Reihen fremder Armeen gegen uns fochten, anmaßen dürfen, unsern Adlern zu gebieten und sie zu fesseln, — sie, die deren Anblick nie ertragen konnten? Werden wir es dulden, daß sie von den Früchten

*) Die Marschälle Marmont und Augereau.

unserer glorreichen Anstrengungen erben? Daß sie sich unserer Ehren, unserer Güter bemächtigen? Daß sie unsern Ruhm verleumden?

„Wenn ihre Herrschaft dauerte, würde Alles, selbst das Andenken jener unsterblichen Tage verloren sein; mit welcher Erbitterung entstellen sie solche? Wie suchen sie das zu vergiften, was die ganze Welt bewundert? Wenn es noch Vertheidiger unseres Ruhmes giebt, so sind sie unter denselben Feinden zu finden, welche wir auf dem Schlachtfelde bekämpft haben.

„Soldaten! In meinem Exil habe ich Eure Stimme vernommen, mitten durch alle Hindernisse und alle Gefahren bin ich angekommen. Euer General, durch die Wahl des Volks berufen und durch Euch erhoben, erscheint, ist Euch wiedergegeben; kommt, vereinigt Euch mit ihm.

„Reißt die Farben herab, welche die Nation verbannte und die seit 25 Jahren allen Feinden Frankreichs zum Vereinigungszeichen dienten. Steckt die dreifarbige Kokarde auf; Ihr habt sie in jenen großen Tagen getragen.

„Wir müssen vergessen, daß wir die Herren der Völker waren; aber wir dürfen nicht dulden, daß irgend Jemand sich in unsere Angelegenheiten mische.

„Wer dürfte sich wohl anmaßen, Herr bei uns zu sein? Wer hätte die Macht dazu? Nehmt diese Adler wieder, welche Ihr bei Ulm, bei Austerlitz, bei Jena, bei Eylau, bei Friedland, bei Tudela, bei Eckmühl, bei Wagram, bei Smolensk, an der Moskwa, bei Lützen, bei Wurschen, bei Montmirail hattet! Glaubt Ihr wohl, daß diese jetzt so stolze Hand voll Franzosen den Anblick derselben wird ertragen können? Sie werden wieder dahin zurückkehren, wo sie hergekommen sind, und dort, wenn sie wollen, werden sie wieder herrschen, wie sie 19 Jahre geherrscht zu haben behaupten.

„Eure Güter, Eure Ehrenstellen, die Güter, die Ehrenstellen und der Ruhm Eurer Kinder haben keine größeren Feinde, als diese Fürsten, welche die Fremdlinge uns aufdrangen; sie sind die Feinde unseres Ruhmes, weil die Geschichte so vieler heroischen Thaten, welche das französische Volk in dem Kampfe gegen das Joch, welches sie ihm auflegen wollten, verherrlichten, ihr Verdammungsurtheil ist.

„Die Veteranen der Armeen von der Sambre und Maas, vom Rhein, von Italien, von Aegypten, vom Westen sind gedemüthigt, ihre ehrenvollen Narben sind gebrandmarkt; ihre Siege würden Verbrechen, diese Tapfern würden Rebellen sein, wenn, wie die Fremdlinge behaupten, der rechtmäßige Souverain in der Mitte fremder Armeen wäre; Ehrenstellen, Belohnungen und Zuneigung sind nur für diejenigen, welche ihnen gegen das Vaterland und wider uns dienten.

„Soldaten! Kommt, stellt Euch unter die Fahnen Eures Chefs; seine Existenz besteht nur in der Eurigen, seine Rechte sind nur die des Volks und die Eurigen. Sein Interesse, seine Ehre, sein Ruhm sind nur Euer Interesse, Eure Ehre und Euer Ruhm.

„Der Sieg wird im Sturmschritt voranschreiten; der Adler mit den Nationalfarben wird von Thurm zu Thurm, bis zu den Thürmen von Notre-Dame fliegen; dann werdet Ihr mit Ehren Eure Narben zeigen; dann werdet Ihr Euch Eurer Thaten rühmen können; Ihr werdet die Befreier des Vaterlandes sein.

„In Eurem Alter, von Euren Mitbürgern umgeben und geachtet, werdet Ihr ihnen Eure Großthaten erzählen, Ihr werdet ihnen mit Stolz sagen können: Auch ich gehörte mit zu dieser großen Armee, welche zweimal in die Thore von Wien, in die Thore von Rom, von Berlin, von Madrid, von Moskau eingezogen ist, welche Paris von der Verunreinigung befreit hat, womit Verrath und die Gegenwart der Feinde diese Stadt befleckt hatten.

„Ehre diesen tapferen Soldaten, dem Ruhm des Vaterlandes; ewige Schande den verbrecherischen Franzosen, welchen Ranges und Standes sie auch sein mögen, welche 25 Jahre lang mit den Fremdlingen fochten, um das Herz des Vaterlandes zu zerreißen.

Napoleon.

Auf Befehl des Kaisers
der Groß-Marschall, dienstthuende Major-General
der großen Armee
Bertrand.“ *)

*) Vossische Zeitung vom 28. März. Artikel: Wien, den 22. März, welcher die obige Uebersetzung enthält. Der französische Text in allen benutzten Werken.

Wenn der Aufruf Napoleons an das Heer die größte Bewunderung verdient, so kann man dies von dem an das französische Volk in gleichem Maße durchaus nicht sagen. Der Aufruf beginnt mit einer sehr unrichtigen Darstellung der kriegerischen Sachlage im Feldzuge 1814, eine Verdrehung der Wahrheit, die ihm bei der Unwissenheit der Menge nur im Anfange nützlich sein konnte, die aber eines so großen Mannes unwürdig ist. Wer die Verhältnisse im Feldzuge von 1814 kennt, muß erstaunt sein, wie hier der Mann absichtlich zu täuschen sucht, wenn es auch gewiß ist, daß die Marschälle Marmont und Augereau wesentlich seinen Sturz herbeigeführt haben. Napoleon verspricht auch den Franzosen keine bürgerliche Freiheit, keine bestimmte Verfassung, die er doch gewähren wollte und ohne die er ja gar nicht hoffen konnte, in Frankreich an der Herrschaft zu bleiben. Will man eine Hindeutung darauf annehmen, so liegt sie darin, daß er seine Gewalt allein vom Volke ableitet und eine nationale Regierung anstatt der Feudalherrschaft der Bourbonen wieder einführen will.

Der Aufruf an das französische Volk lautet:

Napoleon ꝛc.

„Franzosen! Der Abfall des Herzogs von Castiglione (Augereau), überlieferte Lyon ohne Vertheidigung den Feinden. Die Armee, deren Commando ich ihm anvertraut hatte, war durch die Zahl ihrer Bataillone, ihre Tapferkeit und den Patriotismus der Truppen, aus denen sie bestand, im Stande, das österreichische Armee-Corps, das ihr gegenüberstand, zu schlagen, und dem linken Flügel der feindlichen Armee, welche Paris bedrohte, in den Rücken zu marschiren.

„Die Siege von Champaubert, von Chateau-Thierry, von Vauchamps, von Mormont, von Montereau, von Craonne, von Rheims, von Arcis-sur-Aube und von St. Dizier; der Aufstand der braven Bauern in Lothringen, in der Champagne, im Elsaß, in der Franche-Comté und in Burgund, und die Stellung, die ich im Rücken der feindlichen Armee genommen hatte, indem ich sie von ihren Magazinen, ihren Reserveparks, ihren Transporten und ihren Equipagen abschnitt, hatte sie in eine verzweifelte Lage versetzt. Die Franzosen waren nie mächtiger und der Kern der feindlichen Armee war ohne Rettung verloren; sie würde ihr Grab in diesen weitschichtigen Gegenden gefunden haben, welche sie so unbarmherzig plünderte, als auf einmal der Verrath des Herzogs von Ragusa (Marmont) die Hauptstadt überlieferte und die Armee desorganisirte."

„Das unerwartete Betragen dieser beiden Generale, welche zugleich ihr Vaterland, ihren Fürsten und ihren Wohlthäter verriethen, änderte das Geschick des Krieges. Der Feind war in einer so unglücklichen Lage, daß er am Ende des Gefechts, das vor Paris stattfand, durch die Trennung seines Reserveparks ohne Munition war. — Unter diesen neuen großen Umständen war mein Herz zerrissen, aber mein Gemüth blieb unerschüttert; ich zog nur das Interresse des Vaterlandes zu Rathe; ich exilirte mich auf einen Felsen. Mein Leben war und mußte Euch noch nützlich sein. Ich gestattete nicht, daß die große Anzahl von Bürgern, die mich begleiten wollte, mein Schicksal theilen sollte. Ich hielt ihre Gegenwart für Frankreich nützlich und nahm nur eine Handvoll Tapferer von meiner Garde mit mir."

„Eure Wahl hat mich zum Thron erhoben; alles, was ohne Euch geschah, ist unrechtmäßig. Seit 25 Jahren hat Frankreich neue Interessen, neue Institutionen, einen neuen Ruhm, die nur durch eine National-Regierung und eine neue, unter diesen neuen Umständen geborne Dynastie verbürgt werden können."

„Ein Fürst, der sich auf das Feudalrecht zu stützen versuchte, wird nur die Ehre und die Rechte einer kleinen Anzahl von Individuen, Feinden des Volks, sichern können, Rechte, welche dieses Volk seit 25 Jahren in allen unsern Nationalversammlungen verworfen hatte. Eure innere Ruhe und Eure Achtung im Auslande würde auf immer verloren sein."

„Franzosen! In meinem Exil habe ich Eure Klagen und Eure Wünsche vernommen; Ihr fordert jene von Euch gewählte Regierung wieder zurück, die allein rechtmäßig ist; Ihr beschuldigtet mich wegen meines langen Schlummers; Ihr werft mir vor, daß ich meiner Ruhe die großen Interessen des Vaterlandes aufopferte. Ich habe mitten unter allen Gefahren Meere durchschifft; ich trete unter Euch auf, um meine Rechte, die auch die Eurigen sind, wieder zu übernehmen."

„Alles, was einzelne Menschen seit dem Pariser Frieden gethan, geschrieben, gesagt haben, werde ich für immer vergessen; dies wird nicht den geringsten Einfluß auf die Erinnerung an die wichtigen Dienste haben, welche sie leisteten; denn es giebt Ereignisse, die über die menschliche Organisation erhaben sind."

„Franzosen! Es giebt keine auch noch so kleine Nation, welche nicht das Recht gehabt und ausgeübt hätte, sich der Unehre zu entziehen, einem Fürsten zu gehorchen, den ein für den Augenblick siegreicher Feind ihr aufgedrungen hatte."

„Als Karl VII. wieder zu Paris einzog und den ephemeren Thron Heinrichs VI. umstürzte, gestand er, daß er seinen Thron der Tapferkeit seiner Braven und nicht einem Prinz-Regenten Englands verdanke."

„So werde auch ich mich stets rühmen, Euch allein und den Tapfern meiner Armee Alles zu verdanken."

„Napoleon."

Auf Befehl 2c.

Diese Proklamationen mußten eine große Wirkung thun. Aber es schien Napoleon, daß ein Aufruf der alten Garde, die er bei sich hatte, an das ganze französische Heer diese Wirkung sehr verstärken mußte. In einem solchen Aufruf ließen sich Dinge sagen, die in seinem eigenen Namen nicht so gut auszusprechen waren. Napoleon forderte die drei Generale auf, einen solchen Aufruf mit Genehmigung der Soldaten zu Stande zu bringen. Sie lehnten es jedoch ab, entweder weil sie die künftige Verantwortung fürchteten, oder weil sie sich nicht für befähigt hielten, die Sache gut und eindringlich genug auszuführen, oder weil sie den Kaiser für den bei weitem besten Redakteur hielten. So übernahm dieser dann die Ausführung. Er selbst diktirte an hundert Soldaten zugleich den Aufruf. Er wurde Satz für Satz nach vorheriger Erörterung von diesen genehmigt, zum Theil noch kommentirt. Der Inhalt war:

„Soldaten, Kameraden! Wir haben Euch Euren Kaiser erhalten, trotz der zahllosen Fallstricke, die man ihm gelegt. Wir führen ihn Euch zurück über Meereswellen und inmitten von tausend Gefahren. Mit der Kokarde der Nation und mit den kaiserlichen Adlern haben wir den geheiligten Boden des Vaterlandes wieder betreten. Unter die Füße nun mit jenen weißen Kokarden, den Zeichen eines schimpflichen Joches!

„Vergebens hätten wir unser Blut vergossen, könnten wir es dulden, daß Besiegte unsere Gesetzgeber seien. Seit den wenigen Monaten, wo die Bourbons regieren, seid Ihr doch wohl überzeugt worden, daß sie weder etwas gelernt noch vergessen haben. Immer sind es die nämlichen Vorurtheile, welche sie beherrschen, Vorurtheile, unseren Rechten so feindlich, wie denen des Volks. Die heißen jetzt Helden, welche gegen ihr Vaterland und gegen uns die Waffen getragen haben; Ihr aber seid Rebellen, denen man vor der Hand noch wohl verzeihen will, bis man sich gehörig verstärkt hat durch Bildung eines Armee-Corps von Emigranten, durch Einführung einer Schweizergarde zu Paris, durch allmähliche Anstellung neuer Offiziere bei der Armee. Dann aber wird die Waffen gegen sein Vaterland getragen haben müssen, wer auf Ehre und Belohnung rechnen will. Um Offizier zu werden, wird man einer Geburt bedürfen, wie sie den Vorurtheilen Jener gemäß ist. Der Soldat wird immer Soldat bleiben, das Volk die Lasten tragen müssen, ihrer allein wird die Ehre sein! Ein Biosmenil spricht dem Sieger von Zürich (Massena) Hohn, indem er dessen Naturalisation zum Franzosen begehrt. Er, der vielmehr selbst die Wohlthat des Gesetzes um Verzeihung und Vergessenheit anzusprechen hätte! Ein Brülard, ein Chouan*), einer von Georges Banditen befehligt unsere Legionen!“

„In Erwartung des Augenblicks, wo sie es wagen dürfen, die Ehrenlegion zu vernichten, geben sie sie allen Verräthern und verschwenden sie, um sie gemein zu machen. Sie haben ihr alle politischen Rechte genommen, die wir gewonnen haben, die mit unserem Blute erkauft sind. Jene 400 Millionen außerordentlicher Domainen-Güter, worauf unsere Dotationen angewiesen waren, dies Erbtheil der Armee, dieser Lohn unseres Schweißes, sie wurden von ihnen nach England geschickt.“

„Soldaten der großen Nation! Soldaten des großen Napoleon! Ist es Euer Wille, die Krieger eines Fürsten zu sein, der 20 Jahre lang ein Feind Frankreichs war, der sich damit brüstet, seinen Thron dem Prinz-Regenten von England zu verdanken?“

---

*) Der früher erwähnte, von den Bourbons zum Gouverneur von Corsica ernannte Chouan, weil er geschworen, Napoleon zu ermorden.

„Soldaten! der Generalmarsch schlägt und wir marschiren. Eilt zu den Waffen! Vereinigt Euch mit uns, mit unserem Kaiser, mit unsern dreifarbigen Adlern, und, wenn jene jetzt so aufgeblasenen Menschen, trotz ihrer alten Gewohnheit, den Anblick unserer Waffen zu fliehen, es dennoch wagen sollten, uns zu erwarten, welche schönere Gelegenheit kann es geben, unser Blut zu vergießen und Siegeshymnen anzustimmen!“

„Soldaten der 7., 8. und 9. Militair-Division, der Besatzungen von Antibes, von Toulon, von Marseille; Offiziere außer Dienst, Veteranen unserer Armee, Ihr seid zu der Ehre berufen, das erste Beispiel zu geben! Eilt mit uns, diesen Thron wieder zu erobern, der das Palladium unserer Rechte ist. Einst sage die Nachwelt: die Fremden, unterstützt von Verräthern, hatten Frankreich ein schändliches Joch aufgelegt, da erhoben sich die Tapferen, und die Feinde des Volks, des Heeres sind verschwunden und in ihr Nichts zurückgekehrt.“ *)

Der Tag des 28. ging hin mit Feststellen und Abschreiben dieser Proklamation, von welcher angegeben wird, daß nicht weniger als 500 Copieen von jeder angefertigt worden waren, als man landete.

Am 1. März Morgens war man im Angesicht der Küste von Frankreich. Beim Anblick der hohen Thürme von Antibes erhob die gesammte Mannschaft ein Freudengeschrei. Ein eigenes Gefühl bemächtigte sich eines Jeden; ein Schritt noch und die allerwichtigste, gefährlichste Handlung war geschehen und konnte nicht mehr zurückgethan werden. Am meisten fühlten die den Kaiser begleitenden Generale die hohe Wichtigkeit der nächsten Zukunft und es war je nach ihrem Charakter die Bewegung in ihrem Benehmen zu erkennen. General Bertrand war freudig und der schönsten Hoffnungen voll. Drouot, der auf zahlreichen Schlachtfeldern seine Feuerschlünde mit größter Kaltblütigkeit im feindlichen Kugelregen aufgestellt und gelenkt, war ernst und nachdenkend, der kühne Cambronne that schweigend seine Pflicht ohne Vertrauen oder gar Begeisterung.

*) Aus Dr. Karl Venturini's Chronik des 19. Jahrhunderts, 12. Band, Jahr 1815. Altona, bei Hammerich, 1818. Da die franz. Geschichtswerke diesen Aufruf nur im Auszuge und die mir zugänglichen Zeitungen gar nicht enthalten.

Es war klar, man mußte so schnell als möglich die Landung bewerkstelligen, um nicht bemerkt zu werden und nicht Gegenanstalten zu veranlassen. Diese war am zweckmäßigsten nahe der italienischen Grenze, in einer Gegend der Küste, wo in der nächsten Nähe keine Ortschaft lag. Napoleon befragte die Seeleute über den besten Ort dazu, die Antwort war: nahe bei Cannes. Man lenkte in den Golf von Juan ein, von wo aus die Proklamationen datirt wurden, und um 3 Uhr Nachmittags konnte mit der Ausschiffung der Anfang gemacht werden.

General Drouot war einer der Ersten am Ufer. Die Ausschiffung wurde möglichst beeilt und war nach zwei Stunden, um 5 Uhr, beendigt. Alsdann warf sich Napoleon selbst in einen Kahn und betrat die Küste.*) — Sein ganzes Leben war hingegangen in äußersten Wagnissen und blutigen Entscheidungen und er hatte doch, wie er sagte, nie sein Herz schlagen gehört; aber er hat selbst bekannt, daß er nie eine so tiefe Bewegung empfunden hat als in diesem Augenblick. So lange er mit seiner Mannschaft auf dem Meere schwamm, hatte er noch eine gewisse Freiheit der Wahl, er war noch nicht in einen bestimmten Kreis gebannt; so wie er und die Seinigen den Fuß auf Frankreichs Boden gesetzt hatten, stand er zunächst ganz Europa gegenüber und es war sehr ungewiß, welchem Schicksal er entgegenging. Es war die kühnste Handlung seines Lebens, die er unternahm.**)

Als die Landung beendet war, formirten sich die Truppen in ihren Abtheilungen, thaten die Farben der Insel Elba ab und legten die dreifarbige Kokarde und Fahne an. Es wurde Appell geschlagen, die Truppen setzten sich in Linie und jeder Capitain las laut die Proklamation des Kaisers an das französische Heer seiner Compagnie vor. Vor der Fronte der Soldaten war das Meer, rechts und links ein kahles, flaches, sandiges Ufer, im Rücken waren

---

*) Es herrscht in den französischen Berichten hie und da Verschiedenheit. Nach Vaulabelle war Napoleon unter den Ersten, die ans Land stiegen, nach Capefigue und Fleury de Chaboulon betrat er erst die Küste, als um 5 Uhr die Ausschiffung vollendet war.

**) Nach einer Nachricht in der Vossischen Zeitung vom 25. März, aus einem Artikel, Paris v. 14. März, soll er bei seiner Landung ausgerufen haben: Der Congreß von Wien ist aufgelöst! (Voilà le Congrès dissous!)

Olivenbäume, in welchen nachher ein vorläufiges Lager bezogen wurde, welches Napoleon den Soldaten als ein gutes Zeichen deutete. Jede Compagnie unterbrach die Vorlesung mit einem hallenden »Vive l'Empereur!« welches sich nach dem Schluß noch fortsetzte. Napoleon erschien, war nie familiärer und schmeichelte den Truppen auf geistreiche und unnachahmliche Weise.

Es mußte für das Unternehmen gleich anfangs einige Sicherheit gewähren, wenn man sich eines festen Punktes bemächtigen konnte. Die befestigte Stadt Antibes (5200 Einwohner) lag ganz in der Nähe. Napoleon sandte dahin einen Capitain mit 25 Mann ohne Waffen, die sich zuerst für Deserteure von der Insel Elba ausgeben sollten, um eingelassen zu werden, dann aber den Commandanten und die Besatzung durch Ueberredung bewegen sollten, die kaiserliche Sache zu ergreifen. Dieser Versuch schlug fehl. Die Leute wurden nicht eingelassen und als sie an den Wällen die kaiserliche Proklamation zu lesen begannen, drohte der General Corsin Feuer auf sie geben zu lassen, wenn sie sich nicht entfernten. Sie mußten unverrichteter Sache abziehen; der erste Versuch, Zustimmung zu erhalten, war gescheitert. Von Antibes geschah auch die erste Anzeige von Napoleons Landung nach Paris. —

Ueber den Weg, den Napoleon in der Richtung gegen Lyon einschlagen mußte, konnte kein Zweifel obwalten. Es konnte ihm nicht einfallen, über Aix und Avignon das Rhonethal aufwärts zu marschiren, wo er seinen Marsch nicht verbergen konnte, wo er große Städte und eine zahlreiche fanatische Bevölkerung traf, die ihm vor zehn Monaten nach dem Leben getrachtet hatte. Vielmehr mußte er die Richtung durch das Alpenland nach Grenoble wählen, die ihm vielfache Vortheile versprach, wenn der Marsch, indem er die Alpenthäler schnitt, auch viel beschwerlicher war. Einmal konnte er seinen Marsch längere Zeit verbergen, dann waren ihm diese Alpenthäler ein sicherer Halt, er konnte sich verstärken, seine Anhänger sammeln; endlich konnte er mit Recht voraussetzen, daß die Bevölkerung ihm nicht feindlich sein würde. Diese, die früheren Albigenser, meist alle protestantisch, kräftig, aufgeklärt und freiheitsliebend, hatten die Eindrücke der Revolution am längsten bewahrt und mußten sich darum im Gegensatz mit der Regierung der Bourbonen befinden.

Es war keine Zeit zu verlieren. Nachdem man von dem nächsten Landvolk um jeden Preis Pferde gekauft hatte, um drei von den mitgebrachten Kanonen zu bespannen, den Kaiser, die Generale und Stabsoffiziere beritten zu machen, wurde am Abend bei schönem Mondschein und dem vortrefflichen Wetter der Provence aufgebrochen. Der Marsch dauerte die ganze Nacht. Am Morgen waren die Truppen in Grasse, einem Städtchen von 6000 Einwohnern, angelangt, welches schon erhöht im Gebirge liegt. Die Einwohner, welche keine Ahnung davon hatten, welch' ein welthistorischer Zug durch ihr abgelegenes Städtchen geschehe, glaubten nicht anders, als von Seeräubern überfallen zu werden, geriethen in großen Schrecken, schlossen die Läden und machten Miene, in die Berge zu flüchten. Zureden brachte sie dann bald zur Besinnung, aber dieser Empfang war doch für die kaiserlichen Truppen so entmuthigend, daß erhebliche Zweifel bei ihnen aufstiegen, ob die Unternehmung überhaupt auch gelingen werde. Es war weiter auch kein hinlänglicher Trost, wenn ein Theil der Bürger bereitwillig Lebensmittel herbeibrachte und »Vive l'Empereur!« erschallen ließ. Der Kaiser hielt sich nicht auf, sondern setzte nach kurzer Erholung seinen Marsch fort. Die Truppen überstiegen mit großer Anstrengung das Gebirge Esterel, um ins Gebiet der Durance zu kommen; von dort aber gab es noch in dieser Jahreszeit mit Schnee bedeckte Rücken zu überwinden, um nach Digne und zum Thal der Durance selbst, nach Sisteron, zu gelangen. Gleich in den ersten beiden Tagen legten die Truppen nicht weniger als 18 deutsche Meilen unter unsäglichen Anstrengungen zurück. Der Kaiser wußte aber einen allgemeinen Wetteifer zu erzeugen und die Grenadiere folgten mit unendlicher Hingebung, einige mit wunden Füßen, die polnischen Reiter unverdrossen ihre Sättel tragend. Durch freiwillige Unterstützung und Bezahlung wurden sonst Transportmittel herbeigeschafft, um auch Ermüdete fortzubringen. So gelangte man am 4. März Mittags nach Digne, einem Städtchen von kaum 4000 Einwohnern, doch der Hauptort im Departement der Nieder-Alpen, wo das Schwerste des Gebirgsmarsches überwunden war.

Bis hieher hatte der Zug Napoleons mit seiner kleinen Schaar mehr das größte Erstaunen als den Beifall und die Zustimmung der Einwohner gefunden. Nicht als wenn man die Vertreibung der Bourbons nicht allgemein gewollt und ihm alles Glück gewünscht hätte, wenn er das vollbringen könnte; wenn man aber auf die Handvoll Soldaten sah, die er mit sich führte, so erschien dies geradezu aberwitzig, so hoch man auch den Namen des Kaisers anschlagen wollte. Außerdem aber war man auch nicht für Krieg ohne Ende, war auch nicht für die Willkür im Innern, die Napoleon früher ausgeübt hatte und zeigte Gesinnungen, die beinahe an die Republik anstreiften. Der Kaiser sah, daß sein Name allein hier nicht ausreichte und daß er andere Saiten aufziehen müsse. Um das Lächerliche zu verwischen, was in dem Contrast seiner winzigen Truppenmacht und seiner großen Absicht lag, stieg er, durch die Umstände gedrängt, zur Aussprengung von Gerüchten herab, die nichts weniger als in der Wahrheit beruhten. Er versicherte und ließ versichern, der Congreß von Wien habe sich von der gänzlichen Unfähigkeit der Bourbons überzeugt und wolle sie fallen lassen. Oesterreich sei auf seiner Seite, und werde ihn unterstützen, die Krone von Frankreich wieder zu gewinnen, es sei bereits ein Vertrag abgeschlossen. Er ging sogar so weit, die Nachricht von einem Vertrag mit Oesterreich, im October 1814 abgeschlossen, ausstreuen zu lassen, wonach Oesterreich gleich nach Napoleons Landung in Frankreich ihm mit 100,000 Mann beistehen wolle, wogegen Frankreich an Oesterreich 200 Millionen Franken an Subsidien zu zahlen haben sollte.*) Die nahe Verwandtschaft Napoleons mit dem österreichischen Kaiserhause, die Schonung, welche Fürst Schwarzenberg ihm im Feldzuge 1814 hatte angedeihen lassen, die Uneinigkeit, die auf dem Wiener Congresse herrschte 2c., machten diese Aussagen glaublich und verschafften ihnen eine große Verbreitung. Sie fanden ihren Weg in die öffentliche Meinung und man hat lange geglaubt, Napoleon sei mit Oesterreich und dem Fürsten Metternich einverstanden gewesen. Er sagte auch, er komme nicht allein, Murat von Neapel folge ihm mit 80,000 Mann. Da sein Name allein schon Krieg zu bedeuten schien, so versicherte er,

*) Capefigue I. Cap. VI. S. 142 u. fg. Vaulabelle und Fleury erwähnen der Ausstreuung dieser Gerüchte nicht; sie sind aber nichtsdestoweniger gewiß und ein neuer Beweis, daß Napoleon, wenn er in Verlegenheit war, auch Unwahrheiten nicht verschmähte.

fortan so friedlich regieren zu wollen, als die Bourbons. Da in diesen Gegenden besonders viel Besitzer von Nationalgütern waren, so legte er einen besonderen Nachdruck darauf, wie diese nur unter seiner Herrschaft Schutz finden könnten. Er versprach übrigens die Abschaffung aller drückenden Steuern, der droits réunies etc. Gleichheit zwischen allen Klassen 2c. Daß eine aufgerichtete Verfassung die Rechte Aller sichern sollte, verstand sich von selbst. In seinen Reden ließ er sogar die Möglichkeit der Wiederkehr einer Republik zu. Er hatte in seinen Proklamationen sich immer der Anrede »Français« bedient, hier bediente er sich des republikanischen Ausdrucks »Citoyens«.

Indeß hatte sich der Ruf seiner Ankunft bereits weit verbreitet, die Proklamationen, wenn auch noch nicht gedruckt, wirkten; seine Anhänger, besonders alle alten Soldaten, sammelten sich, das Landvolk strömte zusammen; durch seine Verheißungen fand er Glauben, daß er das Werk ausführen werde, was er sich vorgenommen. Er stieg nun in das Thal der Durance selbst hinab, um in demselben aufwärts zu marschiren. Es waren noch mehr Pferde angekauft worden, um die polnischen Reiter beritten zu machen, von denen am Morgen des 5. März schon ein kleines Peloton voraufmarschiren konnte. Es ging an diesem Tage im Thal der Durance unaufhaltsam aufwärts, denn Napoleon brannte vor Ungeduld, auf Truppen zu stoßen. Die Brücke von Sisteron, hoch über der Durance, fand er unbesetzt, sonst hätten 10 Mann hier ein ganzes Heer aufhalten können. Es wurde rastlos fortmarschirt und man erreichte an diesem Tage Gap, Hauptort im Departement der Ober-Alpen, mit 7000 Einwohnern. Hier erst war so viel Zeit vergönnt, die Proklamationen zu drucken. Sie verbreiteten sich mit Blitzesschnelle in der ganzen Dauphinée und in weitere Ferne. Auch eine Proklamation Napoleons an die Einwohner der Departements der Nieder- und Ober-Alpen wurde hier gedruckt, die noch sehr vorsichtig gehalten ist. *)

Von Gap war noch das letzte Gebirgsjoch zu überschreiten, um in das Thal des Drac-Flüßchens zu gelangen, das unterhalb

*) Nach Vaulabelle wurden die Proklamationen schon in Digne gedruckt, es kann sein, daß dies an beiden Orten geschah.

Grenoble in die Isère ausgeht. Napoleon verließ Gap erst den 6. März um 2 Uhr Nachmittags. Sein Erscheinen hatte doch schon einen bedeutenden Enthusiasmus entzündet und eine Menge Landvolks hatte sich versammelt, auch war fast die ganze Stadt Gap auf den Beinen. In dieser Stadt war er zuerst auf Militair gestoßen. Eine Compagnie vom 5. Linien-Regiment hatte hier gestanden, hatte sich aber über den Paß ins Drac-Thal, in der Richtung von Grenoble, zurückgezogen. Es mußte nun also bald ein Zusammenstoß mit dem „Militair der Bourbonen" erfolgen. Als Napoleon jenseit des Passes in St. Bonnet mit seiner kleinen Truppenmacht angekommen war und der Zusammenstoß nothwendig am folgenden Tage, den 7. März, erfolgen mußte, wollte das Landvolk die Sturmglocken läuten, um die Dörfer zu versammeln und ihm in Masse zu folgen. Er litt es nicht und sagte das stolze Wort: ihm gehörten alle Soldaten, die er treffen würde und je mehr ihrer wären, desto sicherer sei sein Erfolg. Er übernachtete im obern Theile des Thales und setzte den 7. März seinen Marsch fort, seine Truppen geordnet, bereit die Entscheidung herbeizuführen.

In La Mure war ein Bataillon des 5. Regiments aufgestellt, als Vorhut der Besatzung von Grenoble. Gegen dasselbe rückte der Vortrab der kaiserlichen Truppen unter dem General Cambronne heran. Dieser suchte das Bataillon zu bewegen, zur Sache Napoleons, als der allein nationalen von Frankreich, überzutreten. Seine Ueberredungskünste waren vergebens, doch benahm sich das Bataillon nicht feindlich, sondern zog sich 3 Lieues näher nach Grenoble, bis Vizille, zwischen den Seen von Laffrey zurück, wo es nun Miene machte, Widerstand zu leisten. Die kaiserlichen Truppen, das Bataillon Garde mit den bekannten Bärenmützen voran, folgten nach. Auf kaiserlicher Seite und auf der Seite des Bataillons hatten sich Tausende des Landvolks versammelt, die von Zeit zu Zeit ihr Vive l'Empereur ertönen ließen. Man war endlich nahe an einander gekommen und Napoleon befahl zu halten. Er sandte seinen Ordonnanzoffizier, Eskadron-Chef Raoul, ab, mit dem Bataillon zu parlamentiren. Dieser versuchte alles Mögliche, aber er wurde abgewiesen und man drohte, Feuer auf ihn zu geben.

Jetzt war es an dem Kaiser selbst, sich den Truppen der Bourbonen gegenüberzustellen, um den Eindruck zu versuchen, den seine Person in einer Reihe so gewaltiger Jahre stets hervorgebracht. Wenn er selbst nichts ausrichten konnte, so war die Unternehmung mißlungen. Wenn auch nur ein kleiner Zwiespalt entstand, so daß Blut fließen mußte, so war es schon sehr schlimm. Napoleon zauderte keinen Augenblick. Er stieg vom Pferde, ging bis zur Spitze der Garde vor, befahl dieser, ihm Gewehr im Arm, mit gesenktem Bajonet, zu folgen und schritt bis auf 20 Schritt ganz allein zur Fronte des feindlichen Bataillons vor. Die Scene war ein geschlossenes Thal, die beiderseitigen Truppen von vielen Tausenden von Landvolk umgeben, die des wichtigen Ausgangs harrten. Die geringste Bewegung, ein einziger Schuß hätte jetzt sein Schicksal entscheiden können. Der Mann aber, wiewohl allein, war doch nicht allein; 20 Jahre der französischen Geschichte, mehr als 50 gewonnene Schlachten, der Nachruhm von Jahrhunderten umschwebten ihn. Seine Person, mit dem weltbekannten Hut und dem grauen Ueberrock über der Uniform, war nicht zu verkennen. Als er so nahe, als angegeben, gekommen, stand er und sprach mit fester Stimme: „Soldaten des 5. Regiments der Linie, erkennt Ihr mich?“ Antwort: „Ja, Sire.“ — „Erkennt Ihr mich, Euren Kaiser? Wenn ihn Jemand tödten will, so kann er es! Hier bin ich! Hier ist meine Brust!“ (sie war offen.) Es erfolgte ein Augenblick erhabenen Stillschweigens, in welchem indeß jeder Zweifel erstarb. Dann folgte der allgemeine, immer wiederholte Ruf Vive l'Empereur! Die Soldaten drängten sich herzu, man stürzte ihm zu Füßen, umringte ihn, liebkoste ihn, es gab eine enthusiastische Scene. Darauf riß das Bataillon auch die weiße Kokarde ab und legte die dreifarbige an. Auch ein Adler wurde hervorgesucht und emporgehalten. Es war geschehen; — die Bourbonen waren abgesetzt, Frankreich gehörte dem Imperator aufs Neue. Die gegenseitigen Truppen vereinigten sich in Freude und Jubel. Das Landvolk strömte von beiden Seiten herzu. Napoleon hielt eine Anrede über die Unrechtmäßigkeit der Bourbonen, die von immer neuem Zuruf unterbrochen wurde. Darauf rückte er im Triumph an der Spitze eben desselben Bataillons, was gegen ihn ausgesandt war, in Vizille ein. Eine allgemeine Trunkenheit bemächtigte sich Aller.

Es war noch Zeit, an diesem Tage Grenoble zu erreichen und sobald es nur die Aufregung gestattete, setzte sich der kaiserliche Zug dahin in Bewegung.

Hier war alles bereit, Napoleon die Besitznahme leicht zu machen. Wesentlich aber wirkte dazu der junge (29 Jahre alte), feurige Oberst des 7. Regiments, Huchet de Labedoyère, aus einer alten Familie der Bretagne. Wiewohl erst 8 Jahre im Dienst, hatte er doch schon die Feldzüge 1806/7 gegen Preußen, 1808 in Spanien, 1809 gegen Oesterreich, 1812 in Rußland und 1813/14 in Deutschland und Frankreich mitgemacht, hatte sich, öfter schwer verwundet, glänzend ausgezeichnet, war auch Adjutant des Vice-Königs Eugen gewesen und der kaiserlichen Familie nahe bekannt. Er hatte auch dem Salon der Königin Hortense in Paris angehört und war ein feuriger Verehrer der kaiserlichen Regierung. Oberst Labedoyère stand mit seinem Regiment in Chambery in Savoyen, als er die Annäherung Napoleons von Gap auf Grenoble erfuhr. Sogleich brach er ohne Befehl mit seinem Regiment von Chambery auf und rückte in Grenoble ein. Hier war bereits eine unbeschreibliche Verwirrung. Commandant der Festung war der Divisions-General Graf Marchand, Präfekt Herr Fourier. Beide waren nicht im imperialistischen Verständniß und wollten alles Ernstes die Stadt vertheidigen, was nun vollends Oberst Labedoyère unmöglich machte. Als er eingerückt war, holte er einen kaiserlichen Adler aus seiner Tasche, steckte ihn auf eine Stange, umarmte ihn vor seinem Regiment und rief laut: Vive l'Empereur, in welchen Ruf nicht allein sein Regiment, sondern auch fast die ganze Besatzung einstimmte. Darauf ließ er eine Trommel herbeibringen, die ganz voll von dreifarbigen Kokarden war und vertheilte die Kokarden an die Truppen. Dann brach er mit seinem Regiment, trotz der Vorstellungen des General Marchand, nach Vizille auf, um es Napoleon entgegenzuführen; er sandte auch einen Adjutanten voraus, um ihm dies anzuzeigen. — Durch die Zuführung eines ganzen Regiments war nun das Gelingen der Unternehmung Napoleons so gut wie gesichert, die Festung Grenoble konnte ihm zunächst nicht entgehen; aber Oberst Labedoyère mußte seine Begeisterung für Napoleon später mit dem Tode büßen.

In Grenoble bemühten sich General Marchand und der Präfekt Fourier nach Kräften, den Bourbons die Festung zu erhalten. Es wurden die Thore geschlossen, die Wälle besetzt, aber beide sahen ein, daß alles Bemühen umsonst war. Marchand wußte keinen andern Ausweg, als seinen Abschied zu fordern.

Es war schon völlige Dunkelheit, als der Kaiser, nun schon mit ansehnlicher Truppenmacht und mehreren Tausenden von Landleuten, am bedeckten Wege von Grenoble anlangte. Auf den Wällen hörte man das Vive l'Empereur der Soldaten und in der Stadt ein verworrenes Getöse. „Warum sind der Commandant und Präfekt nicht hier?“ fragte Napoleon. Er verlangte besonders nach dem letzteren. Man sagte ihm, daß dieser mit dem Commandanten an Vertheidigung gedacht. „Was? Fourier Bourbonist?“ fragte er verwundert. Das Thor wurde alsbald geöffnet und Napoleon hielt bei Fackelschein seinen Einzug. Der Jubel war ganz außerordentlich. Er wurde empfangen wie ein Erretter. Man drängte sich herzu, seine Hand zu fassen, seine Kleider, auch nur sein Pferd zu berühren. Als er sein Quartier genommen, geschahen dann auch die Glückwünsche der Behörden und eines großen Theils der Bevölkerung. Napoleon war sehr erfreut. „Nun ist alles entschieden!“ sagte er zu seinen Offizieren, „wir sind sicher, nach Paris zu kommen.“

Grenoble, an dem kräftigen Gebirgsfluß, der Isère, noch in den Vorbergen der Dauphinéer Alpen, war schon damals eine Stadt von 22,000 Einwohnern, gehörte also zu den größeren Mittelstädten von Frankreich. Schon darum war der Gewinn dieser Stadt kein geringer. Aber sie war auch eine Festung und gewährte alle Mittel einer solchen: Geschütz, Munition, Kriegsmaterial aller Art; sie gab auch dem Unternehmen einen bedeutenden Stützpunkt, wenn es eines solchen bedurfte. Zugleich aber erhielt Napoleon eine Truppenmacht von 6000 Mann, von allen Waffen, Fußvolk, Reiterei, Artillerie, Pioniere. Der Gewinn war sehr groß, indem er auch ein großartiges Beispiel für ganz Frankreich gab. In der That konnte er nun sein Unternehmen für völlig gelungen betrachten; er wurde wieder Herr von Frankreich.

So wichtig dies alles für ihn war, so mußte er doch bemerken, daß ein starkes Freiheitsgefühl durch die ganze Nation ging.

Man begrüßte ihn überall mit Freuden als den Erretter von dem Feudaljoch der Bourbons und der Emigranten, wollte ihm gerne die anfängliche Diktatur zugestehen, aber man sagte ihm auch mit großer Freimüthigkeit: Frankreich wolle keinen Krieg und keine Eroberungen, wolle keine Willkür, sondern unter einer gesicherten freien Verfassung glücklich sein. Oberst Labedoyère selbst hatte ihm gleich anfangs freimüthig gesagt, daß er nur deshalb zu ihm übergegangen, weil er bestimmt erwarte, daß der Kaiser dies alles gewähren werde, und Napoleon hatte es ihm zugesagt. So hatte er denn sein Benehmen, als er in Grenoble war, auch darnach eingerichtet. Er war nie liebenswürdiger, er sprach mit seltener Kenntniß der Verhältnisse, war überaus geistreich und entzückte Alle. Er habe den Krieg zu sehr geliebt, sagte er, jetzt wolle er alle Eroberungen lassen. Er wolle weniger herrschen, als der erste Bürger des Vaterlandes sein. Das Glück Frankreichs sei sein einziger Gedanke, Frankreich solle frei und glücklich sein. Sogleich aber ergriff er nun die Zügel der Regierung. In einem Dekret, das auf der Stelle gedruckt und angeschlagen wurde, verordnete er, daß von nun an alle Akte der Regierung von ihm betitelt und nach seinen Formen bezeichnet werden sollten. Ein zweites Dekret organisirte die Nationalgarden der fünf umliegenden Departements Ober- und Nieder-Alpen, Montblanc, Drome und Isère und ein drittes stellte Grenoble unter den Schutz dieser Nationalgarden. Er erließ auch eine öffentliche Proklamation an die Einwohner der Dauphinée. Sie ist schon viel zuversichtlicher als die erste an die Einwohner der Departements der Ober- und Nieder-Alpen; darum aber doch nicht weniger vorsichtig. Er dankt nur und drückt seine ganze Achtung aus. Was er gesehen, habe ihn tief bewegt. Er habe sich überzeugt, daß das französische Volk immer noch des Namens „der großen Nation" würdig sei, womit er es vor zwanzig Jahren begrüßt. Seine Anrede ist auch hier „Bürger" (citoyens). Diese Proklamationen wurden in Grenoble überall verschwenderisch angeschlagen und erregten den größten Enthusiasmus. Man riß sich darum und versendete sie ringsher in die Ferne.

Napoleon sprach in Grenoble, wie schon vorher, mit großer Zuversicht, daß Oesterreich für ihn sei, daß Murat mit 80,000 Mann ihm zu Hülfe käme. Es wurden nicht ohne Geräusch Couriere nach Wien an „Marie Louise“ und nach Rom an die Familie Bonaparte abgesendet. Natürlich wurden sonst noch Emissaire nach allen Richtungen ausgeschickt, um die großen Erfolge zu verkündigen und für das große Unternehmen zu wirken. Der Kaiser hielt dann am 8. März Mittags große Heerschau über die Truppen von Grenoble unter dem Zudrang vieler Tausende von Bürgern und Landleuten, die die Luft erschallen ließen von dem Zuruf: Nieder mit den Bourbons! Nieder mit den Feinden des Volks! Es lebe der Kaiser! Denselben Nachmittag brach er fast mit der ganzen Garnison auf, um gegen Lyon zu ziehen.

Die fernere Reise Napoleons glich einem Triumphzuge. Er selbst war von der bisherigen großen Anstrengung zu sehr ermüdet, um beständig zu Pferde sein zu können. Er reiste bequem in einer offenen Kalesche mit General Bertrand. Der Wagen fuhr im Schritt und war stets von Tausenden aus dem Landvolk umgeben. Diese wurden nicht müde, ihm zuzurufen, Lieder zu singen und ihre laute Freude zu äußern, welches der Kaiser von Zeit zu Zeit mit freundlichen Anreden und Fragen vergalt. Daß er in Lyon mit eben so großer, wenn nicht noch größerer Begeisterung aufgenommen werden würde, davon war er schon jetzt überzeugt und er wußte schon, daß er dort sehnsüchtig erwartet wurde. Lyon hatte in der Revolution im Jahre 1793 zu sehr gelitten, und sobald Napoleon zur obersten Gewalt gelangt war, hatte er sich unablässig bemüht, der Stadt Wohlthaten zu beweisen und ihre Industrie zu heben. Da hier nur seine Erscheinung nöthig war, so hatte er von Grenoble aus zwei Escadrons Husaren vorausgesandt, um sich womöglich der bourbonischen Prinzen zu bemächtigen, die, wie er wußte, sich in Lyon befanden, sie waren aber bereits wieder abgereist. Ein eigener Schauer hatte sich aller Soldaten bemächtigt, je mehr der Kaiser nahte; sie konnten seine Ankunft kaum erwarten.

Napoleon kam den 9. März spät nach Bourgoing, von wo aus er den nächsten Tag in Lyon eintreffen mußte. Er hielt für nöthig, noch einmal zu dem französischen Volke zu reden, um ihm seine veränderten Gesinnungen darzulegen; darum erließ er eine neue Proklamation aus dieser Stadt. Nachdem er kurz angeführt, wie von seinen Gegnern der Traktat von Fontainebleau verletzt worden und vom Wiener Congreß Versuche gemacht worden, ihn von Elba zu entfernen, fährt er so fort: „Franzosen! Bald werde ich in Eurer Hauptstadt sein ..... und vor dem 30. d. M. wird Euer glücklicher Kaiser, der Souverain Eurer Wahl, seine Gegner zur Flucht nöthigen. Frankreich wird das glücklichste Land der Welt werden. Die Franzosen sollen wieder die große Nation sein und Paris wieder die Königin der Städte, so wie der Sitz der Künste und Wissenschaften. — In Verbindung mit Euch will ich Maßregeln nehmen, daß der Staat konstitutionell regiert werde und daß eine weise Freiheit nicht in Frechheit ausarte. Ich werde zur Zufriedenheit Aller jene Auflagen abschaffen, die unter dem Titel droits réunis bekannt und verhaßt geworden. Das Eigenthum soll ohne Ausnahme, so wie die persönliche Freiheit respektirt werden. Allgemeine Ruhe soll stets der Gegenstand aller meiner Bemühungen sein. — Keine Rache! sie ist meinem Herzen fern. Man hat einen Preis auf meinen Kopf gesetzt; aber ich verzeihe meinen Gegnern. Fallen sie in meine Hände, so werde ich sie beschützen und sie ihren Verbündeten oder nach England ausliefern. Hierauf beschränkt sich meine Rache. — Seid ruhig, Pariser, und ihr Nationalgarden jener edlen Stadt .... Fahret fort, Eigenthum und bürgerliche Freiheit zu beschützen ......*)

Den 9. März brach Napoleon gegen Lyon auf. Es geschah mit gesteigertem Enthusiasmus der Bevölkerung und der Soldaten und mit Siegesgewißheit. In der Stadt war der Graf von Artois, der Herzog von Orleans und als spezieller Befehlshaber der Marschall Macdonald Herzog von Tarent, unter ihm die Divisions-Generale Mouton-Duvernay und Girard. Von Truppen war nur das 24. Linien-Regiment und das 13. Dragoner-Regiment in der Stadt, wozu man in Eile noch das 20. Linien-Regiment herangezogen hatte. Es war auch die Nationalgarde zu Fuß und zu Pferde formirt. Die Prinzen und der Marschall gaben sich alle mögliche Mühe, besuchten die Kasernen, hielten Revuen, boten Versprechungen aller Art, wollten Geld austheilen; sie sahen aber bald, daß alles umsonst war. Um 4 Uhr Nachmittags kam der Vortrab der kaiserlichen Truppen vor Lyon an. Marschall Macdonald

---

*) Vossische Zeitung vom 1. April. Artikel: London v. 22. März. Der Aufruf ist dort vom 8. März datirt.

wollte die beiden Rhonebrücken Morand und Guillotière abbrechen, um ein sofortiges Eindringen zu verhindern, aber eine große Zahl Arbeiter erklärte, sie würden keinen Axtschlag zugeben, und es mußte unterbleiben. Es fand nicht der geringste Widerstand statt. Um 5 Uhr war die Stadt erobert und um 7 Uhr hielt Napoleon seinen Einzug, der unter dem Zujauchzen von mehr als 100,000 Menschen ein vollständiger Triumph war. Niemals in den Tagen seines höchsten Schlachtenruhmes war er mit mehr Enthusiasmus begrüßt, niemals war er froher umdrängt worden. Er erschien ganz als Erretter, und es sollen Menschen vor Freude gestorben sein. Trostlos und nur von einem einzigen Gensd'armen begleitet fuhren der Graf Artois*) und der Herzog von Orleans nach Paris ab; ersterer soll bittere Thränen vergossen haben. Der Marschall Macdonald, der den Bourbonen treu blieb, rettete sich kaum mit einem einzigen Adjutanten.

Wir haben die Unternehmung Napoleons bis Lyon geführt und wenden uns nun zu den Gegenanstalten der Bourbonen und Royalisten. Sie legen die Verblendung aristokratischen Hochmuths, die hier dem Blödsinn nahe kommt, die gänzliche Unfähigkeit, die Hohlheit schreiend an den Tag. Sie zeigen, wie weit eingebildete Vornehmheit den Blick verwirren kann.

Es ist kaum glaublich und doch gewiß, daß eine Depesche des Präfekten des Var-Departements de Boutilhier an den Minister des Innern Herrn v. Montesquiou, worin gemeldet war, daß von Elba aus Versuche zur Anwerbung von Truppen bei der Garnison

*) Als die Garnison von Lyon unter den Waffen stand, um dem anrückenden Napoleon doch Widerstand zu leisten, bot der Graf Artois alle möglichen Liebkosungen und Schmeicheleien auf, um die Truppen zu gewinnen; aber er begegnete überall nur düsterm Schweigen oder höhnischem Lächeln. Als er die Front des 13. Dragoner-Regiments hinabritt, bemerkte er einen alten Unteroffizier mit mehreren Narben und mit den Zeichen einer längeren Dienstzeit. „Nun, Kamerad," sagte er, „so rufe doch: es lebe der König!" Wenig ehrerbietig antwortete der Aufgeforderte: „Nein, mein Herr, kein Soldat kann gegen seinen Vater kämpfen; ich kann nur rufen: es lebe der Kaiser!"

von Antibes gemacht worden und daß die ganze Provence aufgeregt sei, seit zehn Tagen noch unentsiegelt in dem Kabinet des Ministers lag, bis die Nachricht von der Landung Napoleons dann zur Aufmerksamkeit zwang. Am 5. März in Paris angelangt, zeigte dann eine telegraphische Depesche des Präfekten von Toulon die Ausschiffung Napoleons im Golf von Juan den Behörden von Lyon an, und eine zweite des Gouverneurs von Toulon, Marschalls Massena (Fürsten von Eßling und Herzogs von Rivoli), fügte hinzu, daß Napoleon an der Spitze von 1000—1100 Mann von allen Waffen ausgeschifft sei und sich in die Berge der Dauphinée geworfen habe.

Die Depeschen waren an den Staatsrath Baron Vitrolles gelangt, den einzigen Mann von gesundem Verstande, der sich im Rath des Königs befand. Dieser verfügte sich sogleich zu Ludwig XVIII. und zeigte ihm die inhaltschwere Zeitung an. Der König, dessen Geist hinter seiner unförmigen Masse verschwand, zeigte die größte Trägheit und Gleichgültigkeit. Es fiel ihm nicht ein, zu glauben, daß ein Räuber, dem man aus unsinniger Gnade eine kleine Insel im mittelländischen Meer bewilligt, je seinem Throne schädlich sein könne. Gehen Sie zum Marschall Soult, bestimmte er, und sagen Sie ihm, er soll thun, was nöthig sei. Vitrolles begegnete dem Marschall auf dem Pont royal. Soult wollte die Nachricht erst nicht glauben und wenn sie richtig, so hielt er das Unternehmen Napoleons für ganz unsinnig und wenig bedeutend. Indessen kehrten sie beide nach den Tuilerien zurück. Auch jetzt sah die Versammlung um den König keine Gefahr, und Marschall Soult begnügte sich, Befehle für den folgenden Tag anzukündigen.

Indessen hatte die Nachricht sich mit großer Schnelle verbreitet und man eilte in die Tuilerien, um dem Könige seine Ansichten darzulegen. Die allgemeine Meinung der Prinzen, Minister und Royalisten war, es sei ein glückliches Ereigniß, „Bonaparte" werde in kürzester Zeit seinen Untergang finden und man sei dann seiner für immer ledig. Graf Blacas und der General-Director der Polizei, Dandré, wünschten dem Könige Glück: Bonaparte sei ein Narr, ein Unsinniger, man werde ihn gefangen nehmen, ihn erschießen und dann nicht mehr von ihm sprechen hören. Niemandem fiel es ein, daß Napoleon nach einem tief angelegten Plan handeln könnte. Die Prinzen waren in großer Sicherheit. Der Herzog von Berry sehnte sich nach seiner ersten Waffenthat und hatte darüber eine kindische Freude. Er sprach davon zu dem Obersten seines Regiments, Talhouet, und war sehr unwillig, als dieser besorgt äußerte: „Monseigneur, ich kenne Napoleon, ich befürchte eine Katastrophe."

Baron Vitrolles konnte sich nicht so leicht beruhigen, er drängte zu Maaßregeln, und erlangte am Abend des 5. März den Beschluß der Abreise der Prinzen und der Bildung von drei Corps, um Napoleon an den Alpen einzuschließen. Es sollten dies nur Vorsichtsmaßregeln sein, die der Hof eigentlich für unnöthig hielt.

Am 6. erfolgte dann eine telegraphische Depesche, daß „Bonaparte" sich auf Gap dirigire und im Marsch auf Grenoble begriffen sei. Noch immer blieb Graf Blacas felsenfest dabei, es hätte nichts zu bedeuten. Der König aber wurde doch aufmerksam, er fing an, ein Complott zu ahnen (die Bourbonen hatten fünfundzwanzig Jahre complottirt). Es wurde nun doch ein Ministerrath bei Blacas gehalten. Daß die königlichen Prinzen in die Provinzen reisen sollten, um sich an die Spitze einer Truppenmacht zu stellen, wie Baron Vitrolles schon am Abend vorher vorgeschlagen, wurde nun ausgemacht, da man einem Marschall so etwas nicht anvertrauen konnte oder wollte. Eben jetzt war der Herzog von Angoulême und seine Gemahlin in Paris nicht anwesend. Sie waren in Bordeaux, wo sie einen großen legitimistischen Enthusiasmus bei der Bevölkerung und in ganz Languedoc erregt hatten. Diese glaubte mit Einsetzung der Bourbonen, die einen langen Frieden mit den europäischen Mächten und die Freiheit der Seeschifffahrt brächten, die goldene Zeit gekommen, wo der Handel blühen und ihre schönen Weine den besten Absatz finden würden. Das prinzliche Paar wurde dort sehr gefeiert und es folgten Feste auf Feste. Da kam nun die unheilvolle Nachricht von dem Einfall „Bonaparte's". Beide Ehegatten erhielten die Weisung, die Treue der Bevölkerung in diesem Theile des Landes aufrecht zu erhalten. Die heroische stolze Herzogin übernahm es, sich an die Spitze der Truppen und der Nationalgarde von Bordeaux und Languedoc zu stellen; der Herzog ging auf Befehl von Paris nach

Marseille, um den Süden von Frankreich gegen Napoleon in Waffen zu bringen. Die Prinzen von Condé wurden nach der Vendée gesandt. Nach der wichtigsten Seite, unmittelbar gegen „Bonaparte“, mußte der Thronfolger, „Monsieur“, Graf von Artois nach Lyon abgehen. Es wurde bestimmt, daß auch der Herzog von Orleans sich dahin begeben sollte. Dies geschah hauptsächlich, weil man ihm nicht traute. Er hatte keine Lust dazu, vielleicht weil er doch Kenntniß davon hatte, daß er von einer großen Partei zum Thronkandidaten ausersehen sei. Der Herzog verfügte sich in die Tuilerien, suchte sich beim Könige möglichst zu entschuldigen, um zurückbleiben zu dürfen. Es half aber nichts und er erlangte bloß eine Verzögerung. Graf Artois reiste schon den 6. März nach Lyon ab, der Herzog mußte ihm den 7. um 11 Uhr Vormittags dahin folgen. Die militairische Befähigung von Graf Artois war aber äußerst gering und die des Herzogs nicht viel besser; es wurde also Beiden als eigentlicher Befehlshaber der Marschall Macdonald, Herzog von Tarent, beigegeben. — Der Herzog von Berry endlich, — obgleich unpopulair, unfähig und wenig geachtet, — erhielt den Oberbefehl über eine Reserve-Armee, die bei Fontainebleau zusammengezogen werden sollte.

In derselben Sitzung wurde die Aufforderung zur Bildung eines Corps königlicher Freiwilligen beschlossen. Diese war auch anfangs nicht ohne Erfolg. Die kaiserliche Regierung, so wie sie gewesen, konnte vielfach nicht beliebt sein. Die Einrollirungen in Paris ergaben in den nächsten Tagen bis zu 17,000 Mann. Man hörte von den Freiwilligen in den Straßen zuweilen den Ruf: nieder mit dem Corsen! nieder mit dem Tyrannen! Als es aber zur Entscheidung kommen sollte, hatten sie sich zerstreut und waren nirgends zu finden.

Hiernächst wurden in einer königlichen Verordnung die Kammern berufen, die erst im November des vorigen Jahres entlassen worden. Die Verordnung war von Guizot redigirt. Es wurde darin nicht gesagt, zu welchem Zweck, auch war kein Datum bestimmt, wann sie sich einzufinden hätten, sondern die Mitglieder sollten, sobald ihnen der Aufruf zu Gesicht gekommen, sich sogleich auf ihren Posten begeben. Der König, hieß es, habe sich unablässig den Arbeiten hingegeben, welche das Glück und die Ruhe (?)

seiner Völker begründen könnten. Diese Ruhe sei unterbrochen worden .... Die Schnelligkeit und Weisheit der Maaßregeln, die der König ergreifen würde, werden die Fortschritte des Bösen hemmen .... Hätten die Feinde des Vaterlandes ihre Hoffnung auf Spaltungen gesetzt, so würden die gesetzmäßigen Stützen und Vertheidiger desselben diese strafbare Hoffnung durch die unangreifbare Macht einer unzerstörbaren Einigkeit vernichten ....

Endlich wurden durch eine königliche Verordnung von demselben Tage (6. März) gegen Napoleon und diejenigen, welche ihm anhängen könnten, die schwersten Strafen ausgesprochen. „Napoleon Bonaparte" wird für einen Verräther und Rebellen erklärt. Alle Militair- und Civilbehörden, selbst alle einzelnen Bürger werden befehligt, auf ihn Jagd zu machen (de lui courir sus), ihn zu ergreifen, vor ein Kriegsgericht zu stellen und nach den Gesetzen zu bestrafen, d. h. zu erschießen. Gleiche Strafe sollen alle diejenigen erleiden, welche „gedachtem Bonaparte" auf seinem Einfall in das französische Gebiet gefolgt sind, wofern sie nicht augenblicklich von ihm abfallen. Es sollen als Mitverschworene und Begünstiger der Rebellion und als solche, welche zur Absicht hatten, die Regierungsform umzustoßen, angesehen werden, Alle, welche geradezu oder auf Umwegen „gedachtem Bonaparte" Hülfe und Beistand leisten würden. Es sollen auch endlich mit denselben Strafen belegt werden alle diejenigen, welche durch an öffentlichen Orten oder in öffentlichen Zusammenkünften gehaltene Reden, durch Anschlagzettel oder gedruckte Schriften an der Empörung Antheil genommen oder auch nur sich weigern, derselben entgegen zu arbeiten.

Wiewohl alle diese Maaßnahmen auf die Wichtigkeit des Einfalls Napoleons hinwiesen, so scheint jetzt noch weder der Hof, noch auch die Royalisten irgend ernstliche Besorgnisse gehegt zu haben. Als am 7. März die fremden Gesandten dem Könige ihre Aufwartung machten, sagte dieser (Moniteur vom 8. März): „Schreiben Sie an Ihre Höfe, meine Herren, daß ich mich wohl befinde und daß die tolle Unternehmung „dieses Mannes" die Ruhe von Europa eben so wenig stören wird, als sie die meinige gestört hat." *)

Der Hof und die Royalisten wiegten sich in der Loyalität

*) Vossische Zeitung vom 21. März.

der Marschälle Napoleons, die trotz der moralischen Mißhandlung, die sie von den Bourbonen erfahren, doch keine Thronveränderung, der Ruhe wegen, wünschten, und der Regierung ihre Ergebenheit bezeugten; in den vielfachen loyalen Adressen, die von den Behörden einliefen, und in der anfänglichen Theilnahme, die die Bildung der königlichen Freiwilligen fand. Unter den Marschällen waren es zwei der berühmtesten, der Kriegsminister Soult und der Marschall Ney, deren Eifer für die Bourbonen keine Grenzen kannte. Der erstere überbot noch Blacas an ausgesuchtem Despotismus und Anrathung von Maßregeln der heftigsten Art. Sein jetziges und nachheriges Verfahren, wo er der Major-General Napoleons wurde, lassen ihn, bei aller seiner Tapferkeit und bei allen seinen Talenten, nur als reinen Kriegsknecht ohne Charakter erscheinen. Am 8. März erließ er als Kriegsminister folgenden Tagesbefehl an das Heer*), welchen er wenige Tage darauf Lügen strafte: „Soldaten! Jener Mann, der noch erst kürzlich vor den Augen von ganz Europa eine „usurpirte Gewalt“ niederlegte, wovon er einen so schädlichen Gebrauch gemacht hatte, „Bonaparte“ hat den französischen Boden, den er nie wiedersehen sollte, wieder betreten. — Was will er? den Bürgerkrieg. Was sucht er? Verräther. Wo wird er sie finden? Soll es unter den Soldaten sein, die er so oftmals getäuscht und aufgeopfert hat, indem er ihre Tapferkeit auf Irrwege führte? Soll es im Schooße jener Familien sein, welche sein bloßer Name noch mit Schrecken erfüllt? — Bonaparte verkennt uns sehr, wenn er glaubt, daß wir einen „rechtmäßigen und vielgeliebten Souverain“ verlassen könnten, um das Schicksal eines Mannes zu theilen, der nun weiter nichts mehr als ein „Abenteurer“ ist. Er glaubt es, der Unsinnige! Und dieser „letzte Schritt von Wahnsinn“ entlarvt ihn nun ganz. — Soldaten, die französische Armee ist die tapferste von Europa, sie wird auch die treueste sein....“ — Eine ganz ähnliche Hingabe zeigte der berühmte Marschall, Prinz von der Moskwa, Herzog von Elchingen, Ney. Als „der Tapferste der Tapfern“ von Napoleon geehrt und in Heer und Volk allgemein anerkannt, war er, ursprünglich von geringer Bildung, schwach an Geist und Ein-

*) Vossische Zeitung vom 21. März.

sicht und ein Kind in der Politik. Er hatte wesentlich die Abdankung Napoleons mit herbeigeführt, hatte, wie er glauben mochte, von diesem nichts zu hoffen und meinte, sich nun den Bourbonen rücksichtslos hingeben zu müssen. So viel er selbst dazu beigetragen, den Ruhm Napoleons zu erhöhen, so war er doch weit entfernt, die Größe des Kaisers und dessen Bedeutung zu ahnen. So sah er denn die Wiederkehr desselben als einen Narrenstreich an und empfand den tiefsten Unwillen darüber. Er nahte sich Ludwig XVIII., sprach mit möglichster Heftigkeit über seinen früheren Gebieter, verlangte einen Heerbefehl und vermaß sich, Napoleon „in einem eisernen Käfig“ nach Paris zu führen. Er hat diese Aeußerung später bestritten und will nur gesagt haben, Napoleon verdiene, in einem eisernen Käfig nach Paris geführt zu werden; aber es ist nicht anzunehmen, daß der König sich geirrt, auch ist die Sache selbst von geringem Unterschied. Ludwig XVIII. hielt im Ganzen doch auf Wohlanständigkeit und so war ihm diese Geringschätzung des früheren Souverains von Seiten des Marschalls anstößig, er hielt dies für unrecht, da er ihm doch so viel zu verdanken hatte, wenigstens hielt er es für undankbar. Indessen war das Anerbieten des tapferen Mannes nicht zu verachten, er schien es durchaus aufrichtig zu meinen. Ludwig XVIII. traute ihm, er erhielt das gewünschte Commando, wofür Ney dem Könige mit Erkenntlichkeit unter vielen Versicherungen die Hand küßte.

Wenn das Angeführte die amtlichen Maaßnahmen betraf, so gestattete der König in der doch immerhin bedenklichen Lage eine Versammlung der Konstitutionellen, solcher, die unter den Bourbons eine wahrhafte konstitutionelle Regierung anstrebten und solche für möglich hielten. Natürlich konnte eine solche Versammlung nur privatim sein, da nur die Kammern öffentliche Befugniß hatten; aber im jetzigen Augenblick wollte der König ihre Hülfe nicht verschmähen. So versammelten sich der Herzog von Broglie, Marquis d'Argenson, Benjamin Constant, Lafayette, Lainé im Hause des letzteren, um von ihrer Partei und Seite Maaßregeln gegen Napoleon zu berathen. Sie entwarfen Proklamationen im Styl von 1789, welche in die Provinzen gesandt wurden. Sie waren einstimmig, daß es dringend nöthig, den Kammern volksthümlichere

Mitglieder und allen Instituten, vom Ministerium an*), volksthümlichere Elemente hinzuzufügen, das ganze System der Regierung zu ändern. Die Vorschläge dieser Herren mögen jetzt in der Noth bei Hofe zu einigen der späteren liberalen Maaßregeln mitgewirkt haben, die aber alle zu spät kamen. Das Einzige, was jetzt Noth that, konnten sie nicht schaffen: Aufopferung des Volks für die Bourbons und ein treues Heer.

In den nächsten Tagen, den 7., 8. und 9. März, waren der Hof und die Royalisten von unerschütterlichem Vertrauen beseelt. Sie hatten mit Nichtachtung aller, in der gegebenen Charte verbürgten, Rechte des Volks diesem Volke alle Rechte entzogen, um einen Zustand wie vor der Revolution wieder einzuführen; sie wollten einen großen Theil des Volks seiner Güter berauben, um sie den Emigranten und Priestern zu geben, und nun erwarteten sie, daß dies Volk sich für sie aufopfern würde. Sie hatten das Heer gedemüthigt, beschimpft und ihm gerechte Belohnungen vorenthalten, und nun erwarteten sie von diesem Heere Hingebung und Treue. Die Kammern hatte man in der größten Mehrzahl aus Royalisten gebildet, diese Kammern auch nur gleichsam geduldet und sich wenig an sie gekehrt, und nun erwartete man von diesen großen Einfluß auf das Volk. Es konnte keine größere Verblendung geben. Es waren durch den Präsidenten Lainé in Eile 69 Abgeordnete zusammengerafft worden, die sich später etwa auf 100 vermehrten, und es war auch eine Anzahl Pairs zusammengekommen. Natürlich sandten diese ihre Deputationen an den König mit allen möglichen Versicherungen der Aufopferung, und der König antwortete: er sei ruhig in der Gewißheit der Liebe seines Volkes, in der Treue seiner Heere, in der Mitwirkung beider Kammern; aber mit diesen gegenseitigen Versicherungen blieb man immer unter sich und im eigenen Hause.

Es wurden auch Revuen der Truppen in Paris angeordnet, die unter dem Balkon des Königs vorüber marschiren mußten, mit Bildung der königlichen Freiwilligen wurde mit großem Geräusch

*) Zufolge Thiers schlug selbst Herr von Montesquiou, Minister des Innern, vor: vier der unpopulären Minister, ihn selbst eingeschlossen, zu entlassen und dafür populäre zu wählen, Lafayette zum Chef der Nationalgarde zu ernennen ꝛc. Er wurde vom Hofe abschläglich beschieden.

verfahren, der Herzog von Berry besuchte die Kasernen und schmeichelte den Soldaten.

Einstweilen half man sich in den öffentlichen Blättern, dem Moniteur, dem Journal des Debats, der Quotidienne 2c., durch Aufstellung eines felsenfesten Vertrauens und durch hausdicke Lügen und Verleumdungen, und täuschte sich so sehr, daß man selbst daran glaubte. Napoleon war natürlich der Abscheu des Menschengeschlechts, der Tyrann, der Corse, der Räuber, seine Truppen waren ein Räubercorps. Er hatte geraubt und Pferde gestohlen. Er ist immer noch bei Digne eingeschlossen, die Bauern bewaffnen sich gegen ihn von allen Seiten und er ist wahrscheinlich schon vernichtet. Sein Haufe nehme fortwährend ab; mehrere seiner Soldaten blieben in den Dörfern, andere würden festgenommen. Seine Soldaten verkauften ihre Patronen, auf den Biwouac-Plätzen derselben fände man zurückgelassene Waffen, Kokarden 2c. Man hätte nicht erfahren, daß ein einziger Mensch Anhänglichkeit oder die geringste günstige Gesinnung für Bonaparte gezeigt hat. In Toulon, Grenoble, Lyon wolle Alles gegen den Empörer marschiren. Jedermann rufe: es lebe der König! Die Bauern in der Gegend von Lyon bewaffneten sich mit allem, was sie auftreiben könnten, und wollten sich Bonaparte's todt oder lebendig bemächtigen.*) Im Journal des Debats donnerte Chateaubriand gegen den Tyrannen. „Was wird geschehen? ruft er aus, wie in Aegypten, Rußland, Sachsen, so wird er in den Gebirgen der Dauphinée seine 800 Abenteurer verlassen, um seine eigene theure Person zu retten. Möge es aber die Vorsehung für diesmal verhüten und ihn der Rache der Gesetze Preis geben, die er so oft mit Füßen trat!“ An einer andern Stelle nennt er ihn den Poltron des Jahres 1814, den Abenteurer des Jahres 1815. Er wagt es, sagt er weiter, den Tod der Helden sterben zu wollen; Gott wird es fügen, daß er den Tod der Verräther stirbt. Frankreichs Boden hat ihn von sich gespieen; er hat ihn wieder betreten. Frankreichs Boden wird ihn verschlingen.**) — In der Quotidienne wurde die Unterneh-

*) Moniteur vom 9. März; mitgetheilt in der Vossischen Zeitung vom 21. März.

**) Vossische Zeitung vom 21. März.

mung Napoleons als ein reiner Verzweiflungsstreich bezeichnet. „Man hat starke Gründe," heißt es darin, „zu glauben, daß Bonapartes Erscheinen auf dem französischen Gebiete ein Zug der Verzweiflung ist. Da es nicht unwahrscheinlich ist, daß der Congreß von Wien beschlossen hatte, dem Napoleon einen andern Aufenthaltsort anzuweisen, um dessen in Italien angesponnenen Intriguen vorzubeugen, so hat er, um sich den Folgen dieses Beschlusses zu entziehen, diese „Seeräuberunternehmung" gegen einige kleine Städte der Provence gewagt, in welchen sich weder Truppen noch Artillerie befinden. Man würde dieser Unternehmung zu viel Ehre anthun, wenn man sie mit dem Beiworte „kühn" belegen wollte."*) In der Wuth ging man jetzt sogar so weit, alle kaiserlichen, wissenschaftlich berühmten Männer, so Lucian Bonaparte, die Herren Cambacérès, Garat, den Cardinal Maury, die Herren Merlin, Roederer, Sieyes aus der französischen Akademie auszuschließen und sie durch legitimistische, wie den Bischof von Alais, die Herzoge von Richelieu und Choiseul-Gouffier, die Herren de Bonald, de Ferrand und Lally-Tolendal zu ersetzen, so wie die Namen von Napoleon, de Monge, de Guiton, de Morveau, und Carnot als Mitglieder der Akademie auszuradiren.**)

Der Moniteur vom 10. März war noch sehr vertrauensvoll. Es wurde gemeldet, die Prinzen wären am 8. März Abends in Lyon angekommen. Sie hätten die Truppen und die Einwohner im schönsten Einklang der Gesinnungen gefunden und die glänzendsten Beweise ihrer Ergebenheit und Treue erhalten. An eben diesem Tage erschien ein Offizier von den Haustruppen des Königs auf dem Balkon der Tuilerien und verkündete, nachdem er mit dem Hute geschwenkt, daß der König amtliche Nachricht erhalten, der Herzog von Orleans mit 20,000 Nationalgarden von Lyon habe Bonaparte in der Richtung von Bourgoing angegriffen und ihn vollständig geschlagen, dieser sei in die Berge zurückgeflüchtet.

So sehr dies geeignet war, den Muth zu heben (die Royalisten frohlockten und selbst die Börse stieg), so war der 10. März

*) Vossische Zeitung vom 21. März. Diese drei Beispiele aus den öffentlichen Blättern für viele.

**) Vaulabelle II. 245, 246.

dennoch ein Unglückstag. Eine telegraphische Nachricht meldete, daß Grenoble unwiederbringlich verloren sei, daß Bonaparte bis Bourgoing vorgedrungen und daß man erwarte, ihn am 10. März Abends in Lyon einrücken zu sehen. Eine zweite Unglücksbotschaft kam aus Norden. Die Unternehmung der Generale zu Lille und Lafère wurde bekannt und wenn sie auch gescheitert war, so schien es doch nun ganz gewiß, daß sie mit dem Einbruch Napoleons und dessen Vorrücken zusammenhing, also auf das stehende Heer kaum mehr zu rechnen war. Endlich waren nun auch die flammenden Proklamationen Napoleons in Paris angekommen und verfehlten ihren überall zündenden Eindruck nicht. In der Nacht vom 9. zum 10. waren sie, in Eßwaaren eingewickelt, heimlich an eine Frau gekommen, welche lange bei der kaiserlichen Polizei angestellt gewesen. Nach Verlauf von nur einigen Stunden zirkulirten sie schon in Paris. Sie waren nur im Manuscript, aber man schrieb sie reißend ab oder behielt doch die Hauptstellen im Gedächtniß und verbreitete sie von Mund zu Mund. — Gegen diese Botschaften waren die vielen Adressen der Behörden und Corporationen von unerschütterlicher Liebe und Treue, von Abscheu gegen den Tyrannen, von Opferung von Gut und Blut, von Bereitsein zu sterben und dergleichen mehr, welche jetzt besonders häufig eingingen, kein genügender Trost.

Diese inhaltschweren Zeitungen waren denn doch geeignet, auf den Hof und auf die Royalisten den tiefsten Eindruck zu machen. Das bis dahin so felsenfeste Vertrauen war erschüttert. Man war erstaunt, erzürnt, die Vorgänge waren unbegreiflich. Man ahnte, daß die Sache doch sehr ernst sei, und daß die schleunigsten Gegenanstalten erforderlich wären.

Fürs Erste kehrte sich aller Ingrimm gegen den Kriegsminister Soult. Er sei in dem bonapartistischen Complott, welches man überall witterte und was auch wirklich unverabredet überall war. Die royalistische Heftigkeit Soults, sagte man, sei nur Maske gewesen, er habe auch um den Aufstand von Lafère gewußt. Er wurde den 11. März entlassen und der Divisions-General Clarke, Herzog von Feltre, zum Kriegsminister ernannt. Soults Absetzung wurde im Publikum übrigens mit Freuden begrüßt, da seine grenzenlose Servilität längst die höchste Entrüstung hervorgebracht hatte.

Was die Bereitung des Widerstandes gegen den nun doch sehr gefährlich erachteten Feind betraf, so sah man ein, daß auf das stehende Heer kein Verlaß war. Wenn man aber diesem mißtraute, so blieb nur die Nationalgarde als schwaches Widerstandsmittel übrig. Man hatte auch bisher die Nationalgarde mit Widerwillen und Mißtrauen betrachtet; jetzt aber säumte man nicht, sie im ganzen Reiche aufzurufen, zu bewaffnen, Musterung über sie zu halten und ihr zu sagen, daß auf ihr die Hoffnung des Vaterlandes beruhe. Im jetzigen Augenblick traute man auch den republikanischen Generalen, solchen, die bei Napoleon in Ungnade gefallen oder zurückgesetzt worden, viel mehr als den kaiserlichen. So wurde der General Dessolles an die Spitze der sämmtlichen Nationalgarden Frankreichs gestellt, der General Lecourbe wurde wieder aktiv und den Truppen des Marschalls Ney beigegeben ꝛc. Zur Regulirung der Nationalgardenangelegenheit wurden alle Generalräthe der Departements und Arrondissements für permanent erklärt.

Jetzt in der Noth, viel zu spät, wurden durch königlichen Befehl alle Offiziere auf Halbsold und alle schon gedienten und entlassenen Militairs wieder unter die Fahnen berufen, sie, wie es hieß, die vor Verlangen brennten, den Thron und das Vaterland zu vertheidigen. — Es wurde nun in der Bedrängniß auch versprochen, alle Pensionen der Ehrenlegion zu zahlen und nachzuzahlen.

Am 11. März machte das Ministerium die Kammern mit diesen Anordnungen bekannt. Es wurde eingestanden, daß man Grenoble nicht habe wieder nehmen können, daß Bonaparte reißende Fortschritte mache, daß man sich jetzt mit der Vertheidigung von Lyon beschäftige, daß es aber leider wahrscheinlich sei, daß diese zweite Stadt des Reichs schon in die Gewalt des Feindes gefallen sei. Der Kanzler d'Ambray sprach von den verrätherischen Flugschriften, die jetzt aller Orten zirkulirten, und er schlug vor, um ihre Wirksamkeit zu hemmen, für den Augenblick unter Verantwortlichkeit der Minister die Preßfreiheit zu beschränken. — Die Kammern thaten, was die Minister wollten, wählten Deputationen, die sich zum Könige begaben, um ihre Huldigung, ihren Dank, ihre grenzenlose Hingebung und Ergebenheit zu erneuern; aber was vermochten royalistische Kammern, die in der Nation nicht hafteten, gegen die heranstürmende Gewalt des großen Imperators, der jetzt die Volksstimme vertrat und dem eben diese Volksstimme überall den Weg bereitete? was vermochte überhaupt eine Volksvertretung gegen ein Heer, welches dem Imperator jetzt schon zu Gebote stand!

Napoleon hatte flammende Proklamationen erlassen, Ludwig XVIII. versuchte jetzt dasselbe, er erließ unterm 11. und 12. März Proklamationen an die Franzosen und an das Heer. Was konnte er bei einer Regierung von 10 Monaten, die nur ein unaufhörliches Attentat gegen das Volk und das Heer gewesen war, denselben sagen? Wo war irgend ein Anhalt, um deswillen beide ein Interesse haben sollten, zu den Bourbons zu halten? In der That sind diese Proklamationen von Anfang bis zu Ende unwahr und von einer Wirkung konnte keine Rede sein. „Es sei ihm gelungen, sagt der König, nach einer 25jährigen Revolution in Frankreich wieder Ruhe und Wohlstand einzuführen.“ Er, der die Verfassung — und wie wir wissen, nur aufs äußerste dazu genöthigt — gegeben, um sie fast in jedem Punkte zu verletzen, so daß sie kaum als vorhanden zu betrachten war, klammert sich jetzt eng an diese Verfassung an und spricht von „bürgerlicher Freiheit“, die jedem Unterthanen gesichert sei. Er habe, wagt er zu sagen, sein tägliches Benehmen nach den Grundsätzen der Constitutionsurkunde geregelt, um zum Ruhm und der Wohlfahrt der Nation gehörig wirken zu können. Die Liebe seiner Völker(?) sei ihm dabei die süßeste Belohnung gewesen. — Diese Liebe fordert er jetzt mit dem vollkommensten Vertrauen auf gegen den Feind, der den französischen Boden befleckt und einen Bürgerkrieg anzetteln wolle. Wer das Vaterland aufrichtig liebe, wer den Werth einer väterlichen Regierung (?) zu schätzen wisse, dessen einziges Dichten und Trachten müsse jetzt sein, den Unterdrücker zu vernichten, der kein Gefühl für Vaterland, für eine väterliche Regierung und für Freiheit habe. Es sei die Zeit gekommen, wo die Nation ein großes Beispiel geben müsse ... In einem Kampfe, wo Freiheit gegen Tyrannei, Treue gegen Verrath und Ludwig XVIII. gegen Bonaparte fechte, könne und dürfe Frankreich nicht unterliegen.*)

*) Die Proklamation Ludwigs XVIII. wörtlich in der Vossischen Zeitung vom 23. März.

In ähnlicher Art war der Aufruf an das Heer vom 12. März: „Auf, brave Soldaten, heißt es darin, folgt ohne Zaudern und Wanken der Stimme der Ehre; bemächtigt euch des ersten Verräthers, der euch verführen wollte. Hätten bereits Einige den treulosen Eingebungen der Rebellen ihr Ohr geliehen, so sei es noch immer Zeit, in die Bahn der Pflicht zurückzukehren; noch stehe der Reue das Thor offen." Der Aufruf schließt: „Soldaten, ihr seid Franzosen; ich bin ener König, nicht umsonst vertraue ich eurem Muthe und eurer Treue das Heil unseres lieben Vaterlandes an . . ." *)

An eben diesem Tage wurden die Generale Viomenil und Latour-Maubourg befehligt, die königlichen Freiwilligen in Bataillone zu formiren, um sie wirklich schlagfertig zu machen. Alle Truppen in und um Paris, so wie auch die königlichen Freiwilligen wurden unter den Oberbefehl des Herzogs von Berry gestellt. Es geschah dies, weil man keinem Marschall und General so recht traute, sonst war die Wahl des Herzogs eine sehr unglückliche, weil ihm jedes Geschick zur Befehlführung abging.

Man war von Seiten des Hofes und der Royalisten noch ziemlich guten Muthes. Von verschiedenen Marschällen, so von Oudinot von Metz, von Jourdan von Rouen, vom General Dumonçeau von Mezières, von Commandeurs von Regimentern waren Adressen voll Betheuerungen der Treue und Ergebenheit an den Kriegsminister eingegangen. Ein Theil der Einwohner von Paris zeigte sich auch nicht theilnahmlos. Der Aufstand der Truppen unter Drouet d'Erlon, Lefebvre-Desnouettes, Lallemand war doch völlig gescheitert. Der „Empörer" hatte doch erst einen kleinen Theil Frankreichs inne. Man schärfte jetzt noch die Strafen gegen Desertion und war weit entfernt, einen gänzlichen Umsturz der Dinge zu ahnen.

Da kamen am Abend des 12. März Monsieur und der Herzog von Orleans nach Paris zurück: Lyon war an den Empörer verloren. Truppen, Nationalgarde, Einwohnerschaft, alle waren zu ihm übergegangen! Es herrschte ganz unbegreiflicherweise großer

*) Vossische Zeitung vom 23. März.

Enthusiasmus für den Empörer. Es stände zu erwarten, daß noch viel mehr Truppen zu ihm übergehen würden, daß er noch mehr Fortschritte machen würde.

Es war ein schwerer Schlag; doch waren der Hof und die Royalisten noch weit von der Entdeckung entfernt, daß sie allein ständen und ganz machtlos wären.

Durch theilweise Mittheilungen an die Kammern brachte das Ministerium den Stand der Dinge, im möglichst besten Lichte dargestellt, in die Oeffentlichkeit. Der Minister des Innern Montesquiou und der Kriegsminister General Clarke verfügten sich in die Deputirtenkammer und erstatteten ihren Bericht. Lyon war verloren, aber das hatte nicht viel zu bedeuten. Lyon war dennoch treu und patriotisch und nur durch den Abfall „einiger Soldaten“ sei Bonaparte eingezogen. Die Marschälle Mortier, Ney, Oudinot, Suchet, Macdonald seinen durchaus loyal, die Garnisonen von Lafère, Lille, Cambray und Antibes hätten sich verdient gemacht. Der bei weitem größte Theil der Departements von Frankreich sei der königlichen Sache treu ergeben. Die Truppen in den nördlichen Departements hätten sich sehr gut betragen. Die Truppen, die in den südlichen Departements zu dem Empörer übergegangen, seien durchaus nicht zahlreich. Die Garden zu Metz und Besançon könnten nicht genug gelobt werden, der König sei entschlossen, sie mit vollem Vertrauen dem Feinde entgegenzustellen. — Die Marschälle Ney und Macdonald würden dem Empörer bald in den Rücken kommen, er werde zwischen zwei Heere kommen und seinen Untergang finden. Die zahlreichen Corps, welche Paris deckten und die Nationalgarde, die voll Ergebenheit sei, könne vollends über alle Zukunft beruhigen.

Die öffentlichen Blätter, der Moniteur, das Journal des Debats, die Quotidienne 2c. suchten die königliche Sache fortwährend im günstigen Lichte darzustellen. Der Moniteur schrieb: die öffentliche Meinung darf sich durch die Schnelligkeit der Märsche des Feindes nicht irre machen lassen; eben durch dieses übereilte Vorrücken schwächt er sich; auf keinem Punkt stellt er wirkliche Streitkräfte auf; nichts giebt zu erkennen, daß die Truppen die ihm gefolgt sind, sich verstärkt haben, und um ihn aufzuhalten, strömen in allen Richtungen auf die ihnen angewiesenen Punkte unsere

Truppen hin.*) Im Journal des Debats wurde auseinandergesetzt, daß Lyon bloß verloren gegangen sei, weil die Einwohner, die sich bis zum letzten Mann haben vertheidigen wollen, keine Kanonen und keine Munition gehabt hätten. Durch die südlichen Corps werde Bonaparte bald von hinten angegriffen werden und Lyon werde bald wieder in den Händen des Königs sein. Auch im Moniteur vom 14. März wird die königliche Sache als sehr vortheilhaft dargestellt. Paris gäbe, heißt es, ein schönes Beispiel von Eifer und Ergebenheit. Dann wird gesagt: „Wird ein Haufe Rebellen, welcher, die Ehre der französischen Soldaten verleugnend, und den Eid der Treue brechend, sich mit einem Oberhaupte verbunden hat, der kein Franzose ist, wird er je 25 Millionen, woraus unsere stolze und tapfere Nation besteht, wird er sie je ein zweites Mal „zwingen“, sich der gesetzwidrigen, tyrannischen, wüthenden Herrschaft jenes Ausländers zu unterwerfen, nachdem sie (die Nation) wieder unter die rechtmäßige, sanfte und väterliche Gewalt eines französischen Königs zurückgekehrt war? — Bonaparte ist in voller Empörung gegen die gesammte Menschheit. Zur Ehre Frankreichs, zur Ruhe Europas muß er auf dem von ihm angegriffenen französischen Boden die letzte Strafe für diese letzte Beleidigung erdulden.“

Durch so ungeheure Lügen und Entstellungen suchte man die Menge zu täuschen, täuschte sich auch selbst, ohne doch die größte Besorgniß verscheuchen zu können. Jeder Mensch bei gesunden Sinnen sah aber ein, daß nachdem Lyon verloren, der Thron der Bourbons dem Einsturze ganz nahe sei.

Indeß berichtete der Telegraph, daß Napoleon von Lyon gegen Paris aufgebrochen sei, daß sein bloßes Erscheinen die Departements aufstehen mache, daß alle Militairs von nah' und fern ihm zueilten.

Die Gefahr rückte näher und so felsenfest das Vertrauen des Hofes und der Royalisten auch gewesen, daß es den Umsturz eines alten Thrones und einer achthundertjährigen Dynastie durch einen Emporkömmling aus dem Volke für unmöglich hielt, so konnte man sich doch nicht verhehlen, daß eine ernste Krisis nahe bevor-

*) Moniteur vom 13. März.

stehe. Bei diesem Aeußersten wollten selbst der Hof und die Royalisten sich zum Aeußersten entschließen. Ludwig XVIII. sollte in einer königlichen Sitzung (séance Royale) vor beiden Kammern die Verfassung als das unverbrüchliche Gesetz seiner Regierung erklären, als das Panier seines Reiches, die Aufrechthaltung derselben beschwören (was er bisher als seiner unwürdig abgewehrt hatte) und zur Vertheidigung derselben und der bürgerlichen Freiheit feierlich und öffentlich auffordern. Der König opferte also, was er bisher verweigert und was ihm nur die äußerste Noth abpressen konnte: er wollte geloben als konstitutioneller Fürst zu regieren.

Am 16. März begab sich der König mit Entfaltung alles königlichen Glanzes nach der Deputirtenkammer, wohin auch die Pairs entboten waren. Er ließ sich sogar herab, mit dem großen Bande der Ehrenlegion zu erscheinen. Um 3 Uhr nahm er auf dem Throne Platz und hielt, indem er zum ersten Mal persönlich zum Volke sprach, folgende Rede:

„Meine Herren! In diesem Augenblick der Krise (so nennt er nun doch das vorher so gering Gehaltene), wo der Staatsfeind in einen Theil meines Königreichs eingedrungen ist und die „Freiheit" des andern bedroht, komme Ich in Ihre Mitte, die Bande fester zu knüpfen, welche die Kraft des Staats ausmachen, indem sie uns einigen. — Ich komme, indem Ich an Sie das Wort richte, ganz Frankreich Meine Gesinnungen und Meine Wünsche auszudrücken.

Ich habe Mein Vaterland wiedergesehen, — habe es versöhnt mit den fremden Mächten, welche — zweifeln Sie nicht daran — den Verträgen getreu bleiben werden, die uns den Frieden wiedergegeben. Ich habe an dem Glücke meines Volkes gearbeitet, habe die rührendsten Beweise seiner Liebe empfangen und empfange sie noch täglich: — könnte Ich wohl im 60. Jahre Meine Laufbahn schöner schließen, als wenn ich für seine Vertheidigung sterbe?

(Hier, heißt es, erhoben sich unwillkürlich alle Zuschauer und brachen in laute Zurufungen aus. Thränen erfüllten alle Augen. „Nein, wir! riefen viele Generale und Offiziere, wir werden sterben für Sie, Sire, für das Vaterland, für die Freiheit!"

Diese Bewegung dauerte einige Minuten. Dann fuhr der König fort):

Ich fürchte daher nicht für Mich, sondern für Frankreich. Der, welcher die Fackel des Bürgerkrieges unter uns entzündete, bringt auch die Geißel des auswärtigen Krieges; er kommt, unser Vaterland unter sein eisernes Joch zu bringen — jenes Verfassungsgesetz zu vernichten, das Ich Ihnen gegeben, Meinen schönsten Anspruch in den Augen der Nachwelt, jene Urkunde, die allen Franzosen theuer ist, und welche ich aufrecht zu halten hier schwöre! (Hier erhoben Se. Majestät Ihre königliche Rechte. Neue und lautere Zurufungen.)

Versammeln wir uns denn um sie her! Sie sei unser heiliges Panier! Die Enkel des vierten Heinrich reihen sich zuerst um sie, dann alle Franzosen; und möge endlich die Mitwirkung beider Kammern der Autorität alle Kraft geben, deren sie bedarf; dieser wahrhaft nationale Krieg beweise dann durch seinen glücklichen Ausgang, was ein großes Volk vermag, das vereinigt ist durch die Liebe zu seinem Könige und zu dem Grundgesetz des Staats."

(Als der König zu sprechen aufgehört, laute Zurufungen: Heil dem Könige! sterben für den König! der König im Leben und Tod! Längere Aufregung.)

Graf Artois nähert sich dem Könige:

„Sire, erlauben Sie, daß heute, wenngleich gegen die Ordnung, meine und Ihres Hauses Stimme hier vernommen und kund werde, wie sehr wir die Gesinnungen Ew. Majestät theilen. Wir schwören bei der Ehre, zu leben und zu sterben in der Treue für den König und für die Verfassungsurkunde, welche das Glück der Franzosen sichert."

Der Prinz der Familie, welcher am meisten gegen alles, was einer Verwilligung ähnlich sah, gewesen und den Schatten einer Verpflichtung der Krone auf das starrste von sich gewiesen, huldigte, jetzt von der äußersten Noth gedrängt, dieser Verfassung und beschwor sie öffentlich. — Der König reichte ihm die Hand, Monsieur küßte sie mit Innigkeit. Da schloß der König ihn in seine Arme wie es heißt, mit der Würde eines Monarchen und der Zärtlichkeit eines Bruders.

(Nun allgemeine Rührung, Thränen in Aller Augen. Die

Kammern begleiten den König bis zu den Tuilerien. — In derselben Sitzung wird eine „Adresse der Treue" an den König beschlossen).

An demselben Tage noch, den 16. März, hielt der Graf Artois große Heerschau über die Pariser Nationalgarde und war mit der Aufnahme, die er bei derselben fand, nicht unzufrieden. Er sammelte, wie es in dem Referat heißt, die Versicherungen der Treue ein. Der Moniteur vom 17. März*), welcher die Berichte über die königliche Sitzung und die Revüe über die Nationalgarde enthält, giebt auch die königlichen Befehle, welche den Offizieren, welche auf halben Sold gesetzt waren, den ganzen Gehalt und den Gliedern der Ehrenlegion die Rückstände ihrer Pensionen auf den Fuß des Jahres 1813 und die Ausfertigung ihrer Patente bis zum 1. April 1814 zusichern.

Die königliche Sitzung und die Musterung der Nationalgarde gab den Royalisten wieder einiges Vertrauen. Der König hatte auf dem Hingang und auf der Wiederkehr von der Sitzung verschiedene royalistische Zurufe erhalten, der Graf Artois war durch die Musterung der Nationalgarde beruhigt worden. Man sah in Paris doch an verschiedenen Orten weiße Fahnen wehen. Die Tuilerien wurden nicht leer von Leuten, welche Rathschläge und alle möglichen Versprechungen, untern andern Napoleon zu fangen, vorbrachten. Die Behörden wurden nicht müde mit Versicherungen, zu den Füßen des angebeteten Monarchen den Geist auszuhauchen. Es gingen auch wieder falsche Nachrichten von Siegen über den Empörer ein. In seinem Rücken sollten Grenoble und Lyon wieder erobert sein. Am Abend des 17. März ließ der Kriegsminister General Clarke in den Tuilerien und in allen Höfen des Pallastes folgenden Artikel anschlagen: „Der General Marchand ist in Grenoble, wo er den größten Theil seiner Geschütze wieder vorgefunden. In der Gegend von Chalons sur Saône sind unsere Truppen auf Bonapartes Avantgarde gestoßen. Sie haben sie geschlagen und in die Flucht getrieben. 800 Mann und 2 Generale sind gefangen. Unsere Truppen rücken in Eilmärschen vor; allenthalben herrscht die größte Ordnung." Als der Kriegsminister durch

*) Die Vossische Zeitung vom 28. März giebt daraus die Uebersetzung.

den Saal der Garde du Corps ging, sagte er zu ihnen: „Meine Herren, Sie haben seit 8 Tagen nicht geschlafen; jetzt können Sie die Stiefeln ausziehen und ausruhen. Ich werde diese Nacht so ruhig schlafen, wie vor 3 Monaten."

Es war alles umsonst und jede Hoffnung war eine kurzsichtige Täuschung; alle ausgesprengten Lügen waren von keiner Wirkung. Der Hof und die Royalisten blieben bei allen ihren Manifestationen nur stets unter sich, ohne alle Wurzel im Volke und bemerkten zu ihrem Erstaunen immer mehr, wie vereinsamt sie dastanden. Die königliche Sitzung war gleichsam nur ein Schrei der Herzensangst. Die Beschwörung der Verfassung durch den König und den Grafen von Artois war unnütz, die Einreihung der Offiziere auf Halbsold und die Auszahlung ihres ganzen rückständigen Gehalts, die Auszahlung der Rückstände der Ehrenlegion, alles war zu spät. Eigentlich befanden sich König, Kammern, Regierung, alle Einrichtungen bereits im Schattenreiche, denn seit dem Einzuge in Lyon hatte der Kaiser die Regierung von Frankreich übernommen, seit dem 13. März waren beide Kammern aufgelöst, das königliche Frankreich hatte aufgehört und das kaiserliche hatte wieder begonnen. Kaum 3 Tage waren noch gestattet, dann befanden sich der Hof und die Royalisten auf der eiligsten Flucht aus Frankreich.

Der letzte Traum von Hoffnung war sehr kurz. Noch am 17. Abends brachte ein Courier die Nachricht von dem Abfall Ney's zu Napoleon und der Zuführung von mehr als 10,000 Mann zu demselben. Man erfuhr, daß der Empörer mit einem ganzen Heere bereits in Auxerre sei und sich anschicke, auf Fontainebleau zu marschiren, daß alles französische Militair ohne Ausnahme ihm entgegeneile oder seine Ankunft kaum erwarten könne. Es wurde bekannt, daß die Regimenter auch vor seiner Ankunft die weiße Kokarde abrissen, mit Füßen traten und die dreifarbige ansteckten, daß das 6. Lancier-Regiment ein Detachement Garde du Corps, welches die Brücke über die Seine bei Montereau hatte in die Luft sprengen wollen, mit eingelegter Lanze angegriffen und in die Flucht getrieben habe.

Nun war alles dahin; man fühlte sich grauenvoll allein. Ehe wir uns aber wieder zu Napoleon nach Lyon begeben, müssen wir des Marschalls Ney noch mit einigen Worten gedenken. Der

Marschall, dessen Beispiel auf das Heer von ungeheurem Einfluß sein mußte, hatte sich überaus heftig gegen Napoleon geäußert und wie man gewiß annimmt, dem Könige versprochen, den Empörer in einem eisernen Käfig zurückzubringen. Er reiste den 7. März von Paris ab mit dem aufrichtigsten Willen für den König zu thun, was in seinen Kräften wäre. In Auxerre aber wurde er sehr erschüttert durch die Mittheilungen des Präfekten Gamat, seines Schwagers, der ihm vertraute, auf wie überaus schwachen Füßen die Sache der Bourbons stehe. Bei seiner Ankunft in Chalons sur Saône hatte sämmtliches Militair die weiße Kokarde abgerissen und empfing ihn mit dem Zurufe Vive l'Empereur. Der so hochverehrte Heerführer sprach zu den Truppen im royalistischen Sinne, sie antworteten, er solle sie zum Kaiser führen, dann wollten sie ihm folgen, sonst nicht. Alle übrigen Truppen fand er von demselben Geiste beseelt, denn der Kaiser war in Lyon, seine gewaltigen Proklamationen waren überall verbreitet und hatten mächtig gezündet. Um den Eindruck zu verstärken, langte ein Adjutant des General Bertrand mit einem Schreiben desselben an. Das Schreiben beschwor den Marschall, keine vergeblichen Schritte zu thun. Der Kaiser würde in wenigen Tagen Herr von Frankreich sein, Oesterreich sei mit ihm, die Sache der Bourbons sei unwiederbringlich verloren. Uebrigens wolle der Kaiser alles vergessen, was mit ihm und dem Marschall in Fontainebleau vorgefallen und würde sich freuen, seinen alten Waffengefährten wieder zu umarmen. Was sollte Ney thun? Da er vorher so royalistisch gewesen und Ludwig XVIII. so starke Versprechungen gemacht, so war allerdings das Einfachste, daß er nach Paris zurückreiste und das Schicksal des Königs theilte. Dann aber mußte er mit ihm wahrscheinlich Frankreich verlassen. Nun hing er aber zu sehr an Frankreich, und so wie die Sachen standen, mußte er bemerken, daß die Sache Napoleons doch wohl die eigentlich nationale sei. Sein ganzes Corps war zum Kaiser übergegangen oder war im Begriff es zu thun. Er hielt es also für das beste, auch für seine Person überzugehen, und um dies nicht halb zu thun, erließ er von Lons-le-Saulnier (zwischen Chalons sur Saône und dem Jura) unterm 13. März einen Aufruf, der doch auch den tiefen

Riß andeutete, der ihn trotz der gezeigten Ergebenheit von der königlichen Sache trennte.

Ehe der Marschall diese Proklamation bekannt machte, theilte er sie seinen beiden Divisions-Generalen Graf Bourmont und Lecourbe mit. Ersterer billigte sie vollkommen, die Bourbons hätten das verdient durch ihre grenzenlose Unfähigkeit und Verkehrtheit. Lecourbe war wenigstens nicht entgegen. Nach der zweiten Restauration brachte die Aussage Bourmonts, der vor der Schlacht von Ligny zu den Verbündeten überging, dem tapfern Marschall den Tod, da er ganz anderer Ansicht wollte gewesen sein.

Ney ging zu der Sache Napoleons über, weil er wirklich die der Bourbonen für verloren hielt und die alten Erinnerungen ihn fortrissen; aber zwischen dem eisernen Käfig nebst dem Handkuß des Königs und der Proklamation von Lons-le-Saulnier waren nur 7 Tage und ihm war gar nicht wohl zu Muthe, als er in Auxerre persönlich mit dem Kaiser zusammentraf, den er 11 Monate vorher in Fontainebleau doch auch bitter gekränkt hatte. Er betäubte sich in Reden, indem er nun gleichsam genöthigt war, von den Bourbonen übel zu reden. Er spottete über den Herzog von Berry, von dem er doch knieend das Kreuz des heiligen Ludwig erhalten und er es sich zur Ehre gerechnet, von ihm zur Tafel geladen zu sein. Er sagte zu Napoleon: „Wenn Sie, Sire, nicht gekommen wären, die Bourbons zu verjagen, so hätten wir es gethan.“ So demoralisirend wirken Thronveränderungen und zu so äußersten Handlungen führt das Verlassen des Ursprungsprinzips. — Napoleon war sehr erfreut, einen so ausgezeichneten, berühmten Heerführer gewonnen zu haben und nahm ihn ganz in alter Weise auf.

Wir kehren wieder zu dem Kaiser zurück, der unter dem größten Enthusiasmus der Soldaten und der Einwohner von Stadt und Land in Lyon, in die zweite Stadt Frankreichs eingerückt ist.

Nachdem am 7. März jenes erste Bataillon des bourbonischen Heeres zu Vizille sich für ihn erklärt hatte, gehörte ihm eigentlich schon ganz Frankreich wieder; es bedurfte aber für die Menge noch in die Augen fallender Erfolge. Nachdem Grenoble gewonnen, war auch hiemit ein glänzender Anfang gemacht und als nun vollends Lyon ihn mit offenen Armen aufgenommen, sah Jedermann, der nicht, wie die Bourbonen und Emigranten, mit völliger Blindheit geschlagen war, ein, daß er wieder Herr von ganz Frankreich werden müßte. Er gebot in Lyon bereits über 8 bis 10 Regimenter, hatte Fußvolk, Reiterei, Geschütz, täglich strömten ihm neue Kräfte zu. Kein französischer Soldat hätte es unternommen, ein Gewehr auf die Seinigen abzuschießen, er brauchte sich nur zu zeigen, so schloß sich ihm alles an. Er gebot in Lyon, als einem Mittelpunkt von Frankreich, über alle Arterien, die von dort ausgehen, über zahlreiche Behörden, über die Presse, über die öffentliche Meinung, beträchtliche Geldmittel, über ein großes Material. Jedermann mußte nun auf der Stelle eine Parthei ergreifen und wenn er auch noch so viel Bedenken haben mochte. „Es giebt Dinge, die über die menschliche Organisation hinausgehen," hatte Napoleon in seiner Proklamation an das französische Volk gesagt, das traf nun in vollem Maaße ein. Truppenkörper, Behörden, Korporationen, Institute, Private hatten vielleicht kurz vorher Ergebenheitsadressen an die bourbonische Regierung abgehen lassen; als die Entscheidung kam, wurden alle schnell imperialistisch. Der Kaiser hatte außer dem Heere und alles was zu ihm gehört hatte und außer seinen Beamten, die große Majorität von Frankreich für sich und nur eigentlich den Hof, den emigrirten Adel und die emigrirte Geistlichkeit, so wie einen sehr mäßigen Theil Royalisten im Innern specifisch gegen sich. Aber ein anderer nicht unbeträchtlicher Theil hatte doch auch seine großen Bedenken. Man wollte eine konstitutionelle Regierungsform fest und aufrichtig, in welcher dem Volke sein ihm gebührender Antheil an der Regierung und Verwaltung gesichert wäre und diese glaubte ein Theil durch die zwingende Macht des Volkes und der Umstände bei den Bourbonen trotz ihrer Abneigung dagegen doch noch eher zu erreichen, als bei dem an Willkür gewöhnten, krieg- und machtliebenden Kaiser zu finden, wenn er jetzt auch alle möglichen Versprechungen zu eben einer solchen Verfassung machte, wenn auch anzunehmen war, daß er in eine solche willigen würde. Das wichtigste Bedenken war aber immer, daß der Kaiser alle Dynastieen und auch die Völker

Europas gegen sich haben und es ohne einen erbitterten Krieg nicht abgehen würde. Um deswillen wollte die Mehrzahl, da man doch an der Brauchbarkeit der Bourbonen verzweifelte, lieber zum Prinzen Eugen, zum Herzog von Orleans, zum Kronprinzen von Schweden Bernadotte greifen. Wie oben bemerkt, war auch der Kaufmannsstand, besonders in den großen Seestädten, in Angst und Besorgniß, daß die kaum begonnene Ruhe nun wieder aussichtslos gestört wurde. Aber alle diese Bedenken schwanden hin, so wie der Kaiser selbst nahte, was konnte man auch machen gegen seine Soldaten? Am Ende war die Vertreibung der Bourbons, mit einer winzigen Ausnahme, der Wunsch Aller und nur der Kaiser konnte dies vollbringen. Es galt nur noch einen kurzen Stoß, um Paris zu gewinnen. Dort hatten die Bourbons und Royalisten durch die gröbsten Lügen noch Zweifel erregt, diese mußten ja aber im Augenblick zerstreut werden, so wie der Kaiser anlangte.

Mit so großer Begeisterung Napoleon auch in Lyon aufgenommen war, so verhehlte man ihm doch keinesweges auf die freimüthigste Weise, daß man durchaus freisinnige Institutionen erwarte. Fleury de Chaboulon, der hier wieder zu ihm stieß und den er zu seinem Kabinetssecretair ernannte, sagte ihm offen: die Franzosen wünschten für den Ruhm jetzt die Freiheit. Wiederum wollte Napoleon alle Garantieen geben und nur so viel Macht behalten, um regieren zu können. „Man wird sich arrangiren," meinte er zu Fleury. Zu den sehr zahlreich sich Vorstellenden entschuldigte er sich wegen seiner vielen Kriege, er habe den Krieg allzusehr geliebt, er habe Unrecht gehabt; doch sei er nicht allein der Schuldige, die unterworfenen Fürsten hätten den Krieg häufig selbst provocirt und ihre Elendigkeit sei eine große Versuchung für ihn gewesen. (Thiers XIX. 91.) Er komme jetzt als ein ganz Veränderter zurück, da er hinlänglich nachdenken gelernt, wohin sein früheres System geführt. Er habe dem Ruhm entsagt. Wir haben Ruhm genug, sagte er, wir müssen nun Ruhe haben. Er wolle bloß Frankreich von der Feudal-Regierung der Bourbons und der Emigranten erlösen, von jenen Leuten, die nichts gelernt und nichts vergessen hätten. Er wolle mit dem französischen Volke einen Familienpakt schließen, — und eine unverletzliche Constitution, gemeinschaftlich errichtet von dem Volke und von ihm, sollte ihn unauflöslich mit den Franzosen verbinden. Napoleon sprach zu Jedermann kräftig, klar, vertrauensvoll, überzeugend. Er war so geistreich, so liebenswürdig, daß er alle entzückte; man glaubte an ihm nicht zweifeln zu dürfen. Im Uebrigen war er sehr heiter und erkundigte sich insbesondere nach den Kriegsbegebenheiten von 1814 und nach den genauesten Einzelnheiten, wie sich die verbündeten Monarchen in Paris gegeben. Man sagte ihm, daß der Kaiser Alexander von Rußland dort eine große Rolle gespielt, daß er bei den Franzosen viel Beifall wegen seines feinen, verbindlichen, geistreichen Benehmens gefunden, daß er sich so großmüthig bewiesen. Napoleon lächelte und sagte zu Fleury: „Wenn ich nicht Napoleon wäre, so möchte ich „vielleicht“ Alexander sein.“ *)

Schon beim Einzug in Grenoble hatte er verordnet, daß die fünf benachbarten Departements in seinem Namen regiert werden sollten. Nachdem er Lyon im Triumph gewonnen, trat er die Regierung von ganz Frankreich an und da diese im Anfange nur aus einer Diktatur bestehen konnte, so verfügte er ganz, als hätte er Frankreich nie verlassen, mit „Napoleon von Gottes Gnaden und durch die Constitutionen des Reichs Kaiser der Franzosen 2c.“ alles, was er für nöthig hielt. In Grenoble hatte er sich noch als „Bürger“ gegeben, in Lyon sprach er als Monarch. Nach allen Seiten gingen seine Befehle und Verordnungen aus; im halb befehlenden und halb vorstellenden Tone schrieb er an die Commandeurs der Militair-Divisionen. **) Gleich im Anfange sandte er einen Courier an seinen Bruder Joseph, der sich in der Schweiz aufhielt. Er gab ihm Vollmacht, bei den Gesandten von Oesterreich und Rußland bei der schweizerischen Eidgenossenschaft in Bern in seinem Namen anzuzeigen, daß er sich in Lyon befinde, daß er die Regierung über Frankreich wieder angetreten habe und in kurzer Zeit Herr von ganz Frankreich sein werde. Die Gesandten von Oesterreich und Rußland zu Bern möchten schleunigst an ihre Höfe,

*) Fleury de Chaboulon I. 210.

**) So unter andern an den Marschall Massena in Toulon: „Pflanzen Sie die Fahnen von Austerlitz auf den Wällen Ihrer Stadt auf; ich marschire nach Paris und werde Ihre Dienste belohnen.“ (Voss. Zeit. v. 25. März.)

jetzt beim Wiener Congreß, berichten, daß Napoleon die Verträge von Paris, welche die Verbündeten mit den Bourbonen abgeschlossen, pure ebenfalls annehmen wolle und zu jedem billigen Arrangement bereit sei. Er hoffte hierbei viel auf Oesterreich und glaubte, daß der Kaiser Alexander, der die Unfähigkeit und Nichtigkeit der Bourbons gegen seinen Stiefsohn Eugen so scharf bezeichnet, ihm nicht gar zu abgeneigt sein würde. Er schrieb dann abermals an „Marie Louise“ in zärtlichen Ausdrücken, meldete ihr, daß er wieder den Thron bestiegen und lud sie ein, mit seinem Sohne zu ihm zu eilen.

Napoleon blieb den 10., 11. und 12. März in Lyon, ordnend, Truppen und Nationalgarden musternd, arbeitend ꝛc. Seine Anwesenheit erregte noch immer mehr steigende Begeisterung; sie wurde wie ein Nationalfest gefeiert. Wildfremde Menschen sanken sich in die Arme, Feinde versöhnten sich. Auch die Nationalgarde zeigte ganz die gleiche Begeisterung; es war ein völliger Freudentaumel. Als er am 13. März abreiste, um gegen Paris zu ziehen, empfand man wahre Trauer. Napoleon selbst war über so viel Theilnahme hocherfreut und gerührt und sagte den Lyonesern in einer Proklamation: er werde in ruhigeren Augenblicken zurückkehren, um sich mit ihren näheren Angelegenheiten zu beschäftigen; jetzt könne er nur sagen, er liebe sie und sei tief gerührt.

Ehe er abreiste, machte er die folgenden Dekrete, datirt Lyon vom 13. März, bekannt, welche Frankreich im imperialistischen Sinne völlig umgestalteten und in Frankreich eine neue Verfassung vorbereiteten:

1. In Erwägung, daß das Haus der Pairs zum Theil aus Personen besteht, welche die Waffen gegen Frankreich getragen haben, und die ein wesentliches Interesse an der Wiederherstellung der Feudalrechte und an der Vernichtung der Gleichheit der verschiedenen Klassen der Bürger hatten, die zugleich die Ungültigkeit des Verkaufs der Nationalgüter gern sahen und darauf ausgingen, das Volk seiner Rechte zu berauben, die es seit 25 Jahren erworben hatte; in Erwägung, daß die Vollmachten der Abgeordneten zum gesetzgebenden Körper (in der früheren kaiserlichen Verfassung) abgelaufen waren und daher das Haus der Gemeinen keinen Na-

tionalcharakter mehr hatte, da zugleich ein Theil dieser Abgeordneten sich des Vertrauens der Nation unwürdig machte ꝛc. dekretiren wir wie folgt:

1) Das Haus der Pairs ist aufgehoben.
2) Das Haus der Abgeordneten ist ebenfalls aufgehoben. Es wird hiemit allen Mitgliedern, welche seit dem 7. März in Paris angekommen sind, befohlen, in ihre Heimath zurückzukehren.
3) Die Wahlkollegien der Departements sollen sich während des Monats Mai in Paris zu einer außerordentlichen Versammlung des Maifeldes (en assemblée extraordinaire du champ de Mai) einfinden, um die zweckmäßigen konstitutionellen Maßregeln nach dem Willen und dem Interesse der Nation zu entwerfen und um zugleich der Krönung der Kaiserin, Unserer vielgeliebten Gemahlin, und ferner der Krönung Unseres vielgeliebten Sohnes beizuwohnen.

2. Die weiße Kokarde, der Lilienorden, der Ludwigsorden, der heilige Geist- und der St. Michaelsorden sind abgeschafft. Die Land- und Seesoldaten, so wie alle Bürger sollen die (dreifarbige) Nationalkokarde anlegen.
3. Die Schweizergarde, die Garde du Corps, die Mousquetaire des Königs sind aufgelöst. Keine fremden Truppen werden in die kaiserliche Garde aufgenommen. Sie wird wieder in ihre Funktionen eingesetzt. Sie kann nur mit Soldaten rekrutirt werden, welche 12 Jahre gedient haben.
4. Alle Güter, welche den Bourbonen angehören, werden mit Sequester belegt. Eben so alle Güter der Emigranten, welche ihnen seit dem 1. April 1814 zurückgegeben worden sind.
5. Der Adel und die Feudaltitel sind abgeschafft. Der Kaiser behält sich vor, Denjenigen Belohnungen und Titel zu verleihen, welche den französischen Namen verherrlicht haben.
6. Alle nicht vorher auf der Liste gestrichenen Emigranten, und die, welche seit dem 1. Januar 1814 nach Frankreich zurückgekommen sind, sollen sofort das Gebiet des Reichs verlassen

und im Betretungsfalle auf französischem Boden 14 Tage nachdem sie Kenntniß von diesem Dekret haben konnten, verhaftet und nach den Gesetzen gerichtet werden. Ihre beweglichen und unbeweglichen Güter werden sequestrirt.

7. Alle neuern Beförderungen und Veränderungen in der Ehrenlegion sind ungültig.*)

8. Alle Generale, Admirale 2c., die emigrirt gewesen, sind entsetzt. Alle Veränderungen in den Gerichtshöfen, Tribunalen, Magistraten 2c. sind annullirt; alle von den Bourbonen Abgesetzten sind wieder eingesetzt.

9. Was den Instituten, den Communen, den Hospitälern genommen, wird ihnen zurückerstattet. Der Ehrenlegion bleiben ihre Dotationen.**)

Diese inhaltschweren, gewaltigen Dekrete hoben mit einem Schlage die 11monatliche Regierung der Bourbons auf, stellten die kaiserliche bis in die kleinsten Einzelnheiten wieder her und vertrieben die Bourbons und Emigranten aus dem Lande. Die Dekrete wären lächerlich gewesen, wenn nicht die entsprechende Macht dagewesen wäre, sie auszuführen. Aber sowohl die physische als die moralische Macht war auf Seiten des Kaisers. Als es zum letzten Konflikt kam, erhob sich für die bourbonische Regierung auch nicht ein Arm, und Bourbonen und Emigranten mußten in stürmender Eile aus dem Lande fliehen.

Aber ein ganz neues, wichtiges Element war in die kaiserliche Regierung durch das erste dieser Dekrete gekommen: „Napoleon wollte durch die Berufung des Maifeldes einen neuen Grundvertrag mit dem französischen Volke unter Mitwirkung beider aufrichten, nach Einführung dessen sollte jede Willkür-Regierung aufhören, eine freisinnige Verfassung sollte die Rechte von Fürst und Volk endgültig feststellen und dem letzteren sollte sein voller Antheil an der Regierung und Verwaltung gesichert sein. Die Idee des Maifeldes war aus der ältesten französischen oder fränkischen Ge-

*) Bis dahin Abdruck aus dem Moniteur, mitgetheilt in der Vossischen Zeitung vom 1. April.

**) Die letzten 2 Dekrete nach Fleury de Chaboulon, die ihm von Napoleon diktirt worden. I. 216 u. flg.

schichte hergenommen. Unter den Merovingern fand im März eine allgemeine Versammlung aller freien Männer statt, um nach altgermanischer Sitte über allgemeine Volksangelegenheiten, über Krieg und Frieden zu berathen und zu entscheiden, auch sich durch eine allgemeine Heerschau von dem wehrhaften Stande des Volkes zu überzeugen. Die Carolinger verlegten diese Versammlung in den Mai, daher Maifeld (campus majus oder maji campus) und so blieb es unter Modifikationen bis über Carl den Großen hinaus. Napoleon wählte diese Bezeichnung, um an die Ursprünglichkeit des neuen Grundvertrags zu erinnern und die Phantasie der Franzosen anzuregen; doch läßt sich nicht leugnen, daß er dadurch auch ganz übertriebene Hoffnungen für diese neue Verfassung hervorgerufen hat.

Am 13. März von 10,000 Mann umgeben und mit der Macht seiner Proklamationen und Dekrete, seinem historischen Glanz und den bisherigen zauberhaften Erfolgen bewaffnet, brach der Kaiser von Lyon auf, um über Macon, Chalons sur Saône, Autun, Avalon, Auxerre, Sens, Fontainebleau, Paris zuzueilen. Nirgends war der Schatten eines Widerstandes. Unterweges schloß sich die ganze Macht Ney's ihm an; alle Truppen eilten, selbst compagnieweise, zuweilen ohne Offiziere, von Sergeanten geführt, auf dem nächsten Wege zu ihm zu kommen. Truppen, Nationalgarde, Verwaltung, alles war für ihn. Viele Tausende von Landleuten strömten auf dem Wege herbei und begleiteten zum Theil den Zug. Der Kaiser war zu Wagen, ohne alle Bedeckung. Fortwährender allgemeiner Enthusiasmus; häufiger Zuruf: nieder mit dem Adel! nieder mit den Priestern! Napoleon musterte Truppen, empfing Deputationen, setzte Verwaltungen ab und ein, ertheilte Orden der Ehrenlegion, traf Anordnungen bis in weite Ferne ꝛc.

Am 17. März befand er sich in Auxerre bereits an der Spitze von vier Divisionen oder etwa 25,000 Mann. Marschall Ney und eine beträchtliche Zahl Generale und höherer Offiziere waren zu seinem Befehl. Er war nun gewiß, ohne Schwertschlag in Paris einzuziehen, und setzte eine Ehre darin, daß auch nicht ein Tropfen Blut vergossen würde. Er verbot dem General Cambronne, der den Vortrab führte, auch nur ein einziges Mal zu schießen; es solle seine Krone nicht von einem einzigen Tropfen

Blut befleckt werden; er verbot auch streng Mißhandlung der Royalisten: es wären alles Franzosen. Er blieb in Auxerre den 18., schrieb hier zum dritten Mal an „Marie Louise“, schiffte des bessern Fortkommens wegen seine Truppen auf der Yonne ein, damit sie am 19. früh in Fontainebleau eintreffen könnten, und reiste ungeduldig noch den 18. Abends nach Sens ab. Am 20. März früh Morgens um 4 Uhr traf er dann in Fontainebleau ein, genau 11 Monate, nachdem er es nach seiner Abdankung verlassen hatte. Es war dafür gesorgt, daß an diesem Tage die Truppen, welche ihn begleiteten, vorwärts Fontainebleau angekommen waren, welche jetzt schon 6 Divisionen oder etwa 36,000 Mann stark geworden waren.

Das Wiedersehen von Fontainebleau versetzte Napoleon in die größte Freude, und allerdings war der Wechsel ein sehr bedeutender, der in weniger als Jahresfrist mit ihm vorgegangen war. Damals von der Nation und von den Heerführern, die er groß gemacht, verlassen, selbst verrathen, von diesen letztern gedrängt, vom Throne zu steigen, hatte er wirklich abgedankt und an Glück und Zukunft verzweifelnd hatte er versucht, sich den Tod zu geben. Jetzt hatte sein bloßes Erscheinen in Frankreich hingereicht, ihn fast vor die Thore der Hauptstadt, siegreich an der Spitze einer verhältnißmäßig großen Kriegsmacht an den Ort zurückzuführen, wo sein Stern vor einem Jahre gänzlich untergehen zu wollen schien. Der Einzug in Paris, die unbedingte Herrschaft über Frankreich konnte ihm nicht mehr entgehen, der zweite Theil seines ereignißreichen Lebens begann, das Schicksal hatte ihn sichtbar zu außerordentlichen Dingen aufgespart. Er hatte gehofft, etwa den 31. März, am Jahrestage des Einzugs der Verbündeten, vor Paris zu stehen, jetzt war er gewiß, zehn Tage früher schon, den 21., seinen wirklichen Einzug zu halten. Niemals vielleicht in seinem thatenreichen Leben hat der ehrgeizige Mann eine größere Genugthuung und eine tiefere Freude empfunden.*) Er durchging in Fontainebleau alle Gemächer des Schlosses, er besah die prächtig entworfenen Gärten,

*) Napoleon bekannte in St. Helena dem englischen Arzt O'Meara, daß die größte Freude seines Lebens gewesen, daß er mit 800 Mann Frankreich erobert habe.

er schwatzte, er plauderte über die geringfügigsten Dinge. Und es war ihm vergönnt, nicht morgen, sondern schon heute den 20. März, am Geburtstage seines Sohnes, in Paris einzuziehen, denn König Ludwig XVIII. war bereits in der Nacht vom 19. zum 20. aus den Tuilerien und aus Paris entflohen.

Wir gehen einige Tage zurück, um die letzten Handlungen des Hofes und der Royalisten anzuführen.

Der Uebergang vom Marschall Ney und seines Heeres zu Napoleon, die Nachricht, daß der Empörer in Auxerre, sogar in Sens sei, daß ihm in Eilmärschen alles Militair zuströme, oder sich wenigstens ohne Ausnahme für ihn erkläre, die Niederlage der Abtheilung Garde du Corps zu Montereau, die Sympathie für den Empörer in Paris selbst: dies alles waren Keulenschläge für die Royalisten. Sie waren nun in der That ganz rathlos und schrieen ohnmächtig durcheinander. Bisher hatten noch einigermaßen geordnete Ministerräthe stattgefunden, an manchen Tagen zwei bis drei. Jetzt hörten diese auf und nur die Günstlinge und Getreue des Königs versammelten sich bei dem Ober-Günstling Grafen Blacas. Man nahm noch zuletzt seine Zuflucht zu den unsinnigsten Lügen in den öffentlichen Blättern. Noch am 19. versicherten die Debats: Bonaparte sei verlassen und habe kaum 400 Mann Reiterei, Lyon und Grenoble seien wieder erobert und in der Gewalt des Königs. Dieselben Bekanntmachungen waren in Anschlägen an allen Mauern von Paris zu lesen. Weiter hieß es: Marseille, die Provence, Bordeaux und der ganze Süden bewaffneten sich und glühten von dem ergebensten Eifer. Es wäre nur die unterste Volksklasse, die zu dem Usurpator halte, um Ausschweifungen zu begehen. Bonaparte lasse das Gerücht verbreiten, als sei er von einigen der fremden Mächte unterstützt, während alle Mächte auf dem Congreß nur den einzigen Gedanken hätten, „den Feind der Nationen“ und „die Geißel der Menschheit“ zu vernichten. — Die öffentliche Meinung in Frankreich stieße ihn mit Abscheu zurück. Frankreich vereinige sich bei dem einzigen Namen jenes Königs, welcher ihm Friede und Freiheit gebracht .... Dazwischen kamen Ausrufe der Verzweiflung. „Franzosen!“ sagte Chateaubriand im Journal des Debats, „seien wir Franzosen! sterben wir wenigstens als Franzosen, wenn an Frankreich verzweifelt werden muß! Fluch über den Tyrannen! Es lebe der König, die Constitution, die Freiheit!" — Benjamin Constant, der geistreiche Freund der Frau von Staël-Holstein, ließ noch am Vorabende des Einzugs Napoleons in den Debats eine der heftigsten Schmähungen gegen denselben los. Nachdem er sich über das Säbel-Regiment des „Tyrannen" im Gegensatz des gesetzlichen, milden, constitutionellen der Bourbonen verbreitet, nennt er Napoleon einen Attila, einen Dschingiskhan, aber schlimmer als diese, weil ihm die Hülfsmittel der Civilisation zu Gebote stehen. Der Tyrann habe alle Mittel, ein ungeheures Blutbad anzurichten und die Plünderung im Großen zu betreiben."

Diese Ungeheuerlichkeiten und Faseleien verdeckten nur die innere Angst. Die Truppen, welche zur Vertheidigung von Paris zusammengezogen waren, die der Moniteur auf 28,000 Mann angab, waren doch zu wenig zuverlässig. Die königlichen Freiwilligen schrumpften nun, da es galt, auf ein paar Hundert zusammen. Aus der Nationalgarde von Paris traten ebenfalls nur ein paar Hundert vor, die sich zum wirklichen Auszug willig finden lassen wollten. Es half nichts, daß die Kammer der Abgeordneten diesen Krieg für einen Nationalkrieg erklärte, eine Medaille für die Soldaten und Bürger votirte, welche in diesem Feldzuge für das Vaterland, den König und die öffentliche Freiheit fechten würden. Es half eben so wenig, daß der König unterm 18. eine Proklamation an das Heer erließ, worin er sagte, er sehe in den Abgefallenen nur verirrte Kinder; sie sollten sich von ihrem Irrthume losreißen und in die Arme ihres Vaters (des Königs) eilen, der sich feierlich verbindlich mache, ihren Irrthum auf der Stelle zu vergessen. Es wurde überhört oder nicht vernommen, daß er sagte, wenn der Feind siege, der Bürgerkrieg in Frankreich beginnen und zugleich mehr als 300,000 Ausländer das Land überschwemmen würden.

Am Morgen des 19. März hatten die Royalisten noch keine Ahnung, daß sie schon in der nächsten Nacht oder am nächsten Morgen würden flüchten müssen, aber es war Jedermann erstaunt, daß es so verzweifelt stehe. Eine große Zahl Anhänger des Königs war bei Blacas versammelt und jeder hatte hier seinen besonderen Plan. Die Generale Dessolles und Maison stellten das

Schlagen Napoleons als leicht dar. Der Marschall Marmont wollte die Tuillerien befestigen und sich dort wenigstens 14 Tage halten. Der besonnene Baron Vitrolles rieth, der König möge Paris verlassen, sich nach der Vendée begeben, La Rochelle zu seinem Aufenthalt nehmen, sich auf den ergebenen Süden, auf England und Spanien stützen. Graf Blacas hatte einen andern weisen Plan, der da zeigt, wie weit ein legitimistischer Höfling in Verblendung, die zum Blödsinn wird, sich verirren kann: Der König sollte in offener Kalesche, gefolgt von der Pairs- und Deputirtenkammer, Napoleon entgegenfahren, dann werde das moralische Gewicht des Königs (seine 800jährige Abstammung) den Usurpator zerschmettern. Dieser unglaubliche Vorschlag machte alle Anwesende stumm. Man drang zuletzt darauf, daß nur irgend etwas geschehen möchte. Blacas wurde aufgefordert, zum Könige zu gehen, ihm zu sagen, wie ernst die Umstände wären, und ihn um seine Meinung zu fragen. „Ach, sagte Blacas, Sie kennen ihn nicht, er würde sagen, ich brächte ihm nur schlechte Nachrichten, und ich würde 8 Tage von seiner schlechten Laune zu leiden haben.“ Man deliberirte noch an vielen andern Orten. „Wir haben Unrecht gehabt,“ sagten doch Einige, „wir müssen uns dem Volke wieder nähern.“ Andere witterten auch in den Ministern Verräther und wollten diese verhaftet haben. Bourrienne, der frühere Secretair und vormalige Mitschüler Napoleons auf der Kriegsschule in Brienne, jetzt bourbonistischer Polizei-Präfekt von Paris, prahlte noch, als hätte die Regierung große Macht, wiewohl er weit geschickter war, Geldgeschäfte zu seinem Vortheil zu machen, als Widerstand zu organisiren. Nach seiner Meinung war es genug, sich plötzlich der Häupter der imperalistischen und anderer Parteien zu bemächtigen. Als solche nannte er die Königin Hortense (Herzogin von St. Leu), den napoleonischen Minister Maret und Fouché, die sofort festzunehmen und auf Schloß Seaumur gefangen zu setzen wären; doch kam es nicht zu diesen Verhaftungen.*) Am Vormittag des 19. fand dann noch eine Revue der Nationalgarde und der königlichen Frei-

*) Fouché, der sich nicht für sicher vor Verhaftung hielt, verbarg sich. Noch am Abend des 18. hatte er dem Grafen Artois die Hand geküßt und heuchlerisch zu ihm gesagt: „Monseigneur, retten Sie den König, ich werde die Monarchie retten.“ (Vaulabelle.)

willigen statt, die nach gewohnter Art unter dem Balkon, worauf Ludwig XVIII. auf einem Lehnstuhle saß, vorübermarschirten. Die Zahl der Nationalgarde war viel geringer, wie bei der Revue am 16. durch den Grafen Artois, aber überaus winzig war die Zahl der königlichen Freiwilligen. Wenngleich dies sehr betrübend und niederschlagend war, so hegte man doch noch immer einige Hoffnungen.

Da traf denn der letzte zerschmetternde Blitzstrahl ein: das Heer des Usurpators war in Fontainebleau angekommen, er selbst wurde in wenigen Stunden erwartet. Das Heer zur Vertheidigung von Paris hatte die dreifarbige Kokarde aufgesteckt und war größtentheils heute schon (19. März) demjenigen des Empörers entgegen marschirt, um sich mit ihm zu vereinigen. Die Generale Maison und Dessolles hatten nichts über die Truppen vermocht, sie hatten beide nach Paris zurückflüchten müssen und ersterer hatte kaum sein Leben gerettet. Die furchtbaren Dekrete des Empörers von Lyon waren bekannt geworden, wonach die Emigranten geächtet waren, die Kammern abgedankt ꝛc. Paris war durch die Polizei und durch ungeheure Täuschungen bis jetzt hingehalten worden, das mußte nun gänzlich aufhören. Wenn man noch länger zögerte, konnte der König in den Tuilerien, konnte die königliche Familie in ihren Palästen aufgehoben, die Emigranten verhaftet und der Rache der Anhänger des schrecklichen Mannes Preis gegeben sein. Es war klar, der verhaßte Corse war doch sehr viel mächtiger, als das Königthum von 8 Jahrhunderten, für welches sich nicht ein Arm erhob. Alle Adressen, alle Versicherungen von ewiger Lieb' und Treue, Aufopferung bis zum Tode ꝛc. waren blos Worte gewesen. Die Royalisten, und besonders die Emigranten, die die stärksten Versicherungen gemacht hatten, dachten am wenigsten an Widerstand. Je größer ihre ganz unverständige Ueberhebung gewesen war, die sich vermessen, Frankreich über eine unausfüllbare Kluft zurück zu führen, desto größer war nun ihre Verzagtheit. Ueberflüssige und ohnmächtige Thränen, Wuth und Verwünschungen konnten ein Verhängniß nicht ändern, welches sie sich durch maaßlosen Hochmuth und Unverstand selbst zugezogen. In übereilter Flucht suchte nun Jeder entweder den Rand des Meeres, um die sichere Küste Englands zu gewinnen, oder auf dem nächsten Wege Belgien und Holland zu erreichen. Nach 25 Jahren seit der ersten Flucht aus

Frankreich hatten sie kaum die Herrschaft durch die Heere des Auslandes wieder erlangt, als sie genöthigt waren, ebenso wie damals ihrem Vaterlande den Rücken zu kehren.

Dem Könige, der in der Vertheidigung seines Thrones hatte sterben wollen und der noch wenige Stunden vorher Paris nicht zu verlassen im Sinn gehabt, war endlich deutlich gemacht worden, daß er von seinem Gegner in Paris gefangen genommen werden würde, wenn er länger verweilte. Es wurden daher insgeheim Anstalten zur Abreise getroffen. — In der Nacht vom 19. zum 20. März um Mitternacht hielten ein paar Wagen vor den Tuilerien. Es war ein schreckliches Wetter, der Sturm heulte und der Regen floß in Strömen. Fast allein stieg der alte, schwache, kränkliche Ludwig XVIII. hinein, zunächst Paris zu verlassen. Wohin er sich zu begeben hätte, darüber war von seinen Getreuen sehr ernst debattirt worden. Baron Vitrolles, welcher die große Wichtigkeit fühlte, daß der König wenigstens in einem Theile Frankreichs, der ihm anhängig war, blieb, hatte gerathen, daß er sich nach der Bretagne und der Vendée begeben sollte; aber „König der Chouans“ zu sein, hielt Ludwig XVIII. doch zu despektirlich. Ins Ausland zu reisen, hatte er eine große Abneigung: „Einmal hat man uns gut aufgenommen, sagte er, wegen des Sturmes der Revolution; zum zweiten Mal, jetzt wird man es unserm Ungeschick zuschreiben und man wird uns wie lästige Gäste behandeln.“ Er hatte auch, wie er zum Marschall Macdonald äußerte, Besorgniß, das Schicksal Ludwigs XVI. zu haben, der in Varennes angehalten und nach Paris zurückgebracht worden war. Am liebsten wäre der König in seinem früheren Asyl Hartwell in Schottland gewesen, wo er so ruhig gelebt hatte. Es mußte aber doch ein vorläufiges Reiseziel bestimmt werden, und so wurde beschlossen, über St. Denys nach Abbeville zu fahren, wo man einen weiteren Beschluß fassen konnte.

Der König führte sehr beträchtliche Geldmittel bei sich oder hatte Veranstaltung getroffen, daß sie ihm sicher zugingen, dieselben werden auf 25 Millionen Franken angegeben.*) Außer-

*) Zufolge der Vossischen Zeitung vom 13. April, Artikel London, vom 1. April. Zufolge Thiers betrugen sie nur 11—12 Millionen Franken.

dem nahm der König die Krondiamanten mit, im Werthe von 13,834,000 Franken, darunter der große Edelstein „der Regent“. Sonst war die Abreise so übereilt, daß der König nicht einmal seine Privatpapiere mit sich nehmen konnte, die sämmtlich in Napoleons Hände fielen. Edelmüthig behielt Napoleon nur die öffentlichen Papiere, alle übrigen, wodurch Unzählige blosgestellt geworden wären, ließ er verbrennen. Viele Personen, die in den Tuilerien wohnten, erfuhren die Abreise des Königs erst am Morgen. Auch am Morgen kamen noch Minister und Generale, um wie gewöhnlich zum Könige zu gehen. Eine Stunde nach der Abreise des Königs waren ihm der Graf Artois und die Herzöge von Berry und von Orleans gefolgt. Der Baron Vitrolles, den der Hof in der letzten Zeit doch hatte schätzen lernen, wurde mit Vollmacht des Königs nach Bordeaux und Toulouse und überhaupt nach dem Süden beauftragt. Wer um die Abreise des Königs wußte und sich als Emigrant oder Royalist kompromittirt glaubte, reiste ebenfalls in der Nacht ab; die übrigen flohen, so wie des Königs Abreise bekannt wurde. Es folgten dem König auch die Marschälle Berthier, Macdonald, St. Cyr und vorläufig bis Lille Oudinot und Victor. Der Kriegsminister General Clarke nebst einer kleinen Anzahl von Generalen folgte ebenfalls, so wie die königlichen Haustruppen, die Schweizer, Garde du Corps, Mousquetaires ꝛc. etwa 4000 an der Zahl.*)

Vor seiner Abreise erließ der König eine Proklamation, worin er sagte, er ziehe sich mit einigen Braven zurück, welche nicht durch Intrigue und Treulosigkeit von ihren Pflichten abwendig zu machen wären. Die jetzige Krisis werde vorübergehen, er habe das „süße“ Gefühl, daß die verirrten Soldaten, deren Abfall seine Unterthanen so vielen Gefahren Preis gebe, bald ihr Unrecht einsehen und in des Königs Nachsicht und Güte den Lohn ihrer Rückkehr finden würden. Er werde bald wieder in die Mitte des guten Volkes zurückkehren, dem er noch einmal Frieden und Glück wieder zuführen werde. Aus diesen Ursachen befehle er: die Sitzung der Kam-

*) Napoleon hatte vorher gesagt, die Royalisten würden Ludwig XVIII. ebenso verlassen, wie sie Ludwig XVI. verlassen hätten, einige Grenadiere seiner Garde würden diese abgelebten Leute vertreiben.

mern für 1814 sei geschlossen; er berufe eine neue Sitzung der Kammer der Pairs und der Abgeordneten für 1815. Die Kammern sollten sich bald möglichst an dem Ort versammeln, welchen der König als den vorläufigen Sitz seiner Regierung angeben werde. Jede Versammlung der einen oder der anderen Kammer, die sonstwo und ohne seine Autorisation statthaben möchte, werde von nun an für nichtig und unerlaubt erklärt.*) Der Minister des Innern, Abbé Montesquiou, machte diese Verordnung den Kammern den 20. um 10 Uhr Vormittags bekannt, worauf diese sofort auseinandergingen.

Den fremden Gesandten wurde die Abreise des Königs angezeigt und diese eingeladen, dem Könige zu folgen, wovon sie indeß vorläufig keinen Gebrauch machten.

Am Morgen des 20. März bot Paris eine eigenthümliche Physiognomie. Etwa um 6 Uhr, oder noch etwas später, erfuhr die Bevölkerung die Abreise des Hofes, die schleunige Auswanderung der Emigranten, den Abmarsch der Haustruppen 2c. Man hatte dies zufolge der vielen Täuschungen nicht erwartet oder nicht so nah' gehalten. Nach einiger Zeit versammelte sich die Nationalgarde bei den Tuillerien und auf den öffentlichen Plätzen. Eine große Volksmenge erfüllte die Straßen. Die Rufe Vive l'Empereur verstärkten sich immer mehr und mehr, doch gingen sie nicht oder nur wenig von der Nationalgarde aus, welche, aus Bürgern und Gewerbtreibenden bestehend, von des Kaisers Willkür-Regierung Krieg, unendliche Unruhen und darum Stockung aller Verhältnisse erwartete. Um 10 Uhr wurden die Rufe Vive l'Empereur auf allen Punkten allgemein. Die Menge wollte die Tuilerien stürmen, was durch die Nationalgarde verhindert wurde. Einzelne junge Leute suchten das eiserne Gitter zu erklettern, um mit Gewalt einzudringen. Unter diesen Zuständen war es Mittag geworden und die weiße Fahne der Bourbonen wehte noch immer auf den Tuilerien und an anderen Orten. Da wälzte sich ein großer Lärm aus der Ferne gegen die Tuilerien heran. Es war der General Excelmans, welcher sich an die Spitze der Truppen gestellt hatte, die dem Kaiser noch nicht entgegenmarschirt waren

*) Diese Proklamation steht in der Vossischen Zeitung vom 1 April.

und die nun im Triumph mit dem lauten Rufe Vive l'Empereur in die Stadt einrückten. Jetzt vereinigte auch die Nationalgarde den Ruf mit dem der Soldaten. General Excelmans bemächtigte sich der Tuilerien und ließ um 2 Uhr die weiße Fahne abnehmen und die dreifarbige aufpflanzen. Bald darauf flatterte die dreifarbige Fahne auf Notre-Dame, auf dem Stadthause und auf vielen anderen Gebäuden. Es ging der allgemeine Ruf, der Kaiser werde noch heute in Paris anlangen. Es war geschehen — Paris, die Hauptstadt von Frankreich, war wieder eine kaiserliche Stadt, und da Paris Frankreich ist, so war Frankreich wieder ein Kaiserreich. Die Regierung der Bourbonen war wie weggewischt.

Der Kaiser kam wirklich noch an diesem Tage in Paris an. Es war seine Absicht gewesen, den 20. in Essonne zu übernachten und den 21. seinen feierlichen Einzug zu halten. Er war aber in Fontainebleau benachrichtigt worden, daß der Hof schon in der Nacht Paris verlassen, und nun war ihm jede Stunde theuer, wo er in der Hauptstadt des Reichs die Zügel der Regierung ergreifen konnte.*) Früh um 7 Uhr nämlich hatte der Graf Lavalette, unter Napoleon General-Postmeister, ein Verwandter der Kaiserin Josephine und darum auch Napoleons, da dieser in seinen Dekreten von Lyon die alten Beamten wieder eingesetzt, sich des General-Postamts wieder bemächtigt. Als Chef desselben hatte er dem bourbonischen General-Postmeister, dem fanatischen Royalisten Grafen Ferrand, einen Postfreipaß nach einem Landgute bei Orleans mit seiner Unterschrift ertheilt und einen Courier an den Kaiser nach Fontainebleau abgesandt, um ihm die Abreise des Hofes zu melden und die Lage von Paris darzulegen, eine Handlung, welche die Bourbonen nachher des Todes würdig fanden.

Es war 8 Uhr Abends, als der Wagenzug des Kaisers an der Barriere von Paris anlangte. Er wurde begleitet von 100 Reitern von allen Cavalleriegattungen und einem Gefolge von vielen Generalen und Offizieren zu Pferde. Der Einzug mußte in

---

*) Capefigue giebt an, Napoleon habe den feierlichen Einzug aufgegeben, weil dieser, wie ihm seine Freunde gesagt, nicht glänzend ausfallen würde, da die Bourgeoisie im Allgemeinen nicht für ihn sei. Wie dem auch sein möge, so war ein Tag früher in Paris jedenfalls ein größerer Gewinn für ihn, als ein glänzender Einzug.

der Dunkelheit geschehen. Unter weithallenden Zurufen der Soldaten und einer großen Menge fuhr der kaiserliche Zug — Napoleon war mit dem Empfang in Paris im Vergleiche zu seiner Aufnahme im Lande nicht ganz zufrieden — nach den Tuilerien, wo er um 8 Uhr 40 Minuten anlangte. Hier hatte sich der Kern seiner Anhänger versammelt, der mit seinem Vive l'Empereur die Luft erfüllte. Man drang von allen Seiten auf ihn ein. Unter Freudenthränen und voll großer Rührung drückte und küßte man ihm die Hände, sein Gesicht, seine Kleidung. Er wurde von 100 Armen vom Wagen aufgegriffen, emporgehoben und in die Tuilerien hinaufgetragen. In den Zimmern oben warteten seiner die Damen des kaiserlichen Hauses, die den „Père la Violette" oder „Caporal Violet" sämmtlich mit Veilchenkränzen und Veilchen-Bouquets mit Entzücken begrüßten. Napoleon selbst war von Grund aus freudig, von Grund aus befriedigt, er hat wahrscheinlich in seinem Leben nie tiefere Freude empfunden. In der That erschien er fast ausgelassen. Nie war er mit Liebkosungen so freigebig als an diesem Abend, mit Fassen an das Ohrläppchen, mit vertraulichen Schlägen ins Gesicht. Er wiederholte häufig: „es sind die uninteressirten Leute, die mich nach Paris zurückgeführt haben; es sind die Sous-Lieutenants und die Soldaten die Alles gethan haben. Dem Volke und dem Heere verdanke ich Alles."

In der That übertraf die Unternehmung des Mannes an Glanz und Kühnheit alle früheren seines thatenreichen Lebens und sie mußte das Staunen der kommenden Jahrhunderte werden. Ein Mann aus dem Volke, bis dahin unbekannt, der Sohn des Raths eines Obergerichts einer wenig beachteten Insel des mittelländischen Meeres, hatte in dem strengdynastischen und sehr aristokratischen Europa durch Thaten, freilich nicht geringer als Cäsar sie verrichtet, einen der ersten Throne des Welttheils und des Erdballs 10 Jahre lang inne gehabt, in Europa Könige und Fürsten ab- und eingesetzt und als allmächtiger Gebieter geschaltet. Nachdem er nicht Maaß zu halten verstanden und große Unglücksfälle erlitten, war der Grimm der Könige und Völker über ihn gekommen, war er den vereinten Anstrengungen Europas unterlegen, abgesetzt und auf eine kleine Insel des Mittelmeeres in die Verbannung gesandt und dort bewacht worden. Europa, dem er sehr viel Leiden zugefügt und das ihn als fluchwürdigen Tyrannen, als Feind des Menschengeschlechts betrachtet, glaubt, daß er auch in Frankreich, seinem eigenen Lande, so verhaßt sei wie in den andern, von ihm schwer heimgesuchten Ländern. Europa setzt das alte achthundertjährige vertriebene Königsgeschlecht in Frankreich wieder ein und glaubt nun Ruhe zu haben. Aber siehe da, nach 10 Monaten setzt der Sohn des Appellationsgerichtsraths, der fluchwürdige Tyrann, der Feind des Menschengeschlechts fast allein kaum den Fuß auf französischen Boden, so strömt ihm alles wieder zu. Er braucht sich nur zu zeigen, so ist Jedermann wie bezaubert. Nirgends ist auch nur ein Schatten des Widerstandes. Er legt eine Strecke von 45 Märschen in 20 Tagen zurück und erscheint mit dem Heere in der Hauptstadt, welches gegen ihn ausgesandt ist. Die 800jährige Dynastie muß fliehen und findet innerhalb Frankreich keinen Arm, der sich für sie erheben will. „Also," konnte der Tyrann nach Beendigung seines Triumphzuges sagen, „also endigte sich ohne einen Tropfen Blut vergossen zu haben, ohne auf ein Hinderniß gestoßen zu sein, das rechtmäßige Unternehmen, welches die Nation in ihre Rechte und ihren Ruhm wieder eingesetzt und den Flecken ausgelöscht hat, den Verrätherei und die Erscheinung des Feindes über die Hauptstadt gebracht hatte; also hat sich die Stelle in der Adresse des Kaisers an die Soldaten beurkundet: der Adler wird mit den Nationalfarben von Thurm zu Thurm bis zu Notre-Dame in Paris daherfliegen."

Die Unternehmung des Mannes hatte etwas so Blendendes, daß sie selbst seine Feinde bezauberte. Seine langjährige Feindin, die ihre vielfachen großen Talente angewandt, ihm stets in der öffentlichen Meinung zu schaden, und die ihn „den Robespierre zu Pferde" genannt hatte, Frau von Staël-Holstein, bekannte sich für überwunden und erklärte, sie habe ihn nun unter die Halbgötter versetzt. Lafayette, der ideale Freiheitsmann, nannte seine Wiederkehr doch „ein schönes Stück Geschichte". Der strenge Republikaner Carnot trat willig in seine Dienste und unterstützte ihn mit größtem Eifer. Benjamin Constant, die Bertholet, die Labernadière und viele Andere bekehrten sich zu ihm. In England, wo man die Leiden seiner Kriegszüge und seine Bedrückung nicht erlitten, empfand man doch einen Eindruck der Bewunderung. Weniger war dies bei denen der Fall, von denen man es am ersten hätte erwarten sollen, bei den alten Gefährten seiner Thaten, bei den Marschällen und Generalen. Die große Mehrzahl derselben wollte um jeden Preis Ruhe haben und seine Wiederkehr erregte fast Bestürzung und Erstarrung. „Die Generale, sagte Napoleon, zeigten sich auf meinem Wege ungewiß und widerwillig (de mauvaise grace) und gaben nur dem Impuls ihrer Soldaten nach.“

Nachdem der Imperator siegreich in Paris eingezogen, das ganze Militair Frankreichs, die große Mehrzahl des Landes für ihn war, nachdem er von Paris aus alle Fäden der Gewalt in seiner Hand hatte, konnte der royalistische Widerstand im Lande ihm keine ernste Sorge mehr machen. In drei Wochen war alles unblutig oder mit kaum nennenswerthem Widerstande beendet und den 11. April wehte die dreifarbige Fahne des Kaisers über ganz Frankreich. Wir geben davon einen kurzen Ueberblick.

Ludwig XVIII. kam den 20. Abends 5 Uhr in Abbeville an. Er blieb hier die Nacht, schon um seine Haustruppen zu erwarten, die ihm so schnell nicht hatten folgen können. Diese, kriegs- und militair-ungewohnt, hatten sich in Nachzügler aufgelöst und boten einen kläglichen Anblick, welcher durch das schlechte Wetter vermehrt wurde. Ludwig XVIII. hatte alle Lust zum Regieren verloren und dachte nur daran, nach Calais zu kommen und über den Canal zu seinem früheren Asyl Hartwell zu gelangen. Am Morgen des 21. traf der Marschall Macdonald von Paris bei dem König ein. Er brachte die Nachricht, daß auf Befehl Bonapartes General Excelmans mit 3000 Reitern dem Könige nachfolge und bestand darauf, daß der König sogleich aufbreche und sich nach Lille begebe. Hier im französischen Flandern, hart an der Grenze der Niederlande, glaubte der Marschall, daß der König sicher sein würde und von hier aus einen Widerstand gegen die überflutende Macht des Usurpators organisiren könne. Die Bevölkerung, die einen lebhaften Handel mit den Niederlanden treibt, und bei der Herrschaft Napoleons diesen gefährdet sehen mußte, hielt er den Bourbonen im Allgemeinen nicht abgeneigt. Ludwig aber war höchst verdrießlich über das Reisen und die große Unbequemlichkeit desselben. Er klagte über Ermüdung, über Podagra, zeigte aber große Eßlust. Die Unbequemlichkeit schien ihm größere Besorgniß zu machen als der Verlust des Thrones. Er beklagte sich über seinen Bruder Artois und die Royalisten, welche schuld an dieser Katastrophe seien. Er würde in Lille nicht sicherer sein, als anderswo in Frankreich. Macdonald bestand jedoch mit Heftigkeit auf die Abreise und der König gab nach. In der That waren die Einwohner von Lille dem Könige gerade nicht feindlich, aber alles was Soldat hieß war begeistert für den Kaiser. Der Chef der Militairdivision zu Lille, Marschall Mortier, so wie der mit dem Könige gekommene Marschall Macdonald gaben sich alle mögliche Mühe, die 6000 Mann starke Besatzung für die Bourbonen zu stimmen, es war aber alles vergebens. Beide Marschälle sahen sich genöthigt, den König darauf aufmerksam zu machen, daß er auf die Truppen von Lille nicht zählen könne. Im Laufe schon des 22. März traf von Paris eine telegraphische Depesche ein, den „Grafen von Lille" festzunehmen. Der Präfekt von Lille, Simon, war in größter Verlegenheit, wie er sich zu benehmen habe; es war gefährlich, den Befehl auszuführen und gefährlich, dem kaiserlichen Befehl von Paris nicht zu gehorchen. Er wählte einen Mittelweg, sich den Marschällen Mortier und Macdonald anzuvertrauen und zu warnen, daß der König sobald als möglich abreise. Indeß hatte sich bei den Truppen von Lille die Nachricht verbreitet, der Herzog von Berry komme mit 2 Schweizerregimentern nach der Festung. Sie wollten diese nicht einlassen, ergriffen die Waffen und wollten diese mit Gewalt vertreiben. Die Verwirrung erreichte darum einen hohen Grad. Die Marschälle mußten dann dem Könige anzeigen, daß er in Lille nicht sicher sei und ein weiteres Zurückweichen in der Nothwendigkeit liege. Die Abreise erfolgte dann am 23. auf übereilte tumultarische Weise. Sehr umsichtig hatte Napoleon zugleich verordnet, die Entfernung Ludwigs XVIII. so zu bedrohen, daß er den Weg zur französischen Meeresküste nehmen müßte, um sich dann wieder nach England einschiffen zu müssen, woher er gekommen war. Zu größter Beschämung verließ er sein kaum erst gewonnenes Königreich und suchte Schutz in den Niederlanden. Mit größtem Schmerze gab er Frankreich auf und es war noch seine Absicht, wenigstens in einem französischen Grenzort, in Dünkirchen, sich festzusetzen, wo er doch noch in Frankreich wäre und im Nothfall sich nach England begeben könnte (was Napoleon so sehr wünschte). Zunächst aber wollte er nur auf niederländischem Boden zur Seeküste sich begeben und so traf er am 24. März Abends mit wenigen Begleitern krank, übermüdet und höchst niedergeschlagen in Ostende ein. Auch nicht ein Mann seiner Haustruppen hatte ihm folgen können und er mußte die Demüthigung hinnehmen, daß englisches Militair, kommandirt vom Obersten Hamerton, die Ehrenwache versah,*) und eine englische Eskorte seinen Einzug begleitete. Er wollte den 25. wirklich schon nach Dünkirchen abgehen, wo er unfehlbar würde genöthigt worden sein nach England überzuschiffen, als er sich zur rechten Zeit eines Bessern besann und in Ostende verweilte. Auch Graf Artois, der Herzog von Berry, Marmont fanden sich hier beim Könige ein.**) Nachdem der König in Ostende mehrere Tage verweilt und erkannt hatte, daß die Gefahr nicht so dringend sei, wählte er die Stadt Gent zu seinem zunächst bleibenden Aufenthalt, wo er den 30. März, unter Begleitung eines Ehrengeleits von englischem Militair noch immer sehr krank und niedergeschlagen anlangte. Gent, beträchtlich entfernter von Frankreich als Ostende, nur 5 Meilen von der Meeresküste, gewährte geographisch-politisch dieselben Vortheile, ohne so ängstlich als rettender Aufenthalt auszusehen als Ostende. Es sammelten sich hier die Prinzen und ihr Anhang, die Minister und der größere Theil der Anhänger der Bourbonen, so wie mehrere Marschälle (Berthier, Marmont, Victor), Generale, Staatsmänner, Präfecten 2c. Es kam auch ein Theil der Truppen des königlichen Hauses (maison du roi) hier an. Zum zweiten Mal, wie vor einem Vierteljahrhundert in Coblenz, bildete sich hier ein französischer Hof im Auslande, ohnmächtig für sich selbst und selbst noch ohnmächtiger als das erste Mal auf Frankreich zu wirken, aber jetzt unendlich stärker durch das Ausland, da fast ganz Europa mit einer ungeheuren Kriegsmacht sich bereits anschickte ihm zu Hülfe zu kommen. Wir werden auf den Hof von Gent noch später zurückkommen und berichten hier nur noch über einige royalistische Zuckungen im Süden.

*) Vossische Zeitung vom 11. April. Artik. Ostende vom 26. März.

**) Sie waren den 23. Morgens in Bethüne angekommen, wollten darauf in Lille mit den Haustruppen einziehen, als sie zu ihrem Schrecken vernahmen, daß der König Lille bereits verlassen habe. Sie gaben nun Frankreich verloren und begaben sich in die Niederlande (Vaulabelle).

Wir erinnern uns, daß der jüngere Condé, der Herzog von Bourbon, Vater des hingerichteten Herzogs von Enghien, nach der Vendée, gesandt war, um diese für die königliche Sache in Aufstand zu bringen. Der Herzog war nicht mehr jung, körperlich und geistig erschüttert und zum thatkräftigen Handeln nicht mehr befähigt. Anderntheils hatten die Vendéer in der Revolution zu bittere Erfahrungen gemacht, waren über ihr Verhältniß weit mehr aufgeklärt, hatten durch die kaiserliche Regierung sogar Begünstigung empfangen und waren nicht geneigt sich in ungewisse Unternehmungen einzulassen. Der Herzog richtete darum nichts aus, verließ die Vendée, schiffte sich ein und begab sich nach der Insel Jersey.

Wenn also der Westen von Frankreich sich eher der kaiserlichen Sache geneigt zeigte oder wenigstens ruhig bleiben wollte, so gelang es doch dem Herzoge und der Herzogin von Angoulême, den mehr royalistischen Süden auf einige Zeit in Bewegung zu bringen. Das prinzliche Paar, wie wir wissen, war in Bordeaux der Gegenstand großer Ehrenbezeugungen und der Mittelpunkt fortwährender Festlichkeiten, als die ungeheuren Fortschritte Napoleons zu den ernstesten Maaßnahmen auch in diesem Theil des Landes nöthigten. Guyenne und Languedoc, die eben den Bourbonen so sehr gehuldigt, indem sie von deren Regierung eine größere Handelsblüthe erwarteten, waren auch geneigt, die königliche Sache zu unterstützen. Es handelte sich nur darum, auch die royalistischen Kräfte in der Provence und Dauphinée zu vereinigen, um dem Usurpator in den Rücken zu kommen. Die heroische Herzogin übernahm es, von Bordeaux aus die weiße Fahne im Garonne-Gebiet aufrecht zu erhalten, während der Herzog sich nach Marseille wandte.

Man ließ die Truppen noch einmal den Eid der Treue schwören. Die Nationalgarde von Bordeaux und Gegend wurde organisirt, die nicht weniger als 15,000 Mann betrug; es bildeten sich auch nach dem Muster von Paris Abtheilungen königlicher Freiwilligen. Der Präsident der Deputirten-Kammer, Lainé, aus Guyenne gebürtig, erließ eine öffentliche Protestation gegen die von Napoleon von Lyon aus verfügte Auflösung der Kammer. Die Herzogin machte die lebhaftesten Schritte, die Vendée dennoch in diese royalistische Organisation hineinzuziehen. In Marseille bewirkte der Herzog von Angoulême dann ebenfalls die Errichtung von 12,000 Mann Nationalgarden und die Bildung königlicher Freiwilligen. Er begab sich auch nach Toulon und fand den Marschall Massena willig, ihm die Hand zu bieten. Der Baron Vitrolles, der fähigste der Staatsräthe des Königs, hatte sich nach Toulouse begeben; es war ihm gelungen auch hier die Bildung von Nationalgarden und Freiwilligen zu bewirken und es ließ sich so gut an, daß er den Plan hatte, den Sitz der Regierung nach Toulouse zu verlegen und die Kammern dahin zu berufen. Es wurde auch ein zusammenhängender Plan entworfen. Mit Aufbietung des Landvolks, von Freiwilligen, eines Theil der Nationalgarde und der bis dahin treu gebliebenen Soldaten wollte der Herzog von Angoulême von der Provence aus in zwei Richtungen gegen Lyon vordringen, nämlich das Rhonethal gerade aufwärts über Avignon und Valence und von den Bergen aus von Gap über Grenoble. Diese Bewegung sollte mit der von der Garonne und von der Vendée her in Verbindung gebracht werden, denn auch aus dieser letzteren Richtung wollte man angriffsweise vorgehen.

Alle diese Bestrebungen waren aber bald wie der Wind zerstreut. Die Nachricht: der Kaiser ist in Paris! wirkte auf die königliche Sache überall erstarrend und man hielt sie für verloren. Napoleon erfuhr diese Bewegungen im Süden erst in Paris und traf sogleich seine Gegenanstalten. Den umsichtigen, feinen Divisionsgeneral Lamarcque, gleich geschickt für strategische Kombinationen als für Unterhandlung, nebst dem tüchtigen, wenn auch republikanisch gesinnten General Travot sandte er nach der Vendée und dem Westen; den mit besonderem kriegerischen Takt, wenn auch mit weniger Feinheit begabten, ehrgeizigen Divisions-General Clauzel sandte er nach Bordeaux. Nach Lyon gegen die Bemühungen des Herzogs von Angoulême wurde der Divisions-General Graf Grouchy abgeordnet. Letztere Wahl war weniger gut, weil Grouchy, obschon er bereits 1812 im Feldzuge nach Rußland und später ein Reitercorps befehligt, doch nicht von großen Fähigkeiten, langsam und unbestimmt in seinen Auffassungen und Entschlüssen war. Napoleon brauchte aber vor allem ihm treu ergebene Individuen und zu diesen gehörte der General, der, obgleich von altem Adel, immer fest zur Revolution und zum Kaiser gehalten hatte. Die

Instruktion dieser Generale war, um jeden Preis so schnell als möglich das Ende dieser bürgerlichen Unruhen herbeizuführen, wozu es in diesem Fall sehr wenig bedurfte.

General Lamarcque fand in der Vendée nichts zu thun. Die Linientruppen, die Gensd'armen, die Präfekten und Beamten gehorchten aufs Wort. Er wandte sich gegen die Gironde. Ein Befehl, daß er im Namen des Kaisers komme, reichte hin, daß das Militair in der Citadelle von Blaye begeistert die dreifarbige Kokarde aufsteckte. Er sandte hierauf nach Bordeaux und befahl, sich der kaiserlichen Sache zu ergeben und den Präfekten und die Beamten anzunehmen, die er ernennen würde. Indeß war auch schon General Clauzel bei Bordeaux angekommen. Sein bloßes Erscheinen in St. André de Cubac, nahe bei Bordeaux, war hinlänglich, daß sämmtliche Linientruppen in der Stadt sogleich die dreifarbige Kokarde annahmen. „Der Kaiser ist in Paris und befiehlt Euch rc.“ war genug, um fast überall auch bei den Beamten Gehorsam zu finden. Eh' es die Herzogin von Angoulême nur ahnte oder wußte, hatte sie nicht die geringste Autorität mehr. Noch in der Meinung, sie habe große Macht, und dem Strohfeuer der Handelsleute vertrauend, wollte sie Widerstand leisten und sandte den Abgeordneten Martignac, der sich später als Minister bekannt gemacht hat, an den General Clauzel, ihn an seine Pflicht zu mahnen und mit energischem Widerstande zu drohen. Clauzel lachte höhnisch zu den Eröffnungen Martignacs, denn schon hatte sämmtliches Militair von Bordeaux die dreifarbige Fahne aufgezogen. Die Herzogin, eine Dame von dem höchsten Muthe*), wollte nun persönlich ihr Heil bei den Soldaten versuchen. Sie begab sich zu Pferde nach den Kasernen St. Raphael, noch nach einer zweiten und nach der dritten von Chateau Trompette. Sie ließ die Truppen versammeln, ging durch ihre Reihen, hielt ihnen Anreden, mahnte sie an ihren Eid und beschwor sie, zu ihrer Pflicht zurückzukehren. Es war alles vergebens; die Soldaten blieben stumm. Man sagte zuletzt nur, daß man das Unglück zu achten wisse. Erschüttert wandte sich die Herzogin ab und winkte zur Abfahrt. Ein Trommelwirbel erscholl und die dreifarbige Fahne wurde noch vor ihren

*) Napoleon sagte von ihr: „sie wäre der einzige Mann der Familie.“

Augen aufgezogen.*) General Clauzel bewilligte Martignac darauf eine Art Capitulation, in Folge welcher die Herzogin freie Abfahrt auf der Gironde erhielt. Den 1. April wehte in Bordeaux und im Garonne-Gebiet bis Toulouse hin die kaiserliche Fahne, ohne daß es einen Tropfen Blut gekostet hätte.

Toulouse aber mußte unter solchen Umständen ebenfalls für die Royalisten verloren gehen. Baron Vitrolles hatte gethan, was in seinen Kräften war, er hatte sogar Verbindungen mit Spanien angeknüpft. Aber er vermochte nichts gegen die Soldaten. Sobald die Garnison erfuhr, der „Kaiser" wäre in Paris, so erhob sie sich für denselben. Der Divisions-General Laborde nahm den Baron Vitrolles gefangen; er wurde nach Paris transportirt und dort in Fort Vincennes gefangen gesetzt. Der Präfekt St. Aulaire dankte ab. Auch die obere Garonne gehörte somit dem Kaiser.

Etwas länger dauerte die Bewegung, die der Herzog von Angoulême von der Provence her bereitete. Hier in allen Plätzen des Südens befand sich fast kein einziger Soldat, weil Napoleon alle Truppen auf seinem Zuge nach Paris mitgenommen hatte. Der Herzog hatte darum sehr freies Spiel. Von dem Mittelpunkt Avignon aus betrieb er die Bildung von zwei Corps, die gegen Lyon operiren sollten, eins im Gebirge zu Sisteron, Gap, ein anderes im Rhonethal. Sie bestanden nur aus königlichen Freiwilligen, Nationalgarden und wenigen Linientruppen, die zu drei Regimentern Fußvolk, drei Eskadrons und kaum 200 Mann Artillerie angegeben werden. Mit dem Corps im Rhonethal marschirte der Herzog nördlich, das Corps im Gebirge war zunächst gegen Grenoble bestimmt, um sich dieser Festung wieder zu bemächtigen.

Bei der gänzlichen Entfernung des Militairs mußte zunächst von kaiserlicher Seite ebenfalls die Nationalgarde und das Landvolk aufgeboten werden. Lyon stellte im ersten Augenblick neun Tausend Mann Nationalgarden und ganz Burgund kam in Bewegung. Grenoble erhob sich wie ein Mann gegen die Royalisten im Gebirge, die ohnehin einen sehr schweren Stand hatten, da die Bewohner des Gebirges alle kaiserlich gesinnt waren und überhaupt

*) Die nähere Darstellung Capefigue I. Cap. XII. 287 u. ff. Vaulabelle II. 313.

eine lange bestandene Abneigung gegen die bigott-katholischen Bewohner der Ebene hatten.

Das erste Zusammentreffen der Königlichen und Kaiserlichen geschah im Rhonethale an der Brücke über die Drôme und dieses fiel zum Vortheil der ersteren aus. Hier befand sich ein Haufe kaiserlich gesinnten Landvolks, angeführt von einem General Debelle, der zu größerem Halt der ungeübten Menge ein paar Geschütze herbeigebracht hatte. Die Königlichen, bei welchen sich der Herzog von Angoulême selbst befand, rückten gegen diese Aufstellung an. Die königlichen Freiwilligen auf den Flügeln setzten durch die Drôme und kamen den kaiserlichen Landleuten in beide Flanken. Diese verloren die Besinnung, warfen die Waffen fort und flohen. Die Königlichen drängten nach und gelangten bis Valence.

Dieser erste Erfolg ließ die Hoffnung der Royalisten zu riesenmäßiger Höhe anschwellen. Sie glaubten sich schon Herren von Lyon und sahen in einem Monat Ludwig XVIII. wieder in Paris einziehen. Den 3. April war der Herzog von Angoulême in Valence, etwa 5—6000 Mann stark. Den 4. ging er auf Roman und bemächtigte sich der Brücke über die Isère. Es wurde verbreitet und überall in gedruckten Bekanntmachungen angeschlagen: es wären drei große Heere unter Schwarzenberg, Blücher und Wellington bereit, Ludwig XVIII. wieder herzustellen, es würde nur kurze Zeit mit dem Usurpator dauern, den man schleunigst verlassen müsse.

Alle diese Erwartungen wurden auf das Empfindlichste getäuscht. Die Gewinnung der Isère-Brücke war der letzte Erfolg gewesen. Die Ankunft der Generale Grouchy und Gilly in Lyon änderte im Augenblick die ganze Scene. Die Befehle derselben, unterstützt von einer Hand voll Truppen, fanden bei den Truppen, die unter dem Herzog von Angoulême standen, augenblicklichen Gehorsam. Sie fielen sämmtlich von dem Herzoge ab. Dieser mußte eiligst den Rückzug antreten, war den 7. schon wieder in Montelimart, den 8. in Pont St. Esprit. Im Gebirge zu Sisteron, Gap, ertönten in allen Dörfern die Sturmglocken, um die Bauern der Ebene zu vertreiben. Das Landvolk des Gebirges vereinigte sich mit den Truppen, um den Herzog im Rücken einzuschließen. In Pont St. Esprit an der Rhone von allen Seiten von vielen

Tausenden umringt und von seinen Landleuten verlassen, mußte der Herzog in Gefangenschaft gerathen, wenn er sich nicht durch eine Capitulation rettete, und auch diese war nur ein Zugeständniß der Schonung. — Die Capitulation wurde am 8. April zu Pont St. Esprit (am rechten Ufer der Rhone nördlich von Avignon) abgeschlossen zwischen dem Herzog von Angoulême und dem kaiserlichen Divisions-General Baron von Gilly (welcher wieder dem General Grouchy untergeordnet war) und speziell durch den Generalstabschef des Herzogs, Generalmajor Baron von Damas, und den Stabschef des Generals Grouchy, General Lefevre. Die Bedingungen in 7 Artikeln waren für die königliche Sache beschämend genug. Sie lauteten: die königliche Armee wird aufgelöst und geht wie die Nationalgarde nach Hause; die Linientruppen rücken in ihre Garnisonen. Die Generale, Ober- und andere Offiziere gehen in ihre Heimat und erwarten dort die Befehle des Kaisers. Die Offiziere sollen die Freiheit haben, ihre Entlassung zu nehmen. Die Kriegskasse und die Bücher des Oberzahlmeisters werden an die kaiserlichen Beamten abgeliefert. Alle obige Artikel sind auf alle königliche Truppen im Süden anzuwenden. Der Herzog wird sich im Hafen von Cette einschiffen; bis dahin wird ihm eine sichere Eskorte gewährt. Alle Offiziere und Personen, welche ihm folgen wollen, können sich mit ihm einschiffen. — Diesen Artikeln wurde später noch die Bedingung hinzugefügt, daß der Herzog alle Krondiamanten abzuliefern habe, die er bei sich führen möchte.*) General Grouchy wollte diese Capitulation, die doch die völlige Auflösung der royalistischen Macht, die Ablieferung der Waffen und der Kassen verschaffte, nicht einmal bestätigen, hielt den Herzog noch fest und fragte erst in Paris bei Napoleon an. Nach einigem Bedenken von dessen Seite erfolgte aber am 11. die unbedingte Genehmigung und für Grouchy wegen der schnellen Beendigung der Marschallsstab. Der Herzog schiffte sich dann am 16. April wirklich in Cette ein.

Schon am 8. April war also die Herrschaft des Kaisers über ganz Frankreich unbedingt festgestellt, und die dreifarbige Fahne

*) Vossische Zeitung vom 20. Mai aus dem Artikel: Nachrichten aus Frankreich bis zum 9. Mai.

wehte auch in den am meisten widerstrebenden Seestädten. Das wichtige Ereigniß wurde am 11. April durch 101 Kanonenschüsse vom Dom der Invaliden zu Paris gefeiert und angezeigt.

Was man auch sagen mag, daß es von Seiten Napoleons bloße politische Berechnung gewesen, so erfordert es doch die Gerechtigkeit, anzuerkennen, daß er in seinem Siege große Mäßigkeit und Duldsamkeit geübt hat, im grellen Gegensatz zu den Bourbons, die ihn selbst wie einen gemeinen Missethäter behandelten und gegen seine Anhänger mit grausamer und verachtender Härte verfahren wollten und auch wirklich später verfuhren, als sie wieder die Macht hatten. Mit Ausnahme von Augereau (der ihn durch sein verrätherisches Betragen im Feldzuge 1814 dazu genöthigt, der ihn auf der Reise nach Elba auf das Unverschämteste insultirt und der nun elenderweise durch eine unterwürfige Proklamation und Schmähung der Bourbons wieder zu Ehren kommen wollte), Marmont, der ihn ganz offen verrathen, und bedingungsweise Talleyrand, wollte er Allen jede ihm zugefügte Unbill vergessen, da es Dinge gäbe, die über die menschliche Organisation hinauslägen. Lainés Proklamation von Bordeaux wurde nicht gerächt, er wie Ferrand konnten ruhig auf ihren Landhäusern wohnen. Die Senatoren, welche ihn abgesetzt, willigte er ein zu empfangen. Er wollte Berthier vergeben und die einzige Strafe für ihn sollte sein, daß er in der Uniform der bourbonischen Garde du Corps vor ihm erscheinen müßte. Es war von seinem Standpunkte des Vergebens und des Vergessens fast zu viel.

Im Wiederbesitz der höchsten Gewalt über ganz Frankreich, kam es für den Imperator darauf an, sich trotz der Feindlichkeit von Europa darin zu behaupten. Durch den faktischen Besitz schloß er zunächst jede andere Candidatur für den Thron, den die Parteien gehegt, aus. Die Bourbonen waren vertrieben: wer also eine konstitutionelle Regierung mit ihrer Beibehaltung für möglich gehalten, indem man sie mit Zwang dazu nöthigte, war überführt, daß dies nicht angehe. Von einer Candidatur des Prinzen Eugen, Bernadottes, des Herzogs von Orleans, konnte nicht mehr die Rede sein. Was Napoleon selbst betrifft, der im Jahre vorher Frankreich mit der Grenze von 1792 verschmäht hatte, was die Verbündeten ihm angeboten, so befand er sich in einer ganz andern

Lage wie im Jahre 1814. Damals konnte er keinen Frieden schließen, der ihm nicht wenigstens die Rheingrenze noch ließ und das Gebiet bewahrte, welches er von der Republik überkommen. Nun war aber seine Abdankung geschehen, es war ein Friede mit den Bourbonen abgeschlossen, er war gleichsam ins Privatleben zurückgekehrt, und alles, was geschehen, war ohne seine Mitbetheiligung vorgegangen. Es war ein neues Frankreich da, kein großes Empire mit vielen Nebenländern, mit dem Anspruch, über Europa zu herrschen. Dieses Frankreich hatte er durch eine der glänzendsten Thaten der Weltgeschichte mit Zustimmung der großen Mehrheit der Nation in Besitz genommen; er war bereit, mit den Franzosen einen ganz neuen Bund aufzurichten: mit diesem Frankreich konnte er jetzt unter ganz neuen Verhältnissen, unbeschadet seines historischen Rufes und seiner Geltung in der Weltgeschichte vorlieb nehmen. Schon von Lyon aus war es daher sein Erstes, den Verbündeten in Wien die Haltung des Pariser Friedens vom 30. Mai 1814 anzutragen, um einfach statt der Bourbonen in diesen Vertrag einzurücken.

Bei der großen Feindschaft der Dynastien, der Aristokratien und auch der Völker Europas konnte er jedoch nicht hoffen, sich die Herrschaft zu sichern, wenn er sich nicht enge an das französische Volk anschloß, wenn er diesem nicht aufrichtig gewährte, was es durch große Anstrengungen und vielfache Leiden wohl verdiente: die Mitwirkung bei der Gesetzgebung und Verwaltung, Verbannung jeder Willkür, einen gesicherten Rechtszustand, bürgerliche Freiheit, in Summa eine wahrhaft konstitutionelle Regierung und deren unverbrüchliche Haltung. Wiewohl es nun einem cäsarischen Charakter wie dem seinigen und bei seiner bisherigen Gewohnheit des unbeschränkten Handelns schwer ankommen mußte, alle seine Regierungsmaaßregeln bei einer konstitutionellen Monarchie kontrollirt zu sehen, obgleich er für solche Verhältnisse, wie überhaupt kein Fürst des Continents, erzogen, sich den ganzen Umfang solcher Verhältnisse wohl nicht einmal klar gemacht hatte, und dafür keine Uebung und auf dem Continent kein Vorbild hatte, so sah er doch die Nothwendigkeit ein, darauf vollständig einzugehen und er hatte schon von Lyon aus das Maifeld angeordnet, um eine neue Verfassung aufzurichten.

Ließ ihm Europa Zeit sich einzurichten und überzog ihn nicht sogleich mit Krieg, so sind wir der Meinung, die der vieler Andern entgegen sein mag, daß er sich gehalten und da er durch die Controlle der Nation von der Erneuerung des Krieges abgehalten, seinen Ruhm vielleicht darin gesucht hätte, die Wunden des Krieges zu heilen und eine Versöhnung mit Europa allmälig herbeizuführen. Die sofort erfolgte Achtserklärung Europas, die schon mit ihm in Paris einzog und die Ueberziehung mit Krieg von vielen Hunderttausenden von Streitern ließ seine Wirksamkeit nur 100 Tage dauern, um an seine Stelle Zustände zu bringen, die noch weniger Dauer verhießen und woran Frankreich bis auf diesen Tag krankt.

---

4. Gegenanstalten der Verbündeten bei dem Einbruch Napoleons in Frankreich und bei seiner Wiedergewinnung der Herrschaft.

Nach der Beendigung des Krieges von 1814, der Abdankung und Abreise Napoleons meldete der Minister Freiherr vom Stein dies glückliche Ereigniß seiner Gemahlin und fügte hinzu: „die Erzherzogin (Marie Louise) kehrt zu ihrem Vater zurück, Jerome geht nach Stuttgart, Joseph nach der Schweiz; so ist denn alles dieses Lumpengesindel (die Napoleoniden) zu Boden!"*)

So wie Stein, dachten damals alle Dynastengeschlechter und, mit wenigen Ausnahmen, alle Edelleute Europas. Der Feind, der 22 Jahre lang mit fürchterlichen Kriegszügen den Welttheil erschüttert, war, wie man voraussetzte, so ganz besiegt und so vollständig gelähmt, daß er kaum in einem Vierteljahrhundert sich wieder zu regen vermochte. Das war aber nur die eine Seite des Triumphes, die andere war in den Augen der Privilegirten noch weit wichtiger. Jene Erschütterung des Welttheils durch die Franzosen war vom

---

*) Steins Leben von Pertz 2. Auflage 3. Band. Berlin, Reimer, 1851 S. 578.

dritten Stande ausgegangen, welcher die beiden ersten, die Privilegirten, in einer ungeheuren Revolution gänzlich beseitigt hatte. Nun war dieser bewaffnete dritte Stand durch die vereinigte Kraft von Europa niedergeschlagen. Das vermeinte Possenspiel eines aus dem dritten Stande hervorgegangenen Monarchen, der sich anzumaßen erlaubt, feudale Titel zu führen und die ehrwürdigen durch Jahrhunderte erst Gesetzeskraft erlangenden Einrichtungen nachzuahmen, seine aus dem Staube hervorgehobenen neuen Aristokraten, er, der sich wie ein neuer Cäsar ohne die Ahnen des alten geberdet, seine Brüder, die er zu Königen erhoben, seine Aristokraten, der ganze französische dritte Stand, all dies „Lumpengesindel“ lag nun zu Boden. Die alte Königsfamilie war in Frankreich wieder eingesetzt, die vertriebenen Adlichen und Priester waren wiedergekommen. Die Revolution erschien hiernach bezwungen, mit verhältnißmäßig wenigen Zugeständnissen schien die alte Zeit zurückgekehrt.

Solch ein Sieg war der höchsten Feier werth und wir haben in einem früheren Abschnitte von den glänzenden Festen berichtet, die tagtäglich in Wien begangen wurden, wo sich die hohen Herren für die Mühen und Drangsale zu entschädigen suchten, die ihnen das revolutionaire Frankreich seit 25 Jahren verursacht. In der That übertraf der Aufwand dieser Feste alles was bisher in Europa gesehen worden. Wenn eine Angabe in Venturinis Chronik, Jahrgang 1815 (S. 9 und 10), auch nur annähernd richtig ist, so betrug der Aufwand des Wiener Hofes und der Fremden täglich 200,000 Gulden Wiener Währung, der Aufwand einer Woche 1½ Millionen und vom October 1814 bis zum März 1815 gegen 30 Millionen Gulden. Im Taumel dieser Feste wurden die Geschäfte behandelt, die Europa eine neue Gestalt geben und einen großen Abschnitt der Geschichte bezeichnen sollten, jenseits welchem in einem gesicherten Friedenszustande Ruhe und Glück der Staaten und Völker erblühen sollte.

Ein solcher gesicherter Abschluß schien aber noch fern zu sein, denn man konnte sich lange nicht einigen. Die Heere waren längst zurückgekehrt, aber sie blieben auf dem Kriegsfuß, die Last nach beendetem Kriege war nicht erleichtert. Hader und Zwietracht herrschte um die Vertheilung der gewonnenen Beute; jede Macht wollte durch ein fertiges Kriegsheer sich die Mittel sichern, ihrer Forderung Nachdruck zu geben. Eine Zeit lang war die Spannung so groß, daß es schien, als würde sofort die Kriegsfurie wieder losgebunden sein. Man war dann endlich im Februar über das Schwierigste der sächsischen und polnischen Frage hinweg, aber es war noch nichts entschieden und abgeschlossen, als der Krieg an einer Stelle und für eine Sache losbrach, an die man am wenigsten gedacht hatte.

Wie in einem vorhergehenden Abschnitte bemerkt, besorgten die verbündeten Mächte in Wien von dem Verbannten auf Elba noch mögliche Unternehmungen und wenn er sich zu solchen herbeiließe, beabsichtigten sie ihn von dort zu entfernen, ohnehin war dies das dringende Verlangen der Bourbonen. Sie glaubten aber, daß seine Absicht viel mehr auf Italien als auf Frankreich gerichtet sein würde. Wiewohl sie wußten, welche Unzufriedenheit die Bourbons und die Emigranten in Frankreich erregt hatten und daß der Kaiser noch immer eine große Parthei habe, so hielten sie alles dieses einestheils für natürlich, anderntheils doch nicht gefährlich genug, um für die Existenz des Königthums besorgt sein zu dürfen, besonders wenn man im schlimmsten Fall Napoleon weiter entfernte. Dagegen glaubte man viel eher, daß er die Absicht haben würde, eine Unternehmung auf Italien zu wagen. Murat von Neapel war sein Schwager. Dieser machte in Italien Geräusch genug. Man glaubte, daß Napoleon dahinterstecke, daß dieser ehestens mit großen Plänen hervorkommen würde. Wahrscheinlich wünschte man, daß er sich in irgend einer Art bloßstellen möchte, um eine gegründete Ursache zu haben, ihn von Elba zu entfernen. Seine Anstalten schienen im Februar 1815 schon in Etwas hervortreten zu wollen, denn der Großherzog von Toskana meldete, daß ein sehr lebhafter Zu- und Abgang von Reisenden bei der Insel Elba bemerkbar werde und sich dort etwas vorzubereiten scheine. — Da geschah dann plötzlich das Unerwartetste und Kühnste: die Landung Napoleons in Frankreich.

Daß derselbe mit einer kleinen Eskadre die Insel Elba verlassen habe, war am 6. März in Wien*) bekannt, allein er sollte

*) Der Herzog von Wellington soll die Nachricht schon 24 Stunden vorher am 5. März erhalten haben. Venturinis Chronik XII. 128.

südwärts gesteuert sein und man schloß daraus, daß er in Neapel landen würde. Nach einer andern Nachricht sollte er westwärts gesegelt sein, um sich vielleicht nach den vereinigten Staaten von Nordamerika zu begeben.

Diese Nachrichten erregten in Wien großes Aufsehen, aber noch keine wesentliche Befürchtung. Doch sollte Napoleon, zufolge der eingegangenen Depesche, beträchtliche Summen Geldes bei sich führen. Die Unruhe steigerte sich mehr und mehr und es entstand großer Lärm am Congreß, als am 8. März durch eine Depesche aus Turin die Nachricht in Wien einging, „daß Napoleon mit einer kleinen Kriegsmacht in Frankreich an den Küsten der Provence gelandet wäre." Der gefährliche Mann wieder in Frankreich, das war denn doch bedenklich! — Noch waren die Stimmen über die Bedeutung des Schritts des Mannes sehr getheilt. Talleyrand, der mit dem Gelingen desselben seine politische Rolle als beendigt ansehen mußte, suchte die Unternehmung als ein lächerliches Abenteuer darzustellen. Pozzo di Borgo, der grimmige Familienfeind Napoleons, erklärte: „Buonaparte" wäre eine Narr, und man werde bald vernehmen, daß er am ersten besten Feigenbaum der Provence wäre aufgeknüpft worden.*) Am meisten Befürchtung hegte Fürst Metternich, weil er über die Stimmung in Frankreich am meisten unterrichtet zu sein glaubte. Er war mit Fouché immer in einiger Verbindung geblieben, darum richtete er an ihn, als die Aufregung in Frankreich gegen die Bourbons immer größer wurde, in der Ueberzeugung, daß der große Polizist ihm über die Stimmung von Frankreich die beste Auskunft geben könnte, die folgenden 3 Fragen, die er ihm kurz und entschieden beantworten sollte: 1) wenn Napoleon wieder in Frankreich erscheint, was wird die Folge sein? 2) was würde die Erscheinung des Königs von Rom an der französischen Grenze für ein Ergebniß haben? 3) welche Richtung würde eine national-insurrektionelle Bewegung haben? Die Antwort Fouchés war: wenn das erste Regiment zu Napoleon übergeht, so wird die ganze französische Armee folgen; wenn der König von

---

*) Capefigue I. 322; in Bezug auf Talleyrand auch Venturinis Chronik XII. 128.

Rom durch ein österreichisches Corps an unsere Grenze geführt wird, so wird ganz Frankreich für ihn sein; wenn die Bewegung vom Innern Frankreichs ausgeht, wird sie für den Herzog von Orleans sein. — Hiernach zweifelte Fürst Metternich nicht, daß die Erscheinung Napoleons in Frankreich von großen Folgen begleitet sein würde. Da nun Murat von Neapel an eine Eroberung Italiens dachte, so war die Erschütterung für Oesterreich sehr groß, indem es nach zwei Seiten, nach Frankreich und nach Italien Front machen mußte.

Noch lebte man einige Tage in Ungewißheit und steigender Unruhe hin, indem doch die Erwägung viele Anhänger fand, daß man Napoleon wohl einen tiefangelegten Plan zutrauen könne, und daß er auf Grund einer großen Verschwörung handle, als dann plötzlich die Gefahr, die „das große wilde Thier“ (wie er häufig genannt wurde) anrichten könne, sich deutlicher enthüllte.

Es war auf einem der glänzendsten Wiener Feste beim Fürsten Metternich am 11. März Abends, wo der größte Theil der vornehmen Welt des Congresses versammelt war. Die Jugend drehte sich in muntern Tänzen, die Aelteren unterhielten sich über die Landung Napoleons und deren wahrscheinliches Ziel, als plötzlich die Nachricht wie ein Blitzstrahl in die Gesellschaft fuhr: Napoleon ist ohne Widerstand in die Festung Grenoble eingezogen und sämmtliches Militair, eine Division stark, ist mit Enthusiasmus zu ihm übergegangen! — Zugleich waren die flammenden Proklamationen des Mannes aus dem Golf von Juan und seine ausgestreuten Gerüchte von der Allianz mit Oesterreich eingegangen.

Der Tanz hörte sogleich auf, während die Musik noch eine kleine Weile fortfuhr; aber in wenig Augenblicken war Schrecken und Zerstörung in die ganze Gesellschaft gefahren. Die inhaltschwere Nachricht machte den Gegenstand jedes eiligen Gesprächs der in Gruppen aufgelösten Anwesenden aus. „Ich hatte Euch wohl angekündigt, daß dies (die unsinnige Regierung der Bourbons in Frankreich) nicht lange dauern würde,“ sagte der Kaiser Alexander, indem er sich Talleyrand näherte. „Sie sehen, Sire, erwiderte Kaiser Franz von Oesterreich, was das bedeutet, Ihre Jacobiner in Paris beschützt zu haben.“ (Er meinte das feste Bestehen des Kaisers Alexander darauf, daß die Bourbons durch eine Verfassung zu regieren genöthigt worden, was, wie wir wissen, allein das Werk des russischen Czaren war.) „Es ist wahr, antwortete Alexander, aber um mein Unrecht wieder gut zu machen, stelle ich meine Armee und meine Person in Ew. Majestät Dienst.“*)

Die Monarchen und ihre Minister einigten sich schnell, indem sie alle ihre bisherigen Streitigkeiten vergaßen. Es war Talleyrand, der beim Lesen der letzten Depesche gezittert hatte, zuerst zu einem allgemeinen Kreuzzug aufforderte. Kaiser Alexander war besonders empört über das französische Militair. „Die Revolte der Bajonette, sagte er, müsse gezüchtigt werden, man dürfe keine Prätorianerherrschaft in Frankreich aufkommen lassen.“ Es fiel ihm dabei gleich ein, daß Napoleon einen Vorwand angeben würde, Elba verlassen zu haben, indem Frankreich den Traktat von Fontainebleau nicht gehalten habe und er erinnerte Talleyrand an die unterlassene Zahlung der an Napoleon zu entrichtenden Gelder, was Talleyrand mit der Ausflucht zu entkräften suchte, „daß man im März nicht zahle, was man erst im Mai schuldig sei.“

So uneinig der Congreß bisher gewesen, so viel Zwietracht und Zerwürfniß über die Vertheilung der Beute auch geherrscht, die immer noch nicht ganz beschwichtigt waren und einen möglichen neuen Ausbruch nicht ausschlossen, so wunderbar war nun die Einigkeit, eine Herrschaft Napoleons in Frankreich um keinen Preis zu dulden und lieber alles Andere hintanzusetzen. Auch jetzt hielt man auf dem Congresse das Unternehmen Napoleons für ein Abenteuer, welches zwar viel Verwirrung anrichten könne, aber keine Aussicht habe.**) Um, wie man meinte, von vorn herein jede Illusion für dasselbe zu zerstören, beschloß man von allen Mächten Europas eine nachdrückliche Erklärung, welcher die That unmittel-

---

*) Vaulabelle II. 187, 188.

**) „Geraume Zeit,“ bemerkt der niederländische Minister am Congreß zu Wien Freiherr v. Gagern (der 2te Pariser Frieden. Leipzig, Brockhaus, I. S. 17) „blieb die Täuschung über das Benehmen der (franz.) Nation, über den Zustand des Innern Frankreichs.“ — Nach demselben Werk von Gagern S. 17 hat Wellington in einem amtlichen Schreiben vom 12. März geäußert: „Es ist meine Meinung, daß Buonaparte auf falsche oder auch gar keine Kundschaft gehandelt hat und daß der König (Ludwig XVIII.) ihn ohne Schwierigkeit und in kurzer Zeit vernichten wird“ ....

bar auf dem Fuße folgen sollte. Sie sollte von der einsamen Höhe dynastischer Erhabenheit der alten Monarchen Europas herab dem anmaßenden Manne aus dem Volk, der es gewagt, sich eine Krone aufzusetzen, den unendlichen Abstand zwischen ihnen und ihm mit ganzer Kraft fühlbar machen, um ihn trotz seiner großen Vergangenheit in das Nichts zurückzuschleudern. Wahrscheinlich vernichtete ihn schon allein diese Erklärung; wenn sie es nicht völlig that, so mußte sie dennoch eine große Wirkung haben, das Uebrige mußte Waffengewalt thun, welche im größten Maaßstabe man anzuwenden entschlossen war.

Schon den folgenden Tag, am 12., wurde eine Sitzung der Vertreter der 8 Hauptmächte Europas angeordnet, um diese Erklärung zu erlassen. Die Mächte waren: Oesterreich, Spanien, Frankreich, England, Portugal, Preußen, Rußland und Schweden, dieselben, welche den Traktat von Paris vom 30. Mai 1814 unterzeichnet hatten. Sie votirten ein Aktenstück mit dem Datum vom 13. März, welches zugleich in deutscher und französischer Sprache bekannt gemacht wurde*) und einzig in der Geschichte dasteht.

Napoleon ist darin nicht „Kaiser", welcher Titel ihm im Traktat von Fontainebleau von allen Mächten zuerkannt war, nicht „souverainer Fürst von Elba" mit allen Rechten eines solchen, wie ihm dies in dem genannten Traktat ebenfalls verbürgt war, auch mit dem Recht, eine bewaffnete Macht zu haben und eine eigene Flagge, eigene Fahnen zu führen, demnach auch mit dem Recht bekleidet, Krieg zu führen und Frieden zu schließen; er war bloß der Mann „Napoleon Bonaparte". Er war von seinem souverainen Fürstenthum Elba nicht abgesegelt, sondern er war davon „entwichen". Elba war auch nicht sein souveraines Besitzthum gewesen, wie es doch im Traktat von Fontainebleau festgesetzt war, sondern Elba war ihm nur als „Wohnort" d. h. als ehrenvolles Gefängniß angewiesen. Indem er daraus entwichen, habe er den „einzigen" Rechtstitel vernichtet, an welchen seine „Existenz" geknüpft gewesen. Indem er den französischen

*) Die Erklärung erschien in den Wiener Zeitungen vom 15. März, in den Berliner Zeitungen vom 21. März und so verhältnißmäßig nach den Entfernungen von Wien in allen damaligen Zeitungen Deutschlands.

Boden mit dem Vorsatz betreten, dort Unruhe und Zerrüttungen herbeizuführen, habe er sich selbst alles gesetzlichen Schutzes beraubt und im Angesicht der Welt ausgesprochen, daß mit ihm weder Friede noch Waffenstillstand bestehen könne. Die Mächte erklärten daher: daß Napoleon Bonaparte sich von den bürgerlichen und gesellschaftlichen Verhältnissen ausgeschlossen, und als Feind und Störer der Ruhe der Welt den öffentlichen Strafgerichten preisgegeben habe. Sie erklärten ferner, daß sie, fest entschlossen, den Traktat von Paris vom 30. Mai 1814 (mit den Bourbonen errichtet) aufrecht zu halten, alle ihre Mittel und Kräfte dazu verwenden und ihre vereinten Anstrengungen dahin richten würden, daß der allgemeine Friede, das Ziel der Wünsche des gesammten Europa und der beständige Zweck ihrer Arbeiten, nicht von Neuem gestört, vielmehr gegen jeden frevelhaften Versuch, die Völker noch einmal in die Unordnungen der Revolution zu stürzen, geschützt werde. — Und obgleich innig überzeugt, heißt es schließlich, daß Frankreich, um seinen rechtmäßigen Beherrscher versammelt, dieses letzte Wagestück eines strafbaren und ohnmächtigen Wahnsinns in kurzer Zeit in sein Nichts zurückweisen wird, so erklären doch die sämmtlichen Souveraine von Europa, von gleichen Gesinnungen beseelt und von gleichen Grundsätzen geleitet, daß, wenn gegen alle Erwartung, aus dieser Begebenheit irgend eine wirkliche Gefahr erwachsen sollte, sie bereit sein werden, dem Könige von Frankreich und der französischen Nation, so wie jeder andern bedrohten Regierung auf das erste Begehren alle nöthige Hülfe zur Wiederherstellung der öffentlichen Ruhe zu leisten, und gegen diejenigen, welche sie zu stören versuchen möchten, gemeinschaftliche Maaßregeln zu ergreifen.

So das höchst bedeutende, sehr merkwürdige Aktenstück vom 13. März 1815.

Zwei Tage darauf, unterm 17. März,*) erschien im österreichischen Beobachter eine im Namen der Mächte, von Gentz redigirte, Rechtfertigung dieser Erklärung, welche ebenfalls in alle damalige Zeitungen überging. Sie enthält nichts, was nicht schon

*) Vossische Zeitung vom 23. März.

in der „Erklärung" selbst enthalten wäre, drückt nur Einiges noch stärker und heftiger aus. Das Recht zu dieser Erklärung, beginnt sie, sei unzweifelhaft. Bonaparte hätte durch seine Entsagungsakte und durch den mit den verbündeten Mächten am 11. April 1814 abgeschlossenen Traktat (von Fontainebleau, welche Bezeichnung jedoch in dem Artikel fehlt) auf die Souverainität über Frankreich, Italien und sämmtliche von ihm beherrschte Länder förmlich Verzicht geleistet gehabt. Seine Rückkehr nach Frankreich an der Spitze eines bewaffneten Haufens höbe die Rechte, welche jener Traktat ihm verliehen, auf, indem er selbst denselben gebrochen und vernichtet. Er sei also im strengsten Sinne des Worts recht- und gesetzlos geworden, gehöre der bürgerlichen und gesellschaftlichen Ordnung nicht mehr an und habe sich selbst dem **Bann** überliefert, welchen die unmittelbaren Theilnehmer an dem Traktat von Paris, im Namen aller übrigen europäischen Mächte, mit voller Befugniß, und unter lauter Beistimmung aller Zeitgenossen, über ihn ausgesprochen haben.

Der Darsteller verschweigt hier, daß vermöge des Traktats von Fontainebleau Napoleon souverainer Fürst der Insel Elba mit allen Befugnissen eines solchen, war, daß dieser Traktat, was nicht geleugnet werden kann, von den Verbündeten zuerst verletzt worden, indem Frankreich die vertragsmäßigen Summen weder Napoleon noch seiner Familie zahlte, daß seinem Sohne die Nachfolge im Herzogthum Parma entzogen worden und daß man damit umging, wenigstens sehr ernstlich darüber verhandelt hatte, Napoleon seines Fürstenthums Elba zu berauben und ihn auf irgend eine ferne Insel als „Gefangener" zu versetzen.

Der Darsteller fährt dann fort: Die Gesinnung, aus welcher diese Erklärung hervorgegangen, sei dieselbe, welcher Europa seine Befreiung verdanke. Die Stifter und Genossen des Bundes (zur Befreiung Europas) dürften bei einem Unternehmen, das der Früchte ihrer glorreichen Siege und den Anstrengungen und Opfern, der Menschheit gesicherte Ruhe zu schaffen, Trotz biete, kein Stillschweigen beobachten. Uebrigens sei die „Erklärung" nicht gegen Bonaparte's persönliche Mittel und Kräfte, sondern gegen den ohnmächtigen Versuch, sein verhaßtes System wieder emporzubringen, gerichtet. Er selbst, ein wesenloser Schatten, könne Europa nicht mehr zittern machen; daß er auch nur die Ruhe von Frankreich ernstlich und dauerhaft stören sollte, hält Niemand, der mit den innern Verhältnissen dieses Landes mehr oder weniger vertraut sei, für möglich. Der Geist aber, welcher in diesem neuen Frevel athme, dürfe nie mit Verachtung übergangen, müsse, so oft er sich in Thaten ausspreche, vor den Richterstuhl Europas gezogen und feierlich gebrandmarkt werden. — Uebrigens habe man viele Gründe, zu glauben, daß eitle Gerüchte von eingebildeten (?) Mißverständnissen zwischen den großen Höfen der erste Anlaß zu Bonaparte's „unsinnigem" Versuche gewesen seien. Es wäre daher der Würde der zu Wien versammelten Souveraine und Minister angemessen, durch einen offenen und Ehrfurcht gebietenden Schritt die Welt zu überzeugen, daß die Grundsätze von 1813 und 1814 keinen Augenblick aufgehört hätten, die oberste Richtschnur ihres Verfahrens zu sein, und daß sie, fest entschlossen, ihr Werk zu vollenden, Jeden, der den allgemeinen Frieden von Europa durch „neue Revolutionen", oder neue Kriege bedrohen wollte, als einen gemeinschaftlichen Feind mit gemeinschaftlichen Waffen zu bekämpfen bereit seien. — Aus diesem Gesichtspunkt betrachtet, werde die Deklaration vom 13. März, wenn die unmittelbare Veranlassung derselben auch jetzt bereits vollständig gehoben und an Bonaparte erfüllt sein sollte (d. h. wenn dessen Einfall in Frankreich niedergeschlagen und er selbst seinen Tod gefunden haben sollte), was er selbst über sich verhängt hat, doch als ein würdiges Denkmal in der Geschichte der Zeit bestehen, und dem Geiste des Congresses, der Eintracht und dem hohen Sinne der Souveraine und der Weisheit ihrer Minister zur bleibenden Ehre gereichen.

So die Erläuterung der vorhergehenden Erklärung (Deklaration) der Mächte, beide eine herbe Antwort auf die Proklamationen Napoleons an das französische Heer und an das französische Volk, so wie auf seine ganze Unternehmung.

Die folgenden Jahrhunderte werden noch oft auf diese denkwürdige Erklärung der Mächte vom 13. März zurückkommen müssen, darum ziemt es dem Freunde der Geschichte wohl, dabei noch einige Augenblicke zu verweilen.

Die Erklärung zeigte zunächst den ganzen Grimm der alten

Dynastien und Aristokratien Europas gegen den Eindringling aus dem Volk, der sich anmaßte, ihres Gleichen sein zu wollen und von dem sie früher durch die Gewalt der Umstände gezwungen gewesen, zahllose Kränkungen, Beleidigungen und Beeinträchtigungen hinnehmen zu müssen. Jetzt mit der Gewalt des erfochtenen Sieges und mit der historischen Kraft des Alters von Jahrhunderten bewaffnet, schleuderten sie den Bann der Vernichtung auf den Mann, den sie schon ganz abgethan geglaubt und der nun wiederkehrte, um mit der erlangten Herrschaft über Frankreich das Werk der Restauration zu vernichten und vielleicht ihre Existenz wieder zu bedrohen, indem er durch die Thatsache der Wiedergewinnung der Gewalt und Verbreitung von neuen Grundsätzen die Revolution wieder aufleben ließ, die man verabscheute.

Die Art des Bannes selbst betreffend, so sucht man in der Geschichte vergebens eine Parallele. War ein Vasall in die Reichsacht erklärt, so mußte er drei Mal vorher geladen werden, um sich zu verantworten, wo er dann noch viele Mittel hatte, sich herzustellen. Auch wenn die Acht wirklich ausgesprochen war und in Vollzug gesetzt wurde, so war zwar Absetzung die Folge, aber bei Ergebung war eine theilweise Restitution nicht ausgeschlossen. Auf die Exkommunikation des Papstes folgte nicht Vernichtung, und nach erfolgter Lösung blieb der Mann, wer er gewesen. Hier aber war es auf physische Vernichtung abgesehen. Der Mann war außer dem europäischen Recht und Gesetz, daher für „vogelfrei" erklärt; jeder konnte ihn tödten, ja seine Tödtung war durch die Erklärung sogar indirekt geheißen.

Wer war der Mann, der hier als Auswurf außerhalb der Menschheit erklärt wurde?

Es war ein Mann von der Insel Corsica, aus einem alten, in Ober-Italien in früheren Zeiten angesehenen Patriciergeschlecht, der Sohn eines Raths am Gerichtshofe zu Ajaccio, der, nachdem er sich große Verdienste um Frankreich auf dem Schlachtfelde erworben, von der großen Mehrheit des französischen Volkes zum erblichen Kaiser erwählt worden war. Das geistliche Oberhaupt der Christenheit, der Papst, einverstanden mit dieser Erhebung, war nach Paris gekommen und hatte ihn gesalbt, wie es bei den Königen und Kaisern im Mittelalter Gebrauch gewesen. Er wurde von allen Mächten als „Kaiser der Franzosen“ anerkannt, mit der alleinigen Ausnahme von England, welches seine insularische Lage schützte. Die Eifersucht der fremden Mächte, die Eroberungssucht, welche er von der Republik überkommen, sein eigner großer Ehrgeiz, sowie seine große Macht und sein seltenes Feldherrntalent verwickelten ihn in beständige Kriege, nach und nach mit dem ganzen Welttheil, die er lange Zeit siegreich bestand. Seine Thaten setzten ihn mit Cäsar und den andern größten Männern der Weltgeschichte in gleichen Rang. Als Schiedsrichter von Europa war er im Stande, einen großen Theil der alten Ordnung umzuwandeln. Er setzte Könige und Fürsten ab und ein; er erhöhte zu Königen, deren Rang zum Theil sogar bleibend gewesen ist; er vermehrte und verminderte Besitzstände nach Gefallen. Sieben Könige hat er ernannt*) und einem seiner Marschälle hat er mittelbar den schwedischen Thron verschafft, dessen Nachkommen noch bis auf den heutigen Tag regieren. Er war der Schwiegersohn des Kaisers von Oesterreich und mit mehreren deutschen Fürstenhäusern nahe verwandt geworden; der Czar von Rußland hatte sich einst seiner Freundschaft gerühmt. Nachdem er alle Mäßigung verleugnet, sich grenzenlos überhoben, war er nach dem Unglück in Rußland und nach zahllosen Kämpfen in Deutschland und Frankreich, bis zum letzten Augenblick mit äußerster Anstrengung bemüht, seine Angelegenheiten wieder herzustellen, zwar zuletzt unterlegen, und er hatte selbst die Herrschaft über Frankreich verloren; allein er war doch noch souverainer Fürst von Elba mit dem kaiserlichen Titel geblieben, als solcher von allen Mächten anerkannt.

Wie war es möglich gewesen, daß der Mann zu so erstaunlicher Höhe emporgekommen, da in Europa Könige doch aus der grauen Zeit des Mittelalters stammen?

Die Zustände, wie sie das Mittelalter der neuern Zeit überliefert hatte und durch welche die Gesellschaft im absoluten Königthum mit den hohen Privilegien des Adels und der Geistlichkeit in schreienden Gegensatz gegen den dritten Stand, d. h. gegen das ganze übrige Volk, getreten war, paßten im Fortgange der Zeit immer weniger, da alle Bedingungen des Mittelalters aufgehört und der dritte Stand

*) Baiern, Würtemberg, Sachsen, Westphalen, Holland, Neapel, Spanien.

an Besitzthum, Bildung und Intelligenz beide oberen Stände um ein Beträchtliches überragte, so daß eine Ausgleichung der Rechte eine dringende Nothwendigkeit wurde. Durch seltene, höchst selbstsüchtige Mißregierung von Königthum, Adel und Geistlichkeit hatte sich der äußerst beeinträchtigte dritte Stand in Frankreich mit grausem Unwillen gegen jene erhoben. Durch rechtzeitige Verwilligung und kluges Einlenken, durch Gerechtigkeit und Billigkeit hätten das Königthum sowie die privilegirten Stände den Sturm beschwören und eine heilsame Erfrischung des Landes herbeiführen können. Aber die Stände, in Rechten so ungleich, hatten Jahrhunderte zu getrennt von einander gelebt, verstanden sich zu wenig und mißtrauten einander zu sehr. Niemand giebt auch gern ohne die höchste Noth ausgezeichneten erblichen Rang, ausschließliche Macht, Aemter, Steuerfreiheit rc. auf, damit sie dem Ganzen zu Gute kommen. Unglücklicherweise trat das Königthum auf die Seite der privilegirten Stände und beide setzten sogar ihre Hoffnung auf das Ausland. Als die Krisis kam, ließen dann die privilegirten Stände das Königthum im Stich, wanderten aus und führten, mit den Fremden verbunden, sogar die Waffen gegen ihr eigenes Vaterland. Der König, von seinem Adel, selbst von den Prinzen seiner eigenen Familie verlassen, schwankend und zweideutig, im Grunde noch immer auf Befreiung vom Auslande hoffend, erlag darauf völlig den aufgeregten Leidenschaften des dritten Standes. Er wurde hingerichtet, das Königthum abgeschafft und eine Republik eingeführt. Es hatte schon von 1789 an der dritte Stand alle Verhältnisse umgestaltet, seit Ende 1792 aber regierte er ganz allein. Er zwang die privilegirten Stände, entweder unter Aufgabe ihrer Ansprüche sich mit ihm zu assimiliren, oder er vernichtete sie oder nöthigte sie zur Auswanderung. Der „bewaffnete" dritte Stand von Frankreich hatte dann gegen das übrige, noch sehr aristokratische Europa ganz außerordentliche ungeheure Thaten verrichtet, die in so rascher Folge nicht ihres Gleichen in der Geschichte haben. Diese Thaten wären nicht geschehen, wenn sich nicht aus dem Schoße des dritten Standes große Anführer erhoben hätten, die den Feldherren der alten Monarchieen weit überlegen waren; wenn sich nicht ferner ein Kriegsgenie ersten Ranges erhoben hätte, wie es Zeit und Umstände nur in einer Reihe von Jahrhunderten wieder emporbringen.

Dies war der Mann, den der dritte Stand gekrönt hatte und auf solche Art hatte er einen Weg fast in so viel Jahren zurückgelegt, als die alten Dynastieen denselben in Jahrhunderten durchmessen hatten.

Der größte Theil aller Zerwürfnisse auf Erden entsteht dadurch, daß Einer sich nicht in die Lage und Zustände des Andern versetzen will oder nicht kann; daß er nur immer sich und seine Verhältnisse im Auge hat und die des Andern nicht achtet, nicht kennt oder nicht kennen will, daß der Eine zu seinem Vortheil, unbekümmert um das Loos des Andern, ihm seinen Willen aufzwingt. So bei Individuen, Gesellschaften, Ständen, Staaten und Völkern. Wie vorher der bewaffnete dritte Stand von Frankreich vielen Staaten Europas Unterwerfung gebracht, oder ihnen seinen Willen aufgenöthigt, so war nachher das Umgekehrte geschehen. Die alten Staaten Europas hatten die Ausschreitungen des dritten Standes von Frankreich völlig niedergeschlagen und das gekrönte Oberhaupt desselben entfernt. In der feudalen Anschauungsweise der alten Dynastieen und Aristokratien war die Revolution und alles, was daraus gefolgt war, unrechtmäßig, weil allein vom dritten Stande ausgegangen; so war auch der Herrscher aus diesem Stande unberechtigt und alle seine Kriege waren gewissermaßen nur Raubzüge gewesen. Die alten Mächte setzten das alte Königsgeschlecht wieder ein, was ihre Emigranten und Priester wieder mitbrachte. Nur die Bourbonen sollten die einzigen gesetzmäßigen Herrscher über Frankreich sein und nur sie allein sollten rechtmäßige Akte vollziehen können. Ein Herrscher durch Wahl des Volkes sollte unberechtigt sein.

Nun aber hatte der dritte Stand in Frankreich 25 Jahre hindurch thatsächlich ganz allein regiert. Er hatte sich neue Einrichtungen, neue Gesetze gegeben; die ganze Anschauungsweise, von der alten feudalen sehr verschieden, war eine andere geworden. Daß wieder eine erbliche Monarchie eingeführt worden, hatte zwar eine Art Annäherung an die Zustände der alten Staaten herbeigeführt, aber die Grundverhältnisse der Revolution waren doch geblieben. Gleichberechtigung, gleiche Besteuerung, keine ausschließlichen Rechte, keine Bevorzugung. Selbst der neu errichtete Adel war weit entfernt von der Berechtigung des alten und konnte nur höchstens im Laufe der Zeit durch Gewohnheit eine vorragende Stellung einnehmen.

Die verbündeten Dynastieen, indem sie die Bourbons wieder herstellten, achteten nicht darauf, daß Frankreich doch so wesentlich anders geworden, als es gewesen, und daß es auch wesentlich von ihren eigenen Ländern verschieden sei. Daß die Bourbons, ihr emigrirter Adel und die wiedergekehrten Priester mit Gier und athemloser Hast daran arbeiteten, mit Verletzung aller Rechte des dritten Standes den vorrevolutionären Zustand wieder einzuführen, schien ihnen nicht sehr bedenklich. Selbst die Verfassung, die man Frankreich zugestanden, war nicht von allen Monarchen der Koalition für nöthig befunden worden, sie war vorzugsweise das Werk des Kaisers Alexander mit der Gutheißung von England und nur mit dem Gewährenlassen der übrigen. Wenn die Bourbonen sich nun an dieselbe nicht gebunden hatten, so war dies in den Augen der Verbündeten kein so großes Verbrechen, da keiner der Herrscher eine geordnete Verfassung und Beschränkung der königlichen Gewalt auf dem Festlande mit günstigen Augen betrachtete. — Die neue Mißregierung der Bourbons kam nicht in Betracht. Der verhaßte Mann war wiedergekehrt, er drohte, den dritten Stand in Frankreich wieder zur Herrschaft zu bringen, sich selbst wieder an die Spitze zu erheben; es wurde also der Bann der Vernichtung auf ihn geschleudert, um das nicht geschehen zu lassen, aber man täuschte sich über Frankreich und man täuschte sich in der großen Bedeutung des Mannes.

Indem man aber den Bann der Vernichtung über ihn aussprach, brach man jede Brücke zu irgend einer Verständigung ab. Es war doch möglich, daß er wieder Herr von Frankreich wurde, dann wollte man ihn zwar mit ganzer Macht bekämpfen, aber wenn er nun siegte, da man ihn 1814 nur mit genauer Noth bezwungen, was dann? Einzulenken war nach solcher Erklärung nicht mehr möglich, es war also ein Kampf auf Tod und Leben, der einen verhängnißvollen Verlauf nehmen konnte.

Das Recht der Verbündeten zum Ausspruch des Bannes der Vernichtung über einen Mann, von dem ferne Jahrhunderte und Jahrtausende erzählen werden, über einen Mann, den sie zuletzt selbst durch den Vertrag von Fontainebleau in die Reihe der unabhängigen Souveraine von Europa aufgenommen, und wo sie, was nicht geleugnet werden kann, den Vertrag mit ihm zuerst verletzt hatten, muß nach dem Obigen als mindestens zweifelhaft erscheinen. Es möchte auch nicht wünschenswerth sein, daß sich je in Europa ein solcher Akt wiederholte, denn was sollte daraus werden, wenn einer Mehrzahl von Staaten von Europa ein Herrscher in einem Lande nicht gefiele und sie zu dem Mittel griffen, ihn durch gemeinsamen Spruch der persönlichen Vernichtung Preis zu geben? Die Verbündeten hatten aber die Macht und den glühenden Haß ihrer Völker gegen den Mann für sich, so daß an diesem gewaltsamen und absonderlichen Verfahren damals kein in Betracht kommender Anstoß genommen wurde. Der Mann hatte zu viel materielles Elend über die Völker gebracht und drohte wieder, neues Elend über dieselben zu bringen, als daß seine persönliche Vernichtung nicht im Allgemeinen wünschenswerth erschienen wäre. Die Erklärung vom 13. März, wenn sie auch von Einsichtigen und Ruhigen als zu heftig und zu übereilt getadelt wurde, hat dennoch bei der großen Mehrzahl Zustimmung gefunden und die ungeheuerste Wirkung gehabt. Nicht so sehr die Heere der Verbündeten, sondern viel mehr dieser europäische Bann hat den Imperator zum zweiten Mal gestürzt, denn er drang lähmend in alle Nerven der Franzosen, hielt ihre Thatkraft nieder, indem er sie an einem Gelingen verzweifeln ließ. Der Bann forderte Intriguanten zum Verrath auf. Er lähmte auch von allen Seiten die Thatkraft des Kaisers selbst. Der Erfolg hat ihn vollständig als sehr wirksam gerechtfertigt, und nach des Dichters Ausspruch „hat der Lebende recht". Ob der Lebende für die Folge Recht behält, ist eine andere Frage, die erst kommende Zeiten entscheiden, und nach 37 Jahren entgegengesetzt entschieden haben.

Es wurde von verbündeter Seite dafür gesorgt, daß der Wortlaut des Bannes auf verschiedenen Wegen nach Frankreich gelangte, und dieser traf wirklich noch vor des Kaisers Einzug in Paris ein. Man mußte zunächst die Wirkung davon abwarten. Noch glaubte man nicht, daß Anwendung von Waffengewalt erforderlich sei, wenigstens war die Meinung, daß die bourbonische Regierung im Stande sein würde, die Fortschritte des Mannes so lange aufzuhalten, bis die Heere der Verbündeten heran wären, denn daß er im Fluge wieder Herr über ganz Frankreich werden würde, hielt kaum Einer am Congresse für möglich. Selbst befangen in dieser Täuschung, haben die Rodomontaden und groben Unwahrheiten der Bourbons und Emigranten ohne Zweifel dazu wesentlich beigetragen, dieselbe zu vermehren.

Die gehoffte Nachricht, daß die Bourbonen Herren der Bewegung geworden, die der eingedrungene Mann hervorgebracht, blieb indeß aus; vielmehr kamen nach Wien immer ungünstigere Nachrichten aus Frankreich, die den Berichten der Bourbonen schnurstracks widersprachen. Endlich, zu Anfang der dritten Dekade des März kam die erschütternde Nachricht, daß der geächtete, für vogelfrei erklärte Mann ohne Widerstand und unter allgemeiner Begeisterung in Lyon eingezogen sei, daß alle Truppen die Zeit nicht erwarten könnten zu ihm überzugehen, daß auch die ganze Bevölkerung für ihn sei, daß er sich bereits an der Spitze eines Heeres befinde. Die flammenden Proklamationen, die er erlassen, fanden ihre Bestätigung. Man erfuhr, daß er bereits die Regierung von Frankreich von Lyon aus förmlich angetreten, daß er eine ganze Anzahl Dekrete erlassen, welche alles annullirten, was von den Bourbons seit 11 Monaten irgend verordnet worden, und daß er von Lyon aus im vollen Marsch auf Paris sei. Wahrscheinlich war auch sein Anerbieten eingegangen, daß er an die Stelle der Bourbons einfach so wie diese in den Frieden von Paris vom 30. Mai 1814 eintreten wolle, wodurch er bewies, daß er sich bereits als den Herrn über ganz Frankreich ansehe.

Die große Bedeutung des Mannes und seiner Unternehmung wurde hiernach klarer. Man mußte sich gestehen, daß man ihn viel zu gering angeschlagen und wie es gewöhnlich geschieht, daß auf große Sicherheit Entmuthigung folgt, so waren in Wien die Furcht und der Schreck nicht gering. Es war außer Zweifel, daß der Mann nach Paris kommen, die Bourbons vertreiben, die Regierung von Frankreich wieder erhalten werde. Das mühsam errichtete Werk, die Wiedereinsetzung der legitimen Königsfamilie war wie Spreu verweht. Es war einleuchtend, daß die Bourbonen nur mit Aufbietung einer überlegenen Waffengewalt wieder auf dem Thron zu befestigen wären. Mit dem verabscheuten Manne, so sehr es nun auch klar wurde, wie die große Mehrzahl der Franzosen auf seiner Seite war, irgend einen Vertrag eingehen, wollte man um keinen Preis. Man hatte das Jahr vorher vor aller Welt erklärt, mit keinem Mitgliede der Familie Bonaparte mehr unterhandeln zu wollen, diese Erklärung wollte man auf das Strengste aufrecht erhalten und man band sich gegenseitig durch feierliche Versicherung. Wenn aber die Bourbons durchaus Regenten von Frankreich bleiben sollten, wenn auch die Franzosen in der größten Mehrzahl sie nicht mochten, so war dies nur möglich, wenn man eine Intervention im allergrößten Maaßstabe unternahm und die Franzosen mit weit überlegener Kriegsmacht dazu nöthigte. Wiewohl aufs Neue ein heftiger Krieg deshalb entbrennen mußte, so war man doch fest dazu entschlossen und mußte daher noch einmal die große Mühe und die großen Opfer sich und den Völkern auferlegen.

Unterm 25. März wurde in Wien zwischen den 4 europäischen Hauptmächten England, Rußland, Oesterreich und Preußen ein Vertrag in 9 Artikeln abgeschlossen, um thatsächlich mit Waffengewalt Napoleons Unternehmen niederzuschlagen und Ludwig XVIII. in dem Besitz von Frankreich zu schützen, oder ihn, wenn er ganz vertrieben werden sollte, mit überlegener Gewalt wieder einzusetzen. Man wollte dies neue Verfahren, als in genauer Verbindung mit den Freiheitskriegen der Jahre 1813 und 1814, hinstellen und nannte diese neue Vereinigung: Erneuerung des Traktats von Chaumont, (vom 1. März 1814), welcher Traktat wesentlich den Sturz Napoleons herbeigeführt hatte. Er wurde aber jetzt in viel größeren Dimensionen abgeschlossen und war wesentlich auf Angriff, wie jener im Allgemeinen nur auf Vertheidigung gerichtet. Als Ziel der vier Mächte wurde angegeben: Den Pariser Frieden vom 30. Mai 1814 seinem ganzen Inhalte nach aufrecht zu erhalten und zu vervollständigen; denselben gegen jeden Eingriff, insbesondere gegen die Anschläge „Napoleon Bonapartes" zu schützen. Zu diesem Ende verpflichteten sie sich, wenn der König (von Frankreich) es verlangen würde und in dem Sinne der am 13. März erlassenen Deklaration, gemeinschaftlich und in gegenseitiger Uebereinstimmung alle diejenigen zu **richten**, welche sich schon an seine Parthei angeschlossen oder sich noch in der Folge an dieselbe anschließen würden, um ihn zu zwingen, von seinen Anschlägen abzustehen und ihn außer Stand zu setzen, in Zukunft die Ruhe Europas und den allgemeinen Frieden, unter dessen Schutz die Rechte, die Freiheit und die Unabhängigkeit der Nationen gestellt und gesichert worden, zu stören. — Obgleich, heißt es im zweiten Artikel, „ein so großer und wohlthätiger Zweck“ nicht erlaubt die Mittel abzumessen, so wird jede Macht beständig 150,000 Mann komplett (die Garnisonen ungerechnet) im Felde aktiv gegen den Feind aufstellen. — Im Artikel 3 verpflichten sich die hohen kontrahirenden Partheien nicht anders die Waffen niederzulegen, als in Uebereinstimmung mit einander und bis der im Artikel 1 des gegenwärtigen Traktats angegebene Zweck des Krieges erreicht worden und so lange „Bonaparte“ nicht ganz und gar der Möglichkeit beraubt worden Unruhen zu erregen und seine Versuche, sich der höchsten Macht in Frankreich zu bemächtigen, erneuern zu können. Die Artikel 4, 5, 6, 7 enthielten dann nur nähere Bestimmungen zu dem Gesammtzweck, und daß alle Mächte zum Beitritt eingeladen werden sollten. In Artikel 8 wurden Seine Allerchristlichste Majestät (Ludwig XVIII.) insbesondere eingeladen, dem Traktat beizutreten und im Fall, daß Se. Majestät die im Artikel 2 bestimmte Macht in Anspruch nehmen wollte, wissen zu lassen, welche Beihülfe die Umstände Sr. Majestät erlauben, dem Zweck des gegenwärtigen Traktats darzubringen.

So der Vertrag. Zu diesem bewirkten die Minister Englands einen Separatartikel, wodurch der brittischen Regierung freigelassen wurde, die 150,000 Mann in natura zu stellen (was sie nicht vermochte) oder jeden fehlenden Mann jährlich mit 30 Pf. St. (200 Thlr.) zu bezahlen, was gern angenommen wurde, da die von England nicht zu stellende Stärke reichlich von den Verbündetengestellt werden konnte.*)

Dieser gewaltige Traktat ist ohne Beispiel in der europäischen Geschichte. Die 4 Hauptmächte Europas stellen ein Heer von 600,000 Mann auf und warten nur auf die Genehmigung des von allen Franzosen verlassenen Königs Ludwig XVIII., die dieser

*) Der Traktat blieb seltsamerweise für das große Publikum lange Zeit geheim. Erst die Berliner Zeitungen vom 20. April enthalten denselben ohne den Separatartikel, daß England Geld statt Mannschaft geben darf (dieser nach Venturinis Chronik XII. 145) und noch seltsamer haben die Berliner Zeitungen den Traktat nicht von ihrer Regierung, sondern aus dem Hamburger unpartheiischen Correspondenten vom 15. April entnommen.

in seiner Noth augenblicklich giebt, um damit in Frankreich einzufallen. Alle europäischen, besonders deutschen Mächte sind eingeladen, ihre Streitmacht mit derjenigen der 4 Mächte zu vereinigen. In Frankreich werden alle Mächte über die Franzosen ein großes Kriegsgericht halten und alle diejenigen richten, welche sich an den Usurpator angeschlossen haben oder noch anschließen werden. Die Empörung durch ihn soll niedergeschlagen und er selbst soll ganz und gar der Möglichkeit beraubt werden, je Unruhen zu erregen, d. h. man wird sich seiner Person bemächtigen und an einem Orte als Gefangenen bewahren, von wo er nicht wieder entrinnen kann. — Nach 23 Jahren war dieser denkwürdige Traktat gewissermaaßen eine Wiederholung des berühmten Manifestes des Herzogs von Braunschweig an die Franzosen, denen Aehnliches angedroht wird; diesmal aber mit viel größerer Macht und mit viel glücklicherem Erfolge.

Aus dem Inhalt geht übrigens hervor, daß man glaubte, Ludwig XVIII. würde sich, wenn nicht in Paris, doch noch in einem beträchtlichen Theile Frankreichs halten können, ja vielleicht im Stande sein, eine bedeutende Streitmacht gegen „Bonaparte“ aufzubringen. Daß er so ganz verlassen sein und sich kaum ein Arm für ihn erheben würde, konnte und wollte man nicht glauben.

Indessen brachten schon die nächsten Tage Napoleons Einzug in Paris, die Flucht Ludwigs XVIII., der Prinzen, der Emigranten. Noch hoffte man, daß der König sich in dem nordöstlichen Theile Frankreichs halten und seine Anhänger um sich sammeln würde. Man erfuhr aber, daß er außerhalb Frankreich, in Belgien, habe Schutz suchen müssen. Endlich setzte man noch einige Hoffnungen auf den Süden von Frankreich, aber auch diese erwiesen sich als eitel. Man sah nun ein, daß man den Mann und Frankreich tief unterschätzt habe, man erkannte, daß der zu Boden geschlagene und ohnmächtig Geglaubte doch noch ein Riese sei und daß man ungeheurer Mittel bedürfen würde, um ihn von Neuem zu fällen. Doch wollte man ihn um jeden Preis gänzlich wieder zu Boden haben.

Wie dies alles gekommen und möglich geworden, erschien in den obern Regionen wie ein Räthsel Es sollte durchaus eine „Verschwörung“, „ein Complott“ sein; aber die Verschwörung war überall und bei Jedermann. Das Militair sollte gegen den entschiedenen Willen der Nation gehandelt haben, als wenn die Soldaten Frankreichs keine Franzosen und dies überhaupt nur möglich wäre. Das ganz „aristokratisch-feudale Europa“ begriff das „demokratische“ Frankreich nicht. Das dynastische und aristokratische Europa erkannte auch nicht, was ein Mann, wie Napoleon, Frankreich immer sein mußte, trotzdem er nur der Mann seiner eigenen Thaten, ein Emporkömmling war, freilich der riesigste Emporkömmling der Weltgeschichte. In den Festen von Wien und bei den vielen Streitigkeiten um die Vertheilung der Beute, hatte man auch Frankreich ganz aus den Augen verloren, man hatte die Bourbons gleich von vornherein als gleichberechtigt gelten lassen und die blödsinnige Mißregierung derselben, die grausame und höhnende Verletzung, alles durch die Revolution Errungenen, ruhig mit angesehen. Jetzt sollte nun mit Gewalt und Schwert um jeden Preis diese Mißregierung um des historischen Rechtes der Bourbons willen wieder hergestellt werden.

Um dies zu Stande zu bringen schienen selbst 600,000 Mann der 4 Hauptmächte nicht genug. Die deutschen Fürsten zweiten und dritten Ranges wurden eingeladen, ihr Kontingent zu stellen und sie gaben auch alle ihren feierlichen Beitritt zu dem großen Vereine gegen Napoleon zu erkennen. Mit Ausnahme von Baden und Hessen-Darmstadt, die Frankreich so nah liegen, stellten alle Fürsten und freien Städte Deutschlands ihre Kriegsmacht zur Verfügung,*) was mehr als 100,000 Mann betrug. Im Innern wollte man auch den Landsturm wieder in Thätigkeit setzen. Dagegen wurde den beitretenden Fürsten und freien Städten zugesichert, daß ihr Interesse von den großen Mächten besonders berücksichtigt und nicht gelitten werden sollte, daß in dem Besitzstand dieser Staaten irgend Etwas, ohne ihre freie Einwilligung, verändert werde.**) — Eine bedeutende Kriegsmacht stellte noch das Königreich der vereinigten Niederlande (Holland und Belgien), welches von Frankreich aus am nächsten bedroht war. Spanien, Portugal und Dänemark versprachen Hülfstruppen, die freilich nachher nicht in Wirksamkeit

*) Venturinis Chronik XII. 145, 146.

**) Ebendaselbst.

kamen. Nur der Schweiz wurde eine bewaffnete Neutralität zugestanden. Gegen eine Million Truppen*) wurden so in Bewegung gesetzt und ein Kreuzzug im allergrößten Maaßstabe wurde aufgeboten.

Um aber eine so ungeheure Truppenmacht stellen zu können, war es erforderlich, daß jede Regierung schleunigst wußte, über welches Gebiet sie verfügen könnte, um Streitkräfte daraus zu ziehen, denn bisher wurden noch weite Gebiete provisorisch verwaltet und es war noch nicht bekannt, welchem Herrn sie zufallen würden. Die Gefahr drängte und man mußte sich eiligst vergleichen. So wurde denn schon Anfangs April mit einer Schnelle, die sonst viele Monate gedauert haben würde, die Ländervertheilung zu Stande gebracht. Jeder Fürst nahm das ihm zugefallene Gebiet durch öffentliches Patent in Besitz. Das Patent über die Besitznahme des lombardisch-venetianischen Königreichs durch Oesterreich in deutscher und italienischer Sprache, ist vom 7. April.**) Um eben die Zeit nahm Rußland das neuernannte Königreich Polen öffentlich in Besitz. Holland hatte sich schon viel früher Belgiens, als ihm zugehörig, bemächtigt, jetzt wurde das Großherzogthum Luxemburg geordnet und erhielt die unselige Doppelstellung zwischen Niederland und Deutschland, die es noch gegenwärtig hat. Es erfolgte auch die Entscheidung über die engeren Angelegenheiten der Schweiz.***) Das preußische Patent wegen Besitznahme des Großherzogthums Niederrhein, so wie das wegen Besitznahme der Herzogthümer Cleve, Berg, Geldern, des Fürstenthums Mörs und der Grafschaften Essen und Werden ist vom 5. April.†) Die Auseinandersetzung wegen der Grenze mit Rußland mochte wohl mehr Schwierigkeiten haben und daher Verzögerungen erleiden, denn das preußische Patent wegen Besitznahme des Großherzogthums Posen, des Gebietes der Stadt Danzig, des Culmer und Michelauer Kreises und des

*) Der englische Minister des Auswärtigen, Lord Castlereagh, gab in der Sitzung des Unterhauses, als er die Art der Aufbringung der Subsidien bezeichnete (Ende Mai) die Macht der Verbündeten auf 1,011,000 Mann an (Vossische Zeitung vom 10. Juni.)

**) Vossische Zeitung vom 20. April, Artikel Wien vom 14. April.

***) Venturinis Chronik XII. 140 fg.

†) Enthalten in der Vossischen Zeitung vom 11. April.

Gebietes der Stadt Thorn ist erst vom 15. Mai.*) Noch später konnte erst die Besitzergreifung des Antheils vom Königreich Sachsen erfolgen, da ein genauer Vertrag erst vorhergehen mußte, der durch die Weigerung des Königs von Sachsen lange verzögert wurde. Das preußische Patent über die Besitzergreifung ist erst vom 22. Mai.**) Im Anfange April geschahen überhaupt die Besitzergreifungen aller übrigen Gebiete in ähnlicher Art. Jeder Fürst richtete an die Bewohner der neu erhaltenen Gebiete eine Anrede, wobei er Versprechungen mannigfacher Art hinzufügte.

Zu einem voraussichtlich so großen Kampfe und der Aufbringung einer so ungeheuren Streitmacht waren gewaltige Geldmittel von jedem einzelnen Staate herbeizuschaffen. Die Zeit dazu war durchaus nicht günstig. Die vorhergehenden Kriegsjahre hatten unzählbare Mittel verschlungen, und insbesondere war Deutschland in den beiden letzten Decennien durch fortwährende Niederlagen im Kriege und feindliche Aussaugungen verarmt. Durch die Wiederkehr Napoleons und die Aussicht auf einen nahe bevorstehenden neuen Weltkrieg war der öffentliche Kredit nun vollends aufs Tiefste erschüttert. Hier mußte das reiche England aushelfen. Es gab her, aber lange nicht hinlänglich. Es zahlte an die verbündeten Mächte, für den Dienst eines Jahres vom 1. April 1815 an gerechnet, die Summe von 5 Millionen Pfd. St. (33⅓ Millionen Thaler). Diese Summe sollte gleichmäßig zwischen Preußen, Oesterreich und Rußland vertheilt und in monatlichen Raten abgeführt werden. Außer diesen Subsidien versprach England an Rußland einen viermonatlichen, an Preußen und Oesterreich einen zweimonatlichen Sold ihrer Truppen für den Rückmarsch in die Heimath.***) Da England nicht die vertragsmäßige Zahl von Streitern stellen konnte, diese aber von den Mächten des Festlandes gestellt wurden, so war hier noch ein Vortheil, da England für jeden fehlenden Mann 200 Thaler zahlte, was man bei den Heeren des Festlandes bei Weitem nicht bedurfte. Alles dies war aber noch lange nicht hin-

*) Vossische Zeitung vom 23. Mai.

**) Die Vossische Zeitung vom 13. Juni enthält den Vertrag Preußens mit Sachsen über die Gebietsabtretungen, Wien, den 18. Mai, und das preußische Besitzergreifungspatent vom 22. Mai.

***) Vossische Zeitung vom 3. Juni, Artikel London vom 23. Mai.

reichend, so große Heere zu besolden. Oesterreich eröffnete zu dem bevorstehenden Feldzuge eine Anleihe von 50 Millionen Gulden;*) auch Preußen machte eine Anleihe in England. Außerdem erklärte Preußen alle zur Bank gegebenen Pupillengelder für Staatsschulden, die es baar und sogar in derselben Münzsorte zurückzuzahlen versprach, um sich nur dieses baaren Geldes bemächtigen zu können. Selbst wenn Vormünder über die Unterbringung der Gelder ihrer Curanden sich gar nicht erklärt hätten, sollten sie gehalten sein, diese Gelder der Bank zu übergeben.**) Jede Macht half sich mit Anleihen und dem Erhalten von baarem Gelde, wie es möglich war. Viele wurden in dieser Hinsicht dem reichen England verpflichtet.

So wie man in Wien die Nachricht von Napoleons Einzug in Grenoble und Lyon empfangen hatte, gingen die Befehle zum westlichen Vormarsch an die Truppen ab, die noch alle auf dem Kriegsfuße standen. Die Russen waren am weitesten zurück, wenn auch eine starke Macht von ihnen in Polen aufgehäuft war, sie bedurften eines weiten Marsches bis nach Frankreich. Für Preußen erfolgte auf Befehl des Königs eine kriegsministerielle Verordnung vom 26. März,***) daß alle beurlaubten Offiziere der Linie und Landwehr sich Angesichts dieses zu ihren Truppentheilen zu begeben hätten, auf welcher Reise sie durch freie Post befördert werden würden. Es würden Listen derselben öffentlich bekannt gemacht und angegeben werden, wo sie sich hinzubegeben hätten. Unterm 31. März erfolgte dann die Verordnung zur Bildung von freiwilligen Jägern,†) in ähnlicher Art wie 1813. Für die Jugend wurde, um ganz wie 1813 zu verfahren, in einer halbamtlichen Bekanntmachung das eifrigste Turnen in der Hasenhaide (bei Berlin) empfohlen und angezeigt, daß das Turnen am 31. März dort werde eröffnet werden. Unterm 7. April, von Wien datirt und bekannt gemacht in den Berliner Zeitungen vom 15. April, geschah der neue Aufruf des Königs von Preußen an sein Volk. Der König sagte im We-

*) Vossische Zeitung vom 6. April, Artikel Wien vom 31. März.

**) Die Verordnung ist vom 7. April und steht in der Vossischen Zeitung vom 15. April.

***) Vossische Zeitung vom 28. März.

†) Vossische Zeitung vom 1. April.

sentlichen: „Als Ich in der Zeit der Gefahr Mein Volk zu den Waffen rief, um für die Freiheit und Selbstständigkeit des Vaterlandes zu kämpfen, da zog die gesammte Jugend wetteifernd zu den Fahnen; . . . da trat die Kraft des Volkes unerschrocken in die Reihen Meiner tapferen Soldaten und Meine Feldherren führten mit Mir ein Heer von Helden in die Schlacht. . . . . So eroberten Wir und Unsere Verbündeten, von Siegen begleitet, die Hauptstadt des Feindes; Unsere Fahnen wehten in Paris; Napoleon entsagte der Herrschaft; dem Deutschen Vaterlande war Freiheit, dem Throne Sicherheit und der Welt die Hoffnung eines dauerhaften Friedens zurückgegeben. — Diese Hoffnung ist verschwunden, Wir müssen von Neuem in den Krieg. Den Mann, der zehn Jahre hindurch unsägliches Elend über die Völker verbreitet, hat eine verrätherische Verschwörung nach Frankreich zurückgeführt. Das bestürzte Volk hat seinen bewaffneten Anhängern nicht widerstehen können; seine Thronentsagung, obwohl er selbst, noch im Besitz einer beträchtlichen Heeresmacht, sie für ein freiwilliges, dem Glück und der Ruhe Frankreichs dargebrachtes Opfer erklärt hatte, achtete er, wie jeden Vertrag, für nichts; er steht an der Spitze eidbrüchig gewordener Soldaten, die den Krieg verewigen wollen; Europa ist von Neuem bedroht; es kann den Mann auf Frankreichs Thron nicht dulden, der die Weltherrschaft als den Zweck seiner stets erneuerten Kriege laut verkündigte, der die sittliche Welt durch fortgesetzte Wortbrüchigkeit zerstörte, und deshalb für eine friedliche Gesinnung keine Bürgschaft leisten konnte. — Von Neuem also in den Kampf! Frankreich selbst bedarf unsrer Hülfe und ganz Europa ist mit uns verbündet. . . .“ Das Weitere des königlichen Aufrufs verkündet, daß vermittelst Ausführung der Verordnung vom 3. September 1814 in allen preußischen Staaten eine allgemeine Bewaffnung vollzogen werden soll. Das stehende Heer soll ergänzt, die Abtheilungen der freiwilligen Jäger sollen gebildet, die Landwehren sollen zusammengerufen werden. Der Schluß des königlichen Aufrufes lautet: So treten wir, bewaffnet, mit dem gesammten Europa wider Napoleon Bonaparte und seinen Anhang noch einmal in die Schranken. Auf dann! Mit Gott für die Ruhe der Welt, für Ordnung und Sittlichkeit, für König und Vaterland! — Eine königliche Verordnung von demselben Tage enthielt viele Festsetzungen über die Freiwilligen, über Beförderungen zum Offizier, über Anstellungen bei der Linie und Landwehr, über Anschaffung von Pferden 2c., über die Vorrechte, die die Freiwilligen und die Streiter im Kriege bei Anstellungen als künftige Beamte erwerben, die Androhung, daß von jetzt an Niemand beim Schlusse des Krieges zu einer Beamtenstelle in Vorschlag gebracht werden kann, der nicht den Feldzug von 1813—14 mitgemacht oder jetzt als Freiwilliger eintritt, oder nicht bereits am 31. März (Einzug in Paris) 1814 als Staatsbeamter wirklich angestellt war oder durch völlig erwiesene körperliche Unfähigkeit an der persönlichen Leistung seiner Dienstpflicht verhindert war. — Der Eingang dieser königlichen Verordnung berührt ebenfalls, wie der vorhergehende Aufruf an das Volk die politischen Verhältnisse. Es geht daraus hervor, daß die Verbündeten geglaubt, sehr edelmüthig zu handeln, als sie Napoleon für die Herrschaft über Frankreich, Italien 2c. die kleine Insel Elba nebst einem Jahrgehalt bewilligten, welcher letztere nie gezahlt worden. Durch Verrath, Wortbruch, seltene Treulosigkeit sei dieser Vertrag gebrochen. . . . Es sei die Frage, ob die übermüthige Treulosigkeit aufs Neue mit dem Erwerb der Länder schwelgen solle. . . . Uebrigens schärfte eine besondere Verfügung des Staatskanzlers Fürsten Hardenberg, Wien vom 8. April, allen Militair- und Civilbehörden die genaue Befolgung dieser Vorschriften noch ganz besonders ein. — Schließlich war es auch mit diesen Rüstungen noch nicht genug: eine königliche Verordnung, Wien vom 15. Mai (abgedruckt in der Vossischen Zeitung vom 23. Mai), ordnete auch noch die Bildung der Landwehr zweiten Aufgebots, so wie des Landsturms an.

Die übrigen Regierungen erließen ebenfalls ihre Verordnungen mit und ohne Ansprache an ihre Völker, um ihre zahlreichen Streiter auszurüsten und marschiren zu lassen. England setzte die zu dem Kampf verfügbaren Truppen in Belgien ans Land. Spanien begnügte sich vorerst mit einem Manifest gegen Napoleon, welches an Heftigkeit alles übertraf, was bisher gesagt worden war; allerdings hatte Ferdinand VII. wegen der Behandlung, die ihm durch den Imperator geworden war, einige Ursache dazu. Preußen, welches durch die erhaltenen Rheinlande zunächst an Frankreich grenzte, sorgte dafür, daß seine Streitmacht dort und in Belgien eiligst verstärkt wurde. Etwa seit dem 1. April wurde in ganz Europa eiligst gerüstet und die gewaltigste Kriegsmacht bewegte sich gegen Frankreich, der Natur der Verhältnisse nach fast allein von Osten her; da die Engländer Spanien geräumt hatten und dies Land zu sehr erschöpft war, um auch von Westen her einen Einfall zu machen. Dagegen waren von den zahlreichen Kriegsschiffen der Engländer alle französischen Küsten umstellt und hermetisch verschlossen.

Wiewohl Deutschland diesmal nicht wieder der unmittelbare Kriegsschauplatz wurde, so hat es dennoch die Hauptkosten zu der ganzen Unternehmung hergegeben. Von einem riesigen Kampfe erschöpft, stellte es nach kurzer Erholung von Neuem seine Hunderttausende; bewaffnete, bekleidete, besoldete sie und setzte sie durch das Vaterland in Marsch, welches sie willig verpflegte. Die Subsidien, welche es dazu von England empfing, waren nur eine schwache Beihülfe. Es war aber nicht genug, daß es die Kosten für seine eigenen Söhne bestritt, es mußte auch noch dem zahlreichen russischen Heere auf seinem Hin- und Rückmarsch durch das Land die Verpflegung geben, nicht zu gedenken, daß die österreichischen Kriegsvölker von der türkischen Grenze, von Ungarn und Siebenbürgen doch ebenfalls unser Land durchziehen mußten, wobei, wenn auch eine geringe Vergütigung an die Wirthe gezahlt werden mochte, dem Lande bedeutende Kosten und Leistungen aufgelegt wurden.

Es war aber eine völlige bewaffnete Völkerwanderung durch Deutschland eingeleitet. Der Norden blieb für die Preußen und norddeutschen Bundesvölker; die Mitte war für den Marsch der Russen bestimmt, die theils von Breslau über Dresden nördlich am Saum des Erzgebirges zum Main (Sacken), theils in mehreren Heersäulen von Krakau durch Oberschlesien und Mähren durch Böhmen nach Frankreich (Barclay) sich bewegen sollte, um dann nach dem Mittelrhein zu gelangen; im Süden, das Donauthal aufwärts sollten die österreichischen Kriegsvölker mit den Contingenten der süddeutschen Staaten nach dem Oberrhein marschiren. In ganz Mitteleuropa war seit etwa dem 1. April alles Leben und Bewegung: Eilen der bewaffneten Mannschaft zu den Fahnen,

Waffenübung, Ausrüstung, Marsch der fertigen Truppentheile nach dem Rhein, Nachrücken der folgenden. Die Zeitungen waren davon erfüllt, sie sprachen auch von Abreisen der Fürsten, der Heerführer zu den Truppentheilen. Der Herzog von Wellington war schon am 29. März von Wien abgereist und den 5. April in Brüssel angekommen, von wo aus er Ludwig XVIII. in Gent einen Besuch machte. Fürst Blücher reiste den 10. April von Berlin ab und kam den 19. in Lüttich an, wo ein beträchtliches preußisches Heer schon beisammen war. Der russische Minister Graf Pozzo di Borgo wurde zu Ludwig XVIII. nach Gent gesandt, um an seinem Hofe als Gesandter beglaubigt zu sein, wo sich nach und nach auch die Vertreter der übrigen Mächte einfanden. An den französischen Grenzen, in Belgien konnten natürlich zuerst die Engländer mit den Niederländern und einigen norddeutschen Contingenten angelangt sein, weil sie den kürzesten Weg hatten. Den nächstkürzesten Marsch hatten die Preußen mit den ihnen zugetheilten Contingenten, einen viel längeren die Oesterreicher und den längsten die Russen. Doch war General Sacken für seine Person bereits den 15. April in Breslau angekommen.

So wurden Streitkräfte in Bewegung gesetzt, wie es in Europa niemals geschehen, zahlreicher wie die Bewegung nach Rußland und größer wie die, welche man bisher im Kampfe aufgeboten, um Frankreich zu zwingen, den Mann als Herrscher fahren zu lassen, den Frankreich zweimal dazu erwählt, und jetzt aufs Neue als solchen und sogar als Befreier angenommen hatte; gegen einen Mann, von dem man behauptet hatte, daß er nur noch ein „wesenloser Schatten“ und nicht mehr im Stande sei, die Welt in Schrecken zu setzen.

Indessen war doch der Mann vor ihren Augen wieder riesenmäßig emporgestiegen. Nicht allein, daß ihm die Mittel von ganz Frankreich zu Gebote standen, so hatte er Grundsätze proklamirt, welche die absolute Regierungsform und das legitimistische Prinzip in Europa tief erschüttern mußten. Er hatte alle öffentliche Gewalt als vom Volke ausgehend verkündigt, die Wahl des Souverains durch das Volk als den höchsten Rechtstitel erklärt. Er hatte aufs Neue alle Feudalrechte aufgehoben, er wollte durch eine neue freisinnige Verfassung im Maifelde einen neuen Bund mit den Franzosen aufrichten, der dann ein ganz volksthümliches Gepräge annehmen mußte. Man sah, er schloß sich eng ans Volk an, und er mußte dadurch nothwendig sehr an Stärke gewinnen. Anderntheils wurde er nicht müde, die Haltung des Pariser Friedens anzubieten. Er rechtfertigte sich auch öffentlich vor Europa, daß er nicht anders habe handeln können; es war das alles so eindringlich, daß sich kaum etwas Haltbares dagegen sagen ließ. Wir werden in einem späteren Abschnitt näher darauf eingehen. Das Wichtigste war, es war ganz unverkennbar, daß mit geringer Ausnahme das ganze französische Volk auf seiner Seite war. Aus allen diesen Gründen glaubte man, trotzdem, daß man die Regierung der Bourbons aus Gründen der Legitimität wohl aus allen Kräften wünschte, doch mit diesen bei den Franzosen auf die Länge nicht durchdringen zu können, und da sich deren Unbeliebtheit und Unfähigkeit zu offenbar gezeigt und man einen großen Weltkampf, ohne welchen es nicht abgehen zu wollen schien, scheute, wobei man im Fortgange selbst der eigenen Völker nicht so ganz sicher sein konnte, so war man allenfalls geneigt, die Bourbons zu opfern, indem man sie ihrem verdienten Schicksal überließ. Napoleon selbst wollte man nicht, aber seinen Sohn mit der Regentschaft von Marie Louise, also seine Dynastie wollte man sich am Ende, wenn es nicht anders geschehen könne, wohl gefallen lassen. Es wurden von Seiten des Fürsten Metternich insgeheim Schritte gethan, Napoleons eigene Meinung zu erforschen, und erst, als der Imperator hierauf nicht glaubte eingehen zu können, erfolgte von Seiten der Verbündeten der unabänderliche Beschluß des Kampfes. Unsere Darstellung wird auf diese Verhältnisse weiter unten zurückkommen.

Wir erwähnten bisher noch nichts von dem Eindruck, den das Wiedererscheinen Napoleons in Frankreich im deutschen Volke hervorbrachte. Eine historische Darstellung darf dieses Element nicht übergehen, aber es ist schwer und sogar gewagt, darüber etwas Sicheres beizubringen. Bei der Zerstückeltheit der Gebiete und der Ungewißheit, wem dieser oder jener Länderantheil zufallen würde, war der Eindruck hier und dort gewiß ein sehr verschiedener. Dazu kommt, daß die Quellen und Zeugnisse darüber sehr dürftig sind.

Die Zeitungen jener Zeit müßten den meisten Aufschluß geben; allein es gab damals wenige, keine einzige erschien täglich, sondern nur höchstens drei Mal in der Woche.*) Zudem standen sie unter Censur, es durfte darin nichts gesagt werden, was nicht mit dem Willen der betreffenden Regierung und mit deren System übereinstimmte. So war die Presse noch keine Macht oder sie wirkte nur von Seiten der Staatsregierung. Ein Geringes freier mochte sich der Hamburger unparteiische Correspondent und die Augsburger allgemeine Zeitung bewegen. Der meiste Raum war noch dem rheinischen Merkur unter Görres Leitung zu Cöln verstattet, der allerdings Einiges gewährt. Die diplomatischen Verhandlungen und Berichte, wenn sie einmal später aus den Archiven ans Licht kämen, würden weniger Aufschluß geben, als Briefe von Privaten, wenn sie aufbewahrt und erhalten worden. Wo oder wie sind diese aber zu erhalten? und sind sie auch aufbewahrt worden?

Nach Lage der Verhältnisse mußte der Eindruck von der Wiederkehr Napoleons in Preußen und Norddeutschland ein sehr viel tieferer sein, als bei den früheren Staaten des Rheinbundes oder im überrheinischen Lande, welches unmittelbar zu Frankreich gehört hatte, oder in Süddeutschland oder auch in Oesterreich, welches ja nur einen reinen Kabinetskrieg zur Wiedererlangung seiner verlorenen Länder geführt hatte. In Preußen und Nord-Deutschland lebte noch ganz der grimmige Haß gegen den Unterdrücker, den Tyrannen, den grausamen Corsen, den man nach der allgemeinen Meinung viel zu glimpflich behandelt, daß man ihm den Traktat von Fontainebleau gewährt hatte. Hier war ohne Zweifel der Gedanke allgemein, daß der „Empörer" aus allen Kräften zu bekämpfen wäre. Um ein Merkliches weniger tief war ohne Zweifel der Eindruck in den Völkern der vorherigen Rheinbundstaaten, welche dem französischen Protektorat erst seit Ende 1813, nicht viel über ein Jahr, entzogen worden. An sie war auch der Ruf von der Errichtung eines mächtigen deutschen Reiches ergangen und sie hatten 1814 den Imperator in Frankreich bekämpfen helfen, aber so schnell ändert sich der Sinn und die Denkungsart der Menschen

*) Die Berliner Zeitungen, die Vossische und die Spenersche, erschienen drei Mal in der Woche: am Dienstag, Donnerstag und Sonnabend.

nicht gründlich um. Der Ruf nach einem einheitlichen Deutschland war erst seit weniger als zwei Jahren aus dem Osten erklungen, seit der Schlacht von Leipzig sehr leise geworden und auf dem Wiener Congreß so gut wie ganz verstummt. Von staatlicher Größe war nicht mehr die Rede. Nun aber machten sich wieder mehr die vorhergehenden unbestimmten Zustände geltend; auch griffen die Fürsten und Regierungen bald ein, um keine andere Meinung als entschiedene Bekämpfung aufkommen zu lassen. Sonst waren doch in den Rheinbundstaaten viele Elemente, welche nicht so sehr zu Haß und Kampf aufforderten. Namentlich war eine große Zahl Offiziere, welche eine Reihe Jahre und in vielen Feldzügen unter des Imperators Befehlen gekämpft hatten und nicht ohne Sympathieen für ihn geblieben waren; ebenso gab es eine Menge Beamte, die unter der fremden Regierung emporgekommen, unter der Restauration entweder zurückgesetzt oder gar um ihre Stellung gekommen waren. Diese konnten weder in Begeisterung für die Restauration, noch in grimmigem Haß gegen den wiedererschienenen Kaiser der Franzosen sein. Die überrheinischen deutschen Lande, welche 14 Jahre einen Theil der französischen Republik und des Kaiserreichs ausgemacht hatten, hat man sehr lange noch französischer Sympathieen beschuldigt.*) In Oesterreich gab es eigentlich noch kein Volk; Dynastie, Adel und Geistlichkeit war dort alles in allem. Diese mußten nothwendig einer Erneuerung des revolutionären Prinzips in Frankreich feindlich sein, auch war Oesterreich von Italien aus durch König Murat bedroht. Doch hatte es alles wieder erhalten, was es verloren. Frankreich lag fern, und ein Kampf kostete Geld, was nicht vorhanden war, und der Sieg war ungewiß. Wenn Murat nicht so übereilt losgeschlagen, so möchte Oesterreich noch der versöhnlichste Gegner und ein Arrangement nicht durchaus unmöglich gewesen sein.

Gemäß der großen Zersplitterung unseres Gesammtvaterlandes mußte der Eindruck der Wiederkehr Napoleons also ein sehr ver-

*) Noch vor wenigen Jahren feierte am Rhein eine Anzahl deutscher Offiziere den Jahrestag des glücklichen Uebergangs über die Berezina, wobei sie Theilnehmer gewesen, und auch die von Ludwig Napoleon gestiftete Helena-Medaille wird in Deutschland doch hie und da noch angenommen und vielleicht getragen.

schiedener unter den verschiedenen Landestheilen Deutschlands sein; von der höchsten Entrüstung bis zur Gleichgültigkeit, ja bis zu einiger Sympathie; nur Fürsten und Adel waren einig überall in entschiedener grimmiger Feindseligkeit. Selbst die früheren Rheinbundfürsten, die doch im Jahre 1813 bis zum letzten Augenblick bei Napoleon ausgehalten, zeigten sich jetzt sehr willig und rührig zum Widerstande, da die großen Staaten ihrer bedurften und sie durch ihre Bereitwilligkeit am ersten hoffen konnten ihre Unabhängigkeit zu bewahren und eine wünschenswerthe Zutheilung von Land zu erhalten.

Bis zur Wiederkehr Napoleons hatte fast Jedermann in Deutschland Frankreich so zu sagen aus dem Gesicht verloren. Frankreich war gedemüthigt, Napoleon ab- und die alte Königsfamilie wieder eingesetzt. Von Frankreich aus schien auf lange Zeit hinaus keine Gefahr zu drohen. Dagegen waren Aller Augen mit der gespanntesten Erwartung auf den Wiener Congreß gerichtet. So spärlich und unsicher die politischen Nachrichten von dort ins Volk drangen, so sah doch Jedermann an den Anstalten der Regierungen, daß unter denselben, trotz der glänzenden Festlichkeiten, von denen die österreichischen Blätter voll waren, die größte Uneinigkeit über die Vertheilung der Beute herrschen müsse. Obgleich es Friede war, so blieben die Heere fortwährend auf dem Kriegsfuß, bereit, jeden Augenblick zu einem kriegerischen Zweck verwendet zu werden. Ende Januar und Februar 1815 schien die Spannung so stark, daß der Ausbruch eines Krieges zu fürchten war. Die Hoffnung auf die Errichtung eines deutschen Reiches schwand, das innere Zerwürfniß um den Antheil an Land und Machtstellung schien sich endlos auszudehnen und noch weit von einem Abschlusse zu sein. Aufregung, Befürchtung, getäuschte Erwartung &c. gingen vom Rhein bis zur Weichsel, von den Alpen bis zum Meer.

Da erscholl dann die Nachricht von der Wiederkehr des abgethan geglaubten Mannes. Da es damals keine Eisenbahnen und elektrische Telegraphen gab, so konnte sich die Nachricht nach heutigen Begriffen nur langsam verbreiten, da auch Couriere zur persönlichen Zurücklegung eines Weges Zeit bedurften; es scheint aber, daß von den maßgebenden Kreisen die Bekanntwerdung absichtlich verzögert wurde. Natürlich mußte die Nachricht von Wien ausgehen, wohin sie aus Italien gekommen war. Erst in den Berliner Zeitungen vom 14. März stand unter dem Artikel „vermischte Nachrichten“ die Anzeige: es habe sich in Wien „das Gerücht“ verbreitet, daß Bonaparte am 26. Februar mit einigen Truppen aus Elba „entwichen“ sei. In demselben Artikel machte ein Schreiben aus Wien die Thatsache wahrscheinlich, indem es hieß: Bonaparte hat sich am 26. Februar mit ungefähr 700 Franzosen, 300 Polen und 200 Korsen nebst 6 Feld- und 4 schweren Kanonen und Lebensmitteln auf 6 Tage (von Elba) eingeschifft und seinen Lauf nach Norden genommen. Die Zeitungen vom 16. März bestätigten in einem Artikel, Livorno vom 1. März, die Abfahrt Napoleons von der Insel Elba, ließen aber die Richtung ungewiß, welche er genommen; er sollte auch nach einer andern Nachricht südöstlich, also auf das Königreich Neapel zugesteuert sein. Dieselbe Zeitung zerstreute in dem Artikel „vermischte Nachrichten“ dann alle Zweifel. Ein Schreiben aus Mainz, welches in Berlin mit Estafette angekommen, habe gemeldet: Der französische Moniteur vom 7. März enthalte die Nachricht, Bonaparte sei im Departement des Var zwischen Toulon und Marseille (in Frejus) gelandet, sei vom Könige mit seinen Anhängern für vogelfrei erklärt worden, und der Herzog von Berry habe sich sogleich nach Lyon verfügt, um dort ein Armeecorps zu organisiren. Endlich in den Zeitungen vom 18. März, als der Imperator schon im nahen Anmarsch auf Paris war, erfolgte dann der völlige Aufschluß über Wien: daß Napoleon am 1. März im Golf von Juan, nicht weit von der kleinen Stadt Cannes im Var-Departement, gelandet, einen mißglückten Angriff auf Antibes versucht und in der Richtung auf Grasse weiter gezogen sei. Man erfuhr die sofortige Zusammenberufung der Kammern, die Aechtung Napoleons und dessen Anhänger durch den König in wörtlicher Fassung, die Abreise der französischen Prinzen nach Lyon, das Eingehen vieler Adressen der Treue und Ergebenheit von Seiten der Marschälle, Generale und des französischen Heeres an den König ꝛc.

Die Thatsache stand hiernach entschieden fest. Der gefährliche Mann mußte nach seiner Landung doch auch Anhang gefunden haben und Fortschritte machen, das zeigten die Maßregeln der bourbonischen Regierung. Die öffentliche Meinung mochte noch durchaus schwankend sein über die Bedeutung und das wahrscheinliche Ergebniß des Einfalls und was von Seiten der Verbündeten zu thun wäre, als in den Berliner Zeitungen vom 21. März*) die gewaltige Erklärung der verbündeten Mächte vom 13. März, den Bann der Vernichtung gegen „Napoleon Bonaparte" enthaltend, erschien, die allen Zweifeln ein Ende machte und eine andere Meinung als diese nicht gestattete. Nach dieser war das Unternehmen eine Tollheit, Napoleon selbst nach der Erklärung des österreichischen Beobachters vom 17. März ein „wesenloser Schatten", die väterliche Regierung der Bourbonen war auf einen Felsen gegründet und der Abenteurer mußte mit seinem Unternehmen, welches nur ein Seeräuberzug war, binnen wenigen Tagen in sein verdientes Nichts zurücksinken.

Das Publikum in Deutschland machte darauf alle Täuschungen mit, welche von der Regierung der Bourbonen und von den französischen Royalisten ausgingen, denn alle diese gingen in Uebersetzungen in die deutschen Blätter über und wurden auch darin geflissentlich verbreitet. Die Regierung der Bourbonen wurde als durchaus väterlich, sanft und allein rechtmäßig dargestellt, die der rohe, gewaltsame, despotische Eingriff des Wütherichs frecherweise stören wolle. Die Unterdrückung wurde fortwährend als leicht und als gewiß angenommen. Doch wollte es damit nicht fort. Dieselbe Zeitung vom 23. März, in welcher der Mann für einen wesenlosen Schatten erklärt worden, mußte eingestehen, daß er ohne Widerstand in die Festung Grenoble eingezogen, daß er nahe bei Lyon in Bourgoing angekommen, daß die königlichen Prinzen von Lyon wieder in Paris angekommen, daß Lyon verloren sei, daß auch bereits Bewegungen im nördlichen Frankreich gegen die Bourbonen ausgebrochen. Die folgende Zeitung vom 25. März suchte es zwar wahrscheinlich zu machen, daß Lyon bald wieder genommen werden würde, dies erschien aber nach den übrigen Nachrichten durchaus nicht wahrscheinlich und wenn auch von französisch-royalistischer Seite versichert wurde, daß in Paris und in ganz Frank-

*) Wien und Berlin waren damals die entscheidenden Punkte. In Wien war die Erklärung in den Zeitungen vom 15., in Berlin in den vom 21. März bekannt gemacht. Hiernach kann man die Bekanntmachung je nach der Entfernung der Haupt- und großen Städte abnehmen.

reich neun Zehntheile der Bevölkerung für den König wären, und nur ein großer Theil des alten Militairs dem Usurpator anhange, so erschien das bei den Erfolgen desselben durchaus nicht glaublich; vielmehr erschien die Sache der Bourbonen sehr schwankend. Es war auch auffallend, daß das Nichtbezahlen der Pension an Napoleon in derselben Zeitung entschuldigt wurde. Endlich brachte die Zeitung vom 28. März Napoleons Proklamationen aus dem Golf von Juan an das französische Heer und an das französische Volk, welche man in Wien ohne Zweifel schon 14 Tage vorher gekannt hatte; — aber nicht die Ansprache der Garde an die französische Armee, und wenn nun auch noch alles Mögliche gegen die Unternehmung vorgebracht wurde, so wurde endlich doch eingestanden, daß Nachrichten aus Paris vom 20., über Holland eingegangen, aussagten: Bonaparte dringe in Eilmärschen auf Paris vor und es werde von einer vorgefallenen Schlacht kein Wort erwähnt. Die Zeitung vom 30. berichtete dann auch, daß vor Paris keine Vertheidigung stattgefunden, daß Alles zu Napoleon übergegangen, daß dieser am Abend des 20. März in Paris eingezogen, daß der König nach Peronne geflüchtet, daß überall die dreifarbige Kokarde angesteckt worden und daß der Kaiser bereits ein Ministerium ernannt habe. In den nächsten Tagen folgten noch weitere Aufhellungen: daß Alles Täuschung der französischen Regierungspresse gewesen, die die gröbsten Lügen und Faseleien ausgestreut; daß eine große Verschwörung in Frankreich den Mann absichtlich wieder an die Spitze gerufen. Die nun folgenden Befehle zu den riesigsten Rüstungen öffneten dann Jedermann die Augen über die große Bedeutung der napoleonischen Unternehmung, und endlich zeigte die Erneuerung des Traktats von Chaumont vom 25. März, welcher aber erst in der Zeitung vom 20. April auf dem Umwege des unparteiischen Correspondenten von Hamburg bekannt wurde, welche Mittel die Mächte Europas anwenden wollten, sich um jeden Preis des für sie so gefährlichen Mannes zu entledigen.

Die Unternehmung Napoleons war dem deutschen Publikum von Anfang an als hoffnungslos, als ein Verzweiflungsstreich bezeichnet worden. Durch die französische Regierungspresse, welche in allen deutschen Blättern widerhallte, war diese Meinung genährt worden. Daß der Mann nun mit einer Hand voll Truppen, die gleichsam nur eine Dekoration ausmachten, im Fluge Frankreich erobert und sich vollständig wieder in den Besitz des Thrones gesetzt hatte, war den Massen unbegreiflich, es stand ihnen so zu sagen der Verstand still. Man hatte in Deutschland von dem Manne und seinen Franzosen unendliches Leid erfahren und hegte gegen ihn den gründlichsten Haß, der eine seltene Höhe erreicht hatte. Nun hatte er doch auch den Franzosen großes Leid zugefügt und sie trotz aller Siege in Noth und Elend gebracht. Man setzte voraus, der Mann wäre in Frankreich eben so verhaßt, als in Deutschland. Die Verbündeten hatten sich in dem vorhergehenden Kriege den Franzosen gegenüber als Befreier von dem Joch des verhaßten Corsen bezeichnet und sich gleichsam für Verbündete auch der Franzosen ausgegeben. Anderntheils hatten die Blätter unaufhörlich gesprochen von dem Enthusiasmus, mit welchem der Graf Artois (im Hauptquartier der verbündeten Monarchen) überall in Frankreich aufgenommen worden; es war von diesen berichtet worden, mit welchem Wonnetaumel Ludwig XVIII., der rechtmäßige Regent, überall begrüßt worden, wie glücklich die Franzosen sich unter seiner Herrschaft fühlten. Es wurde die väterliche, milde, sanfte, gesetzmäßige Regierung des Königs der wilden, willkürlichen, gesetzlosen des Eroberers und Usurpators schneidend gegenüber gestellt. Daß nun die Franzosen die blutige Regierung des Corsen der väterlichen des milden guten Königs vorziehen konnten, erschien völlig unerklärbar und als ein Räthsel.

Die politische Bildung in Deutschland ist jetzt noch, nach beinahe 50 Jahren, zwar sehr vorgeschritten, aber doch noch wenig in die Massen eingedrungen; damals aber lag sie noch völlig in der Kindheit. Die Ursachen der französischen Revolution, um was es sich eigentlich gehandelt, der Verlauf derselben 2c., waren selbst den Gebildeten nicht klar. Es ist dies erst später durch Geschichtswerke und Schriften verschiedener Art aufgehellt, auch zum Theil wieder verdunkelt und auch jetzt noch weit entfernt den Massen aufgegangen zu sein. Man hatte von den Folgen der Revolution viel Leid erfahren und erwog eben so die Ursachen nicht, warum bei unsern eignen traurigen Zuständen dies so hatte kommen müssen. Der Feind war besiegt, das war im Wesentlichen genug, die vielen andern Dinge, um die es sich noch handelte, waren kein Gegenstand des Kopfzerbrechens, das mußte sich von selbst finden. Wenige wohl bedachten, was die Restauration der Bourbons in Frankreich für Europa zu bedeuten habe. Zeitungen gab es damals wenig und die wenigen lasen wenig Personen. So war man denn über die Zustände von Frankreich sehr wenig unterrichtet. Man bekümmerte sich nicht um die Regierung der Bourbons, man wußte nicht, wie sie und ihre Emigranten alles umkehrten. Ein aufmerksamer Beobachter hätte aus den lückenhaften Mittheilungen, welche z. B. nur die Berliner Zeitungen brachten, entnehmen können, daß die Bourbonen einen gefährlichen Weg wandelten. Es mag diese Bemerkung auch vielfach im Einzelnen gemacht worden sein, aber sie hatte keine Einwirkung auf das Ganze. Es hat lange gedauert, ehe man die empörende Mißregierung der Bourbons und ihrer Emigranten in deutschen Geschichtswerken einigermaßen in Betracht gezogen, die Gegensätze recht erwogen, um den Verlauf der Dinge natürlich zu finden. Ludwig XVIII. ist lange Zeit und auch jetzt noch viel zu günstig beurtheilt worden. Er war in seiner hochlegitimistischen und feudalen Anschauungsweise mit seinem Bruder Artois im Grunde ganz einverstanden, nur wollte er das vermöge seines Phlegmas auf einem langsameren Wege, was Artois im Sturme begehrte. Darum hat man ihm größere Regierungsweisheit zugesprochen. Später, nachdem er die Katastrophe der hundert Tage erlebt hatte, hinderte ihn die Furcht, die Charte geradezu aufzuheben, was Carl X. dann zu seinem größten Schaden versuchte. Die jahrelange Besetzung Frankreichs durch die Fremden und die allgemeine Erschöpfung der Franzosen durch 23jährige Kriege fristete den Bourbons eine 15jährige Herrschaft, sonst wäre diese unfehlbar früher abgeworfen worden. Unkenntniß der Verhältnisse hat die Franzosen zu schnell und zu sehr des Wortbruchs, des Wankelmuths, der Untreue, des Verraths 2c. beschuldigt. Sie hatten sich die Bourbonen nicht zu Herrschern gewünscht, sie waren ihnen als solche gesetzt, sie waren ihnen vom Auslande aufgedrungen worden. Anderntheils hat man sich nicht hinlänglich in die Lage Napoleons versetzt, ihm blieb, wenn er geduldig über sich bestimmen lassen wollte, was man verbündeterseits für gut fand, kaum etwas anderes übrig, als sein kühnes Unternehmen. Der Grimm der Dynastieen und Aristokratien Europas und der Haß der Völker, denen er in seiner Maßlosigkeit vorher zu wehe gethan, waren dann stärker als er und Frankreich und er unterlag zum zweiten Mal, wiewohl er nun in eine volksthümliche Bahn, aber zu spät, einlenken wollte.

Wir brechen hier ab, um den weiteren Verlauf der Dinge auf verbündeter Seite später wieder aufzunehmen, um die Maßregeln Napoleons vorzuführen, sich in seiner neuen Herrschaft zu befestigen.

---

5. Napoleons Versuche sich in Frankreich festzusetzen und sich mit dem übrigen Europa zu verständigen.

Mit dem Einzuge Napoleons in die Tuilerien und der ersten Besitznahme der Herrschaft über Frankreich, — an sich eine der ersten und glänzendsten Thaten der Weltgeschichte — endeten für ihn das Glück und der weitere Erfolg. Eine ununterbrochene Kette von Widerwärtigkeiten umgab ihn auf allen weiteren Schritten. Er fühlte die Kräfte gegen sich beständig wachsen, so daß er ihrer trotz aller Anstrengung nicht Herr werden konnte, er ihnen erlag und auf einem öden Felsen im atlantischen Weltmeer als Gefangener seiner übermächtigen Feinde endete.

Schon ehe er in Paris und in das Schloß der Tuilerien eingezogen war, war der Bann der Vernichtung der Mächte vom 13. März in der Hauptstadt angelangt. Talleyrand hatte ihn durch Couriere nach Frankreich zu bringen gewußt, er war auch von Gent aus durch die Bourbonen und Royalisten nach Frankreich — wiewohl etwas später — gekommen.*) Er war den Häuptern der Parteien bei der Ankunft Napoleons schon bekannt und verfehlte seine niederdrückende Wirkung nicht. Jedermann war davon wie betäubt. „Dieser Mann (Napoleon), sagte Fouché zu verschiedenen

*) Capefigue I. 307.

einflußreichen Personen, ist zu früh gekommen! Wir hätten erst unsere Geschäfte arrangirt, die dreifarbige Fahne angenommen, uns mit den auswärtigen Mächten verständigt und er hätte dann auch seinen Platz gefunden. Nun wird uns der Mann mit Allen entzweien und in Verwirrung bringen." *)

Diese Stimmung mußte Napoleon gleich bei seiner Ankunft erfahren, als es darauf ankam, aus seinen Anhängern ein Ministerium zu bilden. Unter den ersten war Fouché in den Tuilerien. Napoleon hatte diesen treulosen Mann zu fürchten und glaubte ihn doch nicht entbehren zu können, da er wie keiner unterrichtet war, über die Parteien große Macht besaß und es gefährlich schien, einen solchen Mann ohne Anstellung zu lassen. Der Falsche stellte sich trunken vor Freude und versprach dem Imperator goldene Berge. Seine Wiederkehr habe ihm die Freiheit, vielleicht das Leben wiedergegeben. Wiewohl er die Geschichte von Lafère offenbar zu Gunsten des Herzogs von Orleans eingeleitet, so hatte er die Unverschämtheit, den Kaiser zu versichern, er hätte zu dessen Vortheil eine Diversion machen wollen, um diese Truppen ihm zuzuführen, was Napoleon natürlich sehr einnehmen mußte.**) Fouché begehrte vor Allem das Ministerium der auswärtigen Angelegenheiten und gab sich viel Mühe, dies vom Kaiser zu erlangen, diese Stellung wäre aber zu gefährlich gewesen und hätte ihm Napoleon gleichsam gebunden ausgeliefert; er erhielt daher nur das Ministerium der Polizei. — Während sich Fouché so willig zeigte, mußte Napoleon bei seinen intimsten Anhängern die größte Zaghaftigkeit und das merkwürdigste Widerstreben finden, ein Ministerium anzunehmen und er stieß zuerst auf förmliche Weigerungen. Der schreckliche Bann der Verbündeten war bereits allen bekannt. Napoleon bot seinem langjährigen Erzkanzler Cambacères (früher unter der Republik sogar einer der Consuln) das Justizministerium an. Er lehnte es ab, indem er glaubte, daß mit den europäischen Kabinetten

*) Capefigue I. 255.

**) Vaulabelle II. 332, der auch angiebt, daß Fouché sich ohne gerufen zu sein herzugedrängt. Nach Capefigue I. 255, ist Fouchés Haltung weniger zudringlich, sondern eher unabhängig gewesen. Zufolge Thiers hätte Napoleon Fouché am liebsten nicht ins Ministerium genommen, seine Getreuen hätten jedoch darauf bestanden.

keine Verständigung möglich und der Kaiser der ungeheuren Coalition nicht würde widerstehen können. Endlich nahm er nur unter der Bedingung an, daß er der Justiz allein angehöre und keinen Theil an irgend einem Akt der Regierung nehmen dürfe. Eben so verweigerte der treue Caulincourt das Ministerium des Aeußern anzunehmen und war vorläufig nicht zu bewegen. Graf Molé, dem nach ihm dieses Ministerium angeboten wurde, entschuldigte sich mit seiner wenigen Kenntniß der auswärtigen Geschäfte, wollte aber auch das Ministerium des Innern nicht annehmen und gestand, er bewundere den Marsch des Kaisers vom Golf von Juan nach Paris, aber bei dem europäischen Banne verzweifle er an dessen Sache. Er nahm dann zuletzt eine untergeordnete Stellung als Direktor der Brücken und Chausseen an. Auch Maret, Herzog von Bassano, Napoleons Jugendfreund und langjähriger Minister des Auswärtigen, der am meisten gethan hatte seine Wiederkehr herbeizuführen, bangte jetzt und begnügte sich mit dem Amt eines Staatssecretairs oder Ministers ohne Portefeuille.

Die Furcht hatte so sehr alle übrigen Gefühle überwunden, daß spät am Abend nach vielen Unterredungen und Verhandlungen erst 3 Plätze besetzt waren: Fouché Polizei, Cambacères Justiz, Maret Minister ohne Portefeuille. In der Nacht wurden dann noch mehrere Combinationen gemacht. Man bedurfte im Ministerium mehr eigentlich Volksthümliches und hier mußte man auf Carnot gerathen. Napoleon hielt mit Unrecht nicht viel von seiner militairischen Befähigung, aber er kannte ihn als einen geraden, tüchtigen und muthigen Charakter. Carnot, der Feind jedes Adels, der Republikaner par excellence, nahm das Ministerium des Innern an und ließ sich auch den Grafentitel gefallen, den Napoleon zur Annahme nöthig fand. Carnot entschuldigte sich bei seiner Partei damit, daß er sagte: Napoleon habe durch seine Ernennung einen Schritt zur Republik gemacht, es sei billig, daß er durch Annahme des Grafentitels, auf welchen er kein Gewicht lege, einen Schritt zur Monarchie mache.

Am 21. März konnte dann die letzte Hand an die Bildung des Ministeriums gelegt werden. Caulincourt, Herzog von Vicenza, früher Großstallmeister von Frankreich und 1814 Minister des Aeußern, entschloß sich nun doch, das Aeußere anzunehmen. Marschall Davoust, der rauhe Vertheidiger von Hamburg, durch das Schießen auf die weiße Fahne und durch seine Ungefügigkeit bei den Bourbonen in Ungnade, erhielt das Kriegsministerium, der Herzog von Dècrès, ein mittelmäßiger Seemann, brutal gegen Untergebene und nicht geliebt, wenn auch ein Mann von Geist, erhielt die Marine. Gaudin, Herzog von Gaëta, entschloß sich, das Finanzministerium, Graf Mollien, das des kaiserlichen Schatzes anzunehmen. Die übrigen Anhänger Napoleons, Savary, Herzog von Rovigo, Champagny, Herzog von Cadore, Graf Montalivet, Graf Molé u. A. begnügten sich mit untergeordneten Aemtern. Jeder suchte sich so unscheinbar als möglich zu machen, wiewohl man auch nicht gern undankbar und unpatriotisch erscheinen wollte. Die schließliche Einrichtung des ganzen Ministeriums zog sich dann noch bis zum 25. März hin. Uebrigens verhandelte er mit diesen Ministern und mit seinen Anhängern mit der größten Offenheit. Er sagte ihnen aufrichtig, daß er in Europa allein stehe; daß er aber durch enges Anschließen an die Nation und durch Gewährung einer freien Verfassung, durch strikte Annahme des Pariser Fiedens alle Schwierigkeiten zu beseitigen hoffe.

Die Furcht, die für die hohen Stellen bestand, fand sich noch mehr in denen zweiter Reihe. Das-Amt eines Präfekten, sonst sehr gesucht und für sehr ehrenvoll gehalten, war jetzt kein Gegenstand des Verlangens. Da die Bourbons hier sehr verändert hatten, so mußten die meisten Stellen anders besetzt werden. Man mußte hier tief in die republikanische Partei hineingreifen, um volksthümlich zu erscheinen. Bei dem guten Gedächtniß Napoleons war die Liste in einer Nacht fertig und es war nach Möglichkeit auf die bestehenden Zustände Rücksicht genommen; denoch war das Abschiednehmen häufig und es kamen viele Weigerungen vor.*)

Die übrigen Einrichtungen wurden schnell geordnet. Der Staatsrath reoganisirte sich ungefähr aus denselben Mitgliedern wie 1814. Die Adjutanten des Kaisers (mit Ausnahme Lauristons) wurden alle wieder berufen und durch Labedoyère und Letort vermehrt. General Bertrand wurde Großmarschall des Pallastes, General Drouot, Major-General der Garde. Napoleon nahm

*) Capefigue.

auch den ganzen Hof von 1814 wieder an, die früheren Kammerherren, darunter viele von altem Adel, wofür er eine Schwäche hatte, obwohl sie ihn 1814 schmählig verlassen hatten. Er war in dieser Hinsicht sehr anhänglich an die, welche er einmal in Dienst gehabt hatte, sogar schwach. Der Umgang war mit ihnen durchaus auf leichtem Fuß und er hatte dabei alle Barschheit abgelegt.*)

Die Abreise Ludwigs XVIII. und der Prinzen war so plötzlich erfolgt, so unvorbereitet, daß alles in den Tuilerien stand und lag, als wenn sie in tiefster Ruhe das Schloß eben zu einem Spaziergang verlassen hätten. Napoleon duldete aber keine Profanation. Die wichtigsten Familienpapiere lagen offen, er befahl sie zu verbrennen, um Niemanden mit Fleiß bloßzustellen. Eine große Menge Adressen von Städten, Corporationen, Militair- und Civilbehörden, auch von Einzelnen mit Versicherungen ewiger Liebe und Treue bis zum Tode für den König Ludwig XVIII. und die Bourbonen wurde vorgefunden und es kamen immer noch neue an von solchen, die den schnellen Einzug des Kaisers noch nicht kannten. Wiederum kamen jetzt eine große Zahl Adressen für den Kaiser an, von denselben Städten, Corporationen &c., die vorher den Bourbons Treue gelobt; ja es kam verschiedene Male vor, daß gleichzeitig von ein und demselben Ort und von derselben Corporation zwei Adressen der Lieb' und Treue einliefen, die eine an Ludwig XVIII., die sich etwas verspätet, und die andere an Napoleon. So entsittlichend wirkt eine Dynastieveränderung und solche Zustände erzeugen außerordentliche politische Zeiten und der jähe Wechsel eines politischen Systems. Der Kabinetssecretair Fleury de Chauboulon sprach über diese Elendigkeiten zu Napoleon. Dieser bemerkte nur: So sind die Menschen! (voilà les hommes!)

Im Besitz der Gewalt und vorläufig sogar der Diktatur, nachdem nun auch die Organe derselben, die Ministerien &c., eingerichtet waren, begann vom 21. März an seine Regierung überall auf das Nachdrücklichste einzugreifen. Es stand ihm zunächst die ganze Presse von Paris, der Telegraph &c. zu Dienst, um überall hin zu wirken und Befehle auszusenden. Der Moniteur enthielt nun noch einmal seine Proklamationen aus dem Golf von Juan

*) Fleury de Chaboulon I. 280.

an das Heer, an das französische Volk und der Garde von Elba an ihre Kameraden des französischen Heeres; er brachte die gewaltigen Dekrete von Lyon, welche die gänzliche Umwandlung von Frankreich im imperialistischen Sinne anordneten und die Berufung des Maifeldes verhießen, er gab eine Geschichte seiner Reise von Elba nach Paris und der Wiederorberung des Thrones, worin er schwerlich zu viel sagte. Eine Menge Verordnungen, Ernennungen lag in der Nothwendigkeit. Was im Moniteur nicht stehen konnte, ergänzten die übrigen öffentlichen Blätter. Durch diese und eine große Zahl Broschüren und Schmähschriften wurde den Bourbonen und ihrem Anhang reichlich vergolten, was sie 10, 11 Monate vorher Napoleon und den Imperialisten angethan.

An demselben Tage noch, den 21. März von Mittags 1 Uhr an, hielt der Kaiser große Heerschau über die Tausende von Soldaten, die mit ihm gezogen waren und derjenigen, die unter dem Herzog von Berry zu seiner Bekämpfung aufgestellt gewesen. Es können nicht weniger als 40,000 Mann aller Waffenarten gewesen sein. „Sie hatten," wie es in dem amtlichen Bericht des Moniteur hieß, „ihr Vaterland wieder erobert." Nachdem der Kaiser die Linien durchgangen, wurden die Truppen in Bataillonsquarrees gestellt und er sagte zu ihnen: „Ich bin mit 600 Mann in Frankreich gelandet, weil ich auf die Liebe des Volkes und auf die Erinnerung meiner alten Soldaten rechnete. Ich bin in meiner Meinung nicht betrogen worden ... Der Ruhm dessen, was geschehen ist, ist ganz des Volks und der eurige! Mein Ruhm besteht einzig darin, euch gekannt und gewürdigt zu haben. Soldaten, der Thron der Bourbons war unrechtmäßig, weil ihn fremde Hände wieder aufgerichtet hatten, weil ihn der Wunsch der Nation ... verworfen; weil er endlich nur dem Interesse einer kleinen Zahl übermüthiger Männer (Emigranten, Royalisten) entsprach, deren Anmaßungen unsern Rechten entgegenstehen. Soldaten, der kaiserliche Thron allein kann die Rechte des Volks und vor allem das erste Interesse Frankreichs, unsern Ruhm, aufrecht erhalten ... Das französische Volk und ich, wir rechnen auf euch. Wir wollen uns nicht in die Angelegenheiten fremder Nationen mischen; wehe aber dem, der sich in die unsrigen mischen wollte!"

Einen Augenblick nachher erschien der General Cambronne mit den Offizieren des Garde-Bataillons der Insel Elba. Sie trugen die alten Adler der Garde. Der Kaiser nahm wieder das Wort und sprach: „Hier sind die Offiziere des Bataillons, welches mich in mein Unglück begleitet hat. Sie sind insgesammt meine Freunde, meinem Herzen theuer. So oft ich sie sah, stellten sie mir die verschiedenen Regimenter meiner Armee vor, denn unter diesen 600 Braven befinden sich Krieger von allen Regimentern. Alle erinnerten mich an die großen Tage, deren Andenken mir so theuer ist, denn alle sind mit ehrenvollen Narben bedeckt, die sie an jenen denkwürdigen Tagen erhielten. Indem ich sie liebte, liebte ich euch alle; Soldaten des ganzen Heeres! Sie bringen euch die Adler zurück, damit sie euch zum Vereinigungszeichen dienen. Indem ich sie der Garde gebe, gebe ich sie dem gesammten Heere. Verräther und unglückliche Zeitumstände hatten sie mit Trauerflor bedeckt; Dank aber dem französischen Volke und euch, denn heute erscheinen sie wieder in ihrem vollen Glanze. Schwört mir, daß sie immer da sein werden, wo das Interesse des Vaterlandes sie verlangen wird! Damit Verräther und solche, die unsern Boden zu betreten wagen möchten, nie ihren Anblick ertragen!" — Wir schwören es, riefen alle Soldaten mit Enthusiasmus aus. Hierauf geschah der Vorbeimarsch, während die Musik das Lied spielte: „zum Schutz des Reichs gewacht."*)

Indem Napoleon, nun wieder Regent von Frankreich und in Paris im Schlosse der Tuilerien in der Hauptstadt, am Sitze der Herrschermacht, durch das Militair von Paris sich amtlich des Militairs von ganz Frankreich versicherte, war er bemüht, auch die Meinung der Nation ganz auf seine Seite zu ziehen, indem er mehrfach feierlich versicherte, so daß es durch den Druck im ganzen Lande bekannt wurde, mit wie ganz veränderten Gesinnungen er nach Frankreich zurückgekehrt sei, wie er durchaus bürgerliche Freiheit, eine freie Verfassung wolle. Er that dies in den Antworten, die er den öffentlichen großen Behörden am 26. März gab, als sie, endgültig eingerichtet, sich ihm in einer feierlichen Audienz mit Anreden vorstellten. Die Installirung dieser Behörden hatte bei der größten

*) Vossische Zeitung vom 4. April.

Thätigkeit doch die Tage vom 21. bis einschließlich den 25. März hingenommen und nicht eher als den 26. konnte die große Vorstellung erfolgen.

Die Anreden nun dieser Behörden zeigen, daß doch noch eine bemerkenswerthe Besorgniß bestand, ob der Imperator, der vorher die Regierung so selbstherrlich, so ohne alle Schranken geführt, sich auch in die veränderten Umstände fügen werde und es wurde für nöthig befunden, ihn an alles das zu erinnern, was zu einem gesetzlichen und geordneten Staatswesen nöthig wäre.

Das Ministerium brachte in seiner Anrede ein völliges Programm konstitutioneller Prinzipien. Napoleon sei gerufen, die freien Ideen zu konstituiren. Eine gerechte Revolution habe den Thron der Bourbonen umgeworfen; das Volk hätte gegen sie triumphirt. Nun aber gelte es Frankreichs Geschick sicher zu stellen. Der Kaiser solle vergessen, daß er Herr der Nationen gewesen, kein Krieg nach Außen, keine Reaktion im Innern, keine schiedsrichterliche Akte. Gleichheit der Bürger vor dem Gesetz, Sicherheit der Person und des Eigenthums, freie Cirkulation der Gedanken seien die Grundbedingungen einer freien Verfassung &c.

Der Kaiser antwortete: „Die Gefühle, die ihr mir ausdrückt, sind die meinigen. Alles durch die Nation und Alles für Frankreich, das ist meine Devise. Ich und meine Familie, die dieses große Volk auf den Thron der Franzosen erhoben hat, und die es ungeachtet aller Wechsel und aller politischen Stürme darauf erhalten, wir wollen, wir sollen, wir können niemals andere Titel reklamiren.“ *)

Der Staatsrath erlaubte sich eine ähnliche Auseinandersetzung. Er leitete alle Souverainität aus dem Volke her, dieses wäre die einzige Quelle der Macht. Er ging dann mehrere Phasen der Vergangenheit seit 1789 durch. Die Bourbonen, die während 22 Jahren aufgehört über Frankreich zu regieren, seien den französischen Sitten, dem französischen Ruhme fremd geworden . . . Die Abdankung des Kaisers, nur geschehen, um Bürgerkrieg und Blutvergießen zu vermeiden, habe das feierliche Band zwischen dem Volk und dem Kaiser nicht zerreißen können; überdies habe nur eine

*) Capefigue I. 264 — 265.

kleine Minderheit der Senatoren mit Hülfe des Auslandes den Kaiserthron gestürzt. Indem der Kaiser nach Frankreich zurückkehre, nehme er seine Rechte wieder in Anspruch und der Wille des französischen Volkes lege ihm die Pflicht auf, die Krone wieder zu nehmen. Er heilige jetzt alle freien Prinzipien .... die der Staatsrath dann im Allgemeinen bezeichnete.

Napoleon antwortete auf die Adresse des Staatsrath's: „Die Fürsten sind die ersten Bürger des Staats, ihre Gewalt ist mehr oder weniger ausgebreitet, je nach dem Interesse der Nationen, die sie beherrschen. Die Souverainität ist nur erblich, weil das Interesse der Völker es erfordert. Außerhalb dieser Prinzipien kenne ich keine Legitimität. — Ich habe den Ideen des großen Reiches (grand Empire) entsagt, von dem ich seit 15 Jahren nur die Grundlinien gelegt hatte; von nun an wird das Glück und die Befestigung des französischen Reichs der Gegenstand aller meiner Gedanken sein.“ *)

Aehnliche Anreden und Antworten geschahen noch vom Cassationshofe, vom Rechnungshofe, vom Präfekturrathe, Municipalrathe von Paris ꝛc. Dem Cassationshofe antwortete Napoleon u. A.: „Es hat nie, in keinem Zeitpunkt der Geschichte, in keiner Nation, nicht einmal im Orient, mit Wahrheit gesagt werden können, daß die Völker für die Fürsten da sind; allenthalben hat es sich bewahrheitet, daß die Könige nur für die Völker da sind.“ **)

Diese Reden und Gegenreden, durch den Moniteur und die gesammte Presse von Paris über das ganze Land verbreitet, machten einen durchweg vortheilhaften Eindruck. Verbunden mit den Dekreten von Lyon, in welchen ein ganz neuer freier Vertrag Napoleons mit der Nation verheißen war, verbunden mit so vielen Aeußerungen, die derselbe auf seinem Zuge nach Paris gethan, stand nun die Erfüllung dessen, was die Revolution in ihrem edlen Streben gewollt, in nächster Aussicht. An dem guten Willen des großen Mannes, der auch in dieser Nationalsache groß sein werde, zweifelte man nicht mehr. Eine schöne, herrliche Zeit schien anzubrechen, die wohl der überstandenen Leiden werth war. Die zurück-

*) Capefigue I. 266, auch Vossische Zeitung vom 6. April.

**) Vossische Zeitung vom 6. April.

gebliebenen Royalisten schwankten, die Republikaner zeigten sich befriedigt, früher Wüthende neigten sich zur Umkehr, es war fast Jedermann besiegt. Alte Widersacher erklärten ihre Ergebung. Wir haben oben schon angeführt, daß Frau von Staël ihm schrieb, sie sei besiegt und habe ihn nun unter die Halbgötter versetzt. Es wünschte Frau Gräfin v. Genlis dem Père Violet in Versen Glück. So noch viele Andere. Napoleon benutzte diese Stimmung, sich fortwährend volksthümlich zu zeigen. Er stellte alle von den Bourbons aufgehobene wohlthätige Institute wieder her und besuchte die Militairwaisen persönlich, er machte den Arbeitswerkstätten Besuche und bekümmerte sich genau um das Wohl der arbeitenden Klassen. Seine Fürsorge erstreckte sich auf Dinge, die er früher in seiner Allmacht nicht der Mühe werth gefunden. Einem cäsarischen Charakter, wie dem seinigen, der an das unbedingte Befehlen und Gehorchen gewöhnt war, mochte es schwer fallen, sich so der Macht zu entäußern und sich in die Umstände zu fügen; es ist auch wahrscheinlich, daß er zuweilen seinem Charakter Gewalt anthun mußte. Man geht aber zu weit, wenn man mit dem französischen Geschichtschreiber Capefigue annimmt, alle Aeußerungen des Imperators über das dem französischen Volke zu Gewährende oder das ihm Gebührende sei reine Heuchelei gewesen, Napoleon und ein freies Frankreich sei unmöglich. Vorausgesetzt, daß jeder Machthaber nicht gern beschränkt ist, vorausgesetzt, daß Napoleon bei glücklicheren Verhältnissen zuweilen seine constitutionelle Stellung vergessen und hie und da einmal den früheren Herrscher gezeigt hätte, so war er im Ganzen doch viel zu einsichtig und besonnen, als daß er nicht stark gefühlt hätte, daß er nur durch das engste Anschließen an das französische Volk sich erhalten könnte.

Es war in der unsicheren Lage Frankreichs im Innern und Aeußern von den großen Dikasterien genau genommen nicht staatsklug, den Imperator öffentlich an das zu erinnern, was er bewilligen müsse und ihn dadurch zu nöthigen, sich so überaus freisinnig zu äußern, denn dadurch wurden in Betreff einer Verfassung die Erwartungen auf einen so hohen Grad gespannt, daß nothwendig eine Täuschung nach der einen oder andern Seite hin erfolgen mußte. Nach den Reden und Gegenreden erschien nun die freieste

Verfassung noch nicht frei genug. Bei der Feindlichkeit des Auslandes war aber ein Zusammenhalten der Kräfte von großem Einfluß, und ein öffentlich gezeigtes Mißtrauen in den guten Willen des so eifrig herbeigewünschten Mannes im Hinblick auf das erzürnte Europa nicht ersprießlich. Die Folgen zeigten sich auch bald. Jedermann hielt sich berufen, seinen Rath und seine Meinung zu sagen. Selbst des Imperators Getreue wurden fordernd, ermahnend, dreist. Die Macht entschlüpfte ihm, sein großes Genie verlor die Schwungkraft. Um sich geneigt zu zeigen, bewilligte er schon vier Tage nach seinem Einzug in die Tuilerien bei voller Diktatur, die er doch erst bei Einsetzung der Verfassung nach Abhaltung des Maifeldes verlieren konnte, unbedingte Preßfreiheit,*) die auch bis zu seiner zweiten Abdankung unverkümmert fortbestanden hat; dies diente aber nur dazu, die Volks-Elemente auseinander zu reißen und die Verhältnisse mehr und mehr zu verwirren. Es wurde dies vorzüglich im Fortgange fühlbar.

Mit den Franzosen wäre der Imperator durch irgend ein Abkommen fertig geworden, bei weitem das Wichtigste war ein Verständniß mit den auswärtigen Mächten, welches gleich anfangs seine größte Sorge war.

Wir erinnern uns, daß Napoleon schon von Lyon aus an seinen Bruder Joseph in der Schweiz geschrieben hatte, sich mit den dortigen Gesandten der Mächte in Einvernehmen zu setzen. Er ließ die Haltung des Traktats von Paris anbieten, er wollte sich dem Congreß von Wien unterwerfen. Indem er wieder in Frankreich erschienen, wäre er bloß dem Willen der Nation gefolgt, welcher die Bourbons zurückstieße. Die Gesandten in Bern berichteten an ihre Höfe, eine Antwort konnte noch nicht erfolgen. Als der Imperator nun in Paris war und Caulincourt das Ministerium des Auswärtigen angenommen hatte, ließ er durch diesen bei den Gesandten von Oesterreich, Rußland und England, die sich noch in Paris befanden, seine Anerbietungen erneuern, aber alle erklärten ihre Funktionen für erloschen, da sie von ihren Kabinetten nur bei Ludwig XVIII. beglaubigt gewesen; sie lehnten jede Unterhandlung ab und forderten ihre Pässe. Auf die dringende Bitte

*) Vaulabelle II. 334.

Caulincourts entschloß sich der österreichische Gesandte General Baron Vincent (der übrigens dem Kaiser und Caulincourt persönlich wohl bekannt war) zu einer Unterredung, aber nur an einem dritten Orte und ohne daß die Unterredung irgend einen amtlichen Charakter habe. Caulincourt bot dann Oesterreich alle Vortheile gegen Rußlands Ehrgeiz, noch größeren Einfluß in Italien. Er versicherte hoch und theuer, Napoleon wolle durchaus Friede halten und begehre nur den Status quo, wie er mit den Bourbons abgeschlossen. Vincent sagte zu, daß er dies an seine Regierung berichten wolle, glaubte aber, daß kein Anerbieten von Napoleons Seite Oesterreich von der gemeinsamen Sache trennen werde. Dieselben Schritte versuchte Caulincourt bei dem russischen Gesandten Budiakin; auch er willigte nur als Privatmann in eine Unterredung an einem dritten Orte. Bei Rußland glaubte Caulincourt ein Mittel in Händen zu haben, welches unter Umständen wohl geeignet sein könnte, den Kaiser Alexander von der Allianz abzuziehen. Man hatte in den Tuilerien den Entwurf des Traktats vom 3. Januar gefunden, in welchem England, Oesterreich, Baiern, die Niederlande und Frankreich sich in der Frage wegen Sachsen und Polen gegen Rußland und Preußen verbunden hatten. Wenn Alexander, so schloß man, erführe, wie auf dem Congresse zu Wien bei der glatten Außenseite unter vermeintlichen Freunden Falschheit und Intrigue geherrscht, so werde er gegen seine Verbündeten kalt und gegen Napoleon günstiger gestimmt werden. Als der russische Gesandte von diesem Bündniß Kenntniß erhielt, mochte er über die Existenz desselben erstaunt sein. Er versprach, wie General Vincent, eine private Mittheilung an seinen Hof. Noch ein anderes Mittel, auf den Kaiser Alexander einzuwirken, wurde versucht. Die Königin Hortense, Napoleons Stieftochter (jetzt Herzogin von St. Leu) war eine hochinteressante, liebenswürdige Frau, und Alexander war ein großer Freund der Damen. In früheren Tagen hatte er der Königin sehr viel Theilnahme erwiesen. Diese schrieb nun an ihn, setzte ihm das Sachverhältniß möglichst vortheilhaft auseinander und theilte ihm das Original jenes Traktates mit. Beides, der Bericht des Gesandten und das Schreiben von Hortense, kamen zu spät, sonst hätten sie wohl einen starken Einfluß ausüben können. Alexander hatte bereits den Traktat vom

25. März, die Erneuerung des Bündnisses von Chaumont, unterzeichnet, er konnte nicht mehr zurück. Die Königin erhielt nur die lakonische Antwort: „Keinen Frieden, keinen Waffenstillstand mit Napoleon. Alles, nur Er nicht.“ *) Mit dem englischen Gesandten Lord Sommerset wurden keine Schritte versucht, weil vorausgesetzt wurde, daß sie doch ohne Erfolg bleiben müßten. Man suchte überhaupt die Gesandten der Mächte so viel wie möglich zurückzuhalten und ließ sie erst abreisen, als sie wiederholt und dringend ihre Pässe begehrten.

Aus diesen ersten Versuchen war zu schließen, daß die Verbindung unter den Monarchen sehr fest sein müsse, daß eine Unterhandlung schwer möglich, und daß ein ungeheurer Kampf nahe bevorstehe, zu welchem Frankreich nicht die Mittel haben werde.

Es mußte alles versucht werden, eine der Mächte zu gewinnen; wenn es auch nur in der Art geschah, daß sie neutral blieb und nicht am Kampfe Theil nahm. Konnte der Kaiser mit Oesterreich, mit Metternich, nur in irgend einer Art anbinden, so war sehr viel gewonnen. In dieser Hinsicht konnte ihm die überlegene diplomatische Klugheit und Schlauheit Talleyrands in Wien von dem allergrößten Nutzen sein. Konnte er Talleyrand gewinnen, so war auf Metternich einzuwirken. Talleyrand war der Minister Ludwigs XVIII., das machte aber nichts aus, keiner verstand es wie er, sich so leicht mit vollendeten Thatsachen abzufinden. Es befand sich in Paris ein gewisser Herr v. Montron **) aus der Schule Talleyrands, eigentlich Royalist, der aber doch zuweilen in seiner politischen Gesinnung gewechselt hatte. Dieser wurde auserwählt, nach Wien zu reisen, um Talleyrand Napoleons Absicht auseinanderzusetzen und darzulegen, welche Opfer Napoleon bringen werde, um ihn in seinen Dienst zu ziehen. Amtlich wurde ihm ein Schreiben an Marie Louise und Kaiser Franz mitgegeben; er erhielt aber noch Briefe von Caulincourt an den Baron Méneval, welcher als Kammerherr bei „Marie Louise“ geblieben war, und an mehrere einflußreiche Personen. Er wurde außerdem auto-

*) Vaulabelle II. 349. Capefigue. Fleury de Chaboulon.

**) Thiers schreibt Montron. Der Name wird von Anderen auch Montrond, zuweilen auch Monteron geschrieben.

risirt, mit Allen zu unterhandeln, welche Friede machen wollten. Er sollte auch zu Marie Louise zu kommen und sie mit dem König von Rom zur Flucht zu bewegen suchen. Geldmittel wurden ihm reichlich zur Verfügung gestellt. Die Sendung hatte keinen Erfolg. Herr v. Montron ging nach Wien, er gab auch seine Briefe ab und sprach mit verschiedenen Personen, doch lag es in den Widerwärtigkeiten der Verhältnisse, daß seine Sendung kein Ergebniß hatte.

Es hatte indeß der Bann der verbündeten Mächte von Wien vom 13. März weitere Verbreitung gefunden und die Gemüther niedergeschlagen. Es war dringend nothwendig, dem lähmenden Eindruck dieses entsetzlichen Aktenstücks entgegen zu wirken. Mit einer Erklärung im Moniteur war es nicht abgethan. Um der Handlung den gebührenden Nachdruck zu geben, wurde eine Ministerialsitzung unter dem Vorsitz von Fouché am 29. März angeordnet. Es wurde erklärt: die Deklaration, welche auf Talleyrands Veranlassung nach Straßburg und Metz gekommen und durch Agenten des Grafen von Lille (Ludwigs XVIII.) verbreitet worden, sei ein untergeschobenes Produkt, die Unterschriften gefälscht, ein solches Aktenstück sei unmöglich. Es könne in einem öffentlichen Aktenstück der Mächte Europa's der Mord eines Souverains, des Kaisers, nicht geboten sein. Ein Vater (der Kaiser von Oesterreich) könne nicht zum Morde seines Sohnes (Napoleon) auffordern. Das freie, gesetzliche England könne sich nicht an solchen Vorgängen betheiligen. Das sei eine Aufhebung aller Moral. Die Mächte würden sich beeifern, das Aktenstück abzuleugnen. Napoleon sei als Kaiser und Souverain der Insel Elba von allen Mächten Europas anerkannt; als solcher könne er eben so wenig einem andern Gerichtszwange unterworfen sein, als alle andern Glieder des Congresses von Wien. Der schwächste Monarch hätte eben dieselben Rechte, als der stärkste, und Napoleon als Souverain hätte rechtlich so viel gegolten, als der mächtigste! Der Schluß bezeichnete als Urheber des Produkts, wenn auch nicht namentlich, Talleyrand, der durch mancherlei Verrath dazu fähig und den jetzt die Furcht um alle Besinnung gebracht.

Diese Gegenerklärung erschien im Moniteur, in allen Journalen; sie wurde an der Börse, an allen öffentlichen Orten angeschlagen, und wirklich wurde eine ganze Zeit hindurch der Bann für ein Pamphlet der Partei von Gent gehalten, da er wegen seines exorbitanten Inhalts unmöglich schien.

Es hielt aber der Imperator an der Zeit, sich jetzt öffentlich vor Europa zu rechtfertigen, *warum* er die Insel Elba verlassen und die Herrschaft von Frankreich wieder ergriffen habe. Da ihm jede Verbindung mit dem übrigen Europa abgeschnitten war, so konnte er dies nur im Moniteur und in französischen Blättern, was aber in Europa doch nicht unbeachtet bleiben konnte. Es folgte diese Rechtfertigung gleich nach der obigen Gegenerklärung.

Im Eingange kommt der Kaiser darauf zurück, daß seine Besitznahme der Herrschaft von Frankreich doch höchstens nur einen gewöhnlichen Krieg herbeiführen könne, aber den Souverain zu *proscribiren* sei unerhört in der Geschichte. Die Bourbonen hätten ihn außer dem Gesetz erklärt und einen Preis auf seinen Kopf gesetzt, wie habe sich aber Napoleon dagegen benommen, wie habe er sorgfältig die Personen der Bourbonen geschützt! Die Nachwelt würde richten.

Die Hauptsache anlangend, so hätten die Bourbonen und die Verbündeten den Traktat von Fontainebleau auf das Ungeheuerste verletzt, denn

1) sollten die Kaiserin Marie Louise und ihr Sohn Pässe erhalten, um sich zum Kaiser zu begeben. Weit entfernt dies Versprechen auszuführen, habe man gewaltsam die Gemahlin vom Gemahl, den Sohn vom Vater getrennt und dies in den schmerzvollen Umständen, wo die stärkste Seele Trost und Unterstützung im Schooße seiner Familie bedürfe.
2) Zufolge Artikel 14 des Traktats sei die Sicherheit von Napoleon und seiner Familie verbürgt durch *alle* Mächte. Es wären aber unter den Augen der französischen Regierung und *selbst auf ihren Befehl* Räuberbanden organisirt — wie es bald das Prozeßverfahren gegen den Sieur Maubreuil (Baron Maubreuil) beweisen werde — um den Kaiser, seine Gemahlin und seine Brüder anzugreifen. Aus Mangel an Erfolg sei eine große Emeute veranstaltet worden, den Kaiser auf dem Wege nach Elba — vorzüglich in Orgon — zu ermorden. Man hätte nach Corsica als Gouverneur einen Meuchelmörder des Georges, den Sieur Brulart gesandt,

zum Maréchal de Camp erhoben, der in der Bretagne, in Anjou, in der Normandie, in der Vendée, durch ganz England durch das viele Blut, was er vergossen, bekannt war, damit er das Verbrechen des Mordes an Napoleon vorbereite und sichere; — und wirklich hätten mehrere vereinzelte Mörder versucht, die Insel Elba zu gewinnen und durch den Mord Napoleons den schuldvollen und schändlichen Lohn zu gewinnen, der ihnen verheißen war.

3) Die Herzogthümer Parma und Piacenza wären Marie Louise und ihrem Sohne als Nachfolger als volles Eigenthum zuerkannt. Nach langer Verweigerung, sie in Besitz zu setzen, hätte man die Ungerechtigkeit vollendet durch eine absolute Beraubung unter dem scheinbaren Vorwande einer Auswechselung (das standesherrliche Herzogthum Reichstadt in Böhmen) ohne Werth, ohne Verhältniß, ohne Souverainität, ohne Einwilligung.

4) Dem Prinzen Eugen, dem Adoptivsohne Napoleons, der die Ehre Frankreichs gewesen und der sich die Zuneigung Italiens, das ihn adoptirte, erworben, sei ein schickliches Besitzthum außerhalb Frankreich zuerkannt; er habe nichts erhalten.

5) Nach Artikel 3 des Traktats sei zu Gunsten der Tapfern des Heeres die Erhaltung ihrer Dotation stipulirt; der Kaiser habe auf der außerordentlichen Domaine (Mont-Napoleon zu Mailand), auf den Fonds, welche auf seiner Civilliste blieben, sich Mittel reservirt, seine Diener zu belohnen, die Soldaten, die sein Geschick theilten, zu bezahlen. Durch die Minister der Bourbonen sei Alles geraubt, zurückbehalten worden. Ein Agent der französischen Militairs sei unnütz nach Wien gegangen, um das Heiligste der Besitzthümer, den Preis ihres Muthes und Blutes zu reklamiren.

6) Nach Artikel 6 des Traktats war die Erhaltung der Güter der Familie des Kaisers, bewegliche und unbewegliche festgesetzt. Sie ist beider beraubt worden. In Frankreich sind Räuber, die die Erlaubniß dazu hatten (Emigranten), mit bewaffneter Hand darüber hergefallen; in Italien sei solches geschehen durch Gewaltthätigkeit der Militairchefs; in beiden Ländern durch Sequester und befohlene Beschlagnahme.

7) Der Kaiser Napoleon sollte 2 Millionen, seine Familie 2,500,000 Franken nach der Repartition (Artikel 6 und 9) erhalten, aber die französische Regierung hat sich beständig geweigert, diese Verpflichtung zu erfüllen. Napoleon hätte sich bald genöthigt gesehen, seine treue Garde zu entlassen, weil ihm die Mittel fehlten, ihre Bezahlung zu sichern, hätte er nicht in der erkenntlichen Erinnerung der Genueser und der italienischen Banquiers und Kaufleute die ehrenvolle Quelle einer Anleihe von 12 Millionen Franken gefunden, die man ihm angeboten.

8) Endlich sei auf Andringen der Bourbonen und ihrer Agenten auf dem Congresse zu Wien der Entschluß gefaßt worden, ihn seines vollen Eigenthums, der Insel Elba, zu berauben. Wenn die Vorsehung in ihrer Gerechtigkeit nicht Vorkehrungen getroffen, so hätte Europa gesehen, wie man sich an der Person und an der Freiheit Napoleons vergriffen, der von nun an der Gnade seiner Feinde preisgegeben nach St. Lucia oder St. Helena gebracht worden, das man ihm zum Gefängniß ausersehen, entfernt von seiner Familie, getrennt von seinen Dienern.

Dies waren die positiven Beschuldigungen des Bruchs des Vertrags von Fontainebleau von Seiten der Bourbonen und der Verbündeten, wogegen nicht viel einzuwenden sein möchte, dann fährt Napoleon weiter fort:

Sollte der Kaiser, nachdem er so viele Beleidigungen erduldet, so viel Ungerechtigkeiten ertragen, einwilligen zu der vollständigen Verletzung der Verpflichtungen, die man mit ihm eingegangen war, sich persönlich dem Schicksal ergeben, das man ihm bereitete, seine Gemahlin, seinen Sohn, seine Familie, seine treuen Diener ihrem schrecklichen Geschick überlassen? — Ein solcher Entschluß ist zu viel für menschliche Kräfte! — und dennoch würde Napoleon ihn haben fassen können, wenn der Friede, das Glück Frankreichs der Preis dieses neuen Opfers gewesen wäre. Er würde sich noch einmal für das französische Volk hingegeben haben, von dem er — er will es ganz Europa erklären — es sich zum Ruhm anrechnet, Alles erhalten zu haben, dem er Alles wieder bringen will, dem allein er für seine Handlungen verantwortlich sein will, dem allein er sein Leben widmet.

Für Frankreich allein, um demselben das Unglück eines innern Krieges zu ersparen, dankte er 1814 ab, er gab dem französischen Volke die Rechte wieder, die er von ihm erhalten hatte, er ließ ihm frei sich einen neuen Herrn zu wählen und seine Freiheit und sein Glück durch beschützende Institutionen zu gründen.

Er hoffte für die Nation die Erhaltung alles dessen, was sie sich durch 25 Jahre Kampf und Ruhm erworben hatte: die Ausübung ihrer Souverainität in der Wahl einer Dynastie und in der Stipulation der Bedingungen, nach welchen dieselbe berufen sein sollte zu regieren. Er erwartete von der neuen Regierung Achtung vor dem Ruhm des Heeres, vor dem Rechte der Tapfern, Achtung der Garantie für alle neuern Interessen, welche seit einem Vierteljahrhundert entstanden und aufrecht erhalten sind, Achtung vor allen politischen und bürgerlichen Gesetzen, die seit dieser Zeit verehrt und beobachtet worden sind, weil sie sich mit den Sitten, den Gewohnheiten und Bedürfnissen der Nation identificirt haben.

Weit entfernt davon, ist jede Souverainität des Volks entfernt worden. Das Princip, auf welchem die ganze öffentliche und bürgerliche Gesetzgebung seit der Revolution geruht hat, ist gleicherweise entfernt worden. Frankreich ist behandelt worden wie ein aufrührerisches Land, wieder erobert durch die Waffen seiner alten Herren und von Neuem einer feudalen Herrschaft dienstbar gemacht.

Man hat Frankreich in Form einfacher königlicher Ordonnanzen, ein konstitutionelles Gesetz aufgelegt, eben so leicht zu vereiteln als zu widerrufen ohne die Nation, ohne selbst die Körperschaften zu befragen, welche ungesetzlich geworden waren. Und die Aufhebung dieser Charte ist nur durch die Furchtsamkeit der Regierung eingeschränkt worden; die Ausdehnung der Mißbräuche nur durch ihre Schwäche.

Die Auseinanderreißung des Heeres, die Zerstreuung der Offiziere, die Verbannung mehrerer, die Herabwürdigung der Soldaten, die Unterdrückung ihrer Dotationen, die Beraubung ihres Soldes oder Gnadengehaltes, die Reduktion des Soldes der Legionaire, die Beraubung ihrer Ehren, der Vorrang der Dekorationen der feudalen Monarchie, die Verachtung des Bürgers, bezeichnet mit dem Namen des tiers-état, die vorbereitete und schon begonnene Beraubung der Erwerber der Nationalgüter, die gegenwärtige Herabdrückung des Werthes derjenigen, die man genöthigt hat zu verkaufen, die Wiederherstellung der Feudalität in ihren Titeln, ihren Vorrechten, ihren Nutzrechten (droits utiles), die Wiederherstellung der ultramontanen Principien, die Abschaffung der Freiheiten der gallikanischen Kirche, die Vernichtung des Concordats, die Wiederherstellung des Zehnten, die entgegenstehende Unduldsamkeit eines exklusiven Cultus; die Herrschaft von einer Handvoll Adlicher über ein Volk, an Gleichheit gewöhnt; das Alles haben die Minister der Bourbonen gethan oder haben es für Frankreich thun wollen.

Unter solchen Umständen verließ der Kaiser Napoleon die Insel Elba, das sind die Beweggründe seines Entschlusses und nicht die Betrachtung persönlicher Interessen, so klein für ihn, verglichen mit den Interessen der Nation, der er seine Existenz gewidmet hat.

. . . .

Frankreich zu befreien ist er gekommen und als Befreier ist er auch aufgenommen worden. Fast allein ist er angelangt, 220 Lieues hat er ohne Hindernisse, ohne Kampf durchschritten, ohne Widerstand und unter dem Beifallsrufe der unendlichen Majorität der Bürger, hat er den von den Bourbonen verlassenen Thron wieder eingenommen . . .

Hergestellt an der Spitze der Nation, die ihn schon drei Mal gewählt hatte, die ihn zum vierten Mal durch den Triumphempfang bezeichnet hat: was will nun Napoleon? was will das französische Volk? — „Die Unabhängigkeit Frankreichs, den innern Frieden, den Frieden mit allen Völkern, die Ausführung des Traktats von Paris vom 30. Mai 1814.“

Was hat sich denn nun in dem Zustande Europas geändert und in der Hoffnung der Ruhe, die ihm versprochen war? welche Stimme erhebt sich, um diese Hülfe zu verlangen, welche nach der Erklärung (vom 13. März) nur insofern gegeben werden soll, als sie gefordert wird?

Nichts hat sich geändert, wenn die verbündeten Mächte, wie man es von ihnen erwarten muß, zu gerechten und gemäßigten Gesinnungen zurückkehren, wenn sie anerkennen, daß die Existenz

Frankreichs in einem achtungswerthen und unabhängigen Zustande, eben so entfernt zu erobern als erobert zu werden, zu herrschen als dienstbar gemacht zu sein, nöthig ist zum Gleichgewicht der großen Reiche, so wie zur Garantie der kleinen Staaten.

Nichts ist geändert, wenn man nicht versucht Frankreich zu zwingen, mit einer Dynastie, die es nicht mehr haben will, feudale Ketten wieder zu nehmen, die es zerbrochen hat, grundherrlichen oder geistlichen Prätensionen sich wieder zu unterwerfen, von denen es sich befreit hat; wenn man ihm keine Gesetze auferlegen will, sich nicht in seine innern Angelegenheiten mischen, ihm eine Regierungsform aufdringen, ihm Herren geben will nach dem Gefallen und den Interessen seiner Nachbaren.

Nichts ist geändert, wenn, sobald Frankreich beschäftigt ist den neuen socialen Vertrag vorzubereiten, welcher die Freiheit seiner Bürger, den Triumph der großen Ideen, welche in Europa herrschen und nicht mehr erstickt werden können, man es nicht zwingt sich von diesen friedlichen Gedanken, sich von den Mitteln des inneren Wohlstandes, dem das Volk und sein Oberhaupt sich in einer glücklichen Uebereinkunft widmen wollen, zu entfernen, um zu kämpfen.

Nichts ist geändert, wenn, sobald die französische Nation nichts mehr verlangt als in Frieden mit ganz Europa zu bleiben, eine ungerechte Coalition es nicht zwingt, seinen Willen, seine Rechte, seine Unabhängigkeit, seine Wahl des Souverains zu vertheidigen, wie sie es schon 1792 gethan hat.*)

So die gewichtige Vertheidigung Napoleons vor Europa. Sie leistete viel in Frankreich, aber sie wurde in Deutschland entweder gar nicht oder sehr unvollkommen in überaus heftigen, und man darf sagen, entstellten Erwiderungen bekannt, auf welche wir weiter unten zurückkommen werden. In Oesterreich und Rußland erfuhr Niemand etwas davon. Ob die englischen Blätter sie ihrem ganzen Inhalte nach mitgetheilt haben, wissen wir nicht anzugeben. So war die Wirkung auf die Völker daher eine sehr geringe.

Durch die Aufhebung jeder Verbindung zwischen Frankreich und dem übrigen Europa fehlte das Organ jeder Mittheilung. Napoleon konnte nur durch französische Zeitungen wirken, die nur

*) Fleury de Chaboulon I. von S. 345—353.

den deutschen Regierungen, einigen Handelshäusern und einigen Zeitungsredaktionen zugänglich waren. Es mußte aber doch — die Wichtigkeit von Frankreich im europäischen Staatenverbande erforderte es — von Seiten Napoleons ein öffentlicher formeller Akt geschehen, wodurch er den Souverainen von Europa die Besitznahme des Thrones anzeigte und kurz die Ursachen angab, die ihn dazu veranlaßt. Wurde das Schreiben angenommen, so war der erste, wenn auch noch ferne Schritt einer Annäherung geschehen, wurde es zurückgewiesen, so hatte er wenigstens von seiner Seite zunächst eine formelle Pflicht erfüllt und die Hand zur Annäherung geboten. Das Schreiben des Imperators an die Souveraine von Europa ist ein Muster von Takt, Mäßigung und Klugheit. Es ist vom 4. April und lautet:

„Mein Herr Bruder! Sie werden im Laufe des verflossenen Monats meine Landung in Frankreich, meinen Einzug in Paris und die Abreise der Bourbons erfahren haben. Die wahre Beschaffenheit dieser Ereignisse muß Ew. Majestät gegenwärtig klar vor Augen liegen. Sie sind das Werk einer unwiderstehlichen Gewalt, das Werk des einstimmigen Willens einer großen Nation, welche ihre Pflichten sowohl als ihre Rechte kennt. Die Dynastie, die dem französischen Volke aufgedrungen worden, war nicht mehr für dasselbe geschaffen; die Bourbons haben sich weder den Gesinnungen, noch den Sitten desselben anschmiegen wollen; Frankreich hat sich von ihnen trennen müssen. Frankreichs Stimme berief einen Befreier; die Erwartung, die mich zum größten aller Opfer vermocht hatte, war getäuscht worden. Ich bin gekommen, und so wie ich nur den Fuß aus Land gesetzt, hat mich die Liebe meiner Völker bis in den Schooß meiner Hauptstadt gebracht. Das erste Bedürfniß meines Herzens ist, so viel Liebe mit der Erhaltung einer ehrenvollen Ruhe zu bezahlen. Die Widerherstellung des Kaiserlichen Throns war für das Glück der Franzosen nothwendig. Mein liebster Gedanke ist, ihn zugleich zur Befestigung der Ruhe von Europa dienen zu lassen. Genug des Ruhms hat abwechselnd die Fahnen aller Nationen gekrönt; der Glückswechsel hat allenthalben große Widerwärtigkeiten auf große Siege folgen lassen. Eine schönere Kampfbahn ist hinfort für die Monarchen eröffnet, und ich bin der erste, der sie betritt. Nach dem Schauspiel großer Schlachten wird es süßer sein, hinführo keine andere Ungleichheit zu kennen, als die der Vorzüge des Friedens, keinen andern Kampf, als den heiligen Kampf des Glückes der Völker. Frankreich freut sich, diesen edlen Zweck aller seiner Wünsche freimüthig zu proklamiren. Eifersüchtig über seine Unabhängigkeit, wird es der unabänderliche Grundsatz der Politik Frankreichs sein, die Unabhängigkeit der übrigen Nationen durchaus zu achten und zu ehren. Sind dieses, wie ich das glückliche Zutrauen dazu habe, die persönlichen Gesinnungen Ew. Majestät, so ist die allgemeine Ruhe auf lange Zeit gesichert; und die Gerechtigkeit, sitzend und wachend auf allen Grenzen der Staaten, wird allein hinreichen sie zu beschützen.

Ich ergreife mit Vergnügen die Gelegenheit ꝛc.

Napoleon."

Paris, den 4. April 1815.

Dieses Schreiben Napoleons war bei den vornehmsten Höfen Europas von Depeschen Caulincourts, Minister des Auswärtigen, begleitet, worin Vorschläge zur Erhaltung des allgemeinen Friedens gemacht wurden.

Um diese Sendung zu unterstützen und den Mächten klar zu machen, wie sehr verändert die Zustände seit seiner ersten Landung und dem jetzigen Moment wären, entwarf Napoleon selbst eine Darlegung und Erklärung, welche, in den französischen Zeitungen bekannt gemacht, wie er hoffte, seinen starken Eindruck nicht verfehlen konnte. Sie stand im Journal de Paris vom 5. und im Moniteur vom 6. April. Es wird im Eingang dieser Darlegung die Aechtheit des Bannes noch ungewiß gelassen; doch ist sie allein gegen dessen Inhalt gerichtet. Im Wesentlichen wird das Folgende ausgeführt:

Die Mächte auf dem Congresse zu Wien setzten (als sie den Bann erließen) voraus:

1) der König von Frankreich sei noch im Besitz seines Thrones und habe der Vertheidigung seines Landes nicht entsagt;
2) die französische Nation sei wider ihren Willen einem bewaffneten Einfalle von Außen ausgesetzt, gegen welchen sie die Hülfe ihrer Verbündeten in Anspruch nehme;

3) die öffentliche Ruhe sei gestört und die Dazwischenkunft fremder Mächte zur Wiederherstellung derselben sei nothwendig;

4) es könnten andere Regierungen durch den Fall des Hauses, welches in Frankreich herrschte, gefährdet und beeinträchtigt werden.

Die Darlegung zergliedert hierauf diese 4 Sätze, nennt sie Hypothesen und behauptet, keine von allen sei begründet, denn:

1) Ludwig XVIII. sitzt nicht mehr auf seinem Throne, er ist nicht mehr in Frankreich. Die verbündeten Mächte haben geglaubt, sich gegen den Kaiser Napoleon erklären zu müssen, so lange sie bei ihm das Streben nach ungewissen Erfolgen, das Streben nach einem Thron bemerkten, den ein Anderer als er, ruhig besaß; so lange sie glauben konnten, daß ein Kampf unter getheilten Kräften den allgemeinen Frieden stören und Frankreich und Europa in die Unordnung und Leiden eines revolutionairen Zustandes zurückversetzen könnte. So ist es aber nicht mehr. Der Kaiser befindet sich im vollen unbestrittenen Besitz der Herrschaft über Frankreich und Ludwig XVIII. ist Prätendent.

2) Die französische Nation ist keinem Einfalle ausgesetzt, der es nöthig machte, ihre Verbündeten zu Hülfe zu rufen, oder sich dieser Hülfe zu bedienen. Die der französischen Nation von den Mächten angebotene Hülfe ist folglich eben so wenig anwendbar, als diejenige, welche sie dem Könige von Frankreich anbieten. Es giebt keinen König von Frankreich, der sie annehmen könne; und die zufriedene Nation bedarf ihrer nicht.

3) Die Mächte irren sich ebenfalls, wenn sie die öffentliche Ruhe als gestört, und ihre Dazwischenkunft als nothwendig ansehen sie wieder herzustellen. Nirgends giebt es Anzeichen von Unordnungen, Spuren des Bürgerkrieges. Die Prinzen des Hauses Bourbon sind davon aufs Innigste überzeugt. Die Dazwischenkunft der Mächte *würde eine Ruhe stören*, welche überall herrscht.

4) Endlich ist die Furcht, daß durch den Fall der Bourbons andere Regierungen gefährdet und beeinträchtigt würden, eben so eingebildet und chimärisch. Der Kaiser hat erklärt, daß

er sich in die Angelegenheiten keiner Nation mischen wolle; er kann mit seiner Wiederherstellung auf dem Throne die Erneuerung eines Krieges nicht verbinden wollen. Der Traktat von Paris ist die Grundlage der gegenwärtigen Stellung von Europa. Frankreich will den Frieden. Frankreichs Grenzen sind abgesteckt. Der Kaiser wird sie nicht überschreiten, so lange man ihn nicht dadurch zwingt, daß man sie verletzt. Folglich ist keine Regierung gefährdet und beeinträchtigt.*)

Alle Schritte, welche der Imperator unternahm, hatten keinen Erfolg. Die Couriere, die das Schreiben an die Souveraine überbringen sollten, wurden schon an der Grenze, in Kehl, Mainz und Turin zurückgewiesen. In England wurden die Depeschen in Dower zwar angenommen, Lord Castlereagh zeigte aber Caulincourt unterm 8. April an, daß der Prinz-Regent (später Georg IV.) sich geweigert habe den Brief Napoleons zu empfangen, daß nur das Schreiben Caulincourts an den Congreß nach Wien gelangt sei. Eben so machte die Darstellung rc. im Moniteur keinen sichtbaren Eindruck. Wiewohl übrigens Napoleons Schreiben an die Souveraine nirgends amtlich angenommen worden, so war sein Inhalt den Souverainen und Diplomaten doch wohl bekannt. Um eine weitere Oeffentlichkeit zu erlangen, wurde es später im Moniteur bekannt gemacht und gelangte so auch in deutsche Zeitungen.**)

Eben so, wie die Depeschen des Imperators und seines Ministers überall zurückgewiesen wurden, erreichten auch die Couriere an die eigenen Gesandten im Auslande ihre Bestimmung nicht. Ohnehin waren die französischen Gesandten, von den Bourbonen angestellt, begreiflicherweise nicht für Napoleon.

Ein höchst fataler Uebelstand war, daß des Kaisers Gemahlin und der Sohn, der Thronfolger, auf dem seine ganze Zukunft beruhte, sich in feindlicher Gewalt befand. Auf des Imperators Stellung den fremden Mächten gegenüber mußte es aber von un-

---

*) Außer den französischen Geschichtswerken steht die Erklärung auch in der Vossischen Zeitung vom 20. April, mit Weglassung einer Stelle (daß Ludwig XVIII. wieder Prätendent rc.), welche aber wieder in der Zeitung vom 18. April unter dem Artikel Paris vom 7. April vorkommt. Die markige Darstellung Napoleons kommt auch in Las Cases Tagebuch vor.

**) Das Schreiben Napoleons übersetzt in der Vossischen Zeitung v. 25. April.

berechenbar günstigem Einfluß sein, wenn Marie Louise und ihr Sohn sich in Paris befanden. Napoleon kannte die Aenderung noch nicht, welche seine Gemahlin in ihrer Gunst getroffen hatte. Seine Briefe an sie waren bisher unbeantwortet geblieben, — das schrieb er aber dem Zwange zu, in welchem sie von ihrem Vater gehalten wurde. Von dem Auftrage, welchen Baron Montron an Marie Louise erhalten, haben wir schon gesprochen; es sollte aber noch der Versuch gemacht werden, die Kaiserin und den König von Rom heimlich zu entführen. Ein Baron von Stassard, früher Auditeur des Staatsraths, auch Präfekt, jetzt bairischer Kammerherr, und ein junger Herr von Montesquiou in Wien wurden für das Projekt gewonnen. Es war alles eingeleitet, die Wagen bereit, die Etappen, die Verkleidung, die Paßangelegenheit unter fremdem Namen geordnet. Wenn Marie Louise gewollt hätte, so war den Verbündeten eine Diversion bereitet, welche ihre Angelegenheit auf einen ganz anderen Fleck gebracht hätte. Aber Marie Louise war nicht gemacht, die Frau eines Cäsar zu sein, sie hatte andere Bedürfnisse und zog in ihrer Gunst einen General Grafen Neipperg ihrem Manne vor. Napoleon sollte bald erfahren, daß seine Gemahlin und sein Sohn aus seiner Berechnung fielen und daß er erlebte, was jedem Ehemanne das Empfindlichste ist.

Unter verschiedenen Verkleidungen kam Baron Montron glücklich in Wien an. Wir bemerkten schon, daß Marie Louise den französischen Kammerherrn Baron Méneval beibehalten hatte, welcher um ihre Person im Lustschlosse von Schönbrunn sich befand. Diesen heimlich zu sprechen konnte für Montron nicht schwer sein, aber dieser gab es nicht auf, die Erzherzogin selbst heimlich zu sprechen, indem er sich als Blumenliebhaber in die Gärten des Schlosses eindrängte. Die Verhandlungen mit Méneval überzeugten Montron bald, daß mit Marie Louise und ihrem Sohne jede Hoffnung für Napoleon und Frankreich aufzugeben sei. Die Kaiserin hatte ihren Sohn, den König von Rom, dem Kaiser Franz, ihrem Vater, übergeben, sie hatte die Briefe, welche ihr Napoleon seit dem Verlassen von Elba auf verschiedenen Wegen hatte zukommen lassen, ihrem Vater ausgeliefert, der sie sogar auf den Tisch des Congresses als amtliche Dokumente gelegt hatte. Dem Baron Méneval sagte Marie Louise, sie zweifle an den Erfolgen ihres

Mannes, besonders aber an der Bewahrung der Krone von Frankreich, wenn er aber auch siegreich und bleibend wieder auf dem Throne hergestellt würde, so wolle sie sich nicht wieder mit ihm vereinigen; müde der Aufregungen, wolle sie sich ins Privatleben zurückziehen und ihrem Sohne eine gesicherte, wenn auch bescheidene Zukunft bereiten. Ménéval erlaubte sich zu bemerken, daß das Herzogthum Parma nur ein lebenslänglicher Besitz für sie wäre, welcher nach dem Beschluß der Mächte ihrem Sohne nicht zu Gute kommen sollte. Sie erwiderte: sie wolle sparsam leben, um ihrem Sohne ein Vermögen zu verschaffen, welches den Besitz von Parma aufwöge. Sie besäße auch noch beträchtliche Lehngüter in Böhmen (das Herzogthum Reichstadt), die ihm als Entschädigung zufielen, so daß er reicher als die Erzherzöge sein würde.*) (Marie Louise, Erzherzogin von Oesterreich, Herzogin von Parma und Piacenza, mit dem Titel „Majestät", lebte mit dem General Grafen Neipperg bis zum Tode Napoleons und heirathete den Grafen dann zur linken Hand. Sie hinterließ eine zahlreiche Familie. Der „König von Rom", ihr Sohn, wurde Standesherr unter dem Titel Herzog von Reichstadt.) Die Wagen Staffards zur Entführung von Marie Louise und ihrem Sohne waren vergebens nach Wien gekommen, das Unternehmen vergebens eingeleitet. Es wurde aber mit noch mehreren anderen Versuchen und Correspondenzen entdeckt, welche für die Mitglieder der Napoleoniden, die sich in der Gewalt der Verbündeten befanden, üble Folgen hatten. Durch Montron waren Briefe von Napoleon und der Königin Hortense an den Prinzen Eugen und andere hohe Persönlichkeiten besorgt worden. Kaiser Alexander erfuhr dies, glaubte den Prinzen Eugen mit im Complott, daß er von ihm, mit dem er täglich Arm in Arm gegangen, betrogen worden, indem er vom Verlassen der Insel Elba gewußt, und er wollte ihn in der ersten Aufregung gefangen setzen. Es geschah dies nach einer gehabten Unterredung zwar nicht, aber der Prinz mußte Knall und Fall nach München abreisen, wo er unter Aufsicht gestellt wurde. Die Mutter Napoleons, Madame Lätitia, die Fürstin Borghese, Napoleons jüngste Schwester Pauline, Herr und Madame Bacchiocchi, der Marquis

*) Thiers XIX. 302.

von Lucchesini, die auf Elba zurückgeblieben, selbst der Maire von Porto-Ferrago, der Groß-Kammerherr Lapi und noch mehrere Individuen von Elba wurden unter starker Bedeckung nach Ungarn gebracht und auf der Festung Munkatsch gefangen gesetzt. Alle Franzosen in Wien und Oesterreich, die man im Verdacht hatte, Napoleons Sache förderlich zu sein, erhielten ihre Pässe und mußten das Land verlassen.*) — Baron Montron hatte Talleyrand ganz auf Seiten der Legitimität gefunden, bei welcher er mehr Sicherheit in der jetzigen politischen Phase zu finden glaubte, und er hatte nicht gewagt, ihm Anerbietungen von Napoleon zu machen. Er hatte auch mit Graf Nesselrode und anderen hohen Diplomaten gesprochen, um sie zur Mäßigkeit zu stimmen, hatte aber überall die entschiedenste Heftigkeit gegen Napoleon gefunden. Baron Montron verließ Wien ohne Ergebniß, nahm aber noch einen langen Brief von Ménéval an Caulincourt mit, in welchem insbesondere die vergebliche Hoffnung auf Marie Louise und ihren Sohn mit allen Details bezeichnet war. (Thiers.)

Die Lage des Imperators war hiernach die gefahrvollste, die es geben konnte. Einen solchen Grimm der Dynastieen, Aristokratieen und selbst der Völker Europas gegen ihn und das aus der Revolution hervorgegangene kaiserliche Frankreich hatte er nicht erwartet. Wohin er auch ausspähte, es schien keine andere Rettung möglich, als durch einen großen erbitterten Kampf mit Europa, in welchem die Kraft Frankreichs wahrscheinlich nicht ausreichte. Seine Stellung war in der That neu in der Geschichte und ganz unerhört. Er, der Cäsar der neuern Zeit, der Besieger der Revolution, war von den Dynastieen Europas proscribirt zu einer Zeit, wo er auf das Sehnlichste den Frieden wollte, wo er Frankreich die bisher vorenthaltene Frucht der Revolution in einer freien Verfassung zurückgeben, wo er eine allgemeine Versöhnung mit Europa dringend wollte und wünschte. Wie dem auch sein mochte, er hatte das große Werk unternommen und mußte es nach Kräften durchzuführen suchen.

Zunächst ließ sich nicht länger verhehlen, daß seine Proscription die Erklärung vom 13. März, nicht apokryph, sondern wirklich

*) Capefigue I. 319 und II. Cap. 1.

ächt war; wonach die Franzosen erfuhren, daß sie nach der Meinung des übrigen Europa den größten Verbrecher an der Menschheit zum Kaiser hätten, welchen zu vertilgen höchst verdienstlich sei. Es war auch der Vertrag der europäischen Mächte vom 25. März, die Erneuerung des Vertrags von Chaumont, bekannt geworden, wonach Europa eine Million Streiter stellen wollte, „um Frankreich von dem blutdurstigen Manne zu befreien, der Europa wieder mit Krieg und Elend zu überziehen im Begriff sei," Frankreich zu zwingen, ihn fahren zu lassen, in Frankreich dann ein großes Kriegsgericht einzusetzen, um die Schuldigen zu richten, den Mann selbst aber gefangen zu nehmen und an einem Ort zu verwahren, wo er nicht mehr schädlich sein könne. Europa rüstete und setzte sich bereits in Bewegung, um seinen grimmen Bannspruch auszuführen. Vielleicht war aber dennoch eine Verständigung noch möglich, denn Frankreich war noch stark, das Genie des Kaisers ungeschwächt — da schlug unbesonnen und voreilig König Murat in Italien los. Nothwendig mußten dadurch die Friedensversicherungen Napoleons den härtesten Stoß erleiden, indem die Verbündeten voraussetzen mußten, Murat handle auf sein Geheiß, seine Versicherungen seien nur leerer Schein. Es mußte der Zorn der Mächte nur noch mehr entflammt werden.

Die Gefahren, welche von Außen drohten, waren überwältigend, aber sie waren wahrscheinlich zu bestehen, wenn Frankreich dem Genie des Kaisers alle Kräfte zur Verfügung stellte, denn ein kriegerisches Volk von 30 Millionen in so günstiger geographischer Lage, wie Frankreich, kann, wenn es ernstlich will, die größte Invasion abwehren. In dringenden Gefahren ernannten die Römer einen Diktator, der durch unbedingtes Zusammenfassen aller Kräfte fast immer Hülfe brachte. Wenn der Imperator mit vollkommener Zustimmung der Nation die Diktatur behalten konnte, bis die Gefahr vorüber war, so wäre der Ausgang des Krieges ein viel anderer geworden. Napoleon befand sich aber in der ganz eigenthümlichen Lage, daß er die momentan ihm zugekommene Diktatur nicht länger behalten durfte, als es unumgänglich nöthig war. Er hatte früher zu willkürlich regiert und bei seiner Wiederkehr zu oft und zu heilig versprochen, daß er bürgerliche Freiheit, eine freie Verfassung nach gegenseitigem Uebereinkommen, gewähren wolle. Er mußte zeigen, daß dies Ernst sei, daß er mit ganz veränderten Gesinnungen nach so bitteren Erfahrungen zurückgekehrt sei. — Wenn dies die Rücksicht auf die Franzosen gebot, so überwog auch noch die Rücksicht auf das Ausland, welches durch die Nichterfüllung seiner Verpflichtungen moralische Waffen erhielt, über seine fortgesetzte Tyrannei die laute Stimme in ganz Europa zu erheben. Die Verfassung mußte also trotz Sturm und Drang, trotz der beengenden Kürze der Zeit eingeführt werden. Mit Freiwerdung der Stimmen der Parteien in einer tagenden Landesvertretung ging aber ein Theil der Kraft aus der Hand. Freilich wurde die Kraft des Imperators in dem Fall verdoppelt, wenn die Landesvertretung ihm momentan eine gewisse Diktatur übertrug. — Um dem Auslande zu beweisen, daß Frankreich ernstlich den Frieden wolle, zugleich die Franzosen darüber zu beruhigen, daß mit seiner Ankunft nicht gleich der Krieg mitgebracht sei, anstatt mit den Bourbons der Friede, hatte Napoleon keine Rüstungen vornehmen lassen. Hierüber waren nun mehr als drei Wochen vergangen, welche ganz allein dem Feinde zu Gute kamen.

Die Schwierigkeiten waren so groß, daß nach Zurückweisung aller Anträge Napoleons und Caulincourts Ministerium, Staatsrath und alle Umgebungen des Kaisers völlig entmuthigt waren. Der Staatsrath sprach am 9. April seine Ueberzeugung aus, daß man gegen so riesige Kräfte nichts vermöge, eine solche Coalition sei überwältigend.

Hier war es, wo den Imperator die Mäßigung verließ. Er gerieth in schrecklichen Zorn. Da man ihn so schimpflich und ohne jede Rücksicht behandelte, so wollte auch er sich nicht mehr zurückhalten. Er war erbittert gegen diejenigen Franzosen, welche hauptsächlich die erste Restauration herbeigeführt, und erließ ein Dekret, dem das Datum von Lyon untergeschoben wurde, worin Talleyrand an der Spitze, dann Marmont, der Herzog von Dalberg, der Abbée de Montesquiou, der Graf Jaucourt, Graf Beurnonville, Graf Lynch, Baron Vitrolles, Alexis de Noaillee, Bourrienne (der frühere Sekretair Napoleons), Bellard, La Rochejaquelein und Sosthène de la Rochefoucauld, — alle vorzugsweise Urheber der ersten Restauration, für Verräther an der Nationalsache erklärt und ihre Güter mit Sequester belegt wurden. Es sollte auch noch Marschall Augereau auf die Liste kommen, dieser hatte aber am 23. März seine Proklamation erlassen, worin er schamloserweise jetzt ebenso den Bourbons, wie vorher Napoleon absagte. — General Bertrand, der alle Dekrete von Lyon mit unterzeichnet, wurde vom Kaiser aufgefordert, auch jetzt die Gegenzeichnung zu vollziehen, als wenn es am 13. März zu Lyon geschehen, Bertrand unterzeichnete nicht und entwickelte seine Gründe in seiner Note. Das Dekret erschien ohne Gegenzeichnung und, wie vorauszusehen war, machte es keinen guten Eindruck. Es war eine Uebereilung und ein Fehler, denn es war allgemeine Amnestie versprochen, und Napoleon stellte sich dadurch auf eine Linie mit den Bourbonen.

Da jede Aussicht auf Verständigung mit den fremden Mächten geschwunden war und es nun zu dem erbittertsten Kriege kommen mußte, so war es nothwendig, dem eigenen Lande öffentlich die Schritte kund zu thun, welche versucht worden, den Frieden zu erhalten. Diese Kundgebung, welche zugleich eine Mahnung an das Ausland war, von seinem frevelhaften Vorhaben abzustehen, geschah in Form eines Berichts des Ministers der auswärtigen Angelegenheiten Caulincourt Herzogs von Vicenza an den Kaiser, mit vielen Belägen begleitet. Er füllte viele Spalten des Moniteur vom 13. und 14. April aus und ging von dort in alle französischen Blätter über. Nachdem der Minister mit der Nothwendigkeit von Napoleons Wiederkehr begonnen, dessen Gelangung zum Throne kurz erwähnt, theilt er die Schritte mit, welche beim Auslande geschehen, er theilt wörtlich den Brief des Kaisers an die Souveraine Europas und seine (des Ministers) Vorschläge zur Erhaltung des allgemeinen Friedens mit. Er führt an, daß Alles und Jedes zurückgewiesen worden. Es bliebe ihm, dem Minister, daher nichts übrig, als die Gesinnungen der Mächte von Europa nach dem Inhalt der von ihnen zur öffentlichen Kenntniß gebrachten Aktenstücke zu beurtheilen. Der Minister geht dann die Erklärungen und Erwägungen in England, Oesterreich, Neapel, Preußen, Sardinien, Spanien, den Niederlanden durch. Er schweigt von Rußland! — Allenthalben, sagt er, werden große Rüstungen gemacht. Gegen wen sind diese Rüstungen gerichtet? Napoleon wird genannt, Frankreich wird gemeint, bedroht. Ganz Europa rüstet sich und berathschlagt mit einander. Frankreich wird von diesen Berathschlagungen ausgeschlossen, die sich doch insgesammt auf Frankreich beziehen. Frankreich berathschlagt allein und ist noch nicht gerüstet. In so wichtigen Umständen, mitten in der Ungewißheit über die Absichten der fremden Mächte, Absichten so furchterweckender Art, dürfen die Gesinnungen und Wünsche Ew. Majestät für die Fortdauer des Friedens und des Traktats von Paris rechtmäßige Vorsichtsmaßregeln keineswegs ausschließen. Ich glaube daher, die Aufmerksamkeit Ew. Majestät und die Berathschlagungen Ihres geheimen Rathes auf die Schritte lenken zu müssen, welche Frankreich zur Behauptung seiner Rechte, zur Sicherstellung seines Gebiets, zur Vertheidigung der Nationalehre zu machen hat.

Es war Alles versucht worden, mit den fremden Mächten eine Verständigung herbeizuführen. Es war Alles und Jedes mißlungen. Eine vornehme, kalte, verächtliche Haltung hatte jede Art der Annäherung schroff zurückgewiesen. Es blieb darum nichts übrig, als sich mit Gewalt der Waffen gegen den Andrang der europäischen Mächte zu behaupten, besser vielleicht, selbst anzugreifen, ehe ihre unzählbaren Streitkräfte ganz vereinigt waren. Bisher hatte der Imperator sorgfältig vermieden, sich zu rüsten, um den fremden Mächten jeden Vorwand zu nehmen, als hätte er es irgend auf Krieg oder neue Eroberung abgesehen. Jetzt war energische Rüstung eine Nothwendigkeit geworden. Der Kriegsminister Marschall Davoust trat nun sofort mit seiner ganzen Thätigkeit ein; allein es waren mehr als drei Wochen verloren, die dem Feinde zu Gute kamen, und es blieben bis zum Ausbruch der Feindseligkeiten nur zwei Monate, viel zu kurze Zeit, um eine nur einigermaßen hinlängliche Streitmacht auf die Beine zu bringen.

Nachdem Napoleon alles bekannt gemacht hatte, was er gethan, um den Frieden zu erhalten, und daß der Grimm des Auslandes jeden Frieden mit ihm verschmähe, Frankreich auf Tod und Leben bekämpfen wollte, um es zu zwingen, ihn fahren zu lassen und die Bourbons wieder anzunehmen, kann man nicht anders sagen, als daß das französische Volk dem Kaiser mit dem größten Enthusiasmus entgegenkam, um ihn und seine Regierung zu schützen und daß dieser Enthusiasmus zu keiner Zeit der Geschichte Frankreichs größer gewesen ist.*) Die Nation bot sich ihm an gegen das Ausland. Die Arbeiter der Vorstädte von Paris, welche sich die Conföderirten der Hauptstadt nannten, zusammen ein ganzes Heer, stellten sich in einer kräftigen Adresse zu seiner Verfügung; er erhielt zahlreiche freiwillige Anerbietungen von Lothringen, Burgund, Elsaß &c., selbst in der Bretagne bildete sich eine freiwillige Föderation. Es hing nur von ihm ab, das ganze Volk in Masse aufzubieten. Napoleon aber bangte doch, den Dämon der Menge auf solche Höhe zu spannen. Er hatte die erste Revolution vor Augen, er fürchtete bei solchen Zuständen die Ausschreitungen der Republikaner, besorgte im Wirbel der Verhältnisse selbst das Heft zu verlieren. Er that so, als wollte er die Hülfe der Menge annehmen, verweigerte aber im entscheidenden Augenblick ihre Bewaffnung. Es war ein Fehler, denn dem ungeheuren Andrange der Feinde konnte er nicht genug Streitkräfte entgegenstellen und in seiner Lage war doch die Erhaltung das Erste und Wichtigste. Es war aber im ganzen Lande die Bildung der Nationalgarden angeordnet und da diese bis in die Millionen stieg, so hoffte er mit ihr als einem nationalen Institut auszukommen. Er wollte darum die Kraft derselben durch Berufung der Massen nicht schwächen. In der Nationalgarde aber war auch die bürgerliche Aristokratie, die in der Revolution und durch die Revolution entstanden und diese hatten keine Sympathie für Napoleon. Sie war empört über die Impertinenz und Brutalität des alten Adels und über das Zurückfordern der Nationalgüter von demselben; sie war aber noch mehr in Schrecken und zitterte vor den revolutionairen Gesängen, die man seit 15 Jahren nicht gehört, sie entsetzte sich vor den Bedrohungen von Europa, vor einem Kriege ohne Ende, vor einer wahrscheinlichen Verwüstung von Frankreich. Die bürgerliche Aristokratie, die Leute der Bank, des Handels, die Herren der Magistraturen, der Gerichtshöfe, ein großer Theil der Verwaltungsbeamten liebte die Bourbonen nicht und wollte diese nicht, fürchtete aber den von Europa geächteten Napoleon, der zu seiner Erhaltung die riesigsten Anstalten machen würde, unter welchen Frankreich, wie sie glaubte, zerrieben werden könnte, noch viel mehr

*) Vaulabelle II. 355.

und war geneigt, diesen preiszugeben. Sie hoffte, daß Europa nicht so sehr auf Beibehaltung der Bourbonen, die sich so unfähig erwiesen, bestehen würde und daß noch immer ein anderes Arrangement, etwa mit dem Herzog von Orleans oder irgend einem Andern, möglich sein würde. Napoleon sollte aber das Opfer sein. Es war darum schädlich, daß dieser der Bourgeoisie die Waffen zu seinem Verderben in die Hand gegeben und die Conföderirten wären viel besser gewesen. Diese Bourgeoisie, welche die einflußreichen Offizierstellen der Nationalgarde, die höchsten Aemter im Civil inne hatte, wollte keinen Kampf, sondern um jeden Preis irgend ein Abkommen mit den Verbündeten und wirkte daher zu Napoleons Verderben. Fouché war der Ausdruck dieser höheren Bourgeoisie.

Wenn der Imperator auch eine Rüstung zum Kriege unterlassen hatte, um den Verbündeten Beweise für die große Geneigtheit zu einem friedlichen Abkommen zu geben, so hatten die Bourbons doch zu sehr das Heer absichtlich reducirt und auseinander gerissen, als daß nicht eine Vervollständigung und Wiederherstellung nöthig gewesen wäre. In dieser Hinsicht waren schon seit dem März mancherlei Anordnungen getroffen. Als der Krieg nun nicht mehr zweifelhaft war, wurde durch Dekrete vom 10. April die ganze Nation zur Nationalgarde berufen. Das ganze waffenfähige männliche Personal der Bevölkerung Frankreichs vom 20. bis zum 60. Jahre sollte eine gleichmäßig organisirte bewaffnete Macht bilden, welche auf 2,255,000 Mann angeschlagen wurde. Aus dieser Masse wurden 204 Bataillone zu 750 Mann zur Verfügung des Kriegsministers gestellt, um, in wirklichen aktiven Dienst antretend, die Besatzung der Grenzfestungen zu bilden und ihnen anvertraute Posten und Verschanzungen zu vertheidigen, um das Vordringen des Feindes im Innern möglichst zu erschweren. Zugleich wurden zur schleunigen Vervollständigung des wirklichen Heeres die wirksamsten Befehle erlassen, auf welches wir weiter unten des Näheren zurückkommen werden.

Da Napoleon auf die Nationalgarde den größten Nachdruck gelegt hatte, so kam es ihm darauf an, ihr den rechten nationalen Stolz und den Geist des Widerstandes gegen die Fremden einzuflößen. Am 16. April hielt er darum große Heerschau über die Pariser Nationalgarde, die sich gemäß den früheren Verordnungen in wenig Tagen gebildet hatte. Sie bestand aus 12 Legionen oder 48 Bataillonen. 24 Bataillone standen auf dem Hofe der Tuilerien und 24 auf dem Karousselplatze. Ernst und fest durchritt er die Glieder. Eine große Minorität brachte ihm warme und laute Zurufe, welche die Majorität wenigstens nicht mißbilligte. Nach abgehaltener Revue, wobei es der Imperator an Schmeicheleien nicht fehlen ließ, versammelte er die gesammte Nationalgarde in dichten Heersäulen auf dem Hofe des Tuilerienpalastes. Er zog die Offiziere vor und mit Kraft und Nachdruck und so, daß ihn noch ein großer Theil der Colonnen verstehen konnte, hielt er eine dieser Reden, die nie ihres tiefen Eindrucks verfehlten. „Er freue sich, sie zu sehen, sagte er; die Nationalgarde, als er sie vor 15 Monaten gebildet, habe seine Erwartungen erfüllt. Die Schuld der Eroberung von Paris habe nicht an ihr gelegen.“ — Hierauf legte er den größten Nachdruck darauf, „daß der Königsthron sich nicht für Frankreich eigne, weil er durch fremdes Joch auferlegt worden, daß er, wenn er länger bestanden, ein Denkmal der Schande und des Unglücks gewesen wäre. Er wäre herbeigeeilt, ausgerüstet mit der gesammten Kraft des Volkes und des Heeres, um diesen Flecken auszulöschen und Frankreich seinem Ruhme, seiner Ehre und seinem Glanze wiederzugeben.“ Der Kaiser fuhr fort: „Soldaten der Nationalgarden! Diesen Morgen benachrichtigte mich der Telegraph von Lyon, daß die dreifarbige Fahne zu Antibes und Marseille weht. Salven von 100 Kanonenschüssen sollen auf allen unseren Grenzen dem Auslande verkünden, daß unsere innern Zwistigkeiten beigelegt sind; ich sage dem Auslande, denn bisher kennen wir noch keinen Feind. Versammeln unsere Nachbaren ihre Truppen, so versammeln wir die unsrigen. Unsere Heere bestehen ganz aus Tapfern, welche sich in vielen Schlachten hervorgethan; sie werden den Fremden eine eherne Mauer entgegenbieten, während die zahlreichen Grenadier- und Jäger-Bataillone der Nationalgarden unsere Grenzen beschützen werden. Ich werde mich nicht in die Angelegenheiten der übrigen Nationen mischen; wehe aber den Regierungen, die sich in die unsrigen mischen wollten! Unglücksfälle haben den Charakter des französischen Volkes von Neuem gehärtet (retremplé); er hat jene Jugend, jene Kraft wieder erlangt, die vor 20 Jahren Europa in Staunen setzten. — Soldaten, ihr waret gezwungen worden, die von der Nation verworfenen Farben von Neuem zu tragen, aber die Nationalfarben waren euch im Herzen geblieben. Ihr schwört, sie immer als Vereinigungszeichen zu führen und den kaiserlichen Thron, diese einzige natürliche Gewährleistung unserer Rechte, zu vertheidigen. Ihr schwört, es nie zu gestatten, daß Ausländer, unter welchen wir mehr als einmal als Herren auftraten, sich in unsere Verfassung und Regierung einmischen. Ihr schwört, der Ehre und der Unabhängigkeit von Frankreich Alles aufzuopfern! — Werdet ihr schwören?" — „Wir schwören es!" war der einstimmige laute enthusiastische Ausruf der ganzen Nationalgarde.*)

Die Heerschau und die Rede des Kaisers widerhallte in allen französischen Blättern. Auch an vielen andern Orten Frankreichs wiederholte sich eine solche Kundgebung bei Musterungen der Nationalgarde durch populaire Generale und sonstige zahlreiche Anhänger des Kaisers und es läßt sich nicht leugnen, daß sie im ganzen Lande einen tiefen Eindruck machte.

Napoleon entschloß sich dann doch noch eine Revue über den bewaffneten Theil der Conföderation der Vorstädte zu halten, so sehr es ihm auch widerstreben mochte, mit dem guten Willen des niedersten Theils der Nation in Verbindung zu treten. Auch die Bourgeoisie bemerkte es mit Mißfallen, daß er sich, wie sie sagte, zu tief „mit der Canaille" einließ. (Thiers.) Aber zum Widerstande gegen den Grimm des Feindes bedarf man eben dieses Theils der Nation besonders, die ihre Leiber hergeben muß. Fouché hatte besonders auf die Bewaffnung der Vorstädte gedrungen, um die Bourgeoisie im Zaum zu halten. So hielt er denn diese Revue ab und sprach zu den Arbeitern in französisch-nationalem Sinne.**)

*) Die Rede Napoleons an die Nationalgarde von Paris im Auszuge in der Vossischen Zeitung vom 27. April.

**) Diese Revue war noch merkwürdig, daß eine Frau aus der Menge sich dem Kaiser näherte und ihm eine Rolle überreichte, worauf sie sogleich wieder in der Menge verschwand. Der Kaiser, in der Meinung, es sei eine Bittschrift, steckte sie ein. Nachher fand sich, daß es 25,000 Francs Bankbillets waren, die ihm von unbekannter Hand zur Unterstützung seiner Unternehmungen gereicht wurden. Alle Nachforschungen nach der Frau blieben ver-

Während der Imperator nach Kräften bemüht war, sich die öffentliche Meinung zu erhalten, seine Partei zu vermehren und die Nothwendigkeit eines großen Nationalkampfs darzulegen und dazu zu ermuntern, versäumte er nicht, die Verheißungen der Aufrichtung einer freien Verfassung wahr zu machen. Er ließ eine Verfassung entwerfen und berief die Wahlkollegien der Departements. Ueber die Verfassung sollte in diesen Urversammlungen abgestimmt und es sollten von ihr Abgeordnete gewählt werden, die sich in Paris zur Abhaltung des Maifeldes versammeln sollten. Mit Recht hielt er eine konstituirende Versammlung, solche, welche erst eine Verfassung zu machen hätte, in dem jetzigen kritischen Moment nicht für nützlich. Er wollte mit Männern der konstitutionellen Partei eine Verfassung vereinbaren und sie gleich als fertig hinstellen, so daß die Abgeordneten gleich eine Kammer derselben bildeten. Dieser Kammer der Abgeordneten wollte der Kaiser eine ernannte Pairskammer hinzufügen. Auf dem Maifelde von Paris wollte der Kaiser dann in einem großen feierlichen Akt die Verfassung beschwören, die Kammern sollten sogleich in Wirksamkeit treten und die konstitutionelle Ordnung in Frankreich beginnen.

Bei der Installation einer neuen Dynastie, die vom gesammten Europa proscribirt worden war, die im Innern von Frankreich zu einem Theil bestritten wurde, am Vorabende eines wüthenden Kampfes von ganz Europa gegen eben diese Dynastie, konnte es kaum etwas Ungünstigeres geben, als eine Verfassung ins Leben zu rufen und den Kampf der Parteien zu eröffnen. Zu keiner Zeit that eine unbedingte Diktatur mehr Noth, die alle Kräfte Frankreichs einem Einzelnen, hier Napoleon, zur Verfügung stellte. Die Umstände waren aber der Art, daß dies unglücklicherweise durchaus nicht anging. Napoleon war ja gekommen, für die Willkürherrschaft der Bourbonen den Franzosen bürgerliche Freiheit zu bringen. Die Republikaner wollten sich seine Herrschaft nur allenfalls gefallen lassen, wenn seine Monarchie sich möglichst der Republik annähere; die Constitutionellen aber waren nur durch

---

gebens. Auch bei späteren Revuen und auch sonst im Geheimen kam ihm Geld zu; ein Beweis seiner großen Sympathieen mit dem Volke. (Vaulabelle II. 354.)

eine freie, feste Verfassung zu gewinnen. Napoleon hatte auch seit seiner Wiederkehr zu oft erklärt, ganz vom Volke abhangen zu wollen, er hatte endlich in den Dekreten von Lyon vom 13. März feierlich ein Maifeld und die Errichtung einer Verfassung verheißen. Er mußte zeigen, daß es ihm damit Ernst sei und zwar mußte dieser große Akt im Mai vor sich gehen, um seine Verheißung nicht Lügen zu strafen. Wenn er etwa eine öffentliche Erklärung erließ, daß die Errichtung einer Verfassung in einer so außerordentlichen kritischen und stürmischen Zeit ihre großen Schwierigkeiten habe, sich etwa auf England berief, wo diese die Frucht langer staatlicher Kämpfe gewesen; wenn er bewies, daß die Loslassung der Parteien im gegenwärtigen Augenblick die Kraft von Frankreich schwächen würde, daß nur eine Diktatur die gewaltige Aufgabe durchführen könne, die Frankreich zu lösen bevorstand; wenn er dann auch die bündigsten Versicherungen einer freien Verfassung nach beendigter Krise etwa mit Angabe der Grundzüge derselben hinzufügte; so war zu besorgen, daß man im Hinblick auf seine frühere willkürliche Regierung ihm nicht glaubte, daß er seine Versprechen erfüllen werde. Mangel an Theilnahme für seine Sache und Gegenwirkung wäre dann die unmittelbare Folge gewesen. Constitution war das Losungswort geworden. Eine große Menge Menschen, die sich politische Einsicht zutrauten, waren mit Entwürfen zu Constitutionen beschäftigt, ganz Frankreich, versichert Capefigue (I. 350), war eine Amtsstube (greffe) geworden, Jeder brütete Kammern aus. Man war auch weit entfernt, hinter dem Berge zu halten, und der Kaiser erhielt in den Tuilerien 300 Entwürfe von Constitutionen, immer eine schöner als die andere. Es blieb ihm also nichts übrig, als mitten in all' den ungeheuren Wirren mit einer Verfassung wirklich vorzugehen. Indessen geschah dies doch erst, als es klar war, daß es ohne einen erbitterten Kampf mit Europa nicht abgehen würde. Hätte es übrigens geschehen können, daß die vereinigten Kammern ihn für die Dauer der Krisis oder auch nur auf einen bestimmten Zeitabschnitt förmlich mit der Diktatur bekleideten, so wäre seine und Frankreichs Stellung freilich eine viel festere geworden.

Es kam ihm, wie schon bemerkt, darauf an, die Constitution aus der Mitte der konstitutionellen Partei hervorgehen zu lassen.

Ein sehr geeigneter Redakteur einer solchen schien ihm Benjamin Constant zu sein, der ihm, nach Capefigue, auch besonders von Fouché empfohlen worden war. Benjamin Constant, als geistreicher Schriftsteller in der konstitutionellen Partei und als Redner hervorragend, war als Freund der einflußreichen Frau von Staël geeignet, ihm einen großen Theil der konstitutionellen Partei zuzuführen. Benjamin Constant hatte wegen seiner maaßlosen Schmähungen Napoleons in den öffentlichen Blättern aus Furcht Paris verlassen. Aber das schadete nichts. Ein kaiserlicher Kammerherr brachte ihm die persönliche Einladung Napoleons zum Zweck des Entwurfs einer Verfassung nach Paris zu kommen, und diese Einladung war doch zu schmeichelhaft, als daß er ihr nicht nachkommen sollte. Eine ähnliche Einladung erging auch an den Historiker Sismondi, der ebenfalls nicht säumte ihr zu folgen.

Es war am 14. April, als Benjamin Constant Audienz bei dem Kaiser und eine lange Unterredung mit demselben hatte, welche die Verfassungsangelegenheit betraf. Benjamin Constant war erstaunt, hingerissen von den Ansichten des Mannes, er wurde von ihm und von seinen Ansichten so zu sagen unterjocht. Die Unterredung, welche er aus der Erinnerung später bekannt gemacht hat, ist so merkwürdig, daß sie auch in dieser Darstellung eine Stelle finden muß, weil sie mehr als vieles Andere einen näheren Einblick in die Denkungsart des außerordentlichen Mannes gewährt.

„Die Nation,“ sagte der Kaiser zu Benjamin Constant, „hat sich während 12 Jahren von aller politischen Agitation ausgeruht und seit einem Jahr ruht sie sich vom Kriege aus. Diese doppelte Ruhe hat ihr das Bedürfniß der Thätigkeit wiedergegeben. Sie will oder glaubt eine Tribüne und Versammlung haben zu wollen. Sie hat sie nicht immer haben wollen. Als ich zur Regierung kam, hat sie selbst sich mir zu Füßen geworfen. Sie müssen sich dessen erinnern, Sie, die Sie eine Opposition versuchten. Wo war Ihre Unterstützung, Ihre Kraft? Nirgends! Ich habe weniger Gewalt genommen als man mich zu nehmen einlud. Heute hat sich alles geändert .... Der Geschmack an Constitutionen, an Debatten, Anreden 2c. scheint wieder gekommen zu sein .... Indessen nur die Minorität will eine Constitution, täuschen Sie sich nicht darin. Das Volk, oder wenn Sie es lieber haben, die Menge will nur mich allein. Sie haben diese Menge nicht gesehen, wie sie sich auf meinen Weg drängte, sich von der Höhe der Berge stürzte, mich suchte, mich rief, mich begrüßte. Von Cannes bis hieher habe ich nicht erobert, ich habe verwaltet .... Ich bin nicht, wie man gesagt hat, allein der Kaiser der Soldaten, ich bin der der Bauern, der Plebejer von Frankreich .... Auch sehen Sie ungeachtet alles des Vergangenenen das Volk wieder zu mir kommen. Zwischen uns ist Sympathie. Es ist nicht wie mit den Privilegirten. Der Adel hat mir gedient, er hat sich in Menge in meine Vorzimmer gedrängt. Es ist kein Platz, den er nicht angenommen, verlangt, sollicitirt hat. Ich habe Montmorencys, Noailles, Rohans, Beauvaus, Mortemarts gehabt, aber niemals hat es eine Analogie gegeben. Das Pferd machte Courbetten, es war gut geschult, aber ich fühlte sein Zittern. Aber mit dem Volk, das ist eine andere Sache. Die Volksfiber entspricht der meinigen. Ich bin aus den Reihen des Volks hervorgegangen. Meine Stimme wirkt auf dasselbe. Sehen Sie diese Conscribirten, diese Bauernsöhne, ich schmeichelte ihnen nicht, ich behandelte sie rauh, sie umringten mich nichtsdestoweniger, sie riefen nichtsdestoweniger Vive l'Empereur! Das kommt, weil zwischen ihnen und mir dieselbe Natur ist. Sie betrachten mich als ihren Retter, ihre Stütze gegen die Adlichen. Ich brauche nur ein Zeichen zu geben oder vielmehr die Augen abzuwenden und die Adlichen in allen Provinzen würden niedergemetzelt sein. Sie haben seit 10 Monaten so gut operirt .... aber ich will nicht der König einer Bande (Jacquerie) sein.

„Wenn es Mittel giebt, mit einer Constitution zu regieren, à la bonheur.... Ich habe die Herrschaft der Welt gewollt und um sie mir zu sichern, bedurfte ich einer Macht ohne Grenzen. Um Frankreich allein zu regieren, kann es sein, daß eine Constitution besser ist. Ich habe die Herrschaft der Welt gewollt und wer hätte sie an meiner Stelle nicht gewollt! Die Welt lud mich ein sie zu regieren. Herrscher und Unterthanen stürzten sich um die Wette unter meinen Scepter. Ich habe selten in Frankreich Widerstand gefunden; aber ich habe dennoch in einigen dunkeln und waffenlosen Franzosen mehr Widerstand gefunden, als unter all den

Königen, die heute so stolz sind, keinen Volksmann unter ihres Gleichen haben zu wollen ...."

„Sehen Sie also, was Ihnen möglich scheint. Bringen Sie mir Ihre Ideen. Oeffentliche Discussionen, freie Wahlen, verantwortliche Minister, Freiheit der Presse, ich will dies alles .... besonders die Freiheit der Presse, sie zu ersticken ist absurd. Ich bin von diesem Artikel überzeugt ..... Ich bin der Mann des Volkes. „„Will das Volk die Freiheit, so bin ich sie ihm schuldig: ich habe seine Souverainität anerkannt."" Ich muß mein Ohr seinem Willen, selbst seinen Launen leihen. Ich habe es nie zu meinem Vergnügen unterdrücken wollen. Ich hatte große Absichten. Das Schicksal hat darüber entschieden. Ich bin kein Eroberer mehr, ich kann es nicht sein. Ich weiß was möglich und was es nicht ist. Ich habe nur noch eine Mission: Frankreich aufzurichten und ihm eine Regierung zu geben, die ihm ansteht ..... Ich hasse nicht die Freiheit, ich habe sie entfernt, als sie meinen Weg versperrte, aber ich verstehe sie, ich bin mit ihren Gedanken genährt worden ..... Nun wohl, das Werk von 15 Jahren ist zerstört, es kann nicht wieder beginnen. Man würde 20 Jahre brauchen und 2 Millionen Menschen aufopfern müssen. Ueberdem wünsche ich den Frieden und ich werde ihn nur durch Siege erlangen. Ich will Ihnen keine falsche Hoffnungen machen. Ich lasse sagen, daß es Unterhandlungen giebt, — es giebt deren keine. Ich sehe einen schweren Kampf vorher, einen langen Krieg. Um ihn zu unterhalten, muß die Nation mich unterstützen, aber dafür, glaube ich, wird sie die Freiheit fordern. Sie wird sie haben ..... Die Lage ist neu. Ich wünsche nichts mehr als aufgeklärt zu sein. Ich werde alt; bei 45 Jahren ist man nicht mehr was man von 30 Jahren war. Die Ruhe eines konstitutionellen Königs kann mir anstehen. Sie wird sicherlich noch mehr meinem Sohne anstehen." *)

Benjamin Constant wurde zum kaiserlichen Staatsrath erhoben. Napoleon empfing auch den Historiker Sismondi, den er gleichermaßen wie Constant bezauberte. Beide machten sich sogleich an den Entwurf einer Constitution, die in einer Woche beendigt

*) Vaulabelle II. 336 u. fg. Capefigue I. 340 u. fg.

wurde. Napoleon bekümmerte sich fast nicht darum, nur auf zwei Punkte bestand er mit großer Hartnäckigkeit. Wiewohl er mit den Franzosen einen ganz neuen Vertrag aufrichtete, so wollte er doch die Vergangenheit nicht hingeben; er wollte kein eben erst gewordener Monarch sein, sondern er wollte dies schon 11 Jahre vorher gewesen sein, seit dem Jahre 1804. Keine menschliche Gewalt konnte diese Jahre aus der Geschichte auslöschen und sie würden immer von selbst gegolten haben, aber Napoleon hatte doch schon so viel dynastisches Gefühl in sich aufgenommen, daß er auch formell diese Zeit nicht entbehren wollte. Er bemerkte aber, er würde sonst die Zeit des Ruhmes von Frankreich hingeben, was er nicht dürfe. Seine neue Verfassung sollte an die vorige des Kaiserreichs anbinden und ein hinzugefügter Akt (acte additionel) zu derselben sein. Wiewohl er das mit größerem Rechte thun konnte als die Bourbons, welche bei ihrer Wiedereinsetzung durch die Verbündeten in allen öffentlichen Verordnungen behaupteten, 19 Jahre regiert zu haben; so verfiel er hier doch ganz in denselben Fehler wie diese und erzeugte noch obenein das Mißtrauen, daß seine Umwandlung doch nicht so gründlich geschehen, als zu wünschen wäre. — Der zweite Punkt betraf das Recht der Krone zur Confiskation. Selbst die Charte der Bourbons hatte die Confiskation nicht und Benjamin Constant hatte auch nicht einmal daran gedacht, sie wieder einzuführen, um so weniger, da Napoleon ja verkündet hatte, von aller Rache fern zu sein und sein Kommen nur Versöhnung und Frieden bedeuten sollte. Der Imperator aber wollte die Confiskation in der neuen Verfassung wieder eingeführt haben. Benjamin Constant widersprach und es kam zu den heftigsten Erörterungen. Napoleon wollte die Mittel haben, die Güter seiner erbittertsten und unversöhnlichsten Feinde: der Bourbonen, des alten Adels und so vieler Andern, die in den Reihen seiner Feinde mit allen Kräften wirkten, zum Besten seiner Angehörigen und Getreuen zu confisciren. Jeder Patriot, sagte er, fordere das von ihm, überdies müsse man den alten Arm des Kaisers wieder fühlen. Erst wenn der Friede geschlossen, meinte er, dann wollen wir sehen. Jeder Tag hat seine Mühe, jeder Umstand sein Gesetz, Jeder hat seine Natur; die meinige ist, nicht ein Engel zu sein. Der Kaiser nahm keine Einwendungen an, beide Artikel kamen in die neue Charte. *)

Die Verfassung, die nur durch Annahme in den Urversammlungen Gültigkeit haben sollte, und die erforderlichenfalls später durch die Kammern modificirt werden konnte, war am 22. April beendigt und trug auch das Datum dieses Tages. Sie wurde der Genehmigung des Volks unterbreitet. Sie lag in allen Sekretariaten, Verwaltungsämtern, Municipalitäten, Gerichtsstuben, Tribunalen, bei allen Friedensrichtern und Notaren aus, damit jeder Bürger sein Votum darüber abgeben sollte und könnte. Das Ergebniß der Voten sollte dann durch einen feierlichen Akt, das Maifeld, gemäß den erlassenen Dekreten von Lyon, am 26. Mai, öffentlich bekannt gemacht werden, welches nicht anders zu hoffen war, als mit Annahme durch eine ungeheure Majorität.

Die Verfassung Napoleons (die Zusatzakte) in 6 Titeln und 67 Paragraphen**) gewährte Frankreich so umfassende Rechte, als wenigstens für jetzt mit der monarchischen Regierungsform nur irgend verträglich schien: vollständige Mitwirkung des Volks bei der Gesetzgebung und Controlle bei der Verwaltung. Die Gesammtheit des Volks war vertreten durch zwei große Senate, Körperschaften; dem aristokratischen Elemente genug zu thun durch einen erblichen, dessen in der Zahl nicht beschränkte Mitglieder vom Kaiser ernannt wurden: die Pairskammer und einen auf 5 Jahre vom Volke gewählten, aus 629 Mitgliedern bestehenden, die Kammer der Abgeordneten. Die Sitzungen und Berathschlagungen beider Körperschaften waren öffentlich, die Reden und Namen der Redner durch die Presse vom Volke zu vernehmen. Die Regierung sollte das Recht haben, die Gesetze vorzuschlagen; die Kammern konnten Abänderungen des Gesetzentwurfes vornehmen, wenn aber diese Abänderungen die Genehmigung der Regierung nicht erhielten, konnten die Kammern über den Gesetzentwurf nur, wie ihn die Regierung vorgeschlagen, abstimmen, d. h. ihn im

*) Vaulabelle II. Cap. 6.

**) Sie ist vollständig enthalten in Venturini's Chronik des 19. Jahrhunderts XII. Band, v. S. 280 — 289.

Ganzen genehmigen oder verwerfen. Es lag hierin also allerdings eine Beschränkung. Die Kammern hatten dagegen das Recht, die Regierung aufzufordern, einen Gegenstand als Gesetz vorzuschlagen und das, was sie wünschten, in dasselbe aufzunehmen. Wurde diese Aufforderung in einer der Kammern gestellt und erhielt die Mehrheit, so mußte sie auch in die andere zur Verhandlung gebracht werden und erhielt sie auch hier die Mehrheit, so mußte sie vor den Kaiser gebracht werden. Es war nicht gesagt, daß dann der Kaiser die Genehmigung geben müßte; er konnte sie also auch versagen. Die Regierung hatte also allein die Initiative der Gesetze, den Kammern oder dem Lande kam nur zu, Abänderung von Gesetzen oder Gesetzvorschlägen oder Einführung neuer Gesetze zu beantragen und die Regierung konnte diese Anträge genehmigen oder verwerfen; überhaupt hatte sich die Krone das absolute Veto vorbehalten. Wenn hierin eine Beschränkung lag, so waren Oeffentlichkeit der Diskussionen, unbeschränkte Freiheit der Presse, Ministerverantwortlichkeit vor dem Lande und das Recht der öffentlichen Anklage, jährliche Sessionen, jährliche Bewilligung des Budgets, Gleichberechtigung, gleiches Gesetz, Unabsetzbarkeit der Richter, Freiheit des Cultus, der Person, des Eigenthums, Petitionsrecht für jeden Bürger ꝛc. mächtige Gegenwirkungen und es war mit solchen Mitteln zu erlangen, was man wollte, oder was nothwendig war. Allerdings enthielt das Wahlgesetz, die Art, wie die Abgeordneten gewählt werden sollten (Titel II. §. 27—32), der wichtigste Theil der Verfassung, einen beschränkenden Zusatz. Es war das Wahlgesetz aus der Zeit des Consulats vom Jahre 1802 (Senatus-Consult vom 16. Thermidor des Jahres X der Republik) zum Grunde gelegt. Nach demselben wählten die Urwähler eines jeden Cantons — ein französisches Departement zerfällt in verschiedene Arrondissements (Bezirke) und jedes dieser Arrondissements in verschiedene Cantone — Wähler ähnlich unsern Wahlmännern der neuern Zeit, deren Zahl durch die Zahl der Bevölkerung sich bestimmte. Die Versammlung dieser Wahlmänner bildete die Bezirks- und Departements-Wahlkollegien und durch sie wurden die Abgeordneten gewählt. Die Bezirkswahlkollegien bereiteten die Wahl vor, welche dann in den Departementswahlkollegien vollzogen wurde.

Die Wahlmänner mußten immer vollständig sein, daher durch eine jährliche Wahl alle Erledigungen ausgefüllt werden. Die Beschränkung bestand nun darin, daß vom Jahre 1816 an (§. 29 u. 30) nicht die Magistrate und die natürlichen Verwaltungsbeamten oder gewählte Vorsitzer die Wahl zu leiten haben sollten, sondern daß der Kaiser ein Mitglied der Pairskammer zum lebenslänglichen und unabänderlichen Präsidenten jedes Departements-Wahlkollegiums ernannte, welcher dann wieder aus eigener Machtvollkommenheit einen Vorsitzenden und zwei Beisitzer jedes Bezirkswahlkollegiums bestimmte; wodurch in die Wahlen ein gewisses aristokratisches Element kam. Eine Eigenthümlichkeit war noch, daß (nach §. 33) die Industrie und das Manufaktur- und Handelseigenthum eine besondere Vertretung haben sollten. Die Wahl der Handels- und Manufaktur-Abgeordneten sollte von den Departements-Wahlkollegien nach einer Wahlliste geschehen, welche die Handels- und Berathungs-Kammer miteinander abgefaßt hätten. — Der Schluß der Verfassung enthielt die folgende höchst wichtige Beifügung: das französische Volk erklärt, daß es bei Uebertragung seiner Vollmachten, die es gemacht hat und macht, weder gemeint hat noch meint, das Recht zu verleihen, die Wiedereinsetzung der Bourbonen oder irgend eines Prinzen dieser Familie auf den Thron, selbst im Fall der Erlöschung der kaiserlichen Dynastie, vorzuschlagen, ebensowenig, als das Recht, den alten Feudaladel, die Feudal- und Herrenrechte, die Zehnten und einen privilegirten und herrschenden Cultus wieder herzustellen, oder die Befugniß, an die Unwiderruflichkeit des Verkaufs der Nationalgüter zu tasten: das französische Volk verbietet daher der Regierung, den Kammern, den Bürgern jeden Vorschlag in dieser Beziehung." Die Verfassung (Zusatzakte) war von dem Kaiser unterzeichnet und von dem Minister Staats-Sekretair Herzog von Bassano (Maret) gegengezeichnet.

Die Verfassung, welche Napoleon hier dem französischen Volke bot und die durch Annahme des Volks Gesetzeskraft erlangte, enthielt alle wesentlichen Elemente für eine freie Entwickelung und ein öffentliches Leben. Allerdings enthielt sie, wie man sieht, einige Einschränkungen, die aber doch durch Gegenwirkungen, als jährliche Parlamente, jährliche Bewilligung des Budgets, Ministerverantwortlichkeit, freie Presse*), wieder das größte Gegengewicht erhielten. Die Redaktoren der Verfassung, so wie der Kaiser mochten wohl glauben, daß man doch auch gebührende Rücksicht gegen das Ausland nehmen und die Verfassung nicht zu demokratisch einrichten dürfe, damit die verbündeten absoluten Souveraine von Europa nicht zu sehr davor erschräken und eine solche Verfassung mit aller Macht bekämpften. Vielleicht wurde auch für nöthig befunden, in das so aufgeregte Land verschiedene schützende Anker zu werfen. Wäre die Verfassung, wenn sie ins Leben trat, von Seiten der Regierung und von der des Volkes, gewissenhaft gehalten und von beiden Seiten mit Mäßigung und Patriotismus verfahren worden, so konnte sie recht wohl eine Quelle des Glücks und der Wohlfahrt des französischen Volks und selbst ein Beispiel für das übrige Europa werden. Seinerseits war Napoleon durchaus entschlossen, die Verfassung zu halten, und er hatte mehrmals während der Entwerfung darauf bestanden, daß sie so eingerichtet würde, daß die Krone nichts zurücknehmen, keine Reaktion dagegen machen dürfte. Demnach machte er sich gefaßt auf Verweigerungen, auf Verwerfungen, auf abgewiesene Minister 2c. Wirklich glaubte er konstitutionell regieren zu können, und er hatte keine Scheu vor einer Verfassung ähnlich wie in England. Nur fürchtete er eine unerfahrene aufgeregte Versammlung unmittelbar unter den Kanonen Europas. (Thiers.)

Das Land, die Mittelklassen, das Volk in den Städten, das Landvolk, das Heer, die Flotte nahmen die Verfassung an, wie sie geboten wurde, die Masse der Franzosen hatte nur den einen Gedanken, die Nationalunabhängigkeit zu retten und den Feind zurückzutreiben, wenn er mit Gewalt ins Land fallen wollte, um sich in die inneren Angelegenheiten Frankreichs zu mischen. Die Verfassung wurde demnach auch mit ungeheurer Mehrheit angenommen. Diejenigen, welche ruhig und politisch urtheilsfähig waren, sahen ein,

*) Die „hundert Tage" waren für die Presse eine Periode unbegrenzter Freiheit. Es wurde gedruckt mit Angabe von Verfasser und Drucker, daß Napoleon getödtet, aus dem Wege geräumt werden müßte. Es wurden ohne Scham und Scheu die unsinnigsten und lächerlichsten Nachrichten gegen ihn in Umlauf gebracht. Dennoch haben Royalisten es gewagt, diese Zeit als die der unduldsamsten Unterdrückung darzustellen. (Vaulabelle.)

daß Frankreich niemals die Freiheit, wie sie vernünftigerweise wünschenswerth ist, vollständiger bewilligt worden. Selbst der ideale Lafayette war damit zufrieden, wenn die Verfassung nur gleich ins Werk gesetzt würde. Dagegen erregte sie einen Sturm von Opposition bei der bürgerlichen Aristokratie, bei den Schriftstellern, bei den Republikanern, bei allen, die dem Kaiser feindlich waren, bei allen aber, die den großen bevorstehenden Kampf mit dem Ausland fürchteten. Man hatte eine ganz neue Ordnung der Dinge, wenigstens eine Revision der Charte durch das Volk erwartet und sah sich getäuscht. Man wurde dagegen eingenommen, ohne sich die Mühe zu geben, das Werk ruhig zu lesen. Nur ein Zusatz zu dem Vorigen? Lächerlich! Zwei Kammern? wo bliebe da das republikanische Grundelement! eine erbliche Kammer? Schrecklich! — Der Mann, hieß es, wäre durch all' sein Unglück nicht gebessert worden, seine Verfassung wäre nur ein Fallstrick, sie wäre eine Stufe zur Despotie. Mit Rückblick auf die frühere willkürliche Regierung Napoleons und auf seinen cäsarischen Charakter wurden auch besonnene Männer fortgerissen und gegen das Gegebene ungerecht. In den stimmgebenden Kreisen war es ausgemacht, daß mit einer solchen Verfassung Frankreich nicht glücklich sein könne und daß es sich nicht verlohne, dafür auf Tod und Leben zu kämpfen.

Es ist gewiß, daß man sich in einer Zeit höchster Aufregung nicht die Mühe nahm, die Verfassung gründlich anzusehen, auch hatten nur wenige die politische Bildung und das rechte Verständniß dafür. Die Hauptsache war der erbitterte Kampf mit dem Auslande, denn daß dieser bevorstand, war nun Jedem klar geworden, nachdem der Bann der Vernichtung Napoleons vom 13. März, die Erneuerung des Traktats von Chaumont vom 25. März, die Stimmung des Auslandes durch die öffentlichen Blätter und die Maßregeln der eigenen Regierung hinlänglich und überall bekannt geworden waren; auch wie man von den Hunderttausenden vernahm, die sich an den französischen Grenzen sammelten oder im Marsch dagegen begriffen waren. Nun hielt man Frankreich dieser Aufgabe nicht gewachsen, suchte mit Fleiß eine Ursache, den Kampf zu vermeiden, und fand sie in der mangelhaften Verfassung, die eines solchen Kampfes nicht würdig wäre.

Wir kommen auf diesen Gegenstand zurück und müssen eines

Zwischenfalles erwähnen, der nicht wenig in die gegenseitigen Verhältnisse eingriff.

Die versammelten Monarchen und Diplomaten am Congresse zu Wien hatten, wie wir gesehen haben, die Bedeutung Napoleons und seine Wiederkehr nach Frankreich sehr unterschätzt. Als sie nun seine lawinenartigen Erfolge erfuhren, als sie sahen, welche Wurzeln er in Frankreich habe, welche Maßregeln er getroffen und treffe, sich durch einen neuen Staatsvertrag bei der Nation festzusetzen, wie die Bourbons doch auch ganz und gar keinen Anhang hätten und ein gewaltiger Kampf bevorstehe, der eine unliebsame Rückwirkung auf ihre eigenen Länder haben konnte, wurden sie doch einen Augenblick zweifelhaft und hätten den Kampf gern vermieden. Napoleon selbst an der Regierung von Frankreich zu lassen, das wollten sie um keinen Preis, sie waren in ihren öffentlichen Erklärungen zu weit gegangen, sie haßten und fürchteten ihn zu sehr. Wiederum wurde ihnen doch eindringlich, daß die Bourbons für das jetzige Frankreich schwer passen würden. Sie wurden darum geneigt, zwar durchaus nicht Napoleon, aber wenn eine andere Auskunft nicht möglich, allenfalls seine Dynastie, den König von Rom und Marie Louise mit einer Regentschaft sich gefallen zu lassen, vorausgesetzt, daß Napoleon bewogen werden könnte, freiwillig abzutreten, oder daß er auf irgend eine Art von den Franzosen genöthigt werde, sich von der Regierung zurückzuziehen. Dazu gehörte, daß man die Stimmung Napoleons und die innere Lage von Frankreich kannte, und der Mann, von dem man dies am sichersten erfahren konnte, war Fouché. Fürst Metternich übernahm es, einen vertrauten Agenten an Fouché, mit welchem er nie ganz außer Verbindung gekommen, nach Paris zu senden. Der Agent reiste ab, zur Beglaubigung mit einem Schreiben Metternichs versehen, welches mit sympathetischer Tinte geschrieben war, dessen Schrift erst durch Reagentien lesbar gemacht werden mußte. Der Inhalt war: Fouché möge einen vertrauten Agenten nach Basel so senden, daß er dort am 1. Mai eintreffe, dort werde derselbe einen Vertrauten Metternichs, den Baron Werner finden, mit welchem nähere Unterhandlung zu pflegen sei. Das Erkennungszeichen zwischen beiden solle ein in zwei Theile zerschnittener Geldschein sein, von welchem die eine Hälfte mitgesandt war. — Der Agent Metternichs nun wurde im Garten des Elysee auf Befehl des Staatsraths Réal festgenommen und bekannte, vielfach bedroht, daß er einen Brief des österreichischen Kanzlers an Fouché abgegeben habe. Diese wichtige Sache wurde sogleich dem Kaiser angezeigt. Empört über die Treulosigkeit seines Polizeiministers, war er zuerst geneigt, ihn schwer zu bestrafen, besann sich dann aber eines Andern und beschloß, von dieser Gelegenheit selbst Gebrauch zu machen und seinerseits in Fouchés Namen einen Agenten nach Basel zu schicken. Napoleon sandte seinen Kabinetssekretair Fleury de Chaboulon zu Fouché und ließ ihm sagen, daß er wisse, Fouché habe einen Brief von Metternich empfangen. Der Intriguant sah sich verrathen, kam aber durchaus nicht aus der Fassung, schwur, daß er die Bourbons hasse und verabscheue und allein dem Kaiser anhänge, und hatte die Dreistigkeit, sogleich in den Tuilerien zu erscheinen. So, als wenn nichts vorgefallen, handelte er mit dem Kaiser eine Menge Geschäfte ab und am Ende derselben, als wenn er es vergessen, erwähnte er auch des Briefes vom Fürsten Metternich, hatte ihn bei sich und lieferte ihn aus. Napoleon wurde dadurch beschwichtigt und mochte glauben, daß hierin seinem Minister gerade kein Vorwurf zu machen sei.

Im Auftrage Napoleons ging nun sein Kabinetssekretair Fleury de Chaboulon, so als wenn er von Fouché gesandt wäre, nach Basel, unter der Maske eines Kaufmanns, der Handelsgeschäfte treibt.*) Zufolge Capefigue's war die Wahl des Agenten des Kaisers keine glückliche, Fleury war zwar ein redlicher Mann, dem Kaiser ganz ergeben, aber nicht sehr elastischen Geistes, dabei leichtgläubig und geschwätzig. Er hat in seinem Werke die Unterredung mit Werner umständlich dargelegt. (II. Band Anfang.) Baron Werner eröffnete sie damit, daß Napoleon sich nicht halten und die Bourbonen doch wiederkommen würden. Fleury bekannte, Fouché habe noch kein Mittel gefunden, sich Napoleons zu entledigen, und wünsche von Metternich zu wissen, was dieser angeben könne, um Napoleon los zu werden. Werner sagt, es sei noch

*) Zufolge Capefigue (I. 32) behielt Fouché Zeit und benutzte sie, Metternich zu warnen, und die Unterredung Fleury de Chaboulons mit dem Baron Werner hätte darum kein Ergebniß haben können.

nichts beschlossen, Fouché aber, der besser unterrichtet sei, müsse das eher wissen. Darum wünsche Metternich eben, sich mit Fouché zu unterreden. Ein Mittel sei immer die Gewalt; aber die Verbündeten wünschten sie nur im äußersten Falle anzuwenden. Sie wünschten, daß Fouché ein Mittel angäbe, sich „Bonapartes" zu entledigen, ohne neue Ströme Blutes zu vergießen. Es gäbe zwei Mittel, versetzte Fleury, das erste wäre der Mord Napoleons. Mord? bemerkte sogleich Werner, Mord ist nie der Gedanke Metternichs gewesen. Nun dann; das zweite wäre, sagte Fleury, gegen Napoleon zu conspiriren, aber Fouché wisse nur nicht, wie? — Fouché käme es zu, fügte Werner bei, alles dazu einzuleiten. — Fleury zeigte sich verwundert: die Verbündeten glaubten also, daß es Fouché leicht sein würde, einen Aufstand gegen Napoleon zu erregen. Das sei gänzlich falsch. Die Bourbons hätten Frankreich so maltraitirt, daß Napoleons Feinde seine Freunde geworden. — Werner zeigte sich erstaunt; das glaubte man in Wien nicht, sagte er. — Fleury schilderte ihm den Triumphzug Napoleons, die Huldigungen des Heeres und des ganzen Volkes. — Werner gab sich noch nicht, es gab viel Reden und Gegenreden. Fleury suchte unumstößlich darzuthun, daß ganz Frankreich für Napoleon sei. Werner zweifelte, Fleury blieb dabei. Die Armee und die Nation seien eins. Nur wenn Napoleon durch neue Kriege, Eroberungen und Gewaltthaten unpopulär würde, sei etwas zu erwarten. Sie glauben also, fragte Werner, daß Herr Fouché nicht disponirt ist, die Absicht der verbündeten Souveraine zu unterstützen? — Ich glaube es nicht, antwortete Fleury. Fouché ist überzeugt, daß die Nation einen Widerwillen gegen die Bourbons hat, der durch nichts zu überwinden ist.

Der Agent Metternichs rückte nun mit einem weiteren Antrage hervor. Er bemerkte: „den Verbündeten läge weniger daran, die Bourbonen zu erhalten, als „Bonaparte" zu entfernen, dessen Regierung unverträglich mit der Ruhe und Sicherheit Europas sei. Er glaube, die Verbündeten würden dem französischen Volke die Freiheit lassen, sich ein Oberhaupt zu wählen, z. B. den Herzog von Orleans. Dieser werde ohne Zweifel den Franzosen genehm sein. Sein Vater habe für den Tod des Königs gestimmt, er habe in den republikanischen Armeen gedient, er werde die dreifarbige Fahne annehmen. . . . Fleury glaubte, daß er alles gegen sich haben werde, die Legitimisten, die Republikaner, die Imperialisten, das heißt fast die ganze Nation.

Werner ging nun zu dem äußersten Theil seiner Instruktion über und erklärte, daß die verbündeten Souveraine im äußersten Fall sich Napoleon II. und eine Regentschaft gefallen lassen wollten. Fleury bekämpfte auch diesen. Es würde zu viel Zerwürfnisse geben und am Ende müsse doch immer ein Mann an der Spitze stehen. — Es werde nicht an kräftigen Männern fehlen, gegenredete Werner, und ein Regentschaftsrath lasse sich einrichten. Fleury machte auf die große Schwierigkeit der Wahl aufmerksam. Zum Oberhaupt des Regentschaftsraths eigne sich überhaupt etwa nur der Prinz Eugen, Napoleons Stiefsohn, aber den würden die Verbündeten nicht wollen. — Werner bemerkte, er wisse es nicht.

Es geschahen noch viele Hin- und Herreden. Nach der Auseinandersetzung Fleury's kam es dann darauf hinaus, daß doch eigentlich Napoleon, der durch das Unglück gebesserte Napoleon, am meisten sich zum Regenten Frankreichs eigne. Er werde treu zu Oesterreich halten, keinen Krieg anfangen und sich allein auf Frankreich beschränken. Die Verbündeten dürften nicht daran denken, Frankreich unterjochen zu wollen. — Wenn die Entfernung Napoleons die conditio sine qua non sei, was mit ihm werden solle? wo er bleiben solle? — Werner wußte das nicht anzugeben. Er wundere sich, daß Fouché jetzt solche Ansichten habe, denn er habe geglaubt, Fouché verabscheue Napoleon. Worauf Fleury erwiderte, die Umstände hätten sich geändert. Fouché habe Napoleon gehaßt, da er Tyrann gewesen, jetzt, wo er gesetzlich sein wolle, seien seine Ansichten ermäßigt.

Man trennte sich mit dem Uebereinkommen, sich in Basel nach 8 Tagen noch einmal zu sprechen. Werner wollte alles treu an Metternich berichten.

Diese Unterredung Fleury de Chaboulons, des Agenten Napoleons an Fouchés Statt, mit dem Vertrauten Metternichs und der Verbündeten wurde für Napoleon sehr verhängnißvoll. Baron Werner berichtete an Metternich als Ergebniß derselben, daß auch das äußerste Zugeständniß der Verbündeten, Napoleon II. mit einer

Regentschaft zulassen zu wollen, nicht angenommen worden wäre, oder daß Napoleon in Frankreich so mächtig wäre, daß dies nicht angenommen werden könne. Es werde daher kein anderes Mittel übrig bleiben, als durch allgemeinen Krieg und durch die Besiegung der Franzosen Napoleon mit Gewalt zu entfernen. Die Verbündeten erließen darauf ihre Erklärung vom 9. Mai, worauf wir zurückkommen werden, wenn wir in der Darstellung wieder zu diesen übergehen, in welcher sie im Wesentlichen den Bann gegen Napoleon wiederholten und ihm und den Franzosen den Krieg erklärten. Doch waren sie auch jetzt noch geneigt, um sich einen großen Kampf zu ersparen, die Bourbons fahren zu lassen und Napoleon II. mit einer Regentschaft anzunehmen, wenn Napoleon bewogen werden könnte, freiwillig dem Throne zu entsagen. In dieser Hinsicht konnte die Erklärung vom 9. Mai als Schreckmittel für ihn und die Franzosen dienen. Jedenfalls willigten sie in eine zweite Unterredung des Baron Werner mit Fleury gegen Mitte Mai zu Basel.

Als Fleury von der ersten Unterredung mit Werner dem Kaiser Bericht abstattete, war dieser doch erstaunt und erbittert über den Haß, den die verbündeten Souveraine gegen seine Person und gegen seine Regierung in Frankreich hegten. „Ich werde Ihnen die Mühe ersparen, sagte er, zu deliberiren, wohin sie mich bringen sollen. Wenn sie es könnten, würden sie mich in einen eisernen Käfig sperren und mich ihren Völkern als wildes Thier zeigen. Sie sollen mich aber nicht fangen. Sie werden erfahren, daß der Löwe noch lebt und sich nicht an die Kette legen läßt." *) Er sagte auch zu Fleury: Europa wird erst wissen, was es an mir gehabt hat, wenn ich gestürzt sein werde.**)

Es war indeß Fouché gelungen, sich vollständig in dem Vertrauen Napoleons wieder zu befestigen. Schon in dem geheimen Briefe Metternichs an Fouché war ausgedrückt, daß den Verbündeten weniger an der Erhaltung der Bourbonen, als an der Entfernung Napoleons läge. Dies benutzte Fouché, und ging scheinbar aufrichtig in weite Erörterungen mit Napoleon ein. Er ver-

---

*) Vaulabelle.

**) Fleury de Chaboulon II. 19.

sicherte, daß nach seiner Kenntniß der Verhältnisse bei den Verbündeten im schlimmsten Falle Napoleon II. mit einer Regentschaft von Marie Louise immer noch möglich sein würde, wenn ihn gebieterische Umstände abzudanken nöthigten. Er war so zutraulich, daß Napoleon gerührt wurde.*) Als Fleury von Basel nun zurückgekehrt war, sandte ihn Napoleon selbst zu Fouché, um ihm mitzutheilen, was er mit Baron Werner verhandelt. Fouché sah nach diesen Mittheilungen leicht ein, daß nach dem Grimm der europäischen Mächte an eine Erhaltung Napoleons auf dem französischen Throne nicht zu denken wäre, daß auch Napoleon II. und eine Regentschaft geringe Aussichten haben würde, und daß am Ende der Herzog von Orleans noch die geeignetste Persönlichkeit auf dem französischen Throne sein könnte, der den europäischen Dynastieen und dem französischen Volke genehm wäre. Aeußerlich stellte er sich aber ganz anders. Zunächst suchte er Fleury zu überzeugen, wie durchaus treu und aufrichtig er es mit der Sache des Kaisers meine. Er erbot sich dann selbst, an Metternich zu schreiben, um ihm die Augen zu öffnen und Fleury die Briefe mitzugeben, wenn er wieder nach Basel zu der zweiten Unterredung mit Werner abginge. Fouché schrieb die Briefe, der eine, zur Oeffentlichkeit bestimmt, besagte kurz: der Thron von Napoleon sei durch die Liebe und das Vertrauen der Franzosen felsenfest und habe von der Coalition nichts zu fürchten. Der zweite stellte die Vortheile und Nachtheile für Frankreich und für Europa dar, die durch eine Republik, durch ein Königthum des Herzogs von Orleans und durch eine Regentschaft im Namen des jungen kaiserlichen Prinzen entstehen würden, und schloß zu Gunsten der Erhaltung Napoleons, den er mit Lobsprüchen überhäufte. Wenn diese politische Auseinandersetzung nun auch ganz zum Vortheil des Kaisers schien, so hatte Fouché mit außerordentlich viel Feinheit und Kunst seinen Ausdrücken solchen Umriß zu geben verstanden, daß doch zu entnehmen war, er neige sich ganz auf die Seite des Herzogs von Orleans. Fleury machte ihn auf diese Zweideutigkeit aufmerksam und suchte ihm daraus umsonst die Treulosigkeit Fouchés zu be-

*) Capefigue.

weisen. Napoleon sah darin nur die Lobsprüche, die seinem Genie ertheilt waren, die Zweideutigkeit entschlüpfte ihm gänzlich.*)

Pünktlich hatte sich Baron Werner zu dem zweiten Stelldichein in Basel eingefunden. Er erklärte Fleury: Napoleon könne nicht bleiben, das wäre unabänderlich; doch wollten die Verbündeten die Bourbonen fahren lassen und er, Werner, sei autorisirt, zu erklären: „daß die Verbündeten einwilligen, den jungen Prinzen Napoleon (Napoleon II.) anzunehmen.“ — Gut, sagte Fleury, aber was soll mit dem Kaiser geschehen? — Setzen Sie ihn ab, war die Antwort Werners. — Das geht nicht, behauptete Fleury, er hat von Neuem große Kraft in Frankreich erlangt. Die ganze Nation ist für ihn. Er wird den Angriff der Verbündeten abwehren. Die Franzosen werden siegen. — Werner wollte dies nicht zugeben, da die Verbündeten über 1,200,000 Mann zu verfügen hätten. Es gab Reden und Gegenreden, Drohen und Gegendrohen; aber Werner behauptete fest, wenn es zum Kampfe käme, würden die Verbündeten nicht eher die Waffen niederlegen, bis Napoleon vom Thron gestoßen sei, was Fleury damit paralisirte, daß er meinte, die Franzosen könnten eben so gut nach Wien und Berlin kommen und alle Adligen könnten durch das Volk massakrirt werden. — Bei Gelegenheit noch weiterer politischer Reden, wo unter andern Fleury zweifelte, daß das Bündniß der Monarchen unter allen Umständen festhalten würde, erklärte Werner noch: er sei von Metternich positiv beauftragt, kund zu thun, daß Metternich nur im Verein mit allen Verbündeten unterhandeln würde und keine Separat-Unterhandlung nur von fern stattfinden könne. — Dann werde der Krieg schrecklich sein, bemerkte Fleury, denn es sei ein Kampf zwischen Nationen und auch Frankreich würde eine Million Streiter haben.

Werner wurde erschüttert: er wünsche den Frieden und kein Blutvergießen, sagte er.

Fleury zog nun erst die Briefe Fouché's hervor. Als Werner sie gelesen, bemerkte er: diese Sprache Fouché's werde Metternich sehr überraschen. Fouché sei es ja gewesen, der früher so großen Haß gegen Napoleon gehegt und 1814 Metternich große

*) Fleury de Chaboulon II. 20—24. Vaulabelle, auch Capefigue.

Vorwürfe gemacht, daß er Napoleon nicht in ein festes Schloß gesperrt, der vorausgesagt, daß er von der Insel Elba wiederkehren und von Neuem ganz Europa verwüsten würde. Fouché wisse nicht, was in Wien vorgehe, er kenne die dortige Stimmung nicht. Baron Montron und Bresson, die nach Frankreich jetzt zurückkehrten (der Leser wird sich entsinnen, daß sie zu Metternich nach Wien gesandt waren), würden ihn eines Besseren belehren. — Fleury meinte, Fouché würde diesen Herren wenig Glauben schenken. Es handelte sich persönlich gar nicht um Napoleon, sondern um Frankreich und das ganze System, da würde sich Fouché nicht des Verbrechens gegen das Vaterland schuldig machen. Es wäre am besten, Napoleon nicht durch Waffengewalt zu stürzen, sondern ihn nur so einzuengen, daß er für Europa nicht schädlich werden könne. Zu diesem Ende erbot sich Fleury, selbst nach Wien zu gehen, was Werner damit abwehrte, daß er sagte, wenn selbst Metternich einlenken wolle, so vermöchte er das nicht.

Es war also von Neuem nichts abgemacht. Man trennte sich jedoch mit dem Versprechen, sich zum dritten Mal in Basel zum 1. Juni zu sprechen.

Welche Wirkung der Bericht des Baron Werner beim Congresse in Wien gehabt, ist nicht bekannt. Nach dem Ausgange der Besprechungen mußte es klar werden, daß eine Beseitigung Napoleons durch irgend eine Partei in Frankreich nicht möglich oder wenigstens durchaus nicht wahrscheinlich sei, daß also nur das Mittel der Gewalt durch einen großen Krieg übrig bleibe, wenn man ihn von der Herrschaft über Frankreich entfernen wolle.

Der Bericht Fleury's über seine zweite Sendung fand Napoleon um Vieles ruhiger. Er war ziemlich befriedigt. Die Einwilligung der Verbündeten zur Herstellung einer Regentschaft für seinen Sohn gab ihm eine Hoffnung, die seine Einbildungskraft ins Maßlose ausdehnte. „Diese Herren, sagte er, fangen an, sich zu besänftigen, da sie mir die Regentschaft anbieten. Meine Stellung flößt ihnen Ehrfurcht ein. Lassen Sie mir noch einen Monat, so habe ich sie nicht mehr zu fürchten.“

Es beunruhigte ihn jedoch nach dem Bericht Fleury's, daß Metternich die Herren Montron und Bresson nach Paris zu Fouché gesandt, daß diese angekommen sein müßten und daß Fouché ihm kein Wort darüber gesagt. Es wurde nachgespürt, diese Herren entdeckt, aber es war nicht das Geringste aus ihnen herauszubringen. Jetzt schöpfte Napoleon gegen Fouché Verdacht. Dieser wurde auch gerechtfertigt, indem es bekannt wurde, daß Fouché einen eigenen Agenten nach Basel abgesandt. Es wurden polizeilich alle Mittel angewandt, des Agenten habhaft zu werden, bevor er die Grenze überschritten; es gelang diesem aber, dies glücklich zu bewerkstelligen und so sein Geschäft und den Auftrag Fouché's auszurichten. Es wurde dem Kaiser hinterbracht, daß Fouché auf seine eigene Hand Verbindungen mit London, sogar mit dem bourbonischen Hofe von Gent sollte angesponnen haben. Napoleon war jetzt überzeugt, daß Fouché ihn verriethe. Er bedauerte, sich mit ihm eingelassen zu haben, wagte aber doch nicht, gegen den gefährlichen Mann einzuschreiten. Dessen Einwirken wurde auch noch weiter klar. Fleury reiste, wie verabredet, zum dritten Mal nach Basel, aber Werner erschien nicht mehr. Fouché hatte alles gehindert.

Es konnte nicht fehlen, daß Nachrichten über die Sendungen Fleury's und über die Gegenstände desselben ins Publikum drangen. Napoleon selbst war bemüht, die öffentliche Meinung zu heben, welche durch die nahe drohende Aussicht auf einen allgemeinen Krieg furchtbar bewegt war. Wie er denn überhaupt nicht leicht ein Geheimniß bewahren konnte, wenn seine ganze Seele heftig aufgeregt war, so verrieth er selbst den Stand der Sache, indem er bei einem großen Lever verkündete: „Nun, meine Herren, die Coalition fängt an, mich ein Wenig zuzulassen, sie nimmt die Regentschaft und den König von Rom an.“ Indem nun aber dieser Ausweg, den die Verbündeten vorschlugen, bekannt wurde, schadete dies seiner Person selbst ganz außerordentlich. Nun wurde die freiwillige Abdankung Napoleons, um den entsetzlichen Krieg zu vermeiden, die allgemeine Parole der hohen Bourgeoisie, sie wurde der herrschende Gedanke bei Vielen, welche bei einem neuen unabsehbaren Kriege Grauen empfanden. Man erwartete nicht anders, als daß der Patriotismus des Kaisers von selbst das Opfer bringen werde, der Krone zu Gunsten seines Sohnes zu entsagen. Als der Kaiser dazu keine Miene machte, ging man so weit, ihm Andeutungen zu machen, ja ihm mündlich und schriftlich anonym und mit Namensunterschrift förmlich darum zu ersuchen. Mitglieder seiner Familie forderten dies patriotische Opfer von ihm. Selbst seine begeistertsten Freunde haben geurtheilt, daß er es für Frankreich habe bringen müssen, um den Zorn der Dynastieen abzuwenden und das nationale Frankreich zu erhalten.

Es ist nicht schwer, triftige Gründe aufzufinden, die ihn von der Abdankung zurückhielten. Zunächst war es für ihn persönlich allerdings ein großes Opfer, die mit so großem Glanz aber kaum erst gewonnene Herrschaft wieder aufzugeben, da er ohnehin wußte, daß doch die ungeheure Mehrheit der Franzosen für ihn war und nur das Ausland ihn nicht wollte. Sodann wenn er abdankte, wo sollte er bleiben? In Frankreich gab es keine Stätte für ihn, nicht in Europa; dazu war er politisch und kriegerisch zu groß. Man hätte ihm allenfalls nur in Amerika, in einem fremden Welttheil eine Zuflucht gegönnt, getrennt von seiner Gemahlin, seinem Sohne, von allen den Seinigen, von allen seinen bisherigen Erinnerungen. — Wenn er aber dies große Opfer brachte, war dies dann auch wirklich für Frankreich heilsam? Sein Sohn war ein dreijähriges Kind, seine Gemahlin jung und sehr wenig geeignet, eine Regierung zu führen. Beide befanden sich in Wien in der Gewalt seiner erbitterten Feinde. Von seiner Gemahlin waren ihm ohnehin Dinge zu Ohren gekommen, die ihm als Ehemann sehr empfindlich sein mußten. Eine österreichische Prinzessin war zudem nichts weniger als populair in Frankreich. Es war keinem Zweifel unterworfen, daß, wenn er abdankte, die Bestimmung über Frankreich ganz in die Hände der Verbündeten kam. Ein vormundschaftlicher Regent mußte eingesetzt, da Kind und Mutter in dem tiefaufgeregten Frankreich nicht regieren konnten, wen würden die Verbündeten bei ihrem tiefen Haß gegen Alles, was von ihm stammte, dazu bestimmen? Was würden sie Frankreich auferlegen, um Gewähr für seine Ruhe zu haben? Würden sie nicht Stücke davon abreißen? Alle Blätter Deutschlands und auch der andern Staaten athmeten den grimmigsten Haß gegen Napoleon und gegen Frankreich. Nicht wenige deutsche Blätter (namentlich der rheinische Merkur) forderten Elsaß und Lothringen zurück. Eine Proklamation des preußischen General-Gouverneurs am Rhein, Justus Gruner, verlangte geradezu die Theilung von Frankreich für die großen Leiden, die man 25 Jahre von Frankreich erduldet und um die dämagogische Wuth dieses Landes zu ersticken. Alle Teutonen, die tapfern Besieger der Römer, wurden im rheinischen Merkur, damals redigirt von Goerres, aufgefordert, das von Frankreich unrechtmäßig erworbene Gut zurückzunehmen. Man muß, hieß es, diese Bande von 500,000 Räubern (die französischen Soldaten) ausrotten. Frankreich muß getheilt und die Franzosen müssen als Volk vernichtet werden. Man muß ihnen viele Fürsten anstatt eines Kaisers geben. Es muß burgundische, neustrische, aquitanische Völker geben, erst dann wird die Welt ruhig sein. Und es waren genug Hunderttausende im Anmarsch, um diese Drohungen allenfalls in Erfüllung gehen zu lassen. — Napoleon war dennoch nicht zur Abdankung zu bewegen. Als man ihn einigermaßen drängte, sagte er: „Was? Sie wollen sich unter eine Oesterreicherin (Marie Louise) beugen? Da würde Frankreich unter das Joch der Fremden kommen. Das kann ich als Franzose, als Bürger, als Gatte und Vater nicht zugeben." — Wenn man ihm entgegnete, er hätte doch schon 1814 zu Gunsten seines Sohnes und Marie Louise abdanken wollen, so antwortete er: „es giebt Familien-Ursachen, die ich nicht sagen kann;" *) (wobei er, wie es scheint, nur die Nachrichten im Sinne haben konnte, die ihm von seiner Gemahlin zu Ohren gekommen waren).

Napoleon blieb, aber seine Stellung wurde nun schwerer. Er war zur Freude der ungeheuren Mehrheit der Franzosen von Elba gekommen, hatte die Bourbons verjagt und wieder eine nationale Regierung über Frankreich angetreten. Er war als der Erretter aus den Fesseln der Feudalität, der Willkür der Regierung, der Adels- und Priesterherrschaft, der religiösen Unduldsamkeit ꝛc. betrachtet worden, als Bewahrer des unsterblichen Ruhmes der Franzosen, den die Bourbons geschändet, als ein Schild für den sichern Besitz der Nationalgüter, den die Emigranten, die Feinde Frankreichs, rücksichtslos an sich reißen wollten ꝛc. Der Verbannte von Elba, seine früheren Fehler eingestehend, verhieß: keine Eroberungen mehr, Beschränkung auf Frankreich, strenge Haltung des Friedens von Paris, Friede mit allen Mächten, eine freie Ver-

*) Vaulabelle II. Cap. 7, 407 vor- und nachher.

fassung mit voller Mitwirkung des Volkes. — Aber nun mußten die Franzosen zu ihrer Bestürzung erfahren, daß das Ausland ihren Erretter als einen Missethäter betrachtete, der den äußersten Strafgerichten verfallen sei und daß es diese nationale Einrichtung, als aus der Revolution entsprungen, verachtete. Ganz Europa schleuderte den Bann der Vernichtung auf ihren Erretter und wollte Frankreich so lange mit allen Mitteln bekriegen, bis er gestürzt wäre. Fortwährend betrachteten die Mächte von Europa die nach Belgien geflüchteten Bourbonen, für die sich kein französicher Arm erhob und die nur selbst in Gent durch fremde Bajonette geschützt wurden, für die einzig rechtmäßigen Herrscher von Frankreich und beglaubigten bei ihnen ihre Gesandten. Die Bourbonen, welche Frankreich verschmähte, sollten ihm dennoch mit Waffengewalt aufgezwungen werden. Alle Anerbietungen zur Versöhnung wurden nicht angehört und mit Verachtung zurückgewiesen. Frankreich steht, seines Herrschers und seiner nationalen Einrichtungen wegen, der erbittertste Kampf mit ganz Europa nahe bevor. — Da geschieht es, daß auch das verbündete Europa den grimmen Kampf mit einem der ersten Feldherrn aller Zeiten scheut. Europa will die eingesetzten, aber durch Untauglichkeit des Thrones nicht würdigen Bourbonen fahren lassen, die Dynastie Napoleon in die europäischen Herrscherfamilien aufnehmen; nur der gefährliche Mann, von dem so viel Leid gekommen, soll abdanken. Wenn dieser Mann abdankt, so ist Frankreich und Europa der blutigste Kampf erspart. Der Mann dankt aber nicht ab, Frankreich hat den Kampf zu bestehen und er wird schrecklicher werden, als alle vorhergehenden, das Ausland wird an Frankreich seine ganze Rache sättigen, Stücke davon abreißen, es vielleicht theilen und auflösen. Napoleon kann dies alles vermeiden, wenn er abdankt, aber er *will* es nicht aus Ehrgeiz, aus Mangel an wahrer Vaterlandsliebe.

Wenn dieser Widerstand selbst einen Theil seiner Getreuen aufbrachte, so kam nun dazu die Wirkung, welche die neue Verfassung, der acte additionel, hervorbrachte. Wir haben schon gesagt, daß er weit *unter* der Erwartung erschien. Man war überrascht, enttäuscht, unzufrieden; man glaubte zu finden, daß er keine Gewährleistung enthielte, daß er der Weg zum Despotismus sei. Er hätte sein Versprechen nicht gehalten, hieß es; der acte additionel sei ungünstiger, als die Charte der Bourbonen. Den Republikanern erregte schon der Name „Pair“, der an den Feudalismus erinnerte, äußerste Unzufriedenheit, ein Pair hob sich über die andern Mitbürger privilegirt empor, bezeichnete also eine wesentliche Ungleichheit und nun sollte noch die Pairskammer erblich sein. Das Recht zu Confiskationen erregte vielfachen Widerspruch. Die ganze Verfassung, ohne sie näher zu anzusehen, erschien den Unzufriedenen, die überall Zwang sahen, als feudal und höchst ungünstig. Die freie Presse warf sich mit Wuth darüber her. Napoleon dagegen glaubte, nach Zeit und Umständen, das Beste gegeben zu haben, was er geben konnte. Das einzige Muster einer Verfassung in Europa, die Bestand gehabt und alle Parteien befriedigt hatte, war England. Es war nur natürlich, daß er doch in etwas den Blick auf jenes Land gerichtet hatte, daraus entsprangen seine erblichen Pairs. Er wollte auch den alten Dynastieen ein Pfand der Uebereinstimmung mit Europa geben. Sich selbst und seinem Ehrgeiz glaubte er einen nützlichen Damm gesetzt und dem demokratischen Element hinlänglichen Spielraum gewährt zu haben. Als er nun in der Presse den gewaltigen Sturm wahrnahm, der sich gegen seine Verfassung erhob, war er nicht wenig betroffen. Er wollte eine Proklamation an die Franzosen erlassen, um das, was er gegeben, in das rechte Licht zu stellen, diktirte dieselbe auch, kam aber dann doch wieder davon ab, sie bekannt zu machen. Er war entschlossen, vieles später nachzulassen, wenn sein Staat erst gerettet und festgestellt wäre.

Gewiß ist, der Kaiser hatte viel an Popularität verloren. Wenn Fouché früher unter seinen Combinationen seine Regierung unter Umständen etwa für möglich gehalten, so gab er ihn nun auf, wenn er auch sein großes Genie fürchtete. „Sein Bauch ist zu dick,“ sagte er, „und sein Kopf zu heiß, er ist ein abgenutzter Mann.“ Für den Kaiser in dieser Periode gewirkt hatte er überhaupt nicht, von jetzt an wirkte er jedoch entschieden gegen ihn. Ob er noch Napoleon II. mit einer Regentschaft für möglich hielt, bleibt zweifelhaft. Da er keine Ueberzeugung hatte, Treue für eine Sache und eine Person ihm ganz unmöglich war und er nur das gierige Verlangen hatte, um jeden Preis eine erste Rolle zu spielen, so bereitete er sich den Weg zu allen Combinationen vor, bei der scheinbaren Festhaltung an Napoleon: Napoleon II. mit Regentschaft, Herzog von Orleans und Ludwig XVIII., der vielleicht zuletzt, aber doch noch immer mit in seiner Rechnung lag. Unter seinem Schutz und zum Theil auf seine Anregung konnten sich in der Presse, die die größtmöglichste Freiheit hatte, die dem Kaiser ungünstigsten und die radikalsten Meinungen geltend machen. Er sorgte als Polizeiminister dafür, daß möglichst viel republikanische Elemente in die Abgeordnetenkammer kamen.

Indeß nahte die Zeit des Maifeldes, der gesetzlichen Einsetzung Napoleons als Kaiser der Franzosen, der gesetzlichen Annahme der Verfassung und der Installirung der Kammern heran. Das Maifeld hatte am 26. Mai abgehalten werden sollen; die Abstimmung über die Verfassung, die Sammlung und Zählung der Stimmen, die Wahl zu Abgeordneten, die Ernennung der Pairs ꝛc., alles dieses erforderte nothwendig so viel Zeit, daß das Maifeld auf den 1. Juni hinausgeschoben werden mußte.

Die Ernennung der Pairs hing ganz vom Kaiser ab. Caulincourt, der nicht für die Erblichkeit derselben war, rieth nur große Kaufleute, Manufakturisten, Gelehrte und nur einen Theil große Grundbesitzer und Generale zu ernennen. Napoleon war mehr für alte oder neuere berühmte Namen. Es wurde ein Mittelweg eingeschlagen und Graf Lavalette, ein Verwandter von Josephine, weil er eine Beauharnais geheirathet, beauftragt, eine Liste der Pairs zu entwerfen. Es erfolgten doch etwa 5—6 Weigerungen und Ablehnungen, darunter schmerzte den Kaiser am meisten die vom Marschall Macdonald. Ernannt wurden zunächst 119 Pairs. Unter diesen waren 47 Generale einschließlich der Marschälle Suchet, Brune, Moncey, Soult, Lefebvre, Massena, Davoust, Grouchy, Jourdan, Ney, Mortier. Von den früheren Corps- und Divisions-Generalen, jetzt Generallieutenants, die alle den Grafentitel hatten, waren die berühmtesten und bekanntesten: Bertrand, Lobau (früher Mouton), Vandamme, Gérard, Rapp, Latour-Maubourg, Pajol, Excelmans, Kellermann (Valmy) u. v. A. Es versteht sich, daß die Gefährten des Exils auf Elba, Drouot und Cambronne, zu Pairs erhoben waren. Die größte Beförderung erfuhr Labedoyère, dem der Kaiser seinen ersten großen Erfolg von Grenoble verdankte; er wurde vom Obersten zum General-Lieutenant und Pair erhoben.

Es waren auch ein Paar republikanische Generale, wie Lecourbe, Andréossy, so wie einige Admirale darunter. Vom Civilstande fehlten nicht die früheren Großwürdenträger Caulincourt (Herzog von Vicenza), Maret (Herzog von Bassano), Savary (Herzog von Rovigo), Herzog Decrès, Fouché (Herzog von Otranto), Gaudin (Herzog von Gaëta), der frühere Finanzminister Champagny (Herzog von Cadore) 2c. Der alte legitimische Adel war durch die Namen Larochefoucauld, Montesquiou, (Choiseul-) Praslin, Ségur, Turenne, Beauveau 2c., auch der Republikanismus durch Carnot, Sieyes, Canclaux, Roger-Ducos u. A. vertreten. Auch die Geistlichkeit (die Erzbischöfe von Paris, Tours, Bourges und Toulouse) und der Gelehrtenstand (Gassendi, Lacepède, Monge, Chaptal) waren nicht vergessen. Daß die Brüder des Kaisers Pairs waren, versteht sich von selbst. — Den Vorsitz sollte der Prinz Erzkanzler Cambacères führen. Das Dekret, welches die Ernennung bekannt machte, war vom 2. Juni.*)

Ueber die Kammer der Abgeordneten stand ihm keine Verfügung zu und er sah mit einer gewissen Bangigkeit den Kammerverhandlungen entgegen. Von Seiten der Pairs konnte er Anhänglichkeit und Erkenntlichkeit erwarten, da die Mitglieder in der größten Mehrzahl ihm ihre Laufbahn verdankten; aber von den Abgeordneten wußte oder fürchtete er, daß viele ihm widerstrebende Elemente darunter wären. Die lebhafte Phantasie der Franzosen, ihre Oppositionslust, erhöht durch die außerordentliche Schwierigkeit der Lage, besorgte er, würde ihm seine moralische Kraft rauben und ihm hinderlich im Kampfe mit dem Feinde sein. Eine Versammlung von 610 Mitgliedern war auch sehr zahlreich und deren Lenkung schwierig. Dennoch hoffte er, daß der starke nationale Zug, der durch die französische Nation geht, ihm förderlich sein werde. Er hoffte auch noch viel von einem andern Ereigniß. Der talentvollste und charakterfesteste seiner Brüder, Lucian, der mit ihm lange Jahre zerfallen war, weil er mit der Errichtung einer Monarchie für Frankreich und Napoleons Erhebung zum Kaiser nicht einverstanden war, der standhaft jedes Anerbieten zur Erhe-

*) Histoire des deux chambre de Buonaparte depuis le 3. Juin jusqu'au 7. Juillet 1815 par T. F. D. Paris, Gide fils, 1815. IX.—XIV.

bung auf einen Thron zurückgewiesen, sich in Italien fern gehalten und im Kirchenstaat reichen Landbesitz erworben, war jetzt in Napoleons Bedrängniß zu ihm nach Paris geeilt, um ihn mit Rath und That zu unterstützen. Lucian, wiewohl jünger als Napoleon, hatte in der Revolution keine untergeordnete Rolle gespielt und war unter dem Direktorium, welches dem Consulat vorherging, Präsident des Raths der 500, dem zweiten der beiden Senate, welche damals Frankreich vertraten, welcher entfernt etwa einer Kammer der Abgeordneten zu vergleichen ist. Als solcher hatte er auch seinen Theil zur Erhebung seines Bruders zum ersten Consul am 18. Brumaire beigetragen, hatte aber nicht gemeint, daß er sich zum Monarchen machen solle, sondern er blieb den republikanischen Grundsätzen stets treu. Napoleon wünschte nichts sehnlicher, als daß Lucian Präsident der Abgeordnetenkammer werden möchte, wozu er sich Hoffnung machte, indem er glaubte, daß gerade Lucian den Republikanern in der Kammer werth sein müßte, eine Hoffnung, in welcher er sich jedoch sehr betrog. Die Kammer war gleich anfänglich widerwillig, oppositionssüchtig und in jeder Hinsicht schwierig.

Die Kammern konnten erst in Wirksamkeit treten, nachdem die feierliche Einsetzung Napoleons „als Kaiser der Franzosen“ im Maifelde und die Annahme der Verfassung von Seiten des Landes geschehen war. Wir haben schon bemerkt, daß die Versammlung des Maifeldes auf den 1. Juni festgesetzt war und gehen nun zur Darstellung derselben über.

Die Feierlichkeit des Maifeldes geschah auf dem Marsfelde, wo so viel politische Akte vorgenommen worden sind ohne Dauer zu haben und wo die Erde dieses weiten Platzes oftmals umgewühlt worden. Hier waren schon seit einem Monat Erdarbeiter, Zimmerleute, Maler, Dekorateure &c. beschäftigt, den Raum zu diesem Akt einzurichten. Er bildete ein erhöhtes Octogon, wovon 3 Seiten abgeschnitten waren; vorn war ein Säulengang, zu welchem mehrere Stufen hinaufführten. Im Mittelpunkt, abermals erhöht, war ein Thron errichtet und vor demselben ein Altar. Beide, weit sichtbar, waren mit rothem Dammast bekleidet und belegt. Dreifarbige Fahnen und Wimpel waren überall in Zwischenräumen verschwenderisch aufgepflanzt.

Mit Tagesanbruch kündigten Kanonensalven vom Invaliden-Hotel die Feierlichkeit an. Sie wurden vom Fort Vincennes und von der Artillerie auf den Höhen von Montmartre beantwortet. Schon vor 8 Uhr waren alle Straßen und Zugänge zum Marsfelde und zur école militaire von der herbeiströmenden Menge besetzt. Die Linientruppen und die Nationalgarde setzten sich nach dem Platze in Bewegung. Die Wahlkollegien der Departements (diese waren aus ganz Frankreich nach Paris beschieden), die Deputationen der Land- und Seetruppen begaben sich nach den ihnen angewiesenen Stellen.

Um 9 Uhr war der Circus, jener bezeichnete Raum auf dem Marsfelde, bereits angefüllt; die Deputation der Land- und Seetruppen auf beiden Flügeln, die Wahlkollegien in der Mitte dem Throne gegenüber. Diese Versammlung allein machte 18—20,000 Individuen aus. Auf den Stufen des Altars befand sich die dem Kaiser treu gebliebene Geistlichkeit: die Cardinäle Bayanne und Cambacérès, der Erzbischof von Tours, die Bischöfe von Nancy, Versailles, Parma, Lüttich und Meaux und noch verschiedene Geistliche niedern Ranges, immerhin eine geringe Schaar gegen die zahlreiche Geistlichkeit von Frankreich. Während sich die Versammlung im Circus einfand und niederließ, stellten sich in dem übrigen Raum des Marsfeldes nicht weniger als 20,000 Mann Linien-Infanterie und 30,000 Mann Nationalgarden auf. Die umgebenden Häuser, die Thürme der näheren Kirchen, die Höhen, welche Paris umgeben, wie der Montmartre, waren mit zahllosen Zuschauern bedeckt. Das Wetter war günstig.

Um 11 Uhr kündeten Kanonensalven von den Tuilerien die Abfahrt des kaiserlichen Zuges. Um 12 Uhr zeigte der Donner des Geschützes vom Invaliden-Hôtel die Annäherung des Zuges an. Er bestand aus vielen Wagen. Vorauf und zuletzt ritt zahlreiche Reiterei. Die Pagen, Kammerherren, Ordonnanzen, Adjutanten 2c. gruppirten sich auf den Stufen des Thrones. In den Logen zu beiden Seiten fanden die Minister, Marschälle, Groß-Offiziere Platz. Sobald sich der Kaiser auf der Estrade zeigte, erhob sich die ganze Versammlung auf derselben, wohl 20,000 Individuen, von ihren Sitzen; 300 Fahnenträger schwenkten ihre Fahnen und alles rief: es lebe der Kaiser! es lebe die Nation! in welchen Ruf die Truppen und Nationalgarden und die nahen und fernen Zuschauer bis zum Montmartre einstimmten.

Hierauf nahm Napoleon auf dem Throne Platz. Ihm zur Rechten setzten sich seine Brüder Joseph und Hieronymus, zur Linken Lucian. Da diese Ceremonie einen neuen Vertrag mit der Nation bedeutete und eine Krönung ersetzte, so hatte Napoleon, der nicht ohne Prachtliebe war, einen Krönungsanzug für nöthig befunden. Er trug eine hutförmige, schwarze Kopfbedeckung, ähnlich wie sie die frühere Schweizergarde getragen, mit Straußfedern, welche vorn durch einen großen Diamanten befestigt waren. Gekleidet war er in eine weiße Tunika und, mit einem rothsammtnen Mantel ohne Aermel angethan, überstickt mit goldenen Bienen. Seine Brüder waren ähnlich gekleidet, nur war ihr Mantel von weißem Sammet mit Gold gestickt. Napoleon, der sich auf dem Throne mit dem Mantel umgab, sah nach Capefigue (II. 95) ermüdet, unruhig, bekümmert aus und seine Brüder machten auch schlechte Mienen.

Der wirkliche Akt der Feier begann mit einem Hochamt, welches der Cardinal Cambacères celebrirte, wo es doch einen großartigen Moment gab, als alles Volk bei der religiösen Handlung niederkniete. Nach vollbrachtem Gottesdienst erhob sich der Erzkanzler Cambacères, Herzog von Parma, von dem Stuhl, der rechts vom Throne des Kaisers einige Stufen tiefer gestellt war. Auch er hatte eine idealische Kleidung und einen orangefarbenen Mantel mit goldenen Bienen gestickt. Mit erhobener Stimme verkündete er: „daß nach der Sammlung der Voten aller stimmfähigen Bürger der acte additionel fast einstimmig von allen Votanten angenommen sei.“ *) Kanonendonner, Trommelwirbel und Trompetenschall folgten dann der Verkündigung dieser Annahme. Der Groß-Ceremonienmeister führte hierauf die Mitglieder der Wahlkollegien aus der Mitte der Estrade bis vor die Stufen des Thrones und der Sprecher, Herr Dubois aus Angers, Departement

*) Es hatten dafür gestimmt 1,527,427 Votanten, dagegen 4622 Votanten. Zufolge Capefigue war das Sammeln und Zählen der Stimmen nicht beendet worden aus Mangel an Zeit und das Resultat nur annähernd richtig. Zufolge Thiers (XIX. 484) hatten sich Viele der Abstimmung aus Mangel an Muth enthalten. Für sein lebenslängliches Consulat 1802 hatten gestimmt 3,577,259. Für seine Erhebung zum Kaiser 1804 3,572,329 Votanten.

der Maine und Loire, hielt mit starker, weithin hallender Stimme eine Rede, die zu merkwürdig und von französischer Seite die Lage bezeichnend ist, als daß sie hier nicht eine Stelle finden sollte. Sie lautete:

„Sire, das französische Volk hat Ihnen die Krone zuerkannt, ohne sein Einverständniß haben Sie sie niedergelegt; seine Stimme legt Ihnen die Pflicht auf, sie wieder zu nehmen.“

„Ein neuer Vertrag hat sich zwischen der Nation und Ew. Majestät gebildet. Aus allen Punkten des Reiches um die Tische des Gesetzes versammelt, wo wir den Wunsch des Volkes eingeschrieben haben, diesen Wunsch, welcher die einzige legitime Quelle der Macht ist, ist es uns unmöglich, nicht die Stimme Frankreichs, deren unmittelbare Organe wir sind, ertönen zu lassen, nicht in Gegenwart Europas dem erhabenen Haupt der Nation zu sagen, was dieselbe von ihm erwartet, was er von ihr erwarten muß.“

„Unsere Worte sind ernst, wie die Umstände. — Was will die Ligue der verbundenen Könige, welche mit ihren Zurüstungen Europa in Schrecken setzt, die Menschheit betrübt? Durch welchen Akt, durch welche Verletzung haben wir ihre Rache herausgefordert, ihren Angriff begründet? Haben wir seit dem Frieden versucht, ihnen Gesetze zu geben? Wir wollen nur die geben und befolgen, die sich unsern Sitten anpassen. Wir wollen nicht das Oberhaupt, das die Feinde für uns wollen, und wir wollen dasjenige, was sie **nicht** wollen.“

„Sie wagen Sie persönlich zu proscribiren, Sie, Sire, der, so oft der Herr ihrer Hauptstädte, sie großmüthig auf ihren erschütterten Thronen befestigt hat!“

„Dieser Haß unserer Feinde erhöht unsere Liebe für Sie; wenn man den unbekanntesten unserer Mitbürger proscribiren würde, so müßten wir ihn mit derselben Energie vertheidigen: er würde wie Sie unter der Aegide des Gesetzes und der französischen Macht sein.“

„Man bedroht uns mit einem Einfall, obgleich wir, eingeschlossen in Grenzen, die die Natur uns nicht gezogen, die lange Zeit vor Ihrer Regierung der Sieg und selbst der Friede erweitert hatten, wir diese enge Einschränkung nicht überschritten, aus

Achtung für Traktate, die Sie nicht unterzeichnet haben und die Sie angeboten haben zu achten."

„Verlangt man Bürgschaften? Sie sind in unseren Institutionen und in dem Willen des französischen Volkes, der von nun an eins mit dem Ihrigen ist!"

„Fürchtet man nicht Zeiten, einen Zustand der Dinge zurückzurufen, der so leicht sich wieder herstellen könnte? — Es wäre nicht das erste Mal, daß wir dann das ganze bewaffnete Europa besiegt hätten."

„Diese heiligen unverjährbaren Rechte, die die geringste Bevölkerung niemals umsonst vor dem Richterstuhl der Gerechtigkeit und der Weltgeschichte reklamirt hat, wagt man der französischen Nation zum zweiten Male im 19. Jahrhundert, im Angesichte der civilisirten Welt streitig zu machen!"

„Soll Frankreich, weil es Frankreich sein will, degradirt, zerrissen, entgliedert sein und bewahrt man ihm das Schicksal Polens? Umsonst will man die düstern Absichten unter dem Anschein der einzigen Absicht verbergen, Sie von uns zu trennen, um uns Herren zu geben, mit denen wir nichts mehr gemein haben, die wir nicht mehr verstehen, die uns nicht mehr verstehen können...."

„Die drei Zweige der Gesetzgebung (Kaiser, Pairs- und Deputirtenkammer) werden in Thätigkeit treten; ein einziges Gefühl wird sie beseelen. Wir vertrauen den Versprechungen Ew. Majestät, wir übergeben Ihnen, wir übergeben unseren Abgeordneten und der Pairskammer die Sorge, unser konstitutionelles System und die Institutionen, die deren Bürgschaft sein sollen, durchzusehen, zu befestigen, in Uebereinkunft ohne Uebereilung, und mit Weisheit zu vervollkommnen."

„Indessen, wenn wir gezwungen sind, zu kämpfen, so möge nur ein Ruf in allen Herzen wiedertönen: laßt uns gegen den Feind marschiren, der uns wie die unterste der Nationen behandeln will! Alle wollen wir uns um den Thron schaaren, auf dem der Vater und das Haupt des Volkes und des Heeres sitzt."

„Sire, nichts ist unmöglich; nichts wird gespart werden, um uns die Ehre und die Unabhängigkeit zu sichern, diese Güter, die theurer sind als das Leben; alles wird versucht, alles ausgeführt werden, um ein so schimpfliches Joch zurückzustoßen. Wir sagen es den Nationen, — könnten ihre Häupter uns hören! — wenn sie unser Friedensanerbieten annehmen, so erwartet das französische Volk von Ihrer starken, freien, väterlichen Verwaltung die Beweggründe, sich über die Opfer, die der Friede ihm gekostet, zu trösten; aber wenn man uns nur die Wahl zwischen Krieg und Schande läßt, so steht die ganze Nation für den Krieg auf. Sie ist bereit, Sie zu entbinden von dem vielleicht zu gemäßigten Anerbieten, das Sie gethan haben, um Europa einen neuen Umsturz zu ersparen. Jeder Franzose ist Soldat. Der Sieg wird unsern Adlern folgen und unsere Feinde, die auf eine Theilung rechneten, werden bald bedauern, uns herausgefordert zu haben." *)

Nach Beendigung dieser Rede erhob sich der Kaiser von seinem Throne, zog den Hut, die Menge grüßend, und nachdem er sich mit Würde wieder bedeckt, sprach er mit weit vernehmlicher Stimme, die Hand auf das Evangelium gelegt, in antiker Art und Haltung:

„Meine Herren Wähler der Departements und Arrondissements! Meine Herren Abgeordneten der Armeen zu Lande und zu Wasser im Maifelde!"

„Kaiser, Consul, Soldat, Alles habe ich vom Volke. Im Glück, wie im Unglück, auf dem Schlachtfelde, im Rath, auf dem Throne, in der Verbannung ist Frankreich der einzige und beständige Gegenstand meiner Gedanken und Handlungen gewesen. Wie jener König von Athen (Kodrus) habe ich mich für mein Volk geopfert in der Hoffnung, das gegebene Versprechen, Frankreich seine natürliche Integrität, seine Ehre, seine Rechte zu bewahren, verwirklicht zu sehen."

„Der Unwille, diese geheiligten Rechte, die durch 25 Jahre des Sieges erworben waren, verkannt, für immer verloren zu sehen; der Ruf der befleckten französischen Ehre, die Wünsche der Nation,

---

*) Zufolge Capefigue II. Cap. 4 enthielt der erste Entwurf der Rede von Dubois, welcher dem Kaiser mitgetheilt wurde, Stellen, welche so dringende Erwartungen in Bezug der Grundsätze der Regierung aussprechen, daß sie dem Kaiser Gesetze zu diktiren schienen. Napoleon gerieth darüber in großen Zorn. Es gelang dann Lucian in der Versammlung der Wahlkollegien, einige Anstößigkeiten zu entfernen. Gewiß war es nicht klug, dem Auslande gegenüber Napoleon Mißtrauen auszudrücken.

haben mich auf diesen Thron zurückgeführt, der mir theuer ist, weil er das Palladium der Unabhängigkeit, der Ehre und der Rechte des Volkes ist."

„Franzosen, als ich inmitten der öffentlichen Freude die verschiedenen Provinzen des Reiches durchschritt, um in meine Hauptstadt zu gelangen, mußte ich auf einen langen Frieden rechnen; die Nationen sind durch die Traktate, die durch ihre Regierungen, welche sie auch sein mögen, geschlossen sind, gebunden. Mein Gedanke ging damals ganz auf die Mittel, unsere Freiheit zu gründen durch eine Constitution, welche dem Willen und dem Interesse des Volkes angemessen wäre. Ich habe das Maifeld berufen."

„Ich erfuhr bald, daß die Fürsten, welche alle Prinzipien verkannt haben, welche die Meinung, die theuersten Interessen so vieler Völker zerknickt haben, uns den Krieg machen wollen. Sie denken daran, das Königreich der Niederlande zu vergrößern, indem sie ihm als Barriere alle unsere festen Plätze des Nordens geben und die Zwistigkeiten, die sie noch theilen, auszugleichen, indem sie sich Lothringens und des Elsaß bemächtigen. So mußten wir uns zum Kriege vorbereiten. Indessen, indem ich persönlich die Wechselfälle des Krieges erfahren muß, mußte meine erste Sorge sein, ohne Zögern die Nation zu befragen (consulter). Das Volk hat den Akt angenommen, den ich ihm dargelegt habe."

„Franzosen! Wenn wir diese ungerechten Angriffe zurückgestoßen haben werden und Europa überzeugt sein wird, was man den Rechten und der Unabhängigkeit von 28 Millionen Franzosen schuldig ist, so wird ein feierliches Gesetz, eingeleitet in den Formen, die der konstitutionelle Akt verlangt, die verschiedenen Festsetzungen (dispositions) unserer heute zerstreuten Constitutionen vereinigen."

„Franzosen! Ihr kehrt in Eure Departements zurück: sagt den Bürgern (citoyens), daß die Umstände groß (grandes, ernst) sind!!! daß wir jedoch mit Einigkeit, Energie und Beharrlichkeit siegreich aus diesem Kampfe eines großen Volkes gegen seine Unterdrücker hervorgehen werden; daß eine Nation alles verloren hat, wenn sie die Unabhängigkeit verloren hat. Sagt ihnen, daß die fremden Könige, die ich auf den Thron erhoben, oder die mir die

Erhaltung ihrer Krone verdanken, die zur Zeit meines Glückes sich alle um mein Bündniß, um den Schutz des französischen Volkes beworben haben, heute alle ihre Schläge gegen meine Person richten. Sähe ich nicht, daß es gegen das Vaterland ginge, so würde ich diese Existenz, gegen die sie so erbittert sind, ihrer Gnade übergeben. Aber sagt auch den Bürgern, daß, so lange die Franzosen mir die Gefühle der Liebe bewahren, von denen sie mir so viele Beweise gegeben haben, diese Wuth unserer Feinde ohnmächtig sein wird."

„Franzosen! mein Wille ist der des Volkes, meine Rechte sind die seinigen, meine Ehre, mein Ruhm, mein Glück können nur die Ehre, der Ruhm und das Glück Frankreichs sein!"

Ein weitschallendes, oft wiederholtes und sich auf den umgebenden Höhen fortpflanzendes Vive l'Empereur! erfolgte, als der Kaiser geendet hatte. Er leistete dann den Schwur auf die Verfassung, welcher von allen Stimmen wiederholt wurde, und stieg dann vom Throne herab, um die Adler und Fahnen an die Truppen und Nationalgarden zu vertheilen. Alle Adlerträger hatten sich vor den Stufen des Thrones eingefunden. Mit der eigenthümlichen Kraft, die ihm in der Rede eigen war, wandte sich Napoleon an die Truppen und Nationalgarden, indem er ihnen sagte, er vertraue ihrem Muthe die National-Adler von Frankreich an, sie sollten schwören, sie mit Gefahr des Lebens zu vertheidigen, sie sollten schwören, sie nur sterbend zu verlassen. Werdet ihr schwören? war, wie sonst gewöhnlich, die letzte Wendung, als wie mit dem Rollen des Donners die Antwort erscholl: wir schwören es! Napoleon stieg dann auf das Marsfeld hinab und vertheilte dann eigenhändig die Adler an die verschiedenen Corps, wobei er an seine Garde noch eine besondere Anrede richtete, die einen besonderen Enthusiasmus hervorbrachte.

Die Haltung Napoleons war erhaben, antik und Bewunderung einflößend. Die Handlung überhaupt machte einen tiefen Eindruck. Napoleon fühlte sich selbst bewegt und erhoben. Mit dem Vorbeimarsch der Truppen und Nationalgarden war dann die Feier des Maifeldes beendigt.

Napoleon war nach dem Willen von Frankreich nunmehr gesetzlich als Kaiser und Regent, gemäß einer angenommenen und gegenseitig beschwornen Verfassung, wieder eingesetzt; nachdem seine Diktatur seit den Dekreten von Lyon, den 13. März, etwas über 11 Wochen oder 80 Tage gewährt hatte. Selten ist ein neuer Herrscher mit solchem Glanz und, den drohenden Verhältnissen gegenüber, mit verhältnißmäßig solcher Einmüthigkeit installirt worden. „Das Maifeld war keine Farce, sagt selbst ein deutscher Schriftsteller jener Zeit (Dr. Karl Venturini, Chronik des 19. Jahrhunderts 12. Bd. S. 35), wofür es die Bourbons und Monarchen gern ausgeben wollten; es war unleugbar ein großes imposantes Schauspiel und was Napoleon damit bezweckte, das erreichte er wirklich." In der That war auch ein Theil derjenigen wieder befestigt, die geschwankt hatten oder unzufrieden gewesen und durch diesen öffentlichen Akt nun sahen, daß Napoleon doch den bei weitem größten Theil der Nation für sich habe. Aller Zweifel war nunmehr beseitigt: Napoleon war rechtmäßiger Regent und um ihn behalten zu dürfen, mußte das französische Volk fast mit ganz Europa auf Tod und Leben kämpfen. Wenn dieser Kampf glücklich ausfiel, so war das Maifeld der Anfangspunkt einer neuen Aera und erschien in einem glänzenden Lichte.

Wie dem auch sein mochte, so wußte Napoleon doch, daß wegen des acte additionel in den oberen Schichten des Volkes viel Unzufriedenheit herrsche. Es kam ihm darauf an, diese Unzufriedenheit zu verbannen. Deshalb versammelte er am 4. Juni in den weiten Gallerieen des Louvre 10,000 Wähler, Deputirte, Offiziere und Soldaten, zeigte seine ganze Liebenswürdigkeit, die, wenn er wollte, selten ihre Wirkung verfehlte und legte darauf den größten Nachdruck, daß mit dem acte additionel die Verfassung nicht abgeschlossen sei, daß sie durch die Pairs- und Abgeordneten-Kammer nach den Wünschen der Nation modificirt werden solle.*) Er hatte dasselbe in der Rede des Maifeldes verheißen und wiederholte es in der Thronrede vor den Kammern. Carnot hatte ihn auch beschworen, nicht zu dulden, daß seine Großwürdenträger sich „Monseigneur" nennen ließen. Er solle auch nicht „Unterthanen",

*) Fleury de Chaboulon II. 108 fg., auch Vossische Zeitung vom 20. Juni. Artikel, Nachrichten aus Frankreich. Am Nachmittage gab es in den elyseischen Feldern Vergnügen und Austheilungen von Speisen und Getränk für das Volk; am Abend Feuerwerk und Erleuchtung.

sondern „Bürger“ (citoyens) sagen, da die Franzosen auf die Gleichheit einen so großen Werth legten. Napoleon ging auf alles ein. Und so hatte er denn von seiner Seite alles gethan, was billiger und gerechter Weise nur gewünscht oder verlangt werden konnte. Und der Preis, um den Frankreich ringen sollte, war nun allerdings noch viel werther geworden.

Die Angelegenheit des Imperators stand günstiger, als seit dem 20. März, wo er in Paris einzog; aber von nun an schwächte in unpolitischem und unverständigem Eifer die Deputirtenkammer alle seine Schritte und stürzte Frankreich tiefer herab, als es 1814 geschehen war.

Am 3. Juni waren beide Kammern zum ersten Mal versammelt: die Pairskammer im Pallast Luxemburg, die Deputirtenkammer im Pallast des gesetzgebenden Körpers. Letztere zeigte gleich im Anfange ihre dem Kaiserthum und Napoleon abgewendete Gesinnung. Sie wählte Herrn Lanjuinais zum Präsidenten, als Girondist schon aus dem Convente bekannt, einer der Wenigen, welcher sich der Erhebung Napoleons zum Kaiser widersetzt, der als Senator am 3. April für die Absetzung Napoleons gestimmt; von Lucian, dem Bruder des Kaisers, war nicht die Rede. Zu Vice-Präsidenten wählte sie den entschiedenen Republikaner und Ideologen Lafayette, die sich der Republik sehr annähernden Herren Flaugergues und Dupont von der Eure und den General Reynier.

In beiden Kammern fielen noch vor der kaiserlichen Sitzung Dinge vor, die großen Besorgnissen Raum geben mußten. Ein Abgeordneter, Herr Sibuet, trug darauf an, daß in der Versammlung der Häuser alle Titel und Würden fortfallen müßten, die Titel von Herzogen, Grafen, Baronen und Chevaliers paßten nicht mehr. Wiewohl Herr Sibuet durch Ordnungsruf zur Ruhe verwiesen wurde, so sprach er doch die Meinung eines Theils der Kammer aus. Am 6. Juni verlangten sogar eine Anzahl Mitglieder, daß der Eid nicht dem Kaiser, sondern dem französischen Volke geleistet werden solle. Es fand sich später, daß die kaiserliche Partei in der Abgeordnetenkammer nur etwa 60 Mitglieder, also kaum den zehnten Theil betrug. So trefflich hatte Fouché auf die Wahlen eingewirkt! — Die Pairskammer, obwohl dem Kaiser ergeben, zeigte doch, daß es ihr sehr an Muth und Selbstständigkeit fehlte. Als Carnot am 6. Juni darauf antrug, das Haus solle erklären, „daß das Heer sich um die Nation wohl verdient gemacht habe, indem es verhindert, daß auch nur ein Tropfen Blut vergossen worden und seine Mäßigung seinem Muthe gleich gekommen" lehnte sie dies unter nichtigen Vorwänden ab.

Die feierliche Eröffnung des Parlements durch den Kaiser, welche am 7. Juni stattfand, schien dann doch auch auf diese Versammlung des großen Eindrucks nicht zu verfehlen, welchen das persönliche Erscheinen und die Anrede Napoleons immer hervorbrachte. Bei dieser Eröffnung geschahen alle Formen wie bei konstitutionellen Monarchien. Beide Häuser waren im Pallast der Abgeordneten (früher dem des gesetzgebenden Körpers) versammelt. Eine besondere Bank war für die Minister und Staatsräthe bestimmt. Die Abfahrt Napoleons aus den Tuilerieen und seine Ankunft wurden durch Kanonendonner bezeichnet und er erschien im vollen kaiserlichen Glanze. Er wurde unten an der Thürtreppe von dem Präsidenten und 25 Mitgliedern der Kammern empfangen. Unter allgemeinem Zuruf der aufgestandenen Anwesenden trat er in den Saal. Er nahm Platz auf dem Throne, umgeben von den Prinzen, seinen Brüdern, den Prinzen-Großwürdenträgern, den Ministern, den Groß-Offizieren der Ehrenlegion und den Offizieren seines Hauses. Zunächst geschah dann die Eidesleistung, die von jedem Pair und Abgeordneten einzeln durch namentlichen Aufruf unweigerlich vollzogen wurde. Die Formel war: „ich schwöre Gehorsam den Constitutionen des Reichs und Treue dem Kaiser." Nachdem dies geschehen, nahm der Kaiser einen Augenblick den Hut ab, bedeckte sich wieder und hielt die Thronrede.

Nachdem er gesagt, daß die Umstände und das Vertrauen des Volks ihn seit 3 Monaten mit unbeschränkter Macht bekleidet und nun sein dringendstes Verlangen geschehe, daß er die konstitutionelle Monarchie beginne, fährt er fort: „Unsere Constitutionen sind zerstreut, d. h. sie liegen in den früheren Verfassungen der Republik, des Consulats und des Kaiserreichs. Eines unserer wichtigsten Geschäfte wird sein, sie in einem einzigen Rahmen zu vereinigen und sie in einem einzigen Gedanken zu verbinden. Diese Arbeit wird die gegenwärtige Epoche den künftigen Geschlechtern empfehlen. Mein Ehrgeiz ist, Frankreich aller möglichen Freiheit genießen zu sehen. Ich sage der möglichen, weil die Anarchie beständig zur absoluten Regierungsform zurückführt." Der Kaiser kommt dann auf die Lage des Landes und sagt: „Eine furchtbare Koalition der Könige hat Absichten gegen unsere Unabhängigkeit; ihre Armeen kommen an unsern Grenzen an. Die französische Fregatte Melpomene ist im mittelländischen Meere angegriffen und nach einem blutigen Gefechte gegen ein englisches Linienschiff von 74 Kanonen genommen. Blut ist während des Friedens geflossen! — Unsere Feinde rechnen auf unsere innern Spaltungen. Sie erregen und nähren den Bürgerkrieg. Zusammenrottungen haben stattgefunden.*) — Man ist in Verbindungen mit Gent (Ludwig XVIII.), wie im Jahre 1792 mit Coblenz. Gesetzliche Maaßregeln sind unumgänglich nothwendig. Ihrem Patriotismus, Ihren Einsichten und Ihrer Anhänglichkeit an meine Person vertraue ich ohne Einschränkung. — Die Freiheit der Presse gehört zu der jetzigen Constitution, man kann nichts davon ändern, ohne unser ganzes politisches System umzuwerfen. Aber es müssen Gesetze da sein, die ihr Einhalt thun, besonders bei dem jetzigen Zustande der Nation. Ich empfehle diesen wichtigen Gegenstand Ihrem Nachdenken. — Die Finanzen würden in einem befriedigenden Zustande sein, ohne die Vermehrung der Ausgaben, welche die jetzigen Umstände nöthig machen ...... Es ist möglich, daß die erste Pflicht mich bald an die Spitze der Kinder der Nation ruft, um für das Vaterland zu streiten. Die Armee und ich werden unsere Pflicht thun. — Sie, Pairs und Repräsentanten, geben Sie der Nation das Beispiel des Vertrauens, der Energie und des Patriotismus, und, wie der Senat des großen Volkes des Alterthums, seien Sie entschlossen eher zu sterben, als die Entehrung und Erniedrigung Frankreichs zu überleben. Die heilige Sache des Vaterlandes wird triumphiren!"**)

Während dieser Rede, die Napoleon nicht in hoffnungsreicher Stimmung und von Arbeit blaß, aber mit fester eindringlicher

*) In der Vendée, worauf wir gleich kommen werden.

**) Vossische Zeitung vom 24. Juni aus dem Moniteur.

Stimme hielt, geschah kein Zuruf. Die Aufforderung zum Kampf für die Unabhängigkeit erzeugte keine feurige Unterbrechung.*) Erst als Napoleon geendet, erscholl, doch nicht allgemein, der Zuruf Vive l'Empereur. Gleichwohl war der Eindruck keineswegs spurlos, er wurde nur durch die Stimmung der Kammer im Allgemeinen und durch den Ernst der Umstände bald wieder verwischt.

Mochte indessen die Lage sein wie sie wollte, so war durch den Akt des Maifeldes am 1. Juni Napoleon durch die Nation als Kaiser der Franzosen wieder eingesetzt, durch den Akt des 7. Juni hatte die konstitutionelle Monarchie begonnen. Auf dem Maifelde war Napoleon von den Urwählern Frankreichs, von der bewaffneten Macht, von der Nationalgarde, von allen öffentlichen Gewalten gehuldigt worden, am 7. Juni hatten ihm Pairs- und Abgeordnetenkammer Namens der Nation den Eid der Treue geleistet. Der Staat war also unter ihm als Oberhaupt vollständig eingerichtet. Es war geschehen, was die große Mehrheit der Franzosen gewünscht hatte, um ein nationales Frankreich zu bewahren, den nationalen Ruhm zu retten und bürgerliche Freiheit zu erlangen. So auseinandergehend die Meinungen vorher zum Theil gewesen sein mochten, so gefahrdrohend der bevorstehende Kampf auch sein mochte, so hatte die große Majorität der Nation jetzt entschieden. Es war nun nicht mehr an der Zeit und es war nicht mehr erlaubt zu dissentiren. Die Minorität mußte sich der großen Majorität fügen und alle Kräfte der Nation mußten nach einem Ziele gerichtet sein. Trotzdem war Napoleon nur noch 3 Wochen nach dem Maifelde Kaiser der Franzosen und nur 2 Wochen nach der Eidesleistung zwang ihn die Abgeordnetenkammer, nachdem er im Kampfe bei Waterloo unterlegen, zur Abdankung, um sich durch seine Preisgebung den Frieden zu erkaufen. Die leitenden Personen in Frankreich ließen es sogar geschehen, daß der Mann, der die Franzosen aus der Anarchie der Revolution gerettet, den sie zwei Mal als Consul und zwei Mal als Kaiser sich zum Herrscher gesetzt, der sie 15 Jahre regiert und einen Ruhm auf sie gebracht, der in der Weltgeschichte nicht seines Gleichen gehabt,

*) Nach Capefigue.

von seinen erbitterten Feinden gefangen und als Missethäter auf einer öden Felseninsel des atlantischen Oceans einem langsamen Tode übergeben wurde!

Die Maaßregeln der Verbündeten von Wien übten ihre ganze überwältigende Wirkung auf die Franzosen aus: der Bann vom 13. März, der ihren von Elba gerufenen Kaiser der Vernichtung übergab; die Erneuerung des Traktats von Chaumont vom 25. März, zufolge dessen die Franzosen mit der Waffengewalt Europas so lange bekämpft und bestraft werden sollten, bis sie den verhaßten Mann herausgegeben; die Erklärung vom 9. Mai, in welcher sie, trotz der Aufklärungen, die ihnen über das Verhaßtsein der Bourbons in Frankreich geworden, dennoch den Bann wiederholten und worin die feste Absicht kund gegeben wurde, nicht eher die Waffen niederzulegen, bevor nicht Napoleon entfernt und sicher verwahrt wäre; das Ansammeln von Hunderttausenden von feindlichen Kriegern unmittelbar an ihren Grenzen, um allen diesen Forderungen Nachdruck zu geben, der nahe Anmarsch noch anderer Hunderttausende, um die Forderungen mit Gewalt durchzuführen. Der nahe Aufenthalt der vertriebenen Königsfamilie der Bourbonen in Belgien zu Gent, welche im Verein mit den Emigranten und Priestern, auch mit Hülfe der Engländer das Aeußerste versuchten, Verbindungen in Frankreich zu unterhalten und Aufstände zu erregen. Dies alles versetzte die handelnden Personen und diejenigen, die da glaubten die Last, den Verlust und die Verantwortung tragen zu müssen, in Betäubung und in das Verkennen ihrer eigenen Kraft, es sank ihnen allen (um mit Homer zu reden) vor die Füße der Muth hin. Frankreich war ermattet von 22jährigen Kriegen, die letzte Invasion von 1814 hatte einen tiefen Eindruck gemacht. So glaubten die handelnden Personen von vorn herein, daß Frankreich zu schwach wäre, sich selbst und ihren Cäsar zu schützen.

Man war auch unzufrieden mit diesem selbst. Er hatte die Invasion vermeiden, Frankreich neue große Leiden ersparen können, wenn er zu Gunsten seines Sohnes abdankte, denn die Verbündeten hatten ja, um selbst den Kampf zu vermeiden, Napoleon II. und eine Regentschaft anerkennen wollen, er habe aber nicht so viel Patriotismus gehabt, um seinen Ehrgeiz zu bezähmen, er habe nicht abgedankt.*) Man war unzufrieden mit der gegebenen Verfassung; das Maifeld sollte ein großer Betrug sein, wiewohl doch der Kaiser noch alle möglichen Verbesserungen verheißen hatte. Es war dies im Wesentlichen nur das Produkt der Furcht.

So wie stufenweise die ungeheure Gefahr, in der die Franzosen in Bewahrung ihres Kaisers schwebten, klar wurde, bildete sich bei den genannten Personen die Meinung, Frankreich dürfe nicht um eines Mannes willen verwüstet und zerstört werden, er müsse geopfert werden. Dieser Gedanke entstand erst leise, je mehr aber die Gefahr wuchs, desto allgemeiner wurde er. Man sah zuletzt in Napoleon einen größeren Feind, als die Engländer, Russen, Preußen und Oesterreicher. Die Furchtsamsten wollten ihn um jeden Preis entfernt wissen, er müsse allenfalls umgebracht werden.

Aber man wollte auch die Bourbonen nicht, man haßte und verabscheute sie, die Emigranten, die ultramontanen Priester. Daß man nicht nöthig haben werde, sie wieder anzunehmen, glaubte man und hielt sich an Strohhalmen. England und Oesterreich hatten, um auf alle Fälle gefaßt zu sein, da Napoleon sich so furchtbar aufgerichtet, die Erklärung, zugleich mit der Bestätigung des Bannes vom 9. Mai ergehen lassen: „so sehr sie auch Se. allerchristlichste Majestät (Ludwig XVIII.) wieder auf den Thron gesetzt sehen möchten, so wollten sie doch nicht den Krieg zu dem Ende fortsetzen, um Frankreich einen Herrscher und ein Regierungssystem aufzubürden.“ Hierauf hielten sie sich berechtigt, zu glauben, daß ihnen außer Napoleon selbst eine Wahl freistehen werde: vielleicht noch Napoleon II., Eugen, Bernadotte, der Herzog von Orleans. Nach der Schlacht von Waterloo werden wir sehen, daß sie gern mit dem alten König von Sachsen Friedrich August, dem man eben mehr als die Hälfte seines Landes in Deutschland geraubt und Preußen zugetheilt, vorlieb genommen hätten, um nur die verhaßten Bourbons nicht auferlegt zu erhalten. Indem man aber aus Furcht sich anschickte, Napoleon zu verlassen, schwächte man alle Widerstandskraft und kam dahin, sich widerstandslos dem

*) Wir haben schon bemerkt, daß seine Abdankung Frankreich ganz in die Gewalt der Verbündeten geliefert hätte.

Feinde auszuliefern. Lähmte und zerbrach man den Degen des Kaisers, vor dem die Feinde allein so großen Respekt hatten, so verlor Frankreich alle einheitliche kräftige Leitung und alle Selbstbestimmung.

Wenn die Kammern den Kaiser, dem sie doch so eben Treue geschworen, durch entschiedene und muthige Erklärungen unterstützten, so hätte dies im Innern Halt gegeben und im Auslande nicht wenig imponirt. Es geschah aber gerade das Gegentheil. Jetzt, wo eine concentrirte und kräftige Leitung, ja eine Diktatur so sehr nothwendig war, verlangte die Kammer der Abgeordneten, Napoleon solle sich gleichsam jeder Macht entkleiden, auch die Ausübung der regelmäßigen Macht wurde Despotismus genannt. Von Anfang an kehrte sich die Kammer gar nicht an die Bestimmungen der acte additionel, welche doch der Rechtsboden war, vermöge welcher sie tagte, sondern sie verfuhr ganz willkürlich, als wenn sie die Regierung Frankreichs in Händen hätte. Sie war in dem seltsamen Irrthum befangen, zu glauben, sie stelle die Macht Frankreichs dar — 600 unbewaffnete Männer! — vor welcher das Ausland ungeheuren Respekt haben müsse, da sie doch nur mit dem gewaltigen Arm des Kaisers, der die französischen Heere befehligte, mit dem Schrecken seines Namens, mit seiner riesigen Vergangenheit etwas war. Nützen konnte sie im gegenwärtigen Augenblick nur, wenn sie die Macht des Kaisers stärkte; dagegen konnte sie der Macht Frankreichs unendlich schaden, wenn sie ihm entgegen wirkte, und dies letztere hat sie gethan, so lange — bis sie zu spät ihren Irrthum gewahr wurde und dann jämmerlich, wie das schwache Licht einer Kerze ausging. Große Versammlungen, bemerkt Capefigue, lieben große Männer nicht und es hat immer Gefahren, wenn während eines Krieges Kammern sitzen, sie bilden immer eine große Gêne für den Fürsten. Entweder muß er sich Gesetze vorschreiben lassen oder er muß sie auflösen. — Die Pairskammer war aber vollends nicht geeignet, der Deputirtenkammer ein Gegengewicht zu halten. Sie sollte die Aristokratie des Landes repräsentiren und entbehrte die erste Bedingung derselben, des Alters, der Unabhängigkeit, des alten massenhaften Besitzthums. Diese Aristokratie hatte mehr persönliches Verdienst sich erworben, als irgend eine Europas, auf dem Schlachtfelde, im Rath, in Wissenschaft &c.,

aber es war das Verdienst von gestern, und sie hatte alle Ehren nur vom Kaiser und war eben erst ernannt. Zudem waren die meisten Mitglieder bereits Veteranen, die ihre Verdienste hinter sich hatten und deren Kraft zu neuen Leistungen nicht mehr ausreichte. So war die Pairskammer nicht entfernt mit dem Hause der Lords in England zu vergleichen und bei einer Staatskrise ohne Kraft.

Statt daß nun die Abgeordnetenkammer in einer geharnischten Erklärung aussprach, wie das Volk von Frankreich in dieser furchtbaren Krise sich eng um den Kaiser schaare, und an den unvergänglichen Ruhm Frankreichs appellire, sagte sie in ihrer Antwort auf die Thronrede, welche der Präsident Lanjuinais am Tage vor der Abreise Napoleons zum Heere überbrachte, nichts von allem diesen oder kaum eine matte Beziehung darauf. Sie erklärte vielmehr mit ziemlich dürren Worten, der acte additionel sei mangelhaft, und die Deputirtenkammer werde bestrebt sein, ihn zu vervollkommnen, sie sprach und ergoß sich überhaupt nur über Constitutionen und freie Principien. Napoleon war betroffen über solche Kälte, er hatte denn doch mehr Muth und Vaterlandsliebe bei der nun nahen Katastrophe, auch mehr Anhänglichkeit an seine Person erwartet. Seine Antwort, die er in trüber Stimmung gab, enthielt weit mehr wahren Patriotismus, als die Adresse der Kammer, und war in jeder Hinsicht seiner würdig. „Ich werde diese Nacht abreisen, sagte er zu dem Präsidenten Lanjuinais und der Deputation der Kammer, um mich an die Spitze meiner Armeen zu begeben, die Bewegungen der verschiedenen feindlichen Corps machen meine Gegenwart dort unentbehrlich. Während meiner Abwesenheit werde ich mit Vergnügen sehen, daß eine Commission, durch jede Kammer ernannt, über unsere Constitution nachdenke. Die Constitution ist unser Vereinigungspunkt, sie muß unser Polarstern in diesem Augenblicke des Ungewitters sein. Jede öffentliche Diskussion, welche dahin streben würde, das Vertrauen, was man in ihre Festsetzungen haben muß, direkt oder indirekt zu schwächen, würde ein Unglück für den Staat sein; wir würden uns inmitten von Klippen ohne Kompaß und ohne Richtung befinden. Die Krise, in die wir verflochten sind, ist groß. Lassen Sie uns nicht das Beispiel aus der letzten Zeit des griechischen Kaiserthums (Bas-Empire) nachahmen, welches, von allen Seiten durch die Barbaren bedrängt, zum Gelächter der Nachwelt wurde, indem es sich in dem Augenblick, wo der Widder die Thore der Stadt einstieß, mit abstrakten Diskussionen beschäftigte." Nachdem er die Kammer aufgefordert, sich mit den organischen Gesetzen zu beschäftigen, um die Constitution in Wirksamkeit zu setzen (faire marcher), ohne daß diese öffentlichen Arbeiten Nachtheile für die Gesammtheit hätten, fährt er fort: „In allen Angelegenheiten wird mein Gang immer gerade und fest sein. Helfen Sie mir das Vaterland erretten! Als erster Repräsentant des Volkes habe ich die Verpflichtung übernommen, die ich erneuere, in ruhigern Zeiten alle Prärogative der Krone und die wenige Erfahrung, die ich erworben habe, anzuwenden, Sie in der Verbesserung unserer Institutionen zu unterstützen." *)

Napoleon hatte hiernach von der Landesvertretung keine Stärkung empfangen, die er doch so sehr bedurfte. Es war ein ganz eigener Zustand: die große Masse der Nation war mit der größten Hingebung für ihn und bereit, im Kampfe gegen das Ausland alles einzusetzen. Im Grunde waren auch mehr oder weniger diejenigen für ihn (mit Ausnahme der entschiedenen Royalisten und der Priester), die wir oft bezeichnet haben, wenn nur der Bann Europas und der entsetzliche Kampf nicht gewesen wäre, der bevorstand. So hielt sich seine Herrschaft unbestritten bis zur kriegerischen Entscheidung. Wäre diese günstig für ihn gewesen, so hätte Jedermann Muth bekommen und alles wäre von selbst ihm wieder zugefallen; es hätte dann an Stärkung von der Landesvertretung nicht gefehlt. Wäre der erste ernstliche Zusammenstoß auch nur zweifelhaft gewesen, so war es für ihn schon ein großer Gewinn. Er würde den Kampf in die Länge gezogen, Zeit erhalten haben sich zu verstärken, und das Endergebniß hätte noch günstig für ihn sein können. Da er nun aber bei Waterloo die vollkommenste Niederlage erlitt, so war es freilich um ihn geschehen.

Während Napoleon mit aller Kraft beschäftigt war, das nationale Frankreich wieder herzustellen und dafür, weil es sein mußte, den erbittertsten Kampf zu führen, fand er von den geltenden Personen, aus Furcht, nicht die Unterstützung in dem muthigen Vorhaben, zu dessen Ausführung man ihn doch eigentlich gerufen hatte.

---

*) Capefigue II. 114.

Da es so zweifelhaft stand, so arbeiteten viele Personen geradezu bewußt und unbewußt an seinem Verderben. Obenan aber stand der verrätherische Fouché. Dieser Meister aller Intriguanten, auf alle Fälle eingerichtet und bereit, Jeden zu verrathen, conspirirte mit Metternich, mit Wellington, wahrscheinlich auch jetzt schon mit Ludwig XVIII., obgleich dies vor der Schlacht von Waterloo bestritten wird, und schmeichelte zugleich auf alle Weise Napoleon. Letzterer hatte sich nun endlich überzeugt, daß Fouché ihn verrathe. Kurz vor seiner Abreise zur Armee erfuhr er, daß Fouché wieder einen Vertrauten nach der Schweiz gesandt, um, Gott weiß was, einzuleiten. Die empörende Untreue des Mannes versetzte ihn in großen Zorn. Er befahl ein Gericht über Fouché. Als dieses aber in Ausführung kommen sollte, zögerte er und ließ es wieder. „Ich gehe zum Heere ab, sagte er zu den Personen, die das Gericht bilden sollten, wenn ich die Partie verliere, wozu nützt das Blut dieses Mannes! Seine Hinrichtung würde ohne Zweck sein. Wenn ich gewinne, wird der Courier, der die Nachricht bringt, zugleich den Befehl zu seiner Verhaftung bringen und dann werden die Schreier, die den Triumph unsrer Waffen verkünden, zugleich im Publikum die Verdammung und Hinrichturg Fouchés als Verräther am Vaterlande zu verkünden haben." Napoleon begnügte sich, zu Fouché eines Abends kaltblütig zu sagen: „Sie sind ein Verräther; warum bleiben Sie mein Minister der Polizei, wenn Sie mich verrathen wollen? Es hängt nur von mir ab, Sie hängen zu lassen, und alle Welt würde Beifall rufen" (et tout le monde applaudirait).*)

Zur Zeit, als der Kaiser im Begriff und genöthigt war, sich zum Heere zu begeben, um seine Sache durch die Waffen zu entscheiden, war es seinen Feinden, den Verbündeten, besonders den Engländern, dem Hofe zu Gent, den Royalisten und Priestern gelungen, ihm auch im Innern von Frankreich nicht unbeträchtliche Verlegenheiten zu bereiten. Eine Gegend Frankreichs, die für

*) Vaulabelle II. 416. Die letzte Aeußerung nach den Memoiren Lavalette's.

den Royalismus so große Opfer gebracht, die Vendée und Bretagne, schien aufs Neue der günstigste Schauplatz zu sein, wo sich royalistische Aufstände ins Werk setzen ließen. Die Zeit war freilich längst vorüber, wo die Bauern die Edelleute zum Aufstande zwangen, es stand Niemand von selbst mehr auf, und so war es ja dem Herzog von Bourbon, als er bei der Wiederkehr Napoleons nach der Vendée eilte, nicht gelungen, auch nur die geringste Bande für den König aufzubringen. Die rastlosen Bemühungen des Hofes von Gent, der Emigranten und die Unterstützungen Englands mit Geld und Waffen brachten dann eine völlige Ausrüstung zu Stande, die in der Vendée landen sollte. Um der Sache eine größere Sanktion zu geben, war der Graf Artois, der Bruder Ludwig XVIII. und bourbonischer Thronfolger, bestimmt, an die Spitze der Unternehmung zu treten. Wenn es aber darauf ankam, selbst etwas zu leisten, Muth und Geschick in Gefahren zu zeigen, so fühlte Graf Artois dazu keinen Beruf, er überließ so gefährliche Dinge gern an Andere. So übernahm denn die Familie La Rochejaquelein und besonders der ehrgeizige Ludwig de La Rochejaquelein die Führung der Unternehmung. Es fanden sich noch eine Anzahl früherer Vendéer- und Chouan-Chefs, mit denen man in Unterhandlung trat. Geld und Versprechungen wirkten und es kam ein Aufstand in der sogenannten Bocage von 6—7000 Bauern zusammen, welcher in 4 Corps geordnet wurde, die vermehrt werden sollten. Es zeigte sich bald, daß der Marquis Ludwig de la Rochejaquelein weit entfernt war, die Eigenschaften zu einem Oberbefehlshaber zu besitzen, wonach er so sehr verlangte. Es kam zu Streitigkeiten unter den Anführern und die Sache drohte in gänzlichen Stillstand zu kommen.

Die Verhältnisse in der Vendée und der Bretagne machten Gegenanstalten Napoleons nothwendig. Er bestimmte zwei Divisionen: Lamarque und Travot, 8500 Mann, zur Niederschlagung des Aufstandes. Der Kriegsminister Marschall Davoust erließ eine Proklamation. Es kam indeß zunächst zu keinen Feindseligkeiten und nur Leidenschaftlichkeit und Eitelkeit des Ludwig von La Rochejaquelein führte ein Gefecht herbei. Fouché, der sich in Alles mischte, unterhielt auch Verbindungen mit den Häuptern der Vendéer und versprach dem Kaiser, die Vendée ohne alles Blutvergießen zu beruhigen. Napoleon, in dieser Periode noch nicht von dem Verrath Fouchés überzeugt, nahm das Versprechen an. Es gingen Unterhändler von Paris nach der Vendée und zurück. Zufolge Capefigue II. 77, 79, hatte sich Fouché nun bereits mit dem Hofe der Bourbonen zu Gent in Verbindung gesetzt und Briefe von dorther empfangen.*) Er fragte die Vendéer Unterhändler, warum die Vendéer Aufstand und Bürgerkrieg erhöben, da dies doch ganz unnöthig wäre? Er, Fouché, arbeite für die Bourbonen. Zum Beweise dessen zeigte er ihnen die Briefe, die er von Gent empfangen hatte. Es wäre blos eine Sache der Zeit, sagte er, in zwei Monaten wäre die Restauration der Bourbonen da. Sie möchten übrigens sich hüten, die Engländer in die Sache zu ziehen und sobald als möglich Waffenstillstand mit den kaiserlichen Truppen schließen. — Die Unterhändler der Vendéer kehrten überzeugt zurück, wandten sich aber nicht an den unfähigen und übereilten Marquis Ludwig von La Rochejaquelein, sondern an einen andern Anführer Autichamp, der sogleich auch die anderen Führer überzeugte, daß Abwarten hier das Beste sei. Jener aber war wüthend über diese Vorgänge, mochte auch wohl Verpflichtungen gegen die Engländer haben und wollte sich durchaus schlagen. Er griff am 4. Juni mit seinem Haufen die Division Travot bei Croix de Vic an, erlitt aber eine vollkommene Niederlage und blieb selbst im Treffen. Von nun an verhielten sich die Vendée und Bretagne vollkommen ruhig.

Auch an andern Orten Frankreichs regten sich royalistische Elemente. In der großen Handelsstadt Bordeaux sehnte man sich nach der Freiheit der Meere, die nur unter der Herrschaft der Bourbonen erblühen zu können schien. Es kam zu keiner royalistischen Bewegung, weil auch die Imperialisten zahlreich waren, doch geschahen viel Duelle und Privatfehden. Man verhielt sich im Ganzen abwartend, wie der große Kampf ausfallen werde.**)

*) Dies ist es, was Vaulabelle nicht annimmt; Fouché hätte sich erst nach der Schlacht bei Waterloo mit den Bourbonen selbst in Verbindung gesetzt. Dann aber ist seine Handlungsweise schwer zu erklären.

**) Messieurs, laissons aux canons le soin de decider l'affaire, sagte eines Tages der Präfekt von Bordeaux zu Einem, der wegen aufrührerischer Reden bei ihm angeklagt war. (Vossische Zeitung vom 24. Juni. Artikel, Krieg in der Vendée.)

In Toulouse standen sich die Parteien ungefähr gleich. Im eigentlichen Süden, in Montpellier, Nismes, in den Sevennen war die Bewegung konfessionell. Die Priester hetzten das Volk gegen die hier zahlreichen Hugenotten auf. Diese waren für den Kaiser, weil er die Gleichheit aller Kulte aufrecht erhielt; aus entgegengesetzten Gründen waren die unwissenden, fanatischen Katholiken für die Bourbonen. Es hielt hier eine Parthei die andere im Zaum. Dagegen war Avignon, immer in direkter Verbindung mit dem Hofe zu Gent, in konfessioneller und politischer Hinsicht leidenschaftlich und fanatisch den Bourbonen hingegeben. Edelleute und Priester hatten hier das Landvolk zu freiwilligen Compagnien geschaart und weitverzweigte Verbindungen organisirt. Vom Gard- bis zum Var-Departement konnten sich gegen 40,000 Mann auf ein gegebenes Zeichen erheben. Wo möglich noch schlimmer war die Stimmung in der großen Handelsstadt Marseille, die der Seesperre durch die Engländer gründlich müde, das kaiserliche Regime haßte und auch nicht ohne religiösen Fanatismus war. Zur Niederhaltung des Südens stand hier von Marseille bis Nizza der Marschall Brune mit 15,000 Mann kaiserlicher Truppen. Es kam hier zu lärmenden Unordnungen und blutigen Exekutionen. Gegen Marseille mußten von dem Marschall drohende Proklamationen erlassen und der Handelsplatz fast wie eine eroberte Stadt behandelt werden. Das Uebelste war: es konnten von hier keine Conscribirte für das Heer eingezogen werden, die Abgaben gingen sehr unregelmäßig ein. Ueberall stand sich die dreifarbige und die weiße Fahne erbittert und feindselig gegenüber.*)

So hatten die Maaßregeln der Verbündeten, des Hofes zu Gent, der Emigranten, der Royalisten und Priester, so wie der Republikaner doch den Boden Frankreichs unterwühlt und die nationale Sache war wankend geworden. Noch immer hatte der Kaiser die ungeheure Mehrheit für sich, er konnte die Nation bewaffnet ins Feld führen und es mußte darauf ankommen, ob er im Stande sein würde mit dem bewaffneten, aber allerdings durch frühere langwierige Kriege und Niederlagen geschwächten Frankreich, den ungeheuren Streitkräften der verbündeten Fürsten Europas zu widerstehen.

*) Capefigue II. Cap. 3.

6. Die Dinge auf verbündeter Seite, bis zum Ausbruch des Kampfes. — Der bourbonische Hof in Gent.

Wir haben im vierten Abschnitt die Gegenanstalten der Verbündeten gegen die Unternehmung Napoleons angegeben, wir haben auch den Eindruck im Allgemeinen bezeichnet, den die Wiederkehr des Mannes auf die verschiedenen Staaten und Stämme der Deutschen hervorbrachte. Es ist nöthig, von der Stimmung in Deutschland noch insbesondere zu reden und die Charakteristik davon, so weit unsere Kräfte reichen, zu vervollständigen.

Wenn auch unter Mitwirkung der Russen und Engländer, so hatte Deutschland doch 1813/14 einen ungeheuren Kampf gekämpft und hatte den Sieg errungen. Der große Kampf war geführt worden um die Befreiung Deutschlands und es war dem deutschen Volke durch das Manifest von Kalisch die Wiederaufrichtung eines einheitlichen deutschen Reiches verheißen. Durch die Nation ging eine hohe nationale Begeisterung, wie sie ein so großer Kampf und ein so großer Sieg hervorbringen mußte. Es waren nur erst wenige Jahre her, daß das heilige römische Reich deutscher Nation untergegangen war, unter welchem noch eine große Zahl Lebender aufgewachsen war. Seit 50 Jahren hatten die Deutschen sich in dem Bilde erblickt, welches Klopstock in seinen Dichtungen verherrlicht; sie waren von den Idealen Schillers genährt worden. Hiernach hatten sie einen starken Glauben an die eigene Größe, der durch die glänzenden Siege im Freiheitskampfe seine abermalige Begründung gefunden hatte.

Das Schicksal von Deutschland sollte nun auf dem großen europäischen Congresse zu Wien entschieden werden. Dorthin waren Aller Blicke gerichtet. Ein Gefühl von der unermeßlichen Bedeutung des Congresses ging durch das ganze Volk. Ungeachtet der Friede von Paris schon eine merkliche Enttäuschung gebracht, so war die Hoffnung doch noch sehr hochgehend. Noch immer glaubte man an eine einheitliche Gestaltung von Deutschland, was ja der vorgegebene Zweck des Kampfes gewesen, wenn auch die Meinungen darüber weit auseinandergingen. Wie es häufig geht, daß gerade da die Hoffnung stark ist, wo man am wenigsten sicheren Boden unter sich hat, so glaubte eine nicht geringe Zahl, daß wenn nur die Staatsmänner in Wien zusammengetreten wären, sie der Nation eine große politische Zukunft unfehlbar bereiten würden.*)

Bald jedoch nach der wirklichen Eröffnung des Congresses zeigte es sich, daß die Kraft der versammelten Diplomaten weniger im Wollen, als im Nichtwollen bestand. Es zeigte sich weiter, daß jede politische Form, welche für die nationale Einheit und die Zusammenfassung der einzelnen Staaten in Vorschlag kam, auf das Eifrigste bekämpft wurde, daß eine Verfassung für Gesammtdeutschland nicht zu Stande kommen werde. Alle Mächte waren mißtrauisch gegeneinander, weil bei der Vertheilung der Beute jede den möglichst größten Antheil haben wollte und jede sich durch die andere benachtheiligt glaubte. Um den verschiedenen Ansprüchen und Forderungen Nachdruck zu geben, blieben, wie wir schon oben angeführt, die zurückgekehrten Heere fortwährend auf dem Kriegsfuß, zum größten Nachtheil der heimischen Länder, welche doch so ungeheure Opfer zum Kampfe gebracht hatten und nun ihre Opfer auch noch im Frieden fortsetzen mußten.

Preußen hatte in dem Kampfe das meiste geleistet und hatte also auch die meisten Ansprüche. Aber Oesterreich rang mit allen Kräften, es durchaus zu keinem Ansehn kommen zu lassen. Fürst Metternich ließ alle seine diplomatischen Künste los, um für Oesterreich den größtmöglichsten Gewinn zu ziehen und Preußen niederzuhalten. Baiern arbeitete unruhig und rücksichtslos daran, eine Stellung in Deutschland und in Euopa zu erringen und Würtemberg wollte in dieser Sorge hinter Baiern nicht zurückbleiben. Fürst Metternich begünstigte dies ehrgeizige Streben, diese Souverainitätssucht, um eine Aufrichtung von Deutschland unmöglich zu machen. Dabei wirkte er am Rhein, in Schwaben rc. für eine Kaiser-Republik, welche dann doch Oesterreich zufallen mußte. Er wirkte bei den kleinen Staaten für ein patriarchalisches Kaiserthum, welches das Ideal der kleinen Fürsten war, die sich dies nicht anders, als unter Oesterreich, denken konnten. Dabei glaubten diese aber noch ihre Rheinbunds-Souverainität sich wahren zu

*) Perthes Leben II. 22.

müssen. Einige der kleineren Mittelstaaten, wie Baden und Hessen, schwankten, ob sie sich Baiern und Würtemberg, oder den kleineren Fürsten anschließen sollten. Ueberhaupt aber hatte keiner der deutschen Fürsten Lust, mit Aufgebung seiner Souverainität, einem Oberhaupte sich wahrhaft unterzuordnen. Die großen europäischen Mächte aber hatten noch insbesondere den entschiedensten Widerwillen gegen jeden Schritt, welcher die Macht Deutschlands durch größere Vereinigung verstärken konnte.

Die Zerwürfnisse am Congreß erreichten den höchsten Grad, als es sich um die Entschädigung Preußens durch Zutheilung des ganzen Königreichs Sachsen handelte. Oesterreich wollte Preußen um keinen Preis zum Nachbarn im nördlichen Böhmen haben; Graf Münster, der hannöversche Minister, welcher lange von Aufrichtung einer großen welfischen Macht in Deutschland geträumt, noch davon träumte und von England darin unterstützt wurde, konnte dies nur durch möglichste Beeinträchtigung Preußens. Fürst Metternich räumte, um Sachsen nicht an Preußen kommen zu lassen, selbst dem bisherigen Feinde, Frankreich, eine entscheidende Stimme ein. Er trat mit Talleyrand in Verbindung, welcher diese Gelegenheit mit Begierde ergriff, um ein Bündniß zwischen Oesterreich, Frankreich, England, Baiern, den Niederlanden gegen Preußen und Rußland zu Stande zu bringen, von welchem mehrmals die Rede gewesen. Ein blutiger Krieg konnte entbrennen, welcher das kaum errettete Deutschland ins Verderben stürzen mußte. Noch waren alle Heere auf dem Kriegsfuß, noch war jeder gerüstet und es gab einen Moment, wo das Losschlagen nahe bevorstehend war. Ränke, Entrüstung, Bitterkeit herrschten am Congresse.

Das deutsche Volk, dessen Erwartungen und Wünsche so hoch gingen, erfuhr lange Zeit nur die Nachricht von Lustbarkeiten in Wien, von welchen alle Zeitungen voll waren. Wenn auch die öffentlichen Blätter von den Zuständen und Verhandlungen nichts enthalten durften, so war die Anzahl der Personen aus allen Ländern Europas in Wien doch viel zu groß, als daß nicht die Kunde von vielen Zerwürfnissen ins Publikum dringen sollte. Mit Schmerz mußte man inne werden, daß an die Wiederaufrichtung eines deutschen Reichs nicht gedacht werden könne. Die Zwietracht und der Hader am Congreß mußten dann größer geworden sein, denn selbst in den Zeitungen erschienen Aufsätze, Noten und Nachrichten, welche selbst einen gewissen Grad von Feindseligkeit anzeigten. Endlich ließen die Befehle, die von den Herrschern in Wien an ihre Behörden und besonders an ihre Truppencorps ergingen, keinen Zweifel mehr, daß die Zwietracht in offene Feindseligkeit übergegangen sein müsse und daß zu befürchten stehe, der eben beendete glorreiche äußere Krieg werde in einem schmählichen verderblichen innern Kriege um die Hinterlassenschaft des Mannes in Elba enden.

Es hat den Herrschern von Europa und insbesondere den Fürsten Deutschlands moralisch in den Herzen ihrer Völker nichts so sehr geschadet, als diese ärgerlichen Vorfälle zu Wien und der Eindruck wirkt nach bis auf den heutigen Tag. Man hatte erst so große Hoffnungen, dann kam der Zweifel, hierauf die Mißachtung und endlich der Haß. Zeitgenossen können sich nicht stark genug darüber äußern. „Das Gemälde des Wiener Congresses," heißt es in Venturinis Chronik XII., 9 u. fg., „wie es am Schlusse von 1814 und im Anfange 1815 sich der unbefangenen Beschauung darstellt, wird keinen anderen, als einen widrigen, ja fast empörenden Eindruck auf den gesunden Volksverstand machen." An einer anderen Stelle heißt es: „Die Zwietracht in Wien war ein Aergerniß der Völker. Es gab nach so großen Opfern keinen Lohn." Noch stärker ist es in Fr. Perthes Leben ausgedrückt, wenn gesagt wird (II. §. 27, 28): „Man fand immer neue Ursachen zum Haß in Wien. Ränke, Ueberlistungen, Vorspiegelungen machten den Inhalt der Verhandlungen aus. Die Sachen wurden so betrieben, daß man sich schämen muß, sie in einem andern, als falschen Lichte darzustellen . . . Noch nie ist das Herrschen und die Staatskunst so gänzlich aller Würde entblößt erschienen."

In die große Mißstimmung der durch den geschlagenen Freiheitskampf hochgehenden öffentlichen Meinung fiel nun die Wiederkehr Napoleons, an deren Möglichkeit Niemand im Volke gedacht hatte, wie man denn Frankreich ziemlich aus dem Gesicht verloren hatte. Man täuschte sich anfangs, wie die Royalisten in Frankreich und die Staatsmänner am Congresse über die Bedeutung des Mannes und seiner Unternehmung. Die große Mehrzahl der Gebildeten begrüßte seine Wiederkehr mit Freuden, indem dadurch die heillosen Zerwürfnisse am Congreß aufhören mußten; man betrachtete die Wiederkehr als eine Lösung derselben, welche zur Einigkeit zwingen müßte. Daß die Wiederkehr des Mannes „Krieg“ bedeute und daß derselbe auf das äußerste zu bekämpfen sei, schien gar nicht zweifelhaft. Noch glühte der grimmigste Haß gegen „den Tyrannen“ in den Herzen der großen Mehrheit in voller Stärke und man betrachtete sein „Entweichen“ von Elba wie den Ausbruch eines Raubthiers. „Die Welt war gerettet,“ heißt es in Venturini's Chronik XII. 7 und 8, „weil das scheuslich grinsende Gespenst, weil jener alte Würgengel in seiner furchtbarsten Gestalt wieder erschien.“ „Die Bestrafung des großen Verbrechers und seiner heillosen Rotte muß geschehen,“ heißt es an einer andern Stelle. Aehnlichen Aeußerungen begegnet man in allen Zeitungen und Schriften jener Tage.

Der Congreß zu Wien säumte nicht, von diesem großen Hasse gegen Napoleon Nutzen zu ziehen: er sprach durch die Erklärung vom 13. März den Bann der Vernichtung über ihn aus, er rechtfertigte diesen Bann mit größter Heftigkeit im österreichischen Beobachter, welche Auslassung in alle Zeitungen Deutschlands überging; er schloß in der Erneuerung des Traktats von Chaumont vom 25. März ein Bündniß, um Napoleon zu stürzen, wenn er wirklich emporkäme, und um Frankreich zu richten. Durch diese heftigen und schnellen Maßnahmen wurde die öffentliche Meinung gedämpft, welche etwa den Ursachen der unerklärlichen und gewaltigen Erscheinungen nachspüren wollte und diese gleich anfangs auf den Weg geleitet, den sie gehen sollte.

Indessen war Napoleon ohne einen Tropfen Blut in Paris eingerückt und Ludwig XVIII. war flüchtig in den Niederlanden. Man las die gewaltigen Proklamationen „des Ungeheuers“, die Darstellung seines Marsches nach Paris, seine Dekrete von Lyon, seine Rechtfertigung, seine Anerbietungen u. s. w. u. s. w., seine unbestrittene Besitznahme von ganz Frankreich. Es wurde nun zwar der große Erfolg des Mannes in den Zeitungen lediglich als große Verschwörung des französischen Militairs dargestellt, woran das französische Volk durchaus keinen Antheil habe, welches vielmehr Ludwig XVIII. auf das treueste ergeben sei, das Volk sei lediglich von den verwilderten Soldaten terrorisirt worden, welche sich Prätorianer zu sein anmaßten. Es wurde auch Alles, was von dem „Tyrannen“ ausging, auf das heftigste im entgegengesetzten Sinne kommentirt, ein Theil davon wurde auch geflissentlich unterdrückt. Es sollte Alles nur Vorspiegelung, Lug und Trug sein. Die durch Verrätherei pflichtvergessener Soldaten erworbene Herrschaft des Tyrannen werde bald wie Spreu zerstoben sein, denn es sei unmöglich, daß die Franzosen sie dem „milden, väterlichen Regiment des weisen Königs“ vorziehen könnten. Es könne die Herrschaft des Mannes keine Dauer haben, welcher die europäische Welt aufs Neue in Blut, Brand und Trümmer stürzen wolle.

Wiewohl Haß und Furcht gegen den Imperator bei weitem überwogen, so konnte es doch nicht fehlen, daß Einsichtige im Volke zu einigem Nachdenken über die großen Verhältnisse kamen. Was zunächst die ganze Unternehmung des Mannes von Elba betrifft, so gab es schon damals Stimmen, welche den Rechtspunkt schärfer ins Auge faßten. Wir haben auch schon im vierten Abschnitt darauf aufmerksam gemacht, daß die Stimmung in Deutschland verschieden und der Haß gegen Napoleon nicht allgemein war. So lesen wir in der mehrerwähnten Chronik des Jahres 1815 von Venturini S. 131: „Eigentlich entschied vorzüglich Napoleons Persönlichkeit in der großen öffentlichen Meinung zu seinem Nachtheile. Der Buchstabe des Rechts sprach weit mehr für als gegen ihn. War er nämlich wirklicher Souverain von Elba, in welcher Qualität die verbündeten Monarchen doch feierlich Traktate mit ihm zu Fontainebleau geschlossen, sogar seine Flagge der von Frankreich gleich gesetzt hatten; so machte ihn der Einfall in Frankreich weder zu einem gemeinen Verbrecher, noch rechtlos! War er ein Monarch wie die andern — und dafür hatten sie ihn ja erkannt, — so konnte er auch gewiß nicht für „einen wesenlosen Schatten“ gehalten werden. Einsichtige waren auch schon damals keineswegs einverstanden mit dem Bann, welcher mit so unerhörter Heftigkeit gegen einen Mann geschleudert wurde, welcher von allen Monarchen doch schließlich als ihres Gleichen anerkannt worden, der Könige ab- und eingesetzt, der eine so große Einwirkung auf ihre Geschicke gehabt und der immer doch einer der größten Männer der Weltgeschichte bleiben mußte. „Venturini, der seine Quellen während der Aktion selbst sammelte und sie in seiner Chronik XII. Band im Jahre 1818 zu Altona bei Hammerich herausgab, nennt S. 17 die Erklärung vom 13. März und die Rechtfertigung im österreichischen Beobachter „eine von der Furcht eingegebene Voreiligkeit, die der scharfen Rüge nicht entgehen könne.“ — Es wollte Vielen auch gar nicht recht einleuchten, daß bloß eine wilde Soldateska, die nach Plünderung fremder Länder und des eigenen Landes lechzte, verbunden mit einer Partei aus der Hefe des Volks, „den Verderber des Menschengeschlechts“ wieder auf den Thron gehoben haben sollte. „Wäre Napoleon, heißt es Venturini XII. S. 34, nur durch eine Partei auf den Thron gehoben worden, so würde ganz gewiß diese Partei, da sie nun das Vaterland um des einzigen Mannes willen mit den schrecklichsten Plagen und Gräueln bedroht sah, ihn wieder vom Throne verjagt haben. Daß er, als das Unheil völlig hereinbrach, dennoch fest auf dem Throne blieb, daß nur fremde Waffen ihn von demselben herabzustürzen vermochten, beweist wohl jedem Unbefangenen zur Genüge: daß Frankreich und Napoleon eins gewesen.“

In Deutschland durften solche Ansichten nicht öffentlich laut werden; in dem freien England dagegen, wenngleich jetzt von der starren Tory-Partei beherrscht, konnten sie nicht unterdrückt werden. Die Meinungen waren in England im Anfange bis in die höheren Regionen modificirt. Durch die Kriege mit der französischen Republik und dem Kaiserreich waren die Schulden verdreifacht und es waren noch viel Verbindlichkeiten abzutragen. Eben war man noch im Kriege mit den vereinigten Staaten von Nord-Amerika begriffen. Man überlegte, warum denn Krieg? für wen? Napoleon war wieder im vollen Besitz von Frankreich, seine Herrschaft war eine vollendete Thatsache. Also geschah ein Krieg rein für die Bourbonen; was gewann man aber mit diesen? Ihre Regierung in Frankreich hatte in England keineswegs befriedigt; England würde eine solche gewiß nicht geduldet haben. Wenn aber die Bourbonen in Frankreich wieder eingesetzt worden, würden die Franzosen sie lange dulden? Frankreich auf dem Continent ohnmächtig werden zu lassen, schien auch nicht gerade wünschenswerth; die andern Mächte konnten zu stark dagegen werden, die Ueberlassung von Polen an Rußland und Italiens an Oesterreich wurde in England mit Mißbehagen empfunden. Im Uebrigen hatte der

Glanz der Wiederkehr Napoleons und die im Sturm geschehene Eroberung von Frankreich durch sein bloßes Erscheinen auch in England seine volle Wirkung ausgeübt. Die britischen Minister waren darum nicht eben zum Kriege sehr geneigt. Die Emigranten aber, welche zahlreich nach England geflüchtet waren, suchten diese Bedenken zu bekämpfen. Sie versicherten, daß Napoleon nur wenig Streitkräfte aufbringen könne; wenn man von Seiten der Continentalmächte rasch vorgehe, wenn man eine Landung in der Bretagne unternehme ꝛc., werde Napoleon bald gestürzt sein ꝛc. Die britischen Minister waren noch eben dabei, die Gründe für und wider zu erwägen, als die Nachricht von Wellington aus Wien anlangte, daß er Namens Englands der Coalition beigetreten sei. Der Herzog hatte dies auf seinen Kopf gethan, ohne die Minister um Rath zu fragen. Prinz Regent, die Tory's und überhaupt die Aristokratie von England hatten von Anfang an die französische Republik und das Kaiserreich auf das heftigste bekämpft und waren auch jetzt geneigt, Napoleons Herrschaft nicht zu dulden, sie scheuten sich nur vor der Volksstimme und den vermehrten Schulden. Da Wellington einmal entschieden hatte, so wollten sich die englischen Minister nicht von den Continentalmächten absondern. Ueberhaupt war der Minister des Aeußern, Lord Castlereagh, als Hochtory den leitenden Grundsätzen des Continents zugeneigt, es wurde daher vom englischen Ministerrath die Sache ganz im Sinne der Coalition entschieden.

Wenn die englischen Minister aber dem Parlamente und dem Lande der Wahrheit gemäß gesagt hätten: wir führen Krieg, um Napoleon abzusetzen und gefangen zu nehmen und Ludwig XVIII. wieder einzusetzen, so würde dies nicht eingeleuchtet haben und man würde dies nach englischer Denkungsart für eine unrechtmäßige Bedrückung der Franzosen gehalten haben. Lord Castlereagh griff daher zu einer List, welche ein englischer Minister heute nicht mehr wagen würde. Man beschloß, die Maßregeln von Wien geheim zu halten und diese nur nach und nach der Nation zu eröffnen, aber in der Art, daß es den englischen Prinzipien und Verfassungsgewohnheiten nicht zuwiderliefe, wozu dann auch geradezu Ableugnungen angewandt wurden. Man übertrieb die Gefährlichkeit Napoleons für Frankreich und Europa in das maßloseste, stellte dessen

Entfernung als nothwendig und leicht dar und wollte im Uebrigen Frankreich durchaus keine Regierung aufdringen.

Was auch von den regierenden Klassen Englands angewandt wurde, so konnte eine Opposition im Parlament nicht ausbleiben. Eine nicht gerade unbedeutende Partei konnte die Nothwendigkeit eines Krieges mit Frankreich nicht einsehen, weil dieses Napoleon aufs Neue zum Herrscher angenommen. Als die Sache am 23. April zur Verhandlung im Unterhause kam, erhob der Abgeordnete Mr. Whitbread seine Stimme und unterzog das Verfahren der Verbündeten gegen Napoleon, wie gegen einen gemeinen Missethäter, der schärfsten Kritik. Mr. Whitbread ließ sich des weitern über den Bann vom 13. März aus, welchen der Herzog von Wellington Namens Englands mitunterzeichnet, und erklärte ein solches Verfahren des freien Englands unwürdig. Er führte dann an, daß man Napoleon ein Recht gegeben, sich seinerseits an den Traktat von Fontainebleau nicht gebunden zu halten, da man ihn von Seiten der Verbündeten in keiner Art gehalten habe. Man habe Napoleon und seiner Familie die stipulirten Gelder nicht gezahlt, man habe das Herzogthum Parma seinem Sohne vorenthalten; man habe dem Prinzen Eugen, seinem Stiefsohn, die Dotation nicht gegeben, welche man ihm versprochen; man habe in Wien darüber diskutirt, ob man Napoleon nicht auf eine ferne Insel des Oceans deportiren müsse! — Napoleon habe in Frankreich nicht nur ein Heer, sondern auch eine Nation gefunden, die ihm ihre Arme geöffnet. Mit einem Heere allein wäre er nicht in 20 Tagen nach Paris gelangt, ohne einen Schuß zu thun. Die Bourbonen aber hätten nicht einen Arm gefunden, welcher sich für sie erhoben. Nun aber werde der Krieg nur begonnen, um die Bourbonen wieder einzusetzen, welche die Franzosen nicht wollten. Das wäre eine Einmischung in die Rechte einer unabhängigen Nation und den Prinzipien Englands entgegen. Napoleon übrigens würde das nicht sein, was er wäre, ein großes Genie, wenn er nicht durch Erfahrung geläutert und gebessert zurückgekehrt sein sollte. — Ueberhaupt sei es seit dem Wiener Congreß nicht mehr erlaubt, von dem Ehrgeiz Napoleons zu sprechen, seit Polen usurpirt, Sachsen zersplittert, Venedig und Genua ihrer Selbstständigkeit beraubt worden. — Es wäre doch der Mühe werth, da

Napoleon den Pariser Frieden annehmen wollte, darüber nachzudenken, ob der Friede mit ihm nicht ersprießlicher wäre, als der Krieg. Napoleon sei am Ende eben so viel werth auf dem Throne Frankreichs als Andere. Die englische Staatsschuld werde durch den Krieg verdoppelt werden und das alles geschähe, um die Bourbonen wieder herzustellen! — ein zu hoher Preis! — Der Abgeordnete Whitbread stellte dann den Antrag: „Das Haus möge beschließen, eine Adresse an den Prinz-Regenten zu richten, um S. Königl. Hoheit zu bitten, die nöthigen Maßregeln zu ergreifen, damit die Nation nicht in einen Krieg mit Frankreich verwickelt werde, weil die oberste Gewalt in diesem Lande in den Händen einer gewissen Person sei.“ — Auch der Abgeordnete Ponsonby, welcher eine Mittelstellung einnahm, warnte davor, einen Krieg anzufangen, wenn er nicht unumgänglich nothwendig wäre. Er werde die Geldmittel zum Kriege nicht bewilligen, denn er fände es unrecht, die Anerbietung Napoleons ohne Weiteres zurückzuweisen. Man sollte sich nicht täuschen, es wäre ganz falsch, daß Napoleon bloß durch die Armee den Thron Frankreichs wieder gewonnen habe ꝛc. Er drängte das Kabinet, die Wahrheit zu gestehen, daß man Napoleon bloß darum absetzen wolle, um die Bourbonen wieder herzustellen. Whitbread fragte den Minister: ob der Traktat vom 25. März authentisch wäre oder nicht? Lord Castlereagh, der nun gestehen sollte, ob England in Allem mit dem Congreß von Wien verbunden sei, antwortete verlegen und ausweichend. Dann haben Sie uns unwürdig getäuscht, wurde ihm von der Opposition geantwortet. Das Parlament müsse seine Sitzungen so lange aussetzen, bis es genau unterrichtet wäre. Lord Castlereagh, gedrängt, versprach zum 28. April das Nähere vorzulegen. In dieser Sitzung erhob sich eine der heftigsten Diskussionen. Whitbread warf dem Minister vor, er habe das Parlament gemißbraucht, um das Land in einen nutzlosen, höchst gefährlichen Krieg zu verwickeln. — Lord Castlereagh leugnete dies entschieden ab. In einer langen Rede brachte er alle die heftigen Beschuldigungen vor, welche von den Regierungen des Festlandes in Schwung gesetzt waren: Napoleon sei ein Meineidiger, ein Wortbrüchiger, den bloß grenzenlose Eroberungssucht zu dem verrätherischen Unternehmen getrieben habe; die französische Armee sei eine Bande von

Räuberhaufen, die auf Mord, Brand und Plünderung ausgehe. Diese hätten Bonaparte wieder auf den Thron erhoben, Frankreich selbst sei gegen diese schwach gewesen. Die Rückkehr „Bonaparte's“ sei eine wahre Beleidigung gegen die Mächte, welche den Pariser Friedenstraktat unterzeichnet. England müsse folgen, wenn der ganze Continent in Krieg gehe u. s. w.*) — Das aristokratische England haßte die demokratischen Grundsätze Frankreichs und fürchtete den Imperator: Die Motive Whitbreads wurden mit 273 gegen 72 Stimmen verworfen. — Im Oberhause war die Opposition noch geringer und kaum nennenswerth. Lord Grey fragte, ob England nicht einen Traktat eingegangen wäre, Napoleon zu stürzen und die Bourbonen wieder herzustellen? Obgleich derselbe bereits seit zwei Tagen vollzogen war, so scheute sich der Premier-Minister Englands Lord Liverpool nicht, öffentlich im Hause zu erklären: England habe nichts der Art unterzeichnet. Was geschehen sei, habe nur aus Vorsicht geschehen müssen. Der Minister verbreitete sich hauptsächlich über drei Punkte: 1) die Verbündeten betrachteten die gegenwärtige Regierung in Frankreich als ein Uebel, welches ausgerottet werden müsse; 2) sie sehen die Wiederherstellung der Bourbons als wünschenswerth an und werden sich bemühen, sie herbeizuführen; sie sehen 3) diese Wiederherstellung jedoch nicht als eine conditio sine qua non an, und haben keineswegs zur Absicht, Frankreich eine Regierungsform aufzudringen, und mit diesen Grundsätzen waren die Lords von England einverstanden.

In Folge der Parlamentsverhandlungen war zwar der Krieg an Frankreich so gut wie erklärt, der Herzog von Wellington wurde jedoch beauftragt, am Congresse zu Wien Namens Englands zu erklären, daß die Wiederherstellung der Bourbons von dieser Macht nicht, wie oben angegeben, als eine conditio sine qua non betrachtet werde und man nicht die Absicht habe, Frankreich eine Regierungsform aufzudringen, welcher Erklärung später auch Oesterreich beitrat.

---

*) Thiers XIX. 316 u. flg. Vossische Zeitung vom 13. Mai.

Die Verkündigung einer vollkommenen Volkssouveränität von Seiten Napoleons, daß er alle Gewalt allein nur vom Volke habe, die Betrachtung, daß die Achtserklärung vom 13. und die Erneuerung des Traktats von Chaumont vom 25. März anscheinend keine Wirkung auf die Franzosen gemacht, daß der verhaßte Mann dennoch mit Leichtigkeit die unbestrittene Herrschaft von Frankreich erworben, er sich eng an seine Nation schließe und sich täglich mehr befestige, daß er durch eine freie Verfassung einen neuen Bund mit den Franzosen aufrichte: die Erwägung, daß man durch absolute Weigerung, mit ihm irgend ein Abkommen zu treffen, ihn zu dem erbittertsten Widerstande mit Nothwendigkeit herausfordre, daß man einen vielleicht unabsehbaren Kampf aufs Neue heraufbeschwöre; der Umstand, daß seine Rechtfertigungen auf Deutschland, auf die Völker überhaupt, doch einigen Eindruck hervorbringen mußten, da man wohl fühlen mochte, daß er vieles Unbestreitbare und den Verbündeten Unliebsame zur Sprache brachte; die Bewegung im eigenen Volke, die wie eine unheimliche gefahrdrohende Macht erschien; die Besorgniß vor den Staaten Süddeutschlands, Baiern, Würtemberg, Baden, nach einigen möglichen kriegerischen Erfolgen Napoleons; endlich, daß man sich, wenn auch widerwillig, eingestehen mußte, daß die eingesetzten Bourbons doch auch gar keinen oder nur einen kaum nennenswerthen Anhang in Frankreich hätten; dies Alles und noch manches Andere führte die europäischen Mächte zu Wien darauf, von ihren strengsten Forderungen nachzulassen, um zu versuchen, ob der schwere bevorstehende Kampf nicht vermieden werden könnte. Da es sich zu klar herausgestellt hatte, daß die Franzosen einen zu großen Widerwillen gegen die Bourbons hatten, diese zu dem heutigen Frankreich nicht paßten, so war man allenfalls geneigt, diese fahren zu lassen. Man wollte dem französischen Volke überlassen, außer Napoleon sich einen andern Oberherrn zu wählen, den Herzog von Orleans, den Prinzen Eugen ꝛc., im äußersten Fall wollte man sich Napoleon II. mit der Regentschaft von Marie Louise gefallen lassen; nur sollte der schreckliche und verhaßte Mann, Napoleon, in keinem Fall an der Spitze Frankreichs bleiben.

Da man sich selbst in die Lage versetzt hatte, auch nicht die fernste Anknüpfung mit ihm haben zu können, so übernahm es

Metternich, mit Fouché in Verbindung zu treten, und wir haben im fünften Abschnitt von der Sendung des Baron Werner nach Basel berichtet, wo dieser statt des Agenten von Fouché mit Fleury de Chaboulon, dem Kabinetssekretair des Kaisers, am 1. Mai zusammentraf. Wir wissen nicht, ob Baron Werner erkannte, daß er statt des Agenten Fouchés den Napoleons vor sich habe, doch ist dies bei der ersten Unterredung nicht wahrscheinlich, er würde sich sonst schwerlich 14 Tage darauf zu einer zweiten Unterredung eingefunden haben. Baron Werner kehrte von der ersten Unterredung von Basel nach Wien zurück mit dem Ergebniß, daß auch die äußerste Verwilligung: „Napoleon II. mit der Regentschaft Marie Louise“ nicht genügte, daß man entweder mit dem geächteten Mann selbst ein Abkommen treffen oder ihn auf Tod und Leben bekriegen müsse. Da man ihn nun um keinen Preis auf dem Throne Frankreichs lassen wollte, so blieb nichts übrig als der erbittertste Kampf.

Es wird ungefähr den 6. oder 7. Mai gewesen sein, daß Baron Werner von seiner Sendung, welche in Deutschland ganz unbekannt geblieben ist und von welcher man nur in französischen Geschichtsbüchern, namentlich von Fleury de Chaboulon selbst des Weiteren erfährt, wieder in Wien anlangte. Die Monarchen und Diplomaten in Wien mußten nach allem, was vorgefallen, einen endgültigen Entschluß fassen. Lassen wollte man den Mann nicht, also mußte man ihn mit weit überlegenen Kräften bekriegen und sich seiner selbst zu bemächtigen suchen. Diesem Kriege mußte eine endgültige Erklärung vorangehen. So traten denn die Mächte, welche den Traktat von Paris unterzeichnet hatten, zuerst am 9. Mai in einer Commission zusammen, um diese Erklärung zu entwerfen, und am 12. Mai hielten die Mächte eine Sitzung, um ihre Erklärung in einem Conferenz-Protokoll niederzulegen. Ein Auszug davon erschien am 18. Mai*) in der Wiener Hofzeitung, aus welcher derselbe in alle Zeitungen Europas überging.

Dieses Aktenstück ist so wichtig und bezeichnend in seinen Argumenten, daß wir das Wesentlichste hieher setzen müssen.

Im Eingange heißt es: Die Commission, welche am 9. d. M.

*) In der Vossischen Zeitung vom 23. Mai.

ernannt worden ist, um zu untersuchen, ob es nach den seit Napoleon Bonapartes Rückkehr nach Frankreich vorgefallenen Begebenheiten und in Folge der zu Paris erschienenen öffentlichen Schriften über die von den europäischen Mächten am 13. März d. J. gegen ihn erlassene Deklaration (der mehrerwähnte Bann) nöthig sei, zu einer neuen Deklaration zu schreiten, hat in der heutigen Sitzung (12. Mai) nachstehenden Bericht erstattet:

Die Commission stellt drei Fragen auf:

1. Hat sich das Verhältniß Bonapartes gegen die europäischen Mächte durch den ersten Erfolg seiner Unternehmung oder durch die seit seiner Ankunft in Paris vorgefallenen Umstände geändert?

In der Antwort wird zunächst über den Bann leicht hingegangen. Die verbündeten Mächte hätten nach dem Rechtsbruch, der Ruhestörung ꝛc. nicht anders als in der Deklaration vom 13. März verfahren können. Die Stimme der Welt habe dies bekräftigt.

Die Sache selbst betreffend, so habe sich jetzt, nachdem Bonaparte sich in den Besitz der Gewalt gesetzt, das Verhältniß zwar faktisch, aber nicht dem Rechte nach geändert. Bonaparte behaupte: sein Rechtstitel auf den französischen Thron gründe sich auf die erklärte Stimme des französischen Volks und diese sei hinlänglich zur Begründung.

Es sei die Frage: kann die wirkliche oder vorgegebene oder stillschweigende Zustimmung des französischen Volks zur Wiederherstellung der Macht Bonapartes in seine Verhältnisse gegen die auswärtigen Mächte eine rechtskräftige Veränderung bewirken und ihr einen für die Mächte bindenden Charakter beilegen?

Die Commission antwortet mit „Nein“; aus folgenden Gründen:

„Die europäischen Mächte wollten einem Staat wie Frankreich keine Gesetze diktiren, wie man sie fälschlich beschuldigt. . . . Aber die Freiheit einer Nation, ihre Regierungsform zu verändern, müsse gerechte Grenzen haben und wenn fremde Mächte auch nicht befugt wären, ihr den Gebrauch, den sie von dieser Freiheit machen soll vorzuschreiben, so stände ihnen doch unbezweifelt das Recht zu, sich gegen den Mißbrauch, den sie zum Nachtheil Anderer davon machen könnte, zu verwahren. Die Mächte maßten sich nicht an, Frankreich eine Regierung aufzudringen, sie würden aber nie dem Rechte entsagen, zu verhindern, daß unter dem Namen einer Regierung ein Brennpunkt von Unordnung, Zerrüttung und Verderben für alle übrigen Staaten gestiftet werde. Sie würden die Unabhängigkeit von Frankreich in allen **den** Fällen anerkennen, wo sie nicht mit ihrer eigenen Sicherheit und mit der allgemeinen Ruhe von Europa im Widerspruch stehe."

Jetzt hätten die verbündeten Souveraine allerdings eine Stimme bei Verhandlung der inneren Verhältnisse Frankreichs, da die Abschaffung der Macht, die man dort wieder einführen will (d. h. die Entfernung Napoleons) die Grundbedingung des Traktats von Paris war. . . . Die französische Nation, vorausgesetzt, sie sei vollkommen frei und vollkommen einig, könnte sich diesen Grundbedingungen nicht entziehen. Von der andern Seite übten die verbündeten Mächte, indem sie auf der nämlichen Bedingung beharrten, nur ein Recht aus.

Es folgte hieraus, daß der Wille des französischen Volks nicht hinreiche, um eine Regierung, die durch feierliche Verträge verbannt war, auf rechtskräftige Weise wieder herzustellen, und daß man unter keinem Vorwande das Recht, den, dessen Ausschließung vom Throne die Vorbedingung aller Friedensunterhandlung mit Frankreich gewesen war, zurückzurufen, geltend machen kann. Der Wunsch des französischen Volks, wenn er auch in der gültigsten Form ausgesprochen wäre, würde also in dieser Hinsicht ohne Kraft sein.

Hiernach wäre Bonapartes Lage heute genau dieselbe, wie sie am 31. März 1814 bis zum 13. März 1815 gewesen.

2. Kann das Anerbieten, den Pariser Traktat zu bestätigen, in den Maaßregeln der Mächte eine Aenderung bewirken?

Frankreich, heißt es hier, hatte keinen Grund, sich über den Pariser Traktat zu beschweren. Dieser Traktat hat Frankreich mit Europa ausgesöhnt; er hat allen seinen wahren Bedürfnissen Genüge geleistet, ihm alle wesentliche Güter, alle Elemente der Wohlfahrt und des Ruhmes, die ein zu einer der ersten Stellen im europäischen System berufenes Volk vernünftigerweise begehren konnte, gesichert, und nur das versagt, was für Frankreich selbst, unter dem trügerischen Schein eines großen Nationalglanzes, eine unversiegbare Quelle von Bedrückung, Verfall und Elend war. Der Pariser Vertrag war sogar eine unermeßliche Wohlthat für das Land, welches der Wahnsinn seines Regenten in den hülflosesten Zustand gestürzt hatte.

Es heißt dann weiter:

„Die verbündeten Mächte hätten ihrem Interesse und ihrer Pflicht offenbar zuwider gehandelt, wenn sie für so viel Mäßigung und Großmuth durch Unterzeichnung des Traktats nicht irgend einen wesentlichen Vortheil erlangt hätten; der einzige aber, nach welchem sie strebten, war der Friede für Europa und Frankreichs Glück (d. h. die Absetzung und Entfernung Napoleons). Nie würden sie einer Unterhandlung mit Bonaparte dieselben Bedingungen zugestanden haben, die sie einer Regierung bewilligen konnten, „welche Europa ein Unterpfand der Sicherheit und Beharrlichkeit gewährte und mithin die Mächte der Nothwendigkeit überhob, von Frankreich die Bürgschaften zu verlangen, die sie unter seiner vorigen Regierung gefordert hatten." Diese Klausel könne vom Pariser Traktat nicht getrennt werden; sie aufheben heiße ihn brechen. Die förmliche Zustimmung des französischen Volkes zu Bonapartes Rückkehr auf den französischen Thron werde einer Kriegserklärung gegen Europa gleich gelten; denn der Friedenszustand zwischen Europa und Frankreich beruhte einzig auf dem Traktat von Paris und der Traktat von Paris könne mit der Herrschaft Bonapartes nicht bestehen. . . .

Jetzt habe eine neue Revolution begonnen. Obgleich die Werkzeuge derselben ohn' Unterlaß versicherten, „daß sich nichts geändert habe," verstehen und fühlen sie nur zu gut, daß alles um sie her anders geworden ist. Die Frage sei heute nicht mehr, ob der Traktat von Paris aufrecht erhalten, sondern vielmehr, ob er von Neuem geschlossen werden soll. Die Mächte befinden sich wieder gegen Frankreich in der nämlichen Lage, in welcher sie am 31. März 1814 gewesen waren. Man kann dem Kriege nicht vorbeugen, denn Frankreich hat ihn in der That schon begonnen —

man kann ihm nur ein Ziel setzen — man kann nicht auf Bedingungen Frieden schließen, die von denen des Jahres 1814 durchaus und wesentlich verschieden sind. . . .

Die Commission bemerkt weiter: Der, welcher sich jetzt erbiete, den Traktat von Paris zu bestätigen und anstatt eines Souverains, dessen Rechtlichkeit ohne Flecken, dessen Wohlwollen ohne Grenzen war (Ludwig XVIII.), die seinige vorschlägt — sei derselbe, der 15 Jahre lang die Erde verwüstet, um Befriedigung für seinen Ehrgeiz zu finden. — Der mit Millionen von Schlachtopfern und dem Wohl einer ganzen Generation ein Eroberungssystem durchsetzen wollte, welches augenblickliche Waffenstillstände, die den Namen der Friedensschlüsse nicht verdient, nur noch drückender und verhaßter gemacht . . . der, nachdem er durch unsinnige Unternehmungen das Glück ermüdet, ganz Europa gegen sich bewaffnet und alle Kräfte Frankreichs erschöpft, sich genöthigt gesehen, seine Entwürfe aufzugeben und dem Throne zu entsagen, um einige Trümmer seiner Existenz zu retten; — der in einem Augenblick, wo die Völker Europas sich der Hoffnung einer dauerhaften Ruhe überlassen, über neuen Zerstörungsplänen gebrütet und durch eine doppelte Treulosigkeit gegen die Mächte, die ihn allzu großmüthig geschont, und gegen eine Regierung (Ludwig (XVIII.), der er nur durch die schwärzeste Verrätherei beikommen konnte, den Thron wieder an sich riß, auf den er Verzicht geleistet, und den er nie anders, als zum Verderben Frankreichs und der Welt besessen hätte. Er hat, wird gesagt, Europa keine andre Bürgschaft vorzuschlagen, als sein Wort. Wer aber hätte nach einer grausamen Erfahrung von 15 Jahren noch den Muth, eine solche Bürgschaft anzunehmen? Und wer möchte, wenn es wahr ist, daß die französische Nation seine Sache zu der ihrigen gemacht hat, auf ihre Rückbürgschaft einen größeren Werth legen? —

Der Friede mit einer Regierung, die solchen Händen anvertraut und aus solchen Bestandtheilen zusammengesetzt wäre, würde nichts als ein Zustand immerwährender Ungewißheit, Unruhe und Gefahr sein. Keine Macht könnte zu einer wirklichen Entwaffnung schreiten. Die Völker würden keinen der Vortheile eines wahren Friedensstandes genießen und von Lasten aller Art zu Boden gedrückt werden; das Vertrauen würde nirgends wieder aufleben und folglich Industrie und Handel allenthalben darnieder liegen; nichts würde gesichert, nichts würde bleibend sein in den politischen Verhältnissen; ein finsteres Mißvergnügen würde über allen Ländern schweben und das geängstigte Europa von einem Tage zum andern einem neuen Ausbruch entgegensehen. . . .

Die Commission beruft sich auf die öffentliche Meinung, die sich bei dieser großen Gelegenheit auf sehr bestimmte und feierliche Art habe vernehmen lassen.

3. Ist es nöthig, eine neue Deklaration zu erlassen?

Antwort: Nein!

Denn die Commission hält es für ausgemacht:

1) daß die Beweggründe, welche den Mächten die Deklaration vom 13. März (den Bann) eingegeben haben, von so einleuchtender Gerechtigkeit und so entscheidendem Gewicht waren, daß keine der Sophistereien, durch welche man jene Deklaration zu entkräften vermeint hat, ihr beikommen kann;
2) daß dieselben Beweggründe noch heute in ihrer ganzen Kraft bestehen, und daß die seit der Deklaration vom 13. März vorgefallenen faktischen Veränderungen für das wesentliche Verhältniß Bonapartes und Frankreichs gegen die übrigen Staaten von keiner Wirkung sein können;
3) daß das Anerbieten, den Traktat von Paris zu bestätigen, auf die Mächte in keiner Rücksicht Einfluß haben kann.

Dieses für immer denkwürdige Aktenstück, das Original in französischer Sprache, war von den Mächten, die den Traktat von Paris geschlossen, unterzeichnet, von (nach dem Alphabet) Oesterreich, Spanien, Frankreich (in dessen Namen von Talleyrand, Herzog von Dalberg, Graf Alexis von Noailles, wobei also Frankreich gegen Frankreich zu Felde zog), Großbritannien, Portugal, Preußen, Rußland und Schweden. Und zu diesen Mächten traten in zweiter Linie am gleichen Tage hinzu: Baiern, Dänemark, Hannover, Niederlande, Sardinien, Sachsen,

Sicilien (**Beide**), wodurch also Murat von Neapel nicht mehr als Regent anerkannt war, und von Würtemberg.*)

Zufolge dieser höchst wichtigen Erklärung der Mächte Europas war also zunächst der Bann der Vernichtung vom 13. März, zu welcher Zeit das Unternehmen Napoleons noch sehr zweifelhaft erscheinen konnte und er selbst sogar geringschätzig ein „wesenloser Schatten“ genannt wurde, jetzt, da er unbestrittener Oberherr von ganz Frankreich und der aufgedrungene Ludwig XVIII. machtlos im Auslande lebte, in seiner ganzen Gültigkeit erneuert und bestätigt. Der von Frankreich nach dem Nationalwillen wieder eingesetzte Herrscher war recht- und gesetzlos und dadurch in der That für vogelfrei erklärt. Dieser Bann sollte „ein würdiges Denkmal in der Geschichte, des hohen Sinns der Souveraine sein und er sollte der Weisheit ihrer Minister zur bleibenden Ehre gereichen.“ (Erste Erklärung.)

Wir enthalten uns hier des näheren Eingehens in ein Aktenstück, welches ohnehin deutlich genug ist und für sich selbst spricht. Es war eingegeben eines Theils von billiger Furcht und Besorgniß gegen einen Mann, der allerdings den alten Dynastieen vielfache Demüthigung, ihren Völkern schweres Leid zugefügt, der, wenn er jetzt auf dem Throne von Frankreich blieb, befürchten ließ, daß er, nach kurzer Erholung Frankreichs, den Pariser Frieden, als zu lästig, vielleicht nicht achten, sondern neue Kriege zur Vergrößerung Frankreichs unternehmen werde, wiewohl er nun durch eine Verfassung gebunden war, die dem französischen Volk dabei eine gewichtige Stimme verstattete. Die Art des Aktenstücks war aber noch viel mehr eingegeben von grimmigem unaussprechlichem Haß der alten Dynastieen gegen den Eindringling, den Mann aus dem Volke, der durch eine verhaßte Revolution emporgehoben, sich anmaßte, ihres Gleichen sein zu wollen. Es kam hinzu, was sie mit Bangigkeit für die eigene Zukunft erfüllte, daß der Mann seine Macht allein von dem Willen Frankreichs ableitete, daß also nach seinen Grundsätzen nicht das historische Recht, was die Herrscher von Gottes Gnaden allein anerkannten, sondern die Volkssouverainität das wahre Recht und den wahren

*) Das Aktenstück in der Vossischen Zeitung vom 23. Mai.

Titel verliehen. Aus diesen Ursachen verleitete die Leidenschaft zu Handlungen, welche die öffentliche Moral nicht billigen kann, denn diese gebietet, auch den ärgsten Verbrecher nach Gesetzen zu richten. Schwerlich werden auch mehrere Grundsätze dieses Aktenstücks für alle Folgezeit Billigung finden. Niemals kann eine Bürgschaft fester gegeben werden, als durch den Herrscher und sein Volk in Verträgen, die Verbündeten aber trauen zufolge des Aktenstücks so wenig dem Herrscher als dem französischen Volke. Die Verbündeten haben dem französischen Volke mit weit überlegener Heeresmacht die Bourbonen aufgedrungen, welche nur von einem winzigen Bruchtheil des Volks gern gesehen und nur aus Erschöpfung angenommen werden. Mit den Bourbonen schließen die Verbündeten dann Frieden, ohne irgend welche Zustimmung des französischen Volks. Die Bourbonen führen die traurigste, ungerechteste Mißregierung. Ihr früherer verbannter Herrscher darf nur den Fuß ans Land setzen, so betrachtet man ihn als Befreier und er ist in 20 Tagen wieder Regent über ganz Frankreich. Weil aber die Franzosen die alte Dynastie, die ihnen aufgedrungen ist, die sie in den heiligsten nationalen Interessen verletzt hat, nicht mögen und den Kaiser, den Träger ihres Ruhmes, weit vorziehen, darum sind sie Eidbrüchige, Verräther, Verworfene 2c., darum sollen sie von ganz Europa mit Krieg überzogen werden, ihr Herrscher soll abgesetzt und alle Franzosen, die ihm angehangen, d. h. das ganze Volk gerichtet werden! (Nach der Erklärung vom 25. März.) — Wenn auch ein ganzes Volk einmüthig einen Herrscher erwählt hätte, so wäre dies nicht hinreichend für ein oder mehrere Nachbarvölker, dies geschehen zu lassen, und sie wären also berechtigt, das Land mit Krieg zu überziehen, wenn sie für sich daraus eine Besorgniß herleiten müßten u. s. w. u. s. w.

Die Erklärung, welche erst am 18. Mai in der Wiener Hof-Zeitung erschien, scheint erst nach der zweiten Unterredung des Baron Werner mit Fleury de Chaboulon in Basel erlassen zu sein, welche gegen Mitte Mai stattfand, in Folge dessen sich keine Möglichkeit ergab, Napoleon zur Abdankung zu bewegen oder ihn durch die Franzosen zu entfernen. Man kann sich sonst die Verzögerung dieser Erklärung und die Verzögerung von deren Bekanntmachung nicht erklären. Denn schon am 9. Mai tritt die Commission zusammen, sie bedarf zum Entwurf drei Tage, da das Plenum der Staatsmänner erst den 12. Mai zusammenkommt. Das Plenum vollzieht die Erklärung; dann aber bleibt diese sechs Tage bis zum 18. Mai liegen, zu welcher Zeit entweder Baron Werner persönlich von Basel zurück oder eine Benachrichtigung von ihm in Wien angelangt sein konnte.

Wie dem Allem auch sei, so war durch dies Manifest endgültig jeder Rückweg, mit Napoleon irgend ein Abkommen zu treffen, abgeschnitten. Man mußte nun durchaus siegen, über ganz Frankreich siegen, es so matt legen, daß es gezwungen war, seinen Imperator herauszugeben, wo dieser dann als europäischer Gefangener auf einer fernen Insel verwahrt werden sollte. Wenn man aber nicht siegte, wenn der große Feldherr trotz der Uebermacht der Verbündeten Erfolge errang und man ihn nicht beseitigen konnte, dann stand es freilich sehr übel. Dann stand ein Kampf ohn' Ende in Aussicht, der sehr unangenehme Fälle herbeiführen konnte, wenn, wie nicht unwahrscheinlich, die Coalition durch Abtreten mehrerer Interessenten zerfiel und sich vielleicht wieder Rheinbundsgelüste zeigten, denn dieser Bund war ja erst seit wenig über einem Jahr aufgelöst. Um nun mit Sicherheit auftreten zu können, machte man so riesige Anstalten, daß in Europa eine Rüstung von solcher Ausdehnung bisher nicht geschehen war und eine größere kaum jemals wieder vorkommen möchte.

Alle diese Anstalten waren im Grunde gegen den einen Mann gerichtet, der um jeden Preis entfernt werden sollte. — Nie ist ein Mann so hoch geachtet, so gefürchtet und so gehaßt worden! Es war viel mehr ein Kampf der Könige gegen den Eindringling, eine häusliche Angelegenheit der Fürsten, als ein Völkerkampf; ein deutscher Freiheitskampf war es nicht mehr, obgleich er fast allein mit deutschen Kräften ausgekämpft worden, und als deutscher Freiheitskampf bezeichnet worden ist. Viele Geschichtsbücher tragen auch den Titel „Kampf Europas gegen Napoleon Buonaparte“, wiewohl es wenig schmeichelhaft sein kann für einen ganzen Welttheil, welcher gegen und um einen einzigen Mann Krieg führt.

Der Würfel war geworfen, ein erbitterter Krieg mußte entscheiden.

Da man nun Alles auf die Spitze des Schwertes stellte, um den Mann zu fällen, so verhehlte man sich nicht, daß der Kampf sehr hart werden könnte. Indem man die ungeheuersten materiellen Streitkräfte aufbot, strebte man noch aus allen Kräften, die öffentliche Meinung auf seiner Seite zu haben, zu erhalten und zu befestigen. Auf diese konnte nur durch die Presse gewirkt werden. Die Presse von fast ganz Europa, selbst von England, blieb nun noch entschiedener als vorher dabei: „Napoleon, indem er Elba verlassen und in Frankreich eingefallen, habe jedes Recht verwirkt. Er sei ganz allein durch eine allgemeine pflichtwidrige Emeute der Soldaten wieder auf den Thron von Frankreich gelangt. Die Franzosen seien ganz auf Seiten Ludwigs XVIII., wenigstens neun Zehntel derselben seien für die väterliche Regierung des weisen, friedliebenden, milden und rechtmäßigen Königs. Die Franzosen würden aber durch das Heer gänzlich terrorisirt, und sehnten sich darnach, von dem blutdürstigen Tyrannen befreit zu werden, der ihre Söhne wieder auf den Schlachtfeldern Europas opfern wolle. Die Soldaten dächten an nichts anderes, als Europa mit Raub, Mord und Brand zu erfüllen, wie sie es lange Zeit gewohnt gewesen. Deshalb sei es Pflicht, die Welt von einem Ungeheuer wie „Buonaparte“ zu befreien und die französischen Soldaten in ihre Schranken zurückzuweisen.

Die Presse des Festlandes befand sich damals ganz in der Hand der Regierungen. Dagegen war in dem freien England die Stimme einer Opposition nicht zu unterdrücken, welche das ganze Verfahren gegen den französischen Imperator mit der Moral nicht übereinstimmend und einen Krieg gegen Frankreich, um den Mann zu beseitigen, für ungerechtfertigt hielt. Wir haben berichtet, daß diese Meinung in der Parlamentssitzung vom 23. April Ausdruck fand. Sie blieb zwar in entschiedener Minderheit, erstarb aber nicht, sondern wuchs, je mehr alle die von Napoleon und seinen Ministern ausgehenden Aktenstücke und Handlungen bekannt wurden. Es wurden selbst öffentliche Meetings zu Gunsten des Friedens gehalten. Ein großes Meeting kam in London selbst, in den Stadttheilen Westminster und Southwark zu Stande, dem der berühmte Parlamentsredner Sir Francis Burdett präsidirte, um die Ungerechtigkeit eines Krieges mit Frankreich darzuthun. Auch im

Oberhause fand die Meinung für den Frieden nicht wenige Anhänger. Es waren noch die Geldangelegenheiten vom Parlamente gut zu heißen und das Unterhaus hatte die Subsidiengelder erst noch zu bewilligen. England hatte Preußen, Oesterreich und Rußland vom 1. April ab auf ein Jahr, in monatlichen Raten zahlbar, 5 Millionen Pfund Sterling zugesagt; außerdem an Rußland einen viermonatlichen, an Preußen und Oesterreich einen zweimonatlichen Sold für den Rückmarsch ihrer Heere bewilligt. Am 23. Mai brachten Lord Liverpool im Ober- und Lord Castlereagh im Unterhause die Geldbewilligungsvorschläge ein und begleiteten sie mit längeren Begründungsreden. Diese enthielten nichts Neues und nur die oft angeführten Argumente. Beider Reden athmeten dieselbe Heftigkeit, wie die Kundgebungen der Minister des Festlandes. Wenn man die äußerste Verachtung ausdrücken will, so versteht man das in England noch besser, als auf dem Continent. In allen Kundgebungen der Verbündeten hatte man sich sorgfältig des Namens „Napoleon“ enthalten, weil dieser als Taufname noch etwas Fürstliches bedeuten konnte. Es hieß immer „Napoleon Bonaparte“ oder „Bonaparte“ oder, was noch als weniger angesehen wurde, „Buonaparte“, weil letzteres einen Italiener anzeigte. Napoleon nun war durch den oft genannten Bann aus der Menschheit ausgestoßen, darum schien dem Lord Liverpool auch der Name „Bonaparte“ noch zu viel, denn ein solcher war ein berühmter General und Oberhaupt der Republik Frankreich gewesen; er nannte ihn daher nur wiederholt mit tugendhaftem Grausen „dieses Individuum“. Es war von der Opposition und der oppositionellen Presse oft gesagt worden, es sei von Seiten der Verbündeten der Vertrag mit Napoleon gebrochen worden. Lord Liverpool argumentirte nun in dieser Hinsicht wie folgt: Man hat behauptet, daß der Vertrag mit „diesem Individuum“ gebrochen worden. Angenommen, daß dies auch der Fall wäre, so könnte das Betragen desselben nicht gerechtfertigt werden, Bonaparte hätte erst den Weg der Beschwerde über den Bruch einschlagen und um Abhülfe antragen müssen; allein er hat nie eine Vorstellung oder Beschwerde gemacht; wonach also naiverweise verlangt wurde, der Mann sollte submittest bei seinen erbittertsten Feinden als ein Privatmann gleichsam eine Bittschrift einreichen.*) Lord Liverpool konstatirte, wie die Minister des Festlandes: die Ausschließung Buonapartes von der Regierung Frankreichs sei die Hauptbasis des Traktats von Paris gewesen. Allein nur deshalb habe Frankreich bessere Bedingungen erhalten. Die Bourbonen müßten wieder in Frankreich eingesetzt werden, weil er (der Minister) überzeugt sei, daß der größte Theil der Franzosen ihre Rückkehr wünsche. Der Lord schilderte Napoleons frühere Gewaltschritte in den schwärzesten Farben und schloß damit, daß er die Ursache zu einem gerechten Kriege hiermit erwiesen habe. — Im Unterhause begründete Lord Castlereagh seinen Antrag in ähnlicher Weise, daß der Krieg unumgänglich nothwendig sei. Er zählte noch besonders die ungeheure Macht auf, die den Verbündeten zu Gebot stehe, welche er zu 1,011,000 Mann berechnete. Es waren nun endlich auch die Aktenstücke mitgetheilt, welche von Napoleon und seinem Minister Caulincourt an die englische Regierung ergangen waren. Von dem Briefe Napoleons an den Prinz-Regenten von England vom 4. April sagte der Minister: „daß Se. Königliche Hoheit nicht geruht hätte, darauf eine Antwort zu ertheilen.“ — In beiden Häusern legten die Minister den Nachdruck darauf, daß ihre Darlegung als eine Kriegserklärung (an Napoleon) zu betrachten sei.**)

Das Ergebniß der Abstimmung in beiden Häusern konnte nicht zweifelhaft sein. Seit Jahrhunderten bestand Nationaleifersucht und Nationalhaß zwischen England und Frankreich; seit fast 23 Jahren führte England den erbittertsten Krieg gegen die französische Revolution, gegen die Republik, das Consulat und das Kaiserreich; es hatte den Frieden von Paris, wie die Mächte des Continents mit den Bourbons geschlossen und war verpflichtet, dafür einzustehen; England mußte einen machtlosen, trägen Bourbon auf dem französischen Thron immer viel lieber sehen, als den kräftigen genialen Imperator; endlich waren jetzt die starren Torys am Ruder, die in streng legitimistischem Sinne der Aristokratie des Festlandes wo möglich noch vorangingen. Dennoch gingen die An-

*) Vossische Zeitung vom 10. Juni.

**) Vossische Zeitung vom 3. und 10. Juni.

träge der Minister in beiden Häusern nicht ohne Opposition durch. Im Oberhause siegte die Regierung mit 156 gegen 44 und im Unterhause mit 331 gegen 92 Stimmen, und es blieb auch immer eine nicht so geringe Partei in England, welche den Krieg für unnöthig und für ungerecht hielt.

Auf dem Festlande war keine Institution, durch welche eine abweichende Meinung hervortreten konnte, alle Mächte waren noch absolut. Der öffentlichen Blätter gab es noch sehr wenige und diese wenigen standen unter genauer Censur. In dieselben kam nur, was mit der Absicht der Regierungen übereinstimmte. Alle diese Zeitungen athmeten mehr oder minder den grimmigsten Haß gegen „den mit dem Fluch aller Nationen beladenen Feind, den geächteten Störer der gesellschaftlichen Ordnung",*) dessen bloßes Dasein Krieg bedeute,**) gegen den eidbrüchigen Corsen und dessen blutbefleckten Thron,***) dessen boshafte Absicht und die seiner Soldaten wäre, Frankreich der Civilisation zu entreißen und alle Franzosen zu einer großen europäischen Räuberbande zu machen.†)

Wir halten es zur näheren Bezeichnung der Farbe der Zeit für nothwendig, einige Anführungen aus den damaligen Zeitungen zu machen. Wir wählen eine der Berliner Zeitungen (die Vossische), weil Preußen und Berlin der Hauptsitz des Widerstandes war. Andere deutsche Zeitungen werden kaum minder den allgemeinen Zug gegen den „Erbfeind" widergespiegelt haben.

Als die Rechtfertigung Napoleons (Moniteur vom 13. und 14. April), zum Theil auch in deutschen Blättern bekannt wurde und in derselben unter andern auch die Nichtbezahlung der vertragsmäßigen Pension aufgeführt war, hieß es in verschiedenen Angaben, diese Pension sei ihm und seiner Familie immer pünktlich ausgezahlt worden. Später wurde dann zur Beschönigung der Nichtbezahlung angeführt: die Pension sei erst ein Jahr nach der Ratifikation des Vertrags von Fontainebleau, also am 12. April

*) Churhessischer Aufruf.

**) Vossische Zeitung vom 27. April.

***) Vossische Zeitung vom 4. Mai.

†) Vossische Zeitung vom 20. April. — Es wird Vossische Zeitung vom 25. April mitgetheilt: Napoleon solle seinen Soldaten versprochen haben, daß Jeder in Deutschland ein Rittergut erhalten solle.

1814, fällig gewesen (Vossische Zeitung vom 22. April). — Ueber die Versetzung Napoleons nach St. Helena oder St. Lucia, wird gesagt: diese sei unstreitig nur ein Traum aus bösem Gewissen entsprungen; „sollte sie aber noch mehr gewesen sein, so wäre dabei schwerlich noch etwas anderes zu bedauern, als daß man sich damit verspätet habe.“ — Ueber das französische Ministerium heißt es in dieser Beziehung: „Man denke sich eine Versammlung von Füchsen, die, weil sie daran verzweifelt, auf gradem Wege in den gutbewehrten Hühnerstall zu kommen, den kecken Entschluß faßt, die Maske von treuen Hofhunden anzunehmen und man hat ein zuverlässiges Bild von dem Bonapartischen Staatsrathe. — Alle von Frankreich hergenommenen Beweggründe des Bonapartischen Unternehmens fielen in sich selbst zusammen: „was ging ihn, wird gesagt, ihn den Corsen oder den Souverain von Elba Frankreich an?“ — In seiner jetzigen Friedensliebe versteckte sich der allerheftigste Blutdurst.*)

Man hatte in vielen Artikeln beständig darauf hingewiesen, daß „der eidbrüchige Corse“ seine Eroberungen nun von vorn anfangen und Krieg, Noth und Elend ohne Ende sein würde. Napoleon selbst hatte in großer Uebertreibung seine Streitmittel und seine Anstalten aufgezählt. Man glaubte, daß es nothwendig sei, dem Publikum seine Furcht zu benehmen und man bestritt, daß Napoleon je wieder furchtbar werden könne. Man sei ja Sieger und die Blutdeklamationen des Corsen hätten nichts zu bedeuten. Dieser könne nur 150,000, höchstens 200,000 Mann aufstellen. Wenn die Unseren, heißt es, auch vor der dreifachen französischen Festungslinie (von Dünkirchen bis Metz) stutzten, so hätte man 600,000, ja 900,000 Mann. Auf die Festungskommandanten dürfe der Tyrann nicht trauen, auf die Franzosen noch viel weniger, die nur aus erbärmlicher Furcht noch ruhig blieben.**)

Suchte man auf diese Art die Gefahr zu ermäßigen, so wurde von dem Imperator selbst behauptet, daß sein körperlicher Zustand eigentlich keine Kriegszüge von Erheblichkeit mehr gestatte. Nach englischen Blättern sollte Bonaparte einen starken Leib haben, er

*) Vossische Zeitung vom 27. April.

**) Vossische Zeitung vom 4. Mai.

müsse aufs Pferd und vom Pferde gehoben werden und könne das Reiten nicht lange vertragen. Er lasse sich überhaupt nur selten sehen.*) Nach einer andern Nachricht heißt es, es sei nicht bloß seine Corpulenz, welche ihn hindere lange zu reiten, sondern er habe auch einen doppelten Bruch und eine Afterfistel.**)

Die Zustände im Innern von Frankreich wurden im düstersten Lichte für Napoleon .dargestellt. In dieser Hinsicht wurden die Verbündeten selbst irre geführt durch den bourbonischen Hof von Gent, der ein Journal erscheinen ließ, in welchem die abenteuerlichsten Lügen und Behauptungen in reichem Maaße aufgetischt wurden. In schreiendem Widerspruch mit allen Thatsachen wurde hier behauptet: eine Hand voll Verschwörer abgerechnet, sei die gesammte französische Nation, die guten Bürger der Städte, die guten Landbewohner, Körperschaften und Einzelne, alle Alter und Stände dem Könige im Herzen treu geblieben.***) Fortwährend wird von der innigen Treue gesprochen, welche die große Bevölkerung von Frankreich dem Könige bewahrt habe. Es sei allein der schwärzeste Verrath des Heeres, der das Unheil herbeigeführt; aber es sollte schon Vielen in der Armee ihr Verrath leid thun.†) — In der Wiener Hofzeitung wird dann hiernach nicht bezweifelt, daß den Franzosen die Augen aufgehen und diese zu der weisen und milden Regierung ihres rechtmäßigen Königs zurückkehren werden.††) — Auch sonst wird in den Zeitungen berichtet:†††) es sollte in Frankreich viel Widersetzlichkeit und Desertion bei den Truppen sein.°) Es sollte Bonaparte an Allem fehlen.°°) Es zeige sich, daß ein großer Theil der französischen Armee nur verführt: mehrere Regimenter hätten Ludwig XVIII. proklamirt.°°°) In Amiens habe

*) Vossische Zeitung vom 13. Mai.

**) Vossische Zeitung vom 16. Mai.

***) Vossische Zeitung vom 27. Mai.

†) Vossische Zeitung vom 1. Juni.

††) Ebendaselbst.

†††) Gewöhnlich unter dem Artikel: Nachrichten aus Paris bis zum ... (April, Mai, Juni).

°) Vossische Zeitung vom 2 Mai.

°°) Vossische Zeitung vom 11. Mai.

°°°) Vossische Zeitung vom 16. Mai.

die Nationalgarde Ludwig XVIII. leben lassen und: Tod dem Tyrannen! gerufen,*) es sollten tumultuarische Auftritte in Bordeaux, in Lunel und Arles gewesen sein.**) Die Unruhen und Bewegungen zu Gunsten des Königs und der Bourbons dauerten in Paris und in den Departements fort (Vossische Zeitung vom 3. Juni). Die Pariser flöhen nach allen Seiten (Vossische Zeitung vom 16. Mai). Das Ansehen Napoleons sei sehr gesunken, man fürchte, man achte ihn nicht mehr. Der Jakobinergeist mache in Frankreich große Fortschritte. Die Parteien seien allmächtig. Man habe Bonapartes Statue auf der Vendôme-Säule (die jetzt nicht mehr darauf existirte) die rothe Jakobinermütze aufgesetzt. Alles wäre aufgelöst (Vossische Zeitung vom 13. Mai). Bonapartes Betragen verrathe große Unschlüssigkeit. Er reise beständig hin und her, von Paris ab und zu. Er solle beständig gepanzert einhergehen, nicht zwei Nächte hintereinander in demselben Bett und Zimmer schlafen (Vossische Zeitung vom 25. Mai). Er würde jetzt in Frankreich in ganz anderem Lichte betrachtet, als vorher: die Royalisten wollten ihn nie haben; die Republikaner wollten ihn nicht mehr; die Armee bedauere ihn gewollt zu haben (Vossische Zeitung vom 30. Mai). Bei Menin sollte ein ganzes französisches Regiment zu Ludwig XVIII. übergegangen sein; in Meaux sollten zwei Regimenter sich heftig geschlagen haben, das eine für Napoleon, das andere für Ludwig XVIII. (Vossische Zeitung vom 20. Juni). In der Vendée sei alles für die Bourbonen und deren Sache siegreich. In ganz Frankreich stehe es möglichst schlecht für Bonaparte; Bürgerkrieg und Anarchie sei im Innern, Furcht auf den Grenzen, Desertion und Auswanderung griffen immer mehr um sich; die Erneuerung der Auftritte von 1793 seien nur zu gewiß. Bonaparte selbst verzweifele an seinem Geschick. Er habe viel Conferenzen mit dem amerikanischen Gesandten; dieses lasse vermuthen, daß er einen Zufluchtsort in den vereinigten Staaten suche. So viel sei gewiß, daß er schon alle Kostbarkeiten nach Amerika sende und bei Seite schaffe (Vossische Zeitung vom 18. und 23. Mai). Er sei schon so weit, daß er Straßenjungen

*) Vossische Zeitung vom 20. Mai.

**) Vossische Zeitung vom 1. Juni.

bezahle, die unter seinen Fenstern Vive l'Empereur rufen müßten (Vossische Zeitung vom 13. Mai, nach Schweizer Blättern) u. s. w.

Nach solcher Darstellung der Lage Napoleons und Frankreichs, wovon das Gegebene hier nur ein sehr mäßiger Auszug ist, mußte es nun billig Wunder nehmen, daß der von den Franzosen so überschwenglich geliebte König aus seinem Lande hatte flüchten müssen und sich ohne nennenswerthen Anhang fortwährend in Gent aufhielt. Wenn es so überaus traurig mit Napoleon stand, warum rückten dann die Kriegsheere von ganz Europa aus, um ihn zu stürzen? Man brauchte nicht einen Mann in Bewegung zu setzen, sondern es bloß einer kurzen Zeit überlassen, so würde der Corse bald genöthigt sein nach Amerika zu entfliehen und die Franzosen würden bald ihren geliebten rechtmäßigen König, Ludwig XVIII., im Triumph auf den Thron von Frankreich zurückführen. Wirklich scheint es, daß man sich verbündeterseits zum Theil der Hoffnung hingab, weil man es zu sehr wünschte, die Franzosen würden sich selbst Napoleons entledigen, denn es heißt (Vossische Zeitung vom 10. Juni, Artikel, Nachrichten aus Frankreich bis zum 28. Mai): „Manche glauben noch immer, daß Bonaparte von seinen heimlichen Gegnern werde ausgeliefert werden, um das sonst unvermeidliche Verderben von Frankreich abzuwenden.“

Mitten in diesen Aufführungen nahmen sich nun die Staatsakte und die Rüstungen Napoleons, wovon in den Zeitungen doch fragmentarische Mittheilungen geschahen, sehr sonderbar aus. Es war auffallend, daß die Berliner Zeitungen vom 23. Mai die Verordnung wegen Formirung des zweiten Aufgebots der Landwehr und sogar des Landsturms, datirt Wien vom 15. Mai, brachten; daß der König von Preußen in einer Verordnung, Wien vom 22. Mai, seinem Volke eine „konstitutionelle Verfassung“ verhieß, daß am Rhein, von preußischer Seite, scharfe amtliche Befehle ergingen, die gefürchtete Sympathie der Einwohner für Napoleon niederzuhalten. Es mußte auch Stoff zu manchem Nachdenken geben, daß in England Wetten angestellt wurden: der Krieg gegen Frankreich werde nicht vor dem 1. November, d. h. in diesem Jahre gar nicht zu Stande kommen (Vossische Zeitung vom 27. Mai), daß ebenfalls dort Wetten gemacht wurden: daß ungeachtet allen Anscheins Begebenheiten eintreten würden, wodurch dem wirklichen Ausbruch des Krieges werde vorgebeugt werden. (Vossische Zeitung vom 15. Juni.)

Man stellte den Zustand im Innern Frankreichs fortwährend so dar, daß jeden Augenblick ohne alle Zuthat der Verbündeten eine Katastrophe zu erwarten war, welche Napoleon nöthigten mußte, sein Heil in der Flucht zu suchen; aber eine solche Katastrophe wollte immer nicht eintreten. Man hatte beständig Napoleon selbst als einen blutdürstigen Tyrannen dargestellt, der mit Hülfe der Soldaten Frankreich terrorisire und demnächst Europa mit Krieg und Schrecken erfüllen werde und nun gab dieser Wütherich in der Zusatzakte Frankreich eine konstitutionelle Verfassung (vom 22. April), wo auf dem Festlande von Europa bisher noch keine bestand. Dies sollte aber alles Heuchelei und Trug sein. Bonapartes Zusatz-Akte, wurde behauptet, werde zu allen Zeiten denkwürdig bleiben, als der Ausdruck der frechsten Lüge und des schändlichsten Betrugs (Vossische Zeitung vom 13. Mai). Nach einer andern Behauptung wäre die Verfassung ganz nichtig und schlecht. Der kreisende Berg habe eine Maus geboren. Bonaparte stände wie ein Charlatan da, über welchen man nur lachen könne. Es wird ihm geradezu abgesprochen, daß er anders, als durch Diktatur regieren könne und alle Diktatoren: Sulla, Cromwell, Miranda 2c. hätten ein schlechtes Ende genommen (Vossische Zeitung vom 16. Mai). Worüber man sich aber besonders ärgerte, war, daß Napoleon in seiner Zusatz-Akte die Bourbons eben so für alle Zeiten von der Regierung über Frankreich ausgeschlossen hatte, wie die Verbündeten es mit ihm und seiner Familie gethan hatten.

So unbegreiflich wie es auch war, der verhaßte Mann konnte auch noch das Maifeld wirklich abhalten. Es befanden sich hierbei nur ein geringer Theil Soldaten, meistens nur Offiziere, aber die ernannten Pairs, die erwählten Abgeordneten des französischen Volks, ein Theil der hohen Geistlichkeit, viele Tausend National-Garden. Die Zusatz-Akte wurde hier angenommen, gegenseitig beschworen. Die Kammern wurden eingerichtet, alle Pairs und Abgeordneten leisteten „dem Kaiser Napoleon“ den Eid der Treue und die konstitutionelle Regierung begann. Das alles konnten doch unmöglich die Soldaten allein bewirkt haben! Das mußte nothwendig mit Einstimmung des Volks geschehen sein! Auch verfehlten diese Vorgänge ihres tiefen Eindrucks bei den Verbündeten nicht. Man erhielt den Beweis, daß Napoleon doch viel fester saß, als man geglaubt hatte. Der Mann galt plötzlich doch viel mehr, als vorher. In einem Artikel aus Paris in Londoner Blättern wird nun gemeldet: Die Franzosen hielten zwar von Bonaparte nichts mehr, sie wären aber in großer Bangigkeit über seine Energie und erwarteten die Verbündeten sehnlich (Vossische Zeitung vom 15. Juni).

Daß der von den europäischen Herrschern Geächtete durch den öffentlichen Akt des Maifeldes von dem französischen Volke als Kaiser wieder eingesetzt worden, daß man ihm ohne Weigerung den Eid der Treue geleistet ꝛc. beunruhigte in hohen Kreisen nicht wenig. Merkwürdigerweise wurden auch die Reden und Gegenreden aus dem Moniteur ziemlich vollständig in den Berliner und andern Zeitungen in Uebersetzung mitgetheilt. Es mußte aber der Sache der Könige in der öffentlichen Meinung sehr schaden, wenn sich herausstellte, daß doch die Franzosen mit Napoleon eins wären, daß die Bourbons verhaßt, der Friede von Paris, mit denselben geschlossen, eitel gewesen, u. s. w. Es galt den Eindruck möglichst zu verwischen, welchen die Zusatzakte und das Maifeld gemacht oder gemacht haben konnten. Deshalb wurde dieselbe nach Kräften herabgesetzt, als Lug und Trug bezeichnet, das Maifeld eine ungeheure Farce genannt. Hartnäckig blieb man nun erst recht dabei, daß die Soldaten alles gethan und fortwährend allein alles thäten, daß die französische Nation bloß aus elender Furcht vor den Soldaten sich zu allem verstehe, daß die Nation aber aus allen Kräften die Verbündeten herbeisehne, um sie aus diesem heillosen Zustande zu befreien. Ein Leitartikel*) in der Vossischen Zeitung vom 20. Juni ist in dieser Hinsicht so merkwürdig, daß wir das Wesentlichste hier anführen wollen. Im Eingange wird gesagt: Frankreich stelle im gegenwärtigen Augenblick das große, entsetzliche Schauspiel eines verrathenen Königs und einer unterdrückten Nation auf, beide durch die Armee, welche bestimmt wäre, jenen zu vertheidigen, diese zu beschützen. Wie aber ist es möglich, wird gefragt, daß 26 Millionen Menschen sich von

*) Solche Leitartikel, welche nach beendetem Kriege wieder ganz verschwanden, standen damals nicht im Anfange, sondern am Ende der Zeitung.

2—300,000 Menschen unterjochen lassen? Die Antwort ist: weil die bewaffnete Macht eines Staates einem Usurpator alle Mittel darbietet, sich in seinem Gewaltbesitz zu behaupten. Mit Soldaten verschafft sich der Tyrann Geld; mit Geld verschafft er sich neue Soldaten. Zwar könnten sich Nationen gegen die bewaffnete Macht erheben, aber solche Empörungen, ohne Zusammenhang, blieben gewöhnlich ohne Erfolg. Das Militair hingegen beherrsche vermöge seiner Organisation unter der Anführung eines Usurpators das Land. Vergebens stellte sich die bürgerliche Macht der bewaffneten entgegen, wie in Lille, Dünkirchen, Marseille, Montpellier, Nismes, sie werde von Geschütz und von Bajonetten unterdrückt. Der Tyrann zittere zwar auf seinem blutigen Thron, aber er umgebe sich in der Hauptstadt mit Batterieen und drohte ihr aus seinen Feuerschlünden den Untergang.

Ein so unseliger Zustand der Dinge könne nur mit dem Tode des Usurpators oder dann aufhören, wenn eine fremde bewaffnete Macht die bewaffnete Macht des unterdrückten Landes beschäftigte, wodurch den guten Bürgern Luft gemacht würde und sie in die Möglichkeit versetzte, ihre Gesinnungen laut werden zu lassen, sich zu sammeln und nach einem festen Plane, gemeinschaftlich mit ihren Befreiern, zu handeln.

Aber, wird man sagen, heißt es weiter: warum hat die französische Armee, welche aus französischen Bürgern besteht, sich von den französischen Bürgern getrennt; warum, selbst ein Theil der Nation, unterdrückt sie die Nation, um einen Mann, den sie verabscheut, aufrecht zu halten? Antwort: Wenn Soldaten viele Jahre hintereinander Krieg geführt, wenn sie lange in der Fremde gelebt haben, verlieren sie allmählig ihren Bürgersinn, vergessen alles und kennen weiter nichts, als ihren Anführer. Auf ihn setzen sie alle ihre Hoffnungen; streiten nicht mehr für das Vaterland, sondern für den Einzigen; erwarten von Jenem nichts und alles von Diesem. So sind die französischen Soldaten. Ein zwanzigjähriger Krieg hat sie fest an die Person Bonaparte's gefesselt. Sie sehen ihn als den Bürgen aller Vorzüge an, die ihnen der Krieg eingeräumt; und in der Hoffnung, diese Vorzüge zu bewahren, haben sie ihn ihres eigenen Vortheils wegen gegen den Wunsch der gesammten Nation zum Imperator ernannt.

Nachdem ein Beispiel aus der Herrschaft der Prätorianer Roms angeführt worden, heißt es zum Schluß: Bedauern wir die französische Nation, klagen wir sie nicht an. Ihres rechtmäßigen Königs beraubt, den sie liebt und zurückfordert, unterjocht von einem Usurpator, den sie haßt und von sich stößt, sieht sie sich einem Schicksal unterworfen, welchem unter ähnlichen Umständen kein Volk entging und entgehen wird."

Da die gesammte maßgebende Presse von Europa hiernach erklärte: das französische Volk sei völlig unschuldig und die Soldaten allein schuldig, was auch die Masse glaubte und lange Zeit geglaubt hat, so war man bei dem abermaligen Sturz des Imperators noch mehr in der Lage wie 1814, nämlich nun gar keinen Feind vor sich zu haben, dem man etwas auferlegen konnte. 1814 trennte man den französischen Souverain von seinem Volk, indem man nur gegen den Souverain Krieg zu führen erklärte, und als man ihn abgeworfen, in den Franzosen lauter Freunde vor sich sah, denen man nicht wehe thun konnte. 1815 bekriegte man diesen Souverain noch viel entschiedener, that ihn in den Bann, gab vor, die von ihm, dem Tyrannen und Wütherich, unterdrückten und ihrem König treuen Franzosen befreien zu müssen, so hatte man, als der Tyrann nun wieder besiegt war, noch weniger einen Feind vor sich als 1814. Vorausgesetzt, daß dies Alles so richtig war, wie die Verbündeten behaupteten, so war es durchaus nicht gerechtfertigt, dem seinem König so treuen französischen Volke, welches durch den Einbruch des verbrecherischen Corsen ohnehin schon so schwer gelitten hatte, noch Land abzunehmen und eine ziemlich beträchtliche Kriegssteuer aufzuerlegen. Es war auch vollkommen unnütz, Frankreich drei Jahre hindurch mit einem großen Heere besetzt zu halten, da der Usurpator ja in St. Helena war und die Franzosen die Bourbons auf das leidenschaftlichste liebten.

Wir schließen hier diese Auszüge und fügen als bezeichnend nur noch den folgenden hinzu. Noch in der Zeitung vom 22. Juni, kurz vor dem Bekanntwerden der großen Kämpfe heißt es in einem Artikel der Wiener Hofzeitung: nach Aussage eines aus Frankreich eingetroffenen Offiziers seien alle Landstraßen in diesem Lande mit Menschen angefüllt, die man mit Gewalt in die Grenzfestungen führe; mobile Colonnen durchstreiften jeden Bezirk und verhafteten die Eltern, die Verwandten und selbst die Bräute der aufgerufenen Conscribirten oder Nationalgarden, welche sich entfernt hätten, die Aufgefundenen würden in Ketten abgeführt rc., wonach also in Frankreich eine solche Auflösung aller Verhältnisse war, daß ein Angriff ganz unnöthig erschien, sondern der Usurpator ohne einen solchen unfehlbar zu Grunde gehen mußte.

Wenn wir nach der längeren Reihe des Angeführten die Stimmung der Völker, namentlich des deutschen Volkes, mit welcher diese gegen Napoleon von Neuem in den Kampf zogen, oder wie besonders das deutsche Volk den Kampf betrachtete, erwägen und die Summe ziehen, so überwog zwar der Haß gegen den Mann, der den Völkern so viele Leiden bereitet, bei weitem und ein neuer Kampf gegen denselben wurde mehr oder weniger gut geheißen, da mit ihm in Frankreich keine Ruhe in Europa zu hoffen möglich schien; aber es fehlte doch sehr viel an der Begeisterung von 1813. Die Krieger, die ins Feld rückten, die Landwehr, die freiwilligen Jäger, welche von den großen Begebenheiten so gut wie gar nichts erfuhren, sangen wieder die Lieder von Körner, Arndt und alle die Kriegslieder von 1813, sie zogen „mit frohem Muth und heiterm Sinn die Jäger (Preußen, Deutsche) wieder nach Frankreich hin“; aber jede Wiederholung ist schwächer, es war doch nicht mehr die erste Glut und Inbrunst. — So sehr die Regierungen bemüht gewesen waren, in allen Verordnungen und Kundgebungen in den öffentlichen Blättern den Haß zu nähren und die Flamme des Kampfes anzufachen, so lag doch der Gedanke sehr nahe: die Verbündeten müßten viel verfehlt haben, daß solche Zustände herbeigeführt worden, und nun so große Opfer aufs Neue erforderlich wären. Der Congreß zu Wien hatte einen sehr beträchtlichen Theil des Enthusiasmus abgekühlt und ernüchtert. Es war auch nur natürlich, daß der einsichtige Theil des Publikums nicht mit allen Schritten des Congresses gegen Napoleon und Frankreich einverstanden war und sich selbst über das Unternehmen des Mannes seine eigenen Gedanken machte. So ängstlich bemüht die Regierungen waren, durch die Presse vollständig im royalistischen Sinne zu wirken; so schimmerte doch immer so viel durch die Zeitungen hindurch, um Ursache und Wirkung auf anderm Felde zu suchen, wenn der Zusammenhang des Ganzen den Meisten auch noch nicht klar sein konnte. In keiner der damaligen deutschen Zeitungen, die alle unter Censur standen, begegnet man irgend einer Aeußerung, die das Unternehmen des französischen Imperators ruhig zu erklären versuchte oder in irgend einer Art in einer Nebensache ihm günstig wäre. Es ist dies aber durchaus kein Beweis, daß solche Erwägungen nicht vorhanden waren; sie kamen auch bald nach dem Kriege zum Vorschein. „Eigentlich," heißt es in Venturini's Chronik vom Jahre 1815 (XII. Band der Chronik des 19. Jahrhunderts. Altona, Hammerich, 1818) S. 131, „entschied Napoleons Persönlichkeit (d. h. der Haß gegen ihn und die Furcht vor seinem Talent und kriegerischer Ehrsucht) in der großen öffentlichen Meinung zu seinem Nachtheil. Der Buchstabe des Rechts sprach weit mehr für als gegen ihn. War er nämlich wirklicher Souverain von Elba, in welcher Qualität die verbündeten Monarchen doch feierliche Traktate mit ihm zu Fontainebleau geschlossen, sogar seine Flagge der von Frankreich gleich gesetzt hatten; so machte ihn der Einfall in Frankreich weder zu einem gemeinen Verbrecher, noch rechtlos! War er ein Monarch, wie die Andern, und dafür hatten sie ihn ja erkannt, so konnte er auch gewiß nicht für „einen wesenlosen Schatten" (österr. Beobachter) gehalten werden."

Eben so konnte die unaufhörliche Versicherung, daß Napoleon nur allein durch den Terrorismus der Soldaten gehalten werde, bei Einsichtigen keinen Glauben finden. So heißt es in dem bezeichneten Werk von Venturini S. 34: „Wäre Napoleon nur durch eine Partei wieder auf den Thron gehoben worden, so würde (nach der Aechtung Europas) ganz gewiß diese Partei, da sie nun das Vaterland um des einzigen Mannes willen mit den schrecklichsten Plagen und Gräueln bedroht sah, ihn wieder vom Throne verjagt haben. Daß er, als das Unheil völlig hereinbrach, dennoch fest auf dem Throne blieb, daß nur fremde Waffen ihn von demselben herabzustürzen vermochten, beweist wohl jedem Unbefangenen zur Genüge, daß Frankreich und Napoleon eins gewesen.

Ferner heißt es S. 35 in dem mehrangeführten Werke:

„Das Maifeld war keine Farce, wofür die Bourbons und die Monarchen es gern ausgeben wollten. Wie konnten denn die Bauern in Elsaß, Lothringen, Dauphinée rc., die Gegenden, wo die Verbündeten 1814 gehaust, so wüthend darum kämpfen? Wie konnten denn die französischen Festungen noch so lange nach dem Frieden den Verbündeten und Bourbonen Widerstand leisten? Das Maifeld war unleugbar ein großes, imposantes Schauspiel, und was Napoleon damit bezweckte, das erreichte er wirklich.“

Wenn nun der gebildete Theil des Volkes auch den Darlegungen in der Presse meist keinen Glauben schenken konnte und urtheilte, daß die Dinge ganz anders zusammenhängen müßten, als man ihm glauben machen wollte, so begrüßte man doch den Kampf mit Napoleon meistentheils mit Freuden. Kampf hielt Jeder für nothwendig, um die Zwietracht unter den Mächten um die Hinterlassenschaft des Eroberers aufhören zu machen und die Mächte in der gemeinschaftlichen Sache zu einen. Hierbei hatte man nur die Besorgniß, daß nach einigen Erfolgen Napoleons Süd-Deutschland, Baiern, Würtemberg, Baden, der deutschen Sache wieder untreu werden könnten.*) Dieselbe Ansicht ist aus jener Zeit in Venturini's Chronik ausgesprochen (S. 7). Nachdem von der Zwietracht auf dem Wiener Congresse die Rede gewesen, wo Jeder besorgt gewesen, daß die Kriegsfurie sogleich wieder losgehen würde, wird gesagt: „Da kommt die Lösung, welche zur Einigkeit *zwingt*. Die Welt war gerettet, weil jener alte Würgengel in seiner furchtbarsten Gestalt wieder erschien.“ Da man eine so große Macht hatte, so dachte man und tröstete sich damit bei vielen andern Täuschungen, daß nun gründlich rektificirt werden würde, was 1814 verfehlt oder unterlassen worden. Man dachte auch an Eroberungen durch Wiederzurücknahme von Elsaß und Lothringen. Im rheinischen Merkur, damals redigirt von Görres, war vorgeschlagen und gefordert, Frankreich ganz zu zerstückeln, damit es niemals mehr gefährlich werden könnte.

Das Schlimmste aber, was man jetzt noch nicht kannte, was erst nach dem Frieden ins Gewicht fiel, das war das Ergebniß des Wiener Congresses für Deutschland: *Die deutsche*

*) Friedrich Perthes Leben II. 34.

Bundesakte, welche das Datum vom 8. Juni 1815 trägt. Ihr Abschluß war das letzte Werk des Congresses. Die Abfassung derselben und das endliche Zustandekommen trug alle Spuren der kleinlichen Leidenschaften, Interessen und Eifersüchteleien dieser Versammlung in reichem Maße an sich und war dennoch so übereilt abgeschlossen, daß später noch eine Schlußakte vom 8. Juni 1820 und noch eine Zusatzakte vom 28. Juni 1832 nöthig wurden. Die deutsche Bundesakte vom 8. Juni 1815 war dann das überaus kümmerliche Ergebniß, welches man für die Verheißungen von Kalisch von einer deutschen Wiedergeburt und Errichtung eines großen deutschen Reiches hinnehmen mußte, eine Institution, welche nach beispiellosen Kämpfen Deutschland zu immerwährender Ohnmacht und Schwäche verurtheilte und woran das Vaterland noch jetzt schwer leidet. „Die gerechte Nachwelt," sagte damals nach Unterzeichnung der Bundesakte der österreichische Beobachter, mitgetheilt in der Vossischen Zeitung vom 22. Juni, „wird in richtiger Würdigung dem Wiener Congresse die größte Anerkennung widerfahren lassen." Das ist aber nicht geschehen, vielmehr ist das Entgegengesetzte eingetreten. Gleich nach dem Frieden wurde das traurige Ergebniß des Wiener Congresses für Deutschland nur zu sehr gefühlt. „Wenn die Geschichte das Weltgericht ist, heißt es in Venturini XII. S. 164 u. flg., so wird sie ein ernstes und strenges Urtheil über die deutsche Bundesakte fällen .... Die traurigen Folgen jenes kümmerlichen Flickwerks werden, durch den Fortgang der Jahre und der Begebenheiten dereinst zur Genüge enthüllt, den Verdammungsspruch in seiner vollen Gerechtigkeit zeigen."

Für diese deutsche Bundesakte aber zogen die Deutschen aufs Neue in einen gewaltigen Kampf!

Gleich nach Vollzug der deutschen Bundesakte, den 8. Juni, wurde der Congreß von Wien aufgelöst und die zahlreichen Diplomaten kehrten in ihre verschiedenen Länder zurück. Mehrere Monarchen und einige Staatsmänner waren schon früher abgereist. Der Kaiser von Rußland und der König von Preußen hatten Wien am 26. und 27. Mai verlassen. Die Heere der Fürsten waren schon seit dem April und Mai auf dem Marsch, die Feldherren waren längst bei ihren Truppen eingetroffen. Ganz Europa war in Waffen und in lebhafter Bewegung, um den einen geächteten Mann von der Regierung Frankreichs zu entfernen und eine alte, nicht mehr taugliche Dynastie auf kurze Zeit wieder einzusetzen.

Man hatte sich in Wien geeinigt, vier große Heere gegen Frankreich wirken zu lassen:

1. auf dem äußersten rechten Flügel ein englisch-deutsches Heer unter dem Feldmarschall Herzog von Wellington, mit dem Hauptquartier Brüssel. Daranstoßend:
2. ein preußisch-deutsches Heer, genannt Armee vom Nieder-Rhein unter dem Feldmarschall Fürsten Blücher von Wahlstatt, an der Maas mit dem Hauptquartier in Namur;
3. auf dem linken Flügel ein österreichisch-deutsches Heer, genannt Armee vom Ober-Rhein, unter dem Feldmarschall Fürsten Carl zu Schwarzenberg, im Marsch durch Ober-Deutschland gegen den Ober-Rhein. Zwischen den Heeren von Blücher und Schwarzenberg war Raum gelassen, um das im weiteren Anmarsch befindliche
4. russische Heer unter dem Feldmarschall Grafen, später Fürsten Barclay de Tolly am Mittel-Rhein aufzunehmen.

Außerdem waren noch die beiden österreichischen Heere in Italien von Frimont und Bianchi, welche gegen Murat aufgestellt wurden, nach dessen Besiegung bestimmt, in das südliche Frankreich einzufallen.

Die Contingentstruppen der deutschen kleinen Könige und Fürsten wurden für diesmal den Heeren von Wellington, Blücher und Schwarzenberg nach geschlossenem Uebereinkommen mit den betreffenden Fürsten überwiesen:

1. Die Königlich sächsischen Truppen, die von Hannover, Braunschweig, Nassau, Oldenburg und die Hanseaten kamen unter den Oberbefehl des Herzogs von Wellington. Etwas später wurden auch die Truppen des Königs der

Niederlande unter dessen Befehl gestellt, weshalb der Herzog auch zum niederländischen Feldmarschall ernannt wurde. Es springt in die Augen, daß die sächsischen Truppen viel zweckmäßiger unter preußischem Oberbefehl gestanden hätten, das ließ aber die Eifersucht nicht zu, weshalb dann die Meuterei unter den sächsischen Truppen gegen Blücher in Lüttich entstand.

2. Die Truppen der sächsischen Herzogthümer, die von Hessen-Cassel, von Mecklenburg, Anhalt, Schwarzburg, Reuß, Lippe rc. kamen unter den Oberbefehl von Blücher.

3. Die von Baiern, Würtemberg, Baden und Hessen-Darmstadt stießen zum Heere von Schwarzenberg.*)

Von den genannten vier großen Heeresmassen kamen bekanntlich nur die beiden ersten zu wirklichem Kampf und waren fast ganz mit den zu ihnen gehörenden Contingenten in Cantonirungen versammelt. Von dem Heere Schwarzenbergs hatte bei Beginn der Feindseligkeiten am 15. Juni noch keine Abtheilung den Rhein überschritten. An diesem Tage war das Hauptquartier von Schwarzenberg und der Kaiser von Rußland und Oesterreich in Heidelberg. Die Massen des Heeres vom Ober-Rhein hatten die Rhein-Ebene erreicht; doch war auch noch ein beträchtlicher Theil von rückwärts her im Anmarsch. Der König von Preußen war in Potsdam und reiste erst den 22. Juni Abends nach dem Rhein ab. Die Garden hatten erst den 3. und 4. Juni Berlin und Potsdam verlassen. Der Staatskanzler Fürst Hardenberg reiste sogar erst den 3. Juli seinem Könige nach, nachdem alles Wichtige bereits entschieden war. — War hiernach bei Ausbruch der Feindseligkeiten das Heer vom Ober-Rhein unter Schwarzenberg noch weit von Feind und Feindesland entfernt, so waren die Russen noch viel weiter zurück. Sie hatten freilich den längsten Weg zurückzulegen. Durch Ober-, Mittel- und Nieder-Schlesien marschirten sie in vielen Truppensäulen theils nördlich um Böhmen herum durch die Lausitz, Sachsen, Thüringen, Franken, theils über die Sudeten durch Böhmen hindurch und über den Böhmer Wald nach Franken und den Main an der linken Seite hinab. Der

---

*) Vossische Zeitung vom 20. Mai, Artikel Mainstrom vom 11. Mai.

rechte Flügel der Russen, General Sacken, war am 15. April in Breslau, den 7. Mai in Dresden, den 20. Mai in Bayreuth, Anfangs Juni bei Coburg. Der Haupttheil der Russen, welcher in vielen Säulen durch Böhmen zog, vom südlichen Saum des Lausitzer und Erzgebirges bis über Prag hinaus, hatte erst theilweise Anfangs Juni den Böhmer Wald passirt. Am 5. Mai war der Oberbefehlshaber der Russen, Feldmarschall Graf Barclay de Tolly in Prag angekommen. Am 3. Juni war sein Hauptquartier in Bamberg. In Thüringen und Franken weilten die Russen dann einige Zeit in der Höhe von Coburg, Bamberg, Nürnberg, um die verschiedenen Colonnen des zahlreichen Heeres erst herankommen zu lassen und dann gesammelter und geschlossener den weiteren Marsch zum Rhein anzutreten. Es war dies erst am 11. Juni möglich, worauf sie aus den genannten Standquartieren an beiden Seiten des Mainstroms hinab sich gegen den Rhein vorbewegten, der rechte Flügel gegen Frankfurt und Mainz, der linke gegen die Neckarmündung gerichtet.*) Es mochten 150,000 Mann

*) Es mag hier der tragische Tod von Berthier wenigstens in einer Anmerkung seine Stelle finden. Alexander Berthier, 18 Jahre lang Major-General Napoleons, der Freund und Gefährte in allen seinen Feldzügen, welchen derselbe zum Marschall, zum souverainen Fürsten von Neuschatel, zum Fürsten von Wagram, zum Vice-Connetable von Frankreich erhoben und mit Wohlthaten überhäuft hatte („dieser Gänserich, den ich zu einer Art Adler erhoben hatte," hat Napoleon in St. Helena gesagt), ging nicht mit Napoleon nach Elba, sondern zog es vor, an der Spitze der Marschälle Ludwig XVIII. zu schmeicheln. In der kalten legitimen Luft des bourbonischen Hofes erkannte er dann bald die Unbehaglichkeit seiner Lage. Er ging nach Baiern zu seinem Schwiegervater, dem Herzog Max in Baiern, und hielt sich in Bamberg auf. Es war am 31. Mai, als der russische General Sacken bei dem Herzog auf dem Schlosse zu Bamberg speiste. Hier fühlte sich der russische General berufen, zu Berthier zu äußern: er (General Sacken) freue sich sehr, ihn (Berthier) unter den wenigen Personen zu sehen, welche nicht so treulos gewesen wären, ihren König zu verlassen. Berthier, der schon lange in dem grausamsten Zwiespalt bei dem großen Umschwung der Dinge gewesen, der bei Ludwig XVIII. seine Entlassung aus dessen Dienst eingegeben und nun diese erdrückende Macht auf seinen früheren Herren und auf Frankreich losgehen sah, war durch die Aeußerung des russischen Generals auf das Aeußerste betroffen und erwiderte kein Wort. Der Zwiespalt in seinem Innern wurde größer und als am folgenden Tage, am 1. Juni Nachmittags 2 Uhr die russische Reiter-Division

sein, deren Verpflegung Deutschland übernehmen mußte. Bei Ausbruch der Feindseligkeiten am 15. Juni war das russische Heer hiernach noch sehr weit vom Kriegsschauplatz entfernt und es hätte wenigstens noch eines Monats bedurft, um dahin zu gelangen. Vor Ankunft der Russen lag es nicht im Plane der Verbündeten, die großen Feindseligkeiten zu beginnen, und Napoleon hätte noch einen Monat Zeit gehabt, wenn er nicht vorgezogen hätte, selbst anzugreifen, eh' die erdrückende Uebermacht der Verbündeten versammelt war.

Wir werden die Heere Wellingtons und Blüchers im zweiten Theile unserer Geschichte näher nachweisen und werfen, eh' wir zu den Rüstungen Napoleons übergehen, einen kurzen Blick auf den bourbonischen Hof in Gent, dessen Betrachtung wesentlich mit zu dieser Darstellung gehört.

Der bourbonische Hof in Gent.

Mit genialem politischen Blick hatte Napoleon seinen Generalen befohlen, Ludwig XVIII. so zu verfolgen, daß zwischen ihm und Frankreich das Meer läge und er also gezwungen wäre, nach England abzugehen, wo er hergekommen. War Ludwig XVIII. in England, so erlitt er dadurch den größten moralischen Nachtheil, denn es war dadurch ausgesprochen, daß er von Frankreich ganz verworfen wäre, und nur in diesem Insel-Königreich Schutz finden könne. Wirklich war die Absicht des Königs, wo irgend möglich wieder auf französischen Boden zurückzukehren, um nicht die äußerste Beschämung zu erleben, daß in ganz Frankreich kein sicherer Ort

von Korff über die Regnitz-Brücke beim Schlosse vorbeizog, überwältigte ihn die Verzweiflung, er stürzte sich aus dem Fenster und war auf der Stelle todt. Der russische Generalissimus Feldmarschall Barclay mit seiner Generalität kam noch früh genug nach Bamberg, um seinem Leichenzuge eine zweideutige Feierlichkeit zu geben.

für ihn sei. Als er den 24. März in Ostende angekommen war, wollte er sich nach Dünkirchen begeben, um hier auf französischem Boden seine Anhänger zu sammeln. Wäre er wirklich dahin gekommen, so wäre er entweder gefangen genommen oder er hätte eiligst zur See nach England entfliehen müssen, was seiner Sache den tödtlichsten Schlag versetzt hätte, gleichviel, wenn auch im letzteren Fall die Engländer ihn wieder in Belgien irgendwo ans Land setzten. In Ostende erfuhr der König dann, daß die Prinzen in Gefahr gewesen, auf französischem Boden (in Bethune) gefangen zu werden, daß sie ebenfalls Belgien betreten und für ihn selbst in Dünkirchen nichts Gutes zu erwarten sei. Zu seinem größten Heile änderte er seinen Plan und begab sich nun nach Gent, wo er den 30. März Nachmittags eintraf. Die Prinzen hatten ihn vorher schon in Ostende erreicht. Er reiste fast wie ein Privatmann, von Wenigen seiner Getreuen begleitet. Die meisten Marschälle hatten ihm nur bis an die französische Grenze das Geleit gegeben. Weiterhin folgten ihm die Marschälle Berthier, Marmont und Victor, von denen der erstere ihn in Ostende verließ, um sich nach Baiern zu begeben. Seine Haustruppen, die Anfangs die Prinzen geführt hatten, waren bei entsetzlichem Wetter und auf grundlosen Wegen schon sehr vermindert und im traurigsten Zustande an der Grenze angekommen und nur etwa 600 von 4 bis 5000 langten später sehr erschöpft und aufgelöst in Gent an. In kläglicheren Verhältnissen hat sich nie in Europa eine Dynastie befunden. So gänzlich losgelöst von seinem Volke, ohne allen Anhang, ohne einen beschützenden bewaffneten Arm, als eine Hand voll fremder Söldlinge (der Rest seiner Haustruppen), ein Flüchtling im fremden Lande, in keinem Theile seines Landes sicher, — es war für einen König aus uralter Dynastie beispiellos in der Geschichte und für ihn im höchsten Grade beschämend.

Ludwig XVIII. kam in Gent höchst ermüdet, krank und leidend an und erholte sich erst allmälig. Sein unentbehrlicher Begleiter war Graf Blacas. Der König mußte immer einen Freund haben, der sich mit dem Materiellen der Geschäfte befaßte, der in seine Kleinlichkeiten, seine Plaudereien einging. Es fanden sich allmählig die Royalisten ein, die Minister. So Clarke, der Kriegsminister, der Finanzminister Baron Louis, Baron Beugnot, dazu

Lally-Tollendal, Chateaubriand, General Graf Beurnonville, mehrere royalistische Präfekten, wie Baron Capelle, Vaublanc ꝛc. Es war ein Emigrantenhof jetzt in Gent, wie früher im Anfange der Revolution in Coblenz. Mit eben so großer Prätension wie damals geberdete er sich jetzt, als wenn der König schon wieder in den Tuilerien residirte; freilich hatte man jetzt durch die fremden Mächte mehr Aussicht dazu, als 1792. Die eigene Macht war winzig genug, denn obgleich sich noch etwas mehr von den königlichen Haustruppen einfand, welche der Herzog von Berry in Alost wieder organisirte, so haben die höchst übertreibenden royalistischen Blätter sie doch niemals höher als 4000 Mann angegeben.

Man hatte von royalistischer Seite gehofft, daß es den Prinzen gelingen würde, Aufstände in Frankreich zu Gunsten ihrer Sache zu Wege zu bringen, aber man hoffte vergebens, überall siegte der Usurpator. Die Herzoge von Bourbon und von Angoulême mußten nach Spanien flüchten und es wurde für gut befunden, daß sie dort blieben. Der alte Prinz von Condé kam nach Brüssel. Graf Artois und der Herzog von Berry waren bei dem Könige in Gent. Die Herzogin von Angoulême theilte ihre Zeit zwischen London und Belgien. Der Herzog von Orleans, dem die bourbonische Familie nicht traute, durfte England, wohin er gegangen war, nicht verlassen.

So sehr die bourbonische Dynastie und ihre altadligen Anhänger durch die bittere Erfahrung und die trübe Gegenwart den Glauben in die Hand bekommen mußten, daß sie eine vollkommene Mißregierung in Frankreich geführt hatten, so waren sie doch weit entfernt, sich irgend welche Schuld beizumessen. Auch jetzt in diesem traurigen Exil wollte der größte Theil der Royalisten von einer Verfassung nichts wissen. Der flache Blacas maß der Verfassung sogar alles Unglück bei, daß es so gekommen, und wollte alles Ernstes Talleyrand abgesetzt wissen, weil er Schuld daran sei, daß der König durch die Charte eingeengt worden. Nur General Clarke, früher Imperialist, gab zu, daß die Bourbonen Fehler begangen hätten, und wollte sich mit Fouché verständigen. Châteaubriand und einige andere wollten doch eine Charte erhalten wissen, und Talleyrand rieth von Wien aus dem Könige dringend zu Concessionen und empfahl die größte Vorsicht.

Inzwischen richtete Ludwig XVIII. ein völliges Ministerium ein. Graf Blacas erhielt das königliche Haus, Graf Jaucourt ad interim die auswärtigen Geschäfte, da Talleyrand als Minister derselben in Wien war, Clarke erhielt den Krieg, Baron Louis die Finanzen, Beugnot die Marine, Chateaubriand ad interim das Innere, was Abbée Montesquiou gehabt, der sich nach England zurückgezogen, Lally-Tollendal und Graf Beurnonville wurden Staatsräthe, d'Anglès erhielt die Polizei. Es befand sich so in in Gent ein König ohne Land und Leute, Minister, deren Verwaltung keinen Gegenstand hatte.

Die Minister wollten Beschäftigung, daher kamen sie auf die Gründung eines Journals, um im legitimischen Sinne dadurch zu wirken. Dem Namen nach war davon Redakteur Bertin der Aeltere, aber es schrieben daran fast alle Minister in partibus, selbst Ludwig XVIII. schrieb in das Journal Artikel im Geschmack des 18. Jahrhunderts. Der Titel desselben wurde mehrmals geändert. Zuerst hieß es Moniteur royal und die erste Nummer erschien am 14. April, dann Moniteur universel und nachher Journal universel; es erschien zweimal in der Woche, Dienstag und Freitag. Das Blatt enthielt zunächst alle öffentlichen Erklärungen des Königs. Um die überaus wenigen Anhänger der Bourbonen durch irgend Etwas zu ersetzen, war man durch alle Mittel bemüht, das Glanzvolle der Wiederkehr Napoleons zu schwächen. Es war bloß eine Verschwörung der Prätorianer gewesen, welche den Usurpator gerufen und wieder auf den Thron erhoben, das Volk, was seinen König leidenschaftlich liebte, war eingeschüchtert, terrorisirt, es sehnte sich danach, seinen rechtmäßigen König wieder zu erhalten. Besonders heftig in seinen Artikeln war Chateaubriand. Die Bourbonen waren durchaus mild, väterlich, für das Glück der Franzosen glühend. Ludwig XVIII. war insbesondere das Muster eines milden väterlichen Königs. Es wurde vielfach salbungsvoll an den heiligen Ludwig erinnert, es gab lange Deklamationen und Klagen, daß das Glück der Franzosen so gestört werde. Man vergaß auch die großen Verdienste nicht, welche sich die Gefährten des Königs erwürben, indem sie sein Exil theilten. Dagegen war Napoleon ein Tyrann, ein Wütherich, ein wilder Soldatenchef, die französischen Soldaten waren eine eidbrüchige, pflichtvergessene, verwilderte

Bande, die nur auf Raub und Mord ausging. Das Journal beschäftigte sich weit mehr mit den Sachen der Fremden, als des Einheimischen, von welchem der Hof ja getrennt war. Von Frankreich enthielt es eine Fülle von Anfeindungen, Verleumdungen, groben Entstellungen und ein Heer von Lügen. Aus diesem Journal ging aber der größte Theil der Artikel und Nachrichten in die europäischen und besonders in die deutschen Zeitungen über.

Der Hof von Gent stellte eben kein würdiges, sondern ein widerliches Bild dar, bei welchem starke Lächerlichkeiten nicht ausbleiben konnten. Chateaubriand hattt sich im Journal universel bemüht, die Charte zu retten. Das gab aber bei Hofe und bei den Roalisten einen großen Lärm, es wollte hier die große Mehrzahl nichts von einer Charte wissen, obgleich sie der König bei der Annäherung Napoleons in der Noth beschworen hatte und die Prinzen darauf ebenfalls ein eidliches Gelöbniß abgelegt hatten. Die Franzosen sollten aber durch ihren Eidbruch die Charte verwirkt haben. Der Lärm wurde so groß, daß die Minister ihre Entlassung anboten, ihre Entlassung von einem Amte, was kein Amt war, in der Fremde, in einer fremden Stadt, wo sich der Hof nur aus Gnade der Verbündeten aufhielt!!! — Ludwig XVIII. schlichtete dann den Streit dadurch, daß er die Entlassung nicht annahm.

Uebrigens war man vertraut mit allem, was in Frankreich geschah. Marschall Marmont, Marschall Victor, General Clarke (der vorherige Kriegsminister) konnten über Alles Antwort geben, was man erfragte. Man kannte alle Armeelisten und Aufstellungen, alle kommandirenden Generale. Was fehlte, konnte man von Royalisten aus dem Innern erfahren, mit welchen eine eifrige Correspondenz gepflogen wurde.

Man war am Hofe zu Gent auch nicht ganz ohne thätige Theilnahme von Seiten einiger Partheien in Frankreich. So legitimistisch und veraltet die Bourbons auch waren, so glaubte ein nicht geringer Theil der Constitutionellen, der höheren Bourgeoisie, einestheils, daß die Durchdringung zu einer Verfassung trotzdem leichter mit den Bourbonen, als mit Napoleon geschehen würde, anderntheils, daß Napoleon den Verbündeten erliegen müsse und Frankreich mit in seinen Untergang hineinreißen würde. Diese

Partei war daher geneigt Ludwig XVIII. wieder anzunehmen, nur müßte er unweigerlich bestimmte Verwilligungen machen; er müßte die konstitutionelle Regierung aufrichtig mit Modifikationen im Sinne von 1789 gewähren, die dreifarbige Nationalfahne annehmen, eine allgemeine Amnestie eingehen u. s. w., eine Meinung, die da zeigte, wie wenig diese bürgerliche Partei die bourbonische Dynastie und die Legitimisten kannte. Das konstitutionelle Committee in Paris, damals unter Royer-Collard, sandte den nachherigen Minister Guizot nach Gent ab, um mit Ludwig XVIII. und den Royalisten zu unterhandeln, ein Akt, der dieser Partei von der großen Masse der Nationalen, und Guizot insbesondere, später immer zum Vorwurf gemacht worden ist. Guizot und mehrere Andere hatten auch mehrere Unterredungen mit dem Könige und dieser ging auf Mehreres scheinbar oder aufrichtig ein; es ist nur gewiß, daß nachher keine seiner Versprechungen gehalten worden ist.

Noch andere Männer und Deputationen sind nach Gent gegangen, ein Hin- und Hergehen nach beiden Richtungen, aber ohne Treue. Vaulabelle ist nicht der Meinung, daß Fouché vor der Schlacht von Waterloo mit dem Hofe von Gent verhandelt habe, doch behauptet dies Capefigue mit Bestimmtheit. Er führt an, daß sehr umständliche Unterhandlungen durch eine Mittelsperson, Namens Gaillard, zwischen ihm und dem Grafen Artois stattgefunden haben. Fouché hätte nicht geglaubt, daß Napoleon sich länger als 3 Monate halten könne — zu dessen Sturz er freilich mit der ganzen Kraft seiner Intrigue und seines Truges gewirkt hat. Gern hätte er den Herzog von Orleans auf dem Throne von Frankreich gehabt, weil von diesem vorauszusetzen gewesen, daß er sich einestheils den Nationalwünschen gefügt und er anderntheils, als halblegitim, die Aussicht gehabt, den alten Dynastieen Europas genehm zu sein. Die Bourbonen hätte auch Fouché nicht gewünscht, weil er wußte, daß er wegen seiner jakobinischen Vergangenheit denselben nicht gefallen konnte. Indessen da die Verbündeten eine reine Restauration in Ludwig XVIII. vorgezogen, was Fouché durch die Correspondenz mit Wellington und Metternich nur zu deutlich gewußt; so habe er sich auch in diese Chance gefunden und sich mit dem Hofe von Gent in Verbindung gesetzt in der Ueberzeugung von der Nothwendigkeit, daß ihm auch bei dieser Combination ein

Ministerposten zufallen müßte, worauf es ihm vor allen Dingen ankam.

Der Hof zu Gent war an sich selbst der ohnmächtigste, der je bestanden hat; aber er wurde von den sämmtlichen Monarchen von Europa für die rechtmäßige Regierung von Frankreich gehalten und so erhielt er seine Wichtigkeit. Wenn er also die Regierung von Frankreich war, so mußten die Gesandten der europäischen Mächte bei Ludwig XVIII. beglaubigt sein. Talleyrand in Wien hatte darauf bestanden, um dadurch zu zeigen, daß die Bourbonen die Herrscher von Frankreich wären. Obgleich es noch ganz vom Ausfall eines großen Kampfes abhing, wer auf den französischen Thron kommen und ob sich am Ende gar nicht noch Napoleon auf demselben erhalten würde, und obgleich England und Oesterreich erklärt hatten, Frankreich keinen bestimmten Herrscher aufdringen zu wollen, so wurden dennoch Gesandte bei einem Könige von Frankreich accreditirt, der als Flüchtling im Auslande lebte, in einer mäßigen belgischen Stadt, ohne alle Macht, und nur vom Auslande geschützt, — das seltsamste Schauspiel, welches in der europäischen Geschichte erlebt worden ist! Von englischer Seite war Gesandter in Gent Sir Charles Stuart und die Lords Harrowby und Wellesley-Poole vom Prinz Regenten in England in besonderer Mission; von russischer Pozzo di Borgo, von niederländischer der Freiherr von Gagern; von österreichischer wurde der General Baron Vincent, früherer Gesandter in Paris in Gent erwartet, der auch wirklich später erschien; von preußischer Graf Goltz, welcher ausblieb. Die Gesandten hatten insofern einen günstigen Einfluß, als sie die überaus abgeschmackten Bestrebungen von Blacas und den Legitimisten zurückdrückten, wie sie denn auch die Absetzung von Talleyrand, als Minister des Auswärtigen verhinderten. Außer unendlichen Intriguen haben die Legitimisten zu Gent keine thätige Handlung verrichtet, als die zweite Expedition nach der Vendée und Bretagne unter Graf Ludwig von La Roche-Jaquelein, welche unglücklich ausfiel und unterdrückt wurde. Es war darauf gerechnet, daß Graf Artois sich als königlicher Prinz an die Spitze dieses Aufstandes stellen sollte, aber zu Unternehmungen, womit Gefahr verbunden war, konnte sich dieser niemals verstehen. Als die Heere von Wellington und Blücher dann Belgien anfüllten, mußte der

Hof zu Gent natürlich sehr in den Hintergrund treten; dieser traurige Hof war aber nun nach zwei Seiten hin auf das Aeußerste beunruhigt. Einmal hielt er sich in Gent nicht mehr sicher und dachte daran, weiter in die Niederlande hinein zu flüchten; anderntheils fürchtete er, daß die Verbündeten, wenn sie siegten, große Stücke von Frankreich abreißen würden, was ihnen dann später bei den Franzosen zum empfindlichen Nachtheil gereichen würde. Die größte Schwierigkeit mit Ludwig XVIII. zu verhandeln war der ganz unbrauchbare Höfling Blacas. Auf Veranlassung der Mächte mußte sich der König dann endlich doch von ihm trennen und Talleyrand gewann den richtigen Einfluß, wiewohl der König den Mann wegen seiner Vergangenheit haßte und ihm auf das Aeußerste mißtraute.

Wir werden dem Genter Hofe nach der Schlacht bei Waterloo wieder begegnen und wenden uns noch einmal zu Napoleon, um eine Uebersicht seiner Rüstungen zu geben.

7. Die Rüstungen Napoleons.

Napoleon war gestürzt durch das Uebermaaß von Krieg, womit er Europa überzogen und sein eignes Land geschwächt und übermüdet, durch das Uebermaß von Leiden, was der Krieg im Gefolge gehabt hatte. Wenn er von Elba nun wieder nach Frankreich zurückkehrte und seine Ankunft nur wieder Rüstung und Krieg ohne Ende war, so mußte er die Sympathie von Frankreich, welches des Krieges gründlich überdrüssig war, im Augenblick verscherzen und er gab dem erschrockenen Europa das Recht, sich mit aller Macht gegen ihn zu wenden. Rüstung und Krieg konnte seine Absicht nicht sein und war es auch nicht. Er wollte Frankreich von den Bourbons befreien. Um dies zu können, mußte er eine liberale Verfassung versprechen und wirklich einführen, er durfte dem erschöpften Frankreich nicht entfernt von Krieg reden, als wenn dieses aufs Aeußerste dazu vom Ausland genöthigt wäre. Die geringste unternommene Rüstung ohne Nöthigung würde in Frankreich den größten Schreck und in Europa einen Sturm veranlaßt haben. Napoleon hatte 1814 den Thron verloren, weil er Frankreich mit der Grenze von 1792 nicht annehmen konnte und ihm zur Erhaltung auf dem Throne wenigstens die Grenze des Rheins, der Alpen und Pyrenäen nothwendig war. Jetzt, da er den Frieden von Paris nicht geschlossen, konnte er unbeschadet seiner gewaltigen Vergangenheit und seiner Imperatorenehre in jenen Frieden von Paris eintreten. Er hoffte mit dem Anerbieten desselben und mit manchen andern Verwilligungen, sich mit den Mächten Europas, wenn auch noch mit vielen Weiterungen, zu verständigen und den Frieden zu erhalten. Auf so ein Aeußerstes, wie die Ausstoßung aus der Menschheit vom 13. März, konnte er nicht gefaßt sein. Aber als selbst diese Achtserklärung, dieser Bann der Vernichtung erfolgt war, durfte er noch keine Rüstungen anfangen, er mußte erst alle Mittel erschöpfen, den Frieden zu erhalten, um den Franzosen zu beweisen, daß schlechthin nichts anders, als der Krieg übrig bleibe. Was er da gethan, ist oben dargelegt worden. Als nun aber von Seiten der Mächte die Erneuerung des Traktats von Chaumont vom 25. März erfolgte, welcher keine Versöhnung zuließ, als seine Rechtfertigung, sein erneutes Anerbieten in den Frieden von Paris einzutreten, sein Schreiben an die Souveraine, jede Annäherung und Verständigung mit Härte und Hohn zurückgewiesen wurden, blieb allein die Appellation an das französische Volk, blieb allein Rüstung und Krieg übrig.

Darüber waren aber drei Wochen vergangen, die unwiderbringlich für die Rüstung verloren waren.*) Es waren zwar schon Ende März Befehle ergangen, zu Paris 6 Regimenter der jungen Garde zu errichten, die gesammte Infanterie von zwei auf drei Bataillons, die Reitere von 3 auf 4 und 5 Eskadrons per Regi-

*) Sehr oberflächlich und ungerecht macht Oberst-Lieutenant Charras Napoleon Vorwürfe über den Verlust dieser Zeit, „welche aus Trägheit und Mangel an Energie geschehen und durch Trug verhüllt worden.“ Er geht in der Absicht, dessen Neffen Napoleon III. zu ärgern, so weit, dem Imperator das Beispiel des blutigen Convents, als nachahmungswürdig zu empfehlen. (Geschichte des Feldzuges von 1815 autorisirte deutsche Ausgabe, S. 19 u. fg.)

ment zu bringen, es waren auch die Truppentheile zweckmäßiger dislocirt worden. Dies alles war aber nothwendig, weil die Bourbons das Heer auf ein Minimum reducirt und auseinandergerissen hatten. Die Befehle zur Bewaffnung des ganzen Volkes erfolgten indeß erst unterm 10. April. Durch ein Dekret von diesem Tage sollte die ganze waffenfähige Mannschaft vom 20. bis zum 60. Jahre unter der Benennung National-Garde, eine gleichmäßig organisirte bewaffnete Macht bilden. Die Gesammtmasse wurde auf 2,255,040 Mann angeschlagen, welche in 3130 Bataillone jedes zu 720 Mann zu theilen sei. Ein zweites Dekret stellte von der jüngeren Mannschaft dieser Masse 204 Bataillone zur Verfügung des Kriegs-Ministers, um in wirklich aktiven Dienst zu treten. Diese Bataillone erhielten die ausdrückliche Bestimmung, die Besatzung der Grenzfestungen zu bilden, auch die ihnen anvertrauten Posten und Feldverschanzungen zu vertheidigen, um das Vordringen des Feindes im Innern zu verhinden. — Nach einem dritten Dekret vom 10. April ist jeder Franzose, der zur National-Garde eingeschrieben worden und Grund- und Mobiliarsteuer zahlt, berechtigt, Waffen zu führen; jeder aber, der mehr als 50 Franken an Steuern zahlt, ist verpflichtet, eine Kaliberflinte mit Bajonet und Patrontasche anzuschaffen. — Zwei folgende Dekrete, einige Tage später, verordneten in jedem Grenz-Departement die Errichtung von Freischaaren und die Bildung von zwei Reiter-Regimentern in den beiden pferdereicheren Departements des Elsaß. — Um mehr Thätigkeit und Nachdruck in alle diese Organisationen zu bringen, wurde in jede Militair-Division ein außerordentlicher kaiserlicher Commissair mit sehr ausgedehnten Vollmachten gesandt. Zu gleicher Zeit sollte die alte Garde um 3, die junge um 12 Bataillone vermehrt werden. Ein besonderer kaiserlicher Befehl verordnete zu Bordeaux sogar die Errichtung von Compagnien von Mulatten und mulattischer Offiziere. — Die Schweizer-Regimenter waren aufgelöst worden; es wurde aber befohlen, ein neues Schweizer-Regiment aus Freiwilligen von diesen Truppen zu errichten. — Größere Schwierigkeit verursachte die Bildung einer guten Reiterei. Es fehlte überall an tüchtigen Dienstpferden. Man zählte zwar 70 Cavallerie-Regimenter, aber in sehr reducirtem Zustande. Der Kriegs-Minister Marschall Davoust befahl eine Aushebung von

8000 Pferden für die leichte Reiterei und versprach für jedes Pferd 360 Franken zu bezahlen, doch reichten diese bei weitem nicht aus. Es mußte die Hälfte der Gensd'armerie ihre Pferde, das Stück für 400 Franken, abtreten und den Dienst zu Fuß versehen. Die Reichsposten sollten die nöthigen Artilleriepferde liefern. Man machte bekannt, daß Frankreich jetzt noch mehr, als 30,000 Kanonen besitze, wovon 10,000 auf Feldlafetten jeden Augenblick zum Felddienst benutzt werden könnten.*)

Waren diese Verordnungen, Angaben und Zahlen auch darauf berechnet, dem Auslande zu imponiren und in dem erschöpften Frankreich eine solche Kraftentwickelung nicht möglich, so waren doch noch genug Streitkräfte in Frankreich, nach der Rückkehr vieler Gefangenen mehr als 1814, um ein respektables Heer auf die Beine zu bringen, wenn der Feind dazu nur die Zeit ließ.

Der Effektivbestand des französischen stehenden Heeres am 20. März, dem Tage des Einzuges Napoleons in Paris, betrug nach den bourbonischen Listen des Kriegsministeriums 200,716 Mann aller Waffen.**) Nach Vaulabelle I. 369 waren aber nur etwa 175,000 Mann aller Waffen (nach Thiers 180,000 Mann) wirklich vorhanden und diese über ganz Frankreich zerstreut. Die Regimenter der Reiterei und der Artillerie bildeten nur Rahmen ohne Pferde und Kanonen. Es fehlte an sehr vielen Gegenständen. Einestheils hatte der wüthende Krieg von 1814 Vieles verschlungen, dann hatten die Verbündeten vorhandene Vorräthe ausgeräumt und mitgenommen, endlich hatten die Bourbonen viel vernachlässigt. Es gab also unendlich viel zu thun.

Das stehende Heer aber auf einen Achtung gebietenden Fuß zu bringen, war das Unerläßlichste.

Auf den Ruf des Kriegsministers stellten sich sogleich:

20,000 Freiwillige,
80,000 alte Militairs wurden unter die Fahnen zurückgerufen,
25,000 alte Soldaten traten in die Cadres der mobilen Nationalgarde ein,

---

*) Aus dem französischen Moniteur; auszugsweise mitgetheilt in Venturinis Chronik XII. 273 u. fg.

**) Nach Oberstlieutenant Charras war der Effektivbestand auf dem Friedensfuß 211,812 Mann.

30,000 außer Dienst und zum Theil auf Pension befindliche Militairs bildeten 55 Bataillone,
3,000 alte Kanoniere machten 36 Compagnien aus,
20,000 Soldaten der früheren jungen Garde,
5,000 Grenadiere und Jäger der alten Garde,
6,000 alte Kanoniere der Küstenbewachung,
6,000 Jäger der Pyrenäen und Alpen, und
12,000 fremde Soldaten des ehemaligen französischen Heeres, die im Lande geblieben oder herbeigeeilt waren; diese alle wurden zur Verstärkung herangezogen und wie es anging eingereiht.

Es waren dies über 200,000 Mann Verstärkung, welche das Heer auf die Zahl von 375,000 Streitern bringen konnten, und dazu kamen 300,000 Mann mobile Nationalgarden. (Nach Beulabelle.)

Napoleon konnte noch über eine andere Kraft verfügen, welche für seine Sache sehr wirksam sein konnte; es waren dies die Conföderirten von Paris, von welchen schon die Rede gewesen ist, rüstige Bewohner der Vorstädte, wovon ein großer Theil alte Soldaten waren. Wir haben von der Revue gesprochen, welche Napoleon über wohl 30,000 derselben gehalten, wobei er ihnen Waffen zu geben versprochen. Wir haben auch berichtet, wie erschrocken die Bourgeoisie darüber gewesen und ihn beschuldigt, er gäbe sich der Canaille hin und man würde bald nicht mehr an seiner Seite bleiben können. Napoleon wußte jedoch diese Hülfe zu schätzen, welche ihm schon allein dadurch sehr nützlich war, die Royalisten im Zaum zu halten. Sie war auch wesentlich dadurch nützlich, daß sie fleißig sich an den Verschanzungen von Paris betheiligte. Napoleon hatte sich anfangs gescheut, diesen Conföderirten Waffen in die Hände zu geben. Später hätte er es gern gethan, wenn er mit Waffen ausreichend versehen gewesen. Er hatte aber einmal den ganzen Nachdruck auf die Nationalgarde gelegt und mußte dabei bleiben. Er traf aber unter den Conföderirten eine Auswahl, welche er bewaffnete und unter dem Namen „Tirailleurs" der Nationalgarde von Paris hinzufügte. Er willigte ein, über dieselben Revue zu halten, und es geschah diese Sonntag den 10. Mai, bei welcher Gelegenheit er nicht versäumte, sie durch kräftige Reden zu entflammen. „Das sind die Männer, sagte er, deren ich bedarf, um sich unter den Mauern von Paris begraben zu lassen." Er versprach auch, alle Conföderirte mit Waffen zu versehen, sobald diese nur angefertigt sein würden.

Zu dieser Revue hatte er auch das 10. Infanterie-Regiment befohlen. Dieses Regiment war das einzige gewesen, welches auf kaiserliche Truppen Feuer gegeben. Es hatten sich Gerüchte verbreitet, daß man in diesem Regiment beabsichtige, den Kaiser zu ermorden. Mit der Gewalt, welche er wie Cäsar über Truppen besaß, wollte er das Regiment züchtigen und zu seiner Pflicht zurückführen. Als die Revue über die Tirailleurs der Conföderirten beendigt war, näherte er sich dem Regiment, saß ab (er war bisher zu Pferde gewesen) und nur von zwei bis drei Adjutanten begleitet, trat er zu Fuß in das Quarré des Regiments ein. Mit dem Ernste eines antiken Imperators sprach er zu ihnen: „Soldaten des 10. Regiments der Infanterie! Ihr seid die einzigen der ganzen Armee, welche gewagt haben, auf die dreifarbige Fahne zu schießen, auf diese Fahne, die durch unsere Siege geheiligt ist, die wir in alle Hauptstädte Europas getragen haben. Für ein solches Verbrechen müßte ich Eure Nummer aus den Nummern der Armee streichen und Euch für immer aus ihren Reihen ausstoßen. — Aber ich will glauben, daß Eure Anführer Euch dazu hingerissen haben und daß Euer unwürdiges Betragen ihr Fehler und nicht der Eurige ist. Ich werde diese Anführer wechseln, ich werde Euch bessere geben. Dann werde ich Euch in die Avantgarde stellen. Nirgends wird ein Schuß fallen, wo Ihr nicht sein werdet und wenn Kraft der Hingebung und des Muthes Eure Schande in Eurem Blute abgewaschen hat, werde ich Euch Eure Fahne wiedergeben und ich hoffe, daß von jetzt in kurzer Zeit Ihr würdig sein werdet, sie in Eurer Mitte zu tragen."

Kaum hatte der Imperator ausgeredet, so erscholl im Regiment laut und gewaltig der Ausruf: Vive l'Empereur! Die Soldaten reichten ihm die Hände hin, sie sagten, es wäre Schuld der Offiziere, der Kaiser würde sehen, daß sie eben so viel werth wären, wie die Soldaten des übrigen Heeres. (Thiers XIX. 405.)

Von dem Augenblick an, wo der Kampf nicht mehr zweifelhaft war, richtete der Imperator seine größte Thätigkeit auf das Heer, wiewohl er auch seine übrigen vielfachen Angelegenheiten nicht aus der Acht lassen durfte. Er ordnete Depots an, wo Bataillone und Eskadrons der Linie sich bilden sollten. Er sandte Offiziere mit reichen Geldmitteln in die Provinzen, um seine Anordnungen ins Werk zu setzen, Pferde und Material aufzukaufen. In Versailles richtete er ein großes Depot für Reiterei ein. Fast täglich musterte er Truppen, die dann zu den Corps abgingen. Wenn die dritten Bataillons der Regimenter auch nur die Stärke von 400 Mann erreicht hatten, ließ er sie schon dahin abrücken. Seine Thätigkeit erstreckte sich sowohl auf das Ganze, als auf das Einzelne. Er arbeitete 16 Stunden täglich, oft auch einen Theil der Nacht. Von ihm gingen täglich 150 Briefe aus.

Der Imperator wußte auch, wie früher, Jedermann seine ungeheure Thätigkeit mitzutheilen, und er wurde mehr wie je durch den Volksenthusiasmus unterstützt, der ganz anders rege war, als 1814 oder auch früher. Die Waffenfabriken, die Schmiede, die Sattler, die Wagner, die Schneider und Schuhmacher ꝛc. arbeiteten Tag und Nacht; alle Sehnen und Nerven waren angespannt. Seine Thätigkeit erstreckte sich auf das Größte und das Kleinste: auf Ausbesserung und Bemannung der Festungen, auf Befestigung von Paris und Lyon so wie vieler Pässe, Stellungen u. s. w., auf die Bewaffnung der Küsten ꝛc., besonders aber auf das Heer im Felde.

Worüber man am meisten verwundert sein muß, ist, daß es dem Imperator durchaus nicht an Geld fehlte und er alles baar bezahlen konnte, wiewohl er fast nur allein auf Frankreich angewiesen war. Sein Finanzminister hatte nicht zu große Schwierigkeiten, Geld herbeizuschaffen. Bei der Feststellung der öffentlichen Schuld durch die Regierung der Bourbonen war ein Amortisationsfond für allmählige Abtragung reservirt worden. Der öffentliche Schatz negocirte nun 400 Millionen Franken Amortisationsrenten zu 50 Procent, welche er auf die Staatswaldungen anwies. Dies verschaffte durch Vermittelung von französischen und selbst einigen holländischen Capitalisten nach allen Abzügen noch 40 Millionen baares Geld. Das Silber der Krone betrug 6 Millionen und in den Kassen befanden sich 50 Millionen Franken. Sehr beträchtlich waren auch die freiwilligen Gaben, denn man würde die Masse der Franzosen sehr falsch beurtheilen, wenn man sie dem Kaiser abgeneigt halten wollte; die Franzosen wußten im Gegentheil sehr wohl, daß mit ihm das nationale Frankreich, fast die ganze Errungenschaft der Revolution aufhörte, das Vaterland geschwächt und mit den Bourbons deren Willkür und der Gnade der Fremden überliefert würde. So waren denn die Beiträge sehr beträchtlich. Mancher Tag brachte 80,000 Francs; die östlichen und nördlichen Departements zahlten alle mehr oder minder große freiwillige Gaben, mehrere Departements bis zu 1 Millionen Franken.*)

So eifrig und nachhaltig Napoleon in ganz Frankreich die Rüstungen betrieb, so waren doch die Streitkräfte von England, Rußland, Deutschland, Oesterreich, Niederland viel zu überwältigend, als daß diesen Mächten das geschwächte Frankreich gewachsen sein konnte. Diese Mächte hatten auch den großen Vortheil, daß ihre Heere auf dem Kriegsfuß geblieben waren, während das französische von den Bourbonen desorganisirt worden war. Die Heere der Verbündeten waren seit dem 1. April im Marsch. Die Heere Wellingtons und Blüchers waren schon Mitte Mai zahlreich an den Grenzen, die andern kamen mit jedem Tage näher. Es handelte sich um Sein und Nichtsein. Was man auch unternahm, es war Alles gefährlich, und jeder Plan brachte wahrscheinlich den Untergang.

In dieser großen Bedrängniß kam es dennoch darauf an, den möglichst vortheilhaftesten Plan zu fassen, wie er den Umständen am meisten angemessen wäre. Ein zweckmäßig angelegter Kriegsplan, mit der Einheit des Befehls und dem Kriegsgenie Napoleons, sowie einiges Glück, konnte doch dem getheilten Befehl bei den Verbündeten und der Unbehülflichkeit ihrer so verschiedenen Massen manchen wichtigen Vortheil abgewinnen und es konnte das wichtigste erlangt werden: Zeit, die Rüstungen zu vollenden. Bei der großen Wichtigkeit des Kriegsplanes wollte Napoleon für diesmal nicht allein stehen, er wollte die Meinung eines bedeutenden, einflußreichen Mannes hören und wandte sich an Carnot. Die umsichtige Leitung der französischen Heere von 1793 an während der

*) Nach Vaulabelle. — Capefigue hat hier einige andere Angaben und Zahlen.

Herrschaft des Convents schrieb man diesem ausgezeichneten Mitgliede des Wohlfahrtsausschusses zu und er stand wegen seines kriegerischen Talents und seines festen und redlichen Charakters in allgemeinster Achtung. Napoleon hielt in kriegerischer Hinsicht Carnot nicht gerade sehr bedeutend, aber er wollte doch dessen aufrichtigen Rath nicht entbehren und setzte sich mit ihm in enge Verbindung. Ueber die Anschläge, Stärke, Stellung, über den Marsch der Verbündeten rc. war er genau unterrichtet. Er hatte in England und Deutschland sichere Agenten. In ersterem Lande war dies zwar sehr theuer und zwei Agenten in London kosteten monatlich zweitausend Guineen, dagegen waren die in Deutschland nicht so schwer zu erhalten und bei weitem wohlfeiler.*) Napoleon legte Carnot alle Umstände vor und verlangte von ihm einen Kriegsplan.

Carnot nun war bei der ungeheuren Ueberzahl der Feinde durchaus für einen Vertheidigungs-, nicht für einen Angriffsplan. Man müsse zwar die Annäherung des Feindes nach Möglichkeit erschweren, aber der eigentliche starke Widerstand oder Angriffsstoß müsse erst in der Nähe von Paris anfangen. Bei der weiten Entfernung der Russen und der längern Zeit, welche das Heer von Schwarzenberg bedürfe, um die französische Grenze zu erreichen, würden die Verbündeten den Feldzug nicht vor dem 15. Juli beginnen können und sie könnten frühestens erst am 15. August unter den Mauern von Paris sein. Bis dahin könnte man bei Paris und Lyon eine ganz enorme Widerstandskraft bereiten. Carnot wollte nun die nördlichen Grenzplätze armiren und sie durch Ueberschwemmungen und Schleusen verstärken. Dann wollte er eine zweite Linie bilden durch Feldbefestigungen im Walde von Mormal und in den Argonnen, durch Verhaue verstärkt. Es sollten dann alle Festungen in Lothringen armirt werden. Die Passagen der Vogesen müßten durch Redouten geschützt werden, eben so die des Jura und der Alpen. Es müßte auch die dritte Linie der Festungen Guise, Lafère, Vitry, Soissons, Chateau-Thierry und Langres nicht vernachlässigt werden. Diese Arbeiten würden an den Plan der Vertheidigung von Paris anknüpfen. Die Höhen von Montmartre und Menilmontant müßten durch ein System von Redou-

*) Fleury de Chaboulon II. 79.

ten befestigt werden. — Wie Paris müßte Lyon Operationsbasis sein. Auch Lyon müßte mit Befestigungen versehen werden. Vorwärts wären Sisteron und Pont St. Esprit zu armiren. Diesem Vertheidigungssystem würde ein handelndes Heer in acht Abtheilungen zur Unterstützung dienen. Hinter den Linientruppen kämen die freiwilligen Nationalgarden, die Regimenter, welche durch den Patriotismus der Einwohner ausgehoben worden. Man würde Aushebungen in Masse befehlen. Nach einer gewonnenen Schlacht würde man suchen, die Coalition zu veruneinigen u. s. w.

Napoleon überlegte diesen Defensiv-Plan mit großer Sorgfalt, gab zu, daß er viel für sich habe; entschied sich aber dann doch für einen Angriff, ehe alle Streitkräfte der Feinde herangekommen wären; so daß er es nur mit zwei Heeren, denen von Wellington und Blücher zu thun habe, weshalb die Feindseligkeiten Mitte Juni zu eröffnen wären. Er selbst hatte bisher alle seine Kriege angriffsweise geführt und der französische Soldat war daran gewöhnt. Der französische Nationalcharakter schien ihm nach allen Erfahrungen der Geschichte mehr zum rücksichtslosen Angriff als zu einer langen, planmäßigen Vertheidigung geeignet, wozu eher der deutsche Charakter passe. Der französische Soldat würde in einer solchen langen Defensive die Energie verlieren. Zu einer Einrichtung für dieselbe durch so viel Stadt- und Feldbefestigungen sei nicht Zeit. Der Feind könne sich vereinigen, sich auf einen Punkt werfen und überall durch seine ungeheure Uebermacht die Festungs- und Befestigungslinie durchbrechen. Man gäbe dadurch dem Feinde zu viel französisches Land Preis. Viel besser sei die Offensive, ehe der Feind sich vereinigt habe. Der Soldat würde doppelte Energie haben. Napoleon könne dabei das Schlachtfeld wählen, was ihm bei der Defensive der Feind anweise, er könne den Feind überraschen, ihn in Erstaunen setzen. Ein oder ein Paar Siege würden dann hinlänglich sein, Oesterreich von der Coalition loszulösen. — Einer der wichtigsten Gründe zum angriffsweisen Verfahren war ohne Zweifel die Rücksicht auf den schwankenden Stand des Landes und vorzüglich der Kammern. Er glaubte nicht, daß dieser Zustand einen Defensivplan erlaubte. Hätten die Kammern ihn durch Zustimmung und patriotische Haltung gestärkt, so war ein Defensivplan wahrscheinlich doch sicherer. Da aber beinahe das

Gegentheil geschah, so war dann allerdings die Offensive vorzuziehen, wo er bei einiger Begünstigung durch das Glück wieder allgemeines Vertrauen gewinnen konnte. — Es wurde dann der Offensivplan als der den Verhältnissen günstigere von der Mehrzahl angenommen.*)

Das Offensiv-System schloß darum ein umfassendes Vertheidigungs-System nicht aus, welches mit einem Volkskriege verbunden werden sollte. Der Moniteur machte davon die umständlichsten Mittheilungen, die zwar, für das Ausland berechnet, in dem bekannten style glorieux abgefaßt waren, von denen aber dennoch, von großem Eifer der Bevölkerung unterstützt, ein beträchtlicher Theil wirklich in Angriff genommen worden ist. Paris und Lyon sollten zu großen Mittelpunkten der Vertheidigung eingerichtet werden. So meldete dann der Moniteur Anfangs Mai: 30,000 besoldete Nationalgarden seien vor Paris unter Aufsicht von Genie- und Artillerie-Offizieren beschäftigt, Verschanzungen aufzuwerfen. Es mochte diese Zahl übertrieben sein, aber selbst der Napoleon höchst abgeneigte Oberstlieutenant Charras giebt in seinem Werke zu (S. 41), daß außer der Nationalgarde Pariser Tirailleure, Zöglinge der Gymnasien und Schulen, so wie selbst Abtheilungen der Kaisergarde sich bei den Arbeiten betheiligt haben, und daß 4—500 Geschütze in den Werken aufgestellt worden. Fleury de Chaboulon fügt hinzu, daß die Arbeiten mit Enthusiasmus und unter patriotischen Gesängen geschehen wären. Bei Lyon geschahen ähnliche Arbeiten, doch scheinen sie nicht mit solcher Energie wie bei Paris betrieben zu sein. Der größte Widerstandsgeist gegen

*) Nach beendetem Kriege ist in historischen und kriegsgeschichtlichen Werken oftmals erörtert worden, welches Verfahren für Napoleon das vortheilhafteste gewesen wäre. Mehrere und unter diesen auch französische Schriftsteller haben es für das günstigste gehalten, wenn Napoleon gleich nach seiner Ankunft in Paris so viel Truppenmacht als möglich, wenn auch nur 40,000 Mann, zusammenraffte und damit die geringe preußische Macht unter Kleist über den Rhein zurückwarf. Der große Schreck, den dies verursacht hätte, würde ihm gleich anfangs einen großen Vortheil verschafft haben. — Wenn dies auch zuzugeben ist, so verlor er anderntheils alle moralischen Vortheile seines Kommens, er blieb dann der Napoleon, der er gewesen, und das Endergebniß wäre kein anderes gewesen, als es nachher war, nur mit viel weniger moralischem Ansehen und Würde.

das Ausland fand sich in den östlichen Departements. Es wurde aus Metz berichtet, es würden auf den verschiedenen Vertheidigungslinien des Departements Redouten und Verhaue angelegt, die durch den patriotischen Muth der Einwohner gewiß aufs äußerste vertheidigt werden würden. Aus dem Elsaß vernahm man, daß alle Linientruppen die Festungen verlassen und die Nationalgarden solche besetzt hätten; die Rhein-Armee habe ihre Stellung an der Linie der Lauter, an der Weißenburger Linie und längs des Rheins bis Hüningen genommen. Sie stehe mit dem Observationscorps des Jura in Verbindung. Bei Béfort werde ein großes Lager errichtet. In zweiter Linie würden die sieben Durchgänge durch die Vogesen mit Verschanzungen versehen und von zwei Reserve-Divisionen bewacht, deren Rechte sich auf das Lager bei Béfort, die Linke auf die Mosel-Armee unter Gérard vorwärts von Thionville und Longwy stütze, die über Bitsch wiederum mit der Rhein-Armee in Verbindung stände. An der Maas seien gleichfalls die Festungen von Nationalgarden besetzt und täglich arbeiteten Tausende an der Befestigung der Engpässe des Argonner Waldes, wie an den Verschanzungen von Soissons, von Rheims, von Chalons 2c. Ueberall würden diese Verschanzungen durch eine zahlreiche Artillerie besetzt. — Mochten diese Berichte auch übertrieben sein, so wirkte Napoleon unleugbar mit alter Energie, er wurde darin von dem bei weitem größten Theile der Nation, besonders in den Grenz-Departements gegen Osten und Norden unterstützt, wogegen die kümmerlichen Anzeigen einer günstigen Stimmung in Lille und Dünkirchen für Ludwig XVIII. durch ungleich hervorstechendere Züge von wilder Volkserbitterung gegen die Herrschaft der Bourbonen weit überwogen wurden. (Venturini XII. 279.) Mit beträchtlicher Aussicht auf Erfolg konnte der Kriegsminister Marschall Davoust Anfangs Mai an alle Präfekten, Unter-Präfekten, Maires 2c. die Weisung erlassen: „Der Krieg muß nationalisirt werden! Jeder Beamte sei Commandant, so wie jeder Bürger Soldat; jede Mühle, jeder Bauerhof, jeder Abschnitt werde ein befestigter Posten gegen den Feind, wenn dieser es wagen sollte, den heiligen Boden Frankreichs zu betreten."

Es wird in französischen Geschichtsbüchern bemerkt, daß außer der beträchtlichen Vermehrung der Linie Ende Mai doch schon 150,000 Mann Nationalgarden bewaffnet gewesen, die Festungen ausgebessert, die wichtigsten Posten verschanzt, die Küsten bewaffnet worden. (Vaulabelle.)

Napoleon hatte 1814 an seinen Marschällen keine sonderlichen Erfahrungen gemacht. Zwei, Marmont und Augereau, hatten ihn verrathen, die Mehrzahl hatte ihn zur Abdankung gezwungen. Bei seiner Wiederkehr 1815 hatten sich die Marschälle fern gehalten. Die meisten hatten Ludwig XVIII. bis zur Grenze begleitet, Berthier, Marmont und Vcitor waren ihm nach Belgien hinein gefolgt. Von den in Frankreich befindlichen Marschällen war Ney nur zu Napoleon übergetreten, weil alle seine Truppen übergingen. Mit mehr Neigung traten auf seine Seite Davoust, Suchet, Brune. Dem Marschall Soult, der kurz vorher eine so knechtische Hingebung für die Bourbons gezeigt und doch bei ihnen in Ungnade gefallen, scheint es nur darum zu thun gewesen zu sein, wieder aktiv angestellt zu werden, als er sich dem Kaiser zur Verfügung stellte. Marschall Mortier war nur halb auf Seiten Napoleons und blieb von dem entscheidenden Kampf zurück. Einige andere Marschälle wie Jourdan, Massena, Lefebvre, Moncey entschuldigte ihr hohes Alter. Grouchy war erst eben wegen seiner Expedition gegen den Herzog von Angoulême durch Napoleon zum Marschall ernannt worden. Für die meisten Corps-Befehlshaber blieben daher nur Divisions-Generale, für welche der von den Bourbonen eingeführte Titel „General-Lieutenant“ beibehalten wurde.

Schon im Anfang Mai wurden die Corps und die kommandirenden Generale bekannt gemacht. Es lag in den Umständen, daß die gegen die Alpen und gegen den Ober- und Mittel-Rhein aufzustellenden Corps vorerst nur aus Rahmen bestanden, weil das Heer von Schwarzenberg und die Russen erst beträchtlich später eintreffen konnten und die Verstärkung der gegen dieselben aufzustellenden Corps also nicht so sehr dringlich war; wohingegen die großen Armeen von Wellington und Blücher hart an der Grenze in Belgien möglichste Stärke erforderten. Wir geben hier die Corps, welche in dem großen Drama nicht mitkämpften, in der Stärke, wie sie solche Anfangs Juni und bei Ausbruch der Feindseligkeiten hatten, um darauf später nicht wieder zurück zu kommen, und behalten uns vor, im zweiten Theile die Operations-Armee näher zu skizziren.

Es hatten zu der angegebenen Zeit die folgenden Corps die folgende Stärke erlangt:

Die Rhein-Armee, 5. Corps, General-Lieutenant Graf Rapp, 19,031 Mann mit 46 Geschützen, Hauptquartier Straßburg,

das Observations-Corps vom Jura, General-Lieutenant Lecourbe, 4446 Mann mit 21 Geschützen, Hauptquartier Béfort,

die Alpen-Armee, 7. Corps, Marschall Suchet Herzog von Albufera, 8814 mit 42 Geschützen, Hauptquartier Chambery in Savoyen,

das Observations-Corps am Var, Marschall Graf Brune, 4081 Mann mit 16 Geschützen, Hauptquartier Toulon,

das Observations-Corps an den Pyrenäen, General-Lieutenant Graf Clauzel und Graf Decaën, 7878 Mann mit 60 Geschützen, Hauptquartier Toulouse,

das Corps gegen die Vendée, General-Lieutenant Graf Lamarque, 8570 Mann mit 18 Geschützen, Hauptquartier Bordeaux.

Die Stärke aller dieser durch die Umstände zu Nebenrollen bestimmten Corps betrug (nach Oberst-Lieutenant Charras, der diese Zahlen nach amtlichen und beglaubigten Dokumenten zu haben angiebt): 52,820 Mann, einschließlich 5704 Reiter und mit einer Artillerie von 203 Geschützen.*) Was dann wirklich zu dem Entscheidungskampf in Belgien kam, waren: die Garde, bis in die ersten Tage des Juni in Paris, 5 Infanterie-Corps, bis zum Ausrücken zur Entscheidung in den Hauptquartieren Lille, Valenciennes, Mezières, Metz, Thionville und Laôn, der Nummer nach das 1., 2., 3., 4. und 6. Corps, und 4 Reiter-Corps, zusammen 120,000 Mann mit 346 Geschützen.**)

Napoleon eröffnete den Krieg, als seine Formationen lange noch nicht beendigt waren, um seine Feinde anzugreifen, eh' ihre erdrückende Uebermacht heran war. Seine Bataillone, die er ins

*) Charras deutsche Uebersetzung S. 45 u. 46.

**) Nach vielen Angaben mit geringen Abweichungen.

Feld führte, waren noch schwach, kaum 600 Mann stark. Er raffte zusammen, was nur eben schlagfertig war; dagegen waren in den Depots noch zahlreiche Streitkräfte, um als Ergänzung zu dienen und um in kurzer Zeit eingereiht zu werden. Jeder Tag konnte hier Verstärkung bringen. Die französischen Stärkerapporte für diesen Feldzug sind verloren gegangen, daher ist schon nicht mit Sicherheit zu ermitteln, wie viel Linientruppen beim Ausbruch des Krieges Napoleon in erster Linie aufstellen konnte; es muß aber ganz unermittelt bleiben, wie viel in zweiter Linie vorhanden waren.*) Hiernach sind die Angaben schwankend. Oberst-Lieutenant Charras, dem es in seinem 1858 erschienen Werke darauf ankommt, Napoleon der Lässigkeit und Trägheit zu beschuldigen, nimmt an, daß die königlich bourbonische Armee bei der Flucht Ludwigs XVIII. 223,000 Mann mit einem ausrückenden Stand von 155,000 Mann betragen habe; wohingegen diese Stärke bei Grolmann-Damitz, S. 27, nur zu 149,000 Mann mit einem ausrückenden Stand von 93,000 Mann angegeben wird. (Ebenso von Oberst Wagner, General von Hoffmann u. A.) Bei Eröffnung der Feindseligkeiten giebt Charras das ganze französische Heer auf 276,000 Mann, wovon 198,000 Mann marschfertig, an, worauf er dann die Beschuldigung gründen kann, daß Napoleon den marschfertigen Theil des bourbonisch-französischen Heeres in beinah drei Monaten nur um kaum 43,000 Mann vermehrt haben soll! eine Beschuldigung, die Niemand für gegründet halten wird.**) Nach den verbreitetsten Annahmen betrug die Kriegsmacht, welche Napoleon bis zum 1. Juni aus Linientruppen formirt hatte, 363,000 Mann. Davon waren 217,400 Mann zu den Opera-

*) Grolmann-Damitz I. 29. Anmerk.

**) Der Verfasser sieht sich genöthigt, hier zu bemerken, daß ihm das Werk vom Oberst-Lieutenant Charras mit viel zu großer Absichtlichkeit geschrieben erscheint, um besonders ins Gewicht fallen zu können. Es kommt ihm darauf an, sich für die Unbilden, die ihm der Neffe angethan, an diesem dadurch zu rächen, daß er den Onkel absichtlich verkleinert und ihn mit absichtlichen und häufig unbilligen und ungerechten Beschuldigungen überhäuft. — Charras giebt sich für einen Republikaner und mag also Napoleon I. für ein Unglück für Frankreich halten; es darf dies aber doch nicht so weit gehen, dem größten Helden von Frankreich, was Napoleon I. immer bleiben wird, die billige Anerkennung zu versagen.

tionen bereit und 146,100 Mann in den Depots zum Nachrücken. (Grolmann-Damitz I. 28.) Napoleon selbst berechnet die Masse seiner Streitkräfte bei Ausbruch der Feindseligkeiten zu 363,000 Mann Linientruppen und zu 196,000 Mann Nationalgarden, Veteranen, Marinesoldaten ꝛc., im Ganzen also zu 559,000 Mann, und fügt noch hinzu, wie seine Maßregeln so getroffen wären, daß er zum 1. September auf 858,000 Mann rechnen könnte. Am 1. October würde die französische Grenze von Erz und keine menschliche Macht im Stande sein, sie zu durchbrechen.

Man kann sicher annehmen, daß der französische Imperator mit aller Energie, die ihm eigen, bemüht war, die Hülfsquellen Frankreichs für den Krieg zu bereiten. Er fand auch längere Zeit die eifrigste Unterstützung und seine Anordnungen wurden mit bewunderungswürdiger Schnelle und Spannkraft vollzogen. Gegen den Ausbruch der Feindseligkeiten hin ist dann doch eine Abnahme der großen Energie zu erkennen, welche schwerlich Napoleon selbst, sondern viel mehr den brandenden Verhältnissen zuzuschreiben ist. Frankreich erschrak doch über den ungeheuren Kraftaufwand, welchen es entfalten sollte und zweifelte, ob es der ungeheuren Krisis gewachsen sein würde. Des Imperators Thätigkeit selbst war getheilt. Die Einsetzung einer Verfassung, das Maifeld, die Eröffnung der Kammern, die Rücksicht auf die Verhandlung des neuen Parlaments nahmen eine beträchtliche Zeit in Anspruch. So war geleistet, was menschliche Kraft vermag, aber es sollten nun zunächst etwa 200,000 schlagfertige Franzosen der ungeheuren Macht widerstehen, welche in zwei Armeen mit 235,000 Mann schon hart an der Grenze stand und die sich in 3 andern Armeen: Russen, Schwarzenberg, Oesterreicher in Italien mit andern 400,000 Mann heranwälzte und der noch zahlreiche Reserven folgen konnten. Auch die 120,000 Mann, mit welchen der Imperator die Heere von Wellington und Blücher in Belgien angriff, hatten 235,000 Mann, fast die doppelte Stärke gegen sich, so daß nur ganz außerordentliche Glücksfälle ihm den Sieg oder nur das Standhalten verschaffen konnten.

Wir haben unsere Darstellung so weit geführt, daß wir zu unserem zweiten Buche, welches die Beschreibung des Feldzuges enthält, übergehen können.

Am Schlusse dieses Buches möchten wir nicht übergehen, wie der für alle Zeiten merkwürdige Mann in den verschiedenen Phasen seines Wiederkommens seine Lage angesehen hat. Seine Getreuen haben in Denkschriften seine innersten Gedanken niedergelegt und der Geschichtsschreiber Thiers hat in seinem großen Werke „Geschichte der Republik und des Kaiserreichs" diese zusammengestellt.

Was zuerst den guten Willen Napoleons betrifft, Frankreich eine freie Verfassung zu bewilligen, so stand dieser durchaus fest, nicht als wenn er vermöge seines Charakters eine besondere Neigung gehabt hätte, sondern aus richtiger Ueberlegung. Mit einem erschöpften und des Krieges gründlich überdrüssigen Volke ließen sich keine Eroberungen mehr machen. Er habe keine Projekte mehr, sagte er. Jedenfalls würde eine freie Verfassung seinem Sohn zu Gute kommen, überdies wäre eine solche der allgemeine Wunsch der Nation. Wenn er dem französischen Volke nicht den Frieden bringen könnte, so müßte er ihm wenigstens die Freiheit bringen. Er machte sich demnach auf alle Consequenzen einer Constitution gefaßt, auf Verwerfungen, Verweigerungen, abgewiesene Minister, vielfache Hemmungen 2c. Es kränkte ihn, daß er so vielen Ungläubigen begegnete, wenn er von Frieden und Freiheit sprach, denn er glaubte wirklich konstitutionell regieren zu können.

Er fürchtete eine Inswerksetzung und die Anwensenheit von deliberirenden Kammern nur von dem Augenblick an, wo ein erbitterter Kampf mit Europa unvermeidlich wurde. Er war entschlossen, Aehnliches zu geben wie die englische Verfassung; aber eine noch unerfahrene aufgeregte Versammlung, unmittelbar unter den Kanonen von Europa, schien ihm sehr bedenklich. Er wollte die Freiheit, wenn sie nur nicht dem Kampfe nachtheilig würde.

Es gab in Frankreich eine große Verschiedenheit der Meinungen in Bezug auf eine Verfassung, von der englischen bis herab zur Republik. Napoleon wollte ein Staatsgrundgesetz, wovon er nicht nöthig hätte, später etwas zurückzunehmen oder unerfüllt zu lassen, weil zu viel bewilligt worden. Darum widerstand er den Forderungen und Einreden seiner Getreuen, den augenblicklichen Umständen Rechnung zu tragen und so entstand der acte additionel, welchen wir oben näher abgehandelt haben.

Die größte Sorge aber machte dem Imperator der bevorstehende grause Kampf, der mit erdrückender Schwere auf seinem Gemüth lastete. Es war, als wenn er fühlte, daß es sein letzter sein würde und daß er einen übeln Ausgang nehmen müßte, denn obgleich er äußerlich immer die gewohnte Haltung bewahrte, so wurde er doch von Tage zu Tage trauriger. Am 17. April verließ er die Tuilerieen und bezog den Pallast Elysée. Er wollte hier, etwas zurückgezogen, im Schooß seiner Familie Trost in seiner großen Bedrängniß haben.' Die Königin Hortense, seine Stieftochter, zog mit ihm und machte die Honneurs bei ihm. Seine Brüder Joseph und Jerôme waren in Paris und in seiner Nähe. Er wohnte im Elysée bequemer und der große Garten bei dem Schloß bot bei seinen großen Arbeiten Erholung.

Hier in dieser verhältnißmäßigen Zurückgezogenheit hatte er das Bedürfniß, sich zu seinen Getreuen: Caulincourt, Cambacères, Bassano, Lavalette und Carnot aufrichtig über seine Lage auszusprechen und über alle seine Angelegenheiten mit ihnen zu verhandeln. Er bekannte, man würde Wunder bedürfen, um zu triumphiren. Er wolle gern Frieden schließen, wenn nur das Gebiet von Frankreich vom Feinde gesäubert sei; aber seine Feinde würden, wenn er sie auch abgeschlagen, von Neuem den Feldzug beginnen, bis es zum Aeußersten käme. Frankreich würde bedenken, daß es sich nur um einen Mann opferte. — Napoleon machte sich also keine großen Hoffnungen. Im Grunde rechnete er auf die vielerprobte Tapferkeit seiner Soldaten und auf sich selbst und seine große Ueberlegenheit auf dem Schlachtfelde. Er rechnete auch auf günstige Chancen, die er nach Möglichkeit benutzen wollte. Er verlangte vom Schicksal nur ein bis zwei Siege, um den alten Glanz zu bewahren und das Recht zu erobern, Herr im eignen Hause zu sein. „Könnte ich, sagte er, nur ein Paar Mal siegen über diese Monarchen, die so demüthig gegen mich waren! Dies ist es, was ich vom Schicksal und der Nation verlange."

Das Schicksal gewährte ihm diese Siege nicht und die Nation verließ ihn. Er zog in den Kampf, um in demselben die schwerste Niederlage und in Folge dessen den Untergang zu finden.

CPSIA information can be obtained
at www.ICGtesting.com
Printed in the USA
LVHW110932160522
718424LV00014B/104

9 783375 010058

Be

MW01673386

Die Deutsche Bewegung von 1848 und die gegenwärtige

Zweiter Theil

SALZWASSER
VERLAG

Bernhard Becker

Die Deutsche Bewegung von 1848 und die gegenwärtige

Zweiter Theil

Unveränderter Nachdruck der Originalausgabe von 1864.

1. Auflage 2022 | ISBN: 978-3-75259-734-9

Verlag: Salzwasser Verlag GmbH, Zeilweg 44, 60439 Frankfurt, Deutschland
Vertretungsberechtigt: E. Roepke, Zeilweg 44, 60439 Frankfurt, Deutschland
Druck: Books on Demand GmbH, In de Tarpen 42, 22848 Norderstedt, Deutschland

Die

Deutsche Bewegung von 1848

und

die gegenwärtige.

In vier Theilen bearbeitet

von

Bernhard Becker.

Zweiter Theil.

Berlin, 1864.

Zweiter Theil.

Die auf dem eroberten gesetzlichen Boden stehende Revolution.

Motti:

„Man sagte, ein Theil dieses Hauses — oder wenn nicht unmittelbar Diejenigen, die in diesem Hause sitzen, so doch mittelbar dieselben durch ihre politischen Freunde, die sie draußen haben, — strebe darnach, die Revolution für dauernd zu erklären, die Bewegung zu erhalten, zu steigern ..... Es ist aber nicht wahr; und ich will Ihnen ehrlich sagen, weßhalb: weil wir die ernste Besorgniß hegen, daß die Bewegung, wenn wir sie nicht behalten, in Hände übergeht, die weit von uns nach dieser oder jener Seite liegen, und die vielleicht ohne unsre Schuld die gesammten Errungenschaften unseres geistigen Daseins in Frage stellen." Robert Blum.

„Hätte Preußen sich und seine Kraft der Centralgewalt aufrichtig angeboten, so würde man ihm freiwillig angetragen haben was man ihm jetzt Fuß für Fuß bestreitet man würde ihm aus vollem Herzen gegeben haben, was man ihm jetzt mit dem Widerstreben des Ingrimms gibt, wenn man überhaupt Etwas gibt." Karl Vogt.

„Lassen Sie doch die leichte Brücke, die wir den Regierungen gebaut haben, bestehen, wir geben ja doch nicht die Macht aus der Hand." Franz Raveaux.

„Wir sind die Demokratie; wir haben dieselbe nicht zu gewinnen, nur zu verlieren."
Ludwig Simon.

Im ersten Theile haben wir die wilde, einzig dem Geschichtsgesetz folgende Revolution an uns vorübergehn sehen. Diese aus den unmittelbaren Bedürfnissen, Gefühlen und Anschauungen des Volks entspringende Bewegung war nothwendig gerade so weit gegangen, als sie es nach den damaligen Verhältnissen zu thun vermochte. Ohne allen Zweifel war sie der Ausdruck der großen Mehrheit der deutschen Nation. Wohl hätten die Leiden des niedern, arbeitenden Volks eine viel radikalere Heilung erfordert, aber dem vierten Stande fehlte das Massenbewußtsein und die mit diesem verbundene Erkenntniß. Der vierte Stand, von Kindheit auf in der Noth eingeschult, hatte sich dermaßen in sein Elend hineingelebt, daß er glaubte, die Welt könnte nicht anders bestehen, als mit den vorhandenen wirthschaftlichen Zuständen und staatlichen Einrichtungen. Ohne viel von Philosophie zu wissen, hielt er doch mit dem an der Sklaverei keinen Anstoß nehmenden Aristoteles für richtig, daß die einen Menschen zum Herrscher, die andern zum Dienen geboren wären. Da ich unter dem thüringer Landvolk aufgewachsen bin, erinnere ich mich aus meiner Kindheit an den Spruch, mit welchem sich der vierte Stand in Thüringen tröstete:

„Und wenn wir wären Alle gleich,
Und wenn's nicht gäbe Arm und Reich,
Und wär'n wir Alle auch zu Tisch gesessen,
Wer sollt' uns dann auftragen noch das Essen?"

So philosophirte und tröstete sich das arme Volk über sein Elend. Das Christenthum, auf das ewige Freudenreich nach dem Tode verweisend, leistete dieser jämmerlichen Sklavenphilosophie Vorschub. Jeder bemüht, durch Ersparnisse sich ein kleines Kapital zu schaffen und sich womöglich zu einem halbwegs vermögenden Manne zu machen, lebte innerhalb der beschränkten Sphäre individueller Selbsthülfe dahin und ließ sich geduldig stoßen und drücken, da nach seinem Glauben der allweise und unergründliche liebe Vater im Himmel, gegen den man nicht murren dürfte, es nun einmal nicht anders haben wollte. Wie im ersten Theil dargethan wurde, war die geringe Entwickelung der Industrie mit der Kleinstaaterei eng verwachsen, und die kleinstaatliche Zersplitterung trug in Wechselwirkung ihrerseits wieder zu der Lahmheit des Volkslebens bei. Denn je größer der Staat ist, desto großartiger treten die Staatsverhältnisse zu Tage und desto mehr wirken sie der spießbürgerlichen Lebensauffassung und Topfguckerei entgegen. Die kleinen Staaten und die mit ihnen verbundenen Heimaths-, Ehe-, Gewerbs- und Niederlassungsbeschränkungen tragen die Mitschuld davon, daß wir einen auffälligen Mangel an großen Städten haben; sie verhinderten so lange die großartige Entfaltung unserer Industrie, bis die Eisenbahnen mit ihren Perpendikeln, Parallelen und Kurven, mit ihren meist nur vom Verkehrsbedürfniß geregelten Linien die Herrschaftszäune der kleinen Gebieter durchbrachen. Bis dahin blieb Deutschland in seinen Zuständen verkrüppelt.

Die nämliche Verkrüppelung, welche dem vierten Stande das Massenleben entzog, erlahmte das politische Streben des Bürgerstandes, zumal da derselbe seit der Napoleonischen Herrschaft eine Freiheitsvermehrung brockenweis erhalten hatte, womit er sich lange begnügte, ehe er ungemüthlich zu werden anfing. Als er dann wider alles Erwarten 1848 einen ernsteren Anlauf nahm, fand er halb Nachgiebigkeit seitens der Regierungen. Alle seine Forderungen, bescheiden wie sie waren, wurden bewilligt. Die Furcht vor dem vierten Stande, eingeflößt durch das Beispiel Frankreichs, stimmte ihn ohnehin zur Milde. Daher beschied er sich, indem er die Throne, in welchen er seinen eignen Schutz erblickte, stehen ließ, die erlangten Freiheiten auf dem Rechtsboden förmlich zur gesetzlichen Geltung zu erheben.

Die konfuse Anschauung der Parlamentsdemokraten hinsichtlich der Einheit, wo jedoch schon die Ahnung durchbricht, daß allein der Verkehr den Einheitsgedanken im Volke erzeugt und verbreitet, drückte am Besten Löwe aus Calbe bei Berathung der Grundrechte aus, wenn er sagte:

„Durch die Literatur allein sind *wir in den höhern Kreisen* des Volks zu unserer Nationalität gekommen; lassen Sie uns diesen Gedanken der nationalen Einheit durch die Freizügigkeit in die Herzen Derjenigen tragen, deren Hände von der Arbeit mit Schwielen bedeckt sind.... Einen solchen Mittelpunkt wie Frankreich haben wir nicht und wollen wir nicht; *aber wir haben an dessen Stelle die Eisenbahnen*."

Also war in der Bourgeosie, oder, wie Löwe dieselbe nennt, „in den höhern Kreisen des Volks", der partikularistische Gedanke noch mächtig, woher es denn auch geschah, daß selbst die Duodezstaaten ihr Liliputanerleben mit konstitutionellem Aufputz fortzuführen beflissen waren. Die Bourgeoisie konnte sich nicht losmachen von den gegebenen materiellen Verhältnissen, und Niemand, der nicht das Unmögliche verlangt, wird ihr daraus einen absoluten Vorwurf machen; vielmehr wird jeder Billigdenkende eingestehen, daß in Folge der Deutschland eigenthümlichen wirthschaftlichen Entwickelung die Bourgeoisie von der Aufgabe, die Einheit im Klassenkampfe herzustellen, dispensirt werden muß. Indeß ist gerade darum der vierte Stand, dem die Vollziehung dieser Aufgabe überlassen worden ist, dazu berechtigt, die Unfähigkeit der Bourgeoisie in dieser Beziehung als ein ihr anhängendes Gebrechen zu konstatiren.

Wenn nun der Grundzug der deutschen Bewegung von 1848 darin besteht, daß die dem erweiterten Verkehr entgegenstehenden Schranken hinweggeräumt werden sollen und wenn innerhalb unseres Volks selbstverständlich der Durchbruch dieses Gedankens als nationale Einheit auftreten muß, so geht auch die ganze Revolution in dem einzigen Worte Einheit auf, zu dem das Wort Freiheit sich nur als Abstraktum hinzugesellt. Die Einheit ist die erstrebte Sache, die Freiheit theils die Ahnung davon, theils das negative Mittel dazu. In der Einheit liegt das Alpha und Omega der ganzen Bewegung. Die Erkenntniß dieses Sachverhalts gibt uns den Fingerzeig, wo wir die auf dem gesetzlichen eroberten Boden stehende Revolution aufzusuchen haben. Nicht im Reichstage zu Wien, nicht in der Vereinbarungskammer zu Berlin, noch weniger in einer der vielen kleinstaatlichen Ständeversammlungen, mögen dieselben sich auch als Konstituenten benehmen und theilweise noch so rebellisch gebärden, sondern allein im Parlamente des ganzen Volks, wo durch die Gesammtrepräsentation der Nation zum ersten Male der Gedanke der Einheit als Wort auftritt, haben wir den gesetzlichen Ausdruck der Revolution zu erblicken.

Die übrigen Volksvertretungen sind partikularistische Parlamente und als solche einheitfeindlich. Sie sind die Reaktion eines Volkstheils gegen das ganze Volk; sie sind das homöopathische Gegengift der feudalistischen Gebieter gegen die ausgleichende organisatorische Zusammenfassung der ganzen Nation. Sie dienen dem bedrängten Absolutismus als Schutzwälle gegen die Angriffe des Geistes der neuen Zeit. Je größer der Volkstheil ist, den sie vertreten, desto gefährlicher werden sie der Einheit. Wo sperrt man sich daher am Meisten gegen die Einheit? Wo wagt die alte Reaktion zuerst offen sich zu zeigen? Nicht etwa in den kleinen Staaten, die sich vor der Majestät der gesammten Nation unbedingt beugen müssen, sondern zuerst in Oestreich, dann in Preußen, dann in Baiern, dann in Hannover, Sachsen und Würtemberg. Und wenn im Reichsverfassungskampfe die Bevölkerung der beiden letztgenannten Staaten eifrig Partei für die Reichsverfassung nimmt, so erklärt sich dieß daraus, daß der widerspruchsvolle Inhalt der Reichsverfassung dem widerspruchsvollen Charakter dieser Staaten, die zwischen den Groß- und Kleinstaaten in der Mitte schweben, entspricht.

Die Anfänge der formellen Einheit waren einstweilen dadurch gelegt, daß im Allgemeinen überall die nämlichen Forderungen erhoben und durchgesetzt wurden. Das Fortbestehen der seitherigen Staaten hing mit dem die Halbheit bergenden konstitutionellen Charakter der Bourgeoisie zusammen. Denn konstitutionell sein, heißt: die Einzelstaaterei noch nicht überwunden haben, noch nicht in den großartigen Produktionsverhältnissen völlig aufgehen, das Mittelalter mit der Neuzeit vermitteln wollen.*) Nachdem der konstitutionelle Sieg erfochten und durch die Volkskämpfe in Wien und Berlin nationalisirt worden war, da galt es, durch die Gesetzgebung den Sieg der Gewalt in einen Sieg des Rechts zu verwandeln, ihn mit der Konsequenz des Systems auszubilden und auf alle Staatszweige auszudehnen. Daher überall die Konstitutionsarbeiten. Nirgends hatte man sich, wenn von der kleinen Sozialistenpartei abgesehen wird, über den konstitutionellen Horizont erhoben. Denn die Republikaner Badens gehörten ebenfalls zu der konstitutionellen Gattung, wenn sie auch abstrakter als die übrigen verfuhren und den Uebergang zur wirklichen Einheit insofern wirklich anzubahnen

*) In England gibt es noch mehr Ueberreste vom Mittelalter, als man gewöhnlich vermuthet. Die Trennung der verschiedenen Grafschaften, die noch so scharf ist, daß die Polizei der einen Grafschaft einen Uebertreter des Gesetzes (z. B. die Boxer) nicht einmal über die Gränze der andern Grafschaft verfolgen darf; die abgeschlossene Gemeinderegierung, deren Skandal das moderne Proletariat im Armenwesen an die große Glocke hängt; ferner der grelle Gegensatz zwischen Land und Stadt, oder zwischen Grundadel und Geldadel, zwischen dem unbeweglichen und beweglichen Kapital; sowie das Recht der Erstgeburt und vieles Andere zeigt den Zusammenhang des englischen Konstitutionalismus mit dem Mittelalter. — Im einheitlichen Frankreich gab es stets nur Scheinkonstitutionalismus.

im Begriffe waren, als zum Niederwerfen der von ihnen verursachten Aufstände nicht nur badische, sondern auch Reichstruppen verwandt wurden. Sowie die Kontre-Revolution hierbei einheitlich verfuhr, würde der Sieg der badischen Insurrektion — hätte ihn die Absurdität derselben nicht unmöglich gemacht — durch die Logik der damit zusammenhängenden Ereignisse von selbst in die Einheit umgeschlagen sein. Freilich wären alsdann die Folgen von dem Siege der badischen Insurrektion ganz anders ausgefallen, als Hecker und Struve denselben in ihrem rührenden Bilde mit den 36 Parlamenten sich ausmalten.

Allerdings finden die Volksvertretungen der einzelnen Länder eine gewisse Berechtigung in dem Umstande, daß das Frankfurter Parlament sich nur mit Allgemeinheiten befaßt und nicht in die Gesetzgebung des ganzen Deutschlands einzugreifen wagt, oder mit andern Worten, daß sie geduldet werden und daß nach dem Antrage Raveaux' bloß den süddeutschen Versammlungen, weil von daher die Einführung der Republik besorgt wurde, die Konstitutionsarbeiten untersagt sein sollen: aber die vom Parlament begangene Unterlassungssünde versöhnt sie deßwegen noch nicht mit dem Einheitsgedanken, dem sie nur dann hätten dienen können, wenn sie sich dem Parlamente gegenüber für inkompetent erklärt und aufgelöst hätten. Am Meisten verstießen die Wiener und Berliner Versammlung gegen die deutsche Einheit; die Wiener indem sie sich das heterogene Oesterreich unter der seitherigen Dynastie zusammenzukitten angelegen sein ließ und dadurch dem einheitlichen Prozesse der deutschen Revolution entgegenstand, die Berliner namentlich, indem sie sich auf den Boden der Vereinbarungstheorie, welcher auch dem Frankfurter Parlamente von den partikularistischen Regierungen als der einzig mögliche angepriesen wurde, stellte. Aus der Halbheit des Vereinbarungsstandpunktes, der eine fürstliche Souveränetät gegenüber der Volkssouveränetät anerkannte, folgte später, als die Vereinbarung nicht zu Stande kam, für die Volksvertretung der passive Widerstand des Steuerverweigerns und für die Krone der sehr aktive Angriff des Maßregelns und Oktroyirens.

Darum haben wir es im gegenwärtigen Theile, in welchem wir über die auf dem eroberten gesetzlichen Boden stehende Revolution handeln, allein mit dem Frankfurter Parlamente, dem vollen und wirklichen Träger der Einheit, zu thun. Aber das Parlament können wir nur solange als den Träger der Einheit gelten lassen, als es nicht den letzten Anspruch auf die Vertretung der Revolution verloren hat. Das Parlament stellt sich nämlich nicht als der Felsen dar, worauf die Revolution mit sicherer Hand das Gebäude der Einheit errichtet und ausbaut, sondern vielmehr als den schwachen Ausläufer, den sich immermehr verflachenden Höhenzug der Revolution. Es ist nicht das Schöpferwort, das zur That wird, sondern vielmehr der in's Wort verhallende Nachklang der That.

Im stolzen Bewußtsein der nationalen Thatkraft verkündet beim ersten Auftreten das Parlament die Volkssouveränetät als seine einzige Berechtigung; es erkennt keinen höhern und andern Willen, als den Willen des von ihm repräsentirten Volkes, an und spricht damit allen partikularistischen Souveränetäten das Todesurtheil. Aber es vermag das Urtheil nicht zu vollstrecken; sein Wort verfliegt im Winde. Dann gibt es die Souveränetät theilweise auf und läßt immer mehr davon ab, versimpelt zur Schwätzerklike, skandalisirt die Nation als lärmende Klatschgevatterschaft und setzt sich zuletzt in offene Feindschaft zum Volke. Ja, das Parlament in Wirklichkeit bleibt endlich so weit hinter dem in Theorie gewaltigen Parlament zurück, daß die Einheit der Nation verrathen wird und die Volksvertretung zum Kindergespött herabsinkt. Als das Parlament Schleswig-Holstein aufgibt und Oestreich fahren läßt, da hat es aufgehört, die Revolution zu vertreten, da ist's um die deutsche Einheit geschehen. Von nun an besteht es nur noch aus so und so vielen Menschen, welche sich das Vergnügen machen, vor der Nation einander in Worten zu bekämpfen. Die Volksredner sind in Rhetoren, die weisen Gesetzgeber in Rabulisten verwandelt, und der falsche, geborgte Nymbus ist geschwunden.

Hiermit sind die Gränzen des zweiten Theils meines Werks genau verzeichnet. Meine Darstellung der gesetzlichen Revolution wird also von der unter dreimaligem Hurrah erfolgenden Konstituirung des Parlaments bis zum Schlusse der ersten Berathung der Grundrechte oder von der Einsetzung des Reichsverwesers bis zum Erlasse des Parlamentsgesetzes und zur Erschießung Robert Blums zu reichen haben. Die übrige parlamentarische Thätigkeit und was über die partiellen deutschen Volksvertretungen zu sagen ist, gehört in den dritten Theil, in welchem ich von der Reaktion handle. Dem Stoffe, welcher zwischen den vorgezeichneten Gränzen liegt, wird meine Behandlung entsprechen. Nachdem ich über den Sitz der Nationalversammlung und das Wesen des Parlamentarismus gehandelt habe, werde ich sogleich an die Besprechung der Haupthandlung des Parlaments, an die Besprechung der Einsetzung der provisorischen Zentralgewalt, gehen und dann die Bedeutung dieses aus der allgemeinen und besodern Lage der deutschen Zustände hervorgegangenen Instituts, welches mit einem gewissen Manne aus fürstlichem Stande verwebt wird, dadurch illustriren, daß ich den Widerspruch des Zweckes, zu welchem die Zentralgewalt geschaffen worden ist, mit dem Verhalten und Verfahren des Reichsverwesers bis an die Grenze der offenen Reaktion aufzeige, wo es sich dann herausstellen wird, daß Parlament und Reichsverweserinstitut in Bezug auf die Einheitsschöpfung gleich nichtsnutzig sind.

Um jedoch diese Identität der Nichtsnutzigkeit darthun zu können, werde ich an das Parlament anknüpfen und die Gründe anführen, warum die zeitraubende Diskussion der Grundrechte vom Präsidenten Gagern in Uebereinstimmung mit allen Parteien angesetzt wird, woran sich ein kleiner Streifzug über das Korpsburschenleben der Parlamentsmitglieder reiht. Von den sogenannten dringlichen Gegenständen, die zufolge der Tagesordnung die Diskussion der Grundrechte unterbrechen dürfen, werde ich nur die beiden wichtigen, die Wahl Heckers in Thiengen und die Heeresvermehrung, erwähnen und mich darauf der schleswig-holsteinischen Sache, die in den Frankfurter Septemberaufstand ausmündet, zuwenden. Hiermit wird die Identität der Nichtsnutzigkeit erwiesen sein. Der Abfall des Parlaments von der Revolution ist nun vollbracht und formulirt sich im Parlamentsgesetze vom 20. September als gesetzgeberisches Aktenstück. Das Parlament hat nun den leichten, durchsichtigen Schleier der Scham, womit es sein antirevolutionäres Treiben verhüllte, abgerissen bekommen. Es nimmt jetzt Partei gegen die nämliche Revolution, deren Geist seine gesetzgeberische Thätigkeit erfüllen sollte. Damit aber kein Zweifel über den eigentlichen Sinn des Parlamentsgesetzes übrig bleibe, muß der Wiener Aufstand den Beweis liefern, daß das Parlament auf seine Selbstherrlichkeit und Unantastbarkeit in Bezug auf die Regierungen verzichtet und die Einheit Deutschlands völlig preisgibt. Sodann ist die Zeit gekommen, da die Ausarbeitung der Reichsverfassung, welche in den über die Reaktion handelnden dritten Theil meines Werkes gehört, in Angriff genommen werden kann.

Es liegt weit von meinem Zwecke ab, ausführlich die langweiligen, in den Wind gesprochenen Reden der Parlamentsmitglieder zu registriren oder doch wenigstens eine Blumenlese der gelungensten Wortergüsse zu geben: denn sie würden, weil sie nicht ohne kritischen Kommentar erscheinen könnten, meine Arbeit zu sehr anschwellen. Eben so wenig werde ich Charakterbilder und Kopfzeichnungen aus dem Parlamente liefern, weil die mittelmäßigen Größen, welche in der Paulskirche tagten, solche Aufmerksamkeit nicht verdienen. Wer noch dermaßen im Schlamme des Bourgeois-Parlamentarismus steckt, daß er an dergleichen Kost sich den Magen nicht verdirbt, kann sich den Appetit leicht anderswo besser stillen, als ich es zu thun im Stande wäre. Doch werde ich die Zierden der Rednerbühne über den Kamm scheeren.

Auf die Aufnahme Limburgs und Posens in den deutschen Bund, sowie auf die vom Parlamente anerkannte Gleichberechtigung aller Nationalitäten werde ich im dritten Theile zurückzukommen Gelegenheit haben. Eben dahin gehören die von der Reaktionspartei provozirten, in die Zeit vom Juni bis zum November fallenden Unruhen. Aus meiner ganzen Darlegung wird, wie ich hoffe, sich mit Evidenz ergeben, daß das „deutsche" Parlament viel schlechter war, als sein Ruf.

Durch die Wahl Frankfurts zum Sitz des Parlaments knüpfte man, wie schon erwähnt, an die frühere, noch unverdaute Idee an, daß das Parlament zum Bundestage die zweite Kammer bilden sollte. Frankfurt eignete sich wohl zum Vorort eines monarchischen Bundes, taugte aber nicht als Sitz einer konstituirenden deutschen Nationalversammlung. Von den Regierungen des deutschen Bundes war Frankfurt als Hauptstadt gewählt worden, weil es als eine machtlose, in der Mitte Deutschlands gelegene freie Reichsstadt ein neutraler Ort zu sein schien, wo der Einfluß weder des einen, noch des andern Bundesstaats einen beträchtlichen Ausschlag auf die Beschlüsse gab. Hätten wir in Deutschland nur einen einzigen Großstaat, sei es Oesterreich oder sei es Preußen, so würde die hohe Bundesversammlung in die Haupstadt dieses Großstaats verlegt worden sein. Indem jedoch zwei vorhanden waren und obendrein Baiern auf die Rolle des dritten im Bunde aspirirte, so bewirkte die Eifersucht der Großmächte, daß die politisch unbedeutende freie Reichsstadt Frankfurt zum deutschen Vorort erkoren ward. Durch die Wahl Frankfurts erkannte man also die Berechtigung des Dualismus auf dem Standpunkte der Kleinstaaten an. Ferner hielt man sich an die geschichtliche Ueberlieferung, wonach Frankfurt lange die Krönungsstadt der deutschen Kaiser gewesen, der Bundesstaat aber dem Kaiserreiche gefolgt war.

Eine konstituirende Nationalversammlung dagegen hätte keinen solchen neutralen, auf ein winziges Gebiet beschränkten Ort auswählen sollen. Sie mußte ja ohnehin überall zu

Hause sein und war, weil die Mehrheit Deutschlands monarchisch ist, immerhin in einem monarchischen Gebiete besser aufgehoben, als in der mittelalterlichen Aristokratenrepublik. Da sie sich auf die Volkssouveränetät stützte, hatte sie sich unter den Schutz des Volkes zu stellen, während sie doch in Frankfurt unter dem Schutze der Mainzer Bajonnette tagte. Um des Volksschutzes theilhaftig zu sein, hätte sie sich in eine der volkreichsten Gegenden, am besten an die Macht-Zentralpunkte Wien oder Berlin begeben sollen, wo sie mit dem Volke im unmittelbaren Verkehr blieb und nöthigenfalls von der Volkssouveränetät Gebrauch zu machen im Stande war. Eine der beiden größten deutschen Städte aber war einer in volkreicher Gegend gelegenen andern Stadt vorzuziehen, da die Bewohner jener großen Städte gebildeter sind, als die der kleinern, enger zusammenwohnen und allerlei Hülfsmittel, deren man in bewegter Zeit bedürfen kann, schnell bei der Hand haben. Eine große Stadt, wie Wien oder Berlin bildet durch ihre Häusermauern eine Art Volksfestung und vermag sich bei einem Kampfe mit der Truppenmacht tapfer zu wehren. Schon in Zedler's Lexikon, einem sehr gelehrten Werke, heißt es in Band 39 vom Jahre 1744 unter dem Artikel Stadt:

„Jakob I. hielt bei dem Parlament gegen den Anwachs Londons an. Eine gleiche Bewandtniß hat's mit Paris. Und wird zum Grunde angeführt, daß dergleichen unmäßig große Städte das Vermögen des ganzen Landes an sich ziehen, schwer mit Lebensmitteln zu versorgen sind, ein Gehäge vieles unnützen und bösen Gesindels sind und gefährlichen Aufrühren Anlaß geben können.

Auch die demokratische Bewegung der „weißen Kappen" in den Achtzigerjahren des vierzehnten Jahrhunderts hatte ihren Hauptrückhalt an den großen Städten, namentlich an Paris. — Die erste französische Revolution war erst sicher gestellt, als die Konstituante von Versailles nach Paris verlegt worden war. — Wie sehr sich eine Stadt durch ihre Häusermauern zu vertheidigen vermag, dafür bietet der spanische

Unabhängigkeitskrieg Belege, woraus erhellt, daß zum Beispiel Saragossa mit einer in neuerer Zeit unübertroffenen Tapferkeit ein Heer von 24,000 Mann schlug, indeß die Volkswehren — die Somatenes — im offenen Felde mit leichter Mühe überwunden wurden. Konnte aber schon Saragossa so viel ausrichten, so müßte bei gleichem Fanatismus und gleicher Tapferkeit eine große Stadt gegenüber einem großen Heere ganz unüberwindlich sein, wofern sie nur hinlänglich verproviantirt wäre.

Sodann besitzt eine große Stadt, was höchst wichtig ist, weitverzweigte Verkehrs- und Handelsverbindungen und übt als Sammelort der Intelligenz, sowie als staatlicher Mittelpunkt einen fern reichenden Einfluß auf das umliegende Land aus.

Am geeignetsten wäre wohl Wien zum Sitz für die deutsche Konstituante gewählt worden. Denn*), während das an der größten natürlichen Kulturstraße Deutschlands, an der Donau, liegende Wien mit den Vorstädten und umliegenden Dörfern gegen 700,000 Menschen zählte, hatte das in einer Sandwüste liegende, von der Spree bespülte Berlin kaum mehr als 400,000 Köpfe aufzuweisen. Wenn also die Größe der Einwohnerzahl oder der Zahl der Revolutionskämpfer zum Maßstabe genommen wurde, mußte die Wahl Wien treffen, dessen Volk ohnehin herzlicher und darum zum Kampfe entflammbarer war, als das weißbierwitzelnde und kalte Berliner. Durch Größe und Inhalt wäre ja Berlin immerhin die zweite Haupt-

*) Auch im Parlamente wurde Wien vorgeschlagen. Ein Korrespondent der A. Allg. Z. bemerkt darüber: „Es ist nicht zu verkennen, daß die Uebersiedelung von unabsehbar wohlthätigem Einflusse auf die Bekämpfung des slavischen Elements, auf den innigsten Verband Oestreichs und Deutschlands, auf die Gestaltung der untern Donauländer und ihrer Verhältnisse, auf die Organisirung des zerrütteten Kaiserstaats sein würde. Dessenungeachtet kam der Gedanke so unerwartet, daß er nur allgemeine Heiterkeit verursachte und Alles — freilich im Scherz — rief: da packen wir noch heute! An eine ernste Ausführung glaubt wohl Niemand."

stadt des deutschen Landes geblieben und hätte höchstens den Verlust des Hofes und einiger obern Behörden zu beklagen gehabt.

Wenn sich gegen die Wahl Wiens einwenden läßt, daß es nicht in der Mitte Deutschlands liegt, so trifft Berlin der nämliche Vorwurf. Uebrigens kann dieser Vorwurf nicht schwer wiegen in der Zeit der Eisenbahnen, Telegraphen und Dampfschiffe, in der die räumlich weit entfernten Orte zeitlich einander durch den Verkehr nahe gerückt worden sind. Zudem liegen auch Paris, London und Petersburg nicht in der Mitte derjenigen Länder, von denen sie die Hauptstädte sind.

Ferner hätte man dadurch, daß man Wien wählte, den Preußenthümlern, welche Oestreich, obschon es eine viel bedeutendere Großmacht als Preußen ist, aus Deutschland „hinauswerfen" wollten, vollständig von vornherein die Hände gebunden und die kindischen, gehässigen, aber erklärlichen Einfälle des Kleindeutschthums in das nördliche Reich der Marotten verwiesen. Wegen der Verbindung Wiens mit Ober-Italien, Ungarn und Polen aber wäre die deutsche Revolution daran gehindert worden, durch die ausschließliche Betonung des Deutschthums einen völkerfeindlichen Charakter anzunehmen und die Reaktionssiege, welche Radetzky in Italien erfocht, als glänzende Thaten des deutschen Namens mit patriotischem Frohlocken zu begrüßen.

Aber auch die Erfahrung hätte die Wahl Wiens bestätigt. Denn Wien wurde in der That die Hauptstadt der deutschen Revolution. Während in Berlin nur vom 17. auf den 18. März ein einziger vierzehnstündiger Kampf stattfand und sich die dortige Bevölkerung, indem sie sich viel „unreifer" erwies, durch den redseligen König mit der konstitutionellen Lockpfeife, daß er sich an die Spitze Deutschlands stelle, und mit den von Stieber vorgetragenen deutschen Farben einlullen ließ; erhob sich die Wiener Bevölkerung, deren Arbeitermasse sich als eines besonderen Standes bewußt ward, in kurzen Zwischenräumen, wie am 13. März, am 15. Mai, am 26. Mai, zu wiederholten Malen, weshalb die Nationalgarde am 21. Juni in Folge der fortwährenden Arbeiterunruhen die Entwaffnung der Vorstädte vornahm; und während sich die Bewohner Berlins vom „Vater" Wrangel in's Bockshorn jagen und geduldig maßregeln ließen, erfolgte fast um dieselbe Zeit in Wien der viel entscheidende Aufstand, wodurch die Truppen am Abmarsche nach Ungarn verhindert und der mit einem Hammerschlage erlegte Kriegsminister Latour an einen Laternenpfahl erhöht wurde. Drei Feldherren mit starken Heeren wurden gebraucht, die von der Revolution besessene Stadt zu unterwerfen. Als Wien fiel, sank mit seinem Falle die Hauptkraft von der Revolution Deutschlands in's Grab der Geschichte. Seit jenen Tagen, an welchen Robert Blum, Hermann Jellinek, Alfred Julius Becher, Messenhauser und andere bekannte Demokraten die Ueberzeugung ihres Lebens mit einem unerschrockenen Tode standrechtlich besiegelten, setzte auf den höchsten Grad der Bewegungsfluth die Ebbe der Reaktion ein, bis 1856 allmälig wieder eine steigende Bewegung zu erspähen war, indem auf dem Pariser Kongreß wegen der wachsenden Nationalitätenagitation der italienische Kampf gegen die in Wien residirende östreichische Regierung organisirt ward.

Der Fall Wiens war 1848 der Wendepunkt der deutschen Bewegung. Aber nicht zweifelhaft wäre das Geschick Wiens und der ganzen deutschen Bewegung gewesen, wären 1848 die deutschen Verhältnisse so entwickelt gewesen, daß die deutsche konstituirende Nationalversammlung hätte in die Mauern Wiens verlegt werden können. Hier, im Angesicht der Proletariermassen, wären die Gesetzgeber an die Leiden und Bedürfnisse des arbeitenden Volks erinnert worden. Hier wäre die Rechte zur Ordnung, die konstitutionell preußische Partei zur Bescheidenheit und Kürze, die Linke an ihre Pflicht gemahnt worden; hier hätten keine von Mainz herbeigerufene Truppen mit Leichtigkeit am 18. September den Malmöer Waffenstillstand sanktionirt; von hier aus wäre man nicht mit einer Kaiserkrone nach Berlin hausiren gegangen; hier wäre man nicht mit Schimpf und Schande zuletzt, weil Alles verlottert war, von dannen gelaufen. Wäre die deutsche Nationalversammlung in Wien gewesen, so würde sie andere Beschlüsse gefaßt und Wien selbst eine solche Bedeutung erlangt haben, daß es siegen mußte. Freilich war dies derzeit noch unmöglich; aber deßhalb konnte auch die ganze Bewegung nicht zu ihrem nächsten geschichtlichen Ziele, der Einheit Deutschlands, durchschlagen.

Die Lösung der östreichischen ist eng mit der Lösung der deutschen Frage verknüpft. Weil die Konstitutionsverehrer die deutsche Frage zu lösen völlig unfähig sind: darum wollen sie um den heißen Brei herumgehen, indem sie Oestreich aus Deutschland auszuschließen vorschlagen. Dort lebt das Revolutionsproletariat, welches für Mitteleuropa den Sieg der neuen Zeit erficht; dort der alte, mächtige Adel, welcher der Reaktion die Lebensdauer und Zähigkeit verleiht. Von Wien aus hätte die Revolution nicht nur Deutschland, welches zu einer würdigen Hauptstadt gelangt wäre, sondern auch die in Nationalitäten zersplitterten Donauländer beherrscht, hätte Italien beeinflußt und die tschechischen Separatgelüste in Böhmen versöhnt. Mit Recht nannte Arnold Ruge 1848 Frankfurt ein Dorf: aber er war zu sehr Bundesstätler der Gemeindeordnung, zu sehr „eingefleischter Preuße", wie er sich in der Broschüre: „Was wir brauchen?" selbst nennt; er war zu sehr von der vagen gelehrten Vorstellung befangen, daß „die einzige Organisation der Revolution die Organisation der Idee" wäre*), als daß er in die ägyptische Finsterniß der Volksführer von 1848 hätte einen aufhellenden Strahl schleudern können. Der Umstand, daß Robert Blum nach Wien ging und sich „das Schwert umgürtete", als dort die Entscheidung kam, mag als Beweis gelten, daß er unter allen Mitgliedern der Frankfurter Versammlung noch den meisten praktischen Verstand hatte. Robert Blum ging an den rechten

*) Ruge schrieb dies in einem Leitartikel der „Bremer Tages-Chronik" im Anfange des Jahres 1850, indem er von jeder andern, das heißt, von jeder wirklichen, mit politischem Verstande geschaffenen Organisation abmahnte.

Platz und sühnte dadurch manche frühere Schwäche und Unterlassungssünde. Hecker hingegen, obwohl er eher zum Schwerte griff, bildete sich ein, daß die Revolution von seinem badischen Oberländchen aus Deutschland erobern, sich bergab in die Niederungen nach Frankfurt am Main, der Bundeshauptstadt, wälzen, und daß sie, wenn sie einmal diesen republikanischen Ansatz erreicht, geborgen sein müsse. Als dieses neuaufgelegte, beinahe wie eine Schwarzwälder Dorfgeschichte klingende Frankfurter Attentat nicht gelang, erblickte er für die deutsche Revolution kein Heil mehr, verzweifelte an seiner burschikosen Lebensaufgabe und segelte nach der westlichen Utopie, dem Himmelreiche der föderalistischen Träume. Il retourna chez ses égaux, wie einst Rousseau sagte.

Hätten nicht die Mitglieder der Linken sich vom deutschen Bundestage her, sehnsüchtig gegen Sonnenuntergang schauend, in eine deutsche Bundestagsrepublik, in der sie die Girondisten spielen wollten, verliebt gehabt, so würden sie ihre mißliche Position in Frankfurt erkannt und es nicht so lange mit Gagern und Konsorten in der Paulskirche ausgehalten haben. Frankfurt hätte höchstens die Hauptstadt von den „Vereinigten deutschen Freistaaten“ werden können, falls die deutschen Girondisten aus kleinlicher Eifersucht sich nicht über eine passendere Hauptstadt geeinigt hätten. Indeß gibt es auch hier einen Haken. Denn da zur Errichtung einer Bundesrepublik nöthig ist, daß die monarchischen Staaten Deutschlands in Republiken verwandelt sind, so würde sich bald, wie später bei der Einführung der Reichsverfassung, gezeigt haben, daß sich von Frankfurt aus die Umwandlung nicht bewirken läßt. Hätten die Männer der Frankfurter Linken nur das geringste Organisationstalent, nur die leiseste Ahnung von den realen Machtverhältnissen besessen, so würden sie nicht durch ihr Tagen in Frankfurt die ganze Bewegung haben verfahren helfen. Allerdings war Deutschland in seinen materiellen Grundlagen noch nicht genug gezeitigt, denn sonst würden die Mitglieder der Linken ganz andere Menschen gewesen sein. Indem sie nun linkisch mit den übrigen Volksvertretern, deren Ziel „die aufrichtige Herstellung konstitutionell-monarchischer Institutionen“ und „die Hinüberleitung der vaterländischen Zustände von dem revolutionären Boden auf den Boden des Rechts“ war, unter starken Zungenübungen eine Reichsverfassung ausarbeiteten, halfen sie den Reichsesel beim Schwanze aufzäumen und bissen sich mit den „Edelsten“ und „Besten“ an der alten Mainbrücke um einen Knochen herum, den sie drüben im Wasser liegen sahen.

Eine deutsche Bundesrepublik, von der die „Musterstaaten“ Hamburg, Bremen, Lübeck und Frankfurt, diese vier mittelalterlichen Ruinen, als ein geschichtlicher Ansatz den Doktrinären erscheinen könnten, würde ein ähnliches Bild der Zerrissenheit, kleinstaatlicher Aufgeblasenheit, des spießbürgerlichen Brotneids und politischer Uebernächtigkeit gewähren, wie der jetzige monarchische Bundesstaat, oder, wenn man lieber will, wie die Schweizer Kantone. Nur einige Außenseiten wären verändert, im Uebrigen wäre Alles gleich geblieben. Die Kälber mit fünf Beinen und andere Raritäten der Naturalienkabinette wären Nichts gegen eine solche monströse Geburt der von der Freiheit beschwängerten Mutter Germania. Ein solches Ungeheuer von Bundesrepublik, wo der Freistaat Schleiz mit dem Freistaate Oestreich auf eine Stufe gestellt und der Freistaat Waldeck mit dem Freistaate Preußen im Rangstreite begriffen wäre, könnte sich, wenn es überhaupt ausgeheckt würde, doch nur kurze Zeit am Leben erhalten. Noch wahrscheinlicher aber käme es gleich todt zur Welt. Der Kampf gegen die mittelalterlichen Ueberlieferungen, wider die feudalen Zustände und die in ihnen aufgewachsenen Menschen, wird so hartnäckig und großartig; die gewerblichen und industriellen Lebensfragen drücken mit der materiellen Schwere so mächtig die gemüthlichen demokratischen Kartenhäuschen zusammen; die Revolution muß, um nicht gleich im Anfange zu unterliegen, dermaßen alle ihre Kräfte zusammenfassen und rücksichtslos die Grundpfeiler des heiligen Alt-Deutschlands zertrümmern: daß nur die Zentralisten, welche die Despotie der Freiheit ausüben und welche die Einheit aus dem föderalistischen Luftreiche auf den „Boden" der nackten Wirklichkeit, der Bedürfnisse und unästhetischen Prosa herabziehen, das Heft der Bewegung führen und diese nach den ihr innewohnenden Gesetzen als neue Ordnung begründen können.

Der mittlere Weg, einen in Stämme getheilten Bundesstaat herzustellen, muß schon deßhalb als unpraktisch bei Seite geworfen werden, weil er die deutsche Nation unnöthig in Nationalitäten zersplittern würde und somit einen Zustand herbeizuführen beabsichtigte, über den bei uns das Gras der Vergessenheit gewachsen ist. Mit der Kraft, die man brauchen würde, um ihn, den abgethanen und unberechtigten, zu gründen, ließe sich viel leichter die Zentralisation bewerkstelligen. Man zentralisirte nicht genug, um siegen zu können, und doch zentralisirte man wieder schon zu sehr, so daß man den Partikulargeist zum Kampf herausforderte. Zudem sind auch die alten Stämme des Tacitus schon längst untereinander gemischt und daher gar nicht mehr vorhanden. Aber auch, wenn selbige, um mit Klopstock zu reden, gesondert, ungemischt und nur sich selber gleich, nicht aber mit dem Blute von ganz Europa (namentlich durch den dreißigjährigen und Napoleonischen Krieg) und sogar mit dem Blute Asiens versetzt worden wären: so müßten doch in einem allumfassenden, aus der Umgestaltung der Eigenthumsverhältnisse hervorgehenden Kampfe, in welchem der menschliche Gedanke um den Preis jahrhundertlanger Anstrengung mit aller ihm zu Gebote stehenden Kraft ringt, die hemmenden Schranken roher Naturwüchsigkeit kühn durchbrochen werden.

Die Stämme fußten auf der ältesten deutschen Produktionsweise, auf der ältesten Ausbeutung des Grunds und Bodens. Nach Cäsar's Zeugnisse (De bello Gallico) besaß je ein Verwandtschaftsstamm ein Stück Land gemeinschaftlich und vertauschte dasselbe nach einem Jahre mit dem Stück

Land eines andern Stammes. So war der Landbesitz fortwährendem Wechsel unterworfen.*) Um Kriegsgefangene zur Bebauung des Bodens und Beute zu gewinnen, that man sich unter freiwilligen oder gewählten Führern zu Kriegsgenossenschaften zusammen, welche äußerlich unter gemeinschaftlichem Namen als Volksstamm zusammengefaßt wurden. Wegen dieser Beweglichkeit wechseln die Namen der deutschen Stämme so vielfach. Als man sich dauernd auf dem Boden festsetzte, entstanden die Markgenossenschaften, deren Spuren sich in dem nördlichen Deutschland bis auf die neuere Zeit forterhalten haben. Doch haben auch die Markgenossenschaften die Eigenthümlichkeit, daß sie, außer dem Besitz jedes Einzelnen, ein großes abgemarktes Stück Land zu gemeinsamer Nutzung haben. Die Markgenossenschaften bildeten den ersten Schritt aus der Stammeswirthschaft heraus. Es erzeugten sich nun andere Eigenthumsverhältnisse. Aus der Hörigkeit entwickelte sich die Gliederung des Lehnswesens und dieses durchbrach durch die Schöpfung neuer Eigenthumsgebiete oder kleiner Staaten die Stammesüberlieferung. Aus der fortgesetzten Entwickelung der feudalen Eigenthumsverhältnisse gingen nach und nach die modernen Staaten hervor, deren Gränzen nun ihrerseits wieder durch den Verkehr der industriellen Wirthschaft aufgehoben werden und zuvörderst dem volksthümlichen Verlangen nach Einheit Platz machen müssen. Wer also für Deutschland eine Stammeseintheilung einführen wollte, müßte erst wieder neue Stämme schaffen, da die alten Stämme dem Wechsel als Irdischen erlegen sind. Uebrigens darf man die Stämme aus der Zeit Cäsar's und Tacitus'

---

*) Agriculturae non student; majorque pars victus eorum in lacte, caseo, carne consistit: neque quisquam agri modum certum aut fines habet proprios; sed magistratus ac principes in annos singulos gentibus cognationibusque hominum, qui una coierint, quantum, et quo loco visum est, agri attribuunt atque anno post alio transire cogunt. Lib. VI. cap. 22.

nicht verwechseln mit den Stämmen unter den deutschen Königen und Kaisern. Die spätern Stämme waren identisch mit der Kreiseintheilung Deutschlands. So war unter den fränkischen oder salischen Kaisern (1024—1125) Deutschland in sieben Heerschilde eingetheilt. Nach und nach vermehrte sich die Zahl der Kreise, bis sie hinter den jetzigen Staaten verschwanden. Die von der Geschichte abgethanen Stämme wieder herstellen wollen, hieße reaktionär verfahren und etwas Unmögliches anstreben. Neue gleichmäßige Kreise, wenn auch vielleicht unter anderm Namen, werden allerdings hergestellt werden müssen, aber diese Kreise, die zur Verhütung partikularistischer Bestrebungen kleiner als die alten Reichskreise sein müssen, können nur in Verbindung mit der Zentralisation des Staates bestehen, für welche, wie schon bemerkt, nicht Frankfurt, sondern Wien oder Berlin zur Hauptstadt zu erwählen wäre.

Indem das Parlament nach Frankfurt verlegt wurde, war es um die Einheit so gut wie geschehen. Denn nun gab es drei Hauptstädte in Deutschland mit konstituirenden Versammlungen, nämlich: Wien, die Hauptstadt Oestreichs, Berlin, die Hauptstadt Preußens, und Frankfurt, die Hauptstadt der Kleinstaaterei, welche letztere sich vergebens anmaßte, dem übrigen Deutschland eine Verfassung im bundesstaatlichen Sinne vorzuschreiben. Kein Wunder, daß auf diese Weise die Einheitssache völlig der großstaatlichen Reaktion erlag. In Frankfurt, der verknöcherten alten Reichsstadt, über deren Gebietsgränze, um mit Voltaire zu reden,*) man von einem Kirchthurme aus hinwegspucken kann, konnten diejenigen Abgeordneten, welche an das kleinstaatliche Kammergeschwätz gewöhnt waren, nicht auf eine großartigere und umfassendere Staatsauffassung hingeleitet werden.

---

*) Voltaire gebrauchte diesen Ausdruck, als er die Weisung erhielt, die Stadt Genf und deren Gebiet binnen 24 Stunden zu verlassen. Was, rief er, in 24 Stunden? In 5 Minuten will ich über die Gränze sein.

Die Frankfurter Nationalversammlung trat am 18. Mai zusammen. Sie war nach allgemeinem Stimmrecht — freilich nicht durchgehends — von allen mündigen Männern deutscher Nation erwählt worden und mußte somit für den Ausdruck der Volksmeinung angesehen werden. Da das allgemeine Stimmrecht aus der Lehre der gleichen menschlichen Berechtigung folgt, so war seine Ausübung bei jener Wahl die Souveränetätserklärung des Volks. Wenn demnach die Gewählten den Volkswillen kundzugeben berufen waren, so mußte es auch in der Macht der Wähler liegen, diejenigen Abgeordneten, welche ihren Ansichten nicht entsprachen, zurückzuberufen und durch andere zu ersetzen. Ein solches Verfahren der Wähler war um so nöthiger, als seither das politische Leben sehr unentwickelt, folglich ihre Beurtheilungskraft schwach, sowie die Leistungsfähigkeit und der Charakter der Gewählten ziemlich unbekannt geblieben war. Dagegen mußte durch die jetzige Bewegung nach beiden Richtungen hin sich eine größere Klarheit bald herausstellen. Freilich kommt eine Zurückberufung nur selten zu Stande, da man gewöhnlich den einmal gewählten Abgeordneten nicht gern verletzt, sich nicht schnell über die vorzunehmende Ersatzwahl einigt, und der Deputirte seinerseits, wenn er den Zwiespalt zwischen sich und seinen Konstituenten merkt, durch ein zwar dem Gemeinwohle schädliches, aber den Wählern wenig anstößiges Verhalten sich vor einem völligen Ausbruche der Unzufriedenheit in Acht nimmt, ferner seine Abstimmungen durch erheuchelte Gründe, von denen er glaubt, daß sie dem Gaumen des Volkes schmackhaft sind, zu rechtfertigen unternimmt. Darum erscheint es weise, wenn eine im Anfange sturmvoller Zeit gewählte Versammlung, obgleich und grade weil sie aus dem allgemeinen Stimmrecht hervorgegangen ist, nicht allzu lange beisammen bleibt, sondern bald wieder erneuert wird. Die Bewegung besteht ja gerade darin, daß in ihr das Volk mehr und mehr zum Bewußtsein gelangt und zufolge seiner Erkenntniß handelt. In demokratischer Erregtheit, da die Massen aus ihrer trägen Ruhe aufgerüttelt worden sind, reift das Volk schnell zur Selbstständigkeit heran. Hingegen sind seine Vertreter, zumal wenn sie zu den Doktrinären oder Systematikern gehören, nur allzugeneigt, sich innerhalb einer eng gezogenen Peripherie im Kreise zu drehen. Dazu giebt es unter den „Edelsten“ und „Besten“ solche Männer, die aus lauter Mäßigung dargebotene Geschenke und andere Bestechungen, die ihnen „auf feine Art“ gereicht werden, nicht von der Hand zu weisen wagen. In dem eisernen Schranke Ludwig's XVI. fand sich ein genaues Verzeichniß vor mit Namen von denjenigen Deputirten die unbestechlich gewesen waren; woraus sich mit ziemlicher Sicherheit schließen läßt, daß der König die größtmögliche Anzahl Deputirten durch Versuchung für die feudale Sache zu gewinnen gesucht hatte. Was die Frankfurter Versammlung anbetrifft, so steht unumstößlich fest, daß schon nach vier Monaten die große Mehrheit der Abgeordneten nicht mehr der Volksstimmung entsprach. Viele von den Männern, die anfangs auf der linken gesessen, waren binnen dieser Zeit auf die rechte Seite übergegangen. Dennoch durfte die Mehrheit zum Schaden der Demokratie ihr dünkelhaft geschwätziges Dasein bis zum tragisch-komischen Ende fortfristen. Als das Volk am 18. September mit ihr „in Frakturschrift“ reden wollte, hätte sie dem Untergange geweiht werden sollen; denn von da an vertrat sie nur noch die Souveränetäten des herrlichen Kriegsvolks, das zu ihrer Rettung von Mainz und Darmstadt herbei geholt worden war.

Man überschätzt überhaupt häufig die Bedeutung des Parlamentarismus. Nach der Ansicht mancher Leute ist derselbe ein Heilmittel für jedes Uebel. Läge hierin nicht ein Irrthum, so würden Parlamente einestheils nicht zu Revolutionen geführt haben (England) und anderntheils nicht durch Revolutionen außer Macht gesetzt worden sein (französischer Konvent). Im Ganzen genommen ist ein Parlament eine Institution entweder des waltenden oder des wiederkehrenden Friedens. Am Ersten hatte sich der jetzige Parlamentarismus in Spanien entwickelt, wo jedoch nach heftigem Kampfe die kommerziell aufblühenden Städte durch den König Karl I., der als deutscher Kaiser unter dem Namen Karl V. bekannt ist, um ihre Freiheiten gebracht wurden. Wohl kann ein Parlament durch die Reden seiner Mitglieder zur Aufklärung des Volks beitragen; doch da die vollziehende Gewalt außerhalb des Parlaments steht, so bleibt es, wenn diese nicht die Beschlüsse vollzieht, bei leeren Worten und es offenbart sich alsdann die Ohnmacht des Parlamentarismus an sich. Abgesehen davon, daß viele unnütze und sogar schädliche Reden gehalten werden, herrscht in den neuern, aus dem sogenannten guten Ton der vornehmen Gesellschaft hergenommenen Anstandsformen ein Zwang. welcher hin und wieder die Wahrheit beeinträchtigt und die Heilung der Uebel verhindert. Wo die vollziehende Gewalt, weil sie kein Ausfluß des Parlamentarismus ist, die Ausführung des Willens der Parlamentsmitglieder verweigert, da muß sich entweder das Parlament fügen, oder es muß die physische Kraft des Volks — auch wenn sie nur als Drohung in Anwendung kommt — in Anspruch nehmen. Sind der Feinde der Volkssache eine zu große Menge, sind sie zu kühn und widerspänstig, sind der staatlichen Einrichtungen und sozialen Krebsschäden zu viele hinwegzuräumen, als daß man auf friedlichem, gewöhnlichem Wege damit fertig zu werden hoffen könnte: dann wird immer, wofern man sich nicht auf den meist erfolglosen passiven Widerstand, auf das zerfetzte, durchsichtige Lager des öffentlichen Rechtsgewissens oder auf die gutmüthige Ergebung verlegen will, ein Diktator nöthig sein, der mit eisernem Besen dreinschlägt. Natürlich spreche ich hier nur von einem aus allgemeinem Stimmrecht hervorgegangenen Parlamente, denn mit einem andern hatten wir es 1848 nicht zu thun.

Parlament bedeutet nach seinem Wortsinne Sprechversammlung.*) Wie schon bemerkt, ist's jedoch mit dem bloßen Sprechen nicht gethan, besonders wenn die Versammlung die

*) Auch das englische Regime ist öfters bezeichnet worden als das Regieren durch's Reden. Aber eine solche Bezeichnung ist ganz oberflächlich. Denn besäße der im Hause der Gemeinen vertretene Bürgerstand nicht eine ungeheure Macht des Reichthums und hätte er nicht seine Söhne als Offiziere im Land- und Seeheere, sowie als Richter, Gouverneure u. s. w. in den Staatsstellen, so würde an ein Regieren durch's Reden nicht zu denken sein. Die Macht des Bürgerstandes ist so groß, daß bei Konflikten zwischen dem Ober- und Unterhause, nachdem beide einander die Zähne gewiesen haben, die Lords in der Regel den Kürzern ziehen. Theilweise zehrt der Bürgerstand auch noch von den Errungenschaften des großen englischen Revolutionskampfes. Ohne daß das Bürgerthum an Macht und Ansehen im Staate dem Herrenstande mindestens gleichsteht, ist überhaupt keine wirkliche Konstitutionswirthschaft möglich. Auf der einen Seite dürfen die untern Klassen noch nicht zum Massenbewußtsein gelangt sein, auf der andern müssen der Adel und die Geistlichkeit mit dem Bürgerthum gemeinschaftliche Sache machen, da sie seine Macht unwiderstehlich finden. Der Ausdruck Gentleman, der sich nicht gut ins Deutsche übersetzen läßt, bezeichnet eigentlich ein den herrschenden Ständen angehöriges Individuum. Daher wird auch der ärmste Geistliche, selbst wenn er auf den Lohn des gewöhnlichen Dienstboten gesetzt ist, unter die Gentlemen gerechnet. Aus dem nämlichen Grunde gilt die Unterhaltung über Religionsgegenstände an öffentlichen Orten für unanständig. Der Gentleman ist das Ideal des patriotischen Engländers. He looks quite like a Gentleman ist das höchste Lob, das sich einem Plebejer ertheilen läßt. Die Bevorrechteten selber lobt man mit den Worten: He is a perfect Gentleman. Aber diese Bevorrechteten haben auch ihre besondere Moral. Der Gentleman hat viel auf das Aeußere (die gentlemanly appearance) zu halten; er soll immer weiße Wäsche, gewichste Stiefeln, einen schönen Zylinderhut und saubere Hände, unter deren Fingernägeln nicht der geringste Schmutz zu erblicken ist, aufweisen. Die Sprache muß sich ganz nach dem vornehmen

Volkssouveränetät zu vertreten übernommen hat; es handelt sich vielmehr darum, was sie thut und zu Stande bringt. Wäre es aber auf's Reden angekommen, so hätte das Frankfurter Parlament seinem Zweck vollkommen genügt und wäre allen zukünftigen Parlamenten ein unerreichtes Muster. In langfadigen Reden flickten die Vertreter des Adels, der Geistlichkeit und des Bürgerthums (oder des dritten Standes) aus den Lappen des heiligen römischen Reichs für Deutschland ein Konstitutions-Kamisol zusammen. Diese Flickarbeit nannten sie das „hohe Verfassungswerk". Die Verfassung gab die Einheitslüge der Vereinbarung: — die Einheit der feudalen Gliederung mit mannigfacher monarchischer „Unterlage" und etwas modernem preußischen Kragen. Weil die Versammlung aber Einheit und Freiheit nicht aus Einem Stück fertig zu bringen vermochte — (denn das kann nur der vierte Stand, mit dem die Allgerechtigkeit in's Leben tritt —); darum schneiderte sie ein besonderes Stück als Leibwams, genannt die „Grundrechte des deutschen Volkes" und vertheilte selbiges in „zahlreichen Vervielfältigungen" als „passendes Weihnachtsgeschenk" am Ende des Jahres unter das Volk. Nach jedem Tagwerk erholte sie sich, wie den sich mit dergleichen Geschichtchen gern befassenden Frankfurtern noch heute erinnerlich, durch angemessene Vergnügungen im Weidenbusch, Cafe Milani, steinernen und deutschen Haus, Donnersberg, Würtemberger Hof, Augsburger Hof, Casino und in andern Büschen, Häusern, Höfen und Gängen,

---

Ton der Gesellschaft richten, jeder Fluch ist verpönt, selbst die Wörter Teufel und Mansch sind anstößig, und die „gute Erziehung" äußert sich in der feinen Sitte und in papageimäßigen Komplimenten. Ferner verrichtet ein Gentleman keine gemeine Arbeit (no common work), weil er ein Mann von unabhängigen Mitteln ist (for he is a man of independent means). Das Haar muß nicht bloß vorn, sondern auch hinten gescheitelt sein. Weil in der parlamentarischen Sprache keine Duelle provozirt werden dürfen, kann seit etwa 1815 der Gentleman nicht lügen, gleich wie der König nicht Unrecht thun kann. Sapienti sat!

Von einigen, das Dekorum wenig beobachtenden Mitgliedern der Linken heißt es noch heute im lieben Frankfurt, sie hätten ein Luderleben geführet. Kurz: „die durch Talent, Bildung und Beredtsamkeit ausgezeichnete Versammlung in der Paulskirche zu Frankfurt, sowie die würdevolle Gestalt und Haltung ihres ersten kraft- und taktvollen Präsidenten Heinrichs von Gagern, waren ein ehrenvoller Ausdruck deutscher Bildung und Gesinnung."

Das Parlament tagte anfangs an der Seite des Bundestags. Weil indeß dieser ganz verrufen war und sich gegen ihn der Volkshaß rücksichtslos kehrte, suchten ihn die Regierungen dadurch zu retten, daß sie ihn mit konstitutioneller Zuthat, mit Welcker, Sylvester Jordan und Andern, würzten und ihm siebzehn Vertrauensmänner beigaben, damit selbige eine neue Bundesverfassung entwürfen und durch diese Finte die Einheit beseitigten. Allein, so gern auch die Monarchisch-Konstitutionellen den Regierungen zu Gefallen in den sogenannten Schranken der Mäßigung geblieben wären, konnte der Bundestag doch nicht beibehalten werden. Dagegen retteten sich die Fürsten und gröbsten Reaktionäre, indem sie die konstitutionelle Maske aufsetzten. Der Bundestag mußte abtreten; doch that er dieß, weil er konstitutionell verjüngt worden war, nicht eher, als bis er zur Wahrung der monarchischen Rechtskontinuität seine Rechte in die Hände einer sogenannten Zentralgewalt niederlegen konnte. Insofern wurde allerdings der Monarchismus durch die konstitutionelle Verjüngung gerettet.

Die neue Zentralgewalt war also die metamorphosische Fortsetzung des alten Bundestags. Nämlich: „Der Bundestag war in der deutschen Nation in zu schlimmem Andenken, als daß man hätte glauben dürfen," — gehofft hatte man es, — „ihn trotz seiner gänzlichen Umgestaltung beibehalten zu können; er wurde von den Demokraten als eine Leiche geschildert, deren Wiederbelebung nicht möglich schien; darum vereinigte man sich nach heftigen parlamentarischen Kämpfen, wobei „„der kühne Griff"" des Präsidenten den Ausschlag gab, dahin, daß die Nationalversammlung einen unverantwortlichen Reichsverweser erwähle, der sich dann mit einem verantwortlichen Ministerium zu umgeben habe. Die am 29. Juni vorgenommene Wahl entschied mit glänzender Majorität für den Erzherzog Johann von Oesterreich, der am 11. Juli seinen feierlichen Einzug in Frankfurt hielt und sich zur Uebernahme des hohen Amtes bereit erklärte. . . . . Gagern glaubte durch diese Wendung die Regierungen einer großen Verlegenheit zu überheben, dem Reichsverweser in den Augen des Volks eine größere Popularität zu verleihen und zugleich den Regierungen durch die Person des Gewählten eine Bürgschaft zu geben.“ *)

Gagern wollte den Regierungen eine Bürgschaft leisten, daß es bei der leeren Erklärung der Souveränetät sein Bewenden haben sollte. Der mit einem kühnen Griffe des taktvollen Freimaurers von der würdevollen Gestalt also Gewählte mußte aus einem fürstlichen Hause sein: denn nur so konnten die deutschen Fürsten die Bürgschaft erhalten, daß die Erklärung der Volkssouveränetät, die Gagern im Anfange der Parlamentssitzung aussprach, Nichts als ein Schreckschuß, der das Pulver der Bewegung verpuffte, gewesen war und bleiben sollte. Johann war ohne Land, so daß er den Fürsten kein Haar zu krümmen vermochte; doch wurde er mit genug Macht ausgestattet, damit die Zierden der gemischten Staatsform unter dem Schutze seiner kräftigen Ordnung gegen Störungen von Unten ihr hohes Werk vollenden konnten. Er erhielt die Weihe der Unverantwortlichkeit, weil gemäß der

*) Obige Stellen sind dem „Lehrbuch der Weltgeschichte“ des Heidelberger Professors und Schuldirektors Dr. Georg Weber (8. Auflage, Leipzig 1859, 8.) entnommen, einem im gothaischen Sinne und Verstande geschriebenen Werke, welches gegen die Demagogen, Wühler, Volksaufwiegler, Aufrührer, Literaten und Handwerksburschen zum Nutz und Frommen der studirenden Jugend tapfer zu Felde zieht.

Gottesgnadenlehre der Konstitutionellen ein regierender Fürst kein Unrecht thun kann und weil nicht „mit neugierigem Vorwitz die tiefsinnigen Ordnungen des Staats betastet werden dürfen.“ *) Er war mit einem kühnen Griffe zu erwählen, um dem Reichsverweser in den Augen des durch dieses Taschenspielerkunststückchen geblendeten Volks „größere Popularität zu verleihen“, d. h., um das Volk hinter's Licht zu führen. Gagern hoffte auch, durch seinen kühnen Griff „alle Parteien zu versöhnen und zu einem einmüthigen Beschlusse hinzureißen.“ Mit einem Worte er spielte den kleinen Intriganten.

Aber seine Intrigue hatte noch tiefer gehende Wurzeln. Sein Johann ohne Land schien ihm ein zwitterähnliches Geschöpf, ein amphibienartiges Wesen zu sein, das — halb Fürst, halb Privatmann — zu Hofe und zu Lande leben konnte und sich huldvoll aus der hohen Gesellschaft zu den Bürgerlichen herabgelassen, sich in ein schönes Kind verliebt und die Tochter eines gemeinen Postmeisters zur Bettgenossin auserkoren hatte. Daher mußte nach der Ansicht Gagern's

---

*) Die Unverantwortlichkeit zieht die Unverletzlichkeit nach sich und letztere umgibt nach konstitutionellem Begriffe den fürstlichen Taikun mit dem Glanze der Souveränetät. Die englische Konstitutionsgeschichte liefert hierfür zahlreiche Belege. Als Pitt am 1. Februar 1793 seine Kriegsrede gegen die französische Republik hielt, sagte er u. A.: „Hier (in England), wo der Monarch einen wesentlichen Theil der Regierung ausmacht, indem er mit jener Unverletzlichkeit bekleidet ist, welche für die Ausübung der souveränen Macht wesentlich ist.“ (Here, where a monarch formed an essential part of the government, clothed with that inviolability which was essential to the exercise of sovereign power.) — Dadurch, daß Johann ohne Land unverantwortlich gemacht ward, wurde er mit der Souveränetät bekleidet. Die Souveränetät nun, welche man ihm beilegte, entzog man dem Volke.

das Volk dem herablassenden Manne gewogen sein und die abergläubischen Demokraten denselben halb und halb wie einen republikanischen Präsidenten ansehen. Johann schien auch ein freisinniger Prinz; er hatte ja vor einigen Jahren bei der Grundsteinlegung zum Weiterbau des Kölnerdomes einen Spruch auf das einige Deutschland ausgebracht, und dieses prinzliche Kokettiren mit der Opposition hatte ihm die Liebe der konstitutionellen deutschen Unterthanen eingetragen, von welcher ihm die Reichsverweserschaft als reiche Frucht in den Schoos fiel. Johann zog jetzt den praktischen Nutzen aus seiner wohlfeil erlangten Popularität, indem er der Nothanker des Fürstenthums wurde. Inmitten des allgemeinen Aufruhrs hatte der Bundestag die Volkssouveränetät zu einer leeren Phrase zu machen gestrebt dadurch, daß er sich den Anschein und die Mühe gab, die Bewegung in gesetzliche Bahnen zu leiten. Er hatte an der Seite des Vorparlaments und Parlaments, verjüngt mit Welcker, „dem alten Soldaten der Freiheit," und andern „Blüthenträumen" der Patrioten, fortbestanden. Weil er aber bei der Mehrheit der Nation in zu schlimmem Andenken stand, als daß die Reaktion hätte hoffen dürfen, ihn trotz seiner scheinbaren Umgestaltung beibehalten zu können, wurde von den Gagern'schen Freunden ein „aufrichtiges" Institut ausgeklügelt, eine Art Reichsverweser, das ohne Anstoß die Funktionen des verbrauchten Bundestags zu übernehmen und fortzuführen im Stande war. Das war Johann ohne Land. Nachdem dieses Institut am 11. Juli seinen feierlichen Einzug in Frankfurt gehalten, erklärte es sich zur Uebernahme des „hohen Amtes" bereit.

„Am Vormittage des 12. Juli," erzählt Ludwig Simon*), trat Erzherzog Johann sein Amt als Reichsverweser an, in-

---

*) S. „Meine Desertion. Ein Zeitbild im Rahmen des preußischen Gottesgnadenthums von Ludwig Simon aus Trier." (Frankfurt a. M. 1862. 8. In Kommission bei Reinhold Baist.)

dem er das Gesetz über die provisorische Zentralgewalt beschwor. Der Art. 13 dieses Gesetzes verfügte: Mit dem Eintritt der provisorischen Zentralgewalt hört das Bestehen des Bundestages auf. Am Nachmittage desselben Tages begab sich freilich der Reichsverweser auch noch in den Bundespalast, wo er „„die Ausübung der bisherigen Befugnisse und Verpflichtungen der Bundesversammlung übernahm"". Aber auch hier sind die Ausdrücke, sowohl von Seiten des Reichsverwesers, als von Seiten der Bundesversammlung, so gewählt, um jedem Zusammenstoße mit der Souveränetät des Parlamentes auszuweichen."

Natürlich mußten die Ausdrücke gewählt sein, wenn auf schlaue Weise der Bundestag in anderer Form fortgesetzt und im Stillen die Grundlage der Rückkehr zu der vormärzlichen Zeit gelegt werden sollte. Weder Johann noch die Bundesversammlung durften mit Knitteln dreinwerfen, weil die Aufregung schon ohnehin groß genug war. In der Politik regiert die „Logik der Thatsachen." Da hilft kein advokatisches Quabbeln, Grübeln und Verdrehen. Da ist es unnütz, mit Ludwig Simon zu sagen: „Der Reichsverweser konnte offenbar am Nachmittage keine Rechte mehr von einem Staatskörper erwerben, dessen Aufhören er bereits am Vormittage beschworen hatte." — Die sittliche Entrüstung ist hier von geringem Belang; denn die Thatsache entscheidet, und in der Politik ist das Recht nicht Zweck, sondern Mittel. Auch hätte bei der damaligen Lage der Dinge Johann nicht die Befugnisse der Bundesversammlung zu übernehmen und fortzuführen vermocht, wenn er nicht erst am Vormittage durch das Beschwören des Gesetzes der provisorischen Zentralgewalt vollständig und anerkanntermaßen rechter Reichsverweser geworden wäre. Kurz, der kühne Griff war eine konstitutionelle Windbeutelei, wodurch die Regierungen sowohl einer großen Verlegenheit überhoben wurden, als auch in der Person des Gewählten eine Bürgschaft erhielten, während die

Demokraten, deren Vertreter nichtsdestoweniger in Frankfurt blieben*) um die Volkssouveränetät geprellt wurden.

Doch das ist noch nicht die ganze Tragweite der patriotischen Intrigue. Um die Demokraten zu übertölpeln, mußte den unverantwortlichen Reichsverweser die Verantwortlichkeit der Männer, mit welchen er sich umgab, gegen die demokratischen Geschosse decken. Verantwortliche Vertreter, oder ein „wahres" konstitutionelles Ministerium, hatten den Gemahl der Postmeisterstochter, dessen Person „heilig" war, vor Angriffen zu schützen und im Parlamente zu repräsentiren. Die Seele dieses Ministeriums wurde Herr v. Schmerling, der nämliche Mann, den Gagern später im Ministerium ablöste und den er einmal öffentlich — freilich, wie Georg Weber sagt, nur in der Uebereilung! — seinen Freund nannte. Herrn v. Schmerling's Aufgabe war es, die Ränke der Reaktion zu konzentriren und das einheitliche Streben des Parlaments zu vereiteln. Er war gerade jetzt bei der Errichtung der Zentralgewalt der Präsident des verjüngten Bundestags, was unsern Mann hinlänglich charakterisirt; er wurde auch schon bald der Präsident des vom Reichsverweser, dem fortgesetzten Bundestage, gebildeten Ministeriums. Im Namen des Bundestags richtete Schmerling in einem Beglückwünschungsschreiben an den neugewählten Reichsverweser die Worte: „daß der Bundestag schon vor dem Schlusse der Verhandlungen über die Zentralgewalt von den Regierungen ermächtigt gewesen sei, sich für diese Wahl zu erklären." Als nun Robert Blum im Parlamente diese Worte rügte, beruhigte ihn Schmerling höhnisch damit, daß es doch den Gesandten am Bundestage unbenommen gewesen sei, „die faktische Erklärung, die Thatsache, auszusprechen, daß von Seiten aller

*) Nur Kapp aus Heidelberg schied aus dem Parlamente aus, später auch Arnold Ruge. Beiden gereicht dies zur Ehre. Ebenso trat der Geschichtsforscher Gervinus bald aus der Nationalversammlung aus.

ihrer Regierungen derselbe von der Nationalversammlung gewählte Mann ebenfalls gewählt worden wäre, wenn sie die Wahl zu treffen gehabt hätten.“ In der That war dies ein recht artiges Kompliment für die Nationalversammlung. Sobald in bewegter Zeit unter allen Parteien Einmüthigkeit herrscht, kann die Volkspartei immer überzeugt sein, daß sie entweder einen groben Schnitzer begangen hat, oder daß der Verrath im Spiele ist.

Leider kann uns kein eiserner Schrank über die Unbestechlichkeit des kühnen Griffs Aufschluß geben. Um so unglaublicher klingt es, daß manchen gelehrten Thoren und interessirten Feiglingen der Reichsverweser die Revolution wirklich zu repräsentiren schien. „Trotz der anfänglichen Begeisterung über dieses Ereigniß,“ sagt Georg Weber, „bezeichneten doch Viele den kühnen Griff als einen Fehlgriff, durch den sich die Versammlung auf den Standpunkt der Revolution gestellt und den Regierungen die Möglichkeit gegeben habe, sich später der Zentralgewalt zu entziehen.“ — Als ob nicht der Fehlgriff gerade darin bestanden hätte, daß die Versammlung der Paulskirche einen Theil und zwar den Haupttheil des eroberten gesetzlichen Bodens durch die Wahl des unverantwortlichen Reichsverwesers fahren gelassen hätte! Wie ich zeigte, begab sie sich dadurch der Volkssouveränetät und bot den Regierungen die Möglichkeit, sich später der revolutionären Schöpfung zu widersetzen. Ohne den Reichsverweser wäre bei der Versammlung die höchste einheitliche Gewalt geblieben, so daß ihr nicht nur später im Reichsverfassungskampf, sondern schon früher Reichstruppen zur Verfügung gestanden hätten. Würde sie keinen Reichsverweser oder ein ähnliches Institut eingesetzt haben, so hätte sie aus ihrer Mitte die vollziehende Gewalt, die mit ihr bei der Einführung der Reichsverfassung in Einverständniß sein und ihren Willen hätte vollziehen müssen, zu wählen gehabt. Die Hauptgefahr der Versammlung lag im Nichtsthun und im Nichts-thun-können. Dadurch kam sie beim Volke um alles Ansehen.

Der Gedanke an eine deutsche Zentralgewalt datirte aus der vormärzlichen Periode, während deren die Liberalen, die deutsche Länderzerklüftung bejammernd, bescheiden gewünscht hatten, daß doch wenigstens eine Zentralgewalt die Vielheit der durch Eigensinn und Eigennutz auseinander gehenden Staaten zusammenfassen möge. Die Zentralgewalt war also fast das Wenigste, was sich in Ermangelung deutscher Einheit ins Leben setzen ließ. Sie mußte, wie auch später wirklich der Fall war, nicht unbedingt die Einheit herbeiführen. Im Gegentheil umging sie die Einführung der letzteren, da sie an ihre Stelle trat und von Vielen schon für die wirkliche Einheit genommen wurde. Sie war sogar ihrer Natur nach eine Anerkennung der Staatenvielheit; denn, wären nicht viele Staaten vorhanden, so bedürfte es keine Zentralgewalt, die sich wie ein neu erbauter Thurm auf ein altes verzwicktes und winkeliges Haus setzte. Demnach ist sie wie eine Art Reparatur- oder Restaurationsversuch an dem verrotteten oder zerfallenen deutschen Staatsgebäude anzusehen: — wie der Ausdruck der konstitutionellen Ohnmacht und Halbheit. Zwar haten die Patrioten im Stillen oft nach der Einheit geseufzt, aus der, wie sie vertrauten, des Vaterlandes Größe, Macht und Blüthe folgen müßte: doch schien dieses Ziel noch in so weiter Ferne zu liegen und so schwer erreichbar zu sein, daß der gemächliche Weg der Reform, deren nächstgelegenes Wirken das Herstellen einer Zentralgewalt wäre, allein möglich schien. Ja, die meisten Leute hatten noch nicht einmal sich genau vergegenwärtigt, was die Einheit wäre und wie sie sich herbeiführen ließe. Bleibt doch jedes Ziel unklar, das noch nicht rücksichtslos vom Volke verfolgt wird. Jetzt jedoch — so sagten alle unklaren Leute — „mußte Etwas geschehen." Die dämmernde Vorstellung von der des Vaterlandes Glück und Glanz begründenden Fürstenbundesreform sollte aus dem Düster der Zaghaftigkeit in scharf begränzter Gestalt als Reichsverweser Johann ans Tageslicht kommen.

So stieg, in ihrer Fluth erzogen,
Wohin kein menschlich Auge sah'
Still lächelnd aus den schwarzen Wogen
In stolzer Blüthe Zypria.

Zuerst — ehe der wirkliche Johann vermittelst des kühnen Griffes erschien — stiegen mehrere Phantasiegestalten auf einmal empor, nicht still lächelnd, wie die zyprische Göttin und der Reichsverweser, sondern laut um den Vorrang hadernd. Die Männer der Linken, deren „Streben" nach einer Bundesrepublik ging, schaarte sich lärmend um eine gemeine Gestalt, eine aus und von der Versammlung gewählte Vollziehungsgewalt. Andere sammelten sich um eine vaterländische oder landesväterliche Dreieinigkeit, „Trias" genannt. Manche hielten es mit der heiligen oder bösen Sieben und noch Andere zogen die „Monas" oder Einheit vor. Am Stärksten entbrannte der Kampf zwischen den Verehrern der „Trias" und denen der „Monas", wie im alten Christenthum, als man noch nicht aus dem religiösen Einmaleins gelernt hatte, daß die Dreie eins können. Zwar betrachten sich die politischen Dreiheitsverehrer wie ausgezeichnete Realpolitiker, doch sind sie die unpraktischsten Leute von der Welt. Während der Dualismus zwischen Oestreich und Preußen auf das Zerreißen Deutschlands in zwei Theile hinzielt, würde das Ausführen der Dreieinigkeitslehre das Zerfallen Deutschlands in drei Theile bedingen und somit hinter dem Kleindeutschthume der Preußenthümler und Oestreichler zurückstehen. Deßhalb repräsentirt ein Gothaer und Nationalvereinler immer noch einen größern Fortschritt, als ein Verehrer der Trias. Im Grunde aber bleibt die Verwirklichung der reaktionären Dreiheits-Idee eben so unthunlich, wie die jeder andern Bundesreform. Die „Trias" von 1848 sollte in einem dreieinigen Direktorium bestehen, aus drei Lenkern, wovon in einer von den großen Mächten Oestreich und Preußen, der dritte aber von der „Gesammtheit" der mittlen und kleinen Staaten gewählt werden sollte. Die Unausführbarkeit zeigte sich alsbald.

„Dieses Direktorium", sagt Weber, „sollte von sämmtlichen Regierungen, die sich zuerst über die Personen zu einigen hätten, der Versammlung vorgeschlagen und nach deren Einverständigung von denselben auch ernannt werden, so daß in die Mitte zwischen Bezeichnung und Ernennung die zustimmende Erklärung der Nationalversammlung fiele."

Also sollte in die Mitte zwischen Bezeichnung und Ernennung die zustimmende Erklärung der Nationalversammlung fallen. Solch' eine Kindsköpferei wurde in so ernster Zeit getrieben! Und die Kindsköpfe saßen mit in der Paulskirche, um hier das souveräne Volk zu vertreten! Nichtsdestoweniger ward der kindsköpfische Vorschlag, der die Einheit fern halten sollte, in ernste Erwägung gezogen. Obgleich aber an feiner Unterscheidung, scharfer Zergliederung und gelehrter Dissertation die Verehrer der Trias den Vorzug verdienten, sowie auch der von ihnen ausgeheckte Plan den Reiz der Oellampe durchschmecken ließ und darum den deutschen Mandarinen sich empfahl: so führten doch „nach langen, bewegten Debatten zwei Bedenken endlich zum Aufgeben dieses Vorschlages, die Furcht, daß die Regierungen zur Einigung über die drei Personen eine lange Frist brauchen würden, und die Gewißheit, daß die drei Personen von den Gegnern" (— doch nicht etwa von der edelmüthigen, ästhetischen und sittlichen Konstitutionspartei? —) „einer so schonungslosen Kritik unterworfen werden, daß ihr Ansehen darunter leiden müßte."

Unsere Professoren machten also den schönen Schluß, daß die Regierungen, welche sich schwerlich über drei ihnen doch noch eine Auswahl gewährende Personen zu einigen vermochten, sich viel leichter über eine einzige Person einigen könnten. Als aber in dieser Beziehung neue Bedenken auftauchten, betäubte sie Gagern durch seinen kühnen Griff, so daß den Professoren der Verstand stille stand. Ferner schlossen sie mit ähnlicher Logik, daß der Tadel der Gegner, wenn er auf die einzige Person konzentrirt wäre, schwächer wirken müßte, als wenn er sich auf drei verwünschte Prinzen vertheilte. Daß sich den

Verehrern der Trias die erwähnten Bedenken in den Weg stellten, ist um der gesunden Logik willen zu bedauern. Noch mehr aber ist zu beklagen, daß bei der „Einverständigung" nunmehr nicht „in die Mittte zwischen Bezeichnung und Ernennung die zustimmende Erklärung der Versammlung fiel!"

Nachdem auf so traurige Weise die Trias unglücklich gewesen war, hätten eigentlich die Monas-Diener sogleich ihren heiligen Apis, das zeugende Nordlicht, proklamiren müssen, damit nach der langen Landestrauer das siebentägige Freudenfest der Aegypter gefeiert werden könne. Der schon längst aufgefundene Apis war von schwarzer Farbe mit einem weißen Fleck auf der Stirn, trug also die preußischen Landesfarben; ferner hatte er zwiefache Haare, das Zeichen des Konstitutionalismus, im Schweife und besaß in Gestalt des heiligen Käfers unter der Zunge ein Gewächs, welches ihn sehr redselig machte.

Die Kaiserkrone wurde für Preußen schon längst in Bereitschaft gehalten. Allein, es schien noch verfrüht, offen damit hervorzutreten. Als Braun aus Köslin einen Fühler ausstreckte und den preußischen König zum deutschen Kaiser vorschlug, ward er allgemein verlacht und von seinen Freunden im Stiche gelassen. Die Volksaufregung hatte sich noch nicht genug gelegt, und das Andenken an die mißverstandene Berliner Schlächterei war noch zu frisch. Da aber zu befürchten war, daß die Einheitsfrage, wenn die Fürsten sich nicht über die eine Person zu einigen vermöchten, in die Hände der Revolutionäre gerieth und somit gründlich gelöst wurde, suchte Gagern mit seinem kühnen Griffe Zeit zu gewinnen, indem er ein Interim oder Provisorium schuf und einen Strohmann, einen Lückenbüßer, einsetzte. Man kam demgemäß überein, eine Flankenbewegung zu machen und aus dem ehrwürdigen Hause der Habsburger (Lothringer), welche „gleichsam der Ausfluß aller Legitimität sind", einen nicht regierenden Fürsten als Reichsverweser zu ernennen. Im Gothaer Deutsch des Herrn Schuldirektors Dr. Georg Weber lautete dieser Beschluß:

„Die provisorische Zentralgewalt wird einem nicht regierenden Mitgliede eines deutschen Regentenhauses als Reichsverweser übertragen."

So wurde die Zentralgewalt als Reichsverweser übertragen: — ein ebenso kühnes Deutsch wie die Deutschheit des kühnen Griffs! — „Daß der volksbeliebte, bürgerlich gesinnte" — wenigstens bürgerlich gebettete — Erzherzog Johann von Oestreich der Erwählte sein würde, war schon längst außer allem Zweifel. Es schien, als ob die Anträge mit Rücksicht auf ihn gestellt worden wären", sagt Weber. Und es schien nicht nur so, sondern war so. Die Intriganten der Paulskirche richteten durch diesen wichtigen Schritt die revolutionären Errungenschaften zu Grunde. Hätten sie nicht, um ihre preußisch-östreichische Intrigue reif werden zu lassen, ein Provisorium gebildet, sondern in der Zeit, in welcher das revolutionäre Feuer noch loderte, einen definitiven Zustand geschaffen, so würden sich andere, weitergehende Folgen aus der Bewegung von 1848 entwickelt haben. Freilich würden die Intriganten nicht, wie Braun aus Köslin vorschlug, den preußischen König, noch auch, wie Schmerling zu erkennen gab, damals den Kaiser von Oestreich haben an die Spitze Deutschlands stellen können. Damals war nur eine, aus der Nationalversammlung gewählte und darum revolutionäre Einheitsregierung möglich. Nach konstitutioneller Ansicht war die Wahl Johann's sowohl ein Honigpflästerchen für die aufbehaltene Kränkung, wenn Oestreich bei der Kaiserwahl übergangen würde, als auch ein diplomatisches Kunststückchen, insofern nämlich Oestreich selber, indem unter dem Schirm seines Reichsverwesers der preußische Erbkaiser gewählt wurde, die Erhöhung seines Rivalen mit herbeigeführt und sanktionirt hatte. Denn die Konstitutionellen halten sich für ausnehmend schlau. Gagern verstand die Komödie besser, da er wußte, wo Barthel den Most holte. War er doch der Freund Schmerling's!

Die Berathung über die an die Stelle des Bundestags

zu setzende Zentralgewalt war von dem Prioritäts-Ausschusse, der auf H. Simon's Antrag niedergesetzt worden war, für die dringlichste erkannt worden. Die preußischen Reaktionäre waren mit den übrigen, wie begreiflich, ganz einverstanden, nachdem der Vorschlag Braun's aus Köslin auf Uebertragung der Zentralgewalt an Preußen unter allgemeinem Gelächter beseitigt worden war. Vincke war der erste, der den Erzherzog Johann als den einzig möglichen Reichsverweser ziemlich unverblümt bezeichnete. Darum nannte ich die Einsetzung des unverantwortlichen Reichsverwesers eine preußisch-östreichische Intrigue.

Aus den langen Debatten, welche in das Geschick der Bewegung von 1848 eingriffen, mache ich folgende Anführungen.

Adolph von Trützschler, der äußersten Linken angehörig, verurtheilte die Uebertragung der Souveränetät an eine außerhalb des Volks stehende Macht durchaus. Das Ziel der der jetzigen Bewegung, sagte er, bestehe in der Durchführung der Grundsätze der Freiheit, Gleichheit und Brüderlichkeit. Das Volk sei wirklich und ungetheilt souverän. Er rief: „Jeder Mensch kommt, meiner Meinung nach, als Souverän auf die Welt“: eine Aufstellung, worüber die Reaktionäre lachten, obwohl sie selbst annahmen, daß wenigstens einige wenige Menschen, die aus fürstlicher Familie stammten, als Souverän geboren worden wären. Trützschler behauptet ferner: es gebe einen Gerichtshof, welcher den Einzelnen zwinge, sich dem Ausspruche der Gemeinde zu fügen, und wie sich die Gemeinde dem Ausspruche des Staats und der Staat dem Ausspruche der Nation unterzuordnen habe, so werde es einstens auch einen Gerichtshof geben, der die Nationen einem gemeinsamen Prinzip unterordne. Er schloß seine Rede: die Souveränetät an Andere abzutreten, sei Hochverrath, für welchen das Volk die Schuldigen vor seine Schranken fordern könne. — Henscher nannte sich zwar dem Prinzip nach einen Republikaner, doch wollte er die Zentralgewalt von den Regierungen vorgeschlagen und vom Parlamente ernannt wissen, was auf eine Vereinbarung zwischen den Fürsten und den Volksvertretern, sowie auch auf eine jesuitische, dem Parlamente zugefügte Souveränetätsentziehung hinauslief. Den gleißnerischen Plan, auf unvermerkte Art dem Parlamente die Souveränetät unter den Füßen wegzuziehen, verdeckte er mit heftigen Ausfällen gegen den Bundestag, der mit Recht den Haß und Abscheu Deutschlands trage und neben der Zentralgewalt nicht fortbestehen könne. — Auch Degenkolb erklärte sich, gleich so vielen Andern, welchen die Bewegung Furcht eingeflößt hatte, für einen Republikaner. — Schaffrath sprach gegen die Mitwirkung der Regierungen; er drohte nämlich damit, daß er einen volksfeindlichen Parlamentsbeschluß an einem andern Ort, womit er die sächsischen Kammern meinte, vernichten helfen werde. — Der baierische Kultusminister von Baisler vertheidigte im Interesse seines Regentenhauses das dreiköpfige Direktorium und ließ durchblicken, daß die Regierungen sich bereits über die vorzuschlagenden Persönlichkeiten, über die drei Prinzen geeinigt hätten. — Als echter Reaktionär leugnete Vincke den von der Revolution eroberten Rechtsboden ab und sprach darum immer von dem vormärzlichen Rechtsboden aus. Deßhalb forderte er, daß die Zentralgewalt durch die Fürsten ernannt werde. Aber er befürwortete, weil er die Hoffnungslosigkeit des dreiköpfigen Direktoriums erblickte, die Ernennung eines einzigen Bundesdirektors seitens der Regierungen und wies ohne Umschweife auf den Ausbringer des berühmt gewordenen Trinkspruchs, den Erzherzog Johann, hin. — Die Herren von Lassaulx und von Radowitz pflichteten in rührender Uebereinstimmung dem Vorschlage Vincke's bei. — Arnold Ruge rief als Republikaner: „Jede Gewalt ist eine fremde, die sich nicht in diesem Saale befindet. Hier ist die deutsche Nation. Wenn wir hinausgreifen, so wird aus der deutschen Nation hinausgegriffen.“ — Waitz aus Göttingen vertheidigte den Antrag von Mayern, durch die Regierungen einen Reichsverweser bezeichnen zu lassen, den alsdann folgsam das Parlament, ohne alle weitere Verhandlung über die Person, zu ernennen hätte. — Fürst von Lichnowsky, der sich zur Aufgabe gesetzt hatte, immer nach Robert Blum, dem bedeutendsten Redner der Linken, die Ansichten der Reaktion geltend zu machen, ließ sich folgendermaßen aus: „Wenn durch Gottes Willen die 34 Souveräne und ihre Familien auf einmal hinweggenommen würden von der Erde, so bin ich der Ueberzeugung, man würde sich vereinen und neue an die Spitze dieses Landes setzen, wenn auch nicht in so großer Anzahl.“ (Als die Mitglieder der Linken über diese Expektoratio lachten, fuhr er fort:) „Ich begreife Ihre Heiterkeit, meine Herren. Wenn ich das Gegentheil gesagt hätte, so würden meine Freunde gelacht haben.“ — Raveaux, als Verfassungsdemokrat den monarchischen Konstitutionellen am Nächsten stehend, hegte die Besorgniß, daß den Republikanern die Macht in die Hände fiel. Indem er die Volkssouveränetät preisgab, flehte er die Versammlung schwachköpfig an: „Lassen Sie doch die leichte Brücke, die wir den Regierungen gebaut haben, bestehen! Wir geben ja doch nicht die Macht aus der Hand.“ — Der abgefeimte Radowitz sprach von dem guten Willen der Regierungen, der früher oft gefehlt habe, aber jetzt für Einheit Deutschlands zum Opfer zu bringen sei. Die künftige Verfassung werde die Gesammtinteressen durch ein Volkshaus, die berechtigten Interessen der Einzelstaaten durch ein Staatshaus zur Geltung bringen müssen; beiden gegenüber werde die Zentralgewalt zu treten haben. Die einstweilige Zentralgewalt, die man jetzt schaffe, stehe nur einem jener Körper gegenüber; der andere ließe sich nicht aus dem Stegreife bilden, eben so wenig wie die Bundesversammlung ihn darzustellen vermöge. Daher sei es um so nothwendiger, daß die Regierungen allein die Zentralgewalt ernennten. Eine solche Ernennung geschähe durchaus nicht durch die Fürsten, weil dieselben ja vermittelst ihrer Minister handelten und letztere wiederum die Zustimmung der Kammern brauchten.

Also würden nicht die Fürsten im Gegensatz zum Volke, sondern die Einzelstaaten im Gegensatz zur Gesammtheit zu ernennen haben. — Man ersieht aus der Rede des Radowitz, daß die schlauen Leiter der Reaktion die Grundzüge der spätern Reichsverfassung, wodurch sie das Heft in den Händen behalten wollte, schon ausgearbeitet hatten. — Blum, ein gemäßigter Demokrat, der noch keineswegs an die Einführung der Republik dachte und vor dem Jahre 1848 in dem von ihm mitgegründeten Leipziger Redeübungsvereine immer den konstitutionell-monarchischen Standpunkt eingenommen hatte, sprach sich gleichwohl für einen Vollziehungsausschuß aus. Er sagte: Das mit der Allgewalt der Nation bekleidete Parlament brauche zur Kundgebung seines Willens einen Vollziehungsausschuß. Dieser solle die deutschen Zustände nicht auflösen, sondern selbige schützen; der Gesammtstaat solle nur deshalb eine Republik sein, damit die einzelnen Theile desselben sich selbstständig zu entwickeln vermöchten. Das in den einzelnen deutschen Staaten Vorhandene werde anerkannt. Zeigten sich die Regierungen zu Opfern für das Ganze bereit, so sei der Vollziehungsausschuß die einfachste und beste Einrichtung; dagegen solle derselbe im Falle des Widerstrebens die unbeugsamen Regierungen zermalmen. Könne man einen solchen Widerstand gegen die Centralgewalt annehmen: dann gerade dürfe man mit dieser nicht diejenigen betrauen, welchen sie entgegenzutreten habe. Außerdem könnten durch die Wahlen zum Parlamente, dessen Gesinnungen keinerlei Besorgniß einzuflößen geeignet seien, die Regierungen hinlänglich beruhigt sein. Dagegen stelle das beantragte Direktorium weder die Fürsten sicher, da es die kleinen mediatisire, noch sichere es die Versammlung, welche kein Mittel, dasselbe wieder zu entfernen, besitze. Das Direktorium sei eben eine Diktatur. Kein Abgeordneter habe vom Volke die Vollmacht empfangen, mit den Fürsten darüber zu verhandeln. Die anarchischen Bewegungen, auf die man hinweise, seien nur die Zuckungen der Ungeduld und der Kraft. Bloß durch Anschluß an die

Revolution trete man der Revolution wirksam entgegen. Wenn man Einzelnen das Wühlen zum Vorwurf mache, so müsse entgegnet werden, daß ohne Wühlen keine National-Versammlung hier sitzen würde. — Ludwig Simon war für den Vollziehungsausschuß, weil er als Jurist besorgte, daß die Fürsten später sich unter der Einrede zugefügten Zwanges gegen die Anordnungen des Parlaments auflehnen würden. Er drückte sich so aus: „Wir sind die Demokratie; wir haben dieselbe nicht zu gewinnen, nur zu verlieren .... Man sagt, die Fürsten hätten das Recht der Demokratie anerkannt, indem sie nach den Beschlüssen des Vorparlaments die National-Versammlung einberufen hätten. Eine Anerkennung aber muß freigegeben sein. Wir müssen zugestehen, daß sie es nicht war, und daß die Fürsten uns dereinst die Einrede des zugefügten Zwanges entgegenstellen könnten .... In unserer Versammlung ist Alles enthalten, die Fürsten sowohl als die Volksstämme. Die Fürsten waren sämmtlich Urwähler; wenn sie nicht gewählt wurden, so ist das ihre Schuld .... Es ist gesagt worden, das Parlament habe keine Soldaten. Der Soldat weiß genau, was ihm die Zukunft bringt, was ihm die Vergangenheit geboten. Die Freiheit ist der Tod des Junkerthums. Das weiß das Heer; und nun wiederholen Sie: das Parlament habe keine Soldaten!"

Nachdem unter den achtzehn von den Parteien bestellten Rednern zuletzt Matthy gesprochen hatte, rief der den Vorsitz führende Vicepräsident Soiron den Namen Gagern's auf, wie allgemein erwartet worden war. Gagern warf das Gewicht seines Ansehens in die Wagschale der Reaktionäre, indem sein kühner Griff denselben Lückenbüßer Johann, an welchem schon Vincke, Radowitz und Lassaulx nach dem Scheitern des Planes vom dreiköpfigen Direktorium sich angeklammert hatten, als den einzig möglichen Retter Deutschlands hervorlangte. Gagern handelte im Einverständnisse mit den Regierungen; denn diese hatten sich im Drange der Noth bereits über die Wahl Johann's geeinigt, wenn sie auch ursprünglich demselben hatten noch einen preußischen und baierischen Prinzen zur Seite stellen wollen. Ob ein Prinz, ob drei Prinzen, das blieb sich gegenüber der großen Frage von der Volkssouveränetät so ziemlich gleich. Wenn die übrigen Prinzen zu unbeliebt oder zu bescholten schienen, so mußte Johann allein das monarchische Princip, die Fürsten-Souveränetät retten. Die von Gagern bei der Wahl aufgeführte Komödie ist sehr widerlich. Er leitete nämlich, obgleich die Reichsverweserschaft Johann's längst feststand, die Wahl am 29. Juni als Präsident mit den Worten ein: „Meine Herren! Wer auch aus dieser Wahl hervorgehen mag, lassen Sie uns den festen Entschluß fassen, daß wir ihn unterstützen wollen in seiner schweren Aufgabe mit allen Kräften, die uns zu Gebote stehen!“ Nachdem vor 2 Uhr die Wahl angefangen hatte, verkündete kurz nach halb 3 Uhr Nachmittags der Kanonendonner, das Glockengeläute und das vom Dome herab stattfindende Fahnenschwenken die fertige Wahl des Erzherzogs Johann von Oesterreich zum Reichsverweser mit der Majorität von 436 Stimmen. Das Volk war um seine Souveränetät geprellt. Von dieser Stunde an war die Reaktion ihres endlichen Sieges gewiß.

Das die Wahl Johann's begleitende Reichsverwesergesetz vollendete die Niederlage der Demokratie. Der erste Paragraph, dahin lautend, daß „bis zur Begründung einer Regierungsgewalt für Deutschland eine provisorische Centralgewalt für alle gemeinsame Angelegenheiten der Nation“ eingesetzt werde, schrumpfte durch die übrigen Paragraphen zur Bedeutungslosigkeit zusammen. Dies war im Interesse der Reaktion nothwendig, insofern gleich von vornherein die von der Centralgewalt repräsentirte Einheit illusorisch gemacht werden mußte. Der Reichsverweser erhielt die Polizeibefugnisse des Bundestags. Gemäß § 2 hatte er die vollziehende Gewalt auszuüben in allen Angelegenheiten, welche die allgemeine Sicherheit und Wohlfahrt des deutschen Bundesstaats betrafen. Freilich sollte laut demselben Paragraphen der Reichsverweser auch die Oberleitung der gesammten bewaffneten Macht übernehmen und namentlich die Oberbefehlshaber derselben ernennen, allein diese Bestimmung gelangte nur insoweit zur Ausführung, als dem Reichsverweser von den Einzelregierungen gutwillig Truppen zur Verfügung gestellt wurden, damit er die von der Demokratie hervorgerufenen Aufstände in den kleinen Ländern bekämpfen konnte. Ebensowenig glückte die fernere Bestimmung, wonach der Reichsverweser die völkerrechtliche und handelspolitische Vertretung auszuüben und zu diesem Behufe Gesandte und Konsule zu ernennen hatte. Zugleich setzte dieser Paragraph, welcher dem Reichsverweser seine scharf begränzten Befugnisse anwies, den ersten Paragraphen, laut welchem die provisorische Centralgewalt für alle gemeinsamen Angelegenheiten ernannt wurde, außer Kraft und machte jenen folglich überflüssig. Noch weiter aber ging in dieser Beziehung der dritte Paragraph des Reichsverwesergesetzes, welcher bestimmte: „Die Errichtung des Verfassungswerks bleibt von der Wirksamkeit der Centralgewalt ausgenommen.“ Denn hierdurch ward die Nationalversammlung des ausführenden Armes beraubt, wenn sie später die beschlossene Reichsverfassung in Kraft treten lassen wollte. Die Nationalversammlung sah es für ihre Aufgabe an, Deutschland eine Verfassung zu geben: indem jedoch der Reichsverweser der Vollstreckung dieser Verfassung und des Kampfes gegen die widerstrebenden Einzelstaaten entbunden wurde, ward er für die Nationalversammlung nutzlos, gleichbedeutend mit einer Null. Dagegen enthielt der § 4, demgemäß über Krieg und Frieden und über Verträge mit auswärtigen Mächten die Centralgewalt im Einverständniß mit der Nationalversammlung beschloß, eine Halbheit, die sich dann, als anfänglich beim Malmöer Waffenstillstande kein Einverständniß zwischen dem Reichsverweser und der Nationalversammlung erzielt ward, bitter fühlbar machte. Nach § 5 wurde die provisorische Centralgewalt einem von der Nationalversammlung frei zu wählenden Reichsverweser übertragen. Der folgende Paragraph mit den Be-

stimmungen, daß der Reichsverweser seine Gewalt durch von ihm ernannte, der Nationalversammlung verantwortliche Minister ausübte und daß alle seine Anordnungen zu ihrer Gültigkeit der Gegenzeichnung wenigstens Eines verantwortlichen Ministers bedurften, war ohne Ministerverantwortlichkeitsgesetz eine leere konstitutionelle Phrase und erwies seine Bedeutungslosigkeit besonders dann, als das Ministerium Grävell-Detmold, welches für einen Hohn auf die Nationalversammlung erklärt wurde, ernannt worden war. Wenn der achte Paragraph ein Ministerverantwortlichkeitsgesetz verhieß, kam dasselbe doch nicht zu Stande. Der siebente Paragraph erklärte den Reichsverweser für unverantwortlich. Selbst Biedermann's lahmer Antrag, dem Reichsverweser nur politische Unverantwortlichkeit zuzugestehen, wurde verworfen, und die Professoren waren gegen die Demokratie so fanatisch eingenommen, daß Dahlmann höhnisch ausrief: es werde sich zeigen, ob die Mehrheit republikanisch sei oder nicht. Die Paragraphen neun und zehn wiesen den Ministern das Recht und die Pflicht an, in der Nationalversammlung zu erscheinen, um dort sich hören zu lassen und Auskunft zu ertheilen. Doch brauchten sie nach dem elften Paragraphen nicht einmal Mitglieder der Nationalversammlung zu sein: wodurch gegen eine Hauptregel der Erfahrung des englischen konstitutionellen Lebens, derzufolge die Minister immer aus der Mehrheit der Versammlung gewählt werden müssen, verstoßen wurde. Wenn alsdann die Minister sich gegen die Geschäftsordnung und den guten Ton des Hauses vergingen, so mußten Kompetenz-Konflikte, für welche es kein gesetzliches Heilmittel gab, hervorgerufen werden. Der zwölfte Paragraph, wonach die Stellung des Reichsverwesers mit der eines Abgeordneten der Nationalversammlung unvereinbar erklärt wurde, war ein Ausfluß der Unverantwortlichkeit und sollte ihn als über die Versammlung erhaben darstellen. Der Fall, daß sein Posten vor der definitiven Uebertragung der Centralgewalt erledigt wurde, war nicht vorhergesehen, aber im folgenden Paragraphen ausdrücklich bestimmt, daß er die Bundesversammlung ersetze, indem es dort hieß, daß mit dem Eintritt der Wirksamkeit der provisorischen Centralgewalt das Bestehen des Bundestags aufhöre. Sehr wichtig waren die beiden letzten Paragraphen, gegen die eine Minorität von hundert Mitgliedern Front machte. Der vierzehnte Paragraph bestimmte nämlich, daß sich die Centralgewalt in Bezug auf Vollziehungsmaßregeln, so weit thunlich, mit den Bevollmächtigten der Landesregierungen ins Einvernehmen zu setzen habe. Diese Bestimmung mußte die Centralgewalt auf Schritt und Tritt hemmen und ihre einheitliche Tendenz noch viel illusorischer machen. Dem partikularistischen Sperren der Einzelstaaten ward dadurch ein großer Vorschub geleistet, Johann ohne Land aber, welcher der Nationalversammlung gegenüber nicht verantwortlich war, von dem guten Willen der einzelnen Regierungen abhängig gemacht. An Johann's Seite sollte sich also unter anderm Namen ein neuer Bundestag festsetzen. Insofern nun ein rasches und unnachsichtiges Eingreifen zu Gunsten der Reaktion nöthig werden konnte, war sowohl dieser, als auch der folgende Paragraph verschiedenen Mitgliedern der äußersten Rechten, einem Grävell, von Boddien und von Vincke, ebenfalls anstößig. Der folgende und letzte Paragraph aber lautete: „Sobald das Verfassungswerk für Deutschland vollendet ist, hört die Thätigkeit der provisorischen Centralgewalt auf.“ Der Sinn dieser Bestimmung war mehr als einer Deutung fähig. Verstand man unter dem Ausdrucke „Verfassungswerk“ die Ausarbeitung und Feststellung der Reichsverfassung, so mußte Johann abtreten, sobald die Versammlung ihr Werk für beendet erklärte. War jedoch auch die Einführung der Reichsverfassung unter der Vollendung des Verfassungswerks zu verstehen, so hatte Johann zu bleiben, bis in ganz Deutschland die Reichsverfassung eingeführt war. Im erstern Falle war dieser Paragraph durch den dritten Paragraphen überflüssig, im letztern enthielt er gegen den dritten einen Widerspruch. Der Zweck des letzten Paragraphen lief daraus hinaus, Johann an der Vollziehung des von der Versammlung Beschlossenen zu verhindern und ihn gänzlich zu der gewünschten souveränen Null des Konstitutionalismus zu machen. Nach der Ablehnung der preußisch-deutschen Kaiserkrone würde die Linke, auf diesen Paragraphen fußend, Johann faktisch und gesetzlich abgesetzt haben, wenn sie Thatkraft besessen hätte. Der Schoder'sche Antrag, wonach Johann die Beschlüsse der Nationalversammlung auszuführen gehabt haben würde, war von der Majorität verworfen worden, nachdem der Stedmann'sche, demgemäß der Reichsverweser nur die Gesetze des Reichsversammlung vollziehen sollte, durch die Bemühungen der Linken gefallen war. Somit hatte Johann weiter Nichts zu thun, als die höhere Bundespolizei im Reiche auszuüben. Im Uebrigen figurirte er als der unvermeidliche Dalai-Lama des konstitutionellen Systems.

In den Verhandlungen über die Errichtung einer provisorischen Centralgewalt hatte die Nationalversammlung zur Genüge gezeigt, aus welchen Bestandtheilen sie zusammengesetzt war. Von ihr war für die deutsche Einheit Nichts mehr zu hoffen. Zwar war der Antrag auf Einsetzung des dreiköpfigen Direktoriums gefallen, weil derselbe denn doch zu stark den herrschenden Bewegungsgedanken verletzte; allein, der an die Stelle der Dreiheit gesetzte Reichsverweser war die Verfälschung der Einheit. Einzig das deutsche Volk repräsentirt die Einheit, während die in sich abgeschlossenen Einzelstaaten, die — jeder an sich — als Monarchien Einheiten bilden und Fürsten-Domänen sind, immer nur mit der Zersplitterung der Vielheit verwebt sein können. Einen Fürsten — und noch dazu einen nicht regierenden — an die Spitze Deutschlands provisorisch zu stellen, noch ehe die Vielstaaterei durch die Bewegungswogen weggespült waren, hieß dem Partikularismus huldigen und am Grundgedanken der Bewegung Verrath begehen. Das Reichsverwesergesetz verlieh diesem Verrathe vollends die gesetzliche Formulirung und Sanktionirung. Anstatt des unverantwortlichen, aber dennoch machtlosen Reichsverwesers, der den partikularistisch gesinnten Regierungen, selbst wenn er es gewollt hätte, nicht weh zu thun vermochte, hätte eine aus dem Schooße der Versammlung hervorgehende Vollziehungsbehörde, die derselben verantwortlich und stets absetzbar war, als Repräsentant des einheitlichen Volks treten müssen.

Freilich entsprach das Reichsverweser-Institut insofern dem faktischen Zustande Deutschlands, als die Bewegung vor den Thronen stehen geblieben war. Die Einberufung eines deutschen Parlaments, gegen die fast Niemand etwas einzuwenden gehabt hatte, war gleichbedeutend mit der Erklärung gewesen, daß die Bewegung nun ihr Ziel erreicht habe, daß das Volk von nun an sich aller gewaltsamen Austritte enthalten und daß die Revolution ihren gesetzlichen Abschluß finden sollte. Die monarchisch-konstitutionelle Partei nannte diesen Abschluß die Hinüberleitung der vaterländischen Zustände von dem Wege der Gewalt auf den Boden des Rechts. Die Mehrheit des deutschen Bürgerthums glaubte mit Leichtigkeit Alles erreicht zu haben, was sie gewünscht hatte. Sie wollte jetzt der mit der Bewegung unvermeidlich verknüpften Geschäftsstockung ein Ende machen. Zudem befürchtete sie, daß die seitherigen Führer, wenn die Bewegung weiter ginge, den Einfluß über die Massen verlieren und daß dann das arme arbeitende Volk Zustände, welche den Besitzenden nachtheilig wären, schaffen würde. Selbst Robert Blum, der Hauptführer der linken Seite des Parlaments, hegte diese Befürchtung und ließ sich von ihr, wie wir gelegentlich des Malmöer Waffenstillstands sehen werden, in seinem Verhalten bestimmen. Auch er mußte in dem Reichsverweser den obersten Polizeiwachtmeister und Ruhestifter Deutschlands verehren und die gegen die Aufstandsversuche der Demokratie unternommenen Gewaltstreiche billigen. Aber die ganze Anschauung, welche die Parlamentsdemokraten von der Bewegung sich gebildet, wurzelte in einem groben Irrthum. Denn die Triebkraft der Bewegung war demokratisch, einheitlich, kurz volksthümlich revolutionär.

Natürlich mußte die demokratische Triebkraft unter den gegebenen Verhältnissen vorerst sich in der Mehrheit des Volks noch monarchisch-konstitutionell äußern. Indeß wies der monarchisch-konstitutionelle Anfang sogleich durch die Volksaufstände auf ein demokratisches Ende hin. Das Bürgerthum hatte nur sein Klasseninteresse berücksichtigt und dabei die ihres eigenen Klasseninteresses unbewußte Volksmasse gegängelt: wie dieß schon in der Bewegung von 1830 geschehen war. Für das Bürgerthum war daher nun die Warnung vor dem Ueberstürzen zur Loosung geworden. In den Kämpfen von Wien und Berlin hatten sich, wie ich im ersten Theil zeigte, die Bürger sogar zu Beschützern der durch die Revolution bedrohten Monarchen aufgeworfen.

Wenn sich nun das deutsche Bürgerthum voll Stolz auf seine Errungenschaften der Sorglosigkeit hingab und allein von dem sogenannten Ueberstürzen Gefahr befürchtete, sahen doch manche seiner Vertreter viel klarer, wie schon eine Mitte Juni in der Paulskirche gehaltene Rede J. Venedey's bezeugt. Dieser erhob seine warnende Stimme folgendermaßen:

„Ich verdächtige nicht, ich fordere nur Vorsicht. Wir sind hier nicht Alle reinen Bluts. Ich sage hiermit Nichts gegen Einzelne; denn Einzelne mögen die neue Zeit begriffen haben und frisch und kräftig in dieselbe hineingetreten sein. Aber, wer steht uns dafür, daß die Männer, die noch vor Kurzem den Fuß auf dem Nacken der Völker hielten, es gut mit uns meinen? Diese sind noch heute an der Spitze Teuschlands. Sehen Sie die Heere Deutschlands an; ist ein einziger General und Offizier, der aus der Junkerschule hervorgegangen ist, abgetreten? Sehen Sie auf die deutsche Beamtenherrschaft; mit seltenen Ausnahmen ist sie noch heute dieselbe, wie früher. Sehen Sie auf die deutsche Diplomatie; wer verhandelt für Deutschland in London, Petersburg, Wien und Paris? ... Gehen wir rasch und kräftig vorwärts: thun wir es nicht, thun es Andere!"

Aber die Einsicht in die wahre Sachlage nützte zu Nichts.

Denn weil der Bürgerstand den Arbeiterstand viel mehr, als die Reaktion fürchtete, bemächtigte sich seiner allemal eine gränzenlose Feigheit, wenn er gegen die unheimlichen Umtriebe und die Vergewaltigung von Oben hätte Front machen sollen. Gerade die stärksten Regierungen, die vor allen andern hätten gebrochen werden müssen, wurden am Meisten geschont: weßhalb es nicht zu verwundern ist, wenn später gerade die beiden Großstaaten Preußen und Oestreich den Zweck der Bewegung vereitelten. Darum weigerten sich auch die großen und mittlern Regierungen schon bald, den von Frankfurt ausgehenden Anordnungen nachzukommen. Trotz der kläglichen Büttelstellung Johann's war es gewissen Regierungen nicht genug, daß in dem Beglückwünschungsschreiben der Bundestag bei dem Parlamente die Protestation abgab, daß die Bundesbehörde schon vor dem Schlusse der Verhandlungen über die Centralgewalt ermächtigt gewesen sei, sich für die getroffene Wahl zu erklären: sondern der preußische Minister-Präsident Herr v. Auerswald tadelte am 4. Juli in der preußischen Deputirtenversammlung das eigenmächtige Verfahren der Frankfurter Versammlung und legte gegen künftige ähnliche Eingriffe in die Souveränetät der Regierungen Verwahrung ein.*) Weil dieser Protest von der starken

*) Auerswald sagte: „Die Regierung erinnert Nichts dagegen, daß dem deutschen Reichsverweser diejenigen Attribute beigelegt werden, welche in dem Beschlusse der deutschen Nationalversammlung vom 27. Juni bezeichnet sind. Sie setzt jedoch voraus, daß die deutsche Nationalversammlung Preußen nicht für alle Fälle an dessen vorgängige Genehmigung habe binden wollen. Wenn übrigens die deutsche Nationalversammlung ihre Beschlüsse über die provisorische Centralgewalt ohne Mitwirkung der deutschen Regierungen gefaßt hat, so verkennt die Regierung seiner Majestät nicht, daß dieses Verfahren in der bedrohten Lage Deutschlands und in der Ueberzeugung von der Zustimmung der Regierungen seinen Grund hat. Das preußische

preußischen Regierung ausging und außerdem von demjenigen Staate kam, welcher für die Angliederung Deutschlands und für die kaiserliche Führerschaft auserkoren war, steckte ihn die Versammlung ruhig ein. Als dagegen Hannover, das 1837 die Göttinger Sieben ihrer Stellen beraubt und darunter die edelsten Zierden der konstitutionellen Partei, einen Dahlmann, Gervinus und Jakob Grimm, aus dem Lande verwiesen hatte, einen ähnlichen Protest erhob:*) da wurde auf Wydenbrugk's Antrag**) der „rebellische König"

Gouvernement zweifelt deßhalb nicht, daß aus dem Verhalten in diesem außerordentlichen Falle für die Zukunft keine Folgerungen werden gezogen werden."

*) Das hierauf bezügliche Schreiben des hannöverischen Ministeriums an die Stände drückte sich so aus: „Im Vertrauen auf die Persönlichkeit des Erzherzogs habe der König sich entschlossen, die Bedenken, welche die Form und der Inhalt des Beschlusses über die demselben zu übertragende Gewalt zu erregen wohl geeignet gewesen, jetzt nicht geltend zu machen. Der König habe eingewilligt, daß die Verfassung Deutschlands durch eine Vertretung des Volks am Bunde vervollständigt werde; allein der Zustand Deutschlands lasse die Herstellung einer solchen Centralregierung nicht zu, die auch die innern Angelegenheiten des Landes ordnen und die Fürsten lediglich als Untergebene eines **andern Monarchen** erscheinen lassen würde. Der König werde einer Verfassung seine Zustimmung **nicht** geben, welche der Selbstständigkeit der deutschen Staaten nicht die erforderliche Geltung zusichere."

**) Ein am 12. Juli von Wesendonck gestellter Antrag forderte die Zurückweisung der hannöverschen Beleidigung. Die Linke verlangte, daß der hannöver'sche König aufgefordert würde, seine Regierung in die Hände der Centralgewalt niederzulegen „um demnächst durch den souveränen Volkswillen der Hannoveraner weiter über die festzusetzende Regierungsform das Geeignete beschließen zu lassen." — Das waren leere Worte, so lange man nicht, nachdem man die Absetzung des hannöver'schen Königs dekretirt hatte, mit einem Heere gegen den renitenten mit dem Fortjagen bedroht und aufgefordert, „die gewünschte unumwundene Anerkennung der Centralgewalt und des Gesetzes über dieselbe“ in Frankfurt abzugeben. Dessenungeachtet wurde nicht einmal von Hannover die direkte Anerkennung der Centralgewalt erlangt, sondern man begnügte sich mit einer kargen Erklärung vom 21. August, welche das hannöversche Ministerium seinem bei der Centralgewalt akkreditirten Bevollmächtigten einschickte.

Also vermochte das Parlament gleich in der ersten Zeit seines Bestehens, als es in der Nation noch das höchste Ansehen genoß, die störrischen Regierungen nicht unter seinen Willen zu beugen. Gerade in dieser ersten Zeit aber hätte selbst der geringste Schein des Widerstrebens nicht geduldet werden dürfen: ähnlich wie in der Ehe das Weib gleich in der ersten Zeit an die Herrschaft des Mannes gewöhnt wird. Die Regierungen streckten ihre Fühlhörner aus, um zu erfahren, wie weit sich der Widerstand treiben ließ. Wenn gegen sie der Kampf unvermeidlich war, so war jetzt die beste Zeit, ihn aufzunehmen, da das revolutionäre Feuer noch glühte. Anstatt dessen wich das Parlament, indem es der Bewegung eine Gränze zu setzen beflissen war, feig vor den Kampfe zurück und unterstützte obendrein die neu geschaffene Centralgewalt in dem Bemühen, überall die revolutionäre Gluth zu tilgen. So existirte faktisch die Centralgewalt allein gegenüber der Demokratie, während gegenüber den Regierun-

---

Fürsten einzuschreiten vermochte. Die Linke bestand fast gänzlich aus Phrasenhelden. Uebrigens war sie durch ihr Verbleiben in Frankfurt in die widerspruchsvolle Position gerathen, daß sie jetzt den nämlichen Reichsverweser, gegen dessen Ernennung sie sich noch vor Kurzem gesträubt, in Schutz nahm. Aber die Linke konnte nicht einmal in diesem Falle ihren Willen durchsetzen. Der gemäßigte Antrag Wydenbrugks siegte, lautend: „Die Centralgewalt möge die unumwundene Anerkennung der Centralgewalt und des Gesetzes darüber von dem Könige von Hannover fordern.“

gen Johann keine Macht besaß und keine solche geltend zu machen suchte. Das offenbarte sich recht deutlich, nachdem von dem Reichskriegsminister Peucker den Truppen der Einzelstaaten verordnet worden war, dem Reichsverweser am 6. August zu huldigen. Diese Huldigung, bestehend in einem dreimaligen Lebehoch, verbunden mit dreimaligem Geschützgruße und mit der Verlesung der Proklamation des Reichsverwesers an das deutsche Volk, schien den Fürsten ein Eingriff in die Rechte der obersten Kriegsherren zu sein. In den kleinen Staaten wurde die Huldigung, die ohnehin mit keinem Fahneneide verbunden war, ohne Zaudern vollzogen. Selbst die Königreiche Sachsen und Würtemberg ließen sich dazu herbei. Aber in Baiern wurde das dritte Hoch auf Deutschland, das erste auf den König und das zweite auf den Reichsverweser ausgebracht. In Oestreich brachten allein die Truppen zu Wien dem Reichsverweser als dem dortigen Vertreter des aus seiner Hauptstadt entwichenen Kaisers ein einfaches Hoch aus. In Hannover wurde die Huldigung gar nicht vollzogen. Ebenso wenig huldigten, mit Ausnahme der in den Bundesfestungen befindlichen Soldaten, die preußischen Truppen. In Stettin fand am 5. August ein Straßentumult statt, weil die von der demokratischen Partei ausgehenden gedruckten und an die Mauern gehefteten Aufforderungen, am folgenden Tage durch die Feier eines Volksfestes gleich andern Städten Sympathie für den Reichsverweser an den Tag zu legen, von reaktionären Fanatikern abgerissen wurden. Uebrigens hatte eine solche Feier für die Demokraten in Preußen nur darin ihren Grund, daß sich die Preußenthümler mit Händen und Füßen dagegen sträubten; sonst hatten die Demokraten wahrlich am Allerwenigsten Ursache, die Reichsverweserschaft Johann's durch ein Fest zu verherrlichen.*)

*) Von L. Bisky erschien damals in Berlin (gedruckt bei Zschiesche, Mühlendamm 31a.) ein Gedicht, betitelt: „Das deutsche

Weit davon entfernt, die widerspänstigen Regierungen zum Gehorsam zu zwingen, unternahm es der Reichskriegsminister

---

Einheitsfest den 6. August 1848, Elegie auf den Trümmern einer buntfarbigen Freiheit." Selbiges lautet:

Ringsum, ringsum im weiten Land
Ein Volk von Freiheit träumend,
Und tausend Dichter, lohentbrannt,
Die schönsten Verse reimend;
Ringsum ein Volk in blanker Wehr,
Mit Säbel, Flint' und Lanzen:
Doch freie Männer nimmermehr;
— Und Schergen doch und Schranzen.

Ringsum Paläste, hoch und weit;
Und Dome rings und Schlösser, —
Und dennoch Obdachlosigkeit!
Kein Brot! Und keine Messer?
Rings Fahnen, schwarz und roth und gold
Und Zymbeln und Karthaunen —
Und dennoch Lumpen, Noth und Sold!
Und Sold um Fürstenlaunen!

Hoch obenan mit Mord und Tod
Das Landrecht der Kanonen!
Kasernenkünste, Kriegsgebot,
Und Wachtdienst mit Patronen!
Soldaten, „wohl diszipliniert,"
In allen deutschen Gauen;
Die manchmal nur das Schwert geführt
Auf Wehrlose und Frauen.

Und Volkeskammern, hie und da,
Drei Dutzend und noch eine, —
Wie Schlagbaumzölle, fern und nah,
Bei jedem Meilensteine;
Und Worte, Worte überall;
Die nämlichen Akkorde,
Derselbe Hall, derselbe Schall,
Dieselben deutschen Worte!

sogar, voll edler Dreistigkeit seine Maßregel damit zu entschuldigen, daß, weil die demokratischen Aufstände das schnellste Einschreiten erforderten, die Truppen angewiesen werden müßten, den ohne Verhandlung mit den Regierungen an sie ergehenden, unmittelbaren Befehlen der Centralgewalt Folge zu leisten. Er berief sich auf den am 18. Juli erzielten Sieg über die demokratischen Unruhen in Wiesbaden wo 2000 von Mainz durch die Centralgewalt beorderte Truppen sogleich die Ordnung hergestellt hätten, nachdem die nassauischen Behörden hierzu sich zu schwach erwiesen. Zudem habe die republikanische Partei die Disziplin der süddeutschen Soldaten untergraben. Da die meisten Parteien forderten, daß die sämmtlichen deutschen Truppen für die Centralgewalt in Eid genommen würden, so habe der Kriegsminister die Huldigung nur angeordnet als die „mildeste Maßregel", die sich unter den obwaltenden Umständen habe treffen lassen. Die Huldigung habe ja keine politische Bedeutung!

Somit erklärte der Reichskriegsminister in dürren Worten, daß seine Huldigung einestheils zum Zweck habe, die monarchisch-konstitutionelle Partei, welche die Vereidigung der Truppen auf die Centralgewalt forderte, mit dem leeren Scheine der bedeutungslosen Huldigung zu betrügen, und anderntheils, die mit Aufständen schwanger gehende demokratische Partei rasch niederzuwerfen. Ein solcher Reichskriegsminister hätte sofortige Anklage und Absetzung verdient. Aber das Parlament nahm den Fußtritt ruhig hin. Denn, als Peucker auseinandergesetzt, daß blos ein Theil der preu-

---

Und heut' — ein deutsches Einheitsfest,
Musik und Fahnenschwenken.
O könntet ihr doch auch zum Rest
Der stillen Brüder denken!
Die hören's, wenn ihr Hurrah ruft,
Und hören eure Geigen —
Und bleiben kalt in ihrer Gruft,
Und wenden sich — und schweigen.

ßischen Truppen zu Bundeszwecken seitens der Centralgewalt verwandt werden dürfte und daß die Schwierigkeit der Uebergangszustände gegenseitiges Vertrauen erheische, erklärte sich die Mehrheit der Nationalversammlung für zufriedengestellt und nahm keinen Anstoß daran, daß Peucker die Erörterung seines Entschuldigungsschreibens ablehnte.

Anders verfuhr der preußische König. In einem Armeebefehl vom 29. Juli, worin der Ernennung des Reichsverwesers durch das Parlament gedacht und die Zustimmung des Königs zu der getroffenen Wahl auf eine die Souveränetät der Nation nicht anerkennende Weise ausgesprochen wurde, hieß es:

„Zur Kräftigung der Einheit des gemeinsamen Vaterlandes ist die Führung der deutschen Centralgewalt einem Reichsverweser anvertraut worden. Ich habe mich für die Wahl seiner kaiserlich-königlichen Hoheit, des Erzherzogs Johann, ausgesprochen, nicht nur, weil dieser Fürst mein persönlicher Freund ist, sondern auch, weil er in Krieg und Frieden sich einen glorreichen Namen erworben hat. Preußen weiß, daß die Kraft Deutschlands auch zugleich seine eigne ist. Preußen weiß, wie sehr Deutschland der erprobten Tapferkeit der preußischen Truppen vertraut. Es weiß, daß die Geschicke Deutschlands wesentlich auch auf seinem treuen Schwerte beruhen. Für alle gemeinsamen Zwecke Deutschlands wird es daher aufrichtig seine Ehre darein setzen, den Frieden, die Freiheit und die Unabhängigkeit der deutschen Nation durch seine Armee mit allen deutschen Brüdern nachdrücklich zu schützen.

Soldaten! Ueberall, wo preußische Truppen für die deutsche Sache einzutreten haben und nach meinem Befehl seiner kaiserlich-königlichen Hoheit dem Reichsverweser sich unterzuordnen haben, werdet ihr den Ruhm preußischer Tapferkeit und Disziplin treu bewahren, siegreich bewähren!“

Demnach war die deutsche Sache gleichbedeutend mit der Sache der Reaktion und das Eintreten der Soldaten unter den

Befehl des Reichsverwesers vom guten Willen des Königs abhängig. Hieran hätten sich die in Frankfurt tagenden Volksvertreter ein Beispiel nehmen können!

Wie in den kleinen Staaten die Huldigung vollzogen wurde, läßt sich aus dem Beispiel Frankfurts ersehen. Hier ist die deutsche Feier folgender Gestalt beschrieben:

„Am Sonntag (6. August) ertönte in frühester Morgenstunde von dem Thurme der Paulskirche in Frankfurt ein feierlicher Posaunen-Choral und von 7 bis 8 Uhr erschallte von den Kirchthürmen das schöne Geläute aller Glocken. Zwischen 10 und 11 Uhr hatte sich Frankfurts Linienmilitär auf dem Roßmarkte aufgestellt; nachdem ihm die Proklamation der Centralgewalt an das Heer vorgelesen worden war, huldigte es dem neuen Gesammtstaate durch ein lebhaftes dreimaliges Hoch, in das die versammelte Menge freudig einstimmmte. Nachmittags versammelte sich in der Stadt-Allee und deren Nähe der von dem Vorstande des Montagskränzchens veranstaltete Zug von Sängern, Militärs, Bürgerwehren, Schutzwachen, Turnern und Freikorps der Dorfschaften mit ihren verschiedenen Fahnen und Standarten. Der Zug setzte sich um halb 4 Uhr, die Musik unseres Linienmilitärs an der Spitze, nach dem Frankfurter Forsthause*) in Bewegung, von einer großen Menschenmenge dorthin begleitet. Im Walde herrschte freudige Bewegung. Die Sänger schaarten sich um die Rednerbühne und abwechselnd herrschte dort die Macht des Gesanges und die des freien Worts, das oft von dem großen Kreise der Zuhörer mit stürmischem Hoch unterbrochen wurde. Auch Erzherzog Johann, der deutsche Reichsverweser, kam in diese große Volksmenge und wurde von derselben mit dem lebhaftesten Jubel begrüßt. Erst in später Abendstunde kehrten die letzten Züge der freudig bewegten großen Volksmenge nach Hause zurück."

---

*) Das Forsthaus ist eine ¾ Stunden westlich von Frankfurt im Walde liegende Gastwirthschaft.

Die den Truppen verlesene Ansprache des Reichsverwesers lautete:

„Deutsche! Eure in Frankfurt versammelten Vertreter haben mich zum Reichsverweser erwählt. Unter dem Zurufe des Vertrauens, unter den Grüßen voll Herzlichkeit, die mich überall empfingen und die mich rührten, übernahm ich die Leitung der provisorischen Centralgewalt für unser Vaterland.

„Deutsche! Nach Jahren des Druckes wird Euch die Freiheit voll und unverkürzt; Ihr verdient sie, denn Ihr habt sie muthig und beharrlich erstrebt. Sie wird Euch nimmer entzogen werden; denn Ihr werdet wissen, sie zu wahren. Eure Vertreter werden das Verfassungswerk für Deutschland vollenden. Erwartet es mit Vertrauen! Der Bau will mit Ernst, mit Besonnenheit, mit ächter Vaterlandsliebe geführt werden. Dann aber wird er dauern, fest wie Euere Berge!

„Deutsche! Unser Vaterland hat ernste Prüfungen zu bestehen. Sie werden überwunden werden. Euere Ströme werden sich wieder beleben; Euer Fleiß wird Arbeit finden, Euer Wohlstand wird sich heben, wenn Ihr vertrauet Euern Vertretern, wenn Ihr mir vertrauet, um mit Euch Deutschland einig, frei und mächtig zu machen.

„Aber vergeßt nicht, daß die Freiheit nur unter dem Schirm der Ordnung und Gesetzlichkeit wurzelt. Wirkt mit mir dahin, daß diese zurückkehren, wo sie gestört wurden. Dem verbrecherischen Treiben und der Zügellosigkeit werde ich mit dem vollen Gewichte der Gesetze entgegentreten. Der deutsche Bürger muß geschützt sein gegen jede strafbare That!

„Deutsche! Laßt mich hoffen, daß sich Deutschland eines ungestörten Friedens erfreuen möge. Ihn zu erhalten ist meine heilige Pflicht*). Sollte

*) So sprach Johann, ehe der Malmöer Waffenstillstand fest abgeschlossen war.

aber die deutsche Ehre, das deutsche Recht gefährdet werden, dann wird das tapfere deutsche Heer zu kämpfen und zu siegen wissen."

Die Proklamation Johann's folgte aus seiner Stellung. Er hatte gemäß der ihm zugewiesenen Aufgabe die Ruhe herzustellen und aufrecht zu erhalten, und mußte verhindern, daß die Revolution die Fürsten, seine Vollmachtgeber, deren Mandat er aus den Händen des Bundestags empfangen hatte, nicht weiter beschränkte oder ganz absetzte. Sein Geschick war ganz an das der Fürsten geknüpft. Darum suchte er das deutsche Volk zu überreden, es möchte mit Vertrauen das Verfassungswerk, welches fest wie die Berge werden würde, abwarten und sich der Sorglosigkeit hingeben. Die erlangte Freiheit nannte er deßhalb die volle und unverkürzte, und fügte hinzu, daß selbige nimmer entzogen werden könnte, weil die Deutschen sie zu wahren wissen würden. Ferner richtete er sich an den Eigennutz der Geschäftsleute, indem er ihnen für die Zukunft goldene Berge versprach und durch den Ausdruck: „ernste Prüfungen" ihre Unzufriedenheit über die seitherigen Unruhen wach rief. Endlich bezeichnete er die revolutionären Auftritte, wodurch doch erst der vieljährige Druck einigermaßen beseitigt worden war, als verbrecherisches Treiben und als Zügellosigkeit, der er mit dem vollen Gewicht des Gesetzes entgegentreten wollte. Als ob das Revolutioniren nur von gemeinem Gesindel und von Verbrechern ausginge, rief er im ächten Polizeistyle aus: „Der deutsche Bürger muß geschützt sein gegen jede strafbare That!" Im gleichen Sinne plaidirte er für den ungestörten Frieden, womit er wohl den innern Frieden mehr noch im Auge hatte, als den durch den dänischen Krieg schon gestörten äußern. Das deutsche Recht, wofür das tapfere Heer nöthigenfalls kämpfen sollte, war das fürstlich reaktionäre. Könnte in dieser Beziehung noch ein Zweifel herrschen, so würde derselbe durch das vom Reichskriegsminister Peucker an die preußische Regierung gerichtete Entschuldigungsschreiben, dessen ich oben erwähnte, aufgehoben werden. Die Mehrzahl der Parlamentsmitglieder war mit der Proklamation Johann's ganz einverstanden.

Insofern die Kräfte des Reichsverwesers zur Bezwingung der Unruhen nicht immer ausreichten, durften selbst die kleinsten Regierungen, wenn es galt, demokratische Regungen zu unterdrücken, einander in Gemäßheit der für abgeschafft erklärten Bundestagsbeschlüsse vom 28. Juni und 5. Juli 1832 „zur Aufrechterhaltung der gesetzlichen Ordnung und Ruhe" mit Truppen unterstützen. Kraft der erwähnten Beschlüsse nämlich, die aus der Reaktionszeit der Dreißigerjahre stammen, sind alle Bundesregierungen einander auf Verlangen zu gegenseitigem militärischen Beistande bei Unruhen verpflichtet. So wurden, um nur Ein Beispiel anzuführen, die Truppen des meininger Ländchens zur Niederhaltung von Schleiz verwandt, und als im meiningischen Städtchen Hildenburghausen das bewaffnete Landvolk den Zeitungsredakteur Huhn, welcher sich seitdem ganz als gesinnungsloser, überläuferischer Mensch gezeigt hat*), aus dem Gefängnisse befreite, eilte der „freisinnige" Erbprinz Georg nebst einem Regierungskommissär, der vordem im Landtage zur Opposition gehört hatte, nach Baiern, um baierische Truppen zu requiriren und durch dieselben das Volk entwaffnen zu lassen. Da aber die baierischen Truppen schon nach wenigen Wochen mit den Hildburghäuser Bürgern fraternisirten, wurden die Baiern entfernt

*) Dr. Huhn rühmte sich mir gegenüber, daß er damals Feodor Streit, einen jungen Rechtskandidaten aus Sonnefeld im Koburgischen, ins öffentliche Leben erst eingeführt habe. Streit bekannte sich damals zur rothen Demokratie und gründete in Koburg die „Neue deutsche Dorfzeitung", sowie ein Tageblatt. Schon bald klagte Streit in seiner Zeitung den besagten Huhn der Verrätherei an, weil dessen Frau im Koburger Schlosse eine Visite abgestattet hatte. Streit hatte Recht. Indeß spielte er nach einigen Jahren selber den Ueberläufer und stattete oft dem nämlichen Herzoge, den er damals aufs Aeußerste bekämpfte, im nämlichen Schlosse Visiten ab.

und an ihrer Stelle Weimaraner herbeigezogen. Da jedoch diese gleichfalls „verführt" wurden, entlehnte der „wahrhaft fromme" Fürst Bernhard Ehrich Freund sächsische Soldaten aus der wendischen Gegend, die ihrem Zwecke entsprachen, weil sie kein Deutsch verstanden und Schnapstrinker waren.

Die Einsetzung einer Centralgewalt war ursprünglich von der Linken des Parlaments beantragt worden; denn die Linke mußte, da sie der Revolution näher als die Rechte stand, begreiflicherweise auch den Zeitgeist und somit die Einheitsidee entschiedener zum Ausdruck bringen, als die Männer der Rechten. Indeß wurde sie, indem sie in der Minderheit blieb, in der äußerst wichtigen Angelegenheit geschlagen, so daß die Centralgewalt, anstatt der Durchführung der Einheit eine kräftige Hand zu leihen, nunmehr zur gefährlichsten Handhabe gegen die Einheit wurde. H. Simon, welcher den Antrag auf Bildung der Centralgewalt stellte, erklärte letztere in seiner Motivirung für nothwendig: „damit man sowohl dem Auslande gegenüber, als gegen die separatistischen Gelüste im Innern Deutschlands eine starke Centralgewalt habe und jedem Widerstande gegen die Beschlüsse der Nationalversammlung kräftig entgegentreten könne." Wir haben oben gesehen, daß der Schoder'sche Antrag, demzufolge die Centralgewalt die Beschlüsse der Nationalversammlung auszuführen haben sollte, abgeworfen wurde, nachdem der entgegengesetzte Stedmann'sche, wonach der Reichsverweser bloß die Gesetze der Versammlung in Vollzug zu bringen gehabt haben würde, gefallen war. Auch den separatistischen Gelüsten, wie sich bei der auf den 6. August angeordneten Huldigung herausstellte, vermochte der Reichsverweser nicht entgegenzutreten. Eben so wenig entsprach der Reichsverweser der von ihm gehegten Erwartung in Bezug auf's Ausland. Somit erfüllte die geschaffene Centralgewalt nicht nur ihren Zweck nicht, sondern dieser Zweck wurde sogar in sein Gegentheil verkehrt. Die Centren hatten bei der Ernennung des Reichsverwesers den

Ausschlag gegeben. Sie waren für die Regierungen besorgt, und Gagern sprach ganz treffend ihre Ansicht aus, als er sagte:

„Es war ja unter uns Tage lang so,“ (d. h. daß wir anders als jetzt dachten) „bis wir zu der Ueberzeugung kamen, daß Einer besser sei, und daß es fast nur Einen gibt, der hier die Frage lösen kann. Ich sage also, meine Herren, wir überheben die Regierungen einer großen Verlegenheit, und ich glaube, sie werden es uns danken, wenn wir sagen, wie es sein soll.“

Der Reichsverweser sollte nach dem Willen der Mehrheit den deutschen Fürsten in seiner Person eine Garantie gegen die Revolution bieten. Gehörte er doch selber einem Fürstenhause an, welches separatistische Zwecke verfolgte. Der König von Preußen erkannte ihn nur deshalb an, weil er ihn als persönlichen Freund schätzte. Ebenso der König von Hannover. Um die übrigen Regierungen stand es nicht viel anders. Hätte die Linke aus thatkräftigen Männern bestanden, so würde sie sofort ausgeschieden sein und mit Erlassung eines donnernden Aufrufs an die Nation einen Konvent gebildet haben, der in jetziger Zeit eine viel wirksamere Thätigkeit entfalten konnte, als später das Rumpfparlament im neutralen Würtemberg.

Nur hätte die Linke in diesem Falle sogleich eine Organisation der demokratischen Streitkräfte versuchen und sich entweder nach Wien, wo sie am Besten aufgehoben gewesen wäre, oder nach Berlin begeben sollen. Hierdurch hätte sie schnell der reaktionären Mehrheit die Sympathie des Volkes entzogen und das vertrauensvolle Abwarten, welches von der einheitlichen Autorität des Parlaments erzeugt wurde, mit einem kühnen Streiche zerhauen. Doch hätte sie dabei nicht stehen bleiben dürfen, sondern hätte die linken Seiten von den übrigen deutschen Versammlungen, namentlich die aus Berlin und Deutschöstreich, an sich ziehen müssen, zumal durch die Mittheilung des würtembergischen Ministers Römer bekannt geworden war, daß die preußische Regierung auf ein Schreiben der meiningischen geantwortet hatte: die Einberufung der Ständeversammlungen in den einzelnen Ländern bilde das kräftigste Gegenmittel zu den Einheitstendenzen des Parlaments.

Die Gelegenheit dazu bot sich der Linken fast von selbst. Zwar lege ich kein besonderes Gewicht darauf, daß frühzeitig im Frankfurter „Montagskränzchen" die Frage discutirt wurde: ob man dulden dürfe, daß die konstitutionelle Centralgewalt auf dem republikanischen Boden Frankfurts ihren Sitz nehme? Aber durch ganz Deutschland fielen damals demokratische Unruhen vor, die erst unter dem Schutze des Reichsverwesers gedämpft wurden und nur der Organisation bedurft hätten, um dem einheitlichen demokratischen Zwecke zu dienen. Bereits in der Pfingstwoche, vom 14. bis 17. Juni, traten in Frankfurt 192 Abgeordnete von 88 demokratischen Vereinen zusammen, welche die Organisation der demokratischen Partei betrieben und in einer Ansprache an das Volk die demokratische Republik für die einzig mögliche Staatsform Deutschlands erklärten. Dieselben setzten einen Centralausschuß, bestehend aus Julius Fröbel, G. Rau und Herrmann Kriege und deren Ersatzmännern Anneke, Bayerhofer und Schütt, in Berlin nieder, wo selbige durch Hexamer und Streckfuß verstärkt wurden. Hätte die Frankfurter Linke energische Männer aufzuweisen gehabt, so würden diese, indem sie die Paulskirche verließen, sich an die Spitze dieser Bewegung gestellt und ihr das Gewicht ihres Namens verliehen haben. Bei der Stimmung, welche unter den süddeutschen Truppen herrschte, würde es auch nicht sehr schwer gefallen sein, die Kadres für ein Volksheer, das vor Allem mit guten gedienten Unteroffizieren versehen werden mußte, zu gewinnen.

Es war eine leere Ausflucht, wenn die Männer der Linken, auf ihr Mandat verweisend, sich damit entschuldigten, daß sie von ihren Wählern bloß den Auftrag erhalten hätten, in Frankfurt für Deutschland eine Verfassung zu entwerfen.

Denn erstens mußten ihre Wähler wollen, daß diese Verfassung demokratisch werde: was unmöglich war, seitdem die große Mehrheit des Parlaments bei der Einsetzung der Centralgewalt demokratenfeindlich sich benommen hatte. Zweitens mußten die Wähler beabsichtigen, daß die demokratische Verfassung nicht bloß auf dem Papier stehen blieb, sondern zur Ausführung kam: was wiederum unmöglich war, seitdem durch das Gesetz über die provisorische Centralgewalt der Reichsverweser von der Errichtung und Einführung der Verfassung, sowie von der Vollziehung der Gesetze und Beschlüsse der Versammlung ausgeschlossen und somit die Versammlung des kräftigen Armes, um ihren Willen zur Geltung zu bringen, beraubt war. Wenn also die Männer der Linken länger an den Arbeiten der reaktionären Mehrheit Theil nahmen, handelten sie dem Sinne ihres Mandats schnurstracks entgegen. Drittens hätten aber auch die Mitglieder der Linken als Parteiführer und als gesinnungstüchtige Männer, die sich selbst achteten, ihre Mandatgeber, wenn selbige die Sachlage nicht begriffen, über den Stand der Parteiaussichten belehren und sich in keinem Falle an dem Verrath, der gegen den Geist der ganzen Bewegung in Frankfurt begangen wurde, zu Mitschuldigen machen dürfen. Indem sie trotzdem in Frankfurt blieben, sanken sie als parlamentarische Schwätzer immer tiefer, bis sie um alles Ansehen bei dem intelligenten Theile ihrer Parteigenossen gekommen waren.

Die Einsetzung der Centralgewalt hatte also das Geschick der ganzen Bewegung entschieden. Johann war gleichsam der in der Mitte Deutschlands sitzende Wurm, welcher die revolutionäre Frucht, als selbige heranreifen sollte, zerstach. In dem nämlichen Grade, in welchem die Centralgewalt, wäre sie als Exekutivbehörde aus dem Schoose der Nationalversammlung hervorgegangen, die Bewegung hätte fördern können, schadete sie ihr nun, da sie ins Gegentheil von Dem, was sie hätte sein sollen, verkehrt war. Indem Johann einen so wichtigen Antheil an dem Scheitern der Bewegung hat, verlohnt es sich der Mühe, uns mit ihm, der anscheinend konstitutionellen Null, die nichts Böses thun kann, etwas eingehender zu befassen.

Ein schon bejahrter Mann mit einem mehr häßlichen, als hübschen Gesicht, aus dem keineswegs viel Geist hervorleuchtete, entfaltete er ungeachtet seiner passiven Rolle Ausdauer, Trotz und Hartnäckigkeit, sobald es galt, der Demokratie einen Streich zu spielen. Zwar war er mit keinem großen Verstande begabt, allein er hatte genug schlaue Berather, die die Abneigung, welche ihm seine fürstliche Abkunft und Verwandtschaft gegen die Demokratie einflößten, auszubeuten verstanden. Wäre er von der Natur mit glänzenderen Anlagen ausgerüstet, oder auch, wäre er dümmer gewesen, so würde er sich weniger zu seiner Rolle geeignet haben. Denn dann hätte er entweder Gefahr gelaufen, über das Ziel hinaus zu schießen, oder eklatante Dummheiten zu begehen. Gerade seine Mittelmäßigkeit machte ihn gefährlich, und die von ihm auf wohlfeile Weise durch seine Heirath und den Trinkspruch auf Deutschland erlangte Popularität wandten ihm das Vertrauen der Unmündigen unter dem Bürgerstande zu. Da sich an ihn die Monarchie als an den einzigen Rettungsanker anklammerte, würde ein gelungenes Attentat auf ihn die Bewegung von 1848 in eine demokratischere Bahn geworfen haben. Doch die deutsche Demokratie war viel zu gemüthlich und ästhetisch, sie hing noch mit zu vielen Banden an der Sittlichkeit guter Unterthanen oder philosophirte noch viel zu viel von der überschwänglichen Macht der Idee, als daß sie den Reichsverweser mit Kugel, Dolch oder Gift aus der Welt zu schaffen unternommen hätte. Sie war eben noch nicht durch die soziale Entwicklung für die rücksichtslose Durchführung des Einheitsgedankens genug gezeitigt.

Ein anderer, noch viel gefährlicherer Mann, als der Reichsverweser selber, war der ihn leitende Geist: Freiherr von Schmerling. Dieser, ausgestattet mit den Künsten des Verführens, Heuchelns und Arrangirens, muß für das Centrum aller reaktionären, von der Centralgewalt ausgehenden Umtriebe angesehen werden. Der Reichsverweser war seine Puppe, die That seiner Gedanken.

Wegen der Beliebtheit, die der Erzherzog Johann unverdienterweise genoß, setzte ihn schon der östreichische Kaiser bei der Entweichung des Hofes nach Innsbruck zu seinem Stellvertreter ein. Die mit dem Reichsverweser getriebene Vergötterung und die von Johann gespielte Komödie sind das Verächtlichste, das man sich denken kann. Sowie er gewählt war, erklärte Gagern mit erhobener Stimme: „Ich proklamire also hiermit Johann, Erzherzog von Oestreich, zum Reichsverweser über Deutschland. Er bewähre die allezeit gehegte Liebe zu unserm großen Vaterlande, er sei der Gründer unserer Freiheit, der Bewahrer unserer Volksfreiheiten, der Wiederhersteller von Ordnung und Ruhe." Darauf war eine siebenköpfige Reichsdeputation, in der vorzüglich Raveaux aus Köln und von Andrian aus Wien sich durch Reden unterwegs hervorthaten, von der Nationalversammlung nach Wien abgeordnet, um dem Erzherzoge die Wahl kund zu thun. Die Reise war für die abgesandten konstitutionellen Größen ein Triumphzug. In Nürnberg, Regensburg und andern Städten, durch welche sie auf der Hinreise kamen, war Jedermann vom Festtaumel ergriffen. Die Reden mit hochtrabenden Phrasen waren so billig wie die Brombeeren. Als die Deputirten am 4. Juli mit dem Dampfschiffe „Hunnyady" in Wien anlangten, empfing sie die Menge mit donnernden Vivats, und Dr. Fischhof, der Präsident des sogenannten Wiener Sicherheitskomité's, bewillkommnete sie in gereimten Phrasen, um die schwunghafte Uebertreibung von der paradiesischen Zukunft des großen Vaterlandes bis in's Lächerliche ungescheut gipfeln zu können. Nachdem Raveaux, der Held der Deputation, in kräftiger Antwort seine Schuldigkeit gethan hatte, erleichterte Pannasch, der Kommandant der Wiener Nationalgarde, seine von freudigen Gefühlen bewegte Brust, und dann wurden die Reichsgäste unter wiederholtem Freudengeschrei an die bereitstehenden Hofwägen gebracht, von berittener Garde geleitet und im Siegeszuge in die Stadt nach der ihnen angewiesenen Wohnung in der Kärnthener Straße geführt. Aber hier durften sie sich nicht träger Ruhe überlassen. Der Deputirte v. Saucken sprach sogleich vom Fenster aus über das deutsche Reich zum gewaltigen Jubel der versammelten Menge, die sich zu Thränen rühren ließ. Alsdann redete nochmals Raveaux über dasselbe Thema und mit gleichem Effekte. Beide Redner ließen am Schlusse ihrer oratorischen Ergüsse den Reichsverweser hoch leben. Alt und Jung war auf den Beinen. Wien schien närrisch geworden zu sein.

Am folgenden Tage war große Auffahrt beim Erzherzoge. Diese Feierlichkeit ist folgendermaßen beschrieben:

„Die Auffahrt fand um 11 Uhr statt. Von der Kärthner Straße, über den Graben, den Kohlmarkt bis in die Burg waren Spaliere von Garden und Studenten gebildet, alle mit schwarz-roth-goldenen Schärpen geziert. Den Zug eröffnete die Nationalgarde-Kavallerie, gefolgt von Infanterie und zwei Hof-Kourieren in großer Gala. Nach diesen kamen vier kaiserliche Hofgala-Wägen mit den Deputirten, die von der immensen Zuschauermasse mit Jubel und Vivat empfangen und begleitet wurden. Sodann kam das ganze Offizierkorps der Garde. Den Schluß bildete abermals Kavallerie. Musikchöre begleiteten den Zug, bei jeder Kompagnie Garde war ein Musikchor aufgestellt. Alle Glocken läuteten. Kanonendonner erschallte ....

„Es war höchst prachtvoll und ergreifend. Aus allen Fenstern grüßten Damen durch das Schwenken weißer Tücher, und von allen Häusern wehten die seit dem 20. Mai verschwundenen deutschen Fahnen. Als die Deputation aus der Burg mit der Nachricht zurückkehrte, daß der Erzherzog die Wahl zum Reichsverweser angenommen habe, wollte der Jubel kein Ende nehmen. Zum Schluß dieses so wichtigen Tages wurde den Gästen ein großartiger Fackelzug gebracht."

Man muß die Narrheiten jener Zeit genau wiedergeben, damit sich die Zukunst an ihnen spiegelt. Die Gefahr einer Wiederholung liegt sonst nicht fern. Natürlich war auch die Reise des Erzherzogs von Wien nach Frankfurt ein Triumphzug. Nur wird von einer einzigen Störung erzählt, die ein Hallischer Student anrichtete, indem er auf den Kutschenschlag sprang und wild dem Reichsverweser die Frage zurief: „Verantwortlich oder unverantwortlich?" ein Vorfall, der natürlich von allen Gutgesinnten des Bürgerthums höchlichst gemißbilligt wurde. Bei der Ankunft in Frankfurt am 11. Juli wurde der Retter der Reaktion gleichermaßen aufs Tollste gefeiert. Die Tageschronik des Jahres 1848*), der ich diese Nachrichten entlehne, gibt darüber folgende Schilderung:

„Die von der Nationalversammlung dekretirte Centralgewalt ist in der Person des volksfreundlichen Erzherzogs Johann von Oestreich heute Abend nach 6 Uhr unter dem Jubel der ganzen Bevölkerung in unsere Stadt eingezogen. Alle Fenster der mit Fahnen gezierten Häuser waren seit dem frühen Morgen mit geschmückten, geduldig ausharrenden Damen ausgefüllt, während die männliche Bevölkerung theils aktiv, theils passiv die Straße füllte. Die Bürger-Kavallerie war zum Empfange des Erzherzogs in früher Morgenstunde an die Gränzen des Stadtgebiets ausgerückt, während die Artillerie der Bürgerwehr auf einer vor dem Allerheiligenthore gelegenen Anhöhe aufgestellt war, um den Erwarteten mit dem Donner ihrer Geschütze würdig zu empfangen. Bis weit vor das Allerheiligenthor hinaus waren die Schutzwachen der sämmtlichen Quartiere in festlicher Kleidung, jedoch ohne Waffen, aufgestellt, denen sich die Bürgerwehr von Ober-

*) Diese „Tageschronik", Anfang 1849 in Frankfurt a. M. gedruckt, ist einfach ohne allen kritischen Maßstab aus den Zeitungen zusammengetragen. Sie ist sowohl unvollständig, als gibt sie auch nicht immer die Namen und Daten richtig wieder. Im Ganzen aber liefert sie ein treues Bild jener Zeit.

und Niederrad*) mit vollständigem Musikchor angeschlossen hatte. Der Allerheiligengasse entlang waren sämmtliche Innungen, Gewerbe und Künstler mit ihren Fahnen und Standarten aufgestellt, an welche sich längs der Zeil bis zum Russischen Hofe unsere Stadtwehr und unser Linienmilitär anreihte. Um 6 Uhr verkündete der Donner der Geschütze und Glockengeläute, daß der hohe Reisende auf dem Weichbilde unserer Stadt angekommen war. Das Schwenken zahlloser Tücher und Fahnen verkündete unter Anderm den Jubel, mit welchem der Gefeierte empfangen wurde. Langsam bewegte sich der Zug durch die zusammengedrängten Spaliere. Unter dem Jubelgeschrei der Menge zog derselbe in den Russischen Hof. In dem Balkonzimmer des Hotels wurde der Erzherzog Reichsverweser von dem Präsidenten der Nationalversammlung bewillkommnet. Ein demselben dort gebrachtes Hoch fand den Weg bis zur Straße. Hierauf zeigte er sich auf dem Balkon der unten harrenden Menge, an die er Grüße und Verheißungen richtete, die mit unendlichem Jubel aufgenommen wurden. Hierauf defilirten sämmtliche Festtheilnehmer unter klingendem Spiel, unter fortwährendem Lebehoch, vorbei, womit der erste Theil der Empfangsfeierlichkeit schloß, an die sich als zweiter ein um 10 Uhr gebrachter Fackelzug vom Untermainthor aus nach der Zeil zum Russischen Hof, durch eine dichtgedrängte Menschenmasse gehend, anreihte, wobei die Sängervereine dem Gefeierten durch den Vortrag ausgewählter Lieder ihre Huldigung ausdrückten. Lebehochs erschallten durch die Menge und auf eine an den auf dem Balkon des Hotels sich befindenden Erzherzog gehaltene kurze Anrede, worin hervorgehoben wurde, daß die vergangene Zeit des Reichsverwesers eine schöne Zukunft verheiße, drückte derselbe seinen Dank für die ihm geschenkte Aufmerksamkeit aus. Um 11 Uhr endete die Feier eines Er-

*) Zwei zum Frankfurter Gebiete gehörige Dörfer. — Bei dem Läuten sprang die alte Karolusglocke auf dem Pfarrthurme und gab seitdem keinen Ton mehr von sich.

eignisses, von dem das Wohl **oder Wehe** des Vaterlandes abhängen sollte."

Am folgenden Tage ward der Reichsverweser durch eine Deputation von 50 Mitgliedern in die Paulskirche abgeholt, wo ihm durch den Sekretär Biedermann das Reichsverwesergesetz vorgelesen und durch Gagern die Aufforderung, sich zum Halten desselben zu verpflichten, gestellt wurde. Johann antwortete: „Meine Herren! Die Eile, mit welcher ich hierhergekommen, um in Ihrer Mitte zu erscheinen, mag Ihnen den Beweis geben von dem Werthe, welchen ich auf das mir übertragene Amt eines Reichsverwesers und das mir dadurch bewiesene Vertrauen des deutschen Volkes lege. Indem ich hiermit das Amt eines Reichsverwesers antrete, wiederhole ich hiermit die Erklärung, daß ich das eben wiederholt vernommene Gesetz halten und halten lassen werde zum Ruhme und zur Wohlfahrt des Vaterlandes. Ich erkläre zugleich, daß ich mich diesem Amte ungetheilt widmen und seine Majestät, den Kaiser, ersuchen werde, mich nach der von mir bereits zugesagten Eröffnung des Reichstages der weiteren Stellung zu entheben." Diese Erklärung wurde von der Versammlung mit stürmischer Freudenäußerung aufgenommen, welche sich erneute, als Johann hinzufügte: „Hat man einmal einen Entschluß gefaßt, so muß man sich ganz Dem widmen, wozu man berufen ist, nämlich der deutschen Nation." — Nachmittags widmete sich der Reichsverweser gleich der deutschen Nation insofern, als er sich in den Bundespalast begab, um auf sich die Befugnisse des Bundestags übertragen zu lassen und dadurch für die beabsichtigte Reaktion die Rechtskontinuität zu wahren. Als er Abends im Theater der Oper „Oberon" beiwohnte, bellte ihn der anwesende Bürgerstand und die Frankfurter Aristokratie unter Freudengeheul förmlich an. Besonders ärntete Johann einen Beifallssturm, als er nach Beendigung des zweiten Aktes, während sich die freien Reichsstädtler ehrfurchtsvoll von den Sitzen erhoben hatten, unter lautloser Stille die Worte gesprochen hatte: „Ich muß jetzt auf kurze Zeit Abschied nehmen. Ein gegebenes Wort ruft mich nach Wien, und das Wort muß dem deutschen Manne heilig sein. Bald kehre ich zurück und bringe mit, was mir das Theuerste ist: Weib und Kind.“

So spielte Johann im Theater Komödie. Er war trefflich eingeschult worden und machte seine Sache ausgezeichnet. Aber er hatte auch ein geneigtes Publikum vor sich. Der halbgebildete freisinnige Bürgerstand, der auf die nicht zu erreichende Gediegenheit verzichtet und dafür durch den Schein des Reichthums und des Apartethums zu glänzen sucht, schweifwedelt hündisch jedem Vollblutsaristokraten, der sich bürgerfreundlich zu ihm herabläßt; denn das Bürgerthum ist weit davon entfernt, die in dem „Herablassen“ liegende Beleidigung zu fühlen, da bei ihm das Schweifwedeln in solchem Falle zum guten Tone gehört und sogar zur zweiten Natur geworden ist. Bei dem redseligen Johann kam noch hinzu, daß er als ein treuer Ritter Tannhäuser lange im bürgerlichen Venusberge zugebracht hatte und huldvoll die bürgerliche Frau und den halbbürgerlichen, halbfürstlichen Sprossen seiner unstandesmäßigen Ehe mit nach Frankfurt bringen wollte. Frau und Kind liebte er ausgesprochenermaßen noch mehr als Deutschland, und diesen kostbaren Schatz, der den Frauen der freien Reichsstadt manch' interessantes Thema zur Unterhaltung gab, wollte er nun gar von Wien nach „unserer“ Stadt mitbringen. Welch' eine Aufopferung von Seiten Johanns, der nicht gern allein schlief, und welch' eine Ehre für die Frankfurter, denen solche Kleinodien anvertraut wurden! Als Johann einst seine Bastardehe eingegangen war, nachdem er sich hatte in dem Netze eines anmuthigen Mädchens fangen lassen: da hatten die Mitglieder des Kaiserhauses die Köpfe über den ungerathenen Sohn geschüttelt und die Hände über dem Kopf zusammengeschlagen, und die Mitglieder der übrigen fürstlichen Häuser Deutschlands, so wie der alte stolze Adel, hatten ob solchen Skandals sich in die Ohren gezischelt: sie hatten nicht geahnt, welcher Segen ihnen aus der Verbindung Johanns mit einer Plebejerin erspriessen sollte. Die deutsche Bewegung, insoweit sie den Bürgerstand betraf, wurde jetzt durch einen geheiligten Unterrock gestaut. Den ganzen Bürgerstand und die Herrschaftsbestrebungen desselben mußte lieben, wer sich in ein Mädchen aus dem Bürgerstande einmal völlig vernarrt und dasselbe trotz aller entgegenstehenden Standesvorurtheile geheirathet hatte. An solchen bürgerfreundlichen Prinzen hat Deutschland keinen Mangel gelitten!

Bei seiner kurzen Anwesenheit in Frankfurt ernannte Johann ein provisorisches Ministerium, und zwar setzte er Eduard Peucker zum Reichskriegsminister, Heckscher zum Reichsminister der Justiz und Schmerling für Inneres und Aeußeres ein. Dann reiste er als Vertreter des östreichischen Kaisers nach Wien zurück, um dort in Person den Reichsrath zu eröffnen. Bei seiner Ankunft in Linz suchten die dortigen Bürger, welche ihn unter Anderm durch zweihundert weißgekleidete, mit Blumen und den schwarz-roth-goldenen Farben geschmückte Mädchen begrüßen ließen, die Frankfurter Narren noch zu übertreffen. Nachdem Johann in Wien an Stelle des Ministeriums Pillersdorf die Herren von Wessenberg, Doblhoff, Bach und Latour am 18. Juli eingesetzt hatte, eröffnete er am 22. Juli den Reichstag mit den Worten: „In der freien Verbrüderung aller Nationalitäten der östreichischen Monarchie, in der vollen Gleichberechtigung Aller, sowie in dem innigen Verbande mit Deutschland finden alle Interessen eine feste Grundlage!“ — Indem Johann zur Forterhaltung des östreichischen Kaiserstaats beitrug, diente er der deutschen und europäischen Reaktion, und indem er die Gleichberechtigung und freie Verbrüderung als Grundlage des Kaiserstaats verkündete, machte er sich einer nichtswürdigen Gleißnerei schuldig, weil bloß der Despotismus den östreichischen Kaiserstaat zusammenhalten konnte und das Aufhetzen des slavischen

Elements gegen die übrigen Nationalitäten schon längst zur Rettung des Kaiserhauses gewählt worden war. Den innigen Verband, welcher Oestreich mit Deutschland vereinigen sollte, werden wir später einestheils im Munde des Herrn von Schmerling und anderntheils im Gagern'schen Programm wiederfinden.

Da die in Frankfurt tagenden Volksvertreter unter dem Titel Reichsverweser einen neuen regierenden Fürsten geschaffen und selbigen an die Spitze Deutschlands gestellt hatten, so hielten sie es für geboten, denselben aus den Taschen der Nation mit einer anständigen Zivilliste zu versorgen. Aber die Rathgeber Johann's sahen ein, daß hierdurch die Demokraten eine Waffe erhielten, um bei dem Volke das Reichsverweserinstitut verhaßt zu machen. Der Reichsverweser schlug also am 20. Juli die Zivilliste aus und stieg wegen dieser Uneigennützigkeit bei den Bürgern der freien Stadt Frankfurt noch mehr in der Vermehrung, so daß sie ihm das zwischen dem Eschenheimer Thurme und dem Bundespalaste gelegene Mülhens'sche Haus, welches gegenwärtig das Lesemuseum des alten „Bürgervereins" bildet, zur freien Benutzung anwiesen. Als nun am 3. August Abends 9 Uhr der Reichsverweser in Begleitung seiner Frau und seines Sohnes in „unserer" Stadt eintraf, gab es wieder ein Tollhäuslerfest. Besonders war die Frau Reichsverweserin, die einstmalige Bürgerliche, welche nach ihrer Vermählung aus lauter Schamhaftigkeit und lauter Bürgerlichfreundlichkeit in eine Frau Gräfin von Brandhof umgeziert worden war, der Gegenstand allgemeiner Anbetung. Weißgekleidete, mit Blumen und Kränzen geschmückte Mädchen empfingen sie sowohl in Sachsenhausen als auch in ihrem Absteigequartier, dem Russischen Hofe. Auch die männliche Bevölkerung, welche Spaliere bildete oder sich frei in den Straßen bewegte, gab durch Lebehochrufen ihren Jubel darüber kund, daß Deutschland nunmehr glücklich unter die Haube gebracht war.

Der Reichsverweser bildete sein verantwortliches Ministerium definitiv, wie folgt:

Präsident des Ministeriums: Fürst von Leiningen; *)
Inneres: Freiherr von Schmerling;
Aeußeres: Heckscher;
Justiz: R. von Mohl;
Krieg: von Peucker;
Finanzen: Beckerath;
Handel: Duckwitz.

Unterstaatssekretäre im Ministerium des Innern: Bassermann, J. v. Würth;

Unterstaatssekretäre im Ministerium des Aeußern: M. von Gagern, M. L. von Biegeleben;

Unterstaatssekretär im Ministerium für die Justiz: Widemann;

Unterstaatssekretär im Finanzministerium: Matthy;

Unterstaatssekretär des Handelsministeriums: J. Fallati, Mevissen.

Ursprünglich sollte Camphausen an die Spitze des Ministeriums treten; allein dieser schlug die ihm zugedachte Ehre aus, weil er befürchtete, daß er bei der Umseglung der vielen Klippen, welche die Demokratie dem Reichsministerium in den Weg stellte, die speziell preußischen Interessen verletzen und so seine Zukunft gefährden würde. Nun mußte der Fürst von Leiningen seinen Namen herleihen. Dieser galt für freisinnig aus einem ähnlichen Grunde, wie Johann ohne Land. Da er nämlich ein Verwandter von der englischen Königin Victoria war und sich am englischen Hofe aufgehalten hatte, so setzte das beschränkte deutsche Bürgerthum bei ihm Schürzenkonstitutionalismus voraus und maß ihm „Streben nach englischem Vorbild", sowie „Verwandtschaftseinfluß" bei: — gleich als ob den Mitgliedern der englischen Königsfamilie der Konstitutionalismus sowohl angeboren wäre, als sich auch,

---

*) Späterhin von Schmerling ganz ersetzt.

wie die vein of madness *) und the king's evil **), auf die Verwandten vererbte! Als das Ministerium fix und fertig war, meinten die Monarchisch-Konstitutionellen, daß es, weil es verantwortlich, englisch gemodelt und der Majorität bedürftig wäre, nunmehr auch sein Programm aufstellen müßte. Dieses Programm, auf welches sie sehr gespannt waren, erblickten sie in einer Rede des schlauen Schmerling vom 15. Juli, worin ihnen derselbe Grünes und Blaues von der Freiheit des Bürgers, sowie Schwarz-roth-goldenes von der Unabhängigkeit Deutschlands vorfabelte. Aehnlich wie Schmerling erfüllte am 11. August der Fürst von Leiningen die Brust der Professoren in der Paulskirche mit Wonne und Hochgefühl, daß sie in jedem Worte einen versteckten wichtigen Fingerzeig in Bezug auf die große Zukunft Deutschlands herauszuhören glaubten. Besonders wichtig schien ihnen die Stelle des ministeriellen Programms: „das Reichsministerium rechne auf die thätige, vertrauensvolle Mitwirkung aller deutschen Regierungen, ersuche um die baldige Ernennung solcher Bevollmächtigten und wünsche mit den Bedürfnissen der Regierungen und Volksstämme, soweit sie den nach dem Reichsverwesergesetze vom 28. Juni bestimmten Wirkungskreis der Centralgewalt berührten, auf das Umfangreichste bekannt zu werden.“ Die gelehrten Herren, welche, angethan mit einem rosenfarbenen Flügelkleide, in die konstitutionelle Knabenschule der Paulskirche gingen, harrten voller Sehnsucht der Ankunft der Regierungsbevollmächtigten entgegen, weil sie in

---

*) Die Verrücktheit Georg's III. wurde offenkundig im Juli 1788, wo er auf Anrathen der Aerzte die Bäder von Cheltenham besuchte. Schon damals erhob sich die Regentschaftsfrage, ob ein verrückter konstitutioneller König abzusetzen sei.

**) Die Skropheln sind in der englischen Königsfamilie erblich. Lange glaubten die Unterthanen in England und in Frankreich, daß ihre Könige durch bloße Berührung die an dieser Krankheit Leidenden heilen könnten.

ihrer Ohnmacht darin eine thatsächliche Anerkennung der Centralgewalt sahen. Sie dachten in ihrer paradiesischen Unschuld nicht daran, daß die Bevollmächtigtenversammlung durch die auf der Lauer liegende Reaktion in einen Verschwörungsheerd verkehr werden konnte. Sie hielten den Bundestag auf immer und ewiglich für beseitigt.

Wohinaus aber die Reaktion mit der Bevollmächtigtenversammlung wollte: das erhellte schon am 17. Juli, als die preußische Regierung vorschlug, aus den Bevollmächtigten einen Rathskörper zu bilden, worin Oestreich und Preußen je 3 Stimmen, Baiern eine, Würtemberg, Baden und Hohenzollern eine, Sachsen mit den thüringschen Staaten eine, und ebenso zusammen Hannover, Kurhessen und die übrigen Staaten eine Stimme besitzen sollten.

Dieses projektirte Zehner-Direktorium hatte zum Zweck, durch straffe Zusammenfassung der fürstlichen Sonderinteressen den Schatten von einheitlichem Einflusse, der dem Parlamente noch von den Märzstürmen geblieben war, vollends auf Null zu reduziren. Es wäre ein reformirter Bundestag gewesen und hätte sowohl der im Entstehen begriffenen Reichsverfassung vorgegriffen, als auch den Reichsverweser unter eine scharfe Kontrolle gestellt. Aber der Plan mißlang, und zwar aus verschiedenen Gründen, von denen ich die hauptsächlichen anführen will. Erstens war die Aufregung in Deutschland noch nicht hinreichend durch die Centralgewalt, welche die Gehässigkeit der reaktionären Umtriebe auf das Parlament ableitete, gestillt, als daß nicht neue Aufstände gegen die den Pferdehuf zu frühzeitig zeigenden Regierungen zu besorgen gewesen wären. Demnach mußte man befürchten, daß das Zehner-Direktorium gerade das Gegentheil von Dem, was es sollte, anrichtete. Zweitens sollte das Parlament an seiner Unfähigkeit, etwas Realisirbares zu leisten, zu Grunde zu gehen scheinen: weßhalb es gerathener war, wenn die Reaktion gegen die Einheit noch nicht grell in den Vordergrund trat. Drittens wäre es ein Fehler gewesen, den Bundestag zu reformiren und ihm eine einheitlichere Gestalt zu geben, da doch das Endziel der Reaktion darauf hinauslief, den Bundestag endlich wieder gerade so einzuführen, wie er vor den Märztagen bestanden hatte. Also schien selbst der Reaktion der preußische Plan gefährlich zu sein, besonders da die kleinen Staaten ihn wie eine Mediatisirung betrachten mußten. Viertens hingen die durch die Märzbewegung in's Amt gesetzten konstitutionellen Minister, namentlich Römer in Würtemberg und Braun in Sachsen, an ihren Stellen zu fest, als daß sie selbige wissentlich hätten mituntergraben helfen. Endlich mochte auch Oestreich mit Preußen, welches natürlich den Wechsel des Vorsitzes zum Allerwenigsten beanspruchte, sich nicht auf ganz gleiche Stufe stellen lassen. Kurz der preußische Plan scheiterte, weil er nicht bloß die Demokraten und die Konstitutionellen par excellence, sondern auch eine Menge entschiedene Reaktionäre zu Gegnern hatte. Deßhalb stellte die Zentralbehörde am 30. August in Abrede, daß die Bevollmächtigten „auf die Beschlußnahmen der Zentralgewalt entscheidend einwirken oder irgend eine kollektive Geschäftsführung ausüben" dürften.

Die Bevollmächtigten der Einzelstaaten entsprachen ja ihrer Aufgabe auch ohne eine solche Organisation. Nur konnte ohne selbige die Reaktion nicht im Galopp gehen. Aber die Bevollmächtigten waren nichtsdestoweniger die fortgesetzte Bundesversammlung, welche, wenn sie nach Innen auch den Reichsverweser vorkehren mußte, doch nach Außen das Ansehen des aufgelösten Bundestags genoß. Freilich hatte der vielgewandte Herr v. Schmerling am 12. Juli erklärt, der Erzherzog Johann trete die hohe Würde eines Regenten von Deutschland an und die Bundesversammlung lege Namens der Regierungen die Ausübung ihrer gesetzlichen Gewalt in dessen Hände. Aber wir werden bald sehen, wie die preußische Regierung noch im Namen des deutschen Bundes mit dem Auslande verkehrt (Malmöer Waffenstillstand). Ferner hatte der nämliche Herr v. Schmerling als Bundespräsidialgesandter am genannten Tage die sämmtlichen fremden Gesandten offiziell von dem Amtsantritt des Reichsverwesers und von dem Aufhören der Thätigkeit der Bundesversammlung in Kenntniß gesetzt. Indeß war diese Handlung bloß für die Oeffentlichkeit berechnet. Welche Mittheilungen insgeheim zwischen den fremden und deutschen Bevollmächtigten ausgewechselt wurden, das läßt sich bis heute blos vermuthen. Genug, daß sich die Herren verstanden. Darum erkannten die Großmächte Rußland, Frankreich und England die deutsche Zentralgewalt nie an. Zwar hatte England den Lord Cowley und Frankreich erst den Herrn Savoye, darauf (seit dem September 1848) den Herrn Tallenay als Gesandten am Sitze der Zentralgewalt: doch verkehrten diese Gesandten nicht offiziell mit dem Reichsverweser, sondern sie hielten sich daselbst als „Gesandte zu Frankfurt" auf. Mit andern Worten verkehrten sie mit den Bevollmächtigten der deutschen Einzelstaaten in deren Eigenschaft als Bundestagsgesandte. Hätte das Parlament nicht aus schwachköpfigen Schwätzern bestanden, so würde es entweder die unbedingte Anerkennung der Zentralbehörde durchgesetzt oder die fremden Gesandten, welche die reaktionären Pläne ausbeuten halfen, aus Deutschland ausgewiesen haben. Natürlich duldete das Parlament auch, daß Preußen, Oestreich und andere Staaten auf eigene Faust mit dem Auslande diplomatischen Verkehr pflogen. Hatte doch Herr v. Schmerling am 2. Juni dem leichtgläubigen Parlamente jesuitisch zugerufen: „Wir wollen hoffen, und ich bin es innigst überzeugt, daß die Zeit einer zweideutigen Diplomatie für immer verschwunden ist!"

Von den außerdeutschen Großmächten wurden die an sie durch die Zentralgewalt geschickten Gesandten nicht anerkannt. Für Rußland war der Oberst von Auerswald zum Gesandten bestimmt, doch überzeugte man sich bald von der Nutzlosigkeit der Mission. In Paris konnte der Gesandte Raumer ebensowenig ankommen, zumal da ihm gleich von vornherein der preußische Gesandte, General Willisen, entgegenwirkte; dessenungeachtet speiste Freund Raumer mit Freund Willisen ganz einig zusammen und ließ die deutsche Nation, deren Einheit er im Auslande hätte vertreten sollen, zum Kukuk gehen. England verfuhr nicht besser mit seinen konstitutionellen Stiefkindern in Deutschland. Dagegen erkannten die Vereinigten Staaten Nordamerika's die Einheit des deutschen Volks an. Nach dem Haag ging der Braunschweiger Liebe, nach Brüssel der darmstädtische General v. Drachenfels, nach Bern Raveaux und Welcker nach Stockholm. Die kleinen Staaten, welche von keinem Belang für die hohe Politik sind, ließen es an der Anerkennung nicht fehlen; doch machte sich Raveaux in der Schweiz schnell unbeliebt, indem er dieselbe wie ein zum deutschen Reiche gehöriges Land behandeln zu dürfen glaubte. Der schlaue Raveaux, von welchem Ludwig Simon erzählt, es hätte Einer „früh aufstehen müssen,“ wenn er ihn hätte täuschen wollen, fiel in der Schweiz mit der Thür in's Haus und brachte dadurch die deutsche Bewegung um einen Theil der Sympathie, welche sie vorher dort genossen hatte.

Es wäre lächerlich anzunehmen, daß der unverantwortliche Reichsverweser sammt seinem verantwortlichen Ministerium sich über die Zurückweisung seiner Gesandten tief betrübt hätte. Im Gegentheil mußte er seiner Stellung nach diese Zurückweisung wünschen und war ihrer jedenfalls im Voraus gewiß. Denn mit der Reaktion inner- und außerhalb Deutschlands war er Ein Herz und Eine Seele: weßhalb die Könige von Preußen und Hannover in seiner Persönlichkeit die Garantie gegen jede vom Parlamente drohende Gefahr erblickt und bloß darum ihn anerkannt hatten. Mit dieser Zentralgewalt hatte das Parlament theils wissentlich, theils unwissentlich der Nation eine garstige Zuchtruthe auf den Rücken gebunden. Das Reichsverweserinstitut glich der in den englischen Korrektionshäusern angewandten Tretmühle, wo der Unglückliche, welcher dazu verurtheilt ist, bei jedem ungesetzlichen Tritte einen Klöppelschlag von hinten erhält. Auch in der Zentralmühle Deutschlands wurde, außerdem daß sie eine Korrektionsanstalt war, bloß Wind gemahlen.*) Der Reichsverweser sollte, wie Gagern sich kurz und bündig bei der Proklamirung Johanns ausgedrückt hatte, „der Wiederhersteller der Ordnung und Ruhe" sein. Auch die Regierungen faßten seine Aufgabe so auf. Darum stellte ihm die preußische Regierung, wenngleich sie am 6. August die Huldigung des Heeres verweigerte, alle in der Nähe Frankfurts stehenden preußischen Truppen zur Verfügung. wenn er solcher gegen die Demokratie benöthigt wäre. Noch generöser verfuhr die baierische Regierung, die bloß in einem Theile Frankens Unruhen zu unterdrücken gehabt hatte, während sonst außer Münchner Bierkrawallen und einem durch das Verschwinden der Hausschatz- und Staatsjuwelen verursachten Volksauflaufe in Baiern keine demokratischen Regungen zu stillen waren. Durch einen ausdrücklichen Befehl des Kriegsministers stellte die bairische Regierung dem Reichsverweser das ganze bairische Heer zur Verfügung. Weit davon entfernt, die heimtückische Absicht dieses Schrittes zu erkennen, war vielmehr das Parlament über die Unterordnung der bairischen Regierung unter die Centralgewalt höchlich erfreut. Mit dem nämlichen Blödsinn beglückwünschten sich die Professoren der Paulskirche, daß nun auch Preußen durch die Zur-Disposition-Stellung eines Theiles seiner Truppen bis zu einem gewissen Grade sich der Centralgewalt untergeordnet habe. Durfte man doch ohnehin, zufolge der Angabe des Kriegsministers Peucker, von Preußen nur einen Theil des Heeres, die Bundestruppen, für das Reich in Anspruch nehmen!

---

*) Bis vor wenigen Jahren wurde auf der englischen Tortur bloß Wind gemahlen, d. h. sie war bloß zum Peinigen bestimmt. Sie ist so schrecklich, daß die armen Verurtheilten, obschon keiner länger als eine Viertelstunde auf einmal eingespannt wird, die ihnen zum Waschen zugetheilte Seife verschlucken, um sich krank zu machen und auf diese Weise der barbarischen Strafe zu entschlüpfen. Gegenwärtig mahlt die Tretmühle Getreide, wodurch die Tretarbeit noch saurer wird.

Nachdem der Reichsverweser erst am 3. August mit Weib und Kind in Frankfurt eingetroffen war, reiste er schon am 13. desselben Monats wieder ab und zwar diesmal zu einer Zusammenkunft mit dem Könige von Preußen gelegentlich des Dombaufestes. Deutschland auf dem Gebiete des Glaubens in einander zu weben, wovon der gemeinschaftliche Ausbau des Kölner Domes das Sinnbild sein sollte, war eine Lieblingsvorstellung des Königs von Preußen. Unklar wie die Vorstellung war, lag ihr doch der klare Gedanke zu Grunde, daß auf die politische deutsche Einheit zu verzichten sei. Da im Jahre 1848 der Einheitsgedanke in Deutschland seine Verwirklichung finden sollte, benutzte der König die grundlose Sage, daß, als im Jahre 1248, also gerade vor sechshundert Jahren, in Köln der im neunten Jahrhunderte unter dem Erzbischofe Hildebold erbaute Dom abgebrannt sei, der Bischof Konrad von Hochstaden, ein „zweiter Salomo," den Grundstein zum „ewigen Dome" gelegt habe. Der König fand sich nicht nur von jener dunkeln Glaubenszeit angezogen, sondern er verehrte auch den herrschsüchtigen Erzbischof, der so viel Böses über Deutschland gebracht hatte und von dem Barthold in seiner „Geschichte der deutschen Städte" sagt:

„Erzbischof Konrad von Hochstaden ist der Gründer des ewigen Domes zu Köln, dessen Vollendung nach sechshundert Jahren die gläubige Mitwelt als Siegel deutscher Einheit in Staat, Volk und Kirche in träumerischer Entzückung begrüßte. Konrads von Hochstaden Freund und oft Helfer in politischer Arglist und Gewaltthat ist Albertus Magnus, der Aristoteles und Plinius des christlich-deutschen Mittelalters! Konrad von Hochstaden ist der böse Engel unsers Vaterlandes zur Zeit unaussprechlicher Drangsale und vererbte durch seine Politik den Unsegen nationaler Ohnmacht auf alle kommenden Geschlechter. So ist das ewige Denkmal des erhabensten Baugedankens der heidnischen und christlichen Welt zugleich von finsterer verhängnißvoller Bedeutung."

Derselbe Geschichtsforscher sagt in Bezug auf die Gründungszeit des Domes: „Ohne sich auf eine nähere Geschichte jenes Wunderwerks einzulassen, hat der gewissenhafte Forscher die Pflicht, reizende Illusionen zu zerstören, denen sich ein verarmtes spätes Geschlecht hingibt .... Allein so romantisch-gefälliger Geschichte der Blüthe des deutschen Kirchenstyls tritt Urkundliches enttäuschend gegenüber. Die Original-Bulle P. Innozenz' IV. ist nirgend zu finden; der verheerende Brand der alten Kathedrale nirgend bezeugt; die erzählten Umstände bei der Grundsteinlegung, die Anwesenheit König Wilhelm's, des Legaten, zum Theil unmöglich; die Zeitgenossen schweigen; wenige Monate nach dem Brande, vor der Beseitigung unzähliger Hindernisse, wie der Besitzentäußerung von geistlichen Wohnlichkeiten auf dem Bauplatze, konnte nicht der Gedanke eines so umfangreichen Baues, mit aller ins Kleinste gehenden Einzelheit zur Reife gelangen. Noch im Jahre 1252 stand die alte Domkirche zu St. Peter im Gebrauch zu bürgerlichen Anordnungen; noch im Jahre 1270 wurden in ihr die feierlichsten, zahlreich besuchtesten kirchlichen Dinge vorgenommen. Urkundlich geschah der erste vorbereitende Schritt im Jahre 1251; die eignen Kräfte des selbstständigen Bauschatzes, nicht die Gaben eines Erzbischofs, noch der Ertrag der Domherrnpräbenden, bestritten die ersten Kosten; noch 10 Jahre nach der angeblichen Gründung schweben Unterhandlungen um Verzichtleistung und Abbruch unentbehrlicher Räumlichkeiten. Ein unbestimmter, allgemeiner Plan mochte vorgeschwebt haben, den günstige, allmählig eintretende Umstände zur Ausführung brachten. Ein Aufruf zur frommen Steuer, ein Hirtenbrief erging erst im Jahre 1264 in den Kölnischen Sprengel; endlich erst im Jahr 1267 erwirbt das Kapitel eine Bahn aus der Grube am Drachenfels, um die Bruchsteine bequem an den Rhein zu schleppen. Ersichtlicher wird mit dem Jahre 1274 der Betrieb des Baues; doch war im Jahre 1279 die äußere Gliederung des Chors nicht zur verständlichen Architektur gediehen; im Jahre 1297 kann endlich ein Altar „ „im neuen Kirchengebäu" " gestiftet werden. Im

Jahre 1313 wurden andere Altäre aus dem alten Dome aufgestellt; im Jahre 1322 wurde, wiewohl nicht urkundlich sicher, der vollendete hohe Chor eingeweiht. Solches bezeugte wenigstens im Jahre 1499 eine jetzt erloschene Inschrift über einer der Thüren."

Der preußische König wußte wohl recht gut, daß die Gründungszeit des Kölner Doms nicht feststand und am Allerwenigsten in das Jahr 1248 fiel. Aber ihm war an der Aufführung eines solchen sechshundertjährigen Jubiläums gelegen: 1) weil die einheitliche Dombauschwärmerei zur Verwirrung des klaren politischen Einheitsgedankens beitrug und die Geister vom Frankfurter Einheitswerke ablenkte; 2) weil er sich unter den Katholiken und Freimaurern Deutschlands zur Durchführung des Kaiserplanes, durch welchen schließlich die Einheitsbewegung zum Scheitern gebracht werden sollte, noch Freunde zu erwerben bestrebt war; endlich 3) weil er einen Vorwand brauchte, um mit dem Reichsverweser, der von den Absichten der Habsburger Reaktion genau unterrichtet war, persönlich sich über das gemeinsame Verfahren, über das einige Rettungswerk, zu verständigen. Die Zusammenkunft konnte um so weniger auffallen, als bereits den 4. September 1842, an welchem der erste Stein zum Ausbau des Domes gelegt worden, Johann ebenfalls zugegen gewesen war.

Jedenfalls wußten die Leiter der ganzen deutschen Reaktion, worum es sich am 14. August beim Dombaufest eigentlich handeln würde. Um auch seinen Theil zu dem Reaktions-Jubiläum beizutragen, hatte schon am 21. Juli Herr Ludwig von Baiernland durch den Inspektor Ainmüller für den Dom fünf kostbar gemalte Fenster, die über einhunderttausend Gulden kosteten, nach Köln gesandt. Was den Erzherzog Johann anbelangt, so bestieg er am 13. August Morgens gegen 11 Uhr das mit Fahnen, Flaggen und Blumengewinden geschmückte Dampfboot „Schiller," begleitet von dem edlen Heinrich von Gagern, dem Präsidenten, und von Biedermann, dem Sekretär der Nationalversammlung, und von noch

23 andern Abgeordneten, die schon damals dieselbe Festsucht an den Tag legten, wie sie selber und ihre Gesinnungsgenossen noch heutzutage. Gagern war beim Erzherzoge. Für die übrigern Deputirten war ein zweites Dampfboot, „der König," bestimmt. Außerdem führten noch drei andere Dampfboote, da es bei solchen Gelegenheiten viele Maulaffen gibt, dem alten heiligen Köln Gäste zu.

„Ein schöner Anblick, vom herrlichsten Wetter begünstigt! Ueberall Kanonendonner und Jubelgeschrei. Die Fahrt von Bieberich bis Köln war ein wahrer Triumphzug. Den Schlußpunkt machte das alte Köln, die Königin der deutschen Städte am Rheinstrome; das harmonische Geläute dieser Hunderte von Glocken und gleichzeitiger Kanonendonner machten einen unbeschreiblichen Eindruck." — Anstatt die Reaktion auf Tod und Leben zu bekämpfen, berauschte man sich in einem romantischen, mittelalterlichen Feste! Das Parlament hatte mittlerweile Ferien.

Den großartigen Zug, der am 14. August stattfand und in dem sogar die armen Waisenkinder mitgeschleppt wurden, will ich nicht beschreiben. Zeichnet sich doch Köln vor allen übrigen Städten Deutschlands auch durch sein Karneval aus. Den 15. noch dauerten die Festlichkeiten fort. An diesem Tage defilirten gegen 4000 Mann Bürgerwehr und bei 6000 Mann Militär an dem Könige und dem Reichsverweser vorüber. Der König wollte seinen Glanz zeigen und aus dem Feste für die Monarchie und die Kirche Kapital schlagen. Darum sagte er zu dem ehrfurchtsvoll ergebenen Edlen von Gagern: „Vergessen Sie nicht, daß es noch Fürsten in Deutschland gibt und daß ich zu ihnen gehöre." Diese auf Gagern's Ansprache gegebene Antwort war um so verletzender für das Parlament, als selbiges zum Feste eingeladen worden war. Der König hätte die Gastfreundschaft besser verstehen sollen. Warf man doch, wie wir noch sehen werden, in einem ganz andern Falle dem preußischen Abgeordneten Jacoby Verletzung der königlichen Gastfreundschaft vor!

Am 15. war auf dem Gürzenich abends ein großes Eß- und Trinkgelag, woran elf- bis zwölfhundert Menschen theilnahmen. Hier besiegelte die preußische und östreichische Reaktion öffentlich ihre Einigkeit. Der preußische König brachte nämlich dem Reichsverweser den Toast aus: „Diesen Toast bringe ich einem deutschen Manne, der mein Freund ist, dem Manne, dem Sie vertrauen und dem ich auch mein Zutrauen schenke; möge er uns die Einigkeit schenken!“ — Hierauf erwiderte der östreichische Erzherzog mit dem Trinkspruche: „Das dem Fürsten, der meine Gesundheit ausbrachte! Gott erhalte ihn noch lange, wie auch unsere Eintracht!“ — Jeder Verständige konnte wissen, was diese Eintracht und Einigkeit zu bedeuten hatten. Die beiden deutschen Großmächte sind immer einig, sobald es gilt, gegen die Revolution offen Front zu machen; denn ihre Eifersüchteleien treten vor der großen gemeinschaftlichen Gefahr in den Hintergrund. Während die kleinen Staaten sich vor der Gewalt der Bewegung aus Klugheit beugen müssen, schreiten die beiden Großmächte vereint zur Rettung der Monarchie ein. Ihre Eintracht allein sichert den Erfolg der Contre-Revolution. Die deutsche Geschichte seit 1815 liefert hierfür hinlängliche Belege.

Nachdem wir Johann bis an den Vorabend der offenen Reaktion begleitet haben, wollen wir unsere Aufmerksamkeit wieder dem Parlamente zuwenden. Mit letzterem haben wir uns bloß in zweiter Linie zu beschäftigen gehabt, weil es sich durch die Einsetzung des unverantwortlichen Reichsverwesers zur Ohnmacht selbst verdammt hatte. Die Nation hatte ihre Souveränetät auf das Parlament übertragen, indem es von demselben Wunderdinge erwartete; das Parlament hingegen hatte nichts Eiligeres zu thun, als über sich und an die Spitze Deutschlands einen Unverantwortlichen zu setzen, der seinerseits den Fürsten in die Hände arbeitete und die empfangene Macht gegen den oberherrlichen Willen des Volkes selber kehrte. Je mehr vor 1848 die deutschen Unterthanen mit Bewunderung und Liebe am Munde der entschiedensten Sprecher von der Kammeropposition gehangen hatten, desto übertriebener waren ihre Hoffnungen bezüglich einer Gesammtrepräsentation. Nun sind zwar Reden, wenn sie zur Belehrung beitragen, Mißstände aufdecken und die Vorläufer der That sind, nicht ohne Werth; aber ganz ohnmächtige, in den Wind gesprochene Reden müssen auf die Länge auch die wegen ihrer Geduld berufene deutsche Nation ermüden.

Sowie in den seitherigen Ständekammern die Verfassung, oder der Grundvertrag unter den herrschenden Klassen, für das Höchste, worauf man sich berufen konnte, gegolten hatte: so wollte jetzt alle Welt auch für das ganze Deutschland eine neue Verfassung haben. Daß selbige in der noch aufgeregten Zeit leicht einzuführen sein würde: daran zweifelte Niemand. Und in der ersten Zeit wäre sie es sicher auch gewesen. Denn die Gesammtverfassung hatte den faktischen Zuständen zu entsprechen; sie hatte, da sie den Friedensvertrag unter den streitenden Theilen bildet, das Bestehende zu sichern; sie hatte in sich die durch die Märzstürme gewonnenen konstitutionellen Errungenschaften aufzunehmen und mit Konsequenz für das ganze Deutschland durchzuführen. Folglich mußten durch die Verfassung die sämmtlichen Regierungen der einzelnen Staaten, da sie alle — wenn auch konstitutionell umgewandelt — fortbestanden, geschützt und in den Grundvertrag als wesentliche Faktoren eingeschlossen werden. Die Verfassung republikanisch zu machen, während in Wirklichkeit die Zustände Deutschlands noch monarchisch waren, wäre der größte Unsinn gewesen, weil die Verfassung alsdann aller reellen Unterlage entbehrt und somit in der Luft geschwebt hätte. Denn die Verfassung ist weiter Nichts, als die geordnete Registrirung der bestehenden Machtzustände, wobei die in unbedeutenden Dingen liegenden Widersprüche ausgeglichen oder entfernt werden. Aus dem nämlichen Grunde wäre es ein ebenso großer Unsinn gewesen, wenn die Verfassung von der Annahme, daß Deutschland entweder ein erbliches Kaiserreich oder ein Wahlreich sein sollte, ausging, ohne daß selbiges schon geschaffen war. In solchem Falle mußte die Verfassung als frommer Wunsch auf dem Papier stehen bleiben und sich ganz bedeutungslos erweisen. Den faktischen Zuständen gemäß ließ sich nichts Anderes thun, als den Bundestag im Einklang mit den bestehenden Machtverhältnissen der Einzelstaaten neu zu konstruiren und ihm, wie der ursprüngliche Gedanke auch gewesen war, eine Nationalvertretung zur Seite zu stellen. Wollte die Nationalversammlung etwas Anderes thun, so mußte sie, indem sie zuvörderst auf die Ausarbeitung der Verfassung verzichtete, sich als Konvent oder Revolutionsbehörde konstituiren, das Volk zum erneuten Kampfe behufs der Hinwegräumung aller der Einheit noch entgegenstehenden Hindernisse auffordern und mit Schöpfung eines Revolutionsheeres, sowie mit Organisation aller demokratischen Kräfte, die oberste Leitung des Kampfes übernehmen. Aber das ging nicht mehr, seitdem Johann als unverantwortlicher Reichsverweser die Ordnung und Ruhe herstellte und alle Aufstandsversuche im Keime erdrückte. Uebrigens hätte sich die Umwandlung Deutschlands auch nur von der Hauptstadt des wichtigsten deutschen Staates, von Wien aus, bewirken lassen. Die Rollen hätten alsdann umgekehrt sein müssen. Nicht Johann hätte als Niederwerfer der kleinstaatlichen Revolution in Frankfurt residiren, sondern der Nationalkonvent hätte als Revolutionsbehörde im großstaatlichen Wien tagen müssen.

Wenn also die Verfassung Deutschlands im Einklange mit den bestehenden Zuständen den Bundestag reformiren und ihm eine Nationalvertretung beigeben mußte, standen dieser Aufgabe doch sehr unwillkommene Hemmnisse entgegen. Denn der Bundestag war bei der ganzen Nation dergestalt verhaßt, daß er soeben vor dem allgemeinen Unwillen zerstoben war. Freilich war der an seine Stelle gesetzte Reichsverweser, der gegen die Demokratie eingesetzte Diktator, für die Niederkämpfung der Aufstände in der unruhigen Zeit viel besser geeignet, als der wegen seiner Komplikation langsamere Bundestag. Aber gerade darum lag die Reaktion auf der Lauer. Für die

Ausarbeitung der Verfassung war die Zeit noch zu verfrüht, und darum das Parlament mußte Vielen zu früh einberufen scheinen, welche einzig von ihm die Ausarbeitung der Verfassung erwartet hatten. In den Augen Derer hingegen, welche die Wiederkehr der Ruhe um jeden Preis wünschten, hatte das Parlament die Aufgabe, den Reichsverweser mit seiner Autorität gegen baldige Unbeliebtheit zu schützen.

Aber nicht allein die Reaktion lag auf der Lauer. Auch die Kaiserpartei und die demokratische waren für die Politik des Abwartens. Sie beide hofften, daß durch „die Ereignisse" sich die Zustände für sie günstiger gestalten sollten. Doch fanden sich nicht alle drei Parteien des Parlaments auf gleichgünstige Weise situirt. Denn während die völlig reaktionäre Partei durch die Einsetzung Johanns einen bedeutenden Gewinn erlangt und auch die Kaiserpartei wegen des Provisoriums Johanns, sowie wegen des in der Reichsverweserschaft liegenden, vorbereitenden Hinweises auf den zu schaffenden Kaiser um einen Schritt vorwärts gekommen war, hatte die demokratische Partei Alles zu opfern gehabt. Wenn sich somit die andern beiden Parteien viel sorgloser der Erwartung der Zukunft hingeben konnten, mußte die demokratische Partei über die provisorische Zentralgewalt empört sein. Nur Schwätzer konnten unter diesen Umständen in Frankfurt bleiben. Indeß die Linke macht- und zwecklos tobte, handelte Johann und hielt in den kleinen Staaten, welche er von Frankfurt aus allein beherrschen konnte, die demokratischen Bewegungen theils selbst mit „Reichstruppen", theils durch die Truppen von den Regierungen der Einzelstaaten im Zaume. Deßhalb war die Linke ihrem Mandate oder doch der demokratischen Sache untreu, wenn sie durch ihre Autorität das unverantwortliche Verfahren des Reichsverwesers mit decken half. Zudem befand sie sich im Parlamente in einer solchen Minderheit, daß sie keinen einzigen großen Parteisieg davonzu tragen hoffen konnte. Anstatt also faul und abergläubisch abzuwarten, daß „das Volk" etwas Entscheidendes für sie thun sollte, hätten sich die Leute der Linken bescheiden unter dieses Volk laut dem demokratischen Glaubensbekenntnisse mitzählen, sich unbescheiden als Vertrauensmänner an die Spitze desselben stellen und es keck zu Thaten führen sollen.

Weil alle Parteien im stillschweigenden Einverständniß die günstige Zeit für die Ausarbeitung der Verfassung noch nicht gekommen erachteten, wurde das „hohe Verfassungswerk" einstweilen aufzuschieben beschlossen, indem man an die Ausarbeitung der Grundrechte des „deutschen Volks" ging und die Debatten auf das Schrecklichste in die Länge spann. Die Grundrechte dienten den Parteiführern dazu, die Zeit einstweilen „todtzuschlagen", bis für ihre Sonderabsichten eine günstige Konstellation erschienen wäre. Auf solch' gemeine Weise wurde in Bezug derjenigen Rechte verfahren, welche darauf als das Theuerste und Heiligste der Nation verkündet wurden!

Doch gab es im Parlamente auch Leute, welche sich ohne Falsch auf die Diskussion der Grundrechte einließen. Abgesehen von den Herren, die sich mit besonderem Wohlgefallen in langen Reden üben, saßen auf der Linken eine große Anzahl Leute, welche die lange Erörterung der Grundrechte für heilsam hielten, da sie den Staat als die Verwirklichung einer Idee auffaßten. Anstatt also die Zentren und Rechte zur schleunigen Ausarbeitung der Verfassung anzutreiben, wodurch sich die Gegner der Demokratie öffentlich kompromittirt hätten, gingen diese Männer der Linken gutmüthig in die von den Führern der Gegner gestellte Falle.

Der Gedanke, die Grundrechte des deutschen Volks niederzuschreiben, leuchtete den Doktrinären um so mehr ein, als sie in der Geschichte Präzedenzfälle auffanden. Vor Allem stach ihnen die englische Magna Charta in die Nase. Ein englischer König, auch ein Johann, und zwar Johann ohne Land genannt, weil er das englische Reich 1213 dem Papste schenkte und es von diesem dann zu Lehen nahm, hatte im Jahre 1215 der englischen Nation jenen Freibrief verliehen, wovon so viel Aufheben gemacht worden ist, wennschon derselbe England weder vor vielen tyrannischen Königen, noch vor zwei Revolutionen zu schützen vermochte. Von Bewunderung der gesetzlichen englischen Freiheit erfüllt, glaubten nun unsere Schriftgelehrten auch in Deutschland unter der provisorischen Zentralgewalt eines Johann ohne Land eine Magna Charta oder ein Charter of Rights mit der schicklichen Benennung Grundrechte — weil sie gleichsam des Reiches ewig unveränderliche Grundlage bilden sollten — einführen zu müssen. Die Gelegenheit dazu schien günstig. Denn:

1) führte der unverantwortliche Reichsverweser Johann ohne Land des Reiches Bundeszentralgewalt;

2) waren seit 1215 erst 623 Jahre verflossen, und man verfiel in keinen Anachronismus, weil Deutschland gerade noch sechshundert Jahre hinter England zurück war;

3) zeigten die fortwährenden Unruhen, daß das Volk, mit seinen Errungenschaften nicht zufrieden, neve Rechte vom Parlamente oktroyirt haben wollte;

4) mußte man die Freiheiten des Volks „gewissenhaft registriren“;

5) war in Frankreich, dessen „besonnene“ Freiheit sich unsern Gelehrten empfahl, bei der Restauration der Bourbonen eine Charte verliehen worden, welche bis zur Vertreibung Karls X. eine papierne Gültigkeit hatte, und als dieselbe bei der Thronbesteigung Louis Philipps in aller Eile mit einigen Zusätzen versehen und beschworen worden war, um nicht gehalten zu werden, war sie neuerdings erst als nutzlos durch die Februarrevolution bei Seite geworfen worden;

6) konnte die Lockspeise der Grundrechte den konservativen Inhalt der Reichsverfassung anziehender machen.

Im übrigen waren die Grundrechte von geringem Werthe. Sie brachten dem Volke keine neue Freiheit, weil diese sich nicht gut bescheeren läßt, sondern dokumentirten blos die errungene, faktisch von ihm besessene. Ebenso war das Stück

Papier, worauf sie gedruckt standen, machtlos, die vorhandene Freiheit zu schützen. Um derselben die nöthige Dauerhaftigkeit zu verleihen, dazu wäre nöthig gewesen, daß man den reaktionären Menschen die Macht faktisch benommen, indem man die begonnene Revolution rücksichtslos bis zu ihren äußersten Konsequenzen durchgeführt hätte. Nur wenn neue Zustände in den Besitzverhältnissen geschaffen und die errungenen Freiheiten dadurch, daß sie in die Sitten des Volks übergingen, zum gewohnheitsmäßigen Bedürfniß wurden, konnten die Errungenschaften als festgestellt angesehen werden. Der große Besitz des Adels und der Kirche hätte zuerst angetastet werden müssen. Ganz richtig sagte Lichnowsky bei der Berathung des zweiten Artikels der Grundrechte in Bezug auf den Adel:

„Die alten Vorrechte gäbe er preis; wenn man auch die Titel beseitigen wollte, möchte man es thun. Aber man sollte nicht glauben, damit den Adel abgeschafft zu haben. Die adeligen Familien würden trotzdem in den Bezirken, wo sie begütert wären, und untereinander fortleben; ein Schwerin in Pommern, ein Schaffgotsch in Schlesien, ein Pappenheim in Franken werde bleiben, was er gewesen."

Wie oberflächlich gegenüber der Gründlichkeit Lichnowsky's die Männer der Linken die Abschaffung der Adelsvorrechte behandelten, erhellt aus dem Antrage Vogt's, Hentges' und Anderer, dahin lautend: „daß es Jedem freistehen sollte, beliebige Adelsbezeichnungen seinem Namen vorzusetzen." Als ob eine solche Narrheit die Macht des Adels brechen könnte!

Grundrechte enthalten immer das sichere Wahrzeichen, daß derjenige Staat, der ihrer zu bedürfen glaubt, nicht frei ist. Nach unerträglicher Knechtschaft hat die angesammelte Unzufriedenheit in Empörung überzugehen gedroht; weßhalb die Herrschenden für klug gehalten haben, einen Kompromiß abzuschließen, um sich über den „geschichtlichen Wendepunkt", wenn ich mich der Worte des jetzigen österreichischen Kaisers bedienen darf, hinüberzubringen; oder es tritt, wie 1814 und

1830 in Frankreich geschah, der Sprosse eines schon durch das Volk gerichteten, oder doch eines vom Volke nicht gewählten Tyrannengeschlechts mit der Hülfe einer Klasse oder Klike in die vakante Regierung ein und sucht nun das gegen ihn und die Seinigen vorhandene Mißtrauen durch die Täuschung der Charte-Verleihung und Charte-Beschwörung zu beschwichtigen. Weil die Grundrechte einen Vertrag unter Leuten, die einander nicht recht trauen, darstellen, werden sie auch als Grundlage oder Einigungsmiitel mehrerer Staaten, die sich zu einem Bundesstaat zusammenthun, gebraucht. Sie finden sich gerade im Bundesstaate vor, weil unter allen Staaten der Bundsstaat der unvollkommenste ist, in ihm die jedem Staate zu Grunde liegende Einheit des Rechts sich am Spärlichsten ausgebildet hat und er darum am Leichtesten mit Zerfall und Bürgerkriegen bedroht ist. There is always a hinge in the so-called Charter!

Der freie Staat der europäischen Demokratie dagegen braucht keine Grundrechte. Ja, er darf sie nicht einmal haben, weil sie gegen sein Prinzip verstoßen. Denn nach seinem Prinzip ist Alles erlaubt, was nicht verboten ist; weßhalb der Gesetze so wenige wie nur immer möglich sein sollen. Ganz im Widerspruch hiermit liegt den Grundrechten der Gedanke zu Grunde, daß als Grundbedingung des Staatsvertrags nur das ausdrücklich schriftlich Gewährte erlaubt sein soll und daß sonst die Freiheit, welche für den Standpunkt der Grundrecht nicht selbstverständlich oder natürlich existirt, auf jede Weise beschränkt werden darf. Die Grundrechte sind das Vermächtniß der mittelalterlichen Freiheit, die Hinterlassenschaft der feudalen Welt, die Herrschaft der spezifizirten Privilegien uud obrigkeitlich bewilligten Sonderrechte. Die Charte enthält das Freiheitsrezept spießbürgerlicher Quacksalber. Sie behandelt von vornherein das Staatsleben wie einen Siechzustand, gegen welchen fortwährend Hausmittelchen angewandt werden müssen, während dasselbe doch im Gegentheil, da der Mensch ein Gesellschaftswesen ist, Normal- und

Gesundheitszustand sein muß. Schon Hugo Grotius leitete aus dem menschlichen Gesellschaftsbedürfnisse, das sich von selbst verstehende Recht her; aber er lebte nicht in der gebildeten Gegenwart.

Da die Freiheit sich von selbst versteht, darf sie nicht gesetzlich gestattet werden. Ihre Gestattung wäre gleichsam angedrohte Entziehung. Die Freiheit ist das Lebenselement des Menschen, sein von der Natur verliehenes Erbtheil, die Grundbedingung seines Wohlseins. Deßhalb sollte bei Ordnung eines neuen Gesellschaftszustandes bloß festgestellt werden, welche seitherigen gesetzlichen Beschränkungen fallen und in welcher Beziehung um der allgemeinen Wohlfahrt willen die für alle gleiche Freiheit beschränkt werden muß.

Für Deutschland blieb es ziemlich einerlei, ob Grundrechte existirten oder nicht. Indeß verschwendete das Parlament die Zeit damit und warf dem Volke Sand in die Augen. Als die Reaktion die Hauptgefahr vorüber glaubte, griff sie mit eiserner Hand ein und zerriß nicht nur die „heilige" Charte, sondern nahm dem Volke fast alle faktisch bis dato gewährten Rechte und Freiheiten weg, so daß nur noch die Theorie des grauen Papiers übrig blieb. Das geschah trotz der unantastbaren Grundrechte der Nation.

Uebrigens hätte uns, auch wenn alle Errungenschaften unangetastet gelassen worden wären, das Jahr 1848 nicht einmal diejenige politische Freiheit, welche das Paradies England genießt, gebracht gehabt. So z. B. gibt es in England keinen Preßprozeß: ausgenommen den Fall, wenn eine Privatperson wegen einer Schmähschrift klagbar wird (libelling), oder wenn öffentliche Personen unter Nennung ihres Namens eines speziellen Verbrechens bezichtigt werden. Aber auch selbst in diesen Fällen erkennt das Gericht auf das „Schuldig" der stets zu Urtheil genommenen Jury meist auf einen Farthing damages, (eine Förmlichkeit, die auf dem alten sächsischen Rechte beruht, aber einer Freisprechung gleichkommt,) — und ertheilt somit keine

Strafe. Man befolgt daselbst den Grundsatz, daß die Presse die Wunden, welche sie schlägt, auch wieder heilt. Es gibt in England keine Staatsspinnen, die in ihrem Aktengewebe Hochverräthern auflauern. Dagegen wäre unsere Preßfreiheit des Jahres 1848 von einer Menge Preßprozessen begleitet geblieben, da die unter der neuen Aera erlassenen Preßgesetze, welche angeblich die Preßfreiheit „regeln", d. h. beschränken sollten, noch sehr viele Spuren der kaum verschwundenen Zensur an sich hatten.

Mit der Freiheit der Rede und Versammlung würde es sich nicht besser verhalten haben, da zwischen ihnen und der Preßfreiheit ein inniger Zusammenhang besteht.*) Der Hauptfehler lag an dem Mangel des Muthes, der Bevormundung kräftig zu begegnen. Denn sicher müßten alle lästigen Einrichtungen aufgegeben werden, wenn nicht die Memmenhaftigkeit der Bürger auf halbem Wege ihnen entgegenkäme. Die Inquisition ist dem Bürgerthume zur Gewissenssache geworden. Was aber erst die Freizügigkeit und den freien Aufenthalt an jedem Orte, ingleichen die freie Beschäftigung (Arbeit) anbetrifft, so konnten sich die deutschen Bürger damals noch gar nicht in den Zustand, in welchem es keine

---

*) Fenner von Fenneberg sagt hierüber in seinem Buche: „Zur Geschichte der rheinpfälzischen Revolution und des badischen Aufstandes" (Zürich 8. 1849):

„Die Preßfreiheit wie das Assoziationsrecht wurde in der That ausgeübt, aber in keinem deutschen Staate war bis zur Gründung des Märzvereins ein diese beiden Rechte betreffendes verfassungsmäßiges Gesetz erlassen, höchstens Provisoria, und wie die Erfahrung zeigt, sind diese beiden Rechte von den einzelnen deutschen Volksstämmen nur so lange ausgeübt worden, als deren Besitzer noch nicht die Macht hatten, es ihnen zu verwehren. Zur Zeit da ich diese Zeilen schreibe, existirt keine freie Presse und kein Assoziationsrecht in Deutschland, außer für die, Die in das Horn der Regierenden blasen. Und für diese hat auch vor den Märztagen jedwede Freiheit bestanden.

Pässe, Aufenthaltsbewilligungen, Heimaths- und Impfscheine, Konzessionen und dergleichen prächtige „Papiere“ gibt, hineindenken, geschweige denn hineinleben. Wie konnte man sich auch damals vor Mord, Raub, Todtschlag, Diebstahl u. s. w. für sicher halten, wenn nicht die Anmeldungen auf der Polizei, welche sehr oft die Folgen von Denunziationen haben, existirt hätten?

Ich will jedoch hiermit nicht gesagt haben, daß die Freiheit, die mit friedlichen Zuständen verbunden sein soll, ganz hätte herrschen können. Die Jahre 1848 und 1849 waren die Jahre der Kämpfe. In Kämpfen aber behandeln sich die Parteien als Feinde. Erst mit dem Frieden kann für Alle die Freiheit eintreten, welche durch den Kampf sich die seither unterdrückte Klasse errungen hat. Wenn indeß Pertz von „Wahnsinn“ spricht, den das Jahr 1848 „auswarf“, so bestand selbiger darin, daß gewisse Leute innerhalb der Kampfzeit die Sicherheit des Friedens ungestört genießen zu können glaubten. Ehe sie noch den entscheidenden Sieg errungen, hatten, sahen derlei Leute die Reaktion vor lauter Grundrechten nicht.

Das Volk vermochte die ihm gewährte persönliche Freiheit, die ihm nicht theuer genug zu stehen gekommen, nicht weit genug verfolgt und ausgedehnt worden war, nicht zu behaupten. Die bleibenden Grundrechte werden durch blutigen Kampf nicht auf Papier, sondern ins Gedächtniß des Volkes geschrieben. Das Jahr 1848 blieb eine Bewegung des dritten Standes, der vor der Konsequenz und Gründlichkeit, wodurch der vierte Stand bis in die untersten Schichten aufgerührt worden wäre, zurückschauderte. Der vierte Stand hatte dem dritten, wie anno 1830 die Kastanien aus dem Feuer zu holen, um dann gewaltsam zur Ruhe verwiesen zu werden. Wer sollte dem dritten die Freiheit erhalten, wenn er die Kämpfer, welche ihm dieselbe gewonnen, selbst mit niederhalten half?!

Die Berathung der Grundrechte begann am 3. Juli und

dauerte bis zum 13. Oktober, worauf nach dem Vorschlage des Verfassungsausschusses noch eine zweite Lesung und Beschließung stattzufinden hatte. Georg Beseler aus Greifswalde, der Begründer des Ausschußantrages, sprach in seiner Motivirung ganz deutlich aus, was mit den Grundrechten bezweckt wurde. Demnach sollten sie der deutschen Bewegung die „Gränze anweisen, über die sie nicht hinausgehen“ dürfe, und „ein neutrales Gebiet für die Verhandlungen“ schaffen. Mit andern Worten sollten sie die Bewegung nicht fördern, sondern beschränken, und einstweilen den neutralen Tummelplatz abgeben, ehe die Zeit die Erbkaiserpläne zur Reife gebracht hätte. Das Parlament hätte der deutschen Einheit einen größeren Dienst geleistet, wenn es, anstatt abstrakte Sätze aufzustellen, die in den Grundrechten verkündeten Grundsätze in Gesetzesform gebracht und ihre unbedingte sofortige Einführung in alle deutschen Staaten mit Aufhebung aller entgegenstehenden Gesetze verfügt hätte*). Würde alsdann die Reaktion über unerlaubten Eingriff in die Rechte der Einzelstaaten geschrieen haben, so hätte sich entweder die Ohnmacht des Parlaments rechtzeitig und glänzend dokumentirt, oder alle Einheitselemente würden sich zum Brechen des Widerstandes der separatistischen Regierungen und zur Hebung der Parlamentsmacht zusammengethan haben. In jedem der beiden Fälle wäre Klarheit in die Situation gekommen. Uebrigens gingen nicht alle Mitglieder der Linken blind in die Falle, aber sie opponirten mehr aus Feindschaft gegen ihre parlamentarischen Gegner, als um der demokratischen Sache willen. So forderte Nauwerk anstatt der theoretischen

*) Daß das der einzig richtige und praktische Weg war, wurde geahnt. So wurde z. B. bei Berathung der Preßfreiheit durch Friedrich von Raumer und Schubert aus Königsberg der Antrag gestellt: „Ueber Preßvergehen wird durch Schwurgerichte nach einem Reichsgesetze geurtheilt.“ Das Reichsgesetz aber gleich zu erlassen paßte nicht in den Kram der Intriganten.

Freiheit die Abgabenerleichterung des Volks und wies unmißverständlich auf „die außerhalb der Paulskirche, die sich nicht lange besinnen," hin. Wäre jedoch seine Opposition ernst gewesen, würde er auf der Stelle ausgetreten sein. Es gehörte eben zu den Kampfmittelchen der Linken, daß sie fortwährend mit dem Volke drohte: wodurch sie indeß die Gegner nicht einschüchterte, da die Drohung sich durch die Wiederholung abschwächte, die reaktionäre Partei auch des Volks spottete und der Reichsverweser die Aufstände in den kleinen Staaten niederzuschlagen bei der Hand war.

Als der Entwurf der Grundrechte, den der Verfassungsausschuß am 19. Juni in seiner 21. Sitzung vollendet hatte, eingebracht worden war, regnete es im Parlamente Abänderungsanträge. Auch der volkswirthschaftliche Ausschuß, vertreten durch Hildebrand aus Marburg, stellte dazu seine Abänderungen, zu denen wieder Unteranträge eingebracht wurden. Die beiden ersten Wörter der Grundrechte: „Jeder Deutsche" wurden mehrere Stunden lang diskutirt, nachdem Herr v. Dieskau verlangt hatte, man sollte erst feststellen, was ein Deutscher sei. Solchen Unsinn konnten Herren, die doch als die Vertreter der Deutschen im Parlamente saßen, zu Markte bringen und stundenlang breit treten. Noch schlimmer ging es mit dem dritten Artikel der Grundrechte, der über die Religionsfreiheit handelte. Dieser nahm neun Sitzungen weg und wurde drei Wochen lang diskutirt. Es ist bemerkenswerth, daß Karl Vogt, einer der Wortführer der Linken, dabei die Erklärung abgab, er nähme in der kirchlichen Frage keinen Standpunkt ein, — und dennoch schwätzte er ein Langes und Breites darüber! Welch' kostbare Zeit mit der Aufstellung der Grundrechte verschwendet wurde, führte der immer näher von der Linken nach der Rechten zurückende Dr. Giskra in folgendem Rechenexempel aus:

„Der ursprüngliche Entwurf der Grundrechte enthält 48 Paragraphen; der volkswirthschaftliche 40; bereits eingereicht sind 350 Abänderungsanträge: macht zusammen 438 Paragraphen. Für jeden derselben wieder gerechnet zehn Redner, gibt 4380 Redner; 15 Redner für jede Sitzung, macht 292 Sitzungen. Drei Sitzungen in der Woche, gibt 98 Wochen. Also Ende der ersten Berathung der Grundrechte im April 1850." — Diese Berechnung war schlagend und mußte das Parlament wenigstens zu einiger Beschleunigung anspornen. Venedey suchte deßhalb dem Einbringen zeitraubender, überflüssiger Anträge Einhalt zu thun, indem er den Vorschlag machte, daß nur solche Anträge zulässig sein sollten, welche von zwanzig Mitgliedern unterstützt würden. Gleichwohl wurde dieser Vorschlag nicht angenommen; denn durch die Diskussion der Grundrechte sollte gerade Zeit verschwendet werden, wenn auch nicht ganz in dem Maße, wie in Giskra's Berechnung angegeben war. Hätte das Parlament Eile gehabt, würde es täglich — selbst Sonntags — eine Sitzung abgehalten haben.

Unter den Parlamentsfraktionen verdienen den Namen „Schwätzer" die Mitglieder der linken Seite mehr, als die übrigen, weil sie aus Parteiinteresse vor allen andern hätten dafür sorgen sollen, daß das Feuer der Bewegung nicht erkaltete. Dagegen hatten die Mitglieder der Rechten, ein Lichnowsky, Vincke, Radowitz, Lassaulx, Stedmann, Jürgens u. s. w., bei ihren in die Länge gesponnenen Reden den bestimmten Zweck, die Bewegung vom Thun auf's Sprechen abzuleiten und alle demokratischen Anschläge zu vereiteln. Diesen Zweck konnten sie bloß durch die Mithülfe der Linken erreichen, und diese zeigte sich ihnen auch gefällig. Die ärgsten Schwätzer der Linken waren der Professor Vogt aus Gießen, Ludwig Simon aus Trier,*) Raveaux aus Köln,

---

*) Bemerkenswerth ist, was Ludwig Simon selber in seinem Werke: „Aus dem Exile" über die Beredtsamkeit sagt:

„Denn die Beredtsamkeit ist eine sehr schöne, **aber eine eben so bedenkliche Gabe**. Die Geschichte erzählt uns,

Wilh. Jordan der Gekaufte, Zitz aus Mainz, Löwe aus Kalbe, Wiesner aus Wien, Roßmäßler aus Tharant. Andere, wie Blum aus Leipzig, Erbe aus Altenburg, Trützschler aus Sachsen, Schlöffel aus Schlesien, sühnten später mehr oder minder ihre Theilnahme am Parlamentsgeschwätz. Was die konstitutionell-monarchische Partei anlangt, so war diese wegen ihrer Mittelstellung fast ganz auf's Schwätzen angewiesen.

Das freie Wort war dem Deutschen lange verboten gewesen. Jetzt schwelgte das Parlament in dem schmerzlich vorenthaltenen, endlich errungenen Genusse der Redefreiheit. Aber sowie das Volk, das genug Redner daheim hatte, gegen das Frankfurter Geschwätz gleichgültig wurde, gewöhnten sich auch die auf die Thatsache der Bajonnette gestützten

---

daß Demosthenes einer der Ersten war, welcher in der Schlacht von Chäronea das Schwert wegwarf, um zu entfliehen, obgleich gerade er es gewesen war, welcher durch seine glühende Beredtsamkeit die Athener zu diesem Kampfe angefeuert hatte. Diese Angabe ist nicht sicher. ... Aber die Angabe besteht und ihr ist hinzuzufügen, daß bei der frühern Erhebung der Spartaner gegen Alexander selbst, bei welcher der spartanische König Agis II. als Held starb, die Athener mit Demosthenes in einer mehr klugen als charaktervollen Unthätigkeit verharrt waren. — Die geschmeidige Gewandtheit, mit welcher Cicero, nach der Niederlage bei Pharsalus, sich der siegreichen Partei Cäsar's zu nähern wußte, während Cato eines heroischen Todes starb, ist zu bekannt, um darüber weiter zu sprechen. — Sollte es denn eine psychologische Nothwendigkeit sein, daß die flüssige Beweglichkeit des Geistes, ohne welche es keinen vollendeten Redner gibt, die edlen Härten des Charakters stets bis zu einem gewissen Grade auflöse? — Eine Nothwendigkeit wohl nicht, aber eine Gefahr. Jedenfalls ist hohe Beredtsamkeit ein Grund zu verdoppelter Vorsicht, und achtbare Mitglieder des ungarischen Reichstags haben mir, bei entschiedener Mißbilligung des Auftretens von Szemere gegen Kossuth, dennoch gesagt, daß diese Vorsicht auch im untergebenen Falle nicht ganz ungiltig sei."

Regierungen daran. Natürlich lebte es sich in Frankfurt bei den aus dem Säckel des Volks den Deputirten verabreichten Diäten sehr gemüthlich. Am 11. August bewilligte man dem ersten Vorsitzenden der Nationalversammlung monatlich extra 2000 Gulden. Aus dem nämlichen Grunde, aus welchem der Reichsverweser die Zivilliste ausgeschlagen, sollte der Präsident des Parlaments einen starken Monatsgehalt bekommen. Das Volk sollte der Demokraten, die ihm vermehrte Abgaben aufbürdeten, überdrüssig werden. Außerdem war der Präsident der Nationalversammlung für die Dienste, die er der Mehrheit erwies, zu belohnen. Damit zu den Annehmlichkeiten des Frankfurter Volksvertreterlebens eine anziehende Lektüre hinzukäme, wurde auf Veranlassung der Hahn'schen Buchhandlung in Hannover am 31. August eine Reichsbibliothek gestiftet, zu welcher alle deutschen Verlagsbuchhändler, ähnlich wie dieß in England hinsichtlich der Bibliothek des Britischen Museum's geschieht,*) von jedem neu erscheinenden Werke ein Exemplar an das Reich in Frankfurt am Main abliefern sollten.

Mit dem Parlamentarismus hängt das Kliken- und Klubwesen zusammen, sehr gefördert durch die Parteiunterschiede. Wie auf der Universität, theilen sich die alten Burschen in Korps ab, sie haben ihre Stammkneipen, und wenn ein frischer Fuchs ankommt, wird er von den bemoosten Häuptern in dasjenige Korps eingereiht, zu dem er eine Hinneigung empfindet. Wer das Pauken, den Parlaments-Comment und das Touchiren der Gegner am Besten versteht, wird den Hauptbähnen zugezählt und gibt bei streitigen Fragen die Entschei-

---

*) Auch jede in England erscheinende Zeitung muß ein Pflichtexemplar an das Britische Museum abgeben. Wer es unterläßt, wird eingeklagt. Das Britische Museum ist Nationalinstitut, für welches jährlich vom Parlamente eine Summe ausgesetzt wird. Die Bibliothek war ursprünglich königlich und wurde der Nation geschenkt.

dung. Mit diesem Korpsburschenthume entwickelt sich die Klatscherei, das Bummelleben, die Kneiperei, die Bier- und Weinwitzelei und die Jagd auf die Kellnerinnen. Vielen Stoff zu amüsanter Unterhaltung lieferte der „Reichskanarienvogel" Rösler von Oels, (so benamt von seiner durchaus gelben Bekleidung,) der im Gasthofe zum „Grünen Baum", wo ein Theil der Linken beim Wein vor den anwesenden Gästen ihre Parteitaktik zu verhandeln pflegte, eine Kellnerin beschwängerte und selbige später als Frau heimführte. Auch von dem einen „Reichsregenten" wird berichtet, daß derselbe während des Reichsverfassungskampfes an heftigem Liebesweh litt. „Nicht wahr, Ludwig," hörte ich Karl Vogt 1849 in Bern auf einer Flüchtlingsversammlung sagen, „im Grünen Baum zu Frankfurt, wo uns die hübsche Kellnerin Wein kredenzte, war's doch schön!" — Ludwig Simon erzählt uns in seinem Werke: „Aus dem Exile" von dem durch die Kneiperei hervorgebrachten „Anlehnungsbedürfniß" und dem „Uebersprudeln" eines bekannten Parlamentsmitgliedes, indem er sagt: „Er war ein liebenswürdiger Gesellschafter; er liebte es, mit nähern Freunden viel und lange hinter gutem Weine zu sitzen. Dann verrieth er oft inniges Anlehnungsbedürfniß (!) oder sprudelte (!) auch von heiterster Laune über. Er fand es empörend, wenn Einer oder der Andere, durch den Mangel eines Hausschlüssels gezwungen, sich frühzeitig zurückzog. In solchen Stunden machten wir unsere humoristischen (!) Grundrechte, deren Bestimmungen mir größtentheils entfallen sind. Zur Probe gebe ich hier die Paragraphen, welche mir noch gerade einfallen:

Staatsbürgerliche Selbstständigkeit.

§ 1. Selbstständig ist jeder Bürger, der einen Hausschlüssel besitzt.

Unterrichtsfreiheit.

§ 2. Der Lernzwang ist aufgehoben. Kein deutscher Schulknabe darf hinfort mit Unterricht gepeinigt werden.

§ 3. Das Taschengeld wird erhöht.

Petitionsrecht.

§ 4. Das unbewaffnete Betteln ist verboten u. s. w."

Nach den Schilderungen mir bekannter Personen aus Frankfurt, die damals mit den demokratischen Parlamentsmitgliedern kneipten, zu urtheilen, scheint sich das Leben mancher Mitglieder der Linken zwischen Besoffenheit und Katzenjammer getheilt zu haben. Dieses burschikose Leben wurde gewürzt durch die Karrikaturen, welche die Stelle der Bierzeitung vertraten. Vogt, keinen Standpunkt einnehmend, in der Luft; Vincke dagegen auf dem Rechtsboden; Blum, der Redakteur der „Reichszeitung," als Genius der Wahrheit; Jürgens, der gallige Wurm von der Rechten, als Genius der Liebe; Wiesner unter fortlaufendem Beifall sprechend, ein Witz, der von Blum herrührte; Lichnowsky als Lola Montez oder als Schnatteratowsky zwischen zwei Spiegeln; Radowitz als Jesuit oder auch als Mephistopheles; Schlöffel fragend, ob's denn Nichts mehr abzuschaffen gibt; drei Professoren mit Nachtmützen über die Augen am grünen Tisch und den Entwurf eines Entwurfs für die Verfassung des deutschen Reichsheers entwerfend: das waren pikante Bildchen, welche den Volksvertretern einen Theil der vier grundrechtsfreien Wochentage mit angenehmem Geplauder ausfüllen halfen. In die rechte Seite der Paulskirche wurde vorzüglich durch Detmold in dieser Beziehung regeres Leben gebracht. Für die Korpsbildung der Rechten war zuerst der Braunschweiger Jürgens aus Stadtoldendorf bemüht gewesen. Aber mehr noch, als durch ihn, wurde die kompakte Parteistellung der Rechten durch Herrn von Schmerling gefördert, der gleich zu Anfang des Parlaments mit Geldern der östreichischen Regierung die Loge „Sokrates" miethete und namentlich die östreichischen Abgeordneten zu einem landsmannschaftlichen, seiner Regierung dienstwilligen Klub zu vereinigen und zusammenzuhalten beflissen war. Die Linke versammelte sich zuerst unter Blum's und Vogt's Führung in dem Gasthause „Zum König von Preußen," das in's „Deusche Haus" umgetauft wurde und jetzt „Harmonie" heißt. Die äußerste Linke schlug darauf ihren Stammsitz unter Ludwig Simon, Trützschler, Schlöffel und Zitz im „Donnersberg" auf, welcher nun „Zähringer Hof" heißt, seitdem dort eine Falschmünzerbande entdeckt worden ist. Die preußisch monarchisch-konstitutionelle Partei versammelte sich unter dem „Edlen von Gagern" und unter dem Kaisermacher Dahlmann im „Weidenbusch," dem jetzigen „Unions-Hotel." Die Rechte mit Vincke, Radowitz, Lichnowsky, Lassaulx, Detmold u. A. verkehrte namentlich im „Casino" und im Café Milani. Wie nach den Stammkneipen schieden sich die Parlamentsmitglieder auch durch den besondern Komment. Die Mitglieder der Rechten pflegten bei ihren Zusammenkünften, auf denen sie meist im Frack erschienen, nicht zu rauchen. Die Mitglieder der Linken dagegen brachten nicht nur dem großen Geist des rothen Pfeifensteingebirges reichliche Opfer dar, sondern entledigten sich auch, um recht gemüthlich zu sein, oft der Röcke. Während die Korpsburschen der Rechten in gewählter Gesellschaft verkehrten, trieben sich die Füchse der äußersten Linken selbst in den gemeinsten Kneipen Sachsenhausens herum. Ohne Uebertreibung läßt sich sagen, daß die schönste Zeit des Jahres 1848 von den in Frankfurt befindlichen Führern der Demokratie verkummelt worden ist. Wie begreiflich, waren die heitersten Naturen bei den „Extremen" anzutreffen. Wenn Detmold den Spaßmacher der Rechten abgab, sorgte Karl Vogt für rasch wechselnde pantomimes auf der Linken. Die Mitte wurde durch ihre Aesthetik an Witz und Satyre verhindert; ihre Zwischenstellung ließ sie an den für die Lachlust nöthigen schneidenden Kanten arm. Darum wird sie, die nicht über den Strang zu hauen vermochte, am besten durch ihre Unbeholfenheit charakterisirt. Dagegen war es für Karl Vogt das größte Gaudium, als Fürst Lichnowsky in der polnischen Debatte den grammatikalischen Schnitzer machte: „Das historische Recht hat **kein** Datum **nicht**!"

Auch auf der Rednerbühne durch Knalleffekt zu glänzen,

mit schneller Schlagfertigkeit bei der Hand zu sein und die Gegner innerhalb der parlamentarischen Anstandsformen zu verhöhnen: das gehörte zu den amüsantesten Aufgaben der Wortführer. Wenn ein Lichnowsky einen Gegner der Linken durch die Worte: „Ein Jeder müsse immer die Beweise zu seinen Behauptungen gleich in der Tasche haben," verwirren konnte, hatte er einen großen Parteitriumph errungen, und es war dann Pflicht der übrigen Wortführer der Linken, dem bedrängten Kommilitonen zu Hülfe zu springen. Dazu gab es auf den Gallerien auch schöne Frauen, von denen jede sich ihren Lieblingsredner erkoren hatte. Lichnowsky hatte außer dem Edlen von Gagern wohl die meisten Eroberungen durch sein ritterliches Auftreten gemacht, durch welches er als Fürst Schnapphanski die Linke und die Zuhörer aus dem souveränen Volke verhöhnte. Raveaux gewann die Frauen durch sein krankhaftes Aussehen und durch den herzlichen Ton seiner Stimme, der sich erst dann rein hören ließ, wenn Raveaux in Feuer gerieth. Ein Theil Frauen wünschte nur Redner der Linken, ein anderer nur solche der Rechten, mit sanften Banden zu umschlingen. Aber vor allen Andern erfreute sich Gagern, der Mann von der „würdevollen Gestalt" und mit den buschigen Augenbrauen, der Gunst der Frankfurter Schönen. Die Aufmerksamkeit gegen ihn wurde so weit getrieben, daß sie auf dem Balle sich glücklich schätzten, wenn sie gegen ihre saubern Glaçeehandschuhe seine schmutzigen eintauschen konnten.*)

Manchmal prallten auch die Parteien hart aneinander. Dann hatte die Linke eine Hülfe an dem Beifallssturme, an dem Pfeifen und Zischen der auf den Gallerieen anwesenden Männer aus dem Volke. Ein solch derber Zusammenstoß ereignete sich am 7. August, als in Folge der in Thiengen

*) Es ist schon in der ersten französischen Revolution die Beobachtung gemacht worden, daß die demokratischen Volksvertreter korrumpirt werden, wenn sie sich mit Frauen aus der Aristokratie einlassen. Vgl. Villaumé, l'histoire de la révolution française, Paris 1850.

geschehenen Wahl Heckers von Vereinen und Volksversammlungen an die Nationalversammlung das Gesuch auf Erlaß einer Amnestie gestellt worden war und der Gesetzgebungsausschuß den Uebergang zur Tagesordnung beantragte. Daß Hecker vom Handeln zum Reden übergehen und nach seinem mißlungenen Aufstandsversuche in's Parlament eintreten wollte, ist als ein Rückschritt des „großen" Volksmannes anzusehen und thut seinem Charakter Abbruch. Aber der Rückschritt ist sehr erklärlich. Hecker konnte es nicht ertragen, daß er durch das Mißlingen des Aufstandes zur Unthätigkeit verurtheilt war, und der Ehrgeiz nagte dergestalt an seinem Herzen, daß er gern, indem er sich zum Eintritte in's Parlament bereit erklärte, zugab, sein Aufstandsversuch sei eine Verirrung gewesen, wenn er nur um diesen Preis „die Geschicke Deutschlands" wieder mitzuleiten unternehmen konnte. Nun war allerdings sein unvorbereiteter Aufstand nicht nur eine Verirrung, sondern auch eine Selbstüberhebung gewesen, insofern als ein einzelner Mann oder zwei Leute vom badischen Oberlande aus doch wohl nicht Deutschland zu erobern vermochten. Immerhin jedoch war der Heckeraufstand der demokratischen Sache förderlicher, als das wüste Treiben und ohnmächtige Geschwätz der Frankfurter Linken. Indeß war auch das Endziel des Heckeraufstandes die Beherrschung Deutschlands von Frankfurt aus gewesen. Nachdem die Insurrektion nichts gefruchtet hatte, wollte Hecker sein Glück wieder mit Reden versuchen: ein Schwanken, welches sich zur Zeit des Vorparlaments schon durch den Aus- und Eintritt Hecker's und Struve's bekundet hatte und sich in der Reise nach Amerika und nochmaligen Rückkehr nach Europa wiederholen sollte. Mittlerweile war in Deutschland Hecker's Name ganz populär geworden. Sowohl dieser Name, als auch Hecker's Beredtsamkeit würden der Frankfurter Linken einen beträchtlichen Gewinn gebracht haben. Vielleicht hätte Hecker auch im entscheidenden Momente als thatkräftiger Mann die Linke zum Gesammtaustritt aus dem Parlamente und zum offenen

Aufpflanzen der Revolutionsfahne bestimmt. Aber gerade wegen des Zuwachses an Macht, den die Gegner durch das Zulassen Hecker's und durch die noch andere Revolutionsmänner nach Deutschland zurückbringende Amnestie erlangt hätten, konnte die Parlamentsmehrheit nicht in die fragliche Petition der Volksvereine und Volksversammlungen willigen. Der gefürchtete Hecker durfte doch nicht auf der Tribüne der Paulskirche erscheinen und der Mehrheit das Todesurtheil verkünden! Zudem hätte sich das Parlament auch die an Johann übertragene Souveränetät wieder anmaßen müssen, wenn es für ganz Deutschland, unbekümmert um die Regierungen, eine allgemeine politische Amnestie ausschrieb. Aus diesen Gründen beantragte der Gesetzgebungsausschuß den Uebergang zur Tagesordnung. Aber auch in der Linken selbst gab es Leute, welche insgeheim den gefährlichen Aufrührer Hecker verabscheuten. Sein bloßes Erscheinen schon würde die Gemüthlichkeit des parlamentarischen Korpslebens gestört haben. So fand es der gemäßigte Schoder unverzeihlich, daß Hecker doch noch zu den Waffen gegriffen, nachdem mit seiner (Hecker's) Zustimmung das Vorparlament beschlossen hatte, daß die künftige Verfassung Deutschlands durch eine konstituirende Nationalversammlung festgestellt werden sollte.

Aber die Linke hätte sich wegen der Beliebtheit Hecker's um alles Ansehen gebracht, hätte sie nicht in dieser Sache eine Kraftanstrengung gemacht. Ludwig Simon, der nach Heinrich Laube's Ausdruck Alles zu beweisen im Stande war, suchte mit advokatischer Spitzfindigkeit darzuthun, daß Hecker kein Hochverräther sei. Er sagte, ein Hochverräther sei Derjenige nicht, der die ganze Verfassungsgrundlage angreife, sondern nur wer, auf dem Boden der Verfassung stehend, ungesetzliche Aenderungen in ihr erstrebe: eine Raubulisterei, durch welche jeder Staatsstreich des Hochverraths freigesprochen wird. Ludwig Simon ritt fortwährend auf dem juristischen Steckenpferde, anstatt von dem vorurtheilsloseren Standpunkte der Politik aus zu urtheilen. Da von der Majorität die Zulassung

Hecker's nicht zu erwarten war, handelte es sich einzig darum, diese Majorität so verächtlich als möglich beim Volke zu machen, und deßhalb wäre es am Platze gewesen, ihr jetzt ein langes Sündenregister vorzuhalten. Leider mußte die Linke das Parlament selbst schonen, weil sie nicht nur dazu gehörte, sondern weil auch Hecker, gleichsam um Buße zu thun, in dasselbe treten wollte. Von Struve und Fickler*) sagte Ludwig Simon, sie hätten Mann für Mann abstimmen lassen wollen, ob Monarchie, ob Republik, und dies am 4. April dem Bundestagsgesandten Welcker mitgetheilt, worauf ihre ehrliche Unbefangenheit mit ihrer Verhaftung beantwortet worden wäre. — Allerdings hatten Struve und Fickler für eine solche „ehrliche" Handlungsweise Strafe verdient! Und wie konnte Hecker mit der Dummheit Fickler's und Struve's entschuldigt werden? Warum unternahm es Ludwig Simon nicht, einestheils das Revolutionsrecht des deutschen Volks zu vertheidigen und anderntheils den Aufstand Hecker's, gestützt auf Hecker's Aufruf (s. den ersten Theil dieses Werks), mit dem Treiben der Reaktion zu rechtfertigen? — Noch kläglicher sprach der Advokat Brentano. Dieser Badenser mußte im Hinblick auf seine Wähler, deren Petitionen er zugesandt erhalten hatte, sich eifrig für die Zulassung Hecker's verwenden, that es aber so ungeschickt, daß er sogar den unverantwortlichen Reichsverweser als den Hort deutscher Einheit hinstellte. Nichtsdestoweniger erwarb er sich den stürmischen Beifall der dicht besetzten Gallerien. Daß Hecker, sagte er

---

*) Die Verhaftung Fickler's durch seinen konstitutionellen Freund Mathy in der Eisenbahn, wobei Fickler weder sich selbst zur Wehr stellte, noch durch den neben ihm sitzenden August Willich vertheidigt wurde, war damals ein sehr gewöhnliches Klagelied der demokratischen Partei. Fickler ließ später in London, indem er nach Amerika ging, seine hülflose Tochter unbarmherzig im Elend sitzen, worauf selbige von einem Menschenfreunde gerettet und beschwängert wurde.

nämlich, keinen neuen Aufstand vorbereitete, würde dadurch schon bewiesen, daß selbiger in das Parlament eintreten wolle. Die Einsetzung des Reichsverwesers wäre der Grundstein der deutschen Einheit. Dann aber zog Brentano eine Parallele zwischen Hecker und dem Prinzen von Preußen, wodurch er die Monarchisten ins Herz traf und sich seitens des Grafen von Wartensleben eine Pistolenforderung zuzog. Als er nämlich fragte: „Wollen Sie Die, die in Baden die Waffen ergriffen haben, zurücksetzen gegen den Prinzen von Preußen?" fuhr die Majorität von den Sitzen auf, dem Redner zuschreiend: „Zur Ordnung! Herunter von der Tribüne!" Die Gallerien nahmen unter Drohungen gegen die Mehrheit Partei für Brentano, dem auch die Linke ihren Beifall schenkte, der Präsident (— Soiron führte den Vorsitz —) bedeckte sich nach französischer Sitte, und nun löste sich die Sitzung in allgemeinen Tumult auf. In Folge hiervon setzte die Linke, da sie schon längst einen Groll gegen Soiron hegte, eine Anklageschrift gegen diesen auf, worin vierzehn Hauptpunkte angeführt waren, um seine Parteilichkeit und seine Unfähigkeit bei dem Führen des Vorsitzes zu beweisen. In der nächsten Sitzung forderte Karl Voigt in Gemeinschaft mit Gagern die Zuhörer auf, die Gallerie zu räumen. Soiron aber erhielt später das wichtige Präsidium im Verfassungsausschusse; so wenig wurde den gegründeten Beschwerden der Linken Rechnung getragen, wenn auch vom Oktober an Simson aus Königsberg an seiner Statt im Parlamente Vizepräsident wurde, bis er durch Gagern's Uebernahme des Reichsministerialpräsidiums zum Vorsitz gelangte.

Im Vorhergehenden habe ich ein Paar Ausschüsse erwähnt. Das Ausschußsystem, wonach eine Anzahl Mitglieder mit der Vorarbeit und Berichterstattung eines Gegenstandes betraut wurde, ehe derselbe in der Versammlung zur Diskussion kam, war gleich im Anfange des Parlaments eingeführt worden. Ja, bereits der Fünfzigerausschuß hatte es auf das Parlament vererbt, indem er Robert Mohl, Schwarzenberg (Vater) und Murschel mit der Ausarbeitung einer Geschäftsordnung beauftragte. Gewöhnlich hatte jeder Ausschuß funfzehn Mitglieder; doch der Prioritäts- und Petitionsausschuß, sowie der Verfassungsausschuß enthielten deren jeder dreißig. Zu diesen beiden kamen noch hinzu: der volkswirthschaftliche Ausschuß, der völkerrechtliche und internationale Ausschuß, der Ausschuß für Marineangelegenheiten, der Ausschuß für deutsche Wehrangelegenheiten, der Ausschuß für Gesetzgebungsangelegenheiten, der Schulausschuß, der Ausschuß zur Begutachtung der östreichisch-slavischen Frage, der Legitimationsausschuß. Nachdem am 28. August die sächsische Regierung unter Zustimmung der zweiten Kammer den den Grundsatz aufgestellt hatte, daß die in Frankfurt ausgearbeitete Verfassung nicht ohne die Genehmigung der gesetzgebenden Gewalten in Sachsen eingeführt werden dürfe, wurde auf Antrag Schaffraths (am 6. Nov.) ein Ausschuß niedergesetzt, der nicht bloß das Verfahren der sächsischen Regierung, sondern auch alle andern Erklärungen und Handlungen, welche der Befugniß des Parlaments zur Herstellung einer deutschen Reichsverfassung zuwiderliefen, begutachten sollte. Soweit ging damals schon die Renitenz gegen die Autorität des Parlaments, daß ein ständiger Ausschuß niedergesetzt wurde, um sich fortwährend mit den die Kompetenz der Souveränetät des Parlaments in Abrede stellenden Erklärungen und Handlungen zu befassen. Dieser höchst charakteristische Ausschuß wurde nach seinem Gründer der Schaffrath'sche genannt. So großartig wegen der vielen Ausschüsse die Thätigkeit des Parlaments aussieht, so wenig hat sie in Wirklichkeit auf sich. Die meisten Ausschüsse wären besser gar nicht niedergesetzt worden, wie denn auch seit dem 1. August die Verloosung in Abtheilungen unterblieb. Ludwig Simon's Antrag, daß es keinem Mitgliede gestattet sein sollte, in zwei Ausschüssen zugleich zu sitzen, wurde verworfen. Die Hauptausschüsse waren: der Prioritäts- und Petitionsausschuß, weil er dem Parlamente die Volkswünsche unterbreitete; der Verfassungsausschuß, von dem vorzüglich die Fassung der Grundrechte und Reichsverfassung abhing; der Wehrausschuß, unheilvoll durch Unterlassung und Begehung, und der für das Heranbilden der neuen deutschen Flotte geschaffene Marine-Ausschuß.

Die Wichtigkeit des Prioritäts- und Petitions-Ausschusses schwand in dem nämlichen Maße, in welchem das Parlament der Zeit der Märzstürme entrückt ward. Dieser Ausschuß hatte zu Mitgliedern:

Rießer (Präsident des Ausschusses), Andersen aus Frankfurt a. O., Adams aus Koblenz, Feßler aus Bregenz, Fuchs aus Breslau, Grumbrecht aus Lüneburg, Kolb aus Speier, Rödiger und Uhland aus Würtemberg, Wurm aus Hamburg, Simson aus Königsberg, Briegleb aus Koburg, Zittel, Wiederhold aus Lübeck, v. Trützscher aus Dresden; Compes aus Köln, Goltz aus Brieg, Haßlwanter aus Innsbruck, Marcks aus Duisburg, Werner aus Koblenz, Kosmann aus Stettin, Raettig aus Potsdam, Gulden aus Zweibrücken, von Wulffen aus Passau, Albrecht aus Leipzig, Wachsmuth aus Hannover, Freudentheil aus Stade, von Buttel aus Oldenburg, Mohr aus Oberingelheim, Henkel aus Kassel.

Im Verfassungsausschusse unter dem Präsidium Bassermann's saßen:

Schreiner aus Graz, von Mühlfeld und Baron Andrian aus Wien, Heinrich Simon und Tellkampf aus Breslau, Scheller aus Frankfurt a. O., Deiters und Dahlmann aus Bonn, Georg Beseler aus Greifswalde, Fürst Lichnowsky aus Ratibor, von Beckerath aus Krefeld, Wigard aus Dresden, Robert Blum aus Köln (für Leipzig), die drei Hannoveraner Ahrens, Waitz und Detmold, die Würtemberger Römer und Paul Pfizer, von Lassaulx aus München, die drei Badenser Mittermaier, Robert von Mohl und Welcker, Wippermann aus Kassel, Schüler aus Jena, Hergenhahn und Max von Gagern aus Wiesbaden, Droysen aus Kiel, Jürgens aus Stadtoldendorf im Braunschweigischen.

Der Wehrausschuß, in dem der Adel vorwog, bestand aus folgenden Mitgliedern:

Graf Wartensleben aus Swirssen in Pommern, Teichert, Oberst von Mayern aus Wien, Rittmeister von Boddien aus Pleß in Schlesien, von Schmerling, Hauptmann von Möring aus Wien, Oberst von Stavenhagen aus Berlin, Lieutenant Bock aus Minden, Reh aus Darmstadt, Schilling aus Wien, Schultze aus Potsdam, Martens aus Danzig, Oberstlieutenant von Schleussing aus Rastenburg in Preußen, von Hagenow. Vorsitzender war von Auerswald aus Breslau.

Im Marine-Ausschuß führte von Bruck den Vorsitz. Die übrigen Mitglieder waren:

Roß aus Hamburg, Major Teichert aus Berlin, Major Deetz aus Wittemberg, Burger, Röben aus Dornum in Hannover, Gevekoth, Graf Coronini-Cronberg aus Görz, Kerst aus Birnbaum in Posen, Wilhelm Jordan aus Berlin*), General von Radowitz für Rüthen in Westphalen, Francke aus Schleswig, von Hagenow aus Langenfelde in Pommern, Jenny.

Sehr nachtheilig für die Bewegung mußte es sein, daß durch das Parlament dem Volke vermehrte Lasten bescheert wurden. Hierdurch mußte besonders das Landvolk, welches den Steuerdruck am Meisten fühlte, der Bewegung entfremdet werden. In dieser Beziehung kommen die Diäten der Abgeordneten, der Monatsgehalt des Präsidenten im Betrage von 2000 Gulden und die Gehälter des Reichsministeriums

---

*) Wilhelm Jordan, ursprünglich der äußersten Linken angehörig, ließ sich in das entgegengesetzte Lager überziehen. Ob eine Geldsumme sogleich mitgewirkt hat, läßt sich nicht nachweisen. Aber so viel steht fest, daß dieser Ehrenmann zum Marinerath gemacht wurde und einen jährlichen Gehalt von 1000 Thalern noch jetzt bezieht, nachdem doch die deutsche Flotte verauktionirt worden ist. So muß das Volk den begangenen Parteiverrath aus seiner Tasche belohnen.

nicht allein in Betracht, sondern es wurde die Summe von 6 Millionen Thalern anf den Antrag des Herrn von Radowitz zur Herstellung einer deutschen Marine ausgesetzt, eine Heeresvermehrung beschlossen, der Kampf in Schleswig-Holstein mit Bundesmitteln bestritten, und endlich kosteten auch die vielen Truppenbewegungen innerhalb Deutschlands, durch welche die Demokratie im Zaume gehalten wurde, dem Volke Geld. Kurz, Alles war dazu angethan, dem Volke die Bewegung und das Parlament zu verleiden. Schlechtere Volksvertreter hätten gar nicht in der Paulskirche tagen können.

Um dem Volke zu dienen, sich bei ihm in Gunst zu setzen, und sich diese Gunst zu sichern, hätte die Versammlung der Paulskirche vor allen Dingen Steuerverminderung der arbeitenden Klassen in den gesammten deutschen Staaten bewirken müssen. Freilich ließ sich das erst dann thun, wenn alle Zivillisten und Höfe abgeschafft und für ganz Deutschland ein einfacher, einheitlicher Staatsmechanismus hergestellt wurde. Brauchte man aber Geld, so gab es Staatsdomänen, Kirchen- und Klostergüter, Ländereien der großen adeligen Grundbesitzer und endlich die Geldkisten der großen Kapitalisten, deren Flucht und Geldausfuhr um jeden Preis hätte verhindert werden müssen. Abgesehen davon, daß die Volksgunst die Macht der Versammlung erhöht hätte, würde ihr die Steuerverminderung auch in sofern zu Gute gekommen sein, als die Mittel, deren sich die Reaktion zum Untergraben und Niederdrücken der Bewegung, sowie zum Bestechen gefährlicher, aber charakterloser Männer bedient, dadurch vermindert worden wären. Die Förderung der materiellen Volkswohlfahrt hätte auf dem Programm der Versammlung obenan stehen müssen. Anstatt dessen begnügte sie sich jedoch mit Reden über theoretische Freiheit, mit sittlich-ästhetischen Ausdrücken über die Störung der Ruhe und Ordnung und mit lächerlichen, auf Stelzen einherschreitenden Auseinandersetzungen der abstrakten Grundrechte, deren Hauptwerth darin bestand, daß sie in den Wind gesprochen waren. Man tagte in Frankfurt kraft der Revolution, sprach aber, indem man sich die eigne Stellung untergrub, fortwährend vom alten gesetzlichen Standpunkte aus. Neue, dem Volksgeiste von 1848 entsprechende Gesetze zu erlassen, war man zu ohnmächtig. Die alten Zustände wollte man mit einem neuen konstitutionellen Anstrich überpinseln. Ja, man befürchtete, daß man zu weit ging, und hegte im Stillen sogar den kindischen Glauben, daß man schon zu weit gegangen wäre. Man vertraute der Nachgiebigkeit der Regierungen, war von der Bekehrung derselben zum Konstitutionalismus überzeugt und ahnte nicht das einfache Gesetz der Parteipolitik, daß jede Partei sich nur dann frisch zu erhalten vermag und eine Zukunft hat, wenn sie soweit greift, als ihre Macht reicht, und wenn sie furchtlos alle Konsequenzen ihrer Stellung zieht. Man war besorgt, daß die Bewegung dem juste-milieu, das man dauernd zu machen trachtete, über den Kopf wachsen möchte. So richtete die Mittelmäßigkeit sich selber. Die Einheit mit dem Belassen der vierunddreißig Vaterländer; die Freiheit mit Hinnahme der meisten Ueberlieferungen des Feudalismus; die neue Konstituirung ohne neue Ordnung und ohne Neugestaltung; die Wiederherstellung des alten Reichs unter einem neubackenen Erbkaiser mit souverän bleibenden Fürsten und mit den nämlichen Ländermarken, welche das Auseinanderfallen des Reichs bedingt hatten; die Schöpfung einer neuen Majestät ohne Charakter, ohne Machtvollkommenheit innerhalb der ihr angewiesenen Gränzen, ohne das ehrwürdige Ansehen des Althergebrachten und ohne die Sanktion der unabweislichen Bedürfnisse der Gegenwart; endlich eine Volksvertretung und Volkssouveränetät, die, dem Phantom einer Theorie zu Liebe, Hand an sich selbst legte, indem sie demüthig ihre Macht einem unverantwortlichen Walter und einem den damit gutgeheißenen Ständekammern entstammenden Staatenhause zum Opfer brachte: so beschaffen war das „hohe Werk“, das die „Edelsten“ und „Besten“ der Nation als „aufrichtige Patrioten“ zum Heil und Segen, Wachsthum und Gedeihen des mit scheinheiligem Prahlen unablässig auf der Zunge getragenen Vaterlands und zur Verewigung ihres Namens in den Blättern der Geschichte feststellen zu können glauben.

Sie wollten ein schönes, meisterhaft verflochtenes und unauflöslich geschürztes Kunstwerk liefern, worin Liebe und Haß, Reu und Versöhnung sich zu einem zierlichen Bilde gestalteten, dessen sittliche Idee auf die preußische Spitze hinauslief. Sie wollten einen Lebensroman schreiben, dessen Theile: die Verwirrung, die Entfesselung der Volksgewalt, die Klärung in parlamentarischer Form, die Reichsverwesung und die Auferstehung des Reichs, unter dem Schirme der Grundgesetze und der Gewähr der Verfassung in der Vereinigung der Fürsten und des Volks mittelst der Weihe des Erbkaisers als Ganzes abschlossen. Anstatt die Gesetze der Geschichte zu vollziehen, faßten sie einen Roman ab und bespiegelten sich wohlgefällig in ihrer Selbstbiographie, bis sie durch die Bajonette ihres Erbkaisers dahin, wohin sie gehörten, — in ihre Bücherstuben, — zurückgetrieben wurden.

Was für Nutzen hatte der gemeine Mann der Städte und des Landes von ihrem langweiligen Geschwätz? Im Vertrauen auf ihre Fähigkeit, das ihrem unbegränzten Dünkel und ihrer Furchtsamkeit gleichkam, war er vergebens aus seiner friedlichen Thätigkeit herausgetreten. Sie hatten ihm Hoffnung gemacht, daß in Frankfurt die Berge gebären würden, und zuletzt kam doch nur ein Mäuschen zur Welt. Für ihr Geschwätz hatte er ihre Tagegelder zu bezahlen. Er hatte zu ihrer Flotte, für die sie nicht einmal die Häfen in Reichshäfen umschufen, von seinen Ersparnissen beizusteuern. Er hatte die Lasten für ihren an die reaktionäre Partei überlieferten schleswig-holsteinischen Krieg zu bezahlen. Durch ihre Heeresvermehrung, deren Kosten auf ihn fielen, mußten seine kräftigsten Söhne den gewohnten Geschäften entsagen, um sich im Dienste der Junker eindrillen und gegen das Volk verwenden zu lassen. Er hatte die Gelder zu liefern, welche das herrliche Kriegsheer brauchte, damit es das Aufkommen des republikanischen Elements in den Kleinstaaten, den Elbherzogthümern, in Sachsen, in Baden, in der Pfalz und in Hessen, zu verhindern im Stande war. Er lieferte die Mittel für die mit Einwilligung und gelegentlich auf Betrieb der Nationalversammlung einberufenen Ständeversammlungen. Vorzüglich empfand er die verstärkte Polizeimaßregelung, als durch die Ungeschicklichkeit der gelehrten Herren die Reaktion sich der Bewegung bemeistert hatte und nun alle seitherige Verstellung abwarf. Ja, zum Uebermaß des Spottes wurde zu guterletzt gar die Schuld des Mißlingens ihm in die Schuhe geschoben, indem die unfehlbaren Herren Professoren versicherten, das Volk, dessen Souveränetät im Anfange des Parlaments doch in der Paulskirche verkündet worden war,*) hätte sich durch Demagogen, Wühler, Aufwiegler, Literaten, Handwerksburschen, Brauseköpfe und allerhand Taugenichtse verführen lassen. Während sodann das Volk unter dem verstärkten Drucke seufzte, lebten die gelehrten Herren wieder nach wie vor der Bewegung und strichen die Gehälter von ihren Stellen ein, die sie nicht verloren hatten, weil sie auch inmitten des Sturmes folgsame Unterthanen geblieben waren.

Ehe ich die schon erwähnte Heeresvermehrung, die sich das Parlament zu Schulden kommen ließ, bespreche, muß ich erst auf die dem Adel gegebene Bevorzugung beim Besetzen der höhern Offizierstellen ausdrücklich hinweisen. W. Streubel, sächsischer Artillerie-Lieutenant a. D., sagt darüber in dem

---

*) Gagern, am 19. Mai mit 305 Stimmen aus 397 zum Präsidenten ernannt, sprach: „Wir sollen eine Verfassung für das ganze Deutschland schaffen. Den Ruf und die Vollmacht empfangen wir von der Souveränetät der Nation. In der Voraussicht der Schwierigkeit, wo nicht zu sagen Unmöglichkeit, mit den Regierungen die Verfassung Deutschlands zu Stande zu bringen, hat das Vorparlament uns die Festsetzung der Verfassung übertragen. Deutschland will Ein Reich sein, Ein Volk.“

Buche: „Ueber den Mangel an genialen Feldherren in der Gegenwart“ (zweite Auflage, Dresden 1860): —

„Am Meisten wird der Adel in Rußland, Preußen, Oestreich und dem übrigen Deutschland begünstigt. Viel weniger findet dieß in Frankreich Statt, wo die soziale Bedeutung und das Ansehen dieses Standes ungemein gesunken ist. Die französische Armee hat dadurch nur gewonnen. Seit darin die Marquis, Comtes ꝛc. etwas dünner geworden sind, haben sich ihre Erfolge im Felde auffällig vermehrt. In England läuft es im Wesentlichen auf dasselbe hinaus, wie in den genannten Ländern; dort theilt sich der Adel mit der reichen Bourgeoisie in die Gewalt, es handelt sich also immer wieder um einen bevorzugten Theil des Volks. Nebenbei folgt aus dem Umstand, daß dort von den Privilegirten sich gewöhnlich die Minderbefähigten dem Kriegsdienst widmen und widmen dürfen, wie groß der Mangel an Grundsätzen und an praktisch-politischem Blick bei den Völkern der Gegenwart ist.

Man beschuldige uns der Uebertreibung nicht. Nachstehende auf Grund der Ranglisten von 1859 entworfene statistische Uebersicht wird unsere Auslassungen bekräftigen. Sie bezieht sich auf das numerische Verhältniß zwischen Adel und Bürgerthum in der östreichischen, preußischen und sächsischen Armee, und läßt einen tiefen Blick in die sozialen Zustände der jetzigen Heere thun.

a) Oestreich.

1) Feldzeugmeister: Alle fürstlich und adelig.
2) Feldmarschall-Lieutenants: $^{19}/_{20}$ fürstlich und adelig; $^{1}/_{20}$ bürgerlich.
3) Generalmajors: $^{6}/_{7}$ adelig; $^{1}/_{7}$ bürgerlich.
4) Stabsoffizere:

Infanterie	Reiterei
$^{3}/_{5}$ adelig; $^{2}/_{5}$ bürgerlich.	$^{3}/_{4}$ adelig; $^{1}/_{4}$ bürgerlich.
Artillerie	**Genie**
$^{1}/_{3}$ adelig; $^{2}/_{3}$ bürgerlich.	$^{1}/_{2}$ adelig; $^{1}/_{2}$ bürgerlich.

Pionniere

3/8 adelig; 5/8 bürgerlich.

5) Rittmeister, Hauptleute und Subalternoffiziere:

Infanterie	Reiterei
1/5 adelig; 4/5 bürgerlich.	5/9 adelig; 4/9 bürgerlich.
Artillerie	**Genie**
1/12 adelig; 11/12 bürgerlich.	1/4 adelig; 3/4 bürgerlich.

Pionniere

1/7 adelig; 6/7 bürgerlich.

b) Preußen.

1) General-Feldmarschälle: Alle fürstlich und adelig.
2) Generäle: 19/20 fürstlich; 1/20 bürgerlich.
3) Generallieutenants: 6/20 fürstlich; 13/20 adelig; 1/20 bürgerlich.
4) Generalmajors: 7/8 adelig; 1/8 bürgerlich.
5) Stabsoffiziere:

Infanterie	Reiterei
8/9 adelig; 1/9 bürgerlich.	8/9 adelig; 1/9 bürgerlich.
Artillerie	**Ingenieure**
1/3 adelig; 2/3 bürgerlich.	1/4 adelig; 3/4 bürgerlich.

6) Rittmeister, Hauptleute und Subalternoffiziere:

Infanterie	Reiterei
Garde: 95% adl.; 5% bürgerl.	Garde: 100% adl.; — bürgerl.
Linie: 2/3 adelig; 1/3 bürgerl.	Linie: 95% adelig; 5% bürgerl.
Artillerie	**Ingenieure**
Garde: 2/3 adelig; 1/3 bürgerlich	1/6 adelig; 5/6 bürgerlich.
Feld-Art. 1/6 adelig; 5/6 bürgerlich.	

(Die Garde beträge ungefähr 1/9 des stehenden Heeres.)

c) Sachsen.

1) Generallieutenants: }
2) Generalmajors: } Alle adelig.
3) Stabsoffiziere: 3/4 adelig; 1/4 bürgerlich.
4) Rittmeister, Hauptleute und Subalternoffiziere:

Infanterie	Reiterei
3/5 adelig; 2/5 bürgerlich.	4/5 adelig; 1/5 bürgerlich.

Artillerie und Pionniere
⅙ adelig; ⅚ bürgerlich.

„Aehnlich sind," fährt der zitirte Autor fort, „die Verhältnisse auch bei den übrigen deutschen Armeen. Da die Reiterei der Zahl nach von der Artillerie (nebst den Pionnieren) aufgewogen wird, so stellen die bei der Infanterie gegebenen Ziffern die allgemeinen Faktoren für beide Elemente dar. Demnach hört beim Aufrücken der bürgerlichen Offiziere in die höheren Chargen sehr bald alle Proportion auf.' Aber auch, wenn diese kontinuirlich fortbestände, bliebe es immer ein Nachtheil, daß die Menge der bürgerlichen Offiziere jener der adligen nicht einmal gleichkommt. Ein Offizierkorps darf nie Kaste sein .... Zugleich beweist diese Zusammenstellung Etwas, worüber Manche, die der Meinung sind, daß von Oestreich nur Schlechtes komme, staunen werden; es geht nämlich daraus hervor, daß die östreichsche Armee von allen deutschen die volksthümlichste ist. Das preußische Heer ist fast ganz in den Händen der Aristokratie."

Demnach liegt der Armeebefehl in der Hand des Adels und wird völlig im Sinne der Aristokratie geführt. Was unter den gegebenen Verhältnissen die Heeresvermehrung, wenn sie zur Ausführung kam, bedeutete, leuchtet ein. Sie stellte unter das Kommando der Aristokratie eine Menge junger Leute, deren Arm entweder der Demokratie gedient haben, oder neutral geblieben sein würde. Die Aristokratie aber wollte die erlangten neuen Kräfte gegen die Demokratie gebrauchen. Der in der Armee herrschende unbedingte Gehorsam und die genau präzisirte Zeit, die dem Soldaten kein Ueberlegen läßt, lassen spärliche Elemente der Demokratie in der Armee nicht aufkommen, wenn im Uebrigen die große Masse der Soldateska sich gegen die Befehle folgsam verhält. Auf die Offiziere kömmt sehr viel an. Zwar meinte Ludwig Simon während der Debatten über die Zentralgewalt, daß das Heer der Demokratie gehörte, weil der Soldat wüßte, daß die Demokratie der Tod des Junkerthums wäre: allein, das Heer erhält den in ihm herrschenden Geist selten von Unten, meistens von Oben, eingepflanzt. Die im Heere dienenden Gemeinen sind noch zu jung und ermangeln im Allgemeinen der Kentnisse und der Charakterfestigkeit, um einen Ausschlag im entgegengesetzten Sinne geben zu können, wofern nicht im ganzen Volke, aus dem die Armee hergenommen ist, der neue Geist so stark und schon so lange herrscht, daß die größte Anzahl der Gemeinen und Unteroffiziere davon angesteckt ist. Die Bewegung von 1848 dauerte nicht lange genug, um eine durchgehende Ansteckung zu bewirken. Außerdem that das Parlament gar Nichts, um die Unteroffiziere und Gemeinen für die Demokratie zu gewinnen, während die Aristokratie Alles in Bewegung setzte, um den Soldaten gegen die Demokratie aufzubringen. Die Versicherung Ludwig Simon's beruhte auf sanguinischer Hoffnung, die sich um so trügerischer erwies, als wegen der Bevorzugung des Adels sich wenig Söhne aus dem Bürgerthum auf die Militärlaufbahn verlegen. Unser Heer muß erst noch demokratisirt werden, und die Aufgabe des Parlaments wäre es gewesen, solches zu vollbringen. Schon deshalb brauchte man einen Revolutionskrieg, aber einen anders geführten, als den Schleswig-Holsteinischen.

Die Armee ist, gleich der Polizei, ein gefügiges Werkzeug der vollziehenden Gewalt. Jede Heeresvermehrung erhöht die Macht der Krone. In England, wo die Krone gleichfalls die „Gewalt des Schwertes" besitzt, hat man deßhalb eifersüchtig gewacht, damit einestheils das Heer nicht in einer für die Freiheit bedrohlichen Weise anwachse, und damit anderntheils keine festen Lagerplätze und Kasernen, welche den Soldaten vom Bürger trennen, entständen. Noch in der zweiten Hälfte des vorigen Jahrhunderts stellte Taylor im Parlamente die Resolution:*) „Nach der Ansicht dieses Hauses war die von

*) That it is the opinion of the house that the uniform and persevering opposition of our ancestors, from time to time, to the erecting of barracks in this country, was founded

Zeit zu Zeit gemachte übereinstimmende und beharrliche Opposition unserer Vorfahren gegen das Errichten von Kasernen in unserm Lande auf ein richtiges Verständniß der wahren Prinzipien unserer sehr ausgezeichneten Konstitution gegründet: denn die Soldaten sollten unter dem Volke leben, und mit diesem verbunden zu sein, und es sollten kein apartes Lager, keine Kaserne, keine inländischen Festungen erlaubt sein." — Erst die neuere Zeit hat in Bezug auf Kasernen und Lagerplätze in England eine Aenderung hervorgebracht. Aber die Zahl der stehenden Landtruppen ist nicht nur sehr gering geblieben, sondern dieselben werden auch von Offizieren befehligt, die aus den gesetzgebenden, im Parlamente vertretenen Klassen stammen. Daher ist das stehende Heer der bürgerlichen Freiheit in England nicht so gefährlich, wie auf dem Kontinente.

Die von der Frankfurter Versammlung beschlossene Heeresvermehrung war nicht sowohl auf die Großstaaten berechnet, die sich von vornherein nicht an die Frankfurter Versammlung kehrten, als vielmehr auf die Kleinstaaten, wo der Reichsverweser die Demokratie zu unterdrücken hatte. Die Regierungen dieser kleinen Staaten würden schwerlich von den Landesvertretungen das Geld, welches sie zum Untedrücken der Revolution bedurften, bewilligt erhalten haben. Jetzt konnten sie dasselbe im Lande erheben, indem sie sich auf den Beschluß der Frankfurter Nationalversammlung beriefen. In welcher Geldklemme die kleinen Regierungen damals staken, bezeugt in der Schrift: „Reply to the Duke of Coburg's Pamphlet on Russia and France. „„Despots as Revolutionists.‟‟ By Ismael (London, Picadilly, 1859, 8°) — Lord Palmerston, der Verfasser der genannten Schrift, welcher dem Herzoge von Koburg vorhält, daß die kleinen Fürsten damals,

upon a just sense of the true principles of our most excellent constitution: and that the soldiers should live intermixed with the people, in order that they might be connected with them; and that no separate camp, no barracks, no inland fortresses should be allowed.

um die Revolution zu erdrücken, von England und Rußland Geld hätten beziehen müssen. Aber auch die Regierungen der großen Staaten konnten, ohne ihr Heer augenblicklich zu vermehren, nöthigenfalls von dem betreffenden Parlamentsbeschlusse Gebrauch machen.

Der Antrag auf Heeresvermehrung wurde vom Wehrausschusse schon am 7. Juli gestellt, dahin lautend, daß die Regierungen durch den Bundestag eingeladen werden sollten, ihre Truppen bis auf Eins vom Hundert der wirklichen Bevölkerung zu vermehren und außerdem für Kriegsfälle noch 340,000 Mann in Bereitschaft zu halten, so daß die gesammte Streitmacht Deutschlands 910,000 Mann betrüge. Wahrscheinlich war hierbei auch an den Fall gedacht, daß der französischen Republik der Krieg erklärt und somit die deutsche Bewegung in einen äußern Kampf, der zwei Fliegen mit einem Schlage träfe, abgeleitet würde. In diesem Sinne sprach Robert Blum gegen den auf den 15. Juli bis zur Ankunft der Zentralgewalt vertagten Antrag. Blum sagte nämlich: Erst müsse man wissen, ob wirklich ein Krieg drohe. Die Zeit der Eroberungskriege sei vorbei; denn jetzt gelte es, die Freiheit im Innern zu befestigen. Was Frankreich anbelange, so habe dieses eben erst die Brüderlichkeit angeboten. Außerdem sei der Kostenpunkt zu berücksichtigen. — Radowitz dagegen hatte behauptet, Frankreich habe bei einem Angriffskriege 350,000 und Rußland 450,000 Mann jenseits der Landesgränzen. Zu einem Kriege mit einer dieser Mächte brauche man 674,000 Mann*), woran 250,000 Mann fehlten. Da die Volkswehr nicht genüge, müßten die Regierungen zu einer Truppenvermehrung auf 1½ % aufgefordert werden. Hiergegen zeigten Wiesner aus Oestreich und Schulz aus Darmstadt auf das erste Gebot der Volkswehr als hinlänglichen

*) In seiner Berechnung setzte Radowitz außer 350,000 Mann noch an: 98,000 für die westlichen Festungen, 80,000 Mann Beobachtungstruppen nach Italien hin, 50,000 Mann an der polnischen Gränze und 96,000 Mann als Ersatzstämme im Innern.

Ersatz, und Hagen, welcher gleich Blum die Kosten hervorhob, machte die sehr treffende Bemerkung, daß die Vermehrung des Heeres der bereits vorhandenen Reaktion neue Hülfsmittel gebe. Nachdem hierauf Radowitz die Kosten der Volkswehr berührt und ein Bündniß mit Frankreich, weil die Franzosen nach dem linken Rheinufer sich sehnten, für unmöglich erklärt hatte, sprach Lichnowsky, indem er dem Nationalstolz schmeichelte, zum ersten Male unter dem Beifalle der Zuhörer und vollendete den Sieg der Reaktion. Doch wurde der Antrag etwas verändert angenommen, weil Riesser die allgemeine Wehrpflicht und Wernher das Unterlassen allen Prunkes demselben einverleibte. Mit diesen nicht sehr wesentlichen Veränderungen wurde denn durch 303 gegen 149 Stimmen beschlossen, die Zentralgewalt zu ermächtigen, daß sie eine Vermehrung von 2 Prozent in Vollzug setze. Anstatt also ein Parlamentsheer zur Ausführung der Parlamentsbeschlüsse herzustellen, vermehrten diese jämmerlichen Volksvertreter die Truppen der Reaktion.

Der Kampf in Schleswig-Holstein hätte der Truppenvermehrung eine gewisse Berechtigung geben, wenigstens ihr zum Vorwand dienen können. Der Reichsminister hatte ja erst vor Kurzem in einer Proklamation verkündet: „Nun solle man sehen, daß Deutschland sich nicht ungestraft von einem Haufen übermüthiger Dänen verhöhnen lasse." Auch waren die Truppen fast aller deutschen Staaten in den schleswig-holsteinischen Kampf gezogen. Allein dieser Kampf sollte nur zur Beruhigung der Volksaufregung beitragen. Der Krieg wurde nicht ernst geführt; der ärgste Verrath war im Spiele. Fast um dieselbe Zeit des Parlamentsbeschlusses, welcher die Truppen der einzelnen deutschen Staaten zu vermehren anordnete, traf in Frankfurt die Nachricht ein, daß der König von Preußen mit dem Könige von Dänemark einen Waffenstillstand abgeschlossen hätte.

Auch für die Führung des schleswig-holsteinischen Krieges mit Reichstruppen waren zufolge Schmerling's bescheidenem

Dafürhalten die einzelnen Staaten aus der Reichskasse zu entschädigen. Weil für die Bewegung von 1848 und für das Ansehen des Parlaments der schleswig-holsteinsche Kampf sehr wichtig ist, will ich hier den Gang der Ereignisse, welche seit dem Bilden der provisorischen Regierung (vom 23. März) in den Elbherzogthümern vorfielen, gedrängt darstellen, und daran die Schilderung der darauf bezüglichen Parlamentsverhandlungen knüpfen. Am preußischen Hofe befürchtete man, die schleswig-holsteinische Erhebung werde in die Hände der Republikaner gerathen, wie für den Fall, daß sie nicht unterstützt würde, die provisorische Regierung gedroht hatte. Die Leute der Junkerpartei, z. B. Hr. v. Bismarck, hielten dieselbe für ungerechtfertigt, und obschon Manteuffel ihr nachrühmte, daß sie wenigstens mit der landesläufischen Revolution nicht gleichbedeutend sei, wurde dennoch in „maßgebenden Kreisen" die Ansicht des alten Staatskanzlers Metternich gehegt, „daß sich an diese Sache Alles hängen würde, was es in Deutschland Schlechtes gäbe". Darum erkannte der König von Preußen schon am 24. März, gleich nach dem Zustandekommen der schleswig-holsteinischen Regierung, in einem an den Herzog von Augustenburg gerichteten Briefe die Rechte Schleswigs und Holsteins und ihre unzertrennliche Verbindung an. Die preußische und die übrigen Regierungen wollten Truppen dahin schicken, scheinbar um den Schleswig-Holsteinern Hülfe zu leisten, im Grunde aber, um die volksthümliche Entwickelung der Bewegung zu verhindern. Nachdem vollends das Vorparlament am 31. März die Zusammengehörigkeit Schleswigs mit Deutschlands erklärt hatte, zogen aus allen Gegenden Deutschlands begeisterte junge Leute als Freiwillige nach den Herzogthümern, namentlich aus Hamburg, Köln, Berlin und Baiern. Waren auch diese Freiwilligen nicht so zahlreich, als man wegen der großen Begeisterung, welche für diese Sache allerorts an den Tag gelegt wurde, hätte erwarten sollen, so war doch eine Vermehrung der Freischaaren möglich, und außerdem war schon die Thatsache eines wenn auch unbedeutenden **Volkskrieges** den Regierungen, weil das einmal gegebene **Beispiel** anstecken konnte, sehr anstößig. Preußen stellten den Hauptbestandtheil der Bundestruppen, übernahm deren Leitung und entschied den Krieg. Von Berlin wurde die Garde, die eben erst gegen die Erhebung der Hauptstadt gekämpft hatte, nach Holstein beordert, weil sie wegen der oben angegebenen Zusammensetzung des Offizierkorps am Zuverlässigsten, d. h., gegen demokratische Verführung am Gesichertsten war. *) Die unter Wrangels Oberbefehl in die Elbherzogthümer gehenden preußischen Truppen betrugen 12,000 Mann, Hannover stellte 10,000, Braunschweig und Mecklenburg 5000 Mann. Auch von den andern Staaten rückten nach und nach Truppen ins Feld; nur von Oestreich nicht, das von Schmerling mit seiner Weltstellung und innern Bedrängniß entschuldigt wurde. Gleichwohl theilte v. Peucker im Juli der Nationalversamm-

---

*) Im Grunde also hatte die Garde in Schleswig-Holstein gegen die Revolution zu dienen, wie sie es in Berlin gethan. In sofern handelte die preußische Regierung mit großer Konsequenz. Wenn Held in seinem Buche: „1848—50. Deutschlands Lehrjahre oder deutsche Revolutionsgeschichten", meint, die Sendung der Garde beweise eine erfreuliche Prinzipienänderung der preußischen Regierung, so ist das lächerlich, gleichwie eine solche Behauptung durch das ganze Verhalten der preußischen Regierung im schleswig-holsteinischen Kampfe widerlegt wird. Held schreibt nämlich: „Von weit größerer Erheblichkeit würde ohne Zweifel die moralische Inkonsequenz sein, die darin läge, daß man dieselben Truppen, deren Waffen mit dem Blute der Berliner Revolutionärs bedeckt waren, mit den schleswig-holsteinischen Revolutionärs gemeinschaftliche Sache machen ließ, wenn nicht auch hierin gerade ein Siegel mehr gefunden werden müßte zur Beglaubigung der erfreulichen Prinzipienänderung, welche Preußen seit dem 19. März 1848 als den Hort des deutschen Liberalismus erscheinen läßt." — Aber Held's Buch ist dem nämlichen Köhlerglauben entsprungen, dem auch der deutsche Nationalverein entstammte.

lung mit: binnen Kurzem würden auch Bundestruppen Oestreichs, wie das siebente, achte und neunte Armeekorps, zu ihren deutschen Waffenbrüdern in Schleswig stoßen. Oestreich wollte seine Aktion bis zuletzt aufsparen, wollte durch seine Intervention endlich den Krieg im nämlichen Sinne, in welchem er angefangen und geführt worden war, beenden. Auch wäre nicht, um das kleine Dänemark zu züchtigen, die Betheiligung aller Staaten nöthig gewesen, hätte der schleswig-holsteinische Krieg nicht zum Ableiten der revolutionären Strömung benutzt werden sollen. Wenn die deutsche Revolution ihren Brennpunkt in der nordischen Frage erhielt, konnte ihre Kraft mit weit geringerer Gefahr gebrochen werden, als wenn sie ihren Brennpunkt in einer deutschen innern Frage gefunden hätte. Zudem behielt durch den schleswig-holsteinischen Kampf der König von Preußen als der oberste Kriegsherr des deutschen Nordens das Heft der Bewegung fortwährend in der Hand und konnte beliebig die Flamme anfachen oder ausblasen. Durch die Führung des nordalbingischen Krieges wurde der Glaube an den Beruf Preußens, den Paul Pfizer verkündet hatte, auch unter die Ungläubigen des deutschen Südens getragen. In dieser Beziehung ist es interessant zu wissen, daß Dahlmann, der als der Schöpfer der schleswig-holsteinischen Frage bezeichnet worden ist, auch den Entwurf zur Kaiserverfassung geliefert hat*).

*) Dr. Johannes Scherr, der nach Karl Mayer's Ausdruck witzig, kernig und auch grob ist, „wie es ein Schwab sein soll", singt daher im burlesken Gedicht: „Il Principe de la Paz und die Micheline" bezüglich Dahlmann's:

„Nun höret Wunder sagen!
Im Land Michelia
Gerad' in diesen Tagen
Ein tolles Jahr geschah.
Da machte sich auf Dahlmäuser,
Mit seinem historischen Maul,
Zu schaffen einen Kaiser
Wohl drinnen in St. Paul."

Die preußischen und übrigen deutschen Bundestruppen schritten indeß nicht hastig in Schleswig-Holstein ein. Denn die Regierungen wollten zusehen, ob der dänische König allein mit den Rebellen fertig werden würde. Dieser Grund wurde seitens der dänischen Regierung zuerst auf die preußische Versicherung, daß die Intervention nur geschehen solle, um dem König von Dänemark die Herzogthümer zu erhalten, geltend gemacht. Darum zogen sich die Unterhandlungen Preußens mit Dänemark, welche das Berliner Kabinet durch den Legationsrath von Wildenbruch in Kopenhagen führen ließ, so lange hin, bis die Dänen mit Uebermacht über die Insurgenten herfallen und sie stark benachtheiligen konnten. Auch den außerdeutschen Großmächten wurde von der preußischen Regierung die Zusage gemacht, daß die Intervention sich nur gegen den Aufruhr selber richte*). Indem Preußen vom deutschen Bunde zu seinen Unterhandlungen mit dem Kopenhagener Kabinette ermächtigt worden war, handelte es,

---

*) Dr. Adolf Geisler, der doch seine „Geschichte der neuesten Zeit“ in einem für die Reaktion günstigen Sinne gehalten hat, erzählt:

„Der König sandte nun den Major von Wildenbrugk (?) nach Kopenhagen, um dem Dänenkönige vorzustellen, daß sein Monarch nur im Interesse des Letzteren einschritte, damit verhütet werde, daß sich revolutionäre Elemente in die Bewegung mischten; man möge nachgeben, die übereilten Schritte zurücknehmen, die gerechten Volkswünsche befriedigen und über die streitigen Punkte Verhandlungen anknüpfen. Das Bekanntwerden dieser Unterhandlungen (8. April), zu welchen Preußen durch den deutschen Bund ermächtigt war, machte einen für Preußen nachtheiligen Eindruck; man mißtraute den Preußen, zumal diese noch immer nicht einschritten, obgleich schon in Schleswig Blut geflossen war; preußische und holsteinische Soldaten haderten mit einander, und später führte dieses Mißtrauen gegen die Preußen sogar zu abscheulichen Ereignissen in Frankfurt.“

so lange die schleswig-holsteinische Frage bestand, fortwährend im Namen des deutschen Bundes, auch dann noch, als dieser scheinbar von der deutschen Bühne in Frankfurt verschwunden war. Der Bund hatte eine Garantie seines Fortbestandes an der schleswig-holsteinischen Frage, mit deren Abschluß der Bundestag offen wieder ins Leben trat. Niemand hätte das damals gedacht.

Der erste Kampf der Dänen mit den sich selbst überlassenen Insurgenten fand am 8. und 9. April in der Nähe von Flensburg statt. Er heißt gewöhnlich das Treffen bei Bau und wird in den Tagesnachrichten von 1848 folgendermaßen beschrieben:

„Mittags gegen 12 Uhr (am 8. April) kamen mehrere mit 3000 Mann besetzte Kriegsschiffe vor Flensburg, die offenbar eine genaue Kenntniß der Positionen des Schleswig-Holsteinischen Heeres mit sich brachten. Da letzteres zu wenige Kanonen besaß, konnte man die Ausschiffung der Dänen nicht verhindern, und da außerdem ein Bombardement der Stadt angedroht war, so ließ der Prinz von Noer das Heer zurückziehen; doch gab es vorher noch heftige Kämpfe, in denen auf beiden Seiten viele Mannschaft blieb. Beiderseits kämpfte man mit Erbitterung. Das 14. Bataillon stand so lange allein drei feindlichen Bataillonen gegenüber, bis es auf zwei Kompagnien niedergeschossen war, worauf die Uebrigen sich zurückziehen mußten. Das Freikorps von Studenten, Turnern und sonstigen hochherzigen Jünglingen hat männliche Tapferkeit bewiesen, aber leider auch, ohne gehörige Führer in der Taktik nicht so erfahren, den meisten Schaden erlitten."

Die Dänen waren nicht bloß aus den Schiffen gelandet, sondern auch auf dem Wege von Apenrade hervorgebrochen. Die deutschen Freischaaren erlitten auf dem Rückzuge nach Flensburg bei Crusau (an der Kupfermühle) beträchtlichen Schaden, und 800 davon wurden gefangen genommen. Gleichzeitig (am 9. April) zogen 4000 Mann Preußen (das Alexander- und Franz-Regiment) in Rendsburg, dem Sammelorte der Freischaaren, ein, wo sie unter dem Jauchzen der ganzen Bevölkerung als Retter aufgenommen wurden. Von nun an wurden alle unbewaffneten Freiwilligen unter der Ausrede zurückgewiesen, daß es in Rendsburg an Waffen und Uniformen zur Ausrüstung gänzlich fehlte.

Aber dem Zuströmen von Freiwilligen konnte ebensowenig Einhalt gethan werden, wie der Begeisterung in Deutschland. Bald wuchsen sie, befehligt von dem baierischen Major von der Tann, auf 10,000 Mann an, so daß zusammt den übrigen Truppen in Rendsburg sich ein Heer von 24,000 Mann anhäufte. Auch bestanden die Freischaaren bald ein siegreiches Treffen. Als nämlich die Dänen etwa 1000 Mann stark von Eckernförde her anrückten, um, wie man damals glaubte, die Aufhebung eines Postens dänischer Dragoner zu rächen, stießen sie in der Gegend von Altenhof auf das Freikorps. Aber dieses war nicht so leicht zu vernichten, wie seitens der Reaktion gehofft worden war. Denn die Freiwilligen leisteten tapfern Widerstand. Obschon der Major von der Tann gleich im Anfange des Kampfes einen Schuß in den Leib erhielt, führte er doch noch eine Zeit lang das Kommando zu Pferde fort. Auch seinen Adjutanten traf eine Kugel in die Brust. Zwar mußten anfangs die Freischaaren vor dem regelmäßigen dänischen Militär weichen, doch sammelten sie sich wieder und hielten nicht nur sechs Stunden lang Stand, sondern trieben zuletzt auch mit einem Bajonettangriffe den Feind bis unter die Kanonen seiner Schiffe zurück. So blieb der Sieg den Freischaaren, die durch einen plötzlichen Ueberfall hatten aufgerieben werden sollen und hauptsächlich aus Kieler Turnern, sowie aus Kölner, Hamburger und Berliner Kindern bestanden. Ihr Verlust belief sich bloß auf 21 Todte und 50 Verwundete.

Dieser Sieg, der den deutschen Regierungen sehr gefährlich schien, gab das Signal zum Vorrücken der Bundestruppen. Selbst die Bedenken Englands und Rußlands mußten jetzt schwinden, da es einen Revolutionsherd auszulöschen galt.

Schon Tags darauf, am 21. April, langte (wie es damals hieß, auf die dringende Vorstellung des Herzogs von Braunschweig bei dem Könige von Preußen, die Unterhandlungen doch endlich abzubrechen), in Rendsburg eine Estafette mit dem Befehl zum Vorrücken an. Sogleich drangen (am 22. April) die beiden preußischen Garderegimenter von Rendsburg in Schleswig ein, und ihnen folgten auf dem Fuße die übrigen Bundestruppen nebst den Dragonern. Die Dänen unter dem General Hedemann zogen sich vor den heranrückenden Preußen von Kropp nach Schleswig in das alte, neu befestigte Dannewerk und in die Bustorfer Schanzen zurück, aus welchen beiden festen Stellungen sie von den Preußen, die ihre Artillerie nicht abwarteten, den 23. April mit gefälltem Bajonett vertrieben wurden. Doch behaupteten sich die Dänen noch im Schloß Gottorp. Der deutsche Oberbefehlshaber schickte an die schleswig-holsteinische provisorische Regierung noch den nämlichen Tag folgende Depesche ab:

„Einer hohen Regierung theile ich die freudige Nachricht mit, daß nach einem mehrstündigen hartnäckigen Gefechte die Dänen zurückgeworfen wurden und die Stadt Schleswig bis zum Gottorper Schloßdamm Nachmittags 2 Uhr in unsere Hände gekommen. Nachher erneuerte der linke Flügel den Angriff, wobei dieser die Stadt Schleswig umging und bis zur Chaussee nach Flensburg vordrang. Um 7 Uhr war das Gefecht beendet. In Folge der Umgehung ist das Schloß Gottorp von den Dänen geräumt worden.

Der Königl. preußische General der Kavallerie
v. Wrangel."

Während nun Wrangel und Fürst Radziwill mit den beiden Garderegimentern ihr Quartier in Schleswig, hinter welches die Dänen unter Hedemann zurückgewichen waren, aufschlugen, und Oberst von Bonin mit zwei Linienregimentern bei Dannewerk und Husby stand, drang der mit der Reserve, dem zehnten Bundesarmeekorps, bei Duvenstedt stehende General Halkett nach Flensburg vor und warf die Dänen am

27. April auf die Insel Alsen zurück. Darauf ward das Hauptquartier in Christiansfeld aufgeschlagen, und hier beschloß der Kriegsrath am 2. Mai, daß die preußischen Brigaden Bonin und Möllendorf, sowie die schleswig-holsteinische Armee unter Friedrich von Augustenburg nebst der Zastrowschen Freischaar die Gränze von Jütland überschreiten sollten. Zugleich richtete Wrangel den 3. Mai eine in dänischer Sprache abgefaßte Proklamation an die Jüten, des Inhalts:

„Ein deutsches siegreiches Heer wird morgen die Gränze eures Landes überschreiten. Es kommt nicht in feindseliger Absicht zu euch. Darum rufe ich euch zu: Bleibt in euren friedlichen Wohnungen, flieht nicht mit Weib und Kind von dem euch so theuren Herde. Ich, der Höchstkommandirende, bürge euch dafür, daß eure Personen uns heilig sein werden und daß euer Eigenthum und eure Nationalfarben gegen jede Handlung der Willkür geschützt sein sollen, so lange sich das Heer innerhalb der Gränze eures Landes aufhält. Aber ich kann euch nicht davon befreien, die Bedürfnisse des Heeres herbeizuschaffen, und dazu bedarf ich in eurem eigenen Interesse der Mitwirkung eurer gesetzmäßigen Obrigkeit. Demgemäß werden hierdurch alle königlich dänischen Zivilbehörden ernstlich aufgefordert, an ihrem Posten zu bleiben und auch fernerhin ihren Pflichten und Obliegenheiten nachzukommen. Ebenso fordere ich die Geistlichen auf, in ihren Pfarreien zu bleiben und ihren ganzen Einfluß auf die Beruhigung ihrer Gemeinden zu verwenden. Sollten die königlich dänischen Behörden dieser Vorschrift nicht nachkommen, so sind die schlimmsten Folgen für euch unvermeidlich; denn in diesem Falle würden meine Truppen genöthigt sein, sich selbst einzuquartieren und sich selbst nach eigenem Gutdünken alle zu ihrem Lebensunterhalt nöthigen Mittel zu nehmen: wobei mit dem besten Willen doch einem willkürlichen und unordentlichen Verfahren nicht immer Schranken zu ziehen wären. Alles Unglück aber, welches hieraus entstehen könnte, müßte ausschließlich eurer Obrigkeit zugeschrieben werden, die euch im

Augenblicke des Drangsals verließe. — Jütländer, nehmt meine Truppen gastlich auf! Ihr sowohl, als auch eure Weiber und Kinder, werdet dann inmitten des edlen deutschen Kriegsvolkes, welches anzuführen ich das Glück habe, ganz so sicher sein, wie unter euren eignen Brüdern."

Den 1. Mai untersagte die provisorische Regierung den Herzogthümern allen Verkehr mit dem Feinde und verbot namentlich den an der Küste wohnenden Staatsangehörigen den Verkehr mit den feindlichen Kriegsschiffen. Die Uebertreter des Verbots sollten sofort verhaftet, nach der Festung Rendsburg transportirt, vor Gericht gestellt und „nach Befund der Umstände mit der gebührenden Strafe" belegt werden. Unterdessen waren die deutschen Truppen in Jütland eingerückt, wo die Dänen Fridericia geräumt und sich in den Norden zurückgezogen hatten. Als dann die Deutschen Fridericia besetzt hielten, scheiterte das Unternehmen dänischer Schiffe, diese Stadt zu beschießen, und zog den feindlichen Kanonenbooten beträchtlichen Schaden zu.

In den Herzogthümern und in Deutschland herrschte über diese Erfolge gewaltige Freude; denn man dachte nicht daran, daß der glänzende Marsch nach Jütland, welcher der militärischen Ehre genug thun sollte, dem Feldzugsplane der Reaktion gemäß den Umschlag der Bewegung einzuleiten hatte. Einestheils ordnete nun der dänische König die Blokade der deutschen Ostseehäfen an und anderntheils war dem Auslande ein neuer Vorwand zur Einmischung geliefert worden. Zwar drohte Wrangel, für jedes an der Ostsee zerstörte Haus ein jütisches Dorf anzuzünden und schrieb sogleich eine Kontribution von zwei Millionen Thalern aus; allein er führte die Drohung nicht aus. Während Schweden und Norwegen zum Schutze der dänischen Inseln ein Bündniß eingingen, erklärte Rußland die Besetzung Jütlands für einen Kriegsfall. England und Frankreich hingegen erinnerten daran, daß sie früher die Integrität der dänischen Monarchie garantirt hätten, indem der französische Minister Bastide die Erklärung der Regentschaft vom 18. August 1720*) und das englische Kabinet die des Königs Georg I. vom 26. Juli vorgenannten Jahres zitirte.

Die Mehrzahl des deutschen Volks erwartete, daß die deutschen Regierungen dem feindseligen Auslande mit aller Kraft entgegentreten und die einmal errungenen Vortheile behaupten, wo nicht weiter verfolgen würden. Aber weitgefehlt. Die Regierungen waren froh, sich unter dem Vorwande, daß sie nicht den Krieg mit ganz Europa herraufbeschwören dürften, nach und nach aus der Affaire, in die sie sich widerwillig eingelassen, zurückziehen zu können. Schon am 8. Mai erklärte der Bundestag, daß es jeder Regierung überlassen bleiben müsse, ob sie dänisches Eigenthum und dänische Schiffe mit Beschlag belegen wolle. Mit diesem Bundestagsbeschlusse, der trotz der konstitutionellen Verjüngung der Bundesversammlung zu Stande kam, hörte der schleswig-holsteinische Krieg auf, Sache des gesammten Deutschlands zu sein. Hannover und andere Regierungen gaben darauf in Berlin die Erklärung ab, daß sie die angeordnete Beschlagnahme dänischen Eigenthums wieder aufheben wollten. Sogar die provisorische Regierung Schleswig-Holsteins ließ

* Die Erklärung lautet: „Der sehr christliche König hat aus allen diesen Erwägungsgründen und auf die dringenden Bitten der Könige von Großbritannien und Dänemark geruht, der letzteren Krone, wie er hiermit thut, die Garantie des Herzogthums Schleswig zu bewilligen, indem er verspricht, den König von Dänemark im friedlichen Besitz des herzoglichen Theiles vom genannten Herzogthume zu erhalten." — (Le Roi Très-Chrétien a bien voulu, pour toutes ces considérations et sur les instances des rois de la Grande-Bretagne et de Danemark, accorder à cette dernière couronne, comme il lui donne par ces présentes, la garantie du duché de Schleswig, promettant de maintenir le roi de Danemark dans la possession paisible de la part'e ducale dudit duché.)

am 17. Mai die konfiszirten Schiffe und Güter Dänemarks frei. Ferner versicherte der dänische Minister, Graf Knuth, in einer dem östreichischen Gesandten, Freiherrn von Brients, überreichten Note vom 18. Mai, daß Dänemark, weil es auf die freundschaftlichen Beziehungen zu Oestreich sehr viel Werth lege, die östreichische Flagge immer wie eine neutrale behandeln werde. So fanden sich die deutschen Regierungen mit Dänemark ab und standen mit ihm in freundschaftlicher Beziehung, indeß scheinbar der Krieg fortdauerte. Und zwar wurde das dänische Eigenthum freigegeben, während Dänemark an der deutschen Küste Verheerungen anstellte und auf offener See deutsche Kauffahrteischiffe kaperte. Denn es wurde gehofft, daß die Bewohner der Seestaaten des Krieges müde werden würden, wenn sie große Verluste erlitten, ohne selbst den Trost zu haben, daß dem Feinde Gleiches mit Gleichem vergolten werde. Endlich ordnete auch der preußische König den 28. Mai den Rückzug der deutschen Truppen aus Jütland an, einen Schritt, mit welchem die Auflösung der Freischaaren, (die damit motivirt wurde, daß die Freischaaren die Disziplin der regelmäßigen Truppen untergrüben und mit denselben unablässige Händel hätten,) in Verbindung stand. Indeß durften die Truppen wegen der über den Rückzug in Deutschland entstandenen Unzufriedenheit nicht auf einmal ganz brach liegen; der Krieg sollte vielmehr allmählig einschlafen. Darum marschirte Wrangel von einer Parade, die zu Ehren des Geburtstags des hannöverschen Königs in der Nähe des Hauptquartiers Schleswig veranstaltet worden, gegen Nübel nach den Düppeler Höhen zu, wo der Feind etwa 16,000 Mann stark und von vielen Kanonenböten unterstützt, stand. Nach langem blutigen Kampfe, in welchem besonders die Hannoveraner sehr litten, mußten sich die deutschen Truppen zurückziehen. Glücklicher waren die Freischaaren des Majors von der Tann am 7. Juni. Diese überraschten eine Abtheilung Dänen in der Nähe von Hoptrup, nahmen ihnen eine Kanone weg und verschanzten sich dann bei Apenrade. Endlich vertrieb das deutsche Heer am 28. Juni die Dänen aus Hadersleben; doch respektirte Wrangel gemäß den erhaltenen Instruktionen die jütische Gränze und ließ nun die von den Dänen fortwährend geneckte Armee müßig liegen, bis er gar am 15. Juli mit den Dänen einen Waffenstillstand abschloß.

Dieser Waffenstillstand enthielt eine offene Verspottung des Frankfurter Parlaments; denn der Abschluß desselben erfolgte am nämlichen Tage, an welchem die Männer der Paulskirche, namentlich dazu bewogen von Radowitz und Lichnowsky, die Vermehrung der deutschen Heere dekretirten. Angeblich jedoch wurde der Waffenstillstand eingegangen, weil deßhalb, daß Dänemark die soeben in Frankfurt dekretirte Zentralgewalt nicht anerkennen wollte, diplomatische Verhandlungen stattfanden. Wenn auch die Feindseligkeiten am 21. Juli wieder eröffnet werden sollten, gebar dieser Waffenstillstand doch die Friedens-Entwürfe von Malmoe und Bellevue (29. Juli). Gleichwohl gab Schmerling dem Parlamente den Trost, daß der Krieg mit deutschen Reichstruppen geführt und dafür den einzelnen Staaten die Kosten aus der Reichskasse bestritten werden sollten. Ja, Peucker fügte, wie schon erwähnt, sogar hinzu, daß bald auch die Bundestruppen Oestreichs, sowie das siebente, achte und neunte Bundeskorps, im Felde erscheinen würden.

Angesichts der verrätherichen Kriegführung in Schleswig-Holstein offenbarte das Frankfurter Parlament seine ganze Schwäche und richtete sich damit in den Augen sowohl der Demokratie als auch der Reaktion vollends zu Grunde. Zwar wurde schon bei der Nachricht von Wrangel's Rückzug aus Jütland die Erklärung abgegeben, daß die schleswigsche Sache als eine Angelegenheit der Nation in den Bereich des Parlaments gehöre,*) daß dieses letztere die Ergreifung ener-

*) Dieser Theil der Erklärung rührte von 10 Vertretern

gischer Maßregeln fordere und daß beim Friedensschluß die Rechte der Herzogthümer Schleswig und Holstein zu wahren seien; allein die Versammlung verwarf den von Waiz beantragten praktischen Zusatz: daß das Parlament sich die Genehmigung des Friedensvertrags vorbehalte. Ebenso beachteten am 17. Juni, wo Stavenhagen die Besprechung des schleswig-holsteinischen Kampfes anregte, die Parlamentsmitglieder nicht die treffenden Worte des Herrn v. Reden, wonach jede Sonderunterhandlung einzelner deutscher Staaten mit Dänemark für eine Verletzung deutscher Ehre und für Vaterlandsverrath erklärt werden sollte. Sie glaubten vielmehr den Worten Schmerlings, „daß die Zeit einer zweideutigen Politik für immer verschwunden" sei und daß der Rückzug Wrangels bloß dem Mangel an deutschen Kriegsschiffen zugeschrieben werden müsse. Auch dachten sie, wie Friedrich von Raumer, daß man Preußen keinen Selbstmord zumuthen dürfe, und daß diese ächt deutsche Kriegsmacht, welche wegen ihres Vorgehens von Osten und Westen bedroht sei, das Aeußerste für Deutschland gethan habe und noch thue. Im Uebrigen beruhigten sie sich damit, daß Lord Palmerston, vor dem sie einen großen Respekt hegten, folgende drei von Preußen gestellte Bedingungen angenommen habe:

1) Der König von Dänemark zieht die Einverleibung zurück und erkennt das Recht der Unzertrennlichkeit Holsteins von Schleswig an.

2) Die Beilegung der Feindseligkeiten geschieht, indem man sich gütlich über die Trennung der Finanzen, des Heeres, der Flotte und der Schulden verständigt.

3) Beide Herzogthümer werden in den Bund aufgenommen, wobei Nordschleswig sich frei entscheiden darf.

Schleswig-Holsteins, an deren Spitze Dahlmann stand, her und wurde am 2. Juni beantragt.

Die Nationalversammlung war also auf den Abschluß eines Waffenstillstandes vorbereitet und sie setzte genug Vertrauen in die preußische Regierung und in das verantwortliche Ministerium der unverantwortlichen Reichsverweserschaft, um anzunehmen, daß die Interessen Deutschlands beim Friedensschlusse gewahrt werden würden. Ein einseitiges Verfahren schien um so weniger zu befürchten, als schon, ehe noch der Reichsverweser installirt war, die verjüngte Bundesversammlung ausgesprochen hatte, daß Preußen ohne vorgängige Anfrage bei ihr keinen entscheidenden Schritt thun dürfte. Freilich war eine Anfrage von einer Kontrolle und Gutheißung sehr verschieden. Aber die Nationalversammlung war bescheiden; sie meinte, es ginge über ihre Kompetenz hinaus und müßte zu den gefährlichsten Folgen führen, wenn sie sich als oberste Richterin über die gottbegnadeten Häupter und deren Regierungen setzte. Sie bewahrheitete die Worte Blum's: „Die Riesenkraft der Versammlung ist angeschlagen an den Felsen des Zweifels, den sie in sich selbst setzt." Darum behielt sie sich nicht die endgültige Ratifikation des Friedensvertrags vor.

Einige Rücksicht mußte die preußische Regierung denn doch auf die Zentralgewalt nehmen, einestheils, damit sich die verantwortlichen Minister Johann's vor der Versammlung entschuldigen konnten, und anderntheils, weil völlige Nichtbeachtung der einheitlichen Behörde Deutschlands einen Schrei der Entrüstung, welcher mit dem Unwillen über die schmählichen Vertragsbestimmungen vereint gefährlich werden konnte, hervorgerufen haben würde. Um demnach den Schein einer Anfrage zu wahren, sandte die preußische Regierung den General Below nach Frankfurt, wo ja außer der Zentralgewalt die Bevollmächtigten der deutschen Regierungen und des Auslands anwesend waren. Below sollte angeblich von der Zentralgewalt die Vollmacht zur Abschließung des Vertrags auswirken, indem er erklärte, daß sich seine Regierung gegenüber der von Osten drohenden Gefahr in der Unmöglichkeit befände, den Krieg mit Dänemark länger zu führen. Nun würde eine wirkliche und kraftvolle Zentralgewalt, wenn sie hätte die Interessen Deutschlands sichern wollen, auf der Stelle an Rußland den Krieg erklärt haben. Sie hätte auf diese Weise den prahlerischen Worten des Fünfziger=Ausschusses gemäß gehandelt, welcher am 30. April den Stürmern der Schanze Dannewerk zugerufen hatte: „Das ist die rechte Kampfart, und die Feinde Deutschlands an seinen Gränzen im Norden oder Süden, im Osten oder Westen, werden durch diesen Schlag hinlänglich belehrt sein, daß die Zeit vorüber ist, wo man ungestraft sich in die Angelegenheiten Deutschlands mischen durfte.“ — Allein, eine solche Entschiedenheit war von der erzherzoglichen Reichsverweserschaft nicht zu erwarten. Im Grunde blies der Reichsverweser sammt seinem Ministerium in dasselbe Horn, wie die auf eine Umkehr zur vormärzlichen Zeit bedachte preußische Regierung. Nur suchte sich das Reichsministerium unter den Auspizien Schmerlings den Rücken zu decken. Deßhalb erklärte es am 6. August, dem nämlichen Tage, an welchem Preußen seine Truppen dem Reichsverweser nicht die verlangte Huldigung leisten ließ, daß es die geforderte Vollmacht ausstellen wollte, wofern nicht der Entwurf von Malmoe, sondern jener, der am 19. Juli auf dem Lustschlosse Bellevue abgefaßt worden wäre, zur Grundlage des Waffenstillstands genommen würde.

Das Vorhandensein *zweier* Entwürfe entlarvt das zwischen der Berliner Regierung und der Zentralgewalt getriebene *Doppelspiel*. Der Entwurf von Bellevue sollte die Tonne sein, welche man dem parlamentarischen Wallfische hinwarf, auf daß er sich daran ergötzte, während ihn die Harpune des Malmöer Waffenstillstandes tödtlich traf. Um das Schmerzen der Wunde einigermaßen zu lindern, war nicht gleich ein definitiver Frieden abgeschlossen, der die Herzogthümer an Hand und Fuß gebunden dem Feinde überlieferte und vor der Hand noch unzeitgemäß schien, sondern ein vorübergehender Waffenstillstand, nach dessen Ablauf die Zeiten schöner werden konnten. Der Erzherzog Reichsverweser kam bald darauf auf dem Kölner Dombaufeste mit dem preußischen Könige zusammen, wo beide Fürsten öffentlich in Trinksprüchen auf ihre Eintracht die Existenz ihres völligen Einverständnisses besiegelten.

Wie gesagt, war der Bellevue'sche Entwurf nur dazu da, damit sich das Reichsministerium mit demselben den Rücken deckte. Aber auch er war immerhin noch schlecht genug; denn ihm zufolge durfte Dänemark eine Anzahl Truppen auf der Insel Alsen unterhalten, während die schleswig-holsteinschen Truppen in Holstein und 3000 Mann deutsche Truppen in Schleswig stehen blieben, und es sollte anstatt der seitherigen provisorischen eine neue oktroyirte Regierung eingesetzt werden, aus solchen Männern bestehend, „daß der Bestand und die gedeihliche Wirksamkeit der neuen Regierung verbürgt erschiene." Indeß bestimmte er, daß alle Gesetze und Verordnungen, welche bis zum Abschlusse des Waffenstillstandes erlassen wären, in Kraft und die sämmtlichen Truppen in den Herzogthümern unter dem Kommando des deutschen Oberbefehlshabers bleiben sollten. Um das Reichsministerium gegen Vorwürfe noch mehr zu sichern, wurde ferner der Unterstaatssekretär Max von Gagern nach Berlin angeblich zur Ueberwachung der Verhandlungen abgeschickt: wovon Heckscher, der Minister des Aeußeren, der Nationalversammlung Kenntniß zu geben sich angelegen sein ließ.

In den Herzogthümern witterte das Volk den Verrath, den offen zu begehen man so eben im Begriff stand. Da nun von allen Seiten die Einberufung einer konstituirenden Versammlung verlangt wurde, welche über das Geschick des Landes verfügen sollte, so berief die in ihrer eigenen Existenz bedrohte provisorische Regierung eine solche auf den 15. August ein. Jetzt zeigte sich recht deutlich das zwischen Preußen und der Zentralgewalt herrschende Einverständniß, indem beide verlangten, daß diese Einberufung hinausgeschoben würde. Wenn auch die provisorische Regierung die Schwäche besaß, hierin nachzugeben, trat dennoch binnen Kurzem die konstituirende Versammlung zusammen und erließ am 15. September 1848 ein neues Staatsgrundsatz, durch welches die alte Verfassung vom 28. März 1831 und vom 15. Mai 1834 aufgehoben wurde.

Nach der alten Verfassung waren die Provinzialstände für Holstein folgendermaßen zusammengesetzt: 9 Abgeordnete adeliger und anderer großer Güter, 16 Abgeordnete der kleineren Landbesitzer, 15 Abgeordnete der Städte und gewerbetreibenden Orte, 1 Virilstimme der Hessenstein'schen Fideikommißgüter, 4 Virilstimmen der holsteinischen Ritterschaft, 2 von der Krone ernannte Geistliche und 1 von der Krone berufenes Mitglied der Kieler Universität. Für Schleswig bestanden 5 Abgeordnete der Besitzer adeliger und anderer großer Güter, 17 Abgeordnete des kleinen Landbesitzes, 12 Abgeordnete der Städte und sonstiger gewerbetreibenden Orte, 2 Abgeordnete der Angesessenen in gemischten Distrikten, 1 Virilstimme der Schleswig-Holstein-Sonderburg-Augustenburgischen Fideikommißgüter, 4 Mitglieder der schleswigschen Ritterschaft, Prälaten u. s. w., 2 von der Krone ernannte Geistliche, 1 von der Krone berufenes Mitglied der Kieler Universität. Alle christlichen, unbescholtenen, selbstständigen fünfundzwanzigjährigen Grundbesitzer waren wahlberechtigt, alle dreißigjährigen mit denselben Eigenschaften wählbar; indeß gehörte zur Wahlberechtigung außerdem noch der Besitz von 800 Thalern Steuerwerth. Die Wahl geschah direkt; allein die Provinzialstände hatten keine beschließende, sondern nur eine berathende Stimme.

Die neue Verfassung schuf eine beträchtliche Aenderung. Nach ihr besteht die in einer einzigen Kammer vereinigte Volksvertretung Schleswig-Holsteins aus 100 Abgeordneten, wovon 50 durch das gesammte Volk ohne Beschränkung (abgesehen von der erforderlichen Großjährigkeit, Unbescholtenheit und Selbstständigkeit) direkt gewählt werden. Von den übrigen 50 werden 20 von den Landbesitzern, welche einen Landbesitz von 600 Thalern Steuerwerth oder 150 Thaler jährliche Einnahme haben, 20 unter derselben Bedingung von den Städten und 10 durch die Besitzer von Grundstücken von mehr als 30,000 Rthlr. Steuerwerth gewählt. Sodann muß der Herzog von Schleswig-Holstein, wenn er Fürst eines fremden Landes ist, einen Statthalter aus schleswig-holsteinischen Staatsbürgern und deutschen Fürsten wählen und kann denselben nicht absetzen. Wenn ferner der Herzog Fürst eines fremden Landes ist, steht ihm nur ein suspensives, sonst ein absolutes Veto zu. Die Herzogthümer sind ein einiger, untheilbarer Staat. Jede Veränderung der Gränzen des Staatsgebiets enthält eine Veränderung der Verfassung. Die Herzogthümer machen einen Bestandtheil des deutschen Staatsverbandes aus. Die Verfassung Deutschlands, wie sie jetzt ist oder künftig sein wird, findet auf die Herzogthümer ihre volle und unbeschränkte Anwendung. Die für ganz Deutschland oder für die Herzogthümer insbesondere von den gegenwärtigen oder zukünftigen verfassungsmäßigen Gewalten Deutschlands erlassenen oder noch zu erlassenden Gesetze und Verordnungen sind für die schleswig-holsteinischen Staatsgewalten und Staatsbürger verbindlich. Es gibt unbeschränktes Vereinsrecht. Friedlich und ohne Waffen dürfen sich die Bewohner Schleswig-Holsteins versammeln; doch dürfen bei drohender Gefahr Volksversammlungen unter freiem Himmel verboten und aufgelöst werden. Die Zensur ist und bleibt aufgehoben und die Preßfreiheit darf weder durch Konzessionen noch durch Kautionen beschränkt werden. Die Postbeförderung findet für alle Zeitungen und Zeitschriften unter gleichen Bedingungen statt.

In dieser neuen Verfassung war allerdings Vieles von dem alten ständischen Wesen beibehalten; doch enthielt sie im Vergleich mit der alten einen großen Fortschritt. Das Wichtigste an ihr war indeß, daß Schleswig-Holstein unzertrennbar, untheilbar und eng an Deutschland gekettet erklärt wurde. Aber ehe sie noch verkündet ward, wurde bekannt, daß am 26. August der General Below zu Malmoe mit Dänemark einen siebenmonatlichen Waffenstillstand abgeschlossen hatte, wovon der von dem Reichsministerium nach Berlin entsandte Unterstaatssekretär Max von Gagern nicht eher Kenntniß erhalten zu haben behauptete, als „bis Preußen seine Genehmigung ertheilt habe.“*)

Auch der Reichsminister Heckscher, der erst am 4. September mit dem Waffenstillstande vor das Parlament trat, entschuldigte sein verspätetes Vorbringen des Gegenstandes damit, daß er erst am 2. September durch den preußischen Gesandten Camphausen den Vertrag nebst einem Begleitschreiben mitgetheilt erhalten habe. In dem Begleitschreiben entschuldigte

---

*) Die schleswig-holsteinische Versammlung faßte die Beschlüsse:

1) Die konstituirende Versammlung kann wider ihren Willen weder aufgelöst noch vertagt werden.

2) Jede Veränderung in der bestehenden Landesregierung bedarf der Zustimmung der Landesversammlung.

3) Alle seit dem 24. März 1848 erlassenen Gesetze können nur mit Zustimmung der Landesversammlung verändert und aufgehoben, auch

4) neue Gesetze und Steuern nur mit ihrer Bewilligung aufgelegt werden.

5) Alle bestehenden Steuern und Abgaben, sowie andere Staatseinkünfte werden bis zum 31. Dezember 1848 von der durch die Landesversammlung anerkannten Landesregierung forterhoben.

Zur Abwendung des Waffenstillstandes wurde auch der Antrag Olshausens zum Beschluß erhoben: „die Versammlung möge die sofortige Abfassung und Einsendung einer Eingabe an den Reichsverweser, und einer andern an die Nationalversammlung mit Darlegung der Gründe, welche die Annahme des Waffenstillstandes unmöglich machen, und mit der Bitte um Nichtgenehmigung desselben beschließen;“ — ebenso der Antrag Jansen's: „die Versammlung möge sofort den früheren Beschluß zunächst der Reichsgewalt und der Nationalversammlung anzeigen, vorbehaltlich gründlicherer Motivirung“.

sich die preußische Regierung, daß es ihr unmöglich gewesen sei, die von der Zentralgewalt erhaltene Vollmacht dem Wortlaute nach zu befolgen, weil die neulich erfolgte Erklärung Frankreichs für Dänemark, welche ich oben angab, das Verharren auf dem Standpunkte früherer Verhandlungen nicht erlaubt habe: — ein Beweis mehr, daß die durch Radowitz und Lichnowsky im Parlamente durchgesetzte Vermehrung der deutschen Heere nicht gegen den „äußern" Feind gerichtet gewesen war.

Der Vertrag war nicht nur unter den Auspizien des ergrauten Sünders Palmerston, des Freundes Rußlands, der als Lord Feuerbrand (Firebrand) und als der Minister eines „wahrhaft" konstitutionellen Landes bei den Doktrinären der Paulskirche viel galt, sondern auch — was die gröbste Beleidigung des Parlaments und der Zentralgewalt war — im Namen des deutschen Bundes abgeschlossen worden. Er bestand aus 12 Artikeln, (wofern keine geheimen Artikel vorhanden waren,) und setzte die durch eine Revolution in den Herzogthümern geschaffene provisorische Regierung ab, wofür eine neue Regierung ins Leben treten sollte, bestehend aus gleichfalls 5 Mitgliedern, von denen 2 von Dänemark, 2 von Preußen „im Namen des deutschen Bundes" ernannt und das fünfte Mitglied von diesen vieren gewählt, im Falle der Nichtverständigung aber — man höre! — von einer fremden Regierung, nämlich von England, eingesetzt werden sollte. Um der Revolution gleich tüchtig zu Leibe zu gehen, sollten sämmtliche seit dem 17. März für die Herzogthümer erlassenen Gesetze aufgehoben sein, doch solche derselben, welche der neuen Regierung unbedingt nothwendig schienen, wieder ins Leben gerufen werden. Die Mitglieder der neuen Regierung wurden sogleich mit Namen bezeichnet, darunter der verhaßte Graf Moltke. Diese Maßregel, welche die Revolution vernichten sollte, wäre indessen nur halb gewesen, wenn nicht auch das der Revolution zu Gebote stehende Heer davon betroffen worden wäre. Darum wurde durch den Vertrag festgesetzt, daß, nachdem Schleswig-Holstein von den beiderseitigen Truppen geräumt, der „deutsche Bund" blos 2000 Mann in Holstein und Schleswig, Dänemark aber eine ebenso starke Anzahl auf der Insel Alsen lassen dürfte, angeblich um über die Hospitäler und Kriegsvorräthe zu wachen. Um das schleswig-holsteinische Heer zu zerstreuen und aufzulösen, war verfügt, daß die in Schleswig einheimischen Soldaten der Herzogthümer in einzelnen Abtheilungen aufgestellt und von der neuen Regierung im Dienste der öffentlichen Ruhe, also gegen die Revolution, verwandt werden sollten. Indeß sollte es der neuen Regierung auch freistehen, sowohl die Offiziere, wie die Gemeinen in beliebiger Anzahl in die Heimath zu entlassen. Zwar sollte, unter dem Befehle der neuen Regierung, in Holstein die „gegenwärtige Kopfzahl der regelmäßigen Truppen dieses Herzogthums" unverändert bleiben, allein auch diese Zahl sollte vermindert werden können, wenn zwischen der neuen Regierung und dem Oberbefehlshaber des deutschen „Bundesheers" eine Verständigung erzielt würde. Somit bezweckte der Vertrag die Entwaffnung der Herzogthümer, und Preußen bereitete einstweilen die Auslieferung derselben an Dänemark, die später von Oestreich in's Werk gesetzt wurde, vor. Alle durch den Krieg errungenen Vortheile, wie z. B. der Besitz Jütlands, wurden preisgegeben zusammt den mit Blut besiegelten „Rechten" der Herzogthümer. Die vielen Menschenleben waren geopfert worden, damit durch den Aderlaß größere Ruhe in Deutschland einträte. Der Jubel über das „Schwert" Deutschlands, wie Preußen genannt wurde, mußte jetzt wie eine entsetzliche Thorheit erscheinen. Doch auch das Schwert des Reichsverwesers, welches Gloß bei der Bildung der Zentralgewalt dem Parlamente hatte in die Hand geben wollen, war, wenigstens was den äußern Feind anlangt, zerbrochen und schlechter, als der elendeste Bettelmannsstab.

Der Vertrag war auf sieben Monate abgeschlossen, so daß Dänemark im Winter, während dessen es seine Schiffe nicht beliebig zur Kriegführung verwenden und ein deutsches Heer möglicherweise über das Eis nach Kopenhagen marschiren konnte, in Ruhe gelassen wurde.

Die Verurtheilung dieses Vertrags war allgemein im ganzen deutschen Lande. Aus allen Theilen gingen der Nationalversamlung Adressen zu, worin die Volksvertreter zur Verwerfung desselben aufgefordert wurden. Alle Parteien, mit Ausnahme der Junkerpartei, stimmten überein; denn alle fühlten, daß ein Wendepunkt für die Bewegung gekommen sei. So hieß es in einer Adresse, die durch den Staatskanzler von Wächter in Stuttgart abgefaßt und von einer Volksversammlung angenommen worden war:

„Soll durch diesen Vertrag die Freiheit Deutschlands, die Bedingung seiner Macht, Größe und Ehre, deren endliche Verwirklichung die viel geprüfte Geduld endlich einmal erwarten durfte, sollen dadurch alle Errungenschaften der letzten Zeit in Frage gestellt werden? Ist es unselige Verblendung, oder ist es Verrath, welche hier thätig waren? Wir eilen, in dieser das Lebensprinzip für Deutschlands Ehre und Wohl bedingenden Frage unser erneuertes Vertrauen zu den Vertretern des deutschen Volkes und unsere Treue gegen die von ihnen gegründete Gewalt auszusprechen. Wir alle und mit uns gewiß die Mehrzahl der Würtemberger sind bereit, für unser deutsches Vaterland und seine Einheit Gut und Blut einzusetzen; möge die Nationalversammlung kräftig nun voranschreiten auf dem Wege, der uns allein Einheit und Kraft nach Innen sichern und Ehre und Achtung nach Außen geben und erhalten kann. Jeder Deutsche, der sein Vaterland wahrhaft liebt, wird gegen jeden Feind der deutschen Sache, komme er von Außen oder drohe er von Innen mit verrätherischen Sondergelüsten, mit vereinten Kräften auftreten. Möge die Nationalversammlung über uns gebieten; wir werden wie Ein Mann zu ihr stehen.“

In der Adresse, welche von allen Frankfurter Vereinen

einstimmig angenommen wurde, war der Waffenstillstand folgendermaßen kritisirt:

„Ein Waffenstillstand, schmählig wie irgend einer der Friedensschlüsse aus den Zeiten tiefster Erniedrigung, erschüttert das Lebens des Volkes. Schleswig und Holstein dem Feinde preisgeben, der diese Volksstämme so lange und schwer geknechtet, die Volksmänner geächtet und verbannt, der Dränger des Volks zu seinem Führer berufen; die Zeit der günstigen Kriegsführung der Zögerung und thatenloser Ruhe überlassen; das viele und edle Blut der reinsten Jugend fruchtlos vergossen; die Gesetze, welche das Land in seiner Erhebung sich gab, widerrufen; **der Sieg der Legitimität über die Revolution:** — d a s s o l l e n d i e F r ü c h t e s e i n d e r e r s t e n u n d g l o r r e i c h e n W a f f e n t h a t e n d e s d e u t s c h e n R e i c h e s! Ohne Ehre kann Deutschland ferner nicht bestehen, seine Ehre ist fortan sein Leben! Volksvertreter!" — hieß es am Schluß — „rettet die Ehre und zählt auf des Volkes Kraft und unbeugsamen Willen, dessen Ausdruck wir, die wir Euch zunächst wohnen, zuerst an Euch zu bringen das Recht und die Pflicht haben, wie er bald von allen Enden des Vaterlandes tausendstimmig zu Euch dringen wird."

Jetzt war für die Nationalversammlung die Zeit der Entscheidung gekommen. Entweder mußte sie die durch das Grundrechtsgeschwätz verlorene Autorität wieder gewinnen und die an Johann übertragene Souveränetät zurücknehmen, oder sie brachte sich noch um den letzten Rest von Macht, Ansehen und Vertrauen. Das parlamentarische Geschwätz mußte aufhören und das Handeln anfangen. Zunächst hatte sie den Waffenstillstand für einen Verrath am deutschen Volk zu erklären und diejenigen, welche ihn begangen, zu bestrafen. Die Reichsminister, welche Preußen die Vollmacht zu Separatverhandlungen ertheilt, mußten in Anklage versetzt und die Zentralgewalt, welche den Abschluß des Waffenstillstandes aus der Hand gegeben, auf der Stelle abgethan werden. Die Macht der preußischen Regierung aber mußte gebrochen und jener preußische Staat, welcher immer noch im Besitz der Reaktion war und sich gegen die Zentralgewalt auflehnte, in seine Theile aufgelöst und unter das Ansehen des Parlamentes gebeugt werden. Weil jedoch das Parlament kein Heer zur Verfügung hatte, mußte es sich als Konvent, als oberste Revolutionsbehörde, konstituiren und in allen Theilen Deutschlands den Aufstand, der im März auf halbem Wege stehen geblieben war, zur gründlichen Vollendung der unfertigen Arbeit aufrufen. Wenn die Mehrheit der Versammlung zu verwest war, um sich zu solcher Energie zu ermannen, so mußte die Minderheit, wollte sie nicht ihre eigene Fäulniß an den Tag legen, allein den revolutionären Weg betreten und zu dem Behufe sich von der Mehrheit trennen.

Aber hieran war nicht zu denken; so verdorben zeigte sich das Bürgerthum selbst in seinen fähigsten Vertretern, den Mitgliedern der Linken! Das Reichsministerium, weit davon entfernt, in Anklage versetzt zu werden, besaß sogar die Frechheit, nebst den Parlamentsmitgliedern der Rechten den Vertrag zu vertheidigen. Schmerling, Bassermann, Beckerath, Heckscher, Peucker, Radowitz, Lichnowsky, Professor Schubert aus Königsberg und Wichmann aus Stendal waren die Hauptkämpfer für die Genehmigung. Ja, Schmerling sagte noch halb drohend, halb spöttisch, weil er seine in den englischen Parlamentarismus vernarrten Pappenheimer kannte:

„Gelingt es Männern aus Ihrer Mitte, zu einem andern Beschlusse zu kommen, dann hat Deutschland das Recht, zu fordern, daß diese Männer nach uns die Leitung der Geschäfte übernehmen und ihren Beschlüssen Geltung verschaffen. Würden sie diesem Rufe nicht in der kürzesten Zeit entsprechen, dann müßte ich bedauern, zu bemerken, daß es leichter ist, eine Maßregel zu tadeln, als selbst eine entsprechendere durchzuführen.“

Frecher noch gebärdete sich später der Minister Heckscher, indem er sagte: unter Diejenigen, welche ihn getadelt, rechne er vornehmlich Solche, welchen die Einheit ein Dorn im Auge sei und welche die Fackel der Zwietracht unter das Volk werfen wollten. Und als ihn der Präsident zur Mäßigung ermahnte, fuhr er fort:

„Meine Sache hat Nichts zu scheuen; ich trotze allen Anklagen. Es sind Diejenigen darunter, die planmäßig darauf ausgehen, die Fackel der Zwietracht in unser Vaterland zu werfen.“ — (Auf die Frage Gagern's, ob er eine Partei des Hauses meine, weil er alsdann den Ordnungsruf verdiene, rief er mit frecher Stirne:) — „Ja ich muß sagen, das habe ich allerdings gemeint.“ — (Als der Ordnungsruf erfolgt war, schrie er vor den anständigen Herren im rohen Zornausbruch:) — „Es sind ferner Diejenigen darunter, denen eine Entzweiung mit Preußen nicht unlieb wäre!“ (Nochmaliger Ordnungsruf und die Rufe: „Herunter, herunter!“) — „Das will ich noch hinzufügen: ich hätte nicht geglaubt, daß so wenig Gerechtigkeit und Billigkeit in diesem Hause wäre!“

Die Reaktion am Sitze des Parlaments sah ein, daß nur mit Keckheit ihre Sache zu gewinnen sei. Und sie gewann sie wirklich. Allerdings fing im Anfange der Verhandlung (am 5. September) ein Theil der Edelsten und Besten fürchterlich zu werden an und zeigte dem künftigen Erb-Kaiser die Zähne. Der Patriot Dahlmann nämlich als Berichterstatter — denn die Sache war an zwei Ausschüsse verwiesen worden — war außer sich ob der Schmach. Indem er sich als der schicklichste Vertreter einer Sache annahm, welcher er „die besten Kräfte der Jugend, die Treue eines Menschenalters gewidmet“ hatte, erinnerte er jetzt mit „Worten der Wehmuth an die Rechte Schleswigs und an die Ehre Deutschlands“ und trug auf Verwerfung des Waffenstillstandes durch Sistirung der militärischen Rückbewegungen an. Die Trennung der Truppen, wimmerte er, sei die Trennung der Herzogthümer und Anarchie drohe in Schleswig-Holstein wie in Deutschland. Das Parlament werde nie wieder das Haupt erheben, wenn es bei der ersten Prüfung sich dem Auslande unterwerfe. (Als ob es sich nicht darum gehandelt hätte, daß sich das Parlament der preußischen Regierung und der übrigen **deutschen** Reaktion unterwarf!)

Mit geringer Majorität, nämlich mit 238 gegen 221 Stimmen, wurde in der That beschlossen, daß die Maßregeln zur Ausführung des Vertrags einzustellen seien. Aber hiermit war nicht viel gebessert. Denn nun schrumpfte die Frage, welche ganz Deutschland in Athem hielt, zu einer elenden Ministerkrisis zusammen. Das seitherige Ministerium trat zurück, und Dahlmann erhielt vom Reichsverweser den Auftrag, ein neues zu bilden. Welch' ein Schrecken für den Professor! Weil Dahlmann sich unfähig fühlte, gab er am 8. September Abends dem Reichsverweser die Vollmacht zurück. Nun vergeudete man die Zeit unter traurigem Parlamentsgeklatsch über die Unmöglichkeit, ein Ministerium herzustellen. Auch die Schwätzer der Linken glaubten sich außer Stande, ein Ministerium zusammenzusetzen, weil ihnen nicht die nach parlamentarischen Begriffen erforderliche Mehrheit des Hauses zu Gebote stand. Der Versuch des Triasbaiern von Hermann, dem Parlamente die Protektion der Dynastie Wittelsbach zuzuwenden, scheiterte ebenfalls und wurde von Schmerling unbarmherzig verspottet. Nachdem 4 Tage lang zum großen Jammer aller Derer, welche die parlamentarische Routine liebten, die Ministerbank leer geblieben war, liefen am 12. September die Ausschußberichte über den Waffenstillstand selbst ein; denn bei der ersten Abstimmung hatte es sich nur um die Rückgängigmachung der *militärischen* Maßregeln gehandelt. Jetzt kam die Hauptschlacht, welche unter dem Vorwande, daß der Druck der Aktenstücke nicht schneller habe besorgt werden können, über die Gebühr hinausgezogen worden war, bis sich die wackern Recken überzeugt hatten, daß sie kein Ministerium aus der Mehrheit zu bilden vermochten. Welch' eine Schande für das Parlament!

Es ist mir hier nicht darum zu thun, die Parlamentsverhandlungen zu registriren. Eine solche Sorgfalt verdient das Schwätzerparlament nicht. Aber ich muß, um einen Einblick in die Verwesung des Redeübungsvereins der Paulskirche zu geben, auf die Reden einiger Koryphäen hinweisen. Der frechen Rede Heckscher's habe ich schon Erwähnung gethan. Im Vergleich mit ihr sagten die Männer der Linken, welche auf den groben Klotz hätten mit groben Keilen antworten und allen parlamentarischen Anstand im Kampfe mit den Volks- und Landesverräthern bei Seite setzen sollen, seichte platte Phrasen her, weil sie im Gefühle ihrer Entmanntheit vor den Folgen der Verwerfung des Waffenstillstandes bange waren. Die Furcht vor der Reaktion auf der einen Seite, auf der andern die Angst vor der Revolution charakterisirt diese Parlamentshelden der bürgerlichen Demokratie! Wilhelm Jordan, der spätere pensionirte Marinerath, der in seinen Gedichten den „Dänenthron ins Meer hatte werfen wollen, lief jetzt offen zur Reaktion über, indem er den Partikularismus Preußens zu rechtfertigen unternahm. — Der Spaßmacher Karl Vogt hielt folgende kraft- und ziellose Pauke: „Preußen verdirbt Alles durch seinen Widerstand gegen die Zentralgewalt und den Fortschritt. Hätte Preußen sich und seine Kraft der Zentralgewalt aufrichtig angeboten, so würde man ihm freiwillig angetragen haben, was man ihm jetzt Fuß für Fuß bestreitet; man würde ihm aus vollem Herzen gegeben haben, was man ihm jetzt mit dem Widerstreben des Ingrimms gibt, wenn man überhaupt Etwas gibt. Die preußische Regierung wollte das große Ganze ohne Opfer gewinnen." — Diese verwirrte undemokratische Auslassung verband Vogt allerdings mit einer Appellation an die Volkskraft und mit einer schüchternen Erwähnung des Konvents der ersten französischen Revolution; allein die Rath- und Thatlosigkeit leuchtet auch aus diesen Bemerkungen hervor. — Löwe aus Calbe befürwortete die Verwerfung des Waffenstillstands mit einem matten Hinweis auf die materiellen Interessen. — Robert Blum dagegen, der Hauptführer der Linken, sprach ganz unmißverständlich seine Furcht vor der Revolution aus. Er sagte:

„Offen und ehrlich, wie sich die äußersten Seiten des Hauses von Anfang an gegenübergestellt haben! Denn wir haben uns ohne Hehl (?) gesagt, was wir wollen. Man sagte, ein Theil dieses Hauses — oder wenn nicht unmittelbar diejenigen, die in diesem Hause sitzen, so doch mittelbar dieselben durch ihre politischen Freunde, die sie draußen haben, — strebe darnach, die Revolution für dauernd zu erklären, die Bewegung zu erhalten und zu steigern. Wenn das der Fall wäre, so würde ich Ihnen mit aller Kraft, die mir zu Gebote steht, rathen: Genehmigen Sie den Waffenstillstand! Es ist aber nicht wahr; und ich will Ihnen ehrlich sagen, weßhalb: **weil wir die ernste Besorgniß hegen, daß die Bewegung, wenn wir sie nicht behalten, in Hände übergeht, die weit von uns nach dieser oder jener Seite liegen,** und die vielleicht ohne unsere Schuld die gesammten Errungenschaften unsers geistigen Daseins in Frage stellen. Deßhalb wollen wir es nicht; und deshalb bitten wir Sie: Wagen Sie es nicht darauf, daß es dahin komme, daß die Bewegung sich steigere!... Wir haben es oft gehört, daß Sie Ihre Fürsten lieben, und ich erkenne dieses Gefühl an. Aber wenn Sie Ihre Fürsten lieben, so treten Sie dem immer wuchernden Glauben entgegen, daß die Fürsten mit ihren dynastischen Interessen ein Hinderniß bieten für die Entwickelung unserer neuen Zustände; geben Sie dem Volke das Vertrauen, daß Sie ebenso die Uebergriffe von der einen, wie von der andern Seite in die Schranken zu weisen entschlossen sind! Wenn Sie uns sagen, daß die Revolution ehrfurchtsvoll vor den Thronen stehen geblieben ist, so muß es Ihre gewichtigste Sorge sein, daß die zweite Bewegung nicht darüber hinwegschwemmt!“ *)

*) Erst am 18. August hatte Blum mit seiner ganzen Familie einem ihm zu Ehren veranstalteten Volkskonzerte beigewohnt,

Blum's hartnäckiger Gegner Lichnowsky wurde durch dieses offene Bekenntniß sehr mild gestimmt und sprach freundschaftlich gerührt Worte der Versöhnung; denn seinem Herzen that es wohl, daß der Hauptführer der Linken das Grauen seiner Partei vor der Revolution ausdrückte und eine Saite der Seelenverwandtschaft mit der Rechten anschlug.

Nur ein leiser zarter Vorwurf ließ sich aus dem Munde des reaktionären Mephistopheles noch vernehmen, ehe von ihm die Linke zum engen Bündnisse mit der Rechten, zur brüderlichen Verschwörung gegen das Volk, eingeladen wurde. „Anstatt," sagte er, „anstatt die Hand zur Versöhnung zu reichen, haben Sie geschmäht auf die mittlern Anträge; Sie haben ihnen das Einzige genommen, was Ihnen bleibt, das Höchste, was geboten werden kann: die Palme des Friedens **unter uns**, von dem der Friede Deutschlands abhängt! .... Wir sind auch noch Männer, das Schwert zu ergreifen; und wenn wir hier auftreten und Friedensworte sprechen, und sagen: Gehen Sie so weit, als das Gewissen es Ihnen erlaubt; gehen Sie so weit, als Sie nachgeben können; — glauben Sie denn, daß wir uns da nicht vollkommen klar sind, daß wir nicht die glänzende und ritterliche

welches im großen Küchengarten zu Leipzig stattfand. Mit seiner ganzen Familie war er erschienen und hatte sich in der Verehrung berauscht, welche das anwesende Volk ihm zollte. Um so empfindlicher war es ihm, daß der Literat Jäkel ihn wegen seines Verhaltens in der Waffenstillstandsfrage auf einer sächsischen Volksversammlung anklagte und ihm einen großen Theil seiner Popularität entzog. Zwar reiste Blum so bald als möglich nach Sachsen, um sich vor seinen Wählern zu rechtfertigen; allein er wußte nur zu gut, daß er sich in der Waffenstillstandsfrage unwürdig und pflichtwidrig benommen hatte. Darum suchte er nachher den begangenen Fehler wieder gut zu machen und sühnte ihn in Wien. Blum's Wittwe sagte mir 1849 im Gladbach'schen Institut zu Großwabern bei Bern, wo ihre Söhne erzogen wurden, mit unverkennbarer Bitterkeit: „An meines Mannes Tode ist Niemand anders schuld, als Jäkel."

Seite vertheidigen und herauskehren? Wir gehorchen aber unserer Pflicht und unserm Gewissen. Unsere Vollmachtgeber, ganz Deutschland mag über uns urtheilen, wenn wir dieses Opfer bringen, dieses Opfer unsrer Ueberzeugung." (Die Gallerie zischt; Lichnowsky ruft hinauf: „Das ist kein Urtheil von Deutschland!")

Somit vereinigten sich hier der Führer der Linken und der Führer der Rechten gegen die Revolution. Nachdem sie einander oft bekämpft, reichten sie einander die Palme des Friedens. Sie umschlangen sich brüderlich, als es galt, die Throne gegen die drohende Volkskraft zu schützen. Sie sprachen jetzt entre nous, betrachteten sich als Klike, welche sich gemeinsam vor der Revolution zu wahren hatte. Die Linke opferte die Einheit Deutschlands, die Rechte, in deren Namen Lichnowsky redete, die Ritterlichkeit. Das Parlament zehrte von der Erhebung der Märztage und verdankte das geringe Ansehen, welches es bei den Regierungen noch genoß, einzig und allein dem Umstande, daß die Männer der Linken für die Führer und Geisterbanner der Revolution gehalten wurden. Um dieses Ansehen brachte sich die Linke selber. Sie legte Hand an das Parlament, an das Volk, an sich selber; sie beging Selbstmord. Kläglich offenbarte sich die Machtlosigkeit des deutschen Bürgerthums in seinen besten Vertretern, die vor entschiedenem Handeln zurückschreckten aus kleinlichem Egoismus, aus Bangigkeit, daß die Bewegung, wenn sie weiter getrieben würde, in die Hände Anderer geriethe, und daß die kärglichen Errungenschaften des spießbürgerlich geistigen Daseins in Frage gestellt werden möchten. **Von diesem Tage an blieb das Parlament der preußischen Regierung, welche damit an die Spitze der Reaktion gelangte, untergeordnet.** Die eigentlichen Volksverräther des Malmöer Waffenstillstandes waren die Männer der Linken. So wurde denn zuletzt auch auf Francke's Antrag mit 258 gegen 237 Stimmen beschlossen: „die Vollziehung des Waffenstillstandes, soweit solcher nach der gegenwärtigen Sachlage noch ausführbar, nicht länger zu hindern; die provisorische Zentralgewalt aufzufordern, die geeigneten Schritte zu thun, damit auf dem Grunde der dänischerseits amtlich erklärten Bereitwilligkeit über die nothwendigen Abänderungen des Vertrags bald eine Verständigung eintrete; sie aufzufordern, wegen schleuniger Einleitung von Friedensunterhandlungen das Erforderliche wahrzunehmen und über das Verfahren der preußischen Regierung der Zentralgewalt gegenüber Bericht zu erstatten."

Was soll man erst von den Edelsten und Besten, die zwischen der frechen Rechten und der geschwätzigen, revolutionsscheuen Linken in der Mitte saßen, sagen?! Nachdem Dahlmann's Antrag zum Beschluß erhoben worden, waren sie schon am nächsten Morgen gemäßigter aufgestanden. Diese Herren, welche, gleich den Herbartianischen Philosophen, selbst die gemeinen Funktionen körperlicher Verdauung mit ästhetischem Anstande verrichteten, waren von bösen Träumen wegen der schrecklichen Folgen, die das Verwerfen des Waffenstillstandes nach sich ziehen mußte, vom 5. bis zum 16. September alle Nächte gequält worden. „Vor Allem die Furcht," sagt Georg Weber, „den Förderern der Revolution, den Feinden staatlicher Ordnung, in die Hände zu arbeiten, zogen die gemäßigten Gegner allmählich" (das heißt, doch binnen sehr kurzer Zeit!) „auf die andere Seite." Eine Menge Erwägungen der Unmöglichkeit, Preußen entgegen zu handeln, traten hinzu, und als man erst Luft geschöpft und den unbeneidenswerthen Muth gefaßt hatte, den Dahlmann'schen Beschluß umzustoßen, kehrte sowohl die Gewissensruhe zurück, als auch umgaukelten von Neuem die süßen Bilder des gewohnten Vertrauens und der immer grünen Hoffnung die patriotische Phantasie. So verriethen die feigen Professoren ihre eigene Sache und ließen damit ahnen, mit welchem Muthe sie später für ihr „hohes Verfassungswerk" Gut und Blut einsetzen würden. Um diese Zeit dachten einige Bundesrepublikaner an das Ausscheiden aus der jämmerlichen Versammlung, wurden aber, da ihnen alle

Energie fehlte, durch die ihrer Feigheit bewußteren Kollegen, namentlich durch Robert Blum, zum „Ausharren" bewogen.

Dem Volke gegenüber gaben sich indeß die Mitglieder der Linken den Anschein, als ob sie von den besten Absichten erfüllt gewesen, und als ob allein die verrätherische Rechte, sowie die gemäßigte Mehrheit, die in dem Zentrum saß, an Allem Schuld wäre. Die Folgen davon blieben nicht lange aus. Die meisten „Demokraten" waren nicht im Stande, die Männer der Linken zu durchschauen. Nach Frankfurt waren eine Menge Menschen geströmt, um dem Ausgange der Verhandlungen über den Waffenstillstandsvertrag beizuwohnen. Diese waren über das Resultat der Abstimmung entrüstet. Am Abend des 16. September fiel ein Straßenkrawall vor, begleitet von Katzenmusiken und Fenstereinwerfen. Raveaux versuchte umsonst die Menge in der Nähe des Englischen Hauses zu beschwichtigen; sie wälzte sich von da nach der „Westendhall," dem gemeinsamen Zeitungslokale der Parlamentsmitglieder, um die Verräther zu züchtigen. Nur sehr wenige Parlamentler waren anwesend, als der tobende Haufe von der Promenade heranrückte. Der alte Turnvater Jahn, im Zeitungszimmer sitzend, bemühte sich im ersten Schrecken, die Gaslichter auszublasen. Mittlerweile erschallte von Draußen der Ruf: „Sie sind da, sie verstecken sich!" Jahn zitterte für sein Leben. Während einige Diener des Hauses den Turnvater im Spielzimmer versteckten, wo er sich unter einen Tisch verkroch, der mit einem bis auf den Boden reichenden Tuche bedeckt war, stürmte der Haufen mit einem gewaltigen Steinregen das Haus, zertrümmerte vor demselben die Gaslaternen, die Fenster und Läden, erzwang den Eingang und tobte nun, in blinder Zerstörungswuth alle Scheiben zerschlagend, in dem Hause unter Drohungen gegen die Versteckten umher. Die Diener und das Eigenthum des Wirths — bis auf die Glasscheiben — wurden jedoch respektirt. Da keine Mitglieder der Rechten zu finden waren, und auch das Zimmer, wo der alte Turnvater unter dem Tische Todesangst ausstand, nicht entdeckt wurde, so verlief sich allmählig die Menge. Die Mitglieder der Linken waren während dieses tumultuarischen Auftritts im Saale des „Deutschen Hofes“ versammelt; auch hier hatte sich eine große Menschenmasse versammelt, doch ließ sich dieselbe von Robert Blum und Ludwig Simon beschwichtigen. Robert Blum dankte dem Volke für die bewiesene Theilnahme, beklagte den gefaßten Beschluß der Nationalversammlung und gebrauchte zur Beruhigung der Menge die Phrase: wenn das deutsche Volk denke, wie die hier Versammelten, so werde die heutige Niederlage sich bald in einen Sieg verwandeln. Was die Linke, fügte er hinzu, jetzt thun werde, sei eben Gegenstand der Berathung. Bekanntlich that die Linke Nichts; aber an sie wagte die gemüthliche Demokratie von 1848 noch nicht Hand anzulegen. Deutlicher, als zum erzürnten Volke, sprach Blum zu den in den „Deutschen Hof“ kommenden Deputationen der politischen Vereine. So erklärte er der Deputation des Frankfurter „Montagskränzchens,“ bei der sich Dr. Sigmund Müller befand, daß das Hervorrufen von Aufständen nur schädlich sein müsse. Kurz, wäre die Demokratie im Allgemeinen klarer gewesen, so würde jetzt mit einem Schlage das Parlament und die Zentralgewalt den Göttern der Unterwelt geopfert worden sein, und zwar hätte man zwischen den Mitgliedern der Linken und denen der Rechten keinen Unterschied machen dürfen.

Der Führer der erzürnten Volksmenge war Germain Metternich von Mainz, ein Turnbruder und Schreier, welcher der nöthigen Thatkraft und Einsicht ermangelte. Anstatt sogleich am Abend des 16. September den Reichsverweser und dessen Minister zu verhaften und zu richten, wollte derselbe erst Zuzüge aus der Umgegend abwarten. Viel zu spät ordnete er die Zerstörung der nach Mainz führenden Telegraphendrähte und Eisenbahn an; weßhalb eine solche Zerstörung nichts mehr half und auch nur noch in Bezug auf den Telegraphen ausführbar war. Eile jedoch that noth. Zu Frankfurt lag nur ein einziges Bataillon (hessischer) Soldaten, da das etwa 6—700 Mann betragende Frankfurter Militär vor Kurzem nach Schleswig-Holstein abgegangen war. Mit den in Frankfurt stehenden Truppen war also leicht fertig zu werden, wenn nicht schnell von Mainz und Darmstadt Truppen herbeigeschafft werden konnten. Ein solcher Sukkurs aber stand in sicherer Aussicht. Denn schon am 26. Mai, als über die Militärausschweifungen in Mainz verhandelt worden war, hatte Herr von Schmerling, der Oberfeuerwerker der Reaktion, gesagt: „Mainz muß in Vertheidigungsfähigkeit erhalten werden, da es demnächst bestimmt ist, auch uns in Frankfurt gegen feindliche Ueberfälle zu schützen!" Bei Revolutionen müssen die Schläge sicher und rasch geschehen. Freilich wäre von Frankfurt aus Deutschland nicht umzuwandeln gewesen, aber mit dem Abthun der Zentralgewalt und des Parlaments wäre die Illusion, daß das Frankfurter Geschwätz Deutschland eine nagelneue Zukunft bereite, beseitigt gewesen. Niemand hätte das Schwätzergesindel unter den gegenwärtigen Umständen bedauert, wenn der Schlag gelungen wäre. Im Fall des Mißlingens dagegen nützte er der Reaktion.

Indeß nahmen sich die Veranschlager des Aufstandes Zeit. Am 17. September, einem Sonntage, wurde erst noch nachmittags auf der Pfingstweide eine Volksversammlung, die von den demokratischen Blättern auf 15—20,000 Mann veranschlagt wird, abgehalten. Berufen wurde die Versammlung von dem „demokratischen Verein", dem „demokratisch-republikanischen Verein", dem „Turnverein" und dem hin- und herschwankenden „Montagskränzchen". Gegenstand der Berathung war der von der Nationalversammlung gefaßte Beschluß. Hier hielten besonders Dr. Reinganum aus Frankfurt, Zitz von Mainz, Vogt aus Gießen, Simon von Trier und Schlöffel aus Schlesien aufreizende Reden. Alle Schuld ward natürlich der Parlamentsmehrheit, welche den Waffenstillstand gebilligt hatte, beigemessen, und es ward eine Adresse verlesen und genehmigt, welche am folgenden Tage durch eine

Deputation persönlich der Nationalversammlung überreicht werden werden sollte. Kurz, man verfuhr auf die nämliche Weise, als ob das kleine Frankfurt, in welchem der Krämergeist herrscht, ein zweites Paris gewesen wäre. Unter den Rednern gefiel vorzüglich ein junger Mann aus Schleswig-Holstein und Vater Schlöffel, welcher letztere gewaltigen Beifall ärntete, als er die Versammelten aufforderte, mit der Parlamentsmajorität „in Frakturschrift zu reden". Die Adresse lautete:

„Hohe Nationalversammlung! Die Volksversammlung zu Frankfurt am Main, bestehend aus mindestens 20,000 Bürgern aller Städte und Dörfer der Umgegend, beschließt: daß die Majorität von 258, welche in der Nationalversammlung am 16. d. M. den schmählichen Waffenstillstand angenommen hat, von dieser Versammlung hiermit für Verräther des deutschen Volks, der deutschen Freiheit und Ehre erklärt und daß dieser Beschluß der deutschen Nation auf das Schnellste bekannt gemacht werde."

Diese Adresse war albern, denn sie vermochte Nichts an der Sachlage zu ändern. Auch lehrte sie nichts Neues. Weil aber durch die Volksversammlung eine große Aufregung hervorgerufen worden war, versammelte sich am nämlichen Abend der Frankfurter Senat und machte dem Reichskriegsminister um Mitternacht noch die schriftliche Mittheilung, daß er nicht im Stande wäre, ohne fremde Truppen die Ordnung aufrecht zu erhalten und das Parlament zu schützen. Schon abends 7 Uhr jedoch hatten zwei Frankfurter Stadtherren den Befehl zur Mobilmachung eines Bataillons Preußen und eines Bataillons Oestreicher nach Mainz überbracht, und so kam es denn, daß diese Truppen bereits Montag morgens 3 Uhr in Frankfurt eintrafen und hier in aller Gemütblichkeit den Platz an der Paulskirche, sowie die auf denselben führenden Straßen besetzten. Das reichsverweste Parlament mußte mit den Bajonetten der Reaktion gegen das verrathene Volk geschützt werden. Die Thatsache spricht an sich ohne alle weitere Erklärung!

Am Montage waren die Gallerien der Paulskirche dicht gefüllt, und starke Menschenhaufen standen, Einlaß begehrend, um die Paulskirche herum, besonders an den Eingangsthüren der nördlichen Seite, doch wurden sie von den Thürstehern abgewehrt. Indeß drang ein Haufen dem Hamburger Abgeordneten Riesser so schnell nach, daß die beiden Thürsteher die Thüren nicht rasch genug verschließen konnten. Hierdurch fuhr unter die Parlamentsmitglieder großer Schrecken; viele derselben dachten an die Flucht; unter Andern entfernte sich Lichnowsky. Das nun entstehende Gedränge hatte mehrere Verwundungen zur Folge, weil ein preußischer Offizier ohne Aufforderung und Trommelschlag die Menge mit gefälltem Bajonet auseinander treiben ließ. Das war das Signal zum Barrikadenbau. Die Truppen ließen diesen, durch die noch nicht abgerissenen Meßbuden erleichterten Bau ruhig vor sich gehen, da es den Führern der Reaktion heilsam schien, wenn ein kleiner Putsch, der mit einigem Blutvergießen unterdrückt würde, Schrecken verbreitete. Man konnte alsdann Belagerungszustand einführen und das unbändige Pöbelgeschrei der Gallerien los werden. Vielleicht, so mochten sie hoffen, ließen sich auch ein Paar verhaßte Persönlichkeiten, wenn selbigen eine Mitschuld am Aufstande nachgewiesen werden konnte, aus dem Parlamente entfernen. In jedem Falle aber sollte der Riß zwischen dem Parlamente und dem Volke vollständig gemacht werden.

Die Barrikaden entstanden an der Ecke der Haasengasse, Töngesgasse, am Graben, auf der Zeil beim Türkenschuß, in der Schnurgasse, Fahrgasse und in der Allerheiligengasse. Die Behörden hätten sehr leicht den Aufstand im Keime ersticken können; allein sie thaten Nichts, bis der Barrikadenbau vollendet war. Erst gegen 2 Uhr nachmittags schritten die Oestreicher von der Zeil her zum Angriffe auf die Barrikade an der Haasengasse vor und die Preußen griffen einige

Zeit nachher die Barrikade in der Allerheiligengasse an. Während die Oestreicher am Graben und die Preußen auf der Zeil noch kämpften, ohne des Aufstandes Herr geworden zu sein, langten von Darmstadt 1200 Mann hessische Truppen, darunter ein Bataillon Schützen mit der Eisenbahn an und theilten sich in zwei Kolonnen, wovon die eine nach dem Roßmarkte, die andere über den Mainquai nach der (alten) Mainbrücke in die Fahrgasse rückte. Am letztern Orte wurden sie, als eine neue Abtheilung den Brückenkopf besetzen wollte, von den Demokraten Sachsenhausens, welche die Brücke besetzt hielten, hinter die Meßbuden zurückgetrieben. Hier und in der Altgasse dauerte der Kampf bis ½5 Uhr, wo durch die Vermittelung der Parlamentsdemokraten, eines Ludwig Simon, Trützschler, Rösler von Oels &c. mit den Aufständischen eine Waffenruhe vermittelt ward, damit inzwischen eine Batterie reitende Artillerie, die von Darmstadt beordert worden war, herbeikommen und dem Aufstande vollends den Garaus machen konnte. Auch andere Verstärkungstruppen von Mainz und Darmstadt langten unterdessen an. Am Längsten dauerte der Kampf in der Töngesgasse und Schnurgasse, wo die Barrikaden erst abends nach 8 Uhr vom Militär genommen wurden. Wie viel Militär fiel, ist nicht bekannt; auf Seite des Volks gab es 33 Opfer. Auch Lichnowsky nnd Auerswald, die beide aufs „Spioniren" ausgeritten waren, waren umgekommen. Sie waren erkannt und überall mit Steinwürfen verfolgt worden, bis sie sich in der Nähe des „Friedberger Thores" am Wege „Zur eisernen Hand" in die Wohnung eines Gärtners flüchteten, wo sie das Volk unter dem Geschrei: „Die Spione wollen wir haben, es soll Standrecht über sie gehalten werden!" — aus ihrem Versteck herausholte. Auerswald wurde zuerst entdeckt. Er stak unter dem Dache und wurde an den breiten, während des Sommers trockenen Graben, der sich vor dem Hause befindet, geschleppt. Graf Auerswald erhielt einen Schuß durch den Schenkel und stürzte in den Graben; ein zweiter Schuß durch den Kopf tödtete ihn. Eine wüthende Frau, Namens Zobel, schlug den Sterbenden noch mit einem Regenschirme. Nicht so schnell wurde Fürst Lichnowsky abgethan. Auch war er offenbar viel schuldiger, als Graf Auerswald, obwohl auch dieser als Mitglied der Rechten und des Wehrausschusses schuldbeladen genug war. Nachdem Lichnowsky im Keller des Hauses gefunden worden war, ward er, dessen Wangen hochroth vor Schuldbewußtsein glühten, auf die Pfingstweide geführt. Ein Bornheimer Arzt suchte ihn zu retten, indem er vorschlug, den Arrestanten nach Bornheim in Gewahrsam zu bringen. Das Volk ließ sich wirklich übertölpeln und gingin die Falle. Aber Lichnowsky sollte seinem Geschick nicht entrinnen. Das Maß seiner Sünden war voll. Unterwegs nämlich rissen ihm Einige, welche gern ein Andenken an ihn haben wollten, Fetzen von den Kleidern. Lichnowsky wollte es verhindern und suchte einem Manne aus dem Volke das Gewehr zu nehmen, indem er schrie: „Wollt ihr mich denn in Stücke reißen?" Durch diese Widersetzlichkeit kehrte die Wuth der Menge zurück. Dem Fürsten wurde das ergriffene Gewehr abgerungen. Der Eine haut ihn mit einem Kolben über den Kopf und ein Anderer schlägt auf ihn ein Gewehr an. Lichnowsky springt einige Schritte vorwärts an eine Pappel,*) wo ihm der tödtliche Schuß das Rückgrat zerschmettert und den Unterleib durchbohrt. Ein zweiter Schuß zerfleischt ihm den Arm. Hülflos bleibt er an dem Baume liegen, die feuchten Augen schmachtend zum Himmel gewandt, bis eine Kavalleriepatrouille den ihn umringenden Haufen zerstreut. Lichnowsky wird auf einer Bahre erst in die Wohnung des Gärtners und dann in das Haus des Herrn von Bethmann gebracht. Aber der letztere wollte keinen sterbenden Menschen in seinem Palaste dulden und war grausam genug, den fürst-

*) Diese Pappel ist während der Reaktionszeit auf hohen obrigkeitlichen Befehl gefällt worden, damit sie kein Zeugniß für die Revolution ablegte.

lichen Parteigenossen, der in den letzten Zügen lag, in das „Hospital zum heiligen Geist" transportiren zu lassen, wo derselbe unter Qualen in der folgenden Nacht die aristokratische Seele aushauchte. Ob dieser Volksjustiz, die von Revolutionen unzertrennlich ist, wurde von der Aristokratie ein arges Geschrei erhoben, und alle anständigen Leute des Bürgerthums stimmten in das Geheul ein. Beide aristokratische Abgeordnete erhielten ein feierliches Begräbniß; ebenso die gefallenen Offiziere. Dagegen mußten die gefallenen Aufständischen in aller Stille begraben werden, denn die auf den 24. September angesetzte Leichenfeier ward als öffentliche Demonstration untersagt.

Schon am 19. September erschien in Frankfurt folgende Bekanntmachung:

„Belagerungszustand. Bei der Fortdauer des Aufruhrs wird Frankfurt in Belagerungszustand erklärt und das Kriegsgesetz verkündet. Alle Vereine sind suspendirt und es wird deren Mitgliedern verboten, sich zu versammeln. Wer zum Aufruhr aufreizt, wer den Truppen Widerstand leistet oder sich unbefugt bewaffnet, wird standrechtlich behandelt.

Der Reichsverweser Johann."

Es ist diesem Belagerungszustande nachgerühmt worden, daß er keine Haussuchungen, Verhaftungen, Quälereien und Kriegsgerichte in seinem Gefolge geführt habe. Aber gerade das ihm gespendete Lob begründet seinen Tadel, denn es beweist, daß er ganz unnöthig war. Die guten Bewohner der Geld- und Krämerstadt Frankfurt durften sich mit Recht die Hände waschen von der Mitschuld am Aufstande, indem sie auf die „Fremden", worunter sie Alle verächtlich begreifen, die nicht das Glück gehabt haben, innerhalb der engen Thore der alten Reichsstadt geboren zu sein, als auf die Anstifter und Kämpfer des Aufstandes schimpften. Warum sollten sie für fremdes Vergehen büßen? Waren sie doch von jeher größer in Worten als in Thaten gewesen und hatten daher auch ihr Stadtgebiet nicht sehr auszudehnen vermocht! Bald schon überzeugte sich das Reichsministerium von der Zwecklosigkeit des Belagerungszustandes und hob ihn am 16. Oktober — also vor Ablauf eines Monats, — auf. Indeß blieben bis auf den heutigen Tag die fremden Truppen, bestehend aus Oestreichern, Preußen und Baiern, in der Bundeshauptstadt liegen, um daselbst sowohl den Bundestag, als auch den Frankfurter Senat zu schützen. Schon nach dem Attentate des Jahres 1833 hatte Frankfurt bis 1840 eine Bundesbesatzung zu unterhalten gehabt. Nunmehr sollte dieselbe permanent werden.

Die Mehrheit des Parlaments ließ es sich angelegen sein, den davon getragenen Sieg auszubeuten. Sie schwelgte im Hochgenuß, daß die Demokratie einen Schlag erlitten hätte, wovon sich dieselbe nicht bald wieder erholen würde. Das Schmählichste war, daß sie den Einheitsbegriff jetzt in sein Gegentheil verkehrte, indem sie ihn in dem nämlichen Sinne anwandte, wie der Reichsminister Heckscher in seiner oben angeführten heftigen Rede. Das Schalten- und Waltenlassen der von Preußen nunmehr offen geführten Reaktion, die Harmonie der Regierungen untereinander und die Eintracht des Parlaments mit den Regierungen: — das wurde jetzt unter deutscher Einheit verstanden. Somit wurde die Einheit der Märzkämpfe jetzt verleugnet. In diesem Sinne bezeichnete der Edle von Gagern am 19. September den Frankfurter Aufstand als ein Verbrechen gegen die deutsche Einheit und äußerte die Hoffnung, daß die Versammlung bereitwillig zur Herstellung der gesetzlichen Ordnung und der Achtung vor dem Gesetze die Hand bieten werde. Die Linke war so feig, durch Schweigen diese Auslassung gut zu heißen. Aber die Herren Verfassungs- oder Parlamentsdemokraten konnten sich überhaupt nicht viel mehr Blößen geben, als der Aufstand selbst an ihnen aufgedeckt hatte. Früher hatten sie immer mit dem Volke gedroht. Durch ihre Abstimmung in der Waffenstillstandsfrage hatten sie das Volk zum Kampfe ermuthigt, zum Theil hatten sie es auch, wie auf der Pfingstweide bei der Volksversammlung geschehen war, zum Aufstande aufgestachelt. Als aber der Aufstand losbrach, waren die Herren Verfassungsdemokraten zu vornehm, mit dem Volke sich identisch zu fühlen, und mit auf die Barrikaden zu steigen in einem Strauße, den sie duckmäuserisch und hinterlistig herbeigeführt hatten, um im Falle des Sieges die Früchte davon zu ärnten. Vielmehr halfen sie, als der Zornausbruch geschah, im Parlamente durch ihre Theilnahme dazu, daß die Parlamentsgeschäfte den regelmäßigen Verlauf nahmen, damit Niemand sie, wenn der Aufstand niedergeschlagen würde, einer Mitschuld zeihen könnte. Als sie dann sahen, daß sich das Glück gegen den Aufstand wandte, dienten sie als die Werkzeuge zur Niederschlagung desselben, indem sie auf Betreiben der Reaktion die für die Aufständischen verderbliche Waffenruhe, während deren von Darmstadt die reitende Artillerie herbeikam, vermittelten. Und selbst bei dieser Vermittelung setzten sie sich durch ihre Feigheit dem Spott aus. Nur Rösler von Oels zeigte sich kaltblütig bei dem Pfeifen der Kugeln. Ludwig Simon hingegen und Andere waren nicht zu bewegen, zu ihren kämpfenden Gesinnungsgenossen an der Zeil und Fahrgasse, um sie zum Einstellen der Feindseligkeiten zu bewegen, über die Barrikade zu steigen, weil sie befürchteten, von den Truppen todtgeschossen zu werden. Ludwig Simon ließ sich lieber beim Kragen nehmen und hin- und herzerren, er nahm lieber die gröbsten Beleidigungen hin, als daß er seine werthe Person in die Gefahr gebracht hätte, von einer Kugel getroffen zu werden, woran übrigens nicht zu denken war. Ludwig Simon's Freund hingegen, der Bruder Lustig Vogt aus Gießen, hatte nicht den Muth besessen, den Barrikadenkampf zu verhindern. Als jedoch während der Waffenruhe die reitende Artillerie aus Darmstadt angelangt war, beschwor er die Barrikadenkämpfer auf der Allerheiligengasse in den dringlichsten Worten, jeden ferneren Widerstand, der doch unnütz sein müsse, aufzugeben. Reichard aus Speier und Wiesner aus Wien nebst Anderen gingen vor dem Beginn und am Anfange des Kampfes in Frankfurt spazieren, um sich die Revolution anzusehen. **Anstatt** ihre Parteigenossen von thätlichen Feindseligkeiten die, voraussichtlich mit einer kompletten Niederlage enden mußten, abzuhalten, fanden diese Herren an dem Barrikadenbau ein heimliches Wohlgefallen. Die Ausrede, daß sich der Losbruch nicht mehr habe verhindern lassen, erweist sich sofort als eitel, wenn man bedenkt, daß die Männer der Linken sogar inmitten des Kampfes noch im Stande waren, eine Waffenruhe zu vermitteln. Auch hier bewiesen sie sich als bloße Schwätzer, unfähig zu jedem vernünftigen Handeln.

Hätten die Barrikadenkämpfer gesiegt, so würden die Parlamentsdemokraten nicht verfehlt haben, mit der größten Anmaßung und Aufgeblähtheit vor die Nation zu treten und sich als die eigentlichen Urheber des Aufstandes hinzustellen. Um so niedergeschlagener und kleinlauter waren sie nach der Niederlage. Vor dem Kampfe hatten sie nach ihren Kollegen auf der Rechten unablässig geklautscht, gebellt und gekläfft; jetzt dagegen zogen sie, als sie mit einem Eimer kalten Wassers begossen worden waren, die Schwänze ein. Darum ließen sie folgenden Antrag Zachariä's von Göttingen zur Verhandlung kommen, ohne ihn nach gewohnter Weise zu zerzausen:

1) Dem Ministerium die Zustimmung der Nationalversammlung zu seinen Maßregeln auszusprechen;

2) ihm ihre Unterstützung bei ferneren Maßregeln, die es zur Erhaltung der deutschen „Einheit" ergreifen werde, zuzusichern, und

3) den deutschen „Reichstruppen" für die von ihnen bei Unterdrückung des Aufruhrs bewiese Hingebung zu danken.

Ja, sie gaben sogar diesem Antrage insofern ihre förmliche Zustimmung, als beim zweiten Punkte von Schaffrath zu dem Worte „Einheit" noch das Wort „Freiheit" gesetzt und beim dritten auf den Antrag Rösler's den Truppen auch für die bewiesene „Mäßigung" gedankt wurde. Also bedankten sich die Männer der Linken bei den Truppen der Reaktion, bei den sogenannten Reichstruppen, für die ihrer eigenen Partei mit Mäßigung beigebrachte Niederlage." Um sie vollends zu Brei zu schlagen, beschämte sie der Edle von Gagern mit der Großmuth des Siegers, indem er durch die Geschäftsordnung die Abstimmung über diesen Antrag beseitigte.

Aber hierbei blieb begreiflicherweise die Reaktion nicht stehen. Als um diese Zeit der Abgeordnete Schmitt aus Löwenberg die Rednerbühne bestieg, sagte Schmerling zu seinem Nachbar: „Das ist auch eine von den Kanaillen, die wir hinausbringen müssen." Am 20. September legte Robert Mohl einen Gesetzentwurf zum Schutze der Nationalversammlung vor, und der Oberst Stavenhagen begehrte zu wissen, ob die Versammlung nicht gegen die Beleidigungen der Presse durch ein Gesetz geschützt werden könnte. Ein solches Gesetz gegen die Presse mußte für ächt konstitutionell gelten, da unter die Privilegien des englischen Unterhauses auch dasjenige gehört, den Schreiber einer Publikation, worin die Parlamentsmitglieder als solche angegriffen werden, vor die Schranken des Hauses zu fordern und in den Tower zu sperren. Im vorigen Jahrhunderte wurde von diesem Privilegium öfters Gebrauch gemacht, wie das Verfahren gegen John Wilkes im Jahre 1764 wegen seiner Zeitschrift: „The North Briton" und dasjenige gegen Reeves wegen des Pamphlets: „Thoughts on the English Government" im Jahre 1796 beweist. Beide hatten das Unterhaus geschmäht*). Im

*) Das Haus der Gemeinen kam am 15. November 1764 in Betreff Wilkes' mit einer Majorität von 273 gegen 111 zu folgendem Urtheil: „Daß die Zeitung betitelt: The North Briton, Nummer 45, eine falsche, skandalöse und aufrührerische Schmähschrift sei, voll von Ausdrücken der unerreichtesten Unverschämtheit und Verläumdung gegen seine Majestät, voll von den krassesten Schmähungen gegen die beiden Häuser des Parlaments und von der kecksten Herausforderung gegen die ganze

gegenwärtigen Falle hatte der Fortschrittsmann Stavenhagen die demokratischen Blätter im Auge, denen man den Aufstand zur Last legte und unter welchen man namentlich die „Neue rheinische Zeitung", weil sie die Lebensgeschichte des Ritters Schnatteratowsky veröffentlicht hatte, für das Unglück des Fürsten Lichnowsky und des Grafen Auerswald verantwortlich

---

Gesetzgebung, und daß sie offenbar zum Zweck habe, die Liebe des Volks von seiner Majestät abzuwenden, das Volk vom Gehorsam gegen die Gesetze des Reiches abzubringen und es zu hochverrätherischen Aufruhrsversuchen aufzuwiegeln." Aus diesen Gründen beschloß das Haus, daß die genannte Zeitung durch die Hand des gemeinen Hängmanns verbrannt werden sollte. Bald darauf wurde Wilkes, der selbst ein Mitglied des Unterhauses war, ausgestoßen und auf Parlamentsbefehl in den Tower gefangen gesetzt.

Reeves wurde am 20. Mai 1796 vor Lord Kenyon in Guildhall auf Anordnung des Parlaments durch eine Spezial-Jury abgeurtheilt. — Auch Arthur Young, der 1795 in seiner Schrift: „The Example of France a Warning to Great Britain", den Nutzen von der Bestechlichkeit der Gemeinen gepriesen hatte, gerieth mit dem Parlamente in Unannehmlichkeiten. In seiner Schrift traf er den Nagel auf den Kopf, indem er sagte: „Wenn man das Haus der Gemeinen mit dem Namen Volksrepräsentanten belegt, bedient man sich einer sehr ungenauen Ausdrucksweise; sie sollten nie anders als das Haus der Gemeinen heißen, zum Unterschiede vom Hause der Lords (Herrenhause). Wären sie wirklich die Volksrepräsentanten, so könnten sie vielleicht in einem theoretischen Sinne gut oder besser, aber sie würden alsdann etwas Anderes sein, als was sie sind." (To call the House of Commons the representatives of the people is a very inaccurate mode of expression; they ought never to be called by any other name than the House of Commons, to distinguish them from the House of Lords. If they really were the representative sof the people, they might in theory be good, or better; but they would be something else than they are.)

machen wollte. Auch auf die von Blum und Günther herausgegebene „Reichszeitung" war es abgesehen.

Die von dem Koburger Abgeordneten Briegleb beantragte Ansprache „an die Nation" unterblieb, weil befürchtet wurde, die Linke werde eine besondere Ansprache „an das Volk" richten. Ebenso unterblieb der in Vorschlag gebrachte Reinigungseid, denn auch nicht alle Mitglieder der Majorität, wie z. B. Dahlmann, fühlten ihr Gewissen ganz rein. Dagegen erließ am 20. September der Reichsverweser einen Aufruf voll heiliger Freiheit, Vaterlandsschutz und fester, vollständiger Pflicht.

Erst nach acht Tagen hatte sich die Linke etwas von ihrem Schrecken erholt. Am 22. verlangte Schaffrath die Aufhebung des Belagerungszustandes und am 25. stellte derselbe, wegen des Verbots der Leichenfeier für die Aufständischen, den ohnmächtigen Antrag, die Reichsminister wegen Gesetzesverletzung in Anklagestand zu versetzen. Schaffrath war immer noch einer der Muthigsten. Dagegen hat uns Ludwig Simon in seinem Werke: „Aus dem Exile" selber erzählt, wie es ihm damals zu Muthe gewesen ist, wenn er durch die Soldatenreihen hindurch in die Paulskirche ging und selbst „sonst anständige Leute" vor ihm ausspuckten.

Als hierauf am 5. Oktbr. der Justizminister die Nationalversammlung ersuchte, ihre Zustimmung zu fernerem gerichtlichen Verfahren gegen Günther und Blum, die Herausgeber der Reichszeitung, und zur Verhaftung der Mitglieder Zitz, Ludwig Simon und Schlöffel wegen Aufreizung zum Aufruhr und zur Mißhandlung der Mitglieder der Mehrheit zu ertheilen: da wurde die Linke, weil sie merkte, daß es ihr an den Kragen gehen sollte, desperat. Von nun an wurden die Verhandlungen wieder pikanter und lärmender.

Das zum Schutze der Nationalversammlung angenommene Gesetz, gegen welches viele Mitglieder der Linken Verwahrung einlegten, bestrafte gewaltsame Angriffe auf die Versammlung als Hochverrath mit Zuchthaus bis zu zwanzig Jahren und die Aufforderung zu solchen Angriffen mit einer

Strafe nach richterlichem Ermessen. Der zweite Artikel setzte die Strafe fest für Solche, die während der Sitzungszeit an einer Zusammenrottung in der Nähe des Sitzungslokales theilnahmen und sich nach drei von allgemein wahrnehmbaren Zeichen begleiteten Aufforderungen nicht zerstreuten. Der dritte Artikel verbot innerhalb fünf Meilen vom Sitze des Parlaments alle Versammlungen unter freiem Himmel. Der vierte Artikel bestimmte die Strafen gegen das Eindringen Unberechtigter in das Parlamentshaus und gegen das Bedrohen der Mitglieder und Beamten des Parlaments. Der fünfte Artikel verbot die Beleidigungen der Versammlung, auch wenn sie an andern Orten, als am Parlamentssitze, verübt würden. Der sechste und siebente Artikel präzisirte die Strafen für die den Mitgliedern zugefügten Beleidigungen und Thätlichkeiten. Der achte Artikel verfügte, daß der vierte auch auf Vergehen gegen die Beamten des Reichsverwesers anwendbar sein sollte.

Hiermit ist die Laufbahn der auf gesetzlichem Boden stehenden Revolution zu Ende; denn von jetzt an konnte das Parlament nicht mehr den entferntesten Anspruch darauf machen, daß es die Revolution repräsentire. Kurz vor dieser Zeit ging auch die Hauptberathung der Grundrechte, deren nochmalige Lesung vor dem Ende des Jahres als eine bloße Formalität betrachtet werden muß, zu Ende, und in der hundertsten Sitzung fing jetzt die Berathung der Reichsverfassung an, für welche nunmehr der Boden geebnet war. Es wäre die Aufgabe des Parlaments gewesen, anstatt mit den in den Grundrechten enthaltenen allgemeinen Sätzen, die Jedermann auch ohne Parlament viel schöner sich aufstellen konnte, die Zeit zu vergeuden, durch organische Gesetze in das staatliche Leben des deutschen Volks einzugreifen und die zwischen den einzelnen Ländern liegende, die Einheit verhindernde Zerklüftung hinwegzuräumen. Alsdann hätte das Parlament dem Volksgeiste, der die Bewegung von 1848 erfüllte, Ausdruck gegeben und die Kämpfe, die es durch den Reichsverweser niederschlagen ließ, provozirt, gefördert und geleitet. Wir haben gesehen, warum unsere Parlamentler dieß nicht thaten. Zweifelten sie doch sogar daran, ob ihnen das Recht zustände, Gesetze zu erlassen. Nachdem sie das Gesetz über den Reichsverweser festgestellt hatten, ruhte ihre gesetzgeberische Thätigkeit bis zu dem Augenblicke, wo es sich darum handelte, ein Gesetz zum Schutze des Parlaments zu erlassen. Wie oben erwähnt, war bei der Verhandlung über den Reichsverweser der Schodersche Antrag, daß die Zentralgewalt die Gesetze der Nationalversammlung auszuführen habe, verworfen worden, so daß alle Gesetzgebung in Ermangelung eines starken ausführenden Armes unnütz erscheinen mußte. Die Zeit von der Einsetzung des Reichsverwesers bis zur Verhandlung des Malmöer Waffenstillstandes wurde mit zeitraubenden Phrasen und mit Intriguen ausgefüllt. Als man endlich soweit gelangt war, daß das Parlament durch den Gegensatz, in dem es zum Volksgeiste stand, ein Gesetz zum Schutze gegen das von ihm vertretene Volk nöthig zu haben glaubte: da wurde die Frage, ob das Parlament denn auch ein Recht zum Erlassen von Gesetzen habe, erst an einen Ausschuß verwiesen und von diesem einer Prüfung unterworfen. Zwar bejahte der Ausschuß diese Frage, allein er bejahte sie auf eine Weise, welche die allgemeine revolutionäre Gesetzgebungskompetenz der Nationalversammlung verneinte. Das erste oder Reichsverwesergesetz hatte durch Uebertragung der Volkssouveränetät auf einen provisorisch zum Reichsverweser installirten Fürsten die Feindschaft des Parlaments gegen die einheitliche Volkskraft, gegen die Revolution, noch nicht zum klaren Bewußtsein gebracht, da der Unverantwortliche nach konstitutionellem Brauche mit einem verantwortlichen Ministerium umgeben war. Dieses Ministerium war die spanische Wand, welche den personifizirten Volksverrath den Augen der Menge verbarg! Inzwischen entwickelte sich die Bewegung so weit, daß das Parlament reine Farbe bekennen mußte. Das zweite und letzte Gesetz also that das feindliche Verhältniß des Parlaments zur Volkskraft offen kund und schloß konsequenterweise dessen gesetzgeberische Thätigkeit, wie selbige begonnen hatte.

Das Bürgerthum lieferte also den Beweis seiner Mattigkeit und Hohlheit, seiner Verbildung und Verkommenheit. Es konnte mit den Männern des Feudalismus nicht fertig werden und wurde in die unangenehme Lage versetzt, offenen Verrath an seiner eigenen Bewegung begehen und den Abfall von der ihm dienstbaren Revolution gesetzlich konstatiren zu müssen. Die Einheit Deutschland's, die Zusammenfassung des ganzen Volks konnte von ihm nicht vollzogen werden. Hiermit war die Bewegungswende, das Abschwenken zum Kleindeutschthum, gegeben. Die radikal gesinnten Elemente des Bürgerthums außerhalb der Paulskirche bewiesen sich ebenso matt. Ihre Thaten bestanden in ohnmächtigen Phrasen. Trotz der Gut- und Blut-Adressen für Schleswig-Holstein wurde nicht einmal den untreuen Vertretern das Mandat entzogen. So hieß es denn recht: Gleiche Brüder, gleiche Kappen, oder Geschwätz inner- und außerhalb der Paulskirche!

Die Geschichte verfährt mit eiserner Konsequenz. Daher sollte das Aufgeben der Einheit sich bald in den kommenden Ereignissen abspiegeln. So lange das Parlament noch äußerlich an der Einheit festhielt, stand das Reichsministerium unter östreichischer Leitung. Herr von Schmerling war die waltende Seele der Zentralgewalt, derselbe Mann, der am Schlusse des Jahres in einer Rede zu Wien seinen Konstituenten sagte: er habe in Frankfurt nie vergessen, daß er vor Allem ein Oestreicher sei. Binnen Kurzem sollte durch die Ereignisse an die Spitze des Reichsministeriums ein anderer Mann, Heinrich von Gagern, kommen, Schmerling's Freund, welcher das Kleindeutschthum zu seiner Profession machte und die Theilung der Volkskraft mit edlem Anstande in den Unterschied zwischen dem östreichischen Staatenbunde und dem preußischen Bundesstaate verwandelte. Ein Wortspiel, die Versetzung des Haupt- und Bestimmungsworts, also eine pure Phrase, war der Zauberstab (das gewgaw) des großen Meisters. Ehe aber die Verwandlung zu Stande kommen konnte, mußte sich Oestreich unter Revolutionsschmerzen von dem in Frankfurt residirenden Reiche loswinden. Wir werden demnach unsern Blick nach Wien richten müssen. Dort schlug die Volkskraft für die deutsche Einheit den entscheidenden Kampf; dort wurde die Niederlage der einheitlichen Bewegung besiegelt.

Die zu Frankfurt in der schleswig-holsteinischen Frage eingetretene, schnell beendigte Krisis gab sich überall in Deutschland an der gesteigerten Aufregung zu erkennen, wie zum Beispiel in Köln, wo ein mit Barrikadenbau verbundener Aufstandsversuch am 27. September niedergeschlagen wurde und am folgenden Tage die Erklärung des Belagerungszustandes zur Folge hatte*). In Köln, wie in Frankfurt, stak in dem Aufruhr mehr Geschrei als Wolle — much ado about nothing. Das meiste Aufsehen aber machte um diese Zeit ein neuer Putsch in dem badischen Oberländchen. Baden gab für den den deutschen Bürgerstand damals das Brüteneſt der republikanischen Bundesverfassungsgesinnungstüchtigkeit ab. Es war seinen materiellen Zuständen nach das Land der spießbürgerlichen Mittelmäßigkeit und spiegelte dieselbe natürlich ab in den beschränkten Ansichten seiner Revolutionshelden. Wie die radikale Verfassungsschwärmerei und jene Oberflächlichkeit, welche an die Aeußerlichkeit der Staatsform wie an ein universelles Abracadabra glaubt, entstand, habe ich in

*) Von Obrigkeitswegen wurde verordnet: 1) Alle Vereine zu politischen **und sozialen Zwecken** sind aufgehoben; 2) alle Versammlungen von mehr als zwanzig Personen bei Tage und mehr als zehn bei Nacht auf den Straßen und öffentlichen Plätzen sind untersagt; 3) die Wirthshäuser müssen um zehn Uhr geschlossen sein; 4) die Bürgerwehr ist aufgelöst und die Waffen von 2 bis 5 Uhr abzuliefern. — — Ferner wurde die „Neue rheinische Zeitung", das Organ der sozialistischen Partei, so wie die neue „Kölnische" und der „Wächter am Rhein" suspendirt. Endlich wurden die Bürger Kölns ermahnt, Ruhe und Ordnung als ihre erste Bürgerpflicht zu betrachten.

der Einleitung angedeutet. Gleich einer neuen officina gentium spie der Schwarzwald die enfants terribles der Bourgeoisie, jene politischen Uhrmacher, deren hölzernen Chronometer immer auf halb zwölf wiesen, hervor. Bei jedem Wendepunkte der Bewegung hoben die Schwarzwälder Uhren zum Schlagen aus: so beim Beschließen eines Parlaments, so jetzt beim offenen Hervortreten der Reaktion im Parlamente, und so auch, wie wir noch sehen werden, später, als das Parlament seine Verfassungsarbeit glücklich zum Stillstande gebracht hatte. Der vollendetste Typus der republikanischen Verfassungsuhrmacher war Gustav von Struve, begabt mit der nöthigen Ausdauer und Energie, und auch mit dem nöthigen badischen Nationalstolze, um sein Land in dem heiligen deutschen Verfassungskampfe immer an der Spitze der deutschen Zivilisation marschiren zu lassen. Nachdem der mit Hecker gemeinsam unternommene Versuch, dem republikanischen Oberparlamente in Frankfurt noch sechsunddreißig Unterparlamente bundesschaftlich in den einzelnen Ländern zuzugesellen, total mißglückt war, hatte er sich auf dem bundesrepublikanischen Schweizerboden darauf vorbereitet, von der Höhe der Pflanzstätte des freien Geistes, nämlich vom badischen Oberländchen aus, eine neue prächtige Revolutionsrakete, die das große Signal für die gemeinsame Erhebung in allen deutschen Parlamentslanden werden sollte, aufsteigen zu lassen. Diese Rakete zerplatzte mit folgendem Knalle:

„Deutsche Republik! Wohlstand, Bildung, Freiheit für Alle! Hauptquartier Lörrach, im September 1848. Dienstanweisung. Sämmtliche Bürgermeister werden persönlich dafür verantwortlich gemacht: 1) daß, so lange das republikanische Heer sich in ihrem Bezirke befindet, den ganzen Tag über gestürmt und des Nachts auf den benachbarten Bergen Feuer angezündet werden; 2) sie haben darauf zu achten, daß keine der fürstlichen Partei angehörigen Personen sich aus ihren Bezirken entfernen, vielmehr sofort verhaftet und alle derselben gehörigen Vermögenstheile mit Beschlag belegt werden; 3) sie haben sofortige Beschaffung der Bedürfnisse der Mannschaften an Kleidung, Waffen, Munition und Nahrungsmitteln zu sorgen; 4) sie haben Quartierbillette bereit zu halten, damit die republikanischen Truppen jederzeit rasch und gut einquartiert werden können. Im Namen der provisorischen Regierung. Gustav Struve."

Schon war Struve im Siegesmarsch*) für die Freiheit Deutschlands gegen „die fürstliche Partei" von dem Hauptquartier Lörrach aus bis nach Staufen marschirt und hatte überall die Kassen, welche jener fürstlichen Partei gehörten, bis zum Betrage von 16,000 Gulden konfiszirt, als das republikanische Heer am 24. September durch die „fürstlichen Truppen" ohne vielen Widerstand zersprengt wurde. Die provisorische Regierung, bestehend aus dem Diktator, seiner Frau Amalie, dem hoffnungsvollen Karl Blind, der sich jetzt die Rittersporen seiner zukünftigen Größe verdiente, und einem gewissen Trautmann, zog sich in schleunigster Flucht, nachdem sie die Regierungskasse und die geheimen Aktenstücke ihrer Korrespondenz verloren hatte, auf den Schwarzwald zurück. Aber auch hier fühlten sich die Mitglieder der provisorischen Regierung vor den Nachstellungen der „fürstlichen Partei" nicht sicher und wollten wieder die republikanische Schweiz als sichern Zufluchtsort aufsuchen, als sie unterwegs auf einem Dorfe bei Kandern durch verrätherische Bürgerwehrmänner aus Schopfheim verhaftet und der „fürstlichen Partei" ausgeliefert wurden. Gewiß waren das undankbare Söhne des badischen Ländchens, welche ihre eigene provisorische Regierung ungeachtet des edlen Bemühens, Wohlstand, Bildung und Freiheit für Alle zu verbreiten,

*) Wie die Siege zu Stande kamen, darüber gibt Mögling in den Briefen an seine Freunde (Solothurn 8., 1858) Aufschluß. Der Chef der provisorischen Regierung verbreitete falsche Siegesnachrichten und fertigte ein Siegesbulletin an, wo er hätte eine Niederlage berichten sollen.

verhaften konnten! Demnach blieb das Reich einstweilen noch in den Händen des provisorischen fürstlichen Reichsverwesers in Frankfurt am Main.

Eine ganz andere Bedeutung hatte der Wiener Aufstand. Nachdem in Wien am 24. Juni aus Furcht vor den sozialistischen Tendenzen der Arbeiter 40,000 Mann Nationalgardisten die Vorstädte eingeschüchtert, den Arbeitern das Versprechen zukünftigen ruhigen Verhaltens abgenommen und auch die Auslieferung von 50 Aufwieglern erlangt hatten, war es daselbst ziemlich still geworden, und es wurde die Ruhe nun selten gestört. Am 13. September weigerten sich sogar die Proletarier zu kämpfen. Das Bürgerthum hielt jetzt seine mit Hülfe der Arbeiter und Studenten errungene Freiheit für sichergestellt gegen Eingriffe von Oben und Unten, und sein „permanenter Sicherheitsausschuß", bestehend aus Bürgern (Nationalgardisten) und Studenten, der am 26. Mai gebildet worden war, erfreute sich allgemeiner Anerkennung, bis er mit der Rückkehr der kaiserlichen Familie von Innsbruck sich am 24. August im Gefühl seiner Nichtigkeit auflöste. Indeß wurde es den Bürgern vor der Reaktion bange, da sie gewahrten, daß sich das Kaiserhaus auf die slavische Bevölkerung des Reichs stützte, um mittelst derselben die übrigen Nationalitäten zu unterwerfen. Wenn auch das slavische Element, damit es dem Kaiserhause nicht über den Kopf wachsen sollte, wie in Prag geschah, zusammenkartätscht wurde: so konnte doch kein Zweifel herrschen, daß sich die Habsburger — (die Anführer des Prager Aufstandes wurden nicht bestraft!) — durch die Hülfe der Czechen und deren Stammesverwandten die alte Macht zurückerobern wollten. Theils die Furcht vor der Reaktion, theils die Kämpfe in Italien und Ungarn machten Wien wieder unruhig. Die Arbeiter waren ganz der Leitung der Studenten verfallen und traten da nicht mehr als eigne Klasse auf; weßhalb sich mit ihnen schon wieder Etwas wagen ließ, wenn die bürgerlichen Errungenschaften vertheidigt werden mußten.

Den Slaven gegenüber sahen die Deutschen ein, daß sie auf die rebellischen Ungarn und Italiener als auf ihre Bundesgenossen angewiesen waren. Wenn somit in dem Zerreißungsprozesse des Kaiserreichs die Solidarität der Demokratie den Revolutionären zum Bewußtsein gelangte, gab auch Deutschöstreich einen sehr wichtigen Faktor der deutschen Einheit ab. „Innigster Anschluß an Deutschland!“ lautete die Parole der Wiener Revolution, und dieser Ruf hatte viel mehr Gewicht, als der gleichlautende Schleswig-Holstein's, da die Revolution in Wien nur im demokratischen Sinne durchschlagen konnte und die mächtigste deutsche Monarchie lahm legte, während in Schleswig-Holstein zwischen Dänemark und der Demokratie hindernd das Fürstenhaus der Augustenburger stand. Darum mußte der völlige Durchbruch der Revolution in Wien die deutsche Einheit im hohen Grade stärken, dagegen aber auch ihre Niederlage der nämlichen Einheit den empfindlichsten Schlag versetzen. Ja, diese Niederlage zog nichts Geringeres, als die gänzliche Losreißung Oesterreichs von dem im Werden begriffenen einheitlichen Deutschland und also das Scheitern der ganzen Einheitsbewegung nach sich.

Wie wichtig Wien für die deutsche Einheit war, wurde damals allgemein empfunden, wenn auch die verschwommene deutsche Demokratie sich die Wiener Kämpfe als die Ulme der deutschen Freiheit vorstellte. So schreibt A. Freimund im Monat August in seinem „demokratischen Kalender für 1849,“ (Mainz, Verlag von Johann Wirth):

„Dem herrlichen Wien ist Deutschland zu ewigem Danke verpflichtet; nirgendswo in Deutschland zeigte sich ein solcher Geist, eine solche Stärke des Willens, eine solche Festigkeit im Handeln; nirgends blüht die Freiheit herrlicher, als dort, wo vor wenigen Monaten noch ein Metternich, der Großmeister der Finsterniß, die eiserne Geißel der Despotie geschwungen. Wien ist die Ulme der deutschen Freiheit. Möge nie die Reaktion eines feindlichen Geschicks die strahlende Sonne von Neuem durch feindliche Wolken bedecken! Sonst wehe dem Reste deutscher Freiheit!"

Freilich hatte der spezielle Oktoberaufstand, um den es sich hier handelt, kein Bewußtsein von der Wichtigkeit, die sein Ausgang für die deutsche Einheitsbewegung haben mußte; denn das Charakteristische jener Bewegung besteht ja eben darin, daß das Bürgerthum, welches sie führte, überall sich seiner Stellung und Mittel nicht ganz klar wurde. Sein Kampf war anachronistisch geworden und konnte, weil der vierte Stand bereits an die Pforten des Staats klopfte, nicht mehr als volksthümlicher Klassenkampf auf das Ernsthafteste geführt werden. Bei dem Wiener Oktoberaufstande kam hinzu, daß er ausbrach zur Verhinderung des Abmarsches der Truppen nach Ungarn; daß also sein zunächstliegender, ausgesprochener Zweck negativ war. Nachdem man denselben wirklich erreicht hatte, geschah der Angriff der kaiserlichen Heere auf die revolutionäre Stadt, die sich nun ihrer Haut zu wehren hatte. In solchem Falle mag man sich wohl tapfer schlagen, aber man ficht nicht mit dem Fanitismus eines positiven Zweckes. Dr. Tausenau, der Hauptagitator Wiens, welcher Mitglied des geheimen Fünferausschusses war, gestand nachher in London ganz offen: „Wenn wir auch gesiegt hätten, hätte ich doch nicht gewußt, was ich mit den Leuten hätte anfangen sollen."

Die im Juni von den Nationalgardisten des Bürgerthums eingeschüchterten und ihrer Führer beraubten Erdbeiter waren natürlich verdrossen und stellten sich dem Kampfe nicht mehr in der nämlichen Anzahl wie im März und Mai. Die wohlhabendern Bürger aber, gegen 80,000 an Zahl, weit davon entfernt, ihr Leben in die Schanze zu schlagen, flüchteten mit ihren Schätzen aus der Hauptstadt, um die Rückkehr der gesetzlichen Ordnung an einem sichern Orte abzuwarten. Den Hauptstamm der Revolutionskämpfer bildete die akademische Legion. Wären die Truppen des Generals von Auersperg, die am Abmarsche nach Ungarn verhindert wurden, zuverlässig gewesen, so würde unter diesen Umständen das Zusammenziehen eines starken Heeres zur Unterwerfung Wiens nicht nöthig gewesen sein.

Anstatt den General Auersperg, der seine Truppen in ein Lager zusammenzog, rechtzeitig angegriffen, ehe Jellachich und Windischgrätz mit ihren Heeren heranrückten, wurden mit ihm unnütze Verhandlungen gepflogen. Ebenso stellten der Gemeinderath und Reichsrath mit dem nach Olmütz geflüchteten Kaiser vergebliche Unterhandlungen an, und der Reichsrath erklärte sogar sich zufolge des kaiserlichen Manifestes vom 6. Juni und kraft der freien Volkswahl für das einzige legale konstitutionelle Organ zwischen dem Monarchen und dem souveränen Volke zur Wahrung der unverkümmerten Volksfreiheit. Während also der Kaiser sich anschickte, die Hauptstadt mit Kanonen beschießen zu lassen, wurde er von den Vertretern des Bürgerthums keineswegs für Abgesetzt erklärt, sondern immer noch als ein Monarch behandelt, welcher den geregelten konstitutionellen Weg wandelte. Aus dieser konstitutionellen Verblendung, welcher die Feigheit, aber zugleich auch die kluge Berechnung, es mit keiner der beiden extremen Parteien ganz zu verderben, zu Grunde lag, sandten der Gemeinderath und die Nationalgarde noch am 20. Oktober eine Adresse an seine Majestät, worin sie sich erboten, daß sie das Einrücken des Generals Auersperg mit 10,000 Mann zugeben wollten, daß aber weder Windischgrätz noch Jellachich Wien betreten dürften; die Armee sollte auf die Konstitution vereidigt werden, der Kaiser sollte ein „volksthümliches" Ministerium ernennen, sechs Nationalgardisten sollte er als Adjutanten erhalten und in sein „jederzeit getreues" Wien zurückkehren. Aber der Kaiser beharrte bei seinem Entschlusse nicht eher nach Wien zurückzukommen, „bis die kleine, ungemein thätige und kecke Partei, welche Wien terrorisire, unterdrückt sei." So schmählich zaghaft und unfähig benahmen sich die Führer des Bürgerthums inmitten einer höchst gefährlichen Krisis. Kein Wunder, daß Wien im

Kampfe erlag. Erst nachdem Windischgrätz herbeigekommen war und am 22. Oktober Wien und die Umgegend in Belagerungszustand erklärt hatte, traf der Gemeinderath Vertheidigungmaßregeln, indem er den ehemaligen Lieutenant Messenhauser zum Kommandanten ernannte und das Kommando über die Artillerie dem polnischen General Bem anvertraute. Nun wurde den Arbeitern, welche mitkämpfen wollten, ein täglicher Sold von 25 Kreuzern, den Wittwen der Gefallenen ein Jahrgeld von 200 Gulden und den Kindern derselben 30 Gulden Erziehungsgeld ausgesetzt.

Der Zuzug aus Salzburg und andern Orten Deutschöstreichs konnte nicht ersetzen, was dem Aufstande an innerer Stärke gebrach. Die Ungarn, in deren unmittelbarem Interesse der Aufstand am 6. und 7. Oktober erfolgt war, vergalten Wien den Dienst nicht mit Gegenseitigkeit und eilten nicht zum Entsatz der Stadt herbei. Dr. Tausenau, der auf diese Weise den Gefahren des Kampfes entrann, entfernte sich nach Ungarn, beschwor Kossuth vergebens, Wien das ungarische Heer zu Hülfe zu schicken, und ergab sich in das Scheitern seiner im Namen des geheimen Fünferausschusses übernommenen Mission mit der Phrase: „Die Weltgeschichte wird richten zwischen mir und Ihnen.“ *) So kam es denn, daß Wien, welches einst die Belagerung der Türken wacker ausgehalten hatte, nach einem halbwegs tapfern aber nicht verzweifelten Kampfe vom 23. bis zum 29. und 30. Oktober, den feindlichen Heeren des Kaisers verfiel.

Es ist nicht meine Absicht, die Einzelheiten des Kampfes und das Hausen der Truppen nach Einnahme der Stadt zu schildern. Dagegen habe ich darzuthun, wie sich das Parlament

*) Karl Tausenau befolgte die Klugheit, nach dem Scheitern der übernommenen Mission nicht nach Wien zurückzukehren. — Der ungarische Staatssekretär aber, Herr von Pulszky, ertheilte dem Wiener Reichstage den Rath, die Vermittelung oder Intervention des Reichsverwesers anzurufen!

in Frankfurt, das Organ der deutschen Einheit, zu dem Wiener Aufstande verhielt und wie es in denselben verflochten wurde.

Am Liebsten hätte sich die Mehrzahl der parlamentarischen Volksvertreter um den Wiener Aufstand gar nicht bekümmert. Allein das ging nicht an, weil er im ganzen deutschen Lande eine sehr große Aufregung und Spannung hervorrief. Von einem thatsächlichen Einschreiten zu Gunsten der Wiener war natürlich keine Rede. Denn hätte es auch im Interesse der Nationalversammlung, wenn sie hätte die deutsche Einheit herstellen wollen, gelegen, daß sie nicht nur bei von selbst ausbrechenden Konflikten zwischen der Regierung und dem Volke sich immer für das letztere entschied, sondern auch, wo diese Konflikte nicht vorhanden waren, solche hervorrief: so hatte ja sich diese Versammlung gleich vom Anfange an, bei der Einsetzung des Reichsverwesers, und erst neuerdings wieder, in der Frage des Malmöer Waffenstillstands, als untreue Trägerin der deutschen Einheitsidee bewiesen. Ihre ganze Thätigkeit in der Paulskirche war, wie in der langweiligen Diskussion der Grundrechte und in der beschlossenen Heeresvermehrung recht deutlich hervortritt, nichts Anderes als ein Ränkespiel zur Beseitigung der Einheit. Zudem stand ihr kein Parlamentsheer zu Gebote, womit allein sie hätte Etwas ausrichten können, und hätte sie auch ein solches besessen, so würde doch sicher das vom östreichischen Erzherzoge eingesetzte Ministerium, dessen Seele der Stocköstreicher Schmerling war, dasselbe nicht gegen das östreichische Herrscherhaus gebraucht haben.

Aber die Nationalversammlung machte sich die Sache leicht. Es kam ihr bloß auf den Schein der Verwendung für das deutsch-östreichische Volk an, und um diesen Schein zu wahren, beschloß sie, Reichskommissäre nach Oestreich zu schicken, welche „das Ansehen und die Anerkennung der Zentralgewalt zur vollen Geltung bringen und die Rechte und Freiheiten der östreichisch-deutschen Völker in Schutz nehmen" sollten. Und als am 17. Oktober ein Ausschuß zur Berichterstattung über die östreichischen Verhältnisse ernannt worden war, wußte auch dieser keinen andern Rath, als die Absendung von Reichskommissären zu billigen und je nach Umständen das Reichsministerium um Anordnung weiterer Schritte zu ersuchen. Zu Reichskommissären wurden Welcker und Mosle ernannt. Es braucht kaum gesagt zu werden, daß ihre Reise vergeblich war, und daß insofern der Zweck ihrer Sendung erreicht wurde.

Die Linke war mit der Parlamentsmehrheit unzufrieden. Auch sie wollte besser scheinen, als sie war; doch leistete sie dem Aufstande keine bessere Unterstützung, als die Mehrheit. Sie that nämlich weiter gar Nichts, als daß sie durch Robert Blum und Julius Fröbel den Aufständischen eine Zustimmungsadresse zusandte. Außer den beiden Genannten gingen mit den niedergeschriebenen Zustimmungsredensarten noch zwei andere Mitglieder der Linken nach Wien, um sich daselbst die Revolution anzusehen; doch machten sie sich zeitig genug wieder aus dem Staube, ehe ihnen aus ihrer Kongratulationsvisite eine Gefahr erwachsen konnte. Robert Blum jedoch und Julius Fröbel blieben länger. Bei Blum mochte, wie oben angedeutet, die Absicht vorliegen, von seinem Namen den Makel des Malmöer Waffenstillstandes abzuwaschen. Was Fröbel vermochte, länger zu bleiben, ob Begeisterung für den Wiener Aufstand, ob Freundschaft für Blum, ob irgend ein anderer, weniger ehrenhafter Grund: das muß um so ungewisser bleiben, als Fröbel nicht nur in Wien von dem Standgerichte verschont wurde, sondern auch später offen als literarischer Kämpe in den Dienst des Kaiserhauses trat. Blum und Fröbel überreichten am 17. Oktober ihre Anerkennungsadresse dem östreichischen Reichstage, dem Gemeinderath und Studentenausschusse. Sechs Tage später aber hielt Robert Blum auf einer Studentenversammlung in der Aula eine feurige Rede, worin er sagte, daß die Mitglieder der Linken nicht bloß gekommen seien, um mit Worten zu kämpfen, sondern um in den vordersten Reihen mitzufechten und entweder den Sieg erringen zu helfen oder mit zu sterben. Beide Abgeordnete traten darauf in das Elitenkorps ein und Blum nahm thätlich am Kampfe Theil. Als beide nach der Bewältigung Wiens gefangen gesetzt worden waren, wurde Blum standrechtlich erschossen. Fröbel erstattete am 18. November im Parlamente darüber einen ausführlichen Bericht.

Als sie, erzählte er, ihre Adresse überreicht gehabt, hätten sie am 20. Oktober wieder abreisen wollen. Blum erhielt einen Paß vom sächsischen Gesandten, Fröbel einen Passirschein auf drei Tage vom Oberkommandanten. Da es aber hieß, daß Reisende den Mißhandlungen des Militärs ausgesetzt wären, blieben sie in Wien. Einmal zum Bleiben genöthigt, entschlossen sie sich, am Kampfe Theil zu nehmen. Sie traten als Hauptleute in das Elitenkorps, welches zur Erhaltung der Ruhe und Ordnung bestimmt war, ein. Mehrmals wurde aus den Häusern auf Vorübergehende geschossen, Personen aus den Häusern gerissen, um sie aufzuhängen, und alle Unbewaffnete gezwungen, in die Mobilkorps einzutreten. Der Dienst in dem Elitenkorps erforderte also eben so viel Muth und Energie, als das Fechten gegen die kaiserlichen Truppen. Beide Abgeordnete glaubten als Fremde es dem Gastrecht schuldig zu sein, auch die Lasten mit zu tragen. Auch wurde ihnen gesagt, man wünschte ihre Namen an der Spitze zu haben. Allein ihr Korps wurde unvermuthet zu einem andern Zwecke verwandt. Beide wurden getrennt und auf die gefährlichsten Posten gestellt. Fröbel war überzeugt, daß sich die Stadt nicht halten könnte, weil sie verrathen wäre. Blum wurde von den Kroaten beschossen, hatte aber den strengsten Befehl, seine fünf Kanonen nicht zu gebrauchen. Beide beschlossen, vom weiteren Kampfe abzustehen, verlangten und erhielten am 29. ihre Entlassung*) und hatten darauf an den

*) Am besagten Tage erklärten Messenhauser und Bem die Stadt für unhaltbar und folgendes Plakat wurde vom Gemeinderath angeheftet: „Mitbürger! Nachdem der Herr Oberkommandant so eben dem Gemeinderath die Nachricht überbracht hat,

Ereignissen keinen Antheil mehr. Sie blieben vom 29. Oktober bis zum 4. November ruhig zu Hause, da nach der Einnahme der Stadt die Gräuel und Verfolgungen gegen Jeden begannen, dessen Physiognomie den Soldaten nicht gefiel. Den 1. November ersuchten sie schriftlich den General Czoritzsch, ihnen zur Abreise einen Geleitschein auszustellen, indem sie ihm mittheilen, daß sie unfreiwillig während des Kampfes in Wien geblieben wären. Nach zwei Tagen erhielten sie die Antwort, daß sie sich an den General Cordon zu wenden hätten. Nachdem sie diesem am 3. November Nachmittags das Gesuch wiederholt hatten, wurden sie am 4. früh 6 Uhr durch einen Beamten der Stadthauptmannschaft, der mit einem Hauptmann und acht Gemeinen in ihre Wohnung kam, trotz ihres Protestes gefangen auf das Stockhaus abgeführt. Dort genossen sie vom 4. bis zum 8. Abends 8 Uhr eine ziemlich rücksichtsvolle Behandlung. Am 8. Nachmittags schickten sie einen Protest an die Zentral-Untersuchungskommission, worin sie nochmals ihre Eigenschaften als Abgeordnete geltend machten und die Rechte der Nationalversammlung feierlich verwahrten. Blum wurde nun von 6 bis 8 Uhr verhört und am andern Morgen ihm das Urtheil verkündet, worauf er sogleich in der Brigittenau erschossen wurde. Die Zeit von 4 bis 6 Uhr Nachmittags (am 8. November) war gerade hinreichend gewesen, den Protest an Windischgrätz nach Hetzendorf und die Antwort zurückzubringen. Fröbel saß nach der Hinrichtung Blum's noch vier Tage. In seinem Verhör führte er auch

daß die stabile und mobile Nationalgarde, sowie die akademische Legion sich entschlossen haben, die Waffen niederzulegen und in die von dem Herrn Fürsten Windischgrätz gestellten Bedingungen sich zu fügen, ist sogleich eine aus Gemeinderäthen und Mitgliedern der gesammten Volkswehr bestehende Deputation zum Herrn Fürsten abgegangen, um ihm die betreffende Mittheilung zu machen." — Am 29. wurde vom Militär die Eroberung der Vorstädte vollendet. In den Händen der Aufständischen war noch die Leopoldstadt.

zu seiner Vertheidigung an, daß er eine Broschüre: „Wien, Deutschland und Europa" geschrieben, in welcher vorgeschlagen werde, Oestreich nicht durch Theilung zu zerstückeln, sondern es durch Verbindung seines Staatenkomplexes mit Deutschland zu vereinigen. Der dem Kriegsgerichte präsidirende Oberstlieutenant bemerkte, dieß sei ein wesentlicher Vertheidigungspunkt. Ein Auditor zog die Broschüre aus den Papieren hervor. (Fröbel hatte dieselbe Blum zu lesen gegeben.) Tags darauf wurden Fröbel die Akten nochmals vorgelesen und das Urtheil des Stranges verkündet, mit dem Zusatz, daß ihm von Windischgrätz in Berücksichtigung mildernder Umstände die Todesstrafe erlassen, und er auf freien Fuß gesetzt werde. Ein Polizeibeamter brachte ihn rücksichtsvoll an die sächsische Gränze.

Durch die Verhaftung und Gefangenhaltung zweier Abgeordneten hatte die östreichische Regierung gegen die Unverletzlichkeit der Nationalversammlung sich vergangen. Dieses Vergehen steigerte sich durch die Hinrichtung Blums zum Verbrechen. Als Wien besiegt wurde und Blum in die Gewalt des Kriegsgerichts gerieth, hätte die Nationalversammlung Alles aufbieten sollen, damit ihrem Mitgliede kein Haar gekrümmt würde. Wurde an Blum die Unverletzlichkeit nicht respektirt, so zog unfehlbar sein Geschick das seiner Kollegen in Frankfurt nach sich. Letztere, in ihrem Mitgliede sich selbst nicht achtend, wurden hinfort auch von der Reaktion, die immer schon im Stillen an ihrem Sturze gearbeitet hatte, als Gesammtkörper noch viel weniger, als seither, geachtet. Wäre jedoch Robert Blum nicht zu retten gewesen, so hätte seiner Hinrichtung die Strafe auf dem Fuße nachfolgen sollen, und zwar hätte diese Strafe exemplarisch sein müssen. Denn jetzt war der Zauber, der die Volksvertreter heilig spricht, vorbei: — the spell was broke, wie die Engländer zu sagen pflegen. Wenn in einer Revolution durch ein Volksgericht ein gekröntes Haupt, der Repräsentant der monarchischen Souveränetät, hingerichtet wird, so erheben die Monarchisten über einen solchen

Vorfall, den sie mit dem Namen „Mord" belegen, nicht nur einen gewaltigen Lärm, sondern suchen die That auch an den unmittelbaren und mittelbaren Urhebern entsprechend zu rächen. Als nach dem Tode Cromwell's die Reaktion zur Herrschaft gelangt war, wurde, trotz der am 29. Mai 1660 bei Karl's II. Einzuge in London pomphaft verheißenen Amnestie, über Alle, welche bei Karl's I. Prozesse zu Gericht gesessen, die Todesstrafe erkannt und selbst die Leichen Cromwell's, Ireton's und Bradshaw's aus dem Grabe gescharrt, damit sie an den Galgen gehängt würden. Gegen das republikanische Frankreich, welches Ludwig den Sechszehnten hingerichtet hatte, erhob das gesammte feudale Europa Krieg, und nach der Restauration von 1815 wurden alle Konventsmitglieder als Königsmörder (régicides) mit Verbannung belegt. Ebenso ist es ein Geschichtsgesetz, daß in demokratischen Revolutionen das Volk erst dann zuverlässig in den Kampf engagirt ist und treu bei der begonnenen Sache ausharrt, nachdem es einige hervorstehende Aristokraten dem Tode geweiht und damit gleichsam dem Geiste der Bewegung ein Draufgeld gezahlt hat. Blut ist Geschichtskitt, oder, wie Mephistopheles sagt, ein ganz besonderer Saft. Jenes Geschichtsgesetz wurde hinsichtlich Robert Blum's von der Aristokratie auf die Demokratie — auf die Volksvertretung — angewandt. Wenn auch die Frankfurter Nationalversammlungsmitglieder noch eine Zeit lang ihr Geschwätz forttreiben durften, zerstoben sie doch, ehe noch ein halbes Jahr verstrichen war, in alle Winde.

Die Bedeutung der Hinrichtung Robert Blum's wurde noch erschwert durch das unlängst beschlossene Parlamentsgesetz zum Schutze der Nationalversammlungsmitglieder. Als dieses Gesetz erlassen worden war, hatte kein Mensch daran gedacht, daß es schon sobald auf eine Regierung seine Anwendung finden werde. Es war auf Angriffe von Unten berechnet, sollte die Mehrheit gegen das über ihre Treulosigkeit empörte Volk schützen. Aber es war doch für das ganze Parlament gegeben und verpönte auf Parlamentsmitglieder alle Angriffe, von welcher Seite dieselben auch ausgehen mochten. Somit mußte es jetzt der Linken zu Gute kommen, deren beiden Mitglieder in Wien verletzt, resp. an Freiheit und Leben geschädigt worden waren.

Als nun Ludwig Simon am 14. November den Antrag stellte: „daß die Zentralgewalt die erforderlichen Maßregeln zur Ermittelung und Bestrafung der mittelbaren und unmittelbaren Mörder Blum's" ergreifen sollte, nahm die Mehrheit den Antrag fast einstimmig mit geringer Abänderung an, weil der Wortlaut und allgemeine Sinn des Gesetzes ihr keine Ausflucht zuließ. Die Mehrheit durfte obendrein der Minderheit dieses Zugeständniß machen; denn es war vorauszusehen, daß der Beschluß nicht ausgeführt wurde. Der Antrag der Linken hingegen, ein Reichsheer gegen die östreichische Regierung ins Feld zu stellen, wurde verworfen, obschon den von der Zentralgewalt mit dem erwähnten Beschlusse nach Wien gesandten Kommissären Pözl aus München und Paur aus Neiße der östreichische Minister Bach die trotzige Antwort gegeben hatte, daß in Oestreich das Parlamentsgesetz vom 20. September niemals verkündet worden sei, und daß auch so lange, bis das Verhältniß Oestreichs zu Deutschland festgestellt sei, ein Gesetzgebungsrecht der Frankfurter Versammlung nicht anerkannt werden könne. Das Parlament steckte die Beleidigung ruhig ein. Die östreichische Regierung hatte sich durch ihren Sieg über den Wiener Aufstand völlig von der deutschen Märzrevolution frei gemacht. Hinfort war auch die letzte Aussicht auf die Einheit geschwunden, weil ohne Ganzheit die Einheit nicht denkbar ist. Der große östreichische Staat gab nun für die übrige deutsche Reaktion den außerhalb der Parlamentssphäre liegenden festen Stützpunkt ab, von dem aus sich die ganze Märzbewegung und Märzerrungenschaft aus den Angeln heben ließ.

Graf Deym aus Prag aber machte bald nach der Erschießung Robert Blum's dem Parlamente dessen Verhältniß zu Oestreich folgendermaßen klar:

„Oestreich kann sich euren Gesetzen nicht fügen, wenn nicht seine außerdeutschen Provinzen ihre Zustimmung geben. Oestreich wird von euren Beschlüssen nur das annehmen, was es für zweckmäßig hält, und hat auch schon bisher immer dasselbe gethan. Wollt ihr aber Oestreich zur Annahme zwingen, so müßt ihr nicht Beschlüsse fassen, sondern ein Heer aufstellen. Geschieht das nicht, so habt ihr nur den Weg freundschaftlicher Verständigung. Reichskommissäre und Befehle haben Nichts wirken können. Wollt ihr euch aber in die Handlungen eines östreichischen Beamten*) mischen, so ist dieß so viel, als wenn ihr den Kaiser mediatisiren wolltet. Schafft erst eine Verfassung; gebt euch erst eine Berechtigung. Geht ihr aber auf diesem Wege fort: wohlan, so erobert euch Oestreich!"

Für diesen wegwerfenden Ausfall gegen das Parlament nannte Raveaux in der Bourgeois-Sprache des Parlamentarismus den Grafen Deym „einen offenen, ehrlichen, braven Biedermann, der ganz unerwartet es gewagt, den Vorhang wegzureißen von dem Intriguenstück, welches man seit dem Vorparlamente mit der Versammlung gespielt habe."

Solchem elenden Gebaren der Bourgeoisie-Vertreter brauche ich keinen Kommentar hinzuzufügen und schließe hiermit den zweiten Theil dieses Werks in der Ueberzeugung, daß meinen Lesern, welche sich seither mit der „Thätigkeit" des ersten deutschen Parlaments nicht eingehend befaßt hatten, durch meine Arbeit ein wesentlicher Dienst erwiesen worden ist.

*) Die mährisch-schlesische Landesregierung hatte den Kreisämtern verordnet, da, wo noch nicht für Frankfurt gewählt worden, Wahlen vorzunehmen und Männer von erprobter Gesinnung als Kandidaten aufzustellen. Diese Verordnung hatte sie damit motivirt, daß einestheils unter den östreichischen Abgeordneten in Frankfurt zu viele Demokraten wären, und anderntheils der Einfluß Oestreichs benachtheiligt sei, weil noch viele östreichische Abgeordnete fehlten.

Anhang.

Verzeichniß der Abgeordneten der deutschen National-versammlung (bis 28. Juni 1848).

Achleitner aus Ried.
Adams aus Koblenz.
Ahrens aus Salzgitter.
v. Aichenegg aus Wien.
Albrecht aus Leipzig.
Ambrosch aus Breslau.
Anders aus Goldberg.
Anderson aus Frankfurt a. d. O.
v. Andrian aus Wien.
Anz aus Marienwerder.
Arndts aus München.
Arndt aus Bonn.
Aue, Karl, aus Dessau.
v. Auersperg aus Thurn a. Hart.
Auerswald aus Breslau.
Backhaus aus Jena.
Bally aus Beuthen.
v. Bardeleben aus Fischhausen bei Königsberg.
Barth aus Kaufbeuern.
Bassermann aus Mannheim.
Bauer aus Bamberg.
Becker aus Gotha.
Becker aus Trier.
v. Beckerath aus Crefeld.
Behr aus Würzburg.
Beitel aus Brünn.
Beinhauer aus Waidhofen.
Beisler aus München.
Berger aus Wien.
Bernhardi aus Kassel.
Beseler aus Greifswalde.
Biedermann aus Leipzig.
Blömer aus Aachen.
Blum aus Leipzig.
Blumenstetter a. Burladingen.
v. Blumröder, A., aus Sondershausen.
Blumröder, G., aus Kirchenlamitz.
Bock aus Preußisch-Minden.
Böcking aus Trarbach.
Böcler aus Schwerin.
Boczek aus Mähren.
Boddien aus Pleß.

Bogen aus Michelstadt.
Bonardy aus Greiz.
Bouvier, C., a. Steyermark.
v. Bothmer aus Carow.
Brandt aus Posen.
Braun aus Bonn.
Braun aus Cöslin.
Brentano aus Bruchsal.
Brescius aus Züllichau.
Bresgen aus Ahrweiler.
v. Breuning aus Aachen.
Breusing aus Osnabrück.
Briegleb aus Coburg.
Brons aus Emden.
v. Bruck aus Triest.
Brunck aus Fürfeld.
Burger aus Triest.
Bürgers aus Köln.
Burkart aus Bamberg.
v. Buttel aus Oldenburg.
v. Buzzi aus Klagenfurt.
Carl aus Berlin.
Cetto aus Trier.
Christmann aus Dürkheim.
Claussen aus Kiel.
Clemens aus Bonn.
Cuyrim aus Frankfurt a. M.
Compes aus Köln.
Cornelius aus Braunsberg.
Coronini-Cronberg, Graf aus Görz.
Cramer aus Cöthen.
Cropp aus Oldenburg.
Cucumus aus München.
Dahlmann aus Bonn.
v. Dallwitz aus Siegesdorf.
Dahm aus Schmalenberg.
Dammers aus Nienburg.
Deetz aus Wittenberg.
Degenkolb aus Eulenburg.
Deiters aus Bonn.
Detmold aus Hannover.
Dewes aus Losheim.
Deymann aus Meppen.
Diepenbrock aus Breslau.
Dieringer aus Bonn.
v. Dieskau aus Plauen.
Dietrich aus Reimetz.
Dietsch aus Annaberg.
Dietzsch aus Saarbrücken.
Doblhof aus Wien.
Döllinger aus München.
Dohna, Graf, a. Heiligenbeil.
Drechsler aus Rostock.
Drinkwelder aus Krems.
Dröge aus Bremen.
Droyssen aus Kiel.
Duncker aus Halle.
Ebmeier aus Paderborn.
Eckert aus Lohr.
Eckert aus Bromberg.
Edel aus Würzburg.
Edlauer aus Gratz.
Egger aus Wien.
Eisenmann aus Nürnberg.
Eisenstuck aus Chemnitz.
Engel aus Pinneberg.
Englmayr a. Ems (Oberöster.)
Esmarch aus Schleswig.
Evertsbusch aus Altona.

Eymuth aus Murau.
Falk aus Ottolangendorf
Fallati aus Tübingen.
Fallmerayer aus München.
Fehrenbach aus Säckingen.
Festi aus Trento.
Feßler aus Brixen.
Fetzer aus Stuttgart.
Fischer, G., aus Jena.
Flir aus Landek.
Flottwell aus Münster.
Förster aus Hünfeld.
v. Frank aus Gratz.
Francke, Karl, a. Rendsburg.
Freese aus Stargard.
Freudentheil aus Stade.
Friederich aus Bamberg.
Frisch aus Stuttgart.
Fritsch aus Ried.
Fuchs aus Breslau.
Fügerl aus Kornenburg.
v. Gagern aus Darmstadt,
v. Gagern aus Wiesbaden.
Gangkofner aus Pottenstein.
Gasser aus Brixen.
Gebhardt, Conrad, a. Fürth.
Gebhardt, Heinrich, a. Hof.
Geigel aus München.
Genzgen aus Neu-Strelitz.
Geritz aus Frauenburg.
Gersdorf aus Tretz.
Gerstner aus Prag.
Gervinus aus Heidelberg.
Gevekoht aus Bremen.
Gfrörer aus Freiburg.
Giskra aus Wien.
Giesebrecht aus Stettin.
Glaß aus Landau.
Glück aus München.
Göbel aus Jägerndorf.
Göden aus Krotoszyn.
v. Gold aus Adelsberg.
Goltz aus Brieg.
v. d. Goltz, Graf, a. Czarnikau.
Gombart aus München.
v. Gottberg aus Mehrwitz.
Graf aus München.
Grävell aus Frankfurt a. d. O.
Gredler aus Wien.
Grimm aus Berlin.
Gritzner aus Wien.
Groß aus Leer.
Groß aus Prag.
Grubert aus Breslau.
Grüel aus Burg.
Grumbrecht aus Lüneburg.
Grundner aus Ingolstadt.
Gründlinger aus Wolfpassing.
Gülich aus Schleswig.
Günther aus Leipzig.
Gulden aus Zweibrücken.
Gutherz aus Wien.
Gysae, Wilhelm, a. Strehlow.
Hagen, K., aus Heidelberg.
Haggenmüller, aus Kempten.
v. Hagenow aus Langenfelde.
Hahn aus Gutstadt.
Hahn aus Ringleben.
Hartmann aus Leitmeritz.
Haßler aus Ulm.

Haßlwanter aus Innsbruck.
Haubenschmied aus Passau.
Haugh aus Köln.
Haupt aus Wismar.
Haym aus Halle.
Hayden a. Dorff b. Schlierbach.
Heckscher aus Hamburg.
v. Hegnenberg-Dux a. München.
Hehner aus Wiesbaden.
Heisterbergk aus Rochlitz.
Helbingk aus Emmendingen.
Heldmann aus Selters.
Henkel a. Cassel, zeigte 1. Juli f. Austritt an.
v. Hennig a. Dempowalonka.
Henning aus Thorn.
Hensel I. aus Camenz.
Hensel II. aus Zittau.
Hentges aus Heilbronn
Hergenhahn aus Wiesbaden.
Hermann, Fr., aus München.
Hermann, B., auf und zu Weidlitz.
Herzig aus Wien.
Heubner aus Freiberg.
Hildebrand aus Marburg.
Hlubeck aus Steyermark.
Höchsmann aus Wien.
Höfken aus Hattingen.
Hönninger aus Rudolstadt.
Hoffbauer aus Nordhausen.
Hoffmann, Jul., a. Eisfeld.
Hoffmann aus Ludwigsburg.
Hofmann aus Friedberg.
Hollandt aus Braunschweig.
Hübner aus Mähren.
Hugo aus Göttingen.
Hülsmann aus Lennep.
Jacob aus Wien.
Jacobi aus Hersfeld.
Jahn a. Freiburg a. d. Unstrut.
Janiszewski aus Posen.
Jaup aus Darmstadt.
Jeitteles aus Olmütz.
Jenny aus Triest.
Jopp aus Enzersdorf.
Jordan aus Berlin.
Jordan aus Gollnow.
Jordan a. Tetschen in Böhmen.
Joseph aus Lindenau.
Jucho aus Frankfurt a. M.
Junghanns aus Mosbach.
Junkmann aus Münster.
Jürgens aus Stadtoldendorf.
v. Itzstein aus Mannheim.
Kagerbauer aus Linz.
Kahlert aus Leobschütz.
Kähler aus Gr. Woyenapp.
Kaiser, Peter, aus Mauern.
Kaiser, Ignaz, aus Wien
v. Kalchberg aus Steyermark.
v. Kalchberg aus Teschen.
Kapp a. Neuenheim bei Heidelberg, trat aus.
v. Karajan aus Wien.
Kautzer aus Lauchheim.
Keim aus Bayreuth.
v. Keyserling a. Rautenburg.
v. Keller aus Erfurt.
Kerer aus Innsbruck.

Kerst aus Birnbaum.
Ketteler aus Hopsten.
Kierulff aus Rostock.
Kirchgeßner, K., a. Würzburg.
Kleinpeter aus Brünn.
v. Knapitsch aus Klagenfurt.
Knarr aus Steyermark.
Knoodt aus Bonn.
Koch aus Leipzig.
Kohlparzer aus Neuhaus.
Kolaczek a. österr. Schlesien.
Kolb aus Speyer.
Kosmann aus Stettin.
Kraft aus Nürnberg.
Kratz aus Wintershagen.
Kreybig a. Göding in Mähren.
Kromp aus Nicolsburg.
Kudlich aus Schloß Dietach.
Kuentzer aus Konstanz.
Kuranda aus Prag.
Kutzen aus Breslau.
Künsberg aus Ansbach.
v. Kürsinger, C., a. Damsweg.
v. Kürsinger, J., a. Salzburg.
Kuhnt aus Bunzlau.
Lang aus Verden.
Langerfeld aus Wolfenbüttel.
v. Lassaulx aus München.
Laschau aus Villach.
Laudien aus Königsberg.
Lausch aus Troppau.
v. Lavergne Peguilhen aus Neidenburg.
Lette aus Berlin.
Leue aus Köln.
v. Lichnowsky aus Schlesien.
Lieber aus Züllichau.
Liebmann aus Meiningen.
v. Linde aus Mainz.
v. Lindenau aus Altenburg.
Loew aus Magdeburg.
Löw aus Posen.
Löwe, Wilhelm, aus Calbe.
Züntzel aus Hildesheim.
Makowiczka aus Krakau.
Mally aus Steyermark.
v. Maltzahn aus Küstrin.
Mammen aus Plauen.
Marcus aus Friedland.
Marcks aus Duisburg.
Mareck a. Gratz (Steyermark).
Marsilli aus Roveredo.
Martens aus Danzig.
Martiny aus Friedland.
Massow aus Carlsberg.
Mathy aus Karlsruhe.
Mayer aus Ottobeuern.
v. Mayern aus Wien.
Melchers aus Münster.
Melly aus Wien.
Merck aus Hamburg.
Merkel aus Hannover.
Metzke aus Sagan.
Metzler aus Oederan.
Mevissen aus Köln.
Meyer aus Lüneburg.
Meyer aus Liegnitz.
Mez aus Freiburg.
Michelsen aus Jena.
Minkus aus Marienfeld.

Mittermaier aus Heidelberg.
Mölling aus Oldenburg.
Möring aus Wien.
Mohl, Moritz, a. Stuttgart.
v. Mohl, R., aus Heidelberg.
Mohr aus Oberingelheim.
Muck aus Schwadorf.
v. Mühlfeld aus Wien.
Müller aus Köln.
Müller a. Damm (b. Aschaffenburg.)
Müller aus Münster.
Münch aus Wetzlar.
Mulley aus Weitenstein.
Munchen aus Luxemburg.
Muttray aus Memel.
Murschel aus Stuttgart.
Mylius aus Jülich.
v. Nagel aus Oberviechtach.
Nägele aus Murrhardt.
Naumann a. Frankfurt a. d. O.
Nauwerk aus Berlin.
Neergard aus Holstein.
Nerreter aus Fraustadt.
Nemitz aus Plathe.
Neubauer aus Wien.
Neugebauer aus Lubitz.
Neumann aus Wien.
Neumayer aus München.
Neuwall aus Brünn.
Nicol aus Hannover.
Nizze aus Stralsund.
Obermüller aus Passau.
Oelsner aus Trebnitz.
Oertel aus Mittelwalde.
Ostendorf aus Soest.
Ostermünchner a. Griesbach.
Osterrath aus Danzig.
Ottow aus Labian.
Pagenstecher aus Elberfeld.
Pamer aus Mattighofen.
Pattai aus Steyermark.
Paur aus Salzburg.
Paur aus Neisse.
Paur aus Augsburg.
Peitler aus Tarenbach.
Peter aus Konstanz.
Pfahler aus Tettnang.
Pfeiffer aus Adamsdorf.
Pfizer aus Stuttgart.
Phillips aus München.
Pieringer, B., aus Efferding.
Pinckert aus Zeitz.
Plaß aus Stade.
Plathner aus Halberstadt.
Pötzl aus München.
Pogge aus Roggow.
Potpeschnigg aus Gratz.
v. Prato aus Roveredo.
Pretis aus Innsbruck.
v. Puttlitz aus Penkow.
Quante aus Ullstadt.
v. Radowitz aus Berlin.
Rättig aus Potsdam.
Ranzony aus Melk.
v. Rappard aus Glambek.
v. Raumer aus Berlin.
v. Raumer aus Dinkelsbühl.
Raveaux aus Köln.
Ree aus Offenburg.

v. Reden aus Berlin.
Reh aus Darmstadt.
Reichard aus Speyer.
Reichensperger aus Trier.
Reindl aus Orth.
Reinhard aus Boitzenburg.
Rheinstein aus Naumburg.
Rheinwald aus Bern.
Reisinger aus Freistadt.
Reitter aus Prag.
Reitmayr aus Regensburg.
Richer aus Danzig.
Richter aus Achern.
Riehl von Zwettl.
Riesser aus Hamburg.
Röben aus Dornum.
Rödenbeck aus Grünberg.
Röder von Neustettin.
Rödinger aus Stuttgart.
Rölle aus Schlesien.
Römer aus Stuttgart.
v. Rönne aus Berlin.
Rösler aus Oels.
Rößler aus Wien.
Roß aus Hamburg.
Roßmäßler aus Tharand bei Dresden.
Rotenhan aus München.
Rüder aus Oldenburg.
Rühl aus Hanau.
Rümelin aus Nürtingen.
Ruge aus Leipzig, trat später aus.
Ruhwandl aus München.
Sachs aus Mannheim.

v. Sänger aus Grabow.
v. Salzwedell a. Gumbinnen.
v. Saucken-Tarputschen aus Angersburg.
Schaffrath aus Neustadt.
Scharre aus Strehla.
Schauß aus München.
Scheller aus Frankfurt a. O.
Scheibler aus Olmütz.
Schenk aus Dillenburg.
Schepp aus Wiesbaden.
v. Scherpenzeel aus Baarlo.
Scheuchenstuel a. Steyermark.
Schiedermayer a. Böcklabruck.
Schierenberg aus Detmold.
Schilling aus Wien.
Schindler aus Königsfeld.
Schirmeister aus Insterburg.
v. Schleusing aus Rastenburg.
Schlöffel aus Halbendorf.
Schlörr aus der Oberpfalz.
Schlottheim aus Wollstein.
Schlüter aus Paderborn.
v. Schmerling aus Wien.
Schmidt, Anton, aus Mähren.
Schmidt aus Falingbostel.
Schmidt, Aloys, aus Brixen.
Schmidt, Adolph, aus Berlin.
Schmidt, E. Fr. F., aus Löwenberg.
Schmidt, J. Theod., a. Wurzen.
Schmidt, Joseph, aus Linz.
Schmitt aus Kaiserslautern.
Schneider aus Lichtenfels.
Schneider aus Brünn.

Schnieber aus Schlesien.
Schönmäkers aus Beck.
Schoder aus Stuttgart.
Scholten aus Ward.
Scholz aus Neisse.
Schott von Stuttgart.
Schrakamp aus Ahlen.
Schrader aus Brandenburg.
Schreiber aus Bielefeld.
Schreiner a. Gratz (Steyerm.)
Schrenk aus München.
Schrott aus Wien.
Schubert, Fr. W., a. Königsb.
Schubert aus Würzburg.
Schüler aus Jena.
Schüler, Fr., a. Zweibrücken.
Schuler aus Innsbruck.
Schultze aus Potsdam.
Schultze aus Liebbau.
Schulz, Fr., aus Weilburg.
Schulz aus Darmstadt.
Schuselka aus Klosterneuburg.
Schwarz aus Halle.
Schwarzenberg, L., a. Kassel.
Schwarzenberg, Ph., a. Kassel.
Schwetschke aus Halle.
Sedlag aus Pelplin.
v. Selchow aus Rettkewitz.
Sellmer a. Landsberg a. d. W.
Senff aus Inowraclaw.
Sepp aus München.
Servais aus Luxemburg.
Siehr aus Gumbinnen.
Siemens aus Hannover.
Simon, Max, aus Breslau.
Simon, Heinr., aus Breslau.
Simon, Ludwig, aus Trier.
Simson aus Königsberg.
Simson aus Stargard.
Smets aus Aachen.
v. Soiron aus Mannheim.
Somaruga aus Wien.
Sonnekalb aus Altenburg.
Spatz aus Frankenthal.
Sprengel aus Waren.
Sprißler aus Sigmaringen.
Stahl aus Erlangen.
Staudenheim aus Wien.
Stavenhagen aus Berlin.
Stedmann aus Beselich.
Stein aus Görz.
Stenzel aus Breslau.
Stieger aus Klagenfurt.
Stockinger aus Frankenthal.
Stolle aus Holzminden.
v. d. Straß aus Schlesien.
Stremayr a. Gratz (Steyerm.)
Sturm aus Sorau.
Suchan aus Schlesien.
Tafel aus Stuttgart.
Tafel, Franz, a. Zweibrücken.
Tannen aus der Neumark.
Tappehorn aus Oldenburg.
Teichert aus Berlin.
Tellkampf aus Breslau.
Thieme aus Tirschberg.
Thinnes aus Eichstädt.
Titus aus Bamberg.
Tomaschek aus Iglau.
Trampusch aus Wien.

v. Tresgow aus Trocholin.
Trützschler aus Dresden.
Tzschuke aus Meißen.
Uhland aus Tübingen.
Umbscheiden aus Dahn.
Ungerbühler, O., a. Mohringen.
v. Unterrichter aus Klagenfurt.
v. Unwerth aus Glogau.
Versen aus Nieheim.
Veit aus Berlin.
Venedey aus Köln.
Vettorazzi aus Levico.
Viebig aus Posen.
v. Vincke aus Hagen.
Vischer aus Tübingen.
Vogel aus Guben.
Vogel aus Dillingen.
Vogel aus Waldenburg.
Vogt aus Gießen.
Vonbun von Feldberg.
Wachsmuth aus Hannover.
Wagner aus Steyer.
Waitz aus Göttingen.
Waldburg-Zeil-Trauburg, Fürst, aus Stuttgart.
Waldmann aus Heiligenstadt.
Walter aus Neustadt.
Wartensleben aus Swirssen.
Watzdorf aus Leichnam.
Weber aus Meran.
Weber aus Neuburg.
Wedekind aus Bruchhausen.
v. Wedemeyer aus Schönrade.
v. Wegnern aus Lyk.
Weiß aus Salzburg.
Weißenborn aus Eisenach.
Welker aus Frankfurt.
Werner aus Coblenz.
Wernher aus Nierstein.
Werthmüller aus Fulda.
Wesendonck aus Düsseldorf.
Wichmann aus Stendal.
Wiebker aus Uckermünde.
Wiedenmann aus Düsseldorf.
Wiederhold aus Lübeck.
Wiest aus Tübingen.
Wiesner aus Wien.
Wigard aus Dresden.
Willmar aus Luxemburg.
Winiwarter aus Wien.
Winter aus Liebenburg.
Wippermann aus Kassel.
Wiethaus aus Limburg.
v. Wulffen aus Passau.
Wurm aus Hamburg.
Würth aus Wien.
v. Wydenbrugk aus Weimar.
Zachariä aus Bernburg.
Zachariä aus Göttingen.
Zell aus Trier.
v. Zenetti aus Landshut.
v. Zerzog aus Regensburg.
Ziegert aus Preuß. Minden.
Zimmermann, Professor, aus Stuttgart.
Zimmermann aus Spandau.
Zittel aus Bahlingen.
Zitz aus Mainz.
Zöllner aus Chemnitz.
Zum Sande aus Lingen.

Das Unglück des Parlaments wird aus folgender Bemerkung ersichtlich:

Bis zum 18. November waren gestorben: Wirth (der Geschichtschreiber) und Bruneck; ermordet: Auerswald und Lichnowsky; hingerichtet: Blum; zum Strang verurtheilt: Julius Fröbel, der wie Wirth nicht auf obigem Verzeichnisse steht; steckbrieflich verfolgt: Hecker, Werner, Würth; durch Beschluß ausgetreten (ausgeschlossen): Ruge; in gerichtlicher Untersuchung: Zitz, Schlöffel, L. Simon, Günther, Jürgens und Levysohn.

CPSIA information can be obtained
at www.ICGtesting.com
Printed in the USA
LVHW040358200422
716646LV00005B/308

9 783752 597349

Memoirs

Utah Pioneer, 1847

John R. Young

Alpha Editions

This edition published in 2023

ISBN : 9789357095464

Design and Setting By
Alpha Editions
www.alphaedis.com
Email - info@alphaedis.com

Contents

Chapter 1.

Birth.—Childhood Recollections.

I was born April 30, 1837, at Kirtland, Ohio. I am the third son of Lorenzo Dow and Persis Goodell Young. My parents were early numbered among the followers of the Prophet Joseph Smith; and my father, being physically strong and restless, full of spirituality, and endowed with deep human sympathy, was naturally among the foremost in all the troubles the Church passed through during the first twenty years of its existence. He suffered much in the Missouri persecutions, being one of those who participated in the Crooked River Battle, and risking his life to aid in delivering his brethren from the hands of kidnapers. His heroic part in that fight led to a price being set upon his head; in consequence, and following the counsel of his brother. Brigham Young, he, with others, fled to the State of Illinois. Of those early troubles I write what I have heard my parents and my brothers say; my own memory reaching no farther back than Nauvoo.

My earliest recollection is of suffering with the chills. How cold I would be! We must have been poor, for the food did not suit me. It rained so much I had to stay indoors, although I cried to go out.

One day father took me for a walk, to give me air and sunshine. We met Joseph and Hyrum Smith and Sidney Rigdon. Father shook hands warmly with Joseph and Hyrum, but he merely bowed to Brother Rigdon. Joseph asked if I was the child father had requested the elders to pray for. Being answered in the affirmative, the prophet removed my hat, ran his fingers through my curly locks, and said,

"Brother Lorenzo, this boy will live to aid in carrying the Gospel to the nations of the earth."

His words thrilled me like fire; and from that hour I looked forward to the day when I should be a missionary.

Not long after that, Joseph was martyred at Carthage. I remember how my mother wept, and how shocked and prostrated everybody was, when the bloodstained bodies of the Prophet and his brother were brought home. Father was away doing missionary work when that fearful tragedy took place. A little later, while attending meetings, I noticed that Uncle Brigham sat in the place where Joseph was wont to sit, and one evening, after father's return from Ohio, I heard him say, "They will now seek for Brigham's life as they did for Joseph's, just so long as he proves true to the trust God has placed upon him."

I wondered why that should be. If a man does good, and God loves him, why should men hate him? Yet the angel Moroni understood that principle, for he said to the boy Joseph, "Your name shall be had for good and evil, among all the nations of the earth"—a wonderful prophecy, and wonderfully fulfilled.

And right here we have a vivid illustration of the operation of prejudice or jealousy, so called. In 1839, the Saints, under the guidance of their Prophet leader, came to Commerce, Ill., and purchased a tract of land, principally wild woods and swamps, and on that account, very unhealthful. In five years' time, without capital, by faith and intelligent labor, the swamps had been drained, much of the forest removed, and a thousand comfortable homes had been erected. The walls of a magnificent temple adorned the central part of the new-born city; and the master spirits, who brought about the mighty change, were loved, as men are seldom loved, by the builders of those happy homes. But the dwellers round about were filled with jealousy and rage; and, aided by a few apostate members of the Church, waged a cruel war, until Joseph and Hyrum were slain, and the Saints were driven from the homes their industry had created.

In 1904 my home was at Fruitland, New Mexico.

One day Mr. Butler, editor of the "Aztec Enterprise," invited me to write for his paper my recollections of our people's leaving Nauvoo. I complied, and from memory wrote the following narrative which I wish to place on record as a gift to my children:

How dear to my heart are the scenes of my childhood;
How I love to cherish, and con them o'er,
The cottage, the Temple, the river and wildwood!
All sweetly remembered, though seen no more.
With malice to none,
With charity to all."

I turn the wheels of memory back to the home of my childhood. Of this terrible episode in the history of our people, others have written better than I can hope to write; nevertheless, through the eyes of a boy of nine, let me look out once more upon the tragic fate of Nauvoo, the city beautiful.

It is the month of February, 1846. The sun is shining brightly, yet the air is keen and cutting. The wheels ring as we drive over the frozen snow. In our home since early morning, all has been hurry and bustle; two wagons stand in our front yard, and my father with two other men, strangers to me, are carrying out our household goods. My mother looks pale, and when I ask her, "What is the matter?" she takes me in her arms, kisses me, and says, "We are going to leave our home, and will never see it again!"

Just then some other teams come along, and one of the brethren calls to my father to be sure to put out the fire, and to hurry up, for it is getting late. In a few minutes mother and the children are lifted tenderly into the wagon. Father next takes his place on the front seat, turns his face to the west, and his back upon the home, which it had taken seven years of sacrifice and toil to build.

At the river are three flat boats, or scows. Here and there on the banks of the river stand pale-faced mothers cuddling their little ones, while husbands and fathers quietly, yet resolutely, roll the wagons on to the boats, then with long poles push from the shore out upon the bosom of the mighty river. No farewells are uttered, no words spoken. Each man knows his duty, and performs it energetically; for they are not hirelings, these men of stout hearts and muscular arms. Nor is it a light task to guide those unwieldly scows through drifting ice, across that mile-wide river.

Today, as I recall the scene, and remember the names of some of those heroic exiles: Edwin Little, Thomas Grover, Warren Snow, William and Lige Potter, Charles Shumway, and many others whose lives are interwoven with whatever is great and enduring in our beloved commonwealth, I cannot but liken them to the brave men who faced ice and cold on Christmas night when the invincible Washington led them across the Delaware to do battle with their country's foes.

Like these, and also inspired with a new and higher ideal of liberty, our fathers and mothers knew no fear, but trusting in God they crossed the river to the dark beyond, knowing that a conflict awaited them, yet feeling beforehand as only a virile faith can make man feel, that theirs would be the victory, they left their homes in the dead of winter, seeking a better home, but when or where, they knew not!

Chapter 2.

Camp on Sugar Creek.—Brigham's Charge to the Exiles.—Death of a Noble Woman.—Garden Grove.—Free from Mobs.

God pity the exiles, when storms come down—
When snow-laden clouds hang low on the ground,
When the chill blast of winter, with frost on its breath
Sweeps through the tents, like the angel of death!
When the sharp cry of child-birth is heard on the air,
And the voice of the father breaks down in his prayer,
As he pleads with Jehovah, his loved ones to spare!

My father was among the first of the Saints who left Nauvoo and the State of Illinois to avoid the storm of persecution that religious prejudice had created against us. A general gathering place had been chosen nine miles from the river, on Sugar Creek. Here an advance company of brethren had prepared for our coming by shoveling away the snow, so that we had dry spots on which to pitch our tents. Nor did we pitch camp a day too soon; for a heavy storm swept over that part of the country, leaving the snow fourteen inches deep, and being followed by a cold so intense that the Mississippi froze over, and many later teams crossed on the ice.

On the fifteenth day of February Presidents Brigham Young and Heber C. Kimball joined us; and for the next two weeks a continuous stream of wagons poured into the encampment so that by the first of March over five thousand exiles were shivering behind the meager shelter of wagon covers and tents, and the winter-stripped groves that lined the Creek. Their sufferings have never been adequately told; and to realize how cruel and ill-timed was this forced exodus one has only to be reminded that in one night nine children were born under these distressing conditions.

When it is remembered that only seven years had elapsed since twelve thousand of our people had fled "naked and peeled" from the state of Missouri, and that now the entire community of twenty thousand souls were again leaving their homes unsold, it can be easily understood that they were ill prepared to endure the hardships they were thus forced to meet.

By ascending a nearby hill we could look back upon the beautiful city and see the splendid temple we had reared in our poverty at a cost of one and a half million dollars; moreover, on a clear, calm morning we could hear:

The silvery notes of the temple bell
That we loved so deep and well;
And a pang of grief would swell the heart,

And the scalding tears in anguish start
As we silently gazed on our dear old homes.

To remove this ever present invitation to grief and sorrow, our leaders wisely resolved to make a forward move. It was believed the frost would hold up our wagons. If not, short drives could at any rate be made. Activity would relieve our severely tried hearts. I remember hearing the ringing voice of President Young as standing early in the morning in the front end of his wagon, he said:

"Attention, the camps of Israel. I propose to move forward on our journey. Let all who wish follow me; but I want none to come unless they will obey the commandments and statutes of the Lord. Cease therefore your contentions and back-biting, nor must there be swearing or profanity in our camps. Whoever finds anything must seek diligently to return it to the owner. The Sabbath day must be hallowed. In all our camp, prayers should be offered up both morning and evening. If you do these things, faith will abide in your hearts; and the angels of God will go with you, even as they went with the children of Israel when Moses led them from the land of Egypt."

This brief epitome of the rules and regulations that were to guide us, will give the thoughtful reader a key to the wonderful influence of President Young and the Twelve Apostles. The Saints were intensely religious and their peculiar faith in prophets and present and continuous revelation had stirred up the anger and prejudice of their Christian neighbors until it culminated in the martyrdom of Joseph and Hyrum Smith and the expulsion of the Saints from Nauvoo. Americans, and in many instances the near and direct descendants of Revolution sires, cast out from American civilization because they believed in the visitation of angels and persisted in worshiping God according to the dictates of their own conscience.

It was on the first of March, 1846, only two weeks after leaving Nauvoo, that the Saints broke camp and moved forward in two general divisions, under the leadership respectively of Brigham Young and Heber C. Kimball. Their course was westward over the rolling prairies of Iowa. Only too soon did they find every hollow to be a mud hole, in which the wagons would sink to the axle. But having started, they could do no better than "double teams" and go slow. Often they would not make over three miles a day, and what added to their discomfort was the continuous rain which wet those who were walking to the skin, and even beat through the wagon covers, wetting and chilling the sick and feeble. These conditions gave rise to acts of heroism as noble as were ever recorded.

I remember one notable instance:

Orson Spencer was a graduate from an eastern college, who having studied for the ministry, became a popular preacher in the Baptist Church. Meeting with a "Mormon" elder, he became acquainted with the teachings of Joseph Smith and accepted them. Before doing so, however, he and his highly educated young wife counted the cost, laid their hearts on the altar and made the sacrifice! How few realize what it involved to become a "Mormon" in those early days! Home, friends, occupation, popularity, all that makes life pleasant, were gone. Almost over night they were strangers to their own kindred.

After leaving Nauvoo, his wife, ever delicate and frail, sank rapidly under the ever accumulating hardships. The sorrowing husband wrote imploringly to the wife's parents, asking them to receive her into their home until the Saints should find an abiding place. The answer came, "Let her renounce her degrading faith and she can come back, but never until she does."

When the letter was read to her, she asked her husband to get his Bible and to turn to the Book of Ruth and read the first chapter, sixteenth and seventeenth verses: "Entreat me not to leave thee or to return from following after thee; for whither thou goest I will go, and where thou lodgest I will lodge. Thy people shall be my people and thy God my God."

Not a murmur escaped her lips. The storm was severe and the wagon covers leaked. Friends held milk pans over her bed to keep her dry. In those conditions, in peace and without apparent suffering, the spirit took its flight and her body was consigned to a grave by the wayside.

A thousand times thereafter the Saints had occasion to sing:

> "How many on the trackless plains
>   Have found an unknown grave,
> Pure, faithful Saints, too good to live
>   In such a wicked place.
> But are they left in sorrow,
>   Or doubt to pine away?
> Oh, no, in peace they're resting
>   Till the Resurrection Day."

From the first of March until the 19th of April not a day passed without rain, making the roads almost impassable, and entailing a vast amount of labor with but little advancement. At this date our camps had reached Grand river. President Young called a halt and set all hands at work fencing a field and planting crops for the benefit of the poor who would follow. First an ample guard was selected to look after the stock. That left three hundred fifty-nine laboring men; of these, one hundred were selected to make rails under the direction of C. C. Rich; ten under James Allred to put up fence; forty-nine under Father John Smith, uncle of the Prophet Joseph, to build houses; twelve under Jacob Peart to dig wells; ten under A. P. Rockwood to build the bridges, and one hundred eighty under Daniel Spencer to clear land, plow, and plant.

All were thus employed, and the camp became presently like a hive of bees. There being no room for idlers, all seemed happy. This place was named Garden Grove; and Samuel Bent, Aaron Johnson, and David Fullmer were chosen to preside over those that should remain. They were instructed to divide the lands among the poor without charge; but to give to no man more than he could thoroughly cultivate. There must be no waste and no speculation. Moreover, the settlement was not regarded as more than temporary; for as soon as our leaders should find the "place," all energies were to be centered in gathering to that place. As yet, however, no one, not even Brigham Young, knew where the "place" would be; but it was talked at the camp fires that President Young had seen, in vision, a wonderful valley, so large that all our people could be gathered into it, and yet so far from civilization, that mobs could not come at night to burn and whip and kidnap. Strange as it may seem, this vision formed the most entrancing theme of our conversations, and the national song of Switzerland became our favorite hymn:

> "For the strength of the hills we thank Thee,
> Our God, our father's God."

Chapter 3.

Petition Governors.—Wm. C. Staines, Captain James Allen.

Push on, push on, ye struggling Saints,
 The clouds are breaking fast.
It is no time to doubt or faint;
The Rubicon is past.

Behind us storms and rivers lie;
 Before the sun shines bright,
And we must win or we must die—
 We cannot shun the fight.

On the 11th of April the main camps moved forward again. There being now more sunshine and the roads firmer, better progress was made; and on the 18th they reached the middle fork of Grand river. Here President Young selected another farm, and all hands were set at work fencing, plowing, and planting. This place was named Pisgah, and Wm. Huntington, E. T. Benson, and C. C. Rich were chosen to preside. The counsel given at Garden Grove was repeated here. The policies were to be the same. Brigham's whole soul was thrown into the work, and this can be as truly said of his associates, the Twelve. They were united in their counsels. They thought of everything and of everybody. They gave much thought and anxiety toward the poor who were left in Nauvoo and these farms were established for their benefit. Brigham and Heber remained at Pisgah until June 2nd, when they and the main camp pushed on again. We were now in the Pottawattamies' land, but the Indians received us kindly—I might say, even in a brotherly manner. They said, "We have plenty of grass and wood, and our Mormon brothers are welcome to all they want." This kind reception by the Red men touched a tender spot in the hearts of the Latter-day Saints. It was like a ray of sunshine in a dark day; a glimmer of light to a benighted traveler.

Before leaving Nauvoo, the Twelve had addressed petitions to the governors of every state in the union asking for an asylum for our people. Only two states deigned to reply. Governor Lucas of Iowa wrote a kind reply, expressing his personal sympathy, but advising us to leave the confines of the United States. This we did not wish to do, for we were Americans and loved our country. My grandfather was a Revolutionary soldier and served under General Washington in three campaigns. My father was proud of that record, and transmitted his feelings of loyalty to his children.

But now the nation through representatives had risen against us—we were forced to go. Senator Cass wrote that we had better go to Oregon; but to go there we had to pass through powerful tribes of Indians, and we feared lest their tomahawks should be turned against us.

However, the reception given us by the Pottawattamies encouraged us; and President Young, ever ready to grasp an inspiration and to act promptly, quietly sent a few discreet men to labor as missionaries among the Indian tribes. One of these men, Wm. C. Staines, is worthy of note. He was a young English boy, a late convert to the faith, small in body, and so deformed as to be almost a cripple; yet he had a soul and an ambition as grand and lofty as the immortal Wolfe's.

He penetrated the Indian tribes as far as the Sioux, by his sacrifices and force of character won their friendship and made impressions that opened the way for our people to pass through their lands in peace.

From Pisgah westward the country was wild, with no roads running in the direction we wished to; for we had now left civilization, and I have sometimes thought that we felt like Adam and Eve when cast out of Eden. The world indeed was before us, but the richest and loveliest part was behind us, and a flaming sword guarded it on every side so that we could not return.

However, the people were cheerful and as the weather was pleasant, camp life had an air of romance that amused the young.

On the 14th of June President Young and the main camps struck the Missouri river. As it would require some time to construct ferry boats, a place was selected on the high lands near by and named Council Bluffs. The tents were pitched in a hollow square and a brush bowery was erected in which to hold our meetings.

As we had no lumber, saw pits were erected, and men suitable for that labor having been selected, under the direction of Frederick Kesler the work of sawing planks was commenced.

In the meantime provisions were becoming scarce. Small companies were organized under the leadership of capable men, and sent down into Missouri to trade off our watches, feather beds, shawls, and any other articles that could be spared. While God did not rain manna down from Heaven for the sustenance of the impoverished Saints, still there was a Providence over them for good, for conditions had been brought about that made food cheap. The northwestern settlements of Missouri had been blest with bounteous harvests. Their cribs were full of corn, and the forests were full of hogs, with no market for either. The Missourians were therefore eager to take our beds and give us their surplus food.

Toward the close of the last day of June, Captain James Allen of the United States army, with a small escort rode into our midst. Instantly the camp was filled with a nervous, tremulous excitement. Who is he? What does he want? These were the questions that flew from lip to lip.

Soon the voice of Brigham was heard: "Attention, Israel! We want all the people to assemble in the bowery at ten o'clock tomorrow. We have matters of importance to present to them."

The shadows of evening rested down upon the camp, then the stars rose in the east and slowly ascended to the meridian of the heavens. Still the camp fires burned and men talked with bated breath wondering what the morrow would bring forth. A spirit of unrest brooded over the white city and many an eye had not closed in sleep when the golden flashes of light appeared in the east.

I am not writing these sketches from a theological standpoint, or to make converts to the Mormon faith. I was there. I heard, I saw, I suffered, and am trying to write as I felt and still feel.

At ten o'clock the people assembled in the bowery, and began services by singing Cowper's inspired hymn:

"God moves in a mysterious way
  His wonders to perform,
He plants his footsteps in the sea,
  And rides upon the storm.
Ye fearful Saints fresh courage take,
  The clouds ye so much dread
Are big with mercy and will break
  In blessings on your head."

After an earnest prayer, President Young introduced Captain James Allen, who said in substance that he had been sent by President Polk to ask for five hundred of our young men to enlist in the army and go to California to fight the Mexicans. And now let an abler pen than mine speak a few words:

"Imagination can alone picture the surprise, almost dismay, with which this startling news was received! The nation whose people had thrust them from its borders and driven them into the wilderness, now calling upon them for aid? And this in full face of the fact that their own oft reiterated appeals for help had been denied!"

Captain Allen affirmed that President Polk's heart had been touched by our sufferings and that this was done as an act of kindness! An act of kindness! Was it not rather a deep-laid plan to bring about our entire destruction? If we refused, then disarm us and the Indians would soon finish the job.

From that day to this it has been a debated question among the Mormon people as to what the motive was in asking for the battalion. If the men enlisted. Captain Allen pledged himself to be a friend to the Boys "as long as breath remained in his body;" and, be it said to his honor, faithfully and conscientiously did he keep that pledge.

After free discussion by several of the brethren President Young arose. Instantly breathless silence reigned. He was not a brilliant speaker like Orson Hyde, Parley P. Pratt, or Amasa M. Lyman, whose masterful speeches so often charmed their assemblies; but he possessed a magnetism and forcefulness that always claimed attention. The Saints realized that he was a man of wonderful resources.

"I want to say to the brethren present that this is a surprise to me, but I believe Captain Allen to be a gentleman, and a man of honor, and I accept his pledges to be a friend to our boys. Now, I would like the brethren to enlist and make up a battalion, and go and serve your country, and if you will do this, and live your religion, I promise you in the name of Israel's God that not a man of you shall fall in battle."

That settled the matter. Brigham's promise was as good as gold; the clouds passed away, the spirit of unrest fled the camp, the people returned to their tents satisfied, and on the morrow the stars and stripes were unfurled and nailed to a liberty pole. Duzett's martial band and Pitt's celebrated brass band were hauled in wagons from camp to camp and aided, with soul stirring music, to enthuse the boys. With Brigham and the twelve as recruiting officers the matter went with a rush. In no part of our broad land were five hundred men ever more quickly enlisted than in the Mormon camps.

The charge of treason and of want of loyalty to our country was flung back into the teeth of those who uttered it. The sacrifice having now been made, the blessing was sure to follow. The raising of the Mormon battalion was an event of great importance, for while it brought about many heartaches and much individual suffering, it taught a lesson of patriotism never to be forgotten. It led to enlarged emphasis in regard to our relationship to the national government, for Latter-day Saints have ever taught that the Constitution of our country was given by inspiration, and consequently that all laws made in accordance therewith ought to be loved, honored, and obeyed.

As soon as the labor of raising the battalion was accomplished, Brigham turned the energies of his active mind to the task of pushing further west. The hope of reaching Oregon or California that season was given up; but Brigham was anxious to place the turbid waters of the Missouri between us and our old enemies. About the 1st of July the ferry boat was launched and families began crossing over into the land of the Otoes.

Boy that I was, the swimming of the cattle was an achievement of great interest. Early in the morning, so that the sun might not shine in the cattle's faces, a boatload was taken across and held on the opposite shore. Then a thousand head were driven some distance up the stream and forced into the river. Good swimmers would climb upon the backs of some of the strongest oxen, and slapping them on the sides of the faces would guide them into the current. Soon we had a string of animals reaching from one shore to the other. Of course it was lively and exciting, and called for courage and physical endurance.

In days of rest our camp would present scenes of competitive athletic sports which would have been a credit to any nation. Brigham, like Joseph, was very fond of witnessing tests of manhood, and always had near him trusted men, who could be relied upon for strength, courage, and fidelity. In the act of swimming our cattle not an animal was lost; nor were the hardy swimmers who breasted the Missouri river with them ever lost sight of thereafter.

About 3 miles southwest of the ferry a place was selected for a winter encampment and called Winter Quarters. It is now called Florence. A town was laid out, a hewn-log meetinghouse was erected, a grist mill was built, and a day school was conducted in the meetinghouse under the direction of Professor Orson Spencer of Boston. In the evening a grammar school was taught.

I remember one of the short humorous lectures given by Apostle George A. Smith, cousin of Joseph. Speaking on the beauties of simplicity in language, he told, by contrast, the following story: A young graduate called at a country hotel for entertainment and said to the hostler,

"Detach the quadruped from the vehicle, stabuate him, donate him a sufficient quantity of nutrition aliment, and when the aurora of day shall illuminate the horizon, I will award thee a pecuniary compensation."

The boy ran into the house and said, "Landlord, come out; there is a Dutchman here, and I can't understand a word he says."

As soon as it was decided to remain over winter an application was made to Otoe chiefs for permission to remain on their lands until spring. In consideration of some presents, their consent was obtained, but they did not welcome us as the Pottowattamies had done. The finest spots of meadow lands were sought out and soon the white man's scythes were cutting heavy swaths and hay stacks were looming up on all sides.

The rising of the stacks seemed to be a signal for the Indians to make raids upon our stock. Joseph F. Smith, then a lad of nine years, and two companions by the name of Aldrich were herding milk cows. At about three o'clock in the afternoon the Indians raided the herd, the herders barely escaping with their lives. Fortunately Captain Davis with his mounted scouts were nearby and recovered the cattle. From that time on our stock was closely guarded.

Trouble next began with the government Indian agent who lived at Sarpees Point. He ordered our people to move off from the Otoes' lands, and threatened to eject them by force. He even went so far as to refuse to let our people go down to the frontier settlements in Missouri without permits from him. As teams would return he would stop them by force and search the wagons under the pretext of looking for firearms, ammunition, and whiskey. As a matter of fact we needed all these things; especially arms and ammunition for defense and self protection, and as the summer passed on, many of the Saints were afflicted with malarial fevers, and alcohol was needed for medical purposes.

But Mitchell refused to allow anything of the kind to pass his post on its way to our camps. Several barrels of alcohol bought openly from merchants at St. Joseph were knocked in the head and spilt by Mitchell's orders. These oppressive acts were very humiliating-; and it required constant vigilance on the part of our leaders to keep some of our boys from resenting these open insults.

Fortunately for us, Colonel Kane was still at our camps. He wrote to his father at Philadelphia, and the judge visiting Washington ably represented our true condition to President Polk and his cabinet. The result was, Mr. Indian agent was called down and the Mormons were allowed to winter on the west bank of the Missouri river.

Many years ago I visited Hilo, a beautiful city on the Island of Hawaii. I noticed when gentlemen walked out that they always carried umbrellas with them; and when I asked them why, the reply was, that you never can tell here when it's going to rain. That's a good representation of Mormon life. We never know when a storm is brewing from the outside, nor from what quarter the wind will blow.

When the main body of the Church left Nauvoo, it was understood with the mob that the poor and destitute would be allowed to remain in peace, in the possession of their homes, until our leaders should find a place for our permanent settlement. But in this promise we were disappointed. Those who thrust us out, were not only desirous of being rid of our presence, but they sought our utter destruction, as the history of all their aggressive operations, when taken collectively, plainly shows.

See how thoughtfully they waited until the strength of our camps, the battalion was gone; till our main camps were encroaching on the Red Man's domain, so that wicked men might stir up the Indians to hostilities against us. Then our enemies, for I cannot call them else, marshaled all their strength, fifteen hundred or two thousand men, and with a battery of artillery on the 16th of September, set upon the remnants of our people, who were still in Nauvoo, and after three days' battle took possession of the city and drove the inhabitants across the Mississippi to perish of hunger and exposure.

Chapter 4.

Thomas L. Kane's Description of the City of Nauvoo, and the Exiled Mormons.

And now I wish you to read the graphic lecture of Thomas L. Kane before the Historical Society of Philadelphia:

"A few years ago, ascending the upper Mississippi in the autumn, when its waters were low, I was compelled to travel by land past the region of the rapids. My road lay through the Half Breed tract, a fine section of Iowa, which the unsettled state of its land titles had appropriated as a sanctuary for coiners, horse thieves and other outlaws. I had left my steamer at Keokuk at the foot of the lower falls, to hire a carriage and to contend for some fragments of a dirty meal with the swarming flies, the only scavengers of the locality.

"From this place to where the deep water of the river returns my eye wearied to see everywhere sordid vagabond and idle settlers, and a country marred without being improved, by their careless hands. I was descending the last hillside upon my journey, when a landscape in delightful contrast broke upon my view. Half encircled by a bend of the river, a beautiful city lay glittering in the fresh morning sun. Its bright new dwellings, set in cool green gardens ranging up around a stately dome-shaped hill, which was crowned by a noble marble edifice, whose high tapering spire was radiant with white and gold. The city appeared to cover several miles, and beyond it, in the backgrounds, there rolled off a fair country chequered by the careful lines of fruitful husbandry. The unmistakable marks of industry, enterprise and educated wealth everywhere, made the scene one of singular and most striking beauty. It was a natural impulse to visit this inviting region. I procured a skiff, and rowing across the river, landed at the chief wharf of the city. No one met me there. I looked and saw no one. I could hear no one move, though the quiet everywhere was such that I heard the flies buzz and the water ripples break against the shallow beach, I walked through the solitary streets. The town lay as in a dream, under some deadening spell of loneliness, from which I almost feared to wake it, for plainly it had not slept long. There was no grass growing up in the paved ways, rains had not entirely washed away the prints of dusty footsteps, yet I went about unchecked. I went into empty workshops, rope walks and smithies. The spinner's wheel was idle, the carpenter had gone from his work bench and shavings, his unfinished sash and casings, fresh bark was in the tanner's vat, and fresh chopped light wood stood piled against the baker's oven. The blacksmith's shop was cold; but his coal heap and ladling pool and crooked water horn were all there, as if he had just gone for a holiday. No work people looked to know my errand. If I went into the garden clinking the wicket latch loudly after me, to pull the marigolds, heartease and lady-slippers and draw a drink with the water sodden well bucket and its noisy chain, or, knocking off with my stick the tall, heavyheaded dahlias and sunflowers, hunted over the beds for cucumbers and loveapples, no one called out to me from any opened window, or dog sprang forward to bark an alarm.

"I could have supposed the people hidden in the houses, but the doors were unfastened, and when, at last, I timidly entered them I found dead ashes white upon the hearths, and had to tread a tip-toe as if walking down the aisle of a country church, to avoid arousing irreverent echoes from the naked floors.

"On the outskirts of the town was the city graveyard, but there was no record of plague there, nor did it in any wise differ much from other Protestant American cemeteries. Some of the mounds were not long sodded; some of the stones were newly set. Their dates recent and their black inscriptions glossy in the mason's hardly dried lettering ink. Beyond the graveyard, out in the fields, I saw in one spot hard by where the fruited boughs of a young orchard had been roughly torn down, the still smouldering embers of a barbecue fire that had been constructed of rails from the fencing around it. It was the latest signs of life there. Fields upon fields of heavy headed yellow grain lay rotting ungathered upon the ground. No one was at hand to take in their rich harvest.

"As far as the eye could reach they stretched away, they sleeping too, in the hazy air of autumn. Only two portions of the city seemed to suggest the import of this mysterious solitude. On the eastern suburb the houses looking out upon the country showed, by their splintered woodworks and walls battered to the foundation, that they had lately been a mark of destructive cannonade, and in and around the splendid temple, which had been the chief object of my admiration, armed men were barracked, surrounded by their stacks of musketry and pieces of heavy ordnance. These challenged me to render an account of myself and why I had the temerity to cross the water without a written permit from the leader of their band. Though these men were more or less under the influence of ardent spirits, after I had explained myself as a passing stranger, they seemed anxious to gain my good opinion. They told the story of the dead city—that it had been a notable manufacturing and commercial mart, sheltering over twenty thousand persons. That they had waged war with its inhabitants for several years, and had finally been successful only a few days before my visit, in an action fought in front of the ruined suburb, after which they had driven them at the point of the sword. The defense, they said, had been obstinate, but gave way on the third day's bombardment. They boasted greatly of their prowess, especially in this battle, as they called it. But I discovered they were not of one mind, as to certain of the exploits that had distinguished it. One of which, as I remember was, that they had slain a father and his son, a boy of fifteen, not long a resident of the fated city, whom they admitted to have borne a character without reproach.

"They also conducted me inside the wall—of the curious temple, in which they said, the banished inhabitants were accustomed to celebrate the mystic rites of an unhallowed worship. They particularly pointed out to me certain features of the building, which having been the peculiar objects of a former superstitious regard, they had as a matter of duty sedulously defiled and defaced. The reputed site of certain shrines they had thus particularly noticed, and various sheltered chambers, in one of which was a deep well, constructed, they believed, with a dreadful design. Besides these, they led me to see a large and deep chiseled marble vase or basin, supported upon twelve oxen, also of marble, and of the size of life, of which they told some romantic stories. They said the deluded persons, most of whom were emigrants from a great distance, believed their Deity countenanced their reception here for a baptism of regeneration, as proxies for whomsoever they held in warm affection in the countries from which they had come. That here parents 'went into the water' for their lost children, children for their parents, widows for their spouses, and young persons for their lovers. That thus the great vase came to be for them associated with all dear and distant memories, and was therefore the object, of all others, in the building, to which they attached the greatest degree of idolatrous affection. On this account the victors had so diligently desecrated it as to render the apartment in which it was contained too noisome to abide in. They permitted me also to ascend into the steeple to see where it had been lightning struck on the Sabbath before, and to look out east and south on wasted farms like those I had seen near the city, extending till they were lost in the distance. Here in the face of pure day, close to the scar of divine wrath left by the thunderbolt, were fragments of food, cruses of liquor, and broken drinking vessels, with a bass drum and a steamboat signal bell, of which I afterwards learned the use with pain.

"It was after nightfall when I was ready to cross the river on my return. The wind had freshened after sunset, and the water beating roughly into my little boat, I headed higher up the stream than the point I had left in the morning, and landed where a faint glimmering light invited me to steer. Here among the dock and rushes, sheltered only by the darkness, without roof between them and the sky, I came upon a crowd of several hundred creatures, whom my movements roused from uneasy slumber upon the ground. Passing these on my way to the light I found it came from a tallow candle in a paper funnel shade such as is used by street vendors of apples and peanuts, and which flaring and fluttering away in the bleak air off the water, shone flickeringly on the emaciated features of a man in the last stage of a bilious, remittent fever. They had done their best for him. Over his head was something like a tent made of a sheet or two, and he rested on a but partially ripped open old straw mattress, with a hair sofa cushion under his head for a pillow. His gaping jaw and glazing eye told how short a time he would enjoy these luxuries, though a seemingly bewildered and excited person, who might have been his wife, seemed to find hope in occasionally forcing him to swallow awkwardly a measured sip of the tepid river water from a burned and battered bitter smelling tin coffee pot. Those who knew better had furnished the apothecary he needed, a toothless old bald head, whose manner had the repulsive dullness of a man familiar with death-scenes. He, so long as I remained, mumbled in his patient's ear a monotonous and melancholy prayer, between the pauses of which I heard the hiccup and sobbing of two little girls who were sitting upon a piece of driftwood outside. Dreadful indeed, were the sufferings of these forsaken beings, bowed and cramped by cold and sun burn, alternating as each weary day and night dragged on. They were almost all of them, the crippled victims of disease. They were there because they had no homes, nor hospitals, nor poor house, nor friends to offer them any. They could not satisfy the feeble cravings of their sick. They had not bread to quiet the fractious hunger cries of their children. Mothers and babes, daughters and grandparents, all of them alike, were bivouacked in tatters, wanting even covering to comfort those whom the sick shiver of fever was searching to the marrow.

"These were the Mormons, famishing in Lee county, Iowa, in the fourth week of the month of September, in the year of our Lord, 1846. The city, it was Nauvoo, Ills. The Mormons were the owners of that city, and the smiling country around, and those who stopped their plows, who had silenced their hammers their axes, their shuttles and their workshop wheels, those who had put out their fires, who had eaten their food, spoiled their orchards and trampled under foot their thousands of acres of unharvested grain, these were the keepers of their dwellings, the carousers in their temple, whose drunken riot insulted the ears of their dying. They were, all told, not more than six hundred forty persons who were thus lying on the river flats, but the Mormons in Nauvoo had numbered the year before over twenty thousand. Where were they? They had last been seen, carrying in mournful trains their sick and wounded, halt and blind to disappear behind the western horizon, pursuing the phantom of another home. Hardly anything else was known of them and people asked with curiosity—what had been their fate, what their fortune!"

Just a word to let the reader know of Col. Kane's first coming to our people.

One day, while we were still encamped at Council Bluffs, a delicate-looking stranger rode up on horseback. The young man was Colonel Thomas L. Kane, son of Judge Kane of Philadelphia, and brother of Dr. Kane, the celebrated Arctic explorer. Soon after reaching our camp he was stricken with fever. The best medical talent we had watched him unceasingly; and to the joy of the whole camp, he recovered. Never was watching, nursing, and praying better requited by man than he repaid to the Mormon people. As soon as his returning strength would allow, he hastened back east, and unsolicited by us delivered in his native city and in Washington some of the most truthful, vivid life scenes of the suffering of our people that have ever been published.

Chapter 5.

Daniel H. Wells.—Baptism for the Dead.—Lorenzo D. Young's Mission.—Wilford Woodruff.—Saved by Prayer.

The little band of one hundred twenty-five men who for three days defended the city of Nauvoo against fearful odds, are to me patriots and heroes, and their names and deeds should be handed down in history; for the wealth of history is the noble ideals it creates. Had there never been an angry Jewish mob, we should not have the martyr Stephen. Had there been no Gesler to hoist his cap on a liberty pole, there would have been no William Tell. Had there been no George III., there would have been no Patrick Henry nor Lafayette; and had there been no battle of Nauvoo, we should have had no Daniel H. Wells, as noble a patriot, and as true a lover of justice and liberty, as ever lived.

Daniel Hanmer Wells was one of the first settlers of Commerce, later called Nauvoo. When Joseph came in 1839 and bought land for the Church, Wells met the Prophet for the first time. He noted the intelligence and activity of the young leader. He (Wells) was studying law, and his legal attainments made him a useful man in the community. For several years thereafter he was justice of the peace, and thus became thoroughly acquainted with the people and their history. The result was that when the war-cloud broke, he shouldered his gun and for three days fought in defense of the weak and oppressed; and when they were overpowered, rather than submit to the enforced humiliation, he mounted his horse, bade adieu to his old home, and fled to the wilderness, casting his lot with the exiles, and becoming one of their staunchest leading men.

Now a few words about the ill-fated temple, that beautiful edifice which the Saints reared with so much love and sacrifice, and in which so many of our hopes and expectations centered. Like all other of our temples, it was erected for the benefit alike of the living and the dead. The Apostle Paul says, "If the dead rise not at all, then why are ye baptized for the dead?" Around that doctrine, amplified by later revelation, the Latter-day Saints have woven a social service that lays hold of the deepest affections of the heart, and in its scope is as broad as the ocean and as endless as eternity.

In the sacred font of that temple in Nauvoo, parents were baptized for their dead children, and children for their dead parents. There the husband and wife were sealed as such for eternity, and family ties were cemented to last forever. In the faith of every Latter-day Saint, the temple was therefore the holy of holies, the most sacred of all sacred places. Our enemies knew this;

and fearing, that as long as the temple stood, we might be tempted to return, they resolved to destroy it.

A purse of five hundred dollars was raised by subscription and given to Joseph Agnew if he would burn it. On the night of October 6, 1848, Thomas C. Sharp and Agnew rode from Carthage to Nauvoo, twenty miles, and having a key to the front door. Sharp stood guard, while Agnew ascended to an upper floor and fired it. At sunrise the next morning there was nothing left but its four blackened walls.

Afterwards the Icarians, getting possession of the ruins, started, in 1850, to repair it for educational purposes; but a hurricane swept through the city and blew down the walls. Finally, piece by piece, the rock was hauled away, until not a stone was left to mark the place where the noble edifice once stood.

As soon as word of the mob's treachery reached Winter Quarters, teams were sent back to bring up the suffering remnants; and they were given all the care and attention possible under existing conditions. They received at least one comfort—they had the privilege of dying, if die they must, with sympathizing friends.

And die many of them did. As previously remarked. Winter Quarters was the Valley Forge of Mormondom. Our home was near the burying ground; and I can remember the small mournful-looking trains that so often passed our door. I also remember how poor and same-like our habitual diet was: corn bread, salt bacon, and a little milk. Mush and bacon became so nauseating that it was like taking medicine to swallow it; and the scurvy was making such inroad amongst us that it looked as if we should all be "sleeping on the hill" before spring, unless fresh food could be obtained.

While we were in this condition there happened one of these singular events which so often flit across the life of a Mormon. President Young called one day at the door of our cabin, and said to my father:

"Lorenzo, if you will hitch up your horses and go down into Missouri, the Lord will open the way, so that you can bring up a drove of hogs, and give the people fresh meat, and be a blessing to you."

As I remember, the next day father took me in the wagon, and with a "spike" or three-horse team, started on that mission. The only recollections that I have of that wonderfully productive land, were given me by that journey. The Mormons believe that Missouri embraces, in its bounds, that portion of the earth where Eden stood. Adam-Ondi-Ahman, the place where Adam gathered his children and blessed them, is situated five miles northwest from Gallatin, on Grand river.

I will now relate some incidents that took place on that trip to St. Joseph, Missouri. Soon after reaching the frontier settlements we camped for the night with a man who claimed to have been living on his ranch for sixteen years. The home was rather primitive, but the farm must have been a good one. His bins were full of corn, and his horses, cows, sheep, and hogs were fine and fat.

Father asked if he would sell a horse.

"Yes, if I can get a good price for one."

What was the grey Messenger filly worth?

"Well, that is a good animal; a wonderful traveler," and he wanted a dollar a mile for every mile that he had driven her in a day. And though we might not believe it, yet it was gospel truth, that he had driven that mare in his spring cart, thirty-five miles from sun to sun.

The next morning my father pulled out 'with a four-horse team. The Messenger fully proved one of the best animals that we ever owned. After a lapse of sixty years I tell this story to my children to show them the difference of ideas about hard driving between the people of the woolly west and the stay-at-home farmer near St. Joseph.

Upon arriving at St. Joseph we put up at Polk's Tavern. A Mormon family by the name of Lake had left Winter Quarters in search of work. One of the daughters had found employment at Mr. Polk's. Being frequently questioned, she had told much about the sufferings and the present conditions of our people. She knew my father well, and joyfully recognized him.

In the evening the bar room was full of gentlemen, all eager to learn the news and for two hours they listened almost breathless to father's talk. The next day parties approached father and offered to load him with merchandise. This he declined; but he secured the loan of one thousand dollars—I believe from a Jewish merchant—and wasted no time in getting down to business.

The first move was to buy a forty-acre field of unharvested corn. He paid four dollars an acre for the corn as it stood in the field. It was estimated to average sixty bushels to the acre. The best corn was gathered and put in bins. Heavy logs were then drawn crosswise over the field to mash down the stalks. Then a notice was posted for hogs. As a rule, they came in droves of about thirty and were bought in the bunch, at seventy-five cents a head. They would weigh from one hundred and fifty to four hundred pounds each. Father returned to Winter Quarters with a thousand head of hogs, and in this way President Young's promise to him had been realized.

We read in the good old Bible of an angel giving water to Hagar and Ishmael in the desert, when the patriarch Abraham had sent them away; and when

Moses led two million Hebrew bondsmen from slavery to freedom, we read of how God rained manna down from heaven for their sustenance, and so wrought upon the elements, that for forty years their garments did not wax old. And I understand that the Hebrew children to this day remember with grateful hearts those special acts of providence.

Now, while I do not claim for the Latter-day Saints manifestations so marked as these, yet was there many a providential help given to us. What caused the quails to come in such tame flocks to our suffering camps on the west bank of the Mississippi river? They were so tame that many of them were caught by little children. And who led the Mormon maiden to Mr. Polk's tavern, and inspired her tongue to utter words of deep interest to citizens of St. Joseph, and thus prepared the way for my father to bring to our camps large quantities of food as sweet and nutritious as the quails or manna bestowed so providentially upon the camps of the Hebrews in the land of Palestine?

I remember well the place where I first saw Wilford Woodruff. It was out in the timber west of Winter Quarters. I was driving a yoke of oxen on a sledge, after a load of wood. Father and a man by the name of Campbell were chopping. The wood was oak and hickory. There were several men in the grove chopping, among them Apostle Woodruff. A cry came for help and the men ran together. Brother Woodruff had been caught by a falling tree and pinned to another one. The tree that imprisoned him was so heavy that the men could not lift it away until they had chopped it in two.

All said his breast was crushed, and they feared he was dead. Nevertheless, the brethren took off their hats, and kneeling around him, placed their hands on his body and prayed. Then some quilts were placed on the sledge and father hauled him home. I was but a boy; yet the earnestness and power of that prayer entered my soul, and gave me a testimony that has never left me.[A]

[Footnote A: President Woodruff's statement makes it plain that I am wrong. My memory has become confused. It must have been some other man that father hauled home.]

I know that the brave, resolute men who left their homes in Nauvoo rather than renounce their faith, were God-fearing men. Prayer was the balm applied by them for every ill. It was their comfort and solace from every pain. It was their first thought in the moning [sic], and the last word they breathed at night. It burst from the lips of the father and the mother at our camp fires, or from the hearth stones in our humblest dugout homes. In case of misfortune or accident, the first thought was for an Elder. The admonition of the Apostle James, as recorded in the New Testament, was engraven on the hearts of the Latter-day Saints. "If any are sick let them call in the Elders of the Church, and let them pray over him, anointing him with oil in the name of the Lord, and the prayer of faith shall save the sick." And I testify that our hearts were often gladdened by the reception and fulfillment of that gracious promise. In this instance our hearts were again comforted. Our people were passing through a period of sorrow and suffering. It was one of the darkest days in the history of the Church. Death was reaping a rich harvest from our stricken and depleted camps. We felt keenly the giving up of five hundred of our young men. Their absence made men precious with us, and Wilford Woodruff, being such an active, helpful man, how could we spare him! That cry came from our hearts, and God heard our prayers and answered them. In three weeks' time, Wilford Woodruff was again on the "firing line" as active and helpful as ever. Thus we saw recorded another miracle to strengthen our faith.

Chapter 6.

Brigham's Wise Counsels.—Joseph Toronto.—Joseph Smith.—Seer and Organizer.—Prophecy of August 6, 1842.

In those days of constant home changing Brigham was somewhat like the father of a large rustling family; everybody came to him for comfort or counsel. Perhaps I cannot do better than relate a few incidents to show how they trusted to his guidance.

In 1845 an Italian sailor by name of Toronto, had saved his earnings, until he had several hundred dollars. But he was worried for fear he would lose it, and could not decide where to deposit it. On returning from a voyage, and just before reaching New York, he had a dream in which a man stood before him, and told him to leave his money with "Mormon Brigham" and he should be blessed.

On reaching New York, he began to inquire for "Mormon Brigham," but no one knew him. Finally he met a person who told him that Brigham Young, the President of the Mormon Church, lived at Nauvoo, Ill. Toronto never rested until he reached that place. Making his way to President Young's office, he laid the money on the table, and, merely asking for a receipt, would apparently have left without further explanation, if Brigham had not detained him. The money was sorely needed, and the act was so deeply appreciated, that the humble trusting man was taken to the President's home, and became a permanent member of the family.

At Winter Quarters a man by name of Majors, a gentleman of wealth and scholarly attainments, came to Brigham and said that one of his thoroughbred mares was down from starvation and could not get up,—then asked if he had better not kill her. "No," replied the President, "never destroy life. Try to save her. If you can't provide for her give her to Toronto and I will tell him how to provide for her." He further arranged to have a windlass erected, and the mare swung up. Then sods were cut. Of them a stable was built around her, and so the animal was saved.

Afterwards I saw Brother Toronto sell a pair of her colts to Kinkaid of Salt Lake for seven hundred dollars. Moreover, Joseph Toronto, humble, untutored Italian sailor, became, under the wise counsels of Brigham Young, a man of property, raised up an honorable family, and gave his children a good education.

I could relate numerous other instances coming under my notice during boyhood days, to demonstrate the fact that President Young, whether on the plains or in his office, was always accessible to the common people, and that his counsels, when carried out, invariably brought blessings.

At Winter Quarters he was everywhere; now at the bedside of the dying, next in his carriage flying perhaps to the scene of a prairie fire, where his calm voice might be heard directing the labors of his willing followers: counseling peace, but ever urging eternal vigilance.

No sooner would his hands drop the critical labors of the moment, than his mind would turn forcefully to preparing for the onward move, which all knew would come in the early spring. From the various camps he selected the hardy, robust, and energetic men whom he wished to have with him in the pioneer movement that the council had decided should be made as soon as grass grew.

In my frequent use of the name Brigham, I do not wish to convey the idea that there was only one capable man, only one great leader in our camps. On the contrary, I consider that we had a collection of able men. Joseph Smith, in his short prophetical career of fifteen years, had not only given the Book of Mormon to the world, but had brought forth and established the most perfect church organization that we have any record of. In doing this he had gathered around him many able, and some very learned men. Among the latter were such men as Sidney Rigdon, Willard Richards, Lorenzo Snow, Orson Spencer, Orson Pratt and Dr. Bernhisel; while of the former the new faith had gathered into its fold, a legion of strong, intelligent spirits, such as Brigham Young, Heber C. Kimball, George A. Smith, John Taylor, and a host of others equally honorable and worthy of mention; men who have since made notable history. These were now numbered in the camps of Israel and Brigham Young valued their stalwart character, their sterling integrity, and their wise counsel, and honored their decisions.

As a matter of fact, it was not President Brigham Young's personal superiority which gave him preeminence. His leadership came by calling and ordination from Joseph, and the approval of the people. Hence in Mormon theology, back of Brigham stood Joseph and the people, and back of Joseph stood the mighty Lord, even Jesus Christ, from whom came the power and influence that held this multitude of moving families together, and made it possible for one man—Brigham Young—to select the men he desired to accompany him on the wonderful journey that still lay before them.

Of course our people knew, or had reason to believe, that in Oregon there were grand rivers, and extensive forests, with rich intervening glades, inviting the home-seeker to come and take possession; but experience had taught us that prosperity and wealth excite jealousy, and invite turmoil and trouble, and so far had culminated in expulsion from our homes. On the other hand, the interior of California was marked on our maps as an uninhabitable desert, and Brigham said: "If there is a place on this earth that our enemies do not want, that's the place I'm hunting for."

If the reader will bear in mind that in July we had given a battalion of five hundred of our ablest men to fight our country's battles in Mexico, it will help them to realize the additional sacrifice the people would now have to make to fit out and part with one hundred and forty men for a pioneer advance guard, whose duty it would be to find the place where, under the blessing of God, the Saints might rest in peace. By parting with the battalion boys, our camps were so weakened that in many instances mothers and children had to do the rough, out-of-door work of husbands and fathers; and many of the early converts to Mormonism were from the eastern states, and came from homes where refinement had clustered round the family hearth and music and song had happified their lives. The strenuous nature of frontier struggles was consequently new to them. Nevertheless, in building up temporary homes at Winter Quarters, it was no strange thing to see the sisters hauling logs for the cabin, or mixing and carrying mud for the chinking and daubing; and in the winter, when death stalked through our camps, it seemed that a heavy per cent of the "called ones" were our strongest, bravest men; men whose places could not be filled, no matter how willing the substitutes were.

Nature seldom qualifies the woman to do the work of the man. There is, however, much truth in the adage, "Where there's a will there's a way," and the deeds accomplished under the most trying circumstances prove that the Mormon people had the will, for what, indeed, is will but another name for faith? And to those who have faith, all things are possible. Only by this God-given power, so little known and comprehended, were our people enabled to cross the trackless plains, subdue the wilderness, and make the "desert to blossom as the rose."

Often in our public meetings the Elders would liken the Church to a ship, and the "Ship Zion" was no mean figure of speech. Let us carry it further and see her launched upon a boisterous, unknown sea; then let an emergency arise in which the captain and many of the ablest sailors are called away and the ropes have to be manipulated by inexperienced hands; for that is exactly the condition we were in.

How appropriately even we might paraphrase Nelson's historical signal: "England expects every man to do his duty." England was not disappointed, and to this day the English nation is proud of the record made by her gallant sailors. In simple justice, that is the way the United States should feel toward the Mormon people; for never in the history of the world was a grander movement made for the establishment of liberty, than the exodus of the Saints from Nauvoo. Like the cutting; of the dykes of Holland, or the burning of Moscow, it was the making of a whole-souled sacrifice, that they and all the children of men might receive an expansion of religious freedom. And, we, their descendants, have reason now to rejoice that it was the Latter-day

Saints who were thus resisting oppression and injustice, and suffering untold sorrows, that this nation might retain the proud distinction of being an asylum for the oppressed and down-trodden of the world. Coming generations will award the Mormons the just praise that is now withheld from them.

On the 6th of April, 1847, the annual Church conference was held at Winter Quarters. It lasted only one day, for the labor of fitting out the pioneers seemed to engross everybody's time. Hearts had not yet ceased aching over the parting with the battalion boys; yet now a band of the fathers were on the eve of starting on a perilous journey, and the end thereof no man knew. Their departure would leave a poverty-stricken community of widows and orphans. Thoughts of that parting dampened every attempt at revelry and would have filled every bosom with gloom, save that we knew it was God's will. For a year we had been singing:

> "In upper California, O that's the land for me—
> It lies between the mountains and the great Pacific sea.
> The Saints can be protected there, and enjoy their liberty
> In upper California, O that's the land for me."

We furthermore recalled to mind that on the 6th of August, 1842, Joseph had prophesied: "You will be driven to the Rocky Mountains; many will apostatize, or lose their lives in consequence of exposure or disease; yet some of you will live to go and assist in making settlements and in building cities and will see the Saints become a mighty people in the midst of the Rocky Mountains." All believed in this prophecy and rejoiced that it was on the verge of fulfillment. Consequently, as Hannah, in the gratitude of her heart, gave Samuel to the Lord, so these daughters of modern Israel gladly gave their husbands and grown-up sons to be the standard bearers of the Prophet Brigham in planting the Ensign of Zion in the tops of the mountains.

Chapter 7.

A Religious Commonwealth.—General Clark's Decree.—Brigham's Indian Policy.—Its Peaceable Fruits.—The Glory of the Immigrants' First View of The Valley.

On April 10, 1847, that historical band of one hundred forty-three men, three women, and two children, known as the Mormon pioneers, started for the West, led by Brigham Young and Heber C. Kimball. The story of that journey has been so often told, and our western people are so accustomed to traveling with team, and camping out, that I fear my weak descriptions would not be interesting. But the conditions of colonizing Utah were so different from those of any other state of the union, that the history will bear repetition.

The Latter-day Saints' founding of a commonwealth was actuated by almost purely religious motives and influences. They came West because they had to, or else give up their faith. As early as 1838 General Clark said to us, "You must no more organize with Presidents and Bishops; you must scatter out among the people. And if you ever get together again, I will be upon you, and I will not show the mercy that I have shown this time."

That, in effect, was the decree of the Nauvoo mob. It was not couched in the definite words that Darius's decree was, but it meant, "Daniel, if you pray to the God of the Hebrews, we will cast you into the Lion's Den." The same spirit that over two thousand years ago decreed what the Hebrew children should worship was today dictating to sons of America what they should, and what they should not do, in matters of faith. And it was the loyalty of the Mormon people to God, and their country, that led them to travel westward over trackless and timberless plains. Rather than submit to this belated tyrrany [sic] of intolerance, on and on they came westward for more than a hundred days until they struck the valley of the Dead Inland Sea, the spot where Brigham had in vision seen the tent come down from Heaven, and had heard a voice saying, "Here shall Israel find rest."

But to return to the starting point. Anticipating that they would come into frequent contact with the Indians, President Young sought earnestly to imbue the men with a feeling of friendship toward the Red Man. He pointed out that from the first coming of the white man to America the Indian had been pushed off his lands, his game had been wasted, and feelings of hatred had been fostered until the dictum had been reached that no Indian is a good Indian until he is dead.

"We shoot them down as we would a dog. Now, this is all wrong, and not in harmony with the spirit of Christianity. In only one instance, that of William Penn, has Christian treatment been accorded them. But even aside from the aspect of Christian duty, I am satisfied it will be cheaper to feed them, than to fight them."

Such was ever Brigham's policy thereafter. In later years the annual passing of thousands of our people in peace through the lands of the Sioux, the Shoshones, and Utes, gave to the world the belief that the Mormons were in collusion with and had secret treaties with the Indians. Such, however, was not the case. Our friendship with them was the natural outgrowth of following the wise counsel given to us in those early days Light cleaveth to light, and love begets love as readily in the heart of a heathen as in the bosom of a Christian.

As an illustration of this fact I may relate a little incident in my own life. My father and my younger brother, a lad of five years, went with the advance company of pioneers. My brother Franklin W. and I followed in Jedediah M. Grant's company. On Ham's Fork, near Fort Bridger, a cow gave out, and I was left behind the train to try to bring her into camp. At sunset, while about three miles behind the camp, letting the cow rest, I saw an Indian just across the creek move from behind a tree. Needless to say I made quick tracks toward camp.

In the morning we found that the Indians had killed the cow. It proved to be a band of Sioux, on the war path after Shoshones. Had they been angry at us, they could have killed me as well as the cow,—Brigham's counsel was bearing fruit. Neither my scalp, nor our cattle, beyond that one cow, were interfered with, while Fort Bridger was heavily raided.

To me the migration of our people for the next twenty years was a wonderful history. Our companies often scattered far apart in order to get feed for the cattle; our men, weak in numbers and but poorly armed; our women and children often compelled to walk, and therefore, sometimes quite unconsciously going too far ahead to be safe, or, in spite of the vigilance of the guards, becoming weary and lagging behind, yet not a single life was lost by the hand of the Indians.

Again the cheerfulness with which the people passed under the rod during these unparalleled journeys was no less marvelous than the protecting providence that was over them. Picture in your mind starting out on a certain morning, in company with five hundred men, women, and children. We walk eight or ten miles, then halt for dinner. Five hundred head of cattle have to be unyoked, watered, then driven to pasture and guarded, while fires are built and dinner is being prepared. Then the cattle are reyoked, the wagons packed, and the line of travel is taken up again.

Thousands of our people, many of them mothers with babes in their arms, walked every foot of that ten hundred thirty-seven mile stretch from Winter

Quarters to Salt Lake. Day after day the toilsome journey is renewed. At night a quilt or blanket is spread upon mother earth for a resting place. Days pass into weeks, and weeks into months, before the longing eyes find rest and the weary feet pass down the dusty road of Emigration Canyon. Picture then, their feelings, when, on reaching a certain eminence, the Salt Lake Valley, with the Dead Sea glimmering beyond, burst like a vision of glory upon their view! Old and young break down, and weep for joy.

O, marvel not, dear reader, if on this day and place
Unbidden tears bedew each care-worn, sun-burnt face!
If long enshrined hope, and over-burdened heart
Cause weary, toiling pilgrims here to act the childish part,
If the glory of this vision, of a truly "sought out land,"
Like a cloud of joy descending, enshroud the little band,
Reveal to them the blessings their future life shall gain,
And blurs the recollections of former toils and pain—
Recall the days of sorrows, of Diahman, and Far West,
When the cup of bitter anguish to their trembling lips was pressed,
When hordes of heartless mobbers, led by Lucas, and by Clark,
Despoiled them of their homes—the fruits of honest work;
Confined in chains and dungeons their youthful prophet guide—
And scattered wives and children on Missouri's prairie wide,
Then like a bird of plunder, followed on their footsore trail
Till Joseph and Hyrum were martyred, in Carthage bloodstained jail.
And still the lash and fire brand, to our backs and home applied,
Compelled us to surrender, and cross the Mississippi's tide,
Take to our tents and travel, like Israel of old,
To the valleys of the mountains, a standard to unfold,
An ensign to the nations, a banner ever blest—
Where the children of the covenant can find God-given rest,
Where the "stone cut from the mountain," not by mortal hand,
Shall become a mighty people, and fill "the promised land."
Such was the glorious vista that opened to their souls
And filled with joy and gladness, their hearts beyond control,
Filled hearts with joy and gratitude, and bent each willing knee,
To Him, their loving Father, the Lord who set them free.

Chapter 8.

Mormon Stalwarts.—A Waif on the Plains.—Death of Celestia Kimball.—Two Indian Girls Tortured.—Sally's Death.—Ira Eldredge's Dog and the Wolf.—Delicious Rawhide Soup.—Eat Thistles.—The Devastating Crickets.—Deliverance Wrought by the Sea Gulls.

Having foreshadowed the immigration movement in general, I turn back to the parting at Winter Quarter's. Owing to the poverty of our people, and to the lack of men, conditions were such that in making up the Pioneer Company many families were divided. Such was the case in my father's family. My dear mother, poor in health, was left behind with my only sister, Harriet, to follow several years later.

It fell to my lot to cross the plains in Captain Jedediah M. Grant's company. Brother Grant was a man of wonderful energy. In fact, the various companies which followed on the heels of the pioneers were led by a host of stalwarts; so that in my youth I became acquainted with many solid men of Joseph's day. Foremost among them, to my mind, were Brigham Young, John Taylor. Geo. A. Smith, Parley P. Pratt, Uncle John Smith, and Uncle John Young.

The last-named stood as a father to me; and yet, during that pilgrimage I was like a waif upon the ocean. The camp fire was my home, and I was everybody's chore boy. While this arrangement taught me self-reliance, it chilled my heart, and turned me against those finer, more tender endearments of life which ever abound in happy, lovable homes; and from this experience I have learned to pity the child that grows up without a mother's care and caress.

On reaching the Valley, our people at first all lived in the "Old Fort." Father was the first to move out. He had built a two-roomed log house on the lot where Uncle Brigham later built the Bee-Hive and Lion Houses.

On one of father's trips to the canyon for wood, he took me with him. As we returned, we saw Apostle John Taylor and George Q. Cannon running a whip saw. They gave father a red-pine slab, which he hauled home and later placed across City Creek, and it remained in use for years as a foot bridge. It lay with the round side up, and after the bark peeled off, it became very slippery, especially when wet.

After Presidents Young and Kimball moved onto their lots the path leading to this footbridge connected their homes. One day Aunt Prescinda Kimball's little daughter Celestia, unknown to her mother, started to go to Aunt Zina's. It was in the spring of the year, 1850 and City Creek was swollen by the melting snows. The child evidently slipped off the slab and was drowned.

As soon as the family missed her, a cry of alarm was given. I was confined to the house with a painful flesh would in my left leg. Hearing the tumult, and seeing the excited people running along the creek, I surmised what had happened. Running to the slab, I dropped into the water and was carried by the swift current to Brother Wells' lot, where the fence had caught flood wood, and formed a dam and eddy. I dove under the drift, and finding the body, brought it to the surface, and gave it to Dr. Williams; but the precious life was gone.

Soon after we moved on to our city lot, fall of 1847, a band of Indians camped near us. Early one morning we were excited at hearing their shrill, blood-curdling war whoop, mingled with occasional sharp cries of pain. Father sent me to the Fort for help. Charley Decker and Barney Ward, the interpreter, and others hurried to the camp.

It was Wanship's band. Some of his braves had just returned from the war-path. In a fight with "Little Wolf's" band, they lost two men, but had succeeded in taking two girls prisoners. One of these they had killed, and were torturing the other. To save her life Charley Decker bought her, and took her to our house to be washed and clothed.

She was the saddest-looking piece of humanity I have ever seen. They had shingled her head with butcher knives and fire brands. All the fleshy parts of her body, legs, and arms had been hacked with knives, then fire brands had been stuck into the wounds. She was gaunt with hunger, and smeared from head to foot with blood and ashes.

After being washed and clothed, she was given to President Young and became as one of his family. They named her Sally, and her memory has been perpetuated by the "Courtship of Kanosh, a Pioneer Indian Love Story," written by my gifted cousin, Susa Y. Gates.

But Susa gave us only the courtship, while the ending of Sally's life, as told to me by a man from Kanosh, was as tragic as her childhood days had been thrilling. After she married Kanosh, several years of her life passed pleasantly, in the white man's house which he built for her. Then her Indian husband took to himself another wife, who became jealous of Sally, and perhaps hated her also for her white man's ways.

One day when they were in a secluded place digging segoes, the new wife murdered Sally and buried the body in a gully.

When Kanosh missed her, he took her track and followed it as faithfully as a blood hound could have done, and was not long in finding the grave. In his grief he seized the murderess, and would have burned her at the stake, but white men interfered.

In due time the Indian woman confessed her guilt, and in harmony with Indian justice, offered to expiate her crime by starving herself to death.

The offer was accepted, and on a lone hill in sight of the village, a "wick-i-up" was constructed of dry timber. Taking a jug of water, the woman walked silently toward her living grave. Like the rejected swan, alone, unloved, in low tones she sang her own sad requiem, until her voice was hushed in death. One night when the evening beacon fire was not seen by the villagers, a runner was dispatched to fire the wick-i-up, and retribution was complete.

Sally's funeral had taken place only a day or two previous. Over a hundred vehicles followed the remains to their last resting place, and beautifully floral wreaths covered the casket; for Sally had been widely loved among the white settlers for her gentle ways.

Just across the creek on Brother Kimball's unoccupied lot stood an old gnarled oak tree. Ten feet from the ground a large limb shot straight out, making a good gallows on which to hang beeves, and father used it for that purpose. The first ox that he slaughtered he hung the hide, flesh side out, on that limb; and it attracted dogs from the Fort, and wolves from the mountain. Father set two steel traps at the root of the tree, and during the first night caught a large grey wolf in one trap, and Ira Eldredge's spotted mastiff in the other.

About midnight we heard their terrible fighting; but in the morning the wolf was gone. He had chewed his own leg off below the knee. After liberating the mastiff, I went to the fort, and got Ham Crow to come with his dogs and run the wolf down. We caught the ugly brute in the mouth of Red Butte Canyon; and Brother Crow added the carcass to his scant store of provisions, and grateful for it.

By the time the grass began to grow the famine had waxed sore. For several months we had no bread. Beef, milk, pig-weeds, segoes, and thistles formed our diet. I was the herd boy, and while out watching the stock, I used to eat thistle stalks until my stomach would be as full as a cow's. At last the hunger was so sharp that father took down the old bird-pecked ox-hide from the limb; and it was converted into most delicious soup, and enjoyed by the family as a rich treat.

As the summer crept on, and the scant harvest drew nigh, the fight with the crickets commenced. Oh, how we fought and prayed, and prayed and fought the myriads of black, loathsome insects that flowed down like a flood of filthy water from the mountainside. And we should surely have been inundated, and swept into oblivion, save for the merciful Father's sending of the blessed sea gulls to our deliverance.

The first I knew of the gulls, I heard their sharp cry. Upon looking up, I beheld what appeared like a vast flock of pigeons coming from the northwest. It was about three o'clock in the afternoon. My brother Franklin and I were trying to save an acre of wheat of father's, growing not far from where the Salt Lake Theatre now stands. The wheat was just beginning to turn yellow. The crickets would climb the stalk, cut off the head, then come down and eat it. To prevent this, my brother and I each took an end of a long rope, stretched it full length, then walked through the grain holding the rope so as to hit the heads, and thus knock the crickets off. From sunrise till sunset we kept at this labor; for as darkness came the crickets sought shelter, but with the rising of the sun they commenced their ravages again.

I have been asked "how numerous were the gulls."

There must have been thousands of them. Their coming was like a great cloud; and when they passed between us and the sun, a shadow covered the field. I could see the gulls settling for more than a mile around us. They were very tame, coming within four or five rods of us.

At first we thought that they, also, were after the wheat, and this thought added to our terror: but we soon discovered that they devoured only the crickets. Needless to say, we quit drawing the rope, and gave our gentle visitors the possession of the field. As I remember it, the gulls came every morning for about three weeks, when their mission was apparently ended, and they ceased coming. The precious crops were saved.

I have met those who were skeptical about the gulls' being sent by divine Providence, for the salvation of our people, but I believe it most firmly; as witness the preparedness of the Indians. They kept on hand baskets purposely made to put in the creeks to catch the loathsome insects as they floated down the streams, and they caught them by tons, sun-dried them, then roasted them, and made them into a silage that would keep for months. Their skill in this convinces me that the coming of the crickets had been continuous for ages. Nor had the cricket crop ever been interrupted before until our people came, and the coming of the gulls checked the increase of the loathsome insects. The gulls were sent by the same Power that sent the quails to feed the Israelites.

Do I love the sea gulls? I never hear their sharp, shrill cry but my heart leaps with joy and gladness, for I know that they saved my father's family and his people from a fearful death. Bless the gulls! They and the lovely sego lilies should ever be remembered, protected, and sacredly cherished by the children of the Latter-day Saints.

Chapter 9.

My First Mission.—Uncle Brigham's Counsel.—Parley P. Pratt, Teacher and Orator.—My First View of the Ocean.—San Francisco.—Tracting the City.—Scrap with a Hotel Keeper.—Labor as a Cook in the Home of Mr. McClain.—The Man Who Murdered Parley P. Pratt.

In 1854, at the April Conference in Salt Lake City, I was appointed a mission to the Sandwich Islands. I was then in my sixteenth year, and with my overcoat on I weighed, on Father Neff's mill scales, just ninety-six pounds. On the 4th of May I started on my mission; George Speirs, Simpson M. Molen, Washington B. Rogers, and I having fitted up a four-horse team with which we traveled across the desert to San Bernardino. In our company were Joseph F. Smith, then in his fifteenth year, John T. Caine, Edward Partridge, William W. Cluff, Ward E. Pack, Silas, and Silas S. Smith, and some others.

Parley P. Pratt was president of the company.

We traveled as far as Cedar City in President Brigham Young's company, among whom were my brother Joseph W., and my Uncle Joseph, and my father. At Cedar City I was ordained a Seventy by my brother Joseph W. Before the company started westward, Uncle Brigham, in bidding me goodby said:

"Johnny, I will give you a little advice. Be humble. Live near the Lord. Keep yourself pure from sin. Do not tell the people that you are unlearned; it will only weaken their faith. Avoid public discussions. I have noticed that they engender feelings of bitterness and seldom do good. Never tell all that you know at once; keep back something to talk about the next time. Be careful to say nothing but what you can prove."

President Kimball said, "Your name is no longer Johnny, but Rooter; for you shall root up iniquity where-ever you find it." Uncle Joseph Young said, "Be of good cheer. Great trees from little acorns grow, and you will grow to be a man yet." My father and brother Joseph added their blessing; and with a swelling heart, I turned to face the world, as a Mormon missionary boy.

Cedar City was our southern frontier settlement. From there to San Bernardino the country was almost an unknown desert. At Rio Virgin, Muddy, Las Vegas Springs, and Mohave were small bands of hostile, thieving Indians; but a watchful pacific policy carried us safely through.

While walking on those deserts, I formed an attachment for Apostle Parley P. Pratt that has never died. In conversation he was pure and intelligent; and he excelled as a faith-promoting teacher, while as an orator he had, to me, no superior in the Church.

Upon arrival at San Bernardino, we were warmly welcomed by Presidents Amasa M. Lyman and Charles C. Rich, and also by the colony of Saints. We rested there for three weeks. I made my home with Elder Addison Pratt. Sister Pratt and her amiable daughters were very kind to me.

As soon as we had disposed of our outfits, we moved on; the Saints kindly furnishing teams to haul us eighty miles to San Pedro, where I first saw the blue ocean, and sensed for the first time the rotundity of the earth by looking upon that vast expanse of oval water. Here we took passage on a sailing vessel for San Francisco, entering the bay in the night. I remember, when I came on deck in the morning, how amazed I was at the sight of the great forest of masts, and city built along the beach on piles, or stretching sparsely over the sand ridges.

In a few days President Pratt called a council, and the missionaries gave all their money to help buy the ship Rosalind, with the understanding that she would carry us free to our fields of labor. The idea was, that she would be an "Order-of-Enoch" ship, devoted to Zion's cause. I was young and thoughtless, hence I can say but little about the matter. It was, however, an unfortunate investment, for the hired captain ran away with the ship, and we lost our passage money. After our hopes had thus winged their flight to lands unknown, we missionaries went out among the farmers hunting work to earn money to take us to the islands. As I was too small for a harvest hand, President Pratt set me to tracting the city. I went from house to house leaving tracts, and offering to sell Church books. At that time there was a bitter feeling towards our people, and I met with much ill treatment.

One day I met a man by the name of Crump, recently from Michigan. As he passed through Salt Lake valley enroute to the gold mines, he had rested a few days at father's; and now he was cook at a large hotel. He asked me to come in and rest until he had served dinner. I sat at a table in the kitchen by an open window, reading.

Presently the proprietor came in and looked at my basket. I arose and invited him to buy a Book of Mormon. With an oath he grabbed the basket and started to throw it into the furnace. I held on, and began pleading with him, when he suddenly let go of the basket, and grappling me, swore he would throw me out of the window. I clinched with him and threw him on his back, and held him until the boarders came in and pulled me off.

The rough, big-hearted men were so amused, that I had to go into the dining hall and eat dinner with them. Then they bought all my books; and for the first and only time I went back to the office with an empty basket and a well-filled purse. Brother Pratt was so pleased with my bit of experience, that he released me from tracting. My first sacrifice had been accepted.

While making my home in San Francisco, I had been kindly cared for by a Sister Evans, a widow lady. I also made the acquaintance of Sister Eleanor McLain, an intelligent, energetic, but over-zealous woman, who had recently been baptized by Elder William McBride.

The morning after my release from tracting, I took my carpet bag, walked down to the ferry, and paid a dollar for a ticket to Oakland, intending to hunt work among the farmers. As the boat was on the eve of pushing off, I saw Elder McBride hurrying down the street waving his hat. I stepped on shore, when he told me that I must come back at once, as Parley had a mission for me. Upon reaching the office I was told by Brother Pratt that McLain was making arrangements to send his wife to the insane asylum because she had joined the Church, and my mission was to prevent his doing so. He then placed his hands upon my head, and blessing me, said that McLain should never harm a hair of my head. The spirit and power of that blessing gave me more than natural strength and courage; and I at once commenced my labor.

It occurred to me that if I could get to talk to McLain and his wife, I could bring about a reconciliation. After repeated calls, I persuaded him to hire me as cook in the family. Every day for a month, I dusted his room, made up his bed, handled the revolver with which he was going to kill the Mormon Elder who should dare to call at his home. During evenings I would read aloud selections from the Bible, and pray with the family; and as David played upon his harp to sooth Saul in his angry moods, so God gave to me, child though I was, power to soothe that wicked man, and drive the evil spirit from his abode.

At the end of a month, having been told by someone that I was a Mormon Elder, he rushed into the house like a madman, and in a fearful voice shouted: "Were you not a child, I would kill you."

I reminded him that he claimed to be a minister of the Gospel. (He was acting temporarily in that capacity in the Unitarian Church). He quieted down enough to get his Bible, and said he would prove to me that there was not to be any more revelation, and that laying on of hands for the gift of the Holy Ghost was blasphemy. But his hands trembled, and he could not find the passages.

I read to him the words of Peter on the day of Pentecost, "For the promise is unto you, and unto your children, and to all that are afar off, even as many as the Lord, our God, shall call." He then sprang from the table, went into an adjoining room, came back and, giving me forty dollars in gold, my month's wages, dismissed me.

I had thus filled my second mission,—had turned the shaft of madness from Sister McLain, had earned my passage money, and Parley's blessing on my head had been realized.

Chapter 10.

Sail for the Islands.—At Honolulu I Labor in Tin Shop.—My First Kanaka Meal—At Home With Kiama.—Attend Native Funeral.—Meet Mr. Emerson.—Three Days Without Food.—Saved by a Donkey.—Lose My Eye-sight.—Receive a Glorious Vision.

On August 29, 1854, I sailed for the Sandwich Islands. The voyage was long and disagreeable, especially as I was sea-sick all the way. How glad I was when we reached the sunny, coral-reefed Islands!

At first I as appointed to labor at Honolulu in President Phillip B. Lewis's tin shop. I was useful in running errands and in collecting bills. There was a brisk demand for our goods, and our trade was helpful to the mission in its poverty.

But I was not satisfied: I had no love for tinkering. On the contrary, feeling that I had been sent to preach the Gospel, I desired above all things to begin my mission; and though I made no complaint, I prayed to the Lord about it. As my health was failing, the brethren finally released me from the tin shop, and appointed me to labor in the Oahu conference under the presidency of Elder John S. Woodbury.

Having obtained two horses, President Woodbury and I started on a visit to Waialua, a large settlement on the north side of the island forty miles from Honolulu. For thirteen miles we passed a continuous string of villages, including the residence of a high chief, who hailed us, and asked if I was the son of the Prophet Brigham Young. I told him my father was the prophet's youngest brother.

"Well then," said he, "you are the prophet's son, and you must stay with me tonight."

Our horses were soon cared for, and he directed his people to took a chicken. They caught a Shanghai rooster, and commenced plucking the feathers before killing. I took the chicken and wrung its neck. Brother Woodbury mildly cautioned me not to be particular, and especially not to meddle with their affairs, adding, "When in Rome, you should do as the Romans do." I thanked him, and profited by the admonition.

When supper was announced, the rooster came on to the table, "pin-feathers and all." I was hungry, and with difficulty kept from crying. It was my first genuine Kanaka meal.

President Woodbury stayed a few days at Waialua, held a meeting, arranged for me to live with Kiama, the priest presiding over the little branch, then returned to Honolulu, and I was left alone among the natives.

About a week after this, a woman of the neighboring families died; and attracted by the wild wailing, I visited the family, saw them wrap the body in kapa, their home-made paper cloth, then sew it up in a mat, which prepared it for burial. I next followed the mourners to the burying ground, where I met their minister, the Rev. Mr. Emerson. He was a venerable-looking man, and I, being young, unsuspecting of evil, and feeling kindly toward all men, shook hands with him, and told him who I was.

I saw him draw Kiama aside, and noticed that he talked angrily to him. That evening I had no supper, and in the morning, no breakfast. For the next three days I got no food save as I helped myself from the neighbors when I would see them eating. Resolving to leave Kiama's, I went to our grass-thatched, floorless meetinghouse, pulled some grass, and placing it in one corner, made a rude bed. At night I would button my coat about me and lie down till too cold to sleep, when I would get up and run until warm, then go to bed again.

But such a life could not continue. Extreme hunger at last conquered me; and taking my carpet bag, I started for Honolulu. But when I came to the bridge that spanned the stream south of the village, I stopped, overpowered with the thought that I would rather die than back out from my mission.

Sitting down on the ends of the planks, I looked into the muddy stream, and wondered, if I fell in and were drowned, whether it would be a sin. Then I felt ashamed, and picking up my sack, went up the creek to a grove, where I knelt down and prayed. Needless to say I soon felt cheered and strengthened; and retracing my steps, I came back to the bridge where I met a Kanaka leading a donkey loaded with oranges. There was a ring in the animal's nose, and a rope tied to it with which to lead it.

As the native started up the short, steep hill on the north side of the creek, the donkey refused to go. The man commenced swearing in English, and holding the brute with his left hand, stoned it mercilessly with the right.

I asked him why he swore, and why he was so cruel to his donkey. He replied: "Don't all white men swear? And I'd like to see you get him up the hill without stoning him."

I took the rope, wiped the blood from the donkey's head, patted it gently on the neck, when it followed me eagerly up the hill.

The Kanaka was both surprised and pleased; and taking me to his home up among the orange groves, treated me kindly until President Woodbury came and provided me with another place.

I was next transferred to Waianae, to live with a native by the name of Kaholokahiki. The village is built on a treeless plain near the beach. In order to avoid the fleas, it was my wont to sit out of doors when not at work. Here the strong refraction from the sea and white strand so strongly affected my eyes that in a short time I was nearly blind. The family were kind to me, but insisted that my room be darkened, and that I stay indoors until I should be better. But I was restless under confinement, and planned that when the monthly fast-day came, I would plead with the Lord until He should heal my eyes.

It was arranged for the Saints to go on fast-day to the mountains; the women to weave mats, the men to gather pili grass to thatch the meetinghouse. As soon, therefore, as the family was gone, I fastened the doors, and commenced praying. I was faint from fasting, but I continued my pleadings until a glorious vision was given me.

I saw Joseph and Hyrum Smith coming from the north. When they came to the gate that opened into the yard of our house, Joseph said: "Let us call in here." Instantly the house was filled with light, and they were standing in the room. I sprang to my feet and reached out my hand to shake hands with Joseph; but he moved his hand away. I thought he was displeased; but he smiled and said: "Hyrum will bless you." I saw Hyrum hold his hands above my head, and rays of light came from the palms of his hands and rested on my head: "Be of good cheer; you shall be healed, and you shall speedily learn the language and do a good work. Now do not worry any more."

They then passed out of the west door and moved southward; and when I came to myself, I was standing out of doors, on the west side of the house, weeping with joy. My eyes were healed, and when the Saints came home, I went capering like a freed colt, from house to house bearing testimony, as best I could, to the truth of Mormonism. I soon began visiting the Saints in the different branches, asking blessings and praying with the families in the native tongue.

On the 30th of April, 1855—my eighteenth birthday—I visited Elder William W. Cluff at Laie, and spent a week with him. We received an invitation to hold meeting in a Catholic village. Taking a native elder with us, we visited the settlement and held services in the chief's large dwelling house. After singing and prayer, we invited this elder to preach. He was a Lahaina Luna—a graduate of the Lahaina High School, and an eloquent and fluent speaker. He undertook to explain Daniel's vision of the setting up of God's Kingdom, in the last days, and made a sad failure of it. The people hissed and groaned until he sat down.

What were we to do? Brother Cluff read the third chapter of Matthew and commented on the baptism of the Savior. While he was talking, I was earnestly praying that our visit might not be a failure. When he finished speaking, I arose and quoted the sixteenth verse of the sixteenth chapter of Mark: "He that believeth and is baptized shall be saved." I talked for one hour. The spirit of the Lord rested upon me in mighty power. The hearts of the people were touched. At the close of the meeting, we walked down to the river, and I baptized eight persons.

Previous to this, at Honolulu, I had baptized a white man, Collins E. Flanders; but I looked upon these eight souls as the first fruits given me in the ministry.

After the confirmations had been attended to, I was invited to preach the next Sunday in the Presbyterian church at Laie, where Brother Cluff was laboring. I accepted the invitation, and having studied hard, I went out into the woods by myself and preached until I knew a sermon by heart. On Saturday President Woodbury, Elders John T. Caine, and S. E. Johnson came from Honolulu, forty miles, to attend the meeting.

On Sunday the church was crowded to overflowing. I tried to speak but could not. There seemed a dark cloud suspended before me. I came near fainting, and had to catch hold of the pulpit to keep from falling. Turning to President Woodbury, I confessed that I had sinned in taking glory to myself; and said if he would preach and the Lord would forgive me, I would never sin in that way again. I believe I have kept that promise.

After being nearly a year on Oahu, I was appointed to Hilo, Hawaii, where I labored six months, under the presidency of my cousin, Henry P. Richards. I was then called to preside over the Molokai conference. I labored alone five months on that Island. Here let me quote from my journal, dated Wednesday, April 16, 1856:

"At Lahaina, Maui, at 8 a.m., I parted with the brethren, and sailed in Opuus Canoe for Molokai. Elders Richards and Cluff walked with me to the beach and waited to see me off. The wind was blowing hard from the southeast; and as soon as we passed the north end of Maui it increased to a gale.

"We were carried westward beyond our proper landing, and as we neared the shore of Molokai, the surf ran so high that the canoe was capsized, and I was rolled for a quarter of a mile over the coral reef, and finally reached shore half drowned, but not a bone broken. When Apostle John Taylor set me apart for my mission, he said, 'you shall be cast upon the bosom of the sea; but be not afraid, for the hand of God shall be over you, and you shall return in safety to your father's home.' Surely there is a spirit in man that revealeth things that are to come.

"Friday, April 25, 1856. Attended meeting in the Calvinist Church. Asked permission to preach, was refused.

April 30, 1856—My nineteenth birthday—I was alone on Molokai. I started early on horseback for Kaluakoi, the place selected by the government as the prison colony for lepers. At noon, reached Paakea, and had two Irish potatoes for dinner. I crossed Mauna-Loa, (high mountain) from whence I could see the islands of Maui, Lanai, and Oahu. At sundown I reached Kaluakoi, a small fishing village on a lava flat.

"In the house where I lodged, the fleas were so thick that I went out and slept on the beach,—a beautiful moonlight night.

Saturday, June 21, 1856. Just as the morning star made its appearance, I arose and started with Brother Luu in a whale boat for Pele Kunu (burning hole), where we landed at ten a.m. I was very sick while on the water. I always suffer in these boat rides; they turn me inside out, hence I dread them.

"Sunday, June 22, I obtained a private house and held two meetings. All the community attended, wondering how one who had been so short a time on the islands could talk so well in their language. I told them it was a gift from God, and not by my own wisdom.

"Monday, June 23, on foot, and alone, I found my way over the mountain through the tangled, trailless forest to Waialua, my headquarters."

The above is a fair sample of my labors while on Molokai. A wave of indifference to religious matters was sweeping over the islands. It was with difficulty that I could obtain food, and several times I worked for twenty-five cents a day to get money to pay the postage on my letters. During those days of loneliness, one of my most valued correspondents was Elder John T. Caine. I copy herewith a part of one of his last letters to me:

"July 30, 1856. Dear Brother Young: I believe I told you in a former letter, my intentions relative to returning home. I am on the eve of departing, if the Lord will; and I could not feel justified in leaving without dropping you a line, just to say, Aloha. Brother John, goodby; and may the Lord bless you and qualify you for every duty you may be called to perform. And when you have done your share here, may He return you in safety to Zion, is the prayer of your brother and friend,—John T. Caine."

I love these expressions of good will from bright, intelligent, pure-minded men. May peace go with him, and I know it will.

Chapter 11.

On Oahu Again.—John Hyde's Apostasy.—I Meet Him in the Presbyterian Church.—At Waialua.

On October 6, 1856, all the Elders of the mission met in conference at Wailuku, island of Maui. Here I met my brother Franklin W. and John Brown, an old playmate. They had just arrived from Zion. Our conference was a truly happy one. I was appointed to labor on Oahu, under the presidency of Edward Partridge.

October 12, 1856, with a large company of Elders, I walked over the mountain, forty miles, without water, to Lahaina, getting there at 3 a.m. At 4 p.m. Elders Pack, Brown, Thurston, Cluff, Alma L. Smith, and Franklin W. Young sailed on the Manuokawai (ocean bird) for Hawaii, their field of labor for the next six months. At sunset President Partridge and Elder West and I sailed on the John Boyle for Honolulu. We went deck passage at two dollars each. The schooner being large, and having but few passengers, we were not crowded into a jam, as often happened. She was also dry on deck so we were quite comfortable.

On October 14th, at 8 a.m., having reached Honolulu, we learned that Elder John Hyde was in the city. For some reason he had not reported his arrival. On Friday, October 17, 1856, an article from John Hyde appeared in the Polynesia, slandering the Latter-day Saints. I therefore called on him demanding his Church recommends and his temple clothes. He gave them to me, but was very bitter in his attitude toward the Church. Sunday, October 26th, he delivered a public lecture in the Seamen's Bethel, as he said, "Exposing Mormonism." The hall was crowded, and the speaker was liberally applauded. To me it was a strong testimony that Joseph Smith was a prophet of God.

Mr. Hyde was a bright, well-educated man. He had been in the Church nine years, and much of the time he had been associated with some of our ablest Elders. Surely, I thought, if there is a weak spot in our Gospel armor, he has been able to detect it, and can expose the fraud to a listening world. The people came, and he "tickled" them; but he did it by repeating old tales, and sickly community gossip! Not one sensible reason did he show for leaving the Church.

After the meeting, President Partridge called a council of the Elders in our conference house, and it was decided that I should follow Mr. Hyde, in his lecture tour around the island, and give him battle.

On Monday, October 27, 1856, eating an early breakfast, I shouldered my pack, and walked forty miles to Waianae. I was warmly received by

Kaholokahiki and the Saints of that little branch; and great was my joy at being again in the house where, when a boy, sick and afflicted, the vision of God had comforted me, healed my eyes, and loosened my tongue.

On Wednesday, November 5, 1856, I met Mr. Hyde In the Presbyterian Church at Waialua. Several clergymen and about fifty white people were seated on the stand, while the body of the church was packed with natives.

Mr. Hyde lectured on the "Evils of Mormonism." He commenced by saying:

"The Mormon Elder will tell you that plural marriage is a heaven-born institution, calculated to bless and exalt the human family. If this is true, why did not God in His infinite wisdom, make in the morning of creation a dozen wives for Father Adam, and thus forever set the question at rest? In France, Apostle John Taylor denied being a polygamist. At that time he was the husband of five wives. As that took place nine years ago, John Taylor stands before the world, a liar of nine years standing. My Christian friends, what confidence can you have in the testimony of a liar of nine years standing? (Prolonged applause). I went to France, and converted thousands of the French people to the Mormon faith. Alas, today, I awake, as from a dream, and find Mormonism to be false."

During his long talk, which was interpreted by the Reverend Mr. Emerson, a dry reed, many of the Kanakas had gone to sleep. When Mr. Hyde closed, I sprang to my feet, and asked permission to reply. The chairman refused to let me talk; but several gentlemen demanded fair play. At length the chairman gave me fifteen minutes' time; requesting me to speak in English and let Mr. Emerson interpret to the Kanakas. This I refused to do for the reason that our Elders have visited the homes of the white people, have borne testimonies to them, and have given them tracts explaining the restored Gospel. I feel that we have rid our garments of their blood; but we are under obligations to the natives—I shall speak to them.

I then said in substance: "Mr. Hyde asks why did not God make a dozen wives for Father Adam, and thus forever set the question of plural marriage at rest. I am surprised that a man of Mr. Hyde's intelligence should ask such a question. Your Bible, King James' translation, says God made man from the 'dust of the earth,' then caused a deep sleep to come upon him, and took a rib from his side, of which He made woman. Now, I will answer Mr. Hyde's argument by asking him a question. If God had taken twelve ribs from Adam, out of which to have made twelve wives, would not Adam have been a weak reed for the twelve women to lean upon?

"He says he went to France, and converted thousands of the French people to the Mormon faith. I never knew before that thousands of the French people were converted to the Mormon faith. I understand that our Elders met with poor success; in fact, that they had to leave France to avoid arrest. But grant for argument's sake, that Mr. Hyde converted thousands of them. In the next breath he tells you that he has awakened as from a dream, to find that Mormonism is false. So he confesses that he persuaded thousands of people to believe a lie. My Christian friends, what confidence can you place in a man who has persuaded thousands of people to believe a lie?"

Here they interrupted me and closed the meeting. I walked across the street, mounted a horse block, and preached for an hour to an interested audience. This was my first experience in debate. Opposition strengthened my faith, and added members to the Church.

On Sunday, November 9, 1856, two foreign gentlemen, evidently of the wealthy class, called on me and asked if Joseph Smith and the Mormons believe in a plurality of wives, and a plurality of Gods. I answered yes; to which they replied: "The moral sense inherent in man compels us to reject such doctrines." I answered that the moral sense in man caused the pious Jews to reject Jesus Christ; yet He was the Son of God, all the same. Mormonism, moreover, is the power of God unto salvation to all who receive it.

In the afternoon meeting Brother Kiama asked forgiveness for having starved me on my first arrival here. I forgave him, especially when he explained that he had been living in Mr. Emerson's house, and that this pattern of piety had threatened to turn him out if he kept me. I called later upon the reverend gentleman, told him of his unchristian-like conduct, and said, "If I get into the Kingdom of Heaven first, I will stand at the door and keep you out until you make this thing right with me."

On Friday, March 13, 1857, I made Mr. Goodale, my mother's cousin, a present of a "Voice of Warning," and Spencer's Letters; I also baptized a German by the name of John De Grais. On April 6th following, I attended conference on the Island of Lanai. We had an enjoyable time. Edward Partridge was appointed president of Maui, and his assistants were William W. Cluff, John R. Young, William Naylor, Thomas Clayton, and Robert A. Rose. Thus for the second time I had the privilege of laboring under the presidency of the son of the first bishop of this Church; a man who, like his father, was without guile: a righteous man whom I learned to love.

In Maui it was our practice to hold meetings in the morning before the natives went to their labors. On the morning of May 14, 1857, I did the preaching; and after meeting we separated for active labor; President Partridge remaining at Wailuku, Elders Cluff and Naylor going to Waienae. Elder Rose to Kula to teach an English school, while I went to Waiohue. My labors at this time required much walking, often forty miles in a day; and frequently I had to swim the mountain streams, which, when swollen by rains, were rapid and dangerous.

On May 27, 1857, in company with Elders Partridge, Cluff and Rose, I visited the extinct crater of Haleakala. Its crest is eleven thousand feet above sea level. Brother Kaleohano, with a pack horse, accompanied us as guide. For commissary, he had a calabash of poi and a string of red peppers. The ascent was steep, the soil rich, and vegetation rank and beautiful

An hour's walk brought us to the cloud belt, after which we were enveloped in vapor, thick, cold, and chilly. At 5 p.m. we arrived at the big cave, within a mile of the summit. Here we camped for the night.

As I stood upon a high cliff and gazed upon an endless ocean of white clouds one thousand feet below me, I thought I had a vision of the Christian's heaven, which, they say, lies "beyond the bounds of time and space." Such a heaven would not suit me. The scene, strange and sublime though it was, brought no joy,—rather a feeling of unrest, mystery, and doubt; and I felt relieved, when the sun sank below the horizon, for then the clouds settled down, and gave me a pleasing view of West Maui, and the Island Lanai, Molokai, and Oahu.

We arose early the next morning, having passed a sleepless night. The air was damp and cold, the mountain being swathed in heavy clouds. Our pack horse was gone. Fortunately for us, a strong wind sprang up, and soon we had a clear view of Maunakea on Hawaii, rearing its snow-crowned crest nineteen thousand feet above the sea.

There are nine pots, or cone chimneys to this ancient crater. We descended into one of them; and having spent half a day in explorations, returned tired and hungry to the cave where we rested until Kaleohano broiled a bird that he had snared. For our ravenous appetites it proved only a morsel. On our way down the mountain, a rainstorm completely drenched us, and we were glad to reach our guide's hospitable home, and enjoy the rich treat of standing before a cheerful fire while our wet garments dried.

On Saturday, May 30th, I accompanied President Partridge, on horseback, to Honuaula, where we met Elder Kanahunahupu. He had been one of the first six to embrace the Gospel on these islands. He was a firm, intelligent man and an eloquent speaker. Our meeting the next day was well attended. President Partridge, Kanahunahupu, and I spoke, and a good spirit prevailed. Before closing, Brother Partridge, arising a second time, said he was impressed to make a few remarks on the mysteries of the Kingdom. You know we all love to hear things. *Pohihihi*! "Well," said he, "Elder Young needs a pair of shoes, and that is something that you do not seem to comprehend."

I want to finish this shoe story. I went barefoot for several weeks, actively engaged in preaching, and sometimes to large congregations, when Brother Poaono of Kipahule gave me a pair of Russian leather slippers. They were two inches too long for me, as hard as a board, and as tough as iron. Some of the Saints scolded the old man for giving them to me; but I checked their fault-finding, then laid my hands upon his head and blessed him.

That night Elder Cluff slept with me. Toward morning I had a curious dream. A person came to me, and taught me several trades. At last he said there was one more trade that I should learn—shoe making. "Suppose you have a pair of shoes that are too long. It is the simplest thing in the world to cut them in two and splice them short."

When I awoke it was just breaking day. I reached at once for the shoes, and taking my pocket knife, cut them in two. Then during the day I made a last, and a pegging awl out of a horseshoe nail, using a piece of lava rock for a file. I next made some pegs, and spliced them up short; and that pair of shoes, and the pair I traded them for, lasted me until I reached my father's home in Salt Lake City.

One incident more, then I am done with these little temporal matters. I was traveling with Elder William Naylor, of Salt Lake City. I still had in my care a little mule that Brother George Raymond had furnished me. In going from place to place in the mission, we would take turns riding. In that way the patient animal was of great help to us.

One day it was raining hard, and the creeks soon became swollen. On coming to a large stream, we were confronted with the awkward fact that Brother Naylor could not swim. Near by, however, stood a Catholic village and I went from house to house, beseeching the people to let us stay until the water went down. But they all refused, saying their priest had told them we were false prophets, and that God would be displeased if they took us into their homes.

Coming back to our outfit, I took our hats, coats, and shoes, and tying them firmly to the saddle, fastened one end of my stake-rope around the mule's neck; then going up stream the length of the rope, I plunged in and swam across. Brother Naylor held to the mule's tail with both hands, while I pulled both mule and missionary through the rushing flood, much to the amusement of a hundred people who had come to see us make the dangerous passage.

Brother Naylor had on a pair of white linen pants, which had too long done good service. As we walked on in our wet clothes, I noticed that his trousers were bursting in strips. They soon looked like a bifurcated dishrag, and taking them off, he threw them away. For the next week we had but one pair of pants between us. He was five inches taller than I; and when he would put on my nether garments to take the air, as he did every day he would look comical.

Want of clothing was not our only privation those days; we often suffered for want of food. I have walked many a day along the sea shore, gathering moss off the rocks to satisfy my hunger. But these things were as trifles to us; for we were rich in the Spirit of the Lord.

Chapter 12.

Hear of Parley P. Pratt's Death.—Buchanan Sends Harney to Utah.—Letter from Brigham Young.

On Tuesday, August 25, 1857, I learned from the Western Standard of the death of Apostle Parley P. Pratt. I was deeply moved by the news. He had been cruelly murdered by Mr. McLain, the man with whom I had lived a month while in San Francisco.

I wrote the following humble lines, and only regret that my tribute is not more like the noble man whose untimely fate I mourned:

He was fifty years old—how little he dreamt
That his hours of life were so nearly spent,
Bright visions inspired his bosom with hope,
And nerved his arm to successfully cope
With the powers of darkness; and he broke
The bands of tradition with a master stroke.
But few have battled as manful as he.
Or braved the perils of land and sea,
Or slept in dungeons loaded with chains,
By a Prophet's side, sharing his pains.

He had traveled far, had labored wide,
A light to the meek, to the blind a guide.
With a noble, untiring, unselfish stride
He stemmed the rush of sin's evil tide.
The ancient prophets, oracles of God,
Burst into life, at the touch of his rod.
Thousands, yea millions, shall add to his fame
When they read the works that emblazon his name.
For, loved and cherished by all good men
Are the heaven-born truths he faithfully penned,
His children's children on earth shall abound,
When the murderer's seed shall nowhere be found.

A month later, on Sunday, Oct 4, 1857, I had the pleasure of meeting in conference at Palawai, island of Lanai, with elders and native Saints. On this day, three years and one week before, I had landed at Honolulu. How quickly the time had passed! We had three excellent meetings on that day. All the missionaries bore their testimonies, some of the Saints wept, and the hearts of all were softened by the Spirit of God.

Oh, how my heart beats with love, even today for these trusting dark-skinned Saints, who, with tears in their eyes pressed around us, each one eager to clasp the hand they might clasp no more in this life. May the God of Abraham ever bless the Saints of Hawaii.

At this time the papers from the United States were full of boastful predictions as to what the government was about to do with the Mormons of Utah.

> Lo, the whelps of Missouri loudly boast,
>   And a "Harney" echoes from plain to hill,
> While every ass that's seeking a post
>   Is loudly braying the Mormons to kill!
>
> But Brigham with a steady hand
>   Guides Zion's Ship of State aright,
> And with Jehovah's helping hand,
>   She'll weather the seas on this stormy night.

During the preceding three months the elders who came in 1854 had been released, a few at a time; and as fast as they had been able to get means, they had quietly sailed for home. On the 4th of October, 1857, after having labored three years, I also was released. Accordingly, as soon as conference was over, I crossed the channel in a whale boat to Molokai. I had not a cent in my pocket, and was poorly clothed. I worked one month for Mr. Meyers, a German whose acquaintance I had made while presiding over the Molokai conference. For this service I received twenty dollars. I next sold my gold pen and some books for five dollars, and then returned in a whale boat to Lahaina. Of this, my last sea voyage in a whale boat, my journal says:

"Friday, November 7, 1857, at midnight I set sail in Makapoos' whale boat. The moon shone brightly, throwing her soft mellow light over the surface of the great deep. Not a breath of air was stirring; the sea was calm and smooth; and we sped swiftly on, propelled by four stout oarsmen. Presently I lay down to sleep. Sweet dreams visited me. I forgot for a time that I was a stranger on a strange land, or rather an inexperienced youth dwelling with a benighted branch of Israel, and trying to teach them the Gospel of salvation.

We reached Lahaina at sunrise, but as there was no wharf, I had to be carried ashore. A brawny Kanaka undertook the job, but stumbled headlong, giving us both a thorough ducking. As I walked along the public thoroughfare I met several half-clad prostitutes returning to their homes from the dens of vice that befoul this fair city of palm trees.

Presently I turned aside to a little grass hut, ten by twelve in size, and surrounded by numerous fish sheds. Here I was greeted by Elders Alma L. Smith and William Naylor, two faithful Mormon boys. Brother Smith was laid up with a broken arm. For one month these brethren had lived in this unwholesome place, with none to pity, or administer unto them, except Brother Kalua, who lived from hand to mouth by fishing.

We sat down to breakfast,—poi and salt, and not enough of that. I went out and bought twenty-five cents' worth of fish, and this addition gave us an enjoyable meal. I next paid Alma's doctor bill of twenty dollars, which left me five dollars to go home with.

On November 9th, Elder William W. Cluff arrived from Waialuku. He, like myself, was hunting work in order to get money with which to return home. Brother Smith's arm having got strong enough so that he could travel, he and Brother Naylor started for Waialuku, a mile walk over a waterless mountain.

I wrote as follows to my brother who was laboring on Hawaii:

"Dear Brother Franklin W.: It has been a long time since I received a line from you. I presume your letters have not reached me, as I have been shifting from place to place for the last two months. I came to Lahaina last Saturday with intention of going to Hawaii to see you; but no opportunity has been offered, and I am compelled to go home without seeing you. I have only five dollars with which to go, hence I cannot run around much;—but my heart yearns to see you. The thought of going home without saying farewell is painful. If I could see you for one day—then I could return to our loved ones, rejoicing.

"As it is, I go—pure and uncontaminated from the evils of the world. I love those with whom I have been associated while on this mission; both those who have returned and who are about to return to our war-threatened vales; and my heart is no less warm to those whose duty it is to tarry in the mission field. I pray God to bless them, and to bless you, my brother.

"Be humble, prayerful, and diligent: 'tis the only path that leads to honor, glory, and salvation."

The night of November 10th was dark and stormy. I heard the captain of the Maria say he would not unfurl canvas for five hundred dollars; but the captain of the Moi was more venturesome. Desirous of obtaining a cargo that had been promised to the Maria, he sailed immediately for Honolulu. Elder Cluff and I took passage, two dollars each cabin. Upon reaching that city I walked the streets three days before I found work. I then got a job of digging a well, and building some stone wall for a Mr. Duncan, he giving me one dollar a day and board.

On November 20, 1857, I received the following letter from the President's Office, Salt Lake City, dated September 4, 1857:

"John and Franklin Young, Honolulu, Sandwich Islands:

"My dear Nephews: Yours of April 23rd has just been received per southern California mail. I feel thankful to observe the good spirit breathed in your letter. The prospects for Zion's cause are indeed cheering, when elders like unto a majority of those now abroad are found to preach the Gospel.

"Our harvest has been most abundant. We have threshed eighty bushels of wheat from an acre on the Church farm. Almost all the men are engaged in harvesting and securing our grain.

"The public works are progressing rapidly; and although there are apparent prospects of an open rupture with the United States government, yet the brethren continue to build and improve, much as though we were at peace with all the world.

"I suppose you are posted in regard to the difficulties that threaten us. The government has collected two regiments of infantry, one of dragoons, and two batteries of artillery, and has placed them under the command of that blood-thirsty old villain, General Harney, with orders to come to Utah and regulate the Mormons. This has been done without investigating, or even taking into consideration our own reports, or looking at any circumstance which would withdraw the pretext, which they have for years been seeking, to make a final or fatal blow at the kingdom.

"We had determined years ago, if a mob again attacked us, whether led by their own passions, or unconstitutionally legalized by the general government, or by the government of any of the states or territories, that we'll resist their aggressions by making an appeal to God and our own right arms, for that protection which has been denied us by christianized and civilized nations. Our former determination remains unshaken. Your father, mother, and all the family are well. William G. and James A. have not arrived; but I expect them in the course of three or four weeks. Brother Heber and Daniel desire kind remembrance to you.

"May the God of Israel ever inspire you to do His will, and make you an honorable instrument in His hand of accomplishing much good upon the earth, is the sincere prayer of your uncle,

"Brigham Young."

Chapter 13.

Praise for the Elders.—Efforts to Bring Two Natives to Utah.—Sail for Home.—Description of Steerage.—An Earnest Prayer.—Timidity of the Saints.—Baptize a New Convert at Midnight.

November 22, 1857. The day was beautiful, perhaps because my heart felt to rejoice; for I had been truly blest during my sojourn on these islands. I attended meeting and listened to remarks by Elders Bigler, Woodbury, Bell, and Cluff. I loved Brother Bigler for his wisdom and humility; Brother Woodbury for his loyalty to the Church, and for his eloquence in preaching in Kanaka. Truly his speaking was a gift, and came not by his own wisdom.

I spoke on the nature of opposition. Herod sought to kill Jesus Christ, because Christ came with power to organize and establish God's kingdom upon the earth. The Jews persecuted him because they feared, "lest all the world would go after him, and they would lose their place and nation." And so it was with the Christians when the Prophet Joseph came; they feared him, for he had more powder, wisdom, and godliness than all of them. They do not hate us personally; but they are determined to resist the truth, and overthrow the kingdom. Their inspiration comes from Satan.

The following is from my journal of Friday, November 27, 1857:

"We are anxious to take two native elders home with us; but their laws forbid their emigrating without a government permit. For this reason Elders Bigler, Woodbury, and I waited on his excellency, Governor Kekuanaao. He is a large, robust, fine-looking, elderly man; and like all Hawaiians, he is fond of ease and good living.

"We apprised him of our desires and asked his permission for two of our Hawaiian brethren to go home with us. He was quite ignorant of the law on this matter, but said he would consult Prince Lot, and if there were no objections he would grant our request. We called next on his royal highness, Prince Lot, and found him clad in rich Chinese costume. He is above the medium height, strong, well-built, about twenty-five years of age, kind and courteous in manner, and speaks good English.

"On December 2, 1857, the government informed us that they declined to let the native brethren go with us.

"Monday, December 7th. For thirty dollars I secured steerage passage on the bark Yankee, to San Francisco. I had ten dollars left, and having sold my only coat for ten dollars, left the twenty dollars with Elder Bigler to give to my brother Franklin W. who was still on Hawaii.

"Wednesday, December 9, 1857, Elders Sextus E. Johnson, William King, Eli Bell, William W. Cluff, Smith B. Thurston, John A. West, Simpson M. Molen, George Speirs, and John R. Young sailed for home on the bark Yankee. The treatment we received was anything but courteous, and so the following doggerel verses fairly illustrate our feelings:

"The wealthy gent may think I'm wrong
In writing this poor, uncouth song.
But those who share my humble berth
Will count my theme of greater worth.
Perhaps you all who've crossed the sea
Have, of the famous bark Yankee,
Heard much of good, by fiction told.
But now the truth I will unfold.
Poverty, I know, is oft despised
By those who think they're rich and wise.
But oft in modest birth we'll find
Men of sense, and noble mind.

"Excuse sufficient this must be,
True worth needs no apology.
You to our steerage I'll invite,
Where you shall see a motley sight.
For here we sit 'mong ropes and rags,
Spars, chicken coops, and dirty bags,
Turkeys, sheep, and guinea hens,
With Johnny Ching Ching,—all in one pen—
A pen some folks a steerage call,
With ample room to hold us all.

"From morn till night we sit around,
Like gypsies camping on the ground.
Some of us talk, and others sing,
While some are busy scrimshawing.
Some of politics are talking,
Others on the decks are walking,
And with the dogs ofttimes are playing,
But pause to hear some witty saying.
Below sits Caesar with open hymn-book
Seeking grace with a pious look;
While carpenter and mate with hammer,
Do their best to make a clamor.

"Hark! now the bell for dinner rings,
And each one for the hatchway springs.

'Old Salt horse again' half-raw,
To chew would need an iron jaw.
'Look here, cook, this meat's not done.'
'Boiled three hours,' cries Afric's son.
'But if you do not like the meat,
There's murphies plus sea bread to eat.
You can't complain, for as the crew
Are treated by us, so are you.'
These are the words of Captain Bob,
Who thinks no harm poor men to rob.
For robber it is, in every sense,
To treat men thus, to save expense.

"Now for our hammocks let us look;
Search your corner—scan each nook.
Vain the search. From hatch to hatch
The Yankee's steerage has no match.
On ropes and barrels men must lie,
Thankful to get a little hay.
For forty dollars per head we've got
A passage minus bed or cot.
Filled with barrels, ropes and sails,
Where light o'er darkenss [sic] ne'er prevails.
Here men are classed with brutish dogs,
And treated worse than farmer's hogs.

"Such odious scenes you can't admire,
So from the steerage let's retire.
But when again we go to sea
'Twill not be in the bark Yankee.
To you, dear friends, I'll say goodbye—
For supper time is drawing nigh—
And welcome are the hours of night
That from my view will hide the sight
Of filth and dirt, and drive away
The thoughts that haunt me all the day.

"Saturday, December 26, 1857. This morning land could be seen from the mast head. At ten a.m. it could be seen from deck. At noon we hove in sight of the Golden Gate, and soon sailed into the beautiful bay of Frisco.

"But now the wind died, and we were left without a breath of air. The sailors whistled, but the sails flapped lazily, and the ship moved not. The day slipped away, the moon rose in all its splendor, the night was beautiful, and there lay the city with her thousand sparkling lamps. Oh, how I longed to be on shore, to tread American soil once more, to walk on my native land the land of my fathers, where I should be glad to dwell in peace.

"But alas, that boon is denied me. Even now the camp fires are kindled by a strong, and well-disciplined army sent by a corrupt government to rob my parents, kindred, and people, of the sacred rights bequeathed them by their noble sires who fought and bled, to win the freedom and justice that England refused to grant. And yet this same nation, that became thus, under the blessing of God, a home for the free, and an asylum for the oppressed has now turned to be an oppressor!

"O, God, hear my prayer. For Thou knowest the integrity of my heart. I have returned from the mission Thou gavest me through Thy servant, to find Thy covenant people denied their rights; falsely accused, and persecuted without cause; therefore, I pray Thee, do Thou guard and protect them. Deliver them. Father, from all their enemies. Let the armies of the oppressor go backwards and not forward! Let the fierce storms and tempests of the mountains block their way. May contentions arise among them, and union be far from them, until they turn to righteousness and abide by the Constitution which Thou didst give by inspiration to our fathers. I ask it in the name of Jesus Christ, Thy Son. Amen."

On Sunday, December 27, 1857, I attended meeting in the home of Brother Dwight Eveleth, President of the San Francisco branch. The local Saints were afraid to sing, or talk aloud in our meetings, for fear of being heard upon the street. But I felt like shouting Hosannah, and I would not be restrained. Attracted by my voice, several strangers called in. After meeting, I walked down to the bay and baptized Elijah E. Warren, a young man from Santa Clara.

Chapter 14.

Visit My Cousin.—His Tempting Offer.—Meet the Agents of Mr. Walker, the Nicaragua Filibusterer.—Baptize Mrs. Bradford.

On Monday, December 28, 1857, I borrowed two dollars and fifty cents and bought from a Jew store a very good second-hand coat as I had come from the islands in my shirt sleeves. The returning elders scattered out in search of work. Elders Molen and Speirs went to Sacramento, Elders Johnson, King, West, and Thurston went to the Redwoods; while Elders Cluff, Bell, and I remained in the city.

I visited my cousin, Lorenzo Sawyer, attorney general for the state of California. He said if I would stay with him, he would send me to school for three years, then let me study law in his office a year, and then give me one thousand dollars in gold to commence life. I thanked him, but told him there was not gold enough in California to bribe me from going home, and sharing the destiny of the Latter-day Saints.

I also met at Brother Eveleth's, Mr. Cooper, Mr. Harbin, and Mr. Mathewsen, straight from New York, agents of Mr. Walker, the celebrated filibusterer. They were commissioned to go to Utah and sell the Mormon people two million acres of land in Central America. I did all I could to dissuade them from going, but in vain.

Before leaving the island, I was counseled to change my name, as the spirit of persecution was strong against us in all parts of the United States. Hence, I was now passing under the name of John Brown; but I could not conceal my identity. Everybody knew me, and President Eveleth advised, as a precautionary measure, that I should leave the city.

Tuesday, December 29, 1857. Elders William Cluff, Eli Bell, and I took stage for the Redwoods, seeking opportunity to work where no one knew me. When within four miles of Whipple's mills, we left the stage and walked through the fields. The mill had closed for the day. One man was working at the saw. Brother Cluff and I sat down on a log, while Brother Bell went to make inquiries.

As soon as the man was addressed, he left his work and came straight to me, saying, "Brother Young, I am glad to see you. A few nights ago, I saw you in a dream, and I know you have been sent here to do a good work." Again everybody knew me, and I told the brethren that, live or die, from this time on I would be John R. Young.

I went to work for Brother Eli Whipple. He owned a large steam saw-mill, and was anxious to close out and go to Utah. His wife and three daughters were not in the Church, and were opposed to gathering. In fact Mrs. Whipple was very bitter toward me. I pleaded earnestly with the Lord that He would soften her heart and bring her into the Church. In about three weeks I had the joy of seeing her and Mrs. Mary Whipple Walker baptized.

Sister Whipple gave me the following account of her conversion: "When you first came to live with us, I thought you were the ugliest-looking man that I had ever seen. You looked dark and swarthy, and I could not help but hate you. One evening, after you had borne a testimony to me, I went into my room, knelt down and prayed. I asked God, if what you had said was true, to give me some evidence of it. That night I dreamed that I saw you clothed in white raiment, and your face shone like the face of an angel. In the morning when I met you, I could see a halo of light around your face. And I never see you now but what there is a bright spot on your cheek."

Ever since that day Aunt Patience has been as kind and gentle to me as my own mother. So did the Father answer my prayers.

Brother Whipple had a large number of logs scattered among the timber, ready to be hauled to the mill. I took four yoke of his oxen and went to logging. One day, as I came in muddy and tired, I met a gentleman who asked for Mr. Young. I answered: "That's my name." But he wanted Elder Young, the Mormon preacher; and he could hardly comprehend how a man could be an ox driver and a minister of the Gospel at the same time. After supper I held meeting in the kitchen, and talked to a house full of earnest listeners until midnight.

On Saturday, February 6, 1858, I went home with Mr. Bradford, the gentleman who came the previous evening. I stayed a week with him. Daytimes I threshed barley with a flail, at two dollars a day; evenings I gave Gospel talks to his family and a few invited friends. At the end of the week, his wife wanted to be baptized. The doctors and ministers visited her, and said that if she went into the water it would kill her, as her health was delicate, and she had been heavily dosed with calomel.

Nevertheless, at three o'clock Sunday morning, we put her into a spring wagon and drove fifteen miles to a secluded place on a sparkling mountain stream. Mr. Bradford helped me carry her into the water, and I baptized her for the remission of her sins, and confirmed her a member of the Church of Jesus Christ of Latter-day Saints.

I then returned to the Redwoods and held a meeting at Brother Whipple's. A good many strangers attended; and as a result of these meetings seven persons were added to the Church, for which I greatly rejoiced.

About this time my Brother Franklin W. arrived from the islands.

Chapter 15.

Start for a Thirteen-Hundred-Mile Walk.—Become Indian Scout—Meet Jacob Hamblin, the Indian Peacemaker.—Surrounded by Forty Indian Warriors.—Shooting a Dove Saves our Scalps.

By the first of March forty persons had gathered at the Redwoods, 40 miles south of San Francisco, prepared to go to Utah. We organized a company by appointing Eli Whipple, captain; Sextus E. Johnson, sergeant of the guard; John R. Young, chaplain; and Elemuel Sawtell, clerk.

Brother Whipple furnished the provisions, and hauled the blankets for the returning elders, thirteen in number; and with hearts full of hope and joy we started out for a walk of thirteen hundred miles. Before setting out, Joseph A. Kelting and I went to San Francisco and purchased thirty-five rifles and one hundred pounds of powder.

At the start grass was short, and teams were heavily loaded, so we traveled slowly. By the middle of April, it was evident that our provisions would not last us through. Our meat was nearly gone, and I began to urge the brethren to lie over a day and hunt. However, as we saw but little game, and killed none, there was no spirit for hunting.

On the 20th of April we camped at Elizabeth's Lake. After evening camp prayers, I talked and prophesied that if we would lie over, and go out to hunt, we should kill all the meat we should want. The company consented; and the next morning at daybreak thirteen of us started out. I was the odd man, and went alone.

I had walked about a mile when I saw nine deer standing across a hollow. I fired and killed a large buck. That commenced the ball. William King killed three without moving out of his tracks. By noon we had in all, twenty-two deer. We lay by and jerked the meat. Needless to say, we had plenty to last us the rest of the journey.

At Stony Creek, Mr. Cooper and party from New York, overtook us. My services were secured to pilot them to Salt Lake City. So bidding goodbye to my fellow missionaries, who were very dear to me, and to the Saints that composed our little company, I mounted a mule and struck the trail for home.

On the Mohave, having struck the Mormon road leading from Salt Lake to San Bernardino, we saw Indian signs. The redskins approached our camp at night, but kept out of sight in the day time. That looked unfriendly. At the lower crossing of the Mohave we picketed our animals close around our wagon.

At three o'clock in the morning, they stampeded, and all got away but one. I mounted bareback, without stopping to dress, and soon overtook the frightened animals, and making a wide circuit, brought them safely to camp.

At the Vegas Springs I met for the first time, that renowned Indian peacemaker, Jacob Hamblin, and learned from him the history of the Mountain Meadows Massacre. He said the Indians were still hostile, and thirsting for more blood. On the Muddy, a small stream of that region, we found living in a wagon-bed, turned bottom-side up for a shield from heat and sand, Ira Hatch and Thales Haskell, strong men, giving the better part of their lives to missionary work among the Indians—a labor that brought them neither pleasure nor wealth.

Taking their advice, we rested a day, purposing to make rapid drives from there to the settlements. On the 13th of May we nooned at the Beaver Dams, rested until night, then drove to the Clara Mountains, made a dry camp, kindling no fire. In the morning we drove to the Cane Spring for breakfast.

Scarcely had we turned out our horses when we were surrounded by forty Indian warriors, their faces all blackened. I soon became convinced that they had been watching for us, and intended to rob, if not kill us. Many of them had on good broadcloth clothes, which I suppose they had taken from the people they had murdered at the Mountain Meadows. Most of them had good guns, and they were very insolent, helping themselves to whatever they wanted.

A few minutes after they came, a mourning dove alighted on a willow at the head of the spring, about twelve rods from our camp. The wind was blowing hard from the south, waving the willow on which the bird rested. The Indians commenced shooting at it. With a sudden impulse, I raised my rifle and fired. If I had had the dove in my hand, I could not have cut its head off more nicely than I did.

The Indians seemed astonished, and for a short time were quiet. In our small company—only five of us—was a mountaineer by the name of Hardin. I felt that he was the only man that could be relied on in case of trouble. He had loaded a double-barrelled shotgun with navy balls, and stood leaning by the side of the carriage, the butt of his gun on the ground, the muzzle resting in his right hand.

Three Indians crawled under the carriage and commenced scuffling. Instantly one barrel of his gun went off, taking off the upper part of Hardin's ear, and tearing away the rim of his hat. It knocked him down, and I thought he was killed. The chief threw the back of his hand to his mouth and gave the war whoop.

I cocked my gun and put the muzzle against his belly. He stopped yelling, and Hardin sprang up and attempted to shoot him; but I interfered, telling the men that our lives depended on our keeping the chief.

I then spoke in Ute, and ordered the Indians to their camp, but kept the chief a prisoner. We hitched up, and putting the chief into the carriage, drove until three o'clock, then rested until dark, when we hitched up and drove rapidly until midnight. We then camped, tied up, and stood guard without a fire until morning. After breakfast, we gave the Indian a shirt and plug of tobacco, and told him to "git."

Years after, I became intimately acquainted with this chief Jackson. He was a bad man; and while he lived there was no peace with his band. Without doubt, all that saved our scalps at that time was the fortunate shot in killing the dove, and the course we pursued in keeping the chief a prisoner.

After turning the Indian loose, we passed a painfully anxious day; our animals were so exhausted that we had to take several rests, and were fearful of being followed by the Indians. Just before night, however, we had the good fortune to pull into the town of Pinto, the frontier Mormon settlement.

We were kindly received by the good people of that ward, and after resting a few days, continued our journey. The monotony of the desert was now pleasingly changed by the many ranches and busy villages we passed. At Parowan, two hundred miles south of Salt Lake City, we encountered a scene that I shall never forget. I remember distinctly, the "Exodus," as it was called, from Nauvoo, when sixteen thousand souls left their homes and commenced that marvelous journey of fourteen hundred miles to the unknown valley of the Salt Lake. But that exodus was like a small rivulet by the side of a mighty river when compared with the seventy-five thousand men, women, and children that we now met in one continuous line of travel.

Horses, oxen, and cows were harnessed or yoked to wagons and carts; and one family by the name of Syphus, was moving their effects on a handcart drawn by a pair of yearling steers. Mothers and children walked along as merrily as if going to a corn husking; each family moving its little bunch of cows and flock of sheep, and all starting on the journey (that was never completed) to Sonora, in Mexico, or some other place.

At times we were compelled to drive our wagon for miles outside the beaten road, everywhere hearing and seeing evidences that increased my gentile companions' wonderment of the marvelous power held by Brigham Young over his people; and added to my curiosity to see the outcome of Mr. Cooper's colonizing scheme. Surely everything looked favorable for the promoters of that idea.

At last we reached Provo, where the Church leaders had made their temporary headquarters. In the evening I visited President Young, and made known to him the object of Mr. Cooper's visit. Two days later he gave audience to Messrs. Cooper, Mathewsen, and Hardin. They held a lengthy conversation, in which Mr. Cooper, in glowing language, told the Mormon leaders what a splendid opportunity it was for them to lead their people to Central America, where, he said, they could found an empire that would crown the stirring life of Brigham Young and his associates with endless glory.

I can still hear the ringing words of Brigham Young's answer: "Gentlemen," said he, "God Almighty made these everlasting hills to be bulwarks of liberty for the oppressed and down-trodden of the earth. We shall never leave here and go to a country where we should have six hundred miles of sea coast to defend, and where any nation at their pleasure could send war ships to bombard our cities. Furthermore, gentlemen, should the desire ever come, we have hundreds of boys, just as capable of going to Nicaragua, and of taking possession and holding it, too, as General Walker of New York. Gentlemen, you have our answer."

On June 23, 1858, my cousin, Brigham Young, Jr., carried me in his one-horse buggy to Salt Lake City. At Draper I received the kiss of welcome from my dear sister, Harriet M. Brown, and from my dear aged mother. At the city I met my father, who, like a lion in his lair, was watching the coming fate of his deserted home. He and a few fearless, trusted men had been left behind to see that Johnston's army kept its pledges not to quarter in the city. Had they broken their pledge the city would have been burned.

I sat with the guards in the upper room of the Lion House, and saw that army in death-like silence march through the deserted streets of the dead city, a few of the officers with uncovered heads, as if attending a funeral. To us western mountain boys, the solemnity of the march was oppressive; and glad relief came to our strained feelings, when we saw the soldiers' camp fires kindled on the "other side of Jordan."

Chapter 16.

Home Activities.—Counseled Not to Study Law.—Called to Uinta, and Dixie.

As soon as I had seen the army "pass through," I returned to Provo to report myself to President Young. I had been gone on my mission a little over four years, as before recorded. When Apostle John Taylor set me apart for this mission he said, "You shall be cast upon the bosom of the sea; but fear not, the hand of the Lord shall be over you, and you shall return in safety to your father's home;" also in parting President Young had said: "If you will be humble, live near the Lord, and not commit sin, when you return you will take me by the hand and tell me that you know Mormonism is true." I had kept the conditions, and I knew the Gospel of Jesus Christ had been restored to the earth, and that it is the power of God unto salvation to all who receive and obey it.

About this time peace was restored by President Buchanan's proclamation of pardon to the Mormons. I took hold with energy to help move my father's families back from the south, whither they had fled, at the near approach of the army. That task accomplished, I made arrangements to go to San Francisco, intending to live with my cousin, Lorenzo Sawyer, and go to school and study law.

One day, as I passed Uncle Brigham's office, he called to me, then came out and walked with me to Brother Wells' corner. We sat down on a pile of lumber, and I told him my plans. He counseled me not to go to California, to let the law alone, to find a good girl, get married, and make me a home.

During the winter I attended a school taught by Sister Eleanor Pratt, and here became acquainted with Miss S. E. Carmichael, one of Utah's most gifted daughters.

On January 1, 1859, I married Albina Terry, eldest daughter of William Reynolds and Mary Phillips Terry. During the summer following, I worked as a farm hand for my brother-in-law, Joseph G. Brown. On November 12, 1859, I moved to Payson and bought a home of David Crockett, paying for it during the winter by hauling tithing wheat from Sanpete valley to Salt Lake City.

November 16, 1859, my eldest son, John Terry, was born. The mother came near dying with hemorrhage at the nose, but Elders Levi W. Hancock and William McBride laid hands on her, and she was instantly healed.

In the spring of 1861, I was called, with ten other families of Payson, to help settle the Uinta country. I sold my home, bought two good teams, and loaded up my things; then going to Salt Lake City, I reported to President Young for specific instructions. After a long talk, in which he seemed pleased with my labors, he told me the Indians had become hostile, and he should release those who had been called. He advised that I return to Payson and buy another home. I did so, trading my teams for a house and lot and ten acres of farm land.

I also rented a ranch, with twenty cows and a flock of sheep, for three years, of James McClellan. During the summer I picked up sixty calves, to be kept on halves. I also married as second wife. Miss Lydia Knight, daughter of Newell Knight, a life long trusted friend of the Prophet Joseph Smith.

Everything that I touched seemed to prosper, and I was happy—but the "best-laid plans of mice and men gang aft agley." In the fall, I was called, in connection with my Brother Franklin W., who at that time was bishop of Payson, to go to Dixie.

I purchased two yoke of oxen and a big wagon. My Brother Franklin W. accompanied me as far as Toquer, where we parted. I going to the Santa Clara, I bought an Indian farm situated on the creek just below the Old Mission fort. I worked hard during days, fencing with timber that grew on the place. The long evenings I spent in grubbing the heavy sage and squaw brush that covered a great portion of the farm. My wives, Albina, and Lydia, would pile the brush, and keep up fires so that I could see to work. We were ambitious to make a good home; and the only capital we had was health, strong-arms, and resolute will.

Just as I had completed the fence, and had several acres ready for plowing, the Big Flood came like a thief in the night. The wall of water, which was ten to fifteen feet high, struck the west side of the fort, a rock structure two hundred feet square, in which several families were living. The solid wall stood as a dam, causing the stream to divide the greater part following the creek channel to the south, but a sheet of water four or five feet deep spewing over the creek bank, and running along the fort wall until it came to the north side, where it swept through the gate like a mill race, flooding the inside of the fort to a man's armpits.

Such were the conditions when the inmates of the fort were awakened to their peril. The alarm was given to those living outside of the fort; and soon all the men, and some of the women, were gathered at the point of danger. The first care was to rescue the women and children.

Inside the fort, the water was comparatively still, so that men were able to move around as they wished; but as they approached the gate, no man unassisted could stem the current. To remedy this, a rope was passed from a tree on the outside, through the gate, and made fast to a post on the inside.

By holding to this line, men could pass in and out; the women and children were then taken on the men's shoulders and carried to a place of safety.

The rescue was scarcely accomplished, before another danger faced us; for by this time the high tide of the flood had passed; and the channel of the creek, which had also become enlarged, sucked the water from the overflowed flats, strengthened the current in the creek, undermining its banks, and caving them in. Suddenly the southwest corner of the fort, Ira Hatch's home, fell into the flood, sweeping away everything he owned. Other families suffered, but he, taken by surprise, lost all.

Across the creek from the fort was a little grist mill owned by Jacob Hamblin. Father Chamberlain, the aged miller, with two grandchildren, a boy and a girl, were living in a dugout near the mill. The first they knew of it, a stream of water was pouring in upon them. They succeeded, however, in emerging from the trap, and climbing a near-by tree, where they passed the night in terror. In the morning they waded to a high spot on the mill-race, and none too soon, for both the tree they had climbed, and the mill, were carried away. It was three days before the water fell sufficiently for Ira Hatch and myself to wade across and rescue them.

During the summer preceding the flood, the Clara Indian missionaries had labored in the United Order. The northwest corner room of the fort had been used by them for a granary. Here they had two hundred bushels of wheat unsacked. It was agreed that all hands should assist in carrying out the wheat; while I stood, lantern in hand, to signal any danger from the encroaching flood. One hundred seventy-five bushels had been saved, when I gave the alarm. The men came out at once: and ten minutes later the room caved in.

We felt that we had done all that could be done; and the men being nearly exhausted, and chilled to the bone, went to their homes. The rope that was used at the gate had been taken down, coiled, and hung on Samuel Knight's gate. Jacob Hamblin begged me to hold the light, while he moved a pile of cord-wood, and said when that was done, he would go and rest. He had moved about half of the pile, when a large block of earth on which he stood, dropped into the flood.

I called for help. Joseph Knight ran to me, catching the rope in his hand as he came. At the bank I held the light so that we might peer into the seething waters below. So much earth had fallen that it pushed the water back; and we saw Jacob clinging desperately to snapping roots. Brother Knight rapidly made a noose and dropped it over his head and shoulders. Hamblin then grabbed the rope, and we pulled him from the jaws of death; for no man could have lived long in that torrent of mud and water.

During the damp and rainy weather that accompanied the flood, our little son, John T., took the croup, and after several days of terrible suffering, died. This was our first life sorrow, and the blow was a heavy one.

The old fort and town having been washed away, a new town was laid out under the direction of Apostle Erastus Snow. I secured a city lot, and some farm land, and went to work again.

In the spring of 1862 I was called by the bishop of the Clara ward to drive an ox team to Omaha on the Missouri river, to get some cotton gins and spinning jennies for the benefit of the ward. Leaving my family camped in a tent, I responded to the call, driving my own team, and crossing the plains in John R. Murdock's train.

At Omaha I found my Brother Joseph W., who had charge of the Church immigration, lying at the point of death. He had been knocked down by lightning, and nearly crushed to death by baled wagon beds that were blown upon him during the terrible storm. Under the blessing of God, and with careful nursing, his life was preserved. For three weeks I aided in purchasing teams for the immigrants, and brought up the rear end of that year's emigration. After all our companies had started back, I received orders, by telegram from President Young, to buy more teams and wagons and to clear out the Church warehouse at Florence.

On the 17th of August I started for Salt Lake with twenty-two wagons and teams, but only ten teamsters; and we traveled one hundred miles before I got additional help. On Elm Creek, while on the move, we were charged by a stampeded herd of buffalo, estimated at three thousand head. It was with great difficulty that we turned them aside, and kept the train from being run over and trampled to pieces.

During the combat, one of my night guard was dismounted, and his mule, a fine animal, ran off with the buffalo. As soon as the train was safe, a young man by the name of Stewart, and I, followed the herd, stampeded them again, and riding into the heaving, rolling mass, secured the mule, and also succeeded in cutting out three oxen and a cow that we found running with them. Two of the oxen were large, fine fellows, and were very helpful in my team. Upon reaching Salt Lake City, I gave them to Bishop Hunter, as a donation to the Perpetual Emigration fund, and they were used for years on the Temple Block, to move the blocks of granite that were placed in the Temple walls.

Near Fort Laramie we overtook Captain William H. Dame's train of fifty wagons. As he was prostrate with mountain fever, we blended the trains, and I took charge of them until we reached Fort Bridger.

When I reached Salt Lake City, President Young gave me a beautiful Canadian mare, which the Church had furnished me to use on the plains; and he gave me, moreover, his blessing as a reward for my services.

At Provo, I found my wife Lydia with a sweet babe—Lydia Roseana—in her arms. I gave Mother Knight a cooking stove for her kindness to me and mine. Jesse, my wife Lydia's brother, wished to go to the Clara; so I employed him to drive my ox team, for which service I gave him a French pony, valued at seventy-five dollars. He was a noble boy, and I always loved him. It was late in the fall when I returned to the Clara with the machinery I started for. In six months' time I had traveled twenty-eight hundred miles with my four yoke of oxen.

I found Albina and babe well, but still living—and without a murmur—in a tent.

In 1863, I was called by Bishop Edward Bunker of the Clara Ward, to go to the states and help gather the poor. I had charge of ten teams from that ward. I drove my own team of four yoke of oxen. On the trip eastward we made part of Daniel D. McArthur's train. At Florence I was appointed captain of an independent Danish company of forty-four wagons. On the return trip we had several stampedes, in one of which two women and one man were killed. With that exception we were greatly prospered. I became very much attached to the Danish people. My brother, Lorenzo S., was with me, and was of great help to me. Jeremiah Stringham and family joined the company, and I learned to love him for his courage and fidelity.

Upon my return to the Clara, I found my two wives living in a one-room adobe house that my brother-in-law, Samuel Knight, had built for them. In the fore part of the winter, William R. Terry (my father-in-law) and I were requested by President Erastus Snow, to move to St. George. I promptly set about the work; putting up a small hewn-log house, then going to Pine Valley to make the shingles. While finishing the roof I received a letter from President Young, calling me on a second mission to the Sandwich Islands.

On March 20, 1864, I started to Salt Lake City to fill this mission. I had been notified that I would need to raise four hundred fifty dollars. I therefore sold my ox teams, and otherwise raised all the money I could before starting. Albina and children went with me to Draper, where I left her with her father. The weather was unusually stormy, and the roads were bad. On March 31st we camped on Pioneer creek, near Fillmore. For the first time in my life my children cried for bread, when I had none to give them.

Early in the morning, however, Sister McFate, a widow, came along and sold me five pounds of flour. At Round Valley brethren were owing me twenty-five bushels of wheat; but I could not get a bushel, nor a dollar in cash.

Bishop Jesse Martin came to my rescue and generously helped me out of his own pocket.

April 4, 1864, I stayed over night with Bishop William McBride, of Santaquin. In the evening a heavy snow storm swept over the place; and while we were in his home at supper, a pair of valuable Navajo blankets were stolen from my wagon.

I immediately got out a search warrant, and early next morning, with the constable, commenced search. Learning that a man had left town before daylight, we followed him through Payson to Spanish Fork, where we caught him with the blankets. He was tried, convicted, and fined ninety dollars.

On Sunday, April 10, 1864, I reached Battle Creek, and visited my brother-in-law, William Frampton. In the night my horses got out of the stable and strayed off. I hunted four days for them, then gave them up. Our friends took us to the city.

On Friday, April 22, 1864, forty-six missionaries met in the historian's office and were set apart for their respective missions.

Apostle Wilford Woodruff blessed me as follows: "Brother John R. Young, in the name of the Lord Jesus Christ, and by virtue of the Holy Priesthood, we lay our hands upon your head and set you apart unto the mission whereunto you have been called by the servants of our God; to lift up your warning voice, to preach the Gospel to the children of men.

"We say, go in peace, bearing precious seed; go trusting in God. Call upon Him day by day and night by night. Follow the dictates of the Holy Spirit in this ministry and mission; and inasmuch as you will do this, the blessings of the heavens will rest upon you. And you shall rejoice before the Most High, because of the blessing that will be given unto you in this mission, in bearing the responsibility with your brethren in laboring to build up the kingdom of God, to warn the nations of the earth, to search out the honest in heart wherever you may be sent, to gather the people to Zion. We dedicate you unto God, and set you apart for this great and glorious mission.

"You shall go forth in peace and be preserved upon the land and upon the water. While the land is full of danger, and these dangers will increase, trust in the Lord, and all will be well with you. You shall do a good work, and bring many souls into the Kingdom of God; and you shall increase in wisdom and the gifts of God.

"When your mission is ended you shall return in peace and joy to your family and friends. We seal upon you every blessing you can desire in righteousness, and ask our Heavenly Father to preserve you, to give his angels charge concerning you, and enable you to do much good in your day and generation.

All these blessings, together with all you may need and require, we confer upon you in the name of the Lord. Jesus Christ. Amen."

Elder Benjamin Cluff was set apart to be my companion. Brothers Abram Hatch, John T. Caine, F. A. Mitchell, Richard White, and Uncle Brigham were liberal in helping me on this mission.

Chapter 17.

Miss Carmichael's Parting Words.—San Francisco.—Orson Pratt's Prophecy. Sail for Hawaii.—Delivered From the Hands of a Wicked Man.—Visit Walter M. Gibson.—View Kawaimanu.

Wednesday, April 27, 1864. I spent the day visiting my dear mother, and passed the night beneath my father's hospitable roof. Miss S. E. Carmichael wrote "A Parting Word to my Friend John R. Young:"

My words are seldom strong, or bright,
A woman's tones are low,
And 'tis not much a hand so slight
Can offer thee, I know,
'Tis like the quivering breath that wakes
Where forest leaves are stirred,
Yet from a friend's true heart it takes
To thee, a parting word,

REMEMBER.

Remember—hope in thy sorrow,
Remember—faith in thy prayer,
Remember—the bright tomorrow
That dawns on the night's despair,
Remember—the hearts that love thee
Are with thee—everywhere.
Remember—the path of duty
When other paths seem fair,
Remember—the truth's white beauty
When weak illusions glare.
And should the world defy thee
Alone its strength to dare,
Remember—Heaven is nigh thee,
Remember—God is there.

A friend's kind thoughts attend thy way
Where e'er that way may be,
And so I make remember,
A parting word to thee.

On April 28, in company with Elder Benjamin Cluff, I took stage for Sacramento. We were six days and nights, jolting across the dusty, rut cut deserts. At Austin and Egan mining camps, Nevada, hay was two hundred dollars per ton and flour 18 cents per pound.

On May 4th we reached San Francisco, where we met Apostles Lorenzo Snow and Ezra T. Benson, returning from the islands. They had cut Walter M. Gibson off the Church, and appointed Joseph F. Smith president of the mission.

I also met and spent six days with Apostle Orson Pratt. He was on his way to Austria to introduce the Gospel to that nation. He telegraphed to President Young to see if my mission could be changed, so that I could accompany him. It was thought best, however, for me to continue on to the islands.

Sunday, May 22, 1864, I accompanied Brother Pratt in a walk to the summit of the high cliff west of the city. We found a secluded crevice and knelt in prayer. He seemed oppressed in spirit, grieving perhaps, over the infidelity of his son Orson. While he was talking, the Spirit of the Lord came upon him; and he upbraided the inhabitants of San Francisco, and prophesied that the city should be destroyed by earthquake.

On Tuesday, May 24, 1864, we sailed second cabin on the bark Onward, Hempstead, captain. Brother Cluff and I occupied one room with a Missourian named McCarty, said to be suffering with consumption. He was a large, raw-boned man, of a quarrelsome disposition.

One day Captain Hempstead invited us three to have seats on the upper deck with the first-cabin passengers. The reason for this courtesy was soon apparent. Among the cabin passengers were several ministers; and they wanted a little diversion at the expense of the Mormon Elders.

A warm discussion ensued. It was asserted that the Mormons were driven from Missouri and Illinois on account of their thieving and lawless acts. In my defense I challenged the proof of a single dishonest deed, and testified that Joseph and Hyrum were innocent, and that they were murdered in cold blood.

Mr. McCarty became angry, and boasted that he helped kill Joseph and Hyrum Smith. I told him then that by his own confession he was a murderer, and that the curse of God was upon him. He would have struck me, but the captain interfered, and made him behave.

About midnight of the 30th of May, I was awakened by McCarty. He was sitting on a stool, in front of his bunk; the full moon shining through the window giving him a white, ghastly appearance. He told me to get up and get him a drink. I replied that the guard passed the door every five minutes and would wait upon him.

He seized a butcher knife, sprang to his feet, and swore he would cut the heart out of me. I was lying in the middle bunk, and had but little room in which to move, and nothing with which to defend myself; but I felt I would rather die than do his bidding. I therefore silently asked God to deliver me from his power.

He took one step forward, threw up both hands, and fell backwards. I sprang from the bunk, and raised his head, but the man was dead. Brother Cluff called the guard, who soon brought the captain and the doctor. The latter said he died of heart failure.

In the morning they sewed him up in a canvas, a cannon ball at his feet. I stood by the taff rail, and saw the body slide off the plank; and as I watched it sink into the depths of the ocean, I rejoiced that I had borne a faithful testimony of God's martyred prophets, and was truly grateful that I had been delivered from the hands of a wicked man.

At Honolulu, where we arrived June 10th, we were warmly welcomed by Elders Joseph F. Smith, William W. Cluff, and the native Saints. In council it was decided that I should visit Mr. Gibson on Lanai, and if possible, recover some Church property that he had possession of, then join Elder A. L. Smith on Maui, and with him visit the Saints and reorganize the branches of the Church on Maui and Hawaii.

On the 14th of June, I wrote my Brother Franklin W., as follows: "I am waiting for a vessel to Lahaina. My first labor will be to visit Mr. Gibson, and try to get back several hundred Books of Mormon that he got possession of when he first came. He has proved to be a deceitful though shrewd and capable man, possessed of one absorbing idea, that of founding an empire of the Pacific Islands. For that purpose he joined the Church, asked for a mission, and commenced at once his empire building.

"To raise money, he made merchandise of the Priesthood. Under his "dispensation," he ordained all the Saints, both men and women. To be an apostle cost one hundred dollars, a deacon, five dollars. He sold our meetinghouses, making Lanai the only place where the word of the Lord could be given to the people.

"Clothed in his temple robes, he publicly laid the foundation of a temple, using for the chief corner stone, a huge boulder that had drunk the blood of many a victim, sacrificed by the idol worshipers of Lanai. He then covered the stone with brush and tabooed it, giving out that if anyone uncovered it, he would be smitten with death.

"While Apostles Snow and Benson were laboring with Gibson, trying to bring him to repentance. Elders Joseph F. and Alma L. Smith, W. W. Cluff, and Talula, Mr. Gibson's daughter, visited the temple site; and Brother Cluff, with impious hands, pulled the brush away, and left the "Consecrated" slaughter rock exposed to rain and sun.

"Mr. Gibson had used the old heathen Hale Pule site for the purpose of working upon the superstitions of the islanders. In their fear he had enshrined himself as a god. Coming into his presence they would prostrate themselves in the dust of the earth, and await his bidding to arise.

"But now in a moment, all his power had been swept away. From their doors they had seen Elder Cluff *desecrate the tabooed stone*, and return to them unharmed. The charm was broken. Mr. Gibson was cut off the Church, and his Polynesian empire soon dissolved. From this on, he will be a crownless king, without a kingdom."

From Lahaina I crossed to Lanai in a whale boat. I stayed a week with Mr. Gibson. He surrendered to me five hundred Books of Mormon, his temple clothes, and a watch that my father had given to him. I recrossed the channel to Maui—as usual in a whale boat—and found Elder A. L. Smith anxious to learn the success of my mission.

While waiting for dinner, I wrote:

Lines to Albina.

This little card on which is traced
  The image of a lovely rose,
Was given me, by one who shared
  My brightest joys, my deepest woes.

It is to me a priceless gem,
  A token dearly prized,
As emblematic of the life
  Of one I idolize.

I'll place it with my choicest books,
  There shall it linger long
To mark the place where I may look
  On a favorite author's song.
And when bright words and noble thoughts
  Kindle my soul aglow,
I'll think of my wife, as I gaze on the rose
  That is traced on the card below.

Very dear to me, are the little gifts
  That richer men oft spurn.
They speak to me of the honest love
  A humble life may earn.
I will gather them up as flowers that bloom
  Beside the pathway of life;

Leaves of affection, wafted from home,
And kissed by the breath of a wife.

On June 28, 1864, we sailed on the schooner Kilauea for Hawaii. On the 30th, we arrived at Kapaliuka and were warmly welcomed by Brother Kanaha and his wife Nakiaielua. I have taken much interest in this family, on account of their strength of character. When Gibson came, Kanaha had no faith in him, and refused to gather to Lanai, or to deed his home to him. For these sins he was cut off the Church. But he continued to hold meetings and kept his little flock together until we came.

When the old man met us, he wept with joy; and we were equally rejoiced to see his integrity and manhood. This branch has been replete with interesting incidents. Here, during our first coming, Elder Hawkins had been shamefully mobbed. Here Ward E. Pack, cast the devil out of two Catholic priests who had incited natives to mob him. The act of casting out had greatly amused the Kanakas.

Monday, July 25, 1864, at Waipio. We started on foot for Kawaimanu (flying water), a secluded mountain village, seldom visited by white men, a very fertile glade fifteen miles north of Waipio. We had to climb a pali two thousand feet in height: a solid rock wall almost perpendicular. When about half way to the top, we stepped to the side of the narrow trail and looked down on the sea that washed the rock below us. The sight made my head dizzy, and I hurriedly drew back. Our path led over the mountain, near some celebrated waterfalls. I wrote:

Our meal of poi, pakai, and shrimps,
>In silence we partake,
Then with a guide to lead the way,
The mountain path we take,
Narrow and winding in its course,
And difficult to find.
The vale below is growing small,
As upward still we climb.
And now great drops of sweat appear
Upon the traveler's brow;
Reminding me of summer days
When following the plow.

Surprised, we meet a mountain maid,
Wild, Indian-like, and free;
Around her waist a shirt is tied—
The custom here, you see.
She meets us with a smiling face—
"Which way, strangers?" asked she.

"We're going to Kawaimanu,
The waterfalls to see."

Breathless we reach the mountain crest,
Where dark winged clouds oft fly;
And seldom can the traveler pass
And keep his jacket dry.
The natives call it "Pele's tears"—
Full often doth she weep,
Till torrents gushing from her eyes
Roll thundering down the steeps.

For "Pele's" home—at Kilauea,
In a burning lake of fire,
Where demons wild, in hideous form,
Are ever hovering nigh her.
But why she weeps, they cannot tell;
Unless to quench her fever,
Or else to drown the mystic yells
Of fiends who never leave her.

Through forests dense our guide doth lead,
And vales of tangled fern,
So green that Neibaur's match receipt
Would fail to make them burn.
The clouds are dark'ning o'er our heads;
And yonder on our right,
The craggy peaks in vapors black
Are hidden from our sight.

Hurrah, we see the waterfall—
Three thousand feet or more
From cliff to cliff three noble streams
Their foaming waters pour.
They're leaping from the battling clouds
That clothe in darkness now,
The storm-scarred cliffs, and snow-crowned peaks
Of Mauna Keas brow.
In foaming sheets, the cloud streams leap,
Sending back roar for roar,
In answer to the deafening crash
That peals from ocean's shore.

The music of the universe
Is never silent here—
By day or night the sea surf's song

Rings in the peasant's ear.
And when I wake, and gaze upon
The authors of that song,
I see the ocean's vast expanse;
The mountains bulwark strong.
For endless ages they have stood:
Eternities to come,
May listen to Waimanus flood.
And the ocean's ceaseless song.

After crossing twelve deep canyons and descending a pali half a mile in height, we reached the village and were kindly entertained by the few Saints who reside here. We held three meetings, baptized three persons, and organized a branch of the Church. We remained one month on Hawaii, visiting the Saints and organizing branches to the best of our ability.

On the .5th of August we sailed for Maui, and landed on the 6th at Malia. Here we met President Joseph F. Smith, who in those days, as now, was always active, and thoughtful for others. He met us on the beach with horses, and a hearty welcome. A two hours' ride brought us to Waialuku, where I received several home letters. The cheerfulness of my family was a comfort to me. As the gentle dews of heaven give life, beauty, and freshness to the flowers of the field, so good news from loved ones cheers, animates, and strengthens my heart, fills my bosom with joy, and makes me a happier, and I hope, a better man.

Chapter 18.

Conference at Wailuku.—Return to Honolulu.—Sail for Home.—Man Overboard.

On Sunday, August 14, 1864, a conference was held at Wailuku, with sixty members present. Arrangements were made to build a new meetinghouse, Gibson having sold the old one which was built ten years ago.

President Joseph F. Smith testified that the Saints, in following Mr. Gibson's teaching, had departed from the Gospel of Jesus Christ, and had become darkened in their minds. "As soon as you manifest works meet for repentance," said he, "we will let you renew your covenants by baptism, and then we will place upon you the responsibility of preaching the Gospel to this nation."

Monday, August 15, 1864. I had the pleasure of accompanying President Smith on a visit to Elder George Raymond at Waihu. After dinner, we rode up to the mountain, following a deep canyon, until we came to a beautiful orange grove, the property of George Raymond. The native brethren asked President Smith to rebaptize them. The request was granted, and I went into the water, a pure mountain stream, and baptized Kanahunahupu, George Raymond, and Kapule, three intelligent and staunch defenders of the Gospel. We next confirmed and blessed them.

On the 25th, I accompanied President Smith to Lahaina and visited His Excellency, Governor Kauwahi. He was once an active elder in the Church, and aided President George Q. Cannon in translating the Book of Mormon. On the 26th President Smith sailed for Honolulu. Alma L. Smith went to East Maui, while I labored in the vicinity of Lahaina. On Saturday, Sister Mary Kou, my makau honi, (adopted mother) was thrown from a horse and seriously injured. I administered to her, and she was instantly healed.

On Sunday, September 4, 1864, I received a letter from my brother Franklin W., enclosing a twenty dollar greenback, for which I was very thankful. Brother Alma L. Smith returned from East Maui. We labored together, visiting the Saints, earnestly desiring their welfare. We were diligent, holding many meetings, bearing testimonies, and administering to the sick.

By letter from President Smith, we were instructed to arrange our labors so as to visit Honolulu about the 25th of this month. Friday, September 23rd, we sailed for that city on the steamer Kilauea, deck passage, reaching there on the 24th. We were kindly, received by President Joseph F. Smith and William W. Cluff.

September 30th we held a council meeting. A letter from President Young was read, suggesting that Elders Joseph F. Smith, William W. Cluff, and Alma L. Smith return home, and that John R. Young preside over the mission, assisted by Benjamin Cluff.

At this time my family was residing at St. George, and their destitute condition preyed upon my mind.

In associating with the brethren, I had read my home letters to them. The spirit of these letters, cheerful and self-sacrificing under severe trials, enlisted the sympathy of the brethren; and it was decided in council that I should return home. Therefore, on Wednesday, October 12, 1864, in company with Joseph F. Smith, William W. Cluff, and Sister Albion Burnham and three children, I sailed on the bark Onward for San Francisco.

Sister Burnham was the widow of George Albion Burnham, who had received the Gospel during the opening of the mission by President George Q. Cannon and his co-laborers. Brother Burnham had been valiant in defense of the Elders. At a period of cruel persecution in Honolulu; and his manly battle in rescuing Phillip B. Lewis and William Farrar from the hands of a drunken mob, endeared him and his family to the Elders of the Hawaiian mission. On our second mission we found the widow in the depths of poverty, and resolved, on our release, to take the family home with us. To this end, President Smith gave me fifty dollars from the Salt Lake mission fund to aid in gathering Sister Burnham.

On Saturday, October 15th we were still in sight of land, about eighty miles north of Oahu: no wind, a calm sea, and a full moon making a beautiful evening. At ten p.m., I was sitting on deck talking with the mate, Mr. Ferrier, when I noticed that the man on the forward watch acted strangely. I said to the mate, "That man wants to jump overboard."

In a few minutes I went to my room, and had just taken off my shoes when I heard the mate call, "A man overboard!" I ran on deck, seized a rope, and threw it to the man, striking him on the head. He looked at me, and swam from the ship. I ran up the rigging, and watched him until a boat was lowered. Then I gave directions to the captain, and he with a speaking trumpet, directed the crew, until they picked him up. The man's name was Barstowe. The next morning Mr. Ferrier harpooned two sharks one of them over eleven feet long—not a very pleasant prospect for a would-be suicide.

Our passage was long and tedious, owing to the many calms that overtook us; yet on November 4th it became evident that we were nearing land; for the water had lost its clear blue color, and was becoming black and filthy. That day we saw a school of porpoises, rushing to and fro as if frightened, and casting up a wall of white spray as far north as the eye could see. We also saw several whales. It is a novel sight—these huge monsters sporting in the mighty deep, lashing the waves with their fan-shaped tails, and spouting columns of water high into the air!

At noon the wind sprang up from the north, and steadily increased until at nine p.m. it blew a gale. The sea became very rough, the waves dashing over the cabin deck in great violence, and causing dishes and boxes to be rolled in confusion over the cabin floor. At midnight the storm suddenly ceased, and we could hear the waves breaking on a distant shore. The captain sounded, and finding we were in shoal water, cast anchor and waited for daylight.

On Saturday, November 5, 1864, at six a.m., a heavy fog was hanging over us. We could hear bells ringing, and see several red lights. At nine o'clock the fog lifted, and I counted twenty ships anchored near us. At ten, a light wind from the north enabled the fleet to pass through the Golden Gate into a beautiful bay; and at three p.m. we lay along side the wharf at San Francisco.

As heretofore, we found a warm welcome at Brother Dwight Eveleth's home. In the evening, I witnessed for the first time, a political torch-light procession. It was said forty thousand people were on the street rejoicing at Abraham Lincoln's re-election. Soon after our arrival, President Young telegraphed us to wait until the 20th. In the meanwhile I crossed the bay to visit the Honorable John M. Horner, to me a wonderful man.

Mr. Horner told me that when he was a boy Joseph the Prophet, and Oliver Cowdery had called on the Horner family. John M. wanted to visit with the young prophet; but his father insisted that he finish hoeing a piece of corn given him as a stint. Joseph, on learning of it, took off his coat, asked for a hoe, and helped finish the task. The sequel: John M. Horner was baptized by Oliver Cowdery, and confirmed and blessed by Joseph Smith, who predicted that the earth should yield abundantly at Brother Horner's behest. In California, Brother Horner at one time paid a tithe of twenty thousand dollars, the fruit of agriculture. Contemplating this remarkable piece of history, I wrote a poem, "The Young Men's Pledge," which is published in the appendix of this volume.

On the 10th of November, having returned to San Francisco, I learned from Sister Margaret Curtis of Salt Lake—with the aid of her models—to cut dresses; and while selling models, I did considerable missionary work. As a new departure, Elder Cluff and I visited an organized community of harlots, taking tea with them, and holding a meeting. I spoke with great freedom, assuring my fallen sisters that the Gospel of Jesus Christ would correct all the evils of society, giving honorable companionship and lawful motherhood to every intelligent woman in the world.

On Sunday, November 20, 1864, I met Elders Francis A. Hammond and George Nebeker direct from Salt Lake City on their way to the islands, to select and purchase a gathering place for the Hawaiian Saints. It seemed a wise movement, and I hoped it would prosper. In council, it was arranged for Elder Joseph F. Smith and William W. Cluff to go home by stage, while I took their baggage, and Sister Burnham and children, and worked my way home by way of San Bernardino.

On Wednesday November 23rd. we sailed on the bark J. B. Ford, under Captain Knife, for San Pedro. We encountered heavy storms, and were nine days making a four-day voyage. On the 26th, I was afflicted with severe pain in my back and left side. After I had suffered twelve hours, the disease settled in my bowels, and brought on vomiting and cramping. For three days I took large doses of laudanum, and poulticed my body with mustard.

I finally lost my speech, but knew everything going on around me. I heard the captain tell the steward to have the canvas and cannon ball ready, so they could bury me without delay. It grieved me to die away from home, and I prayed earnestly that T might live.

When they went out of my room, an elderly person, dressed in home-made clothes, came in. He knelt down by me, and, placing his hands upon my head, blessed me. I went to sleep, and when I awoke, it was morning. I dressed, and went on deck, to the surprise of the captain. I have always believed that the person who visited me was my Grandfather Young, and that his administration preserved my life.

On Saturday, December 2nd, we landed at Wilmington, near San Pedro. I gave Mr. Pedro a freighter, twenty dollars to haul us to San Bernardino, where we arrived on December 5th. Here we were kindly cared for by Brother and Sister Kelting. After resting a few days I hired a room for Sister Burnham, while I found a home with the family of Colonel Alden A. M. Jackson.

Toward spring George Garner went to Utah with several loads of honey. I persuaded him to haul Sister Burnham and children to my home in St. George, and Brother Smith's and Cluff's baggage to Payson. Through my efforts Brother Jackson caught the spirit of gathering purchased two teams, and Sister Jackson and two daughters moved to St. George. I drove one of the teams for my passage home.

Needless to say, my return was a pleasant surprise to my family. The people in Dixie were having a hard struggle. Flour was twenty-five dollars a hundred; my family had only a week's provisions in the house, and where the next would come from they did not know. For months they had been without fire-wood, save as they went to the hills, grubbed up brush and carried it home.

I applied at the tithing office at St. George for provisions for Sister Burnham, but they did not have it. I then got a team and moved Sister Burnham and family to Parowan, where Bishop Wilham H. Dame cheerfully undertook to care for them. Returning to St. George, I went to work to support my family; but I had scarcely time to put in a few acres of wheat before I was called to serve in a military capacity.

The Black Hawk war was spreading terror among our southeastern frontier settlements, causing many of them to be abandoned. I enrolled in Captain Willis Copeland's company of scouts, and was elected first lieutenant. I aided Colonel J. L. Peirce in moving the settlers from Long Valley and Kanab. As soon as that task was accomplished, I was called to labor among the Indians, and spent the summer with Jacob Hamblin and John Mangum in cultivating friendly relations with the Kaibab tribes.

During the winter of 1866, with Jacob Hamblin, Ira Hatch, Thales Haskel, and others, I visited the Moqui Indians. The trip was fraught with hardship and danger, as the Navajos were on the warpath. On our return trip, we crossed the Colorado on a flood-wood raft. There were forty-seven men in the company, and we had to make five trips, which took all day. I worked from morning till night on the raft, my feet in the cold water and my body perspiring from exertion.

That night I was seized with cramping colic. In the morning we had to move on, as we were out of provisions. It hurt me to ride on horseback, but I had to do so or be left to die. At Kanab they found the running gears of an old wagon. On this they put two poles, and swung me in a hammock between them; then making harness of ropes, they hauled me to Washington, my home.

They had given me twenty-two pills and a pint of castor oil; and I carried that load in my stomach nine days without relief.

Doctors Israel Ivins and Silas G. Higgins came from St. George five days in succession, then gave me up. Bishop Covington, a dear friend, came and dedicated me, that I might die without further suffering. But my wife Albina would not relinquish me. She sent for a humble elder, Albert Tyler, and when he came, they two administered to me, and I was instantly healed. For some time I had been unconscious, but I awoke, as it were, from a dream. I wanted to get up, but my wife, with tears of joy, persuaded me to rest until morning. Then I dressed, and rode in a lumber wagon to St. George, to attend the Stake conference.

On November 9, 1867, I was ordained a high priest, and set apart to act as a high councilor in the St. George Stake, by Apostle Erastus Snow, who had been ordained an apostle by Brigham Young, who had been ordained an apostle by Joseph Smith and the three witnesses on February 14, 1835. Joseph Smith was ordained an apostle by Peter, James and John, and they were ordained apostles by the Son of God Himself.

In 1867 I went to Pine Valley and drove five yoke of oxen as a logging team for Bishop Robert Gardner. In 1868 I rented Eli Whipple's saw mill. Soon after, on attending conference at St. George, I was called to the stand by President Young, who gave me a seat by his side, talked kindly to me, made many inquiries in regard to my financial circumstances, advised me not to work in the saw mill, as I was not strong enough for that kind of labor, and said if I would move to Washington, he would give me labor in the factory he was building.

I returned to Pine Valley, made settlement with Brother Whipple, and was released from the mill. I next sold my little farm on the Clara for six hundred dollars, and moved to Washington, where I labored three years in the cotton factory at good wages.

On the 30th of May, 1868, William R. Terry, my wife Albina's father, died at St. George. He had ever been a help to me. When I was on missions he farmed my land, and cared for my family as if they were his own. In his death, I lost one of my best counselors and my truest friend.

In the meantime, my Brother Joseph W. had been appointed president of the St. George Stake. I was sincerely attached to him, and his counsel had great weight with me. By his request, I took my families, Albina and Tamar, to the Pipe Spring Ranch, near Kanab, and boarded the workmen who were building Windsor Fort. When that building was erected, Joseph W. desired me to make a home at Kanab. At first I felt reluctant to do so for I had built a large rock house at Washington, just west of the cotton factory. It was a pleasant situation. My family was beginning to be comfortable, our vineyard was bearing fruit, and I dreaded to break up and begin pioneer life again.

While in this state of mind, my cousins Joseph A., and Brigham Young, and Ferra M. Little visited our southern settlements. It was decided to make a trip to Kanab. Ferra M. and James A. Little, Joseph A. and Brigham Young, Joseph W. and John R. Young—brothers in pairs and all cousins—comprised the party. The climate and soil of Kanab being adapted for fruit, and there being excellent facilities for stock raising, the town gave promise of becoming a place of considerable importance. Accordingly Joseph W., Joseph A., Ferra and James A. secured city lots, and I also yielded to the influence. Having secured a building spot, I immediately moved to Kanab, fenced four lots and planted a vineyard.

About this time the line between Utah and Nevada was surveyed, and the settlements on the Muddy proved to be in Nevada. The Nevada assessor at once visited our settlements and required the people to pay the back taxes for the five years they had been there.

President Young promptly advised breaking up the settlements rather than pay the unjust tax. I sent a four-horse team to assist the Saints in moving away. Many of them, who still had homes in Utah, were counseled to return to them; those not so fortunate were advised to make homes in Long Valley. Being called to go to Long Valley to assist Joseph W., I sold my home at Washington for eighteen hundred dollars, and invested in a saw mill, and a ranch near it.

In the spring of 1873, my Brother Joseph W., with a company of brethren, was working a road over the "Devil's Backbone," near Lee's ferry, Arizona, when he received a partial sunstroke, from which he never fully recovered. He was further prostrated by overwork, taking stock and branding cattle at the church Pipe Spring ranch. Being conveyed to his home at St. George, he was tenderly nursed by his family and friends. He suffered much, and became very weak in body; but his mind remained clear and active to the end.

My brother was superintendent of the building of the St. George temple, and felt great anxiety in regard to that work. The telegrams I received of his condition at length alarmed me. Saddling my horse, and being accompanied by my father-in-law, W. M. Black, I went to St. George, and stayed with him thereafter until he died.

On meeting me, he rejoiced, saying I had saved his life at Florence; and if it could be done, I would save it again. In private, he told me that a messenger had visited him and told him that his name had been presented before a council of the priesthood behind the veil; that a man of experience, of integrity, and of purity of life was wanted for the ministry in the Spirit World; that he (Joseph) had one blemish. He had not strictly kept the Word of Wisdom as he had always used tea. He then expressed a wish to be carried to Salt Lake City before he died.

I consulted President Alexander F. McDonald, and Doctor Higgins. The former advised me to be careful and not do anything I should regret in after life. Doctor Higgins said that if he was moved it would kill him. I told Joseph what these brethren said. He took hold of my hand and replied,

"Johnny, I know what I am doing, and while I live I shall preside. Will you carry out my wishes, or must I get someone else to serve me?"

I promised to do all that he wished me to do. He then gave minute directions how to fix his wagon and how to arrange a spring bed for him to ride on. I proposed to make a litter and have brethren from the different settlements carry him by relays, but he over-ruled me. Everything was consequently done as he desired.

The first day we moved him to Washington, and he stood the ride well. The next day, while crossing the Harrisburg bench, we encountered a hot wind, which seemed to smother him. I saw that he was failing, and asked if we should turn back. He raised his head, looked around and said no, but to drive on as long as he lived. In due time we reached Harrisburg, and camped under some large shade trees.

Here President Alexander F. McDonald and David H. Cannon drove up in a buggy. Brother McDonald went to Joseph and spoke about some dispatches he had just received from Arizona while I went to care for the team. In a few minutes Brother McDonald called me, and I saw that Joseph was dying. I raised him a little and held him in my arms. He motioned for his wife Lurana to come, and having embraced her, put her gently away, and took hold of my hand. His mind now began to wander. "Brethren," he said, "be careful on that temple wall, and don't let the chisel fall."

These were the last words of Joseph W. Young. We returned to St. George, and all the people mourned. I telegraphed for his wife Julia and Sister Harriet, who traveled by team a hundred miles, through the heat, sand, and dust, to get one last look at the loved one's remains.

His death occurred on June 7, 1873. John W. Young was appointed his successor in the presidency of the St. George Stake.

Chapter 19.

United Order.—Indian Troubles.—Mission to England.

In the winter of 1873 and 1874 President Young visited Dixie, and taught the people the principles of the United Order. I received a letter from him requesting me to meet him at Rockville. I took my son Ferra, then a lad of eight years, and crossed the mountain on horseback. The snow was three feet deep on the divide, and the weather stormy. In fact, we faced a blizzard for eight hours. When we reached Rockville, the afternoon meeting was in session, the house being packed, and people standing in the aisles. President Young, having called me to the stand, and there being no room to pass, the brethren lifted me up and I walked forward from shoulder to shoulder.

The interest in the president's message was intense, and the awakening general in the south. I attended ten meetings and listened to the prophet at every one of them. How great was my joy! I felt that an era of prosperity and happiness had dawned upon the Saints. How pointed and rich were the instructions! "Give your hearts to God." "Do unto others as you would have others do unto you." "The way the world does business is a sin before God." "If you are not one in temporal things, how can you be one in spiritual things?"

All these utterances, it seemed to me, pointed to the happy time when there would be no poor in Zion, and the idler should not eat the bread of the laborer. I received a written appointment, signed by Brigham Young and George A. Smith, authorizing and instructing me to visit our southeastern frontier settlements and organize them into working companies in the United Order; the object being to enable them to become self-sustaining by encouraging home production.

With Bishop Levi Stewart I visited and organized the Pahreah branch. I also organized working companies at Glendale and Mt. Carmel in Long Valley. I was sustained as president of the working companies in Kanab, while Levi Stewart was sustained as bishop of the ward. This was wrong in principle, and led to division, retarding the growth of the ward.

In the winter of 1874, four Navajos, the sons of a chief, were on a visit to the Utes. On the return trip, as they were camped one morning in a deserted house in Circle Valley, they were set upon by some stockmen, led by Mr. McCarty, and three of the Indians were killed. The fourth one was severely wounded, an ounce ball having passed clear through his body, just below the shoulder blades; yet he lived, traveled one hundred miles over mountains and deep snow, swam the Colorado river, reached his home, and told his story.

The Navajos believed the Mormons to be the perpetrators of this cruel tragedy. Two Mormon families and a few Indian missionaries were living at the Moancopy and Mawaby. Peokon, a war chief, visited these and demanded two hundred head of cattle as pay for their murdered sons, and thirty days was given in which to get the stock.

John L. Blythe and Ira Hatch dispatched the word to Bishop Stewart and me, and we telegraphed it to President Young. Upon receipt of the message, John W. Young telegraphed for me to raise a company of men and bring the families and all the missionaries to this side of the Colorado river, and leave the Navajos alone until they should learn who their friends are.

Andrew S. Gibbons of Glendale, Thomas Chamberlain of Mt. Carmel, and Frank Hamblin of Kanab, with six men each, responded promptly to the call. We reached the Moancopy two days before the time set by the Navajos to make their onslaught. I found my task a hard and delicate one. Jacob Hamblin and John L. Blythe were older and more experienced in frontier life than I. Each of them, moreover, was presiding in some capacity over that particular mission, and so they were reluctant to yield to my counsel and suggestions. I have always felt thankful to Frank Hamblin and Ira Hatch; for, by reason of the loyal manner in which they supported me, the task was accomplished without loss or accident of any kind. This was my last labor in Indian matters.

In 1876 Bishop Stewart and I were released from our positions, and L. John Nuttall of Provo was sent to preside. I was disheartened at the way things had gone, and believing that my days of usefulness at Kanab was ended, I returned to Long Valley, and associated myself with Orderville United Order. In this community I formed valued acquaintances and cherished friendships.

The people were poor, humble, and prayerful, and therefore fruitful in faith and good works. Had President Brigham Young lived, the history of that community would have been different. For the good I witnessed I have words of praise; for the faults, only charity and silence.

The problems of cooperative labor, equal wages, and boardinghouse economy were not fairly tested; the future may give these questions a test under more favorable conditions. The fact is that in the death of Brigham Young, Orderville lost its guiding star and pilot.

In the spring of 1877 I was called on a mission to England. The health of my family was not good, and I felt sad at leaving them; but I responded to the call, trusting that the sacrifice would bring its blessing.

On the 20th of April I started for England, in company with Elder Samuel Claridge. We left home in a snow storm. The brethren of Orderville, having given me a pair of carriage horses, I sold them to my Brother William G. and thereby purchased a good outfit. Our company of missionaries traveled in care of Apostle Joseph F. Smith, going by rail to New York, then by cabin passage, first-class steamer, to Liverpool. The journey both by land and sea was pleasant and interesting.

Upon reaching England, I was appointed to labor in Wales, under the presidency of Samuel Leigh. He was ever kind and fatherly to me. On July 3, 1877, in company with Elder Joseph W. Taylor, I spent the day down in the Dyfern coal mine. The pit is seven hundred feet deep and employs four hundred fifty hands—men, boys, and women.

It has a thirty-horse-power steam engine, and forty-two horses down in the pit. The property is worth one million dollars.

While in the mine we were joined by the government mine inspector from London. He was curious to hear a Mormon elder preach, and prevailed upon the superintendent to signal the miners together, and devote an hour to a meeting.

I spoke forty minutes on the first principles of the Gospel, and its restoration.

I found the Welsh people warm-hearted and excitable. The history of the Welsh Saints abounds in incidents of marvelous healings and spiritual manifestations of God's power.

August 31st I visited Tredagar, and held meeting in St. George's Hall. I preached to a large gathering of people, and two native elders followed me, bearing powerful testimonies. On September 1st I walked to Merthyr and received the following telegram:

"John R. Young: President Brigham Young died yesterday, August 29th, at four p.m., of inflammation of the bowels, superinduced by cholera morbus. Received cablegram this morning.—Signed Joseph F. Smith."

On Sunday, September 2, 1877, our meeting was well attended by Saints from the neighboring branches. Elders Leigh, Rowland, Joseph W. Taylor, Walter J. Lewis, and Thomas F. Howells from Utah were present. The news of President Young's death had spread, causing this gathering. The meetings were addressed by all the valley elders.

The Spirit of the Lord was poured out upon us; and many comforting words were spoken. I bore testimony of the purity and prophetic power of Brigham Young's life, and the Saints returned home, strengthened in their faith and determination to serve God.

I labored four months in Wales, and formed many pleasant acquaintances; but it would be unjust to name a few, when all were so kind to me. I walked eight hundred miles, preached seventy times, and wrote forty-five letters. I was satisfied with my work; I had been humble, faithful, and diligent; the result I left with my Heavenly Father.

Chapter 20.

Transferred to the Bristol Conference.—A Remarkable Woman.—My Views of Celestial Marriage.

On Monday, October 1, 1877, I bade goodbye to Elder Joseph H. Parry—who had succeeded Samuel Leigh as president of the Welsh Conference—and to Walter J. Lewis, and the Saints of Cardiff, and went to Bristol, where I was kindly received by President Daniel Jacobs. And now comes a repetition of my experience in Wales. Day after day, with carpet sack in hand, I walked alone; talking by the wayside, preaching whenever opportunity presented in churches, or in the open air, and yet we seemed to accomplish but little good.

On October 12th, in company with President Jacobs, I visited Cheltenham. This is a beautiful city: broad, clean streets, elegant dwellings, and beautiful grounds. We lodged with Brother James Bishop. I became very much attached to this family. On October 17th, we walked ten miles to Clifford Mesne, visited John Wadley, brother of William Wadley of Pleasant Grove, Utah. In the evening we visited father and mother Wadley, and stayed over night with them.

October 18th, we walked ten miles over a hilly, well-timbered country, and crossed over Maiden Hill, said to be the highest mountain in England; visited Sister Martha Burris, at Little Dean Hill. This sister has long been a member of the Church, and keeps an open house for our Elders, and has done so for the past 20 years, yet her husband and only son are not in the Church.

I received letters from Howard O. Spencer and Samuel Claridge. October 27th, we visited Father Lerwell of East Down, South Molten, Devonshire. He is an independent farmer, and has a good home. He made us welcome, and we stayed two weeks, holding evening and Sabbath meetings in his large kitchen. It was a good time. I wrote a letter to Thomas Robertson, from which I copy:

> I have traveled far, I have traveled wide,
> From Atlantic's shore to Pacific's tide;
> Yet of all I have seen, I love Utah the best.
> And my Orderville home, far away in the west.
>
> I know that in Old England there are many lovely homes,
> Where wealth and pleasure linger, and sorrow seldom comes.
> I see within the shady grove, the ivy-covered walls,
> And graveled walks, all lined with flowers, that lead to painted halls.

The ostrich and the pea fowl are seen upon the lawn,
Displaying robes of beauty, as at Creation's dawn;
But round the park and palace are wall, and gate, and bar,
Cannon, and spear and halbert, accoutrements of war,
And when the gate swings open, I see the glistening steel
That speaks in tones of thunder, "Behold the power we wield!"

I look across the gateway, and catch a gleam of smoke
That rises from a thatched roof, beneath a tangled copse.
No voice of pleasure soundeth there—no graveled walk is seen—
No peacock strutting on the lawn as proud as Egypt's queen!
But there are rags, and naked feet, and cheeks all wan and pale!
And hacking cough, and fretful voice of over-work and pain!

O yes, it is a goodly thing to be a lordling born—
To have the serf, who tills the soil, bring in the wine and oil;
But I would rather face the blast of Nebo's snow-capped dome,
Than be a slave, and dwell within the proudest Briton's home!

On November 17th, I wrote to my daughter Lydia: "I am glad that Brother A—— and H—— have gone back to Leeds. All who come to Orderville hankering for 'leeks and onions, and the flesh pots of Egypt' will assuredly be dissatisfied, and go away. It requires faith to enable a person to overcome selfishness; and all who gather there expecting to be made the lead horse in the team will be disappointed. And when the disappointment comes, it will cause them to feel that the water is not good, and they will sigh for the soft streams of Ramaliah, and prefer to labor in the brick kilns of Pharaoh on the shores of the Silver Reef.

"There is one thing that I desire to see changed at Orderville: that is the school system. How long shall we be penny-wise, and pound-foolish? The best man, the wisest, the one who wields the most influence in the community, should be placed at the head of the school department. It wants a man of good government, a man filled with the Spirit of God. Then will our children advance in mental culture and spiritual development; keeping pace with the spiritual growth so nobly manifested at Orderville.

"You are now fifteen years of age—in stature a woman. The mind ought to develop with the body. Cultivate a taste for good reading. Write as much as you can. Be sure never to walk out nights. Keep company with no man who presumes to take liberties with a lady. Guard your chastity and virtue as you would your life. Robbed of that, you are robbed indeed.

"I believe there is not a man or woman in Orderville who would, upon reflection, do a sinful act; but all are tempted, and in a thoughtless moment good people sometimes fall. Sin brings us under bondage. Purity is perpetuated only by eternal vigilance. In the beautiful morning of life guide your feet far from the paths of wantonness, and keep the lamp of prudence burning in your heart; so shall you end your days in peace."

On Thursday, November 22nd, we walked twelve miles to John Hatt's, Chalcutt Hill, Wilts. The walk was made disagreeable by heavy showers of rain, and terrific gales of wind. Sister Hatt is a tall, healthy-looking woman, fifty-four years of age, and the mother of fourteen living children. On November 23rd, I received from Sister M. A. Tippitts, a view of Swanage, Isle of Purbeck. On the back of the card I wrote the following lines, then sent it to my wife Albina:

"This beautiful isle, the isle of Purbeck,
To look on the map, is but a mere speck,
But once reach the shore, set foot on the land,
You'll find it as large as the palm of your hand.
And the surface as green—as green-sward can be,
From the crown of the hill to the shore of the sea—
While cottage and palace erected by man.
Add beauty and polish to nature's first plan.
How grand and sublime are the works of our God,
From mountain and dale, to flower and sod!
The streams of pure water, the bird in the air,
The life and the light we see everywhere!
The heart must be happy—how can it be sad?
When the beast and the bird, and all things are glad?
And I too, am happy—yet thinking of thee
I wish I could walk on the waves of the sea,
Or fly through the air with the speed of a dove,
To my home in the west, to the friends that I love.
Though our clay hills are naked, and valleys are bare,
Yet the spirit of freedom is hovering there;
While here the strong hand of oppression is seen
Clouding the glory of Nature's bright scenes—
Then blest be the day, and happy the hour
When I can return to Freedom's fair bower."

November 24th, we visited Sister Mary Hatt, who has been suffering for twenty-seven years with rheumatism. Her hands and feet are sadly deformed, her legs doubled up, and her arms crooked; for three years she has been bedfast, and not able to feed herself. She is eighty-seven years old, yet retains all the powers of her mind. She knows fifty Latter-day Saint hymns by heart, and can repeat many chapters of the Book of Mormon. She never murmurs, but rather is cheerful and happy, waiting for death to set her free. We had a pleasant talk with her, blessed her, and returned to our lodgings feeling well paid for our six mile walk.

On Saturday, December 1, 1877, I visited the so-called White Horse of Westbury. The picture is made by cutting away the green turf and exposing the underlying white chalk, on the brow of a hill that can be seen for many miles around. At a distance, the horse looks as natural as life. After I had taken measurements, I wrote to my little son Ferra:

"The White Horse of Westbury."

I saw a horse upon the plain,
  A horse of great renown;
His equal I have never seen
  Walking above the ground.
Most beautiful in form and limb,
  His skin of spotless snow,
I longed to be upon his back,
  But could not make him go.
This horse in size is hard to beat—
  From nose to tail I measure—
It is one hundred and seventy feet;
  Now isn't he a treasure?
To know the height we stretched a line
  From hoof to top of shoulder—
One hundred and twenty feet we find,
  And he's daily growing older!
A horse so big I'm sure would make
  A team for any man—
E'en Jacobs thinks he'd cut a wake
  If he but owned a span.
And so would I, you bet your hat,
  I'd have a jolly bust—
I'd take him down to London town
  And swap him off for dust.
I'd want a penny for each hour
  That he has stood alone—
I'd want a crown for every pound

Of flesh, without a bone;
Or I would sell him by his age—
(Not sell him as he runs)
For he has stood a thousand years,
Exposed to rains and suns!
He stands erect upon the hill,
As proud as proud can be,
To mark the place where Alfred wise
Gained his great victory.
For whip or spur he will not budge,
And yet he will not balk.
This is a fact, and not a fudge,
For he is made of chalk.

On Sunday, December 2nd, 1877, we held meeting in the Saints' Hall, Bristol. President Jacobs delivered an excellent discourse on the first principles of the Gospel. I followed, showing that Mormonism is not a new Gospel, but is the very Gospel of Jesus Christ renewed in its purity as taught eighteen hundred years ago, by the savior and His apostles. The meeting was well attended, several strangers being present.

I wrote a letter to Elder Edward M. Webb, of Orderville, from which I make an extract.

"It may seem strange, perhaps incredible, to you, when I say that plural marriage and the United Order were both painful to me. When I was a child I had seen so many of the follies of men, and the breaking up of families by the thoughtless acts of unwise persons—all of which I attributed to the evils of a principle which is in itself, pure—that I became embittered and cherished hatred toward that which I now admire and love.

"So it was when President Young called upon the Saints to organize and work together in the United Order. I saw change, waste, and trouble ahead; and I was quite willing to see my brethren wrestle with the problem, while I stood aloof and looked on. Nor was I wrong in my conjectures. It was soon plain that most of us were willing to receive the blessing, as sectarians want to receive salvation; that is, without labor or sacrifice; but we were not willing to give up our *selfishness*, that little "jewel," dear to us as the apple of the eye.

"But the hour came when I had to meet the issue; when President Young asked me to lead out and set an example before the people. That night I never closed an eye in sleep. I reflected, I prayed earnestly, and I was convinced that the only way to win the victory was to 'give the heart to God.' When that was done, all was peace."

Near Taunton I became acquainted with a Mr. Samuel Knight, a deacon in the church of England. His wife, a young-looking, intelligent lady, had led the choir and taught the parish school for twenty-seven years, and was the mother of ten children. These good people often assisted me, for which I was grateful. I wrote them the following letter:

"Dear friends, your kind letter came all right. We thank you for the postage stamps—they came very opportunely, as we were out. It is interesting to note how the way opens before us: the things we need come from sources not looked for, and is another evidence that we are God's servants.

"We have not suffered for anything, and how thankful I am! Several respectable persons, besides yourselves, are inquiring after the truth. We are sorry that you are troubled and persecuted by neighbors who should be your friends. But to me it is another evidence of the truth of this Gospel that we are trying to preach to you. Did not a prophet say, 'when the wicked rule, the people mourn?' Are not the pillars of your church oppressors? Your ministers 'preach for hire, and divine for money,' do they not?

"As for business, what shall I say? The way the world does business is a sin. It is a system of oppression. One builds himself up by pulling his brother down—the big fish eat the little ones. Who does unto others as he would have others do unto him? I know of but one way of deliverance from these evils; that is to repent, and obey the Gospel of Jesus Christ as restored by the Prophet Joseph Smith."

Friday, December 7th, a dark, stormy day, I walked to Dunstan Abbott, eight miles in the rain, to visit Joseph Able and family; returned to Candle Green and stayed over night with James Timbrell, a game keeper. The family had no children, the house was neat and tidy, but cheerless and cold. I wrote:

The days are short and the nights are long,
The houses are cold as a Yankee's barn—
The smoky chimneys, and open doors
Are nicely matched by damp stone floors.
Kindle the fire, but it will not blaze
Unless you open the door a ways.
Shut the door, and the crack above
Is broader than a Christian's love;
Or, if tight above, then the gap below
Is as wide as the hole where sinners go.
Turn it over, twist it around.
It is all the same, whether up or down—
A rainy, smoky, foggy England.

Saturday, December 8th, we returned to Cheltenham and remained a week, visiting among the people. I wrote:

"Mrs. M. A. Tippetts, Dear Sister: Your kind letters and view cards are safe in hand. I thank you for them. Yesterday we mailed a 'Voice of Warning' to your uncle. It is as you say, a most excellent book for circulation, and I hope in this case it will do good. We are much pleased to see the faith you manifest in your works and words. May the Father bless you, and make you a savior to your husband and your dear children.

"The Latter-day Saints—and they alone, as far as I have seen—feel today as the people of God in days of old felt, when men were blessed with visions and visitations of angels, and often held communion with God Himself. See the blessing on the head of Rebecca,—Gen. 24:60; also Rachel's desires as recorded in Gen. 30; also Hannah's thanksgivings, Samuel 1-2 chapters. These are the feelings that inspire the hearts of the Latter-day Saints; feelings which give strength to our sisters to share with each other the protection and affection of a worthy husband; and which inspire our brethren to assume the responsibilities of providing for large families, to the end that virtue may be sustained, and every woman enjoy the blessing of motherhood, without committing sin.

"A person must be a fool who cannot see that it requires more toil and care to support two families than it does to support one. Hence, if the Saints were wicked and sensual, as the world say they are, they would seek pleasure where it could be purchased most cheaply, as men of the world do. But the principles of the Gospel, including celestial marriage, lead to a purity of life, that those who know not God are strangers to.

"I hope your husband will continue to read my letters. They are poorly written, which I cannot help; but they speak the truth. They are not the emanations of a person paid for his labor. I am not working for 'bread and butter.' The little education I have was acquired in the midst of severe toil—often acquired while lying on the ground by the camp fire. Those who love the truth, however, will pass these imperfections by, and rejoice in the testimonies of God's humble servants; and realize that their words, like the holy scriptures, bear the impress of the spirit of Jehovah upon them."

On Monday, December 17th, I parted with President Jacobs, walking to Tewksbury, nine miles. Farmers were busy plowing and sowing grain; and gardeners were transplanting as if it were spring. As I was passing through Taunton, Mrs. Evans hailed me, asking if I was a Mormon Elder, and invited me to dinner.

I soon learned the motive—there were five Church of England ministers visiting with them. I consequently spent the afternoon in a lively discussion.

I was surprised at the wisdom given me, for I had the best of the argument, and three of the ministers left, in a rage. Mrs. Evans was pleased, and invited me to call again.

In the evening after the discussion, I walked eight miles to Pendock Cross, and stayed all night with Thomas Newman. The family being poor, had but one bed, so I sat up all night in a wooden-bottomed chair. Yet I slept, and had a dream, in which I saw an old lady, then a stranger to me, give me the gold to pay her fare to Zion.

The next day I walked fifteen miles, and found Mother Jaynes. She had not seen an elder for nine years, and was living on the parish. Yet she gave me her passage money; and when I came home, I brought her with me, thus literally fulfilling the dream.

On the 18th, I walked twelve miles to John Wadley's. The roads being very muddy, I sat down to rest a few minutes by the roadside. Putting my hand in my overcoat pocket to get an apple, I found a pair of knit woolen mits. I wrote:

"Accept my thanks for the cozy cuffs.
I found them one day, you see—
As I was resting, an apple to eat.
Beneath a roadside tree.

How nice they are—so soft and warm!
So clean, and tidy, and white;
Emblem I hope, of the heart that gave,
And the eyes that sparkle so bright.

I value a gift from Allie's hand,
Though a "mitten" 'tis plain to see.
I'll keep them, and wear them, but never return
A "mitten," dear friend, to thee.

Chapter 21.

A Visit to Wales.—Mrs. Simons' Good Work.—A Tribute to Joseph Fielding Smith.—A Letter from My Wife, Albina.

December 19, 1877. In the evening President Jacobs baptized John Wadley. On the 20th we walked eight miles to Little Dean. It was warm and muddy. We were kindly received by Sister Burr is, who ever has a tidy room, and a 'bit of cake' for the Elders. We decided to visit Wales.

In response to an invitation from President Joseph H. Parry, we took cars to Cardiff and Ponty Pridd, arriving there at noon, and walked two miles to David R. Gill's. In the evening we held cottage meeting at John Evans', then slept at Brother Hughes'.

I enjoyed the evening very much; but I can see the meshes of poverty are tightening around the poor, and the Saints have to bear a part of the afflictions and troubles that are coming upon Babylon.

On the 22nd, I walked to Mountain Ash, taking dinner with Brother Loveday, who has a large and excellent family. We went to Cumbach, held evening meeting, and stayed over night with Sister Phillips, a blessed, good woman.

On Sunday, December 23rd, before breakfast, I walked five miles to Merthyr, and during the day and evening attended three meetings. Many strangers were present, the singing was sweet, and the speaking was attended by the power of God's Holy Spirit.

On December 24th, I visited Thomas Jones, and Saints at Dyfern. In the evening, while at supper, I heard Mrs. Evans, a lady not in the Church, say: "If my health were better I would walk to Merthyr and help the Saints sing in their concert tonight." I replied, "If you will be baptized, you shall be healed." She said: "I am ready."

It was a dark, foggy night; but the brethren got a lantern, and we walked to the river, which we found full of floating ice. One of the Elders, lying down on the bank, held my hand while I slid into the water and found solid footing; then they lifted Sister Evans down and I baptized her. Returning to the house, we confirmed her, and she walked two miles to Merthyr, took part in the singing, and was healed. This was the only person that I baptized while laboring in Wales.

Christmas dawned, clear and cold, the ground covered lightly with snow. As soon as it was light, Elder William N. Williams and I walked to Thomas Jones'. On the way, we witnessed a foot-race, the runners being stripped to the flesh, and running splendidly. A large crowd was out to see the performance.

Returning to Merthyr to attend a conference meeting, I next walked twelve miles with President Jacobs, and a Sister Simons of Bountiful, Utah, who, after twenty-five years' absence had returned to visit relatives and obtain genealogies for temple work. She is doing good missionary work; many, through curiosity, come to our meetings to see a live woman from Utah. To them she bears a faithful testimony of the divinity of the Latter-day work. In the evening, the Tredagar saints gave a concert, which we attended. The Welsh are fond of amusements, especially singing, in which they are highly gifted.

On the 26th, I attended a public meeting. Elders Jacobs, Young, Howells, and Williams spoke. After meeting, two were baptized. On December 27th, I walked twelve miles to Abersychan, attending a meeting at which four valley Elders spoke. We had an excellent time. On December 28th, Elder Thomas F. Howells and I walked six miles, to Pontypool, to visit a few saints living at that place. We took dinner with Brother Richard Watkins, and he accompanied us to Abergavanny. In the evening we held meeting at Brother Bazzants', then visited Father Ellis and his grandchild. The next day we returned to Abersychan, met Elders Jacobs and Williams, and were kindly cared for by a Sister Thomas.

On Sunday, December 30th, we held two meetings. It was a bitter, bad day, with heavy wind and rain; yet our meetinghouse was crowded. All the valley Elders spoke. I have always found a good spirit among the Welsh Saints, and trust that I shall always remember, with pleasure, the many good meetings and reunions I have had with them. On Monday, December 31st, 1877, we parted with Elders William N. Williams, Thomas F. Howells, and the local Saints, and returned to Bristol, where I found letters from home awaiting me.

Albina wrote that the weather was very cold and that some of my children were barefoot. This was unpleasant news; but I was thankful to learn that they were in good health, and had homes in the peaceful secluded vales of Utah. "May God bless them," is the comment in my journal. "I have labored four months in Wales and three months in the Bristol conference. During that time I have walked nine hundred seventeen miles, preached ninety-eight times, baptised two persons, written one hundred fifty-seven letters, and received sixty. Thus ends the year 1877."

On Tuesday, January 1, 1878, I remained all day in the office, getting out financial and statistical reports. I had bread and herrings for breakfast, dinner, and supper. The weather is cloudy, but mild. As yet, there is no hard frost. Out-door wall flowers are in bloom, while fruit buds are swelling, as if spring were at hand. I received a pleasant call from Brother and Sister Hatt, and three of their daughters. On Sunday, January 6th, I received the following letter:

"Elder John R. Young: Dear Brother: I have taken the liberty of writing a few lines to you, and hope my letter will find you and Elder Jacobs in good health. I am happy to say myself and two little girls are well at present. I can truly say that from the time you were here, a great weight of sorrow has been lifted off my heart, for which I feel to thank the living God. And I also feel to thank you; that God may bless you, and enable you to fill your mission and return in safety to your family in Zion, is the prayer of your sister in the Gospel of peace, Jane Roach."

It is always a comfort to me to know that I have been a comfort to others. To help the poor, the weak, the needy, the tempted and tried; to turn the sinner from the evil of his ways—this is ever more than meat and drink to me.

On Monday, January 7, 1878, we left Bristol, passing in view of Clifton, and over the suspension bridge, which is two hundred forty-five feet high, above high water, twenty-five feet wide, and four hundred feet long. We also passed a fine park, and saw therein a large herd of fallow deer. How beautiful they looked!

Walking to Nailsea, ten miles, we visited with a family not in the Church; then talked till midnight with Brother W——— and Father Miller. The latter is eighty-five, yet bright and strong in mind and memory. These good people slept by the fire in the big arm chairs while President Jacobs and I occupied the poor little bed in the garret.

On the 10th, I left Brother Jacobs, by his request, and visited Plymouth. It is a city of beauty, wealth, and sin. The branch here was in a sad condition. I lodged with Samuel Norman, who had kept "bach" during the last fifteen years. He was kind to me, but his home was a little garret four stories high. The one little window that gave us air overlooked the Plymouth Starch Works' back yard, a filthy, stinking hole; and the room literally swarmed with rats and mice, of which, like any woman, I am in mortal terror. Here I lived two weeks on one meal a day, while visiting the Saints as a teacher.

Having got out hand bills and placarded the city, I had an open-air discussion with the city post-master. I also attended a Methodist revival meeting, where a minister invited me to pray. Among other things, I thanked the Lord for having raised up the Prophet Joseph Smith. This advertised my coming meeting better than my hand bills had done. Accordingly, on Sunday, January 13th, I preached to a large and attentive congregation, mostly strangers.

After meeting I wrote "Early Recollections of Apostle Joseph F. Smith," who is now presiding over the British Mission.

I knew Joseph F. Smith, in life's rosy morn.
When herding cows, and plowing corn;
And though he worked early and late,
He never murmured at his fate;
But smiled to think that his strong arm
Brought wheat and corn to his mothers' barn.

His first mark made, I remember well,
'Twas when he flogged Philander Bell;
A champion then for innocence and youth,
As he is now for "liberty and truth."
If plain his speech, and strong in boyish strife,
I doubt if he could mend the history of his life!

The years of trial on Hawaii's land
Were more than wiser heads would stand,
Poi, paakai, poverty and shame,
Were all endured, for the blessed Savior's name.
The crime, and filth, and ulcerated sores
Opened to view, bleeding at every pore;
Tried the metal, proved one's pride,
Then was the day of choosing sides;
Then was the hour to begin, and he
Pulled off his coat, and waded in.
We need not urge him to improve,
He seeks, as Joseph did, light from above;
And God has given strength to Hyrum's son,
Speeding him, on the race so well begun.
For unto him a charge is truly given,
To lead erring men from sin to heaven,
To realms of glory, where truth divine,
Enlightens life, with joy sublime;
But I leave to pens abler than mine
To paint the beauties of that heavenly clime.

I choose to feast on more substantial food;
One to be great, must first be truly good.
The precious clouds that bless our vales with rain,
Descend from lofty peaks, and kiss the plain.
So God, Himself, in plainness said to man—
"Blessed are the meek," "I am the Great I am,"
And while His voice echoed from Sinai's peak,
He talked with Moses "the meekest of the meek;"
Then look to Christ, and note the key-words given
To lead men back to God—and heaven.

Brother, nobly and well thou hast begun—
Now "Hold the Fort," "until the victory's won;"
And when the smoke and din of war is past,
Your works, and name, on history's page will last.

On Wednesday, January 16, 1878, I baptized Miss Elizabeth Short, and told her I hoped her journey with the Saints would not be like her name; but rather, would be long and pleasant. On Friday following, I visited the Plymouth and Davenport cemetery. It is the largest burying place that I had ever seen. It is laid off in good order, and ornamented with trees, shrubs, and flowers—a lovely place in which to rest. That day I wrote to President John Taylor:

"Dear Brother, I take the liberty of writing a few lines to you, and of sending my letter by the hand of my father. I do not think you will remember me, although I was born and brought up with the Saints, and have known you since 1844.

"In 1854, I went on a mission to the Sandwich Islands, you having set me apart for the mission. Soon after returning, I married and moved to southern Utah (Dixie), where my family still resides. In my heart I have desired to build up Zion, and to that end I have labored for the kingdom of God, and the gathering of Israel.

"The object of writing is not, however, to relate what I have done, but to ask a favor in behalf of some of my brethren. My labors since last June have given me a good opportunity of becoming acquainted with the Saints of the Welsh and Bristol conferences; and I wish to present to you a few names of Saints whom I feel to recommend as being worthy of assistance in emigrating.

"I will here say that personally I expect no benefit in the gathering of these people; but I believe them worthy of a blessing, and I ask as a favor that their names be held in remembrance; and that when it is right and reasonable, that they be granted deliverance from this land of poverty.

"Humbly asking God, our Father, to bless you and your counsel, and make you mighty in the truth, that you may have power to lead Israel in righteousness, I remain, your brother in the Gospel of peace."

On Sunday, January. 20th, I preached in the Davenport hall, to a congregation of strangers. I felt satisfied with my labors here. I came fasting and praying, without purse or scrip—and the Lord comforted me.

The next day I met President Jacobs at Taunton; also I received the following letter from a Sister Spickett:

"Elder John R. Young, Dear Brother: Since I received your last letter, I have been called upon to part with my dear father. He calmly passed away last Saturday night, January 5th. It was a great trial; but the Lord has taken him for a wise purpose. I loved him dearly—such a good man—a kind husband and loving father. It was a severe trial to lose dear mother; but now all seems to be gone.

"I trust this may find yourself and President Jacobs in good health and spirits. Hoping to hear from you soon, and praying God to bless you, I am, respectfully, your sister in the Gospel of peace. Grace E. Spickett."

On January 24, 1878, I replied as follows:

"Dear Sister, I did not receive yours of the 16th until last evening. I feel truly to sympathize with you in the loss of your dear father. I should be much pleased if I had the power to write so as to comfort you.

"It appears from the records that your father has been a member of the Church for thirty-four years; hence I am led to suppose that you were born in the Church, and nurtured under the influence of the Spirit of the Gospel. If so, you will readily comprehend that the present painful separation is of short duration.

"I have often reflected upon the last trial and suffering of our beloved Savior; what must have been the anguish of the few loving, trusting, weeping disciples who followed him to the closing scene on Calvary! What overpowering grief must have settled upon them! How the heart must have throbbed, when they looked back upon the past, and the mobbings and persecutions which they suffered, in many instances forsaking all things for the Gospel's sake.

"True, while he was with them, in freedom, the precious words of life that fell from his lips repaid them for every loss. But to see Him whom they had loved more than they did their own lives, taken by cruel hands, scourged, and beaten, and nailed upon the cross; and when parched with fever, and asking for drink, to see his murderers offer him vinegar and gall, and finally, on seeing his mangled body laid in the tomb, to feel the last hope of their hearts buried with Him in death!

"How comforting it is to know that sacrifice ever brings forth the blessings of heaven! The death of Christ filled the hearts of His disciples with the deepest of sorrow. But the showing forth of the power of God in the resurrection banished every sorrow, dried the tear in every eye, and filled every believing heart with joy unspeakable!

"O, the beauty and glory of a literal resurrection! And this is the faith and hope of the Latter-day Saints! We know in whom we trust, and we know if we are faithful that we shall meet our parents again; and when we meet them we shall know them as readily as the Saints knew the crucified and risen Redeemer.

"So you must not feel, dear sister, that you are left alone. Loved ones may be near us, and we not able, in our present condition, to see them. If you will seek to do the will of God, the spirit of your father will visit you, and you will be comforted by dreams and the soft whisperings of the Holy Spirit.

"It seems to me that the work of establishing your father's house now rests upon you. Let nothing turn you from the truth; but seek diligently to gather with the Saints; and let your life be pure, that you may enter into a holy temple, and see that your father's work is carried on.

"Praying God to bless you, and to lead you in paths of virtue and righteousness, I am your brother in the Gospel of peace."

On Thursday, February 14th, ten months ago today since I left home in a snow storm, I wrote the following verses:

"Gathering flowers from an English hedge,
At the close of day on Charlcutt Hill,
While thoughts fly fast o'er sea and ledge
To my pleasant home in Orderville.
Ten months ago the snow fell fast,
And the northern winds blew loud and shrill,
As I urged my steed against the blast
That whirled in gusts, by Glendale's mill.

"I had pressed my lips to a wife's pale brow—
Had blessed a new-born child;
Then turned to face the falling snow,
And the gale that blew so wild.
I wended my way through the mountain pass
Where forest pines grew high,
Till the storm was hushed, and a calm at last
Spread over land and sky.

"And the sun's bright gleam in rays of gold,
Danced over the hills and plain—
And the cheered heart cried in accents bold:
"Thus may it be when I come again!"
O, vision sweet! Let it bide in my heart,
With the image of loved ones dear;
Like an angel of peace, may it never depart—
But tarry, to comfort and cheer!"

I have always felt that God blessed me with a good family. Here is a letter from my wife Albina: "Dear Husband: At five o'clock this morning. Brother Jehiel McConnell died. He has not rusted out; but was true and faithful to the end. He often said in meetings since coming here, that he had never enjoyed himself so well before.

"A great many reflections have passed through my mind today. I think it would do me good to see you, and hear you talk. I received your welcome letter the day after New Years—I am always glad to hear from you; but I felt a little disappointed not to get your likeness as a New Year's present. True I have one, but I should have been glad of another.

"I have been to Brother McConnell's funeral. Brother Thomas Robertson preached a splendid sermon—not to the dead, but to the living. I think some of his discourses ought to be recorded.

"This evening the home missionaries were here. John Carpenter preached, and did splendid for a new beginner. Brother Samuel Mulliner followed with an Order sermon. He is an Order man in word and deed, and enjoys the Spirit of God. It does me good to hear him talk, and I feel thankful to live where we have good meetings. It keeps me alive.

"I am looking forward with joy, to the day when you can return to family and friends. Sister Piersen sends her love to you. She is weaving away as faithful as ever. Sister Claridge has gone north to her daughter's. There are but few that I choose in this world for companions. There is a Sister Porter, a widow who came from the north, that I think much of. She is the mother of the young man who was accidentally killed up in the canyon above our saw mill. She has suffered much. I think she is a noble woman.

"I am well pleased with your Christmas gift. I should like to live on that beautiful island with our family Ferra was well pleased with the verses about the White Horse, and sends his love to you. Roy says 'Tell father I have a pair of new shoes, and a kiss for him.' Joseph is well. He is a fine boy. I am getting old; but my heart is as young as ever. From your affectionate wife, Albina."

Chapter 22.

Death of Jehiel McConnell.—A Letter to My Daughter.—Five Thousand Dollars Reward.—A Letter from Apostle Joseph F. Smith.

Brother Jehiel McConnell was one of the party who were with Elder George A. Smith, Jr. when he was killed by the Navajo Indians. When George A. was wounded and the party had to retreat, Brother McConnell got onto his big mule behind the saddle, took George A. in his arms in front of him, and carried him until he died; thus manifesting a love and loyalty to his wounded brother that always endeared the man to the people of Orderville.

On Wednesday, March 6th, I wrote the following letter to my dear daughter, Lydia.

"Your kind letter came with Aunt Albina's. I am glad to have you write to me, and pleased that you are going to school. I want you to take all the pains you can in writing and arithmetic. They are the foundation stones of usefulness. And I desire also that you become a lady; and no one can be a lady who is not pure in body, and cultivated in mind.

"As for 'old shoes,' you can shed them off any time, and put on a new and better pair—when the better day comes, and that day will come, if you observe the principles of the Gospel; but ignorance cannot be put off, like an old garment. The young ivy vine, when it begins to spread its delicate fibers around the mighty oak, can easily be stripped off; but left alone until matured by age, and you will find them so embedded in the wood of the tree that you must take the ax and chop the vine in pieces, and cannot separate them without doing harm to the body of the tree. So it is with ignorance. If we are studious in youth, and think of, and reflect often upon pure things, we shall grow in intelligence and purity.

"In my heart I feel to draw my children to me; and notwithstanding that I have been much from home, on missions; and that when at home, I am the husband of three wives, still my love for home and family is strong, and the ties of affection burn as deeply and sacredly in my bosom as those holy passions do in other men's breasts.

"Sin and vice will diminish and extinguish from the heart the attribute of love, while a pure, clean life will increase it. It is not every little girl that I should write to, as I do to you. Nor would I write with the same freedom to some women. But I know your heart, that you can be trusted; and I want you to preserve yourself, and marry a good honorable man, that I may always have joy in associating with my daughter.

"I am so pleased that your little brother (Newell) is growing so finely. What a comfort he must be to your mother! And how precious are the blessings given us by the Gospel! I am so proud of my family; and yet, had it not been for the principle of plural marriage, as taught by the Prophet Joseph Smith, this blessing never would have been mine."

In the evening we held meeting. Elder William N. Williams gave an interesting talk, and I followed, speaking on the first principles of the Gospel. The next day Elder Williams, who has been my companion for the last two weeks, returned to Wales. He was a good man, and I ever pray God to bless him in his labors of love—that he might win souls to righteousness.

March 10, 1878, I held two meetings in Father Lerwell's big kitchen, which were well attended by strangers. Near the close of the day I walked to the top of East Down Hill, and kneeling down, gave myself up in prayer. It was so calm and peaceful that I fain would remain. I am such a lover of nature and of solitude that I could not help writing:

On the brow of this beautiful hill,
Its fields now clothed in green, and blossoms white,
Surpassing the loveliness of artist's skill,
With dew drops sparkling in the sun's pure light;
And sweet to me is the sunshine bright,
For clouds of mist oft hover o'er
The land of Britain, and spread from shore to shore
A veil of dampness, that begetteth blight.

Hence, welcome the sunshine of the present day—
And here, in nature's temple, I humbly pray.
I kneel, and plead for wives and children dear,
Yea, all the loved ones my heart holds near.
Albina, with counsel, calm and wise,
Lydia, more like April's changing skies;
Tamar, whose voice is like dew from above,
Blessed trinity, whose words of love
Are thrilling in my breast.
Father, wilt thou give rest
And peace to each of them;
And to Thy Saints, the wide world round,
Where e'er the Gospel's glorious sound
Hath found a friend.

On Wednesday, March 13, 1878, I received a letter, in which it was stated that the "Liberals" of Salt Lake City had offered a reward of five thousand dollars for the arrest, "dead or alive," of Howard O. Spencer, wanted in a prosecution for killing Sergt. Pike. I wrote:

Five thousands dollars! The sum is too small.
Bid up, Uncle Sam, or don't bid at all;
For men with royal blood in their veins
Are not secured without greater pains!
"Dead or alive" has a martial ring,
It smacks of the power of despotic kings.
It speaks of a power now dying out—
A power that is cursed with palsy and gout;
A power that came from the witch fires of Spain,
That crushes religious freedom wherever it reigns!

'Tis a wholesome sign, to see a man of God
Defying the power of the tyrant's rod;
Walking erect, with a stately tread—
When Gesler cries out "Bow down thy head."
What though he fly to the mountain tower
To escape the venge of the tyrant's power.
Let him bide his time, it will come ere long;
Victory is not to the proud and strong,
For "truth is mighty, and will prevail"—
'Twill sweep from Utah, with fire and hail,
The "Liberal" lies; and this gouty wail,
Borne on the wind o'er sea and land,
Is the dying groan of the "Liberal clan."

Be thou firm and true, as the tone of thy prayer,
And God will be with thee everywhere.
And I—oh, how I long to sing
The funeral dirge of the "Liberal ring."

Howard O. Spencer was a playmate of mine, and while I was not with him at the time Sergeant Pike made his brutal assault, here is what Howard told me about it: "Army officers had demanded of Uncle Daniel Spencer that his stock should be moved from the vicinity of his corrals. Uncle sent Al Clift and me to move them; we reached the ranch just as the sun was setting. I was at the stack yard, with pitchfork in my hand, in the act of putting hay in the mangers for our horses, when Pike with several soldiers rode up, he dismounted, and coming to me, with gun in his hand, ordered me 'to get out and move the stock.' I faced him squarely, and told him there would be no cattle moved that night; with an oath he struck me with his gun. I held up the pitchfork to ward off the blow, the fork handle was of pine home-made, the blow broke it in three pieces, and came with such force, that I was felled to the ground with a crushed skull. Pike turned to mount his horse, when a soldier said, "put his head down hill, so he can bleed free." He caught me by the hair, and pulled me around, then they rode off laughing. A little ranch boy was with me; he ran and told Luke Johnson who came and took charge of me. When President Young learned of it, he sent Allen Hilton and Dr. Sprague, with a carriage for me. I was taken to Salt Lake City and placed in the care of Dr. France and Anderson. With their intelligent treatment, and careful nursing, my life was saved.

As soon as Howard's wounds were healed, so he could sit a horse, he came to my home, at Draper, and got a team to help the Spencer family, with their summer's work. At that period there were no houses, on the road from the Cottonwood to Draper, on the dry creek bench, Howard met General Lyon with a company of U. S. Dragoons. They were enroute to Bear River, with the announced purpose of protecting the Morrisites in their anticipated move to California. When he met the troop he stopped them, and asked if Sergeant Pike was with them. They answered, "No, but what do you want?" The reply was, "I am owing him a little, and I thought if he were here, I would pay the debt." What a blessing that Pike was not there! Had he been, Spencer would have killed him, without any thought for his own safety. As a man he was the soul of honor, kind and gentle, and slow to anger, but when aroused, he was fearless as a lion. His friends affirm that after the assault at Rush Valley, his mind was unbalanced. I have no comment to offer on that. I do know, however, he was void of the sense of fear, and that he felt, in the Pike difficulty, that he was assaulted because he was a Mormon, and his love for and loyalty to the Mormon people stamped in his heart a determination to pay the debt in kind, let the consequences to himself be what they would. His love for law and order, held him in check, until he saw the farce played, when Pike was brought into the Provost court, with his gun buckled on his side, escorted by his armed comrades, heard the colored pleadings of Pikes counsel, and the prompt decision of the judge, evidencing to unbiased men, that in that court, there was no justice for a Mormon. With that feeling uppermost in his mind, he walked quietly out of the court room, and when Pike came out, he paid the debt, by shooting him. In the confusion that followed Spencer escaped. Years after, I met him on the Sevier, traveling alone, unarmed, and unguarded, going to Salt Lake City, to stand his trial, and I believe the jury's verdict, that acquitted him, met the approval of just men and angels.

The following letter shows the spirit and methods used by the Mormon missionaries to help the poor to emigrate:

"Elder John R. Young. My dear brother: I need scarcely say I was pleased to hear from you. Can old acquaintance be forgot? Your experience in the British mission is that of scores of Elders who have labored there of late years.

"You no doubt say truly that in some respects the Bristol conference is the Molokai of the British mission; but it is not the only one. Our experience of today there, is not what it might have been twenty years ago. We are now gleaning the field after the harvest is gathered.

"I think it is right for the Elders to change about somewhat, as circumstances may seem to require or warrant, so as to equalize the toil, hardships, and enjoyments among all. I have suggested to Brother Naisbitt to make such changes this spring as may be deemed right and necessary for the well-being and prosperity, both of the Elders and the mission. Among others, I have not forgotten to mention you.

"I do not know yet whether it will be myself or some other person who will be sent to preside over the mission. I am of the opinion that I have almost served my apprenticeship there, and that I will be relieved, at least for the present. If you know me, and I think you do, you know that my sentiments are in favor of fair dealing and justice, as well as mercy; and I want no favor-kissing in mine. I have learned, too, that we cannot always judge, from a short acquaintance, of the real merits of men.

"One thing we should do: that is, encourage the Saints, as much as possible, to help themselves. If many of them would smoke less tobacco, drink less beer, visit fewer shows, buy fewer household toys and ornaments, and get along more economically, with a view of saving up their pennies until they multiply to pounds, they could, in a short time, emigrate themselves. We need to be wise as serpents, and harmless as doves.

"God bless you. Love to Brother Jacobs. All well here. Your brother in the Gospel, Joseph F. Smith."

Chapter 23.

A Letter to my Son.—An Enquirer Answered.—The Sinking of the Euridice.—Four Hundred Men Perish.—Letters from Home.—Two Splendid Dreams.

"Silas S. Young: My dear son: Your very neat letter of February 2nd came safely to hand, and I was pleased to have you write to me.

"I have recently been to Crew Kerne, a noted pleasure resort and while there, witnessed the Somerset steeple-chase races. I will try to tell you something about them. To begin with, I must tell you that England, and Wales, so far as I have seen, are hilly countries; the hollows abounding in creeks, and springs—and such beautiful clear, soft water; while the ridges and table lands are covered with forests of pine, oak, beach, and other varieties of timber. The tillable lands are generally drained; and the steep hills are cultivated, as well as the level plains.

"But farms in England are mostly cut up into small fields. The fences, which are mainly ditches and hedges, are crooked and irregular; often leaving the plow lands in triangle, or flatiron shape. With this explanation, I will now come to the race course.

"The grandstand, a glass-roofed shed with raised seats capable of seating a thousand persons, was situated on the east side of a glade, one-half mile wide, and commanding a good view of the same. A circular track, eight rods wide, and bounded on each side with red flags, was marked off a mile and a half long. This track crossed eight hedges, one deep creek and hedge combined, the object evidently being to select as difficult and dangerous a track as possible.

"The points to be tested were strength, speed, and activity in the horses; and nerve, skill, and horsemanship in the riders. They were required to run twice around the track; making a three mile run. The most difficult leap was a hedge six feet high, four feet wide on top, with a deep three-foot ditch on the opposite side. This leap had to be taken on an up-hill run, which made it hard work.

"But the part of the race that attracted the most attention was leaping the creek. This was ten feet wide and eight feet deep; but the water was partially dammed, causing an overflow of four feet on the farther side. The hedge on the approaching side was five feet wide and four feet high; making in all, twenty feet to be leaped.

"In the race, twelve horses started. A mare fell at the up-hill hedge, and broke her leg; the rider was thrown and so badly hurt, that he had to be taken away in the hospital cab. A horse fell in the creek, and the rider was nearly drowned. Two bay mares, the winners, and such beauties, went twice around the track, leaping the creek, twenty-two feet, neck and neck. It was the prettiest running that I have ever seen.

"Be a good boy, and write again."

Friday, March 22nd, I spent the day posting the conference books. The next day President Jacobs came from Trowbridge. He is in good health and spirits, and working hard. I also received the following letter from my father, dated Salt Lake City, February 17, 1878:

"My dear son, I should be glad if I were in a condition to send for the Saints you so much desire to emigrate; but it is not in my power. Yesterday I went to see your Uncle Phineas. It was his seventy-ninth birthday, Feb. 16, 1878. He is quite smart; gets up early mornings, does his own chores, and often walks up into town, two and one-half miles. Uncle Joseph is also well, and full of faith. He is eighty-one years old.

"Well, Johnny, hold on, and never give up until the battle is won. We shall all be glad to meet you when you come home. The family all join me in love. May God bless you, is the prayer of your father, Lorenzo D. Young."

Monday, March 25, 1878. As several of the Welsh Saints had written asking me to spend a Sabbath with them, I got leave of a week's absence from President Jacobs and crossed the Bristol channel on the steamer Wye. I visited Brother Harris at Cardiff, and held meeting. Wednesday, the 27th, I also visited D. R. Gill. That day a collier was killed by the falling of a stone in a mine where several of the Saints are working. Poor fellows, spending their lives toiling down in the dark, foul pits, with blocks of death hanging over their heads! Hundreds die yearly, as this man died.

In the morning the goodby is cheerfully spoken, for no shadow of death looms forward as a warning; at sunset the block has fallen, and the dying man is borne by his comrades to the heart-broken wife. The next day he is buried, and soon forgotten by all save those to whom his strong arm brought daily bread.

On the 28th I visited Brother Jenkin Thomas, A. J. Jones, and Brother Edwin Street. The latter is still confined to his bed, suffering from the effects of the terrible bruises he received in a coal pit two years, ago; but he keeps in good spirits and is firm in the faith. I held meeting in his house, that he might hear the service. The room was crowded, many strangers being present.

On Monday, the 30th, I visited Richard Wadley, gentleman, on his farm twelve miles from Cardiff, to help him in his work. I plowed while he sowed grain. This pleased him so much that he hitched his "cob" into the cart and drove me to his home in Cardiff. I spent the evening with the family, preaching the Gospel to them. Under this date, I wrote to an enquirer, not in the Church:

"I know the idea generally prevails, that a man can love but one wife at a time; but a careful reading of the word of God forces the conviction that the idea is wrong; and my own experience confirms this view. I find in the scriptures of divine truth, that we are commanded to love the Lord with all our heart, and to love our neighbor as ourselves; what a terrible tax to place upon a man who can only love one wife! I am thankful to say that I have learned to govern love by principle; and I can truly say, that the bright and intelligent sons and daughters born to me by different wives, are alike beloved, and dear to me."

On Wednesday, April 3, 1878, I returned to Bristol, and received the following letter from my wife Lydia:

"Dear Husband: The day's work is done, the children are sweetly sleeping, and the nine o'clock bugle (curfew) is sounding, 'Hard times, come again no more!'

"If I knew hard times would come no more to you, while you are in that land of poverty and wretchedness, I should be very thankful. I have been treated with much kindness by the brethren and sisters here in Orderville. Neither I, nor mine, have suffered for food or clothing.

"I am striving diligently to overcome selfishness, and I am gaining ground a little. I feel that if there are any more needy than I am, who are laboring faithfully in the order, let them be served first.

"I cannot accomplish as much work as I should like to, but I do all that I can. I am making hats, and have charge of the hat department. My babe is as nice a boy as anybody ever had; and the Lord knows it is my desire to bring him up in such a way that he will be an honor to his parents. Vilate is very delicate; I do not feel at all easy about her, but I do hope and pray that she will be spared to us.

"May the blessings of the Lord be with you, is the prayer of your affectionate wife, Lydia K. Young."

April 5th was a cold, windy day. I went to Sister Burris's, Little Dean Hill, forty miles, and found the family well. I wrote Elder Samuel Leigh, of Cedar City, as follows:

"Dear friend, I have just returned from a short visit to Wales, our old field of labor, and feel to write a few lines to you.

"I thought that England would go to war with Russia but as yet the Lion and the Bear are content to watch the bone, and snarl and growl at each other. However, the war feeling is becoming more intense and bitter, and it is hard to say what a day may bring forth.

"In Wales, there is still much suffering—worse a great deal than when you were here. You will doubtless remember Brother Street of Treorky, who was so badly crushed in the coal pit. He is still suffering, yet clinging to life and full of faith, else he would have been dead long ago. At one time, his wounds had nearly closed; but they opened again, and several pieces of the backbone came out. The doctors can do nothing for him; and our Christian friends call long and loud for a miracle, and because he is not healed, they harden their hearts and persecute the Saints; forgetting that John did no miracles, yet a greater prophet never lived."

One of the most melancholy events of the season was the sinking of Her Majesty's war training-ship, Euridice. She was returning from a six months' training trip, having on board four hundred picked young officers and men. In forty minutes more she would have been at anchor in Portsmouth. Thousands of friends had assembled on the pier to give them welcome; when a sudden squall, accompanied with snow, swept from the headlands across the bay, striking the ship. In a few minutes the storm was past; but the ship was nowhere to be seen. The hand of death, as it were, had smitten her; and of the four hundred souls on board, all perished but two.

On Sunday, April 7, 1878, I attended a baptist meeting in the baptist chapel, the Rev. Mr. Griffiths preaching an able discourse on baptism by immersion. After the services he put on a rubber water-proof suit, and stepping into a font filled with warm water, baptized eight persons; using these words: "Upon your profession of faith in Christ Jesus, I baptize you in the name of the Father, the Son, and the Holy Ghost. Amen."

At the close of the service, I went to the pulpit and introduced myself, and asked the privilege of preaching in the chapel. The ministers refused. I then told the people I was an Elder from Utah, and that I would preach that afternoon at Mr. Burris's, and my meeting was well attended by Saints and strangers.

On Monday, April 8, 1878, I walked to Clifford Mesne, twelve miles, and found Brother Wadley and family well. My wife wrote:

"Orderville, February 20, 1878. Dear Husband: Your favor of January 18th came today. I can truly say it is a kind and good letter. It gives me new courage, and I feel more determined to press on, in the straight and narrow path.

"Several things have happened today, causing me to feel well: your letter and a good one from father, and Hattie's new dress. She is much pleased; but poor little Mary—her lips are put up, and tears are in her eyes. I tell her it will be her turn next.

"Frank's cough is still very bad. Last, week we received the parcel you sent by Brother Leigh. William is so pleased with his knife. He carries it in his pocket in the day time, and sleeps with it in his hand at night.

"The children are having a dance tonight. Roy and Hattie have gone. They took hold of hands, and walked off together so kindly. They seem to think a great deal of each other, and I am proud to see them.

"You have been gone ten months, and my babe is walking around, by holding on to the chairs. He is so intelligent, and has such bright blue eyes. As for teaching my children to pray, I have always done so, since they were old enough to talk, and I generally pray with them night and morning.

"I am trying to do right, and I intend to improve as fast as I can in all good things. I am thankful that I am here in Orderville. I have never felt discouraged. Last night I dreamed that you and father both came home. I thought you had been gone just eleven months. As ever, your wife, Tamar B. Young."

April 11, 1878, from my journal: Last night I stayed with Brother and Sister Thomas Newman. As they had but one bed, I sat up all night in a wooden-bottomed chair; but I got some sleep, and dreamed that I saw an elderly woman apparently lost in the woods—and a person told me to go and get her, for she was ready to go to Zion.

In the morning I asked Sister Alice Newman if there was an aged sister in the Church living in the branch that I had not seen. She said, "Mother Jaynes lives about six miles from here, in an out-of-the-way place that no Elder has visited for the past four years." "Well," said I, "I want you to tell me the way, as I must see her and get her emigration money."

This amused Sister Newman: for Sister Jaynes had been living on the parish for over twenty years. It was a dark, rainy day; but Sister Newman put on her cloak and walked across the fields with me. We found the old lady gathering bits of sticks from the hedge. I asked her to go to the house, make a good fire, and give us some refreshments. When we had warmed and rested, I told her I had come to get her emigration money.

She said, "The Lord has sent you, for no mortal knows that I have any money." She went into a back room, and soon returned with her apron full of gold, emptied it on to the table, and told me to do as I pleased with it. I counted out her emigration money, and sent it to the Liverpool office; and when I came home, I brought her with me—to Echo on the Weber, where her friends were waiting for her.

Having returned with Sister Alice, I then walked two miles to the top of Malvern Hill, knelt down and gave thanks to the Lord for the revelations of His Spirit to me; a Spirit that guides me so often into unknown paths.

Chapter 24.

Death of a Lady Apostle Woodruff Baptized in 1840, at Midnight.—Baptize an Aged Backslider.—A Letter from Apostle Wilford Woodruff.—Transferred to the London Conference.

On April 12, 1878, I walked seventeen miles to Cheltenham, and received the following letter:

"Beloved Brother Young: I received your kind and welcome letter yesterday, and was very glad to hear from you. I read your letter with pleasure. I also read and read over again, your letter to Brother Leigh, and I feel to say, amen, to it. I am willing with all my heart, and am seeking earnestly for the privilege of gathering with God's people.

"I am not afraid of hard work, and I am used to hard times. There is one lesson in the Gospel that I love very much, and I have learned it pretty well; that is humility. I love to read of the union and love that prevails among the Saints; and I read the home letters that you sent, with much pleasure. To see the good spirit and humility manifested by your wife—oh, that all the wives of the Saints were so humble, and would so sustain their husbands! It would make a heaven of our homes, and the blessings of the Lord would be with us, always.

"We have secured a very nice meeting room, near Brother Daniels. We opened it the Sunday before last, three strangers present. Last Sunday there were twenty-three strangers with us. Next Sunday, if all is well, and the weather permits, we are going out in the open air to preach. From your brother in the Gospel, D. R. Gill."

Sunday, April 14th, in the morning, with Miss Alice Bishop, I visited the Cheltenham cemetery. Trees, flowers, green sward, and monuments erected to the memory of loved ones, all make it a pleasant place. We held meetings and administered the sacrament. This week I visited the Malvern hills, and preached in places, where thirty-seven years ago. President Brigham Young, and Wilford Woodruff bore their testimonies and reaped a rich harvest of souls as recompense for their faithful, loving labors.

A lady of wealth, baptized by Elder Woodruff in 1840, died recently in this place. On her death-bed, she sent a message to me, requesting to be sealed to Brother Woodruff.

It is strange how principles of truth spread. A daughter of that woman is now seeking information in regard to the Gospel, the effect of her mother's dying words. The daughter's husband is a wealthy, worldly man, and will not let his wife attend our meetings. I earnestly seek for wisdom to guide me in all my movements; for while I sympathize with the oppressed, or those barred of Gospel privileges, yet I have no desire to give the wicked an occasion or opportunity to destroy my life and usefulness.

The farmers are beginning to weed and hoe the fields. Many women engage in this labor; and yesterday I stopped to witness the working of a threshing machine. It was driven by steam. The foreman, feeder, and two other hands were men; the pitching, band-cutting, and sacking were done by women. It was a sight that I had never seen in Utah; yet, out in the world I hear much about the slavery of Mormon women.

Tuesday, April 16th, at midnight, I baptized an old man by the name of Waradell. He was among the first to embrace the gospel on these islands. He went to Nauvoo, worked as a carpenter on the temple, crossed the Mississippi river to go west with the Saints in 1846, with Charles Shumway. At Sugar Creek his heart failed. He apostatized, and returned to England, and now, old and penniless, he comes back into the Church to die.

During the clay I baptized three of Brother Bishop's children. I am proud of this; to me they are a lovable family.

> "Oft have I wandered, weary and alone,
> To gather flowers, by mortal hand unsown,
> In shady nook or dell; and sometimes find,
> Hidden from view, blossoms of rarest kind.
> And thus in life, the good, and pure, and true
> Are often hid, by circumstance, from view.
> Happy the man who brings the treasures forth,
> And gains, for recompense, a gem of priceless worth."

April 18th, I walked twelve miles in rain and mud, and stayed over night with Heber White, at Ryeford. I suffered all day with sick headache. The next day, though still feeling poorly, I started to walk to Nailsworth. The weather was damp, and the roads bad. After going about three miles, I fainted. When I came to myself, I knelt down and prayed. In a short time, a gentleman came by in a buggy, and invited me to ride. In Utah this would not seem strange, but here it is like a miracle. When he learned who I was, he took pains to carry me to George White's, the presiding elder at Nailsworth. I truly thanked the gentleman and praised my Heavenly Father for the blessing given me.

April 20, 1878. One year from home; a damp, wet day, and I was confined to the house, for this damp weather affects my lungs. I wrote the following letter:

"Dear Brother Lorenzo: On the 30th of this month, if spared till then, I shall be forty-one years of age. As a birthday present, I send you my photo, and a Bible card to each one of your family.

"I feel grateful for the blessings and mercies bestowed so graciously by the Father upon me. True there are times, when in sorrow, I may feel for a few moments, that my lot is hard, and my labors poorly recompensed. You know how much I have been a wanderer for the Gospel's sake, but you do not know how many weary steps I take, and how sadly I am tempted. Out of all, so far, I have been delivered, my weak body strengthened, and my heart comforted. In this I have great joy; and I trust this, my joy, will continue until the end of my pilgrimage in this life, which I now consider more than half completed.

"The spheres of our calling seem not to be alike; yet one may be as useful and honorable as the other. I hope you will be faithful in all the duties assigned to you. No matter how humble the post, make it honorable by your faithful application of the principles of the Gospel. This principle should be the guide in all our labors.

"No doubt you meet with trials at Orderville; and where, indeed, do we not find them? There is only one way that I know of, to be free from them; and that is to live so God will wall us around, as He did Job and Enoch, and his people. But we are hardly prepared for that, although we have started right. Now, if we can keep our integrity and purity to the end of this life, then we shall enter into the rest of our Lord. Kind love to you and Sarah."

Sunday, April 21st, I attended two Saints' meetings and spoke in both of them; went home with a Mr. Tanner, not a member of the Church, and talked with him until midnight on the principles of the Gospel.

My wife Tamar wrote:

"I don't want you to feel that I have hard times. I know if I were surrounded with riches, it would not make my health any better. I know that I am greatly blessed; and like you, I am proud of my children, and I desire to bring them up in righteousness.

"I know that you are a man of God—and I want to uphold you. You see and comprehend many things that I do not, until you point them out, and explain them to me, and I know that you have never given me other than good counsel."

On Thursday, April 30, 1878, my forty-first birthday, I remained in the office, nursing Brother Jacobs.

On May 1st, my wife Tamar's twenty-sixth birthday, I walked fourteen miles, then took train sixteen miles to Trowbridge. Unable to find lodgings, I walked three miles to Heywood Lodge, where Joseph Trumble, game keeper, received me. I ate a cold supper, and starting upstairs to bed, was taken with a chill, and suffered all night. The next day I was still in pain, and kept my bed. On the 3rd, I received a letter from President Jacobs, informing me that I was released from the Bristol conference, and appointed to labor in the London conference. By his request I returned to Bristol, very feeble in body; but on Sunday, May 5th, a fair day, I attended a good testimony meeting, and partook of the sacrament. A letter from Apostle Wilford Woodruff, dated. Historian's Office, Salt Lake City, April 18, 1878, awaited my arrival:

"Elder John R. Young. Dear Brother: I received your interesting kind letter of March 11, 1878, and am much pleased to hear from you—also pleased to learn that you keep a journal. I wish all Elders in the vineyard would do it.

"I returned from St. George in March to attend the April conference, and have been very busy here in Church business. Among other things, Erastus Snow and I have charge of building the Manti temple, which will occupy considerable of our time. We have had a great deal of hard labor to perform about the temple ground, before laying the first corner stone. We have had the mountain to move; forty feet high, about two hundred feet square, to make a place for the foundation.

"This foundation is about seventy feet above the level of the street below it. Then we have built four walls, one thousand feet long, seventeen feet high, and three feet thick on an average; and built terraces between, which will be covered with fruit trees, shrubbery, and flowers thus making one of the most picturesque landscapes in America.

"In the Logan temple, the builders had nothing to do, but dig a trench three feet deep and lay the foundation, which they did last fall; while at Manti we had to move five thousand yards of rock and earth before we could lay the first stone of the building. We have the terrace walls nearly finished; and I am in hopes to lay the corner stone of the temple by the middle of May.

"We have had very early spring throughout Utah. Trees in Salt Lake were in bloom the first of April; but we have now been having a cold rain and snow storm for seven days, and consequently fear for the loss of our fruit.

"We have done a good deal of work for the dead in the temple during the past year; and the work is still on the increase. On the 12th of February we baptized for one thousand five hundred eighty-four names; we have given two hundred forty-four endowments in a day; my day averages two hundred. The following is a list of some of our work during the last year for the dead: Baptized 41,231; gave endowments to 19,340; gave ordinations for the dead, 17,559; and attended to all other ordinances accordingly.

"I shall be glad when our other temples are finished, so that all the people can enter therein and attend to the ordinances for their dead. I will put the name of on — my list, according to your request and attend to it as soon as I have had an opportunity. I have had baptisms for some three thousand of my dead friends, and endowments for one thousand sixty-four before I left St. George; all of which are recorded on my family record.

"The friends are generally well in St. George. I shall be pleased to hear from you at any time. Remember me kindly to any of my acquaintances you may see. Your brother in the Gospel of Christ. W. Woodruff."

From my journal: On Tuesday, May 7th, 1878 I bade goodbye to President Jacobs. I have labored very pleasantly with him for the last six months. May the blessings of the Father still be with him. I took train for Newnham, for the purpose of visiting Sister Burris and family. Was sorry that Mr. Burris did not come into the fold.

Chapter 25.

I Visit London, the Grandest City in the World.—Meet the Claridge family and leave my testimony with them.—Visit Portsmouth, and the Home of Nellie Grant Sardys.—Labor With Elder Connelly.—Rake Hay, and Receive a Gift from an English Lord.

"On May 8th, 1878, a wet, disagreeable day, I walked twelve miles to Brother John Wadley's. The next day I baptized and confirmed Mrs. Eliza Wadley and her son Henry. I received a letter of instructions from Elder John Cook, President of the London Conference.

"On May 11th, I parted from Brother Wadley, and took train for London. At five p.m. I saw from the car window the brown slate and red tile roofs of the great city, the home of five million people, and the center of the wealth of the world.

"At Partington I left the cars and took the under ground street cars to King's Cross, then walked three miles to Bishop's Grove, where I met my cousin Lorenzo D. Young, Howard O. Spencer, Joseph W. Taylor, and Elder Ashworth, all from Utah.

"Sunday, May 12th, I went with Brother Spencer to White Chapel and addressed the Saints. In the afternoon I preached on the Commons. These things are wonderful to me, and I keep repeating to myself: 'Who am I, that my Heavenly Father should honor me, to be a witness of His Son, the Redeemer of the world, to the inhabitants of the great city of London?'

"Monday, May 13th, I met Brother Samuel Claridge, looking and feeling well. I went with him to his brother's, where we spent the day, talking with much freedom on the principles of the Gospel. We next visited Mr. Claridge's boot and shoe factory, a large establishment. Here we exhibited to the employees, views of Salt Lake City, and photos of President Brigham Young, the twelve apostles, and of many personal friends; always closing our talks with a testimony of the truth of the Gospel, as taught by the Prophet Joseph Smith. I have joy in these Gospel conversations.

"On Tuesday, May 14, 1878, with Elders Spencer and Claridge, I visited Mr. Ward, Elder Samuel Claridge's brother-in-law, and family, and had the pleasure of meeting Sister Millard, who came with us from Utah. I also met Mother Claridge, who is eighty-three years of age, yet very smart and active.

"It seems she had learned of my having been helpful to Elder Claridge, her son, and in gratitude, she put her arms around my neck, and said: "Bless thee heart, laddie, as long as I have one biscuit left, thee shall have half of it.' She listened attentively to the testimony of the man 'who had been so helpful to Auntie Millard, and who saved Sam's money while in New York.'

"I was pleased with the confidence this numerous, intelligent, wealthy family placed in me; and I sought to leave a testimony that they would not forget. I talked one hour to them, which is a long time for me. I spent four pleasant days with Brothers Claridge and Spencer, visiting the Tower of London, the Crystal Palace, Albert's Palace, Westminster Abbey, St. Paul's Cathedral, Madame Tussaud's Wax Works, Green's Park, Hyde Park, Regent's Park, and the American Hotel.

"Following this brief sight-seeing respite, I attended a reunion of the North London branch of the Church and had a feast of good things, spiritually and temporally. The prospects seemed bright for me to do good in connection with Elder Claridge, when the conference president hastened my departure. Consequently, on Friday, May 17th, I accompanied my cousin Lorenzo to Southampton, by train, eighty miles. We stayed at Brother Norton's, a gardener, and I received many kindnesses from this brother and his amiable wife.

"On Saturday, May 18, 1878, we walked to Portsmouth, twenty miles, putting up at a hotel; Lorenzo paying the fare. In all my missionary labors, I have gone without purse or scrip, trusting for the way to open before me. This, as a rule, has thrown me among the middle classes; and to this day I am bashful and awkward among the upper circles of society; but feel at home among farmers and trades-people.

"On Sunday, May 19th, I attended meeting in the Saints' hall at two p.m. Lorenzo occupied the time. In the evening I addressed a full house, and spoke with great freedom. The next day I wrote to Thomas Robertson as follows:

"Dear Friend, I spent four happy days in London—sight-seeing, walking about ten miles each day, and I scarcely made a beginning. First we went to the Bank of England—but I might as well stop: I cannot tell a thousandth part of what I saw, and my predicament reminds me of that of the Queen of Sheba, after having reviewed the rich appointments of Solomon's temple.

"The massive-looking buildings of London, some of them twelve stories high, are marvelous to me; but what impresses me most is the solid, everlasting, never-tumbledown aspect of the old English masonry. The present generation are departing from the ways of their grandfathers, and imitating American fashions; building light and cheap, for quick sale, and not for durability.

"But here we are at the bank, and what a jam! Several streets converge as to a grand center, and every street is pouring forth a stream of busses, cabs, drays, and pedestrians like two conflicting tides, they ebb and flow, wave following wave; and none can tell why they come, nor whither they go.

"We pass on to the bridge that spans the Thames. I measured it by my steps. It is one thousand twenty feet long, and forty feet wide; and the massive blocks of rock that form the abuttments, make a wall that looks to me substantial enough to form the ground work of the Egyptian Pyramids.

"Next in order with us was a boat ride upon the Thames; sweeping beneath the arched bridge of highways and railroads, until we reached Westminster. Our respect for the British nation would not suffer us to pass the House of Parliament without paying our compliments. We accordingly entered its honored portals, and bowed to the wigged statesmen we met in the grand hall. We next listened a few minutes to the monotonous reasoning of a speaker, and were impressed with the respectful silence and studied order that seemed to prevail; then we quietly retired.

"Wellington's and Nelson's monuments are worthy of notice. I cannot do them justice, but while we were looking upon those splendid statues, the spirit seemed to whisper, 'See what heroes England has produced.' It was with relief, however, that we turned from contemplating Waterloo and Trafalgar to a pleasant walk in the park.

"Of all the beautiful things that I see in England, the sweetest to me are the parks, and no wonder; the Druids loved the sacred groves—nature's temples, where the forest choristers ever warble sweet praise to the Giver of all good gifts, the Creator of heaven and earth.

"But I came not to these lands seeking the glories and pleasures of the world; and the eye, untutored, soon wearies of gazing upon these brilliant scenes. With quickened steps, therefore, we turned our faces toward Bishop's grove, where our brethren congregate. We never tire of listening to their voices; and the sweet hymns often sung by our English sisters are more soul-stirring to us than 'Rule Britannia, Rule.'

"May 2,5, 1878, I helped to pack the goods of, and start, two families for Utah: a busy, yet happy day. Portsmouth is noted for its excellent harbor and costly dock yards, said to be the largest in the world. The floating bridges and steam ferries pass from Port Sea to Goosport every ten minutes; a penny (two cents) for crossing. The harbor is studded with all kinds of watercraft, from the stupendous iron-clad battle ships to the tiny pleasure boat.

"I often pass by the 'Victory,' noted as the ship on which Lord Nelson fought his last battle, dying like a brave sailor in the very hour of victory. Taken all in all, Portsmouth is a pretty place. England's peace policy, i.e., prepare for war in time of peace, is at present giving employment to many hands.

"It was near this place that the unfortunate "Eurydice" foundered with four hundred souls on board. All perished but two; the most of the men being below and dying in their rooms. Divers say it is frightful to look through the windows into these cabins. The gruesome appearance of the dead appalls the stoutest heart. So far, all efforts to raise the ill-fated ship have failed; she still rests with her dead at the bottom of the sea.

"Returning on foot to Southampton, twenty-three miles, at Warsash I passed the residence of Nellie Grant Sardys, daughter of ex-President U.S. Grant. The house outwardly has the appearance of an ill-proportioned farm house. It is going to decay; the roof of a lean-to has fallen in, and the gates and fence are sadly in need of repair.

"Southampton is a pleasant place, with plenty of sunshine and fresh air. The dwellings are not as compact as in most English cities; but the parks and lawns, with their flowers, shrubs, and trees, give a fresh rural appearance that I greatly admire.

"As I approached the ferry, the ringing of many hammers attracted my attention. I noticed the hulls of two large iron-clads on the docks. Today a thousand hammers are welding the ribs of these huge sea-monsters; and cannon balls are being moulded by the ship-load. Legislative hall, pulpit, and press alike resound with words of encouragement, hurrying forward these so-called peace measures, which are really instruments of death. It is but a few days since I heard a clergyman say, 'It will be a great blessing if we can go to war, and kill off two or three million of the working people: we are too densely populated.'

"On Monday, the 27th, I walked to Lockersly, fourteen miles, and found a family of Saints by the name of Paddock. I blessed three of their children, and baptized one; also held an open-air meeting. It had been ten years since they had a visit from a valley elder.

"On May 28th, I returned to Southampton. It was a pleasant walk, the road passing through a lovely country, clothed in its spring robes of green. The next day I visited many families of the Saints, seeking to get acquainted, and speaking a few comforting words to each family.

"May 31st, by request of President Cook, I returned to Portsmouth, and met Elder John Connelly, who will be my companion for the present. President Cook wished us to move southward, and visit the Saints who are somewhat scattered in the south coast district. We labored about one month together, visiting isolated families, and small branches of the Church; holding out-door meetings, and preaching by the fireside. Brother Connelly's health was poor, yet he was a pleasant companion, an excellent speaker, quick-witted, and humorous; and I believe if he had been nursed and encouraged that he would have filled a good mission. As it was, he felt discouraged and soon returned home.

"On June 13th, 1878, with Elder Connelly, I walked to Ashburn, ten miles, and visited Sister Winchester. Her husband is not in the Church, and he has been so bitter and abusive that the Elders have ceased calling on them. We resolved, however, to take up a labor with Mr. Winchester, and stayed three days, having a good rest and visit. Sister Winchester was very kind and thoughtful of our wants; and when we left, Mr. Winchester quietly slipped four shillings into my hand, showing that his heart had been softened.

"On Saturday, June 15th, we visited Brother Elphick, and met a Mr. Burton, a relative of Robert T. Burton's. He kindly showed us through a gentleman's park, and garden. I was pleased with the order and neat appearance of walks, lawns, fish ponds, flower beds, forest trees, and well-trimmed hedges. At this place, hops are extensively cultivated, giving employment to thousands of women.

"June 17th, we visited William Guy of Westfield, then walked to Rex Hill, and dined with Mrs. Morris, not in the Church, having a good Gospel conversation. We next took cars for Chalvington, and were kindly received by Benjamin Guy, a farmer. Here we stayed four days—bright, sunny days and as there was a demand for hands in the hay field, I put on a 'smock frock,' and pitched and raked hay as well as the best of them, blistering my hands, but otherwise enjoying the labor.

"On the fourth day I was called from the field to converse with an English lord, the owner of the farm. He had run down from London to see how work was getting on. He asked many questions about Utah. I spoke of the state's importance as a stock-raising and wool-growing country; referred to our lead, copper, silver, and gold mines; pointed with pride to our educational record; and wound up with a synopsis of the principles of the Gospel, and the object of temple building. He requested me to drive him to the depot, four miles, and when we parted, he gave me a sovereign, and wished me 'God speed.'

"Friday, June 21st, we returned to Bosham by way of Brighton and Chichester. The walk was a hard one for Elder Connelly, who is not strong in body; neither is he used to out-door manual labor. I wish he had a better mission field. We found Brother Wallace and family well, and glad to see us.

"He says when we are with him, he always has good luck in fishing."

I received a letter from Brother David R. Gill, telling me that he and his family would sail for Utah with the 29th of June company. "Several families will go from that place" and they wished me to come and see them off. I wrote and got permission to make a short visit to Wales. I parted with Elder Connelly, and on June 23rd, I preached in the Saints' hall, Southampton.

Monday, the 24th, I called at Bristol to see President Jacobs, but he failed to connect. While walking on the street, I saw a man fall dead, the effect of sun stroke. I rode to Gloucester, then walked ten miles to see Brother Wadley. I found him sick, and confined to his bed. He thinks he is going to die. I promised him, in the name of the Lord, that if he would start for the valleys, he should live to get there, and have a home with the Saints.

Tuesday, June 25th, I administered to Brother Wadley, when he got up, and walked a mile with me. He covenanted that he would pay his tithing, and gather with the Saints. I walked to Little Dean Hill and visited Sister Burris. Her little girl Emma is much better, but a mere skeleton compared with what she used to be. I took her in a perambulator, and wheeled all through town. I remember how bravely she stood by me, when the people, angered by my testimony, threatened to mob me; and I love her for her trustfulness, and purity of soul.

In the afternoon I went to Ponty Pridd. Yesterday and today, I had attentive listeners in the cars; for I always tell the people where I am from, and then, if they permit, I teach the Gospel to them. On Wednesday, June 26th, I went with Sister Coles, to tell her parents that she is going to Utah. They were surprised, and at first, angry; but after I had talked to them, they said it was all right. After dinner, I went to Hafod, where I met Elders William N. Williams and Thomas F. Howells, and joined them in holding an open-air meeting.

On Tuesday, June 27th I visited Mr. Coles, gave him a "Voice of Warning," and bore testimony to his family. In the evening I attended a baptismal meeting on the banks of the creek near by, and spoke on the necessity of baptism. I showed that Christ gave His life as a seal of the divinity of the Gospel; also that thirty-four years ago today Joseph Smith sealed his testimony with his life's blood.

The next day I was up at four o'clock. Brother Gill was sick and the family were fearful that he would not be able to travel. I packed his things, called the family and visitors into prayers, asked God to heal Brother Gill, which He did, loaded his things on the cart, and seated Brother Gill and his wife on the top of the load. The Elders and a large company of friends followed on foot, three miles to the station, where we met other families—Jenkin Thomas, Albert Jones, John D. Evans, and others. Some of the Saints were short of money to pay freight on their luggage. I talked with the agent, and his heart was softened, so that the small sum that I gave him made up the deficiency. I parted with Elder Thomas F. Howells and Brother Hughes, and took train with the Saints as far as Pontypool. Here I bade them and Elder Walter J. Lewis goodbye, wishing them a safe journey to Utah. While waiting on the platform for a downward train, I wrote:

PARTING WITH THE SAINTS.

I see pale faces looking out of cars,
I hear the whistle shriek—the start and jar,
And the train, with its load of human freight
Fades from my sight, but still I wait.
Stand and look to the dim, dark, west,
With an aching head, and a throbbing breast,
Till a streak of smoke, like a thread in the sky,
Marks the path where the loved ones fly—
Flying by steam, with the speed of a dove,
To the Zion of God—the land that I love;
O beautiful scene, sweet vision of light,
To follow the Saints in their gathering flight.

The beautiful parks and fields are passed,
With the ripening grain, and waving grass—
The hill's green-sward, and the forest grove,
The singing birds, and bleating droves;
A thousand scenes so dear to the eye,
Appear like a dream as we pass them by.

We will not speak of the "mocking throng,"
The tained oath and bacchanal song,
The crying for bread, the tattered clothes—
All these we leave with Babylon's woes.
But we'll speak of the songs that ring in my ear—
"O Zion, dear Zion" and "Cheer, Saints, Cheer"—
"There is a land in Utah that I remember well,
And there the Saints in joy and peace, and plenty ever dwell,"
O may it prove a chosen land, to the dear ones going there—
And to this weary care-worn band, be ever bright and fair!

I cannot help but wish them well,
And yet my thoughts I cannot tell.
Beginning with Jones, who rang the bell,
The "out-door meetings" cried so well,
Swelling the audience by his loud tones—
Who can forget the crier, Jones?
Next in the list comes Jenkin Thomas,
Who pegged men's soles and pegged them honest.
His smiling face I loved to see,
He always looked so good to me;

And if the face is index true
To secret thought and actions, too,
Then Jenkin Thomas, as sure as grace,
Was "predestined" to win the race.
And John D. Evans, honest man,
Merits a name among the band.
Oft has his voice rang on the breeze,
Seeking not man, but God, to please.
And D. R. Gill, whose voice inspires
To actions, worthy of our sires:
Small in stature, but large in soul—
His birthright he has never sold;
It lies 'mong "Everlasting Hills,"
By crystal lakes, and mountain rills.
In Joseph's land, which, long concealed,
By Jehovah's word is now revealed.
There honey and milk and oil and wine
Are blessings Ephraim's children find;
And finding, bless their Father and Cod
"For the Strength of the Hills, and the Mountain sod."
And now, goodbye to one and all—
Parents, children, great and small.
I've said my say, and now I go,
The seeds of truth again to sow;
Scattering it with liberal hands
As I have done in other lands.
These smiling faces I'll see no more
Until we meet on Zion's shore.
Will they forget? and you, dear Kate
Wilt ever linger "at the garden gate?"
And think of him, who at Ponty Pridd,
Proved friend to thee, and brother indeed?
Oft will he long for thy voice again—
But, goodbye friends, here's the downward train.

On Saturday, June 29th, I went to Lockersley and visited Brother Paddock. At seven p.m. we were visited with one of the heaviest rain storms that ever I have seen. The water seemed to fall in sheets, and soon the streets were like young rivers. Heavy thunder and lightning accompanied the rain. I was thankful that I was under shelter. Sunday, June 30th, I walked into Southampton in time for meeting; found Elder Connelly and friends well. July 2nd, I held evening cottage meeting at Shirley, and had a good time. July 3rd, I went on to Brother Quinton's. Here I parted with Elder Connelly: he walked on to London, while I returned to Southampton.

Chapter 26.

Conditions at Orderville.—Letter to E. M. Webb, on Politics.—Visit Winchester's Cathedral.—Pass Through the Tower of London.—Letter from President William Budge.—Mobbed at Albourne.

July 4, 1878, a quiet peaceable day, I baptized Miss Eliza Combs, also Mrs. Powell and her daughter. It is a comfort, while gleaning, to find, once in a while, a cluster of fruit. I also received letters from home. Newell is very poor in health. I fasted and prayed that he might be healed, and live to be an active worker in the vineyard of our Lord. Today he is an intelligent worker in Church and education lines.

Orderville, May 21, 1878.

"Elder John R. Young. Dear Brother: It is with pleasure I seat myself to write to you at this time. Health prevails in our midst, and seemingly there is nothing but prosperity awaiting us; and yet the power of the adversary is not overcome, by any means.

"I have taken great delight in hearing your descriptive letters. One can almost imagine himself at the places you mention, looking at, instead of hearing of them. I am in hopes that you and Brother Claridge will soon be released. You are needed here. We have had close times this winter in food and clothing; but if I can see the future right, as I believe I can, our worst days of poverty are past.

"Yet, looking at things naturally, what varying changes and circumstances God may call us to pass through, to give us necessary experience, is more than I am prepared to say. We have been blessed in having a good yield of wool this clip—about twenty-five hundred pounds more than we expected. Our prospects for good crops this year are a great deal better than at this time last year. Our tannery and furniture shops are beginning to bring us an income. We intend launching out in these businesses, the tannery especially, and the manufacture of leather articles.

"We have purchased the Glendale grist mill: price, three thousand dollars. We pay stock in Kanab mill, twelve hundred dollars; land in Kanab field, six hundred dollars; your city lot in Kanab, five hundred dollars; we are to pay four hundred fifty in trade, and two hundred fifty dollars in cash.

"During the past two years the mill has brought in over a thousand bushels of grain, for toll. It is in good repair. We take possession the first of August. I should like you to write to me if you can spare the time. With kind regards, I am your Brother, E. M. Webb."

This letter interested me, as it awakened sweet recollections of past labors. In 1874, acting under a written appointment from President Brigham Young and George A. Smith, I visited the Mt. Carmel Ward, and organized the Orderville United Order. Israel Hoyt was sustained as president, and William Heaten, secretary. The organizing of that society brought division into the ward. Bishop Bryant Jolly, and his strong, numerous family and relations, formed a wall of opposition against cooperative labor that made life in the community unpleasant. To avoid strife and contention the members of the Order sold their homes, and moved in a body onto a new, unimproved piece of land, two miles above Mt. Carmel. Here they commenced the town of Orderville, securing the title of the land to the Order. From that start onward, no man could say "this is mine." All members were required to deed their property, both real and personal, to the society, thus all wealth became common, there were no rich, and no poor, for all were equal. The first building erected was a hotel, where all who were in health could eat at one table. William M. Black was placed in charge of the hotel, with seven sisters as a working force. When the Order was in the zenith of its prosperity, those eight persons placed the food upon the table for eight families, the meals were served at 7, 12, and 6 o'clock, and were as regular as clock work.

If the organization had been perpetuated, that one change would have brought wealth to the community. For instance, instead of eighty women getting breakfast, eight persons prepared it, thus saving seventy-two days labor daily. Again, by the hotel system, all laborers could start their work at the same minute, thus saving many hours of valuable time. A president with two counselors were the presiding authority. Six directors chosen by the people formed the executive board, men and women were organized into working companies. The men were classified into three grades, boys, juniors and men—the men were credited $1.50 per day, all men were credited the same wage, there being no difference between common and skilled labor.

They engaged, in farming, sheep and cattle raising, saw mills, grist mills, furniture, tanning, manufacturing boots, shoes and harness, blacksmithing; and established a woolen factory. They were the most independent self-sustaining community in the state of Utah. Each branch of industry had a foreman selected from the community, and nominated by the directors, but we were governed by common consent, hence nominations were not in force, until voted upon. Each family had their separate home, which was sacred to the family, subject strictly to the parents' government and discipline.

Honesty, virtue and temperance were necessary to secure fellowship in the society; the policy of the Order was to select the wisest men and women to be our leaders.

Soon after organizing, Howard O. Spencer was sustained as president. He was a fearless, good man, but by nature not a financial business man. Later, Thomas Chamberlain, a young, progressive man, developed in the community, presided, and Edward M. Webb, became secretary. Under this capable guidance the association was prospering.

But President Brigham Young was the pilot, the guiding star. When he died the master mind was gone.

The visible leader, who said, "Unless you are one in temporal things, how can you be one in spiritual things?" and "The way the world does business is a sin, the strong build themselves up by putting the weak ones down." That was the voice of the Good Shepherd to that people, and when that voice was hushed in death, the light was gone—and the community dissolved. It needs the Leadership of the Priesthood to establish the United Order.

July 10, 1878. I received a letter from my Brother Franklin giving an account of the death of his son David. He was a lovable boy. I wrote:

"Let me rest, for I am weary; tell the children to keep still—
Soon I'll pass the trackless prairie, and will stand on Zion's hill,
O, how hard to some the journey! but to me 'tis peace and joy,
Truth and purity bring favor, and I've been a faithful boy.
Saying thus, he turned him over, gently sank in peaceful rest;
Who can doubt that now in glory, David liveth with the blest.
O how happy was the passing o'er the desert we call death,
Like a ship with fair wind sailing to the Saints' Haven of rest.

"To a land of fruit and flowers, where pure fountains ever flow,
Where the gentle summer showers cause life-giving food to grow,
And we'll find celestial order in that land of fruit and vines—
Fathers,' mothers, brothers, sisters, 'tis so sacred and divine.
Here we are but few in number; there we'll meet a countless

throng,
And we'll smile, and ask in wonder, how we tarried here so long.

"Then we'll see the hidden wisdom of concealing from our view,
Light and knowledge, and the vision of our home where all is new.
May we all have strength to follow, in this happy painless way;
Short the struggle and the sorrow when we leave this house of clay;
With our kindred dear to bless us, all the loved ones gathered round,
Angels also near to lead us, to the home where Christ is found."

I passed Sunday, July 14th, at Satchel. From my journal:

"Today we had a most excellent meeting. I had the privilege of giving my testimony to several intelligent strangers. I trust I am sowing seed that will bring a harvest of souls to some future reaper. On July 16th. I walked to Bosham. My health is poor. I wrote as follows:

"Elder E. M. Webb, Dear Brother: In answer to yours will say, we are having a fine summer, warm and clear; crops look well, and the oats and barley harvest has commenced. Wheat is also looking golden and ripe. Potato blight is not quite so bad as last year.

"Before this reaches you, you will have learned that peace has crowned the efforts of the Berlin conference, and the Russian-Turks war is ended. Russia acquires Batoum and considerable adjoining territory of importance to her, as it opens the way for her to make further advance into eastern Persia and Egypt. To offset this, England, to the surprise of all Europe, has secured by purchase and secret treaty, at the very time of the convening of the peace congress, the island of Cypress, said to be the key to the highway leading into the rich agricultural districts of the Nile; and also the overland road to her extensive East India Empire.

"I am not a political man, but in my opinion, England has got the lion's share. Her gold, and Disraeli's diplomacy have given her the victory. Russia submits with a deep low growl! Austria gets a nice bone, sweeter than she expected; while France, snubbed and defied, is loud in her expressions of discontent and indignation. Earl Beaconsfield has covered himself with present glory, while Gladstone is no longer glad—the stone of disappointment lying heavy on his heart. When I came to England, the masses spoke of him as the people's "Will;" now they call him "the discarded Bill."

> "Strange such a difference there should be,
> 'Twixt tweedledum and tweedledee."

This is the result, and fortune of politics. In all nations, so far as I have seen, are restless spirits who must be active. If assailed by outside enemies, these restless cusses will unite in the common defense; but overcome outward pressure, and they will turn round and sow division, just for the pure love of the thing.

"England is a grand nation; and her laws are administered impartially in harmony with the moral tone of the nation. This gives her strength and durability; but the life-destroying doctrines of Bradlaugh, falsely called the philosophy of life, are slowly but surely, sapping her strength and durability. Class distinction is also a great evil. The hereditary aristocrat fears the tiller of the soil, and does all in his power to perpetuate his poverty; which means weakness to the nation, begetting as it does, jealousy and hate; while the wage earner, true to the law of fallen humanity, returns hate for hate; steals and defrauds whenever he can, and smiles as he thinks of a day of change when he will break the neck of the proud man, and scatter his wealth as the sower scatters the grain in fresh-plowed fields.

"The kings of the earth have their eye upon this discontent; and try for self protection, what suavity and promise of reform may do, or else get up a war abroad in order to have peace at home. Yet their jealousy of one another, coupled with internal restlessness compels every European country to keep large standing armies—to maintain their power by a wall of cannon and a circle of steel.

"Today the kings are taking counsel of one another, while the working men are forming unions; hence two great powers are consolidating. In course of time, like angry clouds driven by different winds, they will dash upon each other, until they are broken. Thus may the way be prepared for the kingdom of God, beneath whose justice and mercy men will feel a spirit of compromise, the forerunner of universal peace.

"The mail has just come, bringing letters from you, Thomas Robertson, and from my wife Lydia. While I read these, political ideas vanish from my mind as dews fade before the rising sun; and now increased love, deep yearnings, and fond recollections of home swell in the heart:

> O Zion, thou loved one,
> When shall I behold thy chaste brow,
> And view thy lofty hills
> All clothed in snow?

"I walked to Winchester, looked again through the cathedral, and had a long gospel talk with a lady and Church of England minister. Next I visited Sister Mathews at Newfishborne. She is very feeble and nigh unto death. I gave her the sacrament and blessed her.

"Monday, July 22nd, I went to London. I met President Warren B. Smith and his Brother Alma L., who is released to return home. In the evening, with them, I visited Madame Tussaud's Wax Works, viewed over two hundred life-sized statues of the leading men and women of the world, examined the French guillotine, an instrument used to clip off suspected people's heads. On the side wall was a row of heads, showing a specimen of work done. It looked too natural to be pleasant,—as if the blood were still dripping from the severed necks.

"I was pleased with Napoleon's carriage. Order and comfort were combined in its arrangements. He could write, sleep, or eat, as he chose. A group of the Berlin Congress attracted most attention. Prince Bismarck's towering and powerful figure was in marked contrast with Earl Beaconsfield's diminutive body. The Russian ministers were noble-looking men: they may be barbarous, but they are nobody's fools. Henry VIII, with his six wives grouped around him were interesting to me. Strong will and voluptuous tendencies were plainly stamped upon his features.

"With Alma L. and Warren B. Smith, I took a street buss to London Bridge, and went through St. Paul's cathedral. It is a stupendous building. The spire is four hundred seventy-four feet high. The gilded cross looks from the ground to be six inches in diameter, yet six men can sit on it. From the cathedral I went by steamer down the Thames to Westminster Abbey, passed through its venerated halls, then visited the House of Parliament, the forum of Anglo Saxon legislation. We lingered some time in the lobbies, but did not hear the voice of Chatham nor Burke.

"From Parliament we went to the Crystal Palace, where we remained until 8 p.m. This is the loveliest place that I have ever seen. The palace is a model of beauty, and it was a feast to wander in the garden-beds of flowers and rose plants, interspersed with statuary or stuffed animals, and the statues of noted travelers, teaching history with object lessons. We next passed into the art gallery, and looked at novelties from all parts of the known world. Here we listened to a dramatic tragedy, followed by music from the grand Handel organ; which latter, to my untutored ear, was a real treat. The hour was late when we returned to Bishop's Grove; but the best part of my sight-seeing came after midnight: I dreamed of home, blessed home!

On July 24th, Utah's sacred holiday, we visited the Tower of London, the ancient, national, political prison of England. If these gloomy walls could speak, what tragedies they could unfold! Here are specimens of arms, and accoutrements of war, ancient and modern; from the knotty hawthorn war-club to the improved repeating rifle; men and horses clothed in armor; instruments of torture; the heading block and the ax that severed the gentle Lady Grey's head from her shoulders.

But the gem of the tower was the "jewel room," in which are deposited crowns and jewels to the value of six million pounds sterling—wonderful wealth locked up where it can do no good. It can neither feed the hungry nor clothe the naked; it can satisfy only pride and power. We next went to Albert's Hall, and saw Albert's monument. I shall long remember this beautiful work of art, the witness of a nation's love for a noble man.

In the evening I attended meeting, and listened to an interesting discourse by Elder A. L. Smith, who gave a thrilling narrative of the massacre at Haun's mill, where eighteen of our brethren were shot down in cold blood. His father and little brother were among the killed, and he was himself grievously wounded, his hip bone having been shot away.

On my return home I found the following letter from the mission headquarters in Liverpool:

"Elder John R. Young. Dear Brother: On my arrival from Sheffield last night I found a letter from President John Taylor in which he says, 'We shall be pleased to have you release Elder John R. Young, now laboring in England, to return home this fall.' The reason is, your father wishes to gather all his children together at St. George this fall or coming winter to attend to ordinances in the temple, which he does not think it prudent to delay. You are therefore, Brother Young, at liberty, with our approbation and blessing, to make preparations to return home.

"And as we are anxious to have your help in the mission as long as we consistently can during the favorable season, we therefore suggest that you return in the ship to sail about the 12th of October. I have not heretofore made your acquaintance, but shall be pleased to do so when you reach Liverpool. Praying that God may continue to bless you in your labors, I am your brother in the Gospel, William Budge."

On Saturday, July 27, 1878, I went to Newbury, where I had the pleasure of meeting Elder Howard O. Spencer, a friend much-loved. Sunday, the 28th, we held meeting at Brother Bristow's. Elder Spencer and I occupied the time. At 6:30 p.m. I preached on the public square, near the Corn Exchange, then went home with Brother Pocock, four miles—and English miles are long. July 29th, I wrote letters until dinner, then walked back to Newbury and preached on the public square, followed by Elder Spencer. We encountered much opposition.

I am glad that father desires to get his family together. How pleased I shall be to see my parents stand as prince and princess in the Holy Priesthood, at the head of their numerous offspring, and see all this sealed upon them in this life. Then, it seems to me, they can pass the portals of death in joy; knowing that rest and peace, as well as eternal life are blessings gained by union, obedience and sacrifice.

I walked to Ramsbury, seven miles, and attended a Methodist open-air meeting. At the close of their service. Elder Spencer and I addressed the people.

Thursday, August 1st, Howard and I went to Aidbourne and held meeting on the public square. We were mobbed by about one hundred fifty persons. Brothers Spencer, Chouls, Griffin and his wife and I backed into a narrow alley, where we kept a solid front, and beat the mob back. Howard, Griffin, and his wife fought like heroes—until we reached Brother Griffin's house, where we found shelter; but the mob broke in all the windows, and hammered on the door until a late hour.

Chapter 27.

Good-bye to England—A Poem—The Master's Question.

I continued to labor pleasantly with Elder Howard O. Spencer until I was released to return home. I remember the sad look that rested on Howard's face when I said goodbye to him; a man of sorrows, but as true and good a man as ever lived.

I borrowed ten dollars of John H. Miles, and sold him my valise for five dollars. Then I bought a suit of clothes that served me until I returned home.

My last Sunday in England I spent with Elder Jacobs. We attended a Methodist open-air meeting on May Hill. There were four local ministers present. They mistook me for one of Spurgeon's elders from London, and invited me to preach. With joy, I accepted the chair; but soon they ordered me down; and when I refused to come down, they tried to pull me down. I appealed to the people, who sustained me. The ministers left in disgust. I talked for one hour on the restoration of the Gospel, then called President Jacobs to the chair, and he bore a strong testimony to the truth of what I had said.

It was thus that I closed my missionary labors in England.

When I came home, I brought Mother Jaynes, the old lady whom I first saw in a dream, while sleeping in a wooden-bottomed chair. Just before starting for home, I received a kind letter from my father-in-law, William M. Black. Brother Black had forgotten my address, and so sent the letter to the Liverpool office. By mistake it had been sent from there into Scotland. It traveled thence all over Scotland and England, and finally found me on the streets of London. The envelope was so worn that a ten-dollar greenback bill was plainly visible, and was kept in its place only by a tow string tied around the envelope. The money, reaching me in that way seemed a miracle, and I resolved to do a charitable deed with it.

At Michael, Dean Hill, in the Bristol conference, lived a family by the name of Burris. The family consisted of father and mother, a son Absalom, nineteen; Emma, seven; and Kissy, three years of age. The father and son were not in the Church; but the home had been a home for our elders for twenty years. When I was there, the elders had been mobbed so much that open-air meetings had been discontinued.

President Joseph F. Smith wrote me to persist in holding them; but the Saints refused to accompany me, so I went at it alone. Only little Emma Burris went with me, and several times I felt that all that kept the mob from doing violence to me, was the presence of that innocent little girl clinging so trustingly to me, and I loved her for it. I wrote to Mr. Burris, and asked him to let me bring Emma home with me. He consented; and with that ten dollars I emigrated her to Salt Lake City. Upon my arrival at father's, her uncles, Joseph and Thomas Morgan, came to see her. They begged me to let her stav with them. I consented on condition that they would bring the family to Zion. They promised to do so, and they kept their covenant.

Upon reaching Zion, Emma's father and Brother Absalom joined the Church and Brother Burris died a faithful worker in the Logan temple. At this writing, 1916, Appie's son is filling a mission in the southern states. What a rich harvest from so small a sowing! And the end of the fruitage is not yet.

How much good I have done, I leave to the Lord. My life has been humble, but active. Starting in for myself without a second coat to my back, I have supported a large family and given much of my time to preaching the Gospel and doing pioneer work.

To my wives and children, for their loyalty to me, I owe much,—more indeed than I may ever repay. In this brief writing, I have endeavored to show that they suffered much, and yet always did a noble, sacrificing part. No man ever had a better family. My father, in his declining years, helped me liberally, and I love his memory. Upon my return from England, I received a hearty welcome from my parents, my family, and my brothers, sisters, and friends.

My wife Albina, and son Silas, met me at Salt Lake City with a team. On our arrival at Orderville, the band came out and gave us a serenade and welcome. I associated with the Orderville organization seven years; laboring to the best of my ability for the good of all, and there was joy in that labor.

After the death of President Brigham Young, the Order was left to stand upon its own merits. At least President Taylor seemed to take but little interest in our affairs. The Orderville people were emerging from the deep poverty they at first had to contend with, and prosperity was coming to them. But with plenty came a spirit of speculation, and speculation brought disunion. I therefore withdrew from them, careful not to do them any wrong.

I moved next to Loa, where my home should be today, 1888; but because I will not put away wives that I married twenty years ago, when there was no law making it a crime, I am compelled to seek the "underground," or else be humiliated by imprisonment, which I will not submit to, if I can possibly avoid it.

One day, while sitting under a tree, writing this journal and watching my sheep, I found in an old newspaper that my dinner was wrapped in, the following verse, with the heading:

"THE MASTER'S QUESTION."

"Have ye looked for sheep in the desert,
For those that have missed their way?
Have ye been in the wild, waste places
Where the lost and wandering stray?
Have ye trodden the lonely highway—
The foul and darksome street?
It may be ye'd see in the gloaming,
The prints of my wounded feet."

To this I made answer in the following verses, which may not unfitly conclude the account of my missionary labors:

Yes, I have sought in the desert
For the sheep that have wandered afar.
I have followed the trail o'er the mountain
By the light of the polar star.
I have climbed the steep wild pali,
Thousands of miles away;
I have sought in rain and sunshine,
For the sheep that have gone astray.

With footsteps faint and weary,
I have threaded the darksome street,
I have entered the lowly dwelling,
Asking for a crust to eat.
I have walked from eve till morning,
Facing a pelting storm,
Earnestly seeking to gather the sheep
Into the Master's barn.

I have folded home to my bosom,
The tender, trembling lamb.
I have carried on my shoulder,
The weak and helpless dam.
I have cried with a voice of kindness
To the wayward, heedless throng;
I have checked the dogs that in blindness
Were worrying the wild and strong.

I have left my home and loved ones—
The mother who gave me birth—
And wandered, weak and lonely,
Half way round the earth.
From Hawaii's shore to London,
My voice by night and day,

Has called, as a shepherd's warning
  To the sheep that had gone astray.

I have used my strength and substance,
  I have given the little I had,
Ever willing to lend a hand
  To the sinning, and the sad.
And though my strength is failing,
  And I often stumble and fall,
Yet would I hunt the desert again,
  At the blessed Savior's call.
For I have seen the prints of His feet,
  When the spirit rested on me;
And when the sheep are gathered, I trust,
  In the Master's fold to be.

Chapter 28.

In Memory of My Wife, Albina.—"By Their Fruits Ye Shall Know Them."

In 1858, when I was returning from my first mission to the Sandwich Islands, I met in San Francisco, Lorenzo Sawyer, the attorney-general of the state of California. He was my cousin on my mother's side. At that time the Mormon people were under a cloud of displeasure from the people and government of the United States. Acting upon misrepresentation, and without investigation, President Buchanan had sent an army of two thousand five hundred men under General Albert S. Johnston, to put down the alleged Mormon rebellion in Utah, as already narrated elsewhere in this journal. My cousin, seemingly wishing to snatch me from the doom overshadowing my people, made me this offer:

"If you will stay here, I will put you into the best school in the state of California for three years, then take you into the office with me, a year, and let you study law. Then I will give you a thousand dollars in gold, for you to commence life with."

That was the most liberal offer that ever came to me. I desired an education, but I loved my people more than I loved myself. I said to my cousin, "You do not know the Mormon people. You believe them rebellious and disloyal to our government. It is not so. The reports put in circulation against them are false. I thank you for your kind offer, but decline it."

ALBINA TERRY YOUNG

I returned to Utah, and on the 23rd day of June my cousin Brigham drove me in a one-horse buggy from Provo to Salt Lake City. At Draper I received the kiss of welcome from my dear mother, and my sister Harriet. At the city I found my father, waiting like "a lion in his lair," and ready to apply the torch to his home if the army did not keep its promise to not camp within the limits of our city." At that time father's families had been moved to Spring Creek, seventy-five miles south of the city. As soon as peace was declared, I engaged actively in moving them back to their homes. When that was accomplished. I told father of the offer my cousin made, and said I am now going back to California to get an education.

The next morning, while I was passing the Church office, Uncle Brigham beckoned to me,—then came out and walked with me to Brother Wells' corner. Here we sat down on a pile of lumber, and after I had told him of my plans, he was silent a moment, then asked,

"Johnny, did you ever know me to give unwise counsel?" "Never." "Well, I want to give you a little counsel. Don't you go to California. Don't you study law. Look around, find a good girl, get married and make yourself a home.

Without another word he returned to his office and the brightest dream of my life had been swept away. What should I do? I sat a few minutes as if dazed, then sprang to my feet, saying, "I will accept counsel, let it lead me where it will."

A little later I met my Uncle Joseph. He said, "Johnny, Bishop Stewart wants you to go to Draper and talk to the young folks. Will you go?"

"Yes, when does he want me."

"Next Monday night."

"I will be there."

The schoolhouse was packed full that night. I had commenced talking, when a lady came in and was given a seat in front of the stand. Our eyes met, and I heard a voice say, "That is your wife." After meeting she was introduced to me as Miss Albina Terry. From that hour our life stream began flowing in one channel, but not to anticipate, I will let Albina tell her side of our love story. After we were engaged she confided to me:

"I had been unfortunate and unhappy in my first loves, and it had left me with a bleeding heart. I tried to forget, but could not. My health failed, until my parents became alarmed at my condition. One day in a heart to heart talk, my mother said, 'My daughter, if you will go to the Lord with your sorrows, he will comfort you.' I accepted her counsel. With fasting and prayer I asked the Father for help, and He graciously answered my pleadings. In a dream I saw a rosy-cheeked laughing boy, and a Person said, 'See, your husband.'

"I told my mother the dream; my hope revived, and my health became better. I waited and watched. Suitors came, but I shunned them. Three years had passed, and I was still at home. Johnston's army was coming, and all of our people from Salt Lake City northward, had fled to the south. Our home being only a few rods back from the road, we saw thousands of people pass southward until the stream was exhausted. One day as I sat weaving, my face to the street, a one-horse buggy with two men in it, drove by. The one on the side nearest us turned his face toward me and laughed. Instantly I cried, 'Oh, mother! That is my husband. Who are they?' I came to the meeting, and when I saw you, I knew you. I felt confused, yet a thrill of joy came to me. At the close of the meeting, I sought your sister and went home with her, for I knew you would be there."

On New Year's day we were married—and a blessing had come to me. She was industrious and saving as a housekeeper; she was also a wise counselor, and a loyal wife. As my family became enlarged, I adopted the plan of buying my family supplies by wholesale.

While we were living in Long Valley, I was a farmer, and also a saw-mill man. In the fall I would load my teams with lumber and grain and go to the Washington factory seventy-five miles away, buy my supplies, take them home, and give them to Albina, for I knew that she would divide them justly with every other member of the family. She was big hearted enough to sympathize with the other wives, and if trouble occurred in the family she always took their parts, yet so wisely and soothingly, that she always kept my love and confidence. By nature, I was of a quick, irritable disposition, and her firm calmness was a great help to me. It served as a balance wheel to keep me from flying to pieces. And her life had deeper roots than love for her husband, as the following incident illustrates:

In St. George, in 1864, I had two wives; for four years we had lived in tents and wagon beds, owing to deprivations, resulting from extended missionary labors. I had succeeded in getting up a one-roomed house which I was shingling, when the postman in passing, handed Albina a letter, remarking, "I think Brother Young is called on a mission again." I exclaimed, "I will be if I will go." "O father, don't say that," said my first wife. "You don't want to humiliate us. Think how we would feel if you should refuse to respond to a mission call." Thus did she ever encourage me to be loyal to my duty to the nation and the Church. The following incident, also touched upon elsewhere, illustrates her power of faith:

In 1868, returning from a visit to the Moqui Indians, forty-seven men in our company, we crossed the Colorado river on a raft made of flood-wood. I had charge of the rude ferry. We made five trips, which occupied the entire day; most of the time my feet were in the cold river water, while my body was perspiring with the exertions I had to make. That night I was attacked with cramping colic and suffered fearfully. In the morning, being out of food, we had to move on. Keeping in the saddle gave me great pain. At Kanab the boys found the old cast-away running gears of a wagon. They made a harness out of ropes, and lashing two poles on the running gears, they swung me in a hammock between them, and hauled me to Washington to my house. John Mangum was my driver and nurse, and he was careful and tender to relieve my pain. He gave me in all twenty-two pills and a pint of castor oil, and I carried that load in my stomach nine days.

As soon as we reached Washington, Doctors Israel Ivins and Silas G. Higgins were summoned from St. George. They came and worked five days with me, then gave me up. Bishop Covington came, and "sealed me up unto death," that my sufferings might cease. He kindly offered to watch during the night, but Albina excused him.

As soon as he was gone, my wife sent for Brother Tyler, a humble ward teacher. She next persuaded the family to get a little rest, then sitting by my side, poured out her soul to the Lord, until Brother Tyler's heart was touched; and kneeling by my bed, he too pleaded with the Father to spare me.

While he prayed, I awoke as from a sleep. I saw the two kneeling; I listened to their pleadings, and wondered what it meant. I placed my hand on Albina's head, when she looked up and sprang to her feet crying, "He is saved! He is saved!"

In the morning I dressed, and as the bishop came by, I hailed him, took a seat by his side, and rode in a lumber wagon over to St. George to attend the quarterly conference.

To me, it has ever seemed the womanly strength of character and faith of Albina that saved me.

Albina died on the 8th of January, 1913. From her birth to her grave, she was a pioneer. She drove a yoke of oxen from the Missouri river to Salt Lake City. One of her sons, in learning of her death, wrote:

> "The hand is still that bore the whip, across the dreary plain,
> Heeding neither wind nor dust, nor driving mountain rain;
> Trusting in a hope divine that ever bore her up,
> Tasting alike the joy of toil, and of its bitter cup.
> And thus through life she journeyed on, bravely to the end,
> And all along her thorny trail, were those who called her friend."

LYDIA KNIGHT YOUNG

Chapter 29.

In Memory of My Wife, Lydia.

When I married Albina, Uncle Brigham and Aunt Clara D. honored me with their presence at the banquet, which father provided. Uncle Brigham told this incident:

"The first time that I spoke on the principle of plural marriage was in the Nauvoo temple, in a room we had finished and dedicated as a prayer-circle room. At the close of our exercises, I gave permission for any one to ask questions. Dr. Bernhisel, who was on a visit from Philadelphia, arose and said:

"I have heard it reported that Joseph taught, and introduced into the Church, a principle called plural, or celestial marriage. Is it true? If so, what is the nature of that principle?'

"I answered, 'Joseph gave us a revelation on celestial marriage, and had Hyrum read it to the high council. Let the brethren of the high council who heard Hyrum read the revelation, hold up their hands.' Several hands were raised. I asked, 'Does that satisfy you that Joseph gave the revelation ?' 'Yes,' 'Very good; now for the principle.'

"We will suppose there are three young men, just starting out on the journey of life for themselves. They resolve that they will be farmers, as that is a labor with which they are acquainted. One says, "I am not going to rush things in the start; I want to enjoy life. I will put in ten acres of grain; that will support me, and that's all I care for.' The second one says, 'I will put in twenty acres. I can care for that amount and not work very hard; and I want to forge ahead a little.' The third one says, 'Boys, I want to make all that I can while I am young and strong. I am going to plant forty acres.'

"Now, we will suppose that they keep up their fences, and properly care for the crops. When the harvest comes, which man receives the greatest reward? You will all answer, 'The man who planted the forty acres.' And Joseph has told us, 'There is a decree eternal, that men shall be rewarded according to their works.'"

I never forgot that story; and one year from that day I married Lydia Knight, daughter of Newell Knight, who was a life-long trusted friend of the Prophet Joseph Smith.

Lydia was a bright, cheery spirit, and I was proud of her. But in some respects she was the very opposite of Albina. I soon found that it required more wisdom and patience to direct the activities of two wives than it did to direct one. Lydia was strong and firm in her spiritual convictions and impressions, active and persistent in character. She became an earnest Church worker in the Relief Society and Primary Association.

For seven years we lived and worked in the Orderville United Order. Lydia had charge of the millinery department, and she put whole souled effort into the work entrusted to her. The members of the Orderville Ward entered into that communal association, believing it to be a sacred duty to do so. We came together as strangers, each handicapped with individual weaknesses, but all imbued with an earnest desire to overcome them. The very fact that 'we had all things common" tended to banish selfishness, and helped us to "love our neighbor as ourselves;" and it is a fact we became deeply attached to one another.

At the commencement of this social experiment, President Young said to us: 'If, at any time, you run up against a problem you don't know how to handle, come to me, and I will give you counsel;" and while he lived, we looked to him, and he never failed us.

Soon after his death, however, a question arose which we were divided upon. The Board of Directors sent me to Salt Lake City to lay the matter before President Taylor, and solicit his counsel. There were several brethren in the office when I stated the case to him. He listened patiently, then arose from his chair, shrugged his shoulders in a way peculiar to himself, and said:

"Brethren, I must tell you a little story. A few years ago, Horace S. Eldredge, while acting as our emigration agent, was down in Missouri buying cattle for our emigrants. Happening toward the close of the day to be in a part of the country that was once owned by the Saints—and from which they were driven by mobs—he was curious to know if any of our people were still living there. Seeing a young man chopping wood, he asked him if there were any Mormons living in the neighborhood. The boy replied, 'Well, dad used to be one of those kind of fellows, but he ain't doing much at it now days.'"

I returned to Orderville, and withdrew from the association, giving as a reason, "If the President of the Church does not approve of our labors, I am not willing to continue the experiment."

My withdrawal gave pain to some of my dearest friends, and was a source of deep sorrow to Lydia. She felt that we were under obligation by the sacred covenant of baptism (for we were all baptized into the Order) to consecrate our lives to help bring about, and establish a social system in which there should be "no rich and no poor;" that we could, and should give our hearts to God, and love our neighbors as ourselves.

However, the later dissolution of the Order by the counsel of Apostle Erastus Snow, brought Lydia back to us, and made unity once more in my family, for which I was truly thankful.

During the period of which I am writing, a wave of brutal terrorism flowing from the evils of the civil war, had inundated the southern states, "compelling the best blood of the south" to organize the "Ku Klux Klan" for self preservation. A ripple of a similar official tyranny later reached and enveloped the Mormon people. In order to enforce the laws enacted for the suppression of polygamy, our fair land was filled with "spotters, spies and deputy marshals" and it is not strange that the government in clothing with new powers so many men of low order of morals, for only characters of that class could be induced to trail honorable men and women for hire, should have some officials who were cruel and unscrupulous. A case in point was enacted when Edward Dalton of Parowan was cowardly and maliciously shot and killed, because he was a polygamist. That act stirred up bitter feeling in my heart. Going to Salt Lake City I consulted with my father who advised me to go to Mexico. I next consulted with my wives. Albina dreaded moving, and begged me to let her remain in the home at Loa, not however through unkind feeling toward me, or the other families. On the contrary, she urged me to take them, and go where I could live in peace with them.

Accordingly I sold my farm, arranging so that Albina could purchase it, and thus secure the home to herself. I then took Lydia and Tamar, with their families, and departed for Mexico. I had one four-horse team, two two-horse teams, and fifteen head of cows. Bishop Joseph H. Wright, and my son-in-law, H. T. Stolworthy, each with a team, and a plural family, accompanied me.

We left Huntington, keeping the main-traveled road for Green River, until we reached the Iron Springs. Then, fearing that we should be arrested at Blake, we turned, crossing the San Rafael desert to Hanksville. We thereby came to a forty mile stretch without water, and while crossing that waterless sand waste we encountered the worst desert blizzard that I ever experienced. The sand drifted into the road so furiously that it was almost impossible to move; and at the close of a hard day's labor, we had not made over four miles progress.

Just at night a short, sharp hail storm swept over us. We camped, blanketed our horses, cuddled into our wagons, and rested the best we could. During the night it froze hard, which proved a blessing to us. The next morning, at three o'clock, keeping the women and children in bed, we pulled out. The road was as hard and smooth as the floor of a house. For fifteen miles we sped merrily along; then the sun's rays melted the frost, and the wagon wheels dropped into the sand five spokes deep. We rested during the day, and broke camp again at midnight; and by nine in the morning, reached Hanksville without any serious suffering.

We struck the Colorado at the Dandy crossing, swam our cattle and horses, and ferried our wagons on a small boat, paying twenty dollars for the use of it. The journey to Mexico was long, tedious and expensive, but we were happy, for we had escaped imprisonment.

Upon reaching Mexico, I bought fifteen acres of land, (it is now a part of the city of Dublan) and made a home on it for Lydia; then moved Tamar to Pacheco.

Soon after that I lost my arm in an accident, and was made a cripple for life. I felt that with only one hand I could not successfully compete with Mexican labor, and as the Manifesto had been issued, giving promise that those already in plural marriage should not be disturbed, I resolved to return to my native land.

Lydia, believing that bitterness and violence would continue to follow us in the United States, chose to remain in Mexico. I deeded to her the little farm; then with Tamar I returned to the United States. I now realize that I did wrong in leaving Lydia without a husband's help when she most needed it in caring for her young family. By nature she was proud spirited, and ambitious to appear well. She therefore toiled beyond her strength, which hastened her to an early grave. She died May 8, 1905, at Dublan, Mexico. In closing, I can affirm, conscientiously, that Lydia died a martyr for the Gospel. She was a noble woman—and under favorable conditions would have been a leader in Church activities. A love of the Gospel was born with her. And many of her sorrows are traceable to her zeal in spiritual matters.

I cannot remember that there were ever disputations, or unkind jealous feelings among my wives; they ever sustained and loved one another. But Lydia and I differed in our interpretation of the Manifesto. She believed it required a severance of marriage covenants between the husband and the plural wife, while I held that it only bound the Latter-day Saints not to enter into new, additional plural marriages, that former plural marriages remained undissolved, and were sacred. On that rock we parted. She remained in Mexico, while I returned to the United States.

In my heart, I have always felt that the Father blessed me with a noble family. I loved them; and I believed in my soul what President Young said about the young man who planted forty acres of grain. I tried to lay a foundation for growth and expansion in the Kingdom of God. I may have over-taxed my strength and ability, and through lack of knowledge, may not have cared wisely for the field I sowed, but I firmly believe that when the day of recompense comes the Lord of the vineyard will confirm to me the family relations I gave my best years' dearest efforts to build up.

Chapter 30.

In Memory of My Wife, Tamar.

More than four thousand years ago the Lord said to the children of Israel, "Honor thy father and thy mother," and thou shalt inherit a blessing; and today, among Christian or heathen nations, the child that gives love and obedience to its parents is in return loved and honored by his fellow men.

In 1869, I was laboring in President Young's cotton factory at Washington, Utah. Joseph Burch, the superintendent, sent me with a four-horse team loaded with factory goods, to Beaver, with orders to exchange the goods for wheat. I was to store the wheat in the Beaver grist mill, then come home with a load of flour.

One day, when working at the Beaver grist mill, I received a note from Sister Black, stating that her daughter Tamar wished to go back with me to Washington to see her father, who was then running the Washington grist mill. I declined to take her for the reason that it was stormy weather, and that I was heavily loaded.

The next day Sister Black came to see me. She told me her daughter had an offer of marriage from a man of wealth, the owner of a good home. It looked, from a worldly point of view, like a splendid offer; but the girl doubted the man's profession of faith in the Gospel, and she wanted to counsel with her father. I told the sister that without doubt the trip would be muddy and disagreeable, but if the daughter could put up with the inconvenience, she was welcome to go. She went. We were eight days wallowing through the mire and snow.

TAMAR J. BLACK YOUNG

Tamar was young and bashful, thinly clad, and I know she suffered from the cold, but she did not murmur, for she was going to see her father. Her appreciation of his counsel was supreme. Her devotion and loyalty to her father made her companionship sweet to me.

When I was a boy of sixteen I received my endowments in the old council house. President Heber C. Kimball made the most impressive talk on virtue and chastity that I have ever heard, and purity became, in my mind, an ideal more precious than gold or silver. It was my practice of this ideal that led to the winning of Tamar's love, and that gave me unreservedly her father's blessing.

A few days after returning from Beaver, I walked with Brother Black over to St. George, seven miles, to attend a priesthood meeting. On the way, I asked him what answer Tamar had given the man who wished to marry her. He replied, "I advised her to decline his offer, and she did it." As events turned out, our trip proved providential. Eight days of companionship under such trying circumstances could not fail to awaken a mutual admiration. I too discovered in Tamar a high and lovable type of womanhood, a type that no outward vicissitude of life would daunt or weaken. Perhaps her first appreciation of me was in the nature of perfect trust, and indeed her virtue had been as sacred with me along this lonely road as it would have been with her father or mother.

Fifty years ago, we of Utah had no railroads, nor automobiles, and not even brakes on our wagons. I got my Brother Joseph W.'s big mules, loaded up with cotton yarn, then with Albina and her children, and Tamar, I hiked to Salt Lake to be married. As we got into the wagon Father Black put his arms around Tamar, and said, "My daughter, you are going to marry into a large family. Many trials will come to you; and I want you to remember, 'It is better to suffer wrong, than to do wrong.'" This was splendid counsel, and the daughter never forgot it. The following incident illustrates Tamar's presence of mind in sudden danger.

As I remember, about fifteen miles north of Beaver, we went down a long, serpentine hill. Rains had washed the old road into a deep gully. The new track above it was sidling and very rocky. In the front end of our wagon was a mess box, the lid being level with the top of the wagon bed. A sheepskin on this box formed my seat. As we reached the top of the hill, the wagon began to crowd the mules. I stopped to get out to lock the wheel with the chain fastened to the side of the wagon bed. As the team stopped, the ring in the neckyoke broke, letting the tongue down. The mules sprang forward with fright, and would have jerked me off the wagon; but Tamar, quick as a flash, placed her knees against the mess box, clasped her arms around my body and held me firm; while I, with a grip of iron, held the wagon bunt against the mules. Down the hill we went like a whirlwind, the end of the wagon tongue, in front of the mules, sending the cobble rock flying in every direction. On reaching the level flat, I succeeded in stopping the outfit, and no injury was done, save the shock of fright that we all received.

In 1856, in the Seaman's Bethel in Honolulu, I heard an anti-Mormon lecturer tell an audience that they could readily recognize the "polygamous children," for "they were born imbecile pigmies." No slander against my people could be fouler than this one. Utah's foremost citizens today are of polygamous lineage. Tamar was herself, a splendid refutation of this slander. Tamar's mother was a plural wife, and Tamar measured five feet eight inches in height, and weighed one hundred forty-five pounds. In disposition she was quiet and cheerful, yet in danger was quick and heroic. Here is a notable instance:

After I had lost my arm, in coming back from Mexico, while I was still feeble, when crossing the New Mexico desert, the Navajos were unfriendly. At Captain Toms Wash, they started in to rob us. A big buck, after making an inflammatory speech, sprang upon the wagon hub, caught hold of a sack of provisions to lift it from the wagon. As quick as a flash, Tamar struck him across the nose with a stick of wood. The blood spurted from both nostrils, and the brave, dropping the sack, got off the wheel quicker than he got on. For a moment my heart ceased to beat, for I expected trouble; but the warriors who witnessed the act, roared with laughter, and I soon saw that they were amused at the defeat, by a "squaw," of their windy-mouthed captain.

But it was in the home circle where she shone with the greatest brilliancy; not with a meteoric flare, rather with the continual glow of the summer's sunshine. Perhaps the darkest hour of my life was when I lost my arm, and fell penniless among strangers. But Tamar with a smiling face, nursed the mutilated man, and at the same time whirled the wheel of the washing machine; thus winning the bread that kept the breath of life in us. Tamar calmly and bravely met the responsibilities of married life, grateful for the gift of motherhood, and willing to sacrifice her own life, if need were, in order to give life to others. She believed and practiced the principle that "it is more blessed to give than to receive." I never was so weary or discouraged that her words would not rest and cheer me. She being younger than I by fifteen years, I fondly anticipated that my last hours would be comforted by her ministration.

I often hear the remark that "we never miss the water till the well goes dry," and that "we do not appreciate the loved ones until they are taken from us." Possibly I did not fully value the wealth I possessed in my family, but I always said—and it came from my heart—that God had blessed me with noble wives; that I became a better man through obeying the principle of plural marriage than I ever should have been without it. Joseph Smith was a prophet of God, and no other principle taught by him would have done as much for the uplift of the human family, on the plane of purity and righteousness. The men and women who practiced that principle were not sensual sinners, but they were strong, clean souls, willing to suffer, and die if need were, for the right as they saw the right.

I have partaken of the hospitality of the common people in England and in the United States. I have witnessed the love and happiness that abide in the Christian homes of these Christian nations; but never have I seen more perfect trust, confidence, and love without guile, than I have witnessed in some of the plural families of the Latter-day Saints. Take for instance the father who will give to his beloved daughter, as a parting benediction, "It is better to suffer wrong than to do wrong," and "it is more blessed to give than to receive," and you have a revelation of a clean heart, and a pure spirit.

It may not be possible for mortal man to teach truths as sublime as did the Christ, but if it be true that "from the abundance of the heart the mouth speaketh," then that father possessed a pure heart, certainly the daughter to whom the precious admonition was given was a worthy child; and the diligent practice of those celestial ideals made Tamar B. Young a lovable mother and a peerless wife.

In conclusion, I will say that each of those three wives bore me seven children, making in all seventeen sons and four daughters. They were all strong and healthy children; not a weakling among them. Moreover they have all made honorable and virtuous men and women.

One of my sons, upon learning of the death of his mother, wrote:

"Oh, how thankful I am for my parentage; for the noble souls who gave me life! How I love them for the clean, uncontaminated body with which they blessed my spirit. No loathsome disease fastened to it, no craving for liquor and tobacco, as an hereditary hindrance to my progress. Oh, those noble women! Their crowns will be as bright, and will shine with a splendor equal to that of the Prince at whose side they walked unflinchingly through life, turning their sorrows into joy. Again, how thankful I am for my noble parentage!" And I add:

> I am proud of my children, and they are proud of me;
> When the reaping comes, what will my harvest be?

In the three chapters preceding this, I gave the best statement of motives and experiences of my life as it passed in rain and sunshine, with the three noble wives who shared my joys and sorrows. There is one other wife, who has claim as valid and sacred as the ones that I have so warmly eulogized. The reason that a chapter is not given to her memory is a sad one.

On the 10th of October, 1878, I married in the Salt Lake Temple, Catherine Coles, to me a sweet, chaste girl.

On the 27th day of November, 1879, she gave her life, in giving birth to a sweet baby girl. By her request the babe was named Mary Ellen, and with my consent she was adopted by Aunt Ellen Young, who cuddled her to her breast and held her there until the child grew to womanhood and found a pleasant nest of her own.

In that child's veins flows the blood of a Young. She came honestly and virtuously by that heritage.

The woman does not exist, either dead or alive, who can say that I ever invited her to commit sin.

My wives were given to me in sacred places, by those who had authority to seal on earth, and it was sealed in heaven, and if I can be pure to the end, those ties will be eternal.

APPENDIX Stories and Rhymes

Chapter 31.

Twenty-fourth of July Musings, Sent to President Joseph F. Smith.—Twenty-fourth of July Toast,—Utah—Thrilling Eruption of Kilauea.

Sitting 'neath the pines, in the cold mountain air,
Inhaling the inspiration of the chaplain's prayer;
Breathing the spirit of the orator's theme,
Memory sweeps backward o'er the troubled stream
Of my people's lives.

Wild, vivid scenes of frontier life burst like a meteor on the mind. I see the broad prairie lands of our dear Far West, with a hundred new-built, New England fashioned cottages. I hear the ring of the workman's ax, and the noisy laughter of many children,—the evidence of virtuous, happy homes. But the scene changes.

A cloud of dust rises on the horizon, and soon the tramping and neighing of a thousand horses is heard. And the cohorts of Clark's mob militia burst into view. They encircle the village, kindle their camp fires, and place their sentinels. Then commences a raid of pillage and rapine.

Homes are plundered, cows shot down, maidens insulted. Our leading Elders are treacherously arrested and driven at the point of the bayonet, with demoniac yells, into their camp. A court martial is convened. A sentence of death is passed upon the captives—"General Doniphan was to have the honor of shooting them at sunrise the next morning," for they, like the Hebrew children of old, must die for worshiping Israel's God. But when General Doniphan looked into the faces of those youthful, noble-looking men, his heart was touched, and the unjust, cruel sentence was never carried out.

Then followed a less severe, yet heart-rending scene. On the morrow, the prisoners were allowed to take a silent parting with their wives, children and parents; with the added solemn warning that they would never see them again. One clasp of the hand, and a tender look into the eyes of the loved ones, and they were torn away; and like murderous criminals, they were chained together, and driven to "Liberty." Not to Freedom, but to a dungeon, while their unprotected families were driven from their homes, to wander in the cold, biting blasts of winter.

While fleeing from the state of Missouri, among the fleeing exiles I see a woman of majestic appearance. Her firm step and compressed lips denote great will power; while the calm expression of the countenance evidences faith and trust in God. In her arms nestles a two weeks' old baby boy, born since the silent parting with her treacherously arrested husband. That woman was Mary Fielding Smith! That baby boy was our beloved president, Joseph Fielding Smith! Could we follow that mother and child, and their suffering companions, in their winter flight from Missouri to Illinois, and from Nauvoo to Salt Lake Valley; through the perils of mob violence—the burning of homes, the exposure to pitiless storms, the crossing of mighty rivers on treacherous ice, the traversing of unexplored deserts without guides, the bridging of long periods with little food—it would make a story of sacrifice and suffering, of perseverance, and thrilling adventure unparalleled in the history of civilized life.

All these trials our fathers and mothers passed heroically through, marking the pioneer trail with the unlettered graves of their bravest and dearest loved ones. The hands that first scourged them never left their trail, nor ceased applying the fire-brand to their homes and the lash to their naked backs, until the hunted fugitives, with a courage born of despair, (yet mixed with unyielding faith), crossed the Mississippi and plunged fearlessly into the unknown west. And as the hunted deer, with beating heart, flees long after the hounds have given up the chase, so these nationally banished exiles followed their intrepid leaders on, on, and still on, until the glistening sands of the "inland sea" greeted them. Oh, how they loved the rugged mountains, and the deep chasm-scarred canyons that surrounded them, and shielded them from their foes! No mobbings, no house burnings, no tar and feathering here; but peace and freedom, blessed freedom.

Salt Lake City, Utah,
July 31, 1918.

Elder John R. Young, Blanding, Utah. My Dear Brother John: It was with a great deal of pleasure that I read your letter which was written from Blanding on the 4th of the present month and reached me on the 11th, and which contained so many reminiscences of our earlier days and recalled old memories and scenes of my childhood and early youth.

I did not attempt to make any answer to your letter before this because I have been for a long time under the weather and have neglected a great many matters which did not require immediate attention. While I have been confined to a very great extent to my room, I have had a great deal of time to devote to reflection and musing over earlier scenes and missionary experiences of my younger days. Your letter brought back very vividly the days of our missionary labors in the islands, where I was sent when only a boy, inexperienced in many things, and yet, through force of circumstances caused by the loss of both father and mother whose counsels I very sorely needed, with a training beyond my years caused by contact with hard necessity in those early pioneer days in a new country where but a few years before scarcely a white man had placed his foot. I recalled my travels across the desert and our journeyings to southern California and from there up to San Francisco; the dangers through which we passed because of hostile bands of Indians; laboring in California in order to get means to make the passage over the ocean to the appointed field of labor and the difficulties encountered after arriving there. I recalled the promises made to me by Brother Parley P. Pratt that I should receive the knowledge of the native language by the gift of God, and how it was fulfilled. I thought of the arrival of our boat and when the natives surrounded us as they came out in the harbor talking what appeared to me as an unintelligible gibberish, how it would be possible for me, or any one else, to learn to speak such a language and preach the Gospel to them in such a tongue. But the Lord blessed me and it was not many days before I was able to converse in the Hawaiian language and preach in my missionary journeyings among that dark, benighted but kind hearted people. I recalled not only the companionship of my friends, John R. Young, Silas Smith, my kinsman, Smith B. Thurston, Washington B. Rodgers, William W. Cluff, Francis A. Hammond and many others, but the many dark skinned natives whose friendship and brotherly love could not be surpassed. How my love went out to them! For are they not also the children of God, and of the seed of Abraham with a right to the promises made by the Lord to Israel? And did they not prove to us their worthiness and integrity even though they had not been taught and trained as we and were filled with the superstitions of their people which had come down for many generations.

And farther back to the days of my childhood in these valleys, my reflections carried me, to the time when as a herd boy I tended my mother's cows and those of others in this Salt Lake Valley where many prosperous farms are now located, to my early school days which were sadly limited because of necessity and then my early departure for the Islands of the Sea.

Yet farther back I went in my wandering to the days of Nauvoo where for so short a time the Saints were happy and I played, amused myself in the home of the Prophet and with his sons as well as in my father's house. Well do I remember the return of my father with the Prophet after they had crossed the river and had started on their journey west, because the false cry was raised that they were deserting the flock and how they went to Carthage never again to return in mortal life, cut down because of the testimony of Jesus in the prime of life and sealing their testimonies with their blood. Then followed the feverish days in which the Saints continued the labor on the Nauvoo Temple until it was complete and endowments were given therein and the wicked expulsion of thousands of innocent people from their homes. I recall the departure of the first companies over the frozen river on the ice in the depths of winter and how, shortly afterwards my mother and her family were forced also to take their departure in poverty and wend their way westward with the rest. My Brother John had gone at an earlier day and we overtook him on the journey. Then came the struggle on the banks of the Mississippi where we tried to save means to continue the journey to the valleys of the mountains and my employment as herdboy while we there sojourned. It was here that I had one of the most thrilling and exciting adventures of my life when the Indians made a raid on our cattle and, although but a child, I remember how the thought came to me that if our cattle were taken our journey to the Salt Lake Valley could not be taken. With more than human effort—for I know the Lord was with me—I turned the cattle and started them for home where they escaped although I was taken captive by the savage redmen, but considered so insignificant that they dropped me on the ground where I was left to survive or perish as chance it may and the horse on which I rode was stolen. Then came the journeying across the plains and after many difficulties the arrival in the valley—the promised land—where we were promised rest at least from enemies thirsting for our blood. We moved out on the Mill Creek and started to farm, but before many years had passed away my beloved mother was called home and I was sent out when but fifteen years of age to perform a man's duty in the world—a duty that was not, however, new to me—for had I not done the like when we crossed the plains?

All these thoughts and a thousand more have coursed through my mind, and I have reflected on many scenes of the days of Missouri, when I was too young to remember the persecutions of the Saints, and on scenes of more recent years, not all of which have been sad, for there have been many bright days in the years that have followed and companionships that have been formed that shall be everlasting. And I remember my old friends, many of whom are now laboring in the great beyond and a few who are still left and scattered throughout Zion. And among these friends I recall my beloved brother and true friend John R. Young. May his days be increased and made happy in his declining years, and may we all meet in the Kingdom of our God when our work is done, there to dwell in joy and happiness forever. This is the prayer of your friend and brother, who greets you in love and remembrance of former days. Respectfully yours, JOSEPH F. SMITH

IN MEMORY OF PRESIDENT JOSEPH F. SMITH.

By John R. Young.

I thank the Mutual Improvement Association of Blanding for the invitation to speak a few words in memory of my boyhood's friend, Joseph F. Smith. I shall not attempt to speak of the activities of his matured life, his splendid manhood and noble, spotless character. It has been well told by his bosom friend, Bishop Charles W. Nibley.

It was my lot, however, to know Joseph in his boyhood. I was with him on his first mission in 1854. We were numbered with the twenty young Elders called to the Sandwich Islands. Joseph was the youngest, (when called he was in his fifteenth year) of the company, but of the thirty men who crossed the desert to southern California together, there were but five who were believed to be his equals in athletic exercises.

As I am limited to time, I shall speak only of the most marked events, delineating his character when a boy. Upon reaching San Francisco, President Parley P. Pratt gave Joseph, William W. Cluff and myself a mission to tract the city. At the close of the first day's tracting Joseph asked to be released. He said, "I can not offer a Book of Mormon without having to listen to a burst of blasphemy and a tirade of falsehood and abuse to my Uncle Joseph, and I cannot be peaceable and hear it." He was released from tracting.

At that time he was lodging at the home of his Aunt Agnes. She was the wife of his Uncle Don Carlos Smith, who died at Nauvoo. After his death she married a man by the name of William Pickett, a man whose heart was full of bitterness toward President Brigham Young and the Utah Mormons, and he seemed to delight in slurring them to annoy Joseph. Pickett's home was on a sandy hillside. One day a man came with a load of wood. In passing through the gate the hind wheels slid down so the hub struck the gate post. Mr. Pickett asked Joseph and the teamster to lift the upper wheel, while he would lift the lower one and slough the wagon back. The upper wheel was lifted, but the lower one was too heavy. Joseph proposed that he try the lower one. Pickett replied, "Young man, if you think you are a better man than I, take hold, and maybe you'll learn something." The wagon passed in, and when the man had unloaded and was gone, Joseph faced his uncle and said, "Uncle, you seem to enjoy making slurring remarks about Brigham Young and the Utah Mormons. I wish you would not do so any more in my presence, and Mr. Pickett remembered the request.

After working two months in the harvest field to earn his passage money, Joseph with other elders, sailed steerage passage, on the bark Yankee, for the islands. As soon as the ship was clear from the wharf, the passengers were lined up on the deck and their names read off to see if there were any stowaways. When the purser called, "Joseph Smith" the captain asked, "Any relation to old Joe Smith?" "No, sir," was the prompt answer, "I never had a relative by that name; but if you had reference to the Prophet Joseph Smith, I am proud to say, he was my uncle." "Oh, I see," said the captain, and he did see a man who had the nerve and manhood to demand that proper respect be shown to the name of the Prophet, whom he loved and honored.

Within one hundred days after landing on the islands, he was preaching the Gospel of the Lord Jesus Christ in the Hawaiian language. After six months' labor on Maui, he was called to be the President of the Molokai Island Conference. Here he made the acquaintance and won the friendship of a wealthy gentleman by the name of Meyers. Stopping, by invitation, a few days with him, he met Jules Remy, a French savant and author, who was making a circuit of the world. With six companions he visited the wild wonderland of Molokai, the Reverend Mr. Dwight, Presbyterian pastor of the islands, acting as guide and interpreter. While all were seated around the supper table, Mr. Remy asked Joseph if the report was true "that the Mormon people were in rebellion against the United States?" Before Joseph could reply, the parson chipped in, "Yes, Brigham Young has always been a traitor, and now he has not only rebelled, but he has ordered his people to massacre all the Gentiles in the Territory. Already they have murdered over a hundred innocent men, women and children at a place called Mountain Meadows." Joseph sprang from his chair, and seizing Mr. Dwight by his collar, lifted him to his feet and said, "Brigham Young is not a traitor, the Mormon people are not in rebellion, but you are a liar, and you will take back what you have said, or I will drive your teeth down your throat." Mr. Remy acted the man and came to Joseph's assistance by affirming the question was to Mr. Smith, and that Mr. Dwight was out of place, and that he should apologize, which he did, and from that time on there was at least one Mormon elder that Mr. Dwight treated with respect.

In relating these incidents where Joseph resented insults and untruthful accusations, I do not want any one to infer that he was of a quarrelsome disposition, for he was not. In all of my acquaintance with him, I never knew him to be the aggressor nor to be tantalizing in the least degree, but he was plain and positive. To me, from a boy, he lived in harmony with the Spirit of God, and I have good reason for believing that his father and his Uncle Joseph watched over him continuously, and when Joseph was nigh to death with typhoid fever at President Hammond's on the island of Maui, I feel sure that those two exalted brothers, walking hand in hand, visited and ministered unto him, whereby his life was preserved and he was enabled to complete his earth life mission, leaving on record a testimony of one of the purest lives ever lived by man.

Bishop Nibley told of a railroad incident where Joseph, by listening to an invincible warning, was kept out of danger. I want to recall the scene at Lahaina. In 1864 Apostles Ezra T. Benson, Lorenzo Snow, and Elders Joseph F. Smith, William W. Cluff and Alma L. Smith were sent to the islands to put a stop to Walter M. Gibson's mischief making among the Hawaiian Saints. When the ship reached Lahaina, (an unsafe harbor) the incoming wave swells were so heavy that the ship had to anchor nearly a mile from the land. In going ashore the captain invited the elders to ride with him in his boat, but Joseph declined, he was so strongly impressed with a feeling of danger that he pleaded with his brethren to wait until the native boats should come; but the brethren were anxious to be ashore and went. The result, the boat was capsized and Apostle Snow was drowned, and it was a miracle that he was resuscitated and his life saved.

In the early days of the Hawaiian mission our elders met with much opposition and with several severe mobbings. At one time in Honolulu, a crowd of ruffians mobbed the aged President, Philip B. Lewis. The harmless old man was knocked down and dragged by the heels, his head bumping on the cobble rock pavement until the ruffians thought he was dead; then they flung him into the gutter, while they went to a saloon to celebrate the achievement. A carpenter, a new convert to the faith by the name of Burnham, from the roof of a house that he was shingling, saw the last brutal act of the mob and gave the leader a severe thrashing. He whipped the brute so thoroughly that it put an end to the mobbing in Honolulu. The manly fight put up by Burnham endeared him to us, and when we returned to the islands in 1864 we found that Brother Burnham had died leaving the family, (Sister Burnham and three children) in poverty, homeless. After the Apostles had cut Mr. Gibson off the Church, Joseph was appointed President of the mission. With the assistance of Elders William W. Cluff, Alma L. Smith, Benjamin Cluff and John R. Young, all the islands were visited and the branches reorganized; then Joseph F. Smith, William W. Cluff and John R. Young were released to return home. At that time it cost $108.00 for a ticket from San Francisco to Salt Lake. President Young sent the money necessary to pay our passage home, but Joseph said, "I will not go and leave Sister Burnham. It was finally decided to go the southern route as our money would take us to San Bernardino; from there we could in all probability, work our way home as teamsters, while Sister Burnham could find a home with the Saints of that place.

For a change we sailed for home cabin passage. Upon arrival at San Francisco we found a telegram awaiting Joseph, requesting him to come home as soon as possible. Bear in mind Joseph was an elder, and a financially poor one at that, as his whole life had been in the mission field and he was the last man on earth to ask for help. What could we do? In council it was thought best for Joseph and William to go by stage, while I with the Burnham family would go by San Bernardino. And now comes the tempter. There were living in San Francisco quite a number of relatives by marriage to the Smith family, and some of them were wealthy. They held a family reunion and invited Joseph to attend. He asked me to accompany him, which I did. We met them at Mr.—'s; some twenty all told; six or eight strong, healthy looking men. A few stories were told, then the conversation drifted into personal experiences and present home conditions. They pitied Joseph and offered to deed him a good home if he would cut loose from the "Utah Mormons" and stay with them, *his true friends*. He declined, and said if they would excuse him he would bid them good night. All rose up, and then the storm broke. Their spokesman said in substance, "Joseph, we are disappointed in you; we thought you were a Smith, but any man who will come and go at the command of Brigham Young, the man who connived at the murder of your father and Uncle Joseph, has not a drop of Smith's blood in his veins." Joseph: "Do I understand you to say that Brigham Young connived at the murder of the Prophet Joseph Smith?" "Yes, and I can prove the assertion." Then there leaped from Joseph's lips the strongest expression that ever I heard come from them. "You are a damned infernal liar! Joseph Smith never had a truer friend than Brigham Young." To me, how grand he looked. He seemed to expand until he towered head and shoulders above his opponents. While their faces scowled with anger, yet like the tempest tossed waves of the ocean, whose fury had been spent at the foot of the boulder, they recede, leaving the beach cleaner and whiter than before the storm.

How I loved that man's manliness; he not a Smith? The very tension of the rigid muscles proclaimed him the embodiment of the chivalrous Macks and Smiths.

Over forty years ago, while laboring as a missionary in the London Conference, I wrote in my journal:

> I knew Joseph F. Smith in life's rosy morn,
> When herding cows and hoeing corn;
> And though he worked early and late,
> Yet he never murmured at his fate,
> But smiled to think that his strong arm
> Brought wheat and corn to his mother's barn.
>
> His first mark made I remember well;
> 'Twas when he flogged Philander Bell.
> A champion then, for innocence and youth,
> As he is now for liberty and truth.
> If plain his speech, and strong in boyish strife,
> I doubt if he could mend the history of his life.
>
> The years of trial on Hawaii's land
> Were more than wiser heads would stand.
> Poi, paakia, poverty and shame
> Were all endured for the blessed Savior's name.
> The crime and faith, and ulcerated sores
> Opened to view, bleeding at every pore,
> Tried the metal, proved one's pride.
> Then was the day of choosing sides.

Then was the hour to begin, and he
Pulled off his coat and waded in.

We need not urge him to improve,
He seeks, as Joseph did, light from above,
And God has given strength to Hyrum's son,
Speeding him on the race so well begun;
For unto him a charge is truly given
To lead erring men from sin to heaven;
To realms of glory, where truth divine
Enlightens life with joy sublime.
But I will leave to pens abler than mine
To paint the beauties of that heavenly clime.

I choose to feast on more substantial food.
One to be great, must first be truly good.
The precious clouds that bless our vales with rain
Descend from lofty peaks and kiss the plains,
So God, Himself, in plainness said to man,
"Blessed are the meek," 'I am the great I Am,"
And while His voice echoed from Sinai's peak,
He talked with Moses, the meekest of the meek.
Then look to Christ, and note the keywords given
To lead men back to God and Heaven.

Brother nobly and well thou hast begun,
Now hold the fort until the victory's won,
And when the smoke and din of war is past
Your works and name on history's page shall last.

And I feel in all my being that Joseph F. Smith held the fort and won the victory, giving him a seat with his Prophet Uncle and his martyred father in the mansions of our Heavenly Father.

TWENTY-FOURTH OF JULY TOAST—"UTAH."

O Utah, thou Switzerland of America,
  The home of many a Tell,
For freedom's fires are burning bright,
  In all thy mountain dells.
Thou art the cradle, and the home
  Of freedom's struggling child;
For here beneath thy mountain domes,
  Within thy canyons wild,
A band of fleeing exiles
  Found first a "resting place"

From persecution's bitter blast,
  That smote them in the face.

And Utah's pioneers who fled
  From Missouri's wrath and flames—
Whose unshod feet so often bled,
  While creeping o'er the plains—
Are grateful for the noble men
  Who stand as "beacon lights,"
Who "sink or swim, in life or death;"
  Stand up for equal rights.
We love our country—north and south,
  Her plains, and mountain sod,
We stand for "Freedom of the soul,"
  "Our country and our God."

KILAUEA ON THE WAR PATH.

In 1856 and '57, I was laboring as a missionary on the island of Hawaii, and during that time the volcano of Kilauea gave us an exhibition on a stupendous scale. In company with Elder Henry P. Richards, I went through the forest several miles and met the stream of lava that was running down the mountain, threatening to destroy the town of Hilo. Here is an extract from my journal:

We paused to contemplate the sublimity of this vivid scene. It was one calculated to interest the naturalist, and to please the eye of the poet. The wonderful imagination of a Milton, or the great genius of a Byron could here find a theme on which their minds could feast.

The lava had burst forth from its prison cell, in the bowels of the earth, on the south side of the mountain, some thirty miles above the town of Hilo, which is situated at the head of a beautiful bay bearing the name of Byron. The close approximation of the town to the mountain rendered destruction almost certain. The mountain was covered with a dense growth of timber, and as the mighty stream of running lava drew near, the forest seemed to catch an electric spark, and in the twinkling of an eye, one sheet of flame burst forth, reaching from Pueo to Puna, about three miles in width. The startled Kanaka fled for his life, leaving his grass thatched home to the devastating fire.

I stood, with my companion, upon a craggy peak overlooking the waters of Waikahalulu. Below us was a beautiful cascade, and over this the lava swept with astonishing rapidity. Oh, it was a grand sight—the burning of the forest, the crackling and falling of the trees, the rushing of the lava, the hissing and spouting of the water, the clouds of steam and vapor, mingled with the shrieks and shouts of the natives!

I saw a man in his frenzy try to leap a boiling stream; his foot slipped, and he fell. A cloud of vapor hid him from view, but an agonizing shriek told too well his fate.

Our native guide refused to stay longer with us, but the increasing danger added to our excited fascination, and we declined to retreat. At this moment, the wind shifted, and a strong breeze from the south lifted the banks of smoke and steam, giving us a fair view of the town that nestled so lovingly on the green lawn at our feet.

We could see groups of people laden with what they could carry, hurrying from their homes to places of greater safety. A few ships were anchored in the bay, and between them and the shore, small boats were rapidly plying, evidently carrying the wealthier citizens to these prepared places of safety.

While viewing this romantic picture, a low rumbling was heard. It grew louder and louder until it seemed the heavens were rent in twain, and the ground reeled and tottered beneath our feet. We fell prostrate to the earth, and held our breath, through fear. A thick cloud of vapor, or hot steam, swept over us, followed by the pattering sound of falling stones hurled from the crater by the power of her convulsive throes, but returning to the earth in obedience to the law of gravity.

This shock had hardly passed, when the rain began to fall in torrents, but the flow of the volcano had spent its force. The fiery waves rolled back as if sorry for the destruction they had done, retaining for a moment their red glaring frown, then changed to a black, barren, chasm-scarred waste. Hilo was saved.

Then there leaped forth, from man and maid,
A song of joy and mirth;
The most sedate could not be stayed.
From thrilling notes of worth.
It was a song of gratitude for home and lives preserved,
No sweeter gush of sympathy, by man was ever heard.

Chapter 32.

A Thrilling Experience on the Plains.—The Stampede.

In 1863, I was living in southern Utah. It was believed the Mormon immigration would be unusually heavy that year; hence great exertions were put forth by the people, to bring the season's gathering to a successful termination. Cooperation was the power which, under the wise guidance of Brigham Young, made it possible to build up a prosperous commonwealth in that isolated desert.

Teams were raised in all parts of the territory, organized into companies of fifty wagons each, four yoke of cattle to each wagon, and placed under the care of experienced men. These were sent to the Missouri river, fourteen hundred miles, to haul back the luggage of the immigrants. The people were required to walk.

Rules of government were established in each camp, and firmly carried out. No swearing was allowed; all assembled for prayers at the call of the chaplain, morning and night; usually at nine o'clock all retired for rest; and at five all arose. These camps were practical training schools of great value.

It fell to my lot to drive a team in Captain John R. Murdock's train. Upon arriving at Omaha, I was selected to take charge of an independent company; people who had means to immigrate themselves to Utah. On the 8th of August, I commenced the task (mission, we called it, for we all served without pay) of leading these people, who were Scandinavians, from Omaha to Salt Lake City. When it is remembered that these people spoke a language that I did not understand; that they were not accustomed to driving teams; that I had to teach them even how to yoke their cattle, and hitch on to their wagons, it will be easy to imagine the magnitude of the task I had undertaken.

For the first week we made only from five to ten miles a day; but at the end of two weeks, we could make twenty-five. At Wood River centre, the western line of civilization, and the last telegraph station, I received a dispatch from our immigration agent, Feramorz Little, telling me that the Sioux were on the war-path, and that we must be watchful or they would run off our cattle. As a word of encouragement, he added that Captain Preston would overtake me in a few days, and would give me four mounted Utah men to aid me as scouts and night guard for my cattle.

Thus cheered, I pushed boldly out into the hunting grounds of the Sioux. But day after day passed, and Captain Preston did not come. At last I reached Ash Hollow, where there was a stockade and five Utah men guarding supplies left by the down-going trains. Leaving early the next morning, we made a drive of twenty-five miles, across the big bend of the Platte. In the evening a squad of U. S. troops camped on the opposite side of the river, and helloed across to us to look out, for "the devil was let loose"—meaning that "Sitting Bull" was on the war-path.

In the morning they were gone, and when we brought up our cattle, one of our best oxen was missing. It belonged to a Swede, who had only a light wagon and one yoke of oxen. Selecting a large cow from the herd, I yoked her in, and started the train in charge of the interpreter. I then circled the night herd-ground; and being a good trailer, I soon found the track of the ox going back and caught him at Ash Hollow twenty-five miles from camp.

Giving my horse a feed of grain, and taking lunch with the men, I started with the ox to overtake my train. The long, weary day went by, the sun was near setting, and I had just passed the night camp ground, I had left in the morning, when a small cloud of dust coming from the foothills attracted my attention. Just as I was entering a gorge, I drove the ox into the wash, then turned back up the hill, until I could see the dust again.

With the aid of my telescope I made out four Indians rapidly driving a herd of horses toward a patch of timber on the river. A careful inspection convinced me that the loose animals were American horses, and I soon recognized them as Captain Preston's. It now flashed through my mind why he had not overtaken us: The Indians had stolen his horses and crippled his movements.

Well, there I was, twenty miles from camp, alone, with no weapon but my revolver, and almost face to face with the robbers who had stolen my friend's horses. I stood and watched until they reached the timber. Selecting a large tree for a camping place, they threw down their traps, and three of them bunched the horses, while the fourth caught and hobbled them. Then they cut poles, and started down the river, evidently to catch fish for their supper.

I saw that the arroya, that I was in, emptied into the river near their camp; and knowing that the moon would not rise until a few minutes after dark, I instantly formed a plan, and went to work to put it into execution. I was averse to shedding blood, having always been taught to avoid it except in self defense. I resolved, however, to recapture the horses, and then, if followed, I would fight.

Leaving the ox, I moved cautiously down the ravine, and reached the mouth of it just as the gloom of night settled over the plain. The Indians had returned and built a large fire. One of them walked out and bunched the horses, and their movements attracted the attention of my mare. She threw up heir head and started to neigh, but I gave the bit a jerk in time to check her. The movement, slight as it was, showed me how dangerous was the enterprise I had undertaken.

The Indian soon returned to camp, and threw some more wood on the fire, which in the still night flamed high in air, rendering objects visible for some distance round, and greatly assisted my movements. I felt that now was my time to act. Approaching carefully the outer circle of horses, and dropping my bridle reins, I moved quietly from horse to horse, cutting their hobbles, then regaining my own horse, moved the band slowly until they found they were unfettered, when I leaped into my saddle, and started them on a run.

The wild yell that rang out on the night air curdled my blood, and made my hair stand on end. For a moment I was quite unnerved, but soon recovered, and lashed the horses at a wild rate across the plain. By the time I reached the ox the moon had risen, and it seemed as light as day. I drove the horses and the ox across the gully, and then wheeled back and stood in the darkness at the bottom of it, waiting for my pursuers.

Soon the pattering of feet reached my ears; and holding my breath until two dark forms came into view, I opened fire. The quick somersault and rapid retreat convinced me that Mr. Indian had been twice surprised by the white man. Emptying my revolver to give the idea that there were several of us, I sent the stock hurrying toward my camp. The road was tolerably straight and free from hill and hollow, so I was not much afraid of being ambushed. Yet I was keenly alert, and the fluttering of a bird or starting of a hare would rouse me.

As several hours passed, however, without interruption, I concluded that my shots had taken effect, at least so far as to discourage the Indians from following me. But I was suddenly aroused from this feeling of security by another danger I had not counted on. It was the low distant howl of a wolf. Soon an answer came, then another, and another. I smiled, for I had a contempt for the whole wolf tribe, believing them to be cunning and cruel, but cowardly. I turned the cylinder of my pistol to see if it was properly reloaded, and finding it all right, calmly awaited the gathering of the howling pack.

With lolling tongues and fiery eyes they came galloping up, falling into small groups, snapping, snarling, and fighting. I hesitated to shoot for fear the smell of blood would whet their ferocious appetites. My hesitation ceased, however, as a large grey wolf trotted up to my side and crouched to spring at me. Instinctively I put a bullet through his shoulder and he fell backward with a yell. In an instant a score of hungry brutes sprang on to him, and tore him to pieces.

At the same moment, a fresh pack came sweeping across the road in front, enclosing us in a circle. The frightened horses recoiled back upon me, and I began shooting right and left. One of the excited ponies suddenly bolted from the herd, and ran wildly across the plain. Instantly every wolf joined in pursuit. For a moment, there was a rushing sound, which gradually died out in the distance, then I was left alone with my trembling ponies, and my heart wildly beating.

At four a.m. I reached the camp in safety. The Danes had put the children to bed; but the men and women were sitting around a fire in the centre of a corral formed by the wagons. When I rode up they greeted me with four hurrahs, and strong hands lifted me from my saddle and bore me triumphantly to the watch fire.

When the joy had somewhat subsided, I said: "Brethren, that ox has traveled one hundred miles, and I have ridden seventy-five. These horses are Captain Preston's.[B] I took them from the Indians who had stolen them. Now, double the guards around the camp and cattle, put out your fire; and let me sleep until sunrise."

[Footnote B: The horses were not Captain Preston's; they belonged to a small company of men who were returning from Oregon.]

It is strange how susceptible of impression the mind of man is. As the first glint of sunshine rested upon my face, I awoke. The camp was bustling with activity. The Danes, though naturally a slow, stolid people, yet when aroused to enthusiasm are like a deep stream almost irresistible in force. And present conditions were such that the deepest feelings of their hearts were enlisted. Their faith, begotten of new convictions, was leading them to gather to Utah. It was their Mecca, their Zion upon earth; and every possible effort was cheerfully put forth to bring them to that haven of rest. Hence, camp rules and regulations were willingly adopted. Even the children seemed to vie with one another in carrying them out.

And needful it was that such faith should exist, for the journey before them was beset with trials and dangers; and no one could tell how or when trouble would come. The first day after my adventure passed pleasantly. We made a good drive and camped on a small clear stream—and the usual horse-shoe corral was formed. At dusk, the horses were placed on the inside, and guards placed at the ends of the corral.

In the morning it was reported that the horses had been restless. I circled the camp; and near the mouth of the creek I found where two Indians had jumped across. I knew that mischief was intended. That night I was cautious in selecting a camp ground, and careful in forming the corral; being sure that no gaps were left.

Before our company left Omaha, two American families joined us. They were rough Nebraskan farmers; and one of the men, whom I will call Jerry, was of great service to me. He was good-natured, strong and fearless. A younger brother of mine was also with me. He, too, was quiet and reliable. At prayer time I told the people that I feared the Indians were following us, and that they would try to stampede our stock, which I dreaded above all things.

I had seen the effects of stampedes in my first trip across the plains. A tornado is but little more to be dreaded than the rush of a large herd of crazy, frightened cattle. I have seen wagons smashed to stove-wood, and strong men trampled to death. I therefore requested Jerry and my brother to spread their blankets near me, and I kept my best horse saddled ready for any emergency.

And the emergency came about three o'clock in the morning. A wild yell like an Indian war-whoop rang out on the air, followed by a rush of cattle. In an instant, all was confusion; women and children tumbled pell-mell out of the wagons in their night clothes, screaming and fainting. The men, guns in hand, formed bands and, rushing in front of the cattle, fought desperately to keep them from bolting; and caused the crazy beasts to run in a circle. Every round brought them nearer the wagons; and I knew if they struck them that we were ruined.

Grasping my two trusted men, I urged them to mount their horses and throw themselves between the cattle and the wagons, and force the cattle, if possible, to bolt from us. I seconded their efforts by mounting my horse, and getting my interpreter, hurried to the men who were fighting the cattle, and led them to where I could hear Jerry and my brother's voices vainly trying at each returning surge of the dark mass, to force the cattle farther from the wagons.

Massing my men at the most exposed angle of the corral, I ordered them, on the return of the cattle, to fire a volley into the air. The sheet of flame from the guns seemed for a moment to paralyze the stock; and then with a rush that shook the ground beneath our feet, away they thundered toward the foothills on the north.

I lay flat on my horse, and crowding him into the jam, was swept along with the herd for about three miles, until I was satisfied no Indians were following; then I straightened up and commenced talking to them. This had the effect of quieting them. They slowed up, began lowing, as if calling to each other, and finally stopped. I was soon joined by my brother; but Jerry's horse, being slow, was soon distanced and lost, and he did not find us. Nor did he reach camp until the next day.

As soon as it was light, we moved the cattle back to camp; but they were nervous, and great care had to be taken in yoking them up. About nine o'clock we broke camp. I put my brother's team in the lead, and told him to drive briskly as I wanted to keep the wagons some distance apart. I strung out the teams and instructed the drivers to not close up. I purposed to drive fast until we should reach Goose Creek, fifteen miles away, and then camp.

All went as I desired, until we reached the summit of the last ridge. From there we had a mile of downhill grade to the creek. I glanced back, and could see the line of white covered wagons following each other like birds of passage, moving in orderly columns to a warmer clime. A feeling of joy filled my bosom, for I felt that the labors of the day would end in peace. I spurred my horse and galloped rapidly to the front to select the best spot on which to form my camp.

Crossing the creek and ascending the bench a few rods to the west, I turned and looked back just in time to see two Indians ride from the head of a hollow on our left. As they rushed past the rear of the train, they gave their wild, blood-curdling war-whoop. As quick as lightning an alarm seemed to flash from one end of the train to the other, and every team rushed wildly down the hill.

My pen is too weak to describe the heart-rending scene that followed the fearful rushing of the wild, stampeded cattle. Wagons were jolted against wagons with such force that the inmates were thrown out, to be run over and trampled under foot by other mad teams following in their rear. On they came, tearing blindly in any direction that their crazy fear led them. Wagons were embedded in the mire of the creek, and the tongues jerked out. At last they began to scatter, and then stopped.

Children ran instinctively to their parents for protection. In groups they wandered from their teams, avoiding them as though they had become beasts of terror to them. I rode to my brother, and directed him to the selected camping place. He unhitched his team, and driving the oxen some distance away, unyoked the right ox and turned its head toward the off one's tail, then yoked it again. In this shape, as long as yoke and bows held, there was no danger of stampeding.

The movement was like a revelation to the people, and they took new hope. I rode from wagon to wagon directing their movements, and checking noise and confusion. By sundown, the camp was formed, the cattle secured, the guards placed, and fires lighted. Then I turned my attention to the wounded ones. I had but little knowledge of surgery; but all eyes were turned to me. With a prayer for God's blessings to attend my efforts, I sewed up gaping flesh wounds. Providentially no bones were broken but there were two lovely women and one man who needed no help of mine. Loving hands smoothed the tangled hair and closed the eyes of the dead, and loving lips kissed the pale brows. Then white sheets were spread over them, and they were left to rest. On the morrow, on the near hillside, we dug their graves, and of the dear old family chests, coffins were made. Then a venerable man, in workman's garb, spoke sweet words of comfort:

"Blessed are the dead who die in the Lord."

And whether they rest on prairie wild, or sleep in the city's polished sepulchres, it matters not, so God's will is done. In the resurrection morn, they shall come forth clothed with life and immortality.

Chapter 33.

A Squaw Fight.

The coming of our people to Utah in 1847 brought us into contact with the powerful intermountain tribe of Utes. Up till then, these Indians had had but little association with the white man; consequently in their social life, they were following exclusively the customs and traditions of their savage ancestors. Many of their practices were horrifying. The law of "an eye for an eye, and a tooth for a tooth" was born and bred in them; hence, if a white man killed an Indian, the tribe took revenge by killing the first white man who chanced to fall into their hands, though he might have been perfectly innocent, having never harmed them. They also took great delight in torturing helpless victims.

At our coming, the notorious Chief Walker was at the zenith of his power. Not only was he a scourge to the Spaniards in California, but he remained also a terror to the weaker bands of Indians inhabiting the intermountain country, from whom he exacted a yearly tribute of children, to sell into slavery to the Spaniards. It was Governor Brigham Young's prohibiting of this child-slave traffic in the territory that led to the Walker war.

Next in brutality to child-slavery was what we termed "squaw fights." They came about in this way: If a brave saw a maiden that he desired, he would go to her father, who, according to their laws, had a right to sell her, and bargain for her, usually paying from one to five ponies for her. If it happened that the girl had a lover, and he would put up as much purchase money as had the first applicant, then the lovers would settle it by a fist fight.

Sometimes conditions would be such that every warrior in the tribe would be allowed, nay, would be honor-bound—to take part in the melee, and aid his tribesman to win his wife. It would then be a national war, and would be conducted on long-established rules and ceremonies which the Indians hold in deep reverence.

In 1861, at the frontier town of Santa Clara, in southern Utah, I witnessed one of these tribal fights. A young, slender, delicate-looking girl, evidently the belle of Tutsegovett's band, was purchased by a brave of Coal Creek John's band; but a brave of the Santa Clara tribe was the girl's accepted lover.

The aspirants were men of influence in their respective bands, though they were unequal in physical ability. The man from Cedar, whom I will call Ankawakeets, was a large, muscular, well-matured man of commanding personality—a warrior tried and proven, while Panimeto, the Clara man, was only a stripling; a youth of fine features and an eagle eye, bespeaking pride and ambition, but fifty pounds lighter in weight than Ankawakeets.

By the rules of the contest, this physical difference made it impossible for the lovers to settle it by single combat; hence, it was arranged by tribal agreement, that twenty warriors on each side should participate in the struggle. The ground selected was a flat just west of the old Clara fort. A square was marked off, the creek being chosen for the south line; a line drawn in the sand marked the east, west, and north boundaries.

East of the east line was Ankawakeets' goal, which, if he could reach with the girl, she was his; contra, west of the west line was Panimeto's goal, claiming the same concessions. On opposite sides of a line running north and south through the center of this square where the braves, lined up, stripped to the skin save for the indispensable gee-string.

At the tap of the Indian drum, with bowed heads, and arms wildly beating the air, the two files rushed like angry bullocks upon each other. The air-hitting was fierce and rapid for a few minutes, until a second tap of the drum, when the warriors clinched, and the mass became a seething, whirling, cyclone of dark figures, cheered on by the squaw, and by an occasional war-whoop from some interested, on-looking warrior.

To vanquish an opponent you had to throw him and hold him flat on his back for the supposed time it would take to scalp an actual enemy. At the end of an hour's exciting struggle, a few warriors on each side had been vanquished; but the forces remaining were equal in number, so neither party had gained any advantage.

They now changed the procedure. The father led the maiden to the central line. She looked terrified; and well she might, for the ordeal through which she was to pass was a fearful one; one of brutal pain that would test her powers of endurance to the uttermost. The champions ran to the girl, and seizing her by the wrists undertook to force her to their respective goals. Soon it became a "tug-of-war" with fifteen strapping warriors on each side. The flesh of the trembling maiden quivered under the strain of thirty brutal demons struggling and yelling to accomplish their aims.

Gyrating from one side of the field to the other they came, in one of their wild swirls, to the banks of the creek and fell into the water pell-mell up to their necks. The girl, evidently in a swoon, was entirely submerged, only her mass of glossy tresses floating on the surface of the water.

Andrew Gibbons, one of the Indian missionaries, flung himself on the bank; and seizing the girl's hair, he raised her head above the water. Instantly every brave broke his hold, and scrambled on to the bank; and Ankawakeets angrily demanded that Gibbons should fight him for having interfered.

To my surprise, Gibbons accepted the challenge, flung aside his hat, and stepped into the ring. Tutse gave the signal, and Ankawakeets sprang to the fray, only to measure his length backward on the sand. Three times in succession his stalwart body kissed the earth. Then, moving with more caution, the Indian dodged a blow, and succeeded in grappling with Gibbons, but again the white man's skill was superior to the savage's strength. Ankawakeets was flung to the ground and held until the imagined scalping was performed. Then Gibbons stepped back and folded his arms. His vanquished opponent arose, and with a majestic air, that a white man could not imitate, he stepped to the maiden, spoke a few low words that seemed to have a magical effect, and taking the unresisting hand, led her to the victor and presented her as a bridal trophy for the white man's valor and skill.

Gibbons, with a face glowing with satisfaction at the happy turn of the combat, accepted the maiden, and leading her to Panimeto, gave her to him—a mistake wherein the white man's sympathy for the weak overruled his judgment. The presentation was followed by a war-whoop from Ankawakeets, and his braves. Rushing to their camps they returned with guns in hand, and forming a circle around the girl, ordered her to march.

This fight gave me a deeper insight into the nobility and sterling character of our Indian missionary boys. What fearless men they were, ready for any emergency!

At this crisis it looked as if Ankawakeets would triumph by armed force; yet the whites felt that his cause was not just; but an unsuspected champion, a veritable lion, stood in the path. This time it was Thales Haskell, another Indian missionary, of whom it was said, "His cheeks never paled, and his voice never trembled." He sprang in front of Ankawakeets and said,

"I called you a chief, but I see you are a boy, and a coward at that. Put up your gun, and be a man."

Then Tutsegavit's voice was heard, commanding the father to lead the girl to the center of the field, and told the warriors that they might go on with the fight until the sun should hide its face behind the mountain. If neither party won by that time, the girl should be released from' the father's vows.

Each band of warriors withdrew by themselves for a few minutes' consultation; then, with firmness depicted on every countenance, they took their places, the champions grasping again the wrists of the trembling young squaw. A look of despair deepened the pallor of her face, as if the terror of death was resting upon her; and a death-like silence reigned as both sides waited the signal to begin the encounter.

At this critical moment, the girl's young brother, who had stood aloof with folded arms and clouded brow during all the struggle, bounded to his sister's side and, drawing his knife from its sheath, he buried it in her bosom. She fell lifeless into her father's arms. The brother, holding the bloody knife on high, said:

"I loved my sister too well to see her suffer more. You call me a boy; but if there is a brave who thinks I have done wrong, let him take the knife and plunge it to my heart; so will I join my sister and lead her to the red man's happy hunting ground. I am not afraid to die."

Every warrior bowed his head, and turning, walked in silence to his camp.

On the morrow, our people aided in giving fitting burial to the lovely Indian girl, whose life had been sacrificed to the demands of a brutal custom. I will only add that shortly after this tragedy, Jacob Hamblin, the man whom the prophet Brigham Young ordained to be the "first, apostle to the Lamanites," gathered the Indians in a council and talked to them until they promised to give up the squaw fights. It was a step which marked an epoch in the life of the Indians; and incidentally it serves to illustrate the influence for good that this wonderful peace-maker held over our fallen brethren, the Lamanites.

Chapter 34.

Crusade Against Plural Marriage.

When the crusade against plural marriage commenced in Utah, I was not willing to give up my families; and being of a timid nature, I sought to avoid trouble. In my heart I felt justified in having more wives than one, believing plural marriage to be God's law; and therefore I resolved to cleave to my wives and children, let come what might. On the other hand, I did not court martyrdom; I was quite willing to retire and live in seclusion until the wave of prejudice should pass away.

Accordingly, I took up a ranch on the Boulder Mountain, at a place called Wild Cat, a lonely retreat twenty miles from any town. Here I took my wife Tamar, and began to run a dairy. Albina, my first wife, remained on the farm in Rabbit Valley.

I had learned that there was a warrant out for me in the hands of Deputy Marshal Armstrong, charging me with adultery—adultery, forsooth, with my own wife! On one occasion, I was in Nephi staying with Thomas Bowles. We were walking past Whitmore's store in the evening, when Brother Bowles suddenly caught my arm. "There's Armstrong!" said he, pointing to a man in front of the livery stable who was trying to hold a lantern, and at the same time to do some repair work on a buggy. I stepped forward, held the lantern, and chatted with him some fifteen minutes. He thanked me, and I knew Johnny Armstrong from that time onward.

Soon after my return to Wild Cat I received a communication from my brother Franklin, saying that Armstrong and McGary wanted to meet us, and try to make "terms" with us; pledging their word that we should not be arrested at the meeting. I declined to meet. I knew the marshals, and I didn't intend that by any such ruse they should make my acquaintance.

My brother met them, however, and agreed on terms; and when notified, he went to Beaver and surrendered himself; received as his "medicine" the full extent of the law—three years and three hundred dollars.

Before harvest time, it became necessary for me to go to the city for a reaper. My wife Albina was with me on my way home, and just as we reached the head of the long dugway overlooking Rabbit Valley, Armstrong drove up. I stopped and let him pass. He thanked me, and drove by. I knew him and rejoiced that he didn't know me.

Once I came up from Wild Cat to get a load of rock salt for my cattle. I called at the Co-op. store, but it had none. Hugh McClellan, the man that the deputies always stopped with, said, "Drive me home, and I will let you have a load."

"Am I safe?"

"Perfectly; there will be no one here for three or four days."

I went, and was loading the salt into my wagon when Lish Goff, a rough man, supposedly unfriendly to me, pulled my sleeve, and nodded toward a side lane. There came Armstrong and McGary! I felt I was a "goner." Surely I could not escape this time! However, I picked up my lines and drove off. McClellan was as white as death.

As I turned my back to the marshals, I was not ten rods in advance of them. Goff stepped out, and told them dinner was ready. They wanted to go to the store, but he persuaded them to wait until after dinner. Thanks to Goff and the "deps" not knowing me, I escaped again.

In the fall, I loaded up a four-horse outfit with cheese to take up to the valley. On Monday morning I sent my little boys to the pasture to bring up my horses. As they were gone rather long, I stepped a few rods in front of the house to look out for them, and I heard a voice distinctly say, "Don't go today."

I consequently told the boys to saddle me a riding pony, and turn the work horses out and let them go to the mountain. Going down the road about ten miles, I turned off to Giles' sheep camp. Just as I reached the camp, we were visited with a heavy rainstorm, and as one happy result all previous tracks in the road were obliterated. On my return home I saw a fresh buggy track, and looking ahead three hundred yards, I beheld my friends, the enemy! I followed leisurely until the road made a curve around the head of a hollow, when I cut across and came in ahead of them. They helloed, but of course I did not hear. McGary stood up with his gun in his hand, but as I quickened my pace, he sat down again. Presently we came to the forks of the road; the right-hand went to Wild Cat, the left to Brinkerhoff's ranch. I took the left, riding leisurely so the buggy might follow. When within a mile of the ranch, I rode rapidly ahead, found everybody gone, and the door locked. I next rode over the brow of a rock ridge,

> Then from behind a tree
> I observed the enemy,

until the shadow of night settled down upon us, and they had unharnessed, tied up, and gathered wood to keep fire until morning. Then I went home to a loving family and a warm supper.

In the morning the deputies hunted until discouraged, and were on the eve of leaving the mountain when they met a stockman who gave me away by directing them to Wild Cat. They came, got their breakfast, then subpoenaed Tamar, and her daughters Harriet and May, to appear in court on a certain day. When the time came, I sent Albina, my first wife, with my daughters Harriet and May; instructing them, when before the jury to speak the truth freely about me, and promising that all should be well with them. They did so, and the court treated them respectfully, Marshal Armstrong being a gentleman and a friend to them. Tamar's health was delicate, and I determined she should not be dragged into court to be cross-questioned by lawyers; and, as often happened, censured and lectured by a missionary judge.

My next meeting with the men who looked so kindly after the "cohabs" was at Thurber. My son Ferra had purchased a strong, nervous, though vicious horse, and we believed that, given a little start, there was nothing in our burg that could overtake him. I had again been for a load of salt, returning with a four-horse team, and had reached Thurber when my son William R. overtook me.

"Father," said he, "you had better ride Selim a little while, and be quick about it."

I had just mounted when Bishop Coleman and my brother Franklin W. met us. They turned across the canal and drove rapidly toward the river, the marshals being in sight and driving furiously toward us. I loitered near my team in hopes to draw the "deps" after me; but they could see Coleman's rig, and wheeled across the canal in pursuit of him.

I jumped my horse across the canal; and galloping around a block, came into the road just ahead of the officers. They called on me to stop; but I could not do it, as some dogs ran out from a house I was passing, and so frightened my horse that he broke into a dead run. I jerked back violently and broke one rein, virtually turning the vicious brute loose. He seemed to go crazy. A man by the name of Keel was working on a vacant rocky lot near by. The horse bolting in that direction, pitched at the man, who struck him over the head with a crowbar. This seemed to daze the animal for a minute, then he commenced bucking; and for a short time he made it mighty interesting for me, and the people who were looking on. Finally, he threw up his head and broke for home, and I was quite willing to let him go. The marshals turned and followed, whereby the other "cohabs" got away again. I took a skurry through the hills, and late in the evening brought up at my brother's, in Teasdale, where I found Willie R. Later still, Bishop Coleman and Franklin W. arrived safe and sound.

Brother C. L. Christensen was living on a ranch about half way between Wild Cat and the Valley. One day the marshals caught him. "Now," said they, "you are a poor man, and we don't want to make it hard on you. We will let you go now if you will promise to come when we want you. You can thus be at home in peace with your family until you are wanted in court." So he promised. "Now," they said, "we are going home, and we will write you about ten days before we come for you; so you will have time to be prepared."

As soon as they were gone. Brother Christensen kindly came over and told me of the bargain, adding, "Now you can stay at home and not worry; for when I get the letter, I will send you word." I was pleased; for staying at home in peace in those troublesome times was pleasant. It was getting cold on the mountain, so I moved down to my winter ranch on Pleasant Creek. One night I woke up, and a low voice said to me, "The marshals will not write to Christensen, and you had better get away from here."

In the morning I rode eight miles to Bishop Joseph H. Wright's ranch, told him of my impressions, and said: "Tomorrow morning, before light, I shall pull for Colorado." He replied, "I will be at your place tonight, prepared to go with you." The next morning, at three o'clock, we pulled out, without letting our neighbors know of it.

I had three horses and a big, snorty mule in my team, and my wagon carried three thousand pounds of freight. About two o'clock, while driving across a smooth clay flat running parallel with the Dirty Devil river, I had raised the cover and was looking at a ranch on the south side, when I heard a moan; and looking around I saw Tamar fall from the wagon on to the heels of the mule. The team, becoming frightened, ran two hundred yards before I could stop them. When I finally did so, there lay Tamar, the nigh front wheel on her breast. I sprang out, pulled the team back with one hand, and lifted the wheel with the other until I rolled it off her.

The mule backed until her feet struck Tamar, then she wanted to run again. I tried with one hand to pull Tamar's body from the road, but she said, "Don't, you hurt my hand." Then I saw that her hand was under the wheel. With one hand and my knee, I lifted the wheel and she drew her hand out; then she fainted.

All this time, little Ray, three years old, frightened nearly to death, was screaming and threatening to tumble out of the wagon. I lifted him down, then examined Tamar's hand, expecting to have to take my knife and cut off her fingers, for they looked, in the blood and dust, as if they were ground to pieces. I found the bones were not broken. Thus relieved, I thought of assistance; and called to Bishop Wright, who was some distance ahead. Luckily he heard me, and ran back. Tamar still lay as if dead. Brother Wright brought some water from the river; we bathed her face, and she revived.

We arranged a bed in the wagon, and placed her on it, then drove till after midnight before we reached a habitation. We finally got into a school-house and spent the rest of the night in administering to, and nursing my wife. Her breast bone was crushed in, and her hand badly lacerated; and I feared the nervous shock and the bruise would bring on premature child-birth and perhaps death. In the morning she felt so much better, however, that we moved on to Hanksville, about fifteen miles.

On the west side of town was a store, in care of Mrs. Dr. Jorgensen, an old acquaintance of ours. At the store the public road shot to the north and south. The latter led to Hall's Ferry, on the Colorado; the former crossed the Dirty Devil and went to Blake, on Green River. As we drove up, Sister Jorgensen ran out to see Tamar. I jumped from the wagon and stopped her, telling her she must not see her, as it would get her into trouble. She prepared some liniment, and told me how to nurse her; then I bade her good-bye.

We crossed the road, pulled through the town, down the river two miles, and stopped with William Bacon. They gave us their best room and bed, and Tamar rested comfortably for two days. Again in the night, an unseen power said to me, "Move on." Tamar's body was sore; but I knew the road was sandy and free from rocks, and she said she would rather go than be arrested. We crossed the river in Brother Bacon's field, and followed an old wood road up a sandy hollow, until we struck the main road.

Just before reaching it, we saw the tops of three wagons passing. They drove to the ford near the store, and camped. They had scarcely unharnessed when Armstrong and McGary drove up. The freighters assured them we were not on the road, as they were direct from Green River and had met no one.

The officers then wheeled and took the road for Hall's Ferry. Twenty miles out they met Dan Dalton, who assured them we were not on that road. They then returned to the store and questioned Sister Jorgensen, threatening to arrest her unless she would tell them where we were; but she maintained stoutly that she had not seen Mrs. Young, and knew nothing of her whereabouts.

When the marshals first reached the store, twenty minutes' drive would have taken them to us; but when they came back from a forty-mile run, their team was exhausted. They offered fifty dollars for the use of a fresh team; but no one in. Hanksville wanted the money, and to this day I have a warm spot in my heart for those good people.

The day we left Brother Bacon's was full of painful anxiety to Bishop Wright and myself. The sand was deep, and our loads heavy; we had to move slowly, walking by the side of our teams and resting every few rods. These, however, were minor troubles; the atmosphere was full of apprehension and danger. From the top of every ridge we looked back, expecting to see our enemy coming; and I had determined that Tamar should not be dragged into court if I had power to prevent it.

Our wives were innocent of crime; they were virtuous, honest, bashful girls, unused to public life. In their innocence and spiritual devotion, they had trusted us for guidance and protection; and I was not going to see my wife slurred and brow-beaten by a profligate lawyer, nor humiliated by a missionary judge. We might suffer by flight—and we did suffer more than my pen can tell; as a matter of fact, Tamar suffered for years from the effect of the accident she met with—but we escaped arrest, and there was comfort in that. I had never felt that the road to exaltation was through the Utah penitentiary; I did not owe Uncle Sam a cent; and I certainly did not want to be honored by wearing the uniform of his boarding house. One more incident and then I am done with the marshals.

By appointment, I met my cousin Brigham in Rabbit Valley, and accompanied him across the desert to New Mexico. Below Hanksville, we met Dan Dalton, who was freighting from the Henry Mountain. He told us there were two marshals at the ferry evidently waiting for someone. We passed on, and when by ourselves, Brigham asked, "What shall we do?" I replied, "You are the captain; as you direct, I shall act." "Well," he said, "I'll tell you: if you will drive the team I will do the fighting, and there are no two deputy marshals living that can take me back to Utah."

When we reached the Colorado, we met Platte D. Lyman and L. H. Redd, the supposed marshals. They took our carriage apart and ferried us over the river in a small boat, swimming our horses. I went to Fruitland, New Mexico, with Brigham, then bought two scrub ponies and went back alone.

In a seven days' ride on the desert, I met but three persons. The first two were Bishop Allan Taylor and Bishop Franzen, who were on the "underground," and later on I met a deputy marshal on this wise: There being no one at the ferry, I swam the Colorado, pack-horse and all; and passing through Hanksville in the night, I rode out on to the desert about fifteen miles, hobbled my horses and went to sleep. As soon as it was light in the morning I was moving.

Presently I met two grey horses, hobbled, and evidently running away. Tying the greys to my pack-horse's tail I took them with me about three miles, when I met the owner. He was pleased with what I had done, and became communicative, telling me he was a deputy marshal; then, stopping suddenly, he asked my name.

"Brown," said I.

"What Brown?"

"John."

"Where are you from?"

"Kanab."

"What are you to Guernsey Brown?"

"Cousin."

That reassured him. He told me he had been to Kanab after "cohabs."

By this time we had reached his camp. I took breakfast with him, and he continued to interest me by telling me he was after a fellow by the name of Young. I asked him what Young. He said "John R." I told him I had heard of him; but had never met him. He said Young had gone to New Mexico to hunt him a home; but would soon return by way of Blake, and he was going to wait for him.

We rode together until we reached the San Rafael. There we parted, as I was going to the Iron Springs to look at a bunch of cattle I thought of buying. That night, about midnight, I reached my little home in Huntington, and found my wife Tamar very feeble. She had lost her babe, and was still suffering with her breast and mutilated hand, the result of her fainting and falling out of the wagon when fleeing to avoid arrest and imprisonment for having become a plural wife when there was no law making it a crime.

During the crusade, I suffered my family to become scattered. It was one of the errors of my life. The principle of plural marriage came from God; and when honestly lived up to, it purifies the life and enlarges the soul. On the same reasoning, since the Manifesto was adopted, it should be honored, because it came from God, for the temporal salvation of his people.

And now that plural marriage is barred by law, that does not justify men, when in power, in being cruel and oppressive, as some of the judges and many of the marshals were. The intent of the law is to render justice, tempered with mercy; but in this suppression of polygamy in Utah, the Roman idea, that to the "victor belongs the spoil" was adopted; and I felt then, as I do now, that it was unjust and cruel.

Chapter 35.

Salt Lake Valley in 1847.

Salt Lake Valley, as it lay in eighteen forty-seven,
Was a desert desolate. Its parched wastes were given
As a play ground for the hot winds that in whirlpools
Sent clouds of alkali dust whirling through the air,
Poisoning with its white breath the scant vegetation
existing there.
And in the summer, from the grey, sunburned bench
lands,
Looking westward, the glimmering lake, and the glistening
sands
Of the great American desert, met the traveler's view.
Forming a horizon, beyond which no white man knew.
Only the red man whispered, "Not many moons ago
A train of white men's wagons passed along the southern
shore,
Vanished in the murky mirage, and were seen no more;
Save one, who with tattered clothes, emaciate, and
footsore,
Came to our camps, and with feverish greed—
Snatched our cricket meal, and wild grass seed;
By signs explained that all his friends were dead,
That he alone was left, the backward trail to tread."
No more was learned, and this gruesome view
Was magnified by Bridger, to the exiles of Nauvoo.
The pioneer camp was silent, no boisterous laughter there;
Each step was still and careful, each word a whispered
prayer.
In Wilford Woodruff's carriage, the Prophet Brigham lay
Burning with mountain fever, no skill of theirs could stay.
O Father, spare thy servant—we need his helping hand
To guide Thy people's footsteps, till they reach the
promised land.
No power but Thine can save him. Shall thy people plead
in vain?
Stay Thou, the burning fever that is racking him with pain.
They were camped in Echo Canyon, between those
massive walls
That send back an echo to the thunder's pealing calls.
But the very voice of nature seemed hushed upon that day

And the peace of God came to them; a peace that came to stay.
Again the voice of Brigham, like Joseph's, rings out clear;
'Tis firm, bold, and decisive, banishing doubt and fear;
"Let Orson Pratt and Erastus Snow move on with half the train,
And when you reach the Valley, go northward o'er the plain
Till you strike a mountain brooklet; then camp and sow your grain,
And you shall reap a harvest. Push on, and do not doubt—
For it shall be our Zion, the "land of rest, sought out."

Upon the mountain-top, the weary band stood still
And watched their pale-faced chieftain, the man of iron will,
Who had freed the hosts of Israel from mobocratic power,
And held that host together, until the present hour.
When George M. Hinkle faltered, and betrayed our prophet guide,
'Twas Brigham's faith and courage that stayed the treacherous tide,
That flowed from Boggs' scheming, to sweep the Church aside;
With matchless skill and wisdom, checkmated Benton's plans
By sending a battalion to fight the Mexicans.
Even President Van Buren, with Benson as his aid,
Was fairly circumvented at the cruel game they played.
'Tis true we lost our city, the beautiful Nauvoo,
'Twas sacked, and desecrated, by Brockman's heartless crew.
And these, the fleeing exiles that stood upon that hill,
Had faith in their great leader—they loved his iron will;
But the scenes that lay before them stretched e'en the chords of faith—
Were they going to destruction? Had they found their burying place?
Was death to be the outcome, the answer to their prayer?
Were they, their wives and loved ones, Donner's fate to share?

O think, you pious Christians, who drove them from their land,
Could you have stood the trials of that heroic band?
They place upon the altar the treasures of the soul,
The hope of an existence, to God they gave the whole.
And God, who ever watches over his faithful ones,
Sent down the bow of promise; it came through Brigham Young.
"I have seen this land in vision; I saw the tent come down
And rest upon the summit of yonder rising ground.
There we will build a temple, a resting place for God,
And His Spirit will requicken the hill and valley sod."
These were the sweetest sayings that mortals ever heard;
It was the balm of Gilead, Jehovah's healing word.
They will stand through endless ages as Brigham's crowning act;
The strength and inspiration that founded a commonwealth,
Where the love of God, and liberty, will dwell in every soul,
And Columbia's sons, in righteousness, will govern and control.
Then the honored name and memory of Brigham Young shall be
A legacy as priceless as the boon of liberty.

UTAH'S PIONEERS

Written July 24, 1918

Dear Pioneers, brave Pioneers!
We welcome you with hearty cheers!
I search in vain, in every land,
To find the equals of that band
Of noble men and women true
Who left their homes, their lov'd Nauvoo.
Facing hunger and wintry blasts
To 'scape a foe, whose blood-stained lash
Had scarred the back of sire and son.
And burned the homes of helpless ones!
A lawless mob, whose thirst for blood
Flowed like a stream, a filthy flood—
Submerging Nauvoo's well tilled grounds.
And spreading sorrow all around,
Destroying property and life

And ushering in the bitter strife
That ended the noble Prophets' lives.
And forced the bleeding Saints to flee
To Utah's vales, harbor of law and liberty!
Marked ye, the path the fathers trod?
How close they crept to Israel's God?
Like Moses at the burning bush,
Took off their shoes midst thorns and brush,
And tramped across the cactus plains,
That we our freedom might obtain?
O Liberty, blessed, priceless gift!
For which our fathers bled and died!
Casting all thoughts of self aside!
Giving their lives, if need must be,
That we, their children, might be free.
O precious seed, and wisely sown!
See how the fruit of it has grown:
An Empire State of spotless fame,
No traitor's act has our flag stained,
But loyal to the heart and core
Our sons are mustering by the score,
And rushing to the battle's van,
To "win or die" to the last man,
Our hearts are set, we lift on high
Our nation's glorious battle cry,
And shout aloud, with trumpet breath,
"Give us liberty, or give us death!"

A PEACEFUL HOME.

From F. M. Young's Journal.

Better than gold is a peaceful home—
Where all the fireside chanties come,
The shrine of love, and the heaven of life,
Hallowed by mother, or sister, or wife.
However humble the home may be
Or tried by sorrow by Heaven's decree,
The blessings that never were bought or sold.
And center there, are better than gold.

—Copied Oct. 18, 1919

Chapter 36.

From the Cradle to the Grave.

A little boy at his mother's knee,
Laughing and babbling in childish glee;
A willow horse in his chubby hand;
Acting the role of a grown-up man.
Shaking his head in an angry mood,
As if deep wrongs he had endured.
Tossing a lock from his baby brow—
Catching a flash of repentance now,
Then cuddling close to his mother's side,
As if to heal his wounded pride—
And many a wound, by a mother's kiss
Is changed from pain to a cup of bliss.

A strapping youth at the "garden gate,"
Anxious to meet his expected mate;
With a wish in his heart the future to see,
To catch one glimpse of his destiny.
Willing to give his share of the world
For a warranty deed of his cherished girl;
Nervous to right an imagined wrong,
Nursing his wrath for a battle strong;
Heedless of counsel, for in his own eyes
His case is just and his judgment wise.
"'Tis manly to stand in defense of truth,"
And "I know I am right" is the voice of youth.

Next comes the man, majestic and grand.
And what is grander than a noble man?
In every move there is power and grace,
Revealing the origin of his race;
The depth of thought, the fire of his brain,
Leaping from earth to realms whence he came;
Chaining the lightning with a skilful hand,
Making it serve the bidding of man;
Building a kite to fly to the skies,
Onward, and upward, without knowing why.

From the baby's cradle to the father's grave,
As restless and forceful as the ocean's wave;
The child, the youth, the man in his power

Show that conditions are made for the hour;
That cause and effect are as true to their rule
As any, those laws, we learn in our school.
To mortals, old age is the crowning link,
The last breathing spell, as we stand on the brink
Of a wonderful change, called the river of time,
Or passage of death, a terror and dread
To most of the living, but what of the dead?
The millions of loved ones who've passed through the door,
And are hid from our view, on that mystical shore?
Can just spirits answer? speak up if you can,
And tell us the future of him we call man.
Is life there a burden, or is it a joy?
An existence of pleasure, without pain or alloy?
Hark, a voice comes from Joseph, the prophet and seer;
'"Listen, ye mortals, the glad tidings hear;
Death is the portal that gives to our sight
An endless progression, in the mansions of light;
And with the faithful meet the Father and Son,
And dwell with the righteous, exalted ones.
'Tis the "lost tree of knowledge" that opens our eyes,
And brings us to Eden, a redeemed Paradise.

LINES TO SISTER M. L.

There was a sound of revelry by night,
And Grayson's school-house was all aglow;
Windows were brilliant with borrowed lights,
And youthful feet were tripping to and fro.
"Soft eyes looked love to eyes that spake again,"
And words of cheer sent back a warm refrain;
For every heart was full of joy and pride,
Like the wedded lover, welcoming the blushing bride.
And speech, and song, with hearty zest,
Each one to entertain doing his best.
And wherefore this? In this broad land there is no foe,
No cloud of war, no shadows of impending woe.
The sky serene; an atmosphere of peace,
Inviting old and young as to a feast.
And 'twas a feast, a feast of soul
A prize more precious than a mine of gold;
A sacrifice, free given, on the altar of pure love,
A call to mission labor, from the courts above.

O brothers in a common cause, did you ever feel
Coming to your being a joy you can't reveal?
A baptism, or a birth, an unction from on high?
An evolution of happiness, that moistens every eye?
Like the joy that came to Abraham, when he offered up his son,
When his guardian angel shouted, "Hold! Harm not the precious one!"
The metal has been proven in the crucible of pain;
The dross has been rejected, the gold alone remains.
So tonight, we say to Mary, a daughter native born—
We have known her from the cradle, in sunshine and in storm;
One of the chosen spirits our Father sent to earth
To labor in the mission field, a trust of sacred worth.
And every soul within our town will hasten to the hall
To witness his approval of this angelic call;
Go forth, thou blessed sister, into the mission field;
To meet the mists of darkness, keep virtue as thy shield;
Strong in thine own inheritance, a pure and spotless life,
And you shall be victorious in every gospel strife.

Chapter 37.

The Young Men's Pledge.—Brigham Young's One Hundredeth Birthday—Mary's Birthday.—Some Things that I Remember.

THE YOUNG MEN'S PLEDGE.

Joseph Smith and John M. Horner.

Two boys were hoeing corn one day,
  Beneath a July sun.
And as they worked, in friendly chat
  Their youthful fancies run.

"I'll be a farmer," the younger said,
  "And study nature's laws—
If there is growth of tree or plant
  I'll know the primal cause."

Thus John, the younger of the two,
  With a bright, progressive mind,
Explained to Joseph what he'd do
  When he became a man.

I watched and listened with interest now,
  To the elder boy's reply;
For his was a fine, intellectual brow,
  And a keen, prophetic eye.

"I'll be a man of God," he said—
  "A student of truths divine:
I'll soar from earth to realms above
  Where endless treasures shine.

"I'll study the lives of noble men;
  I'll search the Scriptures too,
And I will know, if mortal can,
  If Hebrew books are true.

"I'll know if Moses talked with God,
  Upon the Mount Sinai;
The paths the ancient prophets trod—
  I'll tread before I die."

And each one, happy with the thoughts
  That stirred their youthful breasts,
Silently finished the task in hand,
  Then sought their home and rest.

As years rolled on, we watched those boys,
And history proves to you,
Throughout their lives they kept their vows,
With motives pure and true.

The farmer became a wonderful man
In agricultural skill;
And boundless wealth came from the soil
In obedience to his will.

His name and fame went round the world,
And kings bestowed their praise.
He is today a shining mark
Of God's mysterious ways."

The other one, would that my pen
Could a truthful picture give,
Of the prayerful, trustful, God-like life
That noble boy did live.

How every word of that first pledge
To the letter was fulfilled;
How his bright mind grasped light and truth,
Until the Seer was killed.

How God the Father, and Christ the Son,
Talked face to face with him;
How Peter, James and John—anointed ones,
Were sent by Eloheim

To lay their lands on Joseph's head,
The priesthood to restore;
How Moses and Elias came with keys
They held in days of yore.

Moroni, the Nephite Prophet, came
In robes of spotless white,
Talked with the boy of hidden things,
From eve till morning light.

We talk of teachers learned and wise,
Of pupils, apt and bright;
But never by man was mortal taught
As Joseph was that night!

History of nations, long since dead,
Were revealed to him so plain

That he in language strong and clear,
  Could make them live again.

He learned the solar system's laws,
  And measured Kolob's time—
That God, of matter formed the worlds
  That now in splendor shine.

That man, now mortal, is Jehovah's child—
  A birthright, endless and grand,
The crown of glory, in heaven, is this:
  To be an exalted man.

These were the paths the young man trod—
  That was the glorious aim,
To pierce the skies, commune with God,
  Eternal life to gain.

BRIGHAM YOUNG'S ONE HUNDREDTH BIRTHDAY.

Our multitude of little ones,
Dear precious souls, so bright and gay—
So full of life and harmless fun,
In neat attire, together come
And shout aloud, "'Tis first of June,
And we have come to sing a tune
In memory of the natal day
Of Israel's chieftain, Brigham Young."

"Teacher," they cry, with faces all aglow
With life and joy, "we wish to know
More of the life, the acts, the worth
Of that great man who came to earth
One hundred years ago."

"Well, children, I have heard my father say
That Brigham came upon a 'blusterous day.'
The June sun rose so bright and clear,
But soon a change came o'er the atmosphere.
Dark clouds went scurrying through the sky—
And shrieking gusts and moaning sigh
Gave warning of a coming storm
That filled the people with alarm—
The elements ceased not their war
Until the day had gone afar
Toward the setting of the sun.
But e'er old Sol his race had run,

A wondrous change again had come;
And all was bright, serene and calm
When Brigham Young was born—
At night within that humble home,
Rest and peace to all had come.

'Twas the foreshadow of that great man's life—
At baptism commenced the bitter strife;
The sneer and scoff of sectarian hate
Increased to town, to county, and to state.
Armed and legalized mobs were soon in line
Against the God-sent prophet of modern times;
And gifted men, once active in the cause,
Turned traitor to the kingdom and its laws;
But Brigham's knees ne'er trembled in that hour,
Defending Joseph with all his might and power.
First at Far West, the storm in fury raged,
And Zion's leaders in chains were caged;
For six long months they wore the galling chains;
In dismal dungeons their weary limbs had lain.
And Clark's militia mob despoiled the Saints,
Till e'en the strongest faith seemed faint;
Then Brigham showed the temper of his soul—
Leader born, and warrior bold.
He rallied the scattering sheep, led them to pastures new,
Till Joseph came, and founded fair Nauvoo.

'Twas in those years of toil and strife, and sin,
That Joseph learned to trust in him,
And pointed the path the Saints should tread
When Joseph and Hyrum would be dead.
At last the storm in fury broke
At Carthage jail, with cruel stroke,
Joseph and Hyrum both were slain—
The Church had lost its head again.

Then Brigham's lion heart was seen—
With master mind he spanned the stream,
And led the bleeding Saints to Utah's inland sea,
And planted them in liberty,
In valleys sheltered by lofty snow-capped domes,
Where God has smiled upon their homes.

And then he brought the poor from every land
And made a strong united band;

Taught them how to till the soil,
Taught them peace—to cease turmoil;
Taught them to give a helping hand
To every soul throughout their land.
He taught our children to be kind
And pure, and truthful, and refined.
And God so blessed the work thus done,
That millions loved the name of Brigham Young.

MARY'S BIRTHDAY.

Mary Y. Roberts—dear May,
This is a warm, beautiful winter day,
And your mother says it's your birthday;
That forty years ago, precisely at dinner time,
Your earthly life began to shine,
Such a tiny, faint little glimmer—
A mere dot, a spark dropped from above.
From the mystic, boundless ocean of love,
The mother, and Giver of all creation;
We were waiting, looking, and praying for you;
We wanted you, yet we hardly knew
How to prepare properly for your reception.
But your mother did the best she could,
And with Aunt Marinda's help so clever,
And with your grandpa, kind and good,
They nursed the little feeble flame
To life; helped it gain courage to remain,
And it became a source of joy forever.

What ups and downs have passed since then!
Who knew the future, where, how, and when
The lightning's flash from out the storm
Would crush to earth some loved one's form—
Or tear loved branches from the tree,
And shroud the home in misery?
For pain and death come to the earth
Unheralded. Not so with birth.
Death comes; we have no power to stay the blow.
It strikes; the dearest ones are first to go,
No matter how firm the heart-strings cling;
'Tis like a bird upon the wing—
Soon 'scapes the reach of our weak hands,
And takes its flight to other lands
While we, held by an unseen power,

Are crushed by the sorrows of the hour;
We droop, and like the bird we've caged,
Against our prison bars we wage
A restless warfare, seeking in vain,
Freedom from life that gives us pain.
But freedom's boon will never come,
Until we learn, "Thy will be done,"
And every quiver of the soul
By patient guard has learned control;
And prove another law divine,
That every act reaps of its kind,
And all who sow in purity and love,
Reap a rich harvest from above.

You, dear child, born forty years ago,
Have drunk your cup of grief and woe.
This is the arch of the span of life;
It marks the zenith of earthly strife.
For forty years you've climbed and climbed—
It is enough. Hereon the path shall wind
'Mid shaded groves of field and flowers,
Bringing bright days, and pleasant hours;
No storm shall rise to cross your path again,
But what the cold shall turn to summer rain,
And every cloud, by children's love dispelled,
Will whisper peace, and, mother, all is well

These are the words a father's lips declare;
From this time on your life shall taste, and share
The peace and love, the joy and bliss
That crowns a life of righteousness.

SOME THINGS THAT I REMEMBER

I am seventy-seven years old today—
My step is light, but my hair is gray.
The ear and eye are not so bright,
Showing a failing in hearing and sight.
And I cannot run as once I could,
When legs and lungs were strong and good.
My breath goes short as I climb the hill,
Showing that strength is not equal to will;
For hope and will, blessed gifts of God,
Are strong in my heart like an iron rod;

Leading my feet in their earthly strife,
Pointing my soul to a higher life.

What a flood of sorrow, what an ocean of joy
Has crossed my path, as man and boy!
O, could I tell the changes I've seen,
'Twould equal in romance Alladin's dream.
It would quicken our pulse with a warm desire
To review the deeds of our noble sires;
For progress and growth in the realms of thought,
Are often with pain and sorrow bought;
And the richest gifts that crown our lives,
Come as a reward for a heart's sacrifice.
I remember when seven summers had fled,
Of kneeling beside a sick mother's bed;
With her motherly hand on my curly head,
She told me that Joseph and Hyrum were dead.
How deeply we loved the patriarch and seer
Was shown by the thousands who wept at their bier;
The Saints at Nauvoo were crushed by the blow—
'Twas my first comprehension of national woe,
For Israel that day lost a heavenly treasure,
A shepherd who fed them with wisdom unmeasured.

I remember full well the Prophet's sweet smile
As he patted my head, I a weak, sickly child,
And said to my father, "Fear not, Brother Young,
For a long life awaits this dear little son.
He will grow up to manhood, the priesthood he'll hold,
And carry the gospel to nations untold."
Those kind words of promise illumined my soul;
The light is still with me, although I am old.

The next I remember was the ice-flowing tide
Of the great Mississippi, its flood a mile wide,
The shout of the boatmen, the splash of their oars,
As they pushed the huge scow from the river's east shore.
They were giants in stature, and fearless and bold,
They shrunk not in danger, nor shivered in cold
There was tall Thomas Grover, and brave Warren Snow,
And three other heroes whose names I don't know.
With skill and endurance they stemmed the wild tide,
And landed their freight on the Iowa side.
Say, what was the freight that faced ice, wind, and snow?
'Twas the Saints who were fleeing from homes in Nauvoo.

I remember the camp fires that blazed high in the woods,
While one side was freezing, one scorched where we stood;
And the anguish of childbirth, when the mother's strength failed,
Was drowned by the fury of the tempest and hail.
'Twas a cruel, bitter struggle with cold and with rain:
The route of our journey was marked with our slain;
With zeal, faith, and courage, ne'er excelled by man,
The journey to Utah our fathers began.
I walked with the children, and helped drive the sheep,
Hatless and shoeless, with sore bleeding feet.

The wonderful journey was ended at last—
Forgotten in pleasures, were the cold wintry blasts;
For the sunshine of Utah brought strength, peace, and health,
With a promise, if faithful, of the blessings of wealth;
The words of the Prophet in part were fulfilled;
Israel had fled to the mountains, an empire to build.

Sixteen summers had passed, and I had grown tall—
Five feet, lacking two inches, as I leaned 'gainst the wall;
And I weighed ninety-six pounds, on Father Neff's scales
In the old grist mill, overlooking our vales.

At the annual conference, in eighteen fifty-four,
I was called on a mission, new fields to explore,
With twenty companions, young men bright and clean,
With them Joseph F. Smith, a boy of fifteen,
Manly, studious and faithful, keys to a life and career
That has crowned him as President, Prophet and Seer.
One night, sleeping with him on the isle of Maui(ee),
At President Hammond's, 'neath a banana tree,
I was wakened from slumber by Joseph's sharp cry—
A centipede stung him, in the core of the eye.
The venomous reptile struck the tenderest part;
The poison soon spread from the brain to the heart.
How fearfully he suffered the rest of the night!
It was feared, through our ignorance, he might lose his sight.
Then the power of the priesthood came to our aid,
By anointing and prayer the pain was allayed.

My mission is ended, four years have slipped by—
Without purse or scrip, repentance I've cried;
The will of the Father I've tried hard to do,
And by doing, I know the gospel is true.
Again, I have seen the dark clouds of strife
Hang over our people, and threaten the lives
Of Brigham, and Heber, and John Taylor, too,
And all the brave spirits that to Joseph were true;
But there's more union in Zion today
Than was found in Nauvoo when they drove us away.
We are nerved for the battle, and first on the program
Is to burn up our homes, leave a desolate land—
Leave it barren and foodless, as when we first came;
Not a tree, nor a shelter will we leave on the plain.
Our wives and our children to the mountains must hie,
Then we'll fight for our rights, for we fear not to die.
The people responded with a hearty amen,
For the spirit of freedom burned bright in our glens;
Then wagons and horses, men and women, with carts,
Form in squads and battalions; for Sonora they start;
For three hundred miles, from Logan to Cedar,
A moving, human stream, without captain or leader,
For the light of the prophets was shining so bright
That the humblest pedestrian could see its bright light.
But He, who moves in curious ways, his wonders to perform,
Accepted the offered sacrifice, and calmed the rising storm.

Today, Zion's cities are the wonder of the world,
And a temple of beauty stands where our banner is unfurled;
And on the waste, where, as a boy, I herded cows and sheep,
Now twice a year, the Saints of God in solemn conference meet.
And many strangers yearly come our temple to behold,
And go away, and often say, "The half has not been told."

These are the scenes that many years have brought into my view,
And I testify, with soberness, the words I speak are true;
And to my wives and children dear, who cluster round my

hearth,
I say, with tears of happiness, I'm glad I had a birth.

CPSIA information can be obtained
at www.ICGtesting.com
Printed in the USA
LVHW112020030423
743357LV00006B/660